枝葉情懷

胡[illegible]

杏叶情怀

胡德荣医学科技新闻作品选

胡德荣 著

上海交通大学出版社
SHANGHAI JIAO TONG UNIVERSITY PRESS

内容提要

《枝叶情愫》收入了胡德荣发表在《健康报》上有关医学科技新闻的精华作品。全书分三大部分：消息篇、通讯篇和探索篇，主要反映上海医学科技成果，特别是上海交通大学医学院及其附属医院的成果、人物报道，以及医学科技新闻论文与《健康报》新闻获奖体会文章等。中国科学院院士、上海交通大学医学院院长陈国强，《健康报》社总编辑周冰为本书撰写序言。本书可作为医学科技新闻爱好者的辅导读物，也是年轻医学科技新闻记者提高业务能力的参考书。

图书在版编目(CIP)数据

枝叶情愫：胡德荣医学科技新闻作品选／胡德荣著.
—上海：上海交通大学出版社，2019
ISBN 978-7-313-21296-2

Ⅰ.①枝… Ⅱ.①胡… Ⅲ.①新闻—作品集—中国—当代 Ⅳ.①I253

中国版本图书馆 CIP 数据核字(2019)第 094939 号

枝叶情愫
——胡德荣医学科技新闻作品选

著　　者：胡德荣
出版发行：上海交通大学出版社　　地　　址：上海市番禺路 951 号
邮政编码：200030　　电　　话：021-64071208
印　　制：上海盛通时代印刷有限公司　　经　　销：全国新华书店
开　　本：880 mm×1230 mm　1/32　　印　　张：24.875
字　　数：786 千字
版　　次：2019 年 6 月第 1 版　　印　　次：2019 年 6 月第 1 次印刷
书　　号：ISBN 978-7-313-21296-2/I
定　　价：158.00 元

序一

医学生也该懂得一点新闻学

中国科学院院士、上海交通大学医学院院长　陈国强

我深信，在原上海第二医科大学求过学的莘莘学子无人不知、无人不晓他，一位辛勤耕耘于医学科技新闻领域和推崇医学人物，“以德为荣”的“二医报人”和“健康报人”——本书作者胡德荣先生。特别是在20世纪的后20年，那些硕士和博士研究生们一看到新一期的《上海二医报》，几乎都争相阅读，更是青睐他作为记者采写和编辑的“医疗·科研”版。很多当年的研究生至今谈起来还会津津乐道地说：“我们是读着二医报‘医疗·科研’版的医学科技新闻成长成才的。”

我一直称呼胡德荣先生为胡老师，实际上我们是亦师亦友，正可谓师生情深。早在我攻读博士研究生时，胡老师写得十分感人，记述我的导师王振义和陈竺教授的两篇通讯《癌肿诱导分化第一人——记荣获凯特林金奖的上海二医大教授王振义》《让贤接班情悠悠——上海二医大血液学研究所所长交班记》令我格外记忆犹新。

这以后，我通过了博士论文答辩，论文发表在《血液》杂志上，胡老师第一时间也在《上海二医报》《健康报》作了报道。再后来，我两次破格晋升、出国、回校、担任首席科学家……胡老师都有所报道，尤其是我到美国做访问学者期间的2000年6月10日，在《健康报》第一版读到由他采写的人物通讯《“枝叶”的情愫——记上海血液学研究所陈国强研究员》，更是让我清晰地记在心头。可以说，是他一直记录着我的成长足迹，更是他的记录一直鞭策我砥砺前行，不敢懈怠。

早就听说胡老师要出一本自己的医学科技新闻作品选，前些天他盛邀我“作序”。我不假思索地欣然应诺了，只是不敢为序。

呈现在眼前的是60多万字的《枝叶情愫》书稿，这是胡老师从近30年在《健康报》发表的医学科技新闻作品筛选的精华部分，反映了原上海第二

医科大学、现上海交通大学医学院，上海医学卫生界取得的医学科技成果，报道了医学科技典型人物可歌可泣的感人事迹。他把医学科研成果写得通俗易懂，把人物通讯写得栩栩如生。如他采写的附属九院整复外科李青峰教授“中国式换脸”的系列报道，也如他采写的《讲台作证——记上海交通大学医学院药理学家金正均教授》人物通讯，在他笔端流露的是医学大师的人文情怀、科学家严谨的科学拼搏精神、教育家诲人不倦的教书育人情感。

《讲台作证》这篇人物通讯也曾作为统发稿提供《中国教育报》《解放日报》《文汇报》等媒体记者。我曾在校报上读到《学生记者与院报主编的新闻对话》一文，讲的是胡老师采写《讲台作证》及《我采写〈讲台作证〉的前前后后》两篇文章发表后，《上海交大报》学生记者董少校给时任《上海交大医学院报》主编的胡老师的来信。信中说：“作为一名学生记者，我有一些写稿的细微感受；读到《前前后后》之后，我似乎也能体会到您在当时的处境和想法。比如，9 月 10 日开始准备、采访，次日下午就拿出了第一稿。稿件里的每个字都是作者心血的结晶，如果不是受到了金老师事迹的感染，如果不是对新闻事业怀着深沉的热爱，很难想象能在这么短的时间内写出像样的初稿。我想，里面一定包含着叫做‘激情’的东西。为了写好一篇稿件，两次深入采访，两度召集座谈会，再加上个别采访、电话采访，不是蜻蜓点水、浮光掠影，而是写出了人物心灵深处的东西。这是一种精益求精的态度，也有对新闻事业执着、认真的精神。”

这是一名学生记者对胡德荣老师作品的评价，也正如胡老师自己在“对话”中所说的：“我是把校报新闻工作和《健康报》驻地记者工作当作一份‘事业’来对待，而不仅仅是一份‘职业’；我对新闻写作始终充满着一种‘激情’，而不仅仅是一种‘感情’。正是在这种‘事业心’和‘激情’之下，我已把采写医学校园新闻、上海医学科技卫生新闻视为我生命中的重要组成部分。”

胡老师 1985 年开始从事校报工作，直到今天还在为《健康报》写稿，34 年如一日，笔耕不辍。一次，我在校园里碰到胡老师，他说他还在采访写稿，并热心为通讯员授课。“最近还为即将启程的援摩医疗队，上了一堂题为《援外医疗队员也需懂得一点新闻写作》的新闻课。”

人是要有点精神的。在新媒体层出不穷的当下，我也呼吁我们医学生，在新媒体时代也该懂得一点新闻学，从人物报道的感人事迹中赋予自己正能量，助力自己的美好人生，更把前辈对病人的温暖、对事业的敬畏传承下去。

祝贺胡德荣老师的《枝叶情愫》出版！

序二

“事业心”和“激情”的背后是“专注”

《健康报》社总编辑　周　冰

《健康报》驻上海记者站记者胡德荣要出自己的医学科技新闻作品选了，而且所选作品全部是在《健康报》上发表的，真是可喜可贺。

由于胡德荣长我几岁，见面我习惯称他为老胡，在我们《健康报》社，老胡采写医学科技新闻是出了名的。我领会，医学科技记者是一个很难当的“翻译”，把科学家的兴奋点“翻译”成普通读者的关注点，这里面需要花很多功夫，也需要有很多技巧，在这方面老胡娴熟、老练，更是实践很多的一位老记者。

老胡不仅医学科技新闻的消息写得多，写得好，在报纸报眼、二版头条经常能够读到，而且医学科技新闻的通讯、特别描写科学家的人物通讯也写得好，在人文版时常也能读到，常常能见到整版的“大人物”报道。

老胡采写的医学科技新闻在报社重点稿评选中，历年来名列前茅；在好新闻评选中，有不少作品还获得了一等奖。像鲁甸地震后，采访医疗队员的消息《重症患儿和“二师兄”漫画》，在医院采写抢救伤员的通讯《双下肢再植记》都是一等奖的好作品。

特别是《双下肢再植记》现场感很强，成了《健康报》社经典的好新闻作品之一。通讯对伤员被抬进医院的情形以及伤势都做了活灵活现的描绘。如“我还未来得及询问病情，病人家属就从蛇皮袋里倒出一双用衣服包扎的血肉模糊、满是污泥的脚”，这情景真使人触目惊心。这篇通讯还被收入了《历史的印迹——健康报优秀新闻作品选》一书。

和老胡熟识已经很多年了，不经意间才发现，他已蝉联了20年优秀记者称号。算来人生也没有几个20年，环顾我们周围，能专注一件事，有滋有味地一直做下去，其实是件很不容易的事情。

老胡这些年也常撰写体会文章，多年前曾经归纳有“十种感受”，经年累月,“感受”一而再,再而三地累积、累加,前后共总结了三十种“感受”,值得年轻记者和通讯员好好体味。记得,在通讯员的培训中,报社也多次邀请他参加授课,着重传授医学科技新闻的写法、技巧,老胡不愧为采写医学科技新闻的一棵“常青树”,很多编辑甚至说“编胡德荣老师写的稿子,我们很轻松”。

多年来,我也一直在思考,为何胡德荣能采写那么多优秀的医学科技消息和通讯,最后终于在他撰写的一篇体会文章里找到了这样精彩的句子:“我是把校报新闻工作和《健康报》驻地记者工作当作一份‘事业’来对待,而不仅仅是一份‘职业’;我对新闻写作始终充满着一种‘激情’,而不仅仅是一种‘感情’。正是在这种‘事业心’和‘激情’之下,我已把采写医学校园新闻、上海医学科技卫生新闻视为我生命中的重要组成部分。”我认为,在媒体形态纷呈的当下,“内容为王”依然颠扑不破,《健康报》驻地记者这种“事业心”和“激情”依然需要进一步发扬光大。当然这背后是“兴趣”、“专注”和“执着”。老胡做这件事几十年如一日的“有滋有味”可作注脚。

我始终认为,作为《健康报》的重要生力军,驻地记者了解各个层级的卫生与健康工作方针政策,熟悉地方基层情况,能够捕捉到鲜活的新闻线索和素材。因此,新闻报道是驻地记者肩负的首要任务。注重在队伍中营造“多写稿、写好稿”,以多出精品为荣的竞争氛围是我们报社大家共同努力的方向。当今读者对医学科技奥秘的兴趣不减,这正是我们《健康报》可以发挥的巨大空间。

我认为,在当前和今后相当一段历史时期,我们驻地记者应该更自觉地学习习近平新闻思想,秉持“向善、求真、理性、科学”的核心价值观,坚持“主流视角、权威声音、科学态度、人文情怀”的报道理念,为把《健康报》打造成最具权威性和影响力的健康传播和服务平台贡献力量。

深信《枝叶情愫——胡德荣医学科技新闻作品选》会受到通讯员和年轻记者的喜欢!也有幸老胡的经验可以供我们大家分享。

几点感想,权作序言吧。

自序

《健康报》是我的“新闻学院”

胡德荣

这本“作品选”取名《枝叶情愫》，出自我于2000年6月10日发表在《健康报》第一版的一篇人物通讯《“枝叶”的情愫——记上海血液学研究所陈国强研究员》。

在这篇人物通讯中，陈国强曾这样说：“上海血液学研究所犹如一棵参天大树，已矗立于世界血液学之林。老所长、中国工程院院士王振义教授是当之无愧的‘树根’，现任所长、中国科学院院士陈竺教授是挺拔伟岸的‘树干’，而我们则是一群蓬蓬勃勃的‘枝叶’。”

陈国强还说：“‘枝叶’是‘树根’和‘树干’所养育的，导师王振义、陈竺为我们年轻人搭架了阶梯，要说成绩，我是站在两位院士的肩膀上才取得的。”

15年后的2015年年底，陈国强当选中国科学院院士。我再次采访已“功成名就”的陈国强，他仍然把自己看成是科学殿堂这棵参天大树、医学高等教育这个崇高事业中的一片继续成长的“枝叶”，并还在竭尽全力催生新芽。而后，整版人物通讯《陈国强：我仍是一片继续成长的“枝叶”》刊登在2016年1月1日《健康报》上。

陈国强的“枝叶情愫”精神，值得学习。我在想，我是一名《健康报》驻地记者，何尝不是祖国新闻参天大树上的一片“枝叶”呢！我这片“枝叶”的成长，完全靠的是《健康报》的雨露滋润。所以，这就是“作品选”取名《枝叶情愫》的真实缘由。

说起当记者、喜欢爬格子，还有“两个珍藏”的小故事让我终身难忘：

一是我至今仍珍藏着一张“上海市高等艺术院校1966年暑期联合招生‘上海戏剧学院导演系专业’准考证”，准考证号00381。那是我尊敬而又崇拜的高中语文老师钱小柏吩咐我去报考。

钱小柏老师很有特征，矮矮的个子，白白的脸庞，红红的酒糟鼻子上架着一副金丝边眼镜，满头银发，头路由中间分开，一丝不乱地梳向两边，上世纪二三十年代曾在鲁迅先生创办的文学刊物上发表了不少作品。他告诉我，他的一双儿女都是上海戏剧学院导演系毕业的，后来被分配到八一电影制片厂当导演。“你的语文成绩好，作文又写得漂亮，我鼓励你去报考，把握还是蛮大的。”

于是，1966 年 6 月 12 日早上 7 点左右，我骑自行车匆匆赶到位于华山路 630 号的上海戏剧学院，只见大门口竖立的一块牌子上醒目地写着：“考试推迟半年，具体日期请等待通知”。谁知，这一等待就杳无音讯。

二是我至今仍珍藏着一份早已泛黄了的“1969 年 1 月 29 日上海《解放日报》刊登的一篇《革命担——农村日记一则》剪报”。日记很短，仅 330 字，抄录如下：

乐在农村干革命，广阔天地锤忠心。

近来开河，天天同担子打交道。“看人挑担不吃力”，而自己呢？装得不满的第一担，是硬着头皮，涨红了脸，歇了几次，才挑到底的。

气喘吁吁，踉踉跄跄，换来的是肩红膀肿，腰酸背疼，真想甩手不干了。

“艰苦的工作就像担子，摆在我们的面前，看我们敢不敢承担。”老贫农张大伯把我叫到跟前，和我一起学习了毛主席语录，还纠正了我挑担的姿势。毛主席的教导，老贫农的关怀，像一股巨大的暖流涌进心胸，热呼呼的。我高唱“下定决心，不怕牺牲，排除万难，去争取胜利”的语录歌，又挑起了担子。只有坚持不懈地挑下去，才能练就一副厚墩墩、硬绑绑的肩膀。

今天，我们挑的是仅仅装着泥土的担子吗？不，我们是在接无产阶级革命事业的班，我们是在挑世界革命的重担呵！

世界是属于我们的。

奉贤星火农场第九生产队下乡知识青年　**胡德荣**

真的是连做梦都没有想到，我的这篇日记在那个年代竟以“红色日记一则”，被收进了 1970 年上海市初中语文教材。

蹉跎岁月，我离开农场，上调到工厂，后来由于种种原因也未在恢复高考后去报考大学，却进了医学高等学府——上海第二医科大学从事《上海二医报》记者、编辑工作。从 1985 年 5 月《上海二医报》第 346 期一直干到 2007 年 1 月《上海交大医学院报》第 870 期，我把年富力强的 22 年奉献给了 525 期的高校校报，从一名小记者、小编辑成长为上海交通大学医学院宣传报道中心主任、《上海交大医学院报》主编，上海市高校校报研究会秘书长，还获得了上海市高校校报优秀新闻工作者称号。

在做校报记者期间，我还兼任了《健康报》驻上海记者，迄今已蝉联20年优秀记者称号。采写的通讯《双下肢再植记》《定制器官不是梦》，消息《两条基因抵得一千万元》《5年找到危急病人1069名》《重症患儿和“二师兄”漫画》等获得了驻地记者好新闻评选一等奖。

另外，采写的通讯《沈晓明：“我半辈子只做了三件事”》《用温暖陪孩子走过最后一程》获得了中共上海市委宣传部、上海市新闻工作者协会评选的“浦江杯”好新闻二等奖；《胡锦华：倾心健教半世纪不改其乐》《黄荷凤：阻断致病基因的“科学家妈妈”》获得了“上海医药卫生优秀新闻作品奖”一等奖。

这些成绩的取得，用我的引路人、《健康报》上海记者站老站长、原上海中医药大学党委书记张建中的话来说：“你的后半生专心致志地做了一件大事，投入感情、投入精力、不断精进，以臻善美。遥想当年你进《健康报》驻地记者门槛时的种种状况，感慨人生抓住机会的重要、拼搏奋斗之可贵，持之以恒的不易。”

是啊，回眸我为《健康报》采写稿件，即便是从1991年1月8日第一版头条刊登的人物通讯《毕生的奉献——记著名外科学家傅培彬教授》算起，直到现在的28年里共采写并发表了几千篇医学科技新闻。这次经反复筛选，《枝叶情愫》收入了365篇医学科技新闻以及新闻理论、体会文章，共计60多万字，分为三大编：医学科技新闻“消息编”200篇、医学科技新闻“通讯编”139篇、医学科技新闻“探索编”26篇。

整理编辑这些熟悉的文字，使我浮想联翩。记得10年前撰写《十年“优秀” 十种“感受”》一文时，我在第一种“当作一份‘事业’来认真对待”的“感受”中写道：

在一次与学生记者进行新闻对话时，我曾这么说：“我是把校报新闻工作和《健康报》驻地记者工作当作一份‘事业’来对待，而不仅仅是一份‘职业’；我对新闻写作始终充满着一种‘激情’，而不仅仅是一种‘感情’。”正是在这种“事业心”和“激情”之下，我已把采写医学校园新闻、上海医学科技卫生新闻视为我生命中的重要组成部分。

我时常告诫自己：“如果说我在新闻报道中取得一点点成绩的话，那是上海交大医学院和上海医学科技工作者的功劳，是他们每天都在创造着丰功伟绩、产生着大量有价值的新闻，否则无米之炊再巧的巧妇也很难为的。”

成为《健康报》驻地记者以后，我由逐渐意识到坚定地认为：“《健康报》是我的‘新闻学院’。”是《健康报》培养、锻炼、打造了我，如果没有《健康报》这个雄厚的新闻载体和平台的支撑，如果没有《健康报》众多记者和编辑老师的指点，我不可能发表如此多的医学科技新闻作品，更不可能被《健康报》社领导、同仁们誉为驻地记者中采写医学科技新闻的一棵“常青树”。在《健康报》创刊80周年时，发表在《健康报》上的一篇《驰骋在〈健康报〉这个“大平台”》，倾吐了我的胸意心声；《健康报》创刊85周年时，收入于《牵手》一书中的一篇《踔厉风发靠的是〈健康报〉雨露滋润》，更是抒发了我的肺腑之言。

《枝叶情愫》收入的作品很“纯”，全都是在《健康报》上发表的。而在《健康报》以外媒体上发表的医学科技新闻作品，即使是头版头条，也不予列入。例如《董教授的“小气候”》就发表于1990年12月24日《光明日报》头版头条。

其他如《“不耐热性溶血毒素”之父——记上海二医大附属瑞金医院副教授倪语星》《干一番中国人的内分泌事业——记上海市内分泌研究所罗敏博士》《内镜下的一片温馨——记瑞金医院副教授吴云林》《一对科技伉俪——记二医大血研所陈竺研究员、陈赛娟副研究员》等发表在《上海科技报》上也未收入在内。

还有《奉献在最好的历史时期——记上海第二医科大学附属瑞金医院院长李宏为》《呕心在崛起的东方——记同济大学附属东方医院院长刘中民》《让病人满意是医院最大的政治——记上海第二医科大学附属仁济医院院长范关荣》《不变的“生命保护神”情结——记华东医院院长俞卓伟》等发表在《医院院长论坛》上。另外，在《新民周刊》《医师报》《医院管理论坛报》还发表了《陈赛娟：演绎美丽人生》《胡海：“切胆-保胆”的艺术之路》《夏术阶：多轮驱动“暖男”有术》等，也都忍痛割爱，没有被收入进去。

《枝叶情愫》是我个人的医学科技新闻作品选，谨在此向上海交通大学医学院的领导和师生医护员工汇报，也求教于新闻媒体专家和大咖们。奢望20篇整版人物通讯能成为在校医学生加强医德医风教育、医学人文教育的辅导教材；希冀30种“感受”能作为通讯员、年轻记者学习采写医学科技新闻的辅助读物。

在拙作《枝叶情愫——胡德荣医学科技新闻作品选》出版之际，我聊以此文作为自序。

目　　录

医学科技新闻“消息编”

消息是以简要的文字迅速报道新闻信息的一种新闻体裁，追求的是快，是外延。医学科技新闻的消息，讲究“发现”与“表现”，而通俗易懂是内核。

医学科技新闻“通讯编”（上）

通讯是比消息记叙新闻人物与事件更详尽、生动的一种新闻体裁，追求的是深，是内涵。医学科技新闻的通讯，特别是人物通讯，格外重视故事和细节。

医学科技新闻“通讯编”(下)

《健康报》的“人物”版是我国纸媒中唯一以整版篇幅连续、集中报道著名医学专家的版面。凸显人物个性,用真实、感人的场景、故事和细节说话。

医学科技新闻“探索编”

探索是对新闻理论的一种态度，追求的是不断进取，是理念。医学科技新闻的探索，永无止境，即使没有高见，尝试把践行中的点滴感悟写出来也可。

医学科技新闻“消息编”

消息是以简要的文字迅速报道新闻信息的一种新闻体裁，追求的是快，是外延。医学科技新闻的消息，讲究“发现”与“表现”，而通俗易懂是内核。

王振义教授完成一次“革命性突破”

诱导分化治疗白血病世界领先

上海瑞金医院已使700余例白血病患者完全缓解

本报讯 日前在上海结束的“维甲酸类药物在恶性血液病中的应用国际学术会议”传出信息：中国在诱导分化治疗白血病方面处于世界领先地位，与会中外学者盛赞上海第二医科大学附属瑞金医院内科教授、上海血液学研究所所长王振义是人类癌肿治疗史上应用诱导分化方法获得成功的第一人。

这次国际学术会议由上海第二医科大学附属瑞金医院、上海血液学研究所和法国巴黎第七大学附属圣·路易医院血液学研究所共同主办，来自中国、法国、美国、瑞士、以色列、日本、澳大利亚和香港、台湾等9个国家和地区的100多位白血病专家向大会提交了论文。会上交流的30余篇高质量的论文，是国内外专家采用王振义教授提出的诱导分化方法，运用中国生产的全反式维甲酸治疗急性早幼粒细胞白血病的基础和临床研究的结果。与会中外学者认为，王振义教授开辟了一条治疗恶性血液病的新思路，即不通过传统的化疗方法来“杀死”和“消灭”白血病细胞，而以诱导分化的方法使之转变为正常细胞，树立了成功的典范，已被国际医学界称为一次革命性突破。

王振义教授和瑞金医院血液科、上海血液学研究所的临床、科研人员从1980年起开始研究白血病的诱导分化疗法，并于1986年在国际上首先运用国产全反式维甲酸诱导分化治疗急性早幼粒细胞白血病，取得了良好的疗效，其论文发表在1988年10月世界著名的《血液》杂志上。嗣后，这一疗法被法国、日本等一些国家的学者所证实并推广。王振义教授又与法国学者一起合作研究，在白血病研究中取得了卓越的成绩，为此，王振义教授先后获得了“法国突出贡献医生”“法国科学院外籍通讯院士”和“法国荣誉军团骑士勋章”等殊荣。

据悉，以瑞金医院、上海血液学研究所为龙头的全国维甲酸治疗白血病协作组已经使700余例白血病患者完全缓解，总完全缓解率达到85%～90%，患者最长已存活了7年，这在世界上是绝无仅有的。由于全反式维甲酸疗法疗效高、使用方便，又不受医疗设备条件的限制，已被我国治疗工作者誉为适合中国国情的一种良好的疗法。

（《健康报》1993 年 11 月 16 日）

为了保证人类的数量质量

中国人类基因组研究启动

本报讯 以“建立永生细胞株的形式保存中华各民族的基因组，为加入国际人类基因组研究大协作创造条件”为目标的中国人类基因组研究，国庆前正式启动。

由国家自然科学基金委员会生命科学部组织的以著名遗传学家谈家桢教授为组长的专家组，9 月 27 日在上海论证了强伯勤教授、陈竺研究员申请的《中华民族基因组中若干位点基因结构的研究》这一重大项目。

人类基因组研究计划是当前国际生物学、医学领域内一项最引人注目的课题和跨世纪工程。1985 年，美国科学家首先提出应将其与曼哈顿原子弹计划和阿波罗登月计划置于同等重要的战略地位。其目标是要从整体上阐明人类遗传信息的全部脱氧核糖核酸（DNA）顺序和大约 10 万个人类基因的结构、功能及其表达调控方式，为人类遗传多样性的研究提供基本依据，揭示 5 000 种左右人类单基因遗传病和若干严重危害人类健康的多因素、多基因病的致病基因或疾病易感基因，并建立对各种基因病新的诊断和防治方法，从而推动整个生命科学基础和应用性研究的发展。

由中国医学科学院基础医学研究所强伯勤教授，上海第二医科大学附属瑞金医院、上海血液学研究所陈竺研究员领衔，汇集国内在人类基因研究方面已经有突出成绩的 12 个国家重点实验室和研究单位组成实力雄厚的“国家队”，结合我国国情，将首先以建立永生细胞株的形式保存占世界人口 22％，拥有 56 个民族的中华各民族的基因组，进而研究不同民族间的基因结构差异，由此获得的资料将成为国际人类基因组计划的重要组成部分，为加入国际人类基因组研究大协作创造条件。该课题是我国国家自然科学基金委员会生命科学部迄今为止最大的项目，将投资 300 万元人民币。谈家桢教授说，我国已从去年开始了水稻基因组的研究，这是国家在抓人的吃饭问题，是为了保证吃饱、吃好；现在我国又开始了人类基因组的研究，这是国家在抓人的健康问题，是为了保证人类的数量、质量。

（《健康报》1993 年 10 月 8 日）

陈竺陈赛娟发现一个新基因

实现我国人类疾病新基因克隆“零”的突破

本报讯 上海第二医科大学附属瑞金医院、上海血液学研究所分子生物学实验室研究员陈竺、副研究员陈赛娟，在国家“863”自然科学基金资助下，最近在急性早幼粒细胞白血病研究中发现了一个新的人类疾病基因，该发现实现了我国生命科学领域中人类新基因克隆“零”的突破。

急性早幼粒细胞白血病的特异标记是病人 15、17 号染色体的易位。1990 年年底，陈竺、陈赛娟在国际上首先发现了一例 11、17 号染色体易位，而 15 号染色体却是正常的急性早幼粒细胞白血病病人。面对这一罕见的变异型病例，他们从分子水平进行探索，得出 17 号染色体上的维甲酸受体 α 基因可能与一个从未有人发现和报道过的位于 11 号染色体上的新基因发生融合。经过一年多时间的深入细致研究，采用新型的锚定聚合酶链反应方法、基因文库的探针筛选、顺序分析，以及染色体原位杂交等手段，最后克隆到了 11 号染色体上的新基因。从脱氧核糖核酸（DNA）顺序分析表明，这个基因编码的蛋白有一个富含脯氨酸的转录激活区和 9 个锌指结构，为此陈竺、陈赛娟及其合作者将此基因命名为“早幼粒细胞白血病锌指基因（PLZF）”。

（《健康报》1993 年 4 月 15 日）

酵母人工染色体基因文库落户上海

我国成为国际上第 4 个拥有此基因库的国家

本报讯 作为研究“人类基因组”重要条件的“酵母人工染色体基因文库”，已由法国人类多态性研究中心主任丹尼尔·科恩教授赠送给上海第二医科大学，从而使我国成为国际上第 4 个拥有此基因库的国家。

“人类基因组”研究是 80 年代中期才提出的国际最引人注目的生物学

研究课题和跨世纪工程。它主要分析人类遗传物质脱氧核糖核酸(DNA)的结构,确定大约10万个结构基因的染色体位置,从而能预测、预防、早期诊断和治疗困扰人类的许多有遗传易感性的恶性肿瘤、心血管病、糖尿病等多因子疾病和5 000多种单基因遗传病。而"酵母人工染色体基因文库"则是"人类基因组"研究的必要和先决条件。

由诺贝尔奖获得者让·道塞教授及其接班人丹尼尔·科恩教授领导的法国巴黎第七大学圣·路易医院分子遗传学研究所人类多态性研究中心,是目前国际分子生物学和分子遗传学领域的一面旗帜,在"人类基因组"研究方面独占鳌头。由于上海血液学研究所陈竺研究员曾在让·道塞教授等指导下攻读博士学位,并和道塞教授、科恩教授合作研究,共同署名发表了多篇国际一流水平的学术论文,彼此建立了深厚的感情和友谊,因此在1992年10月于法国尼斯召开的'92人类基因组国际会议上,科恩教授宣布,他将把法国巴黎人类多态性研究中心建成的"酵母人工染色体基因文库"赠送给上海第二医科大学附属瑞金医院、上海血液学研究所陈竺研究员领衔的分子生物学实验室。陈竺遂于去年12月赴法拷贝了全套基因库,并于今年1月14日将它带回国内。

目前,以谈家桢教授为首的一大批科学家也正在酝酿在我国开展"人类基因组"的研究,而陈竺研究员已经利用该基因文库与法国科研人员一起进行"人类基因组"的基础研究和各种人类基因遗传病的研究,还将成立一个中法合作的酵母人工染色体筛选中心。

(《健康报》1993年5月11日)

巩固我国烧伤防治的国际领先地位

烧伤学两巨头联袂进行基础研究

本报讯 上海第二医科大学和第三军医大学联合申请的国家自然科学基金重大项目——"烧伤早期损害发病机理及创面愈合机理研究",近日经审核已被批准并获资助经费190万元。这是建国以来医学卫生系统的一项国家最高级别的重大研究项目。

我国烧伤防治水平一直处于国际前列,尤以上海二医大和第三军医大贡献最为突出。上海第二医科大学附属瑞金医院烧伤科主任、上海市烧伤研究所所长史济湘教授和第三军医大学烧伤研究所黎鳌教授被烧伤医学界誉为我国两位“烧伤学巨头”。

两位蜚声中外的教授认为，我国的烧伤临床治疗实力雄厚，而在基础研究上则相对薄弱，如不加快研究步伐，充分利用分子生物学、免疫学等学科的最新科研成果，揭示烧伤早期损害和创面愈合的机理，则可能失去我国在烧伤防治中的优势，并使在烧伤基础理论研究方面已经缩小的差距再次扩大。为此，他们联袂向国家自然科学基金委员会提出了申请。

据悉，该研究将探索烧伤后免疫功能异常的发生机理及其在早期发病中的作用，揭示烧伤早期肠源性感染以及内脏损害的关系，摸索深度烧伤创面切痂后的愈合规律等。这项烧伤应用基础研究从今年开始，定于1996年完成。

（《健康报》1992年10月13日）

国内第一家人类骨库建立

本报讯 国内第一家人类骨库日前在上海市骨伤科研究所建立，并开始向全国各级医院供骨。有关专家认为，该骨库的建立标志着我国在大块人骨的保存及临床应用方面已跻身世界先进行列。

随着现代临床矫形外科技术的发展，大块骨缺损已成为较普遍而棘手的问题。虽然人的自体骨具有无免疫反应、能快速结合等优点，但会造成自体另一部分的骨缺损；人造骨虽使用简便，但因其缺乏生物活性，不能与受体部位发生生物结合，容易发生松动、磨损和断裂。而人的异体骨来源广泛，大小、形状不受限制，且具有生物活性，与受体部位能发生生物结合，同时可保留肌肉、韧带及关节囊等附着点，为重建关节和肢体功能提供了保证。

上海市骨伤科研究所科研人员在瑞金医院骨科的密切配合下，经过两年的探索，攻克了人骨低温保存和无菌处理等技术难关，建立起国内第一家正规化的人类骨库。

该骨库以国际上公认的美国组织库协会制定的基本标准建库。储存骨来源于人的新鲜尸体，捐献者年龄规定为15～45周岁，且生前无感染性疾病、无静脉用药史、无长期肾上腺皮质激素应用史、无恶性肿瘤病史、无长期的毒性物质接触史。骨库已向江苏、浙江等地医院骨科供骨。瑞金医院骨科采用该骨库提供的人骨为50余例病人做了植骨术，没有发生免疫排斥反应，伤口一期愈合，近期观察疗效良好。

（《健康报》1994年6月17日）

中国人类基因组研究获重大进展

首批中国人数据已列入国际人类基因数据库

本报讯 “国际人类基因数据库中终于有了第一批中国人的数据。”这是日前由国家自然科学基金委员会组织，在上海第二医科大学召开的《中华民族基因组中若干位点基因结构的研究》中期汇报检查会传出的信息。

中国人类基因组研究是我国国家自然科学基金委员会生命科学部迄今为止最大的研究项目，由两位中科院院士——中国医学科学院基础医学研究所强伯勤教授和上海第二医科大学血液学研究所陈竺教授领衔，从1994年1月进入实质性研究工作。两年来，这支汇集国内12个国家重点实验室和研究单位的“国家队”，结合我国国情，主要从3个分课题进行研究，旨在以建立永生细胞株的形式保存中国各民族的基因组，进而研究不同民族间的基因结构差异，提高中国人口的健康质量，推动整个生命科学基础和应用性研究的发展。

科研人员在“中国不同民族基因组的保存”分课题的研究中，已累计建立了12个民族的461株永生细胞株，其转化成功率达到了国际先进水平，研究工作已从基因组的保存提前进入了应用基因组扫描等先进技术进行若干位点的多样性分析。在“对中国人基因组若干位点致病基因或相关基因的研究”分课题中，科研人员所进行的β地中海贫血的基因调控及应用羟基脲治疗的分子机制研究，已引起国际人类基因组研究领域的关注；肝癌、食管癌相关基因的分离研究已取得一批候选片段，对17号染色体长臂1区1带和13号染色体长臂1区4带在马凡氏综合征和糖尿病相关基因研究方面都有新的突破。特别是在“建立和改进人类基因组研究中的新技术”分课题中，科研人员已完成酵母人工染色体基因(YAC)文库的艰巨复制工作，并发挥其重要作用，使我国成为世界上5个主要保存YAC资源库的国家之一，而且已着手建立中国人 YAC 文库。

尤其令中国人振奋与自豪的是，科研人员应用差别显示、消减杂交、外显子捕获、荧光素原位杂交等一系列分子生物学新技术，已经克隆到 2 个维甲酸诱导的新基因（RIG—E、RIG—G）和 2 个与肝癌相关的新基因（N2A3B、HP8）。这 4 个新发现的基因连同新定位的 61 个特异性表达顺序，均已被国际人类基因数据库接受，从而使国际人类基因数据库有了第一批中国人的数据。另外，科研人员已开始建立一个“中国多民族基因位点相关信息数据库”。

（《健康报》1996 年 1 月 21 日）

上海瑞金医院一项研究成果表明

胆石病可以预测

本报讯 由上海第二医科大学附属瑞金医院张圣道教授领衔的课题组，15 年来在胆石病研究中获得一系列成果，其《胆石病基础系列研究（胆结石分类、成因及易患人群预测）》课题，日前通过了专家鉴定。

胆石病是一种常见病。针对其发病的普遍性及发病率上升的情况，瑞金医院外科早在 80 年代初就专门成立研究小组，在已故著名外科学家傅培彬教授和张圣道教授的率领下，紧密结合临床开展基础研究。研究小组首先对胆结石的形态、成分作了探索，建立了“以化学成分及剖面结构为基础的胆石分类法”，得到了国内外学者的赞同，并被誉为“傅培彬胆石分类法”，1982 年和 1988 年还两次被作为中华医学会外科学会胆石调查的标准。

在此基础上，研究小组对成石机制进行了探讨，获得一系列突破：在国内证实胆汁胆固醇饱和度预测的可能性；在国际上证实胆汁内促/抗成核因子共存；在国际上发现新的成核因子——转铁蛋白；在国内观察到人体胆汁中“转运泡”的存在及其凝集形成单水结晶的过程；在国际上观察到“成核因子”与“泡”的关系；在国内开展蛋白质外的成核因子研究并证实胆囊收缩功能减弱的主要原因是胆囊收缩素受体减少所致。在摸清这些胆结石形成机制后，研究小组在国内率先建立了一个长期的胆石病预测基地，预测正确率为 71%。

（《健康报》1996 年 2 月 23 日）

我学者在血液研究领域获突破

氧化砷可诱导急性早幼粒白血病细胞凋亡

本报讯 在中国科学院院士陈竺研究员、中国工程院院士王振义教授指导下，上海第二医科大学博士研究生陈国强完成的《氧化砷治疗急性早幼粒白血病的细胞分子机制研究》学位论文，日前已被国际著名的《血液》杂志接受，定于近期发表，并将在杂志封面刊登论文附图。该杂志评委认为："这是一篇创造性论著，首次发现氧化砷诱导白血病细胞凋亡的研究结论，是继维甲酸之后，中国学者在血液研究领域内的又一次重大突破。"

急性早幼粒细胞白血病是急性髓性白血病中的一种特异性临床凶险亚型疾病。1986 年以来，上海二医大、上海血液学研究所在王振义教授领衔下，在国际上率先应用全反式维甲酸诱导分化治疗急性早幼粒细胞白血病取得成功，完全缓解率达 85％以上。同时，近十年的临床实践也发现，维甲酸治疗伴有两大缺陷：一是有 5％～25％的病例会发生维甲酸综合征，病人可因进行性低氧血症和多脏器衰竭而死亡；二是普遍和快速发生的维甲酸耐药性。

了解到哈尔滨医科大学附属第一医院应用三氧化二砷治疗急性早幼粒细胞白血病有疗效后，陈国强在陈竺、王振义两位院士指导下，与其合作并进行了细胞分子机制的深入研究。陈国强等首次发现从祖国医学中发掘出的抗肿瘤药物——三氧化二砷能选择性地诱导急性早幼粒白血病细胞凋亡，这一结果提示诱导凋亡是氧化砷的治疗机制之一。

在临床上，陈国强与上海瑞金医院血液科沈志祥、李秀松教授等合作，首次发现静脉滴注氧化砷是一种有效、安全的途径。临床医生通过每日持续静脉滴注 10 毫升三氧化二砷，治疗 16 例高发的急性早幼粒白血病人和对维甲酸、化疗耐药的病人，结果 15 例病人在 28 至 54 天内达到完全缓解，没有出现骨髓抑制和其他严重毒副反应。

（《健康报》1996 年 7 月 14 日）

低氧环境诱导急粒白血病细胞系分化

陈国强等提出白血病细胞凋亡新机制

本报讯 "973"首席科学家、上海交大医学院病理生理学教研室主任、瑞金医院上海血液学研究所副所长陈国强教授领衔的“白血病细胞分化和凋亡新机制的提出与发展”，近日获得2005年中华医学科技奖一等奖。

陈国强等科研人员基于过去研究发现的有效治疗急性早幼粒细胞性白血病（APL）的三氧化二砷（As_2O_3）的体外诱导分化效应不如体内明显的事实，开始研究低氧环境下三氧化二砷对APL细胞的诱导分化效应。通过研究，他们在国际上创新性地发现低氧和低氧模拟化合物能够有效诱导包括APL在内的急性髓细胞性白血病（AML）细胞系分化，发现低氧环境通过抑制AML细胞浸润和诱导分化延长小鼠生存时间，提出了低氧诱导AML细胞分化机制的模式图，并发现极低浓度的新型喜树碱衍生物NSC606985可诱导AML细胞凋亡，发现磷脂爬行酶1在细胞增殖、成熟及凋亡中发挥作用。

有关专家认为，该研究对于阐明传递白血病细胞分化和凋亡信息的分子生物学基础具有重要原创意义，可能为诱导分化治疗模式在急性早幼粒细胞性白血病以外的其他白血病的突破奠定重要理论基础。该研究的多篇论文已发表在国际权威刊物《血液》杂志上。

（《健康报》2006年1月24日）

30年创新技术终有理论依据

混合皮肤移植免疫学机理被揭示

本报讯 曾震动国际烧伤界、并被誉为“来自开放中国的创造性移植技术”——上海第二医科大学附属瑞金医院烧伤科创立的混合皮肤移植，其免疫学机理研究又由该校94级硕士研究生曹颖平获得突破，为这项创立已30多年的移植技术提供了理论依据。

上海二医大附属瑞金医院烧伤科自1963年创造混合皮肤移植术，即用大张异体皮等距离打洞嵌入自体小皮片治愈了多例大面积深度烧伤的病人，其中最严重的一例烧伤总面积为98%、三度烧伤面积为90%。1968年以后，此法逐步在我国推广并引起国外烧伤界仿效，都取得令人满意的疗效，但其机理至今未明。曹颖平在导师上海市免疫学研究所所长周光炎教授、上海市烧伤研究所所长史济湘教授以及郑泽铣副教授的指导下，首先建立了自体淋巴细胞与异体表皮细胞混合培养体系，然后通过加入少量自体表皮细胞，在体外模拟成功“自体皮岛效应”，即临床上的异体真皮滞留于自体表皮和移植床之间、形成特有的夹心结构。通过这一模型研究发现，自体表皮细胞能有效地抑制自体淋巴细胞对异体表皮细胞的同种异体增殖反应，而参与诱导自体皮岛抑制效应的是处于皮肤最外层的角朊细胞。经过对加入自体角朊细胞前后的自体淋巴细胞和异体表皮细胞混合培养体系中几种相关的细胞因子的格局分析，证实角朊细胞是通过激活细胞因子 TH2 亚群而抑制 TH1 亚群来诱发局部免疫抑制的。从而阐释了临床上移植异体皮在表皮脱落后，其真皮能长期覆盖在被烧伤的创面上的结论。

（《健康报》1997 年 7 月 25 日）

16 个单位 19 个课题组团结协作 3 年

我国人类基因组研究成果丰硕

本报讯 国家自然科学基金重大项目《中华民族基因组中若干位点基因结构的研究》，9 月 9 日在上海第二医科大学通过以中科院院士吴旻教授为主任的专家组验收。专家认为，该研究使我国人类基因组研究有了一个良好的开端。

中国人类基因组研究是国家自然科学基金委员会“八五”期间最大的研究项目。从 1994 年 1 月进入实质性研究到 1997 年 6 月止，科研人员在中国医科院基础所强伯勤院士、上海二医大附属瑞金医院血研所陈竺院士的率领下，经过短短 3 年半时间，建立了南、北方两个汉族人群和西南、东北地区傣、景颇等 12 个少数民族共 733 个永生细胞系，为中华民族基因组的研究保存了宝贵资源，并展开了我国多民族基因组多样性的比较研究；建立了较完整的基因组研究技术体系，克隆到了定位于 11 号染色体的遗传性多发性外生性骨疣的致病基因，获得了一批食管癌特异缺失的 DNA 片段，发现了若干肝癌相关基因的 cDNA 和确定了 17 号染色体短臂上肝癌相关缺失区域的范围，克隆到了若干白血病致病基因并展开结构、功能研究，定位了 X 染色体上视网膜色素变性的相关区域。此外，还在肝豆状核变性相关位点、珠蛋白基因、血友病甲和马凡氏综合征等基因突变与疾病的关系以及血管紧张素Ⅰ转换酶基因、脂蛋白脂酶基因和载脂蛋白E基因与Ⅱ型糖尿病并发症易感性的关系研究方面有所发现。

该研究的一批结果已经以论文的形式发表于国内外高水平的学术刊物，或者以数据方式进入了国际基因组数据库，部分阶段性研究成果已获得国家和省部委科技进步奖或通过成果鉴定。

（《健康报》1997年9月11日）

有关专家调查后建议

医生都应懂得中医药

本报讯 “作为一个中国医师，不使用、不接触祖国医药学（中医药）是不现实的。因此，西医院校同样有对学生进行祖国医药学教育的责任和义务。”这是上海第二医科大学曾真副教授在完成“西医院校中医教学的现状研究”调查后最近发出的呼吁。

曾真副教授在上海第二医科大学附属瑞金医院中医科主任、著名中医专家夏翔教授的指导下，调查了上海市和苏、浙两省共12家医学院校附属医院中医教学的现状。调查发现，西医院校的中医教学无统一的教学时数、教学大纲和教材，学时数普遍偏少且忽略了临床实习；学生对目前的中医教学现状不满意，要求加以改进，希望有临床实习；中药广泛被西医临床各科各级医师使用，且有随年资、临床经验的增长而对中医药的重视程度和使用机会增加的趋势；门诊使用中成药的概率，西医各科并不明显低于中医各科，西医内科系统与非内科系统的差别也不十分明显。为此，曾真副教授建议，西医院校应将中医药课程统一为必修课。他还着重指出，从中医药学本身的价值、医学发展前景、国家中西医并重的政策以及国情看，一个中国医生，即使是学西医的，也要懂得而且能使用祖国医药学。

据悉，曾真副教授的调查研究及建议已得到国家中医药管理局和国家教育部有关方面的重视，曾真副教授也应邀成为全国西医院校面向21世纪教材《中医学》的编委。

（《健康报》1998年3月21日）

为心脏“减肥”

—扩张性心肌病患者在上海获救

本报讯 您听说过为心脏“减肥”吗？上海市第一例“心脏减肥”手术——左心室减容，外加二尖瓣人工瓣膜置换术，由上海第二医科大学附属瑞金医院胸外科主任陈中元教授完成，病人日前已痊愈出院。

47岁的男性病人马九林，因患原发性扩张性心肌病、二尖瓣关闭不全、肺动脉高压等疾病而导致心慌、气短、不能平卧。近来病人多次心衰，心功能下降为Ⅳ级，且心脏舒张末期左心室直径达到85毫米（正常为56毫米）、容积高达500毫升（正常为110毫升），左心室射血分数仅为20%（正常为56%～81%）。对于这类病人，目前世界上尚无理想的药物可以治疗，到了晚期，唯一的办法只有作心脏移植。陈中元教授在查阅文献资料后，决定部分切除患者扩张的心脏左心室肌肉，以减轻其心脏受累。

9月3日上午，陈中元为病人施行了体外循环下的左心室减容，切除了病人左心室前壁、左侧壁及心间区长12厘米、宽7厘米，重95.1克的肌肉，同时置换了人工二尖瓣瓣膜。手术历时5个小时。术后，病人原先心慌、气短、不能平卧的状况即得到缓解，心功能也恢复到Ⅱ级水平。

据检索表明，此例手术为上海首例、全国第二例，其切除重量是第一例的2倍多。专家认为，手术虽有很大的风险，但不失为治疗扩张性心肌病的有效方法。

（《健康报》1998年12月2日）

根据凝血因子水平随时调节用药剂量

血友病手术禁区被突破

本报讯 为患血友病所致外科疾患的病人手术，历来被视为禁区。上海第二医科大学附属瑞金医院一项题为“血友病手术的监测及围手术期处理”的临床研究，一举突破禁区，日前被有关专家评价为达到国内领先、国际先进水平。

血友病是最常见的遗传性出血性疾病，由于缺乏因子Ⅷ或Ⅸ，造成患者终生有自发性出血或轻微损伤后就出血难止，其发病率在我国虽然只有4～5/10万，但是致残率却达到85%～90%，严重型患者则高达93%～97%。面对这一医学“禁区”，瑞金医院王鸿利、杨庆铭两位教授率领该院血液科、骨科、检验科、外科、小儿外科等临床科研人员从1964年起，历经35载，不仅在国内首先建立了血友病实验诊断的方法学，而且还总结出了一整套血友病围手术期的实验室监测及内科处理程序，在手术前、手术中和手术后对患者的凝血因子水平进行监测，根据凝血因子的水平对所用药物的剂量随时进行调节，从而有力地保障了手术成功。由于多科协同一致，密切配合，该院对90例年龄从出生5天到82岁的血友病患者进行的各类手术均已获得成功，特别是最近对一患重型血友病并伴高滴度抗体形成、败血症病人施行左腿截肢手术成功，国内外均未见成功报道。

（《健康报》1999年9月30日）

白血病基因研究又获突破

陈赛娟等发现“锌指蛋白基因”

本报讯　与肿瘤相关的“锌指蛋白基因”在国际上被国家人类基因组南方研究中心、上海第二医科大学附属瑞金医院上海血液学研究所陈赛娟教授等首先发现并揭示。9月30日出版的国际权威科学杂志《美国科学院学报》发表了该研究学术论文《早幼粒细胞白血病锌指蛋白基因的序列分析、基因组结构、分子进化及其异常重排》。有关专家评价：这是中国科学家在白血病基因研究领域的重大突破与贡献。

急性早幼粒细胞白血病的特异标记是病人15、17号染色体的易位。1990年年底，陈赛娟教授在国际上首先发现一例急性早幼粒细胞白血病患者具有11、17号染色体的易位，而15号染色体却是正常的。面对这一稀罕的变异型病例，陈赛娟等研究人员从分子水平进行探索，得出该患者17号染色体上的维甲酸受体α基因可能与一个以前从未报道过的位于11号染色体上的新基因发生融合。采用新型的锚定聚合酶链反应方法、基因文库的探针筛选、序列分析，以及染色体原位杂交等手段，最后克隆到了11号染色体上的新基因。从DNA顺序分析表明，这个基因编码的蛋白有一个富含脯氨酸的转录激活区和9个锌指结构，为此陈赛娟及其合作者将此基因命名为早幼粒细胞白血病锌指蛋白基因(PLZF)。这一发现引起了世界各国肿瘤、血液专家的极大兴趣与关注，陈赛娟等的论文在英国出版的国际权威杂志《欧洲分子生物学组织杂志(EM-BOJ)》，和美国出版的《临床研究杂志(Clinlnvest)》发表以来，被各国同行引证率迄今已达1 000多次。

在此基础上，陈赛娟教授等经过进一步研究，对这个长度约为20万个碱基对、是一般基因长度7倍的“锌指蛋白基因”从cDNA水平摸清其临床表型与基因型之间的关系；在完成其基因组DNA全序列分析和理解其生物学功能后，又阐明了早幼粒细胞白血病的发病机制，所识别的蛋白质可作为治疗肿瘤的靶点。研究最终揭示了“锌指蛋白基因”的分子进化规律，提出并解释了基因板块复制的概念。

(《健康报》1999年10月15日)

褒奖新时期医界楷模

上海举行俞卓伟事迹报告会

本报讯 由上海市委宣传部和市卫生局主办的俞卓伟先进事迹报告会12月7日下午在上海第二医科大学附属瑞金医院礼堂举行。中共上海市委副书记龚学平出席报告会并讲话，赞扬俞卓伟是改革开放新时期涌现出来的一个忠诚党的卫生事业、全心全意为人民服务的楷模。

俞卓伟现任上海第二医科大学附属瑞金医院党委委员、副院长，由外单位调入瑞金医院12年来，他无论在什么岗位上，都全身心地投入工作，一年365天，没有节假日，没有休息天。在他的心中，唯有病人，唯有工作，唯有他人，而唯独没有自己。在俞卓伟身上，集中展现了新时期共产党人的崇高品质，展现了当代知识分子的高尚情操，展现了医务工作人员的精神风貌。他曾先后荣获“上海市劳动模范”“上海市优秀共产党员”“全国优秀医务工作者”和“全国‘五一’劳动奖章”等殊荣，最近又被推荐为全国“白求恩奖章”候选人。在报告会上，由瑞金医院党委宣传干部、老教授及俞卓伟的女儿组成的报告团演讲者，以极其生动的事例全面介绍了俞卓伟的生动事迹。俞卓伟在报告会上谦虚而又意味深长地说：“穿上白大褂就是一身的责任。”

市卫生局局长刘俊在会上宣布了卫生局《关于开展向俞卓伟同志学习活动的决定》，号召卫生系统各级领导干部、医护职工用俞卓伟同志的先进事迹不断激励自己，鞭策自己，努力争当好领导、好公仆、好医生，争做人民满意的医务工作者。

（《健康报》1999 年 12 月 8 日）

专家携手击退死神

上海瑞金医院为同济大学留住校长

本报讯 经上海第二医科大学附属瑞金医院的全力抢救，患急性重症坏死性胰腺炎，导致心肺肝肾等脏器功能严重障碍，心脏骤停 8 次，几度濒临死亡的同济大学女校长吴启迪，将于本月 30 日新千年来临之际痊愈出院。

急性重症坏死性胰腺炎来势凶猛，发展迅速，预后极差，历来是外科死亡率较高的疾病之一。今年 8 月 6 日，同济大学校长吴启迪由血脂过高诱发急性坏死性胰腺炎，在起病不到 24 小时内，即因严重的胰腺和胰周组织坏死引发毒血症，导致休克、呼吸衰竭，被就近送入上海第二医科大学附属新华医院外科抢救。瑞金医院著名胰腺外科专家张圣道教授奉命与新华医院腹部外科专家张一楚教授立即进行第一次剖腹手术，清除了 2 000 毫升的血性渗液，并同时做胃、空肠造瘘和气管切开手术，以暂时缓解病情。

术后 20 小时，吴启迪被转到瑞金医院继续抢救。从 8 月 8 日至 9 月 27 日，瑞金医院除施行该院最新的“血滤”方法，清除过高的血脂和细胞毒素因子，还先后为吴启迪进行了 3 次腹腔坏死组织清除、腹腔灌洗手术，每次手术均历时 7～8 个小时。其间吴启迪曾在 9 个小时内出现 8 次心室颤动、心脏骤停。经过该院 140 余天的协同作战，终于控制了吴启迪的病情。

有关专家认为，抢救吴启迪校长的过程是一次展示瑞金医院三级甲等、“全国百佳医院”雄厚实力的过程。据悉上海瑞金医院已积累 400 余例抢救急性坏死性胰腺炎的丰富临床经验。

（《健康报》1999 年 12 月 28 日）

陈竺领衔人类基因组伦理学研究

本报讯 我国生命科学研究机构内的第一个生命伦理、法律和社会研究组，日前在中科院院士、首席科学家陈竺教授领衔的国家人类基因组南方研究中心正式成立。该伦理、法律和社会研究组聘请了人类基因组国际组织生命伦理学委员会中方委员、中国社会科学院哲学研究所邱仁宗教授，世界卫生组织前副总干事、伦理与卫生指导小组前主席胡庆礼教授以及美国、德国、加拿大等国的多名医学伦理学专家为顾问。

人类基因组计划被称为不亚于“阿波罗登月”的国际科学协作大工程，预计到2003年在完成测定人的23对染色体DNA全部30亿个核苷酸的排列次序后，将开始从蛋白水平来研究人体约10万个基因及其相互间的关系、具体的功能和机制，加深人类对自身的认识，采用基因治疗和治疗性克隆等方法，从根本上治愈人类各种创伤和疾患。围绕克隆“多利羊”后的有关“克隆人”的理性思考，国际有关组织已明确将相关的伦理、法律和社会问题引入人类基因组项目研究。经过较长一段时间的酝酿和筹备，陈竺教授在国家人类基因组南方研究中心内成立伦理、法律和社会研究组，旨在用伦理、法律约束人类基因组研究的科研人员，并就此结合人类基因组研究来展开相关研究，从而使专业研究在伦理、法律和社会研究指导下更规范有序。

（《健康报》2000年3月2日）

胰腺癌能早期确诊了

博士生奉典旭找到基因诊断指标

本报讯 长期困扰临床医生的胰腺癌确诊问题，终于被上海第二医科大学博士研究生奉典旭解决。他的论文《胰腺癌病人基因诊断的研究》，对提高胰腺癌的早期诊断水平和治愈率具有重要意义。

胰腺癌是恶性程度很高的肿瘤，其发病率在国内外均呈上升趋势。胰腺癌的预后很差，数十年来其死亡率和生存率一直没有明显改观，重要原因是缺乏及时、准确的诊断方法。临床上应用放射学和超声学方法很难发现早期病例。而检测胰腺组织的基因突变则需要手术穿刺取标本，这对于术前早期诊断是个很大的障碍。

奉典旭在我国著名腹部外科专家林言箴教授和著名胆道胰腺专家张圣道教授的指导下，试图从血液途径检测癌基因或抑癌基因突变进行早期诊断胰腺癌。在3年的研究中，奉典旭首先建立了血浆癌基因K-ras和抑癌基因P53基因突变检测方法，并探讨其在胰腺癌患者血浆中的临床意义。由此得出在胰腺癌患者中通过血浆标本检测癌基因K－ras和抑癌基因P53基因突变是可行的。

接着，他结合血清肿瘤标志物，前瞻性评价血浆癌基因K－ras基因突变，得出病人手术前血浆检测的结果与病人手术中探查、病理诊断结果相一致，从而找到诊断胰腺癌的一个有价值的指标。经进一步研究，他还发现人胰腺癌组织胆囊收缩素A型受体有特异表达，这也是一个诊断胰腺癌的指标。

（《健康报》2000年7月26日）

重症急性胰腺炎研究取得新成果

本报讯 上海交通大学医学院附属瑞金医院张圣道教授领衔的“重症急性胰腺炎的基础和临床研究”，日前在2006年中华医学科技奖评选中荣获一等奖。

重症急性胰腺炎是外科常见的危重急腹症，其治疗复杂、疗程长、费用高，其中暴发性胰腺炎发病凶险、病死率高，而胰腺炎相关的脑功能障碍预后也十分凶险。张圣道等通过4年多研究，取得了4项创新性成果：进一步确立全身炎症反应失衡是重症急性胰腺炎主要加重机制；首次提出以纠正全身炎症反应失衡为治疗目标的短时血液滤过，并在全国推广，采用人IL－10腺病毒治疗重症急性胰腺炎；首次建立稳定的暴发性胰腺炎动物模型，阐明内毒素易位所致过度炎症反应为其关键机制，确立了暴发性胰腺炎的诊断标准，提出了早期复苏、脏器功能支持、监测腹内压、早期手术和必要时血滤治疗的救治方案，使救治成功率提高到67.9％；重症急性胰腺炎并发脑功能障碍的临床研究表明，早期常见原因以水电解质紊乱为主，后期常见原因以真菌感染为主，实验研究证明这些致病因素都能导致神经系统脱髓鞘改变，因而提出胰腺炎相关性脑功能障碍的诊断名。

据介绍，由于该研究取得的成果，课题组负责人承担了中华医学会外科学会胰腺外科学组“重症急性胰腺炎诊断分级标准”和“重症急性胰腺炎诊治指南”的制定和修订工作。

（《健康报》2007 年 2 月 1 日）

我国两项基因研究达国际先进

陈竺陈家伦所著论文已被国际权威杂志刊载

本报讯 上海市科委 8 月 15 日下午召开的“人类基因科研成果介绍会”披露，由瑞金医院上海血液学研究所所长、中科院院士陈竺教授和瑞金医院上海市内分泌研究所名誉所长陈家伦教授分别领衔完成的两项人类基因研究论文，8 月 15 日分别被国际权威刊物、美国出版的《血液》杂志和《美国科学院院报》刊登。有关专家认为，这两项研究反映了我国功能基因研究已与重大医学问题相结合，成为功能基因组学在医学研究中的应用范例，成果达到国际先进水平。

在陈竺院士领衔下，由瑞金医院上海血液学研究所、中科院上海细胞生物学研究所和国家基因组南方研究中心研究人员合作完成的“维甲酸诱导急性早幼粒细胞白血病细胞分化的基因表达调控网络研究”，成功地分离和克隆了诱导分化过程中差异表达的基因，筛选到 169 个受全反式维甲酸调控的基因，发现 8 个上调基因和 24 个下调基因可能为全反式维甲酸的直接靶基因。对这些基因的功能进行剖析，又发现其表达的变化构成了一个网络，涉及细胞分裂周期的阻滞、增殖的抑制以及凋亡抵抗、细胞核信号和胞浆信号相互交流，共同控制着分化进程。

在著名内分泌专家陈家伦教授领衔下，瑞金医院上海市内分泌研究所和国家人类基因组南方研究中心研究人员合作完成的“人下丘脑—垂体—肾上腺轴基因表达谱研究及其新基因全长 cDNA 的克隆”，在国际上第一次通过大规模表达序列标签的测定，获得下丘脑—垂体—肾上腺轴这一神经内分泌重要系统基因表达谱，并且还从下丘脑—垂体—肾上腺轴克隆到了 200 条新基因，有力地推动了我国识别和克隆人类功能基因 1%计划的完成。

（《健康报》2000 年 8 月 16 日）

王振义教授等获“经典引文奖”

本报讯 中国工程院院士、上海二医大附属瑞金医院、上海血液学研究所名誉所长王振义教授领衔完成并发表于国际权威刊物1988年10月号《血液》上的论文《全反式维甲酸治疗急性早幼粒细胞白血病的研究》，被美国科学信息研究所（ISI）统计为高影响力论文。日前，王振义获得了ISI颁发的“经典引文奖”。

ISI是国际学术界公认的权威学术信息机构，被引用次数最多的学术文献称为高影响力论文。由该机构建立的引文索引数据库显示，我国从1981年到1998年间，约有20万篇论文被收录，其中213篇入选高影响力论文。在这些论文中，有47篇论文完全由国内作者独立完成。王振义等的论文是47篇中唯一一篇密切联系临床治疗的研究成果，并开创了一条新的有效治疗途径，为恶性肿瘤可以通过诱导分化治疗这一新的思路和理论提供了成功的范例，王振义本人被国际学术界誉为“癌肿诱导分化第一人”。论文发表后，已成为该领域内的经典之作，经常被《科学》《自然》《细胞》《欧洲分子生物学》《美国科学院学报》等国际最前沿的学术刊物所发表的大量论文所引用，成为最有国际影响的学术文献之一。

据王振义说，他和该论文的其他7位作者：硕士研究生黄萌珥，合作伙伴瑞金医院的蔡敬仁、陈淑容，新华医院的顾龙君、叶裕春，中山医院的鲁家祥，市儿童医院的赵琳都获得了ISI授予的“经典引文奖”证书。

（《健康报》2000年10月17日）

上海二医大博士后任进余完成一项研究

率先建立丙肝转基因动物模型

本报讯 上海第二医科大学博士后任进余在瑞金医院内科学传染病专家陆志檬、周霞秋两位教授指导下，完成题为“丙型肝炎病毒（HCV）结构基因转基因小鼠模型的建立及其致病性研究”。日前，有关专家肯定该研究的创新性，在国内外率先建立HCV转基因动物模型，其研究结果对阐明丙型肝炎发病机理有重要意义。

HCV是输血后肝炎及散发性非甲非乙型肝炎的主要病因，全球大约有2%～3%的人感染了HCV。HCV感染后，近70%的人发展为慢性肝炎。长期慢性感染易导致肝纤维化、肝硬化，甚至原发性肝癌。由于缺乏稳定的感染细胞及实验动物模型，极大地影响了丙型肝炎发病机制的研究，限制了抗病毒药物筛选及预防性或治疗性疫苗的研制。任进余在研究中，采用受精卵显微注射法，将HCV结构基因导入小鼠受精卵，成功地建立了稳定表达与诱导表达HCV结构基因转基因小鼠。在稳定表达型小鼠中发现，HCV结构基因在小鼠发育早期的高表达，可导致死胎；中度表达可致多脏器严重的组织损伤；低表达或不表达则使小鼠幸存；低表达小鼠6月龄后80%以上可发生肝细胞脂肪变性。研究结果提示，HCV结构基因具有明显细胞毒作用，且与表达水平密切相关。HCV结构基因高表达，迅速导致小鼠多脏器严重损伤，46.7%的小鼠在3～5天内迅速死亡，从而证实HCV结构蛋白具有明显的直接致细胞病变作用。

（《健康报》2001年7月31日）

中国人高血压遗传资源库建成

汉族人原发高血压易感基因得到准确定位

本报讯 上海第二医科大学附属瑞金医院、上海市高血压研究所所长朱鼎良教授领衔的课题组，经过5年时间的潜心研究，建成一个颇具规模的、规范化管理的中国人高血压遗传资源信息数据库和DNA样本库，同时首次在中国汉族人中将原发性高血压易感基因定位在2号染色体的长臂14～23区域内。日前，有关专家在鉴定这项研究成果时认为，所建立的数据库、样本库，无论在样本品种的多样性或在样本数量的规模上均达到国际先进水平，使遗传资源得到共享，为深入进行高血压临床和基因研究发挥了积极的作用。

朱鼎良教授等科研人员在国家“863”计划经费的资助下，于1996年在国内率先成立高血压遗传资源样本收集小组，并开展了高血压家系样本的大规模收集和建库工作。截至2001年10月，科研人员已收集到5 165例高血压DNA样本及相关临床资料，其中包括高血压核心家系（即两代人中每代至少有一名高血压患者和一名40岁以上的正常血压者)232个,1 274例;患病同胞对(同胞中至少有一名高血压患者和一名40岁以上的正常者)385对,1 358例;隔离人群(高血压大家系:河南省三门峡市灵宝县豫灵镇吴村)1个,726例;双生子111对,223例;高血压患者818名;正常血压者738名;单基因遗传性高血压家系3家,28例。

科研人员遵照国际惯例,在样本收集中使用知情同意书,在建立信息数据库的同时,建立DNA和血清样本库,并已经向国家人类基因组南方研究中心和复旦大学遗传学研究所等提供样本。科研人员利用本库资源,已取得了创新性研究成果。运用荧光标记一半自动基因扫描分型技术,选择14个微卫星DNA位点作为遗传标记,首次在中国汉族人中将原发性高血压易感基因定位在2号染色体的长臂14～23区域内。目前科研人员正进一步搜寻、识别、克隆这一高血压病易感基因。

(《健康报》2001年12月20日)

一肝救两人

“瑞金”成功完成“劈离式肝移植”

本报讯 继26年前率先实现我国同种原位异体肝移植手术“零”的突破后,上海第二医科大学附属瑞金医院本月19日又成功完成了我国首例“劈离式肝移植”术。昨日是两位病人接受肝移植的第6天,由瑞金医院院长、普外科主任李宏为教授和副主任彭承宏教授带领的手术移植小组披露,两位病人已安全度过了术后急性排异期,并已开始进食、下床活动。

所谓“劈离式肝移植”,是指一个完整的同种异体供肝按解剖结构修整分离出两套各自独立的动脉、静脉及胆道系统,分别移植到两位病人身上。据介绍,同时接受肝移植手术的两位病人为49岁和22岁的女性。中年女病人因肝硬化、门静脉高压症而反复上消化道出血20余次,就在手术前的一周还呕血1 500毫升。年轻的病人8年前罹患肝豆状核变性,由于不断恶化的铜代谢障碍,死神已渐渐向她逼近。考虑到两位病人严重的病情及供肝缺乏,瑞金医院决定采用“劈离式肝移植”方法,使一个供肝,让两位病人受益。

瑞金医院肝移植手术小组先把一死者自愿捐出的总重量为 1 080 克的供肝按解剖结构分成 850 克重和 230 克重的左右两半，在修整出两套各自独立的动脉、静脉和胆道系统后，立即在两台手术台上为两位病人施行迅速对接。49 岁病人的病变肝被切除后，850 克的供肝右半肝担当其肝脏的全部功能；22 岁病人由于需解决的是部分肝代谢问题，手术医生仅切除了她的左半肝，再用 230 克的供肝左半肝移植上去。据悉，此次手术从劈离、修整供肝，直到分别移植到两位病人身上，共用了 13 个小时。

（《健康报》2002 年 7 月 26 日）

采用维甲酸联合砷剂给药

瑞金医院治疗白血病再探新路

本报讯 上海第二医科大学附属瑞金医院血液科治疗急性早幼粒细胞白血病又创奇迹，率先在国内外采用全反式维甲酸联合三氧化二砷给药，治疗 66 名初发患者，经 26 个月随访，无一人复发。有关专家日前认为，这一为国际首创的临床应用研究成果开辟了一条全新的治疗白血病的道路。

20 世纪 90 年代以来，瑞金医院上海血液学研究所王振义院士、陈竺院士、陈赛娟和陈国强教授等分别对全反式维甲酸、三氧化二砷从作用机理上进行了深入的研究，认为两药联合应用对全反式维甲酸耐药细胞的作用较应用单药更强，对三氧化二砷耐药细胞则具有促凋亡和分化的效应，并且可根除小鼠急性早幼粒细胞白血病模型的白血病细胞克隆，其疗效较两药单用更为显著。2001 年 4 月至 2003 年 6 月，瑞金医院血液科沈志祥和陈赛娟两位教授采用维甲酸联合砷剂在临床上共治疗初发急性早幼粒细胞白血病患者 66 名，在病人获得完全缓解后又进行了“标准七三方案 DA”“中剂量阿糖胞苷”和“标准七三方案 HA”三个疗程的巩固化疗，以后再两药联合给药加上小剂量化疗维持疗效。临床治疗结果证明，与以往两药单用治疗相比，两药联合应用不仅完全缓解率显著升高，而且完全缓解所需时间仅为 26 天，比单用维甲酸治疗缩短了 19 天，比单用砷剂治疗缩短了 9 天。

（《健康报》2003 年 6 月 30 日）

帕金森病与脑代谢有关

本报讯 年仅28岁的女患者患重症帕金森病已4年，生活完全不能自理，面部、手脚不停地震颤。经上海瑞金医院神经外科孙伯民副教授及其治疗小组的手术治疗，她恢复了正常人的生活，并于今年6月顺利产下一子，这是迄今为止世界上首名重症帕金森病患者经手术治疗后完全康复并正常生育的患者。9月3日，上海瑞金医院报告了这一消息，同时还在国际上首次揭示了脑深部刺激治疗原理，证实帕金森病与脑代谢有关。

据介绍，上海瑞金医院神经外科孙伯民副教授及其治疗组从1999年在国内最早开展丘脑底核的脑深部电刺激治疗帕金森病以来，至今已治疗了100多名中晚期帕金森病患者，均取得良好的治疗效果。在临床治疗的同时，他们还进行了大量的研究工作，比较了脑深部刺激治疗前后的脑葡萄糖代谢的变化，证实了使用脑起搏器刺激可使中脑黑质状体区的代谢增加，从而易化黑质神经细胞的功能，达到治疗目的。同时这种局部的代谢增加可能对神经细胞产生保护作用，延缓帕金森病的进程。这项成果可解释脑深部刺激的治疗机制，同时为手术的选择提供了重要依据。

今年5月，在美国纽约举行的国际功能神经外科大会上，孙伯民副教授作为唯一的中国代表在大会上报告了他们的这一成果，获得了国际同行们的高度评价，其论文将在国际权威杂志发表。

（《健康报》2003年9月5日）

肝细胞损伤研究获重大进展

本报讯 上海第二医科大学附属瑞金医院感染科谢青教授领衔的《肝细胞损伤发生机制及治疗干预的研究》于日前通过成果鉴定。专家认为，该研究具有创新性，达到国际先进水平。该研究论文日前已发表在国际肝病研究领域最具权威的学术刊物 *Hepatology* 杂志上。

肝细胞损伤是一种由多因素介导的复杂的生物学过程，与肝细胞凋亡密切相关。谢青教授等经过6年的深入探索，在国际上首先研究了各种原因引起肝细胞凋亡（死亡受体、线粒体损伤和内质网应激）中相关基因的表达和调控，找到了在不同凋亡途径中的关键基因和治疗靶点，同时还探明了肝细胞凋亡与肝细胞损伤和坏死的密切关系，得出了肝细胞凋亡是肝细胞发生坏死的先决条件。该研究以破坏细胞内钙离子平衡诱导内质网应激作为实验模型，研究了钙离子信号对 Caspase－12 蛋白酶活化的作用，为内质网应激相关性疾病的治疗提供了新的思路。他们发现了胸去氧胆酸抗肝细胞凋亡的一个新的作用机制，并针对凋亡基因 Caspase－3 设计和合成的核酶能对肝细胞和神经元细胞凋亡具有阻断作用。

谢青等针对多个有效靶位点，设计了肝细胞损伤的药物干预、基因干预和细胞干预策略，特别是摆脱了以往单一用药治疗肝细胞损伤性疾病的模式，建立了多元化治疗体系并取得了很好的疗效。

（《健康报》2003 年 11 月 21 日）

内分泌肿瘤隐秘而凶险

医生要睁大慧眼仔细分辨

本报讯 上海第二医科大学附属瑞金医院副院长、上海市内分泌代谢病临床医学中心主任宁光教授在日前召开的“国际青年内分泌学家研讨会”上呼吁，临床医生和患者切莫忽视内分泌疾病引起的肿瘤。

宁光教授说，肿瘤是目前最为棘手的医学问题，但是许多由内分泌疾病引起的肿瘤却鲜为人知，比如巨人症和肢端肥大症是由脑垂体生长激素瘤引起的；一些继发性高血压常常是肾上腺肿瘤的问题；还有甲状腺肿瘤、胰腺肿瘤、胃肠肿瘤等都和内分泌有关。

宁光教授指出，内分泌肿瘤与其他肿瘤相比具有四个不同的特点，一是更具隐秘性，由于内分泌肿瘤体积比一般肿瘤体积更小，因此诊断更难；二是更具迷惑性，内分泌肿瘤产生的很多症状在临床上都是很常见的，像高血压、低血糖等，更容易被忽视；三是更具复杂性，内分泌肿瘤可能发生在全身所有的器官与组织中，而且一个肿瘤可产生多系统、多脏器症状；四是更具恶性程度变异，内分泌肿瘤其良性可以维持很长一段时间，而恶性则进展十分迅速。

宁光教授结合临床上不少病人的血压一直难以控制的病例说，这些病人用各种各样的降压药效果都不好，最后才发现是一种内分泌肿瘤中的嗜铬细胞瘤引起的。因此，临床医生和患者都切莫忽视内分泌疾病引起的肿瘤，应早期诊断和积极治疗，以提高患者的生存率和生存质量。

（《健康报》2004 年 10 月 28 日）

瑞金医院创造中国器官移植纪录

腹腔七脏器整体大“搬家”

本报讯 近日，一名 38 岁的妇女在上海第二医科大学附属瑞金医院同时接受了肝脏、胰腺、脾脏、胃、十二指肠、全小肠（空肠、回肠）和结肠（盲肠、升结肠、横结肠）等 7 个脏器的整块移植。该院院长、普外科主任李宏为教授昨天下午宣布：移植手术取得成功，病人各项生命体征正常。有关专家认为，这是中国器官移植史上的奇迹，创造了亚洲第一。

据介绍，该病人因 APC 基因突变，从最近端的胃到最远端的直肠都密密麻麻地长满了大大小小的息肉，有些息肉已经发生了恶变。其中十二指肠的癌症已经向肝门和胰腺蔓延，而直肠的癌症也已向深部浸润。11 月 5 日，患者在瑞金医院普外科被确诊为胃肠道腺瘤性息肉综合征。尹路、彭承宏两位外科教授决定为患者进行腹腔内所有胃肠道器官移植，这一想法得到李宏为教授的支持。在 10 多次全院联合会诊后，最终决定进行“腹腔多器官簇联合移植”。

12 月 14 日 14 点 45 分，尹路教授等一组医生仔细去除掉了生前自愿捐献的供体器官上多余的脂肪和纤维组织，小心翼翼地将血管修剪成适合于移植的状态。为了尽可能减少病人的手术创伤、保持移植脏器结构和功能的完整性，医生们为病人构思了一套符合生理状况的血液供应系统。

17 时整，由彭承宏、李宏为教授领衔的摘取病人腹腔受损脏器的手术正式开始。4 个小时后，病变的脏器被完整取出，包括肝脏、胰腺、脾脏以及自食管下端到直肠的整个胃肠道。打开取出来的标本，胃肠道内布满息肉，如同一条铺满鹅卵石的弯曲小路；一个鸡蛋大小的分叶状肿瘤已经从十二指肠向肝门处挺进，另一个直径 4 厘米的菜花状肿瘤也被切了下来。

21 点 06 分，修整好的供体肝脏、胰腺、脾脏、胃、十二指肠、小肠和结肠被整块地放进了病人的腹腔里。主刀医生用细若发丝的缝线成功地完成了供体和受体的血管连通。

21 点 52 分，连通的血管被依次开放，住入“新家”的肝脏、胰腺、脾脏、胃、十二指肠、小肠和结肠由苍白转为红润。

22 点 10 分，胃肠道重建开始，供体的胃底与病人的食管对接，供体的结肠与病人的直肠吻合。医生还在病人的左下腹做了一个暂时性的结肠造瘘口，这样不仅有利于结直肠吻合口的愈合，也便于观察排斥反应。

历时 14 个多小时，手术于 12 月 15 日清晨 5 点 15 分结束。手术后第一天，病人撤除了呼吸机。第二天，病人在床上能轻轻地翻身。第三天，病人通过手机向家人报了平安。

（《健康报》2004 年 12 月 21 日）

“模板缺损学说”揭示瘢痕形成机制

本报讯 12 月 27 日，一项题为“创伤过度修复——疤痕增生发生机制研究”课题，通过了成果鉴定。该课题由上海交通大学医学院附属瑞金医院上海市烧伤研究所陆树良教授、青春教授共同领衔。由国内著名烧伤专家和整形专家组成的成果鉴定委员会，一致认可该研究提出的瘢痕形成“模板缺损学说”。

在国家重点基础研究发展规划项目、上海市“百人计划”“曙光计划”等项目的资助下，瑞金医院上海市烧伤研究所陆树良和青春两位教授率领科研人员，通过多年的临床和基础研究，论证了皮肤真皮组织缺损及其缺损程度与瘢痕形成密切相关，皮肤创面给予真皮组织的补充回植可改善创面组织的力学顺应性，调节成纤维细胞功能向有利于减少瘢痕形成的方向发展，从而减少瘢痕的形成。研究证实了其机制在于真皮的三维结构对成纤维细胞具有“模板样”的引导作用，不仅可诱导成纤维细胞的长入，而且可调节成纤维细胞的功能，且真皮组织的完整性或连续性是其发挥“模板作用”的必要前提，皮肤组织受外源性损伤致真皮“模板”缺损是引起瘢痕形成的重要机制之一。

专家认为，该研究成果不仅丰富了瘢痕形成的理论，而且为瘢痕发生生物学机制的研究和新型临床治疗手段的建立提供了新思路。

(《健康报》2005 年 12 月 29 日)

没有证据表明"左撇子"更聪明

本报讯 8 月 13 日是西方"左撇子"日,上海交通大学医学院附属瑞金医院功能神经外科中心主任孙伯民教授日前在接受记者采访时说,相对国外来说,我国的左力者(左撇子)很少。从科学和临床上来说,没有证据表明左撇子更聪明。

孙伯民说,大多数中国的父母都认为,左撇子不是一件好事,这使得他们在孩子幼年时就拼命去纠正。据悉,国外的父母们很少刻意改正孩子们用左手的习惯,这也是国外存在很多左撇子的原因。美国哈佛医学院所作的一项试验表明,强迫孩子改用右手的成功率仅有 5%,这样也导致美国至少 95%的孩子的左手"战胜"了父母,最终他们不仅能用左手,也可以使用右手。

孙伯民说,正是由于后天锻炼,让先天左力者的大脑左右半球都得到了很好的开发。由于右半脑控制左侧肢体运动,左半脑控制右侧肢体,而一些双侧肢体都能自由活动的人的双边脑半球都得了很好的锻炼,这就有可能产生一种情况:本来应该位于一侧优势脑半球控制语言、理解力等功能的区域同时分布在两个脑半球上。

为此,孙伯民界定的左力者更倾向于大多数可以"左右开弓"的左力者。这部分人即使受到外伤,其一侧脑半球受到损伤,另一侧也可以迅速代偿,加速恢复。而对于纯粹意义上不使用右手的左撇子,并没有足够的证据可以证明其更聪明。

(《健康报》2007 年 8 月 14 日)

父母双双供肝救爱女

上海首例"两供一受"活体肝移植成功

本报讯 上海交通大学医学院附属瑞金医院医务人员 12 月 12 日经过

17个小时努力，成功地为一名女患者实施了上海首例“两供一受”活体肝移植。12月20日，供肝的父母和受肝的女儿生命体征正常，尤其是女儿已度过了最危险的急性排异期，恢复情况良好。

“两供一受”活体肝移植是指用两个供体的双左叶或一左叶一右叶供肝行活体肝移植手术，适用于体重较重的患者。据瑞金医院肝移植中心副主任沈柏用介绍，“两供一受”活体肝移植是一项高精尖的外科手术，世界上能实施的国家不超过5个，中国是其中之一。

15岁的少女小怡体重达95公斤，被诊断为肝豆状核变性，由于其年龄小、病情重，加上体重超重，需要的肝脏体积也较大，因此只能通过两份供体肝移植进行手术治疗。但在临床上，“两供一受”在抗排异方面的风险比较大，因此这台手术受到了瑞金医院各相关学科的高度关注。术前分别针对肝移植手术指征、其父母亲作为供体的安全性和手术的设计进行了3次全院大会诊。

手术于12月12日8时30分开始，该院院长李宏为教授和外科主任彭承宏教授带领15位外科医生，分别在紧邻的7号、8号、9号手术室内开始手术。7号和9号手术室内分别进行的是小怡父亲和母亲半肝切除手术，而位于中间的8号手术室内进行的是小怡的肝脏切除手术，3台手术交叉进行。手术当天还配备了放射科医生、超声科医生和出凝血专家，连同麻醉科医生和手术室护士共动用了37位医护人员，最终手术取得成功。

（《健康报》2007年12月21日）

利用新型大规模基因组分析技术

在肝癌突变基因中抓住致转移“主犯”

本报讯 上海交通大学医学院附属瑞金医院和国家人类基因组南方研究中心肿瘤基因组课题组韩泽广教授、邓庆博士与黄健研究员领衔的科研团队，最近首次利用新型大规模基因组分析技术，找到肝癌转移关键突变基因。相关研究论文于8月26日在线发表在国际顶尖学术刊物《自然·遗传学》杂志上。专家认为，该研究结果将为肝癌诊断、预后、治疗以及开发新型治疗药物奠定基础。

韩泽广等科研人员与上海生物芯片国家工程研究中心、复旦大学附属中山医院、无锡市人民医院等单位合作，利用DNA测序技术，对乙肝病毒感染相关的肝癌原发灶和侵犯肝脏门静脉转移灶的全部基因组外显子进行比对分析，发现肿瘤细胞存在347个突变基因，平均每个肿瘤样本有30个～40个基因突变，其中大多数基因突变是第一次在肝癌样本中发现，并且在原发灶和转移灶中同时出现，说明肝癌发病、转移与基因突变密切相关，而转移相关基因在原发肿瘤中即发生突变，而不是在肿瘤转移过程中发生。另外，从碱基突变规律发现，突变除受黄曲霉素和内源代谢产物影响外，也可能与植物特定成分(如马兜铃酸)和塑料工业污染物有关。

为了确定哪个突变基因在肝癌转移中发挥关键作用，科研人员进一步在大量肝癌样本中，对这些突变基因进行评估以及大规模的功能实验分析研究。结果表明，大多数基因突变不是关键的，仅少数基因突变决定了肿瘤发病和转移，其中ARID1A、VCAM1和CDK14等基因突变发挥关键作用。ARID1A和VCAM1基因在功能正常时，起抑制肿瘤细胞作用，当突变发生导致基因功能丧失或者表达降低时，肿瘤细胞会出现增殖加快、运动和侵袭能力增强。目前，科研人员已经发现，13%的肝癌患者发生ARID1A基因突变；VCAM1除了突变外，还在多数肝癌样本中表达下降。而与细胞增殖相关的CDK14基因突变则会增强该基因功能，导致细胞生长加快，促进转移，可能是肝癌治疗新靶标。

(《健康报》2012年8月29日)

上海甲状腺结节恶性率年轻人高于老年人

本报讯 “25岁～35岁青年患者甲状腺结节恶性率达3.54%，显著高于56岁～65岁老年患者的2.69%和66岁～75岁老年患者的1.38%，提示甲状腺结节在青年人当中更应该引起重视。”5月29日，在由中华医学会内分泌学分会、上海市内分泌代谢病临床质控中心主办的第四届国际甲状腺知识宣传周新闻发布会上，上海市首次发布了该市甲状腺疾病调查报告。

据介绍，上海市内分泌代谢病临床质控中心牵头，对上海20家医院(三级医院14家、二级医院6家)内分泌科医生和甲状腺疾病患者共计4 970人进行问卷调查。结果显示，上海地区甲状腺疾病患者中女性占 80.46%，是男性的 3 倍；排名前 3 位的病种为甲亢(34.29%)、甲状腺结节(34.16%)、甲减(16.98%)。甲亢好发于 36～65 岁人群；甲状腺结节的发生率虽然随年龄增长而增加，是 55～85 岁人群最为常见的甲状腺疾病，但青年结节患者恶性率显著高于老年患者。甲减的构成比在各个年龄段基本相同，但 50 岁以后发病率明显提高。

中华医学会内分泌分会主任委员、上海交通大学医学院附属瑞金医院副院长宁光教授指出，调查表明，仅有 11%的甲状腺结节患者接受了良恶性结节鉴别诊断"金标准"细针穿刺检查，未接受细针穿刺检查者中除小部分是患者拒绝外，70%是由于医生未作建议。

（《健康报》2012 年 5 月 30 日）

冬凌草甲素对急性髓系白血病有潜在治疗作用

本报讯 由中科院院士陈竺和中国工程院院士陈赛娟领衔开展的一项研究最近获得重要进展。研究人员发现，冬凌草甲素对于伴有 t(8;21)染色体易位的急性髓系白血病(AML)具有潜在的靶向治疗作用。相关研究论文日前发表在美国科学促进会创办的《科学转化医学》杂志上。

据介绍，伴有 t(8;21)的 AML 是 AML 中最常见的一种类型，占 12%～20%，目前主要以蒽环类和阿糖胞苷化疗药物为基础的联合方案进行治疗，但效果欠佳，患者中位生存期仅为 2 年，5 年生存率低于 40%。

科研人员发现，从唇形科香茶菜属植物中分离出的一种贝壳杉烯二萜类天然有机化合物——冬凌草甲素，可以选择性地杀伤 t(8;21)白血病细胞。机制研究表明，这种冬凌草甲素能上调细胞内活性氧水平，并且还可与该类白血病特异的致癌蛋白 AML1－ETO 结合，起到抑制肿瘤因子的作用。

研究显示，冬凌草甲素可以抑制白血病起始细胞的活性，在与其他白血病治疗药物联合使用后可显著延长携带 t(8;21)的 AML 机构小鼠的生存期。

《科学转化医学》杂志评论认为，此项工作应用现代医学研究手段，对从中草药中提取的有效成分进行了深入的生物学功能研究，具有重要的科学价值。上海交通大学医学基因组学国家重点实验室/上海血液学研究所、中科院上海生命科学研究院健康科学研究所等的科研人员参与该项研究。

（《健康报》2012 年 4 月 17 日）

上海终末期肾病患者半数为中青年

本报讯 “上海市目前有 1.1 万名尿毒症患者正在接受透析治疗，在这些终末期肾病患者中，约半数是 50 岁以下的中青年人，全国情况类似，并与欧美等国终末期肾病主要累及老年人的情况形成反差。”这是记者从日前在上海市召开的全球肾脏病改善预后委员会（KDIGO）指南国际研讨会上获得的信息。

据介绍，慢性肾脏疾病（CKD）已成威胁全球人类健康的一类重大疾病。欧美国家 CKD 的发病率在 6%～16%，由 CKD 所引起的终末期肾病（ESRD）在全世界的发病率逐年提高，而且预后差、花费高，给全球卫生财政带来沉重负担。

大会执行主席、上海市医学会肾脏病分会主任委员、上海交通大学医学院附属瑞金医院肾脏科主任陈楠介绍，中国人群 CKD 发病率在 11%～12% 并呈逐年上升趋势，这与生活方式的改变有关。近年来，由糖尿病和高血压引起的慢性肾衰竭透析患者人数不断增加。目前，上海市因慢性肾病住院的患者中超过半数都是年轻人。每年进行透析治疗的人数有 1.1 万名。

鉴于肾脏病变之初往往没有症状，加上病情进展缓慢，容易被忽视，一旦出现并发症，往往已到中晚期，由此，普及早期发现肾脏病的方法变得十分重要。陈楠说，早期发现的方法包括观察晨尿是否有颜色变红或出现泡沫尿。久治不见好转的关节痛、贫血、皮疹、高血压等，可能是肾脏疾病中晚期的表现，应及时检查肾功能。

据悉，KDIGO 是一个非营利性组织，它的使命是通过促进和协调世界范围内的大合作，整合已有的相关工作，制定出适用于 CKD 患者的临床实践指南，并在世界不同地区加以推广，达到改善全球肾脏疾病患者医疗水准和预后的目的。研讨会上，海内外专家根据中国肾病的发展情况，对急性肾损伤、肾小球肾炎、慢性肾脏病 3 个指南进行了讨论，以期更加规范治疗肾脏疾病，早期发现早期干预。

（《健康报》2012 年 2 月 8 日）

“钥匙孔手术”受青睐

全国五百多所医院开展腹腔镜手术

本报讯 据近日在上海结束的“腹腔镜手术国际研讨会”传出的信息，我国目前已有 500 余家医院开展腹腔镜手术，完成千例以上的医院有 13 家，其中上海的瑞金医院、长海医院在手术的种类和难度上已走在国内前列。

被誉为“外科手术史上的一次革命”的腹腔镜手术，在我国引入虽仅仅 3 年半时间，但它的应用前景已越来越受到外科医生的重视和青睐，现在国内已有 600 余台腹腔镜手术器械，分布在全国各省市的 500 多家医院内，全国已有数十万病人免受剖腹、开胸之苦，尝到了这一损伤小、恢复快的“钥匙孔手术”的甜头。

上海瑞金医院自 1991 年 10 月率先在上海用腹腔镜完成一例胆囊切除术以来，已完成 1 100 多例手术，不仅作胆囊、阑尾切除、疝修补、胃溃疡穿孔修补、肠粘连松解、肝囊肿开窗术，还能作乙直肠肿瘤切除、肾切除，而且扩展到妇科作宫外孕、卵巢囊肿、内膜异位症、盆腔感染治疗、全子宫切除；胸外科作血气胸、肺大疱、肺段叶切除和纵隔肿瘤切除；泌尿科作肾上腺腺瘤切除、肾切除、肾囊肿和精索静脉曲张治疗；小儿外科为幼儿切除胆囊等。上海长海医院开展腹腔镜手术已完成 2 000 余例，特别在胃大部切除、胃肠肿瘤切除、脾切除等方面颇具特色。

（《健康报》1994 年 12 月 8 日）

微创摘除直肠癌

本报讯 最近，上海第二医科大学附属瑞金医院微创外科郑民华教授采用腹腔镜技术，为 58 岁的王女士摘除了直肠癌肿。据悉，郑民华教授采用这种方法摘除直肠癌已逾百例。

据介绍，该手术创伤小，腹部只需划开 4 个 1～2 厘米的口子，一个口子插入带有镜子、光源和微型摄像机的金属棒，一个口子插入专门吸污物、污血的管子，另外两个口子则由郑民华教授左右开弓，分别插入装有钳子和超声刀的长柄器械，在电视荧屏的引导下，找准直肠癌病灶，将癌变这部分肠子由腹内拉出，切除癌变组织，并进行修复。然后从小切口再将其送回腹内，最后由病人肛门送入腔内吻合器，将先前切断的肠子接上。整个手术时间仅为一个半小时。

据郑民华教授介绍，采用这种“钥匙孔手术”摘除直肠癌变肿瘤，术后不需要服止痛药，一天后即可拔除胃管，并下床活动。而传统开腹切除直肠癌，不但在腹部要留下足有 20 厘米长的刀疤，而且病人下床活动要在 5～7 天之后。郑民华教授强调指出，其实微创手术摘除直肠癌与传统经典术摘除直肠癌在手术步骤与切除范围上是完全相同的。所不同的是由于使用了超声刀进行解剖、分离，并运用腔内吻合器进行肠段吻合，使出血量大为减少，有利于患者早日康复。

据统计，上海瑞金医院已完成 1.5 万例包括直肠癌、肾、子宫全切除，以及胃大部切除、胸腔纵隔肿瘤在内的 40 余种腹腔镜手术。

（《健康报》2001 年 11 月 22 日）

腹腔镜手术诊疗指南出台

本报讯 被誉为外科领域一场意义重大的技术革命——腹腔镜手术，在被我国引进 13 年之后，《腹腔镜手术麻醉常规》《气腹建立和第一套管置入常规》等 7 项科学的诊疗指南终于首次出台。这是 12 月 4 日在上海结束的中华医学会第九届腹腔镜与内镜外科会议传出的信息。

据中华医学会外科分会腹腔镜与内镜外科学组组长、上海第二医科大学附属瑞金医院副院长郑民华教授介绍，腹腔镜手术引进我国后，迄今全国约有 3 000 家医院在开展此项技术。

为了最大限度地减少腹腔镜手术的并发症，规范腹腔镜手术技术，经过中华医学会外科分会腹腔镜与内镜外科学组多年的研究分析与听取意见，本届会议首次颁布了《腹腔镜手术麻醉常规》《气腹建立和第一套管置入常规》《腹腔镜胆囊切除术常规》《腔镜甲状腺手术常规》《腹腔镜阑尾切除术常规》《腹腔镜腹股沟疝修补术常规》和《诊断性腹腔镜术常规》7项科学的诊疗指南。

郑民华教授在接受记者采访时说，指南有助于提高腹腔镜手术的质量和效果，随着腹腔镜手术技术的进一步发展，学组将定期对指南进行修订，并且还将对已成熟的腹腔镜手术技术开展的其他项目继续推出诊疗指南。

（《健康报》2004年12月6日）

瑞金医院“钥匙孔”里再做“高难动作”

首例全腹腔镜胰十二指肠切除术成功

本报讯 国内首例全腹腔镜胰十二指肠切除术日前由上海第二医科大学附属瑞金医院副院长、上海市微创外科临床医学中心主任郑民华教授等完成。据悉，该切除术是腹腔镜手术问世18年来国际公认的难度极高的手术，表明我国腹腔镜手术已跻身于世界先进行列。

在临床上，胰十二指肠切除术一直被认为是普外科传统开腹手术中除肝移植以外的最艰难的手术。据介绍，国际上第一例腹腔镜胰十二指肠切除术是美国GAGNER教授于1995年完成的，迄今为止全世界完成此类手术不足百例。考虑到患者黄老伯年事已高并伴有高血压及肺气肿，为减少剖腹手术引起的并发症，郑民华等决定采用损伤小、恢复快的“钥匙孔”手术技术。

手术时，医生先在黄老伯腹部脐孔、右中腹、左上腹和左下腹共划开0.5～1厘米的5个小孔，分别伸进腹腔镜、超声刀、腔内切割吻合器等微型照明和手术器械，打开肝结肠韧带，游离和切断十二指肠及空肠上段；接着又切断胆总管，切除胆囊；游离胰腺下缘，避开门静脉及肠系膜上静脉，切断胰颈胰体部；在做完胰肠、胆肠、胃肠吻合后，医生最终在黄老伯上腹正中划开4厘米的切口，将切除的肿瘤病灶完全从切口中取出。术中，医生还对黄老伯门静脉周围、肝动脉旁等的淋巴结进行了清除。整个手术历时5个小时，术中未输血，出血量仅50毫升左右，黄老伯很快康复出院。

（《健康报》2005年1月26日）

腔镜结直肠癌术与开腹手术5年生存率一致

本报讯 上海交通大学医学院附属瑞金医院副院长郑民华教授领衔的“腹腔镜结直肠癌手术关键技术的推广应用”研究团队，经过10年研究，得出了“腹腔镜结直肠癌手术的近远期疗效，不仅具有微创优势，而且达到了与开腹手术一致的5年生存率”的结论。该研究日前获得2010年度上海医学科技奖推广奖。

郑民华等自1999年1月率先在国内开展腹腔镜结直肠癌根治术以来，至2009年2月共开展该手术2 500余例，并以结直肠癌微创手术的规范化为目标，为该技术的规范化推广提供了可靠依据：以结直肠周围筋膜结构和间隙以及肠系膜血管为主体研究内容，采用活体观察和比较解剖学的方法，描述其解剖学特征及解剖学定位标志；建立了腔镜下超低位保肛的关键技术与自主神经保护、中间手术入路等技术方法；首次建立CO_2气腹模型，系统研究CO_2气腹对结肠癌细胞生物学行为影响等，为热CO_2气腹作为结直肠癌综合治疗的新方式奠定基础。

该研究团队还建立了微创外科培训中心，并于2008年牵头组织内地、香港、台湾三地的腹腔镜结直肠手术专家发起成立专业性非营利团体——大中华结直肠腔镜外科学院，牵头制定我国《腹腔镜结直肠癌根治手术操作指南》，为规范该手术开展、改善疗效、提高卫生资源利用率奠定基础。该团队已举办20余次腹腔镜手术培训班，为全国20个省(区、市)培养了1 200余位腹腔镜结直肠外科医师，指导全国及亚太周边国家和地区40余家医院开展该手术。

（《健康报》2011年9月9日）

我国多基因疾病易感基因研究出新成果

2型糖尿病易感基因定位成功

本报讯 由上海第二医科大学附属瑞金医院、上海市内分泌研究所所长罗敏教授领衔的课题组，采用全基因组扫描筛查技术，在国际上率先从人体9号染色体短臂21带区域定位到中国人2型糖尿病易感基因，这项研究的学术论文日前发表在欧洲出版的国际权威刊物《糖尿病学》杂志上。有关专家认为，这一成果的取得，表明我国在多基因疾病易感基因研究领域内已迈出了重要的一步，为最后克隆2型糖尿病易感基因奠定了基础。

2型糖尿病是一种异质性很强的多基因遗传性疾病，人群发病率较高，且受环境影响较大。罗敏教授领衔的“2型糖尿病相关基因的结构与功能研究及信息数据库的建立”课题，是陈竺院士、强伯勤院士为首席科学家的国家重点基础研究发展规划项目（即“973”）《“疾病基因组学”理论和技术体系的建立》的子课题。该研究由上海二医大附属瑞金医院、上海市内分泌研究所和国家人类基因组南方研究中心合作进行。在一年半的时间里，科研人员对上海、山东、福建、辽宁等地的102个至少是两代以上都患有2型糖尿病的家系，进行微卫星多态性全基因组扫描、分型和连锁分析，获得了一批阳性位点，其中9号染色体短臂21带区域发现两处位点存在2型糖尿病的易感基因，而这两处位点在国际上为首次报道。

上海市内分泌研究所已建立了先进的基因研究技术平台。据所长罗敏介绍，在精细定位了中国人群特有的2型糖尿病易感基因位点后，下一步将依靠单核苷酸特异性为标记进行深入研究，以期最终找到中国人群的糖尿病易感基因。

（《健康报》2001年8月4日）

“日记减肥”疗效显著

本报讯 您听说过胖墩儿童通过日记减肥成功吗？上海仁济医院临床营养科主任万燕萍副教授通过让单纯性肥胖患儿记日记减肥，近来随访了92例患儿，有效率达到87%。

儿童肥胖症可分为单纯性和病理性肥胖。由内分泌、遗传或药物等原因引起的肥胖为病理性肥胖症，占所有儿童肥胖症中不足1%，而99%的肥胖症属于单纯性肥胖症。对于单纯性肥胖症的患儿，万燕萍副教授的治疗方法是不吃药、不打针，而是通过让患儿坚持每天记日记，内容包括每餐饮食的质、量、菜肴的烹调方式，餐饮时间和速度；运动的量、时间和方式以及看电视的时间长短等。然后万燕萍副教授根据患儿所记日记批改，仔细分析饮食情况、活动情况，进行合理干预，这样一般用一个月的时间就能使患儿采取合理的饮食和运动方式。一名12岁的男孩，通过9个月记日记，体重由原先68公斤降到56公斤，身高则由145厘米上升到152厘米，肥胖度由原来的0.84下降到0.32。一名14岁的女孩，只记了3个半月日记，体重就由90公斤降到77.5公斤，肥胖度由0.43降到0.26，而身高则增高了1.5厘米。

万燕萍副教授说，儿童正处在生长发育期，过分控制其饮食，不利于生长发育。6岁至15岁儿童减肥的合理饮食模式是：每天总热能在1 000～1 600热卡，以高蛋白质、适量脂肪、碳水化合物为原则，除多吃鱼、虾、牛奶外，绿色蔬菜每天要吃500克，适当补充维生素、微量元素及矿物质(钙)等。同时要改变不良生活习惯，减慢食速，做到每餐在20～30分钟吃完；平时不吃高热能食品；晚餐后除可喝白开水外，不准再吃任何饮料；减少每天看电视时间，每天进行30～60分钟登楼运动，进行快散步或打球等运动。万燕萍最后强调，只要患儿父母充分认识肥胖的潜在危害，充分理解和配合，记日记减肥会取得显著疗效。

(《健康报》1999年5月5日)

复发性流产发病机制被发现

赵爱民博士精心设计口服免疫疗法

本报讯 上海第二医科大学妇产科学、生殖免疫学97级博士研究生赵爱民，在其导师林其德教授的指导下，日前完成“口服抗原诱导妊娠免疫耐受研究”的学位论文，阐明了原因不明复发性流产的发病机制，并精心设计了经口服途径的免疫疗法，能有效诱导妊娠免疫耐受。专家评价认为，该研究成果属国内领先，并达到国际先进水平。

原因不明复发性流产是妇产科临床上难以处理的疾病之一。从免疫学角度讲，流产的发生与妊娠免疫耐受遭破坏有关。赵爱民在3年时间的研究中，首次在国际上采用量化指标建立了自然流产的小鼠动物模型，并采用免疫学、分子生物学等方法，发现原因不明复发性流产的发生与Th1型细胞因子增高、Th2型细胞因子降低、巨噬细胞表面共刺激信号B7－1表达上升、B7－2表达下降，以及蜕膜中转化生长因子-βmRNA表达下降有关，从而阐明了复发性流产的发病机制。

针对目前临床上普遍采用的原因不明复发性流产主动免疫疗法存在的缺点，赵爱民在研究中还精心设计了经口服途径的免疫疗法。他发现，小鼠口服适当剂量的可容性抗原卵清蛋白和滋养细胞，能有效地诱导产生妊娠免疫耐受，降低胚胎丢失率。

有关专家认为，该口服途径免疫疗法的试验成功，是有关原因不明复发性流产治疗方法的一个新的突破，在丰富和发展免疫耐受理论方面具有重要的意义。

（《健康报》2000 年 7 月 12 日）

上海仁济医院开国内外先河

罕见巨大心脏被修复

本报讯 您听说过心脏左心房内径达 150 毫米，是正常人平均值的 5 倍吗？日前这一患罕见巨大心脏，并伴心脏二尖瓣狭窄关闭不全、三尖瓣反流的病人，经上海第二医科大学附属仁济医院心胸内外科的联袂治疗已痊愈出院。据文献检索，心脏如此巨大且修复成功，国内外未见类似报道。

这位女患者今年 42 岁，患风湿性心脏病十多年。近两年病情日趋加重，每天只能端坐入眠。病人曾辗转多家大医院治疗，但都因手术风险大、预后差而被婉拒。病人慕名来到上海仁济医院，经胸外科检查，不仅心脏二尖瓣狭窄关闭不全、三尖瓣反流，而且左心房内径已达到 150 毫米，左心室舒张末期内径也达到了 90 毫米；胸片显示心胸比例 100％，而正常人心脏横径只是胸腔的 40％。面对罕见的巨大心脏，医护人员感到病情的凶险和棘手：术后极可能出现低心排综合征和心源性休克，心脏收缩功能明显下降，手术死亡率相当高。在该院心内科的精心治疗下，首先稳定了患者病情，接着在著名心脏外科专家朱洪生教授的指导下，由郑家豪副教授主刀施行心脏手术。手术中，郑家豪采用左心房折叠及部分切除的方法，使左心房得到了“缝缩”。术中医生还用人工瓣膜置换了病人已狭窄并关闭不全的二尖瓣，同时又采用成形术修复了三尖瓣。在护士的精心护理下，病人术后第二天即下床活动，两周后康复出院。

（《健康报》2001 年 8 月 7 日）

脑温降到16℃　体温维持正常

脑血流阻断的猴子全康复了

本报讯　上海第二医科大学附属仁济医院神经外科江基尧教授、昆明医学院附属二院神经外科徐蔚教授共同领衔的课题组，日前采用脑选择性超深低温技术(16℃以下)治疗5只在常温条件下全脑血流阻断10分钟猴，经随访观察1个月，5只猴脑功能及行为完全正常。有关专家认为，该实验研究的成功为今后各种原因导致的急性严重脑缺血性疾病、颅脑疑难疾病实施无血手术提供了科学依据。

急性严重脑缺血性疾病目前国内外尚缺乏有效的治疗手段。近年来，国内外研究发现采用32℃～35℃亚低温治疗急性脑缺血性疾病病人效果良好，但仍有较高的死残率。

课题组研究人员在常温条件下，将猴子脑血流阻断10分钟后，使脑温迅速降至16℃以下，而体温维持在比较正常温度，然后开通夹闭的所有供应脑血流的动脉和静脉，恢复正常脑血流。研究发现采用选择性脑超深低温治疗的5只猴全部存活，脑功能和行为完全正常，而采用同样技术常温脑灌注的脑缺血猴则全部死亡。

研究还发现，如果采用＜16℃全身超深低温技术，也能使脑温降至16℃以下，但在复温过程中很容易引起心肺损害。为了避免全身超深低温所致的心肺损害，科研人员巧妙地采用选择性脑超深低温技术，将脑温降至16℃以下，而全身体温仍维持在33℃以上，这样不但产生了良好的脑保护作用，又避免了全身超深低温治疗后复温所造成的心肺损害。

(《健康报》2004年8月6日)

动物实验提示

人脑复苏黄金时间可能仅10分钟

本报讯　"各种原因导致的严重脑缺血缺氧病人抢救'黄金时间'，可能只有10分钟。"在美国迈阿密刚刚结束的第二届国际脑低温大会上，上海交通大学医学院附属仁济医院神经外科主任江基尧教授应邀作大会特邀报告，向国际同行宣布他和昆明医学院附属二院神经外科主任徐蔚教授领衔的课题组，在猴脑选择性深低温技术方面取得的最新研究成果。

据介绍，急性严重脑缺血性疾病是导致死残的主要原因，目前国内外尚缺乏有效的治疗手段。国内外实验研究发现脑温下降温度越低，脑细胞保护效果越好。江基尧和徐蔚等科研人员经过 5 年多时间共三期动物实验研究，先后成功地建立了 20 多只猴脑血流阻断缺血缺氧模型和选择性脑超深低温技术。研究发现，常温条件下全脑血流阻断 10 分钟的实验猴，通过选择性脑深低温技术，全部长期生存。随访观察 6 个月，脑功能及行为完全正常。而未经过选择性脑深低温治疗的常温灌注对照组猴立刻死亡。研究结果提示，各种原因导致的严重脑缺血缺氧病人抢救“黄金时间”可能仅为 10 分钟。

据悉，早在 3 年前，由江基尧教授领衔的课题组就成功采用脑选择性超深低温技术治疗 5 只在常温条件下全脑血流阻断 10 分钟的实验猴，并全部获得成功，随访 1 个月脑功能和行为完全正常。近日，课题组在常温条件下，分别将实验猴脑血流阻断 15 分钟及 20 分钟，然后再采用同样深低温治疗技术进行复苏，发现阻断 15 分钟的实验猴出现较高的死残率，而脑血流阻断 20 分钟的实验猴全部因复苏失败而死亡。

（《健康报》2007 年 11 月 12 日）

大量“植物人”其实是长期昏迷

专家说长期昏迷病人苏醒并不是医学奇迹

本报讯　针对有媒体称我国“每年新增 10 万植物人”的说法及有关植物人苏醒的不断报道，上海第二医科大学附属仁济医院神经外科主任江基尧教授日前在接受记者采访时说，有必要在概念上进行澄清，大量“植物人”其实是“长期昏迷”病人，长期昏迷病人苏醒并不是医学奇迹。

江基尧教授强调，“植物人”在国际医学界通行的定义是“持续性植物状态”，常常是因颅脑外伤或其他原因（如溺水、中风、窒息等大脑缺血缺氧、神经元退行性改变等）导致的长期意识障碍，表现为病人对环境毫无反应，完全丧失对自身和周围的认知能力；病人虽能吞咽食物、入睡和觉醒，但无黑夜白天之分，不能随意移动肢体，完全失去生活自理能力；能保留躯体生存的基本功能，如新陈代谢、生长发育。

江基尧认为，"持续性植物状态"与"脑死亡"又有区别，"脑死亡"病人是永远不可能存活的，其主要特征是自主呼吸停止、脑干反射消失；而"持续性植物状态"患者有自主呼吸，脉搏、血压、体温可以正常，但无任何言语、意识、思维能力。他们的这种"植物状态"，其实是一种特殊的昏迷状态。大多数观点认为，当持续昏迷超过 12 个月以上，才能被定义为"植物人"。目前大量报道的苏醒并且意识恢复的病人，基本上都不是严格科学定义上的植物人，真正的植物人苏醒的病例非常罕见。从医学角度看，现在被大量报道的"植物人"，其实是属于"长期昏迷"病人。

（《健康报》2005 年 3 月 17 日）

深低温脑复苏有效时间窗为 10 分钟

上海仁济医院相关技术显著改善颅脑损伤患者救治效果

本报讯 上海交通大学医学院附属仁济医院神经外科江基尧领衔的课题组历时 10 年，完成的题为《低温脑保护技术及关键机制》的研究，显著改善了颅脑损伤患者救治效果，其中的长时程亚低温技术已被列入 2007 年美国《重型颅脑创伤救治指南》（第 3 版）。该研究日前获 2009 年度上海市科学技术进步奖一等奖。

缺血性中风等严重缺血缺氧性脑损伤和严重创伤性脑损伤，主要表现为继发性脑细胞损害。而低温脑保护技术一直是临床常用的脑保护方法之一。尽管临床医师通常采用轻中度低温（30～35℃）治疗脑缺血缺氧和颅脑创伤病人，但仍缺乏轻中度低温治疗严重缺血缺氧性脑损伤和严重创伤性脑损伤病人有效的循证医学证据。由于全身深低温容易导致心、肝、肾和血液系统等出现严重并发症，江基尧等认为采用选择性脑深低温技术可提供相同的脑保护效果，还能避免全身深低温导致的全身脏器严重并发症。

江基尧等科研人员从 1999 年起，围绕不同程度低温和不同时程低温对缺血缺氧性脑损伤和外伤性脑损伤的保护作用及其机制进行了系列研究。课题组在国际上首先采用选择性脑超深低温技术，探索对灵长类动物猴脑血流阻断的治疗保护作用。研究证实，选择性脑超深低温（16℃，60 分钟）对严重脑缺血缺氧有显著治疗保护作用，但有效治疗时间窗仅为10分钟。于是，科研人员在国际上首次提出深低温脑复苏有效时间窗为10分钟。同时，采用差异基因组学和差异蛋白质组学技术，发现深低温具有调节脑血流阻断后脑组织差异基因和差异蛋白质表达的作用。

在临床方面，课题组创新性提出了长时程亚低温治疗重型颅脑创伤的概念、指征和禁忌证，明确了亚低温治疗指征、时程和复温速度，建立了一整套安全有效的临床亚低温治疗方法（冰毯、肌松冬眠合剂、呼吸机辅助通气）。研究发现，长时程亚低温治疗能显著提高重型颅脑创伤颅高压病人的疗效，还具有改善脑损伤后脑组织能量代谢、减少乳酸堆积和酸中毒、调节基因表达和蛋白质表达的作用。

（《健康报》2010年4月1日）

申城首例开颅戒毒手术完成

本报讯 上海第二医科大学附属仁济医院神经外科徐纪文教授近日为一名19岁的男性“瘾君子”实施了申城首例戒毒手术。据介绍，术后10天情况显示，这名男子大脑功能基本正常，记忆功能没有出现异常，已摆脱了毒瘾的控制。

人脑有一种奖赏机制，某些事情能带来愉快，神经系统内便会形成一种反射，这就是所谓的欲望，即成瘾性。吸毒者对毒品的依赖就是源于大脑的“病理性奖赏”，而手术就是要在脑海中人为地破坏这些提供“病理性奖赏”的神经细胞，切断他们输送“病理性快感”的渠道。

据介绍，此次手术前，医生先在“瘾君子”头上安装一个带有三维刻度的头架，以便在核磁共振的指引下，帮助医生寻找手术的精确位置；手术开始，经头颅开孔、固定、核准位置，随后徐纪文教授将一根直径仅1.6毫米的射频针插入位于头部右侧的小孔，插入深浅由固定在头架上的射频针架控制。当射频仪上的温度调高到75℃时，大脑的“病理性犒赏回路”在灼烧下出现“断裂”。一个靶点，两个靶点……到第20个靶点被毁损后，历时5个小时的开颅戒毒术终于完成。

（《健康报》2004年8月13日）

专家提醒：叶酸防癌有严格适应证

患者不可自行服用叶酸防治胃癌

本报讯 上海交通大学医学院附属仁济医院、上海市消化疾病研究所房静远教授等，在国际上首次将叶酸用于胃癌防治、治疗慢性萎缩性胃炎的研究，荣获2007年中华医学科技奖一等奖。房静远和科研人员近来接到大量来信和来电，不少患者表示已经自行高剂量服用叶酸。房静远提醒说：“不科学地使用叶酸，非但不能防治胃癌，还有可能起到相反的作用。患者不可自行服用叶酸。”

房静远说，叶酸的适应证非常严格。如果病程进入中度异型增生（即不典型增生）阶段就应审慎使用，如进入重度则不能再服。叶酸之所以能够防癌，是因为它对发炎的细胞能产生稳定的作用，但同时它对已经发生癌变的细胞也有促进作用。而中重度异型增生就意味着胃黏膜上皮细胞进入了危险的临界点。虽然慢性萎缩性胃炎是最重要的胃癌前疾病，但多数研究发现，其癌变率不超过3%，可一旦出现异型增生，其癌变机会就明显增大。

房静远表示，一旦发现体内任何器官有肿瘤可能，无论良性恶性均不可服用叶酸。患者如遇到不明原因的消瘦，在未排除恶性肿瘤的情况下，不要因为治疗萎缩性胃炎而口服叶酸。叶酸只有预防作用，而绝对不能用于治疗。因为慢性萎缩性胃炎发生时常常伴有诸如腹胀、早饱、嗳气、上腹痛或烧心等症状，此时叶酸显然不足以解决这些问题，应该配合应用促动力药、抑制或中和胃酸药物。当有幽门螺旋杆菌感染时，必须先根除细菌感染。

房静远教授指出，服用叶酸一定要及时检测血浆叶酸含量，一旦过量，就必须调整。目前，服用多少剂量的叶酸，医学界尚无定论，因此一定要在专科医生指导下用药。

（《健康报》2008年4月1日）

叶酸可用于结直肠癌一级预防

中重度异型增生患者需慎用或禁用

本报讯 叶酸对结直肠癌癌前疾病——结直肠腺瘤的早期干预有显著

效果。由上海交通大学医学院附属仁济医院消化科主任、上海市消化疾病研究所所长房静远教授领衔的科研团队，经过长达7年的基础和临床研究，明确了叶酸对于结直肠腺瘤的一级预防作用。这项题为《增殖相关信号通路和表观遗传修饰与胃肠癌的发生、预警和预防》研究获得2014年度上海市科技进步奖一等奖。

叶酸，几分钱一片的白色药片，在人们心中仅用于预防胎儿畸形。现在科研人员发现，它具有稳定基因的作用。房静远介绍，科研人员首次通过前瞻性随机对照多中心临床干预试验，证明了叶酸对预防散发性大肠腺瘤初发所起的积极预防作用。这项试验联合了国内多家医疗单位，招募的志愿者年龄均在50岁以上，且经肠镜检查没有腺瘤。科研人员将志愿者随机分为叶酸组和对照组，完成研究者分别为384人和407人。3年后，科研人员再次对所有志愿者复查肠镜。结果发现，叶酸组中，有56人发生了非进展型腺瘤，8人发生了进展型腺瘤；对照组中，这两个数据分别高达110与22。可见，叶酸对于大肠腺瘤初次发生的预防功效非常明显。

房静远科研团队此前发现胃癌发病与萎缩性胃炎有直接关联，该团队根据患者性别、一般健康状况、家族史、口味、饮食习惯等，建立了一个科学的、准确性高的癌变危险度数学公式，这一预警萎缩性胃炎发生与转归的数学模型已在2012年被纳入《中国慢性胃炎共识》。

房静远特别提醒，叶酸的适应证非常严格，并非所有人都适合服用，医生需要仔细询问病史，如果病程进入中度异型增生（即不典型增生）阶段就应审慎使用，如进入重度则不能再服用。叶酸之所以能够防癌，是因为它对发炎的细胞能产生稳定的作用，但同时对已经发生病变的细胞也有促进作用，因此一定要在专科医生指导下用药。

（《健康报》2015年5月8日）

两种微小核糖核酸增多致T淋巴细胞功能失控

“精细调节器”成为红斑狼疮治疗新靶点

本报讯 上海交通大学医学院附属仁济医院风湿病学科科研人员新近在系统性红斑狼疮研究中取得新突破，找到了红斑狼疮治疗的新靶点。研究论文日前刊登在国际免疫学领域著名学术刊物《免疫学》杂志上。

系统性红斑狼疮是一种自身免疫系统疾病，女性患病率接近1%，尤其多发于育龄女性。医学科学家普遍认为人体内承担防御功能的T淋巴细胞发生紊乱是导致该病的主要原因。那么，是什么原因造成了T淋巴细胞的功能紊乱呢？近年来，国际上将研究目标定位于微小RNA(核糖核酸)。

据介绍，微小RNA被科学家称为人体的“精细调节器”。在人类基因组计划结束后，人们发现编码蛋白质的基因只占总基因组的约2%，而占人类基因组95%的非编码序列是产生非编码RNA的源泉。这些非编码RNA充当着细胞调控者的角色，在细胞分化凋亡、生物发育、疾病发生等方面均起到重要作用。而微小RNA就是其中的一种非编码RNA，它们通过调控T淋巴细胞等重要的免疫细胞功能，维护着人体内积极、健康的免疫反应。

此次，上海仁济医院风湿病学科科研人员在研究中发现了两种微小RNA，即miR-21和miR-148a。在红斑狼疮病人体内，这两种微小RNA的数量多于健康人，而这种增多使得T淋巴细胞失控。在正常情况下，免疫系统在遭受攻击时，微小RNA能够调控T淋巴细胞参与的免疫反应。一旦微小RNA失控，就会造成T淋巴细胞功能的紊乱，最终导致自身免疫性疾病的发生。

上海交通大学医学院附属仁济医院、上海风湿病学研究所所长沈南教授在接受记者采访时说：“这证明miR-21和miR-148a是红斑狼疮治疗的靶点之一。今后一旦研发出调节微小RNA的相关药物以及有效的给药途径，就会对红斑狼疮治疗产生积极的作用。”

（《健康报》2010年8月4日）

红斑狼疮早发动脉硬化治疗或有新靶标

本报讯 系统性红斑狼疮(SLE)早发动脉粥样硬化中的新机制研究近日取得突破，相关研究论文日前以封面文章形式刊登在美国出版的国际风湿病学领域著名学术刊物*Arthritis & Rheu matism*上。该杂志在“编者按”中称：“这一研究将有助于对SLE早发动脉粥样硬化机制的理解，为今后的临床提供可能的治疗靶标。"该研究由上海交通大学医学院附属仁济医院风湿病学科教授鲍春德领衔。

动脉粥样硬化在SLE患者中的早发以及其所导致的心脑血管事件，已经成为影响SLE患者生存质量和远期死亡率的重要因素。而且，SLE病程中存在的炎症过程和免疫紊乱已经被认为是SLE患者早发动脉粥样硬化的独立危险因素，其中I型干扰素是SLE重要的致病分子之一，并成为该领域新的研究热点。

鲍春德研究组在对人巨噬细胞源性泡沫细胞模型的研究中发现，I型干扰素通路活化后，可以通过磷脂酰肌醇3激酶途径和基因启动子区的直接调控，上调巨噬细胞表面脂质吞噬相关分子清道夫受体A的表达，造成细胞对氧化低密度脂蛋白的吞噬增加，从而促进动脉粥样斑块核心成分巨噬细胞源性泡沫细胞的形成；而SLE患者外周血单个核细胞中的清道夫受体A表达也显著高于健康对照组，并与I型干扰素通路活化显著正相关，为I型干扰素在SLE早发动脉粥样硬化中的直接作用提供了关键证据。

（《健康报》2011年3月24日）

DKK1蛋白可作为肝癌诊断标志物

对肝细胞癌总体诊断敏感性达69.1%

本报讯 上海交通大学医学院附属仁济医院上海肿瘤研究所癌基因及相关基因国家重点实验室覃文新研究组新近完成的一项研究揭示，DKK1蛋白可作为肝癌诊断标志物。相关研究论文近日发表在国际顶尖医学刊物《柳叶刀·肿瘤学》杂志上。

在癌基因及相关基因国家重点实验室王红阳、杨胜利和顾健人3位院士的支持下，覃文新研究员领衔的科研团队从2008年起开展了肿瘤血清蛋白标志物DKK1用于肝细胞癌血清诊断的大规模临床多中心试验研究，临床试验分别在复旦大学附属中山医院、第二军医大学附属东方肝胆外科医院、苏州大学附属第一医院和上海交通大学医学院附属仁济医院完成。

研究揭示,作为肿瘤血清蛋白标志物,DKK1 蛋白对肝细胞癌总体诊断的敏感性可达 69.1%,特异性为 90.6%;对早期肝细胞癌和小肝癌(单个小于 2 厘米)的诊断敏感性分别可达 70.9%和 58.5%、特异性分别为 90.5%和 84.7%;同时,DKK1 蛋白能够弥补甲胎蛋白对肝细胞癌诊断能力的不足,对甲胎蛋白阴性(低于 20 纳克/毫升)肝细胞癌的诊断敏感性为 70.4%,特异性为 90%,并可从甲胎蛋白阳性(高于 20 纳克/毫升)的慢性乙型肝炎及肝硬化等高危患者中鉴别诊断肝细胞癌,鉴别诊断敏感性达 69.1%,特异性为 84.7%;DKK1 蛋白与甲胎蛋白联合应用,可将肝细胞癌总体诊断率提高至 88%。此外,研究发现,手术后患者血中的 DKK1 浓度迅速下降,表明血清 DKK1 蛋白也可作为肝癌疗效监测和预后判断指标。

据覃文新介绍,"DKK1 在癌症诊断中的应用"已获得美国专利授权,这为肿瘤血清蛋白标志物 DKK1 诊断产品提供了知识产权保障。

(《健康报》2012 年 7 月 5 日)

上海仁济医院麻醉科一项研究显示

迷走神经和交感神经可以"协同作战"

本报讯 传统理论认为,迷走神经和交感神经之间只存在对立、拮抗的关系。然而,上海交通大学医学院附属仁济医院麻醉科新近完成的一项关于针刺对内毒素血症治疗作用的基础研究,首次从整体水平证实,在介导针刺的免疫调节作用下,交感神经与迷走神经并非绝对的制衡与对抗的关系,也存在协同作用关系。相关论文日前发表在麻醉学专业的顶级学术刊物《麻醉学》杂志上。

上海仁济医院麻醉科 40 多年的临床实践表明,与单纯全麻下体外循环心内直视手术相比,术前和术中复合电针内关等穴位刺激可显著改善心脏手术患者围术期循环功能的稳定性,减少并发症的发生率,缩短术后恢复时间。但是,电针穴位刺激产生机体保护作用的现代科学机制依然不很清楚。

王祥瑞教授、宋建钢和郑拥军博士等通过研究发现,自主神经系统与固有免疫系统之间存在相互影响和调节的关系,而手术创伤、体外循环以及脏器缺血再灌注损伤引起的全身炎性反应(即固有免疫系统的过度激活),是导致心脏手术术后并发症产生、预后延迟甚至死亡的一个关键因素。鉴于电针可调节自主神经系统功能,课题组推测,电针在心脏手术中的脏器保护作用可能与其激活体内相关的神经免疫调节通路有关。为了验证这一假说,科研人员采用内毒素血症导致的全身炎症反应大鼠模型,并应用相关技术干预自主神经功能,结果发现电针预处理能够抑制全身炎症反应,可使内毒素血症大鼠的生存率由20%提高至80%,而且这种作用与电针对自主神经系统的调节有关,即在中枢与M型胆碱能受体的激活有关,而与交感兴奋性无关;在外周,则需要交感神经和迷走神经的协同作用,从而发挥电针的保护作用。

专家认为,该研究为针刺治疗免疫性疾病提供了现代科学依据。

(《健康报》2012年5月10日)

我国肝移植患者三年生存率达75%

影响长期生存原因从排斥变成常见内科疾病

本报讯 记者从日前在上海交通大学医学院附属仁济医院召开的“2007年上海肝病与肝移植论坛”上获悉,“中国肝移植注册系统”统计资料显示,我国肝移植患者3年生存率已经从37%上升至75%。

据了解,中国肝移植注册系统由全国26家获得卫生部批准进行肝移植的医院共同建立。该数据库登记内容涉及移植的各方面数据,比如每年该医院开展的肝脏移植手术的数量、存活率、病人的情况等。这些信息将帮助医生长期监控患者的病情,进行有效随访,同时共享、分析数据,制定肝移植的相关医疗规范等。该数据库显示,从2005年3月到2007年5月,中国已有超过万人接受了肝移植,其中有9 610人在“中国肝移植注册系统”内备有完整的档案。中国肝移植一年生存率已经成倍增长。2003年至2006年,4 979名接受肝移植患者的一年生存率达到84%,3年生存率从37%上升至75%左右。

此次论坛执行主席、上海交通大学医学院附属仁济医院肝移植中心主任夏强教授说,中国肝移植的手术技术和围手术期处理都已达到较高水平。

影响肝移植患者长期生存的主要原因在近10年间发生了变化，从原来的排斥、感染等疾病，变成了一些常见的内科疾病，如动脉粥样硬化等。长期生存的肝移植术后患者将有可能受到高血压、慢性肾功能不全、糖尿病和高脂血症等疾病的影响。面对这种主要原因的变化，需要肝病内科医生和外科医生更加紧密配合，共同参与术后的医学监测和治疗，以进一步提高肝移植患者的生存率。

（《健康报》2007年8月16日）

肝纤维化诊断有了无创模型

本报讯 在国际上率先建立的肝纤维化非创伤诊断模型，不必做肝穿刺，只要抽一次血，近四成肝病患者即可判断肝纤维化程度。上海交通大学医学院附属仁济医院曾民德教授领衔的"肝纤维化显型表达与非创伤性诊断和临床干预"项目，日前获得2011年度国家科技进步奖二等奖。

肝纤维化是慢性肝病进展为肝硬化，继而发生肝癌的必经环节。在临床上要确诊肝纤维化必须进行肝活检，即在B超下做穿刺取出肝组织做病理检查，由于创伤大、风险高，病人往往不愿接受肝活检，这也因此影响了肝纤维化的早发现、早干预。

曾民德从1999年起牵头联合全国7家医院，进行非创伤性肝纤维化诊断研究。研究团队积累了国际上最大规模的肝活检样本502例，同时从113项指标中筛选出了43项有价值的肝纤维化诊断指标，经过优化组合最终证实患者年龄、α2巨球蛋白、γ-谷胺酰转肽酶和透明质酸4项指标，是判断有无明显肝纤维化的独立预测因素。在国际上首次建立了肝纤维化非创伤诊断模型，该模型被世界卫生组织命名为"Zeng's Model"（曾氏模型）。

此外，曾民德团队还系统阐述并证实了核苷类抗病毒药和氧化苦参碱等在抑制肝纤维化、减缓疾病进展中的作用和机制。通过全球最大样本量6 189例的临床多中心研究发现，经核苷类抗病毒药和氧化苦参碱的抗病毒治疗，1/3患者的肝纤维化可逆转甚至消除。

据悉，该肝纤维化非创伤诊断模型目前已在我国30个省（区、市）46家医疗机构推广应用，其特异性和敏感性超过95%，可使39.5%的患者不需进行肝活检即可了解其肝纤维化的状况。

（《健康报》2012年3月1日）

沪杭首次实现肝移植供肝共享

1岁半女婴和58岁男患者共享同一肝源

本报讯 在上海治疗的1岁半女婴和在杭州治疗的58岁徐先生去年11月共享同一肝源，接受了跨地区劈离式肝移植手术。今年春节长假过后，两人分别回上海交通大学医学院附属仁济医院、浙江大学医学院附属第一人民医院复查，结果显示，两位病人术后恢复很好，各项检查指标均属正常。中华医学会器官移植分会主任委员、浙江大学医学院附属第一人民医院院长郑树森院士说，把一份肝劈离成两部分，在不同省份的两个病人身上使用，这在沪、杭两地尚属首次。

1岁半的琼琼来自广东省，患先天性胆道闭锁、肝硬化晚期，病情危重，由于父母和家人无法为她捐肝进行亲体肝移植，她只能待在上海交通大学医学院附属仁济医院等待机会。随着病情一天天加重，患儿皮肤一天天变黄，化验血胆红素达到了创纪录的1 700 mol/L。

去年11月11日，琼琼终于等到了符合条件的供体肝。由于琼琼幼小，只需要供体肝的20%，仁济医院肝移植中心主任夏强教授向上海和周边省份医院紧急询问有无适用患者。浙江大学医学院附属第一人民医院肝胆胰外科接到消息后，立刻对登记等待肝移植的患者进行比对，结果找到了正住院接受保守治疗的来自浙江金华的58岁徐先生。徐先生半年前被确诊为肝癌，医生表示最终解决办法就是肝移植。但是肝源是个问题，而且他还是AB血型，机会比一般人还要渺茫。

当天下午3时，上海交通大学医学院附属仁济医院肝移植中心分两个组进行手术，一组主要为琼琼切除病肝，另一组则由夏强负责修理供体肝并作劈离式分离肝脏。琼琼的肝移植手术于次日凌晨结束。当晚7时多，浙江大学医学院附属第一人民医院肝胆胰外科紧急安排徐先生术前准备。晚上 11 时，当保存在特殊容器内的 80%供体肝被送到浙医一院后，由郑树森主刀的肝移植手术立即开始，至次日凌晨 4 时前顺利结束。

（《健康报》2012 年 2 月 3 日）

生殖干细胞基因在癌发早期可促 DNA 修复

本报讯 上海交通大学医学院附属仁济医院干细胞研究中心高建新教授领衔的一项研究表明，生殖干细胞基因 PIWIL2 在肿瘤的早期发生中扮演重要角色，其研究论文近日发表在美国出版的国际学术期刊《公共科学图书馆·综合》杂志上。有关专家认为，该研究成果有可能为将来肿瘤的早期防治提供新的手段与途径。

肿瘤的发生始于细胞内 DNA 受到损伤后发生基因突变。上海仁济医院干细胞研究中心高建新等科研人员在研究中发现，当 DNA 在未受损的情况下，细胞内的 PIWIL2 基因是基本沉默的。当受到急性辐射或化学药物作用等导致 DNA 受损时，PIWIL2 基因会被短暂激活，参与调节染色质松弛、解链，促进 DNA 修复。而细胞染色质紧密的双链结构得到松弛，是实现其他蛋白质对染色质内部进行准确、有效修复的关键。在修复后，PIWIL2 基因又恢复到原有水平。对于缺陷细胞而言，由于缺少 PIWIL2 基因而无法成功解链时，便无法完成对 DNA 的修复，此时细胞就可能走向衰老、凋亡或向肿瘤细胞转化，丧失自身对细胞分裂的控制功能，导致肿瘤形成。

高建新等科研人员认为，由于这一修复过程处于肿瘤发生的早期，阐明 PIWIL2 基因在 DNA 修复过程中所扮演的角色，将为深入研究 PIWIL2 基因的生物学功能以及癌症防治的潜在手段提供新视角。此外，高建新等还认为，PIWIL2 基因今后有可能作为一个新的生物标记，来检测、评估人体受到急性辐射所造成的伤害。

据悉，美国俄亥俄州立大学综合癌症中心、郑州大学第一附属医院、美国加州大学戴维斯分校放射肿瘤科等单位的科研人员参与了此项合作研究。

（《健康报》2011 年 11 月 28 日）

上海近四成幼童血铅超标

身居闹市工业区者尤甚

本报讯 上海第二医科大学儿童铅中毒防治研究中心日前完成的一项流行病学调查显示，上海有37.8%的学龄前儿童血铅水平超标。按照第四次全国人口普查资料上海地区共有120.8万0～6岁儿童推算，目前上海约有45.7万儿童血铅水平超标。

铅是一种具有神经毒性的重金属元素，在人体内无任何生理功用，但由于环境中铅的普遍存在，绝大多数人身体中或多或少存在一定量的铅，而铅在体内的量超过一定水平就会危及健康。由于发育方面的特点，胎儿和儿童对铅毒性作用特别敏感，极易中毒。由沈晓明教授和颜崇淮博士负责的上海二医大儿童铅中毒防治研究中心课题组，通过对杨浦区、静安区、徐汇区、嘉定区和崇明县等5个区县年龄在3个月至6岁5个月的1 969名儿童进行血铅水平测定，发现上海地区儿童血铅水平几何均数为83微克/升，其中高于目前国际上公认的儿童铅中毒诊断标准100微克/升的比例是37.8%。

研究分析发现，儿童血铅水平存在显著的地域差异，工厂密集的杨浦区最高，儿童的血铅水平几何均数达到97微克/升，高于100微克/升的比例为49%；地处海岛、以农业为主的崇明县最低，儿童的血铅水平几何均数为74微克/升，高于100微克/升的比例仅为28.1%。这表明，大都市的郊县环境铅污染水平明显低于闹市工业区。

在此之前，上海二医大儿童铅中毒防治研究中心曾在杨浦区妇幼保健院产房收集脐血标本，结果是占总体40%的新生儿出生时体内铅负荷已经在对健康有害水平之上。

沈晓明教授指出，随着社会环境铅污染逐步好转（如上海初步实行无铅汽油），家庭个体更应重视铅中毒的危害，如家长戒烟，减轻家人被动吸烟；儿童不食含铅较高的皮蛋等食品，少吃罐头食品和罐头饮料。

（《健康报》1998年4月1日）

推行无铅汽油　健康大有改观

上海儿童血铅水平下降

本报讯　10月6日在上海召开的1998上海国际儿童铅中毒防治研讨会传出信息：上海推广使用无铅汽油后，儿童血铅超标率已由37.8%下降至25.7%。与会专家认为，这一可喜的研究成果对推进我国汽油无铅化进程具有重要意义。

上海二医大儿童铅中毒防治研究中心主任沈晓明教授负责的课题组承担了题为“上海市汽油无铅化对儿童血铅水平的影响”研究。上海市于1997年10月1日开始推行使用无铅汽油，科研人员在当年8月至9月间，即推行无铅汽油之前，进行了一项设计严密、质量控制严格的学龄前儿童血铅水平流行病学调查，涉及城乡5个区县、30个幼儿园和托儿所，共1 972名1至6岁儿童。结果显示，上海有37.8%的学龄前儿童血铅水平超标。今年4至6月间，科研人员在上海地区实行汽油无铅化半年后，对前述的1 972名学龄前儿童进行血铅水平复查，结果发现血铅水平超标已从原先37.8%下降至25.7%，而且上海市儿童血铅水平几何均数由实行汽油无铅化前的83微克/升下降到实行汽油无铅化后的80微克/升，这一差异有着显著意义。尤能说明问题的是，地处上海闹市的徐汇区儿童血铅水平几何均数平均下降幅度为6微克/升，静安区下降4微克/升，杨浦区下降4微克/升。而处于上海西大门，受大量使用含铅汽油外省市汽车影响的嘉定区只下降1微克/升。地处海岛的崇明县由于机动车辆较少，儿童血铅水平暂无明显改变。此调查说明，上海在实行使用无铅汽油半年后，就证实儿童血铅水平有所降低。同时，这一结论也为上海市环保局大气铅监测的结果进一步证实。上海市区今年上半年大气铅含量已由去年的年平均值0.329微克/立方米下降到0.234微克/立方米，下降幅度为28.9%。

对此，沈晓明教授说，上海大气铅下降幅度高达28.9%，而学龄前儿童血铅水平下降还较低，再结合上海崇明县儿童血铅水平无显著下降的事实，说明造成儿童铅暴露的原因除了使用含铅汽油外，还有其他原因。因此防治环境铅污染还任重道远。但是随着我国在2000年1月1日全部实行无铅汽油，相信儿童的铅暴露水平将会大大降低。

（《健康报》1998年10月18日）

汽油无铅　孩子受益

上海儿童铅中毒比例下降13个百分点

本报讯　由上海第二医科大学儿童铅中毒防治研究中心主任、上海儿童医学中心院长沈晓明教授领衔的“上海市汽油无铅化对儿童血铅水平影响的追踪研究”项目证实，上海实行汽油无铅化两年来，儿童铅中毒比例已由37.8％降到24.8％。该研究显示，推广使用无铅汽油确实可降低儿童体内血铅含量水平，保护儿童的健康。

铅是一种对神经系统有害的重金属元素。当儿童体内的血铅含量超过100微克/升，即为铅中毒。儿童血铅水平每上升100微克，其智商就下降6至8分。研究还发现，儿童血铅过高还和小儿多动症、学习困难有关。有研究表明，社会上含铅汽油的广泛使用是儿童血铅水平升高的一个重要因素。

沈晓明教授带领课题组研究人员于1997年8月至9月间，在上海市5个区县、30所幼儿园和托儿所1 972名1～6岁儿童中进行了一项严密设计、严格质量控制的学龄前儿童血铅水平的流行病学调查，然后在上海市实行汽油无铅化1年后、两年后对相应的研究对象采用同样的方法进行血铅水平的追踪研究。结果发现，上海市儿童血铅水平几何均数由实行汽油无铅化前的83微克/升，下降到1年后的80微克/升和两年后的76微克/升，相比较有显著差异。儿童铅中毒比例也下降了13个百分点。

对于上海市推行无铅汽油已明显降低儿童血铅水平的结论，在上海市环保局的市区空气铅浓度的监测报告中也得到了证实。

（《健康报》2000年5月16日）

儿童铅中毒筛查有新法

本报讯　历时4年时间，由卫生部、上海市科委和上海市教委等单位资助的“儿童铅中毒筛查的研究”项目，日前已由上海第二医科大学附属新华医院、上海市儿科医学研究所沈晓明教授领衔的课题组完成并通过成果鉴定。专家认为，该研究建立的纸片法筛查儿童铅中毒的方法属国内外首创，整个研究达到国内领先、国际先进水平。

铅在体内的量超过一定水平就会危及健康。由于发育方面的特点，胎儿和儿童对铅毒性作用特别易感。有资料表明，儿童血铅水平在100毫克/升左右的低水平铅暴露状态时，虽不足以产生特异性临床表现，但已能对儿童的智能发育、体格生长、学习能力、听力产生不利影响，血铅水平每上升100毫克/升，智商可下降6～8分。

那么是否有一种简便的方法可以筛查呢？沈晓明等科研人员在对儿童铅中毒的筛查方法进行系列研究后，首次将测定儿童血铅水平由原有的采集静脉血标本改用纸片法指端末梢采集，建立了儿童微量末梢血无火焰原子吸收光谱法血铅测定方法。

这种筛查儿童血铅水平的方法简便、快速、经济，只需采集指端末梢血少许，滴于特种滤纸上即能进行血铅定量，较易为儿童及其家长所接受，便于大规模筛查和普查，标本的运送也极为方便。据悉，目前国内已有10个省市、25家单位采用此方法，开展了相关研究和儿童铅中毒防治方面的推广应用工作。

另据了解，在研究中，科研人员还首次对中国儿童的ALAD(δ氨基-γ-酮戊酸脱氢酶)基因型进行了研究，并在国际上首次提出利用ALAD基因型分析筛查铅毒性高危儿童。在方法学上又首次建立末梢血纸片法AL-AD基因型分析的方法，促进这种筛查方法的推广和应用。

（《健康报》2000年11月25日）

儿童铅中毒不必急着用药

营养干预和健康教育是降低血铅良方

本报讯　较长一段时间以来，“驱铅”“排铅”等字眼充斥媒体，我国著名儿童保健专家、上海交通大学医学院沈晓明教授日前在由上海交通大学医学院附属新华医院、中华预防医学会儿童保健分会主办的2005年全国儿童铅中毒防治研讨会上，明确告诉家长：“治疗儿童铅中毒的首选方法是营养干预和健康教育。”

沈晓明认为，儿童血铅水平高于或等于100微克/升，属于儿童铅中毒，但是这有别于成人的职业性铅中毒，而是仅仅表示血铅水平在可能危害儿童健康的范围之内。但是一些厂商为了追求商业利润，采用了不恰当的宣传方法和手段，导致部分地区群众中一度出现“铅恐慌”。事实上，除少数工业污染区外，我国儿童平均血铅水平已出现明显的下降趋势。例如北京首都儿科医学研究所日前完成的一项“中国15城市儿童血铅水平及影响因素现况调查”显示，中国城市儿童血铅总体均值为59.52微克/升。

沈晓明强调，儿童铅中毒是完全可以预防和非药物治疗的疾病，对绝大多数儿童（血铅水平低于250微克/升）来说，只要加强宣传，加强健康教育，纠正不良生活习惯和卫生习惯，儿童的血铅水平会在较短的时间内降到正常范围，而不需要使用任何药物或驱铅食品进行治疗。不必要的药物驱铅有害无益。出于商业目的，许多地方对轻度铅中毒儿童重“药物排铅”、轻健康教育，其实，这些儿童完全可以通过健康教育达到降低血铅水平的目的，比如勤洗手就是最好的降低血铅水平的方法。

（《健康报》2005年9月28日）

汽油无铅化十年　“防铅十一法”普及

上海学龄前儿童血铅水平大幅下降

本报讯　由上海交通大学医学院附属新华医院沈晓明、颜崇淮两位教授领衔完成的一项追踪研究项目显示，目前上海市0岁至6岁学龄前儿童铅中毒比例为3.9%，与10年前的37.8%相比，下降了33.9个百分点。

在上海市1997年10月1日实行汽油无铅化前夕，沈晓明率领课题组研究人员在上海市徐汇区、静安区、杨浦区、嘉定区和崇明县共5个区县、30所幼儿园和托儿所，对1 972名0岁至6岁儿童进行了学龄前儿童血铅水平的流行病学调查，发现儿童体内的血铅含量超过100毫克/升的铅中毒比例达到了37.8%。

10年后，课题组研究人员在上述上海市的5个区县的35所幼儿园和托儿所，对2 041名年龄在3个月至6.5岁的儿童（男孩1 102名、女孩939名）进行调查。调查结果显示，血铅水平大于100毫克/升的儿童仅为3.9%。

沈晓明说，课题组多年前归纳的“防铅十一法”很管用。这十一法是：儿童应养成勤洗手的好习惯；给小儿勤剪指甲；经常清洗儿童的玩具和其他有可能被小儿放到口中的物品；位于交通繁忙的马路附近或工业区附近的居室，应经常用湿布抹去儿童可触及部位的灰尘；不带小孩到汽车流量大的马路和铅作业工厂附近散步、玩耍；直接从事铅作业劳动的工人下班前必须按规定洗澡、更衣；以煤为燃料的家庭应尽量开窗通风；儿童应少食含铅较高的食物；每日早上用自来水时先放掉一些水；儿童应定时进食，因为空腹时铅在肠道的吸收率成倍增加；保证儿童膳食中含有足够量的钙、铁、锌。

（《健康报》2007 年 6 月 5 日）

上海为二十三万新生儿查听力

筛查规模和效果居世界前列

本报讯 上海市通过对新生儿进行听力筛查，3 年来共确诊听力障碍患儿 371 名，占同期接受新生儿听力普查总数的 1.41‰，并且通过早期干预，使大部分患儿聋而不哑，形成有效的听觉言语能力。有关专家认为，从 3 年来筛查规模和效果看，上海市新生儿听力筛查工作已经走在世界前列。

新生儿听力筛查采用耳声发射法对所有新生儿在出生后 3 天内进行听力初步筛查，若未通过则在出生 42 天内进行复筛，若仍未通过则转至专门的诊断中心采用听觉诱发电位等技术进行确诊。若患儿最终确诊为先天性听力下降，则可在出生后 6 个月内采取干预措施。

2002 年至 2004 年年底，上海市出生总人数为 260 418 名，接受听力初筛人数为 233 853 名，接受复筛人数为 16 588 名；这 3 年来确诊人数为 371 名；新生儿及婴幼儿中确诊听力障碍患儿占同期接受新生儿听力普遍筛查总数的 1.41‰；对确诊患儿采取了早期干预措施，包括针对病因的药物和手术治疗、佩戴助听器和电子耳蜗植入等，并进行言语康复训练和社区——家庭指导，随访效果良好，使大部分患儿达到聋而不哑，形成有效的听觉言语能力。

设在上海第二医科大学附属新华医院的上海市儿童听力障碍诊治中心是上海市新生儿听力筛查的转诊定点单位，中心负责人沈晓明教授介绍，上海这么大规模的筛查即使在一些发达国家的特大城市中也是比较少见的。为总结并在全国推广上海的经验，卫生部于 3 月 3 日全国"爱耳日"在上海召开"全国新生儿听力筛查研讨会"。

（《健康报》2005 年 3 月 4 日）

新生儿听力筛查及干预研究通过成果鉴定

本报讯 上海交通大学医学院院长沈晓明教授领衔的为期7年的“新生儿听力筛查及干预的研究”，于近日通过鉴定。专家认为，该研究为卫生部制定了《新生儿听力筛查的技术规范》，而且在国际上首次建立了一个特大型城市新生儿听力筛查和干预的网络体系，成为世界上新生儿听力筛查数量最多、筛查覆盖面最广的研究项目。

设在上海交通大学医学院附属新华医院内的上海市儿童听力障碍诊治中心，在国家自然科学基金项目、上海市科委重点研究项目等资助下，科研人员从1999年1月起在国内外首次对新生儿期鼓室和外耳道的解剖结构、生理特性的改变进行了研究，提出初次听力筛查时间应在出生后72小时内进行。在7年研究时间里，科研人员在国内首先建立了新生儿听力障碍早期诊断技术体系；首先提出在新生儿重症监护室抢救的新生儿应常规进行听力随访的理念。

在2002年1月至2004年12月的3年时间里，科研人员在上海市共筛查新生儿225 793例，新生儿中永久性听力障碍发生率为1.46‰。通过早期干预，使大部分中度听力障碍患儿聋而不哑，形成有效的听觉言语能力。

专家认为，该研究为尽早发现和矫治大部分有听力障碍的儿童，对普遍提高我国人口素质有重大意义。

（《健康报》2006年2月7日）

百余例法洛四联症根治术无失手

刘锦纷堪称心胸外科“高手”

本报讯 上海第二医科大学附属新华医院小儿心胸外科副主任刘锦纷副教授，新近创造了“连续115例法洛四联症根治术无死亡”的纪录。有关专家评价，这一成果处于国内领先水平。

法洛四联症是紫绀型心脏病中最严重的一种畸形，患儿不仅肺动脉狭窄、室间隔缺损，而且主动脉骑跨、右心室肥厚，临床表现为青紫、缺氧，严重影响小儿的生长发育。刘锦纷在我国著名小儿心胸外科专家丁文祥、苏肇伉教授指导下，熟练掌握了一整套小儿心脏手术技术，并有所创新。在手术组成员的配合下，刘锦纷创造了“连续 115 例法洛四联症根治术无死亡”的纪录。其中，3 岁以下病儿占 47.8%，最小的仅出生 9 个月；而且患儿病理解剖均很复杂，有的甚至肺动脉完全闭锁。刘锦纷通过对法洛四联症病理解剖的深入研究，采用深低温低流量转流技术，并加强患儿心肌保护和术后监测，做到手术一个，成功一个。据悉，国内法乐四联症根治术死亡率为 2.4%，国外为 1.5%至 5%。

（《健康报》1998 年 6 月 5 日）

小胖墩减肥欲见效　家长配合至关重要

本报讯　目前我国儿童中小胖墩越来越多，如何使小胖墩成功减肥？负责“儿童单纯性肥胖症流行病学调查及潜在危害防治研究”的儿科专家上海新华医院教授蔡威日前说：“家长一定要认识到小孩不是越胖越好，因此要积极配合医生治疗小胖墩，越早治疗效果越好，家长越配合效果越好。”

在蔡威教授的率领下，万燕萍、汤庆娅等科研人员调查了 5 488 名 6～14 岁儿童，发现沪上城区儿童单纯性肥胖症发病率为 6.21%，其中轻度肥胖患儿占 57.48%，中度肥胖者占 26.10%，重度肥胖者占 16.42%。在研究中，科研人员除研究了儿童单纯性肥胖症与高血压、高脂血症、高胰岛素血症、肺功能等的关系外，还发现了肥胖度与脂肪肝的发生有密切关系，在国际上首次发现肥胖儿童脑垂体的变化与垂体脂肪变性有关。

蔡威教授介绍说，儿童肥胖症可分为单纯性和病理性，由于内分泌、遗传或药物等原因引起的肥胖症称为病理性肥胖症，在儿童肥胖症中所占比例不足 1%，而 99%的肥胖症属于单纯性肥胖症。儿童肥胖症是成人肥胖的高危因素，与同年龄正常小儿比较，相对风险高 3.33 倍。此外，相对风险与性别相关，肥胖男孩大于正常男孩 2.19 倍，肥胖女孩大于正常女孩 6.55 倍。这一高危因素应引起家长的足够重视。

蔡威说：“为尽可能减少肥胖对儿童身心健康的影响，提高我国人口素质，要使家长充分认识肥胖对患儿的潜在危害，家长的理解与合作是治疗的关键。我们治疗单纯性肥胖儿的饮食模式是：不应过分降低总热卡的摄入，提高早餐、中餐的质和量，降低晚餐的热卡摄入，以高蛋白质、适量脂肪、低碳水化合物及足量新鲜蔬菜、水分、适量水果为原则的食谱。这样既能降低肥胖儿的体重，又有利于肥胖儿的正常生长发育。”蔡教授说，是否能坚持科学配餐，家长作用至关重要。

（《健康报》1998 年 9 月 27 日）

王善昌创多形皮片头发移植术

让秀发重新登“顶”

本报讯 被誉为“中国系统开展头发移植手术第一人”的上海第二医科大学附属新华医院王善昌教授新近又创造了一种“多形皮片头发移植术”。有关专家认为此项临床医疗成果属国内领先，达到国际先进水平。据统计，王教授探索的“中国人自体头发移植的研究”已使 2 300 名秃发患者改变了“光辉”形象。

王善昌教授开展头发移植始于 1988 年，最早是用直径为 4.25 毫米的微电机环形取皮刀在含有毛囊长寿基因的枕颞区取出带毛囊皮片移植到秃发区，每次只能移植 700～800 根头发，一般需进行 4 次手术，所移植的头发仅仅起到遮盖原先光秃暴露的头皮。经过摸索，王善昌教授又设计制造出国内第一套头发移植专用手术器械，然后在过去用环形取皮刀，打孔皮片头发移植术的基础上，创造了多形皮片头发移植术。这种新型的头发移植术，只需进行两次手术，每次能在枕颞区切取长 25 厘米、宽 0.4 厘米的含毛囊皮肤 3 条、2 000～2 500 根头发，在放大镜下分割成含不等数量毛囊的大、中、小皮片备用，然后从美观、自然的要求出发，分别移植在患者光秃的前发刘海区、头发头路区。

据王善昌教授介绍，中国人的头发与外国人比较，一是少，约 7 万根左右，比外国人少 1/3；二是直，不像外国人头发呈卷曲状；三是黑，与头皮反差比外国人强烈。因此做中国人自体头发移植相对外国人施行头发移植难度大。创新的多形皮片头发移植术则改变了以往的旧式术，不仅受到中国秃发患者的青睐，而且许多美国、日本、德国、韩国以及港澳台地区的秃发患者也乐意前来上海植发。

（《健康报》1999 年 10 月 20 日）

上海施诚仁教授先天性巨结肠研究获突破

本报讯 上海第二医科大学附属新华医院小儿外科、上海市儿科医学研究所施诚仁教授等于近日完成的一项题为“先天性巨结肠病理与遗传分子学研究”通过成果鉴定。专家认为，该研究为先天性巨结肠及肠神经元异常性疾病诊治、预防提供了科学依据，研究水平达到国内领先、国际先进。

先天性巨结肠是一种常见的小儿消化道畸形，临床表现为便秘。新华医院小儿外科主任施诚仁教授等以先天性巨结肠和酷似先天性巨结肠临床表现的肠神经元异常患儿为主要研究对象，采用先天性巨结肠临床病理学、免疫组化染色、血中一氧化氮含量测定、分子生物学检测以及病史问卷调查等方法，历时10年，系统全面地对先天性巨结肠病因及病理进行系列研究，从而在国内首先得出肠神经节细胞的密度随儿童年龄的增长而递减，肠神经节细胞的发展随小儿年龄的增长而逐渐成熟；首先报告肠神经元异常的特点及病理表现；首先发现先天性巨结肠狭窄段肠型缺乏一氧化氮是造成肠管痉挛的原因之一，肠黏膜一氧化氮合酶减少是先天性巨结肠易合并小肠结肠炎的重要原因之一；首先发现神经肌肉接头在肠神经元发育异常症中呈异常分布是肠神经发育异常症重要的发病机制，而且是此类疾病肠运动障碍的原因之一；首先发现RET原癌基因作为对肠神经系统发育起决定作用的基因，它的变异是导致先天性巨结肠发生的重要原因之一；首先发现先天性巨结肠与怀孕期被动吸烟、患儿性别、母孕期有害物质接触史和家庭恶性肿瘤病史4个因素有关。

施诚仁教授等在临床研究中还首先创新研制成功了新型SMJ－1直肠黏膜吸引活检钳。以往先天性巨结肠术前诊断单靠临床症状和钡剂灌肠来确定，误诊率高达20％～30％，现在使用这种新型直肠黏膜吸引活检钳诊断率达100％。

（《健康报》2000年2月2日）

降生四天婴儿脑瘤被摘除

本报讯 上海第二医科大学附属新华医院儿外科最近成功地为一名出生4天的男婴摘除右颞巨大囊实性肿瘤，开创了新生儿颅内肿瘤治疗的先河。

患儿在母亲胎内36周时，经产前B超检查发现右颅占位性病变，体积10×8×8厘米。婴儿降生后4天，即被抱往新华医院儿外科就诊。CT和磁共振检查证实：右颞巨大囊实性肿瘤位于脑运动中枢基底节，如不及时手术，就会对神经组织造成压迫损害，并影响脑发育。但对一个体重仅3公斤、全身血容量仅250毫升的新生儿施行这类出血较多的颅内手术，具有极大的风险和难度。该院组织全院大会诊，制定了缜密的手术方案，决定由金惠明副教授主刀、孙莲萍主治医师任助手、麻醉科陈依君副主任医师配合。由于新生儿的颅骨较软，用力不当易对脑组织造成损伤。医师们以娴熟的动作，小心翼翼地打开颅骨，只见颞叶已被肿瘤推压成菲薄状，在吸尽囊性液体后，一个杨梅状鲜红的肿瘤呈现于脑岛区，手术医师以精湛的医术完整地摘除了肿瘤，历时5小时的手术获得圆满成功。

术后病理检查显示：此肿瘤为颅内海绵状血管瘤。这是颅内的先天性血管畸形，好发于20岁以上成人，在胚胎期即被发现较为罕见，尤其是新生儿期即诊断和治疗至今尚未见报道。

（《健康报》2000年8月15日）

上海找到“父母供体”捷径

国内首例母子外周血CD34阳性造血干细胞移植成功

本报讯 上海第二医科大学附属新华医院造血干细胞移植科梁辉教授创造奇迹，国内首例母子异体外周血CD34阳性造血干细胞移植获得成功，患急性淋巴细胞性白血病的9岁患儿游斌10月11日康复出院。有关专家认为，采用CD34阳性造血干细胞移植加适量淋巴细胞为希望移植的患儿找到了一条“父母供体”的途径。

临床显示，造血干细胞表面都有CD34阳性抗原，只要加入CD34阳性抗体，通过相关仪器就能识别造血干细胞，并能够将这些细胞提纯出来，用这些提纯出来的CD34阳性造血干细胞进行移植则称为“CD34阳性造血干细胞移植”。

游斌来自福建，去年下半年被诊断为急性淋巴细胞性白血病L2型，接受化疗缓解后于今年1月复发，转入新华医院造血干细胞移植科治疗。由于病孩无法从同胞和骨髓库中找到相配供体，其父母就成为移植供体的首选对象，经过配型认为游斌的母亲更为合适。梁辉教授先给其用造血干细胞刺激因子 5 天，使母亲体内的外周血造血干细胞获得动员，接着采集出外周血用 CD34 阳性抗体进行纯化，随后将分选的 CD34 阳性造血干细胞于 7 月 12 日输给游斌，次日再输注经过严密计算的 5 毫升未分选的淋巴细胞。经过整整 3 个月的治疗和护理，现在游斌体内染色体转为母体型，原先第 9 对第 22 对易位的异常染色体消失；骨髓穿刺也证实急淋已得到完全缓解，其他包括肝脾和各项免疫指标均属正常。

据悉，国外对父母与孩子之间的移植常采用 CD34 阳性细胞大剂量移植方法，费用昂贵。而梁辉教授则是应用常规剂量的 CD34 阳性干细胞加适量的淋巴细胞进行治疗，无疑找到了一条费用低廉的途径。

（《健康报》2000 年 10 月 13 日）

上海二医大附属新华医院

成功分离罕见连体女婴

本报讯 一对来自江苏农村的连体女婴，日前在上海第二医科大学附属新华医院小儿外科被成功分离，“六一”儿童节后即可出院。至此，该院自 1981 年成功分离全国首例联体儿以来，已成功分离了 4 例。

今年 4 月 9 日，刚剖宫产出生一天的连体女婴就被送进新华医院。经检查，这对姐妹总体重 3 250 克，胸骨剑突至脐连体畸形，即胸骨体剑突融合一体、部分心包相连、肝脏融合。为尽可能详细了解连体女婴的疾病和畸形，同时为增强其体质，该医院的营养专家专门制定出科学的喂养方案，并制定了缜密的分离手术方案。

5 月 8 日上午，就在连体女婴满月、总体重增加到 6 800 克的这一天，在新华医院副院长单根法教授的主持下，由小儿外科施诚仁、蔡威两位教授主刀手术。医生首先分离联体的胸骨，并使用出血较少的氩气刀、超声刀细心地分离肝脏和心包。两个小时后，连体女婴终于被完全分离。紧接着，8 位医生组成的手术班子分别为已分离的姐妹俩进行创面缝合，并采用 6 厘米×6 厘米的人工生物材料新型补片，在姐妹俩的腹壁缺损创面进行修复，手术取得了圆满成功。

（《健康报》2001 年 5 月 30 日）

母乳的确优于牛乳

上海科研人员为“母乳喂养好”作证

本报讯 母乳喂养好，但究竟好在哪里？上海第二医科大学附属新华医院儿内科、上海市儿科医学研究所围产医学研究室和上海儿童医学中心的科研人员在著名儿科专家吴圣楣教授带领下，经过 5 年系列研究后认为，母乳丰盛的物质基础与婴儿、特别是新生儿和早产儿的生长发育息息相关，从而得出母乳是喂养婴儿的黄金标准的结论。

在研究中，科研人员首先收集了上海市三区一县 120 名身体健康、无特殊偏食习惯、生活安定、住院分娩、奶量充足的产妇乳汁，了解母乳中各种成分含量，从而得出上海地区母乳中脂肪、钙、锌含量偏低，钠、氯含量明显偏高的结论，建议孕、产妇及乳母适当增加脂肪、钙、锌的摄入，减少食盐摄取量。接着科研人员采用气相色谱法测定了不同泌乳期及一次喂奶时前、中、后段早产儿和足月儿母乳中脂肪酸含量，并对比了牛乳和婴儿奶粉的脂肪酸组成。结果显示，初乳中饱和脂肪酸含量较低，不饱和脂肪酸含量较高，尤其是长链多价不饱和脂肪酸（花生四烯酸、二十二碳六烯酸）含量丰富。这是胎儿在宫内最后 3 个月至出生后 18 个月脑迅速生长的关键时期，对于婴儿脑发育和神经髓鞘的形成起着重要的作用；而牛乳和婴儿奶粉中的长链多价不饱和脂肪酸含量明显低于人乳，而且都未测得二十二碳六烯酸。

科研人员经对足月和早产母乳中氨基酸进行分析，发现早产母乳中游离氨基酸谱和构成蛋白质氨基酸谱与足月儿母乳不同，提示早产母乳更适合早产儿生长发育的需要。研究还在国内外首次发现，母乳中的瘦素 Leptin 对新生儿适应宫外环境起到了积极作用。

吴圣楣教授在接受记者采访时指出，我国大力开展爱婴医院建设，实行母婴同室，其目的是推广母乳喂养。因此，产妇在明白了母乳对婴儿的生长发育有独到的营养价值和好处后，更应从关心、爱护下一代的健康出发，响应“母乳喂养”的号召。

（《健康报》2001 年 6 月 16 日）

免缝腹裂袋关闭新生儿腹壁缺损

本报讯 国内首例免缝腹裂袋关闭新生儿腹壁缺损术由上海第二医科大学附属新华医院上海儿童医学中心副院长吴晔明主任医师完成，新生儿治愈后已于日前出院。

新生儿腹壁缺损一般认为是在胚胎发育过程中，于妊娠第十周末，在体腔外发育的中肠因某种因素未完成移行、回纳腹腔，而导致腹壁未能关闭，中肠在腹腔外继续生长发育的病症。3 月 18 日中午，一位肠子外露的男婴被送入上海儿童医学中心外科救治。

吴晔明主任医师等接诊后立即对体重只有 2 500 克的新生儿进行抗感染防治，置于 ICU 暖床，在证实无肠道梗阻后，根据腹壁缺损大小、选择了环口直径适中的被誉为国际上最先进的腹裂袋，把新生儿疝出的肠管置入，将袋口弹簧圈经腹壁缺损放入腹腔，卡于腹腔侧，无需缝合，再把腹裂袋垂直悬吊起来，缺损处皮肤用呋喃西林纱布包绕，外用无菌纱布覆盖。以后每天根据袋内压力向腹腔挤压结扎 1～2 次，这样经过一个星期，于 3 月 24 日在袋内肠管完全回纳腹腔后，取下腹裂袋，再进行小手术关闭腹壁缺损，同时做脐部成形。

据吴晔明主任医师介绍，腹裂袋由医用硅胶制成，柔软、透明，放置简便易行，肠管在袋内也易于被观察，并可通过袋内色泽判断肠管有无继发感染和穿孔。使用这种袋完全可以在产房（产前经超声诊断为腹壁缺损）或患儿床边放置，无需对患儿进行常规气管插管和麻醉。

（《健康报》2004 年 4 月 22 日）

“产房外科”可为胎儿动手术

上海新华医院开展先天性畸形诊治预防

本报讯 一名 34 周孕妇经超声检查被发现胎儿腹腔有一巨大囊性肿

块、并伴消化道先天性畸形。上海第二医科大学附属新华医院产房外科于妊娠37周剖腹取出胎儿并及时手术。有关专家认为，上海新华医院创立“产房外科”近两年来已开展十多例高难度先天性畸形新生儿手术，在现代围产医学领域开创了国内小儿外科畸形早期外科干预治疗的先河。

据介绍，“产房外科”是新华医院上海市小儿外科畸形临床医学中心从临床实践出发，建立的一整套针对各类先天性畸形的诊断、治疗以及各类并发症的预防和纠治的全新科室。“产房外科”对每一个怀疑有先天性畸形的胎儿进行深入细致的分析，综合评价，从胎儿的发育、外科治疗和营养支持等不同层面，拟定个体化治疗方案，给患儿最有效的治疗，最大限度地给患儿带来最好的生存和生活质量。

目前，新华医院上海市小儿外科畸形临床医学中心已与多家兄弟医院建立了广泛合作，使更多的新生儿得到了及时、合理、良好的治疗。

（《健康报》2004年7月2日）

深部真菌感染治疗技术又进一步

隐球菌脑膜炎治愈率由62.5%提高到97.5%

本报讯 历时12年、由上海第二医科大学附属新华医院皮肤科和第二军医大学附属长征医院皮肤科合作课题《深部真菌感染的临床与基础系列研究》，日前完成并通过上海市科委组织的成果鉴定。专家认为，该研究对推动我国真菌病学的发展，提高深部真菌感染的诊治水平作出了重要贡献。

近20年来，深部真菌感染的发病率提高了近40倍，已成为医院感染的重要死亡原因。新华医院皮肤科姚志荣、长征医院皮肤科廖万清等在国家自然科学基金的资助下，从1992年起联手对我国三大主要致命深部真菌——隐球菌、白念珠菌和曲霉进行了系列的临床和基础研究。

在临床方面，他们首次提出对非艾滋病隐球菌性脑膜炎采取分期综合疗法，使隐球菌脑膜炎的治愈率由62.5%提高到97.5%，随访两年以上，复发率为零；由于肺隐球菌病的表现可以酷似肺部肿瘤，他们提出将肺穿刺物病理或培养视为诊断金标准；单纯性肺隐球菌病在外科手术治疗后，进行足够疗程全身抗真菌治疗，可显著提高救治成功率。他们在国际上首次报告聚多曲霉引起阻塞性支气管曲霉病并成功救治，首次在国内报告采用两性霉素 B 脂质体治疗分别由烟曲霉和黄曲霉引起的侵袭性肺曲霉病两例，均成功治愈。

在基础研究方面，他们首次建立稳定、无回复突变的新生隐球菌荚膜基因 CAP64 插入 URA5 基因的重组突变株，有利于其基因分型。在国内首次报告目前我国肾移植患者中白念珠菌对唑类药物严重耐药，而且氟康唑和伊曲康唑之间存在交叉耐药，我国白念珠菌氟康唑耐药与 CDR1 基因的高表达有关。

（《健康报》2004 年 11 月 18 日）

106 天男婴肝脏移植成功

本报讯 上海交通大学医学院附属新华医院 5 月 19 日成功地为一名出生仅 106 天的男婴移植了母亲 215 克肝脏，从而创下国内成功接受亲体肝脏移植手术最幼龄纪录。术后第二天，母子各项生命体征均正常。

来自浙江临安的男婴浩浩皮肤暗黄，肝功能异常。经新华医院检查，浩浩患的是先天性胆管闭锁，引起胆汁在肝脏内淤积，使肝功能严重受损，如果不加以治疗，通常在出生后 1 年内就会由于肝功能衰竭而夭折。医生认为目前除了肝脏移植没有其他替代治疗。

5 月 19 日，浩浩的母亲首先被推进手术室，当其肝左叶开始被解剖分离时，浩浩的患肝也被仔细分离。当其母亲的肝左叶经过修剪、特殊保存液冲洗后，浩浩的肝静脉也已被钳夹，进入了手术的最紧张阶段——无肝期。由于幼儿无肝期最长只能坚持 40 分钟，所以肝动脉血管的缝合必须在 20 分钟内完成，否则会引起代谢功能改变，危及生命。而出生仅 106 天的浩浩动脉只有 2 毫米至 3 毫米粗细，医生缝合很艰难。整个移植手术直至傍晚结束，历时近 9 个小时。

（《健康报》2007 年 5 月 25 日）

世界首例转基因克隆兔三个月了

本报讯 上海交通大学医学院附属新华医院于12月18日宣布，世界首例转基因克隆兔已在今年9月14日诞生，目前这只出生3个多月、体重1 400克、携带绿色荧光蛋白基因的克隆兔已通过分子生物学“身份鉴定”。据悉，转基因克隆兔将为今后大规模建立转基因兔动物模型、定向研究人类疑难杂症奠定基础。

据新华医院发育生物学研究中心陈学进博士介绍，体细胞克隆兔是世界性难题。由于兔子克隆胚胎发育率低、怀孕率低、出生后死亡率高，导致培育转基因克隆兔难度较大。自克隆羊多利诞生以后，世界多个小组开始克隆兔研究。发育生物学研究中心研究小组提前进行多项学科准备，为防止幼兔夭折，科研人员还为它找来了刚分娩过的健康母兔作为“乳母”，同时把“乳母”的几只“兔娃”与克隆兔放在一个笼中饲养，以提高其成活率。克隆兔在生理习性上和家兔没什么区别，爱吃青菜、萝卜。但为了保证它不生病，一般都吃营养餐。这些营养餐按照一定的营养标准配制而成。这只克隆兔从出生到现在没得过病。

据了解，通过设备检测，会发现克隆兔体内可发出明亮的绿色荧光，这是科研人员从特殊水母中提取的绿色荧光蛋白基因，将该基因转染到培养的兔子成纤维细胞中，再挑选出发绿色荧光的转基因体细胞，将其细胞核移植到成熟的去核兔子卵母细胞中，最终构成了转基因胚胎。胚胎经过手术，移植入“代孕兔”体内。经过30天的发育，通过剖宫产获得了这只转基因克隆兔。

目前这只转基因克隆兔生活在上海交大医学院实验动物科学部。据悉，克隆兔可作为帮助人类筛选药物、研究遗传学疾病的“动物模型”，有助于研究一些人类遗传疾病。

（《健康报》2007年12月20日）

耳聋致病基因找到

先天性耳聋筛查干预前移到出生前

本报讯 “通过产前基因诊断或孕前遗传学检查与咨询，就可以得知胎儿或计划出生的后代是否会出现先天性耳聋。”这是记者日前在上海交通大学医学院附属新华医院耳科学研究所聋病分子生物学诊断实验室成立会上获得的信息。

在临床上，用传统的高危家庭登记管理办法只能发现约50%的先天性听力障碍儿童，而通过常规体检和父母观察几乎不能在第一年内发现此类患儿。上海交大医学院附属新华医院耳科学研究所聋病分子生物学诊断实验室目前已建立相关的基因诊断项目，进行产前筛查。对于有既往家族性耳聋遗传背景的高危家庭，可以通过遗传咨询获得生育计划指导；对于那些已怀孕4个月～5个月的孕妇，可通过产前DNA诊断，得知胎儿是否存在先天性耳聋，从而有效减少先天性耳聋患儿的出生。

据悉，以吴皓教授、杨涛研究员为首的研究团队新近在大前庭水管综合征（EVA）耳聋的研究中取得了重大突破，通过国际合作发现并克隆了可以导致EVA耳聋的又一个致病基因KCNJ10，并通过功能分析揭示，KCNJ10基因的表达受SLC26A4基因所影响，其基因突变或表达异常非常可能是导致EVA耳聋的最直接原因。在刚刚结束的美国人类遗传协会年会上，这一研究因其在遗传学领域的杰出贡献而获得该协会2009年度C. W. Cotterman国际奖项。

（《健康报》2009年12月18日）

评估胎儿生长有了新通用标准

本报讯 准妈妈腹中胎儿在不同孕期的生长指标是否达标？医生判别胎儿体重是否正常，其标准是什么？由上海交通大学医学院附属新华医院环境与儿童健康教育部重点实验室执行主任张军教授与国际同行共同研究，提出一项新的用来评估胎儿生长和出生体重的通用标准。5月27日出版的《柳叶刀》杂志刊登了这一研究的论文，并评述该研究“极具广泛的应用价值”。

运用这种方法，将某国或某人群足月正常出生新生儿的简单数据输入编制的程序，即能产生适合于该国或该人群的胎儿生长标准，并且比其他现有测量方法更能准确应用于全世界各类人群。张军和他的国际同行利用

2004 年～2008 年世界卫生组织对孕产妇和围产期保健的全球调查数据(涉及非洲、拉丁美洲和亚洲 24 个国家的 237 025 名出生婴儿),验证了这种方法的科学性。

胎儿生长迟缓被认为是新生儿死亡和残疾风险增加的危险因素,甚至与行为障碍、肥胖、心脏疾病、高血压和以后的糖尿病相关。为胎儿生长异常(即胎儿生长过慢或过快)制定一个适用于不同国家和不同产妇人群的全球性标准,至今仍然是一个挑战。

据介绍,目前国际上 3 种最常用的测量胎儿生长的工具均存在不同程度的缺陷:一是以出生体重为参考标准,容易忽视早产婴儿很有可能的生长迟缓;二是采用超声的参考标准,这些参考标准数据主要从欧美的白人妇女获得,并不适用于所有人群;三是考虑产妇和胎儿特点的个性化参考标准,涉及众多因素,操作性不强,难以在临床推广。

据了解,研究者将这一新的全球性参考标准与基于超声的胎儿体重和个性化参考标准进行比较,对小于胎龄儿的不良预后风险进行了评估。研究发现,这种新的通用参考标准比胎儿体重参考标准和个性化参考标准能更好地预测不良围产预后,并且使用更加简单。该方法具有广泛的应用性,尤其对资源缺乏的国家和地区,将对提高围产医疗的质量起到积极的作用。

(《健康报》2011 年 5 月 30 日)

胸腰椎爆裂性骨折诊疗形成规范

本报讯 上海交通大学医学院附属新华医院骨科经过 10 余年的研究,已摸索出一套针对胸腰椎骨折严重程度的判断分型、诊疗适应证、治疗方案的规范。这项题为“胸腰椎爆裂性骨折的治疗”的研究,日前获得 2011 年度上海科技进步奖一等奖。

胸腰椎爆裂性骨折在脊柱骨折中最为常见,多由高空坠落和交通事故引发。多年来,这类骨折在国内外都缺乏治疗规范,病人到什么程度需要手术、采用何种术式,专家各有各的说法。

从 2000 年开始,上海新华医院骨科在戴力扬教授的倡议下,开展了胸腰椎爆裂性骨折治疗的系统研究。经过临床摸索,科研人员在国际上首次发现骨折后椎间盘塌陷和后凸畸形加重，取决于骨头的粉碎程度；首次提出基于临床治疗决策的影像学检查方案，对不同影像学手段的诊断、临床价值和应用范围作出详细界定；首次针对多发伤患者，提出手术时机选择应建立在对患者全身情况的评估和手术利弊的权衡之上，而不应作机械界定。在国际上首次将“载荷分享评分”全面应用于胸腰椎爆裂性骨折治疗的适应证选择。这套评估患者情况的打分系统，涵盖了对于胸腰椎爆裂性骨折稳定性的判定，非手术及手术治疗的适应证选择，手术治疗的时机、入路和术式，使骨折治疗得以规范化。

据悉，该研究项目总结提出的胸腰椎爆裂性骨折治疗方案，已在解放军总医院等国内 59 家医院应用，病例数累计达到 8 000 例，临床效果明显优于国内外同类研究的报道指标。

（《健康报》2012 年 4 月 24 日）

我国学者在《柳叶刀》杂志上撰文呼吁——

在更大范围内推动循证公卫决策

本报讯 我国需要在更大范围内推动循证公共卫生决策，包括在研究者和决策者之间建立一个高效、双向的对话渠道，以增进相互理解；充分肯定可转化为公共卫生政策的研究的价值，优先资助一些以研究循证决策依据为导向的项目。这是上海交通大学医学院附属新华医院“环境与儿童健康教育部和上海市重点实验室”科研人员在近日出版的《柳叶刀》杂志上发出的呼吁。

在这篇题为《中国循证公共卫生决策之路》的论文中，科研人员依据上海交通大学医学院附属新华医院过去 20 余年间在循证公共卫生决策领域的研究工作经验，深入分析了目前在中国推动循证公共卫生政策所遇到的困难与挑战。

近 10 年来，循证医学在临床实践中的成功应用，激发了越来越多有关推动循证公共卫生政策的思考与讨论。在中国，尽管循证公共卫生政策还处于零星起步阶段，但是已经呈现显著增长的趋势。

该论文认为，目前在中国推动循证公共卫生政策遇到最大的障碍就是研究者和政策制定者之间在许多问题的认识上存在较大差异，而这种差异最终会导致研究者的科学发现与政策制定者所需要的循证依据之间出现脱节。要解决这一问题，一方面需要科研工作者用容易理解的语言，向决策者传递科学研究的结果；另一方面，政策制定者要能够有效利用这些结果信息，并重视循证依据对决策过程的影响。在认识并认同循证公共卫生决策的基础上，还需要在教育与培训环节增加投入，以提高相应能力水平，同时加强公共卫生学院以及相关学术机构将科研转化为公共卫生政策的能力。

该论文提出，一些权威机构如中华医学会，可以在国家或地方层面形成一个公共卫生政策决策依据整合平台。

（《健康报》2013 年 6 月 14 日）

“千天计划”探寻生命早期健康密码

招募 10 万个家庭入组　研究发育源性疾病干预方法

本报讯　上海交通大学医学院附属新华医院 6 月 1 日启动“千天计划”大型科学研究项目。项目以生命早期 1 000 天为关键时间点，探索人类重大发育源性疾病的起源并建立早期干预模式。

上海新华医院院长孙锟教授介绍，聚焦生命早期 1 000 天，准确说是从受精卵到出生后 2 岁的婴幼儿期。在这一阶段，任何宫内外不良因素都可能影响胎儿的发育，导致早产、胎儿宫内发育迟缓、出生缺陷等围产结局，并由此带来一系列儿童期、成年期疾病，包括代谢性疾病、心血管疾病、肿瘤等。“千天计划”主要负责人，教育部环境与儿童健康重点实验室、上海市环境与儿童健康重点实验室主任张军教授举例说，课题组在孕期宫内环境因素对免疫发育的研究中已发现，新生儿体内胆红素含量异常是儿童哮喘发病的高危因素；在对剖宫产和哮喘的关系进行分析后发现，剖宫产组发生哮喘的概率是对照组的 1.22 倍。若要探明生命早期到底发生了什么，形成更多早期干预的方法，需要考虑人种差异，探寻符合中国人群特征的研究结论。

据了解，“千天计划”项目将在上海新华医院搭建产科和儿科两大随访平台，招募 10 万个家庭入组，建立人群资料、临床资料和生物样本相结合的生命早期数据信息库，为研究人员以及临床医生进行前沿性的基础科学或临床研究提供支持。该项目形成的创新成果可以为系列发育源性疾病的早期筛查、诊断、遗传咨询与临床决策，以及为制定生命不同时期的健康促进和发育源性疾病的防控策略提供科学依据。

（《健康报》2016 年 6 月 6 日）

组织工程学催开奇葩

曹谊林复制“人耳”成功

本报讯 “复制人耳如从实验进入临床，将给整形外科乃至整个外科带来革命性突破。”这是日前在上海出席华裔骨科学会第二届学术会议的专家，在听取上海第二医科大学组织工程研究中心主任、第九人民医院整形外科副教授曹谊林所作《组织工程学复制人耳实验研究》学术报告后发出的共同感叹。

曹谊林副教授是中国工程院院士、著名整形外科专家张涤生教授的博士研究生，1992 年又师从世界组织工程学鼻祖、美国哈佛大学医学院组织工程实验室主任瓦康堤教授做博士后研究工作。他在波士顿儿童医院的一个实验室看到经体外培养的细胞可以形成软骨，遂决定探讨其在整形外科的应用前景。他在这个实验室经过两年时间、几十次的失败，最终在世界上首次将牛的软骨细胞吸附在预先已塑成人耳模样的特殊生物材料上，然后再把这一细胞生物的复合体植入一只没有免疫反应的裸鼠背部皮下，结果使裸鼠背上长出了“人耳”。

曹谊林把这一奇迹归功于方兴未艾的组织工程学。他说，组织工程学是一门医学细胞生物学与工程学相结合的边缘学科，主要研究并开发生物替代物，以修复、重建因外伤或病变了的组织和器官。由于这一“组织工程”首先是取自身正常组织细胞，在体外培养扩增后吸附于一种特殊的生物材料上，再植入自身损伤的组织部位，让细胞生长形成新的相应组织器官，因此不存在排异问题。其中的关键是，这一特殊的生物材料不但要允许细胞吮吸营养，进行新陈代谢，按照预制模型生长，而且在植入损伤组织后要能逐渐被自身所吸收。

曹谊林说，从整形外科角度来讲，耳朵外形形态是较复杂的人体器官之一，而人体其他器官如肝脏等就更为复杂了。要从实验研究进入临床运用，除寻求与人体相安无事的更为理想的特殊生物材料外，克服体外培养细胞的衰老等也都是难题。

曹谊林说："组织工程学前景看好，最终进入临床是完全可能的。"他呼吁国家有关部门能支持这一学科，调集国内力量组织攻关，让已经领先的研究继续站在世界前沿。

（《健康报》1997 年 4 月 6 日）

复制"人耳"成果轰动国际整形外科学界

曹谊林获美国詹氏大奖

本报讯 在国际组织工程学领域第一个将"人耳"复制到裸鼠背上的上海第二医科大学组织工程研究中心主任曹谊林教授，日前接到全美整形外科医师协会及詹姆斯培雷特勃朗奖委员会的信函，通知他获得 1998 年度"詹姆斯培雷特勃朗"大奖。据悉，曹谊林教授是荣膺该奖的第一个亚洲人。

新兴的组织工程学是将体外培养扩增后的正常组织细胞吸附于一种生物相容性良好并可被机体吸收的生物材料上，该材料为细胞提供了允许其获取足够营养物质，进行气体交换、排泄废物和按预制形状生长的三维空间支架，然后将这种细胞/生物材料复合物植入机体病损部位，细胞在生物材料逐渐被机体吸收的同时便形成了新的有功能的相应组织，从而达到修复损伤、功能重建的目的。曹谊林教授利用这一组织工程学方法，在无免疫功能的裸鼠背上成功复制"人耳"，轰动国际整形外科学术界，并被誉为革命性的创造和突破。他的论文被发表在世界权威刊物 1997 年第 100 卷《修复重建外科杂志》上。

曹谊林教授将于今年 5 月出席全美整形外科医师协会。

据悉，曹谊林教授的研究又有新的进展，目前复制所需器官已从过去无免疫功能的小动物（裸鼠）过渡到接近人类的有免疫功能的大动物（猪）身上，开始为临床治疗作前期准备。

（《健康报》1998 年 4 月 11 日）

抢占制造组织器官技术制高点

我国科学家将开展组织工程研究

本报讯 由世界上第一个在裸鼠背上复制"人耳"、并获全美整形外科"詹姆斯培雷特勃朗"大奖的上海第二医科大学教授曹谊林担任首席科学家的"组织工程的基本科学问题"研究，3 月 13 日正式启动，这标志着我国步入制造组织或器官的新时代。

由上海第二医科大学组织工程研究中心主任曹谊林教授领衔的我国重点基础研究发展规划项目(即"973")"组织工程的基本科学问题"研究，联合上海二医大、华西医科大学、中科院化学所、天津大学和暨南大学等 14 家单位的专家、教授，计划用 5 年时间形成具有我国特色的组织工程研究理论体系和技术体系，具体地说就是首先建立人胚胎干细胞系，定向诱导分化出成软骨干细胞、成骨干细胞、成纤维干细胞、成神经干细胞，以解决"种子细胞"的来源问题，并采用人胚胎干细胞构建组织或器官；研制复制组织或器官所需的多种生物材料，使细胞与该生物材料有极好的生物相容性，并使该生物材料在复制组织或器官过程中被人体自行降解吸收。然后在完成自体组织工程化软骨、骨、肌腱、气管、角膜、皮肤、血管等的构建后，选择发病率高、危害大、具有一定研究基础和具备临床应用条件的疾病作为突破口，率先在国际上取得突破性成果，抢占国际制高点。

(《健康报》2000 年 3 月 14 日)

曹谊林运用组织工程研究技术

成功复制软骨颅骨和肌腱

本报讯 曾在世界上第一个于裸鼠背上复制了一只惟妙惟肖"人耳"的上海第二医科大学附属第九医院组织工程研究中心主任曹谊林教授，新近又率领课题组研究人员在猪、羊、鸡身上成功复制人体软骨、颅骨和肌腱。这一受国家"863"计划、卫生部和上海市科委资助的系列课题项目，日前通过由上海市科委组织的成果鉴定，专家认为其研究的总体水平达到国际领先。

软骨组织工程研究对修复人体软骨缺损或重建体内软骨结构，具有重要的临床价值。曹谊林教授率领课题组研究人员首先选用一种与细胞生物相容性良好的生物材料，然后应用组织工程技术在具有正常免疫功能的高等哺乳动物——猪体内观察软骨组织形成。而以前复制“人耳”是在免疫功能缺陷的裸鼠体内再生软骨，此次复制软骨无疑是一次新的飞跃。研究首次确定了软骨组织形成的最佳细胞浓度与在具有正常免疫功能的自体动物体内最佳形成时间。同时，还以猪为实验对象，以自体关节非负重部位软骨作为细胞来源，以聚羟聚基乙酸和氧化乙丙烯作为细胞载体，研究证实能够修复关节软骨巨大缺损，新生组织与正常关节表面软骨有相同的组织学特性和胶原分子结构。

在研究中，曹谊林教授又率领科研人员，在国内外首次采用体外诱导、扩增培养的骨基质干细胞，接种于可降解生物材料藻酸钙凝胶，制备细胞生物材料复合物，对有正常免疫功能的自体动物——羊颅骨缺损进行修复。结果表明，采用组织工程技术修复自体动物颅骨缺损，其修复后组织与正常颅骨组织有相同的组织学特征。

在自体组织工程化肌腱预制及应用组织工程化肌腱修复肌腱缺损的实验研究中，曹谊林教授等又在国际上首次以鸡为实验动物，以肌腱细胞为种子细胞，在自体动物鸡体内形成肌腱组织，并修复自体肌腱缺损，同时还系统研究了体外培养肌腱细胞的功能老化规律，从组织学、生物力学等方面进行评价。

有关专家认为，曹谊林教授的一系列成功实践再次证实复制成具有人类原来特殊功能和形态的相应组织或器官不会太遥远了。

（《健康报》2000 年 7 月 5 日）

著名整形外科专家曹谊林再造奇迹

突破“人耳鼠”创新“狗头盖”

本报讯 从无免疫功能的低等动物裸鼠背上复制“人耳”，到为有免疫功能的高等哺乳动物小狗制造一块“头盖骨”，国家“973”组织工程首席科学家、上海第二医科大学整形外科学教授曹谊林日前在世界上再创组织工程学奇迹。有关专家认为，从提取狗的骨髓培养成具有成骨能力的复合物补狗头盖窟窿成功，标志着我国组织工程研究又一次飞跃。

曹谊林教授在世界上率先利用组织工程技术复制“人耳鼠”后，即潜心于近似人类的有免疫功能的高等哺乳动物的研究。据介绍，为“狗头盖”补窟窿，先从该小狗股骨头抽取骨髓5毫升左右，采取先进的分离方法，分离出其中的有核细胞，在培养器皿中给予特定的诱导培养条件，对其加以诱导分化，得到骨髓基质干细胞，即可定向诱导分化为成骨细胞的一种前体细胞。再经过10多天的诱导培养后，在此细胞达到足够数量、并具备一定成骨能力，集聚后接种于一种可降解的具有三维空间结构的生物材料上。一周后，将细胞与生物材料融合的复合物回植于狗颅骨窟窿部位。这样经过大约3个月的生长愈合过程，狗的颅骨缺损部位就被完全修复了。

记者在上海组织工程研究与开发中心实验室看到，小狗的“狗头盖”修补边缘结合好，组织工程化骨无论从色泽、质地都与小狗原正常颅骨相似。

（《健康报》2001年11月20日）

上海交大召开媒体通气会

“人耳鼠”技术是真实和成熟的

本报讯 针对近日有媒体载文质疑曹谊林教授“人耳鼠”存在造假行为，以及“一只假耳朵，骗取了国家3个亿科研经费”的说法，8月26日，上海交通大学在其附属上海市第九人民医院召开媒体通气会，公布了学术鉴定委员会对曹谊林的评议意见和国家审计署的调查结果：“人耳鼠”是真实的成果，不存在科研造假；曹谊林自1999年至今承担的7项国家级科研项目，经费使用均严格按项目计划执行。

1997年，曹谊林在美国哈佛大学时，在裸鼠背上成功再生了人耳廓形态软骨，首次向世人展示了组织工程技术“再生”人体组织修复缺损的可能性。今年6月21日，针对质疑，曹谊林团队开始进行重复验证实验。6月24日～25日，软骨细胞成功接种在耳廓支架上，经过体外一周培养后，于7月1日将耳廓支架植入裸鼠体内。8月中旬，8个裸鼠背上成功构建了“人耳软骨”。实验过程进行了全程录像。8月14日，上海交通大学组织召开专家鉴定会，国内相关领域4名院士和8名专家组成的学术鉴定委员会进行了现场考察和学术评议。现场展示了活体“人耳鼠”，当场取材验证，将再生组织冰冻切片，病理鉴定确认为人软骨组织，并同时移送第三方机构作组织病理学鉴定。8月16日，病理报告进一步证实为软骨组织。专家鉴定认为，“人耳鼠”的技术是真实和成熟的。

2011年7月5日至14日，国家审计署卫生药品审计局接实名举报，专程派人来上海市第九人民医院调查审计曹谊林科研课题申请和经费使用情况。经过10天的审计取证，曹谊林自1999年至今作为国家“973”项目首席科学家或科研课题第一负责人，先后承担了7项国家级科研项目，涉及项目经费总额6 409.23万元，所有项目均已结题，通过验收。审计调查反馈表明，7个课题均有明确的研究任务和目标，经费的使用均严格按项目计划执行，不存在滥用情况，科研项目达到任务书预期效果。

（《健康报》2011年8月29日）

壳聚糖“人造皮肤”亮相

本报讯 由“973”首席科学家、上海交通大学医学院附属第九人民医院副院长、上海组织工程研究与开发中心主任曹谊林教授领衔的课题组，新近采用壳聚糖作为基质材料，研制出具有自主知识产权的“人造皮肤”。

在组织工程学重要基础科学问题研究中，科研人员把生物材料组成与特定构型对细胞分化、组织形成的影响及作用机制作为攻坚内容，其中皮肤的体外构建（即人造皮肤）是重要研究部分。在研究中，曹谊林等先后选取上百种材料进行试验，最后甄选出壳聚糖作为“人造皮肤”的基质材料。

据介绍，壳聚糖来源于虾、蟹的外壳，不但成本低廉，而且可以在人体内降解，被人体完全吸收，减少产生排异反应的可能性。用这种材料通过组织工程学技术，只需从患者身上采集一小块指甲大小的皮肤，就能在实验室里制造出能满足临床要求的“人工皮肤”。

据了解，曹谊林等研制的“人造皮肤”完全可以和国外的“人造皮肤”相媲美，而生产成本只有国外同类产品的1/10，完全可以在临床上推广使用。这项题为“组织工程皮肤的体外构建、低温保存和临床应用”的项目，日前获得上海市科技进步一等奖。

（《健康报》2006年5月19日）

既修复形态　又再造功能

程开祥完善阴茎再造术

本报讯　上海第二医科大学附属第九人民医院整形外科青年医师程开祥的“一期完成性感觉和性功能重建术在阴茎再造术中的研究和应用”，最近被国际权威刊物、美国整形外科学会主办的《整形再造外科杂志》以程开祥的姓氏命名为“程氏阴茎再造术”，并已在国际上得到推广运用。

世界整形外科阴茎再造已有 60 多年的历史，先后经过了皮管法、皮瓣法和复合皮瓣法三个阶段，具体方法有 10 种之多，但只是注重再造阴茎的外形和方法学，而对感觉功能、性功能的研究和重建国内外却少有研究。程开祥在张涤生教授和黄文义教授的悉心指导下，提出了再造阴茎的 3 个标准，即具有正常人阴茎的形态，具有正常人阴茎的感觉功能、性功能，具有健康人的性心理素质。在临床手术中，程开祥将阴茎残端或小阴茎龟头与病人前臂皮瓣串联游离移植再造阴茎；同时发明感觉神经扇形修复法，修复所有的感觉神经。采用这种“程氏阴茎再造术”符合上述再造阴茎的 3 个标准，能使康复病人在今后的性生活中克服性心理功能障碍，获得正常人的生育能力。

另外，程开祥在“程氏阴茎再造术”中能娴熟地吻合直径仅为 0.3 毫米的微小血管，被原国际显微外科主席欧文教授誉为“血管大王”。

（《健康报》1998 年 5 月 21 日）

邱蔚六教授率课题组攻关 8 年

口腔癌术后整复研究获成果

本报讯　上海第二医科大学附属第九人民医院、上海市口腔医学研究所邱蔚六教授率领科研人员经过 8 年探索，完成了一项题为“放疗对口腔癌根治后立即整复的影响”研究。上海市教委日前组成的成果鉴定专家委员会认为，该研究达到国际领先水平，对充实和推动功能性外科在口腔颌面外科发展具有重要的意义。

对口腔颌面恶性肿瘤根治术造成的各种组织缺损，常采用自体组织或人工材料立即修复，以尽快恢复患者口腔颌面组织的外形和功能，提高其生存质量。同时,为了减少局部复发,提高患者的生存率,根据中晚期恶性肿瘤综合治疗原则,常在术后施行放射治疗。由于肿瘤根治术后缺损立即整复是正在发展的新兴领域,国内外均缺乏立即整复后放射治疗的基础研究和临床报告。

著名口腔颌面外科专家、上海二医大口腔医学院名誉院长邱蔚六教授从1990年起就与科研人员一起,对口腔颌面恶性肿瘤根治后最常用且技术成熟的“各种组织瓣修复软组织缺损”“钛板修复下颌骨缺损”和“神经移植修复面神经缺损”3类立即整复进行了系列化研究,获得了多方面的成果,其中创新和突破点表现为:在国内外首先对游离皮瓣、肌皮瓣和带蒂组织瓣的放射耐受性进行系统评价,临床对114块口腔颌面各类修复组织瓣进行术后放疗,放疗成功率达到98.2%;在国内外首先在实验和临床系统研究放疗对钛板修复下颌骨缺损,钛板立即修复后放疗成功率达到76.9%;在国内外首先提出科学而有疗效的口腔颌面部立即整复后开始放疗的时间和照射剂量。

(《健康报》1998年10月30日)

眶角颧角与结膜囊同时再造

穆雄铮副教授为眼面畸形者解忧

本报讯 上海第二医科大学附属第九人民医院整复外科穆雄铮副教授,开展创新手术——眶角颧角与结膜囊一期再造,经20例临床手术,成功率达到90%。穆雄铮所撰写的学术论文《眶角颧角与结膜囊一期再造》,日前已发表在国际权威刊物《美国整形外科杂志》第103卷第二期上。

所谓“眶角颧角与结膜囊一期再造”,即眼眶颧骨整形,同时用耳后皮瓣颞浅筋膜瓣重建眼窝结膜囊,丰满眼眶和颧、颞骨穹窿,以达到面部两侧对称,能顺利安装义眼,使面部外观接近正常,一次手术再造成功。日前刚刚经穆雄铮治愈出院的湖北省18岁女青年马某,3岁时因患视网膜母细胞瘤而被摘除了右眼球,术后放疗引起了继发畸形,导致右眼眶严重凹陷。为使女儿恢复常人的面貌,其母四处奔波为她求治,虽然经他院2次整容手术,但均告失败。从此,在小马姑娘心里留下了阴影,“右眼”只能用纱布遮挡,与纱布结伴整整10多年。今年1月,面临毕业分配的马某在母亲的陪伴下慕名来到上二医附九院，中国工程院院士、著名整复外科专家张涤生教授亲自为其会诊。2月上旬，穆雄铮副教授为其施行眶角颧角与结膜囊一期再造手术，在麻醉科的默契配合下，穆雄铮以娴熟的刀法，缜密操作，安装义眼座、再造眶角颧角与结膜囊，历时整整5个小时，终于使手术一次获得成功。

据悉，穆雄铮副教授创新开展的眶角颧角与结膜囊一期再造手术，不仅使患者恢复容貌，而且大大地减轻了术中病人的痛苦。

（《健康报》1999年5月27日）

罕见神经纤维瘤成功摘除

本报讯 挂在宣女士左侧面部、与其头部大小难分伯仲的最大直径达23厘米、重达3公斤巨型神经纤维瘤，被上海第二医科大学附属第九人民医院口腔颌面外科医生顺利摘除，日前病人已康复出院。

今年44岁的宣女士来自上海嘉定区，4岁时就在左侧眉弓处发现有黄豆大小的肿块，16岁后当地医院对其面部鸡蛋般大小的神经纤维瘤进行了两次切除。1983年又发现原处有瘤子长出，而且越长越大，特别是近半年来，宣女士发觉肿瘤还在迅速生长，便下决心到上海市第九人民医院就医。这时巨大的肿瘤已扭曲了她的面容：左眼被拖得下垂，以致失明；左耳道被挤得闭锁，失去听力；下颌骨被压成畸形，上下牙齿无法咬合；头无法转动，只能整天用手托着巨瘤度日。经诊断，宣女士患的是多发性神经纤维瘤病。

该院院长兼口腔颌面外科主任张志愿教授和科副主任张陈平教授等制定了缜密的手术方案，对病人施行“左侧面部巨型神经纤维瘤扩大切除术，并血管化背阔肌皮瓣修复术”。手术由张志愿和张陈平两位教授主刀。由于神经纤维瘤与皮肤及基底粘连，且血运十分丰富，所以手术采用“包抄战术”，先结扎病人颈横动脉和颈外静脉，从外围入手逐渐剥离，并与邻近受压变形的颈内动脉分离，终于把巨瘤卸了下来。手术第二步是修复，从病人背部取下一块18厘米×10厘米大小的背阔肌皮瓣，然后移植接活到卸下巨瘤的颌面部，修复了大面积的缺损部位。整个手术长达7个半小时，总共输血2 000毫升，病人在顺利渡过出血休克关、皮瓣感染关、愈合功能关后康复出院。

（《健康报》2001年8月18日）

电子系统为骨折内固定术导航

21 名病人少“吃”了射线

本报讯 第一台国产化“脊柱与四肢内固定计算机辅助导航系统”，由中国工程院院士戴尅戎教授领衔的上海第二医科大学附属九院骨科与深圳安科高技术股份有限公司共同研制成功。据悉，这台系统已为 21 名患者作了脊柱、四肢内固定手术。

在临床上，医生可通过该系统得到脊柱或四肢骨折部位的正、侧位图像，红外线跟踪仪随即能通过电脑显示骨折部位的立体三维影像，并与 X 线影像完全配准叠合。这种三维重建图像，还可让医生做仿真操作，在电脑显示屏上模拟出“手术效果图”，医生能完全清楚地掌握骨折所处的位置、方向并能计算出固定骨折部位的钢针长度。

据戴尅戎院士介绍，骨科医生运用该系统只需在病人大腿外侧划两个两厘米大小的切口，插入 3 根钢钉就能牢固地固定骨折部位。使用髓内钉固定长骨骨折时，也能在导航系统指引下准确地插入锁钉。对于难度较大的脊柱“椎弓钉”手术，骨科医生运用这一系统，将内固定用的直径 6.5 毫米的钢钉穿过直径 8 毫米的椎弓根内腔，也变得简单易行。运用该系统不仅显著提高了手术安全性和速度，而且还减少了医生和病人在以往使用 X 线反复定位时的射线伤害。

（《健康报》2004 年 4 月 29 日）

上海九院整形外科李青峰教授创新术式

“预构脸面”成功覆盖烧伤面部

本报讯 上海交通大学医学院附属第九人民医院整形外科李青峰教授日前在世界上首创了一种新术式——“预构脸面”，并成功地覆盖在一位面部严重烧伤的患者脸上，使其摆脱了原先面部僵硬、眼睑外翻、开口困难、毫无表情的丑陋颜面。

据介绍，面部烧伤严重毁容的患者在接受传统的植皮手术后，往往面部软组织挛缩，从而使面部皮肤僵硬，双眼睑外翻，说话、饮食困难，面无表情。

李青峰教授领衔的手术小组创新性地开展的“预构脸面”新术式，是在患者腋下、胸外侧先移植一套自体带血供的筋膜瓣到皮下，然后采用皮肤扩张技术，经过3个多月的注水，使皮肤扩张成超薄皮瓣的球体样，当球体表面皮肤面积达到“预构脸面”所需面积大小时即可进行移植覆盖手术。

来自江西婺源、今年48岁的程先生一年前被浓硫酸烧伤脸部70%皮肤，虽经早期植皮，面部软组织还是挛缩、僵硬，眼睑外翻，开口、闭口困难，且脸面无表情活动，同时色素沉着，外形极为“恐怖”。今年5月10日住进上海第九人民医院整形外科后，李青峰等医生对程先生实施了这一新术式，经过在其右腋下、胸外侧皮肤近4个月的扩张预构，在注水达到1 800多毫升时，获得了一张22厘米×22厘米带有血供的犹如自己原先脸面皮肤的超薄皮瓣。接着，李青峰在10月初又花了10个小时做了成功覆盖手术。现在术后刚好一个月，程先生不仅脸面皮肤正常，而且能自如微笑。

李青峰教授说，这一新术式运用前景看好，在整形外科面部整容将再也不像传统皮肤移植如打布丁一样难看，而且还能恢复严重毁容患者脸面三维结构的表情。

（《健康报》2006年11月14日）

巧“种”干细胞产出“活皮肤”

上海九院完成相关基础研究

本报讯 上海交通大学医学院附属第九人民医院整复外科主任李青峰教授领衔的课题组新近完成一项基础研究：通过巧“种”干细胞，获取机体自产的“活皮肤”。国际外科领域最具影响的杂志《外科学年鉴(美国)》日前在最新一期发表了该研究的学术论文。

据介绍，临床治疗大面积皮肤严重烧伤、创伤的经典方法，往往是“拆东墙补西墙”式的皮肤移植和皮瓣转移，但由于人体皮肤有限，修复时只能用断层皮片，或异体皮肤、人工皮肤等皮肤软组织修复材料，治疗后伤损处皮肤往往挛缩、僵硬、色暗、难看且呈现免疫排斥、无功能化的“死皮”状况。因此，皮肤软组织修复的材料问题，一直是国际修复重建外科界的核心难题之一。李青峰课题组的这种新颖设计，源自将全新的“在体”再生医学理念和传统的扩张技术结合，通过激发人体自有的组织再生潜能，来获得超量的高质量修复用皮肤。

在该项基础研究中，课题组从大鼠骨髓或脂肪组织中分离出一种干细胞“种”到其自身的某一皮肤处，同时在皮肤下埋入能够充气的气囊进行逐步扩张。1个月后，大鼠即可在原位长出面积增长数倍又带有正常血管和神经的“活皮肤”，这样便可为大面积皮肤缺损修复和体表组织器官再造提供大量优质皮肤。

李青峰在接受记者采访时说，该研究项目得到了“国家中长期科技计划公益性行业基金”和“国家杰出青年基金”的资助。李青峰说，在临床上，为需要皮肤创面修复、组织器官重建提供“活皮肤”的“生产基地”，将是患者自己的大腿、前胸或者头颈部等部位。

（《健康报》2011年4月1日）

全脸面预构与重建为6名病人造新面孔

“中国式换脸”让毁容者重绽笑容

本报讯 一名22岁的女大学毕业生遭硫酸毁容后，先后在多家大医院整容十多次未能满意，最后来到上海交通大学医学院附属第九人民医院整复外科。在今年春节前，经过全脸面的预构与重建，她终于拥有了一副满意的容颜。

9月19日，上海交通大学医学院附属第九人民医院向媒体宣布，该院整复外科李青峰项目组经过10年的探索，在国际上首次采用“全脸面的预构与重建”（俗称“严重毁容者的换脸治疗”）技术成功治疗了6名病人。

李青峰介绍，该技术构建的脸面，具有肤色均一、轮廓分明、能维持五官功能和表情表达等特点。由于该项技术是应用患者自体组织来构建脸面，因此不存在异体脸面移植所带来的伦理、心理、感染和巨大经济负担等诸多问题。

李青峰说，该技术克服了传统技术的不足，回避了异体脸面移植的诸多问题，另辟蹊径，创新性地研究、建立了代表未来发展方向的脸面重建技术。这一“换脸”治疗技术包括五个步骤：一是血管构建，滋养血管与血管网植入身体拟构建脸面部位皮下；二是皮肤扩张再生，皮肤软组织扩张器植入血管网下，进行扩张；三是皮肤超量再生和血管化治疗，对于皮肤扩张后变薄的病例，用自体骨髓来源干细胞注射移植于预构的皮肤中；四是面部器官的构建，自体软骨构建鼻、上颌骨等骨性支架，并植入上述区域皮肤下；五是脸面形成，将构建的脸面移植至毁损的面部重建脸面。

据介绍，已成功的 6 个换脸病例，平均治疗时间为 6～8 个月。凡是脸面大部分毁容并涉及五官的患者，在三维预构的设计下均可进行全脸面的重建。我国整复外科之父、中国工程院院士张涤生教授认为：“这是一个里程碑式的重要技术进步，建议称之为‘中国式换脸’。”

据悉，“中国式换脸”研究相关论文已先后在国际学术刊物《显微外科杂志》、美国《外科年鉴》等刊物上发表。

（《健康报》2012 年 9 月 20 日）

附：中国卫生杂志编辑部副主任魏萍的点评

“中国式”用作褒扬　提振的不仅是医疗技术

以往，“中国式”多用作贬义——“中国式过马路”“中国式买房难”“中国式离婚”等。似乎，一旦把某种东西冠以“中国式”，就是将这种东西拿来否定。

本文以“‘中国式换脸’让毁容者重绽笑容”为标题，不但写出了此项技术在国际上的优势，更对“中国式”这一说法作了正面诠释。此文不仅是一篇中规中矩的科技新闻，更巧妙运用了流行用语，在吸引读者注意力的同时，更在修辞上肯定了本土文化，传递了正面信息，提振了“中国式”这个用法的气场。

文中写到，“我国整复外科之父、中国工程院院士张涤生教授认为，这是一个里程碑式的重要技术进步，建议称之为‘中国式换脸’”。这一句话用内行人、业界院士来说出“中国式”，增加了这一说法的可信性和可靠性，显得客观、贴切，毫无浮夸之嫌。

（《健康传播观察》2013 年“好新闻专刊”）

全脸面毁损实现有效治疗

“中国式换脸”跨入国际领先行列

本报讯 被誉为“中国式换脸”的自体全脸面预构重建技术，实现全脸面毁损从无法治疗到有效治疗的重大突破，达到国际领先水平。上海交通大学医学院附属第九人民医院整复外科主任李青峰教授作为第一完成人的项目——《头面部严重烧伤关键修复技术的创新与应用》，日前获得 2016 年度国家科学技术进步奖二等奖。

李青峰等科研人员以代表性头面部严重烧伤的修复为切入点，通过与全国 21 家医院协作，经过 10 余年研究攻关，取得了被国际同行高度评价的重大技术突破和创新。科研人员首先通过大样本系统性回顾研究，发现修复用组织供体的缺乏和不匹配是疗效差的主要原因，导致再手术率高达 70％以上。然后，提出了有针对性的新治疗策略，即综合应用数字医学、再生医学和重建外科等手段，以实现供体和受体的精准匹配和功能性再造。此外，科研人员发现牵张下皮肤再生存在干细胞耗竭现象，明确了预构组织血管化的主要通路和治疗靶点，创建了细胞移植促进皮肤牵张再生、低氧诱导预构组织血管化等治疗方法，以及组织预构修复的综合技术平台。

接着，科研人员创新了头面部烧伤修复技术和治疗体系，推动了治疗理念转变，应用针对性预构的组织瓣，替代传统皮片移植，大样本应用表明再手术率由 72.5％下降为 19.2％，移植坏死率降低 40.5％。研究团队所建立的针对 5 类头面部常见烧伤的治疗体系，包括眼视力挽救、鼻气道重建、口唇闭合成形和头颈功能重建等，不仅提高了疗效，而且使平均住院天数减少 8 天，住院费用节省 12.2％。

科研人员在国际上提出的头面部烧伤修复的系统分类和优选治疗方案论文，被评为美国重建外科学会优秀论文；编撰了我国首部头面部烧伤修复诊疗指南和《头面部烧伤重建外科》专著。专家认为，该研究还规避了异体脸面移植所带来的免疫抑制、供体缺乏、伦理等问题。

（《健康报》2017 年 1 月 23 日）

颌面部血管瘤与脉管畸形研究取得 4 项突破

本报讯 上海交通大学医学院附属第九人民医院口腔颌面外科张志愿教授领衔的课题组经过 20 余年的研究，完成了“颌面部血管瘤与脉管畸形的基础与临床研究”课题。该研究日前获得 2009 年上海市科技进步奖一等奖。国际脉管疾病研究学会主席 Yakes 教授等评价该研究成果“处于国际领先水平”。

口腔颌面部血管瘤、脉管畸形是临床上的常见病，约占全身血管瘤、脉管畸形的 60%。据资料统计，颌面骨动静脉畸形的死亡率高达 20%。张志愿等科研人员在长达 20 多年的时间里，取得 4 方面的重大突破：

——对于发生在口腔面颈部的巨大静脉畸形，率先提出并采用在血管造影监视下，引导注入大剂量无水乙醇加以栓塞为主，辅以平阳霉素注射或手术整形的方法，已成功治疗巨大静脉畸形 83 例。

——对于软组织和颌骨动、静脉畸形，采用栓塞或者双介入栓塞的方法治疗软组织动静脉畸形 551 例、颌骨动静脉畸形 77 例，治疗有效率达到 94.5%，并且有效地保留了病人颌面及其功能。

——对于面颈深部的血管畸形，采用 Nd：YAG 激光照射，运用该方法治疗面颈深部静脉畸形 517 例，有效率达到 93.6%。

——对于常见的“鲜红斑痣”（即微静脉畸形），采用原先是工业用激光的波长为 413 纳米的氪激光，最大限度地发挥激光选择性破坏病变血管的效应，从而达到消除病灶而不留瘢痕的理想效果。

据悉，张志愿还制定了国际上第一部《颌面部血管瘤与脉管畸形》诊疗指南。

（《健康报》2010 年 6 月 10 日）

上海九院完成一例口腔颌面高难手术

本报讯 上海交通大学医学院附属第九人民医院张志愿教授领衔的口腔颌面外科手术团队，于近日历时12个小时为一名40岁的男性患者切除了罕见的颈部巨大动静脉畸形。目前，患者生命体征稳定，所游离的面积为20厘米×14厘米的皮瓣覆盖创面已经成活。

据介绍，该患者20岁时因左耳后侧不断长大、出血的血管瘤，在当地医院接受了一次左下颌骨瘤切除术，术中为应急止血，结扎了左颈外动脉。其后，左耳后的斑块开始慢慢长高，呈瘤体，皮肤也时不时因破溃而发炎、出血。患者来到上海市第九人民医院，经检查诊断，这个巨大隆起型肿物为巨大的动静脉畸形，血供丰富，并伴有感染。参与会诊的包括中国工程院院士邱蔚六在内的专家认为，这是一例临床上十分罕见且极其棘手的巨大动静脉畸形，决定采用先堵后切的治疗方案。

2月7日，该院的范新东教授为患者施行术前逆行插管，用明胶海绵阻断瘤体部分侧枝血供。然后，张志愿教授、竺涵光教授、王延安副教授联手上台，术中首先保护瘤体已粗达7厘米、薄如纸的颈内静脉，避免颅压增高，接着分离动脉并结扎，然后在保留患者左耳的前提下，完整地切除了巨大动静脉畸形。随后，专家取下了患者约20厘米×14厘米的胸大肌，作修整后穿过锁骨，成功地覆盖于患者左耳后侧组织缺失的部位。术中仅输血1 800毫升。

（《健康报》2012年2月21日）

眼眶外科修复重建让10万人受益

复视改善从57.5%提高到90.2%

本报讯 上海交通大学医学院附属第九人民医院眼科范先群教授领衔的项目“眼眶外科修复重建关键技术体系的创建和应用”，日前获得国家科学技术进步奖二等奖。该技术已在全国25个省（市）的113家医院推广应用，受益患者逾10万人。

据介绍，该研究从构建数字化眼眶模型入手，以解决关键技术和设备为突破口，在创建眼眶外科修复重建关键技术体系方面，构建了数字化眼眶模型、综合测量和虚拟手术等数字化眼眶外科技术平台，提出眼眶骨折新分类、创建整复新术式，建立直接眶压监测和眼球突出度测量新方法，确立眼眶骨折规范化诊疗新方案，并牵头制定我国首个眼眶病诊疗专家共识。

该研究在国内外首次发现 iPSCs(诱导多功能干细胞)形成的关键路障和干细胞成骨分化重要环路，研制了眼眶修复新型功能化材料，建立了材料三维定制技术，实现患者眼眶个性化修复。同时，与国外同步研发眼眶手术导航系统，建立术前模拟、术中引导、术后评估的精准技术，实现从经验到精准的转变。应用于眼眶骨折手术，精度从 4 毫米～6 毫米提高至 1 毫米，复视改善从 57.5%提高到 90.2%，眼球内陷矫正从 72.5%提高到 90.9%。提出"内镜导航"新理念，应用视觉标定和增强现实等技术整合内镜和导航，研制内镜导航手术系统，实现影像图像对称匹配、深部组织可视可知、重要结构实时预警，开创眼眶外科手术新模式。该技术应用于眼眶骨折、甲状腺相关眼病和眼眶神经纤维瘤等疑难眼眶病，可显著提高疗效，降低并发症。

(《健康报》2016 年 1 月 12 日)

手术切口有望不留疤痕

本报讯　病人手术切口能不能做到不用缝合，只是涂上一种液体，再光照一会儿就能愈合，并且不留疤痕？记者近日从上海交通大学医学院附属上海市第三人民医院了解到，一项"光化学粘合"技术有望代替外科医生的缝合针线，中美两国科研人员正对此技术进行临床验证。

据了解，美国哈佛大学附属麻省总医院威尔曼光医学中心研究人员发明了"光化学粘合(PTB)"技术。所谓"光化学粘合"，就是在激光照射下，光敏剂的分子结构会发生改变，释放出电子，这些电子跨越到相邻的胶原分子周边，促使胶原蛋白的分子链通过共价化学键彼此联结粘连在一起，这样创口两侧皮肤的胶原纤维就交织在一起。胶原纤维存在于所有的皮肤、器官、神经里，人体的很多地方都能借助这种方法进行“光化学粘合”。

研发团队成员之一、上海三院副院长姚敏介绍，目前选择的光敏剂是一种叫“玫瑰红”的粉红色液体，能被波长为532纳米的激光激活。动物实验时，先在兔子手术切口两侧的皮下缝合几针，使组织贴合到一起，以方便电子跨越，随后在表皮创口两侧各滴上几滴“玫瑰红”，再将内置激光器的金属架置于创口上方。通过棱镜的反射，能够射出一条与创口相似的线形绿光。只需3分20秒，切口处的皮肤就紧密粘合在一起，几乎看不出切口的痕迹。

据了解，PTB技术能最大限度地减少炎症反应。姚敏表示，这项技术仍有弱点，比如只能在光线可以穿透的深度起效，所以无法代替皮下组织的缝合，对于暗的或不透明的人体组织比如骨头等，也起不了作用。

（《健康报》2012年7月25日）

因车祸昏迷271天小伙获救

本报讯 记者近日从上海交通大学医学院附属第三人民医院获悉，来自安徽省农村的18岁男青年小范因突遭车祸陷入深度昏迷，在该院积极治疗下，昏迷271天后奇迹般苏醒，经过后续积极治疗和康复训练，共住院471天，于3月27日出院。小范表示，等完全康复了要回上海三院做一名志愿者，把自己的幸运带给更多患者。

2010年12月的一个晚上，小范突遭车祸被送入上海三院时，头面部严重裂伤，双侧瞳孔对光反射消失，脑组织从鼻腔、耳孔流出，呈深度昏迷状态。小范病情十分棘手，曾出现呼吸心跳停止，但在该院医护人员的共同努力下，他闯过了一道道难关。从严重的脑挫伤、全身复合伤、9个月的植物人状态到脊柱修复手术，无论是ICU、骨科还是泌尿外科，各科医护人员都倾注了全力。经过271天的努力，小范终于在去年中秋节前夕奇迹般的醒来。

经过一段时间的康复训练，小范如今已基本恢复了语言功能，能够较顺畅地与母亲对话；上、下肢也逐渐恢复知觉，并能够按照医生的指令有意识地活动。在医院康复期间，当医院得知小范的家境困难后，主动为他减免了

4 万元的医疗费用。

(《健康报》2012 年 4 月 3 日)

心脏大动脉错位四肢末梢青紫

6 天龄婴儿获手术矫治

本报讯 出生仅 6 天的新生儿,经著名小儿心胸外科专家丁文祥教授成功施行“先天性完全性大动脉错位纠治术”,9 月 15 日离开上海第二医科大学附属上海儿童医学中心回家。据文献检索,此例小病人为我国纠治心脏大动脉错位手术成功的最小年龄者。

新生儿窦文杰于今年 8 月 27 日下午出生在上海市第七人民医院后,该院医护人员立即发现其唇周及四肢末梢青紫,怀疑患有先天性心脏病,即被转入上海儿童医学中心,收入心胸外科重症监护室,经心脏超声检查确诊为患先天性完全性大动脉错位、房间隔缺损,且动脉导管未闭,属复杂紫绀型先天性心脏病,必须立即手术。

9 月 2 日下午,出生后仅 6 天的窦文杰被送进了手术室,由我国小儿心脏外科手术创始人——丁文祥教授主刀。在麻醉师的积极配合下,丁教授先将错位的主动脉和肺动脉转换到正常位置,再将两根纤细的冠状血管种植到新建的主动脉根部,最后修补房间隔缺损,整个手术持续了 5 个小时。当窦文杰摆脱手术所需的人工心肺机时,比鸡蛋还小的心脏上百余个缝线针孔无一处浸血,手术完全取得了成功。9 月 15 日是术后第 13 天,窦文杰由父母抱着康复出院。

丁文祥教授说,我国小儿先心病发病率为 6.7‰,按这个比例推算,目前我国每年约新增 10 万～15 万名先心病患儿,其中约有 5 000 例为这类先天性完全性大动脉错位的患儿。这种患儿如果及时诊断、早期手术治疗,都能像正常儿童一样健康成长。对此疾患,丁教授希望家长高度重视,到有条件的大医院及早诊治。他说,90%以上的患儿是能康复的。

(《健康报》1999 年 9 月 17 日)

5天龄婴儿大动脉错位纠治成功

本报讯 我国纠治心脏大动脉错位手术成功的最小年龄——出生仅6天的纪录，日前又被上医大附属上海儿童医学中心小儿心胸外科教授、上海市小儿先天性心脏病研究所所长丁文祥自己刷新，创造了5天龄新生儿心脏大动脉错位纠治成功的医学奇迹。

1月23日出生的朱东东由浙江省永康县被紧急护送到坐落在上海浦东新区的上海儿童医学中心，经检查确诊为心脏大动脉错位并伴冠状血管畸形和室间隔缺损。望着嘴唇及四肢末梢青紫的新生儿，丁文祥教授心疼地说，如不及时手术纠治，患儿存活期怕只有一个月。1月28日上午，也就是在朱东东出生后的第5天，丁文祥教授与他的学生徐志伟教授在麻醉师的协助下，采用人工心肺机深低温停循环的方法，先分离断心脏升主动脉、肺总动脉，然后将左右冠状动脉从原主动脉上取下移植到新主动脉吻合连接，再分别将离断的升主动脉、肺总动脉对换位置后重新吻合连接，紧接着又修补了畸形的冠状血管和缺损的室间隔，手术总共进行了4个多小时。术后，患儿在监护室主任陈玲教授及护士的精心监护下，很快脱离了危险。

据丁文祥教授介绍，在正常情况下，人体的静脉血和动脉血是在心脏通过肺动脉和主动脉交叉循环，从而完成氧与二氧化碳互换。可是新生儿朱东东两大动脉没有交叉、而是平行地自我循环，以致静脉血无法充氧，动脉血充氧后不能运送全身，因此朱东东是在极低供氧水平下脆弱地生存着。这类先天性完全性大动脉错位的患儿只要及早手术治疗，今后都能像正常儿童一样健康成长。

（《健康报》2000年2月4日）

上海小儿先心病手术达万例

本报讯 一名患法乐氏四联症的5岁患儿12月27日上午经手术成功后被顺利推出手术室。至此，上海第二医科大学附属上海儿童医学中心心胸外科（由上海新华医院搬迁到上海儿童医学中心），在27年时间里，已为小儿先天性心脏病患者成功施术1万例。有关专家评价该小儿心胸外科是国内手术"大户",水平始终保持国内领先,并达到国际先进。

上海儿童医学中心心胸外科于1973年成立于上海二医大附属新华医院。27年来,在丁文祥教授的带领下,从白手起家直至成立集小儿心外科、小儿心内科、心功能实验室、超声诊断室及心血管疾病研究室于一体的上海市小儿先天性心脏病研究所。在完成的1万例手术中,患儿的平均年龄为4岁,其中3岁以内的手术患儿占45.9%,并创造了5天龄新生儿心脏大动脉错位纠治成功的奇迹和持续115例法乐氏四联症根治术无死亡的世界最好成绩。

目前该小儿心胸外科已成为上海市重点学科、上海市医学领先学科和卫生部小儿心血管专业培训基地。特别是日前由丁文祥教授和苏肇伉教授领衔完成的重大课题"提高婴幼儿危重和复杂先心病外科治疗疗效的实验与临床"的研究成果,打破了国内先心病无急诊手术的概念,率先在医院内建立一整套能迅速运转的小儿先心病应急工作班子,使急诊手术成功率达到90.6%,其中复杂先心病占急诊手术数的46%。

上海市先心病研究所所长丁文祥教授和上海儿童医学中心心胸外科主任苏肇伉教授在接受记者采访时说,在该科的培训下,全国已有300多家医院能开展先心病手术。小儿患先心病并不可怕,只要早日接受手术纠治,患儿日后都能像正常儿童一样健康成长。

(《健康报》2000年12月29日)

心脏七处畸形　手术一次成功

本报讯　日前,一名心脏7处畸形的患儿,经上海第二医科大学附属上海儿童医学中心心胸外科徐志伟教授手术一次成功,患儿现已康复出院。

这位名叫杨洋的8岁男孩一出生、面部、口唇便呈青紫状,被当地医院确诊为复杂性先天性心脏病。去年9月,小杨洋突然发热、头痛,经CT检查诊断为"脑脓肿",后经脑部手术得以清除,但医生怀疑"脑脓肿"可能由心脏病引起,建议他到上海儿童医学中心去接受诊疗。

小杨洋在上海儿童医学中心经心脏超声、心动图和心导管及心血管造影检查后，被诊断为“右位心、右心室双出口、室间隔缺损、房间隔缺损、动脉导管未闭、肺动脉闭锁和双侧上腔静脉”等7处畸形。这时恰逢德国心血管专家到上海进行学术交流，于是上海儿童医学中心心胸外科便将小杨洋病情介绍给他们，国外专家连连摇头，认为除了做心脏移植外，只能用人造血管连接主动脉至肺动脉，没有其他更好的手术适合小杨洋，而且手术危险性极大，外国专家不愿为其手术。面对孩子父母亲期盼的眼睛，徐志伟教授再也不能平静。他再次仔细分析患儿病情，精心设计了体外循环的转流方式和手术方法。手术进行了3个多小时，终于获得成功。

（《健康报》2000年3月25日）

免除低龄先心病患儿疾苦

自体带瓣肺动脉移植治疗主动脉瓣狭窄成功

本报讯 上海第二医科大学附属上海儿童医学中心心胸外科苏肇伉教授，日前为一名患先天性心脏病主动脉瓣狭窄的4岁男孩，进行了自体带瓣肺动脉移植。据文献检索，为如此低龄先心病患儿实施自体带瓣肺动脉移植治疗主动脉瓣狭窄获得成功，在国内尚属首例。

患儿来自江西奉新农村。今年6月经上海儿童医学中心心内科心导管检查，被确诊为先天性心脏病主动脉瓣严重狭窄，必须手术治疗，否则将导致心肌进行性肥厚纤维化与缺血。面对患儿幼小、且主动脉瓣环发育不良，苏肇伉教授认为如采用人工瓣膜替换狭窄的主动脉瓣，今后患儿不但需终身服用抗凝药物，而且随着年龄增长和身体发育还需数次更换尺寸较大的人工瓣膜，于是决定为患儿实施手术难度较大但效果很好的自体带瓣肺动脉移植到主动脉手术。

7月20日，苏肇伉教授打开患儿胸腔，其心脏搏动无力，且明显比正常幼儿膨胀和肥大。切开狭窄的主动脉，发现瓣环开口不足5毫米，不及正常儿童的1/3，而且其左侧的冠状动脉瓣窦几乎没有发育。手术中，苏教授切除了病变的主动脉瓣，又在主动脉根部的心肌中分离出两根仅2毫米粗的冠状动脉，连同起始部的主动脉管壁一起切下。然后再将患儿自体的带瓣肺动脉完好无损地从右心室分离出来，接到原先病变的主动脉位置上形成新的主动脉，再把两根冠状动脉种植到新的主动脉上。最后，苏教授用一根同种异体肺动脉带瓣管道为患儿重建了功能完整的肺动脉瓣和肺动脉，终于完成了这例复杂并带有极大风险的手术。日前，患儿已康复出院。

（《健康报》2001 年 8 月 31 日）

出生 11 小时先心病男婴获救

本报讯　一名出生仅 11 个小时的男婴，9 月 8 日在上海第二医科大学附属上海儿童医学中心心胸外科成功接受了心脏大动脉错位纠治手术，患儿于昨日下午康复出院。

男婴名叫鹏鹏，9 月 8 日上午 11 时出生在上海南汇区一家医院，出生 6 小时后口唇和肢体出现明显的紫绀症状。男婴在转送上海儿童医学中心途中已出现明显的呼吸困难，到达“中心”后经急诊心脏超声诊断显示，男婴心脏大动脉错位，患有严重的先心病。由于男婴含氧量高的动脉血在肺循环兜圈，而含氧量低的静脉血却在供应全身，从而造成机体严重缺氧，氧饱和度仅为 50％，生命危在旦夕。

面对这个心、肝、肾、脑等全身脏器均未成熟的严重先心病新生儿，心胸外科主任徐志伟教授果断决定立即手术。手术在深低温体外循环下进行，徐志伟教授翻动男婴只有鸽蛋般大小的心脏，将两根错位的心脏大动脉完全切断后重新移植连接，同时还进行了冠状血管的移植。由于男婴冠状血管的开口直径不足 1 毫米，给血管吻合带来一定的难度，徐教授施出了“绣花”本领，终于在次日凌晨两时顺利完成手术。

（《健康报》2002 年 9 月 26 日）

上海首创二期大动脉转换术式

可纠治失去最佳手术期的大动脉错位

本报讯　先天性心脏大动脉错位的最佳手术年龄是婴儿出生后两周以内，错过了这一最佳手术年龄怎么办？上海第二医科大学附属新华医院儿童医学中心小儿心胸外科主任徐志伟教授在国内首创的“快速二期大动脉转换术”解决了临床上这一棘手难题。采用这一方法，他已成功地为5位患儿施行了手术，第5位来自河南郑州的苏泰患儿术后25天，日前经胸片、心电图、血氧饱和度和超声等检查随访，各项指标均达到正常范围。

大动脉错位是一种极其严重的复杂型先天性心脏畸形，占先心病的5%左右，该病主要是因连接左心室的主动脉与连接右心室的肺动脉错位所致。临床上很多患儿往往错过两周这一最佳手术期，错位的大动脉使得左、右心室的功能发生巨大变化，导致心肌退化已不再适合做大动脉转换术，只能实行远期疗效很差的心房内转换术。

徐志伟首创的“快速二期大动脉转换术”分两次手术进行。第一次手术是在心脏动脉和肺动脉之间用人造血管连接，使肺血流增加，提高血中的氧含量；同时在肺总动脉上绕上环缩带，逐渐恢复左心室的功能，以增长心肌厚度。然后在7天之后，再进行第二次手术，将两根错位的心脏大动脉完全切断后重新移植连接，同时还进行冠状血管的移植。

（《健康报》2003年6月27日）

10月婴儿“改头换面”

本报讯 患狭颅症的10个月男婴，经上海第二医科大学附属上海儿童医学中心外科鲍南副教授重新塑形后，于昨日康复出院。据文献检索，采用取下整个颅骨盖及拆下畸形眼眶上半部按正常比例重新塑形的手术方法为患儿“改头换面”在国内尚属首例。

狭颅症又称先天性颅缝早闭症，患这种病症的患儿枕骨和前额扁平，眼眶扁平且下陷，两侧骨突出，其外观呈扁形。由于儿童的脑发育最快时期在婴儿期，闭合的骨缝会阻止婴儿大脑发育，所以手术治疗越早越好。传统的手术方法术后头面骨仍呈畸形，较先进的方法是采用小范围部分额骨瓣及眼眶骨切开，作颅骨整形，但仍不能很好地改善头面骨的畸形状态。上海儿童医学中心外科鲍南副教授采用的方法是：将患儿整个颅骨盖全部取下，然后按照正常婴儿的颅骨比例分成若干块，再进行手术塑形直到接近正常颅骨形状；对面部畸形，则拆下畸形眼眶的上半部后重新加以塑形。最后将塑形好的颅骨及眼眶上半部，按照正常婴儿的头颅形状复位后加以固定。10月11日，鲍南副教授为10个月的男婴云凡实施了长达8个小时的手术。术后患儿渡过了脑脊液漏、感染等难关，在医护人员的精心治疗和护理下，原先“扁平”的畸形头颅终于变成“圆乎乎”的正常头颅。

（《健康报》2000年10月31日）

揭开术中过程面纱　减少患儿心灵创伤

孩子接受手术不再害怕

本报讯　“孩子接受开刀，不但幼小的心灵毫无负担，连我们家长的心也得到安抚。”凡是孩子在上海第二医科大学附属上海儿童医学中心外科接受过手术的家长都会这么说。上海儿童医学中心在半年前于国内率先实施全过程干预、全方位呵护的“围术期心理保护”新做法，深受患儿家长的欢迎。

所谓“围术期”，即指以手术为中心，包括手术前的各项准备、手术的实施过程、手术后的监护等阶段。在临床上，以往医护人员和患儿家长只偏重传统意义上的医疗、护理服务，却忽视了手术期间因手术的痛苦给患儿可能造成的心理创伤。上海二医大附属上海儿童医学中心结合国情，创造性地提出全过程干预、全方位呵护的“围术期心理保护”理念。据介绍，这种围术期心理保护从术前就开始，第一步在每周五下午定期举办集中的术前宣教，为便于患儿和家长理解，医院还特意制作了一部专题介绍手术流程的录像片。第二步除手术医生告诉患儿家长手术方案等常规形式外，麻醉医师和手术室护士在手术前一天也会来到患儿身边，询问病史，解释术前准备工作的必要性等。第三步在转送患儿时，由病房内平时与患儿朝夕相处的责任护士给患儿服用术前镇静剂，护送患儿出病区，使患儿感到就像是去做一次普通的检查。同时，患儿的家长陪同在患儿身边，直至在麻醉室患儿接受完麻醉。这样便将患儿对手术的痛苦记忆减少到最低限度。当手术后患儿在苏醒室醒来时，睁开眼第一眼看到的便是陪伴在身边的家长。

上海儿童医学中心开展的“围术期心理保护”，通过揭开整个手术过程的神秘面纱，向患儿及其家长传播了医学知识，增进了医患之间的交流，使患儿围术期的心理得到了保护。

（《健康报》2001年5月14日）

上海儿童医学中心

成功分离河南连体兄弟

本报讯 出生后共同生活了81天的河南民权县连体兄弟黄龙、黄健龙，5月16日下午3时50分在上海交通大学医学院附属上海儿童医学中心完成了分离手术。

连体儿于今年2月25日在河南省民权县出生，第二天即被送入郑州市儿童医院。4月15日上海儿童医学中心专家组一行4人来到郑州，为连体儿做了外科和心脏彩超检查。检查显示，连体儿胸骨至脐部相连，大约有9厘米。连体儿共用肝脏，但消化道分开，血液供应和胆道系统也分开。一个心包内两颗心脏都患有先天性心脏病，特别是黄健龙不但大血管错位，而且还患有室缺和房缺，父母决定送连体儿前往上海儿童医学中心治疗。

5月16日上午10时19分，分离手术正式开始。由儿外科专家施诚仁教授、吴晔明教授、陈其民副教授担当第一刀。11时分离难度较大的肝脏。由于连体男婴共用一个肝脏，且相连面积较大，最终两兄弟各得一半肝脏。12时20分，肝脏完全分离。12时30分，打开胸骨，看见同一心包内跳动着的两颗心脏，一颗呈鲜红，另一颗略显暗淡。医生小心翼翼地打开心包，好在两个心脏并未粘连，心脏分离相当顺利。13时由吴晔明教授和陈其民副教授带领的两组人员分别对已分离的黄龙与黄健龙进行创面修补。由于黄龙胸前的创面较大，医生为他盖上了一片用医用橡胶包裹的钛合金补片，并用新鲜小猪皮填补缺损部位；由于黄健龙的心脏突出体表，医生为他盖上了带有弧度的钛合金皮。

由于黄健龙不但大血管错位，而且还患有室缺和房缺，心胸外科医生表示将择日为其施行救治。

截至记者发稿时，两个孩子的生命体征平稳。

■ 相关链接

连体婴儿是一种罕见的先天畸形，在5万至10万次怀孕中有一例发生。通常分为颅部、胸腹、臀部、坐骨、脐部、双头等6种连体双胞胎情况。大多数连体胎儿在胚胎期就死亡了，能分娩下来的约为二十万分之一。一般情况下，妊娠18周后，B超、心脏彩超、MRI等多数可以做出连体儿的产前早期诊断。

上海儿童医学中心此前完成的6例连体分离术中,5例为胸腹连体,1例为坐骨连体。但即使分离成功,术后存活率也不高。其中,1999年,胸腹连体婴儿,术后5年死亡一例;2000年,剑突脐连体婴儿,死亡两例;2002年,坐骨连体婴儿,死亡一例;2002年,胸脐连体婴儿,目前均存活;2004年,胸骨脐连体婴儿,死亡一例;2005年,胸骨脐连体婴儿,目前均存活。

(《健康报》2006年5月18日)

微创手术治疗新生儿食管闭锁成功

本报讯 上海交通大学医学院附属上海儿童医学中心微创外科日前成功实施国内首例胸腔镜下食管端端吻合术。由于此类手术难度极大,国际上仅荷兰在2007年成功实施过一例。

出生仅2天的患儿苗苗,因肺炎、呼吸性酸中毒、黄疸等被送到上海儿童医学中心。经影像食管造影检查,苗苗被诊断为食管闭锁I型。这是新生儿期消化道的一种严重发育畸形,这类患儿由于食管盲端距离太远而无法一期直接吻合,手术难度极高,若不及时治疗,极易引起患儿窒息、肺部感染。传统手术一般需先开胸行食管盲端牵引,并且做胃造瘘,3周以后再行二期手术吻合。但两次开放性手术使患儿创伤大、恢复慢,易引起肺部感染等并发症。

上海儿童医学中心微创外科主任严志龙认为,如果参考2007年荷兰的成功经验,必须采用耗材昂贵的医用固定器。为降低治疗成本,严志龙运用两粒普通纽扣完美化解了手术难点。他在胸腔镜下松解两端食管盲端并缝线牵拉,通过牵引线穿出皮肤,以纽扣固定在胸壁上,术后每周在纽扣下垫入0.5厘米橡胶垫以拉近盲端的距离。经过2周的牵引,盲端间的距离缩短,此时再行食管吻合手术。2周后,严志龙为患儿顺利施行二期胸腔镜下食管端端吻合术。

患儿术后第3天脱离呼吸机,自主呼吸良好,生命体征平稳,没有肺部感染。术后第6天,食道造影检查显示,吻合口畅通无狭窄、无漏,拔除了胸腔外引流管,患儿无不适,恢复良好。

(《健康报》2011年6月23日)

上海儿联体辐射带动作用初显

首批41家成员单位年门急诊量超过300万人次

本报讯 上海儿童医学中心儿科医疗联合体近日召开年度工作交流会，会上通报：上海儿童医学中心携手浦东新区和奉贤区卫生计生委共同组建的上海儿童医学中心儿科医疗联合体，经过一年实践，首批41家成员单位年门急诊量超过300万人次，逐步实现孩子在家门口就能看好常见病。

据介绍，上海儿童医学中心儿联体成立后，持续落实医疗供给保基本和临床服务强基层两大任务。近一年运行期间，浦东新区提供儿科服务的社区增加近两倍，累计分流诊治社区咳喘患儿超过1 500人。通过"请上来、沉下去"，培养基层医护人员242人，基层宣教50多场，全面带动基层儿科医护人员综合能力提升。该儿联体的成员单位2016年儿科门急诊量增加4.2%，浦东新区儿科出院患儿数增长10%。

上海儿童医学中心院长江忠仪说："在二级医院、基层医疗卫生机构儿科门急诊量增加的同时，上海儿童医学中心2016年的门急诊量也在上升，但上升的速率比2015年降低了33%。这一增一降很有说服力，说明浦东儿联体成员单位正在越来越多地承担区域内儿科诊疗任务，儿联体的辐射带动作用已经初见成效。"

儿童哮喘管理是上海儿童医学中心输出同质化医疗技术服务的切入点。该中心开发"哮喘无忧"手机App患者端和医护端；携手浦东14家社区卫生服务中心，统一配置肺功能检测、雾化设备，增配常用药物，并在社区卫生服务中心挂牌名医工作室。儿童哮喘社区管理项目负责人、上海儿童医学中心呼吸内科主任殷勇说："我们通过使用相同的药物、相同的治疗，向大家证明在社区也能获得三甲医院的同质化服务。希望这一项目成为社区慢病管理的模板，今后推广复制到其他儿童慢性病、常见病治疗领域。"

（《健康报》2017年2月7日）

习惯哄睡致婴儿频繁夜醒

上海一项研究提示，绝大多数家庭婴儿入睡的方式错了

本报讯 记者3月20日从上海交通大学医学院附属上海儿童医学中

心小星辰睡眠研究中心成立仪式上获悉，上海儿童医学中心儿童睡眠障碍诊治中心历时3年完成的《婴儿睡眠发展模式及其相关因素的队列研究》表明，近300名受调查婴儿中，6个月时仅10.2%可以一觉睡到天亮，9个月时为11%，1周岁时为12.9%。奶睡（含着母亲乳头或者含着奶嘴睡）和抱睡（抱着或者摇晃着哄睡）是我国绝大多数家庭哄睡婴儿的方式，也是导致婴儿无法很好地建立良好睡眠习惯的最核心原因。

该研究项目领衔者、上海儿童医学中心儿童睡眠障碍诊治中心主任江帆教授介绍，这项队列研究采用国际认可的客观睡眠监测设备，从母亲孕晚期开始，对近300名婴儿进行了为期3年的睡眠监测随访，首次描绘出婴儿睡眠发展模式。研究表明，92%的6月龄婴儿有奶睡和抱睡习惯，84%的9月龄婴儿、78.5%的1岁婴儿有此种习惯。追踪研究发现，采取奶睡或奶睡加抱睡的婴儿夜间觉醒次数明显增多，奶睡的1岁婴儿夜醒频率会增加80%。

江帆说，睡眠连续性是反映睡眠质量的重要指标，婴幼儿频繁夜醒是一个非常困扰家长的问题。无论是奶睡，还是抱睡，都会养成孩子依赖外界条件入睡的习惯，这种习惯成了孩子从浅睡眠进入深睡眠的必需条件。夜间只要进入较浅的睡眠阶段，这些依赖性强的孩子就无法独自入睡，需要醒来哭吵让父母给予奶睡或抱睡条件，才可以再次入睡。通常，这样的孩子睡眠比较浅，容易被惊醒。

江帆特别指出，该研究涉及的婴儿家长，80%以上受过大专以上的高等教育，但婴儿睡眠的相关知识仍然匮乏。因此，需要提高对婴幼儿睡眠知识的宣教力度。

（《健康报》2016年3月22日）

出生2小时就进手术室

先心病矫正最小年龄刷新

本报讯 患完全性肺静脉异位引流的小吉吉（化名）在出生2小时后即被打开胸腔，矫正了畸形的心脏。近日，各项生命监测指标正常的小吉吉从上海交通大学医学院附属上海儿童医学中心重症监护室回到普通病房。据悉，这创造了矫正复杂性先天性心脏病患儿国内最小年龄纪录。

39 岁的陈菊（化名）来自浙江省，孕 28 周时在当地一家三甲医院产前超声诊断胎儿患有“部分性房室间隔缺损”，这是一种相对较轻的心脏畸形，但患儿需要出生后进行手术治疗。陈菊夫妇慕名来到上海儿童医学中心先心病诊治专家门诊，郑景浩教授推荐了心脏超声专家张玉奇教授为陈菊做复诊。结果让两位专家吃惊的是：胎儿患的是一种更严重的复杂心脏病——完全性肺静脉异位引流。也就是说，当这个患儿出生断脐之后，吸进去的氧气经血液氧合后会立刻全部回流到右心房，只有很少部分的氧合血会通过心脏运输到身体各个部位。因严重缺氧，患儿可能在出生后就面临死亡。

为让孩子出生后立刻通过手术矫正心脏，两位教授建议陈菊分娩时选择在与上海儿童医学中心隔壁的上海交通大学医学院附属仁济医院，分娩后立即转入上海儿童医学中心救治。

前不久，陈菊在上海仁济医院接受了剖宫产。小吉吉出生后面色即呈明显青紫，血氧饱和度仅 65％左右，被迅速转入上海儿童医学中心心脏外科重症监护室，快速床边心脏超声再次确诊：梗阻性完全性肺静脉异位引流。同时，医护人员迅速进行术前准备，郑景浩、祝忠群等医师组成的手术团队严阵以待。在体外循环灌注师的保驾护航下，手术团队仅用 2 个小时，就根治性地矫正了小吉吉的心脏。

（《健康报》2017 年 2 月 24 日）

医学专家呼吁——

追求高技术同时莫忘“低技术”

本报讯 上海交通大学医学院儿科学教授、美国医学科学院外籍院士沈晓明教授近日在 2016 浦江儿科论坛上呼吁：在追求高技术的同时，也应关注“低技术”，也就是那些易掌握、易推广、实施成本低的技术。

沈晓明认为，“低技术”目前在实践中被忽视，制定卫生政策时，强调对高技术的支持而忽视对实用技术的支持；评价科技成果时，重视技术的先进性而忽视技术的实用性。

沈晓明还以自己领衔完成并获得国家科技进步奖二等奖的儿童铅中毒

防治、新生儿听力筛查、儿童睡眠研究3项研究为例，讲述了“低技术”的重要作用。沈晓明说，这3项研究关键环节的突破均依靠“低技术”。比如，儿童铅中毒防治研究中，纸片法血铅测定技术的建立使大规模流行病学研究成为可能；在新生儿听力筛查中，使用的DPOAE技术价格低廉，灵敏度高，容易操作，对周围环境要求低和无创伤。最终，研究成果转化成疾病预防策略和公共卫生政策：儿童铅中毒防治成果推动了全国范围内停止使用含铅汽油，新生儿听力筛查被列入《母婴保健法》在全国推广。

“低技术”理念，在论坛上引起热烈响应。儿童保健专家、上海儿童医学中心党委书记江帆教授说：“无论是临床诊断还是科研，都不能一味地为技术而技术。例如，过去儿科医生都会用检耳镜对发热患儿进行常规鼓膜检查，但现在几乎没有内科医生在问诊查体时运用检耳镜。事实上，10%的发热患儿可能患有中耳炎，如果有更多儿科医生掌握一些全科儿科学的技能，就会给家长带来更多的就诊便利。”

2016浦江儿科论坛由上海交通大学医学院主办。全国人大常委会副委员长、中国红十字总会会长陈竺院士专门发来贺信。海内外专家学者1 000多人参加了论坛。

（《健康报》2016年6月29日）

国家人类基因组南方研究中心挂牌

本报讯 国家人类基因组南方研究中心10月29日挂牌。该中心落户于上海浦东被誉为“药谷”的张江高科技园区。

国家人类基因组南方研究中心是由上海地区相关领域科研单位共同发起建成的新型科研机构。中心将围绕当代人类基因组研究的重大课题，建立先进的实验和分析手段，承担国家重大科技任务并参与国际竞争。中心将集中力量投入到具有我国特色的多民族、多家系、多种疾病的基因资源研究与开发上。其主要目标是：进行疾病基因和重要功能新基因的较大规模分离；争取获得一定数量的新基因全长cDNA序列和相当数目的基因组DNA序列。近期内将建立能开展人类基因结构和功能研究的先进实验体系，对我国南方地区肝癌、糖尿病、高血压、鼻咽癌等疾病的相关基因进行研究开发；同时结合中国人类基因组多样性的特点，筛选并发现一些有重要生物学意义的新基因或 DNA 序列。

联合了中国生物工程开发中心、上海新药开发研究中心、浦东科技投资公司、中科院上海分院、复旦大学、上海二医大附属瑞金医院、上海市肿瘤研究所、上海医科大学、第二军医大学和浦东张江高科技园区开发公司等单位组成的国家人类基因组南方研究中心，将促进我国人类基因组研究的发展。南方研究中心主任由中科院院士、上海二医大教授陈竺担任。

（《健康报》1998 年 10 月 31 日）

钩体菌基因组测序完成

本报讯 由中科院院士陈竺教授领衔的国家人类基因组南方研究中心，与全国多家科研单位合作，在国际上率先进行钩端螺旋体菌基因研究，日前完成该病菌基因组 485 万个碱基对序列的测定，并转入功能研究。

“南方研究中心”承担了“人类基因组 1%工作草图测序计划”的 1/4 工作。以此为契机，他们在自主研究功能基因和疾病基因中，将标靶首先瞄准危害人类健康和破坏自然资源的微生物——钩端螺旋体菌。钩端螺旋体病是水灾过后分布广泛的人兽共患病，曾数十次在我国大规模流行。“南方中心”与中国预防医学科学院流行病学微生物学研究所、复旦大学医学院、中科院上海分院等单位密切合作，仅用了 4 个月时间就在国际上率先完成一般情况下需要多年攻关才能完成的钩端螺旋体菌基因研究，从而为研制疫苗、药物奠定了基础。

该中心在与全国科研单位的合作中，提出的口号是：“科研攻关争当第一、论文署名甘居老二。”中心从课题设计、申请立项、进展评估、技术攻关到最后完成的各个环节上，全力以赴，做好技术支持和服务，而当成果论文发表时，中心科研人员的名字则退居次席，而把显示度最大的论文第一作者和最后通讯作者的署名权让给合作单位的研究人员。据悉，该中心这样做，不但吸收各单位乐意合作，而且也促进自身研究水平的提高。

（《健康报》2000 年 7 月 13 日）

两种重要人类病原体揭秘

钩端螺旋体表皮葡萄球菌全基因组精细测序完成

本报讯 由中科院副院长陈竺院士任主任的国家人类基因组南方研究中心科研人员与北方研究中心等多家单位通力合作、联合攻关，经过近两年时间的拼搏，日前在国际上率先独立完成两种重要的人类病原微生物——钩端螺旋体和表皮葡萄球菌的全基因组精细测序。有关专家认为，这是我国在基因组研究方面的又一杰作，成果达到国际领先水平。

近年来，随着我国人民生活条件和健康水平的显著提高，一些传统传染病的发病率有所下降，但是细菌传染性疾病仍是危害人类健康的主要因素之一，某些条件致病菌感染呈上升趋势。如表皮葡萄球菌感染现已上升为医院感染的前 4 位，并且感染后果日趋严重。一些与灾害相关的自然疫源性疾病，如钩端螺旋体病，对人民的健康依然构成威胁。

在研究中，科研人员率先完成了钩端螺旋体基因组的测序和生物信息学分析，并开创了结合蛋白质组和比较基因组学等生物高技术手段展开功能基因组研究的先河，首次识别了维持钩端螺旋体生命活动的 4 700 多个基因，并发现了其中 95%以上的新基因；鉴定了 30 多个致病相关基因和 10 多个潜在的、可发展为疫苗的新靶点。在表皮葡萄球菌的基因组测序工作中，科研人员已完成 2.49 百万碱基的全基因组测序及组装工作，并且已获得一批可进行功能性基因研究的克隆，还进行了该基因组的注释工作。

据陈竺院士介绍，目前南方研究中心与合作单位围绕上述两种病原微生物在完成精细测序后已全面展开功能基因组研究。可以预料，研究必将促进对相关疾病致病机理的深入认识和药物、疫苗的研发，使之成为人类传染病防治研究方面的有效模式。

（《健康报》2001 年 10 月 31 日）

肝癌新基因被发现

国家人类基因组南方中心开始研制新型药物

本报讯 上海血液学研究所所长陈竺院士任首席科学家的国家"973"

计划“疾病基因组学理论和技术体系的建立”研究又出创新性成果：国家人类基因组南方研究中心韩泽广博士主持的子课题，不仅将发现的肝癌新基因申请了专利，而且其研究论文已于12月18日发表在国际权威刊物《美国科学院院报（PNAS）》上。

肝癌是危害我国人民健康的高发病之一，但肝炎病毒究竟是怎样导致肝癌的尚无确切答案，为此，在上海市科委的支持下，韩泽广博士率课题组和上海第二医科大学附属瑞金医院、上海市肿瘤研究所、中科院上海分院等单位的科研人员，选择了29个肝炎病毒所致的肝癌病例，在国际上首次结合多种先进功能的基因组学研究手段，从多角度研究肝癌的发病机制。科研人员通过对近4万条基因片段的深入剖析，发现肝癌病人的一些致病基因和主管发育、分化的相关基因表达量明显增高，导致基因信号传导途径“繁忙”。同时，科研人员还发现，病人的抑瘤基因表达量明显降低，导致细胞周期调控基因紊乱，最终引发肿瘤。这项研究最终表明：基因表达紊乱与某些染色体长臂扩增及部分缺失等异常状况相关，与乙型肝炎病毒的X蛋白变异等致病基因也有密切关系。

12月19日，国家人类基因组南方研究中心已将该研究所获得的与肝癌相关的大量基因组数据向国际公共基因数据库公布。

据韩泽广博士介绍，科研人员目前已经开始进行肝癌治疗方面的研究，并将采用先进的方法设计新型治疗药物。

（《健康报》2001年12月22日）

血吸虫基因组研究获重大突破

本报讯 日前我国科研人员不仅建成了世界上最大的触手担轮类（原口动物）表达顺序标签公共数据库，还发现了血吸虫与人类高度同源的激素受体，并鉴定出一批与代谢、发育和性别分化相关的基因，为血吸虫的诊断和疫苗研制奠定了基础。

国家人类基因组南方研究中心韩泽广、王志勤课题组与中国疾病预防控制中心寄生虫病预防控制所冯正课题组等在世界上第一次针对日本血吸虫的不同发育阶段，进行了大规模的基因表达片段检测并作了全面分析与验证。

科研人员获得了 43 707 条表达的日本血吸虫基因片段，代表了约 13 000 个基因种类，约占日本血吸虫基因总数的 65%～87%，并克隆全长基因 611 条。还发现血吸虫的一些基因与脊椎动物特有的基因同源，提示血吸虫与哺乳动物宿主可能有协同进化，所含复杂水解酶的结构与人类的同类分子类似，并具有分解血红蛋白的作用，而且成虫表达量最高，反映了血吸虫的摄血特性有其分子生物学的基础。

据悉，参加这项研究的还有上海第二医科大学、上海瑞金医院以及美国和澳大利亚的一些医学研究中心。该研究的大量数据和结果都将在国家人类基因组南方研究中心和《自然・遗传学》杂志网站上公布，研究相关论文《日本血吸虫 cDNA 进化和生物医学分析》也将全文发表，这也是我国科学家第一次在这个享有盛名的学术刊物上以全文形式发表论文。

（《健康报》2003 年 9 月 17 日）

黑猩猩为何不及人聪明

中外科学家首次在染色体水平上找出证据

本报讯 中、日、德、韩等国科学家联手探索 3 年，通过对“黑猩猩 22 号染色体测序和比较基因组学分析”，基本找到了人类的近亲黑猩猩不及人聪明的部分答案。国际权威学术刊物《自然》5 月 27 日全文刊登了其研究论文。国家人类基因组南方研究中心完成了 500 多万个碱基区域的测序任务，承担的测序量达 16%，在参加单位中排列第二。

中外科学家在黑猩猩 22 号染色体长臂区域共获得 3 300 多万个碱基序列，精确率高达 99.998%。据介绍，之所以选择黑猩猩 22 号染色体作破译目标，一是因为与其对应的人类 21 号染色体最小，测序工作量最少，二是以往对 21 号染色体的研究已较充分，三是许多重大疾病如先天愚型、老年性痴呆等都与 21 号染色体的基因有关。这一课题研究，首次在染色体水平上获得了人与黑猩猩的序列对照图，发现了许多与人类进化、疾病相关的重要信息，为进一步研究人类智慧、某些疾病的发生机制和新药研发，提供了基础框架。

据中方课题负责人、国家人类基因组南方研究中心基因组测序部主任王升跃博士介绍，以往已知人类与黑猩猩22号染色体对应的是21号染色体，本次研究发现，两者的单碱基差异达1.44%，明显高于原来的估计；插位或缺失的DNA片段多达6.8万个；人的21号染色体长度比黑猩猩22号染色体多40万个碱基。这一结果显示：人和黑猩猩共同祖先的染色体可能更长，在500万年前人类和黑猩猩分化后，黑猩猩丢失的DNA片段比人更多。

（《健康报》2004年5月28日）

国人基因组序列变异研究有独创

为医疗"个体化"提供了理论基础和技术储备

本报讯 由中国科学家自主完成的利用"标签单核苷酸多态性"来捕获基因组的遗传多态性、分析群体间连锁不平衡共享的强度及产生机制的研究论文近日发表在《美国科学院院报》上。有关专家认为，此项研究为未来药物研发、筛选，发展药物基因组学，实现基于我国人群遗传特点的医药"个体化"提供了理论基础和技术储备。

基因的变异在人类疾病中扮演重要的角色，国际协作组于2002年10月正式启动了国际人类基因组单体型图计划。

国家人类基因组南方研究中心黄薇研究员领导的课题组，利用人类21号染色体上约2万多个SNP，在约300个东亚人群（包括汉族、苗族、壮族、维吾尔族、佤族等代表性群体）和世界其他对照人群中进行了约2 000多万个基因分型分析，出色地完成了关于"中国人群遗传变异"的独创性研究工作，展示出中国人群基因组中遗传变异相互关联的结构特征。

据该课题的主要负责人之一、复旦大学和中科院上海生命科学研究院金力教授介绍，SNP位点频率差异是造成人群遗传相关特征差异的根本原因，单倍型标签SNP将有助于多基因疾病的识别和诊断，协助确定疾病相关的遗传学因素，并且可精确测定某些基因变异，对于多基因病风险人群的检测和制定相应的预防措施等具有重要应用价值。

（《健康报》2006年2月5日）

上海建成国内首家“小鼠医院”

将为人类基因功能研究、新药开发和疾病发病机制探究提供“病例”

本报讯 国内首家“小鼠医院”日前在上海南方模式生物研究中心建成。据悉，该“小鼠医院”在国家“十一五”科技支撑计划重点项目的资助下，计划在3年内为国内科研机构“生产”150种与人类疾病相关的条件性基因“切除”小鼠模型，为人类基因功能研究、新药开发和疾病发病机制探究提供合适的研究“病例”。

据“小鼠医院”院长、上海南方模式生物研究中心主任王铸钢介绍，小鼠天生就是解读人类“生命天书”的能手，它是最小的哺乳动物之一，由于繁殖和发育速度快，远比在大猩猩、猴子等动物身上做实验经济。更为重要的是，小鼠在生物进化上与人类非常接近，人类99%的基因都能在小鼠身上找到对应。

上海南方模式生物研究中心自2000年在国内率先建立较大规模的小鼠基因组遗传修饰技术平台后，迄今已建立了一系列如肿瘤、白血病、肥胖、心律失常、癫痫、肝炎、血友病、骨质疏松等人类疾病的小鼠模型。如今建成的“小鼠医院”，拥有15 183个病床位、3 969个产床位，拥有手术室、检验科、病理科、放射科、神经科等科室以及血细胞自动分析仪、活体影像检测仪、小鼠ct、骨密度检测仪等现代化检测仪器的设施、设备。

王铸钢说，这里的手术室就是一座小鼠基因的改造工厂，它能让小鼠代替人类患上各种疾病，甚至丧失记忆或吸毒成瘾，并且代代相传，专供科研人员探寻其发病机制，开展新药研究。

（《健康报》2008年4月1日）

19国科学家联手开展人胚胎干细胞遗传变异研究

125株人胚胎干细胞株系将全球共享

本报讯 包括中国、英国、新加坡、伊朗、美国、以色列、瑞士在内的19个国家的科学家在国际干细胞研究组织(ISCI)协调下，合作开展了一项大规模的人胚胎干细胞遗传变异研究，相关研究论文日前发表在国际顶尖学术刊物《自然·生物技术》杂志上。在全部125株人胚胎干细胞株系中，中国科学家建立了7株。全部株系将由全世界科学家共享。

人胚胎干细胞是取自人早期胚胎的干细胞，具有无限的自我更新能力和全能分化潜力，并可在体外生长。胚胎干细胞能被转化成体内多种细胞，如胰岛细胞、神经细胞、免疫细胞等，它们是医疗领域的革命性治疗方法——细胞治疗的细胞源之一。细胞治疗可修复出现损伤的组织器官，对一些难以治愈的疾病，比如脊髓损伤导致的残疾，可能是很有希望的治疗手段。

据了解，中国科学院上海生命科学研究院/上海交大医学院健康科学研究所金颖课题组与上海交大医学院附属瑞金医院冯云教授合作，建立了7株人胚胎干细胞株系。他们建立的中国人种的胚胎干细胞系SHhES1和SHhES2参加了这项国际百株人胚胎干细胞遗传变异研究。作为论文作者之一的孙博文博士表示，细胞治疗的临床试验正在进行中，这项研究将为这种珍稀细胞资源早日进入临床铺平道路。

（《健康报》2012年1月5日）

率先揭开人类短指之谜

我国学者定位家族性短指基因

本报讯 中科院上海生理研究所人类分子遗传研究室在室主任贺林教授率领下完成的“A-1型短指基因位点定位到2号染色体长臂35～36带区域”论文，日前刚刚发表在国际权威刊物《美国人类遗传学杂志》上。有关专家认为，该研究找到了家族性短指致病基因的点位，至此，中国科学家首先揭开了人类短指之谜。

1903年，美国法拉比在其哈佛大学哲学博士论文中，报道了短指（趾）畸形家系，这是人类首例用简单孟德尔显性遗传理论来解释的遗传现象。这一被称为法拉比型或A-1型的短指畸形作为遗传病例子，被收入医学遗传学教科书中。近100年来，医学遗传学家针对这一遗传现象进行了努力探寻。去年中科院上海生理研究所人类分子遗传基因研究组的科研人员在贵阳市妇幼保健院遗传室主任郭敬芝、怀化师范专科学校教导处余朝文的协助下，在我国贵州和湖南两个边远山区的苗族、布依族，采集到两个A-1型短指大家系。同时在当地政府和卫生部门的支持下，采集到了32位短指患者以及这两个大家系中大部分正常人的血样，其中28位短指患者还被拍摄了X线片。

有关人员研究发现，这两个短指大家系的患者，手指与脚趾的骨骼都有缩短，但中间指节缩短最为严重，此中间指节通常融合于其他指节，甚至完全缺失。在不同的家系中或同一个家系不同个体中，缩短程度不完全一致。在研究中，贺林教授等在国内率先采用连锁分析技术进行全基因组扫描，成功地定位了一个家族性短指基因，该基因在2号染色体的2q35～36区域。目前，研究人员正集中全力进行短指基因的克隆工作。

（《健康报》2000年4月6日）

我科学家克隆到短指基因并首次发现

短指基因与身高相关

本报讯 中科院上海生命科学院研究员、上海交通大学Bio-X生命科学研究中心主任贺林教授继去年率先揭开人类短指之谜、找到了家族性短指致病基因的位点（本报2000年4月6日曾报道）后，今年又克隆到了这一家族短指基因，国际权威刊物《自然遗传学》杂志7月16日发表了这一震惊国际学术界的研究成果。有关专家认为，该研究在世界上首次发现名叫IHH基因与人的身高存在密切关系，将为进一步揭开人类骨骼发育和身高之谜提供重要的分子遗传学依据。

贺林教授在完成"A-1型短指基因位点定位到2号染色体长臂35～36带区域"研究，并将论文刊载于《美国人类遗传学》杂志后，又潜心继续深入研究，并将目标锁定在2号染色体长臂35～36带区域。他发现一个名叫IHH基因正是"罪魁祸首"。这种基因的3个不同突变位点均能导致短指症发生。这是迄今为止由我国科学家克隆的第一例有关IHH基因与人类遗传疾病相关的报道。

被称为法拉比型或A-1型的短指畸形作为遗传病例子，收入医学遗传学教科书，自1903年以来已近100年。由于其在历史上的特殊地位，100年来世界各国科学家竞相致力于其发病机理的研究，却一直没有实质性的突破。从1999年起，贺林教授等在贵州和湖南边远山区，找到了3个四代同堂A-1型短指畸形大家族系，有43人的手比正常人的手指短了几乎一节，中间指节或消失、或融合到其他指节中，而且其脚趾也同样如此。研究还发现3个短指病家系中，男性患者的身高均不足1.60米，因此该研究的深入进行将从遗传学角度论证人类骨骼发育与身高关系。

（《健康报》2001年7月19日）

A1型短指(趾)症遗传百年之谜被揭开

本报讯 中科院院士、上海交通大学教授贺林领衔的科研团队经过8年艰苦钻研，成功揭示了人类家族性A1型短指(趾)症遗传百年之谜。学术论文《IHH基因点突变通过改变IHH蛋白信号能力和信号距离导致指(趾)畸形》于3月2日发表在最新一期《自然》杂志上。

人类家族性A1型短指(趾)症被发现于1903年，是第一种被发现的符合孟德尔遗传规律的常染色体显性遗传病，主要表现为患者的中间指(趾)节缩短，甚至与远端指(趾)节融合。该病长期以来作为典型案例出现在各国遗传学和生物学教科书中，世界各国科学家都在根据自己掌握的病例家系寻找致病基因，却屡遭失败。

2000年，贺林教授带领当时的上海交通大学/中国科学院上海生命科学研究院"神经精神病和人类遗传学联合研究室"，把A1型短指(趾)症致病基因定位于2号染色体长臂的特定区域。2001年，他们进一步发现并克隆了导致A1型短指(趾)症的IHH基因，首次将IHH基因控制骨骼发育的动物研究结论延伸到了人类，并发现了该基因的点突变直接导致人类骨骼疾病。

此次最终揭示A1型短指(趾)症致病机理的研究，由贺林科研团队与香港大学等密切合作进行。科研人员通过对短指(趾)小鼠模型的"体内"和细胞的"体外"研究，发现了A1型短指(趾)症致病基因IHH的点突变，造成骨骼组织中Hedgehog信号能力和信号范围发生改变，最终导致中间指(趾)节的严重缩短甚至消失。研究成果不仅清晰地阐述了A1型短指(趾)症发生的分子机制，而且发现IHH基因可能参与指骨的早期发育调控，为现代遗传发育生物学增添新的内容，也为相关骨骼疾病的科学研究和临床诊断提供了有力依据。

（《健康报》2009年3月4日）

把人体作为整体来研究

上海系统生物医学研究中心成立

本报讯 我国第一个按照大科学模式建立的研究机构——上海系统生物医学研究中心11月6日在上海交通大学成立，上海市副市长严隽琪和上海交通大学党委书记马德秀等为研究中心揭牌。中科院副院长陈竺院士为中心主任，中国工程院杨胜利院士为中心学术委员会主任。

"系统生物学"理论最早是由美国科学院院士LeroyHood教授等在1999年提出，它是"以生物系统内的所有组成成分及其相互关系为研究对象，通过大规模动力学分析，用数学方法抽象出生物系统的设计原理和运行规律"，强调对生命现象要从系统和整体的层次加以研究和把握，标志着国际生命科学研究从注重分析开始走向系统和综合。我国科学家在此基础上创造性地提出了"系统生物医学"概念，把人体作为一个完整的系统加以研究，通过大规模提取各类生物信息，深入研究基因组信息与环境信息的相互作用，阐明发病机理，研究新的诊断和治疗技术。

据介绍，上海系统生物医学研究中心将充分发挥上海交通大学在理学、医学研究和临床方面的资源，以肿瘤、代谢综合征、神经变性疾病为重要对象，围绕重大疾病发生机理及早期诊断、预测预警、创新治疗技术、中医学理论体系与治疗方法的现代化等五个主要方向开展系统生物医学研究。

（《健康报》2005年11月8日）

用系统生物学的理念研究中医药

改变人体内菌群治病成为可能

本报讯 上海交通大学系统生物医学研究院代谢组学带头人、药学院贾伟教授的团队与中科院武汉物理与数学研究所唐惠儒研究员，英国帝国理工Nicholson教授密切合作，按照系统生物学的理念，围绕重大疾病和中医药的现代化等重大课题开展研究工作，取得了重要进展。7月12日出版的《自然》杂志予以报道。

贾伟教授及其合作者发现，经致癌剂处理肠道里形成结肠癌癌前病变的大鼠，其尿液中的代谢物的组成与对照出现明显差别。用治疗胃肠道疾病的中药黄连—吴茱萸药处理大鼠，可以使癌前病变动物的异常代谢回复正常。贾伟等科研人员还鉴定出了可能受中药调控的几条关键的代谢途径。这个进展显示了用代谢组学这样的整体系统生物学方法深入研究中医药作用机理的巨大潜力。

另据悉，《自然》杂志的重要子刊《Nature Reviews Drug Discovery》在今年7月号上也刊登文章，更为详细地介绍了贾伟教授用代谢组学方法研究中药干预大鼠癌前病变的机理工作，指出癌前病变动物的尿液代谢谱的变化有相当一部分是肠道菌群结构变化造成的。

据了解，上海交通大学系统生物医学研究院代谢组学从事微生物生态学研究的赵立平教授指出，中药很可能是通过影响人体内共生微生物的基因组来发挥作用的，深入研究中草药与肠道菌群的相互作用可能产生一种革命性的新的治疗方法——通过改变人体内的菌群来治疗疾病。目前，赵立平教授已建立了人源菌群仔猪模型，为深入研究药物和肠道菌群的分子相互作用奠定了方法学基础。

（《健康报》2007年7月20日）

“好基因＋坏食物”是肥胖和糖尿病祸首

高脂食物对于基因完好者的健康损害比对基因有缺陷者还重

本报讯 “好基因＋坏食物”是引起肥胖和各种全身性慢性炎症，以及造成糖尿病和冠心病的重要原因。这项研究由上海交通大学生命科学技术学院、中科院营养所和国家人类基因组南方中心共同完成，其论文日前在线发表在《国际微生物生态学会会刊》上。

据该研究项目主持人、上海交大生命科学技术学院副院长赵立平教授介绍，科研人员对高密度脂蛋白基因被破坏、患有先天轻度糖尿病的小鼠与基因完好的小鼠，分别饲喂植物性饲料和含有大量动物脂肪、模拟现代人饮食结构的高脂饲料，共设置“好基因＋好饲料，坏基因＋好饲料，好基因＋坏饲料，坏基因＋坏饲料”4组对照动物，并用最新的高通量测序技术和模式识别方法分析了各组动物的肠道菌群结构变化。结果发现，饮食是决定肠道菌群组成的主要因素。

赵立平指出,动物的肥胖、胰岛素抵抗等疾病症状的严重程度主要与高脂饲料的摄入量有关系。在 4 组动物中,"坏基因 + 坏饲料"这个组合应该是病得最重的,但出乎意料的是,虽然最健康的是"好基因 + 好饲料"组合,但体重最高、胰岛素抵抗也最严重的组合是"好基因 + 坏饲料"。基因完好的动物在食用了大量不健康的饲料后,会比基因有先天缺陷的动物病得还要重。

研究人员还发现一种叫硫酸盐还原菌的病菌,随着动物高脂饲料摄入量的增加,其数量增加很明显。例如,在"好基因 + 好饲料"组合中,这种细菌不到 1%,而在病得最重的"好基因 + 坏饲料"组合中,这个病菌的数量也最高,达到约 5%。硫酸盐还原菌本身是病菌,可引起炎性反应。这种病菌还可以把硫酸盐还原成硫化氢。肥胖患者肠道排出的气体比较臭就与硫化氢多有关系。过量的硫化氢可以引起肠上皮细胞的基因突变,增加罹患结肠癌的风险,也可以腐蚀肠壁,提高通透性,使更多的内毒素进入血液,引起慢性炎症,最终会造成肥胖、糖尿病、冠心病等慢性病。

(《健康报》2009 年 11 月 3 日)

转化医学上海设施项目获批

推进肿瘤、内分泌代谢和心脑血管疾病研究成果转化

本报讯 上海交通大学日前召开的转化医学上海设施项目建设指挥部会议传出信息,转化医学国家重大科技基础设施(上海)项目可行性研究报告已在今年 8 月获得国家发改委批复,标志着该项目前期工作取得关键进展。该项目总投资 9.87 亿元,建设期为 4 年,是"十二五"期间国家重大科技基础设施规划中第一个获得可行性研究报告批复的项目。

全国人大常委会副委员长陈竺在会上说,大力发展转化医学是健康科学发展的必然要求。应进一步加强组织领导,强化责任制,确保硬件、能力、队伍、学科建设有一个新局面。

转化医学指挥部办公室人员汇报了项目整体建设管理工作,包括项目进展、项目可研阶段工作及研究组织工作等。中国工程院院士陈赛娟介绍了转化医学研究与发展规划。会议确定,转化医学设施项目 2015 年年底进

入实质性建设实施阶段，闵行大楼将于 2015 年 11 月开工建设，瑞金大楼 2016 年上半年开工建设，设施技术平台 2016 年开始部分设备的安装。

据介绍，转化医学上海设施是国家重大科技基础设施建设中长期规划(2012 年～2030 年)“十二五”计划确定的建设重点之一。该项目将从分子、细胞、组织、个体等方面系统研究人类疾病发生、发展与转归的规律，在肿瘤、内分泌代谢和心脑血管疾病方面，引导和推进生物医学基础研究成果快速转化为临床诊疗技术，促进我国转化医学整体研究水平大幅提高。项目将配置标准化临床生物样本库、临床资源深度分析和挖掘平台、生物标记物与新药研发平台、诊断试剂与仪器开发平台、分子病理与影像技术研究平台、转化医学病房等 6 大技术平台以及相关配套设施。

(《健康报》2015 年 9 月 30 日)

微生物研究亟须告别“各自为政”

中、美、德三位科学家呼吁启动国际微生物组计划

本报讯 《自然》杂志近日刊登中、美、德 3 位科学家联合撰写的《创建国际微生物组计划》一文，呼吁建立国际微生物组计划(IMI)，以完整认识地球微生物群落(微生物组)在生物圈和人类健康中起到的作用，帮助解决 21 世纪人类社会在能源、传染病、农业等领域面临的许多难题。

3 位专家分别为上海交通大学生命科学技术学院赵立平教授、美国夏威夷大学太平洋生物科学研究中心主任玛格丽特・麦克福尔-恩加伊教授和德国马普海洋微生物学研究所所长尼科尔・杜比利埃教授。文章说，生命科学领域研究的碎片化以及缺乏协调合作，阻碍了人类对微生物的认知。2005 年之后，国际科学界开展了至少 8 项人体微生物组研究计划，包括美国人体微生物组计划、加拿大微生物组研究项目、MetaHIT(欧盟和中国参与)以及日本的人体元基因组研究项目等。但这些研究计划生成的大量数据，难以被整合或比较，原因是它们可能采用了不同的实验材料或研究方法。

3 位科学家认为，国际微生物组计划可以很好地解决这些问题。比如，产权保护问题一定程度上阻碍了各种计划和项目的数据共享。IMI 可以对解析研究数据、发表论文和申请专利非常重要的元数据加以整理，并控制对

这些元数据的访问权，以此解决数据共享和知识产权保护纠纷。

文章呼吁，把全世界优秀的、能够引领微生物组研究方向的科学家聚集起来，推进数据整合，用比较方法揭示地区和全球范围内微生物组结构和功能的关系，帮助解决影响全球生态圈的问题。

赵立平说，IMI 主要是在得到足够研究经费支持的情况下，建立一种机制，统一不同国家微生物组的研究标准，并对这些研究数据进行整合，以发现对全球生态环境和人类健康有重大影响的微生物生态过程。

（《健康报》2015 年 11 月 4 日）

砒霜抗肿瘤机制有新解

360 个直接作用蛋白被发现

本报讯 上海交通大学系统生物医学研究院陶生策研究员与上海交通大学医学院附属瑞金医院陈竺院士领衔的联合研究组研究证实，砒霜（三氧化二砷）可明显抑制肿瘤细胞中糖酵解通路限速酶己糖激酶 2（HK2）的活性，从而影响细胞代谢，最终导致肿瘤细胞凋亡。相关论文近日在线发表于《美国国家科学院院刊》。

砒霜在治疗急性早幼粒细胞白血病（APL）上取得了显著疗效，其药物作用靶点和分子机制均已阐明。大量已有研究表明，砒霜在其他多种恶性肿瘤的治疗方面也有较大潜力，但相关机制不清，不能明确具体的靶标蛋白质有哪些。

联合研究组科研人员利用包含 1.7 万个重组人蛋白质的蛋白质组芯片，研发出一套小分子相互作用蛋白质快速发现技术，然后通过全局性扫描，发现 360 个砒霜直接作用蛋白。而在此之前，全世界研究者所发现的砷直接作用蛋白质总数不超过 20 个。

通过进一步分析，科研人员发现砒霜能影响一系列通路，其中最显著的是糖酵解通路，而且砒霜能与糖酵解通路中的绝大部分蛋白质发生直接相互作用，在体外和体内均能显著抑制肿瘤细胞糖酵解的限速酶 HK2 的活性，进而影响代谢并最终导致肿瘤细胞的凋亡。同时，科研人员采用质谱鉴定出 HK2 与砒霜的结合位点，从结构生物学的角度对砒霜如何通过相互作用影响 HK2 活性作出了解释。

专家认为，该研究表明蛋白质芯片平台是快速、全局寻找药物靶标的强有力工具。蛋白质芯片有很好的通用性，将可应用于一系列重要药物分子的直接相互作用蛋白质的发现，尤其是源自中医药宝库的药物分子。

（《健康报》2015 年 12 月 25 日）

高膳食纤维可改善 2 型糖尿病

本报讯 上海交通大学赵立平团队新近研究发现，高复合膳食纤维选择性富集出的肠道细菌可改善 2 型糖尿病。相关研究论文于 3 月 9 日刊登在美国《科学》杂志上。专家认为，以活跃的短链脂肪酸产生菌为靶点进行个性化营养干预，很可能是通过调控肠道菌群防治 2 型糖尿病的生态学新手段。

肠道菌群是一个复杂的微生物生态系统，包含数百种细菌。人体保持健康的关键在于同这个生活在体内的微生物生态系统保持友好互利的共生关系。人的食物里有一类自己不能消化吸收的碳水化合物，俗称“膳食纤维”，其可以促进一类肠道有益菌的生长。这些有益菌利用膳食纤维获得生长需要的能量，然后释放出一类叫短链脂肪酸的代谢物。短链脂肪酸可以给人的肠道细胞提供生长需要的能量，帮助人体消除炎症，也可以增加饱腹感等。

赵立平团队科研人员进行了一项非盲、平行对照的临床研究，把 2 型糖尿病患者随机分成两组，一组患者是常规治疗组，接受 2013 年版中国糖尿病学会患者教育和膳食指南的指导；一组患者接受一种高膳食纤维的营养干预。结果发现，高膳食纤维营养干预组在患者肠道中富集了一组特定的短链脂肪酸产生菌，而其他具有产生短链脂肪酸遗传潜力的细菌或没有发生变化，或显著下降。这组高膳食纤维富集的短链脂肪酸产生菌的丰度和多样性越高，通过增加胰高血糖素样肽-1 分泌，使受试者糖化血红蛋白改善得也越好。富集这些短链脂肪酸产生菌能够减少损害代谢健康物质的细菌。以恢复这些短链脂肪酸产生菌为目标的营养干预，为 2 型糖尿病提供新的基于生态学原理的防控方法。

赵立平表示，临床结果表明，在肠道里增加人不能消化但是细菌可以发酵的碳水化合物，足以引起 2 型糖尿病患者诸多临床指标改善。他们观察到额外增加大量结构多样化的膳食纤维，可以获得更快速、更显著地改善临床指标。

（《健康报》2018 年 3 月 13 日）

复旦本科生李辉研究发现

人类掌纹存在单基因遗传

本报讯 复旦大学生命科学院遗传学与遗传工程系三年级学生李辉在卢大儒、金力两位教授指导下，日前完成"指间区纹的进化和遗传"研究，在国内外首次发现人的手掌皮肤纹路与人的健康和智商有关，由单一的基因起决定作用，并且存在单基因遗传。这一发现突破了人体肤纹由多基因遗传的经典学说。著名遗传学家、中科院院士谈家桢教授认为该研究"很有创意"；中国遗传学会肤纹学研究协作组组长、上海第二医科大学医学遗传学教研室张海国教授评价该研究已经达到国际先进水平。

所谓指间区纹是与手指相连的手掌部分的花纹。指间区纹比其他肤纹变化更多样，但又比指纹等的观察分析简单。由于指间区纹的这一独特性质，因此它特别适合作为肤纹的模式型，为肤纹的各项研究提供突破口。李辉同学在两位教授的指导下，利用假期调查了一个家系 30 多名成员的指间区纹，发现指间区纹确实有一定的规律性，继而又随机调查了 1 200 人的掌纹。为了解手掌上的纹路在灵长类动物走上进化的巅峰中究竟起了什么作用，李辉还到动物园采集了所有灵长类动物的掌印。在进行了一年时间的遗传学研究后，李辉初步搞清了指间区纹的进化历程、因素和遗传方式，大致进行了基因定位，并利用这些结论重新分析了肤纹与智力的关系。研究中发现，指间区纹有对称型和不对称型之分，不对称型的不对称度与对称型的不对称度之间有显著的差异。通过研究 1 200 名小学生的指间区纹证实，智商低者指间区纹的对称度差，高智商者对称度高。研究还发现，指间区纹的左右手组合有 15 种表型，是 A、B、O 血型的 3 倍。

（《健康报》1999 年 7 月 13 日）

陈中伟荣膺“世纪奖”

本报讯 被国际学术界誉为“世界断肢再植之父”的中科院院士、上海医科大学附属中山医院陈中伟教授，日前在美国召开的第13届国际显微重建外科学会学术讨论会上荣膺“世纪奖”。

“世纪奖”由已创建了27年的国际显微重建外科学会首次颁发，主要奖励在即将过去的一个世纪里，在显微重建外科领域和临床研究中做出里程碑贡献的医学工作者。据陈中伟介绍，这次“世纪奖”共有3人荣膺。陈中伟教授排名第一，其他两人是国际周围神经显微外科的奠基人、奥地利的哈诺·米兰西博士，美国显微外科之父哈利·本基博士。

陈中伟教授的杰出贡献是：1963年1月2日成功地为上海机床钢模厂工人王存柏再植全断右手，震惊全世界，陈中伟因此被第一届国际手外科联合会主席勃纳奥勃兰誉为“世界断肢再植之父”；提出“断肢再植功能恢复标准”，被国际显微重建外科学术界公认为“陈氏标准”。在水晶玻璃制成的“世纪奖”奖牌上镌刻着这样一行英文：“给陈中伟博士，为了他在再植与显微重建外科上的里程碑贡献。”

载誉归来的陈中伟教授说：“36年来我一直牢记周恩来总理的亲切话语：‘继续努力，又红又专’。”据悉，陈中伟教授目前正带领研究生，从事多项国家自然科学基金、卫生部等资助的研究项目，进行断肢再植时限与功能恢复的探索，为国际显微重建外科做新的贡献。采访结束时，陈中伟教授说，在世纪之交重提“又红又专”有其特殊的意义，这个“红”应该是讲政治、顾大局，“红”在团结在以江泽民同志为首的党中央周围，“红”在以病人为中心，全心全意为病人服务；“专”在钻研业务，有所创造、有所发明，对中华医学和世界医学有所贡献。

（《健康报》1999年8月24日）

5年找到危急病人1 069名

复旦大学附属中山医院演绎关爱病人的感人故事

本报讯 “一名毛姓病人，血小板指标比正常值低了很多，这意味着该病人有自发性出血、甚至颅内出血的可能，十分危险。”12 月 12 日，当复旦大学附属中山医院门诊办公室主任范仲珍从该院检验科获得这个信息后，立即组织人员找回了这位病人。至此，该院在 5 年时间里共找到各种危急病人 1 069 名，演绎了一个个医护人员关爱病人的感人故事。

2006 年 9 月，复旦大学附属中山医院门诊办公室与该院检验科协商，如果检验科发现患者的检验结果中具有“危险值”就直接报给门诊办公室，由门诊办公室负责寻找病人。

一名病人血清丙氨酸氨基转移酶指标超过 5 000 酶活性浓度量/升，而正常参考值应该是小于 75 酶活性浓度量/升，这很可能是个急性肝炎病人。门诊办公室得知后，迅速联系到病人的家人，把病情告诉对方，并征询对方意见，打算到哪家医院住院治疗。当听到对方打算到就近的一家医院住院时，门诊办公室工作人员又立即与这家医院联系床位，在一个小时内落实好接收病人的手续，以最快的速度切断了肝炎传染源。

一名陈姓 70 多岁老年患者的血钾指标异常，高达 7.3 毫摩尔/升，而血钾指标正常参考值为 3.5～5.2 毫摩尔/升。这名病人血钾指标超高，随时可能会出现心跳骤停。门诊办公室的工作人员带上轮椅，找到正在家里看电视的老人，把他扶上轮椅，立即送回医院急诊室。

检验结果显示，一名苏姓病人很可能患了急性白血病。门诊办公室工作人员就按照病人留下的电话联系，可是一直没人接听。再按病人留下的地址，工作人员从街道办找到居委会，得知该病人的住房已卖掉，不知道搬到哪儿了。门诊办公室工作人员想，这名病人会不会到医院的高级专家门诊看病？后与该门诊联系，苏姓病人果然在等着看专家门诊。

“揽下这个活，就意味着担起了沉甸甸的责任。”范仲珍说，在找到的 1 069 名危急病人中，大约有 5%的病人留下的信息是无效的。她呼吁患者看病能留下准确的联系方式，也希望医保部门根据患者居住地址的变更，及时更新医保卡内的信息。

（《健康报》2011 年 12 月 22 日）

鲁甸地震救援

重症患儿和"二师兄"漫画

本报讯 记者8月10日连线正在灾区参与重症伤员救治的复旦大学附属中山医院肝移植监护室何义舟博士时获悉，在云南昭通市第一人民医院重症监护病房，何义舟发挥漫画特长，以"二师兄"漫画形式为4位重伤孩子抚平伤痛，鼓励他们乐观、勇敢地配合医生治疗。

被誉为医生漫画家的何义舟8月4日晚上赶到昭通市第一人民医院。"我被安排到重症监护室抢救重症伤员。由于地震伤员多有心理问题，需要尽早心理干预，我就抽空画漫画鼓励、疏导他们。"

何义舟说，8月5日凌晨，他在重症监护室看到病床上躺着4个孩子，瘦小的身体插满了管子，情况危重，有的疼得不断呻吟。4个孩子一男三女，最小的4岁，最大的14岁，是放暑假回到爷爷奶奶身边的留守儿童。

14岁的姑娘小益家住鲁甸县火德红乡王家坡村，是灾情最严重的乡村之一。地震发生后，由于山体滑坡造成堰塞湖，王家坡村大部分被淹，道路被毁，通信中断。成都军区某炮兵团的救援官兵8月4日11时在湖边破损的房子里发现了小益，她被倒塌的房屋砸伤，完全不能动弹，被诊断为骨盆和左股骨干骨折。

何义舟说，8月5日吃过午饭的间隙，他拿出随身带的纸和笔，寥寥数笔，就完成了第一幅漫画。漫画中，小益躺在病床上输液，图下是一段文字："ICU有一个14岁的女孩，骨盆骨折、左股骨干骨折。大家知道骨折很痛，但她没有哭也没有喊痛，很坚强。"落款是"上海中山医院小大夫"。

何义舟拿着漫画来到病床前，小益的目光很快就被眼前的漫画吸引，她伸手指了指漫画中的女孩："是我？"这是小益入院后第一次主动开口和医生说话，虽然只有两个字，却给何义舟很大鼓舞。以后的几天里，何义舟每天都要为小益画几幅漫画。

"小益希望我把这些画送给她，我答应了，等她痊愈后把这些漫画都给她。"何义舟在电话里说。

何义舟也给另外几名受伤儿童画了漫画，同样取得了良好的效果，孩子们都记住了这位会画画的上海医生。

（《健康报》2014年8月11日）

"人工心脏"安置成功

上海东方医院为一晚期心肌病人解除病痛，此手术为亚洲首例

本报讯 上海东方医院心胸外科主任刘中民教授昨天上午，引进当今世界最先进的技术和"人工心脏"，为一名患晚期扩张性心肌病女病人安置成功。据德国心脏中心副院长翁渝国教授介绍，该"人工心脏"在中国安置成功，成为整个亚洲第一例。

"人工心脏"(或称机械辅助循环系统)是近 10 年发展起来的一项新兴技术，主要用于心内直视术后难以脱离体外循环病人的心室辅助，或急性心肌炎、缺血性心脏病顽固性心衰的长期支持，以及晚期心肌病或无法纠治的先心病等待心脏移植期间的安全辅助。由德国心脏中心研制的人工心脏最长能支持病人 700 余天，安置后的病人可自由活动。有的待心肌功能恢复后即可拆除，有的则等待做心脏移植。

新旧世纪交替之际，上海东方医院副院长、心胸外科主任刘中民教授在江西老区为病人义诊时，得悉于都县一名 33 岁的农妇患有终末期扩张性心肌病，决定请病人到上海安置新引进的"人工心脏"。

手术时，刘中民教授在德国心脏中心翁渝国教授的指导、协助下，先切开病人正中胸骨，作右心耳插静脉管、外主动脉插供血管，降温后使血液转流，建立体外循环。接着切开左心室尖，插入人工心脏引出管，由左下胸上腹壁引出体外；再从升主动脉根部插入人工心脏引出管，同样引出体外，最后再将两引出管端口分别接在一小巧、精制的"血泵"两端口，拆除体外循环，"血泵"透明罩立即呈现有规律的搏动，"人工心脏"的安置顺利地完成了。

安置术总共进行了两个多小时。术后，刘中民教授介绍说："安置的人工心脏平稳工作，病人各项心功能指标恢复正常。"他还说，此次"人工心脏"安置费用，是医院启用"爱心基金"进行的。

(《健康报》2001 年 1 月 19 日)

为心跳骤停者安上"人工心脏"

上海东方医院急救领域再创佳绩

本报讯 上海东方医院 8 月 1 日宣布，该院 7 月 25 日采用"人工心脏"

抢救了一位因肥厚性心肌病多次心跳骤停的急诊年轻女病人，手术一个星期后，患者血压心律等各项指标正常，正在进一步康复中。据介绍，这是东方医院施行的第二例"人工心脏"安置术（第一例为亚洲首例，见本报 2001 年 1 月 19 日第一版），又是第一次在急症抢救中使用"人工心脏"。

今年 21 岁的苏小姐 7 月 25 日清晨突然面色苍白、神志不清，被送至上海东方医院急诊创伤中心时心脏已经停跳。在医护人员采取气管插管和心肺复苏等系列抢救 8 分钟后，患者心跳恢复，18 分钟后有了自主呼吸。但接着患者又因顽固性心律失常反复心脏停跳 10 多次。心脏彩超和胸片显示心脏极度扩大，左心室肥厚，室壁厚达 2.5 厘米～3 厘米，确诊患者为肥厚性心肌病、恶性心律失常。

该院副院长、急诊创伤中心主任、心胸外科主任刘中民教授认为，反复出现的心脏尖端扭转性室速随时可能夺去患者生命，遂决定立即安置"人工心脏"。刘中民凭借已安置成功第一例"人工心脏"的经验及心胸外科娴熟的手法，于当晚顺利为苏小姐安置了"人工心脏"。

据悉，刘中民前后两次安置的"人工心脏"均属来自德国的"柏林心脏"。采用"人工心脏"来抢救急诊心跳骤停患者在发达国家也极为少见。

（《健康报》2001 年 8 月 3 日）

"柏林人工心脏"植入中国人胸腔

这颗采用磁悬浮技术的人工心脏仅重 200 克，犹如一节 1 号电池

本报讯 一颗仅重 200 克、犹如一节 1 号电池大小的人工心脏，昨天上午顺利地、永久地植入了一名患终末期扩张性心肌病的男性病人胸腔内。创造这一奇迹的是同济大学附属东方医院副院长、心胸外科主任刘中民教授。据介绍，这是亚洲首例完全植入的柏林人工心脏（Berlinheart INCORI）。

Berlinheart（INCORI）人工心脏是目前世界上一种最先进的完全植入式人工心脏，它的转动采用磁悬浮技术，即汞壳与转子之间无磨损，具有重量轻、体积小、效率高、可长时间辅助等优点。今年 46 岁的庄某，8 年前出现胸闷不适，活动时明显加重，由于心跳过缓安装了永久性起搏器。从 1997 年起，病人反复双下肢水肿，不能平卧，被确诊为扩张性心肌病。近年虽应用药

物治疗，但仍不能控制病情，而且病情呈恶化，慕名到上海浦东的东方医院，经检查扩张性心肌病已到了终末期，唯一治疗手段是做心脏移植或植入人工心脏。由于德国心脏中心与东方医院有着长期友好合作关系，德国心脏中心决定免费提供一颗价值100万元的Berlinheart(INCORI)永久性人工心脏。

刘中民教授在手术打开胸腔时发现，患者心脏极度扩大、跳动乏力，左侧心室几乎没有收缩。手术先在患者左心尖部位打孔，将人工心脏的输入管道缝合在左心室上，然后恢复心跳，再将人工心脏的输出管道与患者的升主动脉连续吻合。在排除人工心脏各部分气体后，启动人工心脏驱动系统。待病人心脏各项参数提示为正常后，逐渐停止并撤除体外循环。德国心脏中心副院长翁渝国教授也亲临手术现场指导。整个手术用了近两个小时，取得圆满成功。据介绍，目前上海东方医院正进一步与德国心脏中心合作，争取早日使人工心脏国产化。

（《健康报》2002年12月17日）

“人工心脏”样机通过验收

本报讯 同济大学附属上海市东方医院刘中民教授领衔的国家“863”计划支持的首个“人工心脏”项目——可植入式心室辅助装置的研制及其治疗终末期心衰的研究，经过3年多的研究，日前通过结题验收。专家评价，这是一款具有完全自主知识产权的可植入式心室辅助装置样机，填补了国内空白。

在临床上，对于终末期心衰病人，唯一的治疗方法是心脏移植。但由于心脏供体的匮乏，许多准备接受心脏移植的病人在等待中死亡。2007年，由刘中民牵头，上海市东方海事工程技术有限公司、华中科技大学、上海麦登电子科技有限公司等单位联合申报的可植入式心室辅助装置的研制及其治疗终末期心衰的研究获得国家“863”计划支持。在3年多时间里，科研人员研制出一个外形小巧、泵机合一的可植入式心室辅助装置，代替原有的人体心脏。

据刘中民介绍，这种可植入式心室辅助装置在国外价格昂贵，需18万美元～60万美元，而该团队研制的这款“人工心脏”的外形、尺寸、重量以及流体动力学性能与国外同类产品相似，但产品价格只有国外产品的1/5～

1/6，预计很快会进入临床使用。

（《健康报》2011 年 4 月 11 日）

保胆取石有新术式

本报讯 12 月 3 日，同济大学附属上海市东方医院微创外科医生只用了 45 分钟，就为一名俞姓中年女性成功地进行了经脐入路单孔免气腹腹腔镜保胆取石术。至此，该科采用此手术方法已完成 5 例治疗，均获成功。

俞女士已被胆囊结石困扰了十多年，最近慕名来到上海市东方医院微创外科。科主任胡海教授对她的胆囊情况进行全面评估后，为她施行了经脐入路单孔免气腹腹腔镜保胆取石术。整个手术过程只用了 45 分钟。

据胡海教授介绍，目前全国开展保胆取石的医院众多，多数采取的是小切口胆囊切开取石法，更加先进的技术是采取腹腔镜胆囊取石保胆术。而腹腔镜保胆手术需要术中应用气腹技术，这让不少患者担心术后腹胀、残余气体留在腹内及内环境紊乱。此外，术后患者腹部会留下瘢痕，影响美观。

据悉，胡海教授设计的该术式，是将原来需打的 3 个小孔改良为单一经脐入路，并在术中应用免气腹技术。这项技术填补了我国腹腔镜外科经脐入路及免气腹两项技术同时应用于保胆手术的空白。

（《健康报》2009 年 12 月 4 日）

上海东方医院出现“义工”

本报讯 您知道什么叫“义工”吗？这一在欧美和我国港台等地区颇为盛行的现象，如今在上海东方医院悄然兴起，该院招募的 10 名义工提供服务已有一个多月，普遍受到病人的青睐。

所谓“义工”，与目前社会上的志愿者相比较，共同点是尽义务、不要报酬；志愿者服务为临时性的、在一段时间内由组织者指定承担一项任务，而义工工作则自由度较大，可以根据自己的喜好、特长，自由选择服务对象、决定具体服务时间，是一项服务时间相对较长的无偿劳动。

上海东方医院社工部自今年6月中旬招募义工以来，先后已有10名"义工"活跃在这家医院的门诊大厅和病房里。这10名"义工"大部分来自社会，其中有大学生、有保姆，也有轻病号。他们身着医院提供的统一服装、持有医院颁发的证件，凭自己的兴趣、经验贡献所长，直接为病人提供服务。例如一名做保姆的"义工"，如今她生活改善了，想到了要回报社会，她为病人提供的服务可周到了。一位曾经在上海东方医院住院治疗的糖尿病人，在病情好转后，也自告奋勇地做起了"义工"，她的服务与宣传，病人特别能接受、也特别听得进去。而一些知识层次较高的"义工"，则担当起医院的一部分面向病人的健康教育等工作。

据院方介绍，和医护人员不同的是，"义工"更容易解决病人在患病后出现的情绪问题。因为"义工"从根本上说是站在病人的一边，他们的话往往比医生、护士更具说服力。

据了解，东方医院对"义工"在服务期内，仅提供免费用餐。

（《健康报》2001年7月31日）

载人航天主着陆场医疗保障快速立体

本报讯 在11月1日于上海举行的"第七届亚太地区灾难急救学术会议暨第十次全国急诊医学学术会议"上，交流论文《中国载人航天首飞航天员主着陆场的医疗保障及救治研究》披露，医疗救护直升机几乎与飞船返回舱同时落地，医护人员在几分钟时间内已经到达航天员身边。

由中国人民解放军第306医院载人航天主着陆场医疗救护队岳茂兴、中国人民解放军总装备部卫生局闵庆旺等撰写的这篇论文称，在回顾与分析国内外有关载人航天航天员意外伤害资料的基础上，载人航天主着陆场医疗救护队和总装备部卫生局提出了相关防治措施，配备了目前市场上的先进的品种——全套高级便携式特种医学急救设备，设计出可应付各种复杂情况的预案，还完成了空降兵航天专用急救包的研制工作，并完成了载人航天员专用急救箱的改装工作。

据介绍，中国首飞航天员杨利伟去年乘"神舟"五号飞船在太空遨游21小时23分钟后，于10月16日清晨6时23分在内蒙古预定地区着陆。医疗救护直升机几乎与飞船返回舱同时落地，医护人员在几分钟时间内即到达其身边进行了体检。载人航天医疗救护车及医检医保车等同时也赶到了返回舱现场。这说明我国载人航天首飞航天员主着陆场的医疗保障工作过硬，已完全能够对着陆航天员实施“快速反应，立体救护”。

（《健康报》2004 年 11 月 4 日）

开国际再生修复视神经先河

视神经微血管重建成功

本报讯 “再生修复”视神经这一世界难题，日前已被同济大学附属同济医院神经外科年仅 32 岁的李世亭教授攻破。由他首创的“视神经微血管重建术”被有关专家认为：开了国际再生修复视神经先河。

在临床上，头颅外伤及颅脑手术等常会造成视觉传导通道的微血管损伤，致使视神经纤维化缺血、变性和萎缩，随即单眼或双眼失明，而这一损伤长期以来被医学界认为是无法修复的。近年来国外有学者研究称，颅神经损伤后存在着神经轴突再生的可能，但这种再生现象仅限于运动性的颅神经，而对于视神经、嗅神经及听神经等感觉神经的“再生修复”至今在临床上未见有成功的报道。

李世亭教授在攻读博士学位期间就潜心于基础和临床的颅底显微解剖及动物实验研究，发现视神经的缺血性萎缩是视神经损伤后的主要病理过程，也是失明的主要原因，若在损伤早期尽快恢复视神经的血液供应，将有助于减轻视神经的变性和萎缩，促进视力的恢复。而如何选择和移植替代的血管以及如何恢复视神经与视交叉处的血液供应是阻止视神经缺血性萎缩及复明手术的难点与关键。在临床研究中，李世亭教授将颅外正常的血管经过相应的处理后，借助显微外科技术将其移植到视神经或视交叉处，巧妙地解决了这一世界难题。

李世亭采用这种自行设计并首创的“视神经微血管重建术”已完成了 2 例分别因脑肿瘤切除和车祸而导致的“视觉传导通道”损伤手术重建。现在这 2 名患者，经检查，原先失明的双眼术后瞳孔对光反射比较敏感，视神经诱发电位已接近正常人，不日将重见光明。

（《健康报》2001 年 2 月 6 日）

科技成果真是值钱

两条基因抵得一千万元

本报讯 上海联合基因科技集团日前以两条基因(人锌指蛋白46基因、人Ras结合蛋白66基因)作为抵押,从申城上海银行金桥支行获得了1 000万元人民币的贷款。这种以待开发的高科技成果作贷款质押的方式,不仅在国内金融界是一个创举,而且也开了医学生物科技界之先河。联合基因科技集团副总裁秦义龙在接受记者采访时说:“这说明医学科技成果的价值真正得到了承认。”

上海联合基因科技集团依托复旦大学生命科学院的强大实力,是国内最早从事人类基因开发的高科技企业,拥有大量人类基因资源,并已申请了近4 000项专利,成为中国申请专利数量最多的企业。此次提供质押的两条人类基因,均是该集团独家克隆到的与肿瘤相关的基因,全称分别为“人锌指蛋白46和编码这种多肽的多核苷酸”和“人Ras结合蛋白66和编码这种多肽的多核苷酸”,并已经向中国专利局和国际专利合作条约组织申请了专利。专业评估机构参照国外同类基因交易价格进行了评估,这两条基因价格高达2 170万元。联合基因科技集团的专家指出,这两条基因具有很好的开发前景。如果有相应的开发经费投入,可使这两条基因的价值成倍提升。为此,联合基因科技集团提出以这两个基因质押贷款,筹集开发经费。而上海银行则慧眼识珠,提供了这笔贷款。

(《健康报》2001年6月13日)

两把“小伞”堵住胸腹主动脉“管涌”

本报讯 上海市第六人民医院放射科和心外科日前联袂成功为一位患主动脉瘤长达7厘米的病人施行“覆膜支架植入术”,一次植入两把“小伞”堵住胸腹主动脉上“管涌”,这在申城尚属首例。

49岁的女病人来自江苏,经确诊患胸腹主动脉夹层动脉瘤及多发性破口,分别位于主动脉弓下和膈平面胸主动脉,瘤腔长度达7厘米。临床检查同时还发现患者的胸降主动脉起始部和腹部髂总动脉分叉处两端各有一破口，使本已脆弱的血管膜面临着随时会破裂的危险。

考虑使用传统的开胸手术创口大、时间长，患者瘦弱的身体恐怕难以承受。该院放射科和心外科决定联手合作采用新型的介入方法予以“血管植入覆膜支架”治疗。用伞状的支架堵住动脉血管的破口，阻止血液流进肿瘤腔，使其自行萎缩愈合。但由于破口处血液流速较高，如果只堵住一个破口，可能会因为血管内血压变化，使另一破口血流速度更快，导致主动脉破裂危及生命，必须把血压控制在 90/60 毫米汞柱上下的情况下连续植入两个覆膜支架，完全堵住血液流进肿瘤腔的通道，才能达到治疗效果。在两科医生协同努力下，经股动脉插入导管顺利地将 3.6×10 厘米和 3×8 厘米的两个伞状支架分别稳稳地罩在两个动脉破口处，隔绝了外部血液流入瘤腔，手术获得了成功。

（《健康报》2001 年 8 月 21 日）

中国人有了自己的代谢综合征数据

40 岁以上人群代谢综合征达 13.06%

本报讯 国际代谢综合征研究领域终于有了中国人代谢综合征的研究数据。由上海市第六人民医院、上海市糖尿病研究所指导并联合上海市长宁区华阳地段医院完成的一项代谢综合征流行病学调查显示，40 岁以上人群代谢综合征患病率高达 13.06%。该研究日前通过了上海市卫生局组织的成果鉴定，专家认为该研究填补了国内空白，为进一步研究中国人的代谢综合征提供了有效、准确的数据。

所谓“代谢综合征”，即一个个体存在糖尿病或糖耐量减退，同时还伴有高血压、血脂紊乱、肥胖 3 项中 2 项以上的集聚，其共同的基础是胰岛素抵抗。上海市第六人民医院副院长、上海市糖尿病研究所副所长贾伟平教授和上海市华阳地段医院吴元民医师等在最近 3 年时间内，以居住长宁区华阳街道 40 岁以上常住户口为准，采用多级分层随机抽样、现场横断面的调查方法，共完成 1 960 人（其中男性 771 人、女性 1 189 人）的问卷调查、人体基本参数测量和血糖、总胆固醇、全套血黏度、肾功能、胰岛素等生化检查及心电图检测。数据处理与统计分析显示，在 1 960 人中有 256 人患有代谢综合征，患病率为 13.06%，男性与女性患病率没有明显差异，但代谢综合征随年龄增加患病率增高，特别是 60 岁以上人群患病率高达 20%。研究结果还显示，糖尿病、高血压、血脂异常和肥胖是中老年人的多发病、常见病，在 40 岁以上人群中糖尿病患病率为 13.06%，糖调节低减患病率为 12.91%，高血压患病率为 47.04%，各种血脂异常患病率高达 84.29%，体重超重患病率为 34.18%，肥胖患病率为 4.49%。

（《健康报》2001 年 8 月 23 日）

线粒体基因突变糖尿病呈母系遗传

上海学者认为治疗上须有别于 1、2 型糖尿病

本报讯 您知道什么叫“线粒体基因突变糖尿病”吗？这一主要损害人体胰岛素细胞功能，且呈母系遗传，其治疗方法又不同于常见的 1 型、2 型糖尿病的病种，目前在上海市第六人民医院、上海市糖尿病研究所所长项坤三教授的领衔和指导下，经过 8 年系列研究获得突破。

线粒体基因突变糖尿病是少数已知几种单基因突变糖尿病中最多见的一种，用分子生物学技术发现线粒体核苷酸 3 243 位由 A 突变为 G，就会引起线粒体基因突变糖尿病。该病 1992 年在国际上报道后，项坤三教授于 1993 年带领科研人员开始研究，在 8 年时间里，科研人员共筛查 4 297 名糖尿病病人。检测得出线粒体基因突变占糖尿病的 1.2%，而且发现该病具有特殊传递方式，即家系内女性患者的子女均可能传得此突变基因而得病，但男性患者的子女均不得病。

据介绍，线粒体基因突变糖尿病的治疗方法不同于 1、2 型糖尿病，应早期使用胰岛素，并避免剧烈运动和慎用双胍降糖药，应长期服用辅酶 Q10 药，同时应对其直系亲属成员进行检查。在临床上伴神经性耳聋、低体重和伴中枢神经系统、骨骼肌表现及心肌病、视网膜色素变性、视神经萎缩等糖尿病患者都应早期检查诊断，早期防治。

（《健康报》2001 年 10 月 18 日）

“中国人糖尿病家系库”建立

基因检测能够对家系成员作出病前诊断

本报讯 上海交通大学附属第六人民医院、上海市糖尿病研究所在中国工程院院士项坤三教授的领衔下，日前已在该院建立了国际上最大数量的“中国人糖尿病家系库”。

据介绍，该家系库作为国家自然科学基金重点项目和上海市科委基础研究重点项目始建于1996年，由科研人员在项坤三院士和吴松华、贾伟平等教授率领下，潜心8年时间建成。目前家系库共收集了1 074个糖尿病家系成员的1.2万份血清、DNA标本和临床资料，其中包括了1型糖尿病、2型糖尿病以及各种单基因突变性糖尿病类型家系。

研究显示，糖尿病发病具有明显的遗传因素，在一个家庭中可有多个成员发病，而其子代患病的概率又比没患糖尿病家庭史的人高得多。研究设想通过观察糖尿病家系成员的基因突变情况与发病情况是否一致，来推断糖尿病的发生是否与这个基因有关，这也是科研人员旨在建立中国人糖尿病家系库的初衷及其意义。

科研人员在建立“家系库”的过程中，还先后开展了“中国人2型糖尿病全染色体相关基因位点筛查”“早发及多发糖尿病家系MODY3基因筛查”等项目研究。

另外，科研人员还获得了美国国立健康研究院糖尿病消化肾病研究所的资助项目，参加了“染色体lq上定位克隆2型糖尿病易感基因”的国际联合研究。

（《健康报》2005年1月21日）

寻找东亚人群中2型糖尿病易感位点

汇集超过5万例样本　发现8个新易感基因

本报讯 上海交通大学医学院附属第六人民医院教授贾伟平课题组与韩国国立卫生研究院、新加坡国立大学等机构的科研人员通力合作，新近完成了迄今为止样本量最大的东亚人群2型糖尿病全基因组关联研究。该研究汇集超过5万例样本，发现了8个新的2型糖尿病易感基因。相关研究论文12月11日在线发表在国际顶尖学术刊物《自然·遗传学》杂志上。

据介绍，遗传因素是2型糖尿病发生的重要因素。到目前为止，已发现有45个2型糖尿病的易感位点，大多数是在欧洲人群中首次发现的。在东亚人群的2型糖尿病易感基因研究中，仅有7个易感基因被发现，除KCNQ1基因外，多缺乏广泛的大样本验证。

在该项研究中，3国科研人员通过3个阶段的研究设计来寻找东亚人群中2型糖尿病的易感位点。首先汇集各研究组已经完成的8个全基因组关联研究的数据（共6 972名病人和11 865名对照者）并进行统计分析；随后在5 843名病人和4 574名对照者中，对前期选取的200余个位点进行验证，发现了19个可能的潜在易感位点；最后在12 284名病人和13 172名对照者中，对19个潜在位点进行分析，最终确认了8个新的2型糖尿病易感位点，分别是GLIS3、PEPD、FITM2 - R3HDML - HNF4A、KCNK16、MAEA、GCC1 - PAX4、PSMD6、ZFAND3。

贾伟平说，该研究为解释东亚人种2型糖尿病的发病机制提供了新的视角，将给个体化治疗和易感人群的早期发现、早期防治带来积极意义。

（《健康报》2011年12月16日）

原发性厚皮性骨膜病新致病元凶被发现

本报讯 上海交通大学医学院附属上海市第六人民医院骨质疏松和骨病专科章振林教授领衔的团队与北京协和医院内分泌科夏维波教授新近联合发现了原发性厚皮性骨膜病的又一个致病元凶——因编码蛋白SLCO2A1，其研究论文日前在线发表在《美国人类遗传学杂志》上。据悉，此前这种罕见骨病的发病原因被证实只有一个。

原发性厚皮性骨膜病是一种罕见的遗传病，通常以常染色体隐性遗传，青春期发病，以皮肤增厚、面容丑陋、杵状指、骨膜显著硬化为特征。2008年，英国学者证实了前列腺素E2（PGE2）水平增高是发病原因，且发现了降解PGE2的酶HPGD基因突变导致本病，并一直认为该基因突变是唯一病因。

据章振林介绍，科研人员在3个家系年轻患者中并没有发现HPGD基因突变，而且患者症状相对较重。科研人员大胆推测，原发性厚皮性骨膜病另有致病基因突变可能。通过近2年时间的潜心研究，科研人员首先利用先进的外显子测序技术，对一例近亲结婚的儿子进行筛查，从海量的基因变异数据库中，敏锐捕捉到转运PGE2的SLCO2A1基因突变，并在另外2个非近亲婚配家系患者中得到验证：该基因编码蛋白是调节细胞内外PGE2转运的关键，它的突变会导致蛋白转运PGE2功能下降。

该论文发表的次日，章振林即收到了SLCO2A1基因的发现者——美国艾伯特爱因斯坦医学院Victor Schuster教授的祝贺邮件："我等了16年才看到SLCO2A1基因突变联系了人类的疾病。"并称该研究成果，不仅为阐明继发性厚皮性骨膜病的发病机制奠定了关键基础，而且临床可以对这类患者使用环氧合酶2抑制剂（降低PGE2的合成）治疗厚皮性骨膜病，使症状得到显著控制。

（《健康报》2012年1月11日）

维生素D摄入较少者大肠癌发病风险高

本报讯 上海交通大学医学院附属上海市第六人民医院普外科马延磊博士在秦环龙教授指导下，发现了维生素D与结直肠癌风险间的关系，为维生素D在预防大肠癌发病风险中的重要作用提供了充足的证据。该研究论文日前发表在最新一期国际著名学术刊物——美国《临床肿瘤学》杂志上。

上海六院普外科科研人员系统综述了18个前瞻性临床研究，共包含100万例病例，分别分析其维生素D的摄入水平、维生素D的血液转化物25(OH)D血液表达水平与大肠癌发病风险的相互关系。研究发现，维生素D摄入量较多或者血液中活性25(OH)D表达水平较高的人群，患大肠癌的概率比较低。维生素D摄入量较少的人群较维生素D摄入量较多的人群，大肠癌的发病率增加了67%。血液中25(OH)D表达水平较低的人群较血液中25(OH)D表达较高的人群，患大肠癌的风险增加了33%。据分析，血清中25(OH)D表达水平每增加10毫微克/毫升，大肠癌的相对发病风险将降低74%。

有资料表明，近10年的流行病学调查显示，绝大多数成年人和许多儿童摄入维生素D的水平及循环血液中维生素D转化物25(OH)D表达水平存在严重不足。

上海市第六人民医院副院长、肠外肠内营养研究室主任秦环龙教授在接受记者采访时表示，目前科研人员正在进一步探究维生素D在肠道肿瘤发生发展中的分子机制，初步的研究结果表明，维生素D可以使肠道肿瘤的数量减少和体积减小，潜在的分子机制可能是由于维生素D缺乏时DNA合成受抑制，致使肠上皮细胞一种保护性蛋白——β-儿茶素在细胞中的构建被破坏。

秦环龙教授提醒公众，日常饮食应多摄入富含维生素D的海鱼、动物肝脏、蛋黄和瘦肉等。维生素D可由人体合成制造，需多晒太阳，接受紫外线照射等。

（《健康报》2011年11月4日）

上海一项研究成果表明

"高龄老人无疾而终"说法欠妥

本报讯 填补国内空白的"百岁老人分子遗传、尸检、免疫、自由基代谢等研究"课题，日前由华东医院、上海市老年医学研究所郑志学教授领衔完成并通过成果鉴定。有关专家认为，该研究达到国际先进水平，特别是在国际上率先否定"高龄老人无疾而终"的错误说法，有助于避免对高龄老人疾病的延误诊治。

在卫生部的资助下，郑志学等科研人员通过本院积累的625名百岁老人完整资料，分别作了宏观和微观调查研究，内容包括社会学、心理、营养、病史、遗传史，以及免疫学、自由基代谢等。研究显示，百岁老人之所以长寿的一个重要原因是遗传因素，其中尤以"母—女"间遗传更为明显。一个典型的例子是一百岁夫妇家庭，其家系五代的平均寿命竟高达88岁。另一个重要原因是家庭和睦，在对100名百岁老人问卷调查中，老人们对"家庭和睦"一项满意程度最高，不满意者仅占4%。还有一个重要原因是良好的医疗保健。百岁老人具有良好的自身免疫功能，血脂代谢功能和抗氧化功能也维持在较好水平。而一旦患病，老人自身的各项功能就会急剧下降，通常没有明显症状，如得了肺炎后并不会像常人那样出现高热、咳嗽，而只是表现出食欲不佳、精神不振等，这些都极易为人们所忽视。科研人员通过9位百岁老人尸检，发现6位致死原因为支气管肺炎，两位分别为肺癌和肠癌致死，9位百岁老人平均患有动脉硬化、冠心病等5种以上慢性疾病，这一结果表明高龄老人、百岁老人死亡绝非无疾而终。研究还显示，为提高百岁老人生活质量，老人们同样能承受诸如安装全口假牙、切除白内障、置换股骨头、摘除结肠息肉等手术。

（《健康报》2001年8月25日）

首个非典人源抗体基因库建成

经全面筛查后获得的先导物将用于早期治疗

本报讯 世界上第一个针对SARS以康复病人血液构建的人源抗体基因库日前在上海浦东张江高科技园区内的上海单克隆抗体制药技术有限公司建立，这是记者5月23日下午从中科院上海生命科学研究院在该院药物研究所召开的SARS病毒科研攻关新闻通气会上获得的信息。

中科院上海生命科学研究院的抗SARS病毒科研主要攻关协作单位——上海单克隆抗体制药技术有限公司与美国Genetastix公司联手合作，从广州中山大学肿瘤防治中心和广州第八人民医院提供的10个SARS康复病人血液白细胞中提取了RNA样品，从而构建成了一个含有数百万个不同抗体基因的人源抗体基因库。据介绍，SARS康复病人的血清能对个别SARS病人起到疗效，然而康复病人抗体在进入患者体内的同时，康复病人血清中的其他成分，包括有害物质也一同进入患者体内，所以SARS血清疗法仍有其危险性。而SARS人源抗体基因库的建立，将免除目前直接用康复病人的血清治疗SARS所可能带来的隐患。

据悉，上海单克隆抗体制药技术有限公司的科研人员和专程从美国Genetastix公司赶来参加攻关的专家正全力以赴，对该抗体基因库进行全面筛选，期待能以最快的速度获得针对SARS表面与核心关键蛋白靶点的单抗先导物，既能直接用于SARS的早期诊断，又能在经过一定的生物活性与安全性试验后用于SARS的预防和治疗。

(《健康报》2003年5月26日)

"肿瘤饥饿疗法"研究取得突破

本报讯 中科院上海生命科学研究院生物化学与细胞生物学研究所耿建国教授领衔完成的题为《SlitRobo介导的肿瘤血管形成和阻断Robo活性抑制肿瘤生长》的论文于7月22日刊登在国际肿瘤生物学杂志《癌细胞》上。有关专家认为,该研究揭示了肿瘤诱导新生血管形成的一种分子机制,为控制肿瘤生长提供了新的靶点,在"肿瘤饥饿疗法"研究领域实现了重要突破。

该研究由中科院上海生命科学研究院神经科学研究所、美国华盛顿大学医学院、复旦大学附属金山医院以及浙江大学生命科学研究院等单位共同完成,耿建国、王彪、肖洋、丁蓓蓓和张娜等科研人员的研究表明,Slit蛋白是一类已知的分泌型蛋白,它通过受体Robo作为神经轴突导向和神经元迁移的排斥性因子以及白细胞的抑制因子发挥重要作用。Slit在肿瘤细胞中呈中心发散式梯度递减排列,中心区域Slit浓度最高、新生血管的生长密度也最高,这说明Slit具有促进肿瘤新生血管生成的功能,有利于肿瘤的生长和转移。在研究中,科研人员制备出Slit特异受体Robo的阻断性抗体,并将其注入感染了人恶性黑色素癌的小鼠体内,发现肿瘤内的血管明显示减少,"吃不到营养"的肿瘤开始逐渐萎缩。

据悉,《癌细胞》在首次刊登这篇中国科学家的论文的同时,还随刊配发了美国权威科学家长达2页的评论文章。评论说:"该论文是肿瘤新生血管形成研究人员的必读文章。"

(《健康报》2003年8月7日)

科学家找到白血病候选抑制基因

该研究成果刊登在《自然·医学》杂志

本报讯 "白血病的候选抑制基因终于被找到。"以刘廷析研究员领衔的研究组为第一作者单位完成的题为《髓细胞恶性转换过程中5号染色体长臂缺失和a-连接蛋白的表观抑制作用》论文近日刊登在国际权威学术刊物《自然·医学》杂志今年第一期上。

人类5号染色体长臂(5q)会发生一种杂合性缺失,这是人类造血系统恶性疾病中最常见的染色体结构异常,尤其在恶性白血病患者中,其缺失率高达42%。30年来,世界各国科研人员在5号染色体长臂上,不断搜寻可能存在的白血病抑制基因。中科院上海生命科学研究院、上海交通大学医学院共建的健康科学研究所刘廷析发育与疾病研究组与哈佛大学医学院达纳法伯癌症研究所等多个实验室合作,针对5号染色体长臂的关键缺失区,反复研究其中的28个候选抑制基因。经过3年潜心研究,筛选并识别出"a-连接蛋白基因"可能就是白血病抑制基因,发现人体造血干细胞中正常表达的"a-连接蛋白基因"在"5q"缺失的白血病肿瘤干细胞中表达显著下降,甚至丢失。

该研究阐明了关于白血病抑制基因失活的分子遗传学新机制,即一个a-连接蛋白等位基因会因基因组片段的缺失而失活,而另一个未缺失的a-连接蛋白等位基因,可通过一种表观遗传学机制(DNA甲基化和组蛋白去乙酰化)而被抑制。这种双重打击现象显示,人体正常造血干细胞的表观遗传学机制紊乱,可能在白血病肿瘤干细胞的恶性转化中起了重要作用。据悉,在上海交通大学医学院附属瑞金医院医学基因组学国家重点实验室的支持下,健康科学研究所科研人员正与其联合攻关,使用斑马鱼作为模式生物研究"5q"相关疾病的分子遗传学机制。

(《健康报》2007年1月15日)

人胚胎早期器官形成由谁调控

我国科学家建立的基因表达谱式提供宝贵信息

本报讯 我国科学家对人体胚胎发育研究取得新进展。有关专家认为,该研究建立的国际上唯一的人早期器官形成期基因表达谱式,为探索人类发育早期的分子调控和人多能干细胞体外的定向诱导分化提供了宝贵信息。

相关研究由中国科学院上海生命科学研究院/上海交通大学医学院健康科学研究所干细胞生物重点实验室金颖和张济课题组完成，研究论文发表在国际著名学术刊物《发育细胞》杂志7月号上。

据介绍，着床后的人胚胎发育涵盖了胚胎早期器官形成最关键时期，即从胚胎发育第20天到胚胎发育第32天。从发育形态变化角度看，各个器官经历了从无到有的奇妙过程；从发育进化角度看，这个奇妙过程高度保守；从发育潜能角度看，干性潜能与分化潜能既定时空程序协调性发生变化。这些变化背后的分子基础是遗传信息表达精密调控的基因相互作用网络。在研究中，因为受限于人胚胎研究标本以及伦理上的限制，所以关于人胚胎发育的分子机制知之甚少。

研究人员与上海交通大学医学院附属新华医院妇产科合作，运用基因芯片对早期器官胚胎发育6个连续阶段进行基因表达变化谱研究，通过数据深层次挖掘并整合功能、转录调控、表型及疾病相关的数据库，发现整个胚胎形态变化受两组基因表达谱变化的影响：逐渐下调变化趋势的基因负责早期器官起始，逐渐上调变化的基因主要参与器官原基形成。

科研人员在研究中还发现，人胚胎早期器官形成过程中相互作用网络，由两个细化的与干性相关的模块（hStemModule）和与分化相关的模块（hDiffModule）组成。通过小鼠表型富集分析发现，hStemModule可能与胚胎早期致死相关，而hDiffModule则可能与出生后致死相关。

（《健康报》2010年8月2日）

非酒精性脂肪肝治疗有潜在新靶点

本报讯 中国科学院上海生命科学研究院健康科学研究所内分泌代谢疾病研究组与上海交通大学医学院附属瑞金医院内分泌科的科研人员，新近在非酒精性脂肪性肝病（NAFLD）的研究中发现，核受体辅激活蛋白-3（SRC-3）参与了调控非酒精性脂肪肝，从而提供了新的该病治疗靶点。其研究论文日前发表在最新一期《肝病学杂志》上。

NAFLD是一种无过量饮酒史，以肝细胞脂肪变性和脂质蓄积为主要特征的临床病理综合征，通常伴随高血脂、高血糖和胰岛素抵抗等。过量的甘油三酯在肝脏细胞中长期堆积会导致肝脏细胞坏死、功能丧失，进而发生肝纤维化、肝硬化和肝癌。但其发病机理尚不清楚。

在上海市内分泌代谢病临床医学中心主任宁光教授指导下，博士生马欣然和徐凌燕等科研人员发现，SRC－3 基因缺失在人肝胚细胞瘤细胞系(HepG2)中可以抑制棕榈酸诱导的脂滴累积，SRC－3 敲除小鼠可以抵抗高脂饮食诱导的脂肪肝和炎症反应。

研究表明，这种情况的出现，可能是由于 SRC－3 缺失降低了鸡卵清蛋白上游启动子转录因子(COUP－TFII)，从而升高了过氧化物酶体增殖物激活受体(PPARa)的表达水平，加快肝细胞中的 β 氧化而改善肝脏的脂质代谢。

(《健康报》2011 年 11 月 1 日)

组织工程化骨构建技术实现飞跃

实验狗大块胸壁缺损被修复

本报讯 上海市胸科医院胸外科谭强等科研人员在国内外首创“辅助灌注管道系统”解决组织工程化器官血供问题，首次成功应用组织工程化骨组织修复了大块实验狗胸壁缺损，完成了由非承重骨向承重骨、小块缺损修复向大块缺损修复的技术飞跃。

在临床上，胸壁肿瘤是胸外科的常见病，首选的治疗方案是手术切除，但为了防止恶性肿瘤的复发则往往行扩大根治术，将受侵肌肉、胸膜等彻底切除，最终导致胸壁缺损，对于这些患者必须进行胸壁修补重建。运用组织工程学技术复制胸壁可避免采用自体组织重建导致患者新的创伤，避免采用人工合成材料出现组织相容性差的状况。

谭强等科研人员自 2000 年至今，利用北格犬进行实验研究。在研究中，鉴于胸壁承重骨需要有一定的强度，科研人员完全模拟正常的骨组织代谢过程，利用不同空隙率的“猪骨脱细胞基质”构建具有皮质骨和松质骨结构的胸壁支架，既保证适度的强度、组织周围软组织的长入，又保证骨髓间质干细胞的黏附和生长，向皮质骨爬行替代。由于组织工程化器官替代品的血供依赖四周正常组织毛细血管网长入，而且这一过程需要一定的时间，往往导致替代品中心细胞缺血坏死，科研人员又创新设计了"辅助灌注管道系统"，由替代品中心直接连接至皮下，以注入培养液来保证替代品初期的营养。目前5条北格犬实验狗均成功修补胸壁5厘米×10厘米大小缺损，经3个多月的疗效观察，实验狗的胸部各项生命指征完全正常。

（《健康报》2003年7月23日）

双肺移植在沪成功

本报讯 我国第二例双肺移植手术在上海市胸科医院获得成功。该院以高成新教授为首的胸外科肺移植小组昨天上午在病人术后第13天宣布：接受双肺移植的病人各项生命指标正常，生活已能自理，不日即可出院。

病人为男性，来自江苏启东，今年39岁，患双肺弥漫性支气管扩张症，久治不愈，完全丧失劳动能力。今年7月下旬被送入上海市胸科医院时，病人虽经鼻导管和面罩大流量吸入氧气，但仍表现为呼吸极度困难，而且只能端坐不能平卧。胸科医院检查的结论是：病人合并严重肺部感染、呼吸衰竭和肺心病，药物治疗已不能奏效，唯有进行双肺移植才能挽救其生命。

7月30日，由高成新教授主刀，采用"序贯式的双肺移植法"，历时7个多小时，将一死者生前自愿捐献的双肺植入了病人的胸腔。当双肺移植完毕，医生即刻看到病人呼吸得到改善，氧饱和度达到100%。术后第2天，病人就脱离氧气平稳呼吸，术后第3天便能下床活动。

（《健康报》2004年8月13日）

山羊子宫内注入人体干细胞

羊宝宝体内有了人基因

本报讯 上海交通大学医学遗传研究所、医学院附属上海市儿童医院黄淑帧教授领衔完成的《应用基因表达谱分析人脐血造血干细胞在山羊体内多脏器的附植和分化》论文，发表在本月出版的国际著名学术期刊《美国科学院院报》上，并于今日通过成果鉴定。专家认为，该研究中的许多技术处于国际领先水平，为通过干细胞宫内移植进行疾病的产前治疗、组织损伤的修复、干细胞治疗和人源蛋白生产等提供了新的思路和技术。

黄淑帧等科研人员在国家“863”高技术计划基金资助下，从2002年起历时5年，利用胎儿早期的免疫系统尚未成熟，对移植于体内的外源干细胞较少免疫排斥的特点，首次在国际上将山羊作为实验动物，将人脐血造血干细胞注射到妊娠45～55天的山羊体内，成功建立了人源性干细胞在山羊体内长期存活的人/山羊异种移植嵌合体，从而为在活体水平上研究干细胞生物特征和功能等提供了理想的动物模型。科研人员还将人脐血造血干细胞注射到50头山羊胎中，发现出生的39头羊宝宝的血液、骨髓、心、肝、脾、肾、肺、骨骼、肌肉等器官和组织里都有了人的基因，最高检出率达到37%。

另外，科研人员还构建了肝脏损伤的转基因小鼠模型，并在胎鼠怀孕12天时注射干细胞来治疗小鼠的损伤肝脏，成功地使损伤肝脏予以修复。

黄淑帧在接受记者采访时说，一些疾病在胚胎里就已存在，此项研究为干细胞宫内移植、遗传病产前治疗和组织损伤修复创造了可能性。不过，该研究涉及伦理等问题，距临床应用还有很长的路要走。

（《健康报》2006年5月30日）

原发性免疫缺陷病“流行轮廓”描出

孩子反复出现肺炎腹泻等要警惕罹患此病

本报讯 在原发性免疫缺陷病中，肺炎是最常见的表现，其次为腹泻、鼻窦炎和中耳炎等，临床上对于反复出现上述表现的患儿要提高警惕，以免漏诊。日前，发表在最新一期国际《临床免疫学杂志》上的《中国儿童原发性免疫缺陷病的分布和临床特征：2004年～2009年》作出以上提醒。

原发性免疫缺陷病是一种少见的先天性遗传性疾病，主要特点为感染、发病年龄早、临床不易识别，严重影响患儿的生活质量，并造成高致残率和高致死率。国际上主要把原发性免疫缺陷病分为T细胞和B细胞联合免疫缺陷、主要抗体缺陷等八大类。目前，欧美等国家和地区已相继建立了规范的原发性免疫缺陷病登记和诊疗制度，但是我国尚缺乏规范的诊疗制度及详细的临床数据。

上海交通大学医学院附属上海市儿童医院临床免疫科主任陈同辛等科研人员通过6年临床积累，收集到完整的201例原发性免疫缺陷病病例。201名患儿平均发病年龄是6月龄，平均诊断年龄为38月龄。在这些患儿中，男孩有164名，与其他国家报道的该病更常见于男孩的结论一致。疾病构成以抗体缺陷为最多见，占48.2%；其他已明确的免疫缺陷综合征，占20.5%；T细胞和B细胞联合免疫缺陷占16.9%；吞噬细胞数目、功能先天性缺陷占10.8%；免疫失调性疾病占3.1%；其余为暂时性低丙种球蛋白血症。

专家认为，该研究首次阐明了我国原发性免疫缺陷病的疾病构成、临床特点和诊治现状，对于了解中国儿童原发性免疫缺陷病的流行病学特征及发病特点，以及针对儿童原发性免疫缺陷疾病的早期干预、早期治疗有着重要的参考意义。国际著名临床免疫学专家Waleed Al-Herz称，该文弥补了既往国际上缺乏中国原发性免疫缺陷病流行病学资料的空白。

（《健康报》2011年8月11日）

SARS病毒致病机制研究获突破

建立3a蛋白离子通道平台　有助于研制抗病毒新药

本报讯　中国科学院上海巴斯德研究所孙兵研究员领衔的研究小组，在有关离子通道3a蛋白在SARS病毒致病过程中的作用机制研究获得新突破，其成果学术论文将发表在8月15日出版的国际权威杂志《美国国家科学院院刊》上。

据介绍，SARS病毒拥有一个庞大的由单股正链RNA构成的基因组，其中包含4种结构蛋白，分别以N、S、E、M为代号。这些具有功能性的蛋白在病毒浸染人体细胞和完成自身复制过程中，都扮演着非常重要的角色。SARS病毒的具体致病机理至今仍未得到透彻研究，SARS因此尚无特效药。

上海巴斯德所孙兵等科研人员在中科院上海生命科学研究院生物化学与细胞生物学研究所、神经科学研究所，中科院—德国马普学会客座实验室，香港大学微生物系以及香港Queen Mary医院的大力支持，首次发现另一种结构蛋白——3a蛋白，并通过近两年时间的功能研究，发现它是一种对人体中钾离子非常敏感的离子通道。当一个SARS病毒进入体内细胞并进行大量复制后,3a结构蛋白就能协助它们通过细胞膜向外释放。由于离子通道是体内细胞维持正常功能的要道,病毒一旦进入细胞,不仅能完成大量复制,而且还能从被感染的细胞中自我释放,再去感染别的健康细胞。该研究结果提示,如有可能通过药物抑制3a蛋白在离子通道中的作用,也许就能堵住大量SARS病毒在细胞膜上的浸染,从而大大降低病毒反复释放的效率。

孙兵研究员介绍,该研究建立的3a蛋白离子通道平台,对于继续进行SARS致病机制的研究以及SARS的防治都具有十分重要的意义。同时也有助于研究像禽流感、艾滋病、肝炎等其他病毒的离子通道,开展基于离子通道的病毒致病机理研究,研制抗病毒新药。

(《健康报》2006年8月14日)

为复杂疾病找回“丢失的遗传性”

全基因组关联分析可发现易感位点与患病风险的相关性

本报讯 复杂疾病“丢失的遗传性”研究取得重要进展,研究人员成功发现冠心病、2型糖尿病、克罗恩病等多个传统分析方法遗失的复杂疾病的易感新位点。该研究论文日前在线发表于《公共科学图书馆·遗传学》杂志上,杂志审稿人评价此项研究“是一次成功而有意义的尝试”。

据介绍,全基因组关联分析是一种对全基因组范围内的常见遗传变异基因总体关联分析的方法,为了解人类复杂疾病的发病机制提供了更多的线索。目前,科学家已经对糖尿病、冠心病、肺癌、前列腺癌、肥胖、精神病等多种复杂疾病进行了全基因组关联分析,并找到了疾病相关的易感位点。但大多数这样的位点对患病风险的贡献比较小,只能解释约10%的遗传作用,80%以上的遗传贡献遗失,这一现象被称为复杂疾病研究中“丢失的遗传性”。如何挽回这种“丢失的遗传性”是当今复杂疾病遗传学研究的重要课题。

中国科学院干细胞重点实验室孔祥银研究组博士生刘洋等科研人员与国家人类基因组南方研究中心、浙江大学等单位合作,在研究中突破了传统

GWAS单位点分析的局限，建立了基于不同遗传位点相互作用的全基因组关联分析方法和程序，并利用公共GWAS数据，成功地发现多个传统分析方法遗失的复杂疾病，包括冠心病、2型糖尿病、克罗恩病等疾病的易感新位点。

专家认为，此项研究不但揭示了不同位点之间的相互作用与患病风险可能存在相关性，而且加深了人类对复杂疾病遗传位点构架的了解。

（《健康报》2011年3月23日）

"排队真无奈，候诊很煎熬"

上海第一妇保院医生体验当病人

本报讯 同济大学附属上海市第一妇婴保健院近日举办"脱下白大褂，当一天病人"的活动，让医生体验病人看病的不易，促进医患沟通。

据该院党委书记黄红介绍，有一次病人投诉一位资深医生态度冷漠、缺乏笑容。这位资深医生理直气壮回应："我性格内向，平日就不大爱笑，对着病人更笑不出来。"该院领导由此意识到，仅靠口头上的教育，无法调动医护人员的主观能动性；若能换位直观体验一番，医生或许会真正了解病人的所需、所想，以此找寻自己服务中的不足。

该院放射科医生张海霞脱下白大褂当了一次普通病人，但她一走进门诊大厅就没有了头绪，竟不知道挂号前要去咨询台拿号，心急火燎拿了预约号就去排队。15分钟后总算挂到号了，张海霞直奔5楼候诊室，发现这里竟像放映大片时的电影院一样人头攒动。她问导诊护士是否在此等候，一位护士用上海话快速地讲了几句，没等她听清，护士已扬长而去。

等了45分钟，张海霞终于坐到医生面前，心里憋了好多话要问。可医生头也不抬，问诊前后不到5分钟。拿着医生开的处方和化验单，她又站到排队付费的行列中……

许多医生体验之后感叹地说："排队真无奈，候诊很煎熬，医生较冷漠，看病不容易。"该院还把"脱下白大褂，当一天病人"的活动扩展到院外，日前11名医护人员赴6家兄弟医院"当了一天病人"，学习和借鉴兄弟医院的好做法、好经验。

该院在开展院内、院外“脱下白大褂，当一天病人”的活动后，形成了两份“病人”体验报告，经医院信息化系统公布后，促使很多医生的观念发生了改变。有医生谈及，以往总觉得问诊量越来越大，看病累得头也抬不起来，饭也没空吃，还谈什么改善服务？经过体验后才知道，诊治患者不仅需要精湛的技术，更需要温馨的服务。

（《健康报》2010 年 8 月 31 日）

血液中 Reg4 蛋白作用被发现

重症急性胰腺炎死亡率有望降低

本报讯 同济大学附属上海市第十人民医院王兴鹏教授领衔的课题组经过 10 多年研究，发现了一个能显著降低重症急性胰腺炎患者死亡率的蛋白——Reg4，并阐明了其作用机制。最新一期国际著名学术刊物《肠道》杂志在线发表了这一研究论文。

临床上重症急性胰腺炎患者只要度过引发器官衰竭的全身炎症反应期和感染期，胰腺会慢慢地自我修复。针对这个特点，王兴鹏等科研人员发现，在新陈代谢中，胰腺细胞存在两种死亡形式：一是“寿终正寝”式的凋亡，二是“因病亡故”式的坏死。而坏死则是人体的一种自我保护方式，即当细胞“染恙”而无法正常工作时，机体就会启动坏死程序，把这些细胞清除出体外，以便正常细胞来接替工作，保持生命的正常运行。但当坏死程序失控时，坏死细胞则会释放出大量毒素，引起其他细胞的炎症并坏死，这样便有更多细胞坏死、释放更多毒素。一旦陷入这一恶性循环，原本在肠道中的细菌就会伺机逃逸、扩散，引发心、肺等重要器官的感染，这便是人们通常说的重症急性胰腺炎死亡病例。

那么为何有些病人没有到达重症阶段呢？王兴鹏课题组科研人员与上海交通大学药学院韩伟教授合作，通过芯片筛查，追查到了 Reg 家族蛋白的踪影，发现其中的 Reg4 蛋白在胰腺活动中，一旦发现坏死细胞异常并增多时，会立刻发出告急信号，让机体紧急“调派”抗凋亡蛋白 Bcl－2、Bcl－xL 前来增援，稳定细胞中的线粒体，使正常胰腺细胞不再被拖入恶性循环。

在研究中，科研人员把人工重组的 Reg4 蛋白注射进患重症急性胰腺炎的小鼠体内，发现200多例小鼠的症状都得到了明显减轻。对60多名重症急性胰腺炎病人长达5年的随访显示，血液中Reg4蛋白浓度高的病人炎症消除得更快。王兴鹏说："Reg4蛋白可以通过血液到达胰腺。这意味着今后只要简单打上一针，就可能帮助重症急性胰腺炎患者降低死亡风险。"

（《健康报》2011年1月11日）

对358名急性心梗患者180天的临床研究显示

血栓抽吸法对中国患者安全有效

本报讯 国际著名医学刊物《新英格兰医学杂志》日前刊登由上海市第十人民医院心内科徐亚伟教授任共同通讯作者的论文《关于STEMI患者血栓抽吸的临床研究结果》。研究结果证实，血栓抽吸法有利于重症心肌梗死患者的救治。

血栓抽吸法，即在为急性心肌梗死患者植入支架前，先行抽吸血栓，以减轻血管的梗阻，是国际医学界提出的全新冠心病介入治疗理念。虽然多项小规模的临床试验结果已表明，血栓抽吸法对减少远端栓塞、改善心肌灌注、减少心肌梗死面积等具有积极作用，但受制于样本数量，这一方法对于患者的远期疗效，业界仍存在疑问。

为对血栓抽吸法有效性与安全性作出大样本客观评估，全球87个中心共同展开临床研究，徐亚伟领衔的团队是参与的中心之一。

上海市第十人民医院心内科在徐亚伟率领下，对358名患者开展了血栓抽吸法临床研究，患者数量居全球第三、亚太地区第一。180天的临床研究显示，血栓抽吸组术后心肌梗死溶栓及相关重要心肌指标的改善等，均优于对照组。研究表明，血栓抽吸联合微创植入支架治疗，能够提高术后血流状况，有效减少急性心肌梗死患者术后无复流和慢血流的发生，改善心肌再灌注，对减少心肌梗死面积也有相应的帮助。或因样本量仍偏小，在患者总体死亡率这一指标上，实验组与对照组之间尚未显示出统计学差异。临床研究还发现，血栓抽吸能够降低远端栓塞发生率，对于血栓负荷重、无复流或慢血流的急性心肌梗死患者有重要的临床意义。同时，手动血栓抽吸术被证实能够使植入支架的操作更为顺畅和安全。

徐亚伟在接受记者采访时表示，我国每年新发冠心病患者的数量十分惊人。有了针对中国人体质的研究数据，新疗法有效性与安全性评估才能做到更全面和客观。

（《健康报》2015 年 5 月 7 日）

“凤凰涅槃”是肿瘤复发重要元凶

现行肿瘤治疗策略或需调整

本报讯 肿瘤为什么会复发？人们对此进行了长期的探索，但进展甚微。上海交通大学医学院附属第一人民医院黄倩研究员和美国科罗拉多州立大学李川源教授新近合作研究发现，“凤凰涅槃”是肿瘤治疗失败和复发的重要元凶。其研究论文日前发表在国际医学杂志《自然·医学》上。有关专家认为，死亡细胞刺激残存肿瘤细胞加速再增殖的现象以及“凤凰涅槃”信号通路的发现，开启了一扇重新审视研究肿瘤治疗失败和复发的重要窗口。

在肿瘤临床治疗中，常常出现这样的现象：肿瘤经化疗或放疗后明显缩小，病情进入缓解期。但相隔一段时间后肿瘤会复发，复发肿瘤的生长往往比原发肿瘤生长快，对化疗和放疗的敏感性降低，甚至产生抵抗。同时，复发的肿瘤也更容易发生转移，是肿瘤患者死亡的主要原因。

黄倩等研究人员认为，经放疗、化疗后死亡的肿瘤细胞，具有强烈的刺激残存的活的肿瘤细胞增殖的能力。通常，放、化疗时肿瘤细胞以凋亡为主。研究发现，作为细胞凋亡相关蛋白级联反应终结者的蛋白基因Caspase3，不仅直接影响细胞凋亡，而且通过切割与其结合的蛋白并使其活化，从而刺激肿瘤再增殖。研究还发现，Caspase3 首先活化不依赖钙的磷脂酶（iPLA），活化的 iPLA 可刺激花生四烯酸（AA）产生，AA 是前列腺素E2（PGE2）的前体，通过 PGE2 实现促进肿瘤细胞生长的作用。该研究结果将细胞凋亡与增殖直接联系在一起，并首次描述 Caspase3 - iPLA - AA - PGE2 信号通路。黄倩等科研人员把这条死亡细胞刺激活细胞增殖的信号通路命名为“凤凰涅槃”。

研究人员认为，此研究所发现的死亡细胞刺激活细胞增殖的现象及“凤凰涅槃”信号通路，也存在于正常组织损伤后的修复与再生以及诱导多能干细胞的形成等过程中。

黄倩说，虽然死亡细胞刺激活细胞增殖的调控网络以及 Caspase3 在肿瘤再增殖中的作用机制还远未弄清楚，但 Caspases3 激活后可刺激肿瘤细胞加速增殖现象及“凤凰涅槃”信号通路的发现，预示着现行的以诱导肿瘤细胞死亡为主要目的的肿瘤治疗标准方案或策略面临着巨大挑战，必须进行重新审视和调整，以提高或改善肿瘤疗效。

（《健康报》2011 年 7 月 22 日）

心脏病介入治疗量是搭桥的 10 倍

专家提示，开拓结构性心脏病介入治疗领域勿忘加强规范

本报讯 “2013 年，我国心内科医生采用介入疗法治疗结构性心脏病数量达 50 万例，而心外科医生采用开胸冠状动脉搭桥术治疗冠心病只有 5 万例。”国家卫生计生委心血管介入诊疗技术管理专家组组长、中华医学会心血管病学分会主任委员霍勇教授日前在上海参加“周浦心脏之旅 2014”培训项目会时提醒，结构性心脏病介入治疗是一种全新的治疗方法，虽然取得了很大成绩，但是目前仍需加强规范。

结构性心脏病是指心脏本身存在器质性病变，肉眼或显微镜检查能够确定的器质改变。引起心脏猝死的常见结构性心脏病有冠心病、心脏破裂、心包填塞；原发或继发心肌病，循环超负荷等导致急性心力衰竭；病态窦房综合征、严重房室传导阻滞；大动脉瘤破裂、肺动脉梗塞等。霍勇教授说，未来 5 年是我国结构性心脏病研究的快速发展期，在加快研究步伐的同时，亟待严格把握适应证并规范操作，尽量减少或防治并发症，建立严格的准入制度，让介入治疗步入规范发展的轨道。

霍勇教授说，我国急性心梗发病率为 45/10 万～55/10 万，目前还在呈上升趋势。发生急性心梗后，由于心肌损伤以及随后的瘢痕化，导致心脏扩大及心力衰竭的发生，尤其是前壁心梗合并室壁瘤的患者更容易发生心力衰竭。在临床上，心力衰竭可以表现为反复发作的不同程度的呼吸困难、水肿、乏力等，甚至可以导致心脏性猝死，给家庭和社会造成极大的经济负担。

据悉，“周浦心脏之旅 2014——上海市医师协会心血管内科医师分会培

训治疗结构性心脏病介入治疗新进展继续医学教育项目”，由中华医学会心血管病学分会、中国医师协会心血管内科医师分会结构性心脏病专业委员会等主办，上海市周浦医院承办。

（《健康报》2015 年 1 月 7 日）

年年摆擂台　岁岁推新人

上海二医大破格选才经常化

本报讯　刚刚因实践考核与自荐答辩相结合的破格晋升制度而获上海市卫生事业管理成果奖的上海第二医科大学，近日又举行该校第十二次中青年破格晋升自荐答辩会，并由曾从主治医师破格晋升为研究员职称的中科院院士陈竺主持答辩会。

上海二医大破格晋升自荐答辩会始于 1989 年，每年进行一次，到去年为止的连续 11 次破格晋升中，共有 129 人次的中青年脱颖而出，占整个二医大目前医、教、研、管理等各类高级职称人才的 1/10，其中不少人还成为学科带头人、学术骨干，并走上了学校、医院和研究所的领导岗位。

所谓破格晋升自荐答辩会，就是自荐答辩者走上擂台，用 15 分钟时间介绍自己近年来在医教研等各方面取得的成绩及论文发表情况，然后面对台下由六七十位各学科教授组成的专家团，用中文、外语回答本学科专家提出的问题，最后由在座所有专家根据自荐答辩者的“知识结构”“能力结构”“绩效结构”以及“外文水平”打分。在是否同意破格晋升的表格栏里划圈。自荐答辩者只有获得 70％以上专家同意破格晋升方可进入学校高级职称评审委员会最后审核。

在该校近日的自荐答辩会上，有 12 位中青年参加。该校基础医学院发育生物学重点实验室的盛慧珍，在国外进行“垂体发育的诱导和基因调控”等研究多年，并在《科学》等一些国际著名杂志发表高水平论文 18 篇，这次她由“讲师”职称申报“研究员”，要求破格晋升两级。当她自荐完毕，用英文流利地回答完专家团代表提出的问题后，在场专家频频赞许，都在表格里为她打下高分。

（《健康报》2000 年 6 月 13 日）

上二医不拘一格引进海外优秀人才

“外援”也能领军科研

本报讯 上海第二医科大学面对国际科技竞争的加剧,重视对海外优秀人才的引进,促进学科发展,使该校拥有了一批在国内担纲重点学科,特别是前沿学科与新兴学科的学术带头人。日前,该校的一些创新做法受到上海市教委、科委领导的肯定。

——“落户式”,即包括户口在内的一切全部由海外移回来。继当年陈竺夫妇回国后,现任上海二医大内科学特聘教授、博士生导师、医学遗传学和生物学教研室副主任的王铸钢等就是这种形式。为了使他们跟踪国际科学前沿,学校为他们提供一切方便,经常让他们出国访问,参加国际学术交流。

——“哑铃式”,即拥有“绿卡”的学者,在国内、国外来回飞,在国内工作的时间从3个月到9个月不等,并同样能在国内申请到重大课题。现任“国家重点基础研究发展规划项目”(即“973”)首席科学家、上海二医大特聘教授、组织工程研究中心主任曹谊林教授等就是这样的学者。

——“候鸟式”,即无法在国内待较长时间,每年回上海二医大1～2次,主要是回来指导工作,并将国外先进的理论、技术和方法带回,同时也安排上海二医大的青年学者到国外的实验室进修学习。在胚胎干细胞研究和神经生物学研究领域均处于国际前沿水平的盛慧珍教授、盛祖杭教授现在分别担任着上海二医大发育生物学重点实验室主任和神经生物学实验室客座教授。

——“遥控式”,即一时不能回上海二医大工作很长时间,但上海二医大的发展又急需其带领科研人员开展工作、追踪先进。例如该校聘任了美国Baylor医学院神经系、免疫系臧敬五教授担任上海二医大市级研究所——上海市免疫学研究所所长。臧敬五所长不在国内时,由该所副所长主持工作,通过电话、电传、电子邮件等与研究所保持热线联系,根据既定的研究目标由他遥控指导工作。

上海二医大范关荣校长说,上述做法已收到明显的效果。“十五”期间,该校还将在巩固原有做法的基础上,进一步解放思想,开拓创新,将自我培养与国外引进人才相结合,使上海二医大为新世纪培养更多的合格医学生。

编后

得到上海市教委、科委肯定的上海二医大引进海外顶尖人才的“落户式”“哑铃式”“候鸟式”和“遥控式”四种形式，值得高等医学院校和医学研究机构学习与仿效。上海二医大作为一所地方院校，近年来之所以能在全国医学科技舞台上频频亮相，其中一条成功的经验是不拘一格选拔和引进人才，特别是引进海外医学顶尖人才。随着日益激烈的国际竞争，为使我国在一些研究领域达到甚至超过世界水平，在人才的引进上，我们需要像上海二医大管理者那样，“不择手段”地大胆创新与开拓。

（《健康报》2000 年 11 月 15 日）

首家人类基因治疗研究中心成立

明年可望接受急性肿瘤患者

本报讯 以上海第二医科大学分子生物学重点学科为基础力量和组织核心的国内首家人类基因治疗研究中心，日前在上海二医大成立。恶性肿瘤病人可望明年在这里得到治疗。

人类疾病的基因治疗是国际上近几年在生物医学中新开拓的一个领域，它通过现代分子生物学的技术和方法来纠正错误的基因，或替代缺失的基因，还可将正常功能的基因导入病人体内发挥作用，达到治愈疾病的目的。以治疗胃癌为例，当前胃癌的主要治疗手段仍然是以外科手术切除为主，辅以化疗、放疗及免疫治疗等。但是临床收治的病人大多已属中、晚期，手术难以根治，加上目前没有十分有效的辅助治疗方法，患者往往在手术后一两年内复发，远期疗效更差。而基因治疗则是利用瘤组织中的浸润淋巴细胞或转移淋巴结中的淋巴细胞，在有白细胞介素-2 的条件下进行体外培养，或将能杀伤肿瘤细胞的肿瘤坏死因子导入胃癌患者自身的肿瘤浸润淋巴细胞，就能有效地杀伤肿瘤细胞，从而提高对胃癌的治疗效果。

上海二医大是国内最早开展基因治疗研究的单位之一。目前，该中心的基因治疗的基础准备工作基本就绪，明年将在临床试用，我国以及亚太、东南亚地区的华人的恶性肿瘤病人即能得到治疗。该中心的目标是以恶性肿瘤和血液病的基因治疗为起点，逐步扩展到一些遗传性疾病、免疫缺陷性疾病、老年性疾病和难治性病毒感染疾病，包括艾滋病等。

（《健康报》1993 年 8 月 15 日）

遗传学家谈家桢院士指出

新世纪要攻克慢性非传染性疾病

本报讯 我国著名遗传学家、中科院院士谈家桢最近指出，21 世纪医学需要攻克的是慢性非传染性疾病，人类健康长寿理想境界的到来必将是通过预防而不会是通过治疗。

谈家桢教授在为新近出版的由上海二医大陈仁彪教授主编的《细胞与分子生物学基础》一书作的序中说，随着急性传染性疾病在全球范围内逐渐得到控制，人类疾病谱的重点已向癌肿、高血压、心脑血管疾病、自身免疫性疾病及单基因遗传病等慢性非传染性疾病转移，这些慢性非传染性疾病都存在一定的遗传机理。在我国，针对急性传染性疾病的第一次卫生革命尚未完成，针对慢性非传染性疾病的第二次卫生革命已经到来。21 世纪的医学需要攻克的就是这些慢性非传染性疾病。

谈家桢教授说，从生物学的角度来考虑，要攻克这些慢性非传染性疾病，需要生物医学科学进一步揭示这些疾病的机理，还需要正确理解和处理一系列与人类健康有关的问题。如必须正确理解和处理人类与环境的关系。人口激增是环境污染的根本原因，计划生育、控制人口是全人类的必由之路。又如必须正确理解和处理防病与治病的关系，环境因素的致癌、致畸、致变是三致物质外因与机体变异性这个内因相互作用的产物。随着环境污染问题的逐步解决和饮食的合理化，我们可以期望未来的医学将会大大降低慢性非传染性疾病的发病率。但遗憾的是我们不能消灭它们，这正是因为我们不能期望去消灭生命现象的变异性。

（《健康报》1998 年 1 月 6 日）

遗传学专家陈仁彪教授呼吁

我国应尽早启动“人类后基因组研究”

本报讯 国家自然科学基金委遗传学学科发展战略研究组成员、上海第二医科大学医学遗传学专家陈仁彪教授日前呼吁：我国应尽早启动“人类后基因组研究”。

陈仁彪教授说，人类基因组计划是人类与医学遗传学研究的一项被誉为“登月计划”的跨世纪工程，也是当前生命科学研究的最前沿重大课题，其研究结果对21世纪生命科学包括医学在内的影响将难以估量。国际上人类基因组研究启动于1990年，如美国计划用15年时间，即在2005年以前投资30亿美元，测定人类遗传物质大约30亿个脱氧核糖核酸的全序列。我国人类基因组研究在国家自然科学基金委的领导和组织下，正式启动于1994年，投资300万元人民币，在3年半时间里超额完成了预定目标，使我国人类基因组研究有了一个良好的开端。

陈教授指出，人类基因组研究的目标是认识人类自身的遗传结构。在这世纪之交的今天，当国际人类基因组研究大协作即将完成30亿个脱氧核糖核酸的全序列结构时，高瞻远瞩的遗传学家已经开始思考人类基因组计划完成以后的人类与医学遗传学研究该如何继续深入下去。科学地说，人类基因组研究取得的人类自身遗传结构的定位、分离和测序只是研究的低级阶段，而高级阶段则是要研究人类基因组的功能以及它表达的时空调控机制、解译不同的脱氧核糖核酸序列的生物学意义。这一高级阶段研究可称为“人类后基因组研究”。

陈仁彪教授强调说，“人类后基因组研究”对我国科技工作者来说既是机遇又是挑战。根据我国国情，中国不可能投入巨款跟在一些发达国家后面亦步亦趋地搞，我国人类遗传学研究在21世纪的世界上要占有重要的一席，就必须从现在起组织研究力量，争取主动，抓住机遇，干出特色。

（《健康报》1998年1月23日）

临床医生要懂得“人类基因组学”

本报讯 中国人类遗传资源管理专家组成员、上海第二医科大学医学遗传学专家陈仁彪教授日前呼吁：跨世纪的临床医生都要懂得一点"人类基因组学"。

陈仁彪教授说，20世纪后期随着生物医学科学的发展，癌肿、高血压、心脑血管疾病、自身免疫性疾病、单基因遗传病等慢性非传染性疾病被证实都存在一定的遗传机理，其中癌肿、高血压、心脑血管疾病与自身免疫性疾病等均存在复杂的多基因遗传机理。"人类基因组学"，就是要在人类个体的全套遗传物质的水平上，来揭示基因组的结构与功能以及它在生物医学科学研究和临床医学实践中的应用。

陈仁彪教授指出，我国高等医学院校的医学遗传学教学始于80年代初，比国际上晚了20年。80年代中期医学院校毕业的医务工作者虽了解一些医学遗传学，但对于90年代兴起的人类基因组研究还是陌生的。至于80年代中期以前毕业的医务工作者自然就更缺乏医学遗传学知识了。陈仁彪呼吁：面对即将来临的新世纪，作为一个临床医生都应该懂得一点"人类基因组学"，而且懂得越多越好。当代疾病观已明确告诉我们：人类所有疾病或健康状态都与基因直接或间接相关，每种疾病都有其相应的致病基因或易感基因存在，疾病发生过程则是相关基因与内外环境相互作用的结果。因此，下一个世纪的临床医生如不懂得"人类基因组学"，不会运用先进科学的基因诊断、基因治疗和基因预防，将会一筹莫展，最终被历史所淘汰，这并非耸人听闻。

陈仁彪教授说，当前迫切需要的是积极推动"人类基因组学"的继续教育。高等医学院校以及中华医学会等群众学术团体都应把医学遗传学和基因组学列入临床医生，特别是高年资医生的继续教育计划。

（《健康报》1999年4月17日）

集中优势兵力　实行股份体制

上海人类基因组研究中心成立

本报讯　旨在"促进我国人类基因组研究进程，在国际竞争中取得应有的地位，并推进应用和引导开创中国基因组产业"的上海人类基因组研究中心3月4日上午在上海第二医科大学附属瑞金医院成立。上海市委书记黄菊和市长徐匡迪分别致信祝贺。我国著名遗传学家谈家桢院士和上海市领导为中心揭牌。

上海人类基因组研究中心专家委员会主任委员、中心主任、上海血液学研究所所长陈竺院士介绍说，中心由中国生物工程开发中心、上海市科委、中科院上海分院、复旦大学、上海二医大附属瑞金医院、上海市肿瘤研究所、上医大和二军大等单位共同发起成立，近期目标是集中一支精干的实验研究与开发队伍，建立起必要的服务手段和研究手段，组织上海地区和国内其他有关地区单位的研究力量，集中优势，在国际前沿领域的若干方面切入并占据一席之地。长远目标是建设一个流动、开放、联合、竞争的国家级基因中心，参与国际竞争，争取在国际上享有一定声誉，并积极开发工业应用项目和推进产业化。中心确定的研究方向是：开展重要疾病相关基因定位、克隆，中华民族人基因组多样性等有重要生物学意义和医学前景的人类基因研究。

据悉，上海人类基因组研究中心实行股份制体制，发起单位和愿意参加的从事人基因组研究的大学、研究所和有关的科学技术专家以资金或技术（经评估）入股。中心对从事基因组研究的科研人员实施特殊的工资待遇和优惠津贴。

（《健康报》1998 年 3 月 6 日）

人类基因组研究是“九五”重点

本报讯 日前在上海第二医科大学闭幕的“中华民族基因组多样性和功能基因组学”学术研讨会传出信息：“九五”期间，国家自然科学基金委员会最重大的资助研究项目仍是人类基因组研究，将投资 700 万元，建立和发展符合我国国情的、有特色的功能基因组学研究体系，使我国在大规模克隆疾病和功能基因研究的基础上，在下世纪国际人类基因组科学的新一轮竞争中占据有利地位。

我国人类基因组研究正式启动于 1994 年 1 月，是国家自然科学基金委“八五”期间的重大研究项目。该项目由两位中科院院士——中国医学科学院基础医学研究所强伯勤教授和上海第二医科大学血液学研究所陈竺教授领衔，通过 3 年半全国 16 个单位、19 个课题组的协作研究，超额完成了预定任务，使我国人类基因组研究初具规模。

我国有56个民族和诸多遗传隔离人群，既有第三世界国家较常见的疾病，又有发达地区与生活方式相关的疾病，这一丰富的疾病谱和遗传资源，无疑是研究人类基因组多样性和疾病易感性/抗性的丰富材料，需要加以系统的采集、分析和研究。此次学术研讨会披露，随着人类基因组研究遗传、物理图谱的完成和大规模测序的展开，从今年开始的“九五”期间我国人类基因组研究，将定名为《中华民族基因组结构和功能的研究》。研究内容包括3个方面：① 收集、保存我国多民族的人类遗传资源，建立样品库和数据库，开展人类遗传多样性研究；② 研究多基因性状相关基因的定位、识别和分离策略，创建适合在中国人群中进行多基因疾病基因组研究的途径和方法；③ 建立和发展功能基因组学的新理论、新技术和新方法。

（《健康报》1998年4月24日）

我国推进人类基因组研究

“中华民族基因组的结构和功能研究”通过论证

本报讯 继“八五”期间国家自然科学基金委员会第一个人类基因组研究重大项目圆满完成并达到国际先进水平之后，第二个题为“中华民族基因组的结构和功能研究”重大项目，昨天上午在上海第二医科大学通过以李载平院士为首的专家组论证。它标志着我国生物医学将在21世纪有更大的发展，并在世界人类基因组计划研究中占有重要的一席。

随着近年来基因组科学的发展，人类基因组计划研究的内涵，已从完成人类基因组的30亿个碱基对DNA序列的测定和识别约10万个人类基因，扩展至基因组功能研究、基因组多样性研究、模式生物体研究、基因组与环境相互关系的研究、基于基因组信息的疾病预测、诊断和治疗研究，以及与基因组计划相关的伦理、法律和社会学研究。这次花4年时间、将于2001年完成的第二个重大项目，是第一个重大项目的延续和深入。该项目将以我国具有一定资源优势和研究基础的基因组多样性、疾病基因组学和功能基因组学作为主要突破口，而分离发生率高、危害性大的诸如肝癌、鼻咽癌、食管癌、心血管病、糖尿病等重要疾病的致病基因和相关基因，是这次基因组研究的重点。

国家自然科学基金委对本次项目将投入700万元人民币，组成了上海第二医科大学、中国医学科学院基础医学研究所、中国科学院遗传研究所、复旦大学、北京大学等14个单位联合的“国家队”集体攻关，并由国际人类基因组织会员、中科院院士、上海第二医科大学附属瑞金医院上海血液学研究所所长陈竺教授领衔。

（《健康报》1998年11月24日）

褚嘉祐教授等研究指出

亚洲基因库主要源于非洲

本报讯 不久前，中国医学科学院医学生物研究所所长褚嘉祐教授等，在《美国科学院学报》发表论文《中国各人群的遗传关系》，指出：“当今亚洲的基因库主要源于非洲起源的现代人”这一观点震惊了世界。

褚嘉祐教授是中国人类基因组计划中国不同民族基因组保存课题组负责人，他得出的这一结论被美国著名遗传学家、斯坦福大学卡瓦里斯福拉教授认为“有助于驳斥多地区起源假说的支持者所持观点——东亚地区存在着从直立人到现代人类的连续进化过程”。国际权威刊物——英国《自然》杂志也发表了意大利著名遗传学家、托利诺大学皮兹拉教授的述评：“这将证明在东亚从直立人到解剖学意义上的现代人类是持续不断进化的假设的错误性。”

褚嘉祐教授说，中国境内居住着56个民族，语言风俗各异，约以长江为界，南北人群间遗传差异尤为显著。课题组在著名专家谈家桢、吴旻、强伯勤、陈竺、杜若甫等教授支持下，在国家自然科学基金委员会的资助下，采用多达30个微卫星（即短的DNA重复序列，重复单位小于5个核苷酸）标记，系统地研究了遍及中国南北的28个中国人群（含4个汉族人群）及15个包括五大洲在内的世界各族人群间的遗传关系。研究结果表明：中国南北人群遗传差异确实存在，但其遗传关系较为复杂，部分北方人群与南方人群较为相似，而其他北方人群与南方人群则相对差异较大；语言学分类与遗传学分类在中国某些民族间的相关性较差；世界各人群遗传谱系树与现代人类非洲单一起源说相符，至今未能找到支持亚洲人类独立起源的证据；现代人类可能首先从南部进入亚洲，随后向北扩展。

（《健康报》1998 年 11 月 26 日）

17 年探寻人类经典遗传标志证实

中华民族肤纹特征分三大群

本报讯 中国遗传学会肤纹研究协作组组长、上海第二医科大学医学遗传学教研室张海国副教授等日前报告说，当今中华民族肤纹体质特征可分为南方群、混合群、北方群等三大群。这一结论与著名遗传学专家陈仁彪教授等根据人体白细胞抗原频率聚类分析相同，也与中科院院士、人类基因组学专家陈竺教授等采用微卫星（即短的 DNA 重复序列）研究中国人群聚类分析相一致。

人类肤纹是指（趾）、掌（跖）部位的皮肤表面因皮嵴和皮沟走向不同而形成的皮肤纹理。由于每个人都有特殊的肤纹，且出生前已经定型并终身不变，所以肤纹已成为人类经典的遗传标志。为了探寻中华民族肤纹的遗传因素和环境因素，上海第二医科大学医学遗传学教研室张海国副教授联合了江苏、云南、西藏和新疆等地有关专家，在著名遗传学专家陈仁彪教授指导下，从 1981 年起开展中华民族肤纹聚类研究。科研人员在 17 年的时间里，采集了中华 56 个民族、57 305 名健康男女共 100 多群体的肤纹，然后依据指嵴纹总数、指纹频率、手大鱼际纹、指间区纹等 11 项参数，对已达到参数指标的 52 个民族、122 个群体进行了聚类分析。结果显示：中华民族的肤纹体质特征分为 3 大群，即南方群、混合群、北方群，南方群与北方群以长江或北纬 30 度至 33 度为界线。

该研究结果还表明，南方民族群、北方民族群的出现，表示我国各民族仍有其相对独立的肤纹体质特征；混合群中未见跳跃式的由南向北、直达北方混合群或由北向南、直达南方混合群的现象，说明由南向北或由北向南在肤纹体质特征上有一个逐步融合的过程，民族迁移和混杂仍然受到地理条件的限制；汉族肤纹特征表现了强烈的民族杂合型。

（《健康报》1998 年 12 月 12 日）

我国56个民族肤纹学研究完成

肤纹“密码”透露民族源流“天机”

本报讯 肤纹在个人各不相同、终身稳定，而同一民族群体的肤纹则相对稳定，通过研究肤纹可追踪民族的起源及迁徙路线。我国56个民族的肤纹学研究项目近日完成，相关论文《中国全民族肤纹分布格局》于1月20日在线发表在国际学术刊物《公共科学图书馆·综合》杂志上。有关专家认为，中国已成为世界上第一个完成全民族肤纹调查研究的国家。

该研究由中国遗传学会肤纹学研究协作组组长、上海交通大学医学院医学遗传学教研室张海国副教授领衔完成。据他介绍，这项研究自1978年开始，在30多年时间里，有上百家研究单位的千余名研究者参与。科研人员应用肤纹聚类分析统计法，将我国56个民族梳理成南方和北方两大民族群，共采集了我国56个民族的156个模式样本、含68 000多人的数百万个数据，找到了民族肤纹的标志性群体，明确了民族主支和支系的关系等。在作样本分析中，科研人员发现，华夏民族的古老遗传密码在我们现代人肤纹上依然有着鲜明的印记。通过分析和比对还发现，汉族的肤纹特征表现了很强的民族杂合性，是华夏民族集合的后代。数千年来，汉族在与各少数民族的融合中繁衍生息，而少数民族也在繁衍中与汉族进一步地融合和发展。由此证明中华民族是多元的，又是一体的。

张海国说，研究样本清晰地表明，藏族的族源与古羌族等民族有关，其肤纹表现出鲜明的中华北方群特征。由此证实藏族源于我国北方民族，而绝非所谓的“南来（印度）之民族”。而台湾高山族（原住民）的2个样本分别是人数最多的阿美人样本和数量很少的噶玛兰人样本。经过聚类分析，台湾原住民样本都聚类在北方群内，与“原住民源于南洋”的结论完全不同。

据悉，该研究论文在理论和方法学上具有原创性，从而使中国肤纹研究标准成为世界同行研究的参照物和资料。

（《健康报》2010年1月25日）

“治疗性克隆研究”获新进展

将根本解决器官移植免疫排斥和供体不足问题

本报讯 由上海第二医科大学、上海市转基因研究中心承担的“治疗性克隆研究",最近取得突破性进展。该研究中"体细胞克隆哺乳动物的制备方法""获得治疗性克隆植入前的制备方法""用于治疗性克隆的人体细胞组织器官保存方法"等3种技术日前已获国家专利局受理专利申请通知;在把病人的自体细胞移到去核的卵母细胞并经一系列的处理发育至囊胚已获得成功。

"治疗性克隆"是发育生物学界提出的最新概念,旨在利用科学前沿的克隆技术和干细胞培养诱导技术来解决器官移植的两个根本性问题,即免疫排斥和供体来源不足。上海第二医科大学发育生物学重点实验室主任盛慧珍教授、上海二医大附属第九人民医院上海市组织工程研究重点实验室主任曹谊林教授和上海转基因研究中心主任成国祥副教授共同主持,联合攻关。

据介绍,盛慧珍教授已成功地建立了小鼠胚胎干细胞的体外培养系统,掌握了在体外维持小鼠干细胞发育全能性的全部条件。曹谊林教授在国际上首次应用组织工程技术和方法在裸鼠体内形成人耳廓形态软骨,又在裸鼠体内形成肌腱组织和带血管蒂的骨组织并进行了骨组织缺损修复,还在具有免疫功能的猪体内预制和再生了软骨组织,并用于修复关节表面软骨缺损。成国祥副教授则在转基因动物乳腺制药研究中建立了转基因羊乳腺生物反应发生器的技术体系,还在克隆动物研究中获得体细胞核移植山羊成功。这项研究的整体目标是用病人的身体细胞移植到去核的卵母细胞内,经过一定的处理使其发育到囊胚,再利用囊胚建立胚胎干细胞,然后在体外进行诱导分化成特定的组织或器官(如皮肤、软骨、心脏、肝脏、肾脏、膀胱等),再将组织或器官移植到病人身上。利用这种"治疗性克隆"将从根本上解决同种异体器官移植过程中最难的免疫排斥反应;也从根本上解决现今组织器官移植中的供体来源不足的问题。

(《健康报》2000年1月6日)

治疗肝癌胃癌有"瘤苗"

其中胃癌细胞瘤苗即将进入临床试验

本报讯 由陈诗书、钱关祥两位教授挂帅,上海第二医科大学人类基因治疗研究中心科研人员潜心10年研究，在国际上率先成功制备出治疗肝癌和胃癌的基因工程“瘤苗”，其中“白细胞介素-2基因工程化胃癌细胞瘤苗”已被国家药品监督管理局批准为可用于临床试验的生物制品一类新药。在上海市教委日前组织的成果鉴定会上，专家认为该研究不仅为肿瘤免疫基因治疗研究提供了理论依据，而且为进入临床应用并提高疗效奠定了基础。

这项得到国家自然科学基金、国家“863”和上海市教委共同资助的题为“‘瘤苗’——细胞因子基因转导人肝癌和胃癌细胞的研究”，旨在建立一种能应用于临床恶性肿瘤的基因治疗方法。所谓“瘤苗”（肿瘤疫苗），即由科研人员先制备与恶性肿瘤治疗所需的细胞因子基因cDNA，将其克隆至安全性逆转录病毒载体，并包装成重组的缺陷型逆转录病毒颗粒，用以感染肿瘤细胞而成“瘤苗”。这种“瘤苗”经钴60辐射后，致瘤性消失，而免疫原性则增强，其细胞因子还在一定时间内持续分泌。在研究中，科研人员选择了我国常见多发的肝癌和胃癌进行研究，建立了细胞因子基因修饰人肝癌和胃癌细胞瘤苗，并在国内外首次发现细胞因子hGM-CSF有增加胃癌细胞白细胞抗原Ⅰ类分子表达的功能；首次发现人白细胞介素-2基因的导入使鼠肝癌细胞株细胞发生凋亡，是其致瘤性降低的重要机制之一，从而为基因工程瘤苗进入临床试验打下了良好的基础。

据陈诗书教授介绍，“瘤苗”基因治疗法是继当前恶性肿瘤手术、化疗、放疗后的又一种基因治疗的策略。由于“瘤苗”修饰过的人肝癌和胃癌肿瘤细胞能持续分泌相应的细胞因子，在病灶处建立了抗肿瘤免疫的微环境，因此有望消灭手术切除后肝癌或胃癌患者的微小残存癌细胞，并能预防其复发转移。同时也可作为无手术指征的患者或手术后复发患者的辅助性治疗措施。

（《健康报》2001年4月10日）

微转移肿瘤细胞与大肠癌复发有关

本报讯 尽管接受了根治术，但临床上仍有50%的大肠癌患者死于术后的肿瘤局部复发和转移。这是为什么？上海第二医科大学98级博士研究生陈路的研究结论是：在这些病人的血循环和局部淋巴结中存在着常规检查无法发现的微转移肿瘤细胞。这项研究对大肠癌的进一步治疗及预后具有重要的临床意义。

据资料统计，有20%～30%的大肠癌根治术后病人5年内死于肿瘤的局部复发或远处转移，而他们的区域淋巴结经常规组织学检查诊断为阴性。陈路用前瞻性和回顾性的研究方法较全面地观察微转移肿瘤细胞的存在对于大肠癌患者的预后影响。

陈路首先利用盲肠造疝瘤块原位接种法建立裸小鼠的大肠癌模型，在接种后4周到6周就能够利用聚合酶链反应技术在其肝脏中检测常规病理学检查无法发现的发生微转移的肿瘤细胞。接着，运用逆转录—聚合酶链反应技术，又在大肠癌患者血循环中检测到发生微转移的肿瘤细胞，并发现微转移肿瘤细胞的阳性检出率与大肠癌的Dukes分期密切相关，同时门静脉血或术后外周血中CEAmRNA表达阳性的大肠癌患者术后发生肝转移的机会大大高于阴性组，提示对于这类病人的预后评估及辅助性治疗方案的制定不能仅依靠常规病理学的诊断。最后，运用聚合酶链反应—SSCP银染法在切除的大肠癌区域淋巴结中检测到与原发灶一致的P53基因突变，而这些淋巴结均为常规病理学诊断为阴性，这也表明了在这些淋巴结中存在着病理切片或其他组织学检查无法发现的微转移肿瘤细胞。

（《健康报》2001年8月15日）

一项高校评估显示

上海二医大“基础医学”名列前茅

本报讯 素以“临床医学”为传统特色的上海第二医科大学，经过近10年的学科建设，在“基础医学”领域也跻身全国医学院校先进行列。据我国权威杂志《中国高等教育评估》今年第2期披露，2001年中国大学理科专业前10名统计中，上海第二医科大学在“基础医学”方面名列榜首。

近10年来，上海第二医科大学在继续保持和发扬“临床医学”传统特色和优势的基础上，将分子生物学、细胞生物学和免疫学这三个国际前沿学科融合渗透到整个“基础医学”的学科建设中，建立了新颖的“发育生物学”和“神经生物学”，从而使学校的整体“基础医学”跃上一个更高的技术平台。据统计，该校1998年至2000年共争取到各类科研项目641项，获得科研经费达到1.05亿元；由陈竺院士和曹谊林教授分别担任国家自然科学基金资助的国家“973”重大项目“疾病基因组学”、“组织工程学”的首席科学家。有关人士认为，一所地方重点医学高校能获得如此多的研究项目和经费，并拥有两名重大项目研究的首席科学家，这在全国医学院校是罕见的。而且，该校基础医学的一个显著特点是紧密结合临床医学，以临床医学推动基础医学。例如该校人类基因治疗研究中心将基础研究与临床运用密切结合，在国际上率先制备治疗肝癌胃癌的基因工程“瘤苗”，获得国家药品监督管理局生物制品一类新药后，立即进行临床试验。

（《健康报》2001年9月27日）

上二医自身免疫疾病防治国际领先

本报讯 为期三天的“国际免疫学自身免疫和免疫调节讨论会”近日在上海第二医科大学结束。国内外共百余名免疫学专家认为：上海二医大及其上海市免疫学研究所在自身免疫和免疫调节的基础与临床研究方面已走在国内前列，在自身免疫病的系统性红斑狼疮、类风湿性关节炎等防治方面处于国际先进水平。

人类有许多疾病是由于自身的免疫系统对自身组织或细胞产生了错误识别而致病，这些疾病被统称为自身免疫病。常见的有系统性红斑狼疮、类风湿性关节炎、多发性硬化病、胰岛素非依赖型糖尿病、桥本氏甲状腺炎等。自身免疫病和免疫调节研究正是从研究这些疾病发生的环节出发，用免疫学方法达到预防与治疗这些疾病的目的。

设立在上海第二医科大学内的上海市免疫学研究所是我国最早成立的一家免疫学研究机构，成立20多年来注重于自身免疫病的防治与研究，特别在T细胞调节与自身免疫病、肿瘤与抗原肽、免疫细胞与细胞因子等方面获得了国家、卫生部和上海市一系列科技成果奖。在基础和临床研究中，较早地开展了自身免疫病系统性红斑狼疮、类风湿性关节炎的研究。对于最典型的自身免疫性疾病——系统性红斑狼疮，上海市免疫学研究所临床免疫风湿病研究室科研人员从1979年起就进行系统的研究，在国内最早进行了3.27万人的流行病学调查，得出了中国人系统性红斑狼疮的患病率为

70/10 万，女性为 113/10 万，制定了具有中国特色的系统性红斑狼疮早期诊断标准。该所率先在国内前瞻性地研究 20 例系统性红斑狼疮合并妊娠，并确保 20 对母婴无一死亡，从而使我国系统性红斑狼疮 5 年和 10 年随访生存率达到 98%和 84%。

（《健康报》2001 年 11 月 22 日）

神经细胞正常功能是如何维持的

我国学者提出神经突起蛋白转运新模式

本报讯 国际权威学术刊物《自然·细胞生物学》杂志于 10 月 1 日发表了题为《Syntabulin 是在神经元中一种参与 Syntaxin 转运的微管相关蛋白》的学术论文，同时在封面上刊登了此项研究的功能缺陷细胞图片。该杂志同期发表的新闻专题评论认为，此项研究成果是神经生物学领域的一项重大突破。该论文的共同第一作者为上海第二医科大学与美国国立健康研究院（NIH）联合培养的博士研究生蔡倩和博士后苏庆林。

神经细胞是由胞体和多根细长神经突起组成的高度极性细胞，它们之间的信息传递是通过突触释放的化学物质，即神经递质来实现的。神经递质的释放功能由一类突触蛋白质复合物所控制，这些物质在神经细胞胞体内合成，并通过长距离运输到达突触位点，参与递质释放过程，因此有效正确的转运机制是维持神经细胞正常功能的必要条件。

在美国 NIH 神经突触功能研究室主任、上海二医大长江讲座教授盛祖杭教授指导下，蔡倩等研究人员首先在神经细胞内发现了转运分子马达蛋白通过与连接蛋白 Syntabulin 的直接作用与所运载货物（突触蛋白）相连，并介导突触蛋白神经突起转运至神经末端的新模式。接着运用抑制特异蛋白表达技术和功能缺陷变异等方法，验证了在这些经处理的异常神经细胞内，突触物质的转运被阻断，导致了神经细胞胞体内突触蛋白的大量堆积。

有关专家认为，该研究成果揭示了 Syntabulin 作为一种重要转运机制的连接蛋白直接介导了突触蛋白在神经细胞内的转运，不仅为进一步阐明神经细胞内轴浆运输分子机制以及调控奠定了重要基础，同时对揭示该转运机制在神经突触的形成、功能的维持与调节、神经生长锥的延长，对某些神经性退化性疾病病理机制的探索，以及对脊髓损伤的修复过程等一系列研究提供了新的思路。

（《健康报》2004 年 10 月 11 日）

高中阶段生殖健教很有必要

本报讯 上海第二医科大学公共卫生学院黄红教授日前率领完成的一项《上海高中学生生殖健康及预防艾滋病同伴教育》课题显示，高中阶段的学生对生殖健康知识以及艾滋病方面的知识虽然有所了解，但很不全面。

课题组在香港世界健康基金会和香港常兴（合隆）企业有限公司的资助下，在上海选择了 10 所中学和职业学校的 1 900 名高中学生，作为“同伴教育”的“教育组”和“内对照组”，另外还选择了其他中学的 983 名高中生作为“外对照组”。研究对其进行“艾滋病”“性传播疾病”“自我保护”“沟通的技巧”“自尊、自信与责任感”和“生殖健康及避孕”等模式的“同伴教育”后，80％的学生认为这样的教育在长身体、长知识的高中阶段开展是很有必要的。

研究发现，高中生在接受“同伴教育”前，生殖知识在满分 8 分中平均只能得到 4.8 分，艾滋病知识在满分 20 分中平均只能得到 14.7 分，性病知识在满分 24 分中平均只能得到 11.5 分，并且女生与男生比较，处于相对缺乏的状况，除了艾滋病知识外，女生性病知识和生殖健康知识都比男生得分低。另外一组令人关注的数据是，高中阶段有过恋爱行为的学生占到 29.8％，发生性交行为的也已占到 3.5％，并且男生高于女生。经过“同伴教育”后，“教育组”中的高中生无论是生殖健康知识还是艾滋病、性病知识都有了比较明显的提高。

据课题组负责人黄红教授介绍，5 年来，上海二医大先后已在该市大、中、专学校中进行了生殖健康及预防艾滋病教育并作了大量的问卷评估调查，已有 5 万余人次的学生接受了“同伴教育”。

（《健康报》2003 年 9 月 2 日）

上海 32 所高中学生防艾同伴教育总结报告显示

28.8%中学生有过恋爱史　3.2%中学生有过性行为

本报讯　上海第二医科大学青少年艾滋病同伴教育项目组在上海市教委的支持下，日前完成并公布了《上海 32 所高中学生预防艾滋病和生殖健康同伴教育总结报告》。报告显示，79.2%的学生认为在中学生中开展艾滋病性病教育是非常必要和有必要的，81.5%的学生认为在中学生中开展安全性行为的教育是非常必要和有必要的，但有 3.2%的学生有过性行为。

上海二医大青少年艾滋病同伴教育项目组，从今年 2 月份起在上海三个区 32 所中学 2 693 名高中生和职校生（其中男生 1 189 名、女生 1 504 名）中以同伴教育方式实施艾滋病、性病、安全性行为的健康教育。结果表明，在接受教育前，反对男性婚前性行为的中学生只有 38.8%，而反对女性婚前性行为的亦仅占 47.6%。在接受教育后，对于男性和女性婚前性行为的不赞同率分别上升到 47.0%和 52.8%。调查中有 28%的高中学生承认有过恋爱史；19.7%的男生和 16.8%的女生有过接吻行为；而有过性行为的学生有 86 人，占 3.2%，其中有 38 人采取过避孕措施，采取避孕方式为安全套的占 39.5%。

据上海二医大青少年艾滋病同伴教育项目组负责人黄红教授介绍，该校从一年级本科生中挑选了一批志愿者，进行培训后让他们走进中学校园。由于教育者和被教育者是同龄人，交流的障碍少了，也更能接近中学生的实际需要。

据悉，上海市教委已经部署，将以同伴教育方式实施艾滋病、性病、安全性行为的健康教育在全市中学生中开展。

（《健康报》2004 年 11 月 1 日）

医学科技新闻“通讯编”(上)

通讯是比消息记叙新闻人物与事件更详尽、生动的一种新闻体裁，追求的是深，是内涵。医学科技新闻的通讯，特别是人物通讯，格外重视故事和细节。

实现毛主席对遗传学研究的嘱咐

——访著名遗传学家谈家桢教授

曾4次受到毛主席亲切会见、多年得到毛主席深切关怀的我国著名的遗传学家谈家桢教授，日前在接受记者采访时十分动情地说："我们不能辜负毛主席的殷切期望，'一定要把遗传学研究搞上去'。"

谈家桢教授今年已84岁高龄，身板还挺硬朗，说话还是大嗓门。他告诉记者：1957年3月，毛主席在全国宣传工作会议知道我这个敢于对强行推行"米丘林——李森科学说"说"不"字的遗传学家。在陆定一的介绍下，我和毛主席第一次见面。他握住我的手说："哦，你就是遗传学家谈先生啊！"毛主席一再鼓励我："一定要把遗传学研究工作搞上去，要坚持真理，不要怕。"

"1958年1月6日我突然接到上海市委的通知，与周谷城、赵超构乘上毛主席的专用飞机从上海飞到杭州。到达西子湖畔刘庄时，已是夜里10点多钟。毛主席在庭院门口迎候，一见我们3人便幽默地说：'深夜把你们揪出来，没有耽误你们睡觉吧？'然后主席和我们围坐一张方桌，无拘无束地谈古说今。谈话间，毛主席关切地问我：'把遗传学搞上去还有什么困难和障碍？有困难我们一起来解决嘛。'"

谈教授回忆往事显得有点激动。他说："最令我感动的是毛主席在党的八届十二中全会上'解放'了我这个'反动学术权威'。毛主席说：'谈家桢还可以搞他的遗传学嘛。'另一次是1974年，毛主席在病中委托王震给我带来口信：'这几年怎么没有见到你发表文章？你过去写的文章，有些观点还是正确的嘛！'"

谈教授说："毛主席如此关怀我，如此关心中国遗传学研究，使我至今难以忘怀。"

谈起人类基因组研究，谈教授说：三中全会后，我国遗传学研究真正得到了发展。1993年9月底已通过《中华民族基因组中若干位点基因结构的研究》重大项目论证。他说："这是一个跨世纪的国际性的大课题，是全球性的计划，这对推动整个生命科学基础和应用性研究有着重要的意义。"他希望政府有关部门支持人类基因组研究，关心中国遗传学事业的发展，实现毛主席的嘱咐：真正把遗传学研究搞上去。

（《健康报》1993年12月30日）

谈家桢：大师光华长照后人

浑厚遒劲的“丰衣足食，安居乐业，延年益寿，天下太平”16个字，印在了洁白的手帕上。11月8日，怀着沉痛的心情走出百岁遗传学家谈家桢遗体告别大厅的人们，都意外地收到了谈老生前亲笔书写的墨宝。

谈家桢教授生前曾如此解释这16个字：“丰衣足食，就是用生物学研究成果推进农业发展；安居乐业，则是解决环境问题；延年益寿，当然是进行医药开发；天下太平，就是要制止生物武器，维护世界和平。”

谈家桢教授奉献给生命科学教育事业的整整72个春秋，点点滴滴都让人感念。

树理想　破解生命密码

谈家桢是浙江宁波人，1926年高中毕业即被保送到苏州东吴大学。当时，他没有攻读基础较好的数学，而是选择了生物系。因为从小在教会学校念书的他，一直对“上帝创造世界”这个说法心存疑惑。他想在科学的世界里寻找答案，破解生命密码。

在燕京大学读完研究生后，谈家桢又得到机会赴美国加州理工学院摩尔根实验室深造。1936年，谈家桢博士学成归国，很快就被浙江大学校长竺可桢破例聘为生物系教授、理学院院长。1942年到1947年，在浙大为躲避战火而辗转搬迁的过程中，谈家桢将实验室设在湄潭的一个唐家祠堂里，带领学生们在昏暗的煤油灯下，用显微镜观察果蝇和瓢虫。正是在这里，谈家桢发现了瓢虫鞘翅色斑变异的镶嵌显性遗传现象。这一创新性的成果至今仍被列为教科书的经典内容，被认为是经典遗传学发展的重要补充和现代综合进化理论的关键论据。

适逢全国院系调整，谈家桢来到复旦大学执教。1980年，他当选为中国科学院生物学部委员。1999年，国际编号3542号小行星被命名为“谈家桢星”。此前，他将“基因”一词带入中文，并创建多个第一：建立了中国第一个遗传学专业，创建了中国第一个遗传学研究所，组建了中国第一个生命科学院。一步一步，他朝着幼年的理想执着进发。

惜人才　平生追求大计

谈家桢教授曾在一封信中写道：“吾平生无所追求，终生之计在于树人。”

10年前的一天，谈家桢请来复旦大学生命科学院负责本科生教学工作的乔守怡教授，一见面就问：“你知道有个叫李辉的同学吗？”原来，李辉在大学二年级发表的一篇有关云南拉祜族肤纹的论文，引起了谈家桢的注意。接下来的一年中，他默默地关注着这位学生的成长。后来，他又特地把李辉的论文交到乔守怡教授手里：“我知道从学术上看，这位学生的论文有欠缺之处。但是，一个本科生能有这样的思维，值得赞扬啊！”

正在耶鲁大学读博士后的李辉说：“没想到谈先生会关注我这样一个本科生。后来当我告诉他老人家，我在人类肤纹上发现了他早年在瓢虫上发现的遗传规律，并证明了这个规律具有普遍性时，他并没有特别兴奋。他说，只要年轻人能做出成绩，他就很高兴了，这成绩并不一定要和他有关。”

1994年，86岁高龄的谈家桢教授执意要去趟美国，原因很简单，他看中了两个弟子：一个是耶鲁大学的许田，一个是斯坦福大学的金力。那次会面，谈家桢教授苦劝金力回国。起初金力还在犹豫，但后来他看到谈老毫不介意在人声嘈杂的学生休息室里午休，便改变了主意。金力说：“当时我站在先生身边，眼睛都湿了。想到他以耄耋之年撑着病躯蹒跚而来，我们这些无名晚辈还能说不吗？”

20世纪末，中国的遗传学一度停滞不前。在谈家桢教授的努力下，一大批优秀学者回到复旦大学，很快扭转了局面，中国的遗传学又走到了世界前列。

促发展　捧出良苦用心

“没有谈先生，中国的人类基因组研究也许不会进展得这么快！”卫生部部长、中科院院士陈竺曾这样说。

早在1997年7月，谈家桢教授就给中共中央总书记、国家主席江泽民写了一封信。信中阐述了保护中国人类基因资源、加速我国人类基因组研究的必要性和可行性，以及该计划对发展我国的生物技术，推动医药、农业等领域创新的重大意义。江总书记对这封信给予了高度重视，批示“人无远虑，必有近忧，我们得珍惜我们的基因资源”。

同年9月，科技部在上海召开座谈会。会上，谈家桢教授提出了将基因组研究上升为国家级专项，在上海和北京各建立一个人类基因组学研究中心，集中资源争取进入国际 HGP 主流，注意发挥特色，从而带动我国生物医学研究和产业技术升级等设想。

在国家人类基因组南方研究中心选址一事上，1998 年春节，陈竺在给谈先生拜年时曾希望他指点迷津。谈先生说了一句意味深长的话："我建议你去浦东看看。"陈竺后来回忆说："说实话，我当时并不完全理解这句话的深刻含义，只是就事论事地从技术角度考虑，认为这也许是个可行的办法。然而，当我随后与筹备组的同志们赴张江调研，听取了浦东新区领导和张江开发区同志们对未来张江发展使命的介绍后，心中豁然开朗：这不就是要在国家生物医药产业创新基地上，构建起知识源头之一——基因组的科学和技术体系吗？此时，我才意识到谈先生的良苦用心。"

此后，我国加入了国际人类基因组计划，做出了两个"百分之一"的贡献。其中，谈家桢教授发挥了极为关键的作用。

■ 采写后记

11 月 1 日 7 时 18 分，就在人们为国际著名遗传学家、我国现代遗传学奠基人之一、中国科学院院士谈家桢教授庆祝百岁华诞后 45 天，谈教授因多脏器衰竭而离世。

噩耗传来，众人皆哀。浩瀚太空中那颗命名为"谈家桢星"的小行星，光华长照后人。

谈先生的学生、现为军事医学科学院副院长的贺福初院士说："谈老是一座高山，高山仰止，门徒们有幸或可望其项背；谈老是一条大河，源远流长，学生们欣喜亦能推波逐浪；谈老是一部天书，聚精会神，探索者醉心乐在索微探幽。"

现已成为复旦大学副校长的金力说："那年在美国送谈先生离开时，我告诉他：'请放心，我一定回国。'他握住我的手，久久没有松开。他脸上有一丝欣慰。今天，我再次为他送别，还想对他说：'请放心，我们会继续努力前行。'"

（《健康报》2008 年 11 月 28 日）

从 5 月 10 日到 20 日，吴孟超院士及吴孟超先进事迹报告团成员巡回北京、兰州、重庆、广州和上海等地，连续作了多场报告会。在每场报告会最后，吴孟超院士都会以“我的几句心里话”为题，掏心窝地讲述人生的意义、知识的价值和成功的秘诀，让我们看到了一位国家最高科技奖得主在临床、科研、教学背后的人文境界。

“就让我倒在手术室里……”

在第二军医大学校长刘振全、第二军医大学东方肝胆外科医院护士长程月娥、第二军医大学东方肝胆外科研究所副所长王红阳、湖北省随州市农村信用社职员王甜甜，分别以《爱党爱国爱民的杰出院士》《手术台上的精神之光》《一代宗师的师道情怀》《吴爷爷给了我们第二次生命》为题，从不同角度深情讲述了吴孟超院士的感人故事和为人风范后，年近九旬的吴孟超院士在一片掌声中精神抖擞地走上了讲台。

“作为一名医生和老师，看病、治病、做学问、带学生是我的本职工作。有许多同行做得比我好。我们有不少新的技术，就是向同行学习的。党和人民给了我这么高的褒奖，我心里很不安。这些荣誉和褒奖，不是吴孟超一个人的，它属于教育、培养我的各级党组织，属于教导我做人行医的老师们，以及与我并肩战斗的战友们！”洪亮的声音、清晰的吐字，吴孟超院士和蔼可亲而又虚怀若谷的开场白，引来讲台下一阵阵热烈的掌声。

吴孟超院士接着说：“这些年，遇到不少年轻的朋友与我探讨人生的意义，谈论知识分子的价值，还问我有些什么成功的秘诀。回顾我的一生，我常问自己，如果不是选择了跟党走，如果不是生活在军队这个大家庭，我又会是一种怎样的人生呢？我可能会有技术、有金钱、有地位，但无法体会到为人民服务的涵义有多深。”如此令人深思的话语后，掌声再次响成一片。

“有人问我：‘你这一辈子不停地看门诊、做手术，会不会觉得很累，有没有感到很枯燥？’我的体会是，一个人全神贯注地做他愿意做、喜爱做的事情，是很愉快的。”

吴孟超院士说：“我从拿起手术刀、走上手术台的那天起，看到一位位肝癌病人被救治，看到一个个肝病治疗禁区被突破，看到康复者露出久违的笑容，常常情不自禁地喜悦，发自内心地高兴。在医生这个岗位上，我感悟到了生命的可贵、责任的崇高、人生的意义。”

“看来，我这一辈子是放不下手术刀了。我曾反复表达过个人的心愿：

如果有一天我真的倒下，就让我倒在手术室里。那将是我一生最大的幸福！”此时，会场的气氛达到了高潮，许多人流下了感动的泪水。其实，在每场报告会中，每当吴孟超院士说到“就让我倒在手术室里”时，整个会场都是一片肃穆、宁静……

“有人说：‘吴孟超，你拿了那么多第一，拥有那么多头衔，获得那么多荣誉，你这一生值了。’是啊，就我的人生来讲，这些东西确实够多了。但是要说‘值’，它究竟值在哪里？我想最重要的是，它凝聚着祖国和人民的需要。作为一个知识分子，只有把个人的发展与祖国和人民的需要紧紧联系在一起，我们的知识价值、人生价值才会有很好的体现。”吴孟超院士铿锵有力地说。

“回想我走过的路，我非常庆幸自己当年的四个选择：选择回国，我的理想有了深厚的土壤；选择从医，我的追求有了奋斗的平台；选择跟党走，我的人生有了崇高的信仰；选择参军，我的成长有了一所伟大的学校。如果说有什么成功秘诀的话，我这几条路走对了，就是秘诀。”

最后，这位耄耋老人发自肺腑地真情诉说：“岁月真是不饶人，我快 90 岁了。可我觉得还有太多太多的事情需要抓紧去做。特别是当前，我国的肝癌治疗主要靠手术，基础研究、药物研究还有许多难关迫切需要突破。只要肝癌这个人类健康的大敌存在一天，我就要和同行们与它斗争一天。为人民群众的健康服务，是我入党和从医时作出的承诺，我将用一生履行这个承诺！”聆听者把掌声再一次献给了吴孟超院士。

吴孟超先进事迹报告会由中宣部、卫生部、总政治部、总后勤部和上海市委共同主办。有人曾计算过时间，每场报告会约 70 分钟，但掌声响起却有 36 次之多。

（《健康报》2011 年 5 月 27 日）

由上影集团出品的人物传记电影《我是医生》以“中国肝胆外科之父”吴孟超为原型，讲述了这位 95 岁高龄传奇医者的仁心仁术。近日，在全国公映前，影片在吴孟超的母校同济大学医学院举行了放映活动，激起师生们的一致好评：“电影很有意义，有太多值得我们学习的地方。愿我们在医学路上不改初心，砥砺前行。为今人，也为后世。”

拼全力背病人过河，因为"我是医生"

"从电影拍摄中，我也学到了很多"

从割胶刀到手术刀，从橡胶林到手术台。在浩瀚的马来西亚橡胶林中，一双割胶的小手正在辛苦劳作。穿越时空，孩子成长为我国肝胆医学界的领军人物。这是《我是医生》中的开篇场景。

作为主人公原型，如今已95岁高龄的吴孟超院士对自己的传记电影颇有感慨："我坚持做一个中国人，坚持做一个中国医生，坚持做一个军人，坚持做一个共产党员，从这一次的电影拍摄中，我也学习到了很多。"

看过《我是医生》的吴孟超回忆说，年少时遇到抗战烽火，全家在昆明无依无靠，最困难的时候，自己还去街头卖过报纸，靠每天一点点辛苦钱吃饱肚子。他说，后来学医报国就是为了为人民服务，现在拍摄放映这部电影，也不单是为了讲一个医生的故事，而是希望要给人启发。100分钟的《我是医生》，从吴孟超正在进行手术的实拍画面开始，以他从手术室走出的真实镜头结束。这些画面是吴孟超的一个个人生剪影，迄今仍然坚持在医疗一线的他，像这样亲自主刀的手术已经超过1.5万台。

吴孟超透露，最近自己身体微恙休息了一段时间，但已经回到手术台上做手术。吴孟超说："一个人有饭吃、有觉睡，还能干什么呢？还需要有工作。健康的生命就需要更好地为国家、为党、为人民继续作贡献。"

一句话，和盘托出吴老心迹

呈现在观众面前的这部《我是医生》，主要围绕吴孟超在上海建设肝胆中心、攻克科研难关的这一经历过程进行深入的挖掘和展示，并围绕这条主线搭建多重叙事框架，通过师生、医患、父女间的故事，把一位医学科学家心系国家、心系人民的赤子情怀立体地呈现出来：

——吴孟超带领学生在医学发展前沿开展细胞免疫疗法研究，准备开启免疫系统防治癌症的大门。他说："一把刀、一台手术，只能救一个人，但一片基础研究的华盖能庇佑更多人。"在搭建基础研究平台时，他希望得意门生、外科"一把刀"赵一涛能投身于实验室内的基础研究。而赵一涛始终质疑细胞治疗的前景，并不甘愿离开手术室。影片中，吴孟超这样劝说："这些年，我一直在思考：我的手割过橡胶，描过图纸，但自从拿起手术刀后便再没有放下。我已经90多岁了，还能做多长？不知道。我要赶紧把科学院、研究院建好，把平台建好，再培养人才。有人、有平台，基础研究就能开展下去，20年、30年、40年总能解决问题。到那时，我在天上看。”

——吴孟超在办公桌前特辟了一个立柜，在那里高高摞起的是故去病患的档案。他用朴素至极的话语教育学生：科学是事实本身！哪怕是已经离开了世界的患者，好的研究仍然能够让他们在医学推进上继续发挥作用！“我想背着每一位病人过河。有一些过不了河的病人，往往就差最后一步。我不会放弃任何一个实验室！”电影中的这句话和盘托出人物心迹，表现吴孟超院士作为一名伟大的医生，真正的伟大之处正在于他求真求实的科学精神。

——在医学界，有个不成文的惯例，医生不给亲人开刀。吴孟超在面对自己女儿的疾病时，没有按惯例回避医生与亲友的关系。他不仅把病症直接告诉女儿，还亲自为她动了手术。对于生了病的亲人和病人，他一视同仁。人们看到，吴孟超的父亲在马来西亚过世时，他一个人在中国行医；妻子病逝时，他在抢救别的病人……这就是吴孟超，他在各个场合都会平易而坚定地说一句“我是医生”。

就这样，吴孟超院士作为中国肝脏外科的开拓者和创始人，在医学研究的道路上创造了一个又一个第一，为患者带来了一次又一次感动。而这些由他“背过河”的人，也不会对他忘怀。

陈梅香是上海的一位退休公务员。26年前，刚过而立之年的她被诊断出罹患肿瘤。如今，她健康快乐地生活着。对于一名肿瘤患者来说，26年的康复生活，是一个生命的奇迹。而奇迹的创造者，正是吴孟超。26年过去了，现实生活越平稳，陈梅香一家越是感恩。此次从报纸上得知吴老的传记电影《我是医生》上映，她决定自掏腰包拿出10万元，全部用来购买电影票，为的就是让更多的老百姓走进影院，看一看吴老的高尚品德，切身体会吴老为人类医学事业无私奉献的精彩故事。

一次影像课，激发出薪火相传的巨大力量

同济大学医学院里，全体师生一起全神贯注地看完了这部《我是医生》。影片带给大家最直观的东西是勇气和信心。虽然科研工作艰辛坎坷，充满

了无穷的未知，但看到吴孟超院士鼓励学生放下手术刀，义无反顾地在科研的路上前行，医学院病原生物学教研室副主任、青年教师沈利很是感慨："将万千大众从病魔苦难中拯救出来是我们的使命，一次次的实验和一个个数据，为推动医学发展，造福人民的功德是无穷的。我们也将会继承医学先贤们探索创新的精神，将科研之路进行到底。"

影片中还有一个细节让现场很多人动容，那就是吴孟超院士在生活中，哪怕洗脚的时候都还在翻阅文献。90多岁高龄仍然在学术研究上争分夺秒的态度，让生理学教研室李育娴老师非常钦佩。她说，自己也要反思在课堂上教授知识的效果，严格要求自己，同时也让自己保持终身学习的态度，不断提高自身的综合素养，做师德师风的践行者。

而对于学生们而言，前辈长者的言行更是在一颗颗年轻的心中树范。学生孙元婕说："影片中吴老想的干的，都是别人不敢想不敢干的事。"比如说搞肝癌的免疫治疗研究。他通过"哑铃模式"召回不少国外人才，这是因为，"冲向医学顶峰，需要一代代人的努力，需要年轻一代在困难和险阻面前像吴老一样倔强地死磕到底"。

在观影过程中，医学生沈以昕观察得特别细致：每当影片中的吴老表现出与年龄相异的斗志时，周围同学的泪点也在急剧下降。"这不是难过，而是感动，更是对自己往后目标的坚定。这部影片很有意义，有太多值得我们学习的地方。愿我们在医学路上不改初心，砥砺前行。为今人，也为后世。"

榜样的力量是巨大的，影像的力量也是无穷的。影片的总监制、第二军医大学原副校长李捷玮回忆，当年自己入学的第一课就是看了吴老的纪录片。一时间，同学们热血沸腾，十分向往去当外科医生。"一部电影能给人带去多少震撼，影响多少学生，我亲身体会过。相信《我是医生》同样如此，能激发出薪火相传的力量。"

（《健康报》2017年6月16日）

癌肿诱导分化第一人

——记荣获凯特林金奖的上海第二医科大学教授王振义

1994年6月15日，大西洋西海岸华盛顿的美国国会图书馆大厅气势恢宏、富丽堂皇。晚6时整，当美国通用汽车公司癌症研究基金会主席约翰·史密斯先生，把一枚铸有美国著名发明家凯特林头像的金质奖章佩戴在一位黄皮肤、黑眼睛的中国学者胸前时，来自世界各国的数百位癌症研究专家掌声雷动。这位中国学者就是被誉为“人类癌肿治疗史上应用诱导分化疗法获得成功的第一人”——上海第二医科大学附属瑞金医院内科学教授、上海血液学研究所所长王振义。

渊博的学识 酿出新思路

王振义教授1948年毕业于上海震旦大学医学院，曾获医学博士学位。几十年来，他除担任繁重的医疗和教学任务外，还从事内科血液学的基础、临床研究工作。他在国内率先建立了血友病的诊断和鉴别方法；发现了一例患有遗传性蛋白S缺乏症家族；首先发现生蒲黄有防治动脉粥样硬化的作用；最近又在国际上首先明确了组织纤溶酶原活化物与纤维黏合蛋白的结合部位至少有17个肽段。王振义的这些领先研究成果，使他多次获得国家教委、卫生部和上海市的科技进步奖。为此，他被推选担任中华血液学会副主任委员、国际心脏学会及联盟血栓止血委员会理事，还承担着《中华血液学杂志》副主编等职务。

在渊博学识和临床经验的基础上，王振义萌发了一条治疗白血病的新思路，即不通过传统的化疗方法来“杀死”和“消灭”白血病细胞，而以诱导分化的方法使之转为正常。

用分化诱导剂使恶性细胞发生逆转，“改邪归正”，是癌肿研究人员多年来努力研究的目标。1978年，当王振义获悉以色列科学家在小鼠的实验中证明，白血病细胞在一定条件下能够发生逆转，分化成熟为正常细胞时，更强化了他新思路的火花。于是，从1979年起，王振义开始指导他的硕士研究生陆德炎等摸索筛选分化诱导剂的研究工作。

到了80年代初期，苦苦求索的王振义得知国外学者曾用一种叫13顺式维甲酸的分化诱导剂来治疗急性早幼粒细胞白血病，虽说疗效不理想，但王振义却从中获得有益的启迪。1986年春，他率领并指导研究生黄萌珥等，应用国产的原先用于治疗皮肤疾病的全反式维甲酸，在体外研究取得满意效果的基础上，首先用于治疗某些被认为没有希望的晚期病人，让20多位患急性早幼粒细胞白血病的病人得到完全缓解，而且不并发弥散性血管内凝血，骨髓也不受抑制良好结果。如今8年过去了，当年奄奄一息第一个接受治疗的5岁女孩严怡君，现在成长健康。

宽广的胸怀 成果献人类

王振义教授的这一辉煌成果，一开始并不被所有人认识，但王振义认准目标，以他所在的附属瑞金医院、上海血液学研究所为龙头单位，组建起全国维甲酸治疗白血病协作组，提供药物，公开治疗方案。由于国产全反式维甲酸诱导分化疗法用药简单、价格便宜、副作用小、缓解率高，又不受医疗设备条件的限制，因此这一疗法很快在全国得到推广。到目前为止，全国已有700余例急性早幼粒细胞白血病患者的病情得到完全缓解。

1987年，王振义的研究论文在国内《中华血液学杂志》发表，特别是1988年10月，以他的学生黄萌珥研究生为第一作者的《全反式维甲酸治疗急性早幼粒细胞白血病的研究》论文在国际血液学权威性刊物《血液》杂志发表后，在国际医学界引起了巨大反响和广泛的兴趣。这篇论文现在已成为该领域的经典之作，被《自然》《科学》《细胞》《欧洲分子生物学》《美国科学院学报》等国际前沿杂志所发表的大量论文引用，其引证数占我国医学论文之首。

1988年，王振义开始与法国巴黎第七大学附属圣·路易医院血液学研究所的劳伦·德高斯教授一起合作研究此药。德高斯教授不仅证实了中国的疗效，而且还取得了新的研究成果。1991年，王振义和德高斯共获“1990年法国突出贡献医生”奖。1992年和1993年，王振义又获得法国外籍院士称号和法国荣誉军团骑士勋章。以后，美国、日本、意大利等国的医学科学家相继开展了类似的研究，也取得与王振义一致的结果。国内外应用全反式维甲酸治疗急性早幼粒细胞白血病的病例累计已超过2 000例，完全缓解率达到85%～90%。

王振义毫无保留地把这项突破性研究工作和盘托出地展现在世人面前，有人认为他太傻了。对此，他总是说：“作为一个医生，总要千方百计地寻找和发现一种疗效最好的药物。国产全反式维甲酸能使白血病病人痛苦少了、副作用少了、钱花得少了，我们怎能不迅速向国内外推广呢！一个医学科学家要具有独立思考的本领，更要具有宽广的胸怀。”在他的率领下，他的学生陈竺研究员、陈赛娟副研究员等年轻人，进一步探索了急性早幼粒细胞白血病全反式维甲酸诱导分化治疗的机制,并获得国家自然科学奖三等奖。

无悔的奉献　无愧的殊荣

凯特林医学奖从1978年开始每年颁发一次,专门奖励在癌症诊断和治疗方面作出重大贡献的医学科学家。王振义教授之所以能作为第一个中国人获此殊荣,他的功绩,用参与评选的30名来自世界各地的国际知名癌症专家的结论性意见来表达,主要在3个方面是史无前例的。第一,他使用中国自己生产的全反式维甲酸药物是自然物质,而不是有毒的化学物质;第二,他和他的同事已经初步摸清了全反式维甲酸在急性早幼粒细胞白血病患者体内是如何起作用的机制,而不只是在试管里或动物身上取得效果;第三,他采用的诱导分化疗法与化疗、放疗杀灭癌细胞不同,是把癌细胞改造成为正常细胞。

对所获的5万美元凯特林奖金,王振义早有安排。他决定拿出2万美元在国内设立"白血病诱导分化疗法基金",专门奖励在这方面作出突出成绩的基础研究、临床研究人员,特别是刻苦钻研的年轻人;再拿出相当部分的奖金奖励多年来在全反式维甲酸诱导分化治疗研究中辛勤工作的科研人员。

抚摸着金光闪闪的凯特林金质奖章,王振义教授说:"这是上海二医大、瑞金医院、上海血液学研究所以及上海市和外地同仁们共同奋斗了10余年才换来的。奖章确实来之不易,它向世人宣布:癌肿细胞是可以通过诱导分化疗法逆转的,人类将通过各种途径征服癌症。"

(《健康报》1994年8月30日)

最喜"幸子"逢春时

——记上海第二医科大学教授王振义

掌声、鲜花、证书、奖牌、勋章……

上海第二医科大学附属瑞金医院内科教授王振义自1980年至今,每年至少获一项奖励或荣誉。对此,他说:"我曾十几次登上辉煌的领奖台,也曾为此感慨激奋过。但说实话，那份欢喜比起1986年让一个5岁小'幸子'枯木逢春时的欣喜，实在还差了好大一截呢。"

作为一个血液病临床医生，他曾目睹被称为"血癌"的白血病、特别是急性早幼粒细胞白血病患者一个个离开人世。面对严酷的现实，他常想起孔子的名言："以善服人者，未有不能服人者也。""择其善而从之，其不善者而改之。"能否用古人这一理论来开辟一条治疗白血病的新思路，即不通过传统的化疗方法来"杀死"和"消灭"白血病细胞，而以诱导分化的方法使之转化为正常的细胞呢？1979年，他开始探索白血病细胞的诱导分化研究。

1986年春，他应用国产的原先用于治疗皮肤疾病的全反式维甲酸，在体外研究取得满意效果的基础上，首先为奄奄一息的5岁女孩严怡君治疗。一个月后，小女孩的各项病理指标都有好转，两个月后，小女孩出院了。在以后9年的随访中，孩子快乐健康地成长着。小"幸子"枯木逢春，宣告了诱导分化治疗癌肿新思路的成立，也宣告了急性早幼粒细胞白血病"绝症"时代的结束。

1986年至今的9年间，王振义教授不仅把这完全缓解率达到85%～90%的全反式维甲酸治疗方法在国内推广，而且介绍给众多国家的学者。国内外接受全反式维甲酸治疗急性早幼粒细胞白血病的"幸子"已超过2 000名。

（《健康报》1995年8月3日）

夕阳情未了　朝露花又开

——访求是基金"杰出科学家奖"获得者王振义教授

"夕阳情未了，朝露花又开。"上海第二医科大学终身教授、瑞金医院上海血液学研究所名誉所长、中国工程院院士王振义教授8月31日从北京中国科技会堂捧得本年度求是基金"杰出科学家奖"回沪，在接受记者采访时这样感慨道。

王振义教授说："今年是我第六个本命年，转眼都72岁的人了。俗话说，'夕阳无限好'，可是我情未了啊！情未了的原因之一是我虽然在国际上首先应用全反式维甲酸诱导分化治疗急性早幼粒细胞白血病获得成功，但只是发现全反式维甲酸这一种诱导分化剂，也只是在白血病中的一种急性早幼粒细胞白血病治疗中显效。这项临床科研工作还只能说刚开始。学术界称我为'人类癌肿治疗史上诱导分化获得成功第一人'，可我还需不断探索和努力啊。情未了还因为多年来学校、医院的领导和同事，以及我的众多学生对我教学、医疗和科研工作的支持，我都未能很好地报答他们。"

王教授又微笑着解释了"朝露花又开"的含义。他说："改革开放、科教兴国的大好时光，犹如春天的朝露，给花卉草木以润泽。这10多年来，一个个荣誉和称号接踵而来，这都是祖国、党和人民对一个老知识分子、一个老医务工作者的关怀啊！在鲜花、掌声、奖章、奖牌面前，我没有陶醉。1994年6月15日，我站在华盛顿美国国会图书馆大厅的领奖台上，当国际上最具权威性的癌症研究大奖——凯特林医学奖的金质奖章佩戴在我的胸前时，那一瞬间，我首先想到我代表的是黄皮肤、黑头发的中国人，荣誉属于上海血液学研究所、瑞金医院、上海二医大和所有中国人。"

当我们谈起血研所的工作时，王教授特意向我推荐在全世界销量高达159万份、由美国科学进步会出版的国际著名学术杂志之一《科学》今年8月2日那一期。他说："那篇《老药新用》展示了我们上海血液学研究所与哈尔滨医科大学很好的合作，不仅在临床上而且在基础研究上发现并得出了从祖国医学宝库中发掘出的抗肿瘤药物——三氧化二砷能选择性地诱导急性早幼粒白血病细胞凋亡。"

王振义教授谈到这里感到很振奋。他说，根据上海血液学研究所的研究成果，使肿瘤细胞消亡而又不引起正常细胞和组织损伤，除免疫疗法外，还有肿瘤的诱导分化和细胞凋亡这两种疗法。诱导分化和细胞凋亡的研究应用前景还很广阔。

王教授最后说："我是一匹'老马'，已不能拉出来与年轻人一同在赛场上遛了，但我这匹'老马'识途。我从事医教研工作已45个春秋，有许多成功的经验和失败的教训，我要把这些经验教训都留给青年人，让他们少走弯路。"

"对于这次能荣获求是基金'杰出科学家奖'，并获得一笔100万元人民币的可观奖金。"王教授坦然地说："我将把这笔奖金的40%捐献给上海二医大，用以奖励在医教研各方面作出突出成绩的教师和研究生；40%将捐献给我目前所在的瑞金医院；10%留在上海血液学研究所；自己留10%。至于有人建议我用奖金建立'王振义基金会',我还是坚持2年前获得凯特林医学奖后的做法,不要叫什么'王振义基金会',应把癌肿研究的事业进一步光大,以我绵薄的力量,培养更多医学事业的接班人,为血液病人和癌肿病人造福。"

(《健康报》1996年9月6日)

最好的论文应写在人民健康事业上

1月15日下午,上海交通大学闵行校区陈瑞球楼报告厅座无虚席,王振义院士荣获2010年度国家最高科学技术奖庆祝表彰大会暨上海交通大学转化医学研究院成立仪式隆重举行。在庆祝表彰大会上,王振义的四代学生各有代表,报告了王振义院士从医执教60余载的感人事迹。交大学生代表向王振义赠送礼品。

当王振义走上主席台时,卫生部部长陈竺轻轻地挪动了一下椅子,让87岁的王振义稳稳地坐下。在掌声中,王振义擦着眼泪说:"其实我的工作就是'三个一':一个方向、一个药、一个病。结果得了一个大奖。研究初期,陈竺部长还为我'抓老鼠'(指参加实验研究)呢。"会场顿时笑声四起。

陈竺说,师恩难忘。在上海交通大学医学院(原上海第二医科大学)求学的日子里,王振义老师言传身教,给予我们的不仅是规范严谨的学术素养、实事求是的治学精神,更有为祖国医学科学事业甘于奉献、不懈求索的赤诚之心。交大庆祝、表彰王振义院士荣获国家最高科技奖,同时成立转化医学研究院,可谓双喜临门。王振义的学术成就充分证明,转化医学研究在我国大有可为。转化医学成果应该成为卫生政策、卫生服务和保障体系的有机组成部分。

陈竺说,今天的中国科学界,已经是国际学术舞台上一支重要的力量。中国科学界特别是中国医学界,一定要有创新的自信和严谨的学风。浮躁、急功近利、屈从于非学术的压力,永远是真正的学者和严肃的学术机构所自觉抵制的。

陈竺说,医学科学已经发展到一个新的历史阶段,需要学术文化也进入一个新境界,这种学术文化应该是一种既注重创新、多学科交叉,也注重相互欣赏、相互协作的团队精神。“王老师的教诲，让我一直认为，最好的学术论文是写在人民健康事业篇章上的。”王振义说：“人生有终了的时候。现在我仍要努力，再作对人民有贡献的事情。”

一位是医学大家，一位是医学大家的高足。他们的这些话，赢得了长时间的热烈掌声。

（《健康报》2011 年 1 月 17 日）

“病人的利益，永远是第一位的”

——记国家最高科技奖得主王振义院士

“病人的利益，永远是第一位的；病人的痛苦，是医生毕生研究的动力。”这是荣获国家最高科技奖的著名血液学家、上海血液学研究所名誉所长、中国工程院院士王振义教授从医执教 60 余载最深切的感受。他因在血液病治疗方面的科研突破，被世界血液学界公认为“人类癌肿治疗史上应用诱导分化疗法获得成功的第一人”。如今，他已 87 岁高龄，但依然每天穿着白大褂，奔忙在上海血液学研究所和上海交通大学医学院附属瑞金医院血液科诊治一线……

创立全反式维甲酸诱导分化疗法

1986 年 5 月，一名患急性早幼粒细胞白血病的 5 岁女孩怡君已病得奄奄一息。在上海市儿童医院工作的谢竞雄医生，把这一不幸的消息告知了自己的丈夫——上海瑞金医院血液科王振义医生。在征得病人及其家属同意后，王振义应用已在体外研究中取得满意效果的、国产的、原先用于治疗皮肤病的全反式维甲酸治疗怡君。令人欣喜的是，7 天后，怡君的症状明显好转，1 个月后达到完全缓解。25 年过去了，怡君如今已 30 岁了，依然健康地生活和工作着。她是王振义治愈的第一个急性早幼粒细胞白血病患者。与怡君同期接受治疗的 24 位病人完全缓解率达到九成多，而且没有并发弥散性血管内凝血，骨髓也不受抑制。

之后，上海瑞金医院血液科和上海血液学研究所作为龙头单位，组建起全国维甲酸治疗白血病协作组，提供药物，公开治疗方案。由于国产全反式维甲酸诱导分化疗法用药简单、价格便宜、副作用小、缓解率高，又不受医疗设备条件的限制，因此这一疗法很快在全国推广开来，在短暂的时间里就有700余名急性早幼粒细胞白血病患者的病情得到完全缓解。

1987年，王振义关于诱导分化疗法的学术论文首先在《中华血液学杂志》发表。接着，1988年10月，以王振义的硕士研究生黄萌珥为第一作者的论文《全反式维甲酸治疗急性早幼粒细胞白血病的研究》在国际血液学权威刊物《血液》杂志发表后，震动了国际血液界，并由此掀起诱导分化研究的新高潮。这篇学术论文先后被《自然》《科学》《细胞》《欧洲分子生物学》《美国科学院学报》等国际前沿学术期刊大量引证，并于2000年9月获得了美国科学信息研究所“经典引文奖”，成为1981年～1998年全球引证率最高的论文之一。这篇论文还被美国《20世纪具有标志性血液学论文》专著收录，成为全球百年86篇最具有影响的代表论文之一。截至2010年5月，这篇血液学领域里的经典之作已被他人引用达1 713次，这在国内属第一，在国际上也属少见。

从1988年开始，王振义毫无保留地把这项突破性研究和盘托出。至2007年，法国、日本、美国和意大利等一些国家的临床医生，共开展了2 691例全反式维甲酸治疗急性早幼粒细胞白血病的随机研究，证实了王振义及其团队的研究结果，患者的完全缓解率也达到了85％～90％。而联合应用全反式维甲酸和三氧化二砷治疗急性早幼粒细胞白血病，使患者的5年生存率从75％提高至94.8％，从而使急性早幼粒细胞白血病成为第一个可治愈的白血病。联合应用全反式维甲酸和三氧化二砷治疗急性早幼粒细胞白血病被国际血液学界称为“上海方案”。

2009年，美国国家综合癌症网络（NCCN）将该疗法确认为急性早幼粒细胞白血病的治疗规范。

急性早幼粒细胞白血病是临床上最为凶险的白血病类型之一，缓解率低、死亡率高。传统的治疗方法是化疗，但化疗对正常细胞也具有杀伤作用，而且毒副反应大，加剧患者出血和早期死亡。

能否不以传统的化疗来“杀死”和“消灭”白血病细胞，而以诱导分化的方法使之转化为正常的细胞呢？

1978年，王振义从教学岗位重返临床，从文献中获悉以色列科学家在小鼠实验中证明，白血病细胞在一定条件下能够发生逆转，并分化成熟为正常细胞，遂指导他的硕士研究生陆德炎等摸索筛选分化诱导剂的研究工作。到20世纪80年代初，当获悉国外学者曾用一种叫13顺式维甲酸的分化诱导剂来治疗急性早幼粒细胞白血病时，王振义从中获得启迪，用国产的全反式维甲酸治疗急性早幼粒细胞白血病首获成功。

国际著名癌症研究权威机构——凯特林癌症中心的Richard教授指出："应用全反式维甲酸作为诱导分化剂治疗急性早幼粒细胞白血病，具有划时代的意义。"

王振义的学生陈竺从法国获得科学博士学位回国后，于1991年在《血液》杂志发表论文，从分子生物学的角度阐明了急性早幼粒细胞白血病的发病原理和诱导分化疗法的作用机制。国际同道称，这是同一个研究小组的惊人发现。

言传身教引导学生学会做人

王振义于1948年毕业于上海震旦大学医学院并获博士学位，从医执教60多年里，仅研究生就培养了21名博士、34名硕士。作为导师，他言传身教，引导学生首先学会做人，然后才是做学问。在王振义的学生中，涌现了中国科学院院士、卫生部部长陈竺，中国工程院院士、中国科协副主席陈赛娟，中华血液学会主委、上海瑞金医院血液科主任沈志祥，上海交通大学副校长、上海交大医学院院长陈国强，法国科学院研究员黄萌珥等一批才俊。

当王振义把全反式维甲酸诱导分化疗法公开向国内外同行推广时，有人不以为然。一向注重知识产权的西方人向王振义发问："您当初为什么不申请专利?"对于这些追问，王振义总是说："我国自主生产的全反式维甲酸能够使白血病患者少一点痛苦、少花一点钱，那我们为什么不迅速地向国内外传播呢？医学科学家要有独立思考的本领，更要有宽广的胸怀。在诱导分化治疗白血病领域，我们既保持领先，又不垄断。对此，我不后悔!"

1996年8月31日，王振义荣膺求是基金"杰出科学家奖"，获得100万元奖金。他把这笔奖金的40％捐献给学校，40％捐献给上海瑞金医院，10％留在上海血液学研究所，自己只留下10％。至于有人建议他用奖金建立"王振义基金会"，他回答："不要叫'王振义基金会'。我只是想以我绵薄的力量，培养更多医学事业的接班人，为白血病患者和癌肿病人造福。"

1995 年 10 月 24 日是个平常的日子，但对于 71 岁的王振义来说，却有着非凡意义。这一天，他将上海血液学研究所所长的担子卸给了年仅 42 岁的中科院院士陈竺教授，在全国教育界和医务界传为美谈。王振义说："现代医学科技发展越来越快，但我却越来越老了。如果我们看不到发展，还是用原来的方式管理这个所，这个所是要萎缩、要走下坡路的。因此，我在一年多以前就已下决心让贤……"

陈竺曾动情地说："王振义老师给我们树立了榜样，一个是怎样做人，一个是怎样做学问。作为王振义教授的学生，我们对王老师的崇高医德、严谨学风和科学上的高度创造精神，一直是十分敬仰的。王振义老师对我们年轻一代的培养倾注了大量心血，他对我们从来都是既严格要求，又大胆放手。在科学研究方面，他十分注意发扬学术民主，倾听不同意见，而在关键时刻又能给予我们点拨、鼓励和支持，作出正确的决断。王教授是我们的良师益友。王振义教授无论在事业上，还是在为人方面，都是我们的楷模。"

雷打不动的"开卷考试"

王振义让贤后，谈到他自己的工作，曾说："我可以做些咨询工作，虽然我不是非常高明的理论家或是哲学家，但至少在我一生中有很多经验和教训。"王振义还说："我是一匹'老马'，已不能拉出来与年轻人一同在赛场上遛了，但我这匹'老马'识途。从事医教研工作 60 余载，我要把成功的经验和失败的教训都留给青年人，让他们少走一些弯路。"

87 岁的王振义，现在仍坚持每天上午到设在上海瑞金医院内的上海血液学研究所工作半天，并且在每个星期四上午雷打不动地进行由他主讲的教学查房活动。用他自己的话来说，是学生对他进行"开卷考试"。

采访中，王振义娴熟地打开电脑，用 PPT 演示了最近两个星期四的"开卷考试"内容：一个是"自身免疫性疾病——干燥综合征和淋巴瘤关系"，另一个是"急性髓细胞白血病治疗的讨论"。他说："这种'开卷考试'有 3 个好处：一是逼着自己去看书，掌握新的东西；二是锻炼自己头脑，延迟痴呆症的发生；三是让年轻人得益，因为他们没有时间去看这么多东西。"

对于这样的形式，瑞金医院血液科副主任糜坚青说："王老师精彩的教学查房活动，对我们来说是他已把'饭烧好了''菜炒好了'，我们不用再'淘米''洗菜'了。而且他讲的都有出处，我们如果感兴趣，还可进一步检索，深入地了解。”

其实，每次“开卷考试”前，王振义都要求提前两天看到病人的病史和医生们的问题。然后，他会一条一条地上网查询，寻找相应的医学科技前沿资料。“这就是我现在的工作定位——协助科主任查找文献，既对年轻医生提高业务有所帮助，又能不断充实自己。”王振义说：“只要是对病人有利的事，我会把时间和精力都放在上面。”

（《健康报》2011 年 1 月 17 日）

3 月 2 日下午，上海友谊会堂，1 000 多名医务人员及社会各界人士沉浸在王振义院士先进事迹报告会中。特别是王振义院士与他老伴相濡以沫的故事，让聆听者看到了国家最高科技奖得主在临床、科研、教学工作背后温情的一面，很多人为之动容……

他每周都会买一束白玫瑰

王振义的夫人谢竞雄医生是上海新华医院小儿血液科的主任医师。1986 年 5 月，患急性早幼粒细胞白血病的 5 岁女孩小怡君，就是谢竞雄医生在上海市儿童医院发现后告诉给自己的丈夫——上海瑞金医院血液科医生王振义的。

在征得病人及家属同意后，王振义应用已在体外研究中取得满意效果的、国产的、原先用于治疗皮肤病的全反式维甲酸治疗小怡君。令人欣喜的是，7 天后，小怡君的症状明显好转，1 个月后达到完全缓解。她成为王振义治愈的第一个急性早幼粒细胞白血病患者。

1994 年 6 月 15 日，身为名医的王振义获得了世界肿瘤学界的最高奖——凯特林奖，但所有的光环都无法掩盖面对亲人病痛时的哀伤。就从那时起，谢竞雄医生患上了老年痴呆症。这以后的 6 000 多个日日夜夜，王振义始终孜孜不倦地探究老年痴呆症的病因与治疗，不断调整老伴的用药，总是尽量陪伴在老伴身边，期望延缓她病情的发展。

每个周末，王振义都小心地把各种药物分配到一格一格的药盒里，以防老伴吃药时出错。在老伴还能走动的时候，他每天都要牵着她的手，一起出去走走;之后,老伴的身体机能逐渐减退,但只要天气好,王振义就推着轮椅,带她去家附近的小花园晒晒太阳。后来,老伴已完全无法与人交流,王振义还是每天拉着她的手,陪她说话,把食物打成糊状,一口口喂给她吃。再后来,老伴大便困难的时候,王振义亲自为她抠出坚硬结块的粪便。

上海瑞金医院内科住院医师、王振义的孙女王蔚在报告会上动情地说:"即使再忙再累,奶奶的事哪怕再小,也是爷爷王振义心中最牵挂的。每天中午,爷爷都准时回家,打一盆热水,给奶奶洗脸擦手,抬起手轻抚奶奶稀疏花白的发丝。奶奶的病让她忘记了我这个孙女是谁,也时常会记不得我的伯伯、爸爸和叔叔都叫什么,但她始终没有忘记的就是爷爷的名字——王振义。"

就在王振义荣获国家最高科技奖前夕,为王振义临床科研团队同样做出重大贡献的谢竞雄医生安详地走了。王振义失落地说,他最大的遗憾就是不能与生命中最爱的人分享这份最高荣誉。

王蔚在报告会最后说:"奶奶走后,爷爷每周都会为她买一束白色的玫瑰,摆在她的遗像前。我知道,爷爷是在思念奶奶。他们多年来的相濡以沫、互相扶持,是人世间最真挚的情感。爷爷说,照顾奶奶是他的责任,他很乐意去做;更何况奶奶是病人,更需要他这位王医生的爱护。作为他们的孙女,我看在眼里,感动在心里。爷爷就是这样用自己的行动,真真切切地告诉我应该如何去爱一个人、如何去爱一个家。"

这一刻,上海友谊会堂里安静极了,片刻之后,爆发出好一阵雷鸣般的掌声。坐在主席台上的王振义院士轻轻地拍着手掌,含笑点着头……

(《健康报》2011 年 3 月 18 日)

让贤接班情悠悠

——上海二医大血液学研究所所长交班记

编者按　新陈代谢是人类无法抗拒的自然规律。但要接受这样的事实,却需要拿出一定的勇气。

我们处于一个科学飞速发展的时代。电子计算机、生物医学工程等高新技术的涌入,给医学技术、思维方式、管理方法带来了全新的概念。技术上的更新换代，呼唤着与之相应的人才新老交替。但很多人在这个问题上踟蹰了，产生了难以适应的心理障碍。有的科研单位和部门新老班子交接甚至成为十分棘手的问题。

这篇文章记述了上海二医大血液学研究所71岁的老所长王振义教授向42岁的新所长陈竺研究员交接班的过程，表现了老一辈科学家的深明大义、新一代后起之秀的虚怀若谷，朴实的语言中透示出深刻的人生哲理及相互的理解与尊重。

71岁的中国工程院院士王振义教授最近将上海第二医科大学上海血液学研究所的"掌门信物"传给了42岁的中科院院士陈竺研究员。

那天，当上海二医大党委组织部部长王国梁在附属瑞金医院会议室宣布"王振义同志任上海血液学研究所名誉所长，免去其所长职务；陈竺同志任上海血液学研究所所长"的批复后，老所长王振义教授在全所科研人员的热烈掌声中首先发言。他说："现代医学科技发展越来越快，但我却越来越老了，如果我们看不到发展，还是用原来的方式管理这个所，用原来的学术水平领导这个所，这个所是要萎缩、要走下坡路的。因此，我在一年多以前就已下决心让贤。"王教授十分高兴地说："今天，我非常同意校领导的决定，由陈竺做所长。他的年纪虽然只有42岁，但他有活力、有前途。前几天，获得世界癌症研究大奖的法国巴黎第七大学血液学研究所著名教授劳伦·德高斯给了我一个电传，上面这么写着：'王医生，你是非常幸运的，有这么一个好的合作者——陈竺教授，他的确是世界一级的、有希望的年轻人、科学家。'"

王振义教授对坐在会议室一边的一群30岁左右的年轻人说："新所长陈竺研究员的年龄只比你们大10多岁。他做我的硕士研究生时，我给他一个题目，他做了5篇论文，其中3篇文章在《中华医学杂志》英文版上发表。有着这种进取精神，他今天才能达到这样一个水平。我希望我们所里的同志，不管是年纪比较大的还是年纪比较轻的，都要向新所长学习。我相信我们所在陈竺的领导下，一定能够更快地发展。"

王振义教授还十分关切地朝在座的校领导和院领导说："我退下来了，唯一的要求是希望领导能够为陈竺物色一个帮助他搞行政工作、处理日常事务的人。"谈到他自己的工作，王振义谦逊地说："我可以做些咨询工作，虽然我不是非常高明的理论家或哲学家，但至少在我一生中有很多经验和教训。"

对于老所长的这番话，与会者报以热烈的掌声。作为王振义教授的接班人，陈竺的掌声似乎更响些。他说："王振义老师已经说得很清楚，我们所的目标应该首先是国内领先的，它应该在亚洲处于前沿、一流的地位，它应该在世界先进的行列里占一席之地。我们所从1987年成立到现在，短短8年时间里，不但在白血病研究领域取得突破性进展，而且担负着领衔中国人类基因组研究的重任，如果没有一点精神，没有一点传统的话，这是不可能的。所以我觉得，我们现在不是要另搞一套什么新东西，首先是要继承原来的优良传统。王振义老师给我们树立了榜样，一个是怎样做学问，一个是怎样做人。这是非常重要的一点。"

陈竺稍停顿一下继续说："研究所的人才培养非常重要，多年来我们的老所长十分重视这一点。我们所专门有一个扶持青年人才的基金，其中就有王振义老师自己拿钱建立的白血病诱导分化基金。走研究道路的年轻人，必须要有一种顽强的进取意识，在科学的道路上永远前进。这样，我们就能实现王振义老师经常给我们提出的'国内领先，亚洲一流，世界先进'的既定目标。"

说到最后，陈竺动情地说："作为王教授的学生，我们对王振义老师的崇高医德、严谨学风和科学上的高度创造精神，一直是十分敬仰的。王振义老师对我们青年一代的培养倾注了大量心血，他对我们从来都是既严格要求，又大胆放手。在科学研究方面，他十分注意发扬学术民主，倾听不同意见，而在关键时刻又能给予我们点拨、鼓励和支持，作出正确的决断。王教授是我们的良师益友。王振义教授无论在事业上，还是在为人方面，都是我们的楷模。"

在多位老同志和年轻人发言后，分管学校科研、学科建设和研究生培养的副校长薛纯良教授说："大概两年以前，王振义教授向我多次讲过不担任所长，一年以前他正式写了书面请求，要求辞去所长的职务，并竭力推荐陈竺当所长。我觉得，王教授为我们研究所建设、学科建设带了一个好头，我代表学校感谢他。"

老所长、工程院院士让贤，新所长、中科院院士接班，那为医学事业的悠悠之情，使人感慨，催人奋进。

（《健康报》1995年11月28日）

"'理想'一词，看似虚无缥缈，却是推动社会与个人发展的强大助力。从剧本和王振义身上，我感受到了医学家和他的研究团队为攻克人类疾病不懈的努力和不屈不挠的敬业精神。"

从《清贫的牡丹》感受正能量

"牡丹出身富贵，可以大红大紫，享受荣华。而我们的牡丹恬淡清雅，清贫是自愿选择的。只有自愿选择甘于清贫，才是真正的志向。"

当舞台的背景银幕上，傲然绽放出一朵朵淡雅的牡丹花时，上海交通大学医学院 2 000 余名学子和校友掌声雷动，而扮演王振义及其夫人谢竞雄的演员说出的话语，在上海文化广场的穹顶间久久回荡。在上海交通大学医学院 60 周年院庆大会上，以 2010 年度国家最高科技奖获得者王振义院士为原型塑造演出的话剧《清贫的牡丹》，赢得了观众的认可。

对名利看得淡、对事业看得重的"牡丹精神"

"很多高校的校庆活动很容易落入俗套，往往是搞一台规模较大的文艺演出，甚至请明星加盟助阵。表面看来热闹非凡，但骨子里却缺少些历史传承和文化底蕴。我不想这么做。"上海交通大学医学院党委宣传部部长闵建颖在接受采访时快人快语。

"王振义院士 1948 年从上海震旦大学医学院博士毕业，之后一直在瑞金医院工作，后来又当了上海第二医科大学的校长。以这样一位与我们学校结缘半个多世纪，为人、为学、为师都可圈可点，做过校长、具有大学灵魂精神的 88 岁老人为原型创作一台话剧，并为后人留下一点有价值的东西，才是我们真正的想法。"闵建颖说，"这个方案很快通过了审批，我们决定与上海戏剧学院联合创作。"

"我们还原了一个真实的男人的形象。"闵建颖用了整整两个小时，向《清贫的牡丹》的编剧、上海戏剧学院博士生导师姚扣根教授介绍了王振义院士的故事。之后，姚扣根教授又连续 6 次前往王振义院士家里做访谈，最终完成了剧本的创作，定名为《王振义》。

得知王振义院士喜欢与人分享一幅画《清贫的牡丹》后，姚扣根教授考虑改名。当时，这幅油画就挂在王振义院士家中的客厅里，代表雍容华贵的牡丹与清贫看似矛盾，却蕴藏着深刻的道理：做人要有不断攀高的雄心，同时要有正确对待荣誉和自我约束的力量，对名利看得淡，对事业看得重。明了牡丹的精神寓意，姚扣根教授与闵建颖商量后，突破惯常用人名做剧名的做法，将剧名由《王振义》改为《清贫的牡丹》。

掌声、笑声，还有泪花，都包含在这部戏里了

王振义院士家里播放着贝多芬的《第五交响曲》，88 岁的医学专家与一位充满了激情和哲理艺术个性的导演热烈地交谈着。上海话剧艺术中心国家一级导演雷国华一向酷爱贝多芬音乐，此时的她醉心于艺术的熏染。她说：“这是一种情感上的相识相通，更是医学家与艺术人的心灵沟通。”

早在今年国庆前夕，雷国华看到《清贫的牡丹》剧本后，就感受到了一种生命激情的涌动。她说：“‘理想’一词，看似虚无缥缈，却是推动社会与个人发展的强大助力。从剧本和王振义身上，我感受到了医学家和他的研究团队为攻克人类疾病不懈的努力和不屈不挠的敬业精神。”随后，雷国华把剧本浓缩到 75 分钟，以朴实的原汁原味展现艺术之“魂”。

《清贫的牡丹》最后以“无场次报告剧”的形式出现，演员总共 10 名。雷国华特意挑选了形似、神似的 56 岁职业演员张震扮演王振义，让含而不露、特有女人味的 50 岁国家一级演员余娅扮演谢竞雄。“演员们把心都搭进去了，大家真正付出了情感。”雷国华说。

张震起初接到雷国华的邀请电话时，心里还有点忐忑不安。要演好各个年龄段的王振义院士，不是一件容易的事，他担心自己激情不够。特别是一些陌生的医学名词还很难记，对他也是一个挑战。“直到看了一些有关王振义院士的短片，我才慢慢地心里有底了。”张震说。10 月 27 日上午看完首场演出后，王振义院士感动得哭了。他对张震说“你演得太好了”，张震则回答“是您的事迹好，特别感人”。

余娅说：“我特别荣幸和骄傲，因为我曾演过护士。这次第一次演医生，就扮演王振义院士的妻子谢竞雄。演出时我自己都很感动。我在想，如果我们每个人都能像王振义和谢竞雄那样，这个社会就会很美好。”

雷国华说：“《清贫的牡丹》人格化了、情感化了，是一部正能量的‘剧诗’。而正能量的作品正是转型时期的社会非常需要的。掌声、笑声，还有泪花，都包含在这部戏里了。”

“我深以自己未来能够成为一名医生而骄傲”

《清贫的牡丹》与其说是讲述了王振义团队在临床医学科研上的丰功伟绩，倒不如说是记叙了一段情。

王振义与妻子谢竞雄相濡以沫60多年，工作上相互扶持，生活中彼此支撑。他俩的故事从1942年的一天，漫步在幽静的、两旁长着法国梧桐树的上海高安路上开始。

“你的名字竞雄，要和男人比个高低，志向不小。”

“我要做一名新知识女性。”

“你表哥费孝通不是搞社会学的吗，你怎么学医了？”

“医生的职业比较可靠，也有社会地位。你也不是医学世家，对吗？”

王振义说：“不为良相，则为良医。”

舞台上，两位话剧演员张震和余娅将剧情演绎得栩栩如生。1950年，他们喜结良缘。结婚以后，谢医生烧菜做饭，王医生专管洗碗，几十年不变。很快他俩合作发表了《血友病的实验诊断》等论文。

剧情发展到1959年，已在白血病病房挑起了主任重担的王振义，原本指望病例一多，能集中精力攻关解决问题。可二三十名急性白血病患者，都先后离开了人间。“在自己的专业里，碰到棘手的问题，是绕过它，还是盯住它？我们冷静地思考一下，这个答案不难。病人受折磨，做医生的怎能袖手旁观？”

从1979年到1986年，历经7年时间，王振义的团队终于确定了全反式维甲酸诱导分化急性早幼粒细胞的结论。剧情演绎到此时，舞台上呈现出一片欢腾，这一曾经最凶险的白血病成为第一个基本可治愈的成人白血病。

“当问我最想感谢的一个人是谁时，我说是我的妻子。无论我获得什么奖项和荣誉，都应该有她的一份。如果今天她还健在，我想她一定会为我高兴……可非常遗憾，她已经走了。”除了学术和科研，最让王振义牵挂的，便是他的妻子。妻子晚年病重，高龄的王振义依然坚持亲自照顾。他还把以前两人经常在一起听的贝多芬音乐放给妻子听。两位老人忠诚一生的感情赢得了场下热烈的掌声。

演出最后，王振义院士走上台与演员张震亲切握手。他说：“我还记得当年震旦大学医学院的毕业誓言——‘余于病患，当细心诊治，不因贫富而歧视，要尽瘁科学，随其进化而深造，以造福人类。’为此，我将奋斗到生命的最后一刻。”

演出结束后，不少学生激动地说，这个话剧使他们更加了解了王振义，对他伟大而崇高的人格感到万分景仰。他们表示，要以王振义老师为榜样，博极医源，精勤不倦，为医学事业奉献终生。2012 级临床医学系一位学生说：“《清贫的牡丹》让我感受到一种理想，感受着正能量的传递和生命激情的涌动。我深以自己未来能够成为一名医生而骄傲。”

（《健康报》2012 年 11 月 16 日）

向血液分子生物学领域冲击

陈竺，挑起了大梁

他，在 1989 年从法国取得博士学位后回到了祖国。

他，1990 年 5 月荣获了上海市卫生系统青年人才奖励基金会第 2 届“银蛇奖”的唯一的一等奖。

他，回国仅一年多时间，就和同事们一起申请了国家、卫生部、霍英东教育基金会和上海市科委等资助的 10 项科研基金课题，已完成的 6 项成果均属填补国内空白、达到国际先进水平。

他，就是最近被国家教委、人事部评选为做出突出贡献的回国留学人员的上海第二医科大学附属瑞金医院、上海血液学研究所分子生物学实验室主任陈竺研究员。

“一个人要有学习动力，要有成才意识”

他原先只是 69 届的初中毕业生，严格地说只有小学文化程度。他在江西插队 5 年，硬是在劳动之余自学英语、法语，啃完了初中、高中课本，又自学了医科大专院校的全部课程。

插队第 5 年，他背起了药箱干了一年“赤脚医生”，从此爱上并立志于献身祖国的医学科学事业。

1978 年 5 月，他在 600 名考生中，以总成绩第 2 名的成绩成为我国著名的血液学专家、上二医教授王振义的硕士研究生。

1984 年 9 月，他带着母校的重托，前往法国巴黎进修。在攻读博士学位的第一年，他的学习总成绩名列全班第一。

无论是在江西插队落户时，还是已成为博士、研究员后，他总是强调说："一个人要有学习动力，要有成才意识，厌学、自我荒废，不仅有负于国家，也最终给自己带来不幸。"

"我们要向血液分子生物学领域冲击"

他在国内首次将血友病甲、乙按凝血因子Ⅷ、Ⅸ水平进行分型，然后进行血友病甲携带者的遗传咨询及血管性假血友病变异型的研究。作为这项研究重要组成部分的"因子Ⅷ基础与临床研究"获得了 1982 年卫生部颁发的乙级奖。他初露锋芒，立即引起世界著名血液学专家的关注，并被国际血友病联盟接纳为当时唯一的中国会员。

如果说，他在攻读硕士研究生期间是在做向血液分子生物学领域冲击的准备，那么真正冲击则是在 1985 年我国著名血液学专家陈文杰教授与他谈话之后。陈教授在参观了法国圣·路易血液研究所的几个分子生物学实验室后，对他说："现在我国的血液学研究事业不仅设备、仪器等比较落后，而且理论储备也跟不上。陈竺，你要向血液分子生物学领域冲击！"

从此，他向分子学领域发起了冲击：在世界上首次发现 B 细胞系列急性白血病中经常有 γ 基因重组；首次发现新鲜白血病细胞表达第二个 T 细胞受体；首先分离并定序了 3 个新的 γ 基因 V 区片段；首先发现 γ 基因恒定区内存在着重组信号……以后，他又与同在法国巴黎攻读博士学位的妻子陈赛娟合作投入了 Ph1 染色体阳性的急性白血病的细胞生物学及分子生物学研究。又首先在世界上发现 BCR 基因断裂点在约半数病例丛集于该基因的第一个内含子顺序中，并提出了 Ph1 染色体形成的分子模型。

1989 年 1 月，他以优秀的成绩通过博士论文答辩。参加答辩会的导师在他论文的评语中这样写道："陈竺的整个工作显示了高质量的科学精神，以及在实验进程中非常高度的逻辑性。所有论文均发表在高水平的国际性杂志上，而陈竺则是大部分论文的第一作者。"

"一个科学家同时应该是一个爱国主义者"

他在法国进修、攻读博士学位 5 年，但心总是与祖国、与母校息息相通。

他在国际性杂志上发表的论文都标上了永久地址：上海第二医科大学、上海血液学研究所。上海、中国。

他把自己在巴黎学习的每一成绩都与祖国、母校联系在一起。他说："这一方面体现我们的根据地是在中国，另一方面也扩大了我校的影响，体现了中法合作。"

他说他有一面"镜子"。这面"镜子"是他在法国的导师之一让·道塞。

道塞教授是诺贝尔医学奖的获得者。在第二次世界大战中，还是年轻医生的道塞就冒着生命危险从法国到英国，追随戴高乐将军的流亡政府，加入反法西斯战争中去。

导师这种在国家危难之时毫不犹豫地投身于拯救国家命运的爱国主义精神，给了他深深的教育和影响。他在法国攻读博士学位及作短期博士后工作期间，包括短期访问美国时，曾经受到法国、美国各个方面的多次善意的邀请。对此他毫不动心，婉言谢绝。他说："虽然科学没有国界，但是与发达国家相比，我们的祖国——中国的科学事业更需要我们。"他还说："一个科学家同时应该是一个爱国主义者。一个出国理应把学到的知识运用到祖国的建设中。"于是，他和同时在法国获得博士学位的妻子一起双双飞回祖国。

"在国内同样可以出成果，照样可以攀高峰"

回国后，他没有辜负众望，白手起家，装备起血液分子生物学实验室，就与同事们一起应用分子生物学技术，完成了国家自然科学基金资助的《纤溶酶原活化素控制物（PAI）基因的研究》课题和由上海市科委自然科学基金资助的《中国人慢性粒细胞白血病中 BCR 基因的重组》研究。这两项成果均属填补国内空白项目，达到国际先进水平。

由于国内的许多配套条件不尽如人意，他不得不花费大量时间在后勤和行政事务上。他说："已经取得的成绩是在比较艰苦的条件下取得的，远未达到在国外工作期间已具有的水平。但是，一个科学工作者只要情系祖国、心在事业，在国内同样可以出成果，照样可以攀高峰。"

经过与全室科技人员的共同努力，他已在全反式维甲酸诱导分化治疗急性早幼粒细胞性白血病的分子机制研究中获重大突破，发现该白血病中维甲酸受体的基因由于染色体易位的结果，生产一种异乎寻常的融合基因。

这一国际水平的开拓性重大成果，将对我国的白血病研究领域产生无可估量的影响。

1990 年 10 月，学校为优秀中青年提供破格晋升的机会，他成了学校第一个获得研究系列正高级职称的科研人员。他的导师王振义教授高兴地说："陈竺的科研学术水平已赶上甚至超过我们这些老头了。"

陈竺只有 38 岁，他已挑起了上海二医大附属瑞金医院、上海血液学研究所血液分子生物学研究的大梁。

（《健康报》1991 年 5 月 9 日）

中科院最年轻的院士陈竺教授

我做了正确选择

陈竺从法国巴黎第七大学取得科学博士学位、做了短期博士后工作后"飞"回到祖国虽只有 6 年半，但由他牵头承担的国家、卫生部和上海市的科研项目以及欧共体的研究项目就多达 20 余项，他还是我国"人类基因组研究"重大项目的主要负责人。回国 6 年半，他每年至少获一项殊荣，去年又成为中国科学院最年轻的院士。这位年仅 42 岁的上海第二医科大学附属瑞金医院血液学研究所所长近日与记者谈起这些，真挚而又实在地说："现在回过头来看，我当时做了一个正确的选择。"

从法国罗浮宫讲起

"如果请你用两节课时向年轻科技人员和在校大学生谈谈'爱国主义'你会怎么说?"记者问。

陈竺略加思索，深沉地说："我大概会从法国巴黎罗浮宫里陈列的，当年由八国联军从中华大地上掠夺去的文物讲起。"

"1984 年 9 月，我赴法国巴黎第七大学进修不久，便抽空参观久负盛名的罗浮宫。面对展厅陈列的中国文物，我觉得这既是中国古代文明的伟大，也是中华民族在近代历史上的耻辱。这些文物是无价之宝，是怎么跑到异国的展厅里去的呢？我凝视这些中国的展品，沉思了许久，感到很凄凉，同时更有一股激情催我更好地学习。'落后是要挨打的。'我牢牢记住这一句话。在攻读博士学位的第一年,我的学习总成绩名列全班第一。

"我始终有这样的观点,就是讲爱国主义不要停在口头上,要靠行动体现出来。对我们这些搞自然科学的人来说,就是要在中国这块热土上做出一点事业来,来体现我们这个民族、这个国家对人类有所贡献。所以我们平时做科研,一直有这样一种想法,就是要使我们的科研成果、学术水平真正能够达到国际级的水平。追求国际级水平本身,我觉得就是一种爱国主义的体现。1994 年 10 月 17 日下午,卫生部部长陈敏章来我们所视察时就对年轻人说:'我们 12 亿中国人就要有奥运拿金牌的那种精神,科研就是要多拿金牌。'对科研工作者来讲,树立雄心壮志,赶超国际先进水平,使我们的工作融汇到国际科学大潮中,来体现大到国家、小到一个实验室或一个个人的贡献,这本身就是爱国主义。爱国主义和科学研究就有一种不解之缘。令人高兴的是,最近国际权威学术刊物《自然》《科学》报道我们实验室,证明我们的科研工作得到了国际上的承认。"

不能机械地看待爱国主义

"当前国内科研工作由于受到设备、仪器和材料以及其他原因的限制,应该借助国外的条件。在这方面,居里夫人就是个典型。她在波兰没有条件搞尖端的科学实验研究,便去了法国。当她和丈夫在法国发现天然放射性元素'钋',首先想到的是把它命名为自己国家波兰的谐音名,足见居里夫人不但是一位科学家,而且是一个爱国者。因此,从这一点上讲,当自己国家暂时不具备科学某一项目或课题发展所需条件的时候,你出去做科研,并不能讲这不是爱国主义。

"爱国主义应该在广阔的全人类范围中讨论,它不是狭隘的。我们搞科学研究、搞经济建设都离不开国际交流合作这是人类共同财富的交流。我们血研所分子生物学实验室的发展过程,也是借助国家改革开放的东风,建立了这么多的国际合作。我们选派年轻科研人员出国短期进修、参加国际会议,让他们投身到国际大环境当中,通过国际合作增长知识、增长才干,使实验室走出封闭状态,成为一个建立在人类共同事业上的国际范围的实验室,从而使科研成果一开始就走在世界的前沿水平。

"对年轻同志的培养,也不应该老持保守狭隘的眼光。要让他们早日进入国际科学研究合作的大环境中去锻炼,使他们在这种环境中体会啥叫爱国主义。去年，我们有两位年轻人到日本去短期合作科研、讲学。他们回来后说，当走上讲坛，就有一种神圣的感觉，好像这个时刻我代表的不是我个人，而是代表一个伟大祖国的形象。当年，我站在法国、美国的学术讲坛上也是这么个感觉。”

我有两面爱国主义的“镜子”

陈竺说：“我有两面爱国主义的‘镜子’。一面是我在国内的硕士研究生导师、中国工程院院士王振义教授；另一面是我在法国的博士研究生导师让·道塞教授。王振义教授获得国际癌症研究大奖——凯特林医学奖，登上领奖台时，首先想到的是‘我是一个黄皮肤、黑眼睛的中国人’，这难道不也是一个科学家爱国主义的具体表现吗？

“道塞教授是一位医生，又是一位获得诺贝尔医学奖的大科学家。在第二次世界大战中，还是年轻医生的道塞就冒着生命危险从法国到英国，追随戴高乐将军的流亡政府，加入反法西斯战争中去，这是一种爱国主义的表现。战争结束后，道塞教授尽可能地把科研工作搞好，特别是从世界大科学范围里把实验室建好，取得了很多成果，他的实验室成为国际人类基因组研究的中心之一。当人们谈起他，首先想到他的国家——法国，因为最终人们不会忘记他是法国的道塞教授。

“在爱国主义方面，我就是长期经受了中外两位著名教授的思想熏陶，这样心胸也就比较宽广了。现在我用法国赠送给我们的 YAC 文库，复制拷贝供国内和国外多个人类基因组研究实验室使用，也正是基于这样的考虑。”

（《健康报》1996 年 1 月 12 日）

为了诺贝尔奖之梦

——记人类基因组研究专家陈竺院士

他自 1989 年初在法国获得科学博士学位便于当年返回了国，7 年中先后获得全国“五一”劳动奖章、全国优秀卫生工作者、中国青年科学家奖以及上海市科技功臣等荣誉和称号。1995 年 11 月，年仅 42 岁的他，又成为中国科学院生物学部医药学方面最年轻的院士。

他就是上海第二医科大学附属瑞金医院、上海血液学研究所所长陈竺研究员。

对于这些崇高荣誉和光荣称号，人们在向他祝贺时，陈竺总是淡淡地、朴实地说：“这是机遇，更是党、祖国和人民对我的厚爱。”可是，又有多少人知道，回国7年，2 500多个日日夜夜，他是在没日没夜地干啊。卫生部部长陈敏章在考察该血液学研究所时，曾赞美过陈竺实验室夜晚的灯光。

陈竺作为我国自然科学基金重大项目“人类基因组研究”领衔者之一，不仅组织、协调12支“国家队”联合攻关，而且在自己所在的卫生部、上海市人类基因组研究重点实验室实现了多方面的突破：完成全套酵母人工染色体文库的拷贝，使我国成为世界上第4个拥有此文库的国家，并已经向国内外研究机构提供酵母人工染色体克隆；在国际上首次发现急性早幼粒细胞白血病中11、17号变异型染色体易位，克隆到一个新的锌指基因；在维甲酸受体靶基因的研究中分离到RIG-E、RIG-G和SPC三个新基因，并已列入国际人类基因数据库；利用30个微卫星标记，已完成中国8个民族400份标本的基因组多样比较研究；建立了基因组数据库技术，为我国人类基因组计划中基因结构的分析、比较提供了条件……

有识之士认为，中国实现诺贝尔奖零的突破有可能是在生命科学领域。1995年，上海第二医科大学有幸成为当年国内唯一的诺贝尔医学奖推荐单位，这是斯德哥尔摩国际诺贝尔奖评选委员会对上海二医大在医学生命科学领域科研工作的肯定。1996年1月30日，国家科委副主任邓楠在考察上海二医大血液学研究所了解到这一情况后十分高兴，欣然为陈竺所长和一批中青年科研人员书写了“希望实现诺贝尔奖之梦”的题词。

（《健康报》1996年8月6日）

院士妻子亦争雄

——记上海市“三八”红旗手标兵陈赛娟研究员

一张翻印放大了的黑白照片，在彩色照片中显得格外突出，画面上一位文静、聪慧的姑娘正在丝织机前挡车……

手持选票的参观者深深地被这组照片和文字所吸引，人群中不时有人惊叹："了不起，她从一个纺织女工成长为一名科学博士""真不得了，一个女性登上了国际白血病研究讲坛，在世界一流的学术杂志上发表了那么多的论文"……人们纷纷在选票上填上她的号码。

这是日前在上海市工人文化宫评选"上海市共产党员敬业创业的先锋"活动中的一幕。这个被人们赞叹的女性就是市教卫系统选送的唯一代表、上海市"三八"红旗手标兵、中国科学院院士陈竺的妻子陈赛娟研究员。

"居里夫人是我的楷模"

陈赛娟今年 46 岁。1972 年 9 月，她作为工农兵大学生从上海市第五丝织厂跨入上海第二医科大学，1978 年又成为"文革"后我国第一批女硕士研究生，师从血液学专家王振义教授。1986 年初由上海二医大派往法国巴黎圣・路易医院血液病研究所进修，随后在国际著名细胞遗传学家罗兰・贝尔杰教授指导下攻读博士学位。

在法国学习的 3 年中，她首次在国际上报告 Ph1 伴染色体的急性白血病在第 22 号染色体断裂点的丛集区；首次克隆了 BCR 基因一个长达 94Kb 的区域；首次建立了 Ph1 染色体形成的分子模型，先后在国际著名的《核酸研究》《癌基因》《血液》等学术刊物上发表了 12 篇论文。1989 年 1 月，她以"最佳评分"通过论文答辩，获得法国科学博士学位。

陈赛娟常说："温柔体贴是中国妇女的传统美德。而现代女性，不但要保持优良的传统，要贤惠，而且还要在事业上有一番成就。"当人们问她，在女性世界里，你最崇拜或以谁为榜样时，她不假思索脱口而出："居里夫人是我的楷模。"

"配角"的超越

几乎是白手起家，回国后的陈赛娟夫妇首先创建了血液细胞遗传学实验室和血液分子生物学实验室。他们凭着毅力克服重重困难，在十分简陋的实验室里做出令国内外同行震惊的科研成果。"急性早幼粒细胞白血病全反式维甲酸诱导分化治疗机制研究"获国家自然科学三等奖、"人类白血病分子机制研究及其临床应用"获国家科技进步二等奖、"急性早幼粒细胞白血病 t(15、17)染色体易位的分子生物学研究"获卫生部科技进步一等奖……有人计算过，陈赛娟和她的丈夫陈竺回国8年，先后取得了8项世界先进水平的科研成果。特别是1990年，陈赛娟意外地发现一位急性早幼粒细胞白血病患者，经常规治疗与其他病人15、17号染色体易位不同，具有一种变异型的染色体易位，累及11号染色体。经过一年多的努力，她终于发现17号染色体的维甲酸受体a基因与位于11号染色体上的一个新的人类基因发生融合，继而又克隆了这个基因，实现了我国人类疾病新基因克隆“零”的突破。陈赛娟的这一发现在国际学术界引起轰动。有意思的是，以后美国、法国等国家的学者遇有同种病例，一定要送到中国上海，请陈赛娟检查以后才放心认可。

陈赛娟现为博士生导师、上海血液学研究所副所长、卫生部和上海市人类基因组重点实验室副主任，她的丈夫、中科院院士陈竺是所长和室主任。用陈赛娟的话来说：“在事业和生活上，我只是陈竺的‘配角’。”陈赛娟这么自谦，可是她的一篇署名第一的论文被引证数排列为全国第七，这一点超过了陈竺。

“不让须眉”

陈赛娟自己直到33岁才生孩子，孩子未满2岁，她就到法国攻读博士学位。她鼓励所里年轻人特别是女青年，在年轻时应抓紧时间多学点。在她的感召下，所里一位生育了三胞胎的年轻科研人员克服多方面困难，毅然服从所里的安排，只身赴美国学习。而陈赛娟本人则时常关心三胞胎的成长。

最近，由陈赛娟和她的丈夫陈竺共同领衔，上海二医大附属瑞金医院、血研所和哈尔滨医科大学、中科院上海药物所合作完成的“人类白血病诱导分化和凋亡的细胞及分子机制研究”项目，完成并通过鉴定，专家认为其总体成果达到了国际领先水平。

一份辛苦，一份收获。陈赛娟先后获得上海“巾帼奖”、上海市优秀共产党员称号、上海市自然科学“牡丹奖”，今年“三八”节前夕又荣膺上海市“三八”红旗手标兵称号。

人们常说，夫唱妇随，比翼双飞。作为中科院院士陈竺的妻子，陈赛娟亦争雄。

（《健康报》1997年3月8日）

女科学家陈赛娟

塞纳河像迎接亲人，碧波流淌；埃菲尔铁塔像恭候贵宾，雄姿舒展。2000年1月10日，上海第二医科大学附属瑞金医院血液学研究所副所长陈赛娟教授在10年后又重新踏上法国巴黎这块熟悉的土地，她是以中国唯一入围2000年世界杰出女科学家奖35位提名者的身份，参加在巴黎联合国教科文组织总部举行的“世界杰出女科学家成就奖”颁奖典礼……

“我真正体会到‘科学家有祖国’的内涵”

联合国教科文组织总部“世界杰出女科学家”颁奖典礼大厅洋溢着浓郁的学术氛围。大厅引人注目处悬挂着近一个世纪以来以居里夫人为首的11位摘取诺贝尔奖科学桂冠的女性半身巨幅画像。世界杰出女科学家奖是目前国际上唯一授予女科学家的奖项。

陈赛娟是1986年赴巴黎圣·路易医院——法国最大的血液病研究中心攻读博士学位的。3年多，潜心于白血病的细胞遗传学和分子生物学研究，她首次在国际上报告Ph1伴染色体的急性白血病在第22号染色体断裂点的丛集区，首次克隆了BCR基因一个长达94 Kb的区域，首次建立了Ph1染色体形成的分子模型，先后在国际著名学术刊物上发表了12篇论文。1989年1月，她以“最佳评分”通过论文答辩，获得法国科学博士学位。

导师的挽留，同道的盛邀，没有打动陈赛娟回国报效的决心。1989年7月初，陈赛娟和丈夫陈竺双双获得博士学位后回到了祖国。如果说这时的陈赛娟对“科学没有国界，但科学家有祖国”这句名言，还只是粗浅理解的话，那么10年多后的2000年1月10日，她代表中国女科学家跨入“世界杰出女科学家颁奖典礼”会议大厅时，才真正体会到“科学家有祖国”这句话的内涵。如果当年留在法国，她绝对不可能代表中国科学家来巴黎。“世界杰出女科学家奖”评委会主席、1974年诺贝尔医学奖得主克里斯蒂昂·德杜夫教授这样评价陈赛娟：“通过陈赛娟的研究工作，使我们有机会了解中国女性的科学见地和敬业精神，她的研究对于世界科学的进步至关重要。”

“我将牢记江总书记的教诲”

在陈赛娟工作的细胞遗传学实验室书柜上，一帧江泽民同志与陈赛娟亲切握手的合影格外引人注目，那是 1998 年 8 月底陈赛娟赴京参加中国妇女第八次全国代表大会期间，江泽民同志亲切接见 7 位来自各行业的杰出妇女代表时与陈赛娟的合影。回忆这难忘的瞬间，陈赛娟朴实地说："我将牢记江总书记关于科技界要勇于创新的教诲，我把这帧照片放在实验室里，就是要以创新精神不断激励自己。"

陈赛娟潜心急性早幼粒细胞白血病的研究，临床上，急性早幼粒细胞白血病的特异细胞遗传学标记是 15、17 号染色体易位。一次，陈赛娟在国际上首先发现一例急性早幼粒细胞白血病患者具有 11、17 号染色体的易位，而 15 号染色体却是正常的。面对这一罕见的变异型病例，陈赛娟和研究人员采用新型的锚定聚合酶链反应方法等，最后克隆到了 11 号染色体上的新基因，并将此基因命名为早幼粒细胞白血病锌指蛋白基因，实现了我国在生物领域中疾病新基因克隆"零"的突破。在此基础上，陈赛娟又对这个长度约为 20 万个碱基对、是一般基因长度 7 倍的"锌指蛋白基因"从 cDNA 水平摸清了其临床表型与基因型之间的关系；并在完成其基因组 DNA 全序列分析和理解其生物学功能后，为进一步阐明早幼粒细胞白血病发病的分子机制提供了新的依据，最终揭示了"锌指蛋白基因"的分子进化规律，为白血病基因研究作出了重大贡献。这项研究的学术论文前不久刊登在《美国科学院学报》上。

陈赛娟与科研人员一起同兄弟医院合作，进行三氧化二砷治疗急性早幼粒细胞白血病的机制研究，结果发现三氧化二砷对复发性急性早幼粒细胞白血病的首选药物，此外还发现三氧化二砷在体外对多发性骨髓瘤和淋巴瘤等造血系统恶性肿瘤均有效，这一发现不仅成为该传统中医药治疗恶性肿瘤的典范，而且还明确了三氧化二砷是通过作用于特异的癌蛋白诱导癌细胞分化或凋亡而发挥作用的。这项包括基础和临床的深入而系统的工作引起了国际科学界的高度重视，其系列科研学术论文已在国际上被引证超过 1 000 次。

"我首先是科学家，然后才是女性"

陈赛娟说，中国社会妇女的解放是新中国成立以后带来的巨大变化，用大家熟悉的一句话就是"妇女能顶半边天"。但在科研领域，越到高层，女性人数越减少，尤其是在科学前沿能够登堂入室的妇女更少。就拿诺贝尔奖来说，男性获得者为435人次，而女性仅为12人次，只占总数的2.7%。然而，这2.7%杰出代表却证明女性的智力、能力、创造力和忍耐力上绝不低于男同胞。不少人认为，尤其是在需要付出长期努力，需极大的专注力、细致观察和精细实验的学科领域，也许女性的长处将得到最充分的发挥。说这番话时，陈赛娟显得很自豪。

然而由于女性的社会角色，意味着必须肩负较多的家庭责任，并承担来自多方的压力。陈赛娟不仅是30多位硕士、博士研究生的导师，同时还是卓有成就科学家陈竺院士的妻子和一个16岁少年的母亲，平衡事业与家庭相当艰难。而陈赛娟则说："我知道我首先是科学家，然后才是女性。"

陈赛娟说："夫妇俩同是搞科学研究的，有有利的一面，也有不利的一面。不利的一面着重表现在家庭生活上，如当年住得远，孩子放学后是在实验室做功课，一家三口人都在医院里用餐，累得孩子也跟着大人早出晚归，而且作为妻子，又不能很好地照顾丈夫，特别是陈竺患高血压……"说到这里，陈赛娟真有点心疼。

"好的一面是我们夫妇俩志向一致，在工作上相互支持、相互帮助、相互理解。回家后，陈竺也抢着做一些家务活。陈竺还经常说，我的科研工作没做好，他也非常着急。"陈赛娟说："最近好了，宽敞的新居离医院较近，我们又请了'钟点工'，现在经常是吃完晚饭再回到实验室继续工作。在孩子教育上，虽然说儿子已上了高一，而且是住校，但双休日回家后，我们仍不忘素质教育，让他干些力所能及的家务。"

"现在社会上流行一种说法：女人干得好不如嫁得好。我认为，女性在家庭、在社会要有自己的地位，要自尊、自信、自立、自强，才能真正得到社会的承认，才是一个完整的女人。"陈赛娟如是说。

（《健康报》2000年3月8日）

"我记住了两位总理的嘱咐"

——访"求是"奖得主、杰出医学科学家陈中伟教授

"与其说作为10位杰出科学家中唯一的医学专家获得'求是'奖，是对我30多年骨科和显微外科生涯的肯定，倒不如说是为我提供了第一次当面

聆听李鹏总理亲切嘱咐的难得机会，我再一次深刻感受到了中央领导对科学技术的重视。”中国科学院院士、上海医科大学附属中山医院骨科主任陈中伟教授在谈起8月22日下午举行的“求是”科技基金颁奖仪式时，依然显得有些激动。

他说：“那是在北京钓鱼台国宾馆会议大厅，我们10位获奖者坐在靠近主席台左边的两排位子上。颁奖仪式开始后，首先由李鹏总理讲话。回想起来，那一句‘使中国富强起来，从根本上说，要依靠科技进步’，以及‘邓小平同志建设有中国特色的社会主义的理论、发展科学技术的一系列重要思想，已深深扎根于中国的大地，也深深扎根于广大科技工作者心中’，真是千真万确，说到我们心里去了。”

陈中伟说，在国务委员兼国家科委主任宋健、香港求是科技基金会创始人查济民先生的讲话后，先后有4位专家分别介绍了吴文俊、邓稼先、周光召、于敏、任新民、梁守槃、屠守锷、黄纬禄、钱人元9位获奖者的功绩。最后则由中科院院士、我国著名外科学家裘法祖教授介绍陈中伟。“裘教授大约讲了10分钟话，在简要介绍我和同事们于1963年1月2日成功地为上海机床钢模厂工人王存柏再植全断右手，完成了一例世界罕见的外科手术，特别是谈到1980年我被第一届国际手外科联合会主席勃纳奥勃兰誉为‘再植之父’时，我望见坐在主席台上的李鹏总理和其他领导以及台下的专家都频频点头，我心里暖融融的，眼眶也湿润了。

“随着欢快、悠扬的乐曲声响起，李鹏总理开始为我们颁奖。当我接过由李鹏总理亲笔题写的‘民族之光’和写有‘陈中伟先生荣获杰出科学家奖——求是科技基金会查济民敬贺’字样的两块奖牌后，李鹏总理又和蔼亲切地握住我的手说：‘陈中伟，要用医学科学技术，更好地为人民服务。’我激动地连连点头，想说很多话，但最终只说了：‘一定！一定！谢谢总理！’”

陈中伟继续说：“当我捧着奖牌回到座位时，情不自禁地想起31年前的一件往事。那是1963年8月的一个晚上，周恩来总理在现在的上海展览中心友谊会堂接见索马里共和国客人后，又会见了我们这些为王存柏接好右手的医护人员。周总理称赞我们‘在中国外科手术史上完成了一项具有重大意义的创造性工作’，他勉励我们：‘继续努力，争取在又红又专的道路上了取得更大的成就’。会见后，周总理还兴致勃勃地和我们一起合影留念，我当时就紧挨在周总理的身边。”

31 年过去了，陈中伟没有辜负周总理的嘱咐。他在政治上积极要求上进，成了一名中国共产党党员。在业务上精益求精，1966 年，他成功地接活了断离 36 小时的断手，还创用“段截与再植”治疗上肢恶性肿瘤，应用脚拇趾趾甲瓣和第二趾骨再造了手拇指；1973 年，他创用带血管的游离胸大肌移植治疗前臂曲肌缺血性挛缩，使病残的手恢复了功能；1977 年，又创用带血管的游离腓骨皮瓣移植治疗不同原因造成的长骨缺损……这些临床研究工作都处于国际领先地位，他也由此相继获得国务院、卫生部以及上海市重大科学奖 5 项，主编了骨科和显微外科的专著 8 部，发表学术论文 100 余篇。30 多年来，他接收大批国内外显微外科青年进修人员，培养了近 2 000 名人才。他曾先后被美国哈佛大学、纽约大学、英国牛津大学、瑞士苏黎世大学、日本大阪大学等 12 所国际著名学府聘为客座教授，还担任了《国际显微重建外科》《国际显微外科》《国际血管外科》三家世界著名杂志的编委。1985 年至 1988 年，他还担任了国际显微重建外科学会主席的职务。

无怪乎陈中伟教授动情地说：“31 年来，我前后得到两位总理的教诲与关怀，我记住了两位总理的谆谆嘱咐。”

（《健康报》1994 年 9 月 13 日）

1963 年，中国成为世界上第一个断手再植成功的国家。当年 9 月，在罗马举行的第 20 届国际外科手术会议上，来自世界各国的外科专家一致认为，由上海市第六人民医院青年医生陈中伟主要完成的断肢再植手术，是世界上断肢再植手术中取得最满意效果的首例。

断肢再植　陈中伟 45 年前的“世界纪录”

45 年前的 1963 年 9 月，在罗马举行的第 20 届国际外科手术会议上，来自世界各国的外科专家一致认为，当年 1 月 2 日由上海市第六人民医院青年医生陈中伟主要完成的断肢再植手术，是世界上断肢再植手术中取得最满意效果的首例。那是因为患者王存柏被接活的右手功能恢复良好，不仅能握笔写字、打乒乓球，还能提 6 公斤的重物。

1963 年 1 月 2 日，上海机床钢模厂的青年工人王存柏，右手腕关节以上一寸处被冲床完全切断，半小时后被送到上海市第六人民医院。当时，按照国内外处理断肢病人的惯例，是将病人伤口洗净、消毒，然后缝合包扎起来，待以后有条件安个假手就算完事。

可是，面对王存柏“快救我”“快救我”的凄惨求救声，负责抢救的青年医生陈中伟被震惊了。多年以后，他曾回忆说，我们那时已进行过大量的动物试验，能接狗腿，还能接兔子的耳朵，也接活过断了75%的手臂，但是接完全被切断的手还从来没有在临床上试验过，而且当时在全世界也没有断肢再植成功的先例。而现在断手是被锋利的冲床一下切断，伤口又十分整齐，这些都为断肢再植创造了有利的条件。

据介绍，断肢再植是非常精细复杂的手术。手和手臂之间，有肌肉和肌腱相连，还有动脉、静脉、骨骼、淋巴管、神经紧紧相接，在手术中都要一一对准缝合，这样接上去的手才会恢复屈、伸、转、翻等功能。

手术从上午9时半开始，陈中伟先将要接的血管一一分离出来，并请血管外科主任钱允庆帮忙接血管。面对手上直径只有2.5毫米的细血管，这时一旁的护士长急中生智，想起给小女儿扎辫子时塑料管（当时人们称之为“玻璃丝”）拉一拉会变细的情景，结果一试果然行，于是医生就用塑料管将断了的血管接了起来。没想到就是这样一根在20世纪60年代流行的、姑娘们扎头发用的细塑料绳解决了手术中最大的难题。血管一接上，苍白的手很快变红，有血色了。据统计，当时陈中伟和伙伴们一共接了4条血管、24条肌腱、3条主要的神经、2根骨头，手术历时8个小时，于下午5时半把断肢再植了上去，终于完成了这次在世界医学史上具有里程碑意义的断肢再植手术。

术后，为了让手指完全恢复正常，陈中伟又帮助病人成功地闯过了肿胀关、感染关、坏死关，在半年之后接上去的手恢复正常了。

1963年8月6日，上海市委机关报——《解放日报》头版头条发表《一个工人完全轧断的右手被接活》的消息。第二天，新华社发出“世界首例断肢再植手术在我国获得成功”的报道。当时正在陪同外宾访问上海的周恩来总理看到新闻后，特地接见了陈中伟和他的治疗小组，并亲切地勉励大家“继续努力，又红又专”。

此后，陈中伟遵循周恩来总理“又红又专”的教导，继1963年创世界首例断手臂再植成功，又于1978年取得断指再植成功。在国际上首创了“断手再植和断指再植”等6项新技术，发表论文100多篇，论著7部。在国际上被誉为“再植之父”。1996年他主持的国家自然科学基金资助项目“手臂残端再造指控制的电子假手研究”通过了国家鉴定，为国际首创，并通过互联网将这项研究成果向全世界公布。

为此，陈中伟在1963年获卫生部记大功一次；1981年获国务院国家科学大奖；1994年获求是基金杰出科学家奖；1999年获国际显微重建外科学会颁发的世纪奖。

然而不幸的是，2004年3月23日8时30分，陈中伟因意外坠楼去世，享年75岁。为了纪念陈中伟院士对发展断肢再植和显微外科的卓越贡献，他的半身铜像永远安置在复旦大学附属中山医院的外科大楼大厅内。

（《健康报》2008年8月29日）

“修复重建”半世纪
——记整形外科专家张涤生院士

三大本“病人手术前后对比”影集记录着我国整复外科创始人之一、上海第二医科大学附属第九人民医院张涤生教授从事整形外科手术50个春秋的足迹。张教授半个世纪以来探索出一条较传统整形外科在形态基础上更注重功能“修复重建”的新路。他在第一本影集扉页上写道：“整形外科又称整复外科，能使伤者不残，残而不废，残而少废；又是医学和美学的完善结合，以容貌形体美来提高心灵美；对表演艺术家来说，能更持久地保持艺术青春……一个整形外科医生应对病人充满同情和爱心。”

张涤生1941年从南京中央大学医学院毕业后，即赴贵阳中国红十字会救护总队，为抗日负伤将士作外科治疗。目睹无数从前线抬下的伤员肢残容毁，很是痛心。他憧憬着成为一名整形外科大夫。

新中国成立后，他在抗美援朝医疗队中成为一名较出色的整形外科医师。面对被汽油燃烧弹、炮弹炸伤烧伤，枪伤和严寒冻伤的志愿军官兵，张涤生不仅施展了高超的整形外科技艺，而且意识到要培养中国自己的整形外科医生的重要性。几十年来，人们仍亲昵地称当年坐落在我国长春市的上海抗美援朝治疗中心是“中国整形外科的摇篮”。

整整半个世纪过去了，他究竟为多少患者作了整形手术已无法统计，但人们知道，张涤生教授的整形手术能从头做到脚：从开颅凿骨矫治眶距过宽症，到应用大网膜移植再造颅骨和头皮缺损；从移植足趾足背皮瓣再造拇指，到应用前臂皮瓣一期再造阴茎……在整形外科领域创造了许多中国“第一”和世界“第一”。今年4月，已是81岁高龄的张涤生教授又具体指导国内首例先天性胸骨缺损移植修补手术获得成功，湖北省仙桃市9岁小女孩吴青的一颗因心前区缺少胸骨和肋骨保护的心脏，在一层薄薄的皮肤下跳动了9年之后，终于有了一道“骼骨屏障”。

（《健康报》1996年7月7日）

做个像张涤生院士一样的好医生

“卓越，并非要不顾实际，设立高不可攀的目标，而是如林肯所言‘尽我所知、尽我所能做到最好，并决心一直这样做下去’。”

“择业最难得的是‘不悔’。一旦你真正做到这一点，以后的路自然会越走越顺畅。最怕的是瞻前顾后，进退失据，枉自蹉跎岁月，最终一事无成。”

2015年8月27日上午，怀着沉痛心情走出张涤生遗体告别大厅的一位青年医生噙着眼泪说：“大厅屏幕滚动播放的这两句‘张涤生语录’让我印象太深刻了，我将终生铭记，也做个像张涤生院士一样的好医生。”

“因抗战有功，得以公派赴美国宾夕法尼亚大学进修整形外科”

2015年8月19日，我国整复外科奠基人张涤生院士走完了百岁人生，驾鹤西去。8月27日上午，张涤生院士的遗体告别仪式举行。“1946年，张涤生因抗战有功，得以公派赴美国宾夕法尼亚大学进修整形外科……”告别大厅里，上海交通大学副校长、医学院院长陈国强教授所作的“张涤生生平介绍”，把人们的思绪带回了那个炮火连天的抗日战争年代。

1936年夏天，还在读高中的张涤生就组织了无锡旅外学生暑期服务团，成立了一个120多人的战时救护队。1937年8月，上海淞沪会战爆发后，张涤生组建的救护队派上了用场。但是日军突破了防线，救护队的年轻人不得不作出抉择，他们有的参加新四军，有的撤退到武汉。张涤生则跟随中央大学（南京大学前身）医学院来到四川成都华西坝。

1941年7月，张涤生从中央大学医学院毕业后，放弃留校任教的机会，历尽艰险来到位于贵阳图云关的中国战时最大的医疗救护中心和军医培训基地——中国红十字会救护总队。他被分配到第18小队，协助协和医院外科主任张先林教授完成了不少整形外科手术。在张先林教授的指导下，张涤生掌握了植皮和皮管技术，完成了不同类型的修复手术。

1944年夏，我国作为同盟国参与到世界反法西斯联盟的战斗中，组建了10万人的远征军入缅作战，张涤生成为远征军中唯一的中国战伤外科医生。张涤生院士生前曾这样回忆："我白天与战士一样行军，晚上在吊床上过夜。手术队离前线非常近，日军炮弹常常在我们做手术的帐篷上空飞过，耳边日夜可以听到响亮的机枪声和轰鸣的炮声，那时我心中唯有尽快抢救伤员。"

抗战胜利后的1946年，张涤生脱下军装，正准备返回家乡时，却意外收到了一份喜讯——经张先林教授推荐，张涤生被选中赴美国费城宾夕法尼亚大学医学院进修。

在美进修期间，张涤生的导师是美国著名的整形外科专家艾伟（Robert H. Ivy）教授。艾伟对张涤生这位中国学生特别赏识和信任，让他成为自己的第一助手，甚至有些本该由他本人主刀完成的大手术也都放心地交由张涤生来完成。

"81岁高龄时还创新性地完成第一例胸骨缺损移植修复手术"

告别大厅屏幕上滚动着张涤生院士自1941年7月从中央大学医学院毕业直至他逝世的74年医学生涯的一幅幅图片和简要文字，令人感佩。

1950年6月朝鲜战争爆发，张涤生推迟婚期，参加了上海市抗美援朝第一医疗手术大队，担任副大队长，并在长春军医大学建立了中国第一个战伤、烧伤和冻伤治疗中心；1958年5月，他任广慈医院颌面矫形外科主任，抢救烧伤面积达90%以上的上海第三钢铁厂工人邱财康，并带领医生设计了翻身床；20世纪60年代，他率先在国内应用显微外科技术进行科学实验，吻合小血管游离皮瓣，并逐步应用于整复外科临床患者，同时还独创烘绑疗法，研制了治疗淋巴水肿患者的电热式烘箱和微波烘疗器；20世纪七八十年代，他应用显微外科技术创造性地完成了"足趾连同足背皮瓣移植再造拇指""游离大网膜移植修复头皮缺损""空肠游离和带蒂移植再造食管""前臂皮瓣一期再造阴茎"等医学成果。

到了1996年4月，已81岁高龄的张涤生还创新性地完成了中国医学史上第一例胸骨缺损移植修复手术，震撼了世界。参加告别仪式的原上海第九人民医院副院长、整复外科副主任钱云良教授是张涤生院士的学生，他作为主刀医生回忆了这次手术："当年张涤生教授从报刊上获悉湖北9岁小女孩吴青患先天性胸骨缺损畸形并伴上腹壁疝，认为'我们整形外科医生有责任、有义务为小病人造福'。对于这一国内首例、世界罕见的病例，张涤生教授率领我们先后组织了3次全院大会诊，并制订了两套手术方案。手术那天，因颈椎病还戴着颈托的张涤生教授亲临手术室指挥。"

"手术其实是一种胸廓重建术。在分离腹直肌和肋软骨板后，将取自病人右臀部髂骨分成的两片薄片，覆盖在心脏两边的肋软骨上，并用细钢丝固定牢，这道屏障确保心脏的安全。然后，张涤生教授又指导在小女孩右侧胸做了皮瓣转换手术。整个手术历时6小时20分钟。"钱云良教授最后十分悲痛地说，"张涤生教授走了，这是上海第九人民医院的重大损失，也是中国整复外科界的重大损失。"

"恩师的敬业精神和高超水平培养、带动了一大批学界精英"

"如果你手下有年轻医生，请谅解他们暂时的笨拙，因为在变成'白天鹅'之前，他们只能是'丑小鸭'，所以格外需要你的教导。如果你成为研究生导师，请扪心自问，你是'boss'还是'mentor'，你会将他们导向何方？如果你成为监管医疗行业的官员，请不要脱下了白大褂就把昔日同行的种种苦处抛诸脑后。"这是告别大厅屏幕滚动播放的又一句发人深省的"张涤生语录"。

被誉为中国"整复外科之父"的张涤生从一名小医生做起，历经整复外科主任、上海第九人民医院院长、上海市整复外科研究所所长，直至荣膺中国工程院院士，他对年轻医生是既百般爱护又严格培养。

主持张涤生遗体告别仪式的上海第九人民医院院长范先群教授是张涤生教授的博士研究生，已成为我国知名眼眶外科专家的他至今难忘老师当年决定录取他时说的一番话："你要做我的学生，专注于眼眶病与整形修复这个交叉学科，就一定要立足于治病救人，攻克疑难杂症疾病，解除病人之痛苦，千万不要沉迷于美容，割双眼皮。整形美容赚钱多，但不是一个好医生应该追求的。"

范先群教授介绍说，眼眶病与整形修复这个交叉学科对车祸等事故中的眼眶重建与修复、眼恶性肿瘤等疾病的患者意义重大。现在，上海九院眼眶外科诊治水平已位居亚洲乃至世界前列。

张涤生院士的学生、上海华山医院整形外科主任穆雄铮教授这样回忆老师的独特教学方法："第一次召见我时，老师对我说'整形外科是医学和艺术的结合，需要不断创新'。在随后的培养中，他不仅给我们制订了去 10 个科室轮转 3 年的计划，还请来上海美术学院的老师，教我们素描和雕塑的基本知识。"

《中国美容整形外科杂志》主编高景恒教授说："恩师辞世的消息传来，我万分悲痛！我眼前总是浮现出恩师生前的音容笑貌，无限的思慕凝聚心头。上世纪 70 年代，我有幸在张涤生院士门下学习，得到了恩师孜孜不倦的教诲和悉心不吝的指导，使我更加坚定了从事整复美容外科领域研究和工作的信念。"高景恒教授犹记得，1990 年，他和杨果凡教授共同创办了《中国美容整形外科杂志》，当时填补了国内此类杂志的空白。在杂志的创刊及 20 余年的发展过程中，在张涤生院士作为这本杂志的终身名誉主编，一直关心、支持、鼓励和指导杂志的工作。

上海《大众医学》一位资深编辑说："张涤生院士还是中国医学科普的带头人，一生为读者写下了许多脍炙人口的篇章。"

张涤生院士在 90 岁高龄时还亲自为《大众医学》创作了题为《真中求美 美不离真》的科普文章。"当一名好的美容外科医生，杜绝差错和事故，除了要有扎实的整形外科基础，还必须有美的修养、艺术的熏陶、人文的涵养、医德的锤炼。"10 年过去了，张涤生院士在这篇科普文章中充满哲理且通俗易懂的话语，仍给予整形美容外科医生心灵上的指引。

（《健康报》2015 年 9 月 18 日）

情系“消化”半世纪

——追记上海二医大江绍基教授

他1945年毕业于上海圣约翰大学医学院，并获医学博士学位。1995年5月15日，未能等到聘任他为中国工程院医药与卫生工程学部首批院士的通知，他便永远离开了情系半个世纪的内科学消化专业。

他就是上海第二医科大学内科学教授、上海市消化疾病研究所名誉所长、卫生部内科消化重点实验室学术委员会主任江绍基。

江绍基一生钟情于内科学消化专业，即使是躺在病榻上或弥留之际，仍念念不忘消化所的科研和研究生的培养工作。他曾说过他一生做了两件事：一是五六十年代积极参加了血吸虫病的防治工作；二是创建内科消化学科、上海市消化疾病研究所，进行慢性胃炎、胃癌方面的临床研究工作。

人们还清晰地记得，他背着小药箱穿梭于村庄之间，为瘦弱凸肚的血吸虫病患者诊治。通过深入疫区，他首次总结并提出急性血吸虫病综合征的标准；首次提出长得矮小的血吸虫病患者系血吸虫病引起的垂体性侏儒，经过治疗能恢复生长；首次使用大剂量阿托品治疗因锑剂所致严重心律紊乱的血吸虫病患者，使死亡率从50%下降到10%。作为全国血吸虫病研究委员会临床组组长、上海市血防委员会临床组组长，他还主编了《血吸虫及血吸虫病》专著，为我国防治血吸虫病作出了巨大贡献。

在临床研究中，他首先证实我国存在慢性胃炎恶性贫血；首先建立狼犬胃癌模型；首先研究维生素与胃癌的关系，发现叶酸、硒、维甲酸能对胃癌癌前病变诱导分化，为胃癌防治开辟了新途径。1984年他创建上海市消化疾病研究所，挑起所长和学科带头人的重担，主要研究慢性胃炎和消化性溃疡的发病机理；胃癌的预防、早期诊断与治疗。10年来，该所已取得了20多项国家、卫生部和上海市的科研成果奖，还培养了50多名博士、硕士研究生，被国家教委列为消化内科重点发展学科和国家博士学位授权学科，并成为卫生部内科消化重点实验室。

（《健康报》1995年8月18日）

一位分子病毒学家的故事
——记上海医科大学教授闻玉梅

上海医科大学微生物学教研室主任、卫生部医学分子病毒实验室主任闻玉梅教授早年师从著名微生物学专家余濱教授、林飞卿教授和谢少文教授。她曾自豪地说:“我这一生很幸运,中国3位微生物学、免疫学界大师都带教过我。”

谢少文教授视闻玉梅为最得意的弟子。88岁那年,他把中国协和医科大学在他执教55周年时赠与他的一对玉石奔马转赠给了闻玉梅,并说:“我送你,是对你勤奋刻苦的赞赏;送给你,是要你继承中国微生物学事业。”

无独有偶,林飞卿教授也出于对门生的一往情深,将国际友人赠给他的一把镀金钥匙郑重地送给了闻玉梅,嘱她继续打开微生物学、免疫学的知识宝库。

目前还担任中国微生物学会的副理事长、上海微生物学会理事长的闻玉梅教授说:“这两件礼物对我来讲是无价之宝。如有真正合适的接班人,我会将这‘不用扬鞭自奋蹄’的玉石奔马和‘开启人类知识宝库’的金钥匙传下去的。”

(一)

闻玉梅教授的父亲闻一传是闻一多的堂兄,早年在北京协和医大任组织胚胎学教授;母亲桂质良,1929年获得美国约翰霍布津斯大学医学博士。有人曾问过闻玉梅教授:“您的成功是否是遗传基因在起作用?”闻教授没有直接回答,只是说:“我闻玉梅有今朝,是我留在了中国。”

1981年至1982年,闻玉梅曾到美国进修医学分子病毒学。在此期间,她抽暇到档案馆查询母亲当年的有关资料。当母亲的一篇发表在报纸上的题为《中国内战,不要外国插手》的文章映入眼帘时,闻教授被母亲的“中国人的事情就应该中国人自己解决”“自己站起来,也不要拐杖”的爱国热情深深感动。进修期一满她便匆匆回国,全身心地投入到医学教学工作。几年来,闻教授作为博士生、硕士生导师已培养了5名博士研究生和14名硕士研究生。

在教学中,闻教授积极提倡学术民主和创新精神,注重培养学术思路和实验技巧。例如她继承谢少文教授一贯倡导的“不允许重复人家提过的问题”的做法，提出了“最佳提问奖”。

闻教授视青年为国家的未来和希望，积极为青年创造实验条件，亲自传授最新最难的技术。对青年教师上大课前的试讲，她无论再忙也要挤出时间亲自听课，给青年教师予热情的指导。她鼓励青年教师不断吸取新的教学方法，突破传统的教学模式，并把自己几十年来的教学经验毫无保留地传授给大家。

在闻教授的教育下，她的一名博士生谢绝外国公司的高薪聘请和国外大学的邀请留校工作。在短短的3年时间里，这位博士生两次获光华奖学金一等奖，一次获叔苹奖学金一等奖，一次获国家教委优秀研究生奖学金。1993年，这位年轻人在医药系统中作为上海唯一的一位、全国两位之一的青年学者，被列入了国家跨世纪人才，获得专项基金。

闻教授关心、爱护青年人不仅在学习、工作上，而且也在思想上和生活上。1993年10月，《邓小平文选》第三卷出版发行，闻教授起早赶到新华书店购买。作为一名党员知识分子，闻教授认为，邓小平同志的《中国要发展，离不开科学》一文的论述，真是说到科技工作者的心里去了。有总设计师对高科技领域研究的支持，闻教授与同道及她的学生干得更踏实了。对于《邓选》三卷，闻教授不仅自己学，而且还多买了一本赠送给她的博士生熊思东，并在扉页上签上：“同学习，共进步。”

闻教授在思想上关心并渴望年轻人早成才，也在生活待遇方面为年轻人奔走呼吁。她说，目前的市场竞争说到底是人才的竞争。要吸引和留住人才，待遇是一个重要方面。她曾在报上疾呼：专款筹建优秀中青年科技骨干住房；突破常规晋升方式，及时解决博士生的职称问题；打破平均主义的奖金分配制度，允许重点课题负责人从课题经费中提取一定比例的费用重奖有突出贡献的人才；支持并创造条件让年轻的科技人才出国参观、学习、参加学术会议，改变以往“小字辈”出国机会少的现象。

（二）

闻教授领导的卫生部医学分子病毒实验室坐落在上海医科大学治道楼的11层。这里拥有一流的仪器设备和宽敞明亮的工作室，同时也进行着一流的科研工作。

提起闻教授为科学而献身的奉献精神，她同事们会说起这样两个故事。“文革”中有一年，上海流行“红眼病”。作为微生物学、免疫学、分子病毒学专家，闻教授为了以最快的速度了解这种临床表现相仿的急性传染性结膜炎究竟是细菌性还是病毒性的，毅然请一位认识的大夫把“红眼睛”标本过滤后滴进自己的眼睛里，造成自我感染。最后，闻教授自己虽住进了眼科病房，但她却通过自身证实了这次红眼睛流行是由病毒感染引起的，在治疗中无需耗费抗生素药品。

去年年底，闻教授与协作单位共同研制了一种叫“复肝一号”的针剂，在转化为临床使用之前需做少数志愿者试验。这时，闻教授又不顾自己体弱，坚持要在自己身上试验，带头抽血、注射，而且要持续作9个星期的试验。周围的同志都感动了。而闻教授则说：“科研的核心是创新，科研的道路是勤奋，科研的态度是诚实，科研的目的是为人民造福，来不得半点虚假啊！”

正是由于她的这种奉献精神使她在自己的领域中缩短了我国与国际上的差距。无论是已经过去的“六五”“七五”国家攻关项目，还是现在的国家“863”高科技项目以及“八五”攻关项目，闻教授带领同道和学生已经取得了多项科技成果。她先后获得卫生部科技进步二等奖3项，获得“863”专家委员会的表彰，获得上海市科技进步二等奖2项，1993年又获得上海市科技进步一等奖1项。她还获得国家科委“863”计划先进工作者、卫生部有突出贡献的中青年专家、上海市劳动模范、上海市“三八”红旗手和“巾帼建功”先进个人等光荣称号，并享受国务院特殊津贴。

闻教授的医学分子病毒实验室在国际医学界享有崇高的声誉。最近，她在长期研究工作的基础上，在乙肝病毒免疫耐受及去耐受的动物模型研究方面又有新的突破。闻教授和研究人员通过确立乙肝病毒免疫耐受芙蓉雏鸭动物模型，用合成肽交联蛋白的载体组建“新”抗原消除免疫耐受状态，用固相基质抗体抗原法消除免疫耐受状态等，成功地显示了抗乙肝病毒的治疗效果，开创了治疗乙肝的新途径。这一方法的独特创造性，已受到国际同道的关注。

(三)

整天忙于教学、科研的闻玉梅教授说：“等到哪一天我空闲下来，我要写两本书。一本用中文写，书名叫《哺育》，写我的一生，特别要把我的老师余溃教授、林飞卿教授、谢少文教授培养我的情景都写进去，以感激这3位恩师对我的哺育。另一本我将用英文写，书名叫《步行者》，主要写中国知识分子的纯洁的心。中国知识分子所走的路是一条非常长的路，而且坑坑洼洼的。但步行者始终朝着一个目标，虽然走得慢，但毕竟是在朝前走。”

（《健康报》1994 年 12 月 1 日）

本期嘉宾：新当选中国工程院院士、中国科学院上海药物研究所所长 丁 健

坐落于上海浦东的张江“药谷”是国内生物医药领域研发机构最集中、创新实力最强、新药创制成果最突出的基地之一，而位于此处的中国科学院上海药物研究所更是其中一颗璀璨的明珠。今年年初，该所掌门人丁健院士领衔的“拓扑异构酶Ⅱ新型抑制剂沙尔威辛的抗肿瘤分子作用机制”研究获得了国家自然科学奖二等奖。

把抗肿瘤药物研究做到顶尖

让肿瘤患者吃上好药

我的最大愿望就是多研发出几种有效的、拥有自主知识产权的国家一类抗肿瘤新药，让肿瘤患者吃得起药、吃上好药。

——丁 健

在城市里，肿瘤已经成为危害人民健康的第一杀手。目前治疗肿瘤主要还是通过手术、放疗和化疗三大手段来进行。其中的化疗，就是应用化学药物杀灭恶性肿瘤，其给药方式主要通过静脉输注，另外也有口服、局部肿块内注射、各种体腔内灌注和介入化疗等方法。由于化疗药物几乎都是细胞毒性药物，它们常常良莠不分，在杀死肿瘤细胞的同时，对人体的正常细胞也有一定的毒副作用，特别是对分裂、增殖速度比较快的细胞影响更大。例如，对骨髓造血细胞的毒性表现为骨髓抑制，外周血中白细胞等计数减少，毛发脱落；胃肠道黏膜上皮细胞的毒性则表现为食欲下降、恶心、呕吐

等。因此，在对患者进行肿瘤化疗时，毒副作用几乎是不可避免的。而且，很多抗肿瘤药物在治疗过程中还会出现耐药性。此外，现有的许多药物由一些国外大公司研发生产，价格昂贵，往往一个疗程患者就需要花费一万多元。

丁健的愿望就是能够找到效果好、毒副作用少的抗肿瘤药。他所从事的主要是抗肿瘤药物的药理药效学研究。目前，他的主要研究领域包括抗肿瘤新药的筛选和研究开发，抗肿瘤药物细胞和分子作用机制的研究，肿瘤新生血管生长抑制剂的研究，酪氨酸激酶抑制剂的研究，P13K/mTOR 抑制剂研究，DNA 损伤与修复机制，端粒酶在肿瘤细胞凋亡和分化中的调节作用，以及抗肿瘤转移研究等。

上海药物研究所在丁健的领导下建立了系统的、符合国际规范标准的抗肿瘤药物筛选和药效学评价技术体系，建立了系列新生血管生成和酪氨酸激酶抑制剂评价模型，为我国抗肿瘤药物的自主研发提供了重要的技术平台。应用该平台，丁健和同伴们进行了 20 余万次筛选，发现了 200 余个活性化合物，完成了 10 余个抗肿瘤新药的临床前药效学评价。其中，两个候选新药沙尔威辛和螺旋藻肽聚复合胶囊已经进入Ⅱ期临床研究阶段，4 个正在进行临床前研究。他的工作为创制具有我国自主知识产权的新药做出了重大贡献。

发现有前景的抗肿瘤药物

沙尔威辛系统研究为其临床应用提供了重要依据，也为肿瘤治疗学乃至肿瘤生物学增添了新内涵。

——丁　健

20 世纪 90 年代初，上海药物所张金生教授发现了一种具有抗肿瘤效果的天然化合物——红根草邻醌。经过结构修饰和丁健研究组的药理学研究后，研究人员最终确定将沙尔威辛作为抗肿瘤候选新药。从此，丁健便与沙尔威辛结下了不解之缘。

在Ⅰ期临床试验研究中，丁健和他的同事对 16 位患者进行了疗效初评，结果显示沙尔威辛的毒副作用低于现有的同类药物。接受治疗的患者中有 13 人病情稳定，体现出了这种药物的初步疗效。通过系统研究，他们发现了拓扑异构酶Ⅱ新型抑制剂沙尔威辛抗肿瘤的全新作用方式，并首次揭示该类抑制剂与人拓扑异构酶Ⅱ相互作用的具体分子机制。研究证明，沙尔威辛导致DNA双链损伤呈基因特异性，这提示沙尔威辛是首个兼具抑制DNA修复与DNA损伤的双重抑制剂。

拓扑异构酶Ⅱ新型抑制剂沙尔威辛的抗肿瘤研究，对深入理解肿瘤耐药及可能产生的新治疗策略具有重要指导意义。他们的研究已被国际同行密切追踪。目前沙尔威辛已转让给上海医药集团，并正在进行Ⅱ期临床试验。

除此之外，丁健在抗肿瘤作用机制研究中还取得了一批原创性的成果。例如，他进行了肿瘤新生血管生成抑制剂土槿皮乙酸新作用机制的研究，发现了国际上第二个乙酰肝素酶抑制剂JG3，还发现了首个寡糖广谱酪氨酸酶抑制剂MdOS的新作用模式等。这些研究成果在国际药理学界都产生了重要影响。

努力搭建新药研发平台

做科研必须耐得寂寞，长期积累，持之以恒。

——丁　健

上海药物研究所以我国特有的中草药和天然产物为主要研究对象，综合运用化学和生物学两大学科的新理论、新方法和实验技术，重点针对严重危害我国人民健康的恶性肿瘤、神经退行性疾病、心血管疾病、代谢性疾病，以及严重影响公共卫生和社会安全的感染性及突发性疾病，开展基础理论研究和新药发现及开发研究。他们建立了若干个作为国家创新药物体系重要组成部分的药物研发技术平台，大力推进新药成果转化，开创了我国创新药物研究的新局面。

当记者问及丁健从事研究工作的理念时，他爽快地说了四条。一是想要发展，必须紧紧瞄准国家的需求、老百姓的需求。二是一定要坚持与时俱进，紧跟国际前沿。三是一定要有团队合作精神，与临床医生、生产企业和谐相处。四是要沉得住气，耐得住寂寞。

这些年来，在和国外的医药公司、科研机构接触之后，丁健对我国医药研发的薄弱之处深感担忧。他说，医药创新的主力应该在企业，但我国医药企业却尚未具备这样的实力。我国最大的药厂一年销售额才100多亿人民币，而国外一个中等的药厂销售额就达40多亿美元。差距太大了。他希望通过药物研究国家队的力量，搭建起新药研发的支撑平台，为我国的新药研发营造规模效应。

聆听了院士所长丁健的一番话，记者突然觉得丁健的姓名起得很好，丁健——顶尖。

“您是立志把中国的抗肿瘤药物做到‘顶尖’?”记者问。

丁健笑了。记者从他炯炯有神的目光中，看到了他的坚毅。

记者手记

低调、严谨，是丁健院士给记者留下的总体印象。记者到上海药物研究所采访频率最高的时候是非典暴发时期，那时就认识了头发已经花白的丁健。

此次访谈是在丁健办公室里进行的。老朋友相逢，自然是轻松愉快。当他说到他研究工作理念中的“要沉得住气、耐得住寂寞”时，记者怦然心动。

是啊，他获得过国家自然科学奖二等奖、国家科技进步二等奖、上海市自然科学一等奖、上海市科技进步一等奖等各类奖项10余项，在国际学术期刊发表SCI收录论文160余篇，获授权和申请的国内外发明专利60余项。这些成绩的取得，都离不开一个重要的基础——耐得住寂寞。在浮躁泛滥的今天，这样的品质更令我们肃然起敬。

（《健康报》2010年1月27日）

“枝叶”的情愫

——记上海血液学研究所陈国强研究员

“十年树木”。历经十个春秋的上海二医大附属瑞金医院上海血液学研究所犹如一棵参天大树，已矗立于世界血液学之林。

酷爱文学，尤为喜欢散文的该所细胞生物研究室主任、36岁的湖南籍陈国强研究员则说：“研究所确是一棵大树，老所长、中国工程院院士王振义教授是当之无愧的‘树根’，现任所长、中国科学院院士陈竺教授是挺拔伟岸的‘树干’，而我们则是一群蓬蓬勃勃的‘枝叶’。”

“我是站在了两位院士的肩膀之上”

陈国强1985年7月毕业于湖南衡阳医学院医疗系，作为一名品学兼优的高材生，他被留校从事教学与科研工作。1985年9月，他有幸成为王振义教授的委培硕士生。取得血液专业的硕士学位后他回到原籍。但到了1993年9月，他又以出类拔萃的成绩再次成为王振义教授的学生，并在陈竺教授的具体指导下，攻读博士学位。从此，他便在两位院士的悉心指导下，主要从事白血病细胞诱导分化和凋亡细胞及分子机制研究。

陈国强刻苦好学、谦虚谨慎，学习、继承和发扬王振义、陈竺两位院士对医学科学研究一丝不苟的精神，有着“耐得寂寞”“板凳坐冷”的韧劲。1997年，他有幸赴法国作半年的访问学者，期间他接到母亲去世的噩耗，但却强忍悲痛仍以忘我的精神投入在异国他乡的合作研究之中。但是，当申报的“国家科研基金”需要他回到祖国进行答辩时，他立即回国，最终以项目负责人的身份，倾倒在场的答辩专家，获得了60万元的经费资助。这事一时在血研所传为佳话。

陈国强常说：“‘枝叶’是‘树根’和‘树干’所养育的，导师王振义、陈竺为我们年轻人搭架了阶梯，要说成绩，我是站在两位院士的肩膀上才取得的。”

一天，研究所收到一份来自大洋彼岸《美国国立癌症研究所杂志》主编亲笔签名、发给陈国强的传真，通知由他负责完成的一篇论文将在下个月发表，陈竺阅后高兴不已，立即在该传真空白处疾书：“衷心祝贺！这是你作为通讯作者和最后一位作者在‘影响因子’达11.403的杂志上发表的第一篇文章。作为你的同事和兄长，我的内心是多么的振奋啊！中国的科学需要一批像你这样的青年人的坚实努力！”当陈国强在研究室接到传真时，他为所长的真情流露激动不已。

在科研论文发表时，人们往往看重第一位作者和最后一位作者。当年，陈竺当研究生时，王振义坚持把陈竺放到第一作者的位子上，自己的名字“殿后”。当陈国强当研究生时，陈竺也坚持把陈国强放到第一作者的位子上，自己的名字“殿后”。

而如今，陈国强又把经他指导的研究生朱新华名字放到第一作者的位子上。陈国强继承所内的优良传统，并在发扬光大这种不计名利的“殿后”精神。

“‘枝叶’只有常长新枝、发新芽，才会繁茂，才会使‘树根’和‘树干’增加年轮”

人们都知道，急性早幼粒细胞白血病是急性髓性白血病中一种特异性亚型疾病。1986年以来，上海第二医科大学附属瑞金医院上海血液学研究所在老所长王振义教授的领导下，率先在国际上应用全反式维甲酸诱导分化治疗急性早幼粒细胞白血病取得成功，完全缓解率达到85％以上。这一成果作为诱导分化治疗恶性肿瘤的成功典范，为其他肿瘤的治疗开辟了新的途径。

然而，纵观10年的临床实践，研究人员发现维甲酸治疗伴有两大缺陷：一是有5％～25％的病例发生严重的副反应，即出现维甲酸综合症，病人因进行性低氧血症和多脏器衰竭而死亡；二是普通和快速发生的维甲酸耐药性，严重地限制了治疗的远期疗效。

对于这一窘况，作为导师的学生陈国强觉得茶饭不香、睡觉不甜。多少个不眠之夜，他在思索，并努力寻找一种药能拯救这种白血病人并摸清它的机理。终于，陈国强经过深入的探索，在两位院士的指导下，与哈尔滨医科大学附属第一医院合作并进行细胞分子机制的深入研究，在国内外首次发现从祖国医学中发掘出的抗肿瘤药物——三氧化二砷（俗称“砒霜”）能选择性地诱导急性早幼粒白血病细胞凋亡。

在临床上，陈国强与医院血液科的几位教授合作，又在国内外首次对氧化砷药代动力学进行了系统的研究，发现静脉滴注氧化砷是一种有效、安全的途径。临床医生通过每日持续静脉滴注10毫升三氧化二砷治疗16例复发的急性早幼粒白血病病人和对维甲酸、化疗耐药的病人，其中包括两例来自日本已连续3次复发的病人，结果15例病人在28到54天内达到完全缓解，没有出现骨髓抑制和其他严重毒副反应，证实氧化砷是一种有效且安全的抗肿瘤药物。

取得这一成果的陈国强，紧接着又在两位导师的指导下，用英文撰写了一篇高质量的学术论文，投寄给世界血液学领域权威的刊物：美国《血液》。该杂志很快录用，并在当期封面上刊登该论文的彩色附图。仅隔一天出版的国际著名学术刊物《科学》发表了专题评论，称陈国强的这篇论文是“继维甲酸之后使每个人都感到震惊的同一个研究组获得的又一个令人感到惊奇的发现”“研究者应用现代生物学的最新技术，对中医的思想进行了科学的解释。”一些国际知名学者认为陈国强的这项研究将会自维甲酸之后，在国际血液学领域掀起一场新的革命。

陈国强没有陶醉于已取得的成绩，更没有飘飘然，而是更深地“沉”在自己的研究室。围绕“三氧化二砷”，他又接连在《血液》杂志上发表了两篇相关论文，这3篇论文从此奠定了陈国强在国际上的地位。现在国内外学者就相关的研究工作，几乎无一例外地引证陈国强的论文，而凡有关三氧化二砷的研究论文，一些主管单位也都喜欢投寄给陈国强，让他给审评、修改一番。

让人欣喜的是，陈国强的又一篇论文《药理浓度的三氧化二砷诱导恶性淋巴细胞凋亡和生长抑制》已在《美国国立癌症研究所杂志》这样一流的刊物上发表。他作为国家杰出青年科学基金获得者、卫生部优秀科技人才、上海市青年科技启明星已获得多项奖励和资助，成为一名医学科研领域的佼佼者。

“‘树叶’与‘枝叶’和谐相容，‘枝叶’与‘树根’‘树干’相依相存，就能使大树郁郁葱葱”

陈国强关于“枝叶”的理论颇为所内同仁欣赏和赞同。

走进细胞生物研究室的大门，扑面而来的是一股浓郁的团结协作、孜孜以求的科研氛围。始终瞄准医学科学前沿水平，并辛勤耕作的一群硕士、博士年轻人，在陈国强的带领下，没日没夜地工作。目前这个研究室承担了国家、卫生部5项课题。

“工作时，他是我们的老师；空闲时，他是我们的朋友。”一位女博士研究生快人快语地说。一位硕士研究生说：“我们这个小组之所以接连不断地出成果，一个主要的特点是‘小气候’良好，小环境温馨。”

人们看到，陈国强一边吊着盐水补液，一边坐在电脑前帮助研究生修改论文；人们也看到，每逢爱人出差，他索性将女儿带在身边，让她睡在实验室，而他自己可以干通宵；人们看到，他主持的研究室两星期一次的学术讨论会雷打不动；人们也看到，逢年过节，一群外地研究生在他家围坐欢聚。

陈国强曾风趣地说:“我是一片‘枝叶’,要保持常绿仍需从‘树根’和‘树干’吸取营养。在我这部植物学《枝叶》的‘辞典’里,唯有‘继承’‘创新’‘和谐’这六个字。”也许,这就是陈国强的“枝叶情愫”。

(《健康报》2000 年 6 月 10 日)

“报科技成果奖了吗?”

——陈敏章参观母校科技成果展侧记

一张张图表,一幅幅照片,一段段简明扼要的文字,把一项项科研成果展现在人们面前。

10 月 25 日上午,上海第二医科大学 55 届医疗系毕业生、现任卫生部部长的陈敏章来到母校图书馆展览大厅,饶有兴趣地观看母校近 5 年的科技成果展。

“这是我校在国内首次系统地建立的十多种标志酶的超微结构细胞化学技术,达到了国际先进水平;这是我校在国内开创的 HLA 细胞学研究,完成了中国人纯合细胞的 HLA 基因序列分析,这在国内外都是首次。”陈部长聚精会神地听着、看着,似乎对薛纯良副校长介绍的“首次”更感兴趣。

当刚要介绍“急性早幼粒细胞性白血病的分子生物学研究”和“维甲酸治疗白血病”这两项成果时,薛纯良副校长看到本校破格晋升的青年研究员陈竺也正在一旁看展览,便立即把这位全国五一劳动奖章获得者介绍给陈敏章。

在部长面前,还未到不惑之年的陈竺显得有点腼腆。陈部长得知运用维甲酸诱导分化治疗白血病是我国首创并得到法国、日本等多国学者证实后,急切地问道:“诱导分化治疗的缓解率是多少?”陈竺回答说:“目前已达到 85%~90%。”陈部长满意地点了点头。

薛纯良副校长进一步介绍说:“这项由附属瑞金医院内科教授、上海血液学研究所所长王振义领衔的研究成果,其撰写的论文在国际著名的《血液》杂志上发表后,被广泛引用。”陈敏章部长关切地问:“这项研究报科技成果奖了吗?”这时有人轻声地说:“当时可能还未认识到诱导分化能使恶性肿瘤细胞‘改邪归正’的意义所在,1988 年只得了卫生部科技三等奖。”陈部长认真地听着、思索着。

当走过“大面积烧伤治疗”和“小儿先天性心脏病手术治疗系列研究”展牌时，陈部长告诉学校党委书记余贤如和副校长薛纯良：“母校这两项走在世界前列的特色研究，我很熟悉、很了解。”

在成果展最后一块“1992 年生命科学部资助项目情况统计表”前，陈部长伫立观看得很仔细。薛纯良副校长说：“我校作为一所地方高校，今年国家自然科学基金面上项目中标 40 项，中标率高出全国平均水平，中标率和获得经费数在国家整个生命科学研究单位，包括全国 133 所高等医学院校在内名列第二位。”部长听后为母校感到自豪，说：“刚刚结束的党的十四大再一次明确提出科学技术是第一生产力，要振兴经济首先要振兴科技。母校 40 年获得 1 000 多项科研成果不容易啊！”

看完整个展览，陈部长突然又想起什么，他急步走到展览会第一块展览图片前询问薛纯良副校长：“血吸虫病新型诊断技术究竟怎么样？”“检测血吸虫病循环抗原，具有高度的特异性和敏感性。”“成本高不高？”“成本不高，而且操作简便、快速。”薛纯良副校长的回答使陈部长十分满意。

（《健康报》1992 年 12 月 5 日）

研究室的灯亮起来

——陈敏章考察上海瑞金医院侧记

还是那亲切的乡音，依然是和蔼的容貌，上海第二医科大学 55 届校友、卫生部部长陈敏章在沪参加上海医科大学“211 工程”部门预审时，抽暇回母校，定要看看当年自己实习过的二医大附属瑞金医院。

这天下午 3 时许，陈敏章一跨进瑞金医院，就对迎候的院领导们说：“从母校毕业都 39 年了，有几回虽来过瑞金医院，但都是来去匆匆，这回要好好看看。”

李宏为院长向陈部长汇报了医院抓医疗质量、抓学科建设、抓人才培养的情况，特别提到了医院涌现了以陈竺研究员为首的一大批青年科技人才。当谈到医院最近也在为学校争上“211 工程”作进一步努力时，陈敏章接过话头说：“学校进‘211 工程’主要靠人才，重点是创。‘进’是形式，‘创’才是实质，要看是否真正创一流。”

陈敏章饶有兴致地视察了现代化的外科重症监护病房和新建立的爱婴医院后，又在李院长等陪同下，走进了在全国享有很高声誉、由蜚声中外的血液学专家王振义教授任所长的上海血液学研究所。

静谧的研究所只听见放在走廊边的几台大冰柜发出的轻微马达声，研究人员正聚精会神地工作着。所长王振义教授出国了，副所长陈竺也临时接待外宾去了，李院长请博士研究生小董、小李为陈部长一一介绍情况。陈敏章对陪同的院长、书记说：“我觉得这个研究所最大的特点是年轻人占优势。”他还说，研究生的工作是低投入，高产出，要关心研究生的生活。

走过大冰柜时，李院长自豪地告诉陈部长：“这里储藏的是世界上第 4 个酵母人工染色体基因文库，由法国巴黎人类多态性研究中心赠送给陈竺的。陈竺研究员在半年时间里已拷贝了 2 套，一套已赠送给了复旦大学。以陈竺研究员为负责人之一的国家自然科学基金重大项目‘人类基因组研究’正在争分夺秒地进行着。”这时，所长秘书小傅对陈部长说：“陈竺老师每天都要忙到深更半夜才回家，现在实验室即使到了晚上，仍是灯火通明。”陈敏章说：“过去我们都是这么干的。可是后来有一段时间灯熄灭了，现在灯又亮起来了，这很好。”

陈敏章对王振义教授领衔的血液学研究所很信赖，对于王振义教授新近荣获“凯特林医学奖”、陈竺研究员荣膺“上海市高教十大精英”等荣誉感到欣慰。走出血液学研究所时，陈敏章对一群送行的科研人员说：“我们 12 亿人都要有奥运拿金牌的精神，科研就是要多拿金牌。”

（《健康报》1994 年 11 月 8 日）

来自母校的思念

陈敏章逝世的噩耗传来，他的母校上海第二医科大学万余名师生员工，特别是陈敏章的老师和同窗好友，都沉浸在巨大的悲痛之中。3 月 18 日，上海二医大召开了“陈敏章校友追思会”。

原震旦大学医学院地下党员杨圣刚说，上海二医大是 1952 年由震旦大学医学院、圣约翰大学医学院、同德医学院调整合并而成的。由于震旦大学医学院是一所教会学校，解放初期，"亲美、崇美、恐美"的思想还很严重。1950年，由上海徐汇中学考入震旦医学院的陈敏章，一进校就表现了非凡的政治热情和刻苦学习的劲头。针对帝国主义分子利用宗教在学院进行破坏活动，阻止教徒群众参加抗美援朝等爱国运动，以及煽动教徒学生抵制学校开设政治课等行径，陈敏章在学院举行的千人大会上予以揭露。现正在住院治疗的二医大第一届党委会第二书记王乐山说："陈敏章是一位品学兼优的好学生。他在学校加入中国共产党，是由我签名批准的。"

上海二医大原党委书记余贤如、副校长薛纯良在回忆陈敏章于1992年10月参加母校40周年校庆时说，当时他虽是卫生部长，但却没有一点部长的架子。他在同学们面前一再说："不管官做得多大，老师还是老师，要受到尊敬；同学还是同学，应相互关心。"陈敏章在母校校庆大会上说，母校充满生机活力，比较开拓和进取，保守思想比较少。但从七十年代开始到现在，在"好儿女志在四方"方面做得不够。我们的毕业生、新校友要到全国各地去，一代一代校友要青出于蓝而胜于蓝，希望寄托在新校友身上。

附属瑞金医院党委副书记、副院长沈翔慧说，1994年10月17日，陈敏章部长来上海参加上海医科大学"211工程"评审，抽暇回到瑞金医院参观访问。在视察坐落在瑞金医院内的陈竺院士实验室后，他嘱咐医院领导："我觉得这个实验室最大的特点是年轻人占优势。研究生的工作是低投入、高产出，要关心研究生的生活。"当陈竺的秘书告诉陈部长："现在实验室每天到半夜还灯火通明。"陈部长高兴地说："过去我们都这么干，后来一段时间灯熄灭了(指"文化大革命"期间)，现在灯又亮起来了，这很好。"

中科院院士、首席科学家、上海血液学研究所所长陈竺说："陈部长是我们非常崇敬的老领导，他十分关怀青年科技人员，多次勉励我们要树雄心、立壮志，努力开拓创新，攀登科学高峰，提高我国医学科学水平。他的谆谆教诲和长者风范将永存于我们心中。"

附属仁济医院原院长办公室主任任秋华回忆起医院建院150周年时陈敏章部长的题词"仁术无止境，济世暖人心"时说，题词不仅把仁济医院的院名嵌入其中，还激励医务人员对医术要"无止境"地学习，对病人要"暖人心"地爱护。

作为陈敏章校友的同班、同宿舍同学，著名消化疾病专家萧树东教授说，陈敏章尊敬老师是有口皆碑的。已故原上海市消化疾病研究所所长、中国工程院院士江绍基教授是陈敏章的老师，陈敏章每次公务路过上海总不忘到仁济医院看望。江绍基教授病重期间，他还专程来到病榻边探望。

97级基础医学院的学生陈莲丽等学生代表在发言中说，我们虽未见过陈敏章部长，但从许多老师的讲话中知道了陈敏章是位医德高尚、医术精湛的好医生。我们要向前辈学习，努力学习医学基础知识，将来更好地为人民服务。

（《健康报》1999年4月1日）

医学人生　感动莘莘学子

台上，老教授与主持人谈医学教育、谈临床治疗、谈医学科研，一页一页翻开自己博大精深的人生；台下，每到精彩之处，凝神倾听的莘莘学子掌声雷动。

这个由上海交通大学医学院党委宣传部创立，在沪上高校颇具声誉的名牌栏目——“医学人生”访谈，日前获得了“上海市高校精神文明创建优秀项目”的殊荣。

从医者首先要崇尚医德

王振义教授是中国工程院院士、著名的血液病专家，被全球誉为“癌肿诱导分化第一人”。当主持人问他如何看待名、利、德的关系时，他回答得很干脆：“三者是统一的，但应当把医德放在首位。作为医学生和医学工作者首先要崇尚医德，由此推动自己更好地学习、钻研，不断提高医术，成为社会认同的名医。”

在教育界和医学界，王振义教授甘当人梯传为美谈。20世纪80年代初，现为中科院副院长的陈竺院士以研究生身份发表论文时，作为导师的王振义坚持把陈竺的名字放在第一作者的位置上，陈竺结束留学生涯回国后，他又把血液学研究所的所长位子“让贤”给了他。“当初我也思量过，究竟是名利重要，还是事业发展重要？最终我选择了后者。”

学生要成为大学精神传承者

王一飞教授当了10年医学院校校长，又在世界卫生组织做了6年卫生官员，曾荣获全国优秀教师称号，他领衔的组织胚胎学课程曾获教育部首批国家级精品课程。面对主持人的提问，王一飞充满激情地说：“大学最宝贵的财富不是大楼，也不全在大师，而是一群生气勃勃的在校学生，他们来自五湖四海，走向天涯海角，他们是大学质量的体现者、大学精神的传承者。”

“大学培养人才归根结底六个字：知识、能力、素质。知识，包括自然、人文科学知识和专业知识；能力，包括自学能力、发现问题和解决问题能力、人际交流能力；素质，需要强调的是几个统一：创造性和坚忍不拔的统一、竞争能力和合作能力的统一、立足中国和面向世界的统一。”独到而精辟的见解，让刚跨入高等学府的学子们感悟到自己是大学精神的传承者，国家未来的栋梁。

大学是人生布局最后时段

戴尅戎教授是中国工程院院士、著名的骨科专家。关于人生，他是这样说的：人生如同下围棋，不可能有两盘棋一模一样，但无论是高手还是一般棋手，都要经历三个阶段：布局、中盘、收官。每个人在校学习的阶段就是布局，作为大学生，已走到人生布局的最后时段，一定要好好把握。

戴尅戎说：“人生布局不好，进入中盘的搏杀阶段就很困难。结束学业，踏上社会，便进入中盘阶段。这个阶段充满竞争，需要制定一个又一个目标，争取获得一个又一个胜利。”他再三告诫医学生：“布局，规划在前，并不显山露水；中盘，丰富多彩，可以大显身手；收官，尽力把一切做得圆满。”戴尅戎教授对人生的形象比喻叩动了在场的每一位医学生的心。

在一场又一场的“医学人生”访谈中，莘莘学子感受了老教授们对医学的一往情深，感悟了对人生富含哲理的深邃思想。

（《健康报》2005 年 10 月 20 日）

九旬长者的情怀

——访著名内科学家邝安堃教授

90 高龄的一级教授邝安堃，选择了 5 月 8 日——世界红十字日这一天，将20万元人民币捐赠给上海市医学卫生发展基金会和上海第二医科大学，分别作为“邝安堃中西医结合奖励基金”“邝安堃奖学金基金”。

翌日上午，当记者在他的寓所拜访这位驰名中外的内科学家时，他正坐在书桌前兴致勃勃地读着当天刚送到的刊有他慷慨捐赠消息报道的《文汇报》。邝夫人在一旁说：“先生了却了一桩心事，昨晚睡得很香、很舒坦。”

邝老目前仍耳聪目明、思路清晰，只是手脚不太灵便，谈吐也慢了些。他指了指书桌上那块昨天由上海第二医科大学赠送的镌刻着“桃李满天下”5个大字的铜牌，喜滋滋地说：“这是学校对我从医从教60年的评价。”

邝老说：“我一生从事医学。昨天我以自己的微薄力量设立两项奖励基金，为的是在深化改革的今天继续作点贡献，对医学上作出突出成绩的后辈在进行精神鼓励的同时，也能在物质上有所表示。”

谈起他将其中10万元赠款设立“邝安堃中西医结合奖励基金”，邝老强调，祖国医学是世界医学中的一大宝库，对各种疾患、特别是疑难杂症，采用中西医结合的方法诊治仍有很大的潜力。可是现在有一些医务人员、尤其是年轻人，不愿接触中医，不愿意搞中西医结合，这是一种目光短浅之举。

邝老早年获得法国巴黎大学医学院博士学位，是个内科学教授，但对中医、中西医结合颇有研究，曾担任国务院学位委员会第一届中西医结合组评议组组长，中华全国中医学会副会长、全国中西医结合研究会副理事长等职。他研究的中医虚症、阴阳学说和性激素在男性冠心病、高血压、糖尿病等疾病中的变化与中医肾虚的联系以及应用不同的中医治疗方法的效果等，多次获得卫生部和上海市的重大科技成果奖。

邝老一生医、教、研硕果累累，桃李满天下，如今仍十分关心他毕生从事的事业。他特别希望，在他有生之年能看到由他提议的与老年人有关的两大重要课题研究获得成功。

邝老随手翻开一本内分泌学著作，指着“骨质疏松”一节说，这是当今世界各国都在研究而都未解决的热门课题，他希望能依据肾主骨这一中医理论，采用中药补肾抗衰，首先在预防和治疗绝经后妇女骨质疏松的研究方面有所突破，然后再着手预防治疗老年男性的骨质疏松症。第二个课题，邝老希望能找到一种有效的中药，改善血管内皮细胞新陈代谢和提高细胞耐缺氧，从而防治随年龄增长或病理引起的各种心血管疾病。

邝老感叹地谈到，由于历史原因，人才青黄不接，再加上近年来人才不断外流，有些研究工作已经到了快停顿的状态。为此，他企盼捐赠给上海二医大的10万元奖励基金，每年一次奖励优秀研究生，造就一批又一批德才兼备的医学科技人才。

（《健康报》1992年5月30日）

我们这里奉献给读者的也许是一则“迟到的新闻”。然而，这组故事所昭示的精神，却将为任何一个时空的人们所崇尚。

——题记

毕生的奉献

——记著名外科学家傅培彬教授

1989年10月26日16时零8分，上海第二医科大学附属瑞金医院9病区40号床头的心电图显示器在略微波动了几下之后，最终呈一条直线——这所医院的老院长、外科主任，一个抢救了无数病人生命的人，自己的心脏却停止了跳动。

他，就是不愿人们称他为“院长”“主任”，而只要叫他一声“傅医生”的一级教授傅培彬。

“只要对病人有利，就要坚持干下去”

动过手术的病人，几乎都会在皮肤上留下粘过胶布的痕迹，这连病人自己都不大注意。但傅培彬只要查房发现谁的皮肤上还留有这种痕迹，便会立即用乙醚棉球给病人擦干净。至于手术刀痕，他更是讲究。经他手术的甲状腺病人，常常只在脖子上留下一条淡淡的刀痕，有的甚至连手术缝线遗留的白点也没有。

傅培彬做手术，不但要求近期疗效，而且更考虑远期效果。他致力于临床外科最常见的胃癌、肝癌、胆结石、坏死性胰腺炎等多发病的研究。他说过：“我们研究这些疾病，可能一辈子得不到什么奖。但只要对病人有利，我们就要坚持不懈地干下去。”

傅培彬经常提醒他的下级医生和学生："我们的成功是病人付出代价换来的，有的病人甚至付出了宝贵的生命。因此，我们不能在成绩面前沾沾自喜、居功自傲。我们要把经验传授下去，让后辈人少走弯路，使病人少受痛苦。"

瑞金医院的外科大夫在他的精心培养下，涌现出烧伤外科专家史济湘、小儿外科专家佘亚雄、小儿心脏外科专家丁文祥、腹部外科专家林言箴、胆道胰腺外科专家张圣道等一批外科医学领域的知名教授。

几十年了，傅培彬从临床外科的一点一滴做起，从最基本、最基础做起，手术刀在他的砥砺下出现了一个又一个奇迹。

是他，当年直接领导并参加了抢救烧伤面积 89%、三度烧伤面积达 23%的钢铁工人邱财康获得成功。由我们中国人最先打破了当时国外文献所宣称的烧伤面积超过 80%无法治愈的定论。

是他，开展了我国第一代体外循环机、心血管外科、血吸虫肝硬化门脉高压分流术等临床研究。

是他，率领外科医生们在国内最早开展肝脏、心脏移植研究，为我国器官移植外科打开了新的局面。

是他，首创恶性肿瘤扩大根治术、胃肠道全层吻合术，并先后在国内推广。

是他，晚年创立了"以胆石剖面结构及化学成分为基础的胆石分类法"，现已为全国普遍使用。

还是他，近年来致力于急性坏死性胰腺炎手术治疗，创立了一整套科学、合理、实用的方案，使治愈率达到国际先进水平。

……

"我们是带着党的温暖为病人服务的"

瑞金医院的医护人员谁不记得傅培彬说过的那句令人难忘的话："医护工作也是服务性行业，所不同的是人们需要我们服务时，正是他们遭受痛苦、生命受到威胁的时候。我们是带着党的温暖去为病人服务的。"

傅培彬早年毕业于比利时鲁汶大学医学院，1947 年进广慈医院(瑞金医院前身)任外科主治医生。新中国成立后，医院真正回到人民手里，这使他如鱼得水，有了纵横驰骋、施展才华和抱负的好机会。从此后，傅培彬把一颗爱心交给病人，凡认识和受过他诊治、手术的病人及其家属众口一词：傅医生爱病人似亲人。

然而，人们只知道傅医生爱病人似亲人，却不知道傅培彬爱病人胜于亲人，爱病人更胜于自己。

那一年，傅培彬的女儿患脑膜炎住在瑞金医院传染科病房。由于病情危急，传染病科请傅培彬共商抢救措施。恰恰在这时，外科手术室遇到了难题。傅培彬毅然对传染病科医生说："我女儿由你们抢救，外科病人有危险，我应该去。"说完就向手术室跑去。

一位急性肠梗阻病人已经躺在手术台上，急需输血。傅培彬核实了病人的血型后，捋起袖子说："抽我的血！"于是带着傅医生体温的600毫升鲜血输进了病人的静脉。在瑞金医院早期还没有建立血库的时候，傅医生多次输血给病人，然后又马上走上手术台。

"我们要体谅国家的困难"

傅培彬的手术刀挽救了成千成百病人的生命，但他从不用它来谋取哪怕一丁点儿的私利。

傅培彬的名气很大，身为瑞金医院的院长，又是全国人大代表，却从来没有利用自己的名望和职权为亲属办过一件私事。

1986年9月，傅培彬被确诊为"慢性淋巴性白血病"，1989年7月病情突然加重，住进了医院。

卫生部长陈敏章从北京专门打来电话，关切地询问他在治疗上有什么要求。躺在病床上的傅培彬说："学校和医院待我非常好，给我的治疗也好极了。我做得这么少、这么少，但给予我的太多了、太多了。"

弥留之际，他把他的学生、瑞金医院现任院长李宏为叫到身边，断断续续地说："我们医生都是讲唯物的……我的病你是知道的……是目前无法医治的……气管切开不要做，万一消化道出血，也不要输血……总之……不要为我再浪费人力物力了。"

为医学事业奉献了毕生精力的傅培彬，永远离开了我们。人们学习他，怀念他，期待在他之后，走出一代又一代人民的好医生。

（《健康报》1991年1月8日）

前景看好的基因治疗

——访人类基因治疗研究中心主任陈诗书教授

国内首家人类基因治疗研究中心在上海成立的消息，引起广大读者的关注。记者日前走访了该中心主任、上海第二医科大学教授陈诗书，请他谈谈有关基因治疗的情况。

“基因治疗将成为21世纪医学领域乃至整个生命科学中一项划时代的疾病治疗措施。”陈诗书教授的第一句话，就令记者对陌生的基因治疗兴趣陡增。

陈诗书教授介绍说，在美国，自1989年5月22日政府有关部门批准用“肿瘤浸润淋巴细胞”对首例恶性肿瘤病人进行治疗以来，至去年上半年已经批准并用于临床治疗的基因计划就有12项，已批准但尚未用于临床的有9项，由此可见基因治疗是得到美国政府的肯定的。据去年10月份在我国北京举行的人类疾病基因治疗国际会议传出的信息，在今后几年里，国际上将会有更多的基因治疗计划得到批准并应用于临床。根据美国《人类基因治疗》杂志1993年5月的最新统计，目前国际上已有近50项有关基因治疗的计划，其中开始执行的有26项，接受治疗的病人已达113名。另据有关资料介绍，美国基因治疗已步入商业化，仅今年就相继成立了十多家专门从事基因治疗研究和应用的生物高技术公司，许多搞基因治疗的著名专家纷纷加入。

“那么这种应用现代分子生物学新技术、新方法，在细胞转移免疫治疗法的基础上发展起来的基因治疗，在一些国家为何越来越受到恶性肿瘤患者及其家属的青睐呢?”陈诗书教授回答说:“第一，将一些对肿瘤有杀伤作用的细胞因子导入患者的‘肿瘤浸润淋巴细胞’或其他细胞，甚至肿瘤细胞，既简便又有效。第二，由于基因治疗可在体外进行基因修饰，因此使导入外源基因的操作有较大的灵活性。而且所用的基因载体是缺陷型逆转录病毒，其安全性可在体外作检测，所以临床应用更具有安全性。第三，经外源基因修饰的‘肿瘤浸润淋巴细胞’在白细胞介素-2的作用下可在体外增殖，并能保存在深低温的液氮中，随时方便地供患者使用。这3点是基因治疗的最大优点，是其他治疗恶性肿瘤的方法所不具备的。”

陈诗书教授今年64岁，从事医学生物化学专业的教学、科研工作已近

40年，曾先后获得过国家、卫生部和上海市的多项重大科技成果奖。他说，上海第二医科大学在全国率先成立人类基因治疗研究中心，旨在瞄准国际医学科技最前沿，跟踪高科技的最新进展，加强我们自己的基础研究和临床研究，并与兄弟院校、科研单位和国外研究机构开展交流合作，为国内患者和海外华侨、华裔病人造福。他又说，成立这样一个中心，起点虽然很高，但是与国际先进水平相比还有很大的距离，主要是基础研究相对薄弱。目前，我们要在已申请到手并正在努力完成的国家“863”课题《恶性肿瘤基因治疗的研究》的基础上，再继续深入探索，使我国在这方面的研究水准再上一个新的台阶。

目前中心基础准备工作已经就绪，建立了一套安全的基因治疗指标，明年将在临床上试用。陈诗书教授说，我们中心的临床基地——附属瑞金医院外科、附属第九人民医院口腔颌面外科等都具有很强的实力，而且中心已拥有用于肿瘤的基因治疗及增强机体免疫功能的多种细胞因子基因的克隆，更主要的是中心已具有可用于临床的逆转录病毒载体系统，并与该系统的创造者——美国密勒博士和他所在的西雅图福瑞德·哈金森肿瘤研究中心签订了合同，因此将此系统在我国用于临床后也不会产生知识产权等问题。

陈诗书教授最后说，我们将用于临床的基因治疗，是在经过动物实验之后开展的，有着极其严格的治疗方案，因此绝对保证病人的安全。基因治疗研究中心重视经济效益，但更注重结合国情，讲究社会效益。

（《健康报》1993年10月8日）

双下肢再植记

——访上海市第六人民医院骨科青年医师宗金海

“金海出名了！”

“宗医生成为新闻人物了！”

日前，记者在上海市第六人民医院采访这位承担世界首例双下肢再植术主刀的青年医师宗金海时，耳边不时传来这样的赞誉声。

宗金海医生英俊潇洒，浓眉下一双大眼睛给人以温柔、成熟的感觉。我们问他当时是否意识到这次手术是世界首例，他回答说："哪想到那么多，当时和同事们只晓得全神贯注地投入抢救。"

宗金海回忆道："5 月 24 日下午 6 点多，我正在骨科急诊值班，一阵嘈杂声后，人们突然抬进一位年逾花甲、面色苍白、处于休克状态的农民模样的病人。我还未来得及询问病情，病人家属就从蛇皮袋里倒出一双用衣服包扎的血肉模糊、满是污泥的腿脚。"

宗医生停了一下，略显激动地说："对于我们上海市第六人民医院骨科医生来说，目睹断肢是司空见惯的事；但像眼前这位病人被截断了双下肢，我是第一次看见，真有点震惊。"

宗金海介绍道，病人名叫钟二观，今年 60 岁，是浙江平湖良种场农民。那天下午 4 点钟左右，他在地里收割麦子，突然被一台小型收割机的钢板刀截断了双小腿。"面对这一少见的病例，我和沙宝琴等医师立即对病人进行紧急抢救，补液、输血、抗休克，同时汇报上级值班医师并商讨最佳治疗方案。"

"在唐一声副主任医师安排下，已下班正在宿舍休息的几位青年医生也闻讯赶来了。再植手术分左、右腿两个手术组同时进行，我有幸成为左腿再植术主刀，和值班青年医师王赤宇、进修医生刘克斌组成一个小组。右腿则是青年医师蔡培华任主刀，由董杨和进修医生盛名作配合。"

"在对病人抗休克、使其低下的血压回升后，再植术从晚上 9 点开始。我们两个小组都以娴熟的手法对截断的肢体作了清创、修剪。在找出肢体两端胫前动脉和静脉以及胫前肌、腓骨长短肌、跟腱，分别对神经、血管进行标记，并在胫骨两端作'L'型剖面后，我们首次运用自己医院去年才研制成功的'单侧多功能外固定支架'，为病人建立再植骨支架。接着缝合各组肌腱，修复软组织床，使伸屈肌腱达到张力平衡。随后又在显微镜下，每条腿各吻合接活了神经 3 根，接通了胫前动脉 1 根，大隐静脉和胫前、胫后动脉的伴行静脉 3 根……手术持续了 7 个小时，直到凌晨 4 点才结束。"

宗金海说，手术的关键是在显微镜下接通动、静脉。由于病人年龄偏高，有动脉硬化，血管内膜皱缩、剥离，吻合血管的难度很大，稍有不慎将影响血流畅通，所以医生们都使出了平时练就的"绣花"看家本领。

说到再植术成功，病人现已能稳健地双脚着地，并开始练习行走，宗金海认为运用"单侧多功能外固定支架"是成功的重要保障。他说，病人用上这种外固定支架，断肢再植便不需缚绑石膏，肢体完全裸露，有利于换药、观察血运、防止肿胀、早期负重下地进行功能锻炼。

双下肢再植术成功了，宗金海和同事们都为上海市第六人民医院再次在国内外赢得崇高声誉而高兴。据了解，参加再植术的6位青年医生平均年龄不到30岁！

（《健康报》1993年8月15日）

附1：

文传情　图传神

——读《双下肢再植记》有感

周方正

《双下肢再植记》一见报，首先就在编辑部引起震动，大家齐夸这是一篇好专访。我以为，该文的最大成功之处，在于见人见事见精神。

事实的本体是一例成功的高难度外科手术，20天前本报已发过有关此术较完整的科技新闻，因而，本篇的笔墨并没有停留在一般科技报道上，而是通过对这位老农的抢救，来反映医务人员的精神风貌和精湛技艺。从中让读者感到，几位被采访对象确实令人敬佩：

年龄：完成这“世界首例”双下肢再植术的六位医生，居然全是青年，且平均年龄不到30岁！这一事实很重要，它显示了我国医学高科技领域新秀辈出，可喜可贺。

难度：双下肢被切断，患者已近死亡，能抢救过来，真是一个奇迹。

时间：患者送到医院已是下午6点多，许多医生已下班了。可这几位正在宿舍休息的青年医生闻讯后，便迅速上岗抢救。这足以反映出医务人员良好的职业道德和雷厉风行的工作作风。

写人物，一般作品总爱用不少词句作人物外貌描绘和内心世界的刻画，但本篇用语却十分精炼，而又能收到笔下传神的效果：

“宗金海医生英俊潇洒，浓眉下一双大眼睛给人以温柔、成熟的感觉。”就只有这一句人物外形描写，但读来使人对这位青年医生产生出一种爱心。紧接着的那句答话也朴实无华。医生们当时哪顾得想这是否属世界首例，

“只晓得全神贯注地投入抢救”。这很令人可信，也道出了医生们纯真的心境。

本篇的现场感很强。伤员被抬进医院的情形以及他的伤势都做了活灵活现的描绘。如：“我还未来得及询问病情，病人家属就从蛇皮袋里倒出一双用衣服包扎的血肉模糊、满是污泥的腿脚。”这情景真使人触目惊心；而能把这种伤员救活，其医技的高超就不言自明了；同时也会令人产生联想，医务人员付出的辛劳和创造的价值又岂是金钱所能衡量！这一点，正好与文前所述有关宗金海受到夸赞的热烈场面完全吻合了。“情景交融神韵在，不须修饰自风流。”借诗家之言来评价本篇，是不为过的。

这里值得一提的是，该文的成功，在相当大的程度上得益于图片的帮衬。作者拍下的那幅照片画面很美，文中三位主要人物同时亮相：两医生一位深沉老练，一位潇洒聪颖；中间的老农虽拄双拐，但脚已着地。他们脸上都挂着微笑，这微笑流露出医患之间的一片深情，也是在向这“世界首例”成功的祝贺。文因图传，图以文显，两美俱备，是驻地记者来稿中不可多得的上乘之作了。

（周方正系《健康报》副总编辑，《健康报记者通讯》1983 年第 4 期）

附 2：

《双下肢再植记》被收入由红旗出版社 2002 年 4 月出版的《历史的印迹——〈健康报〉优秀新闻作品选》一书。

中国人民大学新闻学院郑超然教授“点评”：

作为“记”，通讯详细记述了双下肢再植的过程。这个过程是不能不写的。医生的医术、医德、医风，都在过程——具体的医疗活动中展现出来了。记者在这个环节上下了很多功夫，是本文成功的关键。

只有抓住事物的特点才能写出新意。本文突出了年龄这个特点：“6 位青年医生平均年龄不到 30 岁！”这句话使读者领悟到了其中蕴含的丰富的信息。

通讯用寥寥几笔勾画了宗金海英俊潇洒的形象，不但满足了读者的好奇心，也使文章活了起来。

甘为科研作嫁衣

——记上海第二医科大学副校长薛纯良

作为全国地方高等医学院校唯一的代表、上海第二医科大学主管科研工作的副校长薛纯良教授，日前在卫生部召开的全国卫生科技大会上作大会交流。精彩的报告是对上海二医大近10年科技兴校的总结，也是对上海二医大近10年科研管理的展示。与会代表从薛纯良教授的言辞中，看到了一个"科研嫁衣人"的生动形象。

薛纯良教授是一位预防医学专家，尤其在寄生虫病的诊治和预防方面有着很深的造诣。他曾在世界卫生组织总部担任过4年寄生虫病专业医学官员。1985年，他出任学校科研处长，翌年又担任了主管科研工作的副校长。他不仅把国外先进的科学管理方法引入应用到科研管理中去，而且还把科研管理当作一门学科来研究。他认为，当今世界每一项重大科研成果无不交融着科研管理人员的心血和智慧，因此科技兴校的重要一点是必须努力建设一支对科学事业有奉献精神的高水平的科管队伍。

对于科管人员骨干人员，薛纯良强调必须具备三个基本条件：一是愿为科学事业作出奉献，甘心为科技人员"作嫁衣裳"；二是懂得科研工作的规律性，掌握科学发展的动向，熟悉有关的章程和管理制度；三是有较好的组织协调能力和执行科技体制改革的政策水平。通过薛纯良10年的努力，这支原本无一管理科班出身的队伍，现在已成为既懂得现代化科学知识，又有管理能力和开拓奉献精神的行家里手。其中，当年抽调来的一名内科硕士临床医生，在几年工作之后，经两次破格晋升，现已成为医学管理学教授；两名科管骨干也已取得了管理学硕士的学位。

薛纯良还率先在附属医院倡导成立科研科，以后又过渡到科研处，建立了校院两级科管班子，班子主要领导大都由硕士以上学位、副高以上职称的懂科技、懂管理的中青年担任，改变了附属医院原先只在医务科里安排一名科研干事（多数是由护士担任）的势单力薄的局面。为此，不少单位科研处还专门组织了一支14人的考察队伍前来学习这一独特作法。

在薛纯良的领导下，学校科研处现在既是全校科研管理的职能部门，又是学校卫生管理专业的医学科研管理教研室。

在各类基金项目申报、特别是作为学校科研经费的主渠道国家自然科学基金项目申报时，薛纯良总是提前规划部署、广泛动员，而且还亲自下基层为科研人员介绍申报项目、评审标准、申请书写须知，还拿出经他审阅、修改过的样报标书供科研人员参阅。

由于薛纯良严把标书的质量关，上海二医大自1986以来所获科研项目的资助经费逐年上升。仅以国家自然科学基金项目来说，1986～1987年获131.5万元，1992年获182.7万元，1995年获301.3万元。

10年过去了，有人为薛纯良教授惋惜，有人为他赞叹。如果说10年前他顺着自己的专业道路走下去，他可以获得令同道刮目相看的成就，然而自1985年调任行政管理工作后，他脑海里装的不再是个人专业发展，而是整体上海二医大科技兴校的宏伟发展蓝图。薛教授说："就我个人来讲是损失了，但从学校来讲，科研工作有了很大的发展，科技兴校带动了教学和医疗工作，就如同我原先从事的预防医学专业，工作搞好了，受益面是很大的。科管工作是在为他人作嫁衣，值得。"

在繁忙的科管工作中，薛教授依然没放弃专业研究，他受有关专家之邀，包揽撰写了我国最新两部巨著《临床治疗学》《临床用药大全》中有关"寄生虫病""抗寄生虫病药物"的全部篇章约20万字，既反映了世界寄生虫病研究领域的新进展，也体现了他在该领域内的真知灼见。现在，薛教授还担任着国家自然科学基金委员会预防医学学科评审组特约评审专家。

他是一名预防医学专家，更是一名为他人作嫁衣的科研管理专家。

（《健康报》1995年12月24日）

工作在没有欢声笑语的地方

——记模范志愿工作者陈鸿玑

写有"遗体"二字的那块登记接受站的牌子，让人看了有点不寒而栗。然而，凡是与这里的主人陈鸿玑打过交道的，都会感到她身上有股暖流，热烘烘的。

作为现代医学文明窗口的遗体捐献登记接受站，在上海共有6个。上海第二医科大学遗体捐献登记接受站自成立以来，报名捐献遗体的志愿人员已达1 445人，其中175人已实现了自己的愿望。这个站的"光杆司令"、退休老护士陈鸿玑，被中国红十字会树为全国先进会员和模范志愿工作者。

陈鸿玑今年62岁，一副菩萨心肠。平日，她守着一张办公桌和一部电话机，只要有志愿者来电、来访，她总是热情接待。在她的接收站里，虽说没有欢声笑语伴随，但却有真挚的情感交融，亲切的话语萦绕。她对登记过的每一位老人都了如指掌。有时，她还自己花钱买点礼品，挤车去探望已登记捐献遗体的志愿者，特别是那些单身或患病的老人，送去学校和祖国医学事业对他们的敬意。

学校电话总机号码更改了，她发信一个个通知；逢年过节，她又寄去一封封慰问信。当登记过的老人去世，在实现他们的志愿前，她会不辞辛劳地策划一个个庄重的告别仪式，带去白衣天使对他们的崇敬和思念。

陈鸿玑告诉记者：遗体捐献的重要意义已越来越为社会公众、尤其是知识阶层所认识。上海开展志愿捐献遗体工作10年来，虽然已有3 905人报名登记和524人实现了志愿，走在了全国最前列，但是这两个数字对于拥有1 300万人口的上海来说，比例实在是小得可怜。

她说："有识之士把捐献遗体称为'一项社会的公益工程'，我很赞成。"她呼吁千百万人来拥护和支持这项工作，勇敢地冲破旧习俗的羁绊，加入捐献遗体的行动中来，为子孙后代的健康做出最后的奉献。

（《健康报》1991年8月20日）

"人耳"复制记

——访上海二医大组织工程学研究中心主任曹谊林

一只惟妙惟肖的"人耳"，竟然栩栩如生地长在一只裸鼠背上，要不是亲耳聆听上海第二医科大学组织工程研究中心曹谊林副教授一番详细的介绍，亲眼翻看他那本记载着复制"人耳"过程的影集，真的令人难以置信。

日前，在上海二医大组织工程研究中心所在地——上海第九人民医院整形外科，曹谊林对记者说："3月29日，我在上海召开的华裔骨科学会第二届学术会议上，将方兴未艾的组织工程学以及复制'人耳'的研究介绍给与会的国内外专家，这是我在国内第一次报告此项成果。其实，这已是一则旧闻，那是我一年半之前在美国做哈佛大学医学院组织工程学实验室主任瓦康堤教授的博士后时所完成的一项课题。"

今年43岁的曹谊林曾在美国学习、工作了6年。1991年，他是凭借自已在国内首先成功施行全头皮撕脱再植术等技术实力，从90多位竞争者中脱颖而出，成为美国整形外科学会当年奖学金获得者而赴美深造的。他说：“到美国不久，经一位教授介绍，我参观了波士顿儿童医院的一个实验室。当看到经体外培养的细胞可以形成软骨时，我的眼睛顿时一亮，意识到我当年一个很幼稚的想法有可能变为现实。”

曹谊林略为停顿了一下继续说道：“还是在我做我国整形外科创始人之一、上海市整形外科研究所所长张涤生教授的博士研究生时，面对许多耳朵伤残的病人，曾幻想能否取病人的肋软骨，将其碾碎重新塑造一个耳朵。后来，我在这个实验室义务打工了半年，学习体外细胞培养成软骨的技术，并决心由原先学习颅面修复术转向组织工程学研究。”

曹谊林一边拿出一只人耳模型，一边说：“人耳的构造、结构最复杂，你看弯弯曲曲的软骨，厚的地方很厚，薄的地方又很薄。所以我想以复制人耳作为组织工程学研究的突破口。”

曹谊林说，复制人耳时，我先取一种特殊的生物材料，精心制作成人耳模型，然后采用牛的软骨细胞在体外培养成活后，“种”到模型上去，使之很好地吸附并引导细胞生长。通过仪器观察，可看到细胞已分泌基质证明细胞和特殊生物材料塑成的模型相处得很好，已开始形成新的复合体。这样大约经过1周时间，便可将这一复合体植入到没有免疫反应的裸鼠背部皮下。再经过6周时间的培养，复合体中的特殊生物材料逐渐被裸鼠身体所吸收，而细胞则依附模型形成了新的软骨。通过病理切片检查，原先的生物材料确实不见了。这时，“人耳”已经复制成功。

曹谊林应用组织工程学首先催开了复制“人耳”的奇葩。目前，他正潜心深入研究，争取尽快由动物实验进入临床试验，早日能在合适的病人身上亲自实现组织、器官的重建与修复。

（《健康报》1997年4月12日）

为了中华民族的医学事业

——访香港中华医学会会长曹世植教授

应邀参加“’97上海食管胃静脉曲张治疗及消化病进展学术大会”的香

港中华医学会会长、香港特别行政区第一届政府推选委员会委员曹世植教授，日前接受本报记者采访时由衷地说："香港回归祖国后，我们完全是一家人了，为了整个中国的医学事业，我们当竭尽力量，更好地进行合作研究，交流提高。"

曹世植教授是香港消化内镜学会的创始人、前会长。他现在不仅担任亚洲太平洋地区消化内镜学会副会长、祖国大陆中华消化内镜学会名誉顾问，而且还分别担任北京协和医大、上海二医大、武汉同济医大和解放军总医院的客座教授。

曹世植教授说，近十多年来，内地在消化病治疗的基础和临床研究都取得了突出的成绩。在上海，由已故中国工程院院士江绍基教授创建并领导的上海市消化疾病研究所走在最前面，这个所在国际上首创呋喃唑酮根除幽门螺杆菌的两种短疗程、低剂量三联疗法，使根除率上升到90%以上，达到了国际上根除幽门螺杆菌的理想方案标准，这一研究在国内领先并达到了国际先进水平。在祖国的一些大城市，如北京、上海和广州等，一些医科大学和研究机构的消化疾病研究水平已经跻身国际先进行列。

"我是香港特别行政区第一届政府推选委员会委员，还是香港科技界庆祝回归祖国主席团成员，想到香港回归祖国，常常兴奋激动得夜不能眠。"曹教授说。他1975年就来内地进行医学交流。1990年以后更是频繁地交往，特别是我们香港消化内镜学会与大陆中华消化内镜学会两个兄弟学会，亲密无比。

曹教授说："香港的医学水平在亚洲名列前茅；国内的医学水平也是相当高的，只是在国际交流接触方面少些、薄弱些。香港医学界在医学研究方面相对比国内稍差，而国内病例多，回归后我们进一步互补长短、密切合作，就一定能在国际上展示中华民族的医学优势。"

（《健康报》1997年7月6日）

为病人透支生命
——记上海瑞金医院副院长俞卓伟

有人把他比作瑞金医院全天候的值班哨兵，也有人把他比作与死神搏斗的全方位指挥官。

他究竟为多少病人提供过方便、解决了疑难问题，无人统计过；他到底为多少重危病人的抢救付出了艰辛，也无人计算过。

但有一点人们是看在眼里、痛在心里的，那就是12年前，即1987年他调入瑞金医院时光泽红润的面容消失了，取而代之的是因缺少休息、睡眠导致的疲惫、憔悴的脸庞。

还有一点人们是在计算着的，他没有星期天，没有节假日，每天工作16至18个小时。即使按一天干两天活统计，整整12年，他的工作早已跨入了下一个世纪的2010年以后。

这位为病人而透支着自己生命的人，就是全国“五一”劳动奖章获得者、全国优秀医务工作者、上海市优秀党员、上海市劳动模范、上海第二医科大学附属瑞金医院副院长俞卓伟。

（一）

今年2月，瑞金医院召开了一次职代会。职代会中最感人的一幕，就是该院全体儿科职代会代表致俞卓伟副院长、院领导和全院职工的一封公开信。

信中说：“一年365天，无论是清晨，还是深夜，无论是在病房，还是在急诊，我们都可以见到俞卓伟副院长疾步匆匆、满带倦容的身影，但唯独没在医院的食堂里见到过他。‘废寝忘食’用在他身上太贴切了。他为医院、为社会、为病人已做出了两辈子、三辈子的贡献，他早已大大透支了自己的生命。病人的生命是宝贵的，俞卓伟副院长的健康也是宝贵的。”

信中呼吁俞卓伟副院长：“为了您自己，为了您的家庭，也为了您所关心的人们，恳请您：千万不要超越生理所能忍受的极限去工作，不要忘了大脑和胃的最低需求！”

信中还向院领导呼吁：“采取切实有效的措施，保护俞卓伟副院长。”

其实，除了医院职工关心他，早在1991年就有十多位病人联名写信给瑞金医院院长李宏为：“请您下命令让俞医生休息吧，这样下去，他要累死的！”为此，医院领导曾多次向他提出过“严重警告”，而且还三番五次在院周会上呼吁全院职工督促他休息。

然而这些口头的忠告与劝说都没能阻拦俞卓伟一如既往的拼命工作热

情。他获得市劳模称号后，上级领导安排他去桂林休假一星期，车票都替他领好了。他却说：“我不能离开病人而去游山玩水”，死活不肯离开医院。

（二）

1962年，俞卓伟由上海中学毕业并考取上海医学院，后被分配到贵州省兴仁县当矿医，由于工作出色，先后被提拔当上了县教卫办副主任和卫生局长。1983年，俞卓伟调回上海，在机电局下属的电池机械厂当厂医。1987年6月，任人唯贤并有所抱负的该厂支部书记在退休前毅然跑到瑞金医院推荐：“俞卓伟这个人才放在我们小单位里实在太可惜了。”从此，俞卓伟在上海最大的综合性医院——瑞金医院医务处以一个普通的工作人员施展了他对病人的一片赤诚之心。

俞卓伟调到瑞金医院12年，从医务处一名普通的工作人员到医务处副处长，后又从医务处处长到医院副院长，职务越来越高，而他那颗始终为病人着想的爱心没变，他那份组织协调好重危病人和突发事故抢救的责任心没变。

——一位患有10多年溃疡性结肠炎的病人因急性发作引发大出血而住入瑞金医院。住院半个月，又发作了3次，每次出血量都在1 000毫升以上，病人虽经抢救，但病情未能得到有效的控制。一天是星期天，正在各病区巡视的俞卓伟见病人再次大出血，立即请来了休息在家的几名外科和内科专家，及时采取手术治疗解决了病人的根本问题。

——一位卧床不起、患血友病并伴臀部巨大血肿的病人，四处求医，都说无法医治。他随身带了5万元钱来到瑞金医院，表示这家大医院如再治不好，就从楼上跳下去。俞卓伟闻讯，一边热情接待，一边详细了解病情，并做担保将病人收进医院，组织多科会诊，不仅切除了病人的巨大血肿，而且使病人恢复了工作。

——儿内科收治了一位因牙龈发炎而导致脓毒血症的患儿。医生在运用了各种抗生素后，患儿依然高烧不退，还引起全身软组织游走性红肿。对于这一罕见病例，院内外的儿科专家都表示无能为力。处于绝望中的患儿家长不知从哪儿得知俞卓伟大名，便在病房大楼苦苦等候俞院长。俞卓伟察看了病史，又亲自为患儿做检查，提出病孩可能为败血症基础上的对细菌和内毒素的高敏状态，建议大剂量的激素和抗生素一起使用。尽管这个提议并没有得到大多数医生的同意，但在一些老专家的支持下，用药当天病孩持续 50 天的高烧就退了下来，没想到第二天全身症状全部消除。

不管是高官，还是百姓，在俞卓伟眼里全都是病人，都需要热情接待、负责对待。他会用自己的毛巾为一位摄片的老人擦去嘴角残留的白色钡剂；他会陪伴因煤气中毒进行高压氧治疗的病人在一天内 2 次进舱承受高压；他会在星期天送一位痊愈的外地病人直至上海火车站；他会拿出自己的饭卡为一群护送病人来院医治的民工解决就餐问题……

(三)

俞卓伟为病人考虑得十分周到，唯独没有很好地关心家人和自己。上海甲肝流行那年，他的独生女儿不幸也被传染上了。解决一张病床，这对当时负责全院甲肝病房调度工作的俞卓伟来说，实在是不费吹灰之力的小事一桩，可是他没有这样做。“甲肝暴发，其他病人更需住进医院治疗”。他在狭小的家里为女儿搭了个家庭隔离病床，以致女儿的痊愈时间比他人长得多。

去年的一天，已 78 岁高龄的老母亲突然给俞卓伟打电话，诉说自己舌头有点麻木，怀疑是中风的预兆。可是由于时间安排不过来，俞卓伟去探望姆妈还是晚了两天，看见母亲已经中风并说不出话，他懊悔自己来晚了。为了不惊动医院和同事，他找了一家离自己医院较近的职工医院让母亲住下，以后每天虽然去探望，但也都是在半夜辰光了。

对自己，俞卓伟更没有时间多想。为了去帮助扶一只氧气瓶，他的脚趾不幸被压成骨折。他要求摄片技术员替他保密，然后自己不动声色地继续上班。由于劳累和缺少睡眠，他骑一辆“老坦克”不停地往返于各个科室和部门，多次在打盹中从“老坦克”上摔下来，最严重的一次跌得鼻青脸肿还擦破了皮。即使是这样，他还是忙碌在各个科室、病房，尤其是急诊抢救室或手术室。

“几年来，我已多次收到或听到对俞卓伟医生发自肺腑的道谢和反映。我认为，俞卓伟的敬业精神是尽心尽责、全心全意为人民服务的精神，对当前唤起医务人员的敬业精神和白求恩精神是十分有意义的。”这是原上海市副市长谢丽娟在一封人民来信中的批示。是啊，俞卓伟作为一名共产党员和一名医务人员，他所作的一切和他的人生价值观给了人们很大的启示。

难怪在瑞金医院，许多职工都说：“学雷锋，学焦裕禄，在我们医院就有榜样。俞卓伟就是活雷锋、活着的焦裕禄。”

（《健康报》1999 年 4 月 30 日）

“淡粉红的母爱”
——上海儿童医学中心巡礼

不知哪位哲人或艺术家说过这样一句话：“母亲般的温暖和关怀是淡粉红的。”

应了这句话，坐落在上海浦东新区的“上海儿童医学中心”的建筑墙面，也是淡粉红色的。大门口“上海儿童医学中心”8 个金色大字是江泽民同志题写的。

上海第二医科大学附属上海儿童医学中心自去年 6 月 1 日迎来第一个湖南小患者彭苏慧后，一年来，日接待患儿数在 750 至 1 000 人次。据不完全统计，中心还接待了国内外 268 批、6 600 人次的参观者。日前，记者走访了这所充满母爱的现代化儿童医院。

中心采用冰蓄冷全新风中央空调系统，无论是严寒的隆冬，还是酷暑的盛夏，患儿跨进大门便如同到了家一样舒适和自在。记者看到一个患儿在父母的陪伴下挂完号，门诊护士通过联网的电脑系统已清楚地知道了患儿的一般情况。“一对一”模式的宽敞诊室，采用尊重患儿隐私和私密型设计，家长和医生在这里进行充分的病情主诉和询诊，不仅融洽了医患关系，而且使医生不受干扰。当一个重感冒伴有高热的患儿看完病，医生立即让患儿住进按病房化标准设计的临时观察室。据医生介绍，要是患儿在观察期病情加重或突发其他症状，利用安置在床头的管道气体系统，可随时实施急救。而诊病结束后，联网的电脑系统和多用途的挂号卡，将患者付费后的配药信息传送到药房，药房立刻清楚地打印出一张标有所配药名称、剂量、单价和用法的单据。

浏览乐园似的住院部，记者还看到每个病区专门设立了新病员接待室，凡住院患儿来到这里便消除了恐惧感：那低矮的护士工作台，给患儿与护士的接触提供了方便；病房里智能化呼叫系统，使患儿可根据不同的颜色分别呼叫医生、护士或服务员；每两个病区之间设置游戏室，专供患儿玩耍；病房里设立的独立空气回路，有效地控制了交叉感染……

在实验诊断中心，看不到传统的瓶子管子，取而代之的是工厂化的流水操作，各种大型、快速自动检测仪器为临床一线及时、准确地出具报告。在超声诊断中心，记者目睹了7台彩色超声诊断仪忙碌地工作着，只一会儿功夫一张张图文并茂的彩色心功能报告就被打印出来。

来到手术室门口，记者被毫不客气地挡在门外。这里安装了电子门锁，没有得到外科手术医生多用胸（磁）卡的密码确认，任何人是不能随意出入的。据介绍，这里装备了10间精良的手术室，围成“口”字型的手术室中央是一个绝对清洁区域，经中心供应室消毒处理的手术器械，通过专门的电梯被直接送到这里，而手术后的器械和物品则由手术室外围的通道经另一个电梯送出。在手术洗手走廊，手臂感应式洗手池和脚感应式自动门，给医生带来很大的方便。

走出门诊大厅，在宽阔的草坪边，记者被一辆外观十分漂亮的救护车所吸引，原来这是儿童医学中心重症病孩救治“绿色通道”的一个重要组成部分。这个被誉为“轮子上的ICU”，装备了可移动型暖箱等全套重症监护及抢救设备，甚至连婴幼儿护送夹板和新生儿特制的听诊器都配备齐全。

“一切为了儿童”，上海儿童医学中心院长沈晓明教授在采访中反复强调这句话。他说：“上海儿童医学中心从开始筹备建设就始终得到江泽民同志的关心，作为上海社会发展标志性项目，整整一年的运行证明，我们面向大众，坚持基本收费，实行全方位无休息日工作模式，执行住院儿童家长全陪护制度是成功的。我们为儿童的一流服务，不仅体现在包括医疗技术在内的综合实力上，更体现在母亲般关爱儿童的医院管理上。”

（《健康报》1999年9月7日）

做德艺双馨的好医生

——黄洁夫副部长寄语医学生

“我作为一名医学生，毕业后如何才算是一个好医生？”

“学生以学为主，好的毕业生首先是政治思想品德好，并有好的业务加上好的身体。"

"我因为高考差几分，与医生这个职业失之交臂，成了卫生管理专业的学生，我想问一下怎样树立专业学习的信心？"

"'三百六十行，行行出状元'，卫生管理也是一门很大的学问，事实上当前医疗卫生改革需要两支队伍，一支是专业队伍，另一支就是管理队伍。希望你们好好学习，将来能成为卫生改革的栋梁。"

6月6日，卫生部副部长黄洁夫在上海参加中法文化年中法医学卫生研讨会期间，应上海二医大之邀为在校师生作了题为"做一名德艺双馨的好医生"报告会，并和学生进行了交流。

该校一位博士研究生问道："您对研究生出国深造有何建议？"黄洁夫回答说："我赞同并主张研究生出国深造，因为能开阔眼界，将现代医学与发达国家的先进经验学到手。另外，西方国家和东方国家有不同的文化，只有吸取精髓，充实和塑造自己，才能更好地看人看事。"

"做一名德艺双馨的好医生，这也是我自己一生所追求的。"看着悬挂的"做一名德艺双馨的好医生"报告会会标，黄洁夫说，"医生是一个高尚而又崇高的职业，人生轨迹要一步一步完善自己，悬壶济世，我始终没有忘记自己是一名医生。"

"咬定青山不放松，立根原在破岩中。千磨万击还坚韧，任尔东南西北风。"黄洁夫借用郑板桥在《题竹石画》中写的诗篇，坚定而又铿锵地说："人生如有第二次选择机会的话，我还是选择做医生！"话音刚落，台下掌声响成一片。

会散了，同学们仍意犹未尽地说："报告会没有说教，很生动。"

（《健康报》2005年6月10日）

年轻的团队　火热的心

——访上海交大医学院附属仁济医院器官移植中心

数字是最枯燥的，但也许能说明问题——从三间病房11张病床起家，到现在拥有两个楼层60张病床；只有9名医生，平均年龄不到32岁，全都是共产党员；器官移植中心成立不到一年，已成功开展了140余例肝移植手术，退回了病人红包 100 多万元。

面对这三组数字，记者日前走访了沪上这支最年轻的肝移植团队——上海交通大学医学院附属仁济医院器官移植中心。

让每一位患者的病情变化　在第一时间得到诊疗

仁济医院器官移植中心主任夏强和兼任党支部书记的副主任张建军都是外科学博士，都有着 5 年以上移植手术的经历，一个 39 岁，一个 37 岁。加上兼通肝病内科学、重症监护的围手术处理的 33 岁陈小松医生，还有被誉为“空中飞人”的专取高质量供肝的 31 岁张明医生。这四人便成了器官移植中心的核心力量。

夏强说：“器官移植中心成立于 2004 年 9 月 20 日，不到一年时间，我们已累计完成了 140 多例肝移植手术。”他们还创造了连续 15 例无输血肝移植的好成绩，使肝移植手术病人的费用平均控制在 15 万元左右。

夏强说，肝移植病人的病情 24 小时随时可能变化，中心 9 名医生每天工作都在 12 小时以上，他们成天泡在病房里，以“使每位患者任何病情变化得到第一时间治疗”作为服务宗旨。

红包被党员医生　演绎成医患温情

作为主刀医生的夏强、张建军乃至病区的护士长，往往拗不过病人及其家属送红包的热情。怎么办？只有当面接下，以抚平病人已被病魔折磨得不能再受打击的心。

陪伴 8 床 55 岁丈夫的妻子是位上海人，她说：“红包送啦，不送心里面怎么安稳啊！”她又告诉记者，医生将她送的红包打入了她丈夫的住院预付款。

来自福建福州的 26 床 60 岁的林姓女病人也说：“我妹妹送了个 3 000 元的红包，可是我手术后第二天就收到了一张 3 000 元的押金收据，原来医生已将红包交了住院费。”

夏强告诉记者：“从登记册统计来看，近一年来所收的红包，累计数已超过了 100 万元，全被退了回去。”

出院病人只要在网上咨询　医生会在第一时间作答

肝移植是一个终身治疗的过程，制订科学的个体化治疗方案要求医生对患者长达数年乃至数十年资料有完整的掌握。同时，肝移植又是一个尚未完善的学科，还需要在实践中不断摸索和研究，这就需要最大样本的临床资料积累。党支部书记张建军说，这次在医院里如火如荼开展的保持共产党员先进性教育活动，我们党员医生认为，要为群众办实事，为病人做好事，器官移植中心最重要的是健全并办好由自己创办的“上海移植网”。

病人出院了，都会得到一个用户名、一个密码，点开网络，“夏主任在线门诊”“建军在线”“小松热线”等便会映入病人及其关心肝移植人们的眼帘。出院病人只要在网上咨询医生，立刻就会有一条短消息发送到医生的手机上，医生便会在第一时间作解答。夏强、张建军、陈小松每天都会用网络、电话、短信回答咨询几十次，让病人感到保健医生随时在“保驾”自己的生命。

目前，有中心专职移植协调员负责登录数据的“上海移植网”已有200多位肝移植病人的资料储存在网，而且把出院病人每一次随访、检查结果都记录在案，而一些过去由夏强和张建军在其他医院治疗过的肝移植病人，也乐意将自己的病史转入该网络。像经过夏强手术的今年已60岁的汤益明病人，不仅将自己所有肝移植病史转入“上海移植网”，而且在浦东仁济医院附近买了新房，以便得到医生就近的关怀与照顾。

（《健康报》2005年9月27日）

讲台作证

——记上海交通大学医学院药理学家金正均教授

一位78岁高龄的老教授晕倒路上，第二天却又出现在授课的讲台上；他被学生拖到医院检查身体，结果被查出患恶性左肾肿瘤……

他说：“我离不开讲台，我还要去教学生。”

他就是我国药理学和生物医学工程双学位博士生导师金正均教授。

三尺讲台，他一站就是56个春秋。他是活跃在上海交通大学医学院讲台上年纪最大的教授

金正均1950年毕业于上海震旦大学医学院，获博士学位，曾任上海圣约翰大学医学院药理学助教。1952年，他到上海第二医学院药理学教研组

任教。56年中他担任过博士生导师、教研室主任、基础医学部主任，上海市药理与毒理学会理事长、中国药理学会副理事长、中国数学药理学会主任委员、卫生部新药评审委员会顾问、国务院学位委员会学科评审组成员等职。无论职务怎么变，他上讲台的心始终没变。他说："每次走上讲台，我都会以最好的精神状态出现在学生面前。"

药理学是每个医学生的必修课，金正均教了几十年，可他每次走上讲台前还是认真备课。金正均说："课程内容虽然早已滚瓜烂熟，但是我还是要特别注重并留意授课的程序、逻辑，哪里该转折，哪里该强调，哪里该举例。不备课上讲台，我心里不踏实。"

2002级学生柯耀华说，金教授对学生真是"家有一老，如有一宝"。"面对他既深入浅出又形象生动的教学，我们没有理由不认真努力地学好药理学。"

老教师魏丕敬说："金正均教授经常说这样一句话：'文化大革命'被耽搁了，我要把这10年抓回来。"

金正均半个多世纪从未迟到过，有时开教室门的管理员还未到，他便坐在楼梯的台阶上，边等边想着授课的内容。

作为药理学和生物医学工程双学位博士生导师，他尤其擅长药物受体动力学、电生理技术、生物统计等学科。近几年他授课每周4个半天，有中文的"医学设计原理""高级统计"和英文的"生物医学工程"，并为3个班级上课。

统计学中有个概念叫"自由度"。金正均为了讲清楚这个概念，上课时带了4只橘子放到讲台上，请学生任意挑选1只即为一次"自由度"，在挑选3次3只，所剩1只的情况下就不自由了，那么"自由度"就是"个数减一"。学生们纷纷叫绝，一个抽象的概念就这么被通俗地解释清楚了。

走下讲台的他驰骋在科学研究中，他创立了临床上合并用药的"金氏公式"，这项开创性的研究已在医药学界广为使用

金正均教授说："上讲台是传授医学知识，走下讲台搞科研是为了更好地走上讲台。"

随着现代科学的发展，在药理学研究中，用数学手段探索药理学定量规

律的定量药理学已受到药理学界的关注。为了赶上定量药理学（又称数学药理学）这一世界潮流，1979 年金正均教授和皖南医学院孙瑞元教授组织创建了中国药理学会数学药理专业委员会，金正均担任了第一任理事长。1982 年他组织召开了全国第一届数学药理会议，成立了全国数学药理学术委员会。

在临床上，合并用药是普遍使用的治疗手段，以往均沿用 Bügi 氏规律公式来判断合并用药后的最终效应。金正均教授在研究中发现了这个公式的缺陷，大胆地提出了创新性的修正，修正后的联合用药理论被誉为"金氏公式"。这个简单、易行、省时、省钱的公式，现已在医药学界广为使用。

金正均在电子学领域造诣深厚，他在电脑未普及时便在普通计算器上编制了一套程序，可以完成一些统计学上的复杂公式运算。现在电脑普及了，但他的许多国内外学生还存放着实用的计算器和金老师编写的讲义。

金正均思路开阔，在科研方面显示了较强的组织能力和实施能力，他课题设计明确，方向正确，尤其对关键性问题解决能力强。由他主持研究、创制的电脑自动控制给药系统——肌松开玛系统，推广创导计算机统计程序在药理学研究中的应用等研究成果，获得了上海市科技进步奖。

金正均还开办了多期全国电生理技术训练班、药理数学训练班，主编了《药理学进展》专著，《医学实验设计原理》《药物受体动力学》等教材，并发表论文 100 余篇。

他淡泊名利，以优秀品德和富有个性的人格魅力影响和教育着一代又一代莘莘学子

金正均说，作为一名教师不仅教学生医学知识，更重要的要教学生如何做人。

金教授的学生、上海交通大学医学院生物医学工程系主任、计算机医学应用教研室主任章鲁教授回忆说："1988 年我在美国费城 Drexel 大学做访问学者。一次金老师来看望我，我们一起谈学科发展、谈人才培养。金老师那一句'你对待学生要像我对你这样好'，永远记在我心里。"

药理学教研室青年教师朱瑾说："金老师犹如父亲，在我赴法国攻读硕士学位期间，经常发电子邮件教导我要珍惜目前的大环境，切忌浮躁。在我做学位论文碰到困难时，金老师又远隔重洋通过电子邮件及时给我指导。"

金正均关心青年教师的成长。他认为，要创办一流医学院，必须坚持走国际化道路，而青年教师则是学科发展的未来。他致力于为基础医学院培养专业英文、专业法文青年师资。对教研室里的双语教学骨干，他更是关心，手把手地教他们提高语言能力和教学水平。他 8 平方米的小书房成了青年教师常去的地方。

“教书是快乐的，我离不开讲台。”躺在病床上的金正均还是想着他那站了 56 年的三尺讲台。

（《健康报》2006 年 10 月 13 日）

基础与临床结合：提升学生实战能力
——访上海交通大学副校长、医学院院长朱正纲教授

2005 年，上海第二医科大学与上海交通大学合并，更名为上海交通大学医学院。在 2008 年度国家科学技术奖励大会上，该医学院获得了 6 项国家级科技奖，其中技术发明奖二等奖 1 项、科技进步奖二等奖 5 项，获奖数在全国医学院校中位列第一；在教育部学位与研究生教育发展中心公布的 2009 年全国学科排名中，该院的“临床医学”列全国学科排名第一。上海交通大学副校长、医学院院长朱正纲教授日前在接受记者采访时不无感慨地说：“我们在教学和科研上取得的成绩，得益于坚持不懈地进行师资队伍建设。”

人才是高校发展第一资源

朱正纲说，该院的“人才强校”战略就是要牢固树立人才资源是高校发展第一资源的理念。把造就高素质、高水平的医学师资人才队伍作为一流医学院建设的重中之重。就高校本身而言，应该从两方面来理解“人才强校”战略。一方面，高校是人才集中的场所，也是培养和造就优秀人才、传播科学知识的重要领域，同时又处于整个教育链的最后环节，是学校和社会交叉的直接“接口”。另一方面，高校的发展同样需要通过不断吸收和补充优秀人才来实现，人才的流动将为学校人才梯队建设增添活力与动力，进而带动教学与科研能力的提升，推动学校综合竞争力的发展。

他说，三年多来，上海交大医学院在医学人才培养质量上不断提高。通过整合和优化，在校园整体创新氛围浓郁的学术土壤中，完成基础课整合，课程日渐优化，使学生接受到更好的自然、社会和人文科学的全面教育，提高了学生的综合素质。八年制医学教学体系逐步完善，并深入推进医学培养模式改革，特别是医学院生源质量和博士生数量得到全面提升，为提高医学人才培养质量奠定了基础。

靠新型教育模式带动人才培养

朱正纲认为，创新人才的培养与成长取决于教育模式的创新。“人才强校”战略的实践要本着以人为本的人才培养理念，坚持探索创新人才培养的有效模式，坚持教学和科研工作协调发展，重视教学资源以及各学科间的整合与交叉，注重各类教学资源的开发与利用，通过学科的整合与交叉促进高等教育和人才培养，推动原创性科研成果的产出，提升学生解决实际问题的能力。

据他介绍，上海交大医学院从2004年开始，就以探究未知问题为基础，设计性综合性实验为载体，构建了一种开放式、学生主动参与的教学方法——“探究为基础的学习”。同时开展了客观结构化考试（OSCE），考试形式融入了标准化病人、实训模型等，更注重考查学生实践操作能力的手段，使学生的沟通和信息获取、标准熟练的操作程序和职业化程度等基本临床技能元素得到良好评估。2005年，医学院获得了教育部批准试办临床医学八年一贯制，并把该专业办成了“精品专业”。

科研目标锁定临床应用

作为一名外科专家，朱正纲一贯强调在教学与科研相结合、基础与临床相结合中培养一流的师资队伍。他提出，目前关于临床实践的课题研究有所减少，而涉及分子生物学的纯基础研究项目数量却成倍增加。但对于临床医生而言，一个真正高质量的科研课题必须能将新兴的科学知识与技术应用于解决特定的临床问题。

朱正纲说，在我国，研究生是多数临床与基础科研课题的具体实施者，而研究生培养时间仅3年，故在选题上多倾向于“短平快”的课题，或仅以一篇学术论文作为研究成果。就研究内容与方法而言，目前多数研究过于强调单个因素或某一检测技术的重要性，甚者一味求新猎奇，而得到的多是与国外已发表文献类似的结果。

以实体瘤为例，有关该课题的众多报道中，大多数仅限于单个基因的异常及其功能探讨。从肿瘤发生的整体观念着手，以肿瘤发生、发展中不同基因间的相互作用，来筛选及评价关键基因的研究还为数甚少。

该院提高胃癌疗效的外科综合治疗是一个瞄准基础研究与临床应用相结合的成功典范。朱正纲说："这个课题是上海瑞金医院至少五代人、近40年研究积累的成果。我算是第四代了，也在这个项目研究上做了30多年。通过在研究中培养人才，现在瑞金医院胃癌研究的年龄梯队齐整，第五代、第六代……从基因研究入手，生物治疗的可行性正成为新的探索方向。"

人才培养将以创新为核心

朱正纲说，人才培养是一项系统工程，需要一个良好的制度环境。科学、合理、规范的人才机制是高校选拔、培养人才的基础。完善的人才机制还能有效地缓和人才建设过程中形成的各种矛盾，促进优秀人才健康成长。

朱正纲指出，高校人才体制的创新，就是要遵循高校人才开发和人才使用的规律，坚持市场配置人才资源的改革取向，破除束缚人才成长和发挥作用的观念、做法，建立起有利于人才培养、引进和激励的体制。而高校人才制度的完善，则是要继承高校人才工作已有规章制度中科学、合理、适用的部分，去掉那些落后、不合时宜的条条框框，补充富有时代特征的新措施。

谈到学院未来的发展，朱正纲说："我们将以创新人才培养为核心，以提高教育质量为重点，进一步筹划研究生新技术综合实验平台建设、现代课程体系建设、精品课程建设等计划，并以重点学科建设为核心，着力打造一批国内一流、国际知名的学科和医疗诊治中心，提升知识创新能力和服务社会能力与水平，增强师资队伍综合能力。"

此外，该学院还将布局科技创新平台，聚焦肿瘤、免疫性疾病、代谢性疾病、神经退行性疾病和心血管疾病等人类重大疾病的重要基础科学问题；针对重大疾病，利用现有基础和临床医学的联合优势，建立高水平转化医学科技创新平台；筛选新的诊疗靶点，开发具有自主知识产权的新型诊断试剂、药物和疫苗，开展临床前和临床药物试验等。

（《健康报》2009年3月23日）

“银蛇”翩跹二十载

——记上海市卫生系统青年医务工作者最高荣誉奖项“银蛇奖”

第12届“银蛇奖”颁奖典礼6月22日上午在上海交通大学医学院隆重举行，18名杰出青年荣获上海市卫生系统青年医务工作者最高荣誉奖项，15名青年才俊获得提名奖。“银蛇奖”设立20年来，共有383名杰出青年荣膺该奖，他们是上海市8万青年医务人员中的佼佼者。

蛇年“起舞”

“银蛇奖”策划者之一，时任上海市卫生局团委书记、卫生局政策研究室主任，现为上海交通大学医学院附属仁济医院党委副书记、上海市卫生系统青年人才奖励基金会副理事长兼秘书长蔡秉良回忆说，20世纪80年代末，各大医院人才断层、青黄不接，加上论资排辈、按部就班的传统人才机制制约，要凝聚整个卫生系统的年轻人，优秀团员、学雷锋标兵、新长征突击手等都不是最贴切的激励机制。能否设立一个激励青年医务工作者立足本职、钻研业务、岗位成才的奖项，来赢得青年知识分子发自内心的认同感，成为当时上海市卫生局团委和卫生局政策研究室的热门话题。1989年正值农历蛇年，“银蛇奖”在这一年应运而生，成为上海市卫生系统40岁以下青年医务工作者的最高荣誉奖项。

第八届“银蛇奖”得主、中华医学会泌尿外科学会副主任委员、上海长海医院副院长孙颖浩教授说：“获得‘银蛇奖’后，我个人和我的团队在学术上、工作上的发展进入了一个快车道。”这也是许多“银蛇奖”得主的共同感受。

星光璀璨

从1989年到2009年，12届“银蛇奖”共激励383位医学青年精英。现在上海市卫生系统已一改人才断档、捉襟见肘的局面，呈现出一派“老一辈坐帐”“少壮派当家”的勃勃生机。

在上海市卫生系统，人们看重“银蛇奖”，是因为它已成为获奖医学青年精英坚实的起步台阶，在他们中间已涌现出中国科学院院士、首席科学家、学科带头人。

——卫生部部长、中国科学院院士陈竺教授在1990年37岁时，由于在急性早幼粒细胞性白血病研究中的突出贡献，荣获第2届“银蛇奖”；

——上海市副市长、上海节环境和儿童健康重点实验室主任沈晓明教授在1997年34岁时，由于在预防儿童铅中毒等儿童保健学领域的成就卓著，荣获第6届“银蛇奖”；

——上海市政协副主席、上海交通大学副校长蔡威教授在1993年34岁时，由于新生儿消化道畸形、肠瘘、短肠综合征等手术技艺精湛，荣获第4届“银蛇奖”；

——上海市卫生局局长、中华医学会手外科学分会主任委员徐建光教授在1991年29岁时，由于在臂丛神经损伤诊治的基础研究和临床应用中贡献突出，荣获第3届“银蛇奖”，成为迄今为止最年轻的“银蛇奖”获得者；

——“973”首席科学家、中华医学会整形外科分会主任委员、上海市第九人民医院副院长曹谊林教授在1991年37岁时，由于在组织工程研究领域创下了“裸鼠背上长人耳”的里程碑，荣获第3届“银蛇奖”。

据不完全统计，在12届“银蛇奖”获得者这支星光璀璨的队伍中，为数众多的青年才俊担任了医院院长、学科带头人、学术骨干，九成以上的获奖者已获得过国家级或省、部级科技进步奖，他们已经成为21世纪上海市医疗卫生工作者队伍的中坚力量。

徐建光在第12届“银蛇奖”颁奖典礼上说：“‘银蛇奖’见证了一代上海青年医学专家成长的光辉历程，也折射出了上海医药卫生事业的跨越式发展。我们相信，下一个20年，‘银蛇奖’将为构筑上海医学人才高地、建设亚洲医学中心城市作出新的更大的贡献。”

（《健康报》2009年6月23日）

“银蛇奖”：沪上名医的“助推器”

自1989年第一届“银蛇奖”颁奖至今，30个春秋过去，从“银蛇奖”获得者中，已经走出了陈竺、陈国强、孙颖浩、葛均波、宁光、张志愿、李兆申等7位两院院士，以及一大批名医大家、学科带头人……在近日上海市卫生系统青年人才奖励基金会成立30年暨“医务青年成才之路成功探索”高峰论坛上，“银蛇奖”的见证者、亲历者们同聚一堂，回顾往昔，吐露心声。

“只有激励青年医务人员走岗位成才之路，才能获得他们发自内心的认同感”

从当年上海市卫生局团委书记，到上海仁济医院党委书记，蔡秉良有一个职务始终没变——上海市卫生系统青年人才奖励基金会副理事长兼秘书长。作为“银蛇奖”的创始人，他见证了该奖诞生30年来所走过的历程。

“20世纪80年代初，出国潮风起云涌。随着国门打开，全球各大医药公司陆续进驻上海，纷纷从各大医院‘挖角’。有才华的青年医生和优秀医学院毕业生大量出国深造，加之相当数量的医务人员投奔外资企业，致使这一时期的上海卫生系统人才尤其是青年人才严重外流，各大医院人才梯队青黄不接。”蔡秉良回顾了当年“银蛇奖”设立的历史背景，“到了20世纪80年代末，一批学有所成的优秀青年陆续归国，但他们也遇到不少困惑。比如在医疗卫生体制改革还未全面展开的大背景下，卫生系统内部存在着论资排辈现象，青年医务工作者普遍有‘大树压小树，阳光照不到’的压抑感。上海卫生管理部门也意识到这个问题，认为只有提振青年医务工作者的精气神，上海医务界才有发展的基石。”

为凝聚整个卫生系统的年轻人，时任上海市卫生局团委书记的蔡秉良开始琢磨，“只有激励青年医务人员立足本职，钻研业务，走岗位成才之路，才能获得他们发自内心的认同感”，于是“银蛇奖”应运而生。

蔡秉良回忆说：“1988年5月4日，上海市卫生系统青年人才奖励基金会成立，上海市卫生局团委从自筹资金中拨出9万元作为奖励基金。想到‘灵蛇绕神杖’是国际公认的医学标志，1989年又逢中国农历己巳蛇年，于是‘银蛇奖’被确定为基金会奖励的名称。主要奖励年龄在40岁以下的青年医务工作者。”

“这是我们医学科研攀登道路上的‘第一把梯子’”

30个春秋，“银蛇奖”已举办了16届，共评选出248位获奖者、271位提名奖获得者，23位一等奖获得者导师获“特别荣誉奖”。如今，他们中有的成为两院院士、首席科学家；有的是医学重点学科带头人和领军人物，成为国内和上海重量级的名医大家；有的已走上各级领导岗位，成为行业的领军人物。

全国人大常委会副委员长、中国红十字会会长、中国科学院院士陈竺在1990年获得了第二届“银蛇奖”中唯一的一等奖。此次，他在上海市卫生系统青年人才奖励基金会编纂的《从银蛇奖到沪上名医》序言中写道：“对银蛇奖我很熟悉，因为我本人也有幸获得第二届银蛇奖的一等奖。当时，我从法国学成归来不久，能获此奖项感到很受鼓舞。”

海军军医大学校长兼长海医院泌尿外科主任、中国工程院院士孙颖浩，复旦大学附属中山医院心内科主任、中国科学院院士葛均波，分享了2001年第八届同届一等奖。在复旦大学附属华山医院手外科，就有徐建光、徐文东、陈亮、劳杰等先后获得银蛇奖，他们的导师——中国工程院院士顾玉东教授说：“在我心里，银蛇奖的地位很高很高。对青年医务工作者而言，这是一个非常重要的起步。”

“银蛇奖”二等奖获得者当中，也涌现了一批大专家，如现海南省省长、当年的儿童医学教授沈晓明，海军军医大学附属长海医院消化内科主任、中国工程院院士李兆申，上海交通大学副校长、上海交通大学医学院院长、中国科学院院士陈国强等。回首19年前的获奖经历，陈国强坦言：“当时站在台上有点‘小失落’，但也因为有了这一段拿奖的经历，我对医务界有了更清醒的认识，知道‘山外有山、天外有天’。”

银蛇奖以30年的时间，精心营造了青年人才迅速成长的氛围和机制。得贤而举之，得贤而与之。它聚焦青年人才，提携青年人才，促使青年人才脱颖而出。有不少获奖者被破格晋升，在科研项目上得到有力的支持。

“‘银蛇奖’从一个侧面反映出上海医务人才发现、培养、成长的良性循环机制。”上海市卫生健康委员会党委书记黄红说，“有计划、有步骤地推进上海卫生人才队伍建设，始终是上海卫生系统常抓不懈的重大工程。”

（《健康报》2019年1月25日）

“健康掌握在自己手中”

——世界卫生组织总干事陈冯富珍考察上海侧记

身穿短袖蓝底小花旗袍的世界卫生组织总干事陈冯富珍显得格外精

神。7 月 30 日上午，她冒着酷暑，在世界卫生组织驻华代表蓝睿明、上海市健康促进委员会副主任李忠阳的陪同下，兴致勃勃地考察了上海市长宁区新泾镇社区卫生服务中心及其市民健康自我管理小组。

8 时 30 分，陈冯富珍首先在新泾镇社区卫生服务中心听取了上海市健康促进委员会关于 7 年来建设健康城市的工作介绍，并饶有兴趣地查看了居民电子健康档案。

当听到上海今年向全市 800 万户市民家庭以及部分外来务工人员、部队官兵，免费发放包括 1 本健康自我管理知识手册和 1 把健康腰围尺的“世博健康大礼包”时，陈冯富珍立即取出大礼包中的“健康腰围尺”，在自己腰间量了起来，并对李忠阳说：“我们都没有超过女性警戒腰围 80 厘米。”她还对身边的蓝睿明开玩笑地说：“你肯定超过男性警戒腰围 90 厘米了。”顿时引来了大家的一阵笑声。她将“腰围尺”交给随行人员，并说要带回世界卫生组织让同事们也量一量。

陈冯富珍在随后的发言中说：“上海健康城市建设的方向正确、目标明确、工作路线图清晰，得到了各级政府的支持，并且拥有非常好的监测评估思路，在预防慢性非传染性疾病方面发挥了重要作用。”

9 时 10 分，陈冯富珍来到新泾镇淞虹苑居民小区。她对小区里的“科学健身路”特别感兴趣，立即与李忠阳等快步行走起来。陈冯富珍还走进一户正在包馄饨的居民家里，一眼就看到了桌上摆放着的由政府免费发放的控盐勺、控油壶。女主人陶阿姨每天 2 次围着“科学健身路”快步走上五六圈，除了健身走，还积极参与市政府大力倡导的控盐、控油、控烟、控体重和日行万步的“四控一动”健康生活方式行动，近 2 年高血压等几个检查指标箭头都往下掉。听说这些，陈冯富珍高兴极了。她指着自己身上穿的旗袍说：“这是十多年前做的，如今还能穿上身。我自己做榜样呀，就是坚持锻炼、科学饮食的结果。”

李忠阳告诉陈冯富珍，新一轮上海市健康城市建设 3 年计划已经启动，通过人人动手清洁家园、人人劝阻室内吸烟、人人坚持日行万步、人人掌握控油控盐、人人学会应急自救的“五个人人”行动，推广健康生活方式。像这样的“科学健身路”，上海已经修建了 575 条。

9 时 30 分，在新泾镇社区文化中心，陈冯富珍和正在进行活动的市民健康自我管理小组的老人们座谈，交流健康心得。当听到社区医生每周都要来小组给老年朋友上健康课时，陈冯富珍大为赞赏。看到一位烟龄长达42年的老年朋友在接受健康自我管理教育后终于戒了烟的现身说法，陈冯富珍向他表示祝贺，并说“健康掌握在自己手中”。

据介绍，以高血压、糖尿病等慢性病人为主的上海社区居民健康自我管理小组始建于2007年，截至2009年年底已达6 382个，基本覆盖了整个上海街镇。陈冯富珍得知后评价说：“上海的健康城市工作做得很好。”

陈冯富珍对李忠阳及长宁区卫生局的领导说：“我的感受很深，我也很激动。我走了很多国家，看了同样的健康城市计划，上海算是第一了。上海的成功经验可以通过世界卫生组织与其他成员国分享。”

（《健康报》2010年8月2日）

附：《健康报》人文管理编辑中心主任孟小捷的点评

抓住细节　凸显理念

这篇通讯反映的是世界卫生组织总干事陈冯富珍考察上海健康城市工作开展的情景。作者避开以往类似题材容易陷入的报道套路（如列举工作成就加领导总结评价等），通过悉心观察现场，抓住陈冯富珍主动测腰围、走科学健身路、向戒烟市民祝贺等几个细节，生动地展现出“健康掌握在自己手中”这一健康理念。而上海推进健康城市的措施以及取得的成就也就自然地通过陈冯富珍的所见所闻所感得以呈现。

文中随处可见作者的用心。比如，导语就很吸引人——“身穿短袖蓝底小花旗袍的世界卫生组织总干事陈冯富珍显得格外精神”，这不仅仅是对主人公形象、气质的描摹，更为下文“量腰围”以及对居民进行“坚持锻炼、科学饮食”的现身说法埋下伏笔。此外，“量腰围”一段，作者运用直接引语以及“取出”“量了起来”“交给”等几个动词不仅视觉化地勾勒出作为世卫总干事的陈冯富珍亲切、随和的形象，顺带也“科普”了一把，将男女性警戒的腰围数值借总干事的玩笑话巧妙地告诉读者，读后让人印象深刻。

（《健康传播观察》2011年第2期）

“我庆幸自己能参加这样的培训”
——上海住院医师规范化培训侧记

上海市在全国率先推行住院医师规范化培训，从去年7月底1 830名住院医师进入39家医院进行培训以来，已逾5个月，上海市卫生局日前召开了住院医师、带教医师和管理人员座谈会。同时，记者获悉，上海市已启动教育部批准的临床医学硕士专业学位教育与住院医师规范化培训结合改革试验。按照试验方案，临床医学专业本科毕业生经过3年的住院医师规范化培训以及相应课程学习，通过考核后可获得研究生学位证书、研究生学历证书、住院医师规范化培训合格证书和执业医师资格证书。

住院医师规范化培训迫在眉睫

“面对同一位肿瘤病人，中国4名不同科室的临床医生可能说出4套、5套甚至6套治疗方案。而美国4名不同科室的临床医生说出的却是同一套治疗方案，这得益于住院医师期间的规范化培训。”上海市住院医师规范化培训专家委员会外科专家组组长、复旦大学附属华山医院肝胆胰外科专家蔡端教授讲的这个状况，反映了住院医师培训的紧迫性。

2009年年底，上海市公布了住院医师规范化培训的新政策，即从2010年起，上海市的用人单位不再从医学院校直接招录从事临床医学专业工作的应届毕业生；凡是应届医学毕业生愿意到上海医疗机构执业的，必须在培养基地医院再培训3年。

第一批招录并进入培训的1 830名住院医师中，本科生517人（占28.2%）、硕士生1 105人（占60.4%）、博士生208人（占11.4%）。他们不是培训医院员工，而是“社会人”，由政府出资，解决他们的工资、工龄、保险等问题。

“医学专业本来就是学制最长的专业，毕业后还要回炉3年，人事关系又不在培训医院，心里总觉得不踏实。”这是方案公布之初医学生普遍的担忧。正在上海新华医院接受培训的上海交通大学医学院7年制毕业生陶怡菁说：“当初，班级里大部分同学有了不想当医生的念头，有一半以上的同学都参加过公司的面试或公务员的考试。现在‘规培’进行了近半年的时间，当初认为的‘会被当做实习医生对待’‘根本就是到处混日子’‘走过场的轮转’之类的担忧，在事实面前都被打破。”

与临床实践相结合

目前，正在上海第二军医大学附属长征医院接受培训的许爱平坦率地告诉记者："我是本科5年、硕士3年的学生，读本科时一心考研，在临床实习时能逃就逃，不能逃就待在科里看书，毕业以后几乎没有临床能力。虽然考上的是临床型硕士，因为要完成研究课题，我只在临床待了不到3个月。"

许爱平说："来长征医院接受培训已经5个多月了，轮转的第一个科室就是急救科，科里的重病人很多。记得有一次早上交班，有个值班医师简单陈述一下患者发热、肺炎、心率50多次。科主任景炳文马上提出，一般病人发热心率都会升高，这个病人为什么心率还是很慢，要考虑是不是有心脏方面的问题。他告诫大家，作为临床医生一定要多问几个为什么，不能忽略病人的每一个细节。现在每次遇到问题，我都会反复问几个为什么。"

在上海第六人民医院接受培训的陈思则从"看、想、说、听"4个方面总结了自己的培训心得。

"看。第一次跟着带教老师值夜班，老师让我自己先去看病人，分析病情变化的原因，提出解决问题的方法，然后再给我指出其中的问题。往往看似细微的病情变化会被我忽略，而事后仔细回想，任何小的问题都有可能是病人病情急转直下的预警，一旦忽略后果不堪设想。

"想。每周的主任查房也是让我既期待又紧张。紧张的是主任会针对病人的不同情况提出问题，而这些问题确实自己在工作中不曾留意或没有深度分析；期待的是主任会给我们作出精彩的解答。在这一过程中，我学的是临床思维的严密和分析病情时的严谨。

"说。和患者及家属的沟通能力是在课本上学不到的基本功。如何把病情交代得通俗易懂，如何把患者的质疑一一化解，不但要求我们有扎实的临床知识，还包含着很多谈话的技巧，而最好的老师就是各科的临床医生。

"听。医院还为我们安排了临床课程的学习，这些课程更多的是贴近临床。在这一过程中，我们提高了对临床上危重急症的识别和处理能力。"

陈思说："如果说半年前我对自己参加住院医师规范化培训这一决定还带有一丝犹豫，那么现在我庆幸自己有机会能在毕业后参加这样的培训，让自己更加符合一名合格住院医师的要求。"

（《健康报》2011年1月4日）

"医生这行当真辛苦"
——上海29位市民体验"医生的一天"

穿上白大褂、别上"实习医生"的胸牌、签订保护病人隐私的承诺书，通过社会公开报名应征来的29位上海普通市民，在上海交通大学医学院附属瑞金医院6月12日举办的"医患体验日"活动中当了一天"医生"。

退休人员周阿姨："医生要做大量沟通和解释工作"

在普外科四病区，6位"实习医生"在住院总医生李佑带领下听取了夜班交班汇报，接着跟随副主任医师陆兴生一起查房。

走近565病床，陆兴生笑容可掬地和患结肠癌需要手术的高老太太打招呼："昨夜睡得好吗？住在医院不太习惯吧？"陆兴生问寒问暖，又向"实习医生"介绍了结肠癌的症状。接着，陆兴生与患结肠多发性息肉的陈先生沟通，问他是否愿意做微创手术。

在一个多小时的时间里，"实习医生"们跟着陆兴生完成了病区所有病人的查房工作。病区护士长告诉"实习医生"，查完房后，医生们就进手术室为病人开刀了，有时一个复杂的手术要持续好几个小时，外科医生需练好"四得"功夫：憋得、饿得、累得和站得。

"实习医生"、刚刚退休的周阿姨感叹道："我也陪家人来瑞金医院看过病，只知道排队等候时间长、医生没有笑脸，这次体验了才晓得，医生除了医疗工作外，还要向病人及家属做大量沟通和解释工作，竟然这么辛苦。"

白领叶小姐："几个小时她一口水都没喝"

参加完交班、查房，又学习了心肺复苏急救和骨折后创伤包扎，接近中午11时，"实习医生"、白领叶小姐赶到门诊大楼内分泌科，与该科青年女医生张豫文一同接待门诊病人。

叶小姐发现，几乎每位病人都显得很焦虑，反复问："医生，我的毛病要紧吗？""医生，我刚查完血，能不能让检查报告今天就出来？"诊室门口的长椅上坐满了病人，张医生刚给一名病人开了药，另一名病人就递过来一张化验单。从中午11时到下午3时，叶小姐和张医生共接待了41名病人。

叶小姐感到口干舌燥，头也有点发晕。她说："张豫文医生是位孕妇，9

月就要生宝宝了,但她几个小时下来只是随便吃了个盒饭,连一口水都没喝过,真让人心疼。"

学生张圣良:"体验让我真正了解了这个行业"

下午2时～3时,同济大学工业工程系大一学生张圣良在急诊抢救室当"实习医生"。

抢救室100多平方米的空间足足摆了24张床,病床间狭窄得只能容纳一人通过。可是,"120"救护车还在不断往这里送病人,其中不少是外省市的。

张圣良说,这里的护士总是不停地来回巡视,永远没有坐下来休息的时候,可还是能听到病人及家属的抱怨声,他们总希望医生一喊就到,但毕竟医院的接诊能力有限,医生也是有限的。

急诊抢救室陶医生告诉张圣良,这几天,气温较高,"120"救护车送来的多是心脑血管疾病复发的老年患者,但其中1/3的病人并不需要来三级医院抢救。这里一年四季都人满为患,刚空出一张床位,马上就会收进新的病人。

张圣良说:"这次体验让我真正了解了医生这个行业。"

(《健康报》2012年6月20日)

公众参与是促进男性生殖健康关键

——"第二届亚太地区男科学论坛"圆桌会议侧记

10月28日是我国第七个"男性健康日"。正在上海光大会展中心召开的"第二届亚太地区男科学论坛"特意举行了一次以"关爱男性健康:从科学研究到公众参与"为主题的圆桌会议,让公众代表、国内外知名的男科学专家和媒体记者共同就男性生殖健康的热点问题进行直接对话。

今年52岁的朱先生抢先提问:"男性健康与性生活有没有密切的关系?老年人是否就不要性生活了?"

此次论坛主席、中华医学会生殖医学分会主任委员王一飞教授肯定地说:"这个问题提得非常好,有利于构建和谐社会、和谐家庭。今年我国第七个'男性健康日'的主题是:'健康与幸福同在,责任与和谐同行',从一个家庭来说，正体现了这个要旨。”

北京解放军总医院内分泌科主任医师、中华医学会男科学分会副主任委员李江源教授补充说，中老年要求有性生活很正常。中老年夫妻保持正常的性生活有利于夫妻心情、感情，也促进了家庭和睦。六七十岁的老年人没有性要求不是绝对的。

今年32岁、已婚未生育孩子的侯先生诉说自己已治疗两年时间，精液检查也未发现异常，感到很苦恼、很困惑。南京军区总医院检验医学研究所所长、中华医学会男科学分会副主任委员、《中华男科学杂志》主编黄宇烽教授在回答时表示很理解。

黄宇烽教授说：“我很赞成此次论坛主席王一飞教授在主题报告中的说法，即男性生殖健康带有普遍性和终生性，从‘摇篮到坟墓’的男性生殖健康，具有整体观。”

“一个男孩呱呱落地后，就面临生殖健康问题，有无生殖系统先天异常呀，包皮是否过长呀，如何预防由腮腺炎并发睾丸炎呀，青春期的男孩对第二性征发育与阴茎大小的忧虑、手淫以及与睾酮相关的攻击性行为呀，成年以后，结婚、生育、不育、性功能障碍、生殖道感染、前列腺疾病及早泄呀，都是男性面临的主要生殖健康问题。我们将为你以及你的妻子作更进一步的深入检查。”侯先生听后满意地点头。

67岁的胡先生和69岁的邵先生在提问中都提及自己的前列腺疾病。中国医师协会泌尿外科分会副主任委员、复旦大学泌尿外科研究所所长张元芳教授说，男性一生中都会有前列腺炎，绝大部分是没有问题的。现在媒体有关前列腺疾病的广告做得太过分了，其实不影响工作和生活，症状不明显者就不需要治疗。

张元芳教授提醒男性，不要总是坐着，即使坐着工作与学习的男性，其臀部两侧要交替用力；排尿时要排干净，以防止反流至前列腺而引发感染。张元芳教授强调有了症状要治疗。而老年患者70％～80％不需治疗。即使是患了前列腺癌，其治愈率也是非常高的。

公众代表一个问题接着一个问题提，与会的我国知名的男科学研究专家张永莲院士、王国民、王益鑫、李铮教授等一一作了解答。就连听不懂中文的国际男科学会主席安东·格罗特哥德博士在翻译帮助下，也饶有兴趣地从头听到尾，并参与了整个公众与专家的对话，称赞公众参与是促进男性生殖健康的关键，对话极富意义而且很成功。

（《健康报》2006 年 10 月 31 日）

我国听力障碍诊治全方面合作机制破冰
——上海第九人民医院牵头成立全国听力障碍诊治中心联盟

2018 年 3 月 3 日是第 19 个“全国爱耳日”，主题是“听见未来，从预防开始”。爱耳日当天，由上海交通大学医学院附属第九人民医院牵头，联合全国 31 个省市近百家医疗机构参加的“全国听力障碍诊治中心联盟”在该院签约成立。

据国家卫生计生委听力筛查专家组组长、中华医学会耳鼻咽喉头颈外科分会候任主任委员、上海市卫生计生委防聋治聋技术指导组组长、上海交通大学医学院附属第九人民医院院长吴皓教授介绍，此次联盟成立旨在应对国家在疾病多中心研究和网络化资源共享方面整体化布局的未来趋势，迫切需要在听力障碍的教育教学、人才培养和科学研究等多方面建立多层次合作交流机制，促进各方合作共赢。吴皓说：“联盟将打造成专科优势明显，管理精细、服务优良，集医疗、教学、科研、预防和康复为一体的具有鲜明学科特色的全国性听力障碍诊治中心联盟。”

有统计数据表明，我国是世界上听力残疾人数最多的国家，有听力残疾人 2 780 万。听力残疾严重损害人的听觉言语功能，影响人的身心健康、生活质量，造成沉重的经济和社会负担。为使全社会关注听力健康，早期发现和预防听力损失，减少聋病残疾儿的出生，提高全民素质，我国于 2000 年将每年的 3 月 3 日定为“爱耳日”。为实现早发现、早干预、早治疗，有效降低聋哑发病率的目标，2004 年 12 月，原卫生部正式将“新生儿听力筛查规范”纳入《新生儿疾病筛查技术规范》中，在全国范围内广泛开展新生儿听力筛查。

据了解，以吴皓教授为骨干的研究团队早在 1998 年就开始运作“新生儿听力筛查及干预”研究。在国内外首次对新生儿期鼓室和外耳道的结构和生理特征的改变进行了观察，首先提出了符合我国国情的两期筛查的新方案，建立了新生儿听力障碍早期诊断及综合干预的技术体系，使听力障碍新生儿在 3 个月内得到确诊，6 个月内得到系统干预，从而实现“聋而不哑”。

另外，研究团队还首次在上海建立了新生儿听力障碍筛查、早期诊断和综合干预的规范化网络体系，查证了上海市新生儿听力障碍的发生率、分布情况和干预效果，使得这项研究成为国际上筛查数量最多、筛查覆盖面最广的新生儿听力筛查项目。研究团队还对新生儿听力障碍的流行病学资料进行了连续3年、多达225 793例样本的观察，筛查覆盖率达95%，成为国际上样本量最大、覆盖率最高的新生儿听力筛查项目。研究项目不但获得了国家科技进步二等奖，还规范了全国范围内的新生儿听力筛查技术、诊断标准和干预方法，而且把我国首次制定的《新生儿听力筛查的技术规范》列入了《母婴保健法》中的法定筛查项目。

近年来，吴皓教授担任科技部重点研发项目首席科学家、主持国家自然科学基金重点项目，团队科研人员在耳聋新基因克隆和功能研究、耳聋基因型-表型关联研究及遗传性耳聋转化医学研究等领域取得了丰富的研究成果，发表SCI收录论文50余篇。2017年团队成员陶永医生和哈佛大学合作，在世界上首次证实基因编辑工具CRISPR/Cas9治疗遗传性耳聋小鼠的可行性，相关研究论文发表在《自然》杂志上，实现基因编辑治疗对所有类型遗传性耳聋小鼠的全覆盖。通过高通量筛选小鼠耳蜗毛细胞再生信号通路药物，研发新型有效安全的毛细胞再生的小分子化合物，为老年性耳聋的精准治疗提供依据。

据悉，为更好完善我国耳聋防治体系，由国家卫生计生委防聋治聋技术指导组、中国医疗保健国际交流促进会、世界卫生组织中国防聋合作中心主办，上海交通大学医学院附属第九人民医院承办的2018年中国防聋大会将于9月14～16日在上海召开。会议将以《2018～2025年全国防聋规划》为导向，构建全国耳聋预防、治疗与康复服务网络，完善耳聋防治和康复技术协作体系，促进我国耳聋治疗、预防和保健事业的发展。

（《健康报》2018年3月5日）

让心灵的"窗口"更明亮

——上海瑞金医院为徐虎治愈深度近视侧记

依然是那副人们熟悉的黑宽边方框镜架，只是原先那酒瓶底似的玻璃镜片已被薄薄的平光镜片所替代了。8 月 11 日下午 5 时左右,全国劳模徐虎按约定的眼睛复查时间,准时跨进了上海第二医科大学附属瑞金医院"眼科中心"大楼。

主管医疗的副院长俞卓伟和眼科中心主任、著名的眼科激光治疗专家王康孙教授得知徐虎是换乘了两次公交车才赶到医院时,都心疼地说:你双眼接受准分子激光手术才一个多星期,就这么挤公交车,一点也不照顾你自己的眼睛。徐虎则满面笑容,摘下为挡风沙的平光眼镜说:"我因为患深度近视,曾在一家医院做过手术,这次双眼做激光手术前,左眼仍达 1 000 度、散光 175 度,右眼 500 度、散光 250 度。现在好了,不用戴眼镜,看人、看东西清晰多了,过去两眼前的叠影不见了。连女儿都说我:'爸爸的眼睛有神了。'"

在场的医护人员都为徐虎高兴。一阵愉快的笑声过后,王康孙教授先是为徐虎作双眼检查,接着又请徐虎站到视力表前,一会儿让他捂左眼,一会儿又让他捂右眼。检查完毕,王教授一连说了三个"好":"激光伤口愈合得好、角膜透明度良好、视力恢复得很好。"王教授还告诉徐虎:"现在你双眼视力已经恢复到 0.6,并且还在朝好的方向进展。"

徐虎听后高兴极了,憨厚的脸庞不时露出微笑。他不住地称赞瑞金医院眼科中心医德好、医技高,并取出事先准备好的绣有"新科技、新医德、新成果、新形象"12 个大字的锦旗赠送给医院,还意味深长地说:"我之所以要在瑞金医院接受先进的准分子激光手术,是为了让服务'窗口'更明亮。"

被誉为"19 点钟太阳"(他每晚 7 点钟准时开启由他设立的房管所管养段 3 个报修箱)的徐虎,不能没有一双好眼睛。当瑞金医院眼科中心得悉徐虎将参加华东师范大学成人教育学院经济管理系夜大学学习时,决定把于 8 月底开张的"眼镜部"第一副保护视力的眼镜赠送给徐虎,以便他更好地工作和学习。

(《健康报》1997 年 8 月 28 日)

"我也想当个整形外科医生"

——访一年前接受"髂骨覆盖心脏"手术的吴青小姑娘

一年以前在上海二医大附属第九人民医院接受"髂骨覆盖心脏"手术

（见本报1996年4月4日第一版《髂骨覆盖心脏记》）的湖北小女孩吴青，近日又来到上海。得到这个消息，记者急忙赶去看望她。

站在旅馆的客房门口，正在屋里看电视的吴青和她的父母认出了我。小吴青喊着“胡伯伯”，跑了过来。

“吴青长高了，而且很健康。”这是记者的第一感觉。看着身边这个梳两条齐腰长小辫子的活泼可爱的小姑娘，记者眼前浮现出去年4月2日的一幕：无影灯下，医生从吴青右臀部取下一块8×6厘米大小的椭圆形髂骨，然后分成薄薄的两片，覆盖在她心脏两边的肋软骨上，并用细细的钢丝加以固定。从此，小吴青因心前区缺少胸骨和肋骨保护的心脏终于有了一道“髂骨屏障”。

吴青的父亲吴进武告诉记者：“吴青出院一年多了。这次趁她放暑假，一是来上海第九人民医院为吴青作随访检查；二是来感谢上海市整复外科研究所所长张涤生教授，感谢九院领导和广大医护人员。”站在一旁的吴青甜甜地说：“我们一到上海就去看望张（涤生）爷爷了！”吴青的母亲陈江艳说：“去年要不是张教授从传媒获悉吴青的奇特病情，主动将吴青接到上海治疗，恐怕吴青至今仍处在危险之中。”她还说，张教授说吴青康复得很快，手术伤口长得很平整。

吴进武说，为吴青手术的九院院长、骨科专家戴克戎教授和副院长、整形外科专家钱云良教授昨天为吴青作了检查，还为吴青拍了胸部三维CT和臀部X线片。当记者得知检查片子今天可出来，便立即拨通了戴院长和钱副院长的电话。他俩的回答是：吴青胸部移植骨片已和胸骨、肋骨愈合，构成了牢固的保护心脏的前胸壁，没有发现骨吸收现象；右臀部取髂骨的供区已经有新骨生长，不影响臀部外形和功能。听到这个消息，吴青的父母显得格外高兴。吴进武兴奋地告诉记者：“有一次她（指吴青）骑自行车来回20公里都不觉得累。”

小吴青告诉记者，她今年10岁，9月份开学就上五年级了。吴进武、陈江艳夫妇对记者说，吴青这次到上海，熟识她、关心她的人们都勉励她好好念书，一些第九人民医院的医生、护士，特别是张涤生教授，希望吴青将来能报考上海第二医科大学，毕业后做个医生，也为病人看病。这时有点腼腆的小吴青则偎依在记者怀里，悄悄地对记者说：“长大了，我也想当个整形外科医生。”

（《健康报》1997年8月3日）

髂骨覆盖心脏记

四月二日上午七时十五分，患先天性胸骨缺损畸形并伴上腹壁疝的 9 岁小女孩吴青被推进上海二医大附属第九人民医院整形外科手术室。吴青来自湖北，由于胸骨缺损，她的心脏由薄薄的皮肤包护着，人们能清晰地看见她的心跳。如此奇特的病例，我国尚无记载。

第一个迎接吴青的是该院副院长、手术麻醉科主任朱也森副教授。不一会儿，麻醉呼吸机、血液动力学监护、动脉有创测压等仪器设备都开始运作，小吴青平静地睡去了。

8 时 30 分，81 岁高龄、因颈椎病还戴着颈托的我国整形外科创始人之一、上海市整复外科研究所所长张涤生教授迈进手术室。他告诉记者："病孩患先天性胸骨缺损，心脏所在位置的第四肋骨以下已无保护屏障，整个右心室只有一层薄薄的皮肤遮盖着。今天的手术在一定程度上是一种胸廓重建术……"该院现任院长、著名的骨科专家戴尅戎教授接着说："对于这一国内首例、世界罕见的病例，我们先后组织了三次全院大会诊，并邀请了新华医院小儿心胸外科的专家作参谋，设计了两种手术方案。"

这时，担任手术主刀的副院长、整复外科副主任钱云良教授和普外科主任唐思聪教授等已走上手术台。8 时 43 分，钱云良教授小心翼翼地从畸形部位下刀，在助手们的配合下，将心前区皮肤与心包轻轻剥离，将一层薄薄的皮肤分离下来，露出了心包膜外组织。

10 时 47 分，在普外科主任唐思聪教授修补完挂在体外的上腹壁疝后，钱云良教授接着开始分离腹直肌和肋软骨板，探查是否能采用肋骨再转接的一个方案。张涤生教授、戴尅戎和钱云良教授经研究并听取了小儿心胸外科专家刘锦纷副教授的意见，决定采用第二方案，即取病人右臀部的髂骨。11 时 13 分，护士轻轻将手术床向左摇低，将病孩右腿翻起，到 12 时 09 分，戴尅戎教授仅用了 21 分钟就取下了一块 8×6 厘米大小的椭圆形的髂骨。在戴教授缝合伤口的同时，钱云良教授施展他多年整形的手艺，将这块髂骨分成薄薄的两片。从 13 时 38 分开始，他和助手孙宝珊、金蓉把两块髂角覆盖在心脏两边的肋软骨上，并用细细的钢丝固定牢，这道屏障确保心脏的安全。14 时 20 分，钱教授又在张涤生教授的指导下，顺利地在右侧胸做了 18×13 厘米的皮瓣转换手术。

当钱云良教授为助手缝针打完最后一个结时，手术室墙上的挂钟正指着15时06分。术后，钱教授只说了一句话：“手术成功是全院大力协作精神的体现。”

在手术室现场，张涤生教授对记者说：“小病人的情况最初是我从《报刊文摘》上获悉的，我觉得我们整形外科医生有责任、有义务为小病人造福。”

（《健康报》1996年4月4日）

“补心”“盖心”记

2年前，上海第二医科大学附属第九人民医院为湖北9岁小女孩吴青施行国内首例先天性胸骨缺损移植修补手术（本报当时曾有报道）时，他应邀保驾，但因吴青心脏正常也未发生手术意外只能“袖手旁观”。2年后，他一展身手，担任了先天性胸骨缺损并伴心脏6处严重畸形的“补心”“盖心”手术的主刀医生。9月10日，当接受手术的江苏9岁小女孩沈玥玥康复出院，记者采访这位主刀医生——上海第二医科大学附属新华医院小儿心胸外科刘锦纷教授时。他淡淡地说：“这是机遇，我有幸碰上了这个世界罕见病例。”

刘锦纷告诉记者：“当年吴青手术成功，令沈玥玥一家兴奋不已。其父母带着小玥玥找到为吴青手术的主刀医生——上海市第九人民医院整形外科主任钱云良教授。因小玥玥还患有心脏畸形，钱云良教授便推荐患儿到新华医院来找我。”

经扇形超声和心血管造影检查，沈玥玥的心脏有右心室双出口、多发性室缺、肺动脉狭窄、三尖瓣反流、动脉导管未闭、残存左上腔等6处畸形。面对缺损胸骨，心脏仅在一层薄薄的皮肤下跳动，而且心脏又有6处严重畸形的小女孩，做过近2 000例心脏直视手术、创造了连续115例法洛四联症根治术无死亡的国内最好成绩的刘锦纷教授也感到很棘手。

刘教授介绍说：“8月25日上午手术时，我先分离、结扎了动脉导管，接着修补主动脉瓣3厘米的室缺以及心脏底部肌肉室缺，在用心包膜作补片做动脉狭窄扩大后，再整形三尖瓣。整个心脏手术是在低温体外循环、心脏停止跳动65分钟的情况下进行的。”

“补心”结束后，进行“盖心”。刘锦纷说：“考虑到已经9岁的沈玥玥严重发育不良，体重只有13公斤，又先期进行了心脏畸形修补，不能承受像吴青取自身髂骨来覆盖心脏的巨大创伤，因此在手术前会诊时，决定由我的导师、著名的小儿心胸外科专家丁文祥教授采用聚碳酸酯的高分子材料手工做了一块梯形状的‘人工胸骨’，并在边缘钻了许多小孔。我在完成‘补心’后，将这块大小合适的‘人工胸骨’覆盖到心脏上，并用细钢丝穿过小孔与原有胸骨和肋软骨牢牢固定，顺利地完成了‘盖心’。从‘补心’到‘盖心’，前后共用了4个小时。”

采访结束时，刘锦纷教授一再向记者提到麻醉科医生的密切配合，特别是监护病房陈玲教授的精心监护，在扭转术后出现的心功能低下、心律紊乱和血压异常等一系列险象后，使沈玥玥完全康复。

（《健康报》1998年10月30日）

四小时构筑心脏“屏障”

10年前，湖北省仙桃市9岁女孩吴青患先天性胸骨缺损，缺少胸骨和肋骨保护的心脏，在薄薄的皮肤下跳动了9年之后，经上海第二医科大学附属第九人民医院张涤生教授等取女孩髂骨，经整形为其心脏建起了“屏障”。

昨天，来自山东省枣庄市的8岁男孩陈家坤同样患先天性胸骨缺损，其裸露的心脏经复旦大学附属儿科医院心胸外科贾兵教授、普外科郑珊教授联手，采用肋骨与肋软骨游离，仅用了4个小时就完成了心脏“屏障”构筑。这成为国内第二例先天性胸骨缺损移植修补成功手术。

小家坤6月22日上午8时06分被推进儿科医院2号手术室，8时51分，担任主刀的心胸外科贾兵教授和叶明主治医师用高频手术电刀划下第一刀胸腹联合切口，约15厘米长。小家坤因重度胸骨裂，不仅心脏裸露，而且脐部膨出，腹壁缺损，有一深褐色包裹着部分肠子的肿块，整个胸骨裂成了一个倒Y字形。

贾兵一边切开脐部至胸骨的组织，一边切除脐部以上的病变皮肤，9时整，一颗搏动的心脏在心包未全部保护、呈洞孔状的情况下完全暴露在医生、护士的眼前。接着，贾兵开始沿小家坤的胸骨向两侧游离皮下组织、肌肉，暴露出第四肋骨及肋软骨，再从第四肋骨往下进行分离，9 时 42 分，左右两边的肋骨分离完毕。9 时 45 分，开始剥离左边的肋骨外膜，从第四肋骨往下，一根接着一根，去除外膜露出了白骨，然后在 3 厘米处做截断游离，同样右边也做了肋骨外膜剥离后的截断游离。

10 时 44 分，贾兵开始修补心包洞孔。11 时 07 分，手术医生用 2 号细钢丝沿着倒 Y 字形胸骨裂最上段缝扎两针，然后将左右两边已截断游离的三对肋骨用张力缝线吻合，即由外向正中方向平移。这样，一个合拢的胸廓重建，一道保护整个心脏的“屏障”便构筑完成了。这时麻醉师报告，小家坤心率 100、血压 97、氧饱和度 99，一切正常。

11 时 39 分，普外科专家郑珊教授走上手术台，先将疝入胸腔的横结肠拉回腹腔正常位置，然后娴熟地修补膈肌缺损，分离腹直肌前翘，再分离腹膜，最后用张力缝线关闭腹膜，再缝合腹直肌前翘。一旁的医生说，这下可是“固若金汤”了。郑珊在最后切口缝合前，动作麻利，只花了 6 分钟就为小家坤再造了一个肚脐。最后，贾兵教授和叶明主治医师缝合完切口时，还未到 12 时。

贾兵介绍说，先天性胸骨缺损病例较为罕见，发病率不到百万分之五。小家坤的病例更罕见，属于 Cantrell 五联症，即存在胸骨裂，还伴发心脏右旋畸形、心包洞孔、膈肌缺损、脐膨出腹壁缺损等病症。为达到最小损伤目的，医生采用肋骨与肋软骨游离作保护心脏“屏障”，并在手术前一天给孩子穿上临时“胸腹带”，模拟持续性心脏正常回复状况，效果很好，提高了手术的成功率。

（《健康报》2006 年 6 月 23 日）

丁文祥：为婴儿“补心”

上海第二医科大学附属新华医院，一台心外手术紧张地进行着，接受手术的是一个出生刚 25 天、体重只有 4.5 公斤的新生儿。孩子患的是心脏完全性大血管错位，并伴有房间隔缺损。

在正常情况下，人体的静脉血和动脉血是在心脏通过肺动脉和主动脉交叉循环，从而完成氧与二氧化碳互换。可是这个小宝宝两大动脉却没有交叉，而是平行地自我循环，以至于静脉血无法充氧，动脉血充氧后不能运送全身，小生命仅以极低的供氧水平脆弱地生存着。

值得庆幸的是，我国小儿心脏外科手术创始人丁文祥教授亲自为这个新生儿施行手术。在4个小时的手术过程中，分离主动脉和肺总动脉，然后将左右冠状动脉从原主动脉上取下，移植到新主动脉，再分别将切断的外主动脉、肺总动脉对换位置后重新换好，并修补了房间隔缺损。术后，孩子那比鸡蛋还小的心脏上，100多个缝线针孔无一处渗血。

其实，这只是丁文祥教授所完成的11 000多例各类小儿先天性心脏病手术中的一例。每当谈到自己的感受时，这位在小儿外科医疗、教学和科研领域辛勤耕耘45年之久的教授就会说："作为临床医生，在极其脆弱、仅鸡蛋般大小的心脏上，做修补手术，仅有爱心是不够的。还要真正拿出一整套现代化治疗小儿先心病的手段来。"

据上海新华医院儿科专家对2万例新生儿跟踪调查，我国小儿先心病发病率为6.7‰，按这个比例推算，目前我国每年约新增10万～15万名先心病患儿。然而全国能进行先心病手术的医院虽有300家，但每年进行先心病手术数却仅3万例左右，且大多为较大儿童及部分能存活下来的成人病例，对婴幼儿、新生儿先心病的诊治则显得十分薄弱，复杂性先心病的诊治死亡率更是高达20％～30％。

正是为了改变这种状况，实现自己的夙愿，丁文祥教授领衔的上海市小儿先天性心脏病研究所，经过20年的建设，已形成集小儿心外科、小儿心内科、心功能实验室、超声诊断室及心血管疾病研究室于一体的优势，在小儿先心病手术方面，研制了小儿和婴幼儿心血管手术器械；研制了国产小儿人工心肺机和膜式氧合器；开发了新型心血管生物修补材料；掌握了体外循环升降温和脑保护的规律；攻克了新生儿完全性大动脉错位手术治疗难关；创造了给年龄最小——出生仅9天患儿手术成功的奇迹；创造了持续115例法乐氏四联症根治术无死亡的世界最好成绩。为此，丁文祥教授荣获了上海市十佳医师、劳动模范、全国优秀医务工作者等称号。

（《健康报》1999年7月28日）

走近葛均波

腰椎间盘突出，疼痛得只能躺在病床上的他，因一位病人的要求，他坚持让同事把自己的病床推到手术室，硬是躺在病床上看着电视屏幕进行现场"指挥"……他就是上海中山医院心导管室主任、刚刚荣获上海卫生系统最高荣誉奖——上海市第8届"银蛇奖"一等奖的葛均波教授。

当那位病人得悉葛教授是躺在病床上和下级医生一起为自己进行经皮腔内冠状动脉成形术，感动得连连称赞："这样的好医生太少了。"许多病人及其家属、甚至连本院的医生、护士都把葛均波教授爱病人的一举一动、一言一行亲切地称之为："葛氏现象"。

其实，葛均波因在国际血管内超声冠心病诊疗中的突出贡献、特别是在心肌肌桥研究中的新发现，早已被国际血管内超声同行誉为"葛氏现象"。

葛均波今年才39岁，1984年毕业于青岛医学院，1987年获得山东医科大学硕士学位，1988年成为上海医科大学博士研究生，1993年获得德国美因兹大学医学院博士学位。在德国攻读博士学位以及做博士后研究期间，先后在国际上率先发明了可视激光冠状动脉成形术，率先发现了血管内超声影像上有一个特殊的心肌肌桥现象，在国际著名学术杂志上发表了180多篇论文，还被选为美国心脏病学院院士、欧洲心脏病学会院士和1998年美国评选的世界500名最有影响的科学家之一。

葛均波在德国取得了显赫的成绩，而且又荣任了著名医学院心脏科血管内超声室主任，1999年5月他毅然携带已适应德国莱茵河流域富庶生活的妻儿一起回到上海。他始终认为："祖国最好，祖国最亲。"

回国后的葛均波在科研上大动干戈，目前他担任上海市医学发展重点基金研究课题首席科学家、国家重点基础研究发展规划项目负责人，进行着多项科研，而且又在临床上创造了多项国内第一，如国内第一例冠状动脉旋磨术、国内第一例带膜支架植入术治疗斑块破裂等。考虑到心脏疾病尤其是心肌梗死的抢救讲究一个"快"字，及时、快速和持续开通堵塞的冠状动脉是降低死亡率、改善预后的最有效手段，但门急诊的常规运作又难以做到这一点，于是葛均波又率先在上海为急性心肌梗死病人开设了24小时全天候"心脏急救绿色通道"。无论是白天、黑夜，还是酷暑严冬，只要有病人到，葛均波带领他的4人应急小组就以最快速度赶到现场进行抢救。据统计，在两年时间里，这条“绿色通道”已让100多名急性心肌梗死病人死里逃生。而他领衔的心导管室仅去年一年就完成心导管诊疗手术1 098例，其中经皮腔内冠状动脉成形术就达300多例，使病人由原先需等候3个月时间的检查缩短为1周内即可接受检查。

（《健康报》2001年7月5日）

“送子教授”林其德

习惯性流产不仅给孕妇带来一次次躯体之痛，更带来巨大的精神创伤——每当怀孕，那种忐忑之中的希望很快就会被失望无情地取代。然而，在上海第二医科大学附属仁济医院，有一位叫林其德的教授，却使600余位患习惯性流产的病人抱上了自己的宝宝。林教授采用的方法是“免疫疗法”。

上海市一位32岁的患者，婚后6次流产，经主动免疫治疗后第7次怀孕，终于分娩了一个健康的女婴。一位28岁的香港患者，先后3次流产、1次死胎，慕名接受主动免疫疗法后，在有宫颈内口功能不全、妊娠糖尿病的情况下，仍然剖宫产下一个活泼的男婴。一位40岁的日本患者，多次流产导致长达10年无子，经免疫疗法治疗，最近有喜了……

在临床上，连续发生3次或3次以上流产，称为习惯性流产。而习惯性流产经常规病因筛查后，排除遗传、内分泌、生殖器官解剖异常及自身免疫疾病等，称为原因不明性习惯性流产。这种疾病几乎占习惯性流产病例的一半。从生殖免疫学来看，它可能为患者对胚胎、半同种抗原反应性低下，无法产生适当的封闭抗体，从而导致胚胎被排斥、流产。因此，林其德教授对症下药，采取两种免疫疗法，一种是“主动免疫疗法”，即首选患者丈夫的淋巴细胞，若丈夫不宜作为免疫源提供者，则选用他人的淋巴细胞，小剂量地注射在患者皮下，每疗程注射4次，每次间隔3周，然后鼓励患者在3个月内妊娠。这种小剂量多次异体抗原刺激，能在患者体内产生出保护性抗体。如果患者妊娠了，再加强免疫1个疗程；如果患者仍未妊娠，在排除不育症的前提下，重新治疗1个疗程。另一种是“免疫抑制疗法”，即采用小剂量强的松加小剂量阿司匹林治疗，这种治疗方法的安胎成功率也能达到90%

以上。

林其德教授采用免疫疗法治疗原因不明性习惯性流产已享誉海内外。为感谢林教授，不少终于尝到为人父母之喜悦者，在为小宝宝取名时，都喜欢在名字中用上"济"字或"林"字。今年5月18日，仁济医院正式成立"生殖免疫诊疗中心"，并由林其德教授担任主任。

图中这些可爱的小宝宝，都是在母亲接受了林其德教授的治疗后降临人世的。

（《健康报》1999年6月23日）

上海第九人民医院输卵管复通术越做越精

二千失子家庭又有笑声

绝育术后又痛失爱子，这种悲伤是常人难以想象的。为了让这些父母重享天伦之乐，到目前为止，上海市第九人民医院妇科已为2 000余名绝育后妇女实施了输卵管再通，让幸福的笑又回到父母的脸上。

一位因8岁独生子溺水而亡的外地绝育妇女，手持当地计划生育部门的证明，在丈夫的陪伴下，跨进上海第二医科大学附属第九人民医院妇科门诊，接待这对夫妇的王雪芬副教授在详细询问并对该绝育妇女做一番检查后，十分自信地说："你虽然已做绝育手术6年多了，但是复通输卵管问题不大，你们夫妇会重新得到一个活泼可爱的孩子的。"

从第九人民医院妇科2 000余例的临床资料分析看，绝育5年以上者其输卵管复通受孕率低于绝育5年以内的妇女。为了提高绝育5年以上复通受孕率，王雪芬副教授在该院资深妇产科专家薛培、法韫玉两位教授的带领与指导下，在一年内无选择地对慕名前来的35名绝育5年以上妇女施行改进的显微输卵管复通术，经过1年至3年的跟踪随访，行复通术后的受孕率达到100%，而且全部足月分娩，无一例宫外孕。

经王雪芬副教授复通输卵管的这35名绝育妇女，均是因子女溺水、车祸或疾病等原因不幸夭亡后，要求做输卵管复通术的，其中年龄最大者40岁、最小者26岁，绝育时间最长11年，平均绝育时间7年左右。据王雪芬副教授介绍，这些绝育者经卵巢功能和输卵管近端形态学、超微结构探测，大多卵巢功能低下，特别是绝育 5 年以上者输卵管均有不同程度的病变。王雪芬副教授改进先前的复通术，做到：术前刮诊，初步排除宫内病变和检测卵巢排卵功能；术时切除全部病变管腔组织，用腹膜代替缺损输卵管浆膜及系膜，使输卵管形态完整，以利于输卵管蠕动；术后适量补充黄体酮。王雪芬副教授向记者讲述了这样一个例子："一位安徽来的 28 岁绝育 8 年的妇女，右侧输卵管扭曲一团，且近宫角处闭锁，作了切除；左侧输卵管为子宫内膜异位症，在服用了 3 个月妇康片后，又给予克罗米芬和绒毛膜促性腺激素促排卵治疗 2 个月，终于使其怀孕，并生下一个重 4 000 多克的男婴。"该临床研究成果还获得了上海市科技进步奖。

最令人感动的是：有一年浙江某县一小学组织学生春游，不幸所乘木船沉没，几十名小学生溺水身亡，酿成悲剧。半年后，上海二医大附属第九人民医院妇科的专家、教授亲临该县为失去孩子的母亲咨询检查，结果半数以上的母亲在复通输卵管后受孕，一个个原本失去孩子的家庭里又响起了孩子的欢笑声。

（《健康报》2000 年 1 月 26 日）

带蒂大网膜移植颅内

八成弱智患者开了窍

弱智者终身病残，已成为家庭和社会的巨大负担。那么在医学上就毫无办法了吗？回答：否。20 年前，上海第二医科大学附属新华医院神经外科吴伟烈教授就率先在国内采用弱智患者自身的带蒂大网膜移植其颅内，已使八成接受该手术的弱智患者开了窍，不仅提高了他们生活自理能力，而且一些患者还走上了工作岗位。

日前，一位温文尔雅、彬彬有礼的中年男子在老父亲的陪伴下，千里迢迢从京城来到沪上，感谢神经外科吴伟烈教授。看这位男子的谈吐举止，吴教授几乎认不出站在面前的健康人曾经是他的病人。

吴伟烈教授从一排整齐的病史档案资料里，找出一份病史，上面清晰地记载着："罗某，男，19 岁，住院号 165723。幼时得流行性乙型脑炎，入院检查应答不确切，智能明显低下，计算困难，自己不会穿衣，外出时自己不会返家，生活不能自理。1981 年 4 月 7 日作左侧带蒂大网膜额颞顶区移植……"陪伴而来的老人说："我儿子手术后疗效显著，一年比一年好。现在他不但正常工作，而且已结婚成家，业余时间还从师学习绘画……"正说着，罗某将自己创作的一幅"奔马图"，郑重其事地赠送给吴伟烈教授留念。

吴伟烈教授介绍说，导致青少年弱智的原因大致可分先天性和后天性两类，像罗某幼时患流行性乙型脑炎的属后天性，其后遗症发生率在 50%以上，主要临床表现为脑功能损害，以运动、语言和智能损害最为常见，国内外尚未见有效的治疗方法。一次吴伟烈教授阅读文献，从一篇国外报道的带蒂大网膜颅内移植治疗缺血性血管疾病得到启示，遂从 1980 年起先为乙脑后遗症患者作了带蒂大网膜颅内移植，并同时开展有关的基础研究，接着在手术效果较为成熟的基础上，从为弱智患者单侧进行带蒂大网膜移植，发展到双侧移植。统计分析，20 年来共为 500 余例弱智患者作带蒂大网膜颅内移植手术，有效率达到了 82.1%。

大网膜附着于人的胃大弯和横结肠，覆盖在腹腔表面。由于其血运旺盛，一旦将其移植于脑，会很快形成新生血管，建立新的供血联系，临床上对中枢神经系统的损伤有促进修复及帮助恢复功能的作用。手术时医生分两组同时进行，一组负责打开患者头颅骨，另一组负责从患者腹腔提出大网膜（以保证供血，并不切断），并对之进行剪裁，目的是延长大网膜的长度。然后，像过隧道一样，使大网膜穿过患者胸壁、颈部、耳后皮下（如单侧一面即可，如双侧则左右两面穿埋），最后平铺于已打开颅骨的蛛网膜表面。对有些较为严重的弱智患者，医生往往还需在显微镜下，对打开后的颅骨内增厚的蛛网膜作松解、剥离等手术，以减轻对脑和脑血管的压迫。这种手术听起来似乎有点吓人，又要打开头颅骨，又需从腹腔提出大网膜，然后穿针引线地经过胸壁、颈部、耳后皮下，将延长后的大网膜覆盖在颅内蛛网膜上，其实安全度挺大的，一般 2 个小时即能完成整个手术。

吴伟烈教授在接受记者采访时，特别提到弱智患者手术最佳年龄应是 14～20 岁，因为年龄过小则由于大网膜还未完全生长发育好，会影响手术后功能的进一步发挥。

（《健康报》2000 年 9 月 6 日）

想做器官移植，又找不到捐献者，怎么办？“鼠背人耳”与“多利羊”技术的结合，打开了新的思路——“治疗性克隆”。在新的世纪里——

定制器官不是梦

当人的心脏、肝脏以及肾脏等体内器官出了问题时，运用现代医学器官移植手段已能使移植的器官重生，但有两大世界性难题却始终困扰着临床医生：① 所需器官的来源问题。找到愿意在死后提供健康器官的人，不是一件轻而易举的事。② 移植后的排斥问题。即使找到了可供移植的器官，如果在移植后与病人免疫相排斥，那么还是前功尽弃。

现在好了，这两大难题有望在较短的时间内得到解决。一项由上海第二医科大学、上海市转基因研究中心共同承担的“治疗性克隆”研究，正与西方发达国家同处于一条起跑线上，这项研究才运作半年时间，就已经取得了重要进展，而且还申请了 3 项国家专利。

“治疗性克隆”——“鼠背人耳”与“多利羊”技术的结合

1997 年 4 月初，上海爆出了一条大新闻：上海第二医科大学附属第九人民医院整形外科曹谊林教授，在裸鼠背上复制了一只惟妙惟肖的“人耳”。据曹谊林教授介绍，复制“人耳”时，他先取一种特殊的生物材料，精心制作成人耳模型，然后将牛的软骨细胞在体外培养成活后，“种”到模型上去，使之很好地吸附并引导细胞生长。通过仪器观察，可看到细胞已分泌基质，证明细胞和特殊生物材料塑成的模型相处得很好，已开始形成新的复合体。大约经过一周时间，便可将这一复合体植入到没有免疫反应的裸鼠背部皮下。再经过 6 周时间的培养，复合体中的特殊生物材料逐渐被裸鼠身体所吸收，而细胞则依附于模型形成了新的软骨。通过病理切片检查，原先的生物材料确实不见了。这时，“人耳”已经复制成功。

这个被誉为“给整形外科乃至整个外科带来革命性突破”的组织工程学的研究成果，其实是曹谊林教授早在 1995 年于美国哈佛大学医学院组织工程学实验室做博士后所完成的一项课题。1997 年 3 月，在上海召开的华裔骨科学会第二届学术会议上，这则曾轰动西方新闻界和国际整形外科界的“旧闻”，又再次在国内成为“新闻”而引起轰动。

所谓“组织工程学”，是一门医学细胞生物学与工程学相结合的边缘学科，主要研究并开发生物替代物，以修复、重建因外伤或病变受损的组织和器官。曹谊林的这一研究学术论文发表在世界权威刊物——美国《修复重建外科杂志》1997 年第 100 卷上，并获得了全美整形外科医师协会颁发的 1998 年度詹姆斯培雷特勃朗大奖，成为荣膺该奖项的第一个亚洲人。

1997 年 2 月 27 日，英国权威的科学杂志《自然》发表了英国罗斯林研究所伊恩·威尔莫特领导的科研小组采用无性繁殖方法成功培育出绵羊“多利”的消息，引起了全世界一场震惊和恐慌，其焦点不仅在动物本身，关键是一向敏感的人类情不自禁地想到了自己，怎样面对“克隆羊”后的“克隆人”。

一段时间后，人们从盲目的恐慌开始走向理性的思考：怎样把世界顶尖水平的“人耳”与“多利羊”技术，即“组织工程学”与“克隆”等技术手段结合而很快地运用于临床治疗？于是，国际上的有识之士从医学发育生物学出发，提出了“治疗性克隆”的最新概念。

“治疗性克隆”需要解决的难题

几乎是与国际学术界同步，上海第二医科大学组织工程学研究中心主任曹谊林教授等和上海市转基因研究中心主任成国祥副教授瞄准国际学术前沿，在上海市科委的支持下，以“治疗性克隆的研究”为课题，强强组合，联手攻关。

那么，什么是“治疗性克隆”呢？据“治疗性克隆的研究”课题组主持人之一成国祥副教授介绍：所谓“治疗性克隆”，即把病人的体细胞移植到去除遗传物质的卵母细胞内，经过一定的处理使其发育成囊胚，再利用囊胚建立胚胎干细胞，在体外进行诱导，分化成特定的组织或器官，如皮肤、软骨、心脏、肝脏、肾脏、膀胱等，再将组织或器官移植到病人身上。

“治疗性克隆的研究”分上、中、下游三部分，上游是将卵母细胞发育成囊胚；中游和下游是利用囊胚建立胚胎干细胞，再由细胞发育培育成所需组织或器官，最后移植到病人损伤或病变处。目前，从事这项课题上游研究工作的上海市转基因研究中心，已经在“体细胞克隆胚胎的新方法”“在卵母细胞中发育人的体细胞”和“人体组织长期保存应用治疗性克隆的方法”取得重要进展，而且已收到国家专利局受理专利申请通知。

这项研究虽说前景无比辉煌，但今后的工作还很艰巨，例如：人体组织复杂，需多种细胞集聚而成，而要成为完整的功能器官并非一蹴而就；卵母细胞来源要更广泛，目前靠女性提供的卵母细胞来源有限，如研制出人造卵母细胞，体细胞则可随时“借腹怀胎”；如何让胚胎干细胞顺从人意，想变成什么器官的细胞就变成什么器官的细胞，还有赖于人类对基因功能的破解；如何获取理想的固定克隆器官形状的生物材料等等。所有这些工作还必须有一段较长的研究时间。

“人体配件商店”将会出现

“治疗性克隆”研究及其相关研究的最终目的是解决人体组织或器官移植的来源，这是目前全球高科技竞争最激烈的领域之一，世界上大量新开办的公司正准备推出商业化产品。一些实验室培养的骨头、软骨、血管、皮肤以及胚胎神经组织都正在人体上试验，心脏、肝脏、肾脏、膀胱、胰腺、耳朵和手指等也都正在实验室中成形。有识之士认为，再过 10 年、20 年，标有“人体配件商店”名称的专卖店将会在一定规模的医疗机构里出现，到时医生会介绍病人及其家属到这种“人体配件商店”里定制经病人自体细胞培养而成的组织或器官，然后经医生手术替换下损伤或病变了的组织或器官。这些临床医学上的革命性变革并不是梦想，人类在新的千年将能驾驭与保护自己。否则，就像现在，仅美国每年就有 4 000 多人在等待组织或器官移植中死去，更有 10 万人尚未列入等待名单。

“治疗性克隆”研究将为广大病人造福，但这项研究必须规范有序。上海第二医科大学校长范关荣教授日前在接受记者采访时说，由于伦理学管理条例尚未明确，因此所进行的“治疗性克隆”研究还只限于动物实验，对于人类多能干细胞的研究将在伦理学指导大纲确立后展开。因为“治疗性克隆”研究涉及人类体细胞核转移和人类胚胎干细胞的扩增，若有失误，将会对人类社会造成难以挽回和不可估量的危害。从“治疗性克隆”研究的技术上说，“治疗性克隆”已不再是能不能成功的问题，其关键是必须面对我们这个社会现有的伦理道德和社会舆论。如果将人类体细胞核转移或将人类胚胎干细胞扩增到动物身上，譬如将人的基因不负责任地植入母牛子宫里发育，会不会导致“牛魔王”横空出世。所以说，“治疗性克隆”和人类社会发展息息相关，在其背后往往隐藏着政治、经济和文化的影响。

为此，范关荣校长呼吁：为促进"治疗性克隆"等各项研究的顺利开展，我国有关部门必须就伦理学问题进行论证，并尽快制定出指导大纲，引导有关研究朝着正确方向健康发展。

（《健康报》2000年2月14日）

附：

《定制器官不是梦》被收入由红旗出版社于2002年4月出版的《历史的印迹——〈健康报〉优秀新闻作品选》一书。

中国人民大学新闻学院刘明华教授"点评"：

本文可以说是一篇"多功能"通讯。它是新闻，也是科普读物；是解释性报道，也是预测性通讯。因其功能多样，读者便可从中获得多方面的收获。

以新带旧，使它首先成为新闻。通讯从"治疗性克隆"已申请3项国家专利切入，选择了时间上的"最近点"，使旧事变新闻，可调动读者兴趣。

通讯中大量的解释和预测，向读者通俗地说明了"治疗性克隆"为何物；同时，作为预测，它也说明"人体配件商店"将会出现。

"读物"——既有新闻性又有知识性和趣味性的文章是读者需要的一道美味，愿它多多问世。

"人体配件商店"并非天方夜谭

再过10年、20年，或更短一些时间，标有"人体配件商店"名称的专卖店将会在一定规模的医疗机构里出现。到时医生会介绍病人及其家属到这种"人体配件商店"里，定制由病人自体细胞培养而成的组织或器官，然后经医生手术替换下损伤或病变了的组织或器官。

这种"人体配件商店"并非天方夜谭，1995年上海第二医科大学附属第九人民医院整形外科曹谊林教授在美国哈佛大学医学院组织工程学实验室做博士后，在世界上第一个于裸鼠背上复制了一只惟妙惟肖的"人耳"，就是一个最能说明问题的实例。

然而，这种"人体配件商店"之所以还迟迟未能开张，从组织工程学来说，主要是由于复制人的组织或器官所需的“种子细胞”和“生物材料”的研究进展明显滞后。由曹谊林教授担任首席科学家，领衔“组织工程的基本科学问题”这一国家重点基础研究发展项目，就是为解决以“种子细胞”和“生物材料”为突破口的世界前沿研究课题。说得具体些，就是要建立人胚胎干细胞，再将这些细胞诱导成复制人的组织或器官所需要的成软骨干细胞、成骨干细胞、成纤维干细胞和成神经干细胞等，这样便解决了“种子细胞”的来源。而“生物材料”则要求能与种子细胞相容性很好，而且还能被人体逐渐降解和吸收。

曹谊林教授以当年成功复制“人耳”为例，介绍组织工程学的基本原理与方法：先取一种生物相容性良好、并可被人体降解和吸收的特殊生物材料，精心制作成人耳模型，然后将牛的软骨细胞在体外培养成活后，“种”到模型上去，使之很好地吸附并引导细胞生长。由于该特殊生物材料为细胞提供了一个生存的三维空间，既能使细胞获得足够的营养物质，又能进行气体交换，排除废物，从而使细胞按照预先设计的三维形状的人耳模型支架生长。通过仪器观察，可看到细胞已分泌基质，证明细胞与特殊生物材料塑成的模型相处得很好，并已开始形成新的复合体。这样大约经过一周时间，便可将这一复合体植入到没有免疫反应的裸鼠背部皮下。再经过六周时间的培养，复合体中的特殊生物材料逐渐被裸鼠身体降解吸收，而细胞则依附于模型形成了新的软骨。这时“人耳”便复制成功。从这个世界顶尖水平的复制“人耳”过程，可以看到“种子细胞”和“生物材料”的重要性及其演绎过程。

诚然，从动物实验到临床应用还有一个时间问题，但复制成具有人类原来特殊功能和形态的相应组织或器官不会太遥远了。到时“人体配件商店”的生意想必会红红火火。

曹谊林“组织工程的基本科学问题”首席科学家，出生年月 1954 年 5 月，最高学历上海第二医科大学整形外科博士。工作单位及主要业绩上海第二医科大学附属第九人民医院副院长、上海市整形外科研究所所长、上海二医大组织工程研究中心主任、上海市组织工程研究重点实验室主任、美国麻省大学医学院组织工程研究中心主任、博士研究生导师。1993 年国内第一例头皮撕脱再植成功获上海市科技进步奖；1998 年复制“人耳”成功荣膺全美整形外科医师协会“詹姆斯培雷特勃朗”大奖；1998 年获国家杰出青年基金奖和国家有突出贡献中青年科学家称号。

(《健康报》2000年3月22日)

解读基因　透视疾病

"绝大多数人类疾病都与基因直接或间接相关,每种疾病都有其相应的致病基因或易感基因存在,疾病发生过程则是相关基因与内外环境相互作用的结果。"作为"'疾病基因组学'理论和技术体系的建立"这一国家重点基础研究发展规划项目(即"973"项目)的首席科学家之一的陈竺教授明确地说:"这就是当代的疾病观。"

被誉为"曼哈顿原子弹计划"和"阿波罗登月计划"的"人类基因组计划"于1990年正式启动,2000年春天已获得全基因组序列的草图。预计到2003年完成测定人体23对染色体的DNA全序列、阐明大约10万个基因的位置和结构。而从整体上揭示基因组表达及其调控的功能基因组学的研究也已全面展开。参与国际人类基因组计划研究的我国科学家则认为,以人类基因组为大背景研究疾病状态和发病过程的基因型变化规律,将是揭示基因组功能奥秘的最佳突破途径。由此而率先进行"疾病基因组学"研究,就是要在疾病的致病基因或遗传易感性、基因组与环境的相互作用、基因组表达和功能失调等不同层次和关键环节上,摸清疾病发生、发展在基因组水平的机理。

为了充分发挥我国病例多、现场多、疾病家系资源丰富和流行病学资料比较充实等优势,陈竺教授等研究人员优先选择一些具有我国发病特点而又危害大的重大疾病(如肝癌、鼻咽癌、原发性高血压、Ⅱ型糖尿病、精神疾病等)或具有良好研究基础的疾病模型(白血病、神经系统遗传病)进行疾病基因组学研究。这项研究仅仅启动一年,科学家们已经在神经系统遗传病、肝癌、鼻咽癌、白血病、高血压、糖尿病及精神病等疾病基因的定位、克隆、测序以及家系收集等方面取得了重要进展,并已形成了研究规模加大、课题整体性不断加强的良好格局。到2003年,这项研究完成时,研究人员将建成各种疾病致病和相关基因的核酸一蛋白作用系统目录;建立较为完整的疾病基因组发病原理学说;建立三类疾病至少各一种以上的转基因及基因剔除模型，完成其表型分析和鉴定，并在活体整体水平探讨疾病发病不同阶段中表型、基因型变化规律；建立基因诊断的技术，利用相关模型体系，开始进行有关基因、药物治疗或环境因素干预的预计。

陈竺教授说："科学家开展结构基因组方面的工作，从 1990 年到 2000 年，大约用了 10 年的时间。而功能基因组是比结构基因组更伟大的事，因此可能需要 100 年甚至更长的时间，这也就是为什么我们说人类基因组计划是人类生命科学史上最伟大工程的一个原因吧。而中国科学家率先从疾病基因组学着手进行功能基因组研究战略重点转移，无疑为病人、为这项伟大的工程赢得了时间。"

强伯勤"'疾病基因组学'理论和技术体系的建立"项目首席科学家。

出生年月：1939 年 9 月。

最高学历：上海第二医学院医疗系本科毕业。

职务及主要业绩：中国科学院院士、中国医学科学院基础医学研究所研究员、中国协和医科大学分子生物学教授。现兼任国家 863 计划生物技术领域首席科学家，国家人类基因组北方研究中心主任。长期从事基因结构与功能、基因表达与调控及基因工程工具酶的研究，在国际上最早发现八核苷酸序列的稀有切割的限制性内切酶，为基因组 DNA 大片段剪切工具。曾获卫生部科技进步甲等奖一次、二等奖两次。

陈竺"'疾病基因组学'理论和技术体系的建立"首席科学家。

出生年月：1953 年 8 月。

最高学历：法国巴黎第七大学科学博士。

职务及主要业绩：中国科学院院士、上海第二医科大学附属瑞金医院上海血液学研究所所长、卫生部暨上海市人类基因组研究重点实验室主任、国家人类基因组南方研究中心主任、国际人类基因组组织（HUGO）执委会委员、博士研究生导师。1991 年被授予全国优秀卫生工作者称号，获全国"五一劳动奖章"；1994 年获第二届中国青年科学家奖、"上海市高教精英"；1997 年因在白血病研究中的成就获法国全国抗癌基金会"卢瓦兹奖"；1999 年因对我国人类基因组计划及白血病研究的贡献获"长江学者成就奖"一等奖。

（《健康报》2000 年 4 月 7 日）

有学者说，人类的祖先起源于非洲大陆。

有学者说，人类的祖先起源于中国。那么——

谁是我们的祖先

今年3月16日出版的英国权威科学期刊《自然》杂志发表的中美科学家论文宣布：通过对在中国江苏溧阳和山西垣曲发现的中华曙猿和世纪曙猿脚踝化石的研究，进一步证明了人类的远祖起源于中国。

然而在一年多以前的1998年10月15日，同样是这份国际一流的《自然》杂志刊登了意大利著名遗传学家、托利诺大学皮兹拉教授的新闻述评，肯定中国人类基因组研究的一项结论：当今亚洲的基因库主要源于非洲起源的现代人，推翻了长期以来东亚地区存在着从直立人到现代人类的连续进化过程的结论。

考古学家从曙猿化石研究得出结论，遗传学家从人类基因研究得出结论，孰是孰非，各有见地，莫衷一是。

当今亚洲的基因库主要源于非洲起源的现代人

由中国医学科学院基础医学研究所强伯勤教授和上海第二医科大学上海血液学研究所陈竺教授领衔的“八五”期间国家自然科学基金委员会重大项目《中华民族基因组中若干位点基因结构的研究》完成后，该研究一项子课题“中国不同民族基因组保存”负责人、中国医学科学院医学生物学研究所所长褚嘉祐教授等，在1998年9月29日出版的《美国科学院学报》上，发表了《中国各人群的遗传关系》论文，在世界遗传学界激起了强烈的反响，并受到国际科学界的普遍关注。

该研究采用了能覆盖绝大多数染色体的微卫星标记，对北到黑龙江鄂温克族，西到新疆维吾尔族，东到台湾高山族的几个分支，南到云南的28个主要人群，都作了采样分析；另外还做了15个国际上的参考人群，包括五大洲在内的西伯利亚、日本、柬埔寨，既有东北亚的，又有东南亚的，还有大洋洲的一些土著、美洲印第安人以及欧洲和非洲群体的遗传关系。研究结果表明，中国境内56个民族，语言风俗各异，约以长江为界，中国南北人群遗传差异确实存在，但其遗传关系较为复杂，部分北方人群与南方人群较为相似，而其他北方人群与南方人群则相对差异较大。语言学分类与遗传学分类在中国某些民族间的相关性较差。世界各人群遗传谱系树与现代人类非洲单一起源说相符，至今未能找到支持亚洲人类独立起源的证据，与化石证据不相符。现代人类可能首先从南部进入亚洲随后向北扩展。

这个研究结果首次从遗传学上证明了今天东亚人群的“基因池”主要来自非洲。

对于中国南北人群的遗传差异现象，褚嘉祐教授等认为，中国早期人群是从南方进入亚洲，然后再往北方。由于长江天堑的阻隔，只有少量的人群越过长江迁移到北方，以后在北方慢慢发展起来，所以北方人群的遗传差异较南方人小得多。

北方人比较单一，南方人比较复杂。

中国才是高级灵长类动物的真正摇篮

进行中华曙猿和世纪曙猿脚踝骨化石考古，进而证明人类的远祖起源于中国的研究，主要由中国科学院古脊椎动物与古人类研究所的古生物学家齐陶、王景文研究员和美国北伊利诺斯大学的古生物学家基博教授、毕尔德博士参与。

曙猿是一种已经灭绝了的灵长类动物，其生活的时间大约在距今 4 500 万年到 4 000 万年之间的中始新世。据估算，其体重大约只有 100～150 克，大小与一只小老鼠相仿。曙猿分布的范围很广，在我国的江苏溧阳、山西垣曲以及缅甸的旁当组地层中都发现了曙猿的化石，这些地区在中始新世时期多是一些温暖湿润的林地，且河湖纵横，非常适合曙猿的生存。

90 年代初，古生物学家齐陶、王景文研究员等在江苏溧阳发现了生活在 4 500 万年前的中始新世的高级灵长类动物化石，并将其命名为“中华曙猿”。中华曙猿的发现为寻找人类及高级灵长类的共同祖先带来了新的希望，同时也意味着高级灵长类的起源地很可能在中国。

古人类学家认为，采自上海以西 170 公里的江苏溧阳以及北京西南 500 公里的山西垣曲的化石，地点所处的地理位置也具有重要意义。美国北伊利诺斯大学古生物学家丹尼尔·基博教授说：“大多数科学家认为高级灵长类的祖先来自非洲，但是曙猿骨骼化石地点的重要性表明亚洲化石地点不寻常的一面。"我国著名古人类学家贾兰坡院士则说："中华曙猿的发现，是20世纪古生物学上又一次极为重要的发现，其意义可以与周口店北京猿人的发现相媲美。"

千古之谜被揭开：人类源自同一祖先

人类遗传学家从基因角度阐述，古人类学家从化石角度阐述，虽然目前结论大相径庭，但是最终的科学研究应该是殊途归一，即人类源自同一个祖先。

中科院院士、国家重点基础研究发展规划（即"973"）项目《"疾病基因组学"理论和技术体系的建立》首席科学家陈竺教授曾经这样说："我觉得无论是要了解人类以及中华民族自身的历史还是要开展生物学和医学研究，都离不开对人类基因组多样性的研究。我认为这样一种研究一方面有助于我们理解人类自身的历史，另外它也将促进中华民族大家庭的团结和世界各民族的友好，并为在全球范围内反对种族主义提供了强有力武器。不同的民族在遗传学上既来自同一个祖先，又具有一定的差异。这样一种观念的确立有助于我们从根本上反对种族主义，促进不同肤色、不同自然和社会环境下生活的人们间的相互宽容、理解与和睦相处。"

参与"中华曙猿"研究的中国科学院古脊椎动物与古人类研究所的古生物学家齐陶研究员说，对于在我国中部以及东部地区发现了距今4 500万年至4 000万年的具有高级灵长类特征的曙猿化石，解决了两个问题，一是将高级灵长类的起源时间又向前推进了1 000万年，二是将高级灵长类的起源地由非洲大陆转移到了东亚，其学术意义十分重大。由于现在公认的最早的人类祖先起源于200万至400万年前的非洲，同时西方学者也普遍认为现代人的起源地也是非洲。而伴随着最古老的高级灵长类化石、人类的远祖——曙猿在东亚以及东南亚的相继发现，必将对非洲大陆在人类进化史中的重要地位形成强有力的挑战。

齐陶研究员最后指出：对于"人类的起源究竟在何处"这一争论，还需进行大量的科学研究工作。我国科研人员更应花大力气寻找亚洲的人类祖先，在没有确凿证据之前，任何有关人类起源地的结论都是不合适的。

（《健康报》2000年7月17日）

医院走近 ISO9000

ISO9000,对于我们大多数人并不陌生,许多企业的产品上都有这一质量认证标志。如今,ISO9000 不仅在企业界走红,而且已悄然走进医院。截至去年底,我国卫生系统有 10 余家医疗单位推行了 ISO9000 质量认证体系的管理模式。据医院管理权威人士预测,在未来两三年内,全国将有更多的医院朝 ISO9000 这个方向努力。

应该说,我国的医疗卫生机构在质量管理上有许多成熟的、行之有效的制度和技术操作规程,这是多年来在医疗卫生服务过程中用生命和鲜血换来的经验教训的结晶。遗憾的是,有些单位由于忽视管理,对这些制度并没有严格执行,出现了纪律松弛,工作马虎、服务态度差等现象,损害了医疗卫生系统的社会形象。因此,加强医院管理是卫生改革中值得注意的问题之一。

那么,引进 ISO9000 质量认证体系,会给医院管理带来哪些好处?给患者带来哪些实惠?前不久记者走访了去年 11 月领取了这张时髦的“国际通行证”的上海市黄浦区中心医院,以期找出答案。

让医院管理标准化

香港第二大公立医院东区尤德夫人那打素医院于 1997 年率先在香港医疗卫生界获取 ISO 认证。总经理王曼丽女士对认证有着自己的认识,她认为,在 ISO 认证过程中,我们明白,要建立一个优良质量管理制度,要有一套标准化的管理原则,让员工从自身作业标准、规范、整体流程的模式与上下流程的配合重点,建立自我启发、相互启发,进而发现问题、检讨问题和解决问题。她概括地说:“发展一套质量管理系统应该有以下的五部曲:即说你所做的(计划),做你所说的(尝试),记你所做的(证据),查你所做的(问题),改你不对的(进步)。”只有经常“查”出问题,进行彻底的“改”,才能保证医院管理体系的运行。

上海市黄浦区中心医院尽管只是一家拥有 530 张床位、1 200 余名医务人员的二级甲等医院,但其文件数量就达到了 773 件,所有医务人员必须严格遵守已定为文件的规定。这些文件的落实,则靠内审员不断地检查,然后再制定出纠正措施,而且做到每事必有记录。

为此，医院首先建立了一支"内审员"队伍。每一个成员经过 ISO9000 质量体系内审员培训，通过考试，取得了国家颁发的"内审员证书"，然后持证上岗检查。内审员在检查时，如发现综合门诊中药房橱顶草药袋放置凌乱、桌底有积灰、冰箱未除霜等，医院及时发放"不符合项报告及纠正措施跟踪表"，在表内明确填写"受审核部门""受审核接待人员""不符合事实陈述"，然后由部门负责人和审核员填写"建议纠正措施计划"，管理者代表填写"批准纠正措施计划"，最后由部门负责人填写"纠正措施完成情况"，审核员填写"纠正措施的验证"。

手术室的温度按要求应控制在一个固定的温度，但以前从无人去检查。导入了 ISO 后，就有人按时检查，并将检查时的温度数记录在案。对于手术器械的消毒、急救器械的养护等这些人命关天的项目，ISO 除了有文件（制度）的落实外，最主要的还是通过"查"保证制度的落实、文件的贯彻。在病人的医疗费用上，该院在导入 ISO 后，专门成立了"收费审计科"，所有收费项目通过电脑打印出，除了收费审计科进行审计外，ISO 的内审员也定期进行检查，让病人明明白白看病。

主持人点评：医院管理是一门科学，管理的好与不好，直接影响到病人的利益。曾记否，为摘扁桃腺的病人错开了心脏，消毒液配比错误导致院内感染。这类事件无一不是管理不善、有章不循造成的后果。引入 ISO9000 国际质量认证体系，应该说与现有的医院管理制度并不矛盾，它是按国际标准建立起一套文件化、程序化的管理模式，以程序化的要求规范我们的医疗工作行为，使我们的工作有了标准和依据，是否达到标准不仅有专人检查而且记录在案。这样就堵住了由于疏忽造成的漏洞，病人的利益得到了保证。同时也帮助管理者摆脱事务缠身的困扰，让医院管理走入科学管理的轨道。

"以病人为中心"不再是口号

上海市黄浦区中心医院院长沈晓初在谈到推行 ISO 质量体系认证时认为，最大的一点收获是：深刻地理解了"以顾客为中心"中的"顾客"的含义。医院面对的是病人，毫无疑问病人即是主要顾客。全院医务员工必须树立"顾客"的新理念。而医院考虑更多的是"顾客"——病人抱怨产生的原因，并从工作流程及工作环节的接口找出不合理的处理方法，加以改善，举一反三，建立预防措施，杜绝同一问题在不同科室发生。

记者在上海市黄浦区中心医院看到，该院确立了“以病人为中心，提供规范、便捷、满意的优质服务”的ISO9000质量方针，同时明文规定：医院应满足病人的期望和要求，并将其转化为量化的目标去完成，以取得病人的满足。在满足病人要求时，还应考虑到医院在医疗活动中应遵守的法律、法规要求，也作为应达到的目标。

例如，过去存在病人在诊疗过程中往返奔波；门诊部中午午休；出入院双休日不办理结账手续；病人的各类检查、化验报告单反馈长时间不取，造成积压；就诊环境拥挤不堪等诸多弊端。导入ISO质量体系后，上述这些弊病很快迎刃而解。最让病人称心如意的是医院先后推出了一些独特的做法，针对医院住院病人老年人居多，特意将老年人睡的病床床脚锯掉8厘米，让老年病人起居生活比以前方便、舒适。同时在老年病人病区，配备了专用“洗发车”，方便老年病人洗发。另外，医院还主动“揽”责任，对于重病人可借用医生个人信用，由医生提供担保，让病人先住院治疗。门诊护士主动承担为患者办入院手续，并送病人到病房的全程服务。让每一位病人从踏进医院大门开始至走出医院大门期间的每一步骤、每一服务都按既定的准则完成。

这是因为“以病人为中心”已不是一句口号，而是一项制度，是制度就必须毫不犹豫地执行。

主持人点评：在许多医院我们都会看到“以病人为中心”的大幅标语，但是究竟如何落实并没有量化目标，难怪许多病人说，“以病人为中心”仅是医院喊的口号。而推行ISO9000质量体系标准，要求医院把满足病人的需求转化为量化的目标去完成。因为病人不满意“组织便不存在”的理念，要求医院各部门想方设法改进病人不满意的地方，推出一些方便病人的措施，使这一口号从制度保证上让病人得到实惠。

新 闻 背 景

ISO，是国际标准化组织的英文缩写。ISO9000系列/族质量管理和保证标准起源英国的BS5750标准，于1987年颁布（第一版），迄今已被近200个国家或地区采用，并据此向企业界发放了大约50万张质量体系认证证书。ISO9000族所拥有的100多个标准在不断地修订和增加，人们通常把

ISO9001、9002、9003、9004 四个标准称为核心标准。而在这四个核心标准中，ISO9001 则适合于服务行业，它的全称是：“质量体系设计、生产、安装和服务的质量保证模式”，规定了包括管理职责、设计开发、采购过程控制等在内的 20 个质量体系要素，适用于具有设计、生产、安装和服务职能与过程的供方组织向其顾客提供质量保证。

在新的 2000 版 ISO9000 族标准中的八项质量管理原则的第一项，就标明：“以顾客为中心”。并明确指出：“组织依存于其顾客。因此，组织应理解顾客当前的和未来的需求，满足顾客要求并争取超越顾客期望”。

由于“以顾客为中心”“满足顾客要求并争取超越顾客期望”是 ISO 质量管理原则，因而被认为与目前国内卫生系统所提出的“以病人为中心”口号完全吻合，在医院导入 ISO 质量管理标准则显得十分贴切。另外，随着我国医疗保险制度、医药卫生体制和药品生产流通体系三大改革同步实施的不断深入，医院能否吸引病人、留住病人的一个关键，就是医院是否有一个公认的标准化的医院质量管理体系。

专家的评价

上海第二医科大学副校长陈志兴教授认为，ISO9000 质量认证的真实含义就是，要求医院把日常的医疗行为、医院管理活动标准化、规范化。医院实施 ISO 质量认证不仅有利于转变管理者的角色，强化医务人员团队合作精神，而且也有利于提高医院质量管理的能力，降低医疗成本，更重要的是为医院从传统的经验管理向现代化的科学管理转变创造了条件。

还有专家认为，病人总是要挑医疗质量、服务质量上乘的医院和医生，而医院 ISO9000 质量认证的最终目的就是要使医院质量管理制度科学化、规范化和合理化，推动医务员工去追求最完美的服务质量，因此，医院质量认证最终的受益者是病人。医院的管理行为、医疗行为受到标准化制度和规范操作程序的约束后，医院的医疗环境、医疗质量、医疗安全等得到了保证，病人的权益当然也就得到了保证。

为此，目前全国不少医院都把医院 ISO9000 质量体系认证看作是医院的一种自我行为和自觉行动，而不是过去那种医院上等级的被动评审。

（《健康报》2001 年 3 月 19 日）

心肺移植"之最"是这样创造的

48岁的张永年先生满含热泪地握住东方医院院长刘中民教授的手说："我要把我女儿名字改为'张东方'，以此不忘东方医院给予她第二次生命的恩情。"

19岁的女青年小张自幼患有复杂性先天性心脏病，由于家境贫困，始终未能进行手术。近年来小张出现活动后心慌、胸闷、咯血等症状，初中起辍学，多方求医均不见效。后来，小张来到东方医院，经检查，为先天性心脏病、单心室、肺动脉高压、艾森曼格综合征，心肺功能严重衰竭。临床症状显示，该病人病患已到了终末期，随时可能死亡，只有进行心肺联合移植才能生存下去。

2004年12月14日上午，刘中民教授主刀将患者胸腔打开，只见患者病变的肺动脉明显增粗，几乎是主动脉的3倍，两肺僵硬，心脏犹如排球般大小，呈紫黑色，微弱地跳动着。刘中民依次摘除病变的心与肺，并将修整过的生前志愿捐献的心肺供体快速准确地吻合到患者胸腔内。当患者主动脉开放后，供体心肺很快开始了欢快的跳动和正常的氧合。整个心肺联合移植只用了5个小时。病人术后4个小时后完全清醒，16个小时后顺利脱离呼吸机自主呼吸，20个小时后开始饮食流汁。

据介绍，这是东方医院心脏移植中心完成的第三例心肺联合移植手术。此前，同济大学附属东方医院心脏移植中心已先后为33岁徐女士、28岁男青年成功施行了心肺联合移植。

刘中民教授在接受记者采访时说，心肺联合移植是否成功有着方方面面的因素，其中一条重要的因素是供体心肺的保护。近年来东方医院心脏移植中心积极开展与发达国家的交流、学习，同时进行了大量的动物实验。据悉，在目前技术条件下，供心低温缺血保存时间仍需控制在4个小时之内，否则可能加重心肌损伤，导致移植后心功能障碍，甚至移植的失败。因此，供心低温缺血保存技术已成为心脏移植领域中的研究热点之一，而其关键在于如何减轻心肌缺血再灌注损伤。为此，刘中民教授率领课题组研究人员，通过建立大鼠腹腔内异位心脏移植模型来模拟心脏移植过程，研究东莨菪碱在供心低温缺血保存中的作用，并探讨其可能的机制。为了更好地模拟人的心脏移植过程，课题组还选择猪的体外循环心脏移植模型，进一步探讨东莨菪碱的心肌保护作用及其分子生物学机制。

为了进行心肺联合移植，刘中民和科研人员又深入地在国内率先研制了独特的心肺供体保护液，使供体心肺保存时间从国际公认的4小时延长到8小时，以利于心肺移植后其组织超微结构的保存及心肺功能的恢复，从而为开展心肺联合移植奠定了极其关键的基础。

据悉，在该院接受心肺联合移植的第一例患者徐女士，自2003年7月24日做心肺联合移植至今已有500多天，创国内心肺联合移植健康存活之最。2月7日下午，记者拨通了徐女士家的电话。其15岁的女儿接的电话，说妈妈正忙着，为过年在烧菜。一会儿，今年已35岁的徐女士接过电话，一再感谢东方医院，感谢刘中民院长和医护人员。记者听得出，徐女士说话很爽朗，精气神也很足。徐女士告诉记者，她一天吃5顿，每顿吃一小碗。她说，术后100天还曾登上了上海东方明珠塔。

据了解，世界上第一例心肺联合移植是在1968年获得成功的，但由于其有别于其他手术的特殊性，其成功率和长期存活率并不高。到目前为止，国外尚不足3 000例；而国内报道的10余例中，最长存活时间没超过100天。

（《健康报》2005年2月17日）

问号引领下的探索

“难道糖尿病除了一辈子注射胰岛素外，就没别的根治办法了吗?”在这个问号的引领之下，上海市器官移植临床医学中心主任、上海市第一人民医院移植泌尿外科主任谭建明教授付出了艰辛的努力，在他的“刀”下，亚洲第一例肾、胰岛细胞联合移植根治糖尿病手术近日在我国取得成功（见本报6月14日第一版报道）。

今年45岁的谭建明主攻器官移植、肾上腺外科、前列腺疾病诊治和组织配型等基础和临床研究。他回忆说，2000年年初的一个晚上，他被电视里一则国际新闻吸引——美国宣布投资1.5亿美元，开展胰岛细胞移植临床研究。尽管这是一个连美国人都刚刚开始探索的课题，没有任何经验教训可以借鉴，但是谭建明从这一刻起就下定决心，朝这一国际医学前沿冲刺。

胰岛细胞移植的首要难题是分离胰岛细胞，通过分离器和特殊的酶，从供体胰腺中提取有足够浓度、活力的胰岛细胞。谭建明说，在整整的两年时间里，他们先后完成了数百例老鼠的动物实验，并且娴熟地掌握了对动物胰岛细胞分离的技巧，可同样的技术应用到临床却完全没用。就在研究进入最低迷、最渺茫，几乎耗尽了所有启动经费时，医院院长破例特批了 200 万元经费，上海市卫生局从社会发展基金中再拨 200 万元支持，终于让他们在 2002 年年底，取得了临床人体胰岛细胞的分离突破。

说到此，谭建明显得很高兴。“2003 年年初，我们成功地为一名 13 岁的孩子做了胰岛细胞移植，这比日本还早了半年。如今两年多时间过去了，这个孩子的各项指标都很正常，不需要再注射胰岛素了。”

从“纯”胰岛细胞移植成功的那一天起，谭建明就有了更长远的考虑。糖尿病患者中，最后并发肾衰竭的很多，不少需要进行肾移植，按常规疗法，为避免肾移植的排异反应，往往要使用激素类抑制药物，但激素对胰岛细胞又有杀灭作用。所以同时做这两种移植手术，被称为是不可能的事。国际上一般是先做肾移植，然后至少得等两年以上，待排异现象减轻后，才进行胰岛细胞移植。但往往在等待的过程中，患者糖尿病还会进一步加剧，有的重病人等不及，只能抱憾去世。

针对这种情况，谭建明率先在国际上进行了“免疫抑制药物对成人胰岛细胞毒性作用及其防治”研究，筛选出两种对胰岛细胞影响较小的药物，并找到了临床中进一步降低其毒性的方法，这是这次亚洲首例胰岛细胞联合肾移植成功的先决条件。

谭建明说，胰岛细胞移植是治疗糖尿病的一种全新方法，不过只能说是根治了部分糖尿病。糖尿病分为 1 型和 2 型，1 型中 80％以上、2 型中约 20％是胰岛素分泌不足，可以通过胰岛细胞移植治疗。但是在推广前，还必须经过大量的临床试验。另外，胰岛细胞的供体难以获得，也是阻碍其推广的重要原因。由于提取技术限制，目前一名受体所需胰岛细胞移植量，需由 2～3 名供体提供。供体须与受体血型相同，且提取时间前后不能超过 48 小时，因此取材成功的概率还是比较低。

尽管困难重重，但谭建明仍满怀信心：“接下来我们将进一步做提高分离胰岛细胞的数量研究，同时开始尝试克隆胰岛细胞的研究，应该说胰岛细胞移植根治糖尿病的前景是看好的！”

（《健康报》2005 年 6 月 23 日）

上海交大医学院：干外科要懂内科

上海交通大学医学院毕业临床技能统考与国际接轨。最近采用全新的“标准化病人-客观结构化考试形式(简称 SP－OSCE)”,对 2001 级临床医学专业七年制的学生进行了时间为 100 分钟、8 个站点的考试。

分设在上海交通大学医学院附属瑞金医院和附属上海市第六人民医院考场的 31 名“标准化病人(简称 SP)”,是医学院花了 3 年时间培养出来的“病人”。这些“病人”是医院招募来的志愿者,没有医学背景,经过专业培训,掌握了一定的医学知识,始终能够准确地表述“病情”,还可以协助教师来评判学生的业务能力。在对学生考试时,他们会按照统一的“剧本”进行“求医”,统一对待每一个学生,而不会应用暗示性或指导性的语言去点拨学生,更不会去误导学生。该院副院长黄钢教授在接受记者采访时说:“这样的考核方式,更有利于产生基本技能合格的医学生。”

该校 SP－OSCE 临床医学专业七年制学生考试分为内、外、妇、儿四大模块,学生在正式考试前两天通过抽签确定参加哪一个模块考试。这就意味着每个学生都必须全面掌握教学大纲和实习大纲规定的内科学、外科学、妇产科学和儿科学中各个病种的基本知识和操作技能。

记者在上海市第六医院考试现场看到,每一个模块设 8 个站点。例如内科模块的 8 个站点是:胸腹部体检(SP)、病史问诊(SP)、心电图阅读、腰穿、放射读片、骨/胸/腹穿、口试、病史书写。外科模块的 8 个站点是:专科体检(SP)、病史问诊(SP)、缝合拆线、消毒铺巾、读图读片、胸/腹/腰穿、口试、病史书写。这里供考生在考试时进行诸如腰穿、胸穿、腹穿等技能操作的是特制的人体模型,而不是“标准化病人 SP”。在考试中无论是参加内科模块还是外科模块的考生,所面对的考题以及实践操作的项目,都不是纯粹的单科内容。力求今后当外科医生的必须懂内科,当内科医生的也必须懂外科。

另据了解,在总分 100 分的考核中,有 15 分属于人文类分数。参加考试的学生对“标准化病人 SP”的语气、语调,听诊前是否习惯于用手捂热听诊器,是否善于和病人沟通,都影响考核分数。记者发现,得分较高的学生往往习惯性地跟“病人”唠家常,而问诊结束转身就离去的学生则失去了人文分值。

黄钢说，该学校借鉴发达国家医学教育、医师资格考试形式，从 2006 年起探索新型的技能考试模式，综合考核学生专业知识、临床技能、交流沟通能力、职业精神、团队精神等。今年起，这种新型的技能考试将在交大医学院各年制临床医学专业中推行。这样毕业的医学生都具备了高素养和医德医风，也就更受患者欢迎了。

（《健康报》2008 年 5 月 5 日）

给临床医生补习“心理课”

在急诊科轮转的小张医生最近遇到了一件“麻烦”事：两周前，经她急诊处理的患者及其家属来医院找上自己，要求退医药费、检查费，并说用药后身体有些不适，要求“给个说法”。连着好几天，患者都来医院找她“讨说法”。小张医生被此事弄得心烦意乱，感觉都没法正常上班了。借着参加医院心理科为临床医生开设“心理课”学习的机会，小张说出了自己的这番苦恼。

在了解了事情的来龙去脉后，参加心理课培训的小组学员展开了热烈的讨论，有的同事还把自己过去遇到类似事件的处理经验拿出来分享，给小张“支招”。授课的心理医生分析了小张存在“烦恼”的潜在问题，引导其学会“换位思考”。这就是“巴林特小组（实际案例的小组讨论）”训练法，即由临床医生将自己工作中遇到“麻烦”的一个实际案例告诉大家，学员共同讨论、相互帮助，找出好的解决办法。小张正是通过这种方式学会了如何应对医患纠纷。

近日，复旦大学上海医学院精神卫生学系主任、复旦大学附属中山医院心理医学科主任季建林教授领衔为临床医生补习“心理课”，初衷就是为了改善医患关系，让临床医生学会如何沟通与交流，认识心-身的相互作用，尤其是心理与精神状态对疾病康复的影响，从而学会尊重与理解“病人”。

在“医患沟通技巧”上，通过角色扮演、角色互换、集体讨论等多种形式来学习和提高沟通技巧。在角色扮演环节中，中山医院中医科副主任杨云柯饰演了一位“虫子钻到身体里乱爬的大妈”。心理科刘文娟医生面对这位心理过于恐慌的“病人”，先是有步骤地安抚她的情绪，再辅以科学的治疗方案，最终顺利和“病人”达成了治疗同盟。这一案例，为学员们带来新的启示。一位学员课后表示，“让病人尽可能地参与治疗方案讨论，这样病人依从性会更好，疗效也更佳。”

其中，“如何告诉病人坏消息”就是生动的一堂课。季建林教授说：“遇到患者生了肿瘤，由家属转达疾病消息，违背了病人的知情权；而直接告诉病人，却又怕病人的心理无法承受打击。该怎样解决这一两难问题？学员们在一番‘头脑风暴’后达成统一：首选是将病情直接告诉病人，不过事先‘功课’必须备足。如先评估患者对自己病情的知晓度和心理接受程度，再安排安静舒适的环境，告知患者今后可进行的医疗计划等。”

给临床医生补习“心理课”的一个很现实的原因在于，对患者中伴随疾病出现的心理困扰，不少临床医生显得有些力不从心。季建林教授告诉记者：“很多临床医生缺乏心理知识，面对病人的种种心理困扰常常显得束手无策；专业心理医师本来就人手紧张，加上对个体病人的病情不甚了解，即便进行心理‘会诊’，效果也不尽如人意。让临床医生补习‘心理课’，患者的身体疾病和心理困扰都会得到改善。”

这种“心理课”受欢迎的原因还在于，它切合临床医生的自身需要。紧张的工作，以及医患关系带来的压力，往往使临床医生感觉身心疲劳，状态不佳。他们也需要心理疏导。“心理课”上所传授的一般心理治疗方法、自我的减压与调节方法，对临床医生很适用。比如，在“人际沟通与自我的心理减压”一课中，通过定期的补习、小组的共同讨论、角色的扮演与互动、以问题为中心的学习等，让学员认识并理解人际关系的重要性，了解影响人际吸引的因素，提高沟通与交往的技能，并学会自我心理平衡的调节。

“实践出真知”。给临床医生补习的“心理课”强调“参与式互动”，在各个专题培训中结合具体的案例，通过集体讨论、角色扮演、观察反馈、家庭塑型等形式让学员真正做到“学以致用”。“心理课”的开设，有助于缓解职业压力带给临床医生的伤害，给他们的心灵带来暖暖的慰藉。

从本期起开设的“心理连医”栏目，主要是围绕与医学有关的心理学话题进行报道，如对医生诊疗中特有的心理现象，以及患者与家属在寻医问药或诊疗、住院期间的心理感受等进行分析。此外，还将针对医务人员在工作、学习、生活中遇到的某个具体心理问题，请心理专家有针对性地支招解惑。医生朋友，如果您在工作中遇到什么心理困扰，或是有难以解开的心结，欢迎与我们联系，我们将尽可能地为您提供帮助。

（《健康报》2010 年 3 月 19 日）

为国人糖尿病诊治确立标准

这些数字骇人听闻：中国糖尿病现患病人数逾 4 000 万，位居世界第二，且 60％的糖尿病患者伴有慢性并发症；全国 20 岁以上人群糖尿病发病率为 9.7％，处在糖尿病前期的人群比例更高，已占到 15.5％；在大都市上海，每年新增的被诊断为糖尿病前期的患者达 3.7％，确诊糖尿病患者数量更以 1.65％的速度递增……

说起这些数字，中华医学会糖尿病学分会副主任委员、上海交通大学医学院附属第六人民医院副院长贾伟平总是忧心忡忡。她领衔完成的“2 型糖尿病的发病机理和临床诊治技术”研究，近日获国家科技进步奖二等奖。

首次报道中国人腹型肥胖简易参数

贾伟平教授说：“发现糖尿病人有个‘绝招’。注意看看周围有没有大腹便便却臀部、大腿部不太肥胖的人。如果有，你可以大胆告诉他（她）——别觉得现在血脂、血糖都还不高，千万当心糖尿病啊！”

贾伟平说，被俗称为“大肚子细腿”的腹型肥胖是导致糖尿病和代谢综合征发生的主要原因。腹型肥胖诊断的精确方法是核磁共振或 CT，但这很难在临床上得到推广与应用。而选择简易的体脂参数预测腹型肥胖，是临床中亟待解决的一个难题。

贾伟平说，国际糖尿病联盟前些年提出了以腰围作为判断腹型肥胖的指标，并制定了亚洲人腰围男性为 90 厘米、女性为 80 厘米的腹型肥胖标准，但其中缺少中国人群的资料。

为此，贾伟平率领科研人员，首次在中国人群中开展大样本人群的采用核磁共振精确评价腹型肥胖和腰围的对比研究，得出我国人群腹型肥胖标准定义：腹内脂肪面积大于 80 平方厘米；得出相对应的腰围参数：男性为 90 厘米，女性为 85 厘米。

贾伟平说，这部分研究首次在国际上报道了中国人腹型肥胖简易参数——腰围评价腹型肥胖的最佳切点。研究结果作为制定中国人代谢综合征中腹型肥胖的诊断标准，被2007版《中国成人血脂异常防治指南》采用。

首次阐明空腹血糖受损是发病风险因素

所谓空腹血糖受损，是介于糖尿病和正常糖代谢之间的一种糖代谢异常状态，是导致糖尿病发生的高危因素。美国糖尿病学会于2003年提出，空腹血糖受损的切点，应该从6.1毫摩尔/升下调至5.6毫摩尔/升。但该诊断标准的确立及其在中国人群的适用性，贾伟平认为亟待进一步论证。

贾伟平介绍，她率领科研人员对上海5 628名社区居民进行了3年随访，结果发现，空腹血糖5.6毫摩尔/升～6毫摩尔/升正常糖耐量人群发生糖尿病的风险，是5.6毫摩尔/升以下正常糖耐量人群的4.5倍。科研人员还采用受试者工作特征曲线，分析了5 126名中国人群资料，确定了空腹血糖筛查糖尿病的最佳切点是5.4毫摩尔/升，其特异性为78.04%，敏感性为78.36%。

贾伟平说，目前通常采用OGTT（口服葡萄糖耐量试验）来筛查糖尿病及糖尿病前期患者，该方法耗资大、效能低。研究发现，当空腹血糖小于5.4毫摩尔/升时，OGTT仅可检出0.74%的糖尿病患者，而在5.4毫摩尔/升～6.1毫摩尔/升时，检出率可提高6倍。为此，研究将空腹血糖检测及口服葡萄糖耐量试验结合，优化了糖尿病的筛查策略。即首先进行空腹血糖检测，对于空腹血糖达5.4毫摩尔/升～7毫摩尔/升的人群再行OGTT筛查。

该研究首次在国际上阐明了中国人空腹血糖受损与糖尿病发病的关系，确定了应用空腹血糖预测糖尿病的最佳切点，优化及建立了适用的糖尿病及其慢性并发症检查方法，发现慢性并发症在我国糖尿病前期及新诊断糖尿病人群中已有较高的患病率，并提出了早发现、早诊断的序贯策略，其研究成果被2007版《中国2型糖尿病防治指南》采用。

开创糖尿病个体化诊疗新技术

据贾伟平介绍，胰岛素抵抗与胰岛β细胞功能缺陷是糖尿病的主要病理生理改变，而后者在糖尿病发展的进程中尤为重要。我国已经建立了检测机体胰岛素敏感性的精确方法——高胰岛素-正葡萄糖钳夹技术，且已广泛应用，并对简易胰岛素敏感性参数进行了可靠性评估。

此次，贾伟平等科研人员主要针对胰岛β细胞分泌功能开展了研究。首先，在国内首次建立了国际公认的测定机体胰岛β细胞分泌功能的精确方法——高葡萄糖钳夹技术，填补了我国胰岛β细胞功能研究领域的空白，为我国开展胰岛β细胞功能的研究提供了必要手段。应用这项技术，揭示了中国人在糖尿病发生发展过程中胰岛素分泌功能减退的模式，并评价了简易胰岛素分泌指数的可靠性，提出了适用且可推广的反映糖代谢不同阶段的胰岛β细胞功能的简易检测方法。

贾伟平认为，这种首次在国内建立的测定胰岛β细胞功能的精确方法，开创了糖尿病病理生理功能指导个体化治疗新技术，并从遗传学及代谢组学揭示了其疗效机制。

（《健康报》2010年3月19日）

降伏红斑狼疮“仁济”领跑

由上海市风湿病临床医学中心主任、上海市风湿病学研究所所长、上海交通大学医学院附属仁济医院陈顺乐教授领衔的系统性红斑狼疮的发病机理及临床治疗技术研究，新近获得了国家科技进步奖二等奖。

该研究通过基础研究带动了临床疗效的提高，使系统性红斑狼疮患者的15年生存率达到89%，同时使女性患者告别不孕不育困境。经过15年时间的探索，研究团队提出的系统性红斑狼疮治疗指导思想和原则，以及所建立的治疗策略，已被纳入了2005年8年制的《内科学》统编教材，并成为中华风湿病学会系统性红斑狼疮诊疗指南。

基础研究促进临床飞跃

陈顺乐介绍说，他的团队研究系统性红斑狼疮可追溯到更远些时间，但开始飞跃应该是在1993年研究其发病机理和提高临床治疗技术以后。科研人员首先收集了300余个核心家系，建立了系统性红斑狼疮遗传资源数据库，总样品数达到了1 200余份。

接着，科研人员通过基因组扫描和易感基因的精细定位，发现1q23和16q12区域与系统性红斑狼疮有关联，并率先在国内外首次确定了PBX1和

OAZ 为系统性红斑狼疮的易感基因，在国际上率先发现了 I 型干扰素及其免疫调控通路在系统性红斑狼疮的发病中居于重要地位。

陈顺乐说，科研人员应用寡核苷酸基因芯片，对系统性红斑狼疮病人的外周血基因表达谱进行分析，证实了干扰素诱导基因可作为潜在的临床诊断、疾病亚型分类及预后评价的生物标记物；鉴定了系统性红斑狼疮相关干扰素诱导蛋白 1 与鸟嘌呤核苷转移因子存在相互作用；干扰素诱导蛋白 4 可诱导系统性红斑狼疮单核细胞向树突状细胞分化；系统性红斑狼疮来源的抗原递呈细胞可通过分泌干扰素来影响调节性 T 细胞的功能。

红斑狼疮患者 15 年生存率能达 89%

陈顺乐告诉记者，基础研究推动了临床疗效的提高，近 15 年来系统性红斑狼疮患者 5 年、10 年生存率分别高达 94.74%和 93.69%，15 年生存率也能达到 89%。

陈顺乐说，他们的研究在临床上创立了系统性红斑狼疮治疗指导思想和原则，做到了 3 个强调，即强调适当剂量免疫抑制剂，避免抑制过度；强调全程针对个体特征与差异序贯性干预；强调权衡药物疗效与副作用，谨慎合理用药。

陈顺乐介绍，对于约占 50%没有内脏累及的轻中度系统性红斑狼疮患者，在治疗上为了减少激素用量，降低用药副作用，提高治疗效果，基于甲氨喋呤(M)有多重抗炎作用(干扰 IL－1，抑制 COX－2 等)，是治疗类风湿性关节炎的金标准，在常规应用泼尼松(P)氯喹(C)治疗方案的基础上，加用了甲氨喋呤(M)，即 PMC 方案。研究结果显示，PMC 方案能有效控制无明显内脏累及的轻中度系统性红斑狼疮的病情，同时能减少感染及高血脂、高血糖等并发症。

而对于心、肺、肾、血液及中枢神经系统等主要脏器受累的重度系统性红斑狼疮患者，在治疗方案上则采取早期诱导缓解与巩固维持治疗相结合，把各类型重症系统性红斑狼疮患者的临床特点作为早期诱导缓解的重要临床指征。

这些治疗原则和措施，使我国系统性红斑狼疮的治疗水平与国际接轨，其远期存活率达到了国际先进水平。

育龄女性患者成功分娩且无母婴死亡

陈顺乐表示，系统性红斑狼疮是一种常见的累及多脏器的风湿性疾病，严重危害人类特别是青年女性的健康。在我国，该病的患病率为70/10万，其中女性患病率达113/10万，主要的患病人群为15～40岁的育龄期妇女。在临床上，抗磷脂抗体综合征是系统性红斑狼疮常见的表型，以反复自发流产、血栓栓塞为主要特征。由于系统性红斑狼疮女性患者多处于育龄期，妊娠可能会诱发或加重原有病情，且易出现流产、早产、胎儿发育不良或死胎，因此系统性红斑狼疮女性患者曾一度被认为不能妊娠、生育。

通过10多年的临床总结和前瞻性观察，陈顺乐及其研究团队完成了较大样本系统性红斑狼疮合并妊娠的研究，并在国际上首次制定了中国系统性红斑狼疮患者的妊娠适应症：① 系统性红斑狼疮女性患者在服用少量泼尼松，并且无病情活动性表现达12个月以上，可以考虑妊娠。② 须在停用细胞毒性药物半年以上。③ 若脏器功能正常，既往虽有内脏累及史但不构成特别的风险。对系统性红斑狼疮妊娠的患者，在妊娠期间可给予小剂量激素治疗以维持病情稳定。

这部分研究统计资料显示，系统性红斑狼疮育龄妇女中已有110名患者成功分娩，无母婴死亡，胎儿足月产约为75%。患者妊娠期内约有20%出现狼疮活动，但症状相对较轻，经常规剂量的激素治疗均能控制，产后半年内也没有因系统性红斑狼疮病情恶化。

据悉，从20世纪80年代末第一个红斑狼疮患者顺利生产算起，经上海仁济医院治疗，已有432位红斑狼疮年轻女性患者如愿当上了母亲。

（《健康报》2010年3月23日）

与人相生相伴的“微生物群落”

代表中国人类元基因组联盟、并作为国际微生物生态学会“中国大使”的上海交通大学生命科学技术学院副院长赵立平教授，最近应邀出席了在巴黎法国科学院举行的人类元基因组计划圆桌讨论会议。赵立平教授告诉记者，对公众来说，首要的问题是明确“人类元基因组计划”的重要性和伟大意义。

菌群与人息息相关

赵立平说，“人类元基因组”指的是人体内共生的菌群基因组的总和，包括肠道、口腔、呼吸道、生殖道等处菌群。我国人口众多，不同民族、地区、生活习惯和疾病类型都会形成丰富多样的人体菌群结构，蕴涵十分丰富的基因资源。

世界各国科学家完成“人类基因组计划”用了 13 年，花费 30 亿美元，测定出人类自身基因有 2.5 万个左右。科学家曾乐观地认为，研究清楚人类2.5万个基因的功能，将会揭开人类生老病死之谜，但越来越多的研究表明，人体的生理代谢和生长发育不仅受基因控制，还有许多现象，如对疾病的易感性、药物反应等，无法全部用基因差异来解释。赵立平说，这是因为人体内生活着大量“亲密的陌生者”——体内微生物群落，即菌群，它们的组成和活动与人的生长发育、生老病死息息相关。

越来越多的研究表明，体内菌群对人体健康起着十分重要的作用，以肠道菌群为例，许多重要疾病的发生发展都与肠道菌群的组成失调有着密切关系。肠道菌群数量是人体细胞的 10 倍，重量是人体体重的 1/50～1/100。目前，我们对这些菌群的作用认识还很不足，甚至连肠道菌群由哪些种类的微生物组成这样的基本问题也还远远没有搞清楚。一个很重要的原因是大多数肠道菌群用现有的技术不能在实验室里培养。

赵立平介绍，美国芝加哥拉什医学院胃肠病营养与研究中心最近的一项研究表明，儿童自闭症、老年痴呆等与肠道菌群有重要关系。研究发现，当人体肠道菌群里的一种芽孢杆菌数量占优势时，会分泌神经毒素，造成腹泻或对神经的侵害，儿童自闭症与此有直接关系。

过去，科学家在进行药物试验的时候往往会遇到这样的问题：同样的药物用在两只看上去没什么两样的小鼠身上，有时候效果相差很大。日本科学家把具有抗肿瘤的作用的人参皂苷喂给肠道无菌的小鼠，这些药物都被排泄出来了。再把人参皂苷喂给肠道菌群正常的小鼠，发现人参皂苷被小鼠肠道内的一类微生物分解再加工后，才具有活性并进入血液发挥作用。中科院大连化学物理研究所的研究表明，大约有 20％的人体内没有能够分解人参皂苷的肠道菌类，这些人服用人参皂苷是无效的。搞清楚这个原因，在治疗的时候对症下药，先把体内的微生物“生化加工厂”建好，再接受抗肿瘤的人参皂苷,疗效自然会更好。

肩负“揭秘”使命

赵立平教授实验室从1995年开始研究用分子生物学和基因组学方法解析复杂微生物群落结构、阐明其功能的问题。他们对国际上使用较多的分析菌群组成的DNA指纹图方法进行了重要的改进,并且发展了一种具有自主知识产权的新的元基因组DNA指纹图方法,这些结果发表在《国际微生物方法学学报》等刊物并获得我国专利。用这些方法对人类、仔猪、昆虫、大熊猫等肠道菌群进行了动态监控和结构分析,获得了大量新的结果,得到国际同行的关注。

国家人类基因组南方研究中心,对一种重要的人畜共患病菌钩端螺旋体进行基因组测序和治疗研究,形成了国际先进的测序技术平台。浙江大学对肠道菌群在肝病发生、肝移植中的影响和作用具有独到研究。

赵立平说,“人类元基因组计划”被称为“人类第二基因组计划”,预计把人体内共生菌群的基因组序列测定出来的工作量至少相当于10个人类基因组计划。由于微生物代谢功能的丰富多样,“人类元基因组计划”有可能发现超过100万个新的基因。这些基因的发现对于阐明许多疾病的发生机理、研究新的药物、控制药物毒性都将发挥巨大的作用。

(《健康报》2005年12月7日)

“三臂”杰杰的好日子

4月1日,出生在安徽省六安市霍邱县的杰杰父母怎么也没有想到,两次产前B超检查都说好好的,剖宫产下的儿子竟然在左肩下长出两条完整的手臂。

5月22日,上海交通大学医学院附属上海儿童医学中心骨科收治了这个多了一条左臂的杰杰。经检查,杰杰左边的一条手臂显得小些、呈弯曲状,置于胸前,手握拳头;另一条手臂粗壮些,呈伸直状,在外力的帮助下可以弯曲,而手心、手背均为手背状,且都长有指甲。

6月6日上午8时36分,刚洗完澡的杰杰被推进了手术室。

9时42分,主刀医生陈博昌教授带着李玉婵、徐蕴岚两位骨科主治医师走上手术台。在无影灯下,戴着眼镜的陈博昌用笔在杰杰多余的左臂肩胛骨处画着皮肤切口线。线条一气呵成,一旁的一位护士说:“杰杰的畸形病例在全院就讨论了两次,科里就更不用说了,陈主任对杰杰的情况是熟得不能再熟了。”

9时45分,陈博昌手握手术刀,沿着要切除的左臂三角肌的外缘至骨头切开后,接着用针头大小的高频电刀一边切开一边止血。手术的第一步是将多余左臂的肩胛骨与锁骨和肱骨分离。很快,10时11分,手术已碰到了要切除的肩胛骨内骨,并在多余左臂的腋窝发现解剖结构非常完整的神经和血管。接着,暴露了肩关节盂。10时36分,陈博昌在切断正中神经后,又接连分别结扎手臂肱动脉、肱动脉伴行静脉两头并切断。10时50分,杰杰多余的左臂被切除了。陈博昌不放心,又让徐蕴岚医生检查一下切下的手臂肱骨上段是否完整。11时02分,医生开始修补关节腔,并将杰杰左侧的胸大肌与正常手臂三角肌外侧缝合。陈博昌感慨地说:“杰杰虽说是畸形病例,但其肢体发育太完整了,神经和血管都在正常位置,手术进行得比预想的顺利。”

11时15分,李玉婵、徐蕴岚两位手术医生开始作最后肌肉层缝合,由于开刀时皮肤切口设计准确,皮肤稍做修整即可吻合缝上。11时22分,杰杰出生以来一直呈伸直状的正常左臂突然曲屈起来,陈博昌高兴地说:“此曲屈证明正常左臂的神经在手术中没有受到损伤!”

11时28分,一位护士报告,监护仪显示杰杰的正常左臂血氧饱和度为100,更证明了正常左臂的血运良好。当李玉婵缝完最后一针,挂在4号手术室墙上的时钟正指在11时38分。从划刀到最后缝合,切除多余的左臂,只用去了不到两个小时,由于出血少,术中也只输血60毫升。

满头大汗的陈博昌说:“随着正常左臂功能的恢复,以及手的整形,杰杰会像正常孩子一样成长。”手术结束时,不知谁又说了句:“今天是三个六,2006年6月6日。”陈博昌连声说:“好日子好日子,会给杰杰带来好运!”

(《健康报》2006年6月7日)

医生价值如何实现最大化

4月6日星期三上午9时，来自江苏省徐州市睢宁县的高先生携妻子，带着12岁的儿子钧钧准时走进上海交通大学医学院附属上海儿童医学中心疑难杂症门诊室，80岁的应大明教授拿出早已准备好的会诊报告，上面写着："考虑 Rosai - Dorfman 病，转移性癌待排……"

应教授慈祥地对高先生解释说，这是一种少见的窦组织细胞增生伴巨大淋巴结病，在临床上主要侵犯10～20岁的孩子……高先生似懂非懂地听着，脸上有了一丝欣慰，毕竟儿子的病有了一个准确说法。

一周前的星期三，也就是3月30日上午，记者采访时看到高先生独自一人带了一大包病历，包括片子、检验报告，甚至病理活检切片，撞进了这间疑难杂症门诊室。高先生告诉记者，孩子因颈部、腋窝发现淋巴结肿大，先后在南京、北京、上海等地多家医院治疗，甚至在没有完全确诊的情况下，已经在一家大医院开始化疗，这50天已花掉6万多元。

患儿同时接受4位老专家的诊断

上海儿童医学中心疑难杂症门诊室于1999年10月开始迎接第一位小病人，如今已为1 600余名患儿诊断了病情。为这群天真可爱的孩子诊病的却是白发苍苍、学富五车的医学老专家。

这个团队维系着上海市新华医院、上海市儿科医学研究所和上海儿童医学中心的人脉。如今这个4人团队是由80岁的儿童免疫学与血液学专家应大明教授、77岁的新生儿专家吴圣媚教授、76岁的遗传学专家黄荣魁教授和73岁的儿童内分泌专家沈永年教授组成的。每个星期三上午，4位老专家悉心为全国各地来的小病人答疑解惑。

应大明教授说："这个疑难杂症门诊实际上是一个全科门诊，凝聚了各位老教授的丰富临床经验，诊断时会把患儿的各种症状和临床表现都考虑进去，然后给出一个尽可能完整的诊断意见。随着医学越分越细，弄得现在的病人好像必须预先知道自己得了什么病，才能找到合适的科室和医生。问题偏偏是，病人怎么能知道自己得了什么病啊！"

沈永年教授说："来到我们这个团队看病的患儿，往往都是跨学科的难题，这就要求团队里的专家各司其职，充分发挥自己的特长，团结合作，献计献策。”

诊断过程更像是开研讨会

记者在疑难杂症门诊室看到,4 位专家个个菩萨心肠地迎接每一个患儿的到来,就像对待自己家里的宝宝一样,将患儿围在中间,仔仔细细地问诊,笃笃定定地查体,然后互相交换意见、议论一番,俨然像是在开学术研讨会。

在疑难杂症门诊室,一个病人至少要看上半个小时,有时两三个小时还未搞清楚,4 位专家不厌其烦地假设、论证,再假设、再论证。一会儿翻阅《人类先天性畸形图谱》等著作,一会儿又上网检索医学文献。

这样的会诊模式一定要坚持

每个星期三上午,4 位老专家的联合诊断雷打不动,往往是忙得不亦乐乎。记者问他们余下的时间干什么?得到的回答是:“大部分时间还是用在读文献、查资料上。”对于在疑难杂症门诊中未能诊断清楚的患儿病情,4 位老专家都把问题看做是“家庭作业”,除了上网检索,还利用各自从医 50 年的人脉关系,从国内外同事、学生那里再获取有用的医学信息,犹如大海捞针,为每一个患疑难杂症,甚至是罕见病的孩子,不辞辛劳地工作着。

应大明教授说:“在儿科疾病诊断中,上海儿童医学中心应该算是最高层次的医院了。如果我们都不能为患儿解决问题、诊断不清楚,把小病人再往外推,那病人还能依靠谁?”“有时候就算还没有治疗办法,但知道了诊断结果,对病人和家属也是一种安慰啊!”

上海儿童医学中心从上到下都支持这个诊断医学团队,不但赞同快到退休年龄的感染科主任周云芳主任医师加盟,还特意派了在肾脏内科颇有造诣的殷蕾副主任医生做起了 4 位老专家的助手。另外,医院还投资为疑难杂症门诊室配备了软件技术支撑,方便老专家更好地诊断。

(《健康报》2011 年 4 月 18 日)

灾难医学 学科建设迈入正轨

学术会客厅 本期嘉宾：同济大学附属上海市东方医院院长 刘中民

没有灾难医学 很难将损伤最小化

建立“灾难医学”专门研究机构已经迫在眉睫、刻不容缓了！为此，中华医学会第84个分会——灾难医学分会将在12月上旬成立。

——刘中民

2008年“5·12”汶川地震发生后，刘中民放弃了自己作为奥运火炬手参与火炬传递的机会，而是加入了上海市卫生系统抗震救灾医疗队，于5月18日作为上海第二批医疗救援队的成员飞抵四川地震灾区开展救援工作。在具有“最后孤岛”之称的重灾区草坡乡，连续作战12个日夜，艰难完成了63名伤员和100多名伤员家属的转移工作……

正是汶川地震灾难救援中暴露的多方面问题，如专业救援队伍建设、现场救援力量配备、抢救手段及物资准备等的严重缺失和匮乏，让刘中民意识到灾难医学的重要性。“不然，很多伤员就不会被截肢，也不会发生伤员被救出来，而后又很快死亡的事件了。那是一种灾难救援的低效和徒劳。”话语中，刘中民依然显得很痛惜。

刘中民介绍，近年来我国接连不断地发生自然灾难、人为灾难，以及复合型灾难。灾难发生后，大多数紧急赶赴灾难现场的医疗救护人员缺乏灾难医学的专业培训，不了解灾难医学救援的特点，缺乏灾难医学救援的特殊技能；在管理层面，突发公共卫生事件应急预案可操作性不强，不同部门、行政区域、上下级和友邻区域间的应急预案无法对接，缺乏专业的现场医疗卫生需求评估，灾难现场的搜救与灾难医学救援缺乏无缝对接，而与一线的医疗救治相配套的后勤保障体系、通信联络体系也不完善，这些都使得灾难医学救援的效率大打折扣。因此，应急预案的制定、救援力量的组织、药品器械的储备、伤员的后送、信息沟通与协作都急需科学系统的灾难医学理论来指导。

灾难医学研究 涉及十几个学科

简单说，灾难医学就是研究如何减少灾难所引起的负面健康效应的科学。灾难医学涉及的学科很多,因而其成员的组成范畴也很广。

——刘中民

灾难医学是研究在各种自然灾害和人为事故所造成的灾害性损伤条件下实施紧急医学救治、疾病防治和卫生保障的科学。灾难医学的目标:一是预防或减少灾难引起的人员死亡和残疾;二是为灾难受害者提供即时、有效的医疗卫生帮助;三是帮助灾区卫生系统和卫生能力快速、稳定恢复重建。

刘中民介绍,灾难医学研究和实施灾难救治涉及灾难每一阶段的全面干预措施,针对各种原因引发的灾难,从预见及预防灾害损伤,到事件突发应急处理,再到灾难后续及后发问题解决,以医学科学为主进行的灾难全过程干预。因此,灾难医学的发展需要与核医学、放射医学、化学、生物学、公共卫生学、医学心理学、重症医学、康复医学、临床医学、检验医学、影像医学等医学内部多学科、多专业的协作,以及灾难学、管理学、心理学、气象学、地质学、天文学、水文学、建筑等医学外部多学科、多专业的协作。

刘中民强调指出,成立灾难医学分会的宗旨是通过推动和开展灾难医学的研究、转化以及教育培训,为卫生应急管理提供技术支持,推进灾难医学学科体系发展,提升我国灾难医学救援的水平,保障人民身心健康和生命安全,维护社会和谐稳定。灾难医学分会的组织构架、参会人员与其他分会不同,不仅有受过培训的救援人员、相关管理人员,而且还包括卫生相关应急部门、城市减灾防灾委员会、地震局急救中心人员,以及灾难医学救援设备企业人员等。总之,灾难医学分会的范畴很广。

灾难医学人才　需要专科培训

灾难医学医生也需要专科培训,成立急诊与灾难医学系将是有效途径之一。

——刘中民

刘中民介绍说,同济大学附属上海市东方医院早在1999年就成立了急诊创伤中心,同时引进了与国际接轨的EMSS急救系统和创伤专科医师培养晋升制度。目前医院已建立起一系列的临床快速反应机制和流程,变绿色通道为确切救治单元,强化创伤急救的时效性和快速反应性,从便捷挂号到快速诊断到急诊手术全程无缝隙链接，在抢救多发伤及术后监护中采用多学科立体交叉，确保抢救成功率的提高。急诊创伤外科目前拥有120余名训练有素的医护人员。

近年来，上海市东方医院每年为政府承担大量的重大医疗保障任务，如APEC首脑会议、上海合作组织峰会、“亚行”年会、《财富》国际论坛、《福布斯》全球总裁会议，以及多国政要访沪活动。

由于积累了丰富的宝贵经验，2008年在同济大学成立了中国第一个急诊与灾难医学系，刘中民等在引进国外先进的灾难医学救援培训课程的基础上，结合中国国情，组织编写了具有中国特色的灾难医学教材。与传统临床医学教育不同的是，医学生除了接受传统临床科学知识外，又懂得了现代灾难医学救援的科学知识，而且还亲赴灾难实地进行医疗救援与演练。今后，对于灾难医学分会而言，其灾难医学救援人员的培训体系将分为1～5级，分别针对普通公众(重点是大学在校生)、第一目击者(重点是警察、消防队员等特殊职业者)、普通医务人员、急救及ICU人员、专业医学救援队成员。

刘中民说，在灾难医学分会中长期发展规划中，我们将针对各种不同的灾难类型，研究配套的医疗卫生救援应急技术预案；研究我国医疗卫生机构的防灾减灾模式，组织试点、后续交流研讨和推广，提高医疗卫生机构的灾难应变能力。同时结合我国国情，制定我国灾难医学救援的技术标准等技术规范性文件，如医学救援人员的行动导则、守则标准、医学处理规范、卫生应急的装备(含药品)标准、医药卫生物资的捐赠和管理指南、统一灾难医学的有关名词等。

(《健康报》2011年11月23日)

慈母肝献“心肝”

31岁的母亲献出285克肝脏组织，移植给了自己9个月的女儿，这感人一幕出现在1月9日的上海。这一“亲属活体供肝肝移植”由复旦大学附属中山医院、儿科医院联合完成，目前母女俩各项生命体征均正常。

看到女儿的大眼睛，觉得一切都值了

为“心肝”女儿扬扬献出部分肝脏的母亲胡妍，1 月 17 日术后第 8 天出院前脚刚从复旦大学附属中山医院跨出，后脚又迈进了相隔仅一条马路的复旦大学附属儿科医院的病房，和丈夫林欣一起陪护正在康复中的扬扬。“当我坐着轮椅，在儿科医院监护病房一看到女儿炯炯有神的大眼睛，就觉得一切都值了！”胡妍说。

正在查房的复旦大学附属儿科医院副院长郑珊教授告诉记者，尽管目前扬扬还未脱离危险期，但各项生命体征已趋于稳定，特别是血液中的黄疸指数已经降到手术前的 1/3。像这样“亲属活体供肝肝移植”手术，中山医院肝外科临床中心和儿科医院小儿外科疑难重症临床中心自 2002 年 10 月强强联合，已成功完成了 5 例。

母亲抢得捐肝救女的权利

扬扬是双胞胎姐妹的老二，出生 40 天时，父母发现她满脸的黄疸还未褪去，便送进一家医院检查，被诊断为患了先天性胆道闭锁症。接着住院实施了“疏通”大手术，但未成功，腹部日益隆起，全身皮肤呈黄绿色。转诊至复旦大学附属儿科医院。郑珊教授表示，孩子唯一的生还希望是做“亲属活体供肝肝移植”，但现在还不能做，要让孩子再长大些。因为根据文献记载，接受移植者年龄在 3 个月以下、体重在 5 公斤以下，其移植成功率只有 60%，反之则可高达 94%。

林欣、胡妍夫妻俩听了郑珊教授的一席话后，当即决定接受血液检查，结果双双配型成功。胡妍以自己下岗在家、丈夫需要养家糊口为由，抢在丈夫前签下了自己的名字，争得了捐肝救女的权利。胡妍夫妻俩一一拜访了前四对“亲属活体供肝肝移植”的先行者，当得知四对供肝父母健康状况良好，而接受供肝的子女也拥有无限生机时，更增添了胡妍捐肝救女的信心和勇气。尽管移植手术前，郑珊教授把最坏的结果告诉了胡妍，但她说：“我相信医生，相信科学！”

母亲的肝种入 9 个月婴儿腹中

虽然此前已成功完成了 4 例父母与 2～3 岁子女的“亲属活体供肝肝移

植”，但面对一个曾做过手术，腹部广泛粘连的9个月婴儿，做肝移植这样的大手术，中山医院副院长樊嘉教授和儿科医院副院长郑珊教授依然感到很棘手。

手术还是如期于1月9日上午在两家医院接力进行。8时50分，由樊嘉教授主刀对胡妍的肝脏进行分离手术，并准备切取偏薄形肝脏的左叶。10时整，由郑珊教授主刀对扬扬的病肝进行切除。由于扬扬的腹部广泛粘连，给手术分离带来了一定的难度。郑珊教授娴熟而又小心翼翼地先分离粘连的肝脏和肠道，然后又先后分离肝动脉、门静脉、肝短静脉和肝静脉。在手术分离过程中，郑珊教授随时与樊嘉教授保持电话联系，互通手术进度，以提高供肝质量，将供肝的冷缺血时间降到最低。

12时45分，樊嘉教授剪断了胡妍供体肝的肝动脉、肝左静脉、门静脉左支和胆管，一叶截面为12厘米× 6厘米、重285克的肝左外叶被顺利取下并进行修整。在迅速用营养液、保存液进行冲洗和灌注后，13时30分用一个储存箱送到仅隔几百米远的儿科医院手术室。这时，郑珊教授果断地阻断下腔静脉，切下扬扬已呈深绿色且僵硬的重510克的病肝。

14时20分，樊嘉教授又走上儿科医院的手术室。由于扬扬幼小，纤细的肝动、静脉都为“种肝”手术中的血管吻合、胆管缝合对接带来了极大的挑战。胆大心细的樊嘉教授用放大嫁接等方法，如同绣花般巧手缝针，先仔细吻合肝静脉、门静脉，打开下腔静脉后，再吻合肝动脉。最后再由郑珊教授做供体肝脏胆道与受体肠道的吻合，终于把母亲的肝组织妥帖地植入了女儿体内。历经7小时的生命博弈，当血管开通5分钟后，供肝的胆管口流出了金黄色的胆汁，显示其母亲的肝组织已在女儿的体内开始工作了。

专家解说“亲属活体供肝肝移植”十大优点

据报道，世界上第一例活体部分肝移植于1989年在美国获得成功，受体为一名患了先天性胆道闭锁的11个月大婴儿。此后，这一移植术在全世界得到了广泛开展。我国大陆地区在1995年和1997年相继也有了两例活体部分肝移植的成功报道。

郑珊教授说，“亲属活体供肝肝移植”是治疗患儿终末期肝脏疾病的有效手段，它有十大优点：一是扩大了肝移植的供体来源；二是由于大多为择期手术，所以供体、受体可作充分的准备；三是在患儿病情恶化前施行肝移植，降低受者在等待肝移植中的死亡率；四是减少了供肝的冷缺血时间，提高了供肝的质量；五是术前可以对供体作CT、MRI等各项检查，有助于按最佳比例选取容量，使移植肝与受体更为匹配；六是可获得更适宜的供受体组织相容性配型；七是术前可通过各项检查了解血管等解剖因素，有利于血管重建；八是有助于取得家庭心理效应，使患儿父母通过活体肝移植获得一个挽救患儿生命的机会；九是术后受者免疫排斥反应小，并发症减少，如2002年10月开展的第一例父子之间的活体供肝，儿子现已不服免疫抑制剂但仍健康成长；十是比等到生前自愿捐献的尸体肝来得经济。

郑珊教授强调说，面对自己的亲生孩子患了终末期肝病，还是有部分父母怕影响自己的健康而不愿意捐献肝脏。这有待人们观念的转变。

（《健康报》2005年1月18日）

“新肝宝贝”回“娘家”

鲜花朵朵，彩球飘飘。5月30日下午，上海交通大学医学院附属仁济医院肝脏移植中心迎来了17位可爱的“新肝宝贝”。

在短短的5年多时间里，由夏强教授领衔的该院肝脏移植中心团队，为104位患先天性胆道闭锁肝硬化症的宝宝成功施行了亲体肝移植手术。医生和护士亲昵地称他们为“新肝宝贝”。

这17位“新肝宝贝”做完体检后，在父母或爷爷、奶奶、外公、外婆的陪伴下，欢聚在仁济医院肝脏移植中心接待室。

广东籍的陈女士说：“宝贝儿子10个月时做了亲体肝移植手术，我移植给他150克左肝叶，你看我儿子多活泼，我也很健康。”

8岁的林林由外婆和父母陪着从江苏南通赶来，林林的母亲说：“是外婆捐出200克肝救了他。”

夏强宣布“新肝宝贝”俱乐部成立。他说：“俱乐部将定期为‘新肝宝贝’做医学随访检查，给‘新肝宝贝’家庭、医护人员、慈善团体、爱心人士沟通交流提供一个平台。”

专程从北京赶来参加聚会的中华少年儿童慈善救助基金会秘书长朱于山，希望全社会有更多人伸出援助之手，有力出力，有钱出钱，关爱贫困家庭中患有先天性胆道闭锁肝硬化的宝宝。

夏强告诉记者，我国每年约有3 000名先天性胆道闭锁肝硬化的孩子发病，但只有不到1%的患儿有机会做肝移植，其中供肝短缺和经济困难仍是目前的两大难题。夏强鼓励家长为患先天性胆道闭锁肝硬化症的宝宝做亲体肝移植手术，同时呼吁将先天性胆道闭锁肝移植手术纳入大病医保。

（《健康报》2012年6月7日）

“心理夜莺”——陈福国

华东的朋友，您是否收听上海东方广播电台792千赫每晚10时15分的“夜莺热线”节目？如果您听的话，您是否知道，这栏节目每星期五的“心理健康咨询”专栏里，那个被节目主持人王玮和广大听众亲昵地称为“陈教授”的，就是上海第二医科大学卫生管理系副主任、医学心理学教研室副主任陈福国副教授。

自1993年8月27日起，陈福国副教授应上海东方广播电台的邀请，作为临床心理专家，通过电台广播这一大众传播媒介，在1小时15分钟的时间里，直接解答听众询问的有关心理健康的问题。

陈福国告诉记者，在电台主持“心理健康咨询”专栏，完全不同于在课堂上向学生们面授，也区别于在心理咨询门诊与心理障碍患者促膝谈心、面对面地交谈，这是一种只闻其声、不见其人的交谈，要求高，难度大。他说，他掌握的尺度是“短、平、快”。短，即电话对话，热线直播，通话时间短，在有限的时间里要通过简短的对话尽可能多的收集对方的信息，建立良好的医患关系。平，即必须平易近人，平等对话，通过平时讲的通俗的生活语言来操作心理治疗的技术。快，即快速即时应答，在对话中及时提供有关的知识和信息。

“陈教授干得很投入。”这是陈福国的拍档，节目主持人王玮对陈福国的评价。

每星期五晚上10时15分，一阵悠扬的《归家》乐曲传来，王玮和陈福国头戴耳机，进入角色。陈福国像拉家常似的亲切地和每一位通话者娓娓而谈，他那低沉而充满温情的嗓音，给心理障碍患者送去温馨和爱心。

一位中年女士来电说，几个月来她一直有一种紧张、担忧、恐慌的感觉，即使是在家里，她都把门窗关得紧紧的。陈福国在电话咨询中，从挖掘诱发的因素展开对话，结果揭示出引起心理问题的潜在机制。原来，这位女士半年前曾在国外替人看管一幢有 16 个房间的寓所，整天提心吊胆怕出事。通过电话咨询，她意识到了过去生活中消极刺激因素对现时心态的影响，从而改变了目前的情绪。

一位母亲因孩子学习困难而电话咨询。陈福国在与这对母子的对话中，不仅了解了孩子学习困难中的动力因素，而且还引出了家长的教育方法及父母与孩子沟通中的问题，短暂的谈话既疏导了家长、孩子的情绪，又找出了孩子学习困难的原因。

4 个月来，陈福国作为“心理夜莺”，已为上海、浙江、江苏众多男女老少心理障碍患者排忧解难。为把节目做得更好，陈福国不仅每次播出请电台电话编辑特意录下音来，回家后反复研究、揣摩，而且还虚心听取周围关心和熟识他的人的意见。

今年已 46 岁的陈福国是“老三届”的高中生，下过乡也进过厂，1982 年他毕业于上海第二医科大学。后来又在上海交通大学社会科学及工程系攻读，取得哲学学士学位。以后又先后在上海市精神卫生中心和华东师范大学心理系进修，都取得了优异的学习成绩。为了开拓上海二医大新的学科，1987 年由他负责筹备并组建了医学心理学教研室。一年后，他又与学校附属瑞金医院合作，在上海较早地开设了综合性大医院的医学心理门诊，每周六下午迎接申城和江浙一带的心理障碍患者。有些心理障碍，甚至厌世的病人，经过陈福国的治疗，重新树立起信心，活得有滋有味。

他常说，当今的医学发展，已由原来单一的生物医学模式，向生物——心理——社会模式转化，人们已开始合理地看待自己的心理问题，也希望通过心理医生来帮助解决自己的心理问题。因此，作为医学和心理学相结合的医学心理学日益显示其时代的重要性。这些年，陈福国不但从事本、专科生的医学心理学的教学任务，而且还潜心钻研心理治疗特别是把国外的心理治疗方法，结合中国人的文化背景及国情特点，成功地应用到临床治疗中。他作为上海医学分会行为医学学会秘书长，在上海二医大发起并组织了两期“中美认知治疗临床应用研修班”，共为全国各地培训了 200 多名临床心理医生。陈福国在有关刊物上发表了多篇医学心理学方面的学术论文，其中《认知治疗在强迫症中的临床应用》一文，去年在香港中文大学举办的首届中国人心理治疗国际学术大会上报告后，引起与会中外学者的极大兴趣。

（《健康报》1994 年 2 月 15 日）

让无喉人说话

如果不是墙上“上海——香港无喉人联谊会”几个醒目的大字，谁也不相信这些侃侃而谈的是一群因患喉癌、下咽癌等头颈部恶性肿瘤而切除喉管的无喉人。

10 月 12 日下午，记者在上海铁道大学附属铁路中心医院会议厅目睹了上海和香港两地百余位无喉人的一次聚会。那沙哑的食道发音，展示了这些无喉人回归社会，顽强生活的精神风貌。

香港无喉人组织“新声会”的几位负责人从新闻传媒获悉：上海铁路中心医院耳鼻喉科主任胡继云教授在国内外率先教授无喉人食道发音成功，并已举办了 28 期学习班，使 500 多名无喉人开口说话。他们决定组团来上海进行学习交流。联谊会上，“语言重建学习班”的新老学生亲昵地叫着“胡老师”，令胡继云教授十分高兴。在一片热烈的掌声中，胡继云回顾了无喉人食道音语言重建工作，并播放了一部一位无喉人从练习打嗝、数数、读拼音，直到说话的全程的录像带。

一位头发花白的长者起身发言。他叫吕嘉良，今年 65 岁，1974 年患喉癌动了手术，1978 年 10 月成为胡继云教授的第一期学习班的学员。他说：“胡医生独创的一套完整系统的食道发音方法，有很强的科学性。”

他认为，无喉人如学不好食道发音，主要有这样 3 个因素：一是接受能力比较差；二是有怕苦、畏难的心理因素；三是体质差、年龄大等生理因素。听着吕老中气十足、吐字清楚的讲话，在场的人个个露出羡慕的神情。

一阵掌声过后，上海一位叫王阿玲的个体户老板再也按捺不住激动的心情。他说：“我是胡医生的第 27 期学生，语音重建后，不仅生意做得红火，而且还结了婚，11 个月前生了个大胖儿子。”他自豪地告诉大家：“我的食道发音有这么好的效果，主要是因为刻苦练习和持之以恒。”

香港"新声会"副会长郑植宏先生介绍了"新声会"的情况。他特别提到"新声会"到目前还没有得到香港政府的资助，主要靠无喉人自己和社会各界热心人的帮助。很多香港无喉同胞期望胡继云教授去香港教学。

殷殷病友心，融融同胞情。特地参加"上海——香港无喉人联谊会"的上海市癌症康复俱乐部副会长李守荣女士动情地说："今天，我分享了无喉人开口说话、回归社会的欢乐。"

沉浸在无喉人欢声笑话中的胡继云教授兴奋地披露，国家已把无喉人的康复工作列入"九五"计划，其中食道发声被列为首选疗法。

（《健康报》1995 年 10 月 22 日）

"血小板快点来！"

"7 岁的佳佳患白血病，血液中血小板计数值为 6，已经过去 2 天了，可血袋还是没到。昨天晚上 8 点，佳佳像往常一样洗脸，鼻血忽然就流出来了。血止不住地流，擦鼻血的纸一两分钟就积满一大盆。我们紧急处理了，但效果不好。妈妈束手无策，只能抱着孩子不住地哭，不停地帮孩子擦拭鲜血……"8 月 26 日，上海交通大学医学院附属上海儿童医学中心血液肿瘤科主任陈静教授对记者说。

据陈静介绍，上海儿童医学中心血液肿瘤科作为亚洲最大的儿童血液肿瘤疾病诊治中心，拥有 100 张床位，收治全国各地罹患白血病、恶性肿瘤的孩子。该科在精细化分型、个体化治疗探索中取得了重要成果，小儿急性淋巴细胞白血病的治愈率可达 70%以上。然而，所有患儿都要接受化疗。每次化疗都会引起骨髓抑制反应，血小板会有一个"先下降，再恢复"的过程，在"下降期"可能会降到很低，甚至跌到个位数，这时孩子处于高度危险之中，如果不能尽快补充血小板，随时可能发生致命出血事件。这给原本治愈率较高的诊疗过程蒙上了一层阴影。

"血小板在止血、伤口愈合方面起着非常关键的作用。例如，儿童正常血小板计数值在 100 单位～550 单位之间，白血病患儿如果血小板低于 20 就很容易出血并且难以止血，也许咬一口苹果就牙龈出血，排一次大便就肠道出血，洗一把脸就鼻子出血。如果血小板计数低于 10，可能鼻子痒打个喷嚏就发生颅内出血，而颅内出血是高致命性的，一旦发生，现有医疗技术很难抢救过来。”

陈静说，社会上对于义务献全血有了较多认识，但对捐献成分血即血小板普遍不了解。目前，上海市全血供应比较充足，医院基本可以做到当天申请当天可用，更紧缺的其实是血小板。

陈静表示，捐献血小板对人体健康影响很小，上海市血液中心配备了专门的血小板单采机。捐献时，单采机抽取人体血液，自动分离、采集其中的血小板，并将分离血小板后的血液（含红细胞、白细胞、血浆等）输回给献血者。血小板在人体内的新陈代谢很快，2 天～3 天后身体就可完全恢复血小板数量。

“被笼罩在病痛阴影下的白血病患儿，天天都在焦急期盼血小板快点来。”陈静希望全社会都能为这些孩子献出一份力。

（《健康报》2015 年 8 月 27 日）

“中国式换脸”胜在不盲从

“我们的研究团队没有盲目跟从异体脸面的移植，而是在做中国的自体组织构建全脸面的创新性工作。‘全脸面的预构与重建’可以克服传统技术的不足，而且不依赖于死亡个体的脸面捐献，可用于绝大多数严重毁容病例的治疗。”9 月 20 日，上海交通大学医学院附属第九人民医院整复外科主任李青峰接受本报记者采访时，就“中国式换脸”的成功作出上述陈述。

在传统和前卫之外另辟蹊径

李青峰介绍，脸面创伤后，传统的治疗方法有两类，一是皮片移植，二是皮瓣移植。皮片移植，也称植皮，是不带血液滋养的“死皮”移植，术后存在颜色变深，皮片挛缩、僵硬，呈现补丁状“面具脸”外观。皮瓣移植，因带有血液滋养，为“活皮”移植，但皮瓣面积有限，且为保持血管滋养系统，需带有肌肉、脂肪等组织，故十分肥厚。这两项技术用于脸面重建，均不能满足肤色均一，体现五官形态和脸面轮廓，并维持眼视、呼吸、进食、言语和情感表达等功能的要求，所以严重毁容者的脸面重建成为现代医学的难题之一。

李青峰说，由于上述技术的局限，近年来，国内外都进行了更为前卫的探索，尝试将异体脸面移植用于严重毁容者的治疗。但是，应用他人的脸面来修复毁容者容貌，存在 3 个问题：一是需长期或终身服用免疫抑制药物，不但经济负担巨大，而且会使人体抵御病原体的能力下降，增加肿瘤的发生几率，还可引起抑郁等心理问题；二是脸面供体十分稀缺，容易引起复杂的社会伦理问题；三是易引发心理排斥。人类第一例接受异体手移植的患者，即因"极度厌恶"他人的手长在自己身体上，最终"去除"了移植的手臂。这些问题决定了"异体脸面移植"只能用于极个别病例的尝试性、研究性治疗。而"中国式换脸"则是在传统和前卫之外另辟蹊径，"而且其费用相对于异体换脸手术要节省得多。"

自体干细胞移植是亮点

李青峰说，"全脸面的预构与重建"是通过对多项传统的外科技术、新的医学技术进行整合，达到集合创新的目的。

首先是把再生医学的进展引入整形外科。修复严重毁形的面容，需要大面积的皮肤。按照常规做法，医生要将皮肤软组织扩张器植入患者胸部血管网下，使胸部皮肤鼓起呈半球状。但是人体皮肤难以无限扩大，再生能力有限，这是一个最大的瓶颈，因此需要借助自体干细胞的移植治疗来解决这一问题。李青峰说，研究团队取患者的自体干细胞，注射移植于被扩张的半球状皮肤上，使皮肤获得再生能力，直到扩张至所需要的脸面大小。这就完成了全脸面修复的基础工程。

其次是计算机三维技术的引入。医生取患者的自体软骨，利用三维技术将脸部轮廓和毁容器官范围等信息扫描到计算机中，用数据分析出个性化的五官；根据病人缺失的五官，例如鼻子、上颌骨和嘴唇等，利用三维模拟技术，设计新脸面的形状和大小；利用三维打印技术，造出立体脸部模型，制成鼻子、上颌骨等关键骨支架，植入已扩张的皮肤下。6 个月～8 个月后，待"新脸"在胸部成形，再将其移植到毁损的面部上。

李青峰说，今年春节前，经过全脸面预构与重建的 22 岁女大学生，现在能微笑、说话，眼睛可以睁闭、转动，皮肤颜色非常均一，和正常人没有两样。一两年后，其表情还会更自然。

是否所有毁容者都可接受"中国式换脸"呢？李青峰说："'中国式换脸'

技术目前已经成熟，主要适用于严重毁容患者。我们正在制定相应的诊疗规范，为更多毁容者造福。”

（《健康报》2012 年 9 月 21 日）

5 月 20 日，在《健康报》社主办的“第四届全国医患友好度高峰论坛暨首届全国患者体验大会”上，上海市第一妇婴保健院“患者委员会”的亮相引起全国医院管理人员、医护人员和媒体记者的极大关注。那么，“患者委员会”成立的背景如何？它到底做了些什么？对于改善医院的医疗服务又有何意义呢？

寻求医患关系的“参与式”改变

2014 年 8 月 1 日，上海市第一妇婴保健院（简称上海一妇婴）在全国率先成立“患者委员会”。这一举措，是上海市第一妇婴保健院进行患者参与式医疗服务创新的一大实践。它显现出院方敢于直面患者的意见和投诉，谦虚理性地分析问题，从患者的每一个不满意出发持续改进的努力。正是这样的努力，使得分娩量在全国医疗机构中名列前茅的“上海一妇婴”，成为目前上海唯一一家在“大众点评”上三个医院院区全部获得 4 颗星的公立医院。上海一妇婴院长段涛说：“这比很多的官方的评比更能体现患者的心声。”

“与其被动应付，不如我们主动将患者服务做好”

2014 年 6 月 9 日，一份《关于成立“上海市第一妇婴保健院患者委员会”的公告》在上海引起震动。公告表示，“患者委员会”的成员需是“在一妇婴就诊过的患者”，且要求“热心公益事业，有时间，有精力，有经验，有爱心”。

咨询公司 CEO 张彩平是位“80 后”，因为两个孩子都出生在上海一妇婴而两次成为该院的“患者”。看到“患者委员会”招募令后，她决定报名参加，并得到了全家人的支持。张彩平自己曾在医院遇到“还没开口，两只白眼就先翻过来”的情况，她形容当前的医患关系是“囚徒困境”，“每个人、每个利益相关方迫于困境最后做出极度自私的选择”，而“患者委员会”让她看到了改变的可能性。

2014 年 8 月 1 日,首批"患者委员会"委员通过患者个人自荐、互相推荐,从 300 多位报名者中诞生。经过民主选举,张彩平于 2016 年被推选为委员会主任。"患者委员会"从诞生的第一天就在医院官网上告诉大家:"患者委员会"秉承"由患者组成,由患者管理,一切为了患者"的原则,坚持理性、建设性、批判性,从患者的角度向医院提出改进建议,努力成为患者与医院之间沟通的桥梁。而"患者委员会"成员能享受的福利即为"成就感,荣誉感,免费体检"。

"患者委员会"的成立被认为是开辟了医患沟通的新模式,目的"是让患者来主动管理医院,倾听医院的声音,指出医院的不足,促进患者安全和改善医院服务。"段涛说:"我们希望将医患关系的问题处理提前,预防为先,解决今后不必要的麻烦。与其被动应付,不如我们主动将患者服务做好。"

"关于我的事,我一定要参与"

"关于我的事,我一定要参与。"这是写入"患者委员会"章程的一句话,也是成员们加入的意愿表达。"患者委员会"委员都基于公益目的加入,本着诚信、审慎和自律原则开展工作,承诺不得以委员身份开展商业牟利等不适当的行为。

张彩平记得,2014 年 8 月 16 日,"患者委员会"刚成立半个月,上海一妇婴南院一位产妇发生羊水栓塞,40 多位医务人员接力抢救了 10 多个小时,共输血 53 袋。"我看到照片中一位医生是用腋窝体温夹着血袋为患者暖血时,我才知道,紧急用血时原来医生是这样给血加温的。"张彩平说,"这正是医患之间该有的温度。"在她看来,"患者委员会"或许正是重构医患关系的一个入口,能够让医患双方在"囚徒困境"中看到面向未来的微光,让人们重新认识到那个最简单的道理——医患面对疾病,需要携手前行。

"患者委员会"的委员们积极热情地参加医院一些自主项目的调研和医院的重大活动,先后进行了患者住院期间体验的调研、B 超区域就医体验的调研,以及医患面对面项目的开展和医患沟通通用课程的培训等。杨立钒委员和江锋委员一直在"患者委员会"公众平台上更新就诊体验日记,发现问题就会提出建设性方案。刘轶琳委员是媒体记者,她就"男妇产科医生如何与女患者交流"等问题进行探讨。

"患者委员会"成立不到两个月,一份含 18 项改进意见的建议书就放在了段涛院长的桌前。张彩平说:"18 项意见里还有一些细微小事,如孕妇每次到医院产检,尿检总是件艰辛的事情,特别是冬天拎着大包小包,还挺着大肚子,卫生间能不能增加放包的地方,旁边能否增加扶手呢?还有诸如外地患者衣物无处晾晒、探视管理制度不够完善、WIFI 覆盖区域不够多……"

2014 年 11 月,"患者委员会"召开了调研之后的首次全体专题会议,邀请医院相关管理职能部门的主任们参加。"患者委员会"把患者满意度分为 3 个方面:医疗服务、硬件环境、非医疗相关服务。调查下来,针对非医疗相关服务的满意度最低,只有 30%。18 项意见,大多属于非医疗类服务。"患者委员会"认为,想办法提高这类服务,可以明显改善患者体验。

张彩平说,意见要不要表达得这么犀利,其实"患者委员会"内部也有过纠结。但最终大家一致认同,医院成立"患者委员会",就是真心实意要改变,如果不实事求是,对不起"患者委员会"的责任。

"所有的患者意见或建议的落实与反馈,都将有时间表"

段涛院长提到一个现状:现在医院往往处于"甲方"的状态,忽略了患者的基本需求,而且由于三甲医院人满为患,医院改善服务的动力并不强。但他认为要增加医患友好度,"医院必须摒弃'甲方'心态,同时利用互联网,提高效率、改善患者体验度。让患者从'无法预判''不能预知'的焦急等待中解放出来,使其获得'一切尽在掌握中'的自如笃定。"

成立"患者委员会"无疑是上海一妇婴为改善医疗服务的一大新尝试,院长段涛给予大力支持。他当着张彩平主任的面表态:"所有的患者意见或建议的落实与反馈,都将有时间表。"段涛还成立了"3+1"小组:"3"是门诊办公室主任、医院西院综合办主任、质控办主任,"1"是超声科主任。就这样,"3+1"小组每周都开碰头会,一个个问题进行梳理。

段涛院长还过问每一个细节落实情况。B 超室由于正好赶上几位 B 超医生休产假,人员缺乏,导致患者排队过长,但 B 超室主任也无能为力。"3+1"小组就组织了招聘,帮助一些愿意转岗 B 超室的临床医生转岗。一位工作人员因态度恶劣而直接被下岗,参加培训。

"虽然我们是'临时工',但是在院长支持的基础上,我们正获得了医护人员的普遍理解;有了患者的支持,意味着他们能够持续为我们的发展点赞。”张彩平动情地说，“当我们的理念被越来越多的医患所接受，我们的参与式改变‘曲线理论’就能够被更多的患者接受、理解与认同。当越来越多的患者认同‘参与式改变’时，他们会更愿意通过合理渠道理性表达，而不是伤害。当越来越多的医护认同‘参与式改变’时，他们会重新认识到沟通的价值。”

（《健康报》2016 年 6 月 3 日）

从院史中挖掘早年医患关系模式

有着 173 年悠久历史的上海交通大学医学院附属仁济医院，自去年开展“院训院风带动医德医风”的主题活动后，日前又在全国率先举行首届院史论坛。在院史论坛上，一群历史学者携带伦敦会年报、报表、微缩胶片、书信及中英文报刊等大量史料登台讲述仁济医院的历史，进一步挖掘医院早年医患关系的模式，以启迪现在的年轻医生。

“以专业技术在社会与市民中建立公正的医家形象”

上海仁济医院创建于 1844 年，最初叫仁济医馆。上海交通大学海外教育学院讲座教授方益昉说：“上海仁济医院成立之初，就选址在上海热闹的小东门，就是贴近老百姓，重视多发病。”

复旦大学历史系教授高晞说，翻阅同时代《点石斋画报》《申报》等发现，当年无论事件大小，包括马车撞人、妓女纠纷、火灾，甚至国际纠纷，凡涉及伤者，一律送仁济医馆。高晞说：“它以专业技术在社会与市民中建立公正的医家形象，并从一开始就由会审公廨保障其免受病家的无理取闹，使医院和病家均置于法律框架下，现在看来依然十分先进。”高晞发现，当时仁济几乎每天都接受不少伤员，难免有死亡病例。作为当时会审公廨（类似现在的司法系统）的指定验伤医院，面对吵闹家属或无人认领的尸体，仁济医院一律通报会审公廨或巡捕房，寻求法律解决。

高晞在翻阅史料时还发现一个有趣的细节：会审公廨在处理犯罪事件时，需要仁济医馆协助，反过来也会考虑以社会资源回报医院。比如，有人驾马车伤人，伤者被送到仁济，马车主被判罚款 30 元，其中 20 元归仁济医馆。

台湾新竹清华大学历史研究所兼职教授苏精在史料中发现，仁济医馆在行善念的做法上也很独特，如设立免费病床基金。1918 年，该院院长笪达文发起设立免费病床基金，以“嘉惠穷苦病人”，办法是捐款人每捐 1 500 元作为永久基金，其利息足以支持一张病床全年的费用。基金设立两年后，病床基金就累积到足以支持 18 张病床，同年仁济医馆收治了 609 个免费住院病人，多为生病或受伤住院的黄包车夫。为了彰显善举，医院在入口大厅和床头挂上捐款者的姓名作为纪念。

仁济医馆在 1872 年 10 月的《申报》付资刊登一条很长的申谢广告。广告除了宣传仁济医馆正募捐造新院，行善不为求名求利求回报，更重要的是，广告还点名感谢捐款者。在《申报》反复刊登类似申谢广告，是仁济长期的做法。在学者看来，如此高调做法，是在主动向社会传递新型慈善观，强调“行善贵人”。高晞指出：“医院募捐的成功与否，表面反映了该医院在社会的美誉度，其实质是受到医院医患关系之制约……仁济医馆的募捐从来都是公开的，昭告沪上，广而告之以树立维护仁济慈善的形象。”

“动用社会力量和媒体资源，使公共卫生意识渗透到民间”

早在上海开埠初期，仁济就创我国公共卫生之先河，成为全国最早推广牛痘接种和戒毒治疗的医疗机构，为我国最终消灭天花和戒除鸦片作出了卓越贡献。

高晞说：“仁济医馆是上海第一家西式医院，医院的概念、诊断方法、治疗的手段与仪器，都会引发市民好奇和媒体的关注。但是，仁济医馆在建立医院的社会责任、医生与患者的关系方面所表现的特色，却是超越了市民的想象。每年夏秋之际都是霍乱的危险时期，感染的病人死亡率极大。常人恐避之不及，上海居然有一家医院会主动登报请求重症传染病者来院治疗，态度诚恳殷切。”

1891 年 8 月 1 日，仁济医馆再次在《申报》发公告，劝请市民来医院治疗霍乱。从最初的“不取分文”，到 1891 年的“恳求奉劝”，再到“如有患此症者，无论深夜速将病人送馆，无不竭尽心力”的表态，无不彰显其致力于维护公众健康的关切之情。

高晞分析说：“仁济医馆由种牛痘、禁烟宣传到接洽霍乱广告，无一不是动用社会力量和媒体资源，使医学信息越出医院封闭的空间，投射到社会，医学和公共卫生意识渗透到民间普遍人家。医生走向病人、走向公众，这样构建起一种新型的医患关系，即医生-社区-病人的关系。"

（《健康报》2017 年 4 月 14 日）

从一小群人的痛苦中寻找希望

在今年的第 9 个"国际罕见病日"到来之前，我国第一部由地方制定的罕见病名录——《上海市主要罕见病名录(2016 年版)》出台。上海市罕见病防治基金会理事长、上海市医学会罕见病专科分会主任委员李定国教授是这一名录的主要参与指导者。

李定国教授是上海交通大学医学院附属新华医院内科原主任。他说，大多数罕见病属于慢性严重性疾病，60%的患者在出生时或者儿童期即发病，病情通常进展迅速，死亡率很高，给患者家庭造成巨大的痛苦。

罕见病如何界定？李定国提到中华医学会医学遗传学分会给出的中国定义："患病率低于 1/50 万，或新生儿发病率低于 1/1 万的疾病"。在李定国看来，虽然罕见病发病率极低，但对每个人而言都是一种风险。"因为每个人身上有 2.5 万组基因，平均每人都有一定数量的缺陷基因，一旦配偶双方存在相同缺陷基因，下一代就有可能患罕见病。"

目前，国际较为公认的罕见病已近 7 000 种。在上海就发现罕见病种 500 余种。李定国介绍说，罕见病除了种类繁多外，还具有 5 个显著的特点：一是病情严重，约 90%患者的病情较重，其中 30%寿命不到 5 年；二是遗传为主，约 80%的罕见病为遗传引起；三是误诊率高，达 44%左右，即使获得治疗的患者，其规范治疗率仅为 25%；四是诊断困难，罕见病患者在确诊前平均要寻找 5～10 名医生就诊，明确诊断的周期较长；五是可治性低，仅有不到 5%的罕见病具有切实有效的治疗措施，但费用大多昂贵，有的年均药费达 200 多万元人民币。

面对这些"弱势中的弱势人群"，上海很早就围绕确立定义、搭建平台及出台名录等基本要素开展了罕见病的防治工作。"罕见病防治犹如大海捞针，一份名录能将未来的工作限定在可控的范围。"李定国说。目前已公布的《上海市主要罕见病名录(2016 年版)》首批纳入了 56 种罕见病。

在李定国的眼中,上海罕见病目录的推出,不仅为上海市罕见病领域的出生筛查、基因检测、健康教育、药品研发、新药引进、帮困救助、医疗保障及康复训练等工作的开展奠定了坚实的基础,也为我国开创罕见病防治事业的新局面提供了可复制、可推广的经验。

李定国说:"作为临床医生,我们想做的事,就是让一部分可防可治的罕见病患者先享受到关怀。其实每一例罕见病的防治工作,它的根本意义是为下一位罕见病患者提供希望。从这个意义上说,我们的防治工作不是简单的慈善事业,而是从一小群人的痛苦中寻找到哪怕仅有一丝新的线索。"

谈到目前我国罕见病的防治研究领域所面临的挑战,李定国坦言,我们的研究起步并不迟,但是到目前为止,国家还没有一个关于罕见病防治的完整法规制度。他指出,目前全球有很多国家或地区在不同层面上对罕见病出台了相关的规章制度。比如美国在 1983 年就颁布了《罕见病用药法案》,来保障罕见病患者的基本医疗权益。

"另外,尚缺一个机构来协调罕见病的防治研究。"为此,4 年前李定国就建议尽快成立中华医学会罕见病分会。在担任全国政协委员期间,他曾连续多年在全国两会期间提交政协提案,建言国家建立罕见病医疗保障制度,成立专门机构加强罕见疾病管理。

(《健康报》2016 年 4 月 15 日)

公众对老人的临终关怀相对熟悉,而对儿童的临终关怀则很陌生。上海交通大学医学院附属上海儿童医学中心舒缓团队在国内率先探索儿童临终关怀工作已有 8 年,特别是他们建立的舒缓病房,通过提供人性化的温暖服务,让患儿能够没有痛苦地安然逝去,也让患儿家长少了些遗憾和悲痛。

用温暖陪孩子走过最后一程

"我在想,科主任笔下的'姑息治疗'是个怎样的治疗"

上海儿童医学中心的米蕾医生最早触及"姑息治疗",源于一个小女孩的医治经历。

这个小女孩叫佳米，才 10 岁。米蔷医生犹记得第一次见到佳米的样子：扎着两个乌黑的麻花辫，大大的双眸，长长的睫毛，稍显苍白的面色也无法掩盖她的漂亮与可爱。佳米乐观而又认真地跟刚参加工作不久的米蔷医生讲述着她与病魔斗争的过程。3 年前，她得了急性淋巴细胞白血病，经过化疗，病情好转，半年后因为出现血尿，再次来到上海儿童医学中心。“我不怕，爸爸妈妈说了，我上次就是在这里治好的，这次也一定可以治好。”听了佳米的话，看着她忽闪的大眼睛和坚定的笑容，米蔷医生的眼睛湿润了……

等米蔷医生轮转结束，再次回到血液科移植组，第一天查房时，就听到了那个熟悉的声音：“米阿姨！”米蔷医生满怀欣喜地回过头，看到的却是一个面黄肌瘦的秃头小姑娘——佳米。那时，佳米已顺利完成了造血干细胞移植，正在与出血性膀胱炎（表现为尿频、尿痛、尿急、血尿）做斗争。医生让她大量饮水。在近一个月的时间里，佳米的血尿时好时坏，可是她一直在坚强面对。每当医生查房时，她都微笑着告诉医生：“米阿姨，我今天很配合，喝了好多水，今天小便的颜色好很多了。”

然而，血尿并没有因为佳米的努力而好转，甚至逐渐加重，最后血块堵住了尿道口，需要依靠导尿管才能排出尿液。中心联合他院会诊，专家建议为佳米行髂血管暂时结扎，但也没能解决出血的问题。再次请外科会诊，医生说“万不得已只能切除膀胱了，要不活人真要被尿憋死了”。

佳米的父母纠结许久后，同意隔日进行手术。“就在大家积极筹备手术之时，我心里却有了另一份担忧，我担心佳米并不是简单的并发症，于是决定先给佳米做一次骨穿。结果出来了，是白血病复发。我的眼泪哗啦哗啦直流……”米蔷医生说。

当医生把这个噩耗告知佳米的父母后，佳米的爸爸走出了病房，只留下妈妈呆坐在病房一语不发。一小时后，满身都是香烟味道的爸爸回来了。“我们不切膀胱了，不再让佳米遭受更多的痛苦了，我们不治了。”佳米的爸爸一边说，一边掉眼泪。

根据医疗程序，父母如果放弃治疗，要签拒绝医学治疗同意书。米蔷医生拿着同意书找佳米的父母签字时，佳米的爸爸就是不签，他说：“我带着佳米治病四五年，没有抛弃，没有放弃，最后我是实在没有办法了，我不是放弃治疗。”科主任听到此话，毅然拿出笔用力地将“拒绝医学治疗”划掉，改成了

"姑息治疗",佳米的爸爸这才签了字。

后来,佳米在移植病房离世。但直到现在,每每想起佳米临终时痛苦的表情,米蔷医生都会痛心疾首。"当时,我在想,科主任笔下的'姑息治疗'是个怎样的治疗?是否可以让患儿安静、没有痛苦地离世?是否可以让患儿在临终时有尊严地离世?在我加入了上海儿童医学中心的血液肿瘤科舒缓团队后,我才明白:其实孩子也该尊严安然地逝去。"

全人、全家、全队、全程的"四全照顾"是舒缓服务的理念

上海儿童医学中心副院长季庆英是舒缓团队的发起人之一,她是一位儿科医生,获得过社会工作硕士学位,现在是上海市社会工作者协会副会长。上海儿童医学中心于2008年开设了姑息治疗门诊,以帮助患儿改善癌性疼痛症状。2012年,在此基础上,他们在血液肿瘤科主任陈静教授以及世界健康基金会的支持下,创建了一支为血液肿瘤临终阶段患儿服务的医疗团队——舒缓团队。季庆英介绍说,目前,这个团队有核心成员10人,主要由熟悉儿童肿瘤专科治疗的主治医师、资深的肿瘤科护士和肿瘤科专职的医务社会工作者共同组成,"舒缓团队用爱与执着去诠释对生命的尊重与敬畏"。

季庆英表示,儿童临终关怀是有严格条件或标准的,必须确诊其患有无法治愈、不可逆转的严重疾病(主要是癌症),预期寿命在6个月、3个月甚至1个月之内。疼痛、焦虑、孤独是此类患儿面临的主要问题。作为照顾者的患儿家属也成了疾病的间接"受害者"。长期的陪护照料、高昂的医疗费、对疾病预后及患儿未来的担忧等,常常会导致一个家庭结构和功能的改变,有的家长甚至出现抑郁、自责、愤怒、哀伤等心理问题。"为这些患儿与家庭提供一个'全人''全家''全队''全程'的'四全照顾',是上海儿童医学中心舒缓服务的理念。"季庆英解释说,"'全人照顾'就是生理、心理和灵性的完整照顾;'全家照顾'就是在关心孩子的同时,也关怀孩子的家属;'全队照顾'就是医生、护士、社工、志愿者及家人等的合力照顾;'全程照顾'就是伴随孩子行至临终,也陪伴家庭度过低潮期。"

王坚敏医生作为患儿重要的症状控制者,总是尽力解决孩子的不适症状,让孩子短暂的人生旅程走得没有痛苦。同时,她还会鼓励家属共同参与制定诊疗照顾计划,帮助家属去慢慢面对孩子临终的现实。她那温柔的言

语，耐心的解释，温馨的陪伴，让紧张不安、绝望无助的患儿家属感到一丝暖意。

邴凌是位资深的肿瘤专科护士，她总是手把手教家属给患儿洗澡、翻身、拍背、按摩，叮嘱家属关注孩子的身体和精神状态。她还会让患儿和家属相互道谢、道爱、道歉、道别，引导孩子在人生的最后旅程感受到爱和宽容。

张靓婕、陆杨都是年轻的社工师，她们把对生命的尊重化为了实际行动。在家属伤心难过时，她们会及时递上一张纸巾；在家长愤怒哀伤时，她们会静静陪伴、倾听。她们努力让失去孩子后近乎发疯的父母平静下来，并引导他们回归正常的生活轨道。

这支团队还为患儿家庭建立微信群，24 小时为他们守候，随时提供服务。有不少父母在孩子刚接受舒缓疗护时，在孩子面前强颜欢笑，然而在和医生倾诉时却泣不成声。好在有舒缓团队，让他们逐渐理解了生命的意义，领悟了每一天有质量地活着远比苟延残喘重要得多。季庆英说：“当孩子和家人在舒缓团队的指导、抚慰下，能够坦然地讨论‘死亡’这个话题时，我们的价值就得到了体现。”

“‘有时是治愈，常常是帮助，总是去安慰’是刻在美国医生爱德华·特鲁多墓碑上的一句话。学会安慰病人是医疗中的重要组成部分，但在我们学医之初就被忽视了。在课堂上老师只教我们如何治病救人，却没人教我们遇到不能救的病人怎么办。”为了让更多医护人员了解舒缓照护的技巧，季庆英带领她的团队举办了舒缓照护培训班，以弥补“医学教育的一个空白”。

“取名‘蔚蓝星球’的舒缓病房让患儿仿佛回到了家里”

自诩为“奥特曼”的皓皓在急性淋巴细胞白血病复发后，有一天突然对妈妈说：“我打不过‘小怪兽’了，它太厉害了。”最终，皓皓和他的爸爸、妈妈一起入住了舒缓病房。

取名为“蔚蓝星球”的舒缓病房有 16 平方米，且设有独立的盥洗室。上海儿童医学中心血液肿瘤中心四病区护士长周芬介绍说：“病房的布置以蓝色为主，很温馨。天花板上被雕刻成夜空的图案，上面有星星、月亮、云朵形状的精美灯饰，灯的周围是十二星座的图案，令人产生无尽的遐想。还有舒适的大床，居家的色彩，氧气口等设备都被藏在木质装饰柜后面。让患儿仿佛回到了家里，给人感觉温暖、亲切、安心。”

皓皓的妈妈对周芬讲起了他们陪孩子在舒缓病房度过的最后时光：

“我的孩子病得非常重。我很害怕他会死在儿科重症监护病房（PICU）里面。一想到他将一个人躺在冰冷的病床上孤零零地离去，我心如刀割。于是，在医生的建议下，我们转入舒缓病房。

“第一次见到了舒缓团队的3位医护人员，当时我们的感觉就是，被世界丢弃的孩子找到了去处，在冰天雪地里无家可归的孩子有了一个暂歇的摇篮。我终于安静下来，开始做该做的事，做对我孩子有益的事。在这里，我可以抱抱儿子，亲亲他，多看看他，给他弄些好吃的，哪怕他只吃一口……

“我会跟他说话，给他唱歌。还有很多爱他的亲人们从家里赶来，再看看他，握握他的小手，当做是最后的道别。让宝贝儿子在弥留之际能够感觉父母和亲人对他浓浓的爱，使他不孤单、不害怕，这些都是在普通病房和PICU无法实现的。

“因为病痛无时无刻不在折磨他。医生只好通过鼻导管给他注入镇静剂或是吗啡，这样就可以减轻痛苦。就这样，过了两天，8月14日傍晚，儿子走了。我一遍一遍地呼唤他的名字，他依旧没有丝毫反应，闭着眼睛，就像平时睡着一样，很安详。

“我知道儿子已经离我而去，再也不会回来了。当时感觉整个天都塌下来了。但是，唯一让我感到不遗憾的是，儿子走的时候，是我抱着他，并且是紧紧地抱着他。如果是在PICU离世，那么会有谁来抱他呢？见不到亲人，没有母亲的怀抱，孩子一个人孤孤单单地走，而父母见到的是一具冰冷的失去生命的小躯体，这将多么令人伤心、遗憾。

“我非常感谢上海儿童医学中心提供这样一个特殊的病房及舒缓安宁服务。当医学科学无能为力的时候，能让孩子有个安身之所，与亲人团聚，感受亲人的爱和温暖，这是多么有意义的事！这不是故意放弃治疗，不是不负责任，而是病魔实在太强大，所有药物都不起作用了，弱小的身体再也无法抵挡住侵袭……孩子走了，他是去当小天使了。纵使我有千万个不舍，但现在想想，这样对他也许是再好不过了。”

周芬说，到最后，孩子的需求往往极为简单，有的想喝橙汁，有的希望见到熟悉的每一个人，他们会问：“奶奶怎么不在？”“爷爷怎么不来？”一位母亲在孩子病后很少装扮自己，孩子于是对妈妈说：“想看到漂亮的妈妈。”

（《健康报》2016 年 9 月 9 日，获上海市第六届“浦江杯”好新闻二等奖）

带着实现梦想的喜悦跨入医学院大门的莘莘学子没能高兴太久，就一头扎进了医书的瀚海之中。面对医学专业“学得久、背得多、练得苦”的专业特点，他们如何克服心理落差，坚守住理想？

听学长们讲学医的故事

没有华丽的辞藻，没有空洞的说教，娓娓道来的是发自内心的感悟。一本装帧别致却不足 5 万字的小册子——《爱信致远——来自 2012 届毕业生的 36 封信》成为今年上海交通大学医学院 589 名本科新生收到的特殊入学礼物。

让学哥学姐给未来的医学生说说医学院的故事，用“朋辈教育”代替原本清一色的“师长报告”，这是该校首次尝试的新生教育形式。

记者日前在上海交通大学医学院 2012 级新生中采访，一句“所碰到的困惑几乎都能从 36 封书信中找到答案”让人心头一热。难怪刚跨入医学殿堂的他们个个如获至宝、争相阅读。

不说一堆“正确的废话”，说得更多的是学医的“小事”

“学医确实很苦，其他专业的同学过着多彩的大学生活，而你更像是一个‘后高三’时期的学生。他们在微博上晒着各种新鲜好玩的状态，而此刻的你关掉浏览器，打开厚如板砖的解剖书，反复背着那 206 块骨头、639 块肌肉。别人放假了，你还通宵守在教室的书桌上，赫然看到学哥学姐留下的一行诗：‘人生不过百，学医少十年’。但是，想到当初对于医学的那份拳拳赤子心，你的战斗力必须提高 N 倍。何况将来进入临床，你要对得起自己身上的白大褂。没有知识储备，拿什么治病救人？”这是上海交大医学院 2012 届毕业生钱艳留给学弟学妹的一番肺腑之言。

“当我们指着自己的手脚背诵每一块骨头，当我们摸着自己的动脉静脉想象着血液循环，当我们看着一个个药名强令自己记住其功能及副作用……看着堆成了山的书，是否有一种崩溃的感觉呢？但除去这些，请回想一下，我们是不是还有很多别样的欢乐？解剖课，克服第一次面对尸体的恐惧，拿起手术刀时的跃跃欲试；生理课，一边躲闪着小鼠的抓咬，一边还是非要将其掌控的倔强；实习时，第一次真正拿着手术刀的激动及成功时的开心……还有很多很多。当与别人说起这些时，你是不是会觉得有点自豪呢？过程也许是痛苦的，但回头想想也不过尔尔。”2012 届毕业生盛丽莉的留言更让人深思。

不说一堆“正确的废话”，说得更多的是学医的“小事”，这 36 封信像是学哥学姐耳提面命学医路上的经验。“如今，社会和医学院都十分关注医学生的培养，但面对‘80 后’‘90 后’学生，我们的培养方式也要有所改变。”上海交大医学院学工部部长唐华表示，医学生是个特殊的群体，也是一个特别需要职业理想的群体。让同龄人说学医故事，分享“身边的医学理想”，让医学新生在入学之际就觉得“可以模仿、并不遥远”，以此激励更多医学生树立正确的职业观。

据唐华介绍，“给未来的学弟学妹写信”缘起今年 6 月的毕业季。那时，一部以该校 6 名 2012 届毕业生的学医故事为原型的纪录片《我的医生梦》，在学校引发不小的轰动。7 月 24 日，上海东方卫视纪实频道《眼界》栏目播出了这部纪录片，医学生追寻梦想道路上的所思所想所感撞击了很多人的心灵。“学医五到八年，很多最终选择在毕业后从医的同学，实则经历了从兴奋、困惑、迷茫到重新振作，这些故事让许多医学生产生了共鸣。”唐华说。抓住这一契机，上海交大医学院发起了“给未来的学弟学妹写信”活动。

“每一名医学生都是这样过来的，或者更艰苦”

“5 年前，最疼爱我的奶奶去世了。走之前，她受尽了癌症的折磨。要是当时我能懂一点医，至少能让她老人家轻松一些。高考选志愿的时候，我想也没想就报考了交大医学院。奶奶在天上看着我，哪怕是为了她，我也一定要当一名好医生。”

这是纪录片《我的医生梦》的开头，“主角”牛少曦在讲述他的医学梦。在医学院苦读 4 年后，他终于要跨出实习这一步了。这部纪录片以此为主线，讲述他和另外几位同学经过基础医学的学习，经历医院实习，了解医患百态，完成从一名医学生到医生的蜕变过程。

既然是蜕变，就必然要经历阵痛。“身穿白大褂，脖子上挂着听诊器，我们就这样走在医院里，迎面全是病人有些讨好的目光。我有种自信瞬间充满的感觉，但很快一盆冷水兜头盖脸泼了下来。早晨7时半例行查房的时候，带教老师随便问了几个问题，就让我们几个手足无措了。”牛少曦说。

“我帮23床去换药，结果我一时搞混，跑到了32床。我拉开他的被子，却发现上面光溜溜的一道刀疤都没有，一根管子都没有。当时我非常窘迫。后来我想我要是就这样跑了，显得我这个医生很没有水平。于是，我装作若无其事地把盘子放好，摸摸他的肚子，东敲两下，西敲两下，说‘可以了，明天孙主任会帮你开刀，好好休息吧’。”朱若尘遇到的窘况让他以后多长了一个心眼，干什么都要先仔细核对。

就这样一天实习下来，整个小组全体挫败，不得不承认大家都是“菜鸟”，漏洞百出。当梦想照进现实，原来会有这么大的差距。大家开始互相打气，明天会更好。“实习中，我们不停地看病史，写医嘱，陪护病人奔走在各个楼层做检查，练习手术缝针后的打结手法。第一次拔管，第一次做穿刺……慢慢地，我们遇到事情不那么慌乱了，带教老师甚至让我们进手术室上台操作。虽然只是在旁边拉个钩，缝个针，打个下手，但已经是无比荣幸的事情了。”

就在当医生的荣耀感与日俱增的时候，病人的死亡让他们体会到了医生的无奈。当时，牛少曦在儿科轮岗，遇到了免疫细胞缺陷患儿东东。这个孩子要想生存下来，必须在一个完全无菌的条件下。这是一笔巨大的花费，最后东东的父亲决定放弃治疗，默默地消失了。被父亲抛弃的东东很快被转送到了一家福利机构，还没等牛少曦去看他，就传来了他的死讯。“这件事情，让我有种说不出的无力感。”

《我的医生梦》让很多医生仿佛照见了自己的“曾经”。一位网友就在微博上留言说：“每一名医学生都是这样过来的，或者更艰苦。医生更多的无奈在于面对病人的死亡时，而更多的无助在于家属对医生的仇恨，更多的感动在于家属对医生的理解和配合，更多的坚持在于对生命的执着。”

“倘若心中无爱，那么我们会变得麻木”

一直以来，如何在培养精湛医术的同时注入仁心教育，是医学教育需要长期探索的课题。从某种程度上来说，学哥学姐的故事以及书信给了他们对于医学的感性认识，其中医患关系就是一道绕不过去的坎儿。

在《我的医生梦》中，朱若尘在胸内科实习的时候，碰到一位冠心病患者做导管介入出意外，最终死亡。尽管最后的尸检报告显示并不是医生的责任，可病人家属不能接受，纠集了流氓打手来医院闹事。每当身心俱累的时候，牛少曦会去找“大体老师”诉苦。“我不知道他的名字、年龄或其他任何信息，但只要想到他生前也是像我一样活得有滋有味的一个人，而死后愿意无偿地躺在这里为医学做贡献，就会引发我对他的无限敬仰。‘大体老师’并不会说什么劝导我，但我知道，他给我的建议就是坚持。”

蔡晨雯在给学弟学妹的信中也提到实习生活给了她动力：“那段时间给了我相当多珍贵的回忆：第一次病人叫我医生，第一次换药得到一句真心的‘谢谢’，第一次被病人夸奖细心认真，第一次要出科时被床上的病人拉着手说希望我再去看看她……这些‘第一次’给了我莫大的鼓舞，同时也是一种鞭策。”

“我们面对的是病人，更确切地说是生命，因此心中要时刻保留一份爱。倘若心中无爱，那么我们会变得麻木，会不断打破道德的底线。”刘胜文在给学弟学妹的信中写道。“现在国内医患关系不好，医生自身所存在的缺点也是有的，只是我们很多医生不愿意承认和面对。而且这也不是医生自己的错，是医学教育的不足。你们是崭新的白纸，从第一笔起就要认真书写。”2005级临床医学七年制学生陈然这样谈及“医患矛盾”。

学哥学姐的话像是“强心针”，不仅让新生争相阅读，也成为家长了解孩子未来学习生活的“读本”。“我还只看了几篇，但心里已经沉甸甸的。我嘱咐孩子接下来几年一定要好好学习，用己所学，服务社会。学医永远是高尚的职业，不要被社会风气影响。”一位吉林的学生家长这样说。更多家长和新生告诉记者，他们选择医学，除了喜欢，更是相信未来的医疗环境会越来越好。

“大学是个小社会。每个人都有自己的思想。如果大家都选择沉默，隔阂会很厚重，友情会很少。主动打开话匣子，一个微笑，一个点头，用真诚去交流，就会发现每个人身上都有很多值得学习的闪光点。”医学生戚雯雯这一句话，也许道出了“朋辈教育”的用意所在。

（《健康报》2012年9月28日）

毕业季，留下温暖的学医故事

上海交通大学医学院，一个小巧精致的校园。到了毕业季，这里随处可见身穿赭彤红博士服、天空蓝硕士服和闪亮黑学士服的毕业生们，他们或驻足在思南路梧桐树下，或漫步在老红楼旁，或徜徉在喷水池畔，合影留念，依依话别。与此同时，他们也为母校、为学弟学妹们留下了一个个温暖的学医故事……

“我究竟要以怎样的方式与这个世界温暖相拥”

“上了大学，参加了各种社团，接触了不同的人，我才逐渐开始思考，我究竟要以怎样的方式与这个世界温暖相拥?”2009级临床医学八年制毕业生陈雪吟说，自己正是带着这样的思考，开始了大学时代的公益之路。“第一次做志愿者让我感受到了被需要的快乐；从开始被其他人科普‘无偿献血’到加入志愿者队伍向身边的人介绍‘无偿献血’，到后来形成定期献血的习惯，再到后来加入中华骨髓库，在每一步的转变中，我收获了属于自己的‘满足感’。”

本科学习结束后，陈雪吟选择“麻醉学”作为后阶段的专业方向，有幸成了上海交大医学院附属仁济医院王祥瑞老师的学生。在她看来，在手术室这样一个特殊的环境，学到的不只是“知识与技术”，还有对生命的“敬畏”。之后，陈雪吟开始往科普上发力。尤其是在参加科普征文获奖以后，她发现“其实利用公众平台去做科普工作能使更多人获益”。

“我的家在四川大学华西医学院附近，虽然家中没有任何人从医，但是每天看着从窗外经过的一位位潜心苦读的医学生们，以及一辆辆呼啸而过的急救车，想象着那些救死扶伤的白衣天使们，小小的我就在心中埋下了学医的种子。”2012级临床医学五年制毕业的徐森琳说，“5年前，拿到高考成绩的我义无反顾地在5个平行志愿上都填上了医学院校的名字，梦想照进现实，我来到了上海交通大学医学院。”

大学5年里，徐森琳努力让自己变得更加优秀。进入临床后，面对那些每天都在和疾病殊死搏斗的患者，徐森琳发现，即使现代医学在飞速发展，但也不可能攻克所有疾病，很多疾病的治疗手段仍是非常有限的。为此，他进入了上海儿童医学中心的转化医学研究所，致力于基础医学的研究，以期为更多的患者提供临床疾病的治疗机会。之后，他又申请了美国的 Ph.D，选择将肿瘤作为自己未来攻克的方向，并最终接受了位于美国加州的 City of Hope National Medical Center（希望之城肿瘤研究中心）的全奖 offer。“这又将是一段全新的充满未知和挑战的路程……这个夏天我要跟着梦想再次出发！”徐森琳信心满满地说。

3 年前，临床医学 8 年制学生孔令璁成为上海交大医学院附属仁济医院心内科何奔教授麾下的一名“女弟子”。当时，总有人对她感叹，“小姑娘做心内科，太累啦”。的确，进入临床后，在强度高、风险大的心内科监护室工作，孔令璁感受到了这份累。“面对急性心肌梗死的患者，不能有一丝怠慢，不能有一刻犹豫，因为，‘时间就是心肌，时间就是生命’。有时候刚刚将一名患者送入手术室，下一位患者又接踵而来，顾不上吃饭和喝水，一路小跑又要开始新一轮战斗。到了深夜，刚刚处理完东边 1 号床病人的胸闷胸痛，西边 7 号床病人出现心跳呼吸骤停，高强度的心肺复苏即刻上演，和死神的殊死搏斗也拉开序幕……但有时惊心动魄的抢救之后，仍是回天乏力。我曾无比迷茫，我们的付出，难道是没有意义的吗？”孔令璁感慨道，看完诸如《急诊室的故事》以及《人间世》之类的现象级纪录片，她才“重拾信心”。

“新型教育模式的探索让我能够以更独特的方式成长”

“从 2008 年和着北京奥运的余韵走进这个校门，到 2017 年终于顺利穿上博士袍，整整 9 年，两届世界杯、两届奥运会，NBA 全明星都换了一茬，好在还是赶在发际线继续向上发展之前毕业了……”回忆大学时光，2008 级临床医学八年制（法文班）的杨溢说，“只能用‘团结紧张严肃活泼’来形容了”。

大一每周 20 节的法文课差点让人怀疑进的不是医学系而是法语系，本科基础学习阶段（大一至大四）总共修了 80 余门课程，这样的学习进度对一般的同学而言已经是颇有压力，杨溢还在这其间给自己增码了一个法国科研型硕士项目——在国内完成第一阶段学习后，领着国家留学基金委员会及法兰西医学院提供的全额奖学金，赴法国攻读了生物医学工程（生物材料学）专业的硕士。

驱使着他不懈努力的是 9 年前的梦想：“白袍、无影灯、手术刀，我向往成为一个被患者信赖的、饱满的、全面的医生。”

2015 年，通过笔试及法国面试官的考核，杨溢获得赴法国斯特拉斯堡大学附属医院心血管外科担任外籍住院医师的机会。“在法国期间我不仅学习到了先进的医学理念，也提升了自己的专业水平及手术技能。一年内，我总计参加了 200 余例心脏手术，平均每个月完成 2～3 次值班，4～5 次备班。并以主刀身份完成了 2 例心脏手术（主动脉瓣置换术）。”从 18 岁到 27 岁，9 年的勤学苦练，杨溢已然成长为一个初出茅庐的外科医生。

“回想起初入医学院时如一张画布，如今这张画布上已涂画了人体的构造、系统的功能、细胞的形态、分子的涌动……”2012 级临床医学五年制（英文班）的孙乐在毕业之际如此感慨。

作为上海交通大学医学院首届英文班的学生，孙乐感受到的既有光环也有压力。5 年的医学生生涯，他在这种压力下的学习中不断成长：全英文教学与考试的挑战，推动着他打下了扎实的通用和专业英文基础；悉尼大学医学院暑期游学、渥太华大学医学院暑期课程等学习平台也在很大程度上拓宽了他的国际视野。

在对基础与临床医学有了较为全面的认识后，孙乐把兴趣点聚焦在了目前人类依旧知之甚少的神经科学上，希望能够通过脑科学的基础研究对脑疾病的诊疗、类脑智能的发展有更多的认知。因此在本科毕业后，他选择了到中国科学院神经科学研究所和中国科学院大学刚刚成立的未来技术学院深造，并顺利通过保研面试。

“感恩母校，过去的一千八百多个日日夜夜给我带来潜移默化的影响；感恩英文班，新型教育模式的探索让我能够以更独特的方式成长……”毕业前夕，孙乐颇为感慨。

“不负光阴，为此付出，我甘之如饴”

“2011 年，因为觉得口腔外科挑战大，自己也更感兴趣，我选择来到上海交通大学医学院跟随导师——口腔颌面外科专家张志愿教授求学。”2014 级博士研究生毕业的刘术利说。

立志于“要成为导师那样能够帮助更多病人解决问题的人”的他，在 6 年的硕博连读中，不再只是努力掌握好临床技术，而把更多的时间和精力花在对发病机制、治疗靶点等研究上。“也许在有些人眼中，我的研究生生活过于枯燥，基本每天就是宿舍-医院-实验室这样三点一线，甚至有时手术结束已是深夜，我还依然要赶到实验室，因为培养中的细胞不等人。一手柳叶刀，一手移液枪，不负光阴，为此付出，我甘之如饴。”刘术利感叹道。

累计参与500余台手术，参与了6项国家自然科学基金课题的研究，以第一作者发表SCI论文6篇，总影响因子达23分……回顾研究生阶段的收获，刘术利表示：“成绩永远只属于过去。走出校门，我即将开始两年的住院医师规范化培训，在此期间我也不会放弃对科研工作的坚持。”

同为2014级硕士研究生的周莉、王颇，在即将毕业、进入医院开始规培生活时，列出了他们的新“五年计划”——做一个好医生、组一个甜蜜的小家庭。

这对小情侣曾就读于同一个高中，而后成为南京医科大学的同窗，并一起考上上海交通大学医学院的硕士研究生。他们犹记得上海交通大学医学院新学年开学典礼时演出的一场话剧《清贫的牡丹》。这是根据国家最高科学技术奖得主王振义院士的故事演绎的话剧，不仅讲述了王振义的大师风范和“牡丹精神”，也展示了王振义与人生伴侣谢竞雄“不为良相，便为良医”的人生理想。特别是20世纪40年代王振义与谢竞雄在思南路梧桐树下漫步的场景，给周莉、王颇留下了深刻的印象。

“能够一起走进上海交通大学医学院的课堂，能够顺利完成3年的学业，我们的第一个‘五年计划’圆满达成！”王颇自豪地说。对于接下来的“五年计划”，他们也是信心满满，“前面还会有很多预想之中和意料之外的波折与考验，但我们在一起，就一定能走过去！”“拍过了那么多合照，只想说：白袍，永远是我们最好的情侣装！”周莉和王颇异口同声地说。

（《健康报》2017年7月14日）

毕业季里，医学院校的学子即将挥别过往，开启新的医学征程。回望来路，他们为什么会选择学医？本报记者采访的上海交通大学医学院“医二代”毕业生的故事，让我们看到医学新人成长的心路历程，看到医学事业的代际传承，以及那份坚守理想不忘初心的坚毅。

“医二代”：不忘初心，方得始终

老红楼下，懿德楼前，喷水池畔，身穿赭彤红博士服、天空蓝硕士服和闪亮黑学士服的毕业生们，与同学、师长合影留念，依依话别……近日，毕业生流动的身影让美丽的上海交通大学医学院校园更添雅致。记者穿梭在他们中间，采访了多位"医二代"毕业生，他们或是即将奔赴医院进入规培，或是即将继续医学攻读深造。不管前路如何，他们年轻的脸庞上都带着"医学梦想照进现实"的喜悦，还有那份不忘初心的坚毅。

"选择做一名医务工作者，追寻着父母的足迹"

出生在风筝之都——山东潍坊的姜毓是 2016 届临床医学八年制博士毕业生，他即将在上海交大医学院附属瑞金医院外科工作。回顾自己的学医之路，他说自己"成长的过程似乎都与医学有关"。

父亲是潍坊市人民医院职业病科医生，母亲是血透中心一名护士，像很多"医二代"一样，姜毓是在医院的家属院中长大。这样的成长环境，让他从小就开始接受医学的熏陶。"我的家里摆满了各种各样的医学书籍，而我最喜欢看的就是各种医学图谱，虽然小时候的我并不懂这些图片。"让姜毓记忆深刻的还有每天放学后到小学旁边一所医学院进行的常规探险活动。"我们探索医学院的每个角落，嗅着福尔马林的味道溜进解剖教室，在窗外兴奋地偷偷看系统解剖，被发现后狂奔逃跑。"再长大点，他就经常去父母的科室"做功课"。姜毓由此被父母感叹为"天生是做医生的料"。

如父母所言，他也的确志在"选择做一名医务工作者，追寻着父母的足迹"。高中毕业填报志愿的时候，父母问姜毓想去哪里，他就是简单的一句话："交大医学院的医学专业。"高中老师和学校领导希望他可以考虑北京大学、清华大学，但他在填报志愿的时候只填写了一个第一志愿，就是上海交通大学医学院。

吐尔洪江·瓦哈甫是 2016 届骨科硕士毕业生，即将进入新疆医科大学攻读博士研究生。他的父亲是新疆喀什第二人民医院的心内科医生，但他一开始并不想"子承父业"。"高三毕业面临专业选择时，我迷茫了。此前，我一直希望学金融经济类专业，父母也一直尊重我的选择。"吐尔洪江说。

但是，他最终放弃了初衷，选择要去"做一个像父亲那样的医生"。"一天，父亲下班回来，心情不好，问原因才知是一个患者不治身亡了。看到父亲一个人到了书房，当时我感触很深。父亲行医多年，所经历的生老病死应该很多，但父亲还是怀揣着一颗医者仁心，为此我深受触动，毅然选择了学医。”让吐尔洪江至今谨记于心的是，父亲知道他的选择后，对他说了一句话：“选择了这个职业，那么就要对得起自己的良心。”他如愿考入了复旦大学医学院就读，本科毕业后到了上海交大医学院读硕士。

获得外科学博士学位、即将在上海瑞金医院泌尿外科工作的许天源来自鲁南小城——山东省滕州市，父亲是滕州市人民医院的医生，母亲曾是外科护士长，现从事后勤管理。当初选择学医时，父母的意见截然不同。“2006 年我高考取得了很好的成绩，父母还没来得及高兴，就陷入了各持己见的争论中。父亲认为医学未来前景广阔，希望我以后从医；母亲则觉得临床工作太辛苦，反对我学医。父母各自与我促膝长谈，几个晚上辗转反侧后，我脑海中逐渐清晰的是父母 20 余年的兢兢业业，是那一席白袍，是我对这个职业与生俱来的浓烈情感。于是，我决定听从父亲的建议，选择学医。”

顺利考入上海交大医学院后，许天源感觉“满眼都是新景象。老师们生动形象的授课方式，使基础课程并不枯燥。每一天都收获满满，与心中的理想越来越近。”

“妈妈对工作的那份爱和坚守像一股无形的力量，感染着我，影响着我”

“我妈是儿科医生，我也选择了儿科。按照现在 1 000 名儿童才有 0.43 位儿科医生的说法，我们简直就是俩‘金块’，还是 24K、纯的那种。”获得儿科学硕士学位的郭翀俏皮地说。

郭翀即将前往工作的医院——福建省妇幼保健院，也是她母亲供职的医院。能够和母亲在同一个医院从事同一个专业，在郭翀看来是一件很幸福的事情。

让郭翀感慨万千的还有，“去年去旧屋收拾东西，翻出‘大金块’当年的课本，内科学才 6 元 9 角一本，现在已涨到 79 元了。当年幽门螺旋杆菌还没有被写入胃溃疡的病因，很多疾病的分期也和现在不一样。我趴在那儿翻来翻去：30 年了，很多诊疗在课本上仅仅是一句轻描淡写的改变。但因为这个改变，有多少患者得以延续自己的生命，又有多少家庭得以留住自己的亲人？这背后是‘大金块’以及整整一代医务工作者的努力。”

郭翀的职业取向和价值观无疑都受了父母的影响。高考那年，她“所有的一本、二本的第一志愿通通填了医学院，从天南到海北都有”。在父母“金钱、名声都只能当做副产品，而不是主要目标”的教育下，她也认识到了“开拓一个行业的方向，影响一个个体的人生，其乐无穷，动力无穷，岂止于金钱”。

周辰是2016届临床医学专业五年制毕业生，毕业后继续在上海交大医学院攻读儿科学硕士研究生。他的妈妈是湖北省荆州市公安县毛家港镇卫生院的一名护士，童年的他“跟在妈妈身后跑遍大大小小的科室。喜欢去药房偷拿各种味道甜甜的喉片，喜欢偷拿一次性注射器去给院子里的花花草草打针，喜欢借走叔叔阿姨们的听诊器和小伙伴们学着样子听心跳声……”

2011年，高考了，他把所有志愿都填上了医学类。他说：“我从小在医院家属院里长大，太熟悉医院的环境，太了解这个行业的喜怒哀乐，太知道这个行业的不易与艰辛，也太清楚这个行业所有的幸福。然而我妈反对我从医，因为她在这个行业里辛苦了大半辈子了，不想让孩子再那么辛苦。但倔强的我没有听妈妈的意见。我把青春期的叛逆都发泄在这件事上。最后的结果是我如愿以偿，并且幸运地被上海交大医学院录取。”

周辰还告诉记者：“大三的寒假回家，因为已经学完了内外妇儿，妈妈问我愿不愿意进手术室去看手术，我兴奋地答应了。第一台手术看的是子宫肌瘤，患者是一位从外地嫁到我们这边来的农村妇女。她躺在手术台上非常害怕，甚至开始发抖。我翻看着病人的病历和之前的一些检查报告，耳边传来妈妈的声音：‘现在多大啦？孩子多大啦？’我抬起头，看到妈妈握住了那位患者的手，开始和她拉起家常，聊起家庭和孩子。慢慢地，这位患者平静了下来，麻醉师开始给她麻醉，妈妈继续握住她的手说：‘不要怕，我们医生护士都在呢。’看到这一幕，我觉得有许多东西妈妈都在我成长的过程中潜移默化地教给了我，并将永远伴随我的成长。妈妈对临床工作的那份爱和坚守像一股无形的力量，感染着我，也影响着我，让我无论在什么时候，都始终铭记作为一名医者的初心，要始终把病人放在第一位，也让我懂得，对病人的关爱是医学最温暖的色彩。”

“不要被眼前的个例，干扰了自己的初衷”

“我很幸运出生于这样一个书香门第，父亲毕业于上海第二军医大学，现在是解放军第八五医院的主任医师，母亲是一名大学教授。”临床医学八年制法文班毕业、已获得博士学位的虞文嫣，谈到自己即将在国家最高科技奖得主王振义院士领衔的上海瑞金医院血液科工作时，一脸的兴奋。

虞文嫣说，她自小对医学就有着莫名的亲切感，对医生有着强烈的崇拜感。2008 年上海交大自主招生时，她义无反顾地选择了医学院。面试时，招生老师问她：“现在，很多当医生的父母都不希望自己的孩子再学医，你怎么就这么坚定要来医学院呢？”她的回答是：“不忘初心，方能始终。”这是她听父亲说过的一句话，她一直铭记于心。

成为一名医学生后，有时候虞文嫣也会抱怨基础知识枯燥乏味，每当这个时候，父亲总会以过来人的身份鼓励她尝试发现其中的乐趣，找到适合自己的学习方法。不仅如此，父亲还会给她各种切实的临床指导。“还记得理论学习阶段，常常周末回家后，就带着一周积累的各种问题一股脑儿咨询家里的大医生；到了临床实习的时候，我总拽着父亲当标准化病人，演习各种体格检查、问病史，答疑解惑等，父亲总是能耐心地配合我这个‘小医生’，及时指出我的问题，并叮嘱我‘医学是一门极其严谨的科学，我们手上掌握的是病人的生命，不容许丝毫懈怠马虎’。进入临床轮转阶段后，难免会因在工作中被患者或家属误解而感觉不解甚至懊恼，再加上时不时爆出的医患负面报道，我有时对现有的医疗环境感到失望，父亲看到我的状态不佳，严厉地批评了我，并告诫我说‘求医是一段艰辛且漫长的道路，需要耐得住寂寞，不要被眼前的个例干扰了自己的初衷’。”

2014 年 11 月，虞文嫣赴法在巴黎 Saint - Louis 医院经历了为期一年的住院医师培训。这一年中，她与另外两位法国同事共同管理 20 张床位的病区，从独立查房、开医嘱，到处理突发事件等，她说，自己“真正体会到作为一名医生身上所肩负的责任”。

尤其是接管一位法国老太太的经历，让她“深深感受到身为一名医生的幸福”。“她从第一次化疗就由我负责，工作中，她耐心地纠正我的法语发音、用词，解释我听不懂的单词。有次从西班牙度假归来还不忘给我带了个小礼物，当得知我即将回国时还流下了眼泪。当我将这一切通过电话告诉远在一万多公里之外的父亲时，我能感受到他的欣慰，我也在那一刻真心感谢父亲的一路激励。”回忆这些美好点滴，虞文嫣不无自豪。

（《健康报》2016 年 7 月 1 日）

"理想点燃激情，信念引领人生"。在不久前举办的上海市3位新晋院士与医学生面对面访谈活动上，复旦大学附属中山医院院长樊嘉、上海交通大学医学院附属国际和平妇幼保健院院长黄荷凤、中国科学院上海药物研究所所长蒋华良3位院士面对医学生的诸多问题侃侃而谈。他们的睿智、坦诚，还有谆谆教导，成为新的一年里医学生们前行的指引。

心无旁骛，才能有所成就

2017年12月22日下午，上海交通大学医学院懿德楼二楼学术演讲厅，座无虚席。"理想点燃激情，信念引领人生"——上海市3位新晋院士与医学生面对面访谈活动在这里举行。当复旦大学附属中山医院院长樊嘉、上海交通大学医学院附属国际和平妇幼保健院院长黄荷凤、中国科学院上海药物研究所所长蒋华良这3位上海市新当选的中国科学院院士出现在医学生面前时，掌声、欢呼声响成一片。

"医生的成就感是很大的，每治愈一位病人，都会体会到一种成就感"

"您是一位知名的外科专家，在最近的网络评选中被冠以医务界'男神'之一。相比之下，您更喜欢哪一个称谓?"面对主持人的这一问题，樊嘉院士坦言："我最喜欢的还是被叫作'樊医生'。正如我的老师汤钊猷院士，几十年来，我们也都称呼他'汤医生'或'汤老师'，而不是喊他'汤院士'或'汤校长'。"

作为我国肝脏肿瘤外科诊疗及肝脏移植的领军人物，樊嘉已经做了近万例肝脏手术，其中包含1 800多例肝移植手术。让樊嘉颇感欣慰的是，他们在2001年4月16日实施了第一例肝脏移植，患者到现在还生活得很好，还是上海"肝友会"的会长和中山医院的志愿者。访谈中，一位特殊的嘉宾——满头白发的刘先生走上台来向樊嘉献花，"我是樊院士的患者。16年前，我由于肝脏疾病，生命垂危，是樊医生为首的肝移植团队挽救了我的生命。在接受肝移植手术后，我又回到了工作岗位，一直干到退休。受樊院士爱心的鼓舞和感染，我参加了中山医院的'绿叶志愿队'"。

让刘先生铭记于心的是，在一次座谈会上，当他对樊嘉医生表达感激之情时，樊医生回应他说，"您不用谢我们。我们家里也有父母、也有子女、也有兄弟姐妹,我们把你们病人当做自己的亲人,一切就很自然了。"

谈及技术"创新",樊嘉说:"外科医生在日常手术之外要善于思考,要善于从现有的手术中发现问题,从而创新、改良、革新我们的外科技术,使外科学不断进步,造福于更多的病人。"

面对年轻医学生对于职业选择的疑惑,樊嘉道出了自己的肺腑之言,"当医生大概是富不了的,最多小康而已,但医生的成就感是很大的,每治愈一位病人,都会体会到一种成就感。所以大家要做到心无旁骛,一门心思在临床、科研上跌打滚爬,等到了一定的程度,就可以获得成功。"

"我更喜欢充满了母爱的'科学家妈妈'这一称谓"

作为妇产科专家,黄荷凤院士三句不离本行。她说:"从 11 月 28 日宣布院士名单,到今天 12 月 22 日,我还没有'满月'呢。"

这次当选院士后,黄荷凤被一些媒体冠以"科学家妈妈"的称号,对此,她欣然领受,"我觉得我最重要的角色还是妈妈。我给我自己的孩子带来了生命,也给很多家庭带来了生命,而且正在创造生命,所以我更喜欢充满了母爱的'科学家妈妈'这一称谓。"

评上院士后,原浙江医科大学毕业的黄荷凤回了一次杭州,见了自己的导师王曼教授。导师对她说的第一句话就是"这下你可以多做一些你想做的事情了"。之后,黄荷凤又见了原浙江医科大学校长郑树教授。郑树教授对她说:"这下你可以培养更多的人了。"对此,黄荷凤感慨道:"他们想的和我想的是一样的,我希望自己以后就做好这两件事:一是培养更多的人;二是去做自己想做的事情。我想做的事并不是出于'利益',而是出于'责任'。"

黄荷凤介绍说,她从事的是特别新的一个专业——"体外受精胚胎移植",用通俗的语言来说即"试管婴儿"。"'试管婴儿'是为了解决'不孕'的问题,将卵子从体内取出到体外,在试管里进行受精。以前我也并没有见过卵母细胞、受精卵,但现在,生命从身体的'暗箱'里走进了实验室,每天都可以看到各个阶段的细胞。而我们的研究进一步发现,精子、卵子、早期胚胎的健康决定着人一生的健康,在这个阶段可以有预警标志来预防(遗传疾病)发生。这就是从试管婴儿衍生的技术,也希望在座同学们能够有所了解、拓宽视野,为人类健康做出更多的贡献。"

访谈中,师生互动的一个小插曲颇为打动人。黄荷凤的学生、上海交大医学院 2012 级临床医学八年制何翌晨走上台,恭敬地向老师献花。她说:"我现在还同时担任医学院学生联合会主席,平时面对繁重的工作,也会感觉压力非常大,这时我就会想起我的导师。黄教授作为一名母亲,又要兼顾院长、导师等不同角色,方方面面都权衡得非常好,值得我们好好学习。"黄荷凤也动情地说:"今天看到何翌晨,我也要讲一个故事。她的爷爷是我的同事,是当时我们医院里最著名的病理科医生。退休后,老先生也一直工作在岗位上,直至倒在病理科的椅子上,显微镜还放在前面……所以何翌晨能够到我这里,我感到特别高兴,她把爷爷的医学事业继承下去了。"

一位 2015 级临床医学五年制大三的女同学提问:"我发现自己淹没在了各种知识中,看不清未来的道路和方向,请问黄院士,您是如何找到自己感兴趣的医学学科?做哪些事情对我们的'选择'会有所帮助?"

黄荷凤爽朗地回答:"其实,你比我大三的时候想得多多了。我在实习的时候,非常偶然地遇到有一个胎盘早剥的孕妇送到医院,老师带着我一起抢救。当时胎儿胎心率只有每分钟 60 次了,我们迅速在局麻下手术娩出婴儿,然后一边处理产妇子宫大出血的情况,一边不停地关注那个婴儿。大概过了 1 分钟左右,婴儿'哇'地一下就哭了起来,我们的抢救成功了!从那一刻开始,我就立志做一名妇产科医生。我选专科的原因就这么简单,就是源于听到了小孩的一声啼哭。"

"走科研这条路还是要有点理想的"

当主持人问蒋华良院士能否用几个词来形容自己时,蒋华良用了 4 个词:正直、善良、包容、坚持。

就学生们提出的"如何走上科研道路"问题,蒋华良院士回答说:"走科研这条路还是要有点理想的。我小时候的理想就是成为一名科学家。我是在粉碎'四人帮'后,因为高中成绩比较好,被推荐免试进入南京大学就读的。我最初学的是化学,但一开始我对化学并没有什么兴趣,只能在自己兴趣爱好与所学学科之间寻找到'平衡点'。我喜欢数学和物理,化学中也正好有理论化学、计算化学,这就找到了平衡点。我又自学了很多物理知识,再和化学结合起来。后来,我进入药学领域做研究,就再和药物结合起来。'交叉学科'就是这么'交叉'而来的。"

科研要想成功,蒋华良院士给出的心得就两个字“坚持”,并就此谈了自己的体会:“做科研的失败率是很高的,不断地有挫折感。所以一方面要有良好的心理抗压能力,经受住失败的考验。另一方面,要有扎实的专业知识基础和其他相关领域的知识,并做到触类旁通。”据介绍,蒋华良目前已获得授权专利 68 项,并有 5 项成果转让。对于怎样把基础研究更好地实现转化这个问题,蒋华良回答说:“其实很多基础研究成果都能成为‘转化医学’,这一点说难也难、说不难也不难。首先,你要有一个‘胸怀’,就像我们制药人经常说的,要‘做中国老百姓吃得起的好药’。既要‘吃得起’,又要‘好’,必然得从源头上做起。我是从事基础研究,即药物研究的方法学开始着手,过程中向老一辈的制药人学习怎样做药,再把我的方法学与制药结合起来,感觉或许能走得更快一些。”

蒋华良的学生、上海交大基础医学院博士生导师张健教授也走上台来向导师献花。蒋华良感慨说:“我是农民出身,用个比喻来说,我的学生就是‘散养’的,就像散养鸡一样,‘土鸡’的味道都特别好。我很佩服医生,我们所里很多著名的老院士、老专家,以前都是学医的。而且医生的成就感更多,也是比较令人幸福的一件事。所以大家还是要坚持。”

访谈尾声时,此次活动的策划者、上海交通大学医学院院长陈国强院士被请上台,他说:“我在台下坐了近两个小时,觉得也是给我上了一课。”陈国强院士还寄语在座的医学生:一是要有理想。同时要做到三个“爱”:爱自己的国家,爱这个社会,爱岗敬业。

访谈结束,医学生们还不愿离去,有不少同学还意犹未尽,围着 3 位院士问长问短,还争相拍照留念。

记者随即采访了几位同学,一位男同学说:整个访谈人文色彩洋溢,看到了大家风范。一位女同学说:我被 3 位院士圈粉了,不仅被他们的学术成就所折服,而且也被他们的人格魅力所折服。

(《健康报》2018 年 1 月 19 日)

让真实的记录传达对生命的敬意

“我们带着对生命的敬意与爱意,在全上海最繁忙的急诊室,记录着或是鲜血淋漓，或是十指相扣，或是争吵推搡，或是甜蜜相拥的悲喜人生。在这里，汇聚了你能想象到的所有疼痛、爱、坚守和希望……”

如果你足够仔细的话会发现，这里到处都安装着一个个黑亮亮的摄像头

从2014年11月17日那天开始，如果你正好进入上海市第六人民医院急诊部，就会看到一块块写有“正在录制中”字样的告示牌。上面写着：“如果您的形象不便出现在电视中，请拨打……”落款是《急诊室故事》栏目组。除了“正在录制中”的告示，栏目组还设置了“真话角”：“当你需要帮助，当你想说感谢，当你有意见不吐不快，当你想要祝福或有遗憾，当你对医院那点事有话要说……无论你是医患、亲属还是热心人，请随时来这里留下你的真心话，我们会24小时记录并关注。”而且如果你足够仔细的话，还会发现，这里的急诊部几乎到处都安装着一个个黑亮亮的摄像头。

上海市第六人民医院医务处副主任、急诊部主任王韬告诉记者：作为全国第一部急救纪实片，《急诊室故事》在拍摄中安装了全球最先进的78台固定摄像头、26路无线麦克风收音，24小时全景记录。如今，制作完成的第一季共10集的纪实片正在每周五晚上10点于东方卫视播出。

据王韬介绍，上海市第六人民医院急诊部每天急诊量达1 200人次，它还是上海市急性创伤急救中心之一。这次东方卫视选择在上海六院急诊部录制《急诊室故事》，其核心立意是直面社会广泛关注的医患矛盾、信任危机，并始终坚持“生命有痛，有你真好”的主导思想，直击常人视角无法触及的急诊室真实故事，记录生死关头的人生百态，特别是医患间、病人与亲友间的各种情感迸发，赞颂生命的力量与尊严。

工作人员会在所有急救工作完成、病人病情稳定后，为他们递上被作为重点故事拍摄的“知情同意书”

《急诊室故事》第一季的第一集讲述的是“争分夺秒”的故事，其中涉及了三个病例：一是利用电除颤方式为心肌梗死的病人蒋宝泉进行心肺复苏的全过程；二是11岁男孩顾丞雨遭遇车祸，动了三次手术终于免于截肢的历程；三是因腿部被土方车碾轧的汪正芸不得不接受失去双腿的痛苦。

由于必须要考虑到节目所涉及的患者、家属及医生的知情权与隐私，

《急诊室故事》工作人员会在所有急救工作完成、病人病情稳定后，为他们递上被作为重点故事拍摄的“知情同意书”，在获得拍摄和播出同意后才会正常运作。据了解，制作方共签署了上百份同意书，它们经多名律师把关，又再次界定了拍摄范围、拍摄承诺等多项条款。与此同时，在“全纪录”的拍摄中，大量患者、家属、探病者会成为“背景人物”，他们没有签署知情同意。制作方称，因病人流动频繁，成片前无法做到让所有当事人进行审核，因此未获得同意的患者、家属脸上会打上马赛克。摄制组半夜里就曾遇到这样一个尴尬的案例：一名宫外孕患者腹痛难耐，到六院急诊，但陪同的男友却签不了手术同意书——女患者的先生还在路上……

为了环境收音，急诊科不少医生上班得背一个小型麦克风在身上，起初大家不喜欢，当然，更多人有意见的是四处可见的摄像头，对于这种“无死角”的拍摄，医生也觉得暴露了自己的隐私。但久而久之，他们也有意外收获。“自从有了摄像头，拳头少了很多！”一位急诊科男护士告诉记者。因为拍摄“告示牌”和摄像头的存在，患者或家属粗暴对待医护的案例明显减少了。“这说明原本大家都可以很好地管束自己，但可能在没有摄像头或没有监控的情况下，有些人才会肆意妄为。”

而为了保证画面“干净”，也出于对患者和观众的情感关照，节目不但对残肢、大面积创伤等一些较为血腥的画面打上了马赛克，就连部分家属的脸，以及病人肚脐以下部位也作了隐晦处理，而病人痛苦呻吟、嘶喊的声音也同样进行了弱化。

在当前医患关系较为敏感的情况下，不加掩饰地将急诊室 24 小时开放在镜头下，上海市第六人民医院为何要承受“被曝光”的巨大风险？医院党委书记方秉华解释：“医院对老百姓来说是个神秘的场所，尤其是急诊，生死往往只在一瞬间。患者和家属急迫的求治心情和对诊治流程、医疗常识等认知的匮乏，很容易造成医患之间不必要的误解。我们希望通过《急诊室故事》这个纪实节目，向公众展示医疗救治的真实，推动医护与患者互知、互信。”

《急诊室故事》总制片人曾荣说，在拍摄和剪辑中，摄制组获得了无数的感悟，他们发现最不幸的并非是那些肉体上承受痛苦的患者，而是孤独无人陪伴的病人。“所以我们在片中呈现的不仅仅是痛苦，更有亲人相伴的温暖的场面。希望节目能将急诊室中每一刻的‘生死攸关’真实地传递给观众，大部分观众都有可能成为急诊室患者，我们希望观众们在看到急诊室每天发生的真实故事后也能有所感悟。"

纪实片《急诊室故事》将成为医患史上的一座里程碑

不少人在看了《急诊室故事》后感慨地说："现在的医疗真人秀把老百姓都误导了，到了医院发现不一样，就觉得医生、护士都错了！这是造成医患矛盾的祸害。而东方卫视《急诊室故事》却还原了真实的医患。"

上海市第六人民医院负责医疗工作、分管急诊部的副院长陶敏芳在《急诊室故事》第一集播出之际，也守在电视机前观看。她认为"纪实片《急诊室故事》将成为医患史上的一座里程碑"。她希望广大的病人及其家属多理解医生，而医生要为病人多考虑。"我们将把《急诊室故事》作为住院医生规范化培训的教材，进一步让青年医生心中有病人，唤起医患双方更大的宽容与理解"。

纪实片《急诊室故事》播出后，观众纷纷致电东方卫视，要求重播。在上海高等医学院校、各大医院，医学生和医护人员也在第一时间争相收看。

上海仁济医院急诊科主任朱长清对记者说，类似《急诊室故事》这样的纪实片应该多多拍摄。上海仁济医院急诊以内科病人居多，去年急诊病人达到了36万人次，他呼吁卫生行政主管部门要进一步实施急诊病人的分级救治，把抢救资源充分利用好，以减轻急诊室抢救人员的工作劳动强度。

（《健康报》2015年1月23日）

对于"院士"这个头衔和人群，可能很多人对其怀有的多是尊敬和敬仰，却很少有人能真正走近这群人，了解院士们究竟每天都在做些什么。最近，上海市科协与上海电视台纪实频道联合摄制的10集专题人物纪录片《医道·院士墙》在电视上播出。片中，主创人员向观众讲述了10名医学类院士的从医理想以及他们具有传奇色彩的医疗救助故事。

《医道·院士墙》：有一种力量叫做榜样

"有这样的好医生，这是我们这个社会的福气"

坐落在申城南昌路上的"上海科学会堂"由新中国第一任上海市市长陈

毅同志题写名称。在那里，有一面长 14.8 米、高 4.8 米的院士墙，上面陈列了 50 多位上海医学领域里的中国科学院、工程院院士。“他们为我国医学事业发展而不懈努力的精神，是我们这个时代的精神瑰宝，也是后人需要了解、学习及传承的无价之宝。”带着这样的愿望，纪录片总策划、出品人，上海市科学技术协会党组书记、副主席杨建荣从去年 8 月开始，明确了要做这样一个“医学 + 院士”纪录片特辑的目标。

可是，要用什么样的形式来呈现呢？大家把目光放在了上海电视台纪实频道的《医道》栏目上。自 2015 年 11 月开播至今，这档节目已经在行业内外赢得了很好的传播力和影响力，何不把新的特辑放在《医道》中，以它子节目的形式播出呢？于是，大家首批确定了孙颖浩、宁光、张旭、王振义、王恩多、沈自尹、张志愿、王红阳、陈灏珠、陈凯先等 10 位医学领域的院士作为访问对象，讲述他们所经历的一次最成功的手术或最难忘的研究课题，追踪展示这些院士精彩感人的故事。上海广播电视台、上海文化广播影视集团有限公司党委书记滕俊杰说：“有这样的好医生，这样的大医生，这是我们这个社会的福气，上海的福气。医学不仅仅需要技术。在名医大家们身上，更有高尚的医学品行。”

在拍摄过程中，主创们发现，《医道 · 院士墙》特辑的拍摄一定程度上可以说是“抢救式的拍摄”。总编导柳遐讲述了特辑幕后的创作过程：“我们拍摄了 89 岁的中国科学院院士、上海华山医院沈自尹教授，他是急支糖浆的发明者。而直到现在，他还会每周五看门诊，很多病人追随他已经半个多世纪了。今年沈院士突发脑梗，前两天刚好一点，过两天又发烧了。我们很有幸拍到了沈院士年前最后一次门诊。拍摄当天，沈院士跟病人的把脉问诊，很多更像是老朋友的聚会，那种融洽、和谐的珍贵，很多真的无法用语言和文字形容。这么珍贵的场景，随着我们的镜头永远地留存了下来。”

院士们的敬业精神也深深地感染了摄制组。拍摄时，总编导柳遐正遭遇自己人生最大的痛苦，丈夫先是病危，后又辞世。可她仍然坚持项目不能停。刚刚荣获上海市五一劳动奖章的她说：“我相信我先生也能理解、支持我。我也可以从医学大家坎坷的命运中学会怎样执着坚强、不忘初心。可以说，这个节目在我倾力付出的同时，也完成了对我心灵的抚慰和支撑。”

“‘德’和‘才’，不仅在医界，也是当今社会最需要的”

在片中，中国工程院院士、血液学专家王振义有两件事特别感人。一是1996年，他获得了求是杰出科学奖，奖金100万元。100万元在20多年前不算小数字，但王振义说：“我就想，40万元给学校，40万元给医院，因为医院、医学院都很穷，没有钱去搞科研。还有20万元，10万元给血研所……”二是，如今已93岁高龄的他，现在仍雷打不动地在每周四上午出现在上海瑞金医院血液科，进行由他主讲的教学查房。用他自己的话来说，这是学生对他进行“开卷考试”。为了“开卷考试”，他在电脑前花了很多精力查阅国外最新文献资料，结合临床上的棘手问题总结整理成医学案例，对年轻医生答疑解惑。

王振义说：“《医道・院士墙》特辑强调展现了‘德’和‘才’，这不仅在医界，也是当今社会最需要的。”

与王振义同为93岁的中国工程院院士、心血管病专家陈灏珠觉得，要做个好医生，不仅要技术精湛，还要医德高尚，医风严谨：“著名美国医生特鲁多于1915年逝世后，他的墓碑上镌刻着三句话：有时是治愈，常常是帮助，总是去安慰。让特鲁多博士名声远扬的，也并不是他在学术上的成就，而是他一辈子行医生涯的概括与总结。”

《医道・院士墙》特辑的10集中，还拍摄了两位美丽的女院士：中国科学院院士王恩多和中国工程院院士王红阳。她们对医学科研都有着近乎“废寝忘食”的热爱：没有激情，做不出创新成果；要像爱因斯坦那样“疯狂”地去热爱探索，才能有所成就。

其实原本，《医道・院士墙》特辑是从今年3月4日起播出，已经完成了首播。但在这10集中，一个又一个关于院士的传奇故事引起了广泛的社会关注，上海电视台纪实频道于是决定，从5月1日开始，再进行一轮重播。

看了纪录片，上海交大医学院2016级耳鼻咽喉头颈外科学硕士研究生孔德弟有很深的感触：“有一种力量叫榜样的力量。感动于王振义院士对待学术，永无止境，感动于他医学路上十几年的等待，这份等待烙印的是对医学的热爱，对病人的牵挂；感动于张志愿院士不畏难题的学术作风，甘心为病人利益，不计自身得失的品格；感动于宁光院士坚守医学信仰，将全身心奉献给医学的坚持。”

很多行业内的医务人员表示，纪录片让他们对自己的行业有了更深的理解。一名好医生的修养需要数十年如一日的坚持与打磨。就像上海交大医学院2016级麻醉专业硕士研究生殷苏晴说的："做好一件事也许不困难，困难的是一辈子坚持把一件事做好。医生，一生。"

（《健康报》2017年5月5日）

《人间世》：生命的9种真实表达

上海电视台和上海市卫生计生委联合策划拍摄的10集大型医疗纪录片《人间世》，自6月11日每周六在上海新闻综合频道播出后，已于8月13日完美收官，并在豆瓣网上获得了9.7的罕见高分。

前不久，以"尊重医学，尊重生命"为主题的《人间世》线下活动，在上海交通大医学院隆重举行。医学生、临床医生和年轻编导在观看第10集《人间世背后故事》部分片段后，进行了热烈的交流……

关于"救赎"

《人间世》第10集是对前9集进行的总结和梳理，更凸显了《救命》《理解》《团圆》《告别》《选择》《信任》《新生》《坚持》和《爱》中所讲述的9个真实故事的生命主题。无论是车在前医生48小时抢救后的疲惫背影，还是焦俞父母写下"放弃治疗"时的纠葛；无论是器官摘取结束后，医生的三个鞠躬，还是张丽君为儿子录下的18年生日祝福；无论是王学文在临终关怀病区住了5年，还是陈莉莉被摘除子宫后说"这就是命运的安排"……所传递出来的态度，已经超越了文字、镜头的表达能力。

《人间世》的编导团队是4个小伙子，这4位编导下到医院，分头带领8个摄制组拍摄，在两年时间里深入上海22家医院通宵达旦地"蹲守式采访"。

编导秦博在活动中说，片中24岁的焦俞患有脑肿瘤，转院不久便被宣告脑死亡，将一家人拉入了痛苦的深渊。但仅仅两个小时后，他们便作出了一个重要决定：捐出儿子身上所有能用的器官。要放弃治疗，就需要家人的签字。可手捧着同意书，焦俞的父亲却迟迟不能下笔。签或不签，背后牵扯着人类最原初的感情。但最后，在最绝望的谷底，焦俞的家人还是选择了"救赎"。焦俞的肝脏、心脏、肺、两个眼角膜和两个肾脏在陌生人的身体中得到了重生，也拯救了6个家庭。其实，这样的举动何尝不是焦俞的家人对自己的"救赎"。

2015年1月1日，中国全面停止使用死囚器官作为移植供体器官。亲属间活体器官和公民逝世后捐献的器官，成为供体器官主要来源。一年间，中国有2 766人在去世时捐献器官。秦博说："现在无偿献血的宣传普及了，但器官捐献的宣传还远远不够。作为编导，我们是旁观者，但不能冷漠，我们自己也该行动起来。于是我也填写了《上海市人体器官捐献登记表》，并庄重地签了字。"

关于"初心"

出生于1992年9月，现为上海交通大学医学院2009级临床医学八年制的女同学孔令璁在活动中显得特别激动。她说："我已经学医七年，都说是'七年之痒'，但在从医环境并不十分理想的今天，我反而对医学越发地不依不舍。思来想去也不明白为什么，看完《人间世》，我找到了答案。"

孔令璁说，一方面，编导在用最专业的态度，还原了医院最真实的工作环境，医务人员做了一回主角；另一方面，更难能可贵的是，这档节目还用最温暖的视角，把每个患者背后的故事展现得异常立体。"这是一个最好的时代，也是一个最坏的时代。"她认为，《人间世》的出现，代表着人们正尝试着不再妖魔化或用道德绑架医生，而是用更理性的视角去看待医疗行业。这让她无比欣慰，更是再次充满信心。

而让孔令璁喜爱《人间世》的最重要的原因，是片子提醒着她，要"不忘初心"，并不断"锤炼内心"。刚进入临床时，孔令璁在强度高、风险大的心内科监护室工作，在那里，"时间就是心肌，时间就是生命"。到了深夜，刚刚处理完东边1号床病人的胸闷胸痛，西边7号床病人出现心跳呼吸骤停，一路小跑又要开始新一轮战斗，高强度的心肺复苏即刻上演……但有时惊心动魄的抢救，总有回天乏力的无奈。孔令璁和同事们也曾无比迷茫："我们的付出，难道是没有意义的吗?"但是，《人间世》让大家直视了医学的不完美，也告诉大家，"医生最困难的不是面对这些失败，最困难的是面对这些失败带来的挫折，却不丢失最初的那份热情"。

在医院、救护车、临终关怀中心，每天都要上演一幕幕的悲欢离合，每一个患者背后都有一个个心酸的故事：中年丧子却仍不放弃反复培育试管婴儿的淳朴夫妇，新婚后被诊断为恶性肿瘤为子推迟治疗的“90后”女孩……每一个医务人员在这些充满人情冷暖的空间里，参与着别人的生老病死，也在锤炼自己的内心。的确，医生是一个需要感性的理性职业，既需要用同理心感性地安慰、体会患者的痛苦，也要保持冷静用专业知识技能解除患者的病痛，提高他们的生活质量。要知道，疾病并不是患者生活的全部。

孔令璁借用片中为孩子推迟癌症治疗的“90后”患者张丽君的话说：“医学道路很坎坷，我很舍不得，我会努力走下去，一路上重拾信心、不忘初心、锤炼内心，让更多的患者能在这个美好的世界好好地活下去。”

关于“希望”

上海交通大学医学院2013级临床八年制法语班的李俊杰，目前是医学院内“医学助跑社团”的负责人。这个社团已连续两年在苏、浙、沪进行医学招生宣讲。李俊杰原本是上海交通大学附中高才生，3年前是通过医学院专家在附中的一次宣讲而选择了学医。

“通过《人间世》，我作为一名普通而又平凡的医学生，又重新勇敢地直面了医生这个职业。仍记得3年前报考医学院的宣讲会，上海交大医学院副院长黄钢教授告诉我们，如果要选择医学，你首先要有爱心，其次你得聪明。怀着治病救人的初衷和对医学的憧憬，我毅然决然地报考了医学专业。时至今日，我也不曾后悔。如今，面对繁重的考试，科研与临床，面对时不时发生的医患冲突，面对国内有待完善的医疗环境，我也曾彷徨，为什么还要坚持念医科。我想，至少于我而言，那就是选择医生这个职业时内心最初的想法——‘救命’。”

李俊杰还说：“医生这个职业不仅仅是门技术活，需要你熟练操作柳叶刀，更需要我们的人文情怀来丰满这份职业，在一路成长过程中，我们要学会尊重生命，敬畏医学，理解病患与家属面对生与死作出的种种反应。正如19世纪开始，在医学界流传至今的美国医生特鲁多的墓志铭所说‘有时是治愈，常常是帮助，总是去安慰’。”

李俊杰最后还说：“《人间世》的片尾曲里唱的是‘天亮之前，我会等待’。希望我们每一个人，不论医生、病患还是家属，甚至媒体，用互相的理解和信任，早日换来'日出天亮'。"

（《健康报》2016 年 8 月 19 日）

《图说灾难逃生自救丛书》：让受害者变身施救员

近日，2016 年度中华医学科普领域十大标志性新闻人物出炉，同济大学附属上海市东方医院院长、中华医学会灾难医学分会主任委员刘中民教授当选其中，其主编的《图说灾难逃生自救丛书》也获得了中华医学会科学普及奖。这部由 20 余位著名灾难医学专家共同参与编写的丛书，历时两年完成，以写实风格为主，用 1 034 幅科学漫画展现灾难科普的知识要点。

灾难降临，我们却没有逃生的参考

"2008 年 5 月 12 日四川汶川发生 8 级地震，2011 年 11 月 15 日上海胶州路一栋高层公寓发生特别重大火灾……当这些灾难来临，老百姓的逃生自救意识普遍淡薄，而在当时社会上没有一本逃生自救的书可供学习参考。"刘中民说，"2011 年 12 月 7 日成立中华医学会灾难医学分会后，我们全国各地专家委员们都怀揣一种紧迫感和使命感。"

由于历史条件限制，我国尚未建立健全全民灾难应急教育网络。面向普通民众的灾难逃生自救教育尚是一片空白。但事实上，灾难科普教育尤为重要，着手编纂一部言简意赅、通俗易懂的介绍常见灾难类型的医学救援基本技术的科普书籍势在必行。于是，由中华医学会灾难医学分会委员撰写脚本，国内漫画行业高手绘制的丛书开始着手编著。

"灾难医学是研究在各种自然灾害和人为事故所造成的灾害性损伤条件下实施紧急医学救治、疾病防治和卫生保障的科学。作为医学的一个重要分支，灾难医学拓展了灾难现场紧急救援的范围，走向灾前、灾中、灾后长期的医学、社会、人文系统的防控与干预。"刘中民介绍，相对于院内的临床诊治与急诊抢救，灾难医学始于灾前的公众防灾知识普及、专业救援队伍建设；重于灾中的现场救治、分级转运；延于灾后的防病防疫、心理疏导。而这些内容，是更有必要让每位普通公众了解、参与的必修课。

灾难谱扩大，科普内容不断扩充

《图说灾难逃生自救丛书》共分《地震》《水灾》《交通事故》《火灾》《风灾》《雪灾》《海啸》《煤气中毒》《化学品事故》《核与辐射事故》《矿难》《爆炸事故》《踩踏事故》《泥石流》《极端高温》等15个分册，把涉及到的灾难类型以最简易的自救方法告诉读者。

刘中民在《图说灾难逃生自救丛书》序中说："我国已成为继日本和美国之后，世界上第三个自然灾害损失严重的国家……灾难离我们并不遥远。"

当灾难发生时，尤其是大范围受灾情况下，往往没有即刻的、足够的救援人员和装备可以依靠，加之专业救援队伍的到来受时间、交通、地域、天气等诸多因素的影响，难以在救援的早期实施有效救助。即使专业救援队伍到达非常迅速，也不如身处现场的人民群众积极科学地自救互助来得及时。"所以，灾难逃生自救更强调和重视'七分普及'。"

刘中民回忆，今年6月24日6时许，四川省阿坝藏族羌族自治州茂县叠溪镇新磨村突发山体高位垮塌，这是一起降雨诱发的高位远程崩滑碎屑流灾害，也属于泥石流。

"在丛书《泥石流》分册中，专家就以生动的图说告诉我们，当遭遇泥石流时，如何迅速脱离险境，如何积极、快速、有效地开展自救互救，掌握这些防灾避灾的基本常识和技能技巧，是面对灾难、避免悲剧发生的根本，才可以最大限度地减少和避免灾害造成的伤亡和损失。"

7月4日14时许，吉林省松原市宁江区繁华路巷路施工过程中造成燃气泄漏，燃气公司在抢救时发生爆炸。7月以来，我国不仅多地遭受洪涝灾害，湖南、广西等地有60多条河流发生超警戒以上水位洪水，而且大面积处于高温地带，不少地方气温高达40℃。

《图说灾难逃生自救丛书》中就有《爆炸事故》《水灾》《极端高温》分册予以介绍防范自救。例如在《极端高温》分册里，专家就图文并茂地告诉人们："极端高温是指环境温度持续高于35℃的状况，是一种常见的自然灾害。对高温环境适应不充分是中暑的主要原因，在气温升高（超过32℃）、湿度较大（超过60%）和无风的环境中，长时间工作或强体力劳动，又无充分防暑降温措施时，缺乏对高热环境适应者易发生严重的中暑。"分册以图画详细介绍了中暑的施救方法。

据悉，《图说灾难逃生自救丛书》目前已销售 20 多万册，还免费发放到上海市中小学校、社区居委会等单位。刘中民告诉记者：“随着社会与经济的发展，灾难谱还在扩大。《图说灾难逃生自救丛书》还将不断扩充，增加《生产事故》《地铁事故》《恐怖袭击》《海难》《空难》《极地事故》《暴动》等分册，对防不胜防的原生灾难带来的次生灾难与衍生灾难等进行自救教学。”

“我强你弱”，大灾后不一定大难

刘中民说，其实灾难是一个相对的概念。在一定社区内，不同的医疗资源、救援能力会带来承灾能力的差异。相同的破坏性事件对某些社区可以构成灾难，但对另外一些社区则不足以构成灾难，大灾并不一定带来大难。所以从一个侧面来讲，灾难与灾难医学之间呈现为你大我小、你强我弱的对立关系。

在我国，灾难以往多被归为社会救援的范畴，并未引起医务人员的高度重视。灾害来了，由政府出面，调集各方力量，全力以赴应对困难；灾害过去了，人们对灾害的防范意识荡然无存，被动等候下次灾害不期而至。

“实际上，灾害发生时，广大群众是第一目击者、受害者，也应该成为最快施救（包括自救）的人员。目前国内公众的自救与互救意识还非常淡漠、社会广泛参与应对工作的机制还不够健全，这些因素都成为灾害转化为灾难的诱因。因此，更应该注重灾难发生时的自救。”刘中民建议，中华医学会灾难医学分会的每一个专家都应该向两头发展：一头是向精深方向发展，探索更多的灾难医学科学秘密，这是为人类社会作贡献；另一头是把灾难医学科学知识用浅显的语言向社会大众传播，提高全社会的科学文化知识水准，这也是对人类社会作贡献。“从某种意义上说，这后一种的价值和意义更大。科学家的最高境界不仅在于创造，更要在于普及。”

（《健康报》2017 年 7 月 28 日）

《终结阿尔茨海默病》：让我们优雅地老去

今年的 9 月 21 日，是第 25 个世界阿尔茨海默病日。前不久，湖南科学技术出版社刚刚出版了美国加州大学洛杉矶分校戴尔·E.布来得森教授所著的《终结阿尔茨海默病》中文版并在上海首发。本书原版被誉为是全球首套预防与逆转老年痴呆的个性化程序，而此次面世的中文版则由旅美学者何琼尔博士翻译，中华医学会心身医学分会前任会长、上海中医药大学博士生导师何裕民教授主审。事实上，本书与中国的渊源一早便埋下了种子。布来得森在该书《致中国读者》一文中写道："早在学生时代，我就……深深感受到中国传统医学的恢宏博大及其实用价值，我们发明的这套逆转阿尔茨海默病的个性化治疗程序，是我和团队在沿世界主流路径探索多年，仍然严重受阻、困惑时，受到中医学及印度医学智慧的启迪而萌生的。因此，我坚信中国的读者对此书一定会有亲切感，并且非常容易接受。"

"阿尔茨海默病不是单一的疾病"

布来得森说，阿尔茨海默病是美国第三大死亡原因，而且由于人口老龄化、空气污染和西餐的普及，它在中国也将成为一个日益严重的问题。遗憾的是，以前还没有有效的治疗方法，就像他在书中写的那样："直到现在为止，可能很多人都认识一位癌症康复者，但没有人认识一个阿尔茨海默病的康复者。"

"我和实验室的同事研究阿尔茨海默病的病因、病机已经30年了，2014年，我们公布了第一批阿尔茨海默病患者康复的病例。此后，这批阿尔茨海默病康复者的状况得到持续改善，一些人已经恢复了工作，一些人现已用ReCODE[Re是指Reverse（逆转）、Co是指Cognitive（认知）、DE是指Decline（衰退）]个性化治疗程序超过6年了。我们发明的这个前所未有的个性化治疗程序与以前屡屡失败的阿尔茨海默病治法完全不同：从前，人们在不知道为什么会发展成认知衰退的情况下，往往使用单一药物治疗。我们经过几十年努力，现在已经确定造成记忆损失的许多因素，从而需要一一采取针对性解决方法。就是说，需要用个性化、多维度的治疗程序来医治不同患者、不同类型的记忆损失。这实质上是将21世纪的精准医学与中国传统医学有机组合的结果。现在已有2 000多位患者在用我们发明的这一个性化治疗程序，病情大都获得明显的改进。此疗法及其基本原理、细节、操作要点以及患者本身的故事等，都在书中得到讲解。"

30年来，布来得森团队的医学研究得出了一些令人惊讶的结论。例如，他们发现阿尔茨海默病不是一种单一的疾病，实际上，它分为 4 种不同类型：炎症型/热性型（Ⅰ型）、萎缩型/寒性型（Ⅱ型）、糖类中毒型/甜证型（1.5 型，因为它结合了Ⅰ型和Ⅱ型的特征）、毒素型/恶性型（Ⅲ型）。这些不同的类型都分别有不同病因、病理及最佳治疗和预防方法，故需要“因人制宜”。他们还惊讶地发现，阿尔茨海默病实际上是机体对炎症、支持大脑的重要营养因子缺失、胰岛素抵抗、毒素（如汞、霉菌毒素）入侵等所导致的损伤性机制的自我保护反应，这些致病因素是诱发认知能力下降的关键性因素。在中国的某些地区，这种情况正在不断地上升过程中。

布来得森在书中表示，几乎所有人身上都存在着诱发阿尔茨海默病的一些高危因素。而且，很多人还可能同时存在着多类高危因素。因此，他建议每个成年人都应该接受相应的心智评估检测，并在适当年龄开始实施预防计划，如果症状已开始出现，则应尽早治疗达到逆转。例如，就像医学保健指南建议人们在 50 岁左右时开始进行常规性的结肠镜检查，以预防结肠癌一样，他主张 45 岁以上的人应接受“认知镜检查”（一组相应的血液测试），以了解我们自身存在的危险因素，便于尽早采取相应的预防认知衰退的措施。

“好消息是：现在人们应对阿尔茨海默病终于有了切实的希望。如果我们共同努力，积极展开有效防范工作的话，阿尔茨海默病应该可以成为一种罕见病。如果这样，我们可以大幅度减轻阿尔茨海默病给全球人民带来的沉重负担，让更多的人摆脱此病的困苦。”

布来得森最后说：“我们获悉中国有高达 1 000 万人为阿尔茨海默病所困扰，希望此书可以帮助患者改善这一尴尬境地，让更多的中国老年人健康、优雅而有尊严地度过人生最后的美好时光！”

“西方思路碰壁后从东方吸取精华”

在该书的序中，何裕民写道：俗称“老年痴呆”的阿尔茨海默病，其新增患者犹如潮涌，澎湃之势难以抵挡。有关材料认为中国阿尔茨海默病患者在 970 万～1 000 万之间。“此病不仅夺命，而且，患者将历经数年甚至数十年毫无尊严的苟延残喘，并让家人饱受折磨。”

何裕民认为，《终结阿尔茨海默病》是一本针对性很强的书。当人们还来不及为癌症的有所控制而庆贺时，其他恶魔已悄悄逆袭，准备取代癌症的江湖地位而继续惩罚并警示人类。阿尔茨海默病就是来势最凶猛的取代者之一。

何裕民说："四五年前，在癌症诊疗中，我下意识地加强了对阿尔茨海默病的关注，发现癌症患者（特别是经过铂类等化疗者及脑部放疗者）更容易被阿尔茨海默病盯上。这些没有死于癌症的患者，庆幸逃脱了癌魔，却最终凄惨无助且尊严尽失地被阿尔茨海默病缠上而不治。粗略估算，癌症患者晚年陷入阿尔茨海默病泥潭的，占 1/4～1/3。在中国，今天的阿尔茨海默病现状，犹如 20 世纪 80 年代癌症的肆虐。"

何裕民认为《终结阿尔茨海默病》是一本基础研究与实践紧密结合的书。作者本身是资深权威的医学科学家，最重要的是，他既做理论研究，又从事临床诊疗，属典型的双跨型人才。他用还原论方法研究阿尔茨海默病的患病机制，利用实验的方式来解决难题，总结出了阿尔茨海默病的个性化治疗程序，并用之临床，终见成效。值得一提的是，他的这种方法，与东方医学（中医及印度医学）的方法不谋而合。"顺便提及，根据以往我们的临床经验，也部分地参照此书思路，已有确诊为阿尔茨海默病的患者，病情有了明显的改善。"

此外，何裕民还认为，《终结阿尔茨海默病》一书虽是针对阿尔茨海默病而言，但其操作意义超出了单一病种，而具有普适价值。因为它揭示了一个事实：解决复杂问题（包括难治性疾病的治疗问题），除西方的针对性还原（破解）方法外，还有东方的复杂性综合措施。

"该书抛出的不是所谓万能计划"

著名医学人文学者、北京大学医学部教授王一方也在该书的序中表示："对布来得森教授扎实的神经科学基础研究与前沿的精准医学研究思路感到敬佩。"

王一方认为，该书没有抛出一个千人一方、万人一药的所谓万能计划，而是贴近阿尔茨海默病患者的个性化特征，提出一人一策的综合解决方案，首先建立与疾病周旋的信心，考虑到身心灵因素都在改变着疗效和生活品质，而不只是在单一向度（靶点）左右疗效与预后，也就是说，全人医学思维主导着阿尔茨海默病的诊疗方向。

他说："精准医学是近年来基于分子生物学（细胞组学、基因组学）进展而萌生的一个重视个性化干预的治疗手段，从临床决策的规律来看，它更注重疾病的偶然性、多样性、复杂性，干预的整合性、艺术性、医患互动性。因此，读者也不能抱定刻舟求剑、照葫芦画瓢的思维来阅读本书，学一招，应一效，而应该细心揣摩，从作者的精准医学思维中寻找疾病干预与患者生活管理的艺术，将诊疗技术与人性关爱融合起来。尤其不能将疾病诊断、治疗、转归完全寄希望于某一仪器、药物，这样将会陷入希望-奢望-失望-绝望的泥沼之中，真正做到把书读活，而不是把书读死。”

据悉，《终结阿尔茨海默病》一书正被翻译成 26 种不同语言，走向世界各地，它将有可能从根本上改变全球应对阿尔茨海默病的尴尬困境。

（《健康报》2018 年 9 月 21 日）

《哎哟，不怕》“戏愈”癌友的心

近日，由上海市癌症康复俱乐部与《解放日报》社抗癌公益微信公众号——“哎哟不怕”（谐音“癌友，不怕”）共同主办的中国首台癌症生存者自编自导自演的疗愈型话剧——《哎哟，不怕》在上海白玉兰剧场连演 19 场。

已康复 37 年的癌症生存者、上海市癌症康复俱乐部会长袁正平表示，该话剧的演出从 10 月 8 日延续到 20 日，演出的全部所得将以公益形式资助癌友 5 年后进京观看 2022 北京冬奥会。这样一台话剧，从导演到演员，几乎都是由癌症患者担任；演出的同时，舞台上是“癌友”在真挚演出，舞台下是“癌友”在诚意欣赏。要不是几天前记者亲临演出现场，你很难想象和体会到那种非同寻常的氛围和感动。

“我就像是一枚掉在地板缝里的硬币走不出阴影”

“《哎哟，不怕》的导演和编剧戴蓉原是上海话剧艺术中心的导演。但同时，她还是一名癌症 5 年的生存者。”袁正平告诉记者。

2012 年春节过后，43 岁的戴蓉被查出得了晚期肺癌，已经淋巴转移、骨转移，并且没法开刀动手术。“靠吃靶向药，我控制了病情，一直到现在。更幸运的是，我来到上海市癌症康复俱乐部，成了上海市癌症康复学校第 84 期康复班的学员。在这个抱团取暖的大家庭里，我终于走了出来，开始真实地面对自己，找到自己的价值所在，而不再选择逃避。”

戴蓉说：“最初我患癌症的时候，整个人都崩溃了，躺在病床上，我对一位前来看望我的朋友讲，‘我就像是一枚掉在地板缝里的硬币’，一直走不出阴影，是袁正平会长为我度身定制了‘工作疗法’，每年都为我制定一项工作计划，并帮助我完成，比如拍微电影、拍纪录片、开设‘戏愈工作坊’等。”

两年前，也就是2015年10月的时候，袁正平、戴蓉和《哎哟，不怕》的另外一位编剧简平一起找到《解放日报》社，袁正平提出了想排一出名叫《哎哟，不怕》的话剧，大家都觉得这个点子好。于是两年来，大家就一路做下来，最终呈现出了一台精彩的话剧。

简平是中国作家协会会员、上海广播电视台影视剧制片人，也是一名癌症生存患者。53岁的他于2011年12月在体检中被诊断患了胃癌。在他看来，“真正能为艺术所打动、所感染、所鼓舞的，唯有你自己，因为你感同身受”。

“剧名《哎哟，不怕》取自谐音‘癌友，不怕’，以上海癌症康复学校原校长周佩为原型，讲述了癌症患者‘佩莲’在生命的最后时光里，采用最新癌症康复疗法，将心理与戏剧结合，勇敢地疗愈自己、也疗愈他人的故事，帮助癌友抒发压抑的情感，通过艺术表达的方式宣泄情绪。”袁正平说：“在‘谈癌色变’及癌症低龄化的当下，对于癌症该持有什么样的正确态度，进行什么样的疗愈显得极其重要和紧迫。通过《哎哟，不怕》，给人们传递的是癌友们一个个充满正能量的励志故事。”

“让我心跳不已、泪流满面的，唯有这一次”

在演出间歇，《哎哟，不怕》制作人周恺抑制不住激动的心情：“搞舞台艺术作品的制作，这不是第一次，但让我心跳不已、泪流满面的，唯有这一次。当你与这个群体在一起，每次都会有最新的感受和收获，在《哎哟，不怕》中，找到对待人生的那种态度、那种追求、那种境界……”

话剧《哎哟，不怕》其实是在运用一种戏剧疗愈法，演绎癌友们的生动故事。戴蓉导演说：“戏剧疗愈是将心理、教育、戏剧专业结合在一起，以表演和剧场艺术的形式帮助癌症患者平衡情绪，增强生活应对能力。我们的‘戏愈工作坊’就是用这种方式面对中青年癌症群体。因为中青年压力更大，得面对事业、家庭、孩子等各种问题。”

戴蓉告诉记者：“通常来说，当得知自己患有癌症时，几乎每个人都会经历震惊、否认、愤怒、抑郁以及最终接受患病现实这几个阶段，等经历过后，就会去寻找新的人生目标。我们的目的就是陪伴他们顺利走过这段路程。”

“对戏剧来说，每一个故事的结局是重要的；然而对戏剧疗愈来说，结局并不重要，重要的是如何去不断发展转化因突然遭遇癌症而来的各种心理情绪困境，帮助患者不被长时间地束缚在某一个低落的状态中，而是去主动转化各种阶段。”

戴蓉说，《哎哟，不怕》这出话剧想要表现的东西太多了：有佩莲的故事，有“戏愈工作坊”的内容，还有男女主角安宏和许远的故事。他们紧紧扣住“戏愈工作坊”这条主线，随着它把人物的故事和冲突展现出来，并触及人性深处的一些东西。

说到底，“疗愈”是一个水滴石穿的过程，需要不断积累，就如剧中角色安宏所说：“大部分带着呼吸和体温碰触到我的美好瞬间，就像河流中激起的小浪花，充满活力，却转瞬即逝，可是就因着这些浪花，很多年被死死卡在原地一动不动的我开始挪窝了。这种改变很难通过戏剧性的矛盾冲突加以展现，它更像一棵树，改变来自生长。”

整场演出中，最让记者激动不已的是舞台上下的互动和交流。舞台上，两位喉癌患者在剧中朗诵诗歌《昨天、今天和明天》，舞台下，两位“癌友”也登上台与演员一起演绎；随着剧情，多只大彩球在台下“癌友”手指中拨动翻滚，台上台下融成了一片……

正如剧中饰演佩莲的一位57岁的业余演员陆兰珍所说：“8年前我被确诊患有乳腺癌，这是我第一次在舞台上担任主角。一开始我有些忐忑不安，但好在这是癌症患者自己演绎自己的故事，我觉得是自己一边在演戏，一边在疗愈。”在剧中，陆兰珍还通过角色对所有人大声地说着：“只要有一个脚尖站立的地方，我就要舞蹈，即使生命只剩下一天，我也要尽情地跳！”

“顺利度过5年痊愈期，进京观看2022北京冬奥会”

10月8日首场演出当天，上海白玉兰剧场近700个座位，座无虚席。69岁的杨老太抑制不住激动的心情告诉记者，她5年前检查患了肺癌，现已康复。“《哎哟，不怕》真好看，演员的各个故事全发生在我们身边，他们讲的话有老大的教育意义。看后心里感到很温暖。”杨老太还说：“要是把话剧改变成沪剧，那就更通俗易懂，也更受癌友们欢迎了。"

王老伯今年64岁，他拉着记者的手说："我生了肝癌，医生讲我活不过3个月，侬看我现在7年过去了，活得蛮好的。我没做手术，进入康复俱乐部同病种夏令营，练郭林气功取得了效果。"交流中，他一再感恩上海市癌症康复俱乐部，一再感谢袁正平会长。

袁正平会长则对记者说："1981年春节，新婚燕尔的我收到了一张死神的黑色请柬——第四期恶性淋巴肉瘤，医生说也许活不过一年。病床上，我悲愤地撕掉了一本日历。一年，不就是365张薄纸吗？

"1989年的冬天，大难不死的我和一群志同道合的病友一起，在黄浦江畔一条弄堂发送牛奶的小棚屋里点燃了生命火种。于是，个体的孤军奋战，变成了群体抗癌的行动——成立了上海市癌症康复俱乐部。"袁正平如是说。

医学上，5年生存率是评价癌症患者是否接近治愈的重要指标。数据显示，中国癌症患者的平均5年生存率为30.9%，而成立已28年的上海市癌症康复俱乐部的癌友5年生存率已高达75%。"希望通过这部由真实故事编排的话剧，将这种全新的戏剧疗愈方式面向全社会推广，从精神方面对患者以及家属进行更多的沟通、疏导、安慰和鼓励。大家一起顺利度过5年痊愈期，进京观看2022年北京冬奥会。"

袁正平在谢幕时对舞台下近700名"癌友"说："在死亡面前，生命分外珍贵，疾病让人痛苦，而爱和信念却让人更加坚忍顽强。这一刻，面对病魔的黑色请柬，我们要大声地说'哎哟，不怕！'"

（《健康报》2017年10月20日）

拔地而起的"超级医院"

3月28日，坐落在上海市浦东新区国际医学园区内，占地104亩、建筑面积达9.7万平方米的上海国际医学中心，开始试营业。

上海国际医学中心从立项之初就承载了上海医改"试验田"的角色，明确定位走社会办医高端路线，瞄准了打造一座"超级医院"的目标。经过近3年的建设，这座融合着医院（Hospital）、酒店（Hotel）和家（Home）的气息的大型医疗服务机构，正在努力展示出其在诊疗技术、服务水平、医疗环境、医用设备和医院管理上的高品质，自试运营以来客户络绎不绝。

高端服务：客户尊享 VIP

在上海国际医学中心，所有病人及其家属均被视为 VIP，称谓是“顾客”。选择到这里的顾客，需要根据自身的情况为医学中心开出的最低 300 元，最高 1 200 元的挂号费，以及每人每天逾千元的床位费埋单。

上海国际医学中心实行预约就诊，该院院长张澄宇认为这是实现“超级医院”既定目标的制度安排。医院严格要求每名医生对“顾客”的看诊时间不少于 15 分钟，全天的看诊上限为 30 人。这种安排不仅确保顾客获得有效的时间与医生沟通，同时也降低了医生们的工作强度，提高了医疗质量，是个“互利双赢”之举。

事实上，对于高端服务值与不值，顾客的感觉似乎更重要。记者来到这里采访这天，上午 8 时 55 分，来自江苏盐城的年轻“顾客”刘先生和夫人，由护士小姐引导来到 1 号 VIP 诊室。为刘先生接诊的是上海国际医学中心医疗院长、大内科首席医师缪晓辉教授。这次就医经历，颠覆了刘先生以往不多的就医记忆，让他有几个没想到。一是接诊专家没有穿白大衣，这让他感觉不像在看病更像会朋友。其实他不知，不穿白大褂正是缪晓辉的风格。为的就是拉近与顾客的距离，把顾客当成自己朋友的效果。二是整整 30 分钟的看病过程，犹如和朋友聊天。医生的一举一动让他感受到被重视：从详细询问自己患乙肝的经过，到做腹部触诊检查，叮嘱坚持服用抗病毒药；从建议怎么更好睡眠，到喝饮料的禁忌，再到科学进补，不亚于一次全面的心理咨询。

下午 1 时 13 分。大外科首席医师、肛肠病专家郁宝铭教授在 2 号 VIP 诊室微笑相迎 71 岁顾客唐老太太及陪同的儿子。唐老太太患痔疮曾作过结扎，近几年痔疮又犯，感觉很不舒服。郁医生和外科护士一道为老人检查，明确诊断是混合痔，为唐老太太开药并预约了复诊时间。老太太儿子向郁医生咨询喷水坐便器是否有助于母亲使用，郁医生一一给予解答。郁医生特别解释，开刀只是小手术。由于肛门还要每日排便，伤口会长得慢些，不必太过顾虑。当护士小姐引导唐老太太走出 VIP 诊室时，已是 1 时 50 分。在等待护士小姐取药时，老太太坐在沙发上告诉儿子：“这个专家很有经验，检查痔疮很有章法，一点都没觉得疼。”来到这里，不用排队直接就看，特别是和医生聊过之后，老人家笑着说，现在看病竟然能够成为一种享受。

下午 3 时 45 分。在复旦大学附属肿瘤医院做完膀胱癌、前列腺癌切除手术而留造口排小便的唐山 74 岁贯老先生，在家人的陪伴下，慕名来到上海国际医学中心，点名要求国内第一位获得国际造口治疗师证书、现任护理总监的吴唯勤为他作术后第一次造口袋更换。

在吴唯勤讲解造口的有关知识的时候，这一家四口轮番提问，并作了录音；待到更换造口袋时，贯老先生的女儿又全程拍下视频。吴唯勤反复提醒老人及其家人应注意的事项，并对腹部造口多长时间应当复查、换袋之前有什么要求给予指导。叮嘱老人坚持每天喝一杯酸奶，多吃蔬菜和水果。贯老先生一家四口人对吴唯勤整个换袋过程极为满意。

在上海国际医学中心，提供差异化服务，顾客高端就医需求一定程度上得到满足。从分层就医的实际效果看，一旦形成规模，一定程度会缓解大医院目前的压力。院长张澄宇表示，高端服务顾客享受 VIP 待遇的背后，其实也是一个有序就医习惯的养成过程。

高端技术：靠以技养医、揽才

上海国际医学中心是全国首家采取“建管用”分离运营模式的医疗机构。张澄宇院长介绍，与传统自建自管自用做法不同，在建设上，12 亿元人民币的投资由上海国际医学园区集团有限公司和 8 家社会资本持有；在管理上，医疗管理交由全球第二、亚洲最大的医疗集团——百汇医疗集团进行管理。在使用上，目前医疗运营已进入试运转阶段，在职的 150 多名职员中，50 位高年资医生均有着三级医院 8 年以上的工作经历。100 多名护士来自国内外，不乏持有新加坡、澳大利亚、日本等国家的护理执照，约 80%来自三级医院，其中近 40%都有在国外和受过培训的经历。

上海国际医学中心是个“酒店式医院”，设有居家式温馨的单人间、双人间、套间、总统套间，共计病床 450 张。医院总面积和床位总数比率达到美国标准，即 200 平方米/床位，而国内标准仅为 120 平方米/床位。房间内设有独立的书桌、衣柜和可作陪护床的沙发，配备保险箱和功能兼具的独立卫生间，提供洗漱用品、拖鞋外，还设有助浴、防跌倒装置，提供每日打扫、24 小时点餐等服务。安装在房间内的医疗呼叫系统，通过遥控器，连接病房的电视，整合了呼叫、对讲、门禁、娱乐、灯光控制和护理录入等功能，为住院顾客提供更为便利的服务。总厨和营养师针对不同身体状况共同研制营养菜单，4 个雅致的餐厅，提供中外多样美食及 24 小时点餐送餐服务，实现了客户拎包即可入住。

上海国际医学中心由社会资本投资，主攻高端医疗市场，是很多人眼中的“高大上”的国际综合型医院，但这里设定的药占比只有 8%。院长张澄宇明确表示，这里拒绝“红包”，医生个人收入将与诊疗服务收入相关，医生的专业技术服务费用，较之公立医院将有很大提高，而药费、检查费和医生的收入无关。这也使得不少公立医院医生被社会诟病的“大处方”“滥检查”的痼疾，在这里卸去了生存的“动力”和土壤。

张澄宇坦承，目前绝大多数公立医院的医生，所承担的工作强度大、节奏快，长期超负荷工作，技术劳务收入与其付出不成正比。加之社会诚信缺失，医患关系日趋紧张，医患双方都难满意。上海国际医学中心从运营伊始便致力改变这种现状，一方面为顾客提供温馨和高水平的诊治和护理服务，本着谁受益谁埋单的原则支付费用，助力国家推行分级医疗政策，多渠道解决看病就医难问题，同时，为医护人员营造一个受到尊重、有尊严的工作平台，激发他们潜心诊治疾病、为顾客服务的主观能动性，实现以技养医，体现医务付出价值。

高端平台：多点执业的一块“实验田”

张澄宇常爱打比喻：如果把上海国际医学中心比作一个球场，上场踢球的至少是沪上球星，或者是国脚，甚至是国际球星。上海国际医学中心这座“超级医院”将汇聚知名医院的大牌医生。

当下已签约上海国际医学中心多点执业的近百名“明星”医师全部来自上海 8 家著名三级甲等医院具有学术优势、且有着市场、能盈利的专科，相关报批备案工作正在进行中。令张澄宇感到有底气且振奋的是，像上海瑞金医院的血液肿瘤科就是国家最高科技奖得主王振义院士领衔下的学术团队，上海仁济医院消化内科则是由我国著名消化疾病专家萧树东教授培养的团队。上海新华医院耳鼻咽喉-头颈外科主任吴皓教授、上海第九人民医院的整形外科主任李青峰教授、上海第一人民医院眼科主任许迅教授、上海长征医院骨科主任袁文教授等都是全国和上海的著名的专家，由这些顶尖科室的顶尖专家领衔的专家团队成员来到上海国际医学中心多点执业，保证了高端医疗服务的质量，也是乘势走出公立医院医师多点执业叫好不叫座的尴尬境地的一次难得的尝试与突破。

上海仁济医院副院长、泌尿外科主任黄翼然教授是公开赞成多点执业的业内人士之一。他表示已规划好仁济医院的泌尿外科专家在上海国际医学中心多点执业的安排。“我更希望，我们泌尿外科团队的一个个专业小组渗透进其他公立医院、社会医院，打出我们仁济医院的著名品牌。”

张澄宇说，上海国际医学中心本着先行先试的原则，率先在国内探索一条有序、有效的医师多点执业之路，使医生的价值在多点执业中得到弥补和体现。

高端合作：携手国内外医疗旅游

曾在第二军医大学附属长征医院当了 11 年半副院长的缪晓辉教授，如今担纲着上海国际医学中心医疗院长、大内科首席医师。他看好上海国际医学中心的发展前景。在他看来，2011 年 5 月《上海市医疗机构设置规划 2011—2015》提出，严格控制公立医疗机构开设特需医疗服务，鼓励有条件的公立医疗机构对特需床位实施剥离，以人员、品牌、技术等形式在两个医疗拓展区内与社会资本合作办医，对上海国际医学中心的未来无疑是个利好。“只要政府在规划的做法上承诺兑现，上海国际医学中心对高端医疗市场的服务定会越走越宽广。”

护理总监吴唯勤介绍说，医院配备了 3 名造口治疗师，做到了一个病区 19 张床位配备 19 名护士，ICU 则是 1 张床位配备 3 名护士，护士能与客户进行英语流利对话和解答问题。而在一些细节上，像对顾客进行抽血或静脉注射，我们会用表面麻醉剂涂抹后再消毒进针，减轻客户的疼痛；为顾客做 B 超，做到预热电极糊，做完 B 超递上温热小毛巾给顾客擦拭；对于顾客睡趟的检查床的“床笠”，做到了一人一换。“顾客是最终的裁判员，护理人员在医院担当了很大的责任。”

国家卫计委医政医管局不久前牵头召开会议。在这次会上，首次提出要发展国家旅游医疗、成立旅游医疗发展联盟的提议。张澄宇敏锐地意识到这对上海国际医学中心将是一个难得的发展契机。中国现在每年有十几万人到欧美治疗，尚不包括旅游体检，同时周边国家人群到我国就医旅游，如此巨大的“蛋糕”下潜伏着商机和医疗市场。

上海国际医学中心毗邻已快将建设好的上海迪士尼乐园、浦东航空港、深水港、自贸区和浦东奥特莱斯购物中心，以及新场、川沙等古镇，在地域上具备优势和条件为这些商旅人群提供适合他们消费习惯和就医体验的医疗服务产品。作为中国国际医疗旅游推动联盟委员会副主席的张澄宇透露，上海国际医学中心正在着手谋划与国外一流的医疗机构开展合作，实行互相之间的“转诊”，帮助顾客衔接国外的医生，治疗后回国疗养，并继续享受国外医院、医生的诊疗建议。同时，医院也提供可供多选的旅游医疗。

链接：

签约上海国际医学中心多点执业的医师团队

上海交通大学医学院旗下的附属瑞金医院血液肿瘤科、心内科、心脏外科；仁济医院消化内科、风湿免疫科、泌尿外科；新华医院耳鼻咽喉-头颈外科、皮肤科、眼科；第九人民医院整形外科、口腔科；第一人民医院眼科、妇产科；儿童医学中心儿内科；胸科医院胸外科、呼吸内科；以及第二军医大学附属长征医院骨科等。

（健康报社《中国卫生》2014 年第 5 期）

49 岁的沈晓明教授，头发已经开始花白。在接受记者采访时，他谦逊地说：“我半辈子只做了三件事：儿童铅中毒防治研究、新生儿听力筛查研究和儿童睡眠研究。”然而，就是这三项研究成果均获得了国家科技进步二等奖。

沈晓明：“我半辈子只做了三件事”

11 月 23 日，上海市东方医院南院，首届东方转化医学高峰论坛吸引了众多业内人士参加。论坛上，我国著名儿童保健学专家沈晓明教授作了题为《应重视从医学研究向卫生政策的转化研究》的演讲，博得了满堂彩。至此，2012 年沈晓明教授已在美国哈佛大学和国内就自己领衔完成的已经转化成预防策略和卫生政策的 3 项医学研究成果作了 13 场演讲。

儿童铅中毒研究推动全国范围内停止使用含铅汽油

还是在师从我国儿科学泰斗郭迪教授攻读博士学位期间的1989年，有一天，沈晓明为一群患有严重贫血症的儿童治疗，发现患儿均为铅中毒引起的病症。当时，我国还没有把铅中毒当作一个公共卫生威胁。

为了在儿童铅中毒防治领域深耕，沈晓明于1994年3月赴美国从事有关儿童铅中毒的博士后研究。在美期间，他从导师、纽约爱因斯坦医学院儿科学教授约翰·罗森的一份资料中得知，全美有300万～400万儿童受到环境铅污染的影响，铅毒性作用已经成为影响儿童生长发育的重要因素之一。那么，我国是否也存在儿童铅暴露的问题呢？两年后，沈晓明回国便一头扎进了铅对儿童生长发育影响及其预防的系列研究中。

据该课题的第二完成人、现任上海市环境与儿童健康重点实验室副主任颜崇淮教授回忆，沈晓明教授在设计课题时，独创性地把铅对学龄前儿童生长发育的影响和胎儿期铅暴露对婴儿发育的影响及其预防作为主要研究内容，并带领课题组深入上海5个区县、30所幼儿园和托儿所，对1 972名0～6岁的儿童进行了深入细致的调查研究。

“我们还在国内外首次建立了铅对幼鼠学习能力损害的动物模型，系统研究了铅对幼鼠学习记忆能力损害的神经生物化学机制和可能的药物预防措施；在国内首次发现钙剂和维生素C对铅毒性具有预防性的保护作用，首次报道被动吸烟是造成胎儿期及儿童铅暴露的危险因素。”谈起这项研究取得的成绩时，颜崇淮很是自豪。该研究推动了全国范围内停止使用含铅汽油，有效地干预了影响我国儿童智力发展的危险因素。

在这一研究已经完成，并已获得2000年国家科技进步二等奖之后的7年中，沈晓明带领着他的团队继续进行追踪研究，证实了上海市自1997年10月1日起实行汽油无铅化后10年，学龄前儿童血铅水平从1997年的37.8%下降到2007年的3.9%，下降幅度将近90%。这一数字有力地证实了，实行汽油无铅化有利于少年儿童的生长发育和身心健康。

新生儿听力筛查被列入《母婴保健法》在全国推广

当年在美国纽约爱因斯坦医学院从事博士后研究时，沈晓明就发现许多早期诊断出先天性耳聋并给予干预措施的儿童，能够在正常学校上学。

回国后，他抓紧时间和耳鼻喉科的专家以及言语治疗专家一起筹划，为建立一个听力筛选和早期干预系统而奔走呼吁。1998年，这项名为"新生儿听力筛查及干预"的研究正式开始运作了。

现任上海新华医院副院长、上海市儿童听力障碍诊治中心主任吴皓教授向记者介绍说，这一研究在国内外首次对新生儿期鼓室和外耳道的结构和生理特征的改变进行了观察，首先提出了符合我国国情的两期筛查的新方案，使得假阳性率进一步降低，转诊率下降90%，同时在国内首先建立了新生儿听力障碍早期诊断及综合干预的技术体系，使听力障碍新生儿在3个月内得到确诊，6个月内得到系统干预，从而实现"聋而不哑"。

沈晓明教授身先士卒，带领研究团队首次在一个特大型城市建立了新生儿听力障碍筛查、早期诊断和综合干预的规范化网络体系，查证了上海市新生儿听力障碍的发生率、分布情况和干预效果，使得这项研究成为迄今为止国际上筛查数量最多、筛查覆盖面最广的新生儿听力筛查项目。此后，他们还对新生儿听力障碍的流行病学资料进行了连续3年、多达225 793例样本的观察，筛查覆盖率达95%，为目前国际上样本量最大、覆盖率最高的新生儿听力筛查项目。

令团队每一位研究成员都振奋不已的是，研究成果经卫生部、全国残联推广应用后，不仅统一、规范了全国范围内的新生儿听力筛查技术、诊断标准和干预方法，而且把首次制定的我国《新生儿听力筛查的技术规范》列入了我国《母婴保健法》中的法定筛查项目。这些举措带来的效果无疑是明显的：开展此项研究前，上海有24所聋哑学校，到2012年只剩下了3所。

儿童睡眠研究真正实现"让孩子每天多睡一小时"

作为儿童保健学专家，沈晓明在比较自己的父亲和儿子后发现，中国人童年期的睡眠时间一代比一代少。社会的发展使得"日出而作，日落而息"的传统观念受到挑战，生活节奏加快、社会竞争激烈、娱乐活动增加和学业负担加重等原因，也使得越来越多的儿童难以享受"高枕无忧"的乐趣。从1999年开始，沈晓明又开始了儿童睡眠研究。

课题的第二完成人、擅长治疗儿童期睡眠障碍的江帆副教授说，这项研究是迄今为止规模最大的儿童睡眠多中心流行病学研究，囊括了9省市0～18岁的30 250名儿童，获得了一系列不同年龄段儿童睡眠时间、睡眠习惯、常见睡眠问题发生率等基础性数据，填补了我国儿童睡眠资料的空白。研究首次提出中国儿童睡眠不足已成为肥胖的高危因素，还在国际上率先提出慢性睡眠不足对儿童学习记忆功能的损伤具有隐匿性和不可逆性。

“睡眠不足造成的最大问题是影响孩子的智力发育。”沈晓明在研究中忧心忡忡地说，一个孩子的智商下降几分问题不大，但如果一个群体的智商都下降5分，影响就太大了。“现在，我国智商在70分以下的智障儿有600万，智商在130分以上的天才儿童也是600万。但如果儿童群体的智商平均下降5分，那么智障儿童就会增加到940万，而天才儿童就只剩下260万了。”

“考虑到短期内难以改变课业负担重的局面，改变上学时间或许是个适宜的方法。”沈晓明和他的团队于2007年在上海10所小学成功试点，促使上海市政府出台了关于推迟上海市中小学生到校时间以保证睡眠时间的政策。此后，上海市小学和初中的早晨上学时间从7时30分～7时45分分别调整到8时15分、8时整。2010年9月，教育部向全国各省市教育厅发布简报，介绍上海经验。2011年2月，教育部又在北京召开全国“减轻学生课业负担，保障儿童睡眠健康”座谈会，将上海的实施方案向全国推广，“让孩子每天多睡一小时”。

有凭有据的建议与毫不动摇的主张

“有凭有据的建议与毫不动摇的主张，改变了公共卫生政策和政府的行动。”我国著名免疫学家巴德年院士曾这样评价沈晓明的三项医学成果。沈晓明也认为，两者是相辅相成的：“没有研究数据的支持，主张一定软弱无力；如不坚持主张，则研究成果无法对大规模的人群产生真正的影响。

“转化医学从提出来的第一天开始，就不仅是一个临床医学的概念，同时还是一个预防医学的概念。可惜的是，它们在实施过程中没有得到应有的重视。事实上，卫生政策的改善对人类健康的促进作用远大于某一项单一医学技术的进步和某一种药物的发现。在转化医学蓬勃发展的今天，我们应该关注医学研究向预防策略和卫生政策的转化。只有这样，转化医学的潜能才能得到最大限度的发挥。”在首届东方转化医学高峰论坛上，沈晓明的这番话直击每一位听众的心坎。

（《健康报》2012年12月28日）

继去年5月获得“上海市十大杰出青年”称号、9月获得上海医务青年最高奖——“银蛇奖”一等奖之后，上海交通大学医学院附属上海儿童医学中心发育行为儿科研究室主任、儿童睡眠障碍诊治中心主任江帆又于今年5月3日荣获“中国青年五四奖章”。在接踵而来的荣誉面前，这位年轻的儿童睡眠研究专家仍只看重自己的责任：“睡眠对孩子来说太重要了，我盼着每个孩子都能‘睡饱’的那一天。”

江帆：盼着每个孩子都能“睡饱”

“好孩子是睡出来的，这话并非耸人听闻”

在一项持续十几年的课题中，江帆做了迄今为止规模最大的涵盖9省市、30 250名儿童的多中心流行病学研究，获得了一系列不同年龄段儿童睡眠时间、睡眠习惯、睡眠质量、常见睡眠问题发生率等基础性数据，不仅填补了我国儿童睡眠资料的空白，还首次提出了中国儿童睡眠不足已成肥胖高危因素的论断，并在国际上率先提出了慢性睡眠不足对儿童学习记忆功能的损伤具有隐匿性和不可逆性。

“我们在上海做了10个区县的儿童睡眠研究，结果发现睡眠时间小于9小时的孩子，其注意力、自觉性、同学关系等方面明显差于睡眠充足的孩子。好孩子是睡出来的，这话并非耸人听闻。”接受记者采访时，江帆严肃地说。江帆建议小学生，尤其是低年级学生每天要睡10小时，中学生则为9小时。

针对社会上的“择校热”，江帆曾在研究中将实验对象分成三组：第一组平时和周末都睡少于9小时，第二组的睡眠时间都在10小时以上，第三组则是平时睡不够，到周末补一到两个小时。结果出人意料，表现最糟糕的不是第一组，而是第三组。“睡眠是有个体差异的！”在补偿睡眠时间超过一小时的儿童中，睡眠质量不良的发生率高达33.8%。江帆认为，儿童补睡越多，提示他们日常睡眠不足的现象越严重，家长更应该保障他们平时的睡眠时间，而不是指望在休息日大睡特睡。

江帆新近又主持了一项针对上海市10所小学2 249名五年级学生的调查研究，发现平时与周末睡眠时间均充足（大于或等于10小时）的儿童只有234人，仅占总量的11.5%。“这意味着，上海市小学五年级学生中仅有一成孩子拥有充足的睡眠。”说起这些，江帆的语气显得沉重起来。

“让孩子每天多睡一个小时，这比择校重要得多。能让孩子多睡一个小时的学校就是好学校，小学的‘第一主课’应是睡觉，因为没有睡好就没有健康。”江帆说。这可不是空口说白话，她还拿出了很有说服力的证据。一项针对上海小学生的实验显示，睡眠时间少于9小时的孩子，在注意力、学习能力、学业成绩等各个方面的表现都明显差于睡眠充足的孩子，男生尤甚。

“考虑到短期内难以改变课业负担重的局面，所以改变上学时间或许是个适宜的好方法。”江帆的研究已经促使上海市政府出台关于推迟上海市中小学生到校时间以保证睡眠时间的政策。教育部还将上海的这一实施方案向全国推广，让孩子每天多睡一小时。

把引发“垃圾睡眠”的电子屏幕清除出卧室

躺在床头对着手机狂刷微博、微信，或抱着平板电脑大玩“保卫萝卜”，或把手机放在枕边追剧直至深夜，这是当下许多人的睡前状态。

英国睡眠委员会已把由于使用手机、计算机和电视等电子设备造成干扰而导致的低质量睡眠定义为“垃圾睡眠”。江帆说，“垃圾睡眠”已成为青少年面临的主要问题之一。《美国儿科学杂志》载文称，电子屏幕暴露与儿童孤独症、自闭症、多动症的发生都有关，在8～18岁的青少年中，患孤独症、多动症、自闭症等疾病的儿童，相比正常儿童接触电子游戏的时间明显要多。

人的睡眠可分为快动眼睡眠和非快动眼睡眠两种状态。其中，快动眼睡眠时期大脑活跃，做梦就出现在此时，而在非快动眼睡眠时期，人们能进入深睡眠。这两种状态交替出现在睡眠过程中，只有保持合适的睡眠节奏，才能保证高质量睡眠。而电子屏幕产生的人造光会抑制大脑松果体分泌褪黑素，后者的最大功能正是保证人体的睡眠节奏。

“对于儿童，国外的共识是晚上6时以后就尽量减少电子屏幕暴露，把电视机搬出卧室，每天接触各种电子媒体的时间应少于两小时。”江帆介绍说，“但现在的问题是，一到寒暑假，孩子们就犹如脱缰的野马，作息完全被打乱，日夜颠倒地打游戏、看电视。”

令江帆焦急的是，很多家长并没有意识到事情的严重性。2012年上海的一项大规模研究发现，与2005年相比，我国儿童卧室内有电视或电脑的比例分别从18.5%、18.3%上升至30.4%、26.1%。江帆分析说：“电子产品带来的‘光暴露’问题，不仅会抑制大脑分泌松果体素（一种有助睡眠的荷尔蒙），也会因为让孩子过度兴奋导致他们长时间停留在浅睡眠状态。”

做的每一件事，都要看看是不是对儿童健康有益

江帆从1993年开始接触医学，至今已有整整20个年头了。她说：“我有三个角色，首先是一位医生，一位普通的儿科医生，所以我每周都要在门诊看很多病人。同时，我也是一位老师，上海交大医学院的老师，要给学生讲课，带学生做研究。但我更是一名医学科研工作者，科研的舞台不仅在医院，更多是在社区、学校。我愿和我们的老师、家长联手，来守护我们孩子的健康。”

最初选择医学，江帆的想法很简单：学会给人看病，能治好别人的病。后来，她有幸受教于我国著名儿童保健专家沈晓明教授，第一次与沈教授见面就被他的一句话给深深震撼了。“老师说，如果你是一位好大夫，那你是会看好病的。如果你是一位更好的大夫，你就能看好一位病人。你看的就不仅仅是他的病，你还会关心他的心情，关心他的家人。但如果你是一位优秀的大夫、最棒的医生，你有可能看好整个社区、整个人群的疾病。”导师的话她铭记在心，并决心以此为理想，在心里装下整个她要关注的人群——儿童。

“对我们儿科医生来说，你做的每一件事，都要看看是不是对儿童健康有益。这才是真正的金标准。”即便现在已经担任上海儿童医学中心党委书记一职，江帆依然不忘初心。那间并不宽敞的小诊室，依然被她视作呵护花朵的园地，不惜在其中抛洒汗水。就算再忙，每周她都会抽出两个半天接待门诊的孩子。“小诊室是我联系儿童病人的桥梁和纽带，临床科研中不少独到的思路和创新的想法就来自于这里。”

“关心病人的心情，关心病人的家人”也是江帆历来坚持的原则。“我们这里，1/5的病床上躺着的都是重症患儿。有时家长不能随便进出重症监护室，一方面担心孩子的状况，一方面还要承担昂贵的费用，这种心理确实需要我们进行换位思考。通常，我们会想办法，在保证安全的情况下，让孩子的爸爸妈妈走进监护室看看孩子。这其实就是一种非常有效的沟通，尽管时间很短，却有效缓解了焦虑与紧张。”江帆说。

（《健康报》2014年5月23日）

同济大学附属上海市第一妇婴保健院院长段涛教授是全国三甲医院院长中的微信达人。同时身为中华医学会围产医学分会主任委员、上海妇产科学会主任委员的段涛说："有时太忙，太累，偶尔想偷懒休息，少写几篇。但是一想到有所期待的朋友们，看到大家的鼓励和支持，就又像打了鸡血，不睡觉也要把文章完成。"

段涛：做你所写的，写你所做的

2016 年 2 月 10 日大年初三，段涛在自己的微信公众号平台上，公布了他在 2015 年撰写的 111 篇文章的目录，主要分为三类：以"怀孕生孩子那些事"为主题的科普文章，以"院长日记"为主题的医院管理文章，以及一些抒发个人见地的文章。

在前言中，"敢于直言"和"精辟幽默"的段涛写道："时间飞快，每个月有 4 周，一年 48 周，每周两篇文章，雷打不动，比月经还准。一年当中，心情有好坏，情绪有波动，但文章质量有基本保证。好的文章您点个赞，转发一下；不好的文章欢迎吐槽，多提宝贵意见。别指望篇篇都是精品，G 点常在，高潮不常有，你懂的。"

当思考成为习惯，当创新成为常态时，写文章就会水到渠成

"提起自己开通个人微信公众号的原因，颇有一种'逼上梁山'的感觉。"段涛说，"开设微信公众号写文章是个偶然的决定，也是一个必然的选择。此事源于我对移动互联网和新媒体的关注。2014 年是移动互联网元年，我在医院要求大家利用好新媒体来打造医院、科室和医生们的品牌，提高知名度和美誉度。"提出用新媒体打造品牌后，便有同事提出要段涛先带头写。"好啊，Who 怕 Who，写就写。"于是，段涛便开通了自己的微信公众号"段涛大夫"，2014 年 4 月 3 日，他发布了第一篇文章《做回我自己》。从此一发不可收，每周两篇文章：周一写专业科普文章，即'怀孕生孩子那些事'；周三写'院长日记'，渐渐地形成了自己的文字风格。他希望在自己的平台上用"简单，不复杂；单纯，不繁乱"的方式"让更多的人，无论是同行还是患者"共同分享生活的经历和感悟，并且雷打不动，逢年过节也不停息。

段涛说：“有人问我，每周两篇文章是不是负担？当思考成为习惯，当创新成为常态时，写文章就会水到渠成，‘做你所写的，写你所做的’。”他曾在一篇“院长日记”中这样写道：“在移动互联网时代，只要你自媒体玩得好，可以很快成名，但是也可能很快被大家忘记，移动互联网时代的个人品牌不是每个人都能树立起来的。”在段涛看来，“单单有名气还不够，按照‘罗胖’的说法，还要‘有种，有料，有趣’。做个网络大V医生，单单这‘三有’还不够，最好还得加上另外的‘三有’：‘有温度，有情怀，有价值观’。”

在大众读者面前，必须理性地谈论问题

“怀孕生孩子那些事”的科普文章，段涛在2015年共写了52篇。他撰写的每一篇科普文章比写专业论文还要认真，做足功课，不仅要有数据，还要有科学依据。他说：“在大众读者面前，必须理性地谈论问题”。在《“怀孕生孩子那些事”之“你应该知道的概率”》一文中，段涛说：“人生无常，人生是由无数的偶然和概率构成的，连你来到这个世界都是偶然，是贡献给你一半基因的那个精子杀出重围，跑赢了另外2 000万～6 000万的精子，以极小的概率成就了你。医生做的很多工作就是减少我们发生不良事件的概率，就是work against odds（工作对抗偶然）。但很遗憾的是，很多的概率我们依旧逃不过，这就是所谓的命或者劫数（fate）。”

“产科是一个充满风险的血淋淋的学科，以前老一辈的说法是‘怀孕生孩子是一只脚踏进棺材里，生好的话这只脚可以拿出来；生不好的话，另外一只脚也会进去’。现在医学发达，让怀孕生孩子的风险降低了很多。但是风险依然存在，遗憾依旧会发生，医患双方应该是一个团队，来共同携手降低风险，而不是背道而驰。”

段涛在文章中非常详细地列举了国内外及上海地区的孕产妇死亡率、婴儿死亡率、自然流产概率、不孕症的概率、早产的概率、双胎的概率、出生缺陷的概率等等数据，以鲜活准确的事实告诉普通大众。特别是在生育二孩的当下，针对微信朋友圈里转发量很大的“剖宫产后生二胎”“让子宫有疤痕的女性朋友心惊胆战”的猎奇文章，段涛在微信公众号平台中明确指出其谬误，并提出三点意见：

一是切口妊娠导致子宫自发破裂的案例是有，但是罕见，中国年分娩量超过1 700万，其中大约一半的人做剖宫产。二胎怀孕的人有一半的人是疤

痕子宫，出现几例的切口妊娠的自发性子宫破裂很正常。

二是孕囊种植在切口部位并不等于一定会发生植入（绝大多数不会植入），发生植入，绝大部分也不会导致自发性的子宫破裂。随着子宫的增大，大多数胎盘会逐渐长上去并离开切口。

三是发现孕囊种植在切口，首先要问的问题是孕妇想不想生这个孩子，想的话在告知风险和注意事项的前提下完全可以继续妊娠，要注意超声随访。如果是不要这个孩子，反而麻烦，反而可怕，反而要事先做好很多的准备才能刮宫。

段涛这些有理有据、科学专业的文章，让不少准备生育二孩的女性放下心来。

成功的前提是首先要学会和别人一样，对于年轻医生来讲，更重要的是打基础

在医疗圈，段涛被公认为是最具“互联网思维”的公立医院院长之一。他的“院长日记”最有影响的要数2014年6月25日发布的“自白书”《院长日记——我承认我不是好医生》，立即引起众多网友的转发。

段涛说自己是一位“三开”教授，每天忙着开会、开刀、开车。这三者中，最让他困扰的是每天都有大大小小各种会议，占用了很多时间。有时还会“临时”被要求参加一些重要会议，只好暂停门诊或是让同事代诊。

“其实，每次停诊都会让我内疚，因为我知道这对一些患者来说十分不公平。他们可能是从外地长途跋涉赶过来的，可能是预约了很久才终于挂上了我的门诊号。在面对紧急情况无法替患者看病时，我有两种办法。一是事先和病人电话沟通，对那些定期看诊的病人，我会安排别的医生替她们看病，但仍然会存在一些病人无法理解。我曾经遇到一位病人，他是我一个熟识的朋友。在最后一次来看我的门诊时他告诉我：‘下次再也不来你这看病了，我预约了4次就这一次见到了你！’对这些病人，我始终心怀歉疚。”段涛做医生20多年，在副院长岗位上工作了8年、在院长岗位上如今也工作了8年，“我被病人和病人家属骂过，也被病人家属打过，我依旧没有失望，依旧在这个世界深情地活着，做着医生，继续去帮助那些有需要的人。”

近两年玩自媒体，开通微信公众号平台，他逐渐树立自己的互联网思

维、建立了属于自己的独特的“个人品牌”，他说“其前提是必须做到技术好、有特色、服务好，要有真才实学的本领”。段涛在主持医院行政管理的同时，时时不忘对年轻医生的培养。段涛在微信公众号里，先后与年轻医生分享了《年轻医生的职业生涯规划》《优秀科主任的标准》《产科好医生的标准》《学科带头人的标准》和《学科骨干的“5个一”标准》等多篇文章。

他在《院长日记——致年轻医生的一封信》中说：“成功学是没有用的，没有人是学了成功学才成功的，成功学教你的往往是一些‘正确的废话’。很多道理听起来很有道理，但是道理最后难免沦为‘心灵鸡汤’，然后就没有然后了。”

“对于一个普通的年轻医生来讲，你不需要去听大道理，去看成功学，你首先要做的是真正了解你是谁？你想做什么？你能做什么？你不能做什么？想明白以后，接下来唯一能做的就是坚持。”“成功的前提是首先要学会和别人一样，对于年轻医生来讲，更重要的是打基础，标准化，因为基础不牢，地动山摇。医学关乎人的生命，容不得丝毫马虎；打好基础的同时，要学会和别人不一样，创新是保证你和别人不一样的不二法宝。”

最后，段涛还推心置腹地对年轻医生说：“让你成功的另外两个关键词是Collaboration（合作）与Sharing（分享），现代医学已经超越了单打独斗的年代，现在需要的是Teamwork（团队合作）是分享，靠保守成不了大器，一个人的胸怀有多大，TA的舞台就会有多大。分享痛苦，痛苦减半；分享幸福，幸福加倍；分享知识，知识的力量无限。”

（《健康报》2016年2月19日）

近日，在新浪微博和微信公众号上写科普文章、写“院长日记”的同济大学附属上海市第一妇婴保健院原院长段涛入选“2016十大影响力医疗大V”。不过，他说自己“最喜欢的还是‘段医生’和‘段教授’”，最乐意的还是“写你所思的，做你所爱的，开心就好”。

在过去的2016年，段涛教授在新浪微博和微信公众号上共发表123篇文章，其中55篇是“怀孕生孩子那些事”，49篇是“院长日记”，并因此入选“2016十大影响力医疗大V”。

段涛：写你所思，做你所爱

“有满意的员工，才会有满意的服务”

作为院长的段涛对医院职工的关心非同一般。在《有满意的员工才会有满意的服务》这篇发在微信公众号上的文章中，他明确提出“一切以员工为中心”。“大家都在讲医院要‘以患者为中心’，也都在进行患者满意度调研，希望通过改善管理和服务流程，提高患者的满意度，但是提‘一切以员工为中心’，进行员工满意度调研并进行整改的医院还真不多。在一妇婴，我们是这么提的，也正在这么做。”

之所以要这么做，段涛表示：“如果一线的医护人员不满意，不开心，很难真正做到发自内心的‘以患者为中心’，即使短期做得到，也无法可持续。”“有满意的员工，才会有满意的服务。”

那么，院长怎么做，员工才会满意？段涛提出了“3E”的做法，即 Enrich“赋钱”、Empower“赋权”和 Enable“赋能”。段涛解释说：“Enrich‘赋钱’也就是说要照顾好员工的利益，得在政策允许的前提下，在预算合理的前提下，多给员工发钱。”

他经常在不同的场合下表明医院薪酬分配的原则——要照顾好小医生的利益，要照顾好护士的利益。“小医生和小护士是别人家的孩子，也是我们自己家的孩子，不能亏待他们，不然的话谁还会去学医？谁还愿意在这么艰苦的环境下坚守？谁还愿意这么辛苦的值夜班翻三班？”为此，段涛要求“医院给小医生和护士的待遇高于同行的平均水平”。

照顾了小医生和护士，大医生怎么办？“我们的原则是按照绩效考核分配，多劳多得，优劳优得。另外还要给专家额外的空间，在完成医院本职工作的前提下，给专家们多点执业的机会，让专家可以公开透明合理合法地去获取应得的收入。”段涛如是说。

“如果你问住院医生有什么最大愿望的话，肯定是少写病史”

段涛在微信公众号上发的一些有着独特思考的文章，常常能在医务界引起共鸣。“了解我的朋友都知道，我是不喜欢、不习惯、也不太会做领导的，最近突然有了想做一天国家某卫生行政部门领导的冲动。要求不高，就做一天，在这位置上我啥事都不做，就只做一件事，发布一个红头文件以后就立马辞职。这个文件的主要精神就是要简化病史写作，把时间还给医生，把医生还给病人。"这是段涛在一篇《强烈呼吁简化病史》的文章里说的。

段涛表示，"写病史的传统来自西医，但是让人很奇怪的是，在国外很简单明了的病史到了中国就变了味，变得越来越复杂、越来越八股、越来越长。本来是很简单、诊断很明确的一个病，按照复杂的病史写作要求去写的话，要写一大堆的套话和废话，结果要看半天才明白这是个什么病、是怎么回事。"

让段涛难以接受的是，"现在的病史书写有很多的教条规定，例如除了诊断以外，一定要有鉴别诊断，不写鉴别诊断就要扣分。"他提到自己见到的最奇葩的例子是关于"左手食指切断"的鉴别诊断：住院医生实在想不出如何进行鉴别诊断，就写道"患者的右手食指是好的，所以被切断的是左手食指"。

段涛指出："多数的病例是诊断明确，有明确的治疗方案的，病史应该是标准化、结构化、电子化的，应该是以客观病史为主的，不应该有太多的主观病史内容。我们现在的病史制度让病史承载了太多它不应该承载的东西，我们太想在一份病史中体现太多的内容，反而把病史搞得太复杂，让其丧失了最基本的临床功能。"

段涛并不否认历史上病历书写曾起到的重要作用，"'协和三宝'之一就是病史，那个年代除了教科书以外没有什么参考资料，也没有像现在这么多的学术杂志，那个年代的病史的确在医生的培养中起了很重要的作用。"不过，他表示，"现在时代不同了，我们有了各种各样的现代化手段和方式来培养年轻医生，包括临床研究、病例个案报道、手术录像、技能培训、模拟实训等。是时候让病史回归到其最简单、最原始的功能了，是时候废除这些不必要的病史八股了，是时候向国外学习采用简单明了的表格式病史了！"

"如果你问住院医生有什么最大愿望的话，肯定是少写病史。"段涛还掏心窝地说，"在我做住院医生的时候，经常是把病史写得简单明了，医务科长找我谈话，对我的批评是：人小，字大，太简单！那时候我就想，万一哪一天我做了院长，我一定要简化病史！让医生不要当'作家'，让医生花更多的时间去看门诊、做手术，和病人沟通。"

让段涛不满的还有"三级查房制度","这本来是个教学相长的好事情,是针对疑难危重病例的,但是我们扩大到所有的病例。要求对每一个病人,哪怕是简单的阑尾炎、正常分娩都要有主任、主治医生和住院医生的三级查房"。

"如果我们还用传统方式去和他们沟通,那就是'不在一个频道上'"

作为妇产科大夫,段涛非常注重与患者的沟通。他说:"对于妇产科医院而言,我们的服务对象中有75%以上是小于45岁的女性,34岁以下的女性则大概超过了50%。这个群体是所谓的'移动互联网一代',使用移动互联网和社交媒体已经是他们日常生活的一部分,如果我们还用传统方式去和他们沟通,那就是'不在一个频道上',沟通效果基本不会好。"

据了解,在如今社交媒体打开比例普遍下降的形势下,段涛的微博和微信文章点阅率依旧居高不下,始终保持在5位数,是公众号文章平均打开率的2~3倍,而且文章的转发量也相当可观。段涛说:"网络上流行一个新概念叫做'国民总时间'(Gross National Time,简称GNT),即每个人每天花在互联网上的时间基本是恒定的,如果一个人停留在某个公众号的时间长了,那么他在其他公众号上的时间相应地就会减少。因此,探索用其他的方式延长用户的停留时间,我一直在认真思考着。"

展望2017,段涛说,他的团队要做三件重要的事情:人工智能,视频直播,以及音频。"我的微信公众账号就是人工智能的产品,大家可以在里边提问,只要是关于怀孕、生孩子的问题,人工智能回答的匹配度可以高达92%~93%。"

对于为什么要做视频、音频?段涛说,"因为阅读需要满足一定的前提,首先读者要具备一定的阅读理解能力;第二,他得有时间把一篇文章看完。视频则不一样,文盲也可以看得懂、听得懂。而音频相比视频更胜一筹,它可以解放人的眼球,用户可以一边听音频,一边做其他的事情而不受到影响。"

(《健康报》2017年2月3日)

近日,由上海市卫生计生委联合市政府新闻办、市网信办开展的首届

"上海市十大健康微信公众号"推选结果发布，"段涛大夫"微信公众号荣登榜首。自2014年开通微信公众号以来，同济大学附属上海市第一妇婴保健院原院长段涛教授共计写了500多篇原创文章，圈粉37万。那么，段涛的文章为何如此受青睐？卸任院长之后，他又有哪些新动作？透过"段涛大夫"微信公众号的一些文章，我们可以管窥一二。

段涛：没有诀窍，只有坚持与坚守

"明确了想做的事情，先开始，然后一根筋地坚持与坚守"

——产房是365天不打烊的人生大舞台，每天有演不完的喜剧、正剧、闹剧，甚至悲剧。在这里工作，你得有牛一样的身体，猪一样的胃口，猫一样的敏捷，狗一样的嗅觉，还得有铁打的神经。经得起，熬得住，拿得起，放得下，这样你才能活得不悲催，虽然过着最苦的日子，依然可以怀揣着最牛的梦想。此处可能会有泪水，此处应该有掌声！

——临产宫缩是规律性的腹部阵痛，阵痛的时候腹部会硬起来，阵痛结束后腹部又会放松，部分人会伴有腰酸。有时候生理性的假宫缩和真正临产的宫缩会难以区分，我总结了一个办法可以帮助你来判断真假宫缩：三个"越来越"，真正临产宫缩的特点是宫缩持续时间越来越长，间隔时间越来越短，阵痛程度越来越强。达到这三个"越来越"标准以后，你就可以准备去医院了。

……

这些妙趣横生、金句不断的话语在微信公众号"段涛大夫"里可信手拈来。段涛教授以每周3篇高质量的文章充实"段涛大夫"，其中2篇为科普《怀孕生孩子那些事》，1篇为《院长日记》。

2017年11月，段涛教授把亦庄亦谐的孕产科普文章汇集出了一本新书——《听段涛聊孕事》(由人民卫生出版社出版)。

段涛说，备孕有很多未知，怀孕有很大的不确定性，生孩子是一个惊险刺激又让人期待的旅程。在《听段涛聊孕事》这本书里，段涛凭借30多年临床积淀的总结，几乎写尽了准妈妈可能面对的各种问题，不仅能给普通患者通俗易懂的指导，也能够给临床工作者一些启迪。

譬如，对于孕初期出现的“见红”后是否需要保胎一事，段涛的回答是：“长期卧床保不了胎。”在《听段涛聊孕事》一书，段涛对此有明确的阐释：

“保胎是中国特色，在国外没有保胎这一说法，像在国外保胎绝对不会让你卧床的……在教科书里面已经开始把卧床休息这个词去掉了，因为卧床休息其实是没有效果的。

“我曾经见过最离谱的妈妈，从她女儿怀孕的第一天起，就让女儿吃喝拉撒都在床上，后来她女儿整个双下肢的肌肉都萎缩掉了。

“只是少数个别的情况是需要去保胎，但保胎不是躺在床上不动，不是天天用孕激素……我们国内所说的保胎，第一是没有必要的，第二是过度的，第三非但没好处可能有坏处的。究竟要不要保胎，还需要靠谱的医生帮你做合理的判断。”

在妇产领域，段涛享有盛誉，头衔也颇多。对于受大家青睐的“段涛大夫”微信公众号，段涛说：“没有诀窍，只有坚持与坚守，明确了想做的事情，先开始，然后一根筋地坚持与坚守下去。”

“驱动我创业的，不仅仅是梦想和情怀，更多的是责任感”

如今的段涛除了产科专家、医院管理者的身份外，还多了一个跨界融合创业者的称谓。2017 年 6 月 2 日，他在“段涛大夫”微信公众号上正式宣布创业，将打造一个涵盖医院集团、医疗管理输出、医生培训、科学研究以及创新中心在内的医学“混合体”。

为什么要开始这样的创业？段涛说，“驱动我创业的，不仅仅是梦想和情怀，更多的是责任感”。

开启创业之路的段涛表示，自己依然是一妇婴的人，还会在一妇婴看门诊、做手术，也会在同济大学做教授、带学生、做科研。2017 年 12 月，段涛还出任了国内首只妇幼健康基金合伙人。段涛表示，基金的成立，将有助于更好地满足妇幼领域尚未能满足的医疗健康需求。

从公立医院院长，到创业者，再到投资人，每一次的身份变化，也都为段涛引来各种关注与质疑。在最近的《创业日记》中，段涛回应道：“你得要有一些执念，有了执念你才会坚持与坚守，才会不着急，因为你对自我的能力有正确的判断；才会不害怕，因为你对未来的结果会有合理的预期。"

（《健康报》2018 年 2 月 9 日）

赵立平：把自己当成科研的"小白鼠"

日前，上海交通大学——完美（中国）微生态健康联合研究中心在上海交大生命科学技术学院揭牌成立。当中心主任赵立平迈着轻松的步子走上讲坛致辞时，掌声四起。与会者赞叹的是，他的身材由原先的超重肥胖，经过自己所做的肠道菌群调理，现已完全恢复了"苗条"。

"带来一股清新的空气"

如今的赵立平虽说已 50 开外，腹部却没有隆起的肚腩。173 厘米的个头，体重控制在 72 公斤左右，可谓匀称得体。谁能想到，原先他是个腰围 115 厘米、体重 90 多公斤、满身赘肉的大胖子。

肥胖了，赵立平开始琢磨怎样减肥。他试过节食和跑步，也翻遍了中外人士编撰的减肥书，最终发现低卡路里饮食和积极锻炼对他几乎没有用处。

2004 年，研究人体内微生物菌群与健康关系的赵立平读到华盛顿大学医学院微生物学家杰夫戈登的一篇论文，说他们在小鼠实验中发现了肥胖跟肠道微生物的联系。"这种联系是否可以在我身上验证一下呢?"赵立平决定先把自己当成科研的"小白鼠"。

2005 年，赵立平根据中医理念，首先改变食谱，多吃全谷类主食以及海带、芥蓝、山药、苦瓜等蔬菜，在两年内让体重减轻了 20 多公斤，其血压、心率和胆固醇水平也降到正常范围。与此同时，他持续监测自己的肠道微生物，发现有一种具备抗炎特性的细菌明显增加，从最初基本找不到，渐渐占到了肠道细菌总数的 14.5％。

2010 年 9 月，赵立平应邀参加了在美国举行的人类微生物组大会。美国华盛顿大学基因组研究所副主任乔治・温斯托克评价说："赵立平带来了一股清新的空气。令人耳目一新的是，他是以一种置身事外的、客观的、科学的方式来呈现他的研究发现。"

2012 年 6 月，连同瘦身前后的对比照片，美国《科学》杂志以《我和我的微生物组》为题，刊文讲述了赵立平将中医药和肠道微生物研究相结合来对抗肥胖的故事。一位中国科学家登上世界顶级《科学》杂志，不仅因为他的研究领域正符合当期杂志的封面主题——微生物组学，更因为他勇于把自己当成“小白鼠”的献身精神。

发现肥胖的一种致病菌

赵立平拿自己做实验后，于 2009 年在山西太原开始了首次临床实验，很快召集了 123 名单纯性肥胖的志愿者，结果 93%完成实验的参与者体重减轻约 7 公斤，同时肠道中的产毒细菌减少，有益菌增多。

赵立平还选择了一名体重 175 公斤的男性胖友，试图从他身上探索肥胖的致病菌。在进行营养干预前，这名肥胖者肠道内最优势的菌群是阴沟肠杆菌。但干预 4 周后，这种细菌几乎检测不到了。赵立平怀疑阴沟肠杆菌可能就是引发这名患者炎症和代谢紊乱的元凶，便将这种细菌从他的肠道里分离出来，接种到无菌鼠体内，同时喂以高脂饲料，结果证实了阴沟肠杆菌是第一个被发现的可导致肥胖与代谢紊乱的肠道细菌。

这项研究具有开创性意义：它为鉴定更多地参与肥胖和代谢紊乱发生、发展的肠道细菌奠定了基础，同时也建立起一种新的肥胖模型，可用于药物筛选、疗效评价和机理研究等诸多方面。赵立平团队有关细菌导致肥胖的研究论文于 2012 年 12 月 13 日在世界微生物生态学领域的顶级学术期刊《国际微生物生态学会会刊》上发表，得到了国际学术界的广泛关注。

脑子里装的全都是“肠道菌群”

人体内 90%的细胞是共生微生物的细胞。共生细菌大部分生活在肠道里，重量大约为 1.5 千克。关键问题是，这些细菌的代谢物会进入人的血液，影响人的健康。

今年 7 月 16 日，赵立平团队和中科院上海生命科学研究院营养科学研究所的刘勇团队、国家人类基因组南方研究中心的赵国屏团队，历时 4 年时间合作完成的一项“终身节食对小鼠肠道菌群结构的影响”研究论文，发表在《自然 · 通讯》杂志上。研究显示，终身节食的小鼠能带来健康与长寿，为中国传统养生观念之一的“饭吃七分饱”作了科学佐证，也为在人群中开展健康膳食干预提供了良好的借鉴。

在取得“终身节食对小鼠肠道菌群结构的影响”基础研究成果后，赵立平团队下一步将开展临床实验，在人群中开展以肠道菌群为靶点的膳食干预研究，期望获得个体肠道菌群的结构、菌群是否产生毒素、毒素是否影响健康等方面的数据，通过调节饮食个性化地改善每个人的健康水平。同时，进一步探索营养如何通过改变肠道菌群从而影响代谢性疾病的发生和发展。

赵立平说：“现在，我脑子里装的全都是‘肠道菌群’。心无旁骛地在未知的世界里探索，成了我最大的快乐！”瘦身成功后的赵立平，依然保持着多吃全粮、多吃素、少吃肉、七分饱的习惯。他在他发出的每一封电子邮件的末尾都写有这样一句话：“身材匀称，饮食适度，活得长寿，走得迅速。”他用这16个字来提醒自己，也勉励同仁和他的学生。

（《健康报》2013年8月9日）

2016年7月，由中国女医师协会、《瞭望中国》杂志社共同主办的首届“中国最美女医师”评选揭晓，上海交通大学医学院附属瑞金医院血液科副主任、上海血液学研究所副所长赵维莅教授当选为首届“中国最美女医师”。在患者心里，赵维莅正是这样一位医术与美貌并存的女医生。

赵维莅：处处为病人着想才“最美”

“每当听到她宽慰的话，我心里总是暖暖的”

上海瑞金医院消化科病房有一位50多岁的淋巴瘤男性患者，点名要赵维莅前去会诊。赵维莅根据他的胃黏膜相关边缘区淋巴瘤病情，建议进行“规范的靶向药加化疗药联合治疗”，然而患者并不愿意治疗。深入了解“真相”后才知道，患者的太太患肝癌刚刚离去，儿子也患了肝癌，他想待自己病情稳定以后，去照料自己的儿子。

赵维莅说：“点名要求会诊，定了‘联合标准剂量’方案，却又拒绝治疗。这样的病人并非不可理喻，他们必定有自己的原因。”于是，赵维莅又重新给他制定了“温和”的治疗方案，即采用小剂量化疗药物，使病人的病情能够稳定控制。

还有一位患肠道淋巴瘤、生性比较胆小的老先生，他已经在别的病区进行了一段时间的姑息治疗，“想听侬讲几句”，老先生想听听赵维莅安慰他的甜美声音。而赵维莅也总是忙里偷闲或走到他的病床边俯下身子说上几句，或打通患者的手机，在电话里安慰他，要他好好配合治疗。在老先生最后的人生里，赵维莅细致入微的安抚，一直陪伴着老先生走完了最后一段路。

今年 1 月 18 日，上海《新民晚报》刊出了读者陈新根的来信。信中说：“去年初，我因患恶性细胞淋巴瘤住进瑞金医院血液科。住院期间，赵维莅医生每天早晚两次到我病床前询问病情，鼓励我要有战胜病魔的信心，并详细告知着治疗方案。‘你的病会慢慢好起来的。’每当听到她这句宽慰的话，我心里总是暖暖的。”

陈新根在信中还说：“在化疗过程中，赵维莅医生处处为我着想，开始几次用自费的进口药；当病情稍有好转，她便建议改用国产药，既达到同样效果，又节省了几万元钱。我与家属多次暗暗给她送礼品、礼金，但都被她婉拒。她笑说：‘医生、病人是一家人嘛，给病人治疗是我的责任’。”

数年来，赵维莅就是始终用这种淡定从容、温暖可爱的姿态服务着每一位淋巴瘤患者。她说：“医生给病人的第一面印象固然重要，所谓‘最美女医师’，外表如何在其次，关键是心灵的美，在规范化、个体化治疗医术上的美，处处为病人着想的美。”

“我把目光聚集在全球十大高发肿瘤之一的恶性淋巴瘤上”

赵维莅出生于医学世家，父亲从事中医，母亲是儿科医生，从小耳濡目染，她觉得做医生是一份被大多数人需要、很有成就感的职业，像天使一样给人以温暖和希望。1991 年，赵维莅以优异成绩考入上海第二医科大学（现上海交通大学医学院）七年制英文班，毕业后留在了附属瑞金医院血液科，师从王振义院士和沈志祥教授等老一辈血液学专家。

2001 年年底，赵维莅在陈赛娟、陈竺两位院士的推荐下，前往法国巴黎第七大学圣路易医院接受中法联合博士项目的培养，师从中国陈赛娟院士和法国安妮・简宁教授。临行前，赵维莅记住了陈赛娟老师“要有自己的创新”话语，“于是，我把目光聚集在了全球十大高发肿瘤之一的恶性淋巴瘤上。”赵维莅说。

在简宁教授的指导下，赵维莅率先在国际上阐明肿瘤细胞凋亡相关基因 Bcl－xL 与淋巴瘤患者预后的关系。最后，出国前仅有很浅法语基础的赵维莅，用法语完成了博士论文答辩。2003 年年底，赵维莅按期回到上海瑞金医院后，组建了一支年轻的淋巴瘤亚专科团队，逐步建立起淋巴瘤诊治的规范化创新体系，先后发现了多个与淋巴瘤患者化疗耐药复发相关的分子标志，并找到了有用的靶向药物，接着连续在《血液》《白血病》等血液学领域的顶级学术杂志上，发表了 4 篇研究成果的论文。

2006 年赵维莅获得了上海交通大学医学院“优秀青年教师”的称号，2007 年破格晋升为上海交通大学医学院博士生导师，2008 年被法国巴黎第七大学任命为博士生导师。

通过不断的努力和坚持，赵维莅带领着团队优化了淋巴瘤的治疗方案，使淋巴瘤整合学科成为瑞金医院血液科的新标杆，还联合来自我国血液、肿瘤临床多中心研究机构中的 17 家医院，使恶性淋巴瘤患者的长期生存率从 40％提高到了 80％。

2015 年 7 月 20 日，国际著名刊物《自然遗传学》杂志发表了由陈赛娟院士、陈竺院士和赵维莅教授为共同通讯作者的论文，论文刊发了淋巴瘤发病原理和临床预后研究方面获得的重要标志性成果。这项研究利用第二代测序技术对 25 例自然杀伤/T 细胞淋巴瘤（NKTCL）进行了全外显子组测序，解读了基因组中基因编码区域的信息，并通过多中心研究机构平台，在扩大的 80 名 NKTCL 患者样本中进行了全面验证。

这一研究结果使 NKTCL 临床预后判断分层更为清晰和严谨，并为该病的分层精准治疗提供潜在的靶点，这对于推动深入了解 NKTCL 的发病机制，促使开发出针对这种淋巴瘤的精准预后诊断及治疗方法具有重要的意义。同时也表明，中国科学家在淋巴瘤研究领域已经跻身于世界一流行列，并为推动淋巴瘤转化医学的发展做出了重要贡献。

“医生的‘感恩’之心一刻都不能忘”

今年 43 岁的赵维莅迅速成长，很快成为上海瑞金医院血液科和上海血液学研究所的骨干力量。近几年，她先后荣获全国卫生系统先进工作者、上海市三八红旗手、上海市五四青年奖章等荣誉，她领衔的研究团队的研究成果还获得了上海市五一巾帼创新奖。

面对纷至沓来的各种荣誉和奖状，面对上海血液学研究所将在2017年迎来建所30周年，赵维莅说："我的想法比较简单，一是感恩，二是传承。"

"我很感谢王振义院士和沈志祥教授传授给我的大量临床经验，感谢陈竺院士和陈赛娟院士悉心指导的科研转化本领。我还要特别感谢我的患者们，医生临床治疗的点滴进步离不开患者，医生的'感恩'之心一刻都不能忘。

"对于一个晚辈和后生来说，只有好好学习与传承上海血液学研究所的科学精神、人文情怀，并为之努力付出和创新，才能永葆上海血液学研究所这棵参天大树在世界医学之林常绿常青，我愿为跻身世界的上海血液学研究所奉献毕生的精力！"

国家最高科技奖得主、中国工程院院士王振义教授有一句名言："要处理好医患关系，医生在加强人文修养的前提下，首先要对病人亮出你的本事来。只有医生的治疗技术过硬、服务态度和蔼，才能受到病人拥戴。当然，我们也希望病人能多体谅医生、尊重医生的劳动、清楚医学的局限。只有互相了解、相互理解，医患关系才能和谐。"赵维莅说："多年来，我把王振义老师'治疗技术过硬、服务态度和蔼'的话语记在心里，并落实在行动上。"

"如今王振义老师已92岁高龄了，现在仍坚持每周的3个上午，到设在上海瑞金医院内的上海血液学研究所工作半天，而且每周四上午雷打不动地进行由他主讲的教学查房。用他自己的话来说，这是学生对他进行'开卷考试'。"赵维莅说："王振义老师精彩的教学查房活动使我们每个学生都十分受用。对我来说，王老师对恶性淋巴瘤的真知灼见也使我深受启发。"

赵维莅说，每年9月15日是世界淋巴瘤宣传日。近年来，全球范围内恶性淋巴瘤的发病率以每年3%～4%的速度递增，是发病率增长最快的血液系统肿瘤。据全国肿瘤登记中心发布的最新统计数据显示：2015年我国淋巴瘤新增病例发病率为88.2/10万，其致死率为52.1/10万。淋巴瘤已成为我国发病率上升速度最快的肿瘤疾病之一，目前发病年龄已呈"两极化"趋势，免疫力低下的青少年和老年人成为淋巴瘤的主要袭击对象。

"淋巴瘤只要规范治疗，并非绝症。对于淋巴瘤这种免疫系统疾病，可通过作息规律、饮食健康、放松心情、锻炼身体、增强体质，以及远离有害化学物品，尤其是远离装修的甲醛和苯污染来预防，特别建议16岁以下儿童和青少年尽量避免长时间使用手机和电脑。另外，还要密切注意身体浅表肿大淋巴结的变化，如家族成员中有类似疾病患者更应高度警惕。”赵维莅说。

（《健康报》2016年11月4日）

中国福利会国际和平妇幼保健院原院长程利南退休后没有闲着，除了撰写医学科普文章外，就是在网络上继续开设她的《程利南医生的博客-人生和生人的故事》，普及生殖健康知识，宣传积极向上的生活态度。截至2017年10月，她共发表博文400多篇，阅读量高达110多万人次。尽管已经获得英国皇家妇产科学院的荣誉院士、第四届妇产科好医生-林巧稚杯奖等多项殊荣，程利南却并不满足。她说：“我觉得我还没有做够，下辈子我还要做一名妇产科医生。”

程利南：下辈子还要做妇产科医生

“草原上的贫穷、落后与牧民们的爱护、信任，培养了我作为一名医生的基本素质”

1968年秋天，19岁的程利南和一批南京知识青年响应毛主席“上山下乡”的号召，满怀激情地来到内蒙古鄂尔多斯大草原插队落户。

“没想到，当医生的妈妈在我行装里准备的一本《农村医生手册》和一些常用药品，竟然使我被牧民们推选为大队的赤脚医生。”如今已69岁的程利南回忆说。

“记得就在那年寒冬的一个晚上，一位牧民产妇临产。按照当地的风俗，她要直接躺在冰凉的沙土上。我当时还不知道怎样为她接生，只是凭着感觉，坚持让其家属把沙土放在大铁锅内加热，一是至少可以消毒，二来还可以让产妇不至于太冷。就这样经过一整夜的折腾，孩子终于降生了。”

程利南说:“第一次目睹生孩子的全过程,也耳闻这位牧民产妇饱受的痛苦,这件事深深地震撼了我的心灵,我当时就萌发了一个念头:如果将来有可能,我一定要成为一名妇产科医生。”

在鄂尔多斯草原的整整4年中,程利南仅仅回上海探亲一次,她几乎把所有的时间都花在了学习接生的技术上。在程利南看来,是草原上的贫穷、落后与牧民们的爱护、信任,培养了她作为一名医生的基本素质:责任心、同情心和使命感。

1975年,程利南从江西医学院毕业,因品学兼优留校工作,根据成绩,她可以优先选择专业,但程利南毫不犹豫地填写了“妇产科”专业,成了同届留校毕业生中唯一选择留在教学医院“妇产科”工作的工农兵学员。

在“妇产科”工作的两年里,程利南只有上班时间,没有下班时间,经常是睡在产房边上,如饥似渴地学习着知识,很快她便成为科里第一个单独值班的年轻医生。不久,一个“不允许工农兵学员在教学医院临床工作”的规定,使程利南从刚刚实现理想的兴奋中,一下子掉进了“下岗或转岗”的尴尬处境。

为了实现能继续从事妇产科临床工作的梦想,程利南于1979年考入了上海医科大学攻读硕士学位,师从著名的妇产科、计划生育专家周毓芬教授。

“我喜欢医生这个工作,这是一项伟大的事业”

程利南攻读硕士3年的研究课题是“前列腺素抗早孕”。为了掌握药物流产的全过程,她甚至连续几天住在病房里,陪在药流妇女身边,仔细观察用药后的反应。终于她与导师一起首先建立了“前列腺素合并丙睾6小时抗早孕常规”,使药物抗早孕能在门诊应用,为此,她受到国家计生委“六五科技攻关项目”的表彰。

1991年1月1日,经周毓芬教授推荐,已经是上海医科大学妇产科副教授的程利南得到英国皇家学会资助,到爱丁堡大学妇产科进修,师从世界著名妇产科专家Baird教授。

在导师的帮助下,她完成了世界卫生组织课题“抗孕激素药RU486抗早孕机理研究”,实验结果得到世界卫生组织专家们的高度评价,被认为是RU486机理研究中的一大突破。回到国内后,程利南很快晋升为上海医科大学妇产科教授。1993 年 9 月，她完成了“小剂量不同前列腺素与 RU486 终止早孕的临床比较性研究”，并通过上海市科委的成果鉴定，科研论文也被全国抗早孕新药“息隐”研讨会评为一等奖。

1994 年 5 月，程利南完成了上海市计生委课题“米非司酮合并米索前列醇终止 10～16 周妊娠的临床研究”并通过成果鉴定，专家们认为此项研究已达到国际先进水平，对保护妇女生殖健康方面有很大的社会效益。1996～1998 年扩大临床实验后，该课题获得了 1999 年上海市临床科研成果唯一的一等奖。

由于她在妇幼卫生、计划生育领域内的突出成就，1995 年，程利南荣获吴阶平杨森医学研究计划生育专业一等奖。她还荣获了全国计划生育优秀工作者、卫生部先进工作者、上海市“三八红旗手”、上海市计划生育先进工作者等光荣称号。

1996 年 1 月，程利南调到中国福利会国际和平妇幼保健院工作。历任副院长、常务副院长、院长兼上海市计划生育技术指导所所长。她积极学习现代医院管理的理论，树立对外“以产妇、病人为中心”和对内“以职工为中心”的基本原则，狠抓人才的培养、院科两级管理以及医院的各项规章制度，几年中使保健院的工作有明显的起色。

成立于 1929 年的英国皇家妇产科学院是世界上历史最悠久的著名妇产科学术权威机构。在英国皇家妇产科学院前任主席 Templeton 教授、爱丁堡大学 Baird 教授和香港大学何柏松教授的联名推荐下，程利南在 2011 年 11 月当选为英国皇家妇产科学院的荣誉院士。

程利南说：“获得英国皇家妇产科学院的荣誉院士、第四届妇产科好医生-林巧稚杯奖，以及中华医学会计划生育分会首届计划生育杰出贡献奖这三项荣誉，荣幸之至。我喜欢医生这个工作，这是一项伟大的事业，我觉得我还没有做够，下辈子我还要做一名妇产科医生。”

以社会需求为出发点进行科普创作

很多人并不十分看重科普，认为这是“雕虫小技”。然而，程利南在实践中发现：临床上，如果医生能结合病情讲解一些医学知识，病人就会更主动地服从医嘱和配合医疗；教学中，如果老师能以深入浅出的语言讲授专业知识，学生就能更容易理解和记住颇为复杂的医学原理；科研中，如果主持者能用简洁、明了的方式将科研方案、关键要点让参与研究者和协作单位理解，科研便能顺利进行。

国际上科学的紧急避孕在1960年问世，我国1977年编入医科大学教科书，至1990年前后才有介绍“次晨片”“晨后片”类的科普文章，周期长达30年之久。1995年，程利南在国内首先开展“国产米非司酮紧急避孕药的临床多中心研究”，2000年形成了国内米非司酮紧急避孕常规；时隔一年，2001年程利南撰写的《实用紧急避孕》科普小册子就由上海市人口计生系统内部发行20万册；在此基础上，2002年《紧急避孕》（第一版）又由上海科技出版社正式出版，该书荣获2005年上海市科技进步奖三等奖；至2008～2010年，当紧急避孕又有新的进展时，全面更新的《紧急避孕》（第二版）又于2011年与读者见面。如此短的“科研-临床-普及”周期，不能不说是坚持临床、科研、教学和科普并重的结果。2013年，由程利南牵头的“上海市紧急避孕的研究及服务模式、服务体系的建立”科研项目获得了上海市科技进步二等奖。

第一线的医、教、研的实践，培养了程利南对社会热点和社会需求的敏感性。在科普创作中，她同样以“循证医学”的态度工作。

针对当前社会人流率高以及人流原因主要是未避孕（占50%，未婚多见）和避孕失误（也占45%，已婚多见）的现况，程利南在2007年出版的《家庭避孕技巧》（第二版）的基础上，全面更新内容并增加大量实例，对常用的避孕方法，配图给予一招一式的传授性描述；对广大读者较为关心的一些热点问题，以“博文互动”“专家点评”等形式作系统阐述；最后撰写成《安全避孕，就这么简单》，于2011年由上海科技出版社出版，被上海市家庭计划指导中心选为全市人口计生系统咨询人员工作用书和培训教材，再次印刷后也很快售罄。

（《健康报》2017年11月3日）

去年12月10日，“张兴儒白内障复明慈善光明行团队”获得了2017年医卫界“生命英雄”称号，“光明行”活动的发起人、上海中医药大学附属普陀医院副院长兼眼科主任张兴儒教授再次走入公众视线。然而，就在他领队完成第11届“光明行”活动、累计义诊患者14 789人、免费开展白内障超声乳化人工晶体植入1 711例后，他却因罹患胶质瘤倒下了，年仅55岁。

张兴儒：将光明的种子播撒人间

张兴儒人如其名，气质儒雅，为人热情。他不仅是我国第一个从事“结膜松弛症”研究并取得重大突破的眼科专家，而且还基本阐明了镍与白内障之间的关系和作用机制，为防治职业性白内障开辟了一条新的路径，具有广泛的社会价值。

许多人也许不知道，张兴儒是一名从西部地区走出来的眼科医生，对边远贫困地区缺医少药的状况深有体会。

2006年4月，他在北京大学读EMBA时，听一位来自四川省甘孜藏族自治州德格县佐钦乡的医院院长说，慈善人士给他们捐款造了医院却招不来医生，许多白内障患者因为贫困、交通闭塞而得不到医治。张兴儒受到极大的触动，他暗下决心，要和北大校友们商量发起一项慈善公益活动，帮助那些贫困地区的白内障患者。

“看到失明大半辈子的老妈妈重见光明时感激不已的表情，此行的价值也得到最大实现”

2006年9月，张兴儒发起的“慈善光明行”正式启动，第一站就来到四川省甘孜藏族自治州德格县佐钦乡。张兴儒等3位医务人员加上10位志愿者，携带募集来的270多种医疗物资，分乘4辆车，利用公休假自费来到了海拔4 000多米的雪域高原。没有手术室，临时搭建；没有手术床，木板钉制；没有无菌室，用消毒液加热熏蒸。他们的营地是简陋的木棚，睡铺则是在泥地上用砖块垒起来的。

“上海专家来了！”首次出征，他们在佐钦乡义诊1 000余人次，做了18例白内障复明手术。需要诊治的人实在太多太多，医生护士几乎不眠不休。临别时，因人工晶体带的有限，仍有人无法得到医治，队员们带着些许遗憾告别，心底却被几天来的所见所闻打动。有志愿者回忆说，“看到失明大半辈子的老妈妈重见光明时感激不已的表情，此行的价值也得到最大实现”。

“为别人带去一些帮助，就不觉得累”

“慈善光明行”是一个纯民间的公益项目。参加项目的所有眼科医生都是来自上海大型综合性医院和眼科医院的知名专家。

尽管所有的医疗队员是“志愿”的，都是利用自己的休假、自己掏钱支付所有差旅费用，但张兴儒还是与队员们一起商定了几条“光明行”慈善原则：“量力而行”是首要原则。

每次出行严格控制手术数量和人数，只做自己擅长的领域，志愿者定岗培训。其次，不因慈善降低品质。“光明行”采用的是最先进超声乳化白内障摘除人工晶体植入术，材料是进口优质折叠人工晶体。而且，每次行动，队员新老搭配“对半开”，既保持大家做慈善的激情，也可让更多人参与进来。在财务管理上，采取“先预算后决算”的公开透明方式，将每笔捐款清单都公之于众。

令许多人不解的是，张兴儒还出了一条“限捐”的规定：只接受个人捐款，原则上在1万～3万之间，而且捐款人必须作为志愿者到现场，否则捐款将被退回。因为在张兴儒看来，“行动是有感染力的。只有人去了才是最大的支持”。

“‘慈善光明行’更深层次的意义是唤醒更多的人，让更多人加入慈善事业中。”不只如此，张兴儒还希望把人道、博爱的慈善精神传递得更远、更广。他曾在接受采访时说：“‘慈善光明行’下一个10年的‘路线图’是响应国家‘一带一路’战略，从西安出发，沿着古‘丝绸之路’，把义诊与免费白内障手术一路做到中亚去。”

2015年10月，张兴儒作为上海的眼科专家受国家卫生计生委派遣，到非洲开展中国援非“光明行”。于是，他又率领上海眼科医护专家志愿团队经过28小时舟车劳顿来到摩洛哥，累计开展白内障复明术141例，全获成功，为“一带一路”战略打下了基础。

“张院长，您累么？”面对同事的询问，张兴儒只是憨厚一笑，回答说：“人啊，只要干自己喜欢的事、有价值的事，为别人带去一些帮助、一点希望，就不觉得累。”

“光明的种子已在你们心间发芽，世界会因为你们而美好”

“幸福就是用你的双手，让别人感到幸福。”这是“光明行”志愿者的一句经典总结。对张兴儒来说，患者揭开纱布重建光明的那一刻，是他最开心的时刻。

张兴儒的“慈善光明行”，每年一届去一个贫困地区送光明。10 年来，他们走过了雪域高原四川甘孜佐钦乡、天山脚下新疆青河县、黄土高坡甘肃甘南、内蒙古大草原扎赉特、大山深处凉山彝族越西、边陲小镇云南江川、黄河源头青海果洛、革命老区贵州习水、西藏日喀则拉孜县、甘肃河西走廊瓜州。“慈善光明行”先后获得上海市十佳好人好事、中国公益节最佳公益项目。张兴儒自己也荣膺全国五一劳动奖章、全国卫生系统先进工作者，以及第四届和第五届全国道德模范提名奖等多项殊荣。

到 2016 年 9 月“慈善光明行”——陕西石泉慈善活动，这项慈善活动共取得募集物资善款 1 000 多万元，累计义诊患者 14 789 人，免费开展白内障超声乳化人工晶体植入 1 711 例，复明率达 100%。然而，就在他完成这次活动后，这位“光明使者”却因罹患胶质瘤倒下了。

他还眷恋自己的那件白大褂、那个手术台，他还要为更多患者治愈疾病。在与病魔抗争期间，张兴儒惦记的，仍是他的病人、他的同事……而他最大的心愿，是让“慈善光明行”继续下去。去年 9 月 2 日，张兴儒不幸病逝。噩耗传来，他的同事、同行、患者都悲痛不已。上海中医药大学附属普陀医院院长彭文在告别会上宣读的张兴儒“临终留言”，令人动容：

“亲爱的光明行战友们，亲爱的师长同学，就在你们即将踏上第 12 届‘慈善光明行’之际，我也开始了生命的新旅程。来不及说再见，来不及为你们送行，我是多么舍不得你们。看到光明的种子在你们中间传递，我这一生的使命也已经结束，是时候开启新的旅程……世事无常，但离别总会有那么一天。光明的种子已在你们心间发芽，世界会因为你们而美好。再见了我的战友，再见了我的师长同学，再见了我的兄弟姐妹，我们将在无限美好的光明里再见！”

2017 年的第 12 届“慈善光明行”并没有因为张兴儒的缺席而中断。上海中医药大学附属普陀医院党委书记夏秀芳说，张兴儒的“慈善光明行”已成为上海品牌和医院名片，我们会将它一直进行下去。

（《健康报》2018 年 1 月 12 日）

他在1981年罹患恶性淋巴肉瘤，医生说他也许活不过一年，但他却与癌症抗战了38年。他于1989年创建上海市癌症康复俱乐部，该俱乐部被列为世界卫生组织健康教育实践基地。他帮助20余万人重获“新生”，曾荣获上海市十大年度人物、上海市十大杰出志愿者和中华慈善奖等。他就是上海市癌症康复俱乐部会长袁正平。

袁正平：“第三人生”依然精彩

继中国首部癌症生存者自编自导自演的疗愈型话剧——《哎哟，不怕》成功演出之后，日前我国首部关注结直肠癌晚期患者的音乐剧《爱・在一起》，又在上海市癌症康复俱乐部会长袁正平的指导帮助下成功演出，而且还作为2018年第二十届中国上海国际艺术节“艺术天空”的重头公益演出剧目进行公演，为更多癌症患者和公众带来了正能量。

“我收到了一张死神的黑色请柬——第四期恶性淋巴肉瘤”

袁正平今年68岁，是一名与癌症抗战了38年的患者。1981年春节，31岁的袁正平新婚燕尔。突发高烧7天后，他收到了一张死神的黑色请柬——第四期恶性淋巴肉瘤，而且已经浸润到髋关节，医生说也许活不过一年。

病床上，他悲愤地撕掉了一本日历。“从婚房到病房，从新郎到癌症患者，如此大的落差，我一下子接受不了。我陷入了一种自暴自弃的状态，等待着这一年的时间过完。”袁正平回忆说。

“当时，我们机关单位工会主席来看望我，他是一个高位截肢的残疾人，一条腿全部被截掉了。当时我没想到他是爬楼梯上来的，后来我躺床上回想他大冬天满头的汗和他说话的大喘气，我才意识到医院病房探望时间电梯是不开的。也就是说，他用一条腿爬到了6楼来看我，然后又用一条腿从6楼下去，只为了来安慰我。当时我从他身上看到了生命的张力，我就想我也不应该继续这样消极等待死亡到来。”袁正平说。

病后第一年，袁正平经受住了严峻的考验。当病情出现反复，连续40多天高热不退时，袁正平反复地对自己说：“我不能死！我还没去过北京，我还没坐过飞机。”

当长时间化疗副作用强烈，体质极度虚弱，吃什么吐什么时，袁正平见隔壁病床一位工程师病情缓解后胃口很好，一顿可以吃一只鸭子。他“口出狂言”地宣告：“我也要一顿吃一只鸭子。”

当时的袁正平病程到了第四期，被迫开始了为期 5 年的化疗。为什么同样的病，同样的治疗方案，有的人康复，有的人却走了？

袁正平觉得自我因素和疾病的发生及治疗一定是有着重要的联系，便告诉自己一定要增强健康管理意识，增强“斗病”的能力。他开始振作起来，想通过努力去改变自己的命运。

“自助助人的新坐标和志愿者精神，给予我生命新的张力，拓展了我生命的宽度和厚度”

1989 年的冬天，大难不死的袁正平和一群志同道合的病友一起，在黄浦江畔一条弄堂发送牛奶的小棚屋里点燃了非药物癌症康复的火种——中国大陆第一家自救互助的公益组织——上海市癌症康复俱乐部成立。

谈起成立上海市癌症康复俱乐部的初衷，袁正平说了这样三点：

一是在化疗的过程中，他接触到了气功。很多病友聚在一起练功、锻炼和交流。1986 年，袁正平就组织成立了气功协会并担任会长。这让他感受到了自我价值，对于自己生命质量的追求也开始强烈起来，对自身的康复起到了很大的作用。慢慢地，袁正平意识到只依靠气功是不可能实现癌症康复的，还需要从心理、情绪、饮食等方面入手，改变单一的生物医学治疗模式。

二是向大众宣传癌症不等于死亡。当时许多人都认为得了癌症基本就是等死。袁正平记得有次在大街上碰到老朋友，他很激动地上去跟朋友握手，朋友却把手缩回去了。这让他意识到整个社会对于癌症的恐惧感到了什么地步，而这种恐惧对于癌症患者亦是一种打击，影响他们康复。

三是希望癌症患者能从单一抗癌变成群体抗癌。当时社会上对于癌症的认识存在误区和歧视，不少人甚至说癌症会传染。很多患者患病后就脱离了原来的社交圈，因为他们不愿意在别人的怜悯、同情和误解中生活。患者病后普遍情绪低落，性格也开始沉闷。但是病友之间同病相怜，是非常愿意交流的。

上海市癌症康复俱乐部就这样在袁正平的倡议下诞生发展，到了 1993 年，俱乐部还创办了癌症康复学校。没有办学场地、经费，更没有现成教材，袁正平就和癌症康复志愿者一起编写教材、开班授课，创办了“21 天住宿型多中心心理社会康复干预”的培训班。迄今为之，培训班已经举办了 106 期，培养癌症学员 10 000 余名。

康复学校的活动主要包括支持小组、意象导引、音乐疗法、艺术教育、放松训练、认知行为疗法、健康教育、气功等。学校拍摄的反映康复学校学员生活的纪录片《甜蜜的时光》还获得了 2015 年加拿大班芙世界媒体节洛基大奖纪实单元大奖。癌症康复学校成了“最受欢迎的社会力量办学机构”“全国百家诚信院校”。历经发展，上海市癌症康复俱乐部亦成了“5A 级法人社团”，连续 11 次获“上海市文明单位”称号，更将“中华慈善奖”“上海市先进社会组织”“上海市志愿服务先进集体”“首届政府慈善奖”和“上海市慈善基金会首届十佳公益项目奖”等殊荣收入囊中，被列为世界卫生组织健康教育实践基地。

为了提高癌症患者的生命活力和生活质量，袁正平先后组织了京、津、沪百名“抗癌明星”的评选等一系列的大型社会活动，进行了“万名癌症患者生命和生活质量调查”等课题，得到了有关领导的肯定和会员的好评。他提出了“不要问社会给予我们什么，而是要问我还能为社会做些什么”的口号，于 2007 年组建了志愿者服务总队。他身先士卒参与志愿服务活动，从“新年送阳光 千人进病房”到“与青浦监狱结对共建”，从“新会员康复营”到“参加世博志愿活动”，在上海电视台专题栏目开讲“第三人生”，将积极康复的正能量传递到社会的各个角落。

袁正平还提出了创建服务型社团的管理模式，创建了千名志愿者按市、区、街道及病种康复指导中心和医院志愿服务基地联动的工作体制和机制。他深入 100 多个块站，宣讲癌症防复发防转移并指导工作；在每年的爱心夏令营中，他带领 20 多位志愿者冒着高温为 2 000 多名新会员服务；他创建了 13 个病种康复指导中心和 8 个三甲医院的癌症病人资源中心；今年由他创意在全市 100 多个居委组建了“癌症康复自我管理小组”，一系列举措被海外专家誉为“群体抗癌上海模式”……从接受爱到传递爱，20 多年的坚守让志愿服务融入袁正平的生命，成为他的一种态度、习惯和生活方式。他多次获得市精神文明建设和优秀志愿服务的表彰。

俱乐部在 29 年发展时间里，已经全面覆盖了上海市各个区县，形成了四级管理模式，从上百个抗癌小组到 182 个块站，受益人数累计超过 20 万。

袁正平说："是自助助人的人生新坐标，是为人民服务的志愿者精神，给予我生命新的张力，拓展了我生命的宽度和厚度。"

"要跨过5年的'生死峡谷'，疾病科普、规范治疗、患者关护三者缺一不可"

在医学上，5年生存率是评价癌症患者是否接近治愈的重要指标。数据显示，中国癌症患者的平均5年生存率为30.9%，而成立已29年的上海市癌症康复俱乐部的癌友5年生存率已高达75%。

"我们研究过，患者要跨过5年的'生死峡谷'，疾病科普、规范治疗、患者关护，三者缺一不可。"袁正平说。

很多患者病情确诊时，并不知道病因是什么，有什么症状，可以用什么方案和药物，陷入了盲目的恐惧当中。袁正平认为，"道听途说"对患者的心理是一种打击，患者很容易在治疗过程中丧失生存意志。而在癌症确诊后，很多患者及家属又在"赶时间"。很少有患者及家属意识得到，制定科学严谨的治疗方案，进行规范治疗，才是延长患者生命的最好方法。患者关护，主要指后期康复，是被很多患者忽视的环节。癌症治疗就像是一栋房子，临床治疗是房子的地基，癌症康复是上面的房子。从来就没有无地基的房子。同样，光有地基没房子也是没有意义的。

袁正平说："康复治疗要普及，规范化治疗更要普及。我为康复期间的病友制定的目标是：每天要做1件有意义的事；每天要和10个人交谈（包括电话和上网）；每天要写100字的康复日记；每天要看1 000字报刊杂志；每天要走10 000步路。2008年8月，上海市癌症康复俱乐部组织了一支由198位癌友参加的助威团赴京，为奥运健儿加油。继2008年奥运会后，我们将再次启动'我运动，我健康，相约2022北京冬奥会'主题活动，进京观看2022北京冬奥会。"

袁正平将患癌后的人生称为"第三人生"。它是一个人面临重大磨难、生命受到威胁的时候所开始的人生。他坚信，"第三人生"应该比"第二人生""第一人生"更加潇洒、更加超脱，应该有生命质量上的飞跃。

"春归花不落，风静月长明。"袁正平指着办公室墙上挂着的由书画家钱君匋先生书写的条幅说："'第三人生'依然精彩。"

（《健康报》2019年1月4日）

如今已经80高龄的我国著名健康教育学家杨秉辉教授依然精神矍铄。他不但开设了"医学科普与文艺创作"微信平台，而且每个月还在《新民晚报》副刊上发表一幅钢笔速写风景画和一篇"走出'亚健康'"的医学科普作品。杨秉辉教授进行肝癌研究40多年，1985年获得过国家科学技术进步奖一等奖，是我国肝癌筛查工作的主要开创者之一。近20多年来，他致力于医学知识的普及和推动健康教育的开展，开创了中国广播节目以专业人员为业余主持人之先河；撰写了我国第一部医学和文学有机结合的医学科普纪实小说；曾两次获得国家科委、科技部和中宣部授予的"全国科学技术普及先进工作者"光荣称号。

杨秉辉：普及医学知识是医生应尽之责

"我总愿意多花几分钟时间，为病人多作些解释"

1952年的时候，杨秉辉已读初中二年级，在一次去上海市福州路与河南路交叉路口的张去病医师诊所拍了X光片后，被检查出患了肺结核。这种病在当时是死亡率很高的疾病，家人都非常害怕。杨秉辉想起鲁迅先生写的《药》，里面的小孩就是因为得了肺结核，吃了愚昧的父亲给他蘸了人血的馒头……他恐惧极了。

"恰巧，那时国内刚引进了一种新的有效治疗肺结核的药，叫做'异烟肼'，商品名叫'雷米封'。现在这种药作为肺结核有效的治疗药物仍在使用。因为这个药，我的病很快就好了。当时，我觉得好神奇，这么恐怖的要死人的病症，因为一颗小小的药丸就轻松治愈了，于是对医学产生了崇敬之情。"杨秉辉回忆说。

1957年，杨秉辉高中快毕业了，考大学要先定志愿，他和父亲商量后决定学医科。

"1962年我从上海第一医学院毕业，在中山医院做内科医生。在门诊给人看病时，我总愿意多花几分钟时间，为病人多作些解释，也不忘记适时给病人以鼓励，颇受病人欢迎。"杨秉辉说，"在中山医院内科曾流传着一个调侃我的笑话，说我刚毕业便成了'老医生'。"

杨秉辉解释道，当时被派去门诊工作，内科主任唯恐年轻医生经验不足，处理病人或有疑难，就特地派了一位高年资的医生随诊在侧，以方便年轻医生随时请教。“有一天，资历比我高3年的刘厚钰医生和我们一起出门诊。刘医生见我诊台上待诊的病历卡过多，为减轻我的负担，取了几份过去由他自诊。没想到，有一位病人不愿意。大概是我长相显得有些‘老气’，而刘医生又生得特别‘后生’的缘故吧，那位病人指着我说：‘我就要这个老医生看。’便有了这么个笑话。”

为病人多花几分钟进行沟通和解释，从而导致诊台上的待诊病历卡多了起来。这大概是杨秉辉开始普及医学知识、注重和谐医患关系的萌芽。

“若病人不理解、不配合，再先进的科技也是枉然”

从20世纪60年代末期开始，杨秉辉专注于肝癌的临床研究。“当时正值‘文革’，除了门诊，也没什么可研究的，于是我们就到农村去巡回医疗。有了甲胎蛋白检查的方法，我们就到江苏启东给农民做甲胎蛋白的检查，结果发现了很多例早期肝癌病人。我劝他们尽快动手术，但他们却不相信。因为他们认为，肝癌病人都是眼睛发黄，腹腔积水，而他们能吃能喝，能干活。他们甚至不愿提到‘肝癌’这个病名。我们去‘普查’，他们便逃避，甚至抵触，认为我们在咒他。他们认为肝脏是‘血库’，一旦做手术必定会大出血而死亡。”他说。

“若病人不理解、不配合，再先进的科技也是枉然。这使我深深地认识到为人服务的医学科技更应该向民众普及。”杨秉辉加重语气说道，“于是我逐步地涉及科学普及领域。当时能利用的传媒很少。村民们不信我说的，我就在村里公社广播站用大喇叭宣传，告诉村民们一定要抓紧肝癌的早期治疗时机，给他们讲解医学知识。这是我最早的朴素的大众健康教育。在工厂利用黑板报来宣传肝癌的防治知识，连写带画，刚好把我小时候绘画的爱好发挥了。”

杨秉辉回忆称，记得上海一家大型工厂的一位朱姓工人查出甲胎蛋白为阳性，被安排入院接受进一步诊治。这位工人由于心中恐惧，竟不辞而别，躲到老家去了。“得知这一情况后，我便给他写信，向他普及‘早期肝癌可治’的知识，劝他来院治疗。大约在一个月的时间里，我给他写了4封信，最终说服他来到了医院。这位病人做了手术，切除了病灶，很快恢复了健康。他逢人便说：‘杨医生十八道金牌把我的命招回来了。’其实我的‘金牌’

就是医学科学知识的普及。"

"我从事医学科学普及工作,实在是源于工作中的切身体会。不过自那以后,'科普'确实与我结下了不解之缘。我觉得向民众普及医学知识是医生应尽之责。"杨秉辉深有体会地说。

"为民众做点好事,民众是不会忘记你的"

"文革"结束后,上海市《科学大众》《科学生活》《大众医学》等科普杂志逐渐复刊。杨秉辉找到了更有效的传播医学知识的媒体,努力向这些杂志投稿。"我记得《谈谈链霉素的耳毒性》一文1977年在《科学大众》上发表后还收到不少读者来信,诉说耳聋的痛苦,询问治疗的方法。这更使我感受到媒体的力量和医生的责任。"他说。

1984年4月1日,杨秉辉第一次作为《医药顾问》节目主持人在上海人民广播电台播讲,讲题是"什么叫作HAA"。HAA即肝炎相关抗原,是当时医学界对乙肝病毒抗原抗体的统称,一般民众对此十分生疏,而且有许多误解。这期节目播出之后,反映良好,此举也开了中国广播节目以专业人员为业余主持人的先河。直到2006年,杨秉辉才结束了20余年的主持人工作。

那时的《医药顾问》节目采用录播形式,每周两个讲题,每个讲题播两次,每周共播4次,每次15分钟。讲题选自听众来信,由编辑选定话题,让杨秉辉播讲。后来节目组索性将听众来信交给他阅读,由他从中选取有普遍意义的讲题播讲。听众来信大多是询问疾病诊疗的,对于那些没有被选为讲题播讲的来信,杨秉辉还提笔写信一一答复。

后来,《医药顾问》节目改称为《名医坐堂》,从录播改为直播,并接受听众的电话咨询,很受听众欢迎。据电台调查,收听率常居各档节目之首,所以播出时间也一再增加,最长时长达1小时50分钟。

一位素未谋面的病人写信给杨秉辉,说他是在上海务工的江苏籍人士,一次返乡途中,在十六铺轮船码头候船时听到他在广播中说:便血的人应做直肠指检,以免疏漏了直肠癌的可能性。他正有便血的症状,原以为是痔疮发作,并未介意。当时听杨秉辉说得有理,便退船票,到医院一查,果然是直肠癌,不过尚在早期,手术切除后已经康复,特地写信致谢。这让杨秉辉再次深感医学知识的普及真是太重要了。

有一次,一位搭载杨秉辉的出租车司机听出了他的声音,对他说:"你讲的东西对我们民众来说，真是太重要了，真谢谢你啊。”他甚至执意不收杨秉辉的车费，令他十分感动。“为民众做点好事，民众是不会忘记你的。做人做到这个份儿上，夫复何求。”杨秉辉感慨道，“从某种意义上说，主持电台节目带给广大民众实际的好处，胜过我作为一名医生在医院给人看病。”

节目开播不久，杨秉辉被任命为中山医院副院长，主管医院的医疗工作。杨秉辉每次去电台录音，因觉得这不是医院的公务，都是骑自行车前往。

1991 年夏天，杨秉辉在医院设立“纳凉晚会”，向周边社区居民开放，带头进行医学科普宣传。

1993 年起，杨秉辉在中山医院建立了全科医学科。这意味着全科医学被引申到了健康教育领域。

“人们都说‘看病难、看病贵’。如果我们的社区医生都是很好的全科医生，你打个电话或者走三五步路就可以在街道、里弄里看病，看病还难吗？如果你是一个全科医生，对肚子痛这一症状的病因有基础的认识，知道可能是哪些病引起的，就免去了各种复杂的检查，这样看病还会贵吗？”杨秉辉说，“医学的最终目标不是治病，而是促进健康。这就是全科医学的重要性。”

“开创了医学科普的新形式”

“我数十年来热心于医学科学之普及，也撰写了不少医学科普文章，虽力求通俗易懂，但终觉较为生硬。近年来开始尝试写些把严谨的医学知识融进人物、事件的短篇小说。”杨秉辉说。

收入 24 篇短篇医疗科普小说而结集出版并挑选其中一篇篇名为书名的《财务科长范得“痔”》便是一本。据杨秉辉介绍，这本短篇医学科普小说的特点是以医疗事件为核心内容，其事件的主体情节都是他数十年行医的亲历之事，少数虽非亲历，亦亲见、亲闻。而且他还在每篇文末附-短文，名为“杨医生曰”，意在阐明此篇文字之要旨。

有读者来信说，《财务科长范得“痔”》这本短篇小说集所述各篇涉及的均为典型的病例，将医院中发生的病人与医生之间的小故事展现得活灵活现，我们读得很轻松，同时也产生了共鸣。

有了撰写短篇小说的基础，杨秉辉开始尝试写长篇小说。2016 年 6 月，一部20多万字的医学科普纪实小说《祺东的黄兴家医生》出版了。

《祺东的黄兴家医生》真实地讲述了清末以来祺东黄姓家族几代人深受肝病困扰的百年生活变迁史。杨秉辉说："书稿前后花了9个多月时间完成。我将所知道的乙肝相关疾病知识嵌入黄氏家族的百年兴衰史中，希望读者在了解清末至今中国南方农村地区发展的一个侧面的同时，也获悉并了解一些关于肝病的医学科学知识。"

复旦大学出版社董事长、总经理王德耀在书的"序言"中说："确切地说，这是我国第一部医学和文学有机结合的医学科普纪实小说。它不同于常态性的科普读物，仅限于医学知识的介绍和宣传；也不同于文学科幻作品，存在过多的故事虚构和渲染；还不同于纪实文学，过多关注疾病的现实存在和发展。它开创了一个医学科普的新形式，把富于理性的、严谨的医学知识融进小说之中，让读者更容易理解和接受，也更好地宣传医学科学知识，传播医学文化。"

（《健康报》2018年8月31日）

由于医学技术的进步，加上经济的发展、年龄结构的老化，我国人民群众的疾病谱已经有了明显的变化，医学应该从对传染性疾病、感染性疾病和营养缺乏病等成功治疗的自信中清醒过来，从"治愈医学"走向"照顾医学"。

杨秉辉：医学从治愈走向照顾

人们祈求医学包治百病，但往往事与愿违

记　者： 在7月2日上海市卫生局举行的新闻通气会上，您提出从疾病谱的总体情况看，如今更需要的是照顾型医学。实际上，许多老百姓到医院看病，首先看重的还是这种病能不能治好。您倡导照顾型医学，是基于怎样的现实背景？

杨秉辉： 疾病危害人的健康甚至生命，治病自然应务求彻底，不留后遗症且不复发。即医学的目的是治愈疾病，这似乎是毋庸置疑的。秉持这种目的的医学可称之为"治愈医学"。在传染病猖獗的时代，"治愈医学"曾大

放异彩。许多曾严重危害人们身体健康的疾病，都被治愈。病人被治愈，消除了传染源，传染病也就偃旗息鼓了。还有一大类感染性疾病，比如肺炎、肠炎、扁桃腺炎、上呼吸道感染、泌尿道感染之类，几乎也都是药到病除。甚至连严重如败血症、脓毒血症、细菌性心内膜炎、化脓性脑膜炎等疾病，也都可以治愈，甚至不留任何后遗症。因此，"治愈医学"深入人心。

于是，人们开始觉得，医学对于疾病是万能的，无论什么病都应该能够治愈。而医学似乎也还没有从对传染性疾病、感染性疾病和营养缺乏病等成功治疗的自信中清醒过来。现实的情况是，人们祈求医学包治百病，希望医生妙手回春，但往往事与愿违。

记　者： 现在威胁人们身体健康的疾病发生了变化，与之相应，医学的手段和目的也在发生变化。那么，照顾型医学到底该如何"照顾"病人？

杨秉辉： 由于医学技术的进步，加上经济的发展、年龄结构的老化，我国人民群众的疾病谱已经有了明显的变化：大量的慢性非传染性疾病与退行性疾病（前者如动脉粥样硬化、心脑血管疾病、高血压、糖尿病、癌症、慢性呼吸道疾病、肝硬化、抑郁症等，后者如骨质疏松、骨关节炎、前列腺肥大、老年性黄斑变性、老年性肺气肿、老年性痴呆等），开始严重威胁人们的身心健康和生活质量。这些疾病面广量大，而且难以治愈。

高血压病人服用降压药后，血压可能会下降，但高血压病并没有消失，一旦停药就可能前功尽弃。心肌梗死的病人在其冠状动脉中放了支架后，血液重新流通，却难免再次阻塞，还需抗凝治疗、调脂治疗，如有糖尿病还要使血糖达标。癌症确有治愈的病例，但大多数病人手术后仍可能复发转移，甚至发生第二原发癌，他们必须接受长期的医学监察。至于老年退行性疾病，既然没有"返老还童"之药，也注定无法根本解决，只能是长期的照护。

值得注意的是，无法治愈不等于不需要治疗。不管是慢性非传染性疾病还是老年退行性疾病，都需要治疗。只是治疗的目标应该是减轻痛苦、提高生活质量、延长寿命。这些病人需要的都是终生的医学照顾。另外，现代社会发展迅速、竞争激烈，许多社会、心理因素都会影响人的健康或导致疾病，也会在原有疾病的基础上使问题变得更加复杂化。比如一位冠心病患者常因愤怒而诱发心绞痛。心绞痛固然有冠状动脉粥样硬化的疾病背景，但患者愤怒情绪却是因从领导岗位上退下后，心理上出现严重落差而引起。诸如此类的问题，其实也应该得到医学范围内的照顾。

培养一名优秀的全科医师的难度，绝不亚于培养一名专科医生

记　者： 您曾担任过中华医学会全科医学分会的主任委员。“照顾医学”是从全科医学发展而来的一种理念吗？

杨秉辉： 全科医学在绝大多数国家和地区都被称为家庭医学。全科医学在我国起步较晚，中华医学会到1993年才成立全科医学分会。全科医学是一门很全面的医学学科，包括了内、外、妇、儿等各临床学科。全科医学实践是以预防为先导，包括了公共卫生学；全科医疗对病人实施持续性的医疗照顾，还包括了康复医学。全科医学的服务以家庭为单位、以社会为范畴，除了服务于病人外，还服务于病人的家庭及社区的健康人。全科医学不仅是生物学的医学，还是集合了生物医学、行为科学和社会学的一门综合性学科。也就是说，全科医学除了关注生物学的人，还关注人的行为以及社会对人的影响。

全科医师有其特定的专业技能。这种技能包括两个方面：一是以尽可能简单的方法，解决疾病的诊疗问题。二是实施“可亲性的医疗照顾”，把服务对象看成是一个有血有肉、有家庭、有感情的人，而绝不只是一个患病的器官或是一台待修理的机器。这样，“照顾医学”新理念便在全科医学中萌生。

记　者： 听说在您的支持下，上海中山医院设立了全科医学科，复旦大学上海医学院也设有全科医学系。您当时是出于怎样的考虑？

杨秉辉： 那还是我在上海中山医院当院长的时候，以权谋“公”做的一件事——1994年，上海中山医院创立了全国唯一一个在三级医院成立的，集医疗、教学、科研为一体的全科医学科。这个科室除设有24张病床外，还设有全科门诊以及两个社区教学基地。2000年，我们又与复旦大学公共卫生学院合作，开办了以正规本科生为对象的全科医师培训班。全科医师的培养，需要全科医学的专科培训。培养一名优秀的全科医师的难度，绝不亚于培养一名专科医生。我深信，只要我们持之以恒地努力，若干年后，我国必定会有一批优秀的全科医师活跃在基层医疗卫生部门，他们的医术、医德也必将为广大民众所接受和认同。

医学是一门充满人文关怀的学问，这在全科医学服务中显得更重要。

生了肿瘤的病人要求肿瘤外科医生做的，可能只是"尽可能地将肿瘤切除"，冠心病病人指望心脏内科医生做的，也许只是"务必将支架放得准确"。但全科医生处理的是尚未分化明确的疾病、心理层面或社会因素引发的健康问题，或康复期的慢性疾病患者，病人要求医生做的是全面的身心照顾。因而，照顾型医学将会受到越来越多的青睐，也是医学发展的一个方向。

什么也不能破坏我与患者间的相互尊重和信任

记　者： 如今，"全人的医疗"受到追捧，老百姓对各类健康信息趋之若鹜。在这种状况下，您认为医生应该担起哪些责任？

杨秉辉： 我很希望中青年医生在力所能及的范围内，做一些医学健康知识的科普工作。一方面，现在网络和某些报刊上片面的、不准确的医药健康信息太多，需要专业人士出面澄清。另一方面，做科学知识普及宣传工作也能促使医生自身得到更全面的发展，特别是能跳出"只见病情不见人情"的旧框框。这有助于形成一种更和谐的医患新关系。

我主持了20多年的电台科普节目，倡导健康的生活方式。但不管怎么样，我从来没在节目里推销什么药品。作为医生，我只能宣传正确的医疗和健康知识，不能破坏我与患者间的相互尊重和信任。我必须用全部的良知和真诚服务群众，不能在这种关系中掺杂一点私利。

记　者： 在您看来，一个好医生最重要的品质是什么？

杨秉辉： 我在中学时期得了肺结核。当时这种病是很可怕的，相当于现在的癌症。但我命不该绝，治疗肺结核的特效药那时刚被引入我国，我有幸成为第一批受益者。这之后，我就走上了学医、从医的道路。学医是很辛苦的，除了厚厚的课本，还有漫长的各科轮转。医生要为病人服务，就要不断地学习，因为医学在不断进步，社会也在不断发展，人们的观念也在不断更新。但是，学医光靠热情是不够的，必须一步一个脚印，踏踏实实地努力。成为医生后，随着业务水平的不断提升，我渐渐发现当一名好医生并不容易。医生不仅要有高超的医术，还需具备爱心、耐心和细心。病人的身体条件千差万别，同一种药用在不同的人身上效果是不一样的，细心和耐心不可缺少，爱心更重要。来医院的人不是这里不舒服，就是那里长了东西，有的还大小便失禁，非常痛苦。没有发自内心的爱是做不好医生的。

（《健康报》2010年7月16日）

"我曾冥思苦想,试图以一种柔和而不是生硬的、一种润物无声而不是灌输式的办法,来启迪、诱导、感化在校的医学生,使他们将来穿上白大褂真正成为一名医生之后,能多一份爱的情愫。"

黄钢:挖掘名画背后的医学真谛

对话背景: 从去年开始,上海交通大学医学院副院长黄钢教授开了一门新课,名为"名画中的医学",试图"解码"那些名作中的疾病和医学现象,捕捉当今医学教育中可能正在丧失的人文传统。尽管他的课有时被安排在晚上,但偌大的演讲厅还是被挤得满满的。医学生们在聆听后都十分感叹:"第一次陶醉在艺术与医学紧密结合的浓烈氛围中,在名画中感受到了医学的另一种魅力。"黄钢教授说,希望这些埋藏于世界名画中的医学点滴,能引燃医学生探索科学的热情,让医学变得妙趣横生。

离开人,医学就失去了本源;离开了人文关怀,医学就失去了灵魂

记　者: 我发现,您办公室里就挂着路克·菲尔德斯的名作《穆瑞医生》。与医学相关的名画那么多,您为何对这幅油画情有独钟?

黄　钢: 我很欣赏世界名画,尤其酷爱这幅《穆瑞医生》。画作讲述的是画家本人因孩子患病而经历的一个痛苦场面:医生经历了一夜抢救,孩子似乎脱离了危险,但此时,疲惫的医生仍然坚守在床边。他手托下巴,全神贯注地看着孩子,似乎在思考下一步的处理方案。画面构图美妙而富有动感,孕育着丰富的故事及想象空间,表现出艺术与医学及人文的精妙融合,透射出医患之间的崇高信任与性命相托。

20年前,我就看到过这幅画。当时我是一名临床医生,但没有更深刻的体会。后来随着对医学内涵的理解,以及医生与病人相互关系的认知,这幅画对我的触动越来越大。这些年来,我们的医院似乎更多地强调了先进的诊疗技术,而流失了人文关怀。但医学是人的科学,离开人,医学就失去了本源;离开了人文关怀,医学就失去了灵魂。《穆瑞医生》中那种融洽、和谐的医患关系,一直是我期盼并努力追求的。我也希望我的学生能体会到作为医生的伟大及其奉献精神。

记　者： 曾经作为一名医生，现在身为医学院副院长，您为何会对似乎与医学关联不大的世界名画感兴趣？

黄　钢： 1991年，我远赴法国约瑟夫·傅立叶大学医学院做访问学者。有一个休息日，我赶了几百公里的路程，来到慕名已久的巴黎参观卢浮宫。在接下来的3天中，我对卢浮宫陈列的世界各国名画流连忘返。看到与医学沾边的名画，我更是如痴如醉。于是每天清晨，我就背着一根长棍面包和一瓶矿泉水排队入场，直到傍晚时分才依依不舍地离开。当时的情景，我至今难以忘怀。我对那时映入眼帘的每一幅名画都记忆犹新，特别是画作背后那种对理性的追求、对人文的关注、对科学的执着，时常像过电影似的萦绕在脑际、撞击在心头。

希望他们将来穿上白大褂真正成为一名医生之后，能多一份爱的情愫

记　者： 以“名画中的医学”为题开设一门课，又是出于怎样的考虑呢？

黄　钢： 在当前不太正常的医患关系中，我认为特别需要树立医生的形象。医生这种坚毅、自信、奉献以及从容的形象，正是社会及病家信任感、依从性、真诚度的基础。而这份敬仰及美誉不是来源于医学技术本身，而是来源于医生的职业操守及高尚的人格魅力。人性的完整、爱心的奉献，博极医源的探索与精勤不倦的追求，就是我们期望塑造的医师职业精神的灵魂。

但偏偏就是这些，在当今的医学教育中明显有所缺失。为此，我曾冥思苦想，试图以一种柔和而不是生硬的、一种润物无声而不是灌输式的办法，来启迪、诱导、感化在校的医学生，使他们将来穿上白大褂真正成为一名医生之后，能多一份爱的情愫。出于原先对世界名画的热爱，我首先想到了当年曾震撼我的世界名画，想借鉴名画中的医学韵味，通过讲座的形式来潜移默化地熏陶莘莘学子。

记　者： 医学生的学习压力本来就大，您开课前想过讲座能否为学生接受这个问题吗？

黄　钢： 这类作品不仅能激励医学生更认同自己将来要从事的职业，而且还能增强社会公众对医学职业神圣感的敬重之感。说心里话，一开始我还真有点担心。当我走上讲坛，看着台下一双双充满渴求的眼睛时，我心里终于有底了。那些离经叛道的医学先驱、那些离奇产生的外科术式，让我

和学生们产生了强烈的共鸣。

医学生在漫长的学习过程中，倾注大量的精力和时间不断记忆、实践，而疾病的变化莫测则需要更多的经验与良好的悟性。同一种疾病，同样的治疗，结果却可能大相径庭。面对枯燥而琢磨不定的学习内容，部分医学生可能产生犹豫甚至退却。我期望我的讲座能让他们发现医学中的兴趣点，在艺术中体会医学，在医学中感悟艺术，发现医学与艺术原来是相通的。

只有注入博爱与人文精神，今天的医学生才有可能成长为一代名医

记　者： 在您的课堂上，哪些名画作品让医学生特别感兴趣，并能引发师生之间的共鸣？

黄　钢： 那些展示医师敬业精神的名画颇受青睐，如杨・斯特恩的《生病的夫人》、弗朗西斯科・戈雅的《阿雷塔大夫与我在一起》。在这些画作里，没有太多的医疗器械，没有惊心动魄的诊治场面，但那情同手足的关爱画面，足以震撼所有人的心灵。医患之间早已超越简单的契约关系，人性的挚爱和亲人般的温暖跃然纸上。当时的医生作为生命的拯救者，备受社会与病家敬重。虽然没有今天所拥有的抗菌药物及先进设备，大量的患者因感染或今天看来再简单不过的病症而失去了生命，但医生用他们的真诚关怀、爱心奉献及竭力挽救生命的努力，获得了病家的信赖。

记　者： 现实中的医患关系已经与名画里的意境脱了节。您对名画的解读，是否也是有感于当下医患间的隔阂与游离？

黄　钢： 非常遗憾，今天的医学技术进步了，但医患之间疏远了。医生更多依赖先进的设备，医患之间的沟通越来越少，接触频次越来越低，“望、触、叩、听”似已成传说。CT 与 B 超随手开来，诊疗费用快速上涨，医疗负担日趋加重，政府、社会、医院、医生及病家均不满意，医患之间充斥着抱怨甚至敌视，促使“医闹”成为一个产业。医患之间本该有的崇敬与信任，竟成为我们心底渴求的奢望。这难道不是医学的悲哀吗？

我相信，只有注入博爱与人文精神，今天的医学生才有可能成长为一代名医。但要培养出真正挚爱医学职业的医生并非易事，这是医学教育中极具挑战性的重大命题。时下，我们要格外关注并及时遏制医学教育中出现的“纯专业知识与技术”的发展趋势，呼唤并强力推动医学人文的回归，医学

院不仅要开设哲学、历史、文学、宗教、人类学、伦理学等人文课程，更重要的是加强人文与病患关怀的社会体验与实践。

值得注意的是，人文课程不等于人文素养，人文教育必须融入医学教育本身，在医学教育中挖掘并展现人文意蕴，使医学的专业教育成为丰富的、有意义的教育而非职业训练，帮助学生发现并理解医生对个人和社会的价值，真正感悟到完全胜任工作并充分享受工作的快乐。这不仅仅需要自我修炼，需要艺术与人文持续不断的熏陶，更需要社会的理解以及公众的认可。只有将医术、艺术与仁爱完美结合，医生才能有理性的自我认知，社会才能对医生产生尊重与信赖，医学职业生活的神圣与完整才能得以保持。

（《健康报》2012 年 4 月 6 日）

陈斌：让高校性教育课“登堂入室”

对话背景：性教育课曾被认为“难登大雅之堂”，如今却越来越受重视。据不完全统计，近年来，全国已有数十所高校将性教育课设为公选课或通识教育课程。在上海交通大学，陈斌主讲的“性与健康”公选课已被列入“通识核心课程”，面向全校学生授课。据了解，“性与健康”已连续 3 年位列上海交通大学公选课评价的“三甲”，2012 年则排名第一。把敏感的性问题拿到课堂上公开讨论，会面临怎样的尴尬？这门课为什么如此受青年学生的追捧？记者就此采访了上海交通大学医学院教授、上海仁济医院泌尿男科主任医师陈斌。

生殖健康服务落后，是到了给大学生“补课”的时候了

记　者：我们了解到在开设“性与健康”公选课前，您曾对大学生的生殖健康状况做过一次大型的问卷调查。调查中暴露出的哪些问题促使您开了这样一堂课？

陈　斌：那是 5 年前，我们选取上海 14 所高校共 5 422 名来自不同专业的在校大学生，进行了上海市大学生生殖健康状况问卷调查。内容涵盖生殖健康知识需求、性态度及性行为、性传播疾病知识等。调查结果显示，

74.4%的学生认为正规的生殖健康教育应当包括学校教育，94.2%的学生认为应当在高校开展生殖健康教育。学生最希望了解的生殖健康知识的前3位分别是：正常性行为(61.0%)、性心理健康(55.7%)及避孕知识(49.8%)。他们希望通过讲座或选修课的形式获得性相关知识，有超过一半的学生表示愿意参加此类选修课。

我们还发现，只有17%的学生对婚前性行为持否定态度，有超过50%的学生认为未婚先孕是可以接受的。与此同时，30%的学生不知道如何紧急避孕，只有不到一半的学生知道人工流产的危害。虽然有84%的学生知道艾滋病的传播途径，但只有不到50%的学生知道安全套能预防艾滋病。

性健康关系个人的生活质量、社会关系和谐以及国家的发展。在校大学生正处于青春发育的关键期，社会经济改革、信息和知识量激增、艾滋病等性传播疾病都在不同程度地影响他们的生活和健康，性健康方面的问题和知识需求也凸显出来。在性观念日益开放的今天，我们为大学生提供的生殖健康服务仍十分落后。是到了给大学生“补课”的时候了。

记　者：从课程安排上，我们注意到您的教学团队不仅有男性学专家、妇产科专家、心理学专家，甚至还有法院的法官。为什么会有这样的设计？

陈　斌：这是一门交叉性很强的课程，往往要求老师拥有多方面的专业知识，包括医学、心理学以及社会学等。最初，我们仅针对高年级的医学生授课。从2008年2月起，上海交通大学正式开设面对所有专业学生的“性与健康”公选课。在上海仁济医院及仁济临床医学院的支持下，我们成立了生殖健康教育教研室，组建了一支由临床医疗(泌尿男科、妇产科、精神病学)、心理咨询、司法、人文等专业人士为主的相对稳定的教学团队。这一课程是我们医学院系统首次开设针对全体大学生的性与生殖健康课程。

传统的公选课多以考试来了解学生对知识的掌握程度，而“性与健康”这门课不同。我们废除了书面考核，改以形式多样的互动考核，如辩论赛、微电影制作、实践成果展示等。课后，我们还定期通过网络与学生进行互动交流，扩大受益学生面。为此，我们设有新浪微博一个、QQ群一个、课程专用邮箱一个、课程网站两个。如此“开放”的形式，吸引了很多学生。

教育只有看不出教育的痕迹，才能显示出育人的独特效果

记　者：性健康知识由于涉及个人隐私，不少人会觉得难以启齿。在

教学中，您有没有碰到学生提出的不好解答的“敏感”问题？

陈　斌： 在“性与健康”的课堂上，如“外来务工者的性释放”“‘小三’的心理探讨”“性骚扰的界限”等时下的热门敏感话题，我们都和学生进行过深入的探讨。有些不便在课堂上回答的问题，像“自慰”等话题，老师会在课后单独解答，或以电子邮件的方式进行解答。

我们的话题五花八门，有“现阶段中国是否适合开展家庭式性教育”“婚内强奸之我见”“我们该不该奉子成婚”“我国性服务能否公开化、合法化”“我们的性困惑应该向谁说”等。这些话题，大家都讨论得热火朝天。在如何面对婚前性行为这个问题上，一位女学生就勇敢地表达了她的看法：“因一时激情或好奇而与男生发生性行为后，女生需要承担的肉体、精神乃至道德上的压力和痛苦都是难以言说的。我们还太年轻，但社会风气却越来越开放，我们又该如何适从？”学生们在讨论了婚前性行为的种种弊端后，提出了很多有建设性的意见。

学生并不单纯处于“受教”的位置。在和学生的互动中，我们的老师才真正发现学生的性观念、性文化走得有多远。有些老师起初不明白学生中流行的“腐女”“耽美”“伪娘”文化，以为“腐女”是指“搞腐败的女性”，在和学生交流的过程中才明白是指“迷恋描写男同性恋感情的文学作品、电影的女性”。以学生为师，有的老师甚至据此写成了学术论文。

记　者： 我们了解到，每学期都有不少学生选择旁听您的课，甚至有学生直接向学校教务处建议，让您扩大教学规模，换大教室上课。您觉得您的课为什么能抓住学生的心？

陈　斌： 作为一种素质与能力教育，我们这门课不强调对知识的“死记硬背”，也不要求学生具备医学生那样处理临床实际问题的能力，而是力争加深学生的思辨能力以及全方位的人格、体魄培养。而且，为了便于学生接受，我们设计出理论结合互动的教学模式，课堂中强调讨论，还引入了性文化、性道德以及思辨能力的培养。

以问题为中心、以学生为主体、以教师为主导，突破传统的教学思想和模式，充分调动学生的积极性、主动性和参与性，是我们这门课程的优势所在。学生通过互相展示与提问思考加深对性健康的认识，在轻松的环境中收获他们亟须的养分。再加上老师精彩、到位的点评，学生多表示“很过瘾”。

一位韩国留学生在我们的课后总结中这样说:“教育只有看不出教育的痕迹,才能显示出育人的独特效果。变换思想教育的形式,才能被学生所乐于接受,他们所受的思想熏陶才能注入肌肤、融入血液。”

(《健康报》2013 年 3 月 22 日)

“真正彰显学术地位的是所谓的‘江湖地位’,也就是蜕去了官方那张皮后是否还能引领学科方向。我们曾笑言,学科带头人的最高境界是‘他退出了江湖,但江湖依然在传说他’。”上海市第一妇婴保健院院长段涛说。

段涛说,成立“患者委员会”是一种新的尝试,为的是让患者来主动管理医院、倾听医院的声音,指出医院的不足,促进患者安全和改善医院服务。

“我承认我不是一位好医生,我们的医务人员同样可能存在问题,医院也有很多不足,这个社会也会让人不满,我们的世界并不完美,但我始终相信,努力就会有回报,人在干,天在看。只要大家都能存善念,发善心,结善缘,行善事,就会得善果。”

段涛:看病这件事必须坚持一辈子

对话背景: 上海市第一妇婴保健院院长段涛最近做了两件事,都在业界引起不小的轰动。一是 6 月 25 日,他在自己的微信账号上发布“自白书”《院长日记——我承认我不是好医生》,立即引起众多网友的转发;二是 8 月 1 日,他在医院里成立了全国首个患者委员会,让来自上海各行各业的 13 名委员会成员在未来 3 年中,就医院管理中出现的各种问题进行监管。行医多年,他对患者抱有的那份歉意来自哪些方面?医患失信,他又打算通过怎样的行动来弥合两者的距离?针对这些问题,记者采访了这位个子不高,言谈间却充满人格魅力的段涛院长。

和病人在一起,可以暂时忘记很多烦恼

记　者: 作为一位在副院长岗位上工作了 8 年、在院长岗位上工作了 6 年的医院管理者,您通过微信承认自己“不是好医生”,同时真诚地向患者致歉,这种做法在很多网友看来有点匪夷所思。您是怎么想的?

段　涛： 我是在真诚地反思。跟同行交流时，我常会开玩笑地说，我自己就是一位“三开”教授，即每天忙着开会、开刀、开车。这三者中，最让我困扰的是每天都有大大小小各种会议，占用了很多时间。我们医院接受“三重”管理，即上海市卫生计生委、申康医院发展中心和同济大学，医院内部各科室的会议也都希望我能参加。对于科室来说，有院长的参与和关注，他们的工作开展起来会更加得心应手。对此，我很理解也很无奈：去开会吧，影响临床工作，耽误看门诊；不去呢，对上级部门没法交代，对科室发展也不利。

有时我会“临时”被要求参加一些重要会议，只好暂停门诊或是让同事代诊。其实，每次停诊都会让我内疚，因为我知道这对一些患者来说实在是不公平。他们可能是从外地长途跋涉赶过来的，可能是预约了很久才终于挂上了我的门诊号。在面对紧急情况无法替患者看病时，我有两种办法。一是事先和病人电话沟通，而对产科那些必须定期看诊的病人，我会安排别的医生替她们看病，但仍然会存在一些病人表示无法理解的情况。我曾经遇到一位病人，他也是我一个熟识的朋友。在最后一次来看我的门诊时他告诉我：“下次再也不来你这里看病了，我预约了 4 次就这一次见到了你！”对这些病人，我始终是心怀歉疚的。

记　者： 您在“自白书”中说：“我曾经被病人家属骂过，也被病人家属打过，也当过很多次的被告。”同时，您又说您最喜欢被人叫作“段医生”。这里面看似有点矛盾。

段　涛： 虽然看门诊挺累，有时还会耽误吃饭和休息，但对我来说，这反而是一周繁忙的工作日程中我最喜欢的安排。因为跟病人在一起，你可以暂时忘记很多烦恼，不用去面对让人头大的行政事务。虽然累，但很开心，也有成就感。

尽管“两难”情况时常存在，但对我而言，替病人看病这件事必须坚持一辈子。放弃很可惜，一是出于院长任期限制，如果中途放弃业务，丢了技术，那退任下来后该干什么？二是我喜欢做医生，希望能做一位好医生。基于这点，我也不会放弃。所以要论称呼，我更喜欢别人叫我“段医生”，其次才是“段教授”“段院长”。

记　者： 就像您说的，这种专业理想与行政事务之间的冲突，是不是也比较普遍地存在于很多医院院长的心中？

段 涛：曾有人建议我不要看门诊了，就搞行政。我认识的一些院长，也有一部分人放弃了业务。在中国，只有业务能力强的医生才能成为医院管理者，才能让其他医生信服。如果连自己的专业都做不好，如何能做好医院的领导呢？与中国不同，国外的大学或医院可以通过自理的方式，让教授或医生共同参与管理，或成立一些学术委员会、医学委员会等。但中国没有这样的架构设置，主要由医院党政领导班子来决定大小事务。院长困惑的是，如果只把心思放在医院管理上，不去接触病人，那又怎么去有效管理一线的工作人员，怎么去发现医院存在的各种不足呢？

与其被动应付，不如主动将患者服务做好

记 者：近年来，医患关系失去了原来的纯净和美好，变得越来越紧张。您亲自向患者致歉，近期又尝试在院内设立“患者委员会”，其初衷是什么？

段 涛：“患者委员会”的成立旨在开辟医患沟通的新模式，搭建患者与医院沟通的多种渠道。只要做一天的医生，医患之间的这些事情你都得要面对；做一天的院长，你更得要去面对。成立“患者委员会”，这是一种新的尝试，为的是让患者来主动管理医院、听听医院的声音，指出医院的不足，促进患者安全和改善医院服务。我们希望将医患关系的问题处理提前，预防为先，解决今后不必要的麻烦。与其被动应付，不如我们主动将患者服务做好。

就像之前说，我承认我不是一位好医生，我们的医务人员同样可能存在问题，医院也有很多不足，这个社会也会让人不满，我们的世界并不完美，但我始终相信，努力就会有回报，人在干，天在看。只要大家都能存善念，发善心，结善缘，行善事，就会得善果。

记 者：全国首个“患者委员会”刚一成立便引来议论纷纷：“患者委员会”成员是不是享有看病特权？如做出严重有违诚信和损害声誉的行为该怎么处理？这个委员会会不会只替医院说话？对这些质疑，您都有预期吗？

段 涛：“患者委员会”的委员选举、工作执行、机构设置均独立于上海市第一妇婴保健院，对医院的医疗服务进行外部的独立评价、监督和建议。首批“患者委员会”成员是通过患者个人自荐、互相推荐，从300多位报名者中诞生的：经现场竞选、网络投票等多个环节遴选而出，并民主选举出了主

任一人、副主任两人，秘书长一人。首批“患者委员会”成员都是女性，她们都曾是上海市第一妇婴保健院的患者，平均年龄为35周岁，学历均在本科以上。

“关于我的事，我一定要参与。”这是写入“患者委员会”章程的一句话，也是成员们加入的意愿表达。“患者委员会”不会成为医疗纠纷的挡箭牌，更不得滥用私权。她们都基于公益目的加入，本着诚信、审慎和自律原则开展工作，承诺不得以委员身份开展商业牟利等不适当的行为。

记　者： 您曾说过，一个人的成功需要“三个人”的帮助。这“三个人”指的是谁？引入“患者委员会”，是否也为了实现这种协力提升？

段　涛： 这“三个人”，一是指点的高人。有高人指点，哪怕是只言片语，也会让你茅塞顿开，终身受益。我希望“患者委员会”的委员多给我们指点。二是相助的贵人。一个人在不同的人生阶段，都可能会遇到提携你的贵人。在很多人的人生经历中，都会有所谓的“99度”现象。你所有的努力就像在烧开水，水温不高的时候你不会有很高的期望，烧到99度时，你就会盼着马上烧开。是的，你只差那么一度，只要有人帮你一把，点一根火柴，就会进入另一个境界。但如果没有贵人相助，可能你一辈子就是99度，甚至这温度还有可能会下降。三是挑战的“敌人”。一个人的成功需要朋友，而更大的成功则需要“敌人”。经过“敌人”的挑战和折磨，你的意志、胸怀、眼界、格局才会上一个台阶。

真正彰显学术地位的是所谓的“江湖地位”

记　者： 作为院长，您曾在接受采访时多次谈到“学科带头人的标准”和“学科骨干的标准”。这些标准包括哪些方面？

段　涛： “学科带头人的标准”简单地说就是12个字——全球视野、国际合作、国内领先。我们的学科带头人要做到“身在西夏注，放眼亚非拉”，学习国际同行的先进技术、创新理念和管理经验，找出自己的差距和努力的目标，不仅要学术上领先，更要技术领先、管理领先，而领先的关键在于创新意识。

我认为，看一个人是否是真正的学科带头人，不仅要看他在位的时候做了什么，更重要的是看他为别人做了什么、为整个学科做了什么，还有他不在位的时候是否仍能发挥学科引领的作用。评价一个人的学术地位，现在国内更重视的是官方的职位。而真正彰显学术地位的是所谓的"江湖地位",也就是蜕去了官方那张皮后是否还能引领学科方向。我们曾笑言,学科带头人的最高境界是"他退出了江湖,但江湖依然在传说他"。

"学科骨干的标准"就是"5 个一"。这"5 个一"是一个博士学位、一篇 SCI 文章、一项国家自然基金、一年海外留学经历、一手绝活。

记　者: *听说上海市第一妇婴保健院对临床医生的 SCI 文章实行了分类,有这回事吗?*

段　涛: 关于临床医生究竟是否需要写 SCI 文章的争论很激烈,临床医生也对它又爱又恨。从今年开始,我们医院确实要实行"医生分类",即"恺撒的归恺撒,泥土的归泥土",希望大家能各得其所,各展所长。

具体来说,对临床医生,只考核他看病做手术的量和质就可以了。对临床-教学医生,考核要分为临床和教学两个部分,教学也是绩效,要保证他的收入不能低于只做临床的人。对临床-临床研究型医生,临床工作、临床课题和临床相关的中文和 SCI 文章都是考核的内容。对临床-科学家,我们会要求他有类似国家自然科学基金这样的国家级课题,以及很好的临床和基础研究相关的 SCI 文章。对临床-管理者,考核要明确职责,明确临床和管理岗位的时间分配比例。对于科学家,全职做科学研究的,高水平的 SCI 文章和科研基金当然就是考核的主要指标。

要让正确的、科学的理念去影响更多人

记　者: *那您如何区别专业与科普?您又是临床又是管理,哪来的时间去做科普?*

段　涛: 专业就是把简单的事情搞复杂了,科普是把复杂的事情搞简单了。专业是对越来越少的东西知道得越来越多,科普的目的是让大家对很多东西都知道一些。这就是区别。年轻的博士爱拽文,到专家级别就开始要做减法了。一般专业人士是举轻若重,大专家是举重若轻。

自从我开始在微博和微信公众账号发表科普文章以来,基本上是一周发两篇左右。很多同事和朋友也觉得好奇,说你每天那么忙,哪有时间写科普文章和管理心得啊?其实,时间挤一挤总会有的。可以说,我从事医疗、教学、科研和管理的时间一点也没减少,只是从其他地方挤出了些碎片化的时间,充分利用好了而已。比如开会间隙,拿起笔记本和笔,策划下一周的

文章;出差的时候,只要带着电脑,无论候机还是乘机,都可以有大把的时间写东西。时间挤出来了,内容也就顺着笔流出来了,反正是每天做的事情和思考的问题,不怎么费周折。

记　者: 您最近见报多了、上镜多了,对这个问题您怎么看? 您如何看待媒体的作用?

段　涛: 不少朋友也打电话给我,问:"怎么是你?""怎么老是你?"他们这么说我是有道理的,因为这不符合我以往的行事风格。我以往坚持"低调就是腔调",高调做事,低调做人;只做不说,多做少说。后来做了院长,有时不得不高调,但主旋律还是低调。选择开设微博和微信公众账号也不是我主动的选择,一是担心没有时间,二是担心暴露在公众目光之下会遇到麻烦。

开设微平台缘于我在医院中层干部会议时提出的要求。在布置2014年的工作时,我要求医院管理部门和临床科室要根据患者的特点和要求,利用新媒体进行沟通。有人说:"既然你要求我们做,你自己带个头啊!"就这样,我被自己的要求给"绑架"了。现在,我微博上有3篇科普文章的阅读量超过了50万,这大大出乎我的意料。既然正确的、科学的理念可以影响这么多人,我坚持写科普就有了动力。虽然是自媒体,但我有几篇文章在微信朋友圈被大量转发后,很快成为传统媒体的关注点。

不创新,毋宁死。宁愿死在创新的路上,也不愿碌碌无为。我们鼓励管理创新、服务创新、技术创新。而创新需要更多的沟通和交流,创新需要鼓励和宣传,好的经验需要分享。自己关起门来说,做不到也没人知道,在媒体上说出来了,不但要去做,而且要做好,做不好的话就等于在打自己的耳光。这种压力给了我自己,也传递给了我们的员工。

(《健康报》2014年8月15日)

张澄宇:让医生的价值得到弥补和体现

对话背景: 上海国际医学中心自立项之初就承载了上海医改"试验田"的角色,明确定位走社会办医高端路线,瞄准打造一座"超级医院"的目标。自今年5月28日正式开院以来,该院签约的多点执业医师达127名,来自全国各地患者的比例达七成，特别是预约制点诊、多学科联合门诊已成为特色，深受患者好评。作为上海国际医学中心院长，张澄宇近期接受记者采访，就医师多点执业、医院未来规划等方面的问题作了颇有见地的回答。

当前的任务就是把服务做好、把品牌做好

记　者： 我们知道上海国际医学中心是原卫生部和上海市的部市合作项目，人们对它的期待是“打造一个社会资本办医的经典案例”。您如何看待这一期待？

张澄宇： 上海市社会医疗机构协会最新统计显示，在目前上海市1 715家各级各类社会资本医疗机构中，有医院212家，其中上海国际医学中心是最大的一家医院。我们自然也期待能将医院打造成一个社会资本办医的经典案例。我们一直在朝着“超级医院”的目标努力，而当前的任务就是把服务做好、把品牌做好。

记　者： 上海国际医学中心在为病人服务的具体设施和理念上，与国内公立医院相比有哪些异同？

张澄宇： 我们中心以独特的“3H”理念（Hospital、Hotel、Home，即医院、酒店、家）来定义我们提供的服务。“Hospital”是内核，提供一流的医疗技术帮助患者回归健康；“Hotel”和“Home”则是优质服务体验和文化外延。令所有公立医院羡慕的是，上海国际医学中心床位与护士数之比达到了1∶2，即每个床位配备两名护士，而国内公立医院这一比例通常为10∶6。我们这么做绝非专为富豪打造，而是想要提供符合国际通行模式的优质医疗。

“临床多学科联合门诊”也是国际上比较时兴的。举个例子说吧：31岁的张女士患慢性乙型病毒性肝炎9年，既往有流产史，欲再次怀孕发现血小板指数异常升高。她请求“多学科联合门诊”后，医院结合张女士的病情及怀孕诉求，安排此次多学科联合门诊医生由感染科、血液科、妇产科、放射科、病理科等多位专家组成，共同为她制订了诊疗方案。张女士很满意。如果没有“多学科联合门诊”，张女士在传统诊疗模式下很可能要多次往返于一家医院的多个科室，甚至是不同医院的特色专科门诊，时间、精力与经济成本就可想而知了。

率先在国内探索一条医师多点执业之路

记　者： 近年来，业内外对医师多点执业褒贬不一，上海国际医学中心目前已签约127位多点执业医师，在推行医师多点执业方面有哪些成功经验？

张澄宇： 我们这127位医师全部来自上海8家著名的三级甲等医院，分别是上海交通大学医学院旗下的附属瑞金医院血液肿瘤科、内分泌科、心内科、心脏外科；仁济医院消化内科、风湿免疫科、泌尿外科；新华医院耳鼻咽喉-头颈外科、眼科、皮肤科；第九人民医院整形外科、口腔科；第一人民医院眼科、妇产科；儿童医学中心儿内科；胸科医院胸外科、呼吸内科以及第二军医大学旗下的附属长征医院骨科等。这些顶尖科室的顶尖专家领衔的专家团队来到上海国际医学中心多点执业，保证了高端医疗服务的质量，也是乘势走出公立医院医师多点执业“叫好不叫座”尴尬境地的一次难得的尝试与突破。

记　者： 很多公立医院的医生不仅工作强度大、节奏快，常年超负荷工作，而且收入与劳动付出不成正比。针对这些问题，您又是如何让多点执业医师满意的？

张澄宇： 我们致力于改变这种现状，一方面让病患得到温馨和高水平的诊治和护理服务，同时也要确保医护人员有尊严地工作。在工作时间的安排上，我们采取8小时5天工作制，每位医生全天的看诊上限是30人。这不仅保证了病家获得有效的时间与医生沟通，同时也保证了医生的负担不过重，最终实现“双赢”。

上海仁济医院副院长、泌尿科主任黄翼然教授是公开赞成多点执业的业内人士之一。他最早规划好上海仁济医院泌尿科专家在上海国际医学中心多点执业的安排，而且还希望他们团队的一个个专业小组能渗透进其他公立医院、社会医院，打出上海仁济医院的名品和声誉。上海国际医学中心自试运营以来，黄翼然教授每周三下午的门诊预约场场爆满。我常常这么说，如果把上海国际医学中心比作一个球场，上场踢球的至少是沪上球星，或者是国脚，甚至是国际球星。我们本着先行先试的原则，率先在国内探索一条有序、有效的医师多点执业之路，就是希望医生的价值能在多点执业中得到弥补和体现。

真正开拓市场，还是要靠我们自己

记　者： 2011年5月《上海市医疗机构设置规划2011～2015》提出，严格控制公立医疗机构开设特需医疗服务，鼓励有条件的公立医疗机构对特需床位实施剥离。这对上海国际医学中心来说无疑是个利好。对此您怎么看？

张澄宇： 增加卫生资源供给，满足人民群众多样化、多层次医疗卫生服务需求，社会办医已成不可或缺的重要途径。上海去年完成了郊区三级医院建设，即“5+3+1”工程，新建的四所三级医院中都不开设特需病房。同时，上海市政府对公立医院中特需医疗的价格采取了一定的控制，对现有特需医疗的规模有严格的把关，公立医院开展特需医疗的准入也相当严格，所以政府导向已经非常明确了。当然，我们也知道把特需医疗服务从公立医院中剥离出去肯定有一个过程，而真正开拓市场，还是要靠我们自己。

记　者： 您的另一个身份是中国国际医疗旅游推动联盟委员会副主席，在这方面，上海国际医学中心有没有相关发展计划？

张澄宇： 国家卫计委医政医管局不久前牵头召开一次会议，会上首次提出发展国家旅游医疗、成立旅游医疗发展联盟的提议。中国现在每年有十几万人到欧美治疗，同时周边国家人群到我国就医旅游的也不少，如此巨大的“蛋糕”下必有商机和医疗市场。

上海国际医学中心已着手谋划与国外一流的医疗机构开展合作，实行互相之间的“转诊”。同时，医院也提供可供多选的旅游医疗。现在，上海国际医学中心已覆盖47家商业医疗保险业务的公司，约占市场保险的95%。

（《健康报》2014年9月26日）

季庆英：我庆幸自己选择了医务社工

对话背景： 季庆英，上海市医学会医务社会工作学专科分会候任主任委员、上海儿童医学中心副院长。1997年，她由产科医生毅然转行干起了医务社工工作。十几年来，她不但在医院把社工这项工作做得风生水起，还推动了国内医务社工的专业化发展。作为“中国十大社工”荣誉称号的获得者,她的故事也激起了人们对于医务社工这一行业的好奇。医务社工究竟是怎样一份工作,对医院和患者而言,这项工作的价值和意义何在?围绕这些问题,记者与季庆英展开了一番对话。

总觉得除了医疗以外,还可以为患者做些什么

记　者: 医务社会工作者对很多人来说还比较陌生,您能介绍一下,医务社工在医院主要是从事哪方面的工作吗?

季庆英: 简单地说,如果有一部分病人,除了接受治疗,还需要其他的帮助,而医护人员因为工作忙或其他原因提供不了这样的帮助,这个时候就需要有人来帮医生和护士做这部分工作,这就是医务社工的工作。

记　者: 季老师,您最早是儿科医生,后来怎么会想转到医务社工这个新行业的?

季庆英: 当看到家长因孩子患了疾病而焦虑、痛苦,甚至绝望,当看到孩子因患病与社会隔离、失去小伙伴,眼神所流露出的那种悲伤和无助的神情时,我总觉得除了医疗以外,还可以为他们做些什么。

1997 年,上海儿童医学中心正式开张,我加入了进来。当时,上海儿童医学中心成立了医院发展部,我在这个新岗位担任负责人,最初的工作就是慈善救助。包括积极倡导社会公益活动,组织了"儿童健康节""儿童安全周""病员学校""骄蕾图书馆"等关注孩子身心健康的公益活动,取得了良好的社会反响。像"儿童健康节",我们坚持做到今天,已经是第 17 届了。

记　者: 作为国内第一批专业医务社会工作者,您做了哪些开拓性的工作?

季庆英: 2001 年经医院推荐,我踏上了香港大学社会工作学硕士的求学之路。3 年的学习经历,奠定了我以后从事社会工作的执业基础。

2004 年获得硕士学位后,我回医院立即主办了中国内地首个医务社会工作专题研讨会,将社会工作理念融入医疗服务,并在医疗领域内试行推广。也是在这一年,我在医院按照国际化标准创立了社会工作部,在国内最早设立临床社工制度。2012 年,我们根据临床和病人需求,以及医疗学科特点,在国内首设临床专科社工,在病房和门诊设立独立的社工办公室,将社会工作者作为临床专业角色融入医疗团队。此外,我们还与医疗团队在病

人服务、健康教育和慈善医疗救助上广泛合作，协助病患处理情绪上的困扰，疏导医疗纠纷，促进医患和谐。

从2008年开始，面对儿童临终关怀的服务需求，我们开始探索让社工介入姑息医疗和临终关怀，并于2014年3月建立医生、护士和社工共同参与的姑息门诊，正式实施“姑息医疗转介-姑息门诊-安宁病房”服务流程。这一做法被业内称为“填补了大陆地区儿童临终关怀空白”。

时任上海儿童医学中心院长、现为上海市浦东新区区委书记的沈晓明，认为“医院社工部是上海儿医中心除心血管和儿童血液肿瘤学科外最大的特色”。

我觉得有责任和义务推动国内医务社会工作的发展

记　者： 我们知道，除了做好医院的医务社工工作外，您为推动国内医务社工的发展也不遗余力，在这方面您有哪些思考？

季庆英： 国际医务社会工作已有百余年的历史。其实，我国医务社工的概念早在1929年就在北京协和医院出现了。但由于历史原因，我们的医务社工发展落后了。目前，我国大陆的医务社工正在恢复中，专业化的步伐也在加快。自从加入社工队伍后，我觉得有责任和义务推动国内医务社会工作的发展。中国大陆地区首个医务社会工作专业组织——上海市医学会医务社会工作学专科分会就是我发起创建的。

在实践医务社工的同时，我们也在不断总结经验，进行相关的课题研究，为政策出台做好铺垫工作。为了让医务社工走进更多的医院，我们开展了相关培训工作。2008年，我们获准承办中国大陆地区首个医务社会工作国家继续教育学习班；2010年，我们与中国社会工作协会合作举办了“首届中国医务社会工作研讨会”。从2011年开始，每年主办“医务社会工作国际研讨会”，邀请全球知名专家来沪授课，使国内医务社会工作者们能够及时了解世界前沿动态。

记　者： 在您看来，我国医务社会工作者在专业性发展方面还有哪些亟待加强？

季庆英： 作为一名医务社会工作者，不仅需要对医务知识有清楚的认识和准确的把握，同时也要具备社会工作的相关知识和理念。目前我国各大院校几乎没有开设医务社会工作专业。我们倡导在医学院校设立医务社会工作课程，使之成为必修课，培养学生沟通、倾听、团队合作、引领和社区动员等社会工作技巧。

我本人承担了一些大学教学工作，面对人文教育薄弱的医学教育现状，我是尽力将社会工作方法融入医学生教育和住院医师规范化的培训工作中。此外，我还协助上海市卫计委策划和设计了“上海市医务社会工作培训”系列课程，以带动二级医疗机构共同发展。

记　者： 目前，国内医务社工的现状如何？对于这个行业，您有哪些期望？

季庆英： 以往国内基本上都是医护转行成为社工，随着社工专业的发展，大多数医院社工的最低门槛会是社工硕士专业。以我们上海儿童医学中心来说，社工服务部已拥有 4 名硕士专业毕业生。

在我国，医务社工的工作尚未得到完全的理解与支持，但是我相信，不久的将来，医务社工会和医生一样，受到老百姓的信赖和认可。回首十几年前的决定，我庆幸自己选择了从事医务社工。我热爱这项工作，更执着于中国医务社会工作的未来。

（《健康报》2015 年 4 月 17 日）

景在平：一刀一笔总关情

他是医者，也是艺者。身为我国腔内血管学的奠基人，第二军医大学附属长海医院普外科及血管外科主任景在平教授在医学领域孜孜探索的同时，也钟情于自幼养成的书法绘画爱好。几十年来，他“出世一支笔，入世一柄刀，将‘大美’与‘大慈’常悬于腕，更常悬于心”。他义卖自己的原创书画作品筹集了近 400 万元款项，迄今已为 12 位心脏主动脉瓣膜狭窄病人进行了免费微创治疗。

“有‘景’教授‘在’，我们患心脏主动脉瓣狭窄的病人就能‘平’安无事了”

上海繁华的南京东路有家著名的江南艺苑——朵云轩，创建于清光绪二十六年（公元 1900 年）。在业内，上海朵云轩与北京荣宝斋并称为“南朵北荣”，凡能在此展出其水墨山水画作或书法作品者，必是书画大家。而军医出身的景在平则先后多次在此展出其“爱心书画展”，吸引了海内外无数艺苑人士。

还记得景在平第一次办画展，记者应邀前往观摩。偌大的展厅里，一眼望去满壁烟云沟壑、龙飞凤舞。画作映书法，书法托画作，幅幅错落跌宕，帧帧浑然一体。

当天，展厅里围观讨论最热闹的要数那幅《刀之雄魂，笔之气魄》的书法画作了：左右总共8个字的行草气宇昂然、利落之极，中间画作脉通气畅、飞转流动，正中袅袅恰是一柄手术刀，又像是一支书画笔……其独特的意蕴令观者啧啧赞叹。

原中宣部副部长龚心瀚也曾被景在平的“风吹不倒，雨淋不烂”的书法造诣所折服，称“其行草从起笔至收笔，一气呵成，一线贯通，天成一体，风范卓然；其画作，有西方的抽象，又有东方的写意，每一幅画都可以独见灵性，讲述出一个动人的故事，可谓通天地，达人心。”而我国著名艺术家、美术评论家谢春彦则对景在平发出了“此人身上有‘奇’气”的赞叹。而一个“奇”字却不单单只概括了他在书画创作上的造诣和用心。

近几年来，为了救治患心脏主动脉瓣狭窄的贫困病人，景在平教授先后由上海书画出版社出版了四部爱心书画集，并在上海朵云轩、匈牙利布达佩斯皇宫等地举办了十多场爱心书画展，义卖自己的书画作品。

自2011年5月成功实施第一例球扩式心脏主动脉瓣腔内微创置换术至今，已使12名患者成功实现了免费救治。今年4月和5月，景在平还将陆续在上海M50创意园、朵云轩等地举办书画展和义卖，为患者筹集善款。

2013年5月，第二军医大学附属长海医院普外科及血管外科为《景在平清墨逸笔写意山水书画集》的出版举办首发式。在现场，接受帮助而进行手术并康复的病友们争先恐后上台发言，对景教授及其团队的帮助表达了无尽的感谢之情，他们说：“有‘景’教授‘在’，我们患心脏主动脉瓣狭窄的病人就能‘平’安无事了。”

手术中的针脚缝线除强调“技进乎道”外，更是“针针关情，线线牵命”

冬日的阳光照进上海天钥桥路一间取名“美景轩”的窗内，暖洋洋的。

“美景轩”面积不大，但艺术氛围却颇浓厚。屋子的主人景在平热情地倒完咖啡，就对着满墙悬挂的作品诠释起来：“我一辈子无论是手术刀还是书画都得益于这神奇的悬腕之功。”

景在平解释道，操刀手术和执笔书画都须悬腕完成，所以刀笔因悬腕而相启，也因悬腕而相通。执笔书画讲究提、按、使、转。提向上，以求气灵神活；按向下，以求力透纸背；使向左，以求内侧凌虚；转向右，以求外侧沛润。一支笔四面出击，八方乘势，实处得力，虚处求韵，全赖悬腕之功。相对的，操刀手术则讲究分、止、结、缝。分就是将病变组织从正常组织中分离出来；止则是精准止住任何出血；结就是将出血点结扎牢靠；缝则是将欲保留的组织器官缝合重建起来。一把刀在术者手里运斤厘肌，上下翻飞，指下得力，手上生风，也全赖悬腕之功。

景在平说：“提、按、使、转是书画创作的看家功夫，分、止、结、缝则是外科医生的吃饭本事。两者虽不能一一对应，但却在悬腕操作这一基本点上达到了相通。由此可见，无论操刀还是执笔，悬腕是其基本的共同点。悬腕才能虚灵。”

在中国书画中，线条是其神韵的生命线。而景在平认为，不仅书画“皆起于这一线，手术也始于这一线”。他指着一幅画打比方：“书画中的线条、点画讲究疏可走马，密不透风。而我们在医学上常常实施的血管吻合术则在疏密有致基础上更强调松紧合度。缝线过密过紧会引起吻合口狭窄；缝线过疏过松则会导致复通后漏血。”他进一步强调，医学上，吻接过程中“间断缝合”的每一个线结，都要求环环扣紧，节节扎牢。这正像书画中的每一个点，都强调“一点之内，殊衄挫于毫芒”一样。因为，任何一个手术线结松脱，轻则形成血栓自凝，重则须再次手术缝合。恰似书画中“忽一点失所，若美女之眇一目”。

不仅如此，手术“连续缝合”的吻合线依然要求针针精准，线线匀齐。恰似书画中的每一根线条都强调“一画之间，变起伏于峰杪”。假如吻合线一根断裂，吻合口崩开，轻则威胁肢体，重则威胁生命，犹如“一画失所，若壮士之折一肱”。

景教授融手术与书画于一炉。他说，书画中的线条点画，无论是悬针还是垂露，都要求其本身尽量体现出丰富的美学意象。而手术中的针脚缝线除强调“技进乎道”外，更是“针针关情，线线牵命”，“因此医者更要心念生命之大美，怀揣救人之大慈”。

（《健康报》2015 年 4 月 10 日）

曹钟强：把自己的经历拍进影视剧

一位医生，却集作家、编剧、导演于一身；发表科普文章、漫画、摄影和摄像作品 600 多部篇；著有长篇小说《医恋》《日出月入手术室》，中篇小说《金蝴蝶梦》《代孕》《世上另一个她》，短篇小说《七彩玫瑰》和纪实文学《手术室私房话》等；还编剧、导演了电影《医缘》和《金蝴蝶梦》等。这位“全能医生”便是复旦大学附属华东医院麻醉科副主任医师曹钟强。

“啊，原来导演是名医生！”

前不久，被誉为全景展示医院手术室、描绘医护人员职业和生活状态、传递正能量的电影《医缘》在上海公映，身兼该电影导演和编剧的曹钟强告诉记者，片子就脱胎于他之前的两部医疗小说《医恋》和《日出月入手术室》。当时，他将自己的两部作品进行了组合，改编成电视剧剧本，并有幸获得了上海文化艺术项目资助。这之后，曹钟强萌生出将其拍成电影的想法，想让更多的人在大屏幕上了解真实的医生。于是，在华东医院院长俞卓伟、上影集团和上海市卫计委等领导的支持下，曹钟强亲自操刀编剧和导演，将文字变成了影像，并取名为《医缘》。

《医缘》主要是以优秀实习医生翁韵霞来到亚海市东华医院实习、工作以及情窦初开为主要故事线，演绎了在她周围发生的许多曲折动人，感人至深的故事。电影生动描绘了医生与护士们在工作中如何真实相处、开展救死扶伤工作的场景，展示了他们勇于探索，乐于奉献的风采。

第一次涉足影视的曹钟强直言：“编剧和导演确实是一门专业性很强，艺术性很高的技术活，又是一桩耗脑力，费体力的苦差事，即使已经有文学基础比较好的小说范本也不例外。想要干好还真不容易。”

的确，担任导演、拍摄医疗题材电影的难度，对一个一直从事医疗工作的临床医生来说简直是难以想象的。熟悉曹钟强的同事都说，看不出平时对待患者温和体贴的“曹老师”，在拍摄现场竟成了一个严厉的、不放过任何细节的“霸道总裁”。不过更惊讶的还是《医缘》的演员们。直到电影拍摄完成后，他们才恍然大悟：“啊，原来导演是名医生！”

一开始便是个“文艺青年”

虽然拍电影是头一回，但曹钟强一早便是个“文艺青年”了。在医学院时，18 岁的曹钟强就已开始在媒体发表医学漫画，用这种形式宣传医学知识。1991 年从医学院毕业后，他来到华东医院从事麻醉医学工作。闲暇时光，他还总不忘拿起那支弯头钢笔涂涂画画。而且成天泡在医生、护士堆里，更是有了取之不尽、用之不竭的医学素材，寥寥几笔，一幅幅漫画跃然纸上，栩栩如生、幽默风趣。他在《上海大众卫生报》中开辟了题为《开心“话”题》的漫画专栏，还以此在 20 世纪八九十年代出版了《曹钟强医学漫画集》。要知道，在当时以一个医师身份创作一本个人医学题材的漫画集实属少见。那以后，人们便经常可以看到曹钟强的医学漫画在全国报刊上发表，有些作品还获得了全国漫画比赛的奖项。

除了画漫画，曹钟强还爱动笔创作医学科普文章。其中《人生相对论》《趣谈生命活动与科学发展吻合》等文章被刊发在国家级学术杂志上。不仅如此，时常玩弄摄影和摄像的曹钟强，在 1998 年被上海电视台聘为特约记者。从此，他也从一名单纯的医学从业者开始向社会观察者转型。

这些年来，曹钟强已发表科普文章、漫画、摄影和摄像作品 600 多篇。目前，他仍持续在《上海大众卫生报》的“手术室故事”专栏中为大家讲述手术室里惊心动魄的故事。

1999 年可谓是曹钟强文艺创作生涯的一个转折点。他酝酿要从医生的角度写一部有关医学方面的长篇小说，把医院里上演的悲欢离合写进去，也想把医生的酸甜苦辣真实地展现在读者面前，然后以此改编成剧本，拍摄成电视剧或电影。目的很明确，可是做起来并不容易。于是，除了完成好工作，曹钟强几乎将所有时间都留给了写作，寒来暑往，一写就是 10 年。摸索推敲、谋篇布局、逐字逐句地修改雕琢，终于在 2009 年 9 月完成了 29.5 万字的长篇小说《医恋》。

曹钟强说：“《医恋》完成后，先后在上海文艺出版社出版和《新民晚报》上连载。也许因为很真实，同事们、朋友们，甚至是患者读来都被主人公妇产科医生刘诗芬的故事打动，他们鼓励我把《医恋》继续写下去。于是，我就又有了创作《医恋》姊妹篇的愿望。"第一次长篇小说的创作经验给曹钟强打下了基础，两年之后，他又完成了22.5万字的《日出月入手术室》，同样引起了广泛的反响。此后，曹钟强也成为上海作家协会的一员。

"我的第一职业永远是医生"

曹钟强说："医学应该包含三大部分，那就是医学专业、医学管理和医学文化。"他认为，一个文化内涵黯淡的专业是缺乏生机和活力的，是没有时代特色的。所以，有关医学的小说、影视、绘画等等文艺创作在医学文化领域中是必不可少的。它们同时也是人们喜闻乐见的文化载体，可以让人们在轻松、愉悦的氛围中更好地了解医学专业，更好地理解医务人员付出的艰辛和所承担的责任。因此在进行创作时，曹钟强总会不由得想起院长俞卓伟对他的希望："片子一定要拍得真实，要让观众满意，还要经得起同行的检验。"

交谈中，陷入沉思的曹钟强慢慢回忆："尽管我对《医缘》的原著小说素材非常熟悉，甚至其中有些事情是亲力亲为，但我毕竟是学医的，写一部长篇作品可谓举步维艰。"临床工作是繁重而紧张的，那期间，曹钟强每晚都带着疲惫、凭着毅力，几个字几个词地堆砌，一小段一小段地构思。即使如此，还是没有找到良好的写作方法。刚开始，曹钟强把编写的剧本拿给行家里手看，他们的评价是：想说的有很多，但更多的是说教；故事很真实，但剧情比较平淡。

就在这困惑之际，曹钟强靠着过去曾在医院旁边上海戏剧学院学来的点滴理论知识，学着用记者的敏锐来观察周围发生的事情，用医生的严谨作风来编织故事，用漫画作者的幽默来滋润文笔，果然还真的获得了一些效果。

他发现，自己的原著小说大都采用平铺直叙的方式，以主人翁的感情线徐徐展开，以发生在他们周围跌宕起伏的故事线渐渐推进，可以夸张，可以比喻，甚至可以飞跃。而影视剧虽然也是如此，但却有着特定艺术要求，那就是可以拍摄，拍出来观众能够理解；同时，语言要多用口语化。

这以后，曹钟强重新定位创作医疗剧的基调，以真实为其生命，以手术室为主战场，以引人入胜的剧情为走向，以富有情趣的对话为剧作注入活力。因为剧本医疗剧情来源临床一线，创作经历也来自医疗一线，因此有些同事在手术中完成一个高难度操作或者遭遇一个特别经历时，会开玩笑地问：“曹医生，刚才发生的会不会编进电视剧啊？”

最近，曹钟强的另一部小说《金蝴蝶梦》改编的同名电影也拍摄完成了，同样是由他自己导演的。这部影片讲述的是以年轻漂亮、知书达理的整容医生胡蓝为主体的“金蝴蝶”医疗小组，面对成千上万中国姑娘去韩国整容的困惑，探索符合国人的黄金分割整容术的故事。

面对曹钟强完成的人生的三级跳，很多人闻讯后前来挖人、劝说他跳槽。但曹钟强却坚定地说：“我的第一职业永远是医生，这也是我的创作源泉。我永远铭记医学院老师对我的教导：‘做医生，你永远也不会后悔，因为无论时代、社会怎么变，对医生的需求不会变，这份职业的崇高也不会变’。”

（《健康报》2015 年 6 月 26 日）

何义舟：一位医生漫画家的“三十六变”

“二师兄”漫画已在“文化・视窗”版中连载近 10 个月的时间了。“二师兄”憨态可掬的形象以及他与师兄弟们不那么“高大上”的故事，让大家在忍俊不禁的同时也获得了一些启迪。很多人好奇，“二师兄”到底是谁？“琦一刀”的武功有多强？本期“医人雅趣”，就让我们跟随记者，和漫画作者、复旦大学附属中山医院肝移植监护室的何义舟一起聊聊天，揭揭他画漫画的“老底”。

导师保留了他一箱子的漫画稿件

今年 38 岁的何义舟相貌堂堂，浓眉下一双眼睛特别有神，总是闪烁着思索的光芒。1999 年毕业于河南医科大学临床医学系的他，在郑州金水医院普外科做了 2 年住院医师后，于 2001 年考取了广东医学院肝胆外科专业，师从导师刘维藩教授，攻读硕士学位。感动于刘维藩教授东北人豪爽的性格和爱护学生的温情，何义舟总想着为导师做点什么。“那时，不知从哪儿来了灵感，从没学过画画的我，突然拿起笔来在纸上画起小漫画。”画完之后，还会赠送给教授，“寒来暑往，3 年硕士期间，我的肝胆外科专业水平提高了，漫画也进步得特别快。”回味这段难忘的经历，何义舟一脸的幸福。“听师母说，导师保留了我一箱子的漫画稿件。”

2004 年，何义舟又考取了复旦大学附属中山医院肝外科专业，成为著名肝外科专家樊嘉教授的博士研究生。虽然导师严格，学业繁忙，但是何义舟还是没有丢掉漫画的兴趣爱好。他利用业余时间，不止一次地来到陕西南路，瞻仰中国文人抒情漫画的开创者——丰子恺的旧居“日月楼”。何义舟说：“先生的漫画多为人们日常生活情景，又具有普遍的人情世故与动人情趣。”这种雅俗共赏、信手拈来的朴素情致，也是何义舟始终学习的榜样。为此，他几乎把丰子恺先生所有的漫画作品都临摹了好几遍，然后在此基础上再逐渐形成自己的风格。

画漫画是医患间一种很好的人文沟通

自从“二师兄”漫画在《健康报》和《中山医院报》连载后，何义舟到医院理发室理发时，师傅都会亲昵地招呼他：“‘二师兄’来了。”何义舟说，之所以漫画中“二师兄”和“琦一刀”的形象会引起很多医疗界同行的共鸣，其实是因为它们身上有这个群体的影子，“当然这里也包含我和我的小伙伴。”这里的小伙伴说的是同为医院肝外科医师的杨国欢。他们二人业余时间经常在一起探讨业务，也聊漫画。“我的‘文本’‘思路’，或者说是‘创意’都是我们俩在聊天中碰撞出来的。”

何义舟兴致勃勃地介绍，自己笔下的“二师兄”为人憨厚，是个临床好手，但又不像“猴哥”特别机灵，能写出许多 SCI 论文。“没论文就不能升职称呵！不过‘师傅’和‘猴哥’不在家的时候，‘二师兄’还能带上‘沙师弟’，将临床任务一概搞定。”他接着说，“琦一刀”的人物设定，是一个刚毕业、血气方刚的外科医生形象。就像很多刚刚进入工作岗位的青年医生一样，他梦想着成为“一把刀”，但紧张的医患关系、高压的医学竞争态势，使这条梦想之路多有险峻。“在我的漫画作品中，‘琦一刀’虽屡遭险恶，但始终秉持梦想，从不轻言放弃。”何义舟“人如其漫画”，通过作品抒情表意，既调侃了当前医生颇有微词的评聘职称体制等现象，又传递了正能量。

虽然画的是“二师兄”八戒，但在大家眼里，何义舟“人不错，比较老实”，更像是一根筋的“沙师弟”。在院长和科主任的支持下，他利用自己的一技之长，在科室张贴了不少自己创作的科普漫画。进行肝移植后能下床活动的病人，来到宣传栏前，看看这些生动的漫画，既长知识又添乐趣。而对于还躺在病床上的患者，何义舟会在监护的同时，在自己的手机屏幕上或写上一段文字，或画上一幅漫画，让躺在病床上的患者心情放松地度过最艰难的术后几天。

美国威斯康星大学美术系终身教授胡先生在接受肝移植后，就有幸遇上了何义舟。何义舟在A4纸上画了欢快的“二师兄”，鼓励胡教授早日康复。从此，胡教授和何义舟结下了“忘年交”。出院后，胡教授又邀何义舟到他在上海的家里，进一步向他传授绘画的技巧。

何义舟一直相信：“医生理所应当要有点儿人文气息，这样才能更好体味与生命打交道的职业，画漫画或许就是一种医患之间很好的人文沟通。”

《漫画肝癌》申请国家自然科学基金科普项目一举中标

事实上，何义舟的漫画不仅能为临床病人和同行们带来裨益和欢乐，更为面向社会的医学科普锦上添花。取得博士学位的2007年，何义舟为导师樊嘉教授等主编的《实用肝移植300问》一书绘制了包括适应证、移植技术、肝移植受者自我护理和术后康复等一系列漫画，让读者一目了然。此外，在《话说肝癌》《研究生是怎样炼成的》等书籍中，何义舟也以漫画形式作了插图。

有了这些扎实的配画、插图基础，今年1月何义舟萌生了以《漫画肝癌》申请国家自然科学基金科普项目的想法，并一举中标成功。

何义舟介绍，他的《漫画肝癌》就是以漫画的形式，向大众解释肝癌的病因、预防、诊断、治疗等知识，把研究所最新的科研成果介绍给老百姓，把深奥的医学知识非常简明地介绍给大众，让大家意识到“预防为主，早诊断、早治疗”，从而降低我国肝硬化、肝癌的发生率。“目前还没有发现用纯漫画的形式进行肝癌科普的先例。其实漫画是一种医学专业领域与普通公众之间很好的沟通工具，它极易吸引读者，能起到语言不能达到的传播效果。”

（《健康报》2014年6月20日）

杨秉辉：钢笔画里的生命脉搏

前两天，78岁的复旦大学附属中山医院的杨秉辉教授，跟着旅行团赴东欧游玩了半个多月，并满载着48幅新鲜出炉的原创钢笔写生画回国。无论是保加利亚查雷维茨城堡，还是波黑莫斯塔尔的老桥；无论是爱沙尼亚塔林老城，还是阿尔卑斯山中贝莱德湖……在他笔尖下流淌的异国名胜、海外风光，尽显用笔的大气，线条的随心，让人荡漾在他钢笔写生画中享受快乐和美感。

看到公园那个写生的人，很多人都能认出：那是中山医院的杨医生

“我对于绘画一事，比较早就有了兴趣。”杨秉辉回忆，自己对于绘画的启蒙，来源于幼时家中不多的藏画。他记得那时家中有一些岁寒三友、竹林七贤之类题材的国画，每年更换着挂。他自小就喜欢绘画，尤其喜爱山水风景画，不但喜欢看别人的画，而且自己也经常动手。读到初中时，星期天若天气晴好，他便会带着纸、笔、水彩，独自去郊外写生。

有次，杨秉辉在镇江的北固山写生，被镇江画家、镇江市聋哑学校校长尹印一先生看到。被认为“孺子可教”的杨秉辉，被尹校长叫到自己家中看画，并为他讲解了取景之远、中、近等道理，还带着他一起写生。

1957年，杨秉辉高中快毕业了，考大学要先定志愿，他和父亲商量此事，说“很想学画画”。但父亲却担心，除非以后成名家，不然卖画不易，如此将受制于人。因而，杨秉辉这才提出学医科。父亲套用了一句老话“不为良相，便为良医”，表示赞成。

进了医学院后的杨秉辉，身担繁重的功课，同时也怕画风景画有“小资情调”，为当时的气氛不容，于是只好暂且割爱，直到20世纪80年代初改革开放。“于我而言，临床工作已积20余年经验，一般医疗处理也已驾轻就熟，又逢思想解放，于是重新拾起旧日之好。”这时的杨秉辉，每当假日难得闲暇之时，便在自己家附近的公园里开始用水彩写生作画。久而久之，一些过路人见了都能认出：“那是中山医院的杨医生。”

在担任中山医院副院长期间，杨秉辉曾于1986年年初赴京，在中央党校学习。对于一个暂离日夜奋战医疗第一线的医生而言，这段时间，除了学习之外别无他事，顿感轻松。于是学习之余，北京的天坛、地坛、后海，以及胡同、四合院、八大处，都成了他反复造访、写生之处。杨秉辉说，开始时用水彩作写生画，后来觉得北方风光多阳刚之气，钢笔所作线条挺拔，无论画

京城建筑或写高山松柏俱甚相宜，表现力亦佳，而且工具简便。从此，一个画夹、几支钢笔，伴着他走遍了北京山水、名胜。“半年的学习，我的政治理论大有提高，而钢笔风景写生画这些副产品也是画了不少”。

所以这以后，凡外出，杨秉辉的行囊中必备纸笔。稍有空闲，一不打牌，二不逛街，而是觅一风景佳处，作写生画。特别是从 1987 年受英国文化交流协会的邀请，赴英作医学考察起，他在国际学术交流及工作访问、旅游过程中，走过欧、亚、美、非诸多国家，共留下了 2 000 多幅钢笔写生画。

画坛朋友称，杨秉辉的画非常具有“纯粹性”

除了小学、初中时期的美术课，杨秉辉并未受过更多的专业训练，更多的是自己跟着书本、画刊学习。但迄今为止，杨秉辉已两度在上海美术馆举办个人画展，以及多次参加钢笔画联展和巡展；还出版了《杨秉辉风景速写》《杨秉辉风景写生画》《杨秉辉世博场馆写生》3 本画集；钢笔写生画《维多利亚港》《上海世博会瑞士馆》分别获得全国第三届、第四届钢笔画展银奖、铜奖。

上海硬笔画研究会会长、被誉为“报人画家”的原《解放日报》社美术编辑部主任张安朴说：“我曾多次与秉辉先生同游，一起写生，他画画是抓得最紧的，可以说是分秒必争。秉辉先生职业是医生，画画是他的钟爱，所以作品的‘纯粹性’非常强大。这种‘纯粹性’的状态非常有利于绘画。因为这样的绘画不为名，不为利，因为‘纯粹’就能按自己的感觉、感受放开地画。”

张安朴还说，在他心中，杨秉辉可以被称作是当代的“傅山”。这位傅山，是明末清初极负盛名的医生与画家。他精通医术，又是开创一代书坛新风的书法大家。而集电影家、作家、书画家于一身的三栖艺术家夏振亚在《杨秉辉风景写生画》序中称，杨秉辉是当之无愧的以线条为主来描绘“江山如此多娇”的一位“钢笔画家”。在他看来，任人去触摸一下杨秉辉的画册，都能仿佛感觉到画幅上的每一根线条像生命脉搏一样地在跳动。

医生大都求“真”，却很少给病人带来“美”

在杨秉辉教授看来，面对大好河山作钢笔画写生，既可以陶冶性情，也是一种特别的心理疏泄。作为肝癌专家，能够治病救人固然让他很高兴，但因为肝癌是一种非常凶险的疾病，看到病魔夺去很多人的生命，这又令他非常痛苦，而画画则可以帮助他精神超脱、修养身心。

“医生们治病救人，工作极其辛苦，却常常不被病人理解，为什么？其中的原因至少有一部分是医生们只从科学的立场、求‘真’的立场来审视病人，却没有给病人以美的信息；他们可能缺少语言之美，没有给病人以充分的安慰；他们可能缺少行为之美，并未考虑到他人的难处；他们甚至缺少形象之美，不修边幅，让病人缺少信任，等等。所以一个好的医生是必须不断提高他的审美能力的，艺术之于医生的作用便在于此。”

从事内科及全科医学工作50年，杨秉辉辛苦了一辈子，实在也清贫了一辈子，但觉得还是值得的。杨秉辉说，科学是医学的本体。在科学技术高度发展的今日，医学本应更“强健”，而医学要更强健，便不能没有灵魂。今日之社会又是一个“物质的”社会，在物欲横流之时，医学要保持它的本性，它的纯洁，更不能没有灵魂。医学的人文精神、医生的人文素养，便是医学的灵魂。

（《健康报》2016年7月22日）

卢家红：在画中遇到更好的自己

恬淡、温婉，这是复旦大学附属华山医院神经内科卢家红教授给人的第一印象。走进她的神经病学研究所办公室，墙上、镜框里、办公桌玻璃板下全是她画的丙烯画，或原作，或拍成照片，或已制成了2017年年历。这些人物、风景丙烯画增添了研究所的人文色彩，也彰显了办公室主人的安宁雅趣。

“临摹的同时有种身临其境的灵感”

“丙烯是一种水性颜料，作画时用水调解。丙烯画颜色饱满、鲜润，也就是色彩鲜艳、色泽鲜明。由于颜料附着牢固、可反复修改、可厚涂，更适合多种绘画表现技法的发挥。在现代生活中，丙烯画艺术体现在多个方面，比如传统的墙画工艺、个性涂鸦，甚至画在服装上。丙烯是一种神奇的颜料，它丰富了人们的生活……”卢家红边指着她画的丙烯画，边介绍着。

一组四幅栩栩如生的《海滩上的童年》映入了眼帘，记者仿佛也跟着画中的小女孩踏浪在海滩上，特别是那阵阵海浪画得使人身临其境、赏心悦目。在第四幅“踏浪的小女孩”丙烯画完成后，卢家红抑制不住激动的心情写道：“有没有觉得帽子画得特别赞？”

卢家红说：“我非常喜欢美国女画家莎莉斯沃特兰(Sally Swatland)《海滩上的童年》系列作品，临摹时同样也享受着沙滩、阳光、新鲜空气带来的激情，以及沙滩上无忧无虑嬉戏的孩子追逐小鱼、捡拾贝壳所激发的热情和灵感。”

“我接连临摹了四幅，都是在家中完成的。如果去画室画一次的费用，我可以在家装备完所有用品，包括画架、画布、调色板、颜料和笔。”卢家红如是说。除了丙烯画，卢家红也尝试了画油画。记者看到了她临摹法国画家克劳德·莫奈的(Claude Monet)《睡莲》。她告诉记者：“这幅画的颜料是用松节油稀释的，《睡莲》是我的油画处女秀，也是目前为止真正的一幅油画。”

“我的父亲是医生，母亲是美术老师”

卢家红的父亲是名医生，母亲则是一名小学的美术老师。她说自己“受母亲的影响，从小学起就素描几何体、素描静物，进入华东师范大学第二附属中学，又跟着美术老师开始石膏像写生”。

“石膏像写生训练有利于初学者在最短的时间内掌握形体结构、透视和比例关系等基本的观察和造型能力，又有利于加深初学者对写生对象的明暗层次、质感特征等更深环节的理解和把握，更有利于培养初学者对艺术作品的审美意识和鉴赏能力。总之，素描也好，写生也好，都为以后继续画画打下了坚实的基础。”

少年时画的素描、水粉画作品时有展出，得奖作品还刊登在报纸上。由于对美术的喜好，卢家红考大学时曾想报考有关院校的服装设计专业，甚至想做一名建筑师。读医科大学时，由于学业忙，只是画些铅笔画，也算是没有丢了喜欢的美术。

“不过，画丙烯画我是‘零起点’，过去从未接触过，也只是学习了一年多时间，大家都能做到。”卢家红十分有信心地说。

“零起点”开始单纯、无杂念地临摹或创作画丙烯画，是一种自我摸索、自己肯定自己，也是一种享受自己的生活，我还会继续一直画下去。

“用心构图，寻找色彩，享受整个绘画的过程，沉浸在内心的安宁之中”

卢家红1991年毕业于上海医科大学医学系医疗专业，一直在复旦大学附属华山医院神经内科工作，2003年获得复旦大学上海医学院临床博士学位，现任华山医院神经内科主任医师、博士生导师，科室行政副主任和复旦大学神经病学研究所副所长。

她长期从事各种神经肌病如炎性肌病、代谢性肌病、肌营养不良、杂类肌病、周围神经病、运动神经元病等的临床和相关研究，同时涉猎神经免疫病如重症肌无力、视神经脊髓炎、多发性硬化等的临床和相关研究。已在国内外学术杂志发表论文50多篇，还获得了国家和上海市多项科技进步奖。

卢家红说，从事医学临床、教学和研究是辛苦的，童年和中学爱好的绘画都无暇顾及了。记得2001年至2002年在日本东京第一制药研发中心研修的一年里，才忙里偷闲地看了不少画展。“印象深刻的是美国画家诺曼·洛克维尔(Norman Rockwell)的画展，他的人物刻画生动异常，于是买了本画册临摹起来，重新构筑起以往绘画的梦想。”

“这以后的多年里，我去英国、法国旅游，抽暇参观了大英博物馆、卢浮宫、奥赛美术馆等，重燃了我对美术作品的极度爱好和浓厚的绘画兴趣。于是，只要有空闲，总爱涂上几笔、画上几笔。”

卢家红说：“我纯粹是喜欢画，在阳光灿烂的日子，利用自己的私人空间，搁好画架、摊好画布，安安静静地连续3小时，用心构图，寻找色彩，享受整个绘画的过程，沉浸在内心的安宁之中。”她认为，“在临床上做医师，在教学上做教授，在科研上做科学家，做医生的压力可想而知。而宁静致远的绘画会缓释这种压力，换来的是对工作的优雅、对病人的亲和。”

“通过丙烯画，我遇到了更好的自己。”卢家红最后说。

（《健康报》2017年2月24日）

她是上海交通大学医学遗传研究所所长，美国宾夕法尼亚大学医学、理学双博士，长江学者，国家重大研究计划项目首席科学家，她和中科院的合作科研成果被美国《时代》周刊评为2009年世界十大医学突破之一；她会跳舞、弹琴、作曲，出过唱片，开过十几场个人演唱会……

她就是第六届中国优秀青年女科学家、首届第三世界妇女科学组织女青年科学家奖获得者曾凡一教授。面对众多光环，她仍谦逊地说：“我是一名普通的科研工作者，我正努力地成为一名科学艺术家。”

曾凡一：科学和艺术是我的双螺旋

“古有‘纸上谈兵’，而我们家有‘纸上弹琴’”

3月10日，一场题为“科学与艺术和春天的对话”音乐沙龙在上海天宴秀场举行。曾凡一教授独唱了《梨花又开放》《你就是幸福》《上海滩》等十多首中外歌曲，以雍容大气的磁性声线和温润如玉的歌喉，给人们带来了韵味独特的艺术享受。

著名音乐批评家、上海知名节目“星期广播音乐会”的金牌主持人、上海大学音乐学院院长王勇被特邀担任本场演唱会的主持人。王勇教授说：“曾凡一曾经受过专业的音乐基础训练，具有独特的女低音的音色，近年来她唱的爵士乐韵味之纯正，国内没几个人可与之相比。”

曾凡一的艺术天赋可能脱胎于她的原生家庭。那是一个艺术之家，也是一个科学之家。

父亲曾溢滔教授是中国工程院首批院士，他喜欢画画，爱好文学。曾凡一回忆，“大学毕业时，正值‘文革’时期，专攻遗传学专业的父亲却被分配到了上海市第一结核病总院做针刺麻醉工作。那时，他创作的获奖小说《奇迹》，被编入《优秀短篇小说选》。他还对交响乐有着独到的见解。

“父亲经常回想起他在复旦大学生物系求学的日子，周末假日他常在宿舍里伏案学习，休息时聆听窗外校园广播里播放的悦耳交响乐，有时恍惚间就像看到乐队奏出了美妙的DNA双螺旋结构，缠绕而上。宇宙万物就是这样螺旋上升，起伏般前进的。交响乐中的弦乐和管乐相互呼应，宇宙万物中存在阴和阳、正和负，DNA双螺旋的碱基也是相互配对的。对称就是美！当然，对称不是绝对的，DNA双链中的碱基也会出现错配，基因也就发生变异，就像在交响乐中偶尔会听到打击乐，也会出现变奏一样。”曾凡一满怀敬意地说。

母亲黄淑帧是上海市儿童医院终身教授。她 7 岁就开始学习钢琴，很快表现出在音乐方面的天赋。初中毕业后她考取了上海市第三女子中学，并担任了学校话剧团团长。“谁都不能相信轰动一时的《祥林嫂》《雪女王》这类四幕的大型话剧竟然是由一个学生社团演出的，而且这个社团的团长却是一个瘦弱而娇小的高中学生。爱好唱歌的母亲，在高二时又组织了一个无伴奏的女声小组唱，这个小组几乎囊括了上海当时所有的高中歌唱比赛的奖项。”

曾凡一告诉记者：“正当所有人都以为母亲今后的志向肯定朝艺术发展时，她却因为看了一部讲述一名乡镇医生如何让一位全身瘫痪的病人从病榻上站起来的苏联电影《没有说完的故事》，而选择了当时最难考的上海第二医学院，毕业后在上海市第六人民医院工作，她是‘新中国 60 年上海百位突出贡献女性’之一，并获得了上海市劳动模范、市优秀女职工标兵、市三八红旗手等光荣称号。”

“父母的艺术天赋似乎也遗传给了我。我 4 岁半学习钢琴，5 岁登台演出。小学至高中期间，一直是学校艺术团的钢琴与舞蹈演员。”曾凡一说，小时候家境并不宽裕，买不起一架钢琴，母亲就在大的硬纸板上画出黑的、白的琴键，帮助她在纸板上练习钢琴指法；父亲则用 5 支圆珠笔拼成一排，一下子可以在纸上同时画出 5 根线，然后由母亲在上面画出“拿姆温（上海话，即小蝌蚪）”一样的音符，那就是她学钢琴用的“五线谱”了。“古有‘纸上谈兵’的故事，而我们曾家有‘纸上弹琴’的趣闻。”曾凡一说着，自己也笑了。

“一心多用是门艺术，这句话开启了我的人生”

曾凡一的嗓音低沉圆润、得天独厚，还在上海育才中学读书的时候，上海首届外国流行歌曲大赛，母亲鼓励她报了独唱，结果夺得了第一名的好成绩。

当时有好几家唱片公司找曾凡一签约，但由于生长在一个科学家的家庭里，所以曾凡一最终还是选择了读大学，将来也能像父母一样搞科学。曾凡一想：“一个医生一辈子治好的病人总是有限的，如果搞科研，研发药物和治病的新途径，那就能治好很多病人。”于是她考入了原上海科技大学（现在的上海大学）攻读化学专业，一年后赴美国留学。

曾溢滔院士告诉记者：“女儿在美国攻读医学（M.D.）和理学（Ph.D.）双

博士学位期间,曾休学两年,回国内乐坛发展。面对这种情势,大多数父母或许会强行干涉,然而我们以'假如我是她'的思维方式来处理,极力支持了她的选择。结果,她回国两年在北京、上海、广州开始了音乐之旅,不但录制了个人演唱专辑,拍摄了音乐电视(MTV),而且在1995年和1996年分别两次获得了中央电视台MTV大奖赛的特别荣誉奖等奖项。最终,女儿顺利获得了美国双博士学位并学成回国。这两年另一大收获就是她一起参与了乳腺生物反应器制药项目的研究。"

曾凡一回忆说:"父母亲在我很小的时候就告诉我'一心多用是门艺术'。正是这一句提点,开启了我出色且绚丽的人生。"

"科学需要艺术,艺术离不开科学"

曾溢滔、黄淑帧、曾凡一这一家人,在上海或全国科学界里是名气响当当的一家人,也是不乏才情雅趣的一家人。

"那时候弄堂里的邻居见到,难免质疑,你家小孩一心这么多用,学这么多东西,将来会把她折腾坏的。父母亲都曾悄悄地对我说:'一心多用'并不意味着三心二意,用心的每一面,都需要持之以恒地学习和付出。"

就这样,几十年来,"一心多用是门艺术"贯穿着曾凡一的人生。取得双博士学位回国后,她和她的团队进一步开发了一整套从牛乳汁中分离纯化人凝血因子IX等重要药物蛋白的工艺和技术体系,正努力完成临床前研究所需的各项任务,争取早日实现产业化。

曾凡一说,晚上一个人在实验室看着枯燥的数据,有时毫无头绪时,她会唱一会儿歌;有时灵感闪现,她就作曲。对她而言,这既是一种休息,也是练习音乐技艺的好方法。"我很喜欢爱因斯坦说的一句话,他说'音乐不影响研究'。在唱歌的同时,我也进行乳腺生物反应器等科研研究。科学和艺术,完全是浑然一体。经常有人问我,你到底喜欢哪一样?是科学还是音乐?我想说,每个人其实都有不同的特长或爱好,我们应该追求各种可能,不应该放弃,强迫自己放弃任何一种爱好,你就不能实现一个完整的你。"

"科学需要艺术,艺术离不开科学。"这是曾凡一的理解。她说,随着科学的发展和人类社会的进步,科学与艺术的融合也成为现代人研究的一个热点。人们常常因为听到某位科学家的某种艺术才华而兴奋不已,而她觉得这应该是顺理成章的事。曾凡一游刃于她所热爱的科学与艺术之间,"科学是理性的，艺术是感性的。科学和艺术就如同 DNA 的双螺旋一样，是严谨与浪漫的碰撞，在我的生命中不可分割，并驾齐驱。”

“音乐让我每一天都拥有快乐的心境，而心境快乐了则一切都不是问题。‘永远在学习’和‘必须去尝试’正是我从父母那里学到的最珍贵的品格，这样才造就了如今的我，使得我在科学与艺术的天空中能够自由翱翔。”

（《健康报》2018 年 6 月 15 日）

医学科技新闻“通讯编”（下）

《健康报》的“人物”版是我国纸媒中唯一以整版篇幅连续、集中报道著名医学专家的版面。凸显人物个性，用真实、感人的场景、故事和细节说话。

■采写/本报记者 胡德荣

他是我国血栓与止血专业研究领域的开拓者,在国内首先确立了血友病的检测和诊断方法;他开创性地提出了白血病的“诱导分化疗法”,并首次联合应用维甲酸和三氧化二砷治疗急性早幼粒细胞白血病,使其成为人类历史上第一个用内科疗法可以治愈的白血病。他因而被国内外学术界誉为“人类癌肿治疗史上应用诱导分化疗法获得成功的第一人”。

王振义

识途“老马”甘为人梯

■“能否通过参悟儒家的哲学思想,来开辟一条治疗白血病的新思路呢”

“我曾登上美国国会图书馆气势恢宏的凯特林癌症研究大奖领奖台,也曾登上国内诸如全国卫生系统先进工作者、上海市科技功臣等奖项的领奖台,每次我都十分感慨和激动。但说句心里话,比起1986年让一个患白血病的5岁小孩枯木逢春时的欣喜,这些实在差了好大一截呢!”85岁高龄的王振义院士快人快语。

1959年,上海第二医学院附属瑞金医院(原广慈医院)主治医师王振义,以满腔热情投入到了白血病病房的工作中。他期望着,在较短的时间内攻克这种被称为“血癌”的不治之症。然而,活生生的现实是:虽然临床医生尽了最大的努力,但在半年时间里,还是有将近50位急性白血病患者不幸离开了人世。面对残酷的事实,王振义领悟到光有热情而无过硬的医术是救不了病人的。正当他踌躇满志时,组织上一纸调令,将他安排到校本部从事病理生理学教学工作。

教学期间,白血病治疗情结始终缠绕着王振义:“以善养人,然能服天下”、“择其善者而从之,其不善者而改之”……能否通过参悟儒家的哲学思想,来开辟一条治疗白血病的新思路呢?即不通过传统的化疗方法来“杀死”和“消灭”白血病细胞,而以诱导分化的方法使之转化为正常的细胞呢?1978年,已经成为副教授的王振义重返临床,决心与瑞金医院血液科的同仁一起重整旗鼓,致力于白血病治疗的深入研究。

当王振义从文献中获悉,以色列科学家在小鼠的实验中证明,白血病细胞在一定条件下能够发生逆转,分化成熟为正常细胞时,他头脑中那新思路的火花更亮了。从第二年开始,王振义就指导他的硕士研究生陆德炎等摸索筛选分化诱导剂的研究工作。上世纪80年代初,苦苦求索的王振义得知国外学者曾用一种叫13顺式维甲酸的分化诱导剂来治疗急性早幼粒细胞白血病。虽说疗效不理想,但他却从中获得启迪。1986年春,他率领并指导研究生黄萌珥,应用国产的原先用于治疗皮肤病的全反式维甲酸,在体外研究取得满意效果的基础上,又征得了病人及其家属的同意,首先用于治疗急性早幼粒细胞白血病晚期或化疗无效的患者。结果24位病人的完全缓解率达到九成多,而且不并发弥散性血管内凝血,骨髓也不受抑制。

第一个接受这种方法治疗的,就是那名5岁女孩。当她来到王振义面前时,稚嫩的生命已经奄奄一息。王振义当机立断,用新疗法给她治疗。7天后,让人欣喜的是,女孩的症状明显好转,一个月后达到完全缓解。如今23年过去了,当年的女孩已经28岁。她的健康、快乐让王振义看到了一名医生的价值。

■“医学科学家要有独立思考的本领,更要有宽广的胸怀”

王振义的新思路一开始并不被所有人认同。但他顶住压力,以他所在的附属瑞金医院和由他创建的上海血液学研究所为龙头单位,组建起全国维甲酸治疗白血病协作组。几年下来,全国有700余位急性早幼粒细胞白血病患者的病情得到完全缓解。

1987年,王振义关于这项技术的研究论文在《中华血液学杂志》发表。第二年的10月,以他的学生黄萌珥为第一作者的《全反式维甲酸治疗急性早幼粒细胞白血病的研究》在国际血液学权威性刊物《血液》杂志发表。一石激起千重浪,这一成果在国际医学界引起了巨大的反响和广泛的兴趣。如今,这篇论文已成为该领域的经典之作,先后被《自然》、《科学》、《细胞》、《欧洲分子生物学》、《美国科学院学报》等国际前沿学术期刊引证,并获得了美国ISI引文经典奖。经统计,这篇论文已经被引用了1632次。这不仅在国内属第一,在国际上也属少见。

机会纷至沓来。从1988年开始,王振义与法国巴黎第七大学附属圣·路易医院血液学研究所的劳伦·德高斯教授一起合作研究全反式维甲酸。在研究中,德高斯教授不仅证实了该药在中国取得的疗效,而且还有了新的进展。1991年,王振义和德高斯共同荣获“1990年法国突出贡献医生”奖。1992年和1993年,王振义又因此获得了法国外籍院士称号和法国荣誉军团骑士勋章。这以后,王振义毫无保留地把这项突破性研究和盘托出地展现在世人面前,美国、日本、意大利等一些国家的医学科学家相继开展了类似研究。这时,国内外应用全反式维甲酸治疗急性早幼粒细胞白血病的病例累计超过了2000例,完全缓解率达到85%~90%。

对于王振义的做法,有人不以为然。一向注重知识产权的西方人甚至向他发问:“您当初为什么不申请专利?”对于这些追问,王振义总是说:“我国自主生产的全反式维甲酸能够使白血病患者少一点痛苦、少花一点钱,那我们为什么不迅速地向国内外传播呢?医学科学家要有独立思考的本领,更要有宽广的胸怀。在诱导分化治疗白血病领域,我们既保持领先,又不垄断。对此,我不后悔!”

1989年7月,王振义的硕士研究生陈竺、陈赛娟在法国获得博士学位后,又回到了导师身边。他们努力揭示了全反式维甲酸诱导分化治疗急性早幼粒细胞白血病的分子遗传学机制,为靶向治疗概念的建立和发展提供了重要的科学依据。

■“我只是想以我绵薄的力量,培养更多的医学事业的接班人”

1994年6月15日晚6时整,当美国通用汽车公司癌症研究基金会主席约翰·史密斯先生,把一枚铸有美国著名发明家凯特林头像的金质奖章佩戴在王振义胸前时,来自世界各国的数百位癌症研究专家掌声雷动。这是黄皮肤、黑眼睛的中国人第一次获此殊荣。

凝聚着30名世界知名癌症专家结论性意见的颁奖词是:“王振义教授的研究工作主要在3个方面是史无前例的:第一,他使用的中国自己生产的全反式维甲酸是自然物质,而不是有毒的化学物质。第二,他和他的同事已经初步摸清了全反式维甲酸在急性早幼粒细胞白血病患者体内如何起作用的机制,而不只是在试管里或动物身上取得效果。第三,他采用的诱导分化疗法与化疗、放疗杀灭癌细胞不同,是把癌细胞改造成为正常细胞。”

在参加完凯特林癌症研究大奖颁奖典礼后,王振义回到上海。一下飞机,他就对前来迎接的学校和医院领导、同事及学生说:“我站在领奖台上,就感觉到这是中国人的荣耀。这枚沉甸甸的凯特林金质奖章是上海和全国同仁们共同奋斗了10余年才换来的,它属于上海血液学研究所、上海瑞金医院和上海第二医科大学,更属于整个中国。”

与学生陈竺、陈赛娟在一起

20年后探访患者(左二)

登上凯特林癌症研究大奖领奖台(左三)

对于所获得的5万美元凯特林奖金,王振义也作了妥善安排。他决定拿出2万美元在国内设立“白血病诱导分化疗法基金”,专门奖励在这方面作出突出成绩的基础研究、临床研究人员,特别是刻苦钻研的年轻人;再拿出相当部分的奖金奖励多年来在全反式维甲酸诱导分化治疗研究中辛勤工作的科研人员。

这以后,王振义又先后获得瑞士布鲁巴赫癌肿研究奖、法国世界(国际)祺诺台尔杜加奖和美国海姆·瓦赛曼奖。特别是1996年8月31日,王振义捧得本年度求是基金“杰出科学家奖”,获得100万元人民币的可观奖金。他坦然地把这笔奖金的40%捐献给上海第二医科大学,40%捐献给上海瑞金医院,10%留在上海血液学研究所,自己只留下10%。

至于有人建议他用奖金建立“王振义基金会”,他回答:“我还是坚持两年前获得凯特林医学奖后的做法,不要叫‘王振义基金会’。我只是想以我绵薄的力量,培养更多医学事业的接班人,为白血病患者和癌肿病人造福。”

■“老师给我们树立了榜样,一个是怎样做学问,一个是怎样做人”

1995年10月24日是个平常的日子,但对于71岁的王振义来说,却是一个有着非凡意义的日子。这一天,他将上海血液学研究所的“掌门信物”传给了年仅42岁的中科院院士陈竺教授。

当上海第二医科大学党委组织部部长宣布“王振义同志任上海血液学研究所名誉所长,免去其所长职务;陈竺同志任上海血液学研究所所长”的批复后,老所长王振义在全所科研人员面前首先发言。他说:“现代医学科技发展越来越快,但我却越来越老了。如果我们不看到发展,还是用原来的方式管理这个所,这个所是要萎缩、要走下坡路的。因此,我在一年多以前就已下决心让贤……我非常同意校领导的决定,由陈竺做所长。他的年龄虽然只有42岁,但他有活力、有前途。前几天,获得世界癌症研究大奖的法国巴黎第七大学血液学研究所著名教授劳伦·德高斯给了我一个电传,上面这么写着:‘王医生,你是非常幸运的,有这么一个好的合作者——陈竺教授。他的确是世界一级的、有希望的年轻人、科学家。’”

之后,王振义对坐在会议室一侧的一群30岁左右的年轻人说:“新所长陈竺教授的年龄只比你们大10多岁。他做我的硕士研究生时,我给他一个题目,他做了5篇论文,其中3篇论文在《中华医学杂志》英文版上发表。有着这种进取精神,他今天才能达到这样一个水平。”

作为王振义的接班人,陈竺当时动情地说:“我们所从1987年成立到现在,短短8年时间里,不但在白血病研究领域取得突破性进展,而且担负着领衔中国人类基因组研究的重任。如果没有一点精神、没有一点传统的话,这是不可能的。所以我觉得,我们现在不是要另外搞一套什么新东西,首先是要继承原来的优良传统。王振义老师给我们树立了榜样,一个是怎样做学问,一个是怎样做人。这非常重要。”

王振义一生培养了许多优秀的学生,学生们感受最深的是,他对学生从来都是既严格要求,又大胆放手。在科学研究方面,他十分注意发扬学术民主,倾听不同意见,而在关键时刻又能给予学生点拨、鼓励和支持。

■“我要把这些都留给青年人,让他们少走弯路”

王振义在姐弟8人中排行老三,他自幼勤奋好学。由于学习成绩优秀,父亲的戒尺从未落在他的手心上。7岁那年,他的祖母不幸患上伤寒,虽然请到了一位当时沪上知名的医生前来诊治,但最终还是未能得到救治。“她怎么会得这种病呢?”“难道就真的没有办法了吗?”一连串的问号,在王振义的心中激起了他对医学知识的渴望。他念完中学,于1942年免试直升进入震旦大学医学院就读,1948年毕业并获博士学位,至今从医执教已逾一个甲子。

60多年来,王振义主要从事内科血液学、病理生理学的临床、教学和研究工作。他还是我国血栓与止血专业研究领域的开拓者,在国内首先确立血友病的检测和诊断方法;提纯出了凝血因子Ⅷ相关抗原,并制成抗血清,应用于临床,推动了我国血管性血友病等方面的研究。

如今的王振义,虽然已是85岁高龄,却仍坚持每天上午到设在瑞金医院内的上海血液学研究所工作半天,并在每个星期四雷打不动地进行由他主讲的半天教学查房。

采访时,他娴熟地打开电脑,用PPT演示了最近一个星期四的教学查房内容——“急性髓细胞白血病治疗的讨论”。他说,这个病缓解率高,可达到80%~90%,但5年成活率却很低,40年前为17%,现在也只不过37%。“有年轻医生要拷贝我的PPT,并问有无知识产权。我说我也是从网上搜索来的,只不过作了综合整理。”记者诧异地问起这些PPT是否由他亲自制作,他爽朗地笑着说:“不难、不难。我从1996年就开始学习上网了,网龄已有13年了。”

每次教学查房或会诊前,王振义都要求提前两天看到病人的病史和医生们的问题。然后,他会一条一条上网查询,寻找相应的医学科技前沿资料。“这就是我现在的工作定位——协助科主任查找文献,既对年轻医生提高业务有所帮助,又能不断充实自己。”王振义说,“我是一匹‘老马’,已不能拉出来与年轻人一同在赛场上遛了,但我这匹‘老马’识途。从事医教研工作60余载,我有许多成功的经验和失败的教训。我要把这些都留给青年人,让他们少走一些弯路。”

(本版图片由王振义提供)

■记者手记

自从王振义教授于1991年2月1日在法国巴黎新落成的巴士底剧院荣获法国“突出贡献医生”奖牌后,我对他的采访报道就开始了。一直跟踪到现在,我与王振义教授早已成为知心朋友。

王振义教授朴实且儒雅。记得多年前,为了写那篇《与法国专家合作研究白血病成就巨大/王振义获法国“突出贡献医生”奖》的消息,我曾与他约采访。一开始他并不接受,甚至说出了这样的话:“我现在不需要‘精神’的东西。你看看我的小实验室,连转个身都感困难。”后来,对于送他审改的稿件,他也是再三推拒,用红笔改了又划掉,表示了他一贯的认真和慎重。

最终,这篇不满500字的消息见报后,引起了当时上海市高教局的注意,高教局科研处的领导拿着标书让王振义教授填报。他领导的上海血液学研究所因此获得80万元人民币的科研资助款项。这成了我记者生涯中一个“精神”变“物质”的采写实例。

从此以后,我有了一个“特权”:有关王振义教授的重大新闻一般都由我独家或最先报道。此次采访,就在他的办公室里,我们相谈甚欢。王振义教授的言谈举止尽显大家风范,可以说,整个采访过程也是我又一次感受他人格魅力的过程。

■ 王振义小传

1924年11月出生,江苏省兴化人。中国工程院院士,上海交通大学医学院附属瑞金医院终身教授,上海血液学研究所名誉所长、博士生导师、血液学家,国内血栓与止血专业的开创者之一。1948年毕业于上海震旦大学医学院,获博士学位。

曾任上海交通大学医学院(原上海第二医科大学)病理生理学教研室主任、基础医学部主任,上海第二医科大学校长,上海血液学研究所所长;兼任卫生部医学科学委员会输血与血液学专题委员会委员、中华医学会上海分会血液学学会委员会副主任委员、中国教育国际交流协会上海市分会副会长、上海市科学技术委员会医学专业委员会主任、中华医学会血液学会副主任委员、中华医学会上海分会理事会常务理事。为法国科学院外籍院士、国际心血管联盟学会血栓止血委员会理事。

曾被评为上海市科技功臣、上海市教育功臣、全国卫生系统先进工作者,获上海市卫生系统银蛇奖特别荣誉奖、上海市医学荣誉奖;香港科技基金会奖2项,包括求是基金会的杰出科学家奖;在国际上获得有关肿瘤研究奖4项(美、法、瑞士),包括美国的肿瘤研究大奖凯特林医学奖;在国内获得国家级奖(自然科学奖和科技进步奖)7项。共发表论文324篇,其中SCI收录79篇;主编专著5部。先后培养博士研究生11名,硕士研究生43名。

■对话

对“牡丹”、“荷花”情有独钟

记　者:您认为当前青年医生和医学生最要克服的弊病是什么?

王振义:说得现实一些,目前的环境诱惑多于纯净,社会的浮躁也不可避免地感染了部分青年医生和医学生。我们常说,医学科学无捷径可走,从事科研要耐得住寂寞。唯有静下心来刻苦钻研,不断学习,才能最终获得成功。当年我的学生,现在的中国科学院院士陈竺和中国工程院院士陈赛娟,以及“973”首席科学家、上海交通大学医学院副院长陈国强等人,都是在寂寞中取得辉煌成绩的。我期盼着,青年医生和医学生中涌现出更多的优秀人士。

记　者:您能简要地谈谈当前的医患关系吗?

王振义:医患关系是个大题目,牵涉到医院管理、医药系统、卫生政策和国家体制等关键要素。往小处说,我觉得要处理好医患关系,医生在加强人文修养的前提下,首先要对病人亮出你的本事来。只有医生的治疗技术过硬、服务态度和蔼,才能受到病人拥戴。当然,我们也希望病人能多体谅医生、尊重医生的劳动、明了医学的局限。这样相互理解了,医患关系才能得到和谐。

记　者:我发现您家的客厅里挂着两幅画,一幅是《牡丹》,一幅是《荷花》。您是不是对这两种花情有独钟?

王振义:是的,是情有独钟。大家都知道,人们喜欢花,其实是欣赏这些花的文化内涵、深刻寓意以及它所代表的某种精神。牡丹雍容华贵、天香国色,象征着国家富强、欣欣向荣;荷花出淤泥而不染、清静素朴,象征着人格清醇。两花盛开,意味着主人和前来做客的朋友能在太平盛世的大好环境下,看重事业、淡泊名利。

他是我国血栓与止血专业研究领域的开拓者，在国内首先确立了血友病的检测和诊断方法；他开创性地提出了白血病的“诱导分化疗法”，并首次联合应用维甲酸和三氧化二砷治疗急性早幼粒细胞白血病，使其成为人类历史上第一个用内科疗法可以治愈的白血病。他因而被国内外学术界誉为“人类癌肿治疗史上应用诱导分化疗法获得成功的第一人”。

王振义：识途“老马”甘为人梯

“能否通过参悟儒家的哲学思想，来开辟一条治疗白血病的新思路呢”

“我曾登上美国国会图书馆气势恢宏的凯特林癌症研究大奖领奖台，也曾登上国内诸如全国卫生系统先进工作者、上海市科技功臣等奖项的领奖台，每次我都十分感慨和激动。但说句心里话，比起 1986 年让一个患白血病的 5 岁小孩枯木逢春时的欣喜，这些实在差了好大一截呢！”85 岁高龄的王振义院士快人快语。

1959 年，上海第二医学院附属瑞金医院(原广慈医院)主治医师王振义，以满腔热情投入到了白血病病房的工作中。他期望着，在较短的时间内攻克这种被称为“血癌”的不治之症。然而，活生生的现实是：虽然临床医生尽了最大的努力，但在半年时间里，还是有将近 50 位急性白血病患者不幸离开了人世。面对残酷的事实，王振义领悟到光有热情而无过硬的医术是救不了病人的。正当他踌躇满志时，组织上一纸调令，将他安排到校本部从事病理生理学教学工作。

教学期间，白血病治疗情结始终缠绕着王振义：“以善养人，然后能服天下。”“择其善者而从之，其不善者而改之。”……能否通过参悟儒家的哲学思想，来开辟一条治疗白血病的新思路呢？即不通过传统的化疗方法来“杀死”和“消灭”白血病细胞，而以诱导分化的方法使之转化为正常的细胞呢？1978 年，已经成为副教授的王振义重返临床，决心与瑞金医院血液科的同仁一起重整旗鼓，致力于白血病治疗的深入研究。

当王振义从文献中获悉，以色列科学家在小鼠的实验中证明，白血病细胞在一定条件下能够发生逆转，分化成熟为正常细胞时，他头脑中那新思路的火花更亮了。从第二年开始，王振义就指导他的硕士研究生陆德炎等摸索筛选分化诱导剂的研究工作。20世纪80年代初，苦苦求索的王振义得知国外学者曾用一种叫13顺式维甲酸的分化诱导剂来治疗急性早幼粒细胞白血病。虽说疗效不理想，但他却从中获得启迪。1986年春，他率领并指导研究生黄盟珥，应用国产的原先用于治疗皮肤病的全反式维甲酸，在体外研究取得满意效果的基础上，又征得了病人及其家属的同意，首先用于治疗急性早幼粒细胞白血病晚期或化疗无效的患者。结果24位病人的完全缓解率达到九成多，而且不并发弥散性血管内凝血，骨髓也不受抑制。

第一个接受这种方法治疗的，就是那名5岁女孩。当她来到王振义面前时，稚嫩的生命已经奄奄一息。王振义当机立断，用新疗法给她治疗。7天后，让人欣喜的是，女孩的症状明显好转，一个月后达到完全缓解。如今23年过去了，当年的女孩已经28岁。她的健康、快乐让王振义看到了一名医生的价值。

"医学科学家要有独立思考的本领，更要有宽广的胸怀"

王振义的新思路一开始并不被所有人认同。但他顶住压力，以他所在的附属瑞金医院和由他创建的上海血液学研究所为龙头单位，组建起全国维甲酸治疗白血病协作组。几年下来，全国有700余位急性早幼粒细胞白血病患者的病情得到完全缓解。

1987年，王振义关于这项技术的研究论文在《中华血液学杂志》发表。第二年的10月，以他的学生黄盟珥为第一作者的《全反式维甲酸治疗急性早幼粒细胞白血病的研究》在国际血液学权威性刊物《血液》杂志发表。一石激起千重浪，这一成果在国际医学界引起了巨大的反响和广泛的兴趣。如今，这篇论文已成为该领域的经典之作，先后被《自然》《科学》《细胞》《欧洲分子生物学》《美国科学院学报》等国际前沿学术期刊引用，并获得了美国ISI"经典引文奖"。经统计，这篇论文已经被引用了1 632次。这不仅在国内属第一，在国际上也属少见。

机会纷至沓来。从1988年开始，王振义与法国巴黎第七大学附属圣·路易医院血液学研究所的劳伦·德高斯教授一起合作研究全反式维甲酸。在研究中，德高斯教授不仅证实了该药在中国取得的疗效，而且还有了新的进展。1991年，王振义和德高斯共同荣获"1990年法国突出贡献医生"奖。

1992年和1993年，王振义又因此获得了法国外籍院士称号和法国荣誉军团骑士勋章。这以后，王振义毫无保留地把这项突破性研究和盘托出地展现在世人面前，美国、日本、意大利等一些国家的医学科学家相继开展了类似研究。这时，国内外应用全反式维甲酸治疗急性早幼粒细胞白血病的病例累计超过了2 000例，完全缓解率达到85%～90%。

对于王振义的做法，有人不以为然。一向注重知识产权的西方人甚至向他发问："您当初为什么不申请专利?"对于这些追问，王振义总是说："我国自主生产的全反式维甲酸能够使白血病患者少一点痛苦、少花一点钱，那我们为什么不迅速地向国内外传播呢？医学科学家要有独立思考的本领，更要有宽广的胸怀。在诱导分化治疗白血病领域，我们既保持领先，又不垄断。对此，我不后悔！"

1989年7月，王振义的硕士研究生陈竺、陈赛娟在法国获得博士学位后，又回到了导师身边。他们努力揭示了全反式维甲酸诱导分化治疗急性早幼粒细胞白血病的分子遗传学机制，为靶向治疗概念的建立和发展提供了重要的科学依据。

"我只是想以我绵薄的力量，培养更多的医学事业的接班人"

1994年6月15日晚6时整，当美国通用汽车公司癌症研究基金会主席约翰·史密斯先生，把一枚铸有美国著名发明家凯特林头像的金质奖章佩戴在王振义胸前时，来自世界各国的数百位癌症研究专家掌声雷动。这是黄皮肤、黑眼睛的中国人第一次获此殊荣。

凝聚着30名世界知名癌症专家结论性意见的颁奖词是："王振义教授的研究工作主要在3个方面是史无前例的：第一，他使用的中国自己生产的全反式维甲酸是自然物质，而不是有毒的化学物质。第二，他和他的同事已经初步摸清了全反式维甲酸在急性早幼粒细胞白血病患者体内如何起作用的机制，而不只是在试管里或动物身上取得效果。第三，他采用的诱导分化疗法与化疗、放疗杀灭癌细胞不同，是把癌细胞改造成为正常细胞。"

在参加完凯特林癌症研究大奖颁奖典礼后，王振义回到上海。一下飞机，他就对前来迎接的学校和医院领导、同事及学生说："我站在领奖台上，就感觉到这是中国人的荣耀。这枚沉甸甸的凯特林金质奖章是上海和全国同仁们共同奋斗了10余年才换来的，它属于上海血液学研究所、上海瑞金医院和上海第二医科大学，更属于整个中国。"

对于所获得的5万美元凯特林奖金，王振义也作了妥善安排。他决定拿出2万美元在国内设立"白血病诱导分化疗法基金"，专门奖励在这方面作出突出成绩的基础研究、临床研究人员，特别是刻苦钻研的年轻人；再拿出相当部分的奖金奖励多年来在全反式维甲酸诱导分化治疗研究中辛勤工作的科研人员。

这以后，王振义又先后获得瑞士布鲁巴赫癌肿研究奖、法国世界（国际）祺诺台尔杜加奖和美国海姆·瓦赛曼奖。特别是1996年8月31日，王振义捧得本年度求是基金"杰出科学家奖"，获得100万元人民币的可观奖金。他坦然地把这笔奖金的40%捐献给上海第二医科大学，40%捐献给上海瑞金医院，10%留在上海血液学研究所，自己只留下10%。

至于有人建议他用奖金建立"王振义基金会"，他回答："我还是坚持两年前获得凯特林医学奖后的做法，不要叫'王振义基金会'。我只是想以我绵薄的力量，培养更多医学事业的接班人，为白血病患者和癌肿病人造福。"

"老师给我们树立了榜样，一个是怎样做学问，一个是怎样做人"

1995年10月24日是个平常的日子，但对于71岁的王振义来说，却是一个有着非凡意义的日子。这一天，他将上海血液学研究所的"掌门信物"传给了年仅42岁的中科院院士陈竺教授。

当上海第二医科大学党委组织部部长宣布"王振义同志任上海血液学研究所名誉所长，免去其所长职务；陈竺同志任上海血液学研究所所长"的批复后，老所长王振义在全所科研人员面前首先发言。他说："现代医学科技发展越来越快，但我却越来越老了。如果我们看不到发展，还是用原来的方式管理这个所，这个所是要萎缩、要走下坡路的。因此，我在一年多以前就已下决心让贤……我非常同意校领导的决定，由陈竺做所长。他的年龄虽然只有42岁，但他有活力、有前途。前几天，获得世界癌症研究大奖的法国巴黎第七大学血液学研究所著名教授劳伦·德高斯给了我一个电传，上面这么写着：'王医生，你是非常幸运的，有这么一个好的合作者——陈竺教授。他的确是世界一级的、有希望的年轻人、科学家。'"

之后，王振义对坐在会议室一侧的一群30岁左右的年轻人说："新所长陈竺教授的年龄只比你们大10多岁。他做我的硕士研究生时，我给他一个题目，他做了5篇论文，其中3篇论文在《中华医学杂志》英文版上发表。有着这种进取精神，他今天才能达到这样一个水平。"

作为王振义的接班人，陈竺当时动情地说："我们所从1987年成立到现在，短短8年时间里，不但在白血病研究领域取得突破性进展，而且担负着领衔中国人类基因组研究的重任。如果没有一点精神，没有一点传统的话，这是不可能的。所以我觉得，我们现在不是要另外搞一套什么新东西，首先是要继承原来的优良传统。王振义老师给我们树立了榜样，一个是怎样做学问，一个是怎样做人。这非常重要。"

王振义一生培养了许多优秀的学生，学生们感受最深的是，他对学生从来都是既严格要求，又大胆放手。在科学研究方面，他十分注意发扬学术民主，倾听不同意见，而在关键时刻又能给予学生点拨、鼓励和支持。

"我要把这些都留给青年人，让他们少走弯路"

王振义在姐弟8人中排行老三，他自幼勤奋好学。由于学习成绩优秀，父亲的戒尺从未落在他的手心上。7岁那年，他的祖母不幸患上伤寒，虽然请到了一位当时沪上知名的医生前来诊治，但最终还是未能得到救治。"她怎么会得这种病呢？""难道就真的没有办法了吗？"一连串的问号，在王振义的心中激起了他对医学知识的渴望。他念完中学，于1942年免试直升进入震旦大学医学院就读，1948年毕业并获博士学位，至今从医执教已逾一个甲子。

60多年来，王振义主要从事内科血液学、病理生理学的临床、教学和研究工作。他还是我国血栓与止血专业研究领域的开拓者，在国内首先确立血友病的检测和诊断方法；提纯出了凝血因子Ⅷ相关抗原，并制成抗血清，应用于临床，推动了我国血管性血友病等方面的研究。

如今的王振义，虽然已是85岁高龄，却仍坚持每天上午到设在瑞金医院内的上海血液学研究所工作半天，并在每个星期四雷打不动地进行由他主讲的半天教学查房。

采访时，他娴熟地打开电脑，用PPT演示了最近一个星期四的教学查房内容——"急性髓细胞白血病治疗的讨论"。他说，这个病缓解率高，可达到

80%～90%，但 5 年成活率却很低，40 年前为 17%，现在也只不过 37%。“有年轻医生要拷贝我的 PPT，并问有无知识产权。我说我也是从网上搜索来的，只不过作了综合整理。”记者诧异地问起这些 PPT 是否由他亲自制作，他爽朗地笑着说：“不难、不难。我从 1996 年就开始学习上网了，网龄已有 13 年了。”

每次教学查房或会诊前，王振义都要求提前两天看到病人的病史和医生们的问题。然后，他会一条一条上网查询，寻找相应的医学科技前沿资料。“这就是我现在的工作定位——协助科主任查找文献，既对年轻医生提高业务有所帮助，又能不断充实自己。”王振义说：“我是一匹‘老马’，已不能拉出来与年轻人一同在赛场上遛了，但我这匹‘老马’识途。从事医教研工作 60 余载，我有许多成功的经验和失败的教训。我要把这些都留给青年人，让他们少走一些弯路。”

■ 记者手记

自从王振义教授于 1991 年 2 月 1 日在法国巴黎新落成的巴士底剧院荣获法国“突出贡献医生”奖牌后，我对他的采访报道就开始了。一直跟踪到现在，我与王振义教授早已成为知心朋友。

王振义教授朴实且儒雅。记得多年前，为了写那篇《与法国专家合作研究白血病成就巨大/王振义获法国“突出贡献医生”奖》的消息，我曾与他预约采访。一开始他并不接受，甚至说出了这样的话：“我现在不需要‘精神’的东西。你看看我的小实验室，连转个身都感困难。”后来，对于送他审改的稿件，他也是再三捉摸，用红笔改了又划掉，秉承了他一贯的认真和慎重。

最终，这篇不满 500 字的消息见报后，引起了当时上海市高教局的注意，高教局科研处的领导拿着标书让王振义教授填报。他领导的上海血液学研究所因此获得 80 万元人民币的科研资助款项。这成了我记者生涯中一个“精神”变“物质”的采写实例。

从此以后，我有了一个“特权”：有关王振义教授的重大新闻一般都由我独家或最先报道。此次采访，就在他的办公室里，我们相谈甚欢。王振义教授的言谈举止尽显大家风范，可以说，整个采访过程也是我又一次感受他人格魅力的过程。

■ 对话

对"牡丹""荷花"情有独钟

记　者： 您认为当前青年医生和医学生最要克服的弊病是什么？

王振义： 说得现实一些，目前的环境诱惑多于纯净，社会的浮躁也不可避免地感染了部分青年医生和医学生。我们常说，医学科学无捷径可走，从事科研要耐得住寂寞。唯有静下心来刻苦钻研、不断学习，才能最终获得成功。当年我的学生，现在的中国科学院院士陈竺和中国工程院院士陈赛娟，以及"973"首席科学家、上海交通大学医学院副院长陈国强等人，都是在寂寞中取得辉煌成绩的。我期盼着，青年医生和医学生中涌现出更多的优秀人士。

记　者： 您能简要地谈谈当前的医患关系吗？

王振义： 医患关系是个大题目，牵涉到医院管理、医药系统、卫生政策和国家体制等关键要素。往小处说，我觉得要处理好医患关系，医生在加强人文修养的前提下，首先要对病人亮出你的本事来。只有医生的治疗技术过硬、服务态度和蔼，才能受到病人拥戴。当然，我们也希望病人能多体谅医生、尊重医生的劳动、明了医学的局限。这样相互理解了，医患关系才能得到和谐。

记　者： 我发现您家的客厅里挂着两幅画，一幅是《牡丹》，一幅是《荷花》。您是不是对这两种花情有独钟？

王振义： 是的，是情有独钟。大家都知道，人们喜欢花，其实是欣赏这些花的文化内涵、深刻寓意以及它所代表的某种精神。牡丹雍容华贵、天香国色，象征着国家富强、欣欣向荣；荷花出淤泥而不染、清静素朴，象征着人格清醇。两花盛开，意味着主人和前来做客的朋友能在太平盛世的大好环境下，看重事业，淡泊名利。

■ 王振义小传

1924 年 11 月出生，江苏省兴化人。中国工程院院士，上海交通大学医学院附属瑞金医院终身教授，上海血液学研究所名誉所长、博士生导师、血液学家，国内血栓与止血专业的开创者之一。1948 年毕业于上海震旦大学医学院，获博士学位。

曾任上海交通大学医学院(原上海第二医科大学)病理生理学教研室主任、基础医学部主任，上海第二医科大学校长，上海血液学研究所所长；兼任卫生部医学科学委员会输血与血液学专题委员会委员、中华医学会上海分会血液学学会委员会副主任委员、中国教育国际交流协会上海市分会副会长、上海市科学技术委员会医学专业委员会主任、中华医学会血液学会副主任委员、中华医学会上海分会理事会常务理事。为法国科学院外籍院士、国际心血管联盟学会血栓止血委员会理事。

曾被评为上海市科技功臣、上海市教育功臣、全国卫生系统先进工作者，获上海市卫生系统银蛇奖特别荣誉奖、上海市医学荣誉奖；香港科技基金会奖 2 项，包括求是基金会的杰出科学家奖；在国际上获得有关肿瘤研究奖 4 项(美、法、瑞士)，包括美国的肿瘤研究大奖凯特林医学奖；在国内获得国家级奖(自然科学奖和科技进步奖)7 项。共发表论文 324 篇，其中 SCI 收录 79 篇；主编专著 5 部。先后培养博士研究生 11 名，硕士研究生 43 名。

(《健康报》2009 年 9 月 4 日)

■采写/本报记者 胡德荣

他18岁参加工作至今，已伴随中国健康教育事业的脚步走过了50个年头，见证了其从卫生宣传、卫生教育、健康教育到健康促进的层层蜕变。他说："健康教育是一项清贫的事业，可即使'一箪食，一瓢饮'，我也'不改其乐'。"

胡锦华 倾心健教半世纪不改其乐

■"甲肝这一仗打得真漂亮"

1988年距今已有将近22个年头，但这一年的1月却在上海人的心头深深地烙上了两个字的阴影："甲肝"。

当年，一场因市民食用遭到病毒污染的毛蚶而突发急性甲肝的大流行，打乱了这个大都市的秩序。多数上海人至今还能回想起那时空前拥挤的医院门诊、挤满了临时病床的工厂和学校，还有那大多伴有发热、呕吐、厌食、乏力、脸色发黄等典型症状的病人。1月18日是43例，1月19日为134例，1月21日上升到380例，1月27日达到5467例，而1月31日则猛增到12399例。短短一个月里，上海市总计发病人数超过31万。一时间，一种恐怖情绪弥漫在这个快节奏的城市上空。

时为上海市健康教育所所长的胡锦华身先士卒，一边指派摄制人员赶到发病最多的上海市南市区，记录医务人员救治病人的场景，并与上海电视台合作摄制《甲肝病人在家休养怎么办》等3部有关防控甲肝的专题电视片；一边发挥自己的擅长，与所内同仁一起日以继夜地编写资料。赶印了230万份《预防肝炎不难做到，关键在于自我防护》传单、50万份《防治病毒性肝炎知识问答》、10万份《饮食卫生专刊》。与此同时，35万份刊有甲肝防治报道内容的《上海大众卫生报》也被及时地送往千家万户。如此迅疾的反应，赢得了市民的一致好评。

当时不少专家估计，春节过后会有第二个甲肝流行高峰，但最终没有出现这种情况。肆虐一时的甲肝竟在短短3个月内得到了控制，并且没有传播到上海以外的其他兄弟省市。专家在总结其中原因时，都认为健康教育功不可没，都啧啧称赞上海市健康教育所"甲肝这一仗打得真漂亮"。

与中华预防医学会会长王陇德(右)亲切交谈

■老百姓心中分量十足的健康黄金周

甲肝过去了，良好的卫生习惯不能丢。怎样巩固已经取得的成绩呢？根据一位副市长的提议，上海市健康教育所具体承办了由该市首创的健康教育周活动，并把活动时间固定安排在每年的第一个星期。其寓意不仅在于牢记1988年甲肝那段惨痛的教训，也是为了给人们送上新年的第一份健康祝福。

在听取众多意见后，胡锦华决定于1991年2月4日—10日举办第一届健康教育周活动，并将主题定为"维护环境卫生，加强自我保健"，以"加强食品卫生，预防冬季甲肝小高峰"为主要内容，采用设立咨询点、发放宣传资料、制作宣传画廊和黑板报等多样化的形式，充分调动人们讲卫生、自觉抵御疾病的积极性。

这以后，每年的年关都是胡锦华"煞费脑筋"的时候；他要根据需要更新健康教育周活动的主题。但不管怎么变，他始终将健康教育主题密切配合党和政府有关卫生工作的中心，致力贴合市民的健康需求。2005年，我国部分地区发生了高致病性禽流感疫情。2006年1月，以"动员全社会，科学防治禽流感"为主题的健康教育周活动就火热地开展起来了。春节临近，恰好是外来务工者返乡的高峰期，胡锦华瞄准了长途汽车站，正好可以针对这一人群进行禽流感防治知识的有效宣传。在内容上也要别开生面：有为驾驶员开展的专题健康咨询服务，也有为普通人群准备的"公健操"。

上海市长宁区华阳路街道的管卫伦见证了健康教育周活动走过的19年。在基层，他目睹了这些年来老百姓健康意识从薄弱到增强的变化过程。他说："以前啊，大家总觉得听讲座、量血压、做体操是老年人的事，现在啊，白领小年轻也很起劲。"

为了让健康教育真正起到"犹如春风化雨润物无声"的作用，胡锦华和上海市健康教育所有关人员，曾开展过一项有关上海市健康教育周在市民中影响力的调查。结果显示，听说过健康教育周的人占被调查对象的79.7%，81.9%的被调查对象认为健康教育周提高了自己的防病保健意识。

让胡锦华感到欣慰的是，从2000年开始，上海市精神文明建设委员会办公室也成为健康教育周的举办成员单位之一。其中深意，他解释道："健康教育突破了纯粹的卫生领域，把人类的健康与精神文明建设有机地统一起来，为健康促进的发展提供了实践支持。健康教育周也逐步成为一个政府搭台、部门参与、社区动员、群众积极参加、形式丰富多彩的盛会。最为关键的是，它所传递的健康知识、健康理念已经融入到人们的日常生活，是百姓心中分量十足的健康黄金周。"

与国内外同行交流(左二)

■把健教做到抗击非典的最前沿

2003年，面对肆虐的SARS给社会带来的恐慌，胡锦华以敏锐的专业眼光，第一时间开通了上海市防治非典健康热线52285500。利用现代信息传播手段，迅速答疑解惑，消除恐慌。很快，仅有的一条热线变得拥堵不堪，已远远不能满足市民的需求。胡锦华没有坐等，而是积极创造条件。通过努力，他们在短短一周内建成了一个拥有200平方米面积、装有50部电话席位的接线大厅。高峰时，一个小时内接入的电话就达7000人次。热烈的场景着实令人震撼：医学专家、医学生志愿者坚守在电话机旁，耐心地解答着一个个疑问。一个月内，非典热线就有了超过30万的咨询量。

与此同时，上海市健康教育所立志"把健康教育做到抗击非典的最前沿"。胡锦华组织专家撰写"防范非典市民手册"，印制各种防治非典的知识资料，及时送到了百万市民手中；通过层层培训，提高各级、各类人员开展非典健康教育的知识和技能。胡锦华还走进电视台的直播间，和其他专业人士一起，向群众讲解如何正确认识非典。上海市健康教育所进行的市民非典知晓率调查，以准确的数据为政府部门提供了参考，帮助制定和实施正确的防控方案，为缓解社会紧张情绪、维护社会稳定作出了贡献。

健康热线在防控非典中呈现出巨大的效果，显示了公益电话在突发公共卫生事件中的强大威力。当12320上海公共卫生公益电话还在筹备建设时，胡锦华就主动向上海市卫生局请缨，要求揽下这份意义重大却并不轻松的活儿。凭借以往积累的优势，上海市健康教育所最终如愿以偿。

目前，12320上海市公共卫生公益电话已经成为全国12320的培训基地，为全国培养了一批又一批电话咨询人员，指导和接待了不计其数的上门取经者。特别是在三鹿奶粉事件中，12320上海市公共卫生公益电话被国家卫生部指定为全国咨询热线。据调查，自开通以来，上海市民对12320的满意率一直保持在95%以上。胡锦华说："公共卫生公益电话是一条连接政府、专家、市民与社会的纽带。"

在病房进行调研(左)

■首次把健康教育的概念引进国门

1959年9月，胡锦华被分配到刚成立3个月的上海市卫生教育馆。领导有意让这个小青年从事组织指导组工作，即组建卫生宣教网络、指导基层工作、开展经验交流等。然而，胡锦华自认为"不习惯与人打交道"。他向领导提出，要求调到编辑设计组工作，从事小册子、传单、展览、挂图等设计制作工作。在这个"合适的"部门，他兢兢业业地一直干到1966年"文革"爆发。

"文革"中，胡锦华颇引以为豪的一件事是：为迎接美国总统尼克松访华，上海工业展览馆作大规模改展，有关领导决定把当时上海的医学针刺麻醉、大面积烧伤治疗、断肢再植等3大成果列入展览内容，并将这项任务交由上海市卫生教育馆负责。胡锦华和同事们全力以赴，顺利完成了任务。

1976年到1985年，胡锦华主要从事由他创办的《上海大众卫生报》的编辑、出版工作。他把报纸作为卫生教育的一个重要载体，从内部刊物走向全国公开发行并在理论上进行卫生科普报刊编辑与医学科普创作的研究。胡锦华最难忘的是，在改革开放的春风里，他参加了一行四人的中国卫生宣传考察组，作为中国第一个健康教育的出国考察团体，于1985年9月7日至10月5日赴美国、加拿大和新加坡等3国考察。那次考察的经历，让他至今忆起仍激动不已。他说："我们在3个国家访问了20多个单位，确确实实学到了东西，大开了眼界，第一次把健康教育的概念引进国门，从此替代了卫生宣传的提法。"回国后，胡锦华开始对健康教育专业名词内涵进行探索，并于1986年发表论文《对卫生教育几个命题的思索》。

1985年初，世界卫生组织西太平洋地区办事处主任中岛宏博士来沪访问，时任上海市卫生局局长的王道民特意安排他到上海市卫生教育馆参观指导。当时的上海市卫生教育馆不仅房舍狭小，而且设施也很简陋，但当中岛宏博士听完工作介绍后，他给予了相当高的评价。接着，双方都有了在这里成立世界卫生组织健康教育合作中心的意向。

"要成立合作中心，必须要提交一份合格的申请报告。当时，世界卫生组织聘请了美国加州大学洛杉矶分校的李湞教授来具体指导。记得李湞教授讲了这样一句话，我印象十分深刻——'如果申请报告讲得不合理，到头来就是一堆废纸'。于是，我们抛弃固有的观念，开始设计一份以戒烟为主要内容的谋求行为改变的科学报告。这可以说是建所以来第一份按照统计学方法所作的项目建议书。在审定会上，我们一举拿下了合作中心。"胡锦华回忆道。

与澳大利亚格里菲斯大学合作(后左)

1990年9月21日，上海市卫生教育馆更名为上海市健康教育所。同时，上海市健康教育所专门设置了情报资料研究室，开始立项进行课题研究。我国的健康教育从此走上了科学评价的道路。

■新思路、新触觉让同行望尘莫及

1995年对上海市健康教育所来说是个重要的年份。这一年，以世界银行对中国第七期卫生贷款项目健康教育子项目为标志，一个健康促进的新时代开始了。上海市被列为中国七项目之一，进行为期5年的"用健康促进的手段对慢性病进行干预"项目研究。这被誉为是上海健康教育事业由卫生宣传向健康教育与健康促进的华丽转身。

胡锦华在谈到这个项目时说："这是一个超前性的项目，没有先例可循。新事物的发展总有一个曲折的过程，但上海市健康教育所没有在困难面前止步。"

由于我国的健康教育事业是在卫生宣传基础上发展起来的，卫生宣传主要采用广播、墙报、宣传折页等面向社会大众的宣传手段，在一定程度上来讲是一种单向的健康知识传播活动，而这个项目则要求在全人群中选择重点人群作为目标人群，通过健康促进的新模式开展疾病的预防、危险因素的控制等。因此，对于已习惯运用卫生宣传手段开展健康教育的专业人员来说，这个项目是个巨大的挑战。

工作从哪些方面入手？项目建议书如何撰写？实施质量如何保证？胡锦华和上海市健康教育所的项目执行人员紧紧围绕着世界卫生组织提出的健康促进五大策略，进行了项目的计划、设计与评价实施等各项工作。在项目实施中，13个项目试点区(8个全面干预区、5个重点干预区)的健康教育人员，从领导层、管理人员到专业技术人员共5000多人，都接受了不同形式的项目培训，最终打造出近100名项目骨干人员。

卫生部妇幼保健与社区卫生司司长杨青2008年7月在公民健康素养监测项目上海推进会上说："上海市的健康教育与健康促进工作一直走在全国的前列。"不久前，中华医学会的一位专家也曾感慨地说："上海市的健康教育工作总有着新思路、新触觉，无论在任何情况下，他们都可以找到健康教育工作的切入点。这让很多国内同行望尘莫及。"

中国健康教育中心主任毛群安多次表示："无论是人员数量、办公条件、传播资源，还是人员素质、业务能力、技术力量，上海市健康教育所都是绝对一流的。她是全国健康教育的一面旗帜！"

■有责任为建设健康城市建言献策

2002年，胡锦华被上海市市长聘任为市政府参事室参事，并担任社会组组长。他牢记着这样两句话：一是解放思想，求真务实；二是独立思考，敢讲真话。具有学者风度的胡锦华，坚决不做挂名参事，除了日常积极参加社会调查研究外，他每个星期四上午都要到参事室工作，并提出了不少很好的建言。

2004年的F1大赛在上海举办，而F1大赛历来都由国际知名的烟草商提供赞助。为了阻止烟草商在上海进行宣传，胡锦华多方奔走、积极呼吁，终于使得香烟广告没能出现在赛场。由于他在控烟工作中的突出贡献，世界卫生组织将当年的"烟草或健康状况荣誉奖"授予他。

有一年，某演出公司引进西班牙斗牛表演，令上海人大开眼界，但表演现场血腥气太重，尤其对少年儿童有不良刺激。胡锦华认为，外国的东西不能全盘照搬，还得根据我国国情有所选择。他向上海市领导建议，斗牛展斗，但不要刺杀。上海市领导很快批转了他的建议，演出公司当即作出了修正。斗牛依旧精彩，场面依旧热烈，真正做到了两全其美。

胡锦华还十分关注上海民营医院的生存和发展，先后对近20家民营医院进行了调研，写出了一份《关于解决上海民营医院目前存在的问题的建议》的报告。他建议主管部门在严格监管的同时，适时出台相关政策，帮助民营医疗事业走出畸形发展和恶性竞争的怪圈。这份报告由参事室直接送抵分管市长。

胡锦华说，作为市政府参事，他有责任为建设健康城市建言献策。

（本版图片由上海市健康教育所提供）

■记者手记

认识胡锦华是因为他创办的以"尺幅之地，可驰千里"为理念的上海大众卫生报，而熟识胡锦华则是在健康报上海记者站每季度一次的站务活动会上。由于我们同在健康领域，自然共同语言特别多，谈健康新闻的前前后后，也谈稿件的谋篇布局。他给人的感觉总是学者风度、儒雅淡定，话语不缓不急，却字字珠玑。

此次，我有幸在上海市健康教育所成立50周年之际采访他。见面时，他依然保持着一贯的低调，说话还是不缓不急："我只是一个上海市健康教育所50年成长发展的见证者。"

上海市健康教育所成立了50年，胡锦华就在这个所里工作了50年。他说："50年没有挪过一个地方，50年从事健康教育这项工作，其中甘苦，只有自己知道。"他还说："上海市健康教育所曾经几度起伏，却始终在曲折中前进。虽然历史有时会叫人走错房间，但有一个主题是永恒的，那就是人们对健康的追求不会改变。"

健康教育没有医学科研那样精彩纷呈，也不像临床医学那样轰轰烈烈。她春风化雨，潜移默化，恰如胡锦华其人。

■胡锦华小传

1942年1月出生。曾任上海市健康教育所所长、上海大众卫生报社社长、中国健康教育协会卫生报刊研究会会长，现为上海市人民政府参事、世界卫生组织上海健康教育与健康促进合作中心名誉主任、中国健康教育协会副会长、中国控制吸烟协会高级顾问、上海市吸烟与健康协会会长等。

胡锦华从事健康教育工作50年，在健康教育与健康促进领域有较高的造诣，形成了一套系统的、独具特色的健康教育理论。撰有《健康教育在现代医学中的地位》、《健康教育在中国的发展》、《制定2000年中国健康教育目标的科学依据》、《跨世纪的中国健康教育机构将走向何方》等百余篇论文；著有《胡锦华健康教育文集（上、下册）》、《感悟健康——胡锦华健康教育文选》、《岁月如歌——中国健康教育发展侧记》、《实用健康教育学》、《市民健康行为指南》、《公共卫生教育读本》（小学、初中、高中版）等数十部论著。

曾先后荣获卫生部科技进步一等奖、世界卫生组织吸烟或健康纪念奖、两岸四地（香港、澳门、台湾、大陆）控烟贡献奖，获得全国健康教育先进工作者、全国医学科普先进工作者、上海市先进工作者等荣誉称号。

■对话

健康教育的"毛毛雨"要不停地下

记　者：《上海大众卫生报》在第一版有个名牌栏目"健康三人坛"，您就是"三人坛"的作者之一。请您谈谈为何至今仍笔耕不辍？

胡锦华：一张报纸总要发出点声音，那是报纸的"旗帜"。"健康三人坛"尽管篇幅不大，三五百字，但有一定的健康教育思想，犹如下个不停的毛毛雨，在潜移默化中让大众感悟健康。其实，健康不仅是知识的获得，更是一种体会、一种感悟。有了这样的感悟，才能形成真正的健康理念，才能促使人们在拥有健康的时候去维护健康，失去健康的时候去追求健康。

健康教育一刻也不能停，健康教育的"毛毛雨"要不停地下。

记　者：与其他国家相比，中国特色的健康教育有什么不同之处？

胡锦华：这是一个大题目，还需要进一步总结。结合上海市的做法，我初步归纳了这样几句话：政府主导，行政干预，群众参与，社区六位一体（医疗、预防、保健、康复、健康教育、计划生育），传播与教育并重。

记　者：听说您爱好文学还写了不少诗篇，是真的吗？

胡锦华：是的。我爱好文学，自然也包括诗。工作之余，我觉得灵感常常来敲门。这让我坐立不安，许多美妙的词句会不期而至，欲罢不得，只有奋笔疾书，才可使灵魂安定。例如有一首《自嘲》："赞声，怨声，呵斥声，声声都听。好事，难事，窝囊事，事事都干。"那就是我当时的心境，也为自我勉励。现在读来，依然觉得有其意蕴。

他18岁参加工作至今，已伴随中国健康教育事业的脚步走过了50个年头，见证了其从卫生宣传、卫生教育、健康教育到健康促进的层层蜕变。他说："健康教育是一项清贫的事业，可即使'一箪食，一瓢饮'，我也'不改其乐'。"

胡锦华：倾心健教半世纪不改其乐

"甲肝这一仗打得真漂亮"

1988年距今已有将近22个年头，但这一年的1月却在上海人的心头深深地烙上了两个字的阴影："甲肝"。

当年，一场因市民食用遭到病毒污染的毛蚶而突发急性甲肝的大流行，打乱了这个大都市的秩序。多数上海人至今还能回想起那时空前拥挤的医院门诊，摆满了临时病床的工厂和学校，还有那大多伴有发热、呕吐、厌食、乏力、脸色发黄等典型症状的病人。1月18日是43例，1月19日为134例，1月21日上升到380例，1月27日达到5 467例，而1月31日则猛增到12 399例。短短一个月里，上海市总计发病人数超过31万。一时间，一种恐怖情绪弥漫在这个快节奏的城市上空。

时为上海市健康教育所所长的胡锦华身先士卒，一边指派摄制人员赶到发病最多的上海市南市区，记录医务人员救治病人的场景，并与上海电视台合作摄制《甲肝病人在家休养怎么办》等3部有关防控甲肝的专题电视片；一边发挥自己的擅长，与所内同仁一起日以继夜地编写资料，赶印了230万份《预防肝炎不难做到，关键在于自我防护》传单、50万份《防治病毒性肝炎知识问答》、10万份《饮食卫生专刊》。与此同时，35万份刊有甲肝防治报道内容的《上海大众卫生报》也被及时地送往千家万户。如此迅疾的反应，赢得了市民的一致好评。

当时不少专家估计，春节过后会有第二个甲肝流行高峰，但最终没有出现这种情况。肆虐一时的甲肝竟在短短3个月内得到了控制，并且没有传播到上海以外的其他兄弟省市。专家在总结其中原因时，都认为健康教育功不可没，都啧啧称赞上海市健康教育所"甲肝这一仗打得真漂亮"。

老百姓心中分量十足的健康黄金周

甲肝过去了，良好的卫生习惯不能丢。怎样巩固已经取得的成绩呢？

根据一位副市长的提议，上海市健康教育所具体承办了由该市首创的健康教育周活动，并把活动时间固定安排在每年的第一个星期。其寓意不仅是为了牢记1988年年初甲肝发生的教训，也是为了给人们送上新年的第一份健康祝福。

在听取众多意见后，胡锦华决定于1991年2月4日～10日举办第一届健康教育周活动，并将主题定为“维护环境卫生，加强自我保健”，以“加强食品卫生、预防冬季甲肝小高峰”为主要内容，采用设立咨询点、发放宣传资料、制作宣传画廊和黑板报等多样化的形式，充分调动人们讲卫生、自觉抵御疾病的积极性。

这以后，每年的年关都是胡锦华“最费脑筋”的时候：他要根据需要变更健康教育周活动的主题。但不管怎么变，他始终要求主题密切配合党和政府有关卫生工作的中心，极力贴合市民的健康需求。2005年，我国部分地区发生了高致病性禽流感疫情。2006年1月，以“动员全社会，科学防治禽流感”为主题的健康教育周活动就火热地开展起来了。春节临近，恰好是外来务工者返乡的高峰期，胡锦华瞄准了长途汽车站，正好可以针对这一人群进行禽流感防治知识的有效宣传。在内容上也要别开生面：有为驾驶员开展的专场健康咨询服务，也有为普通人群准备的“公健操”。

上海市长宁区华阳路街道的管亚伦见证了健康教育周活动走过的19年。在基层，他目睹了这些年来老百姓健康意识从薄弱到增强的变化过程。他说：“以前啊，大家总觉得听讲座、量血压、做体操是老年人的事。现在啊，白领小年轻也很起劲。”

为了让健康教育真正起到“犹如春风化雨润物无声”的作用，胡锦华和上海市健康教育所有关人员，曾开展过一项有关上海市健康教育周在市民中影响力的调查。结果显示，听说过健康教育周的人占被调查对象的79.7％，81.9％的被调查对象认为健康教育周提高了自己的防病保健意识。

让胡锦华感到欣慰的是，从2000年开始，上海市精神文明建设委员会办公室也成为健康教育周的举办成员单位之一。其中深意，他解释道：“健康教育突破了纯粹的卫生领域，把人类的健康与精神文明建设有机地统一起来，为健康促进理念的发展提供了实践支持。健康教育周也逐步成为一个政府搭台、部门参与、社区动员、群众积极参加、形式丰富多彩的盛会。最为关键的是，它所传递的健康知识、健康理念已经融入人们的日常生活，是百姓心中分量十足的健康黄金周。"

把健教做到抗击非典的最前沿

2003年，面对肆虐的SARS给社会带来的恐慌，胡锦华以敏锐的专业眼光，第一时间开通了上海市防治非典健康热线52285500。利用现代信息传播手段，迅速答疑解惑，消除恐慌。很快，仅有的一条热线变得拥堵不堪，已远远不能满足市民的需求。胡锦华没有坐靠等，而是积极创造条件。通过努力，他们在短短一周内建成了一个拥有200平方米面积、装有50部电话席位的接线大厅。高峰时，一个小时内接入的电话就达7 000人次。热烈的场景着实令人震撼：医学专家、医学生志愿者坚守在电话机旁，耐心地解答着一个个疑问。一个月内，非典热线就有了超过30万的咨询量。

与此同时，上海市健康教育所立志"把健康教育做到抗击非典的最前沿"。胡锦华组织专家撰写《防范非典市民手册》，印制各种防治非典的知识资料，及时送到了百万市民手中；通过层层培训，提高各级、各类人员开展非典健康教育的知识和技能。胡锦华还走进电视台的直播间，和其他专业人士一起，向群众讲解如何正确认识非典。上海市健康教育所进行的市民非典知晓率调查，以准确的数据为政府部门提供了参考，帮助制定和实施正确的防控方案，为缓解社会紧张情绪、维护社会稳定作出了贡献。

健康热线在防控非典中呈现出巨大的效果，显示了公益电话在突发公共卫生事件中的强大威力。当12320上海公共卫生公益电话还在筹备建设时，胡锦华就主动向上海市卫生局请缨，要求揽下这份意义重大却并不轻松的活儿。凭借以往积累的优势，上海市健康教育所最终如愿以偿。

目前，12320上海市公共卫生公益电话已经成为全国12320的培训基地，为全国培养了一批又一批电话咨询人员，指导和接待了不计其数的上门取经者。特别是在三鹿奶粉事件中，12320上海市公共卫生公益电话被国家卫生部指定为全国咨询热线。据调查，自开通以来，上海市民对12320的满意率一直保持在95%以上。胡锦华说："公共卫生公益电话是一条连接政府、专家、市民与社会的纽带。"

首次把健康教育的概念引进国门

1959年9月，胡锦华被分配到刚成立3个月的上海市卫生教育馆。领导有意让这个小青年从事组织指导组工作，即组建卫生宣教网络、指导基层工作、开展经验交流等。然而，胡锦华自认为“不习惯与人打交道”。他向领导提出，要求调到编辑设计组工作，从事小册子、传单、展览、挂图等设计制作工作。在这个“合适的”部门，他兢兢业业地一直干到 1966 年“文革”爆发。

“文革”中，胡锦华颇引以为豪的一件事是：为迎接美国总统尼克松访华，上海工业展览馆作大规模改展，有关领导决定把当时上海的医学针刺麻醉、大面积烧伤治疗、断肢再植等三大成果列入展览内容，并将这项任务交由上海市卫生教育馆负责。胡锦华和同事们全力以赴，顺利完成了任务。

1976 年到 1985 年，胡锦华主要从事由他创办的《上海大众卫生报》的编辑、出版工作。他把报纸作为卫生教育的一个重要载体，从内部刊物走向全国公开发行并在理论上进行卫生科普报刊编辑与医学科普创作的研究。胡锦华最难忘的是，在改革开放的春风里，他参加了一行四人的中国卫生宣传考察组，作为中国第一个健康教育的出国考察团体，于 1985 年 9 月 7 日至 10 月 5 日赴美国、加拿大和新加坡等 3 国考察。那次考察的经历，让他至今忆起仍激动不已。他说：“我们在 3 个国家访问了 20 多个单位，确确实实学到了东西，大开了眼界，第一次把健康教育的概念引进国门，从此替代了卫生宣传的提法。”回国后，胡锦华开始对健康教育专业名词内涵进行探索，并于 1986 年发表论文《对卫生教育几个命题的思索》。

1985 年年初，世界卫生组织西太平洋地区办事处主任中岛宏博士来沪访问，时任上海市卫生局局长的王道民特意安排他到上海市卫生教育馆参观指导。当时的上海市卫生教育馆不仅房舍狭小，而且设施也很简陋，但当中岛宏博士听完工作介绍后，他给予了相当高的评价。接着，双方都有了在这里成立世界卫生组织健康教育合作中心的意向。

“要成立合作中心，必须要提交一份合格的申请报告。当时，世界卫生组织聘请了美国加州大学洛杉矶分校的李浈教授来具体指导。记得李浈教授讲了这样一句话，我印象十分深刻——‘如果申请报告讲得不合理，到头来就是一堆废纸’。于是，我们抛弃固有的观念，开始设计一份以戒烟为主要内容的谋求行为改变的科学报告。这可以说是建所以来第一份按照统计学方法所作的项目建议书。在审定会上，我们一举拿下了合作中心。”胡锦华回忆道。

1990年9月21日，上海市卫生教育馆更名为上海市健康教育所。同时，上海市健康教育所专门设置了情报资料研究室，开始立项进行课题研究。我国的健康教育从此走上了科学评价的道路。

新思路、新触觉让同行望尘莫及

1995年对上海市健康教育所来说是个重要的年份。这一年，以世界银行对中国第七期卫生贷款项目健康教育子项目为标志，一个健康促进的新时代开始了。上海市被列为中国七项目之一，进行为期5年的"用健康促进的手段对慢性病进行干预"项目研究。这被誉为是上海健康教育事业由卫生宣传向健康教育与健康促进的华丽转身。

胡锦华在谈到这个项目时说："这是一个超前性的项目，没有先例可循。新事物的发展总有一个曲折的过程，但上海市健康教育所没有在困难面前止步。"

由于我国的健康教育事业是在卫生宣传基础上发展起来的，卫生宣传主要采用广播、墙报、宣传折页等面向社会大众的宣传手段，在一定程度上来讲是一种单向的健康知识传播活动，而这个项目则要求在全人群中选择重点人群作为目标人群，通过健康促进的新模式开展疾病的预防、危险因素的控制等。因此，对于已习惯运用卫生宣传手段开展健康教育的专业人员来说，这个项目是个巨大的挑战。

工作从哪些方面入手？项目建议书如何撰写？实施质量如何保证？胡锦华和上海市健康教育所的项目执行人员紧紧围绕着世界卫生组织提出的健康促进五大策略，进行了项目的计划、设计与评价实施等各项工作。在项目实施中，13个项目试点区(8个全面干预区、5个重点干预区)的健康教育人员，从领导层、管理人员到专业技术人员共5 000多人，都接受了不同形式的项目培训，最终打造出近100名项目骨干人员。

卫生部妇幼保健与社区卫生司司长杨青2008年7月在公民健康素养监测项目上海推进会上说："上海市的健康教育与健康促进工作一直走在全国的前列。"不久前，中华医学会的一位专家也曾感慨地说："上海市的健康教育工作总有着新思路、新触觉，无论在任何情况下，他们都可以找到健康教育工作的切入点。这让很多国内同行望尘莫及。"

中国健康教育中心主任毛群安多次表示："无论是人员数量、办公条件、传播资源，还是人员素质、业务能力、技术力量，上海市健康教育所都是绝对一流的。她是全国健康教育的一面旗帜！”

有责任为建设健康城市建言献策

2002 年，胡锦华被上海市市长聘任为市政府参事室参事，并担任社会组组长。他牢记着这样两句话：一是解放思想，求真务实；二是独立思考，敢讲真话。具有学者风度的胡锦华，坚决不做挂名参事，除了日常积极参加社会调查研究外，他每个星期四上午都要到参事室工作，并提出了不少很好的建言。

2004 年的 F1 大赛在上海举办，而 F1 大赛历来都由国际知名的烟草商提供赞助。为了阻止烟草商在上海进行宣传，胡锦华多方奔走、积极呼吁，终于使得香烟广告没能出现在赛场。由于他在控烟工作中的突出贡献，世界卫生组织将当年的“烟草或健康状况荣誉奖”授予他。

有一年，某演出公司引进西班牙斗牛表演，令上海人大开眼界，但表演现场血腥气太重，尤其对少年儿童有不良刺激。胡锦华认为，外国的东西不能全盘照搬，还得根据我国国情有所选择。他向上海市领导建议，斗牛照斗，但不要刺杀。上海市领导很快批转了他的建议，演出公司当即作出了修正。斗牛依旧精彩，场面依旧热烈，真正做到了两全其美。

胡锦华还十分关注上海民营医院的生存和发展，先后对近 20 家民营医院进行了调研，写出了一份《关于解决上海民营医院目前存在的问题的建议》的报告。他建议主管部门在严格监管的同时，适时出台相关政策，帮助民营医疗事业走出畸形发展和恶性竞争的怪圈。这份报告由参事室直接送抵分管市长。

胡锦华说，作为市政府参事，他有责任为建设健康城市建言献策。

■ 记者手记

认识胡锦华是因为他创办的以“尺幅之地，可驰千里”为理念的《上海大众卫生报》，而熟识胡锦华则是在《健康报》上海记者站每季度一次的站务活动会上。由于我们同在健康领域，自然共同语言特别多，谈健康新闻的前前后后，也谈稿件的谋篇布局。他给人的感觉总是学者风度、儒雅淡定，话语不缓不急，却字字珠玑。

此次，我有幸在上海市健康教育所成立50周年之际采访他。见面时，他依然保持着一贯的低调，说话还是不缓不急：“我只是一个上海市健康教育所50年成长发展的见证者。”

上海市健康教育所成立了50年，胡锦华就在这个所里工作了50年。他说：“50年没有挪过一个地方，50年从事健康教育这项工作，其中甘苦，只有自己知道。”他还说：“上海市健康教育所曾经几度起伏，却始终在曲折中前进。虽然历史有时会叫人走错房间，但有一个主题是永恒的，那就是人们对健康的追求不会改变。”

健康教育没有医学科研那样精彩纷呈，也不像临床医学那样轰轰烈烈。她春风化雨，潜移默化，恰如胡锦华其人。

■ 对话

健康教育的“毛毛雨”要不停地下

记　者：《上海大众卫生报》在第一版有个名牌栏目“健康三人坛”，您就是“三人坛”的作者之一。请您谈谈为何至今仍笔耕不辍？

胡锦华： 一张报纸总要发出点声音，那是报纸的“旗帜”。“健康三人坛”尽管篇幅不大，三五百字，但有一定的健康教育思想，犹如下个不停的毛毛雨，在潜移默化中让大众感悟健康。其实，健康不仅是知识的获得，更是一种体会、一种感悟。有了这样的感悟，才能形成真正的健康理念，才能促使人们在拥有健康的时候去维护健康，失去健康的时候去追求健康。

健康教育一刻也不能停，健康教育的“毛毛雨”要不停地下。

记　者： 与其他国家相比，中国特色的健康教育有什么不同之处？

胡锦华： 这是一个大题目，还需要进一步总结。结合上海市的做法，我初步归纳了这样几句话：政府主导，行政干预，群众参与，社区六位一体（医疗、预防、保健、康复、健康教育、计划生育），传播与教育并重。

记　者： 听说您爱好文学还写了不少诗篇，是真的吗？

胡锦华： 是的。我爱好文学，自然也包括诗。工作之余，我觉得灵感常常来敲门。这让我坐立不安，许多美妙的词句会不期而至，欲罢不得，只有奋笔疾书，才可使灵魂安定。例如有一首《自嘲》：“赞声，怨声，呵斥声，声声都听。好事，难事，窝囊事，事事都干。”那就是我当时的心境，也为自我勉励。现在读来，依然觉得有其意蕴。

■ 胡锦华小传

1942年1月出生。曾任上海市健康教育所所长、《上海大众卫生报》社社长、中国健康教育协会卫生报刊研究会会长，现为上海市人民政府参事、世界卫生组织上海健康教育与健康促进合作中心名誉主任、中国健康教育协会副会长、中国控制吸烟协会高级顾问、上海市吸烟与健康协会会长等。

胡锦华从事健康教育工作50年，在健康教育与健康促进领域有较高的造诣，形成了一套系统的、独具特色的健康教育理论。撰有《健康教育在现代医学中的地位》《健康教育在中国的发展》《制定2000年中国健康教育目标的科学依据》《跨世纪的中国健康教育机构将走向何方》等百余篇论文；著有《胡锦华健康教育文集（上、下册）》《感悟健康——胡锦华健康教育文选》《岁月如歌——中国健康教育发展侧记》《实用健康教育学》《市民健康行为指南》《公共卫生教育读本》（小学、初中、高中版）等数十部著作。

曾先后荣获卫生部科技进步一等奖，世界卫生组织或健康纪念奖、两岸四地（香港、澳门、台湾、大陆）控烟贡献奖；获得全国健康教育先进工作者、全国医学科普先进工作者、上海市先进工作者等荣誉称号。

（《健康报》2009年11月20日）

■ 采写／本报记者 胡德荣

他是我国基因诊断、血红蛋白疾病研究和胚胎工程技术的主要开拓者之一，在国内率先攻克了地中海贫血、苯丙酮尿症等主要遗传病的基因诊断和产前诊断。在血红蛋白疾病领域，他发现了8种世界新型血红蛋白变种，是获得美国NIH科学基金的第一位中国科学家。回首近半个世纪的医学科研人生，他对当初把自己引向这个神圣科学殿堂的老师、我国著名遗传学家谈家桢教授充满了敬意和感激。

曾溢滔 被慧眼识中的科研英才

2010年9月2日下午，在2009年度（第八届）上海医学科技奖颁奖大会上，曾溢滔院士领衔的"β地中海贫血基因治疗的实验研究"项目荣获一等奖。当人们以最热烈的掌声向他祝贺时，已七旬开外的曾院士眼眶湿润了……

■"我的血红蛋白研究离不开我的恩师谈家桢先生"

1956年，17岁的曾溢滔是广东省仲恺农校蚕桑专业的二年级学生。然而，偶然中读到的一篇文章让他的命运随然改变。他在翻阅《青岛遗传学座谈会纪要》时，对复旦大学谈家桢教授在会上关于遗传物质论述的发言十分感兴趣，便写信给谈家桢教授，谈了自己对遗传学的一些粗浅想法。"想不到很快就收到了谈先生热情鼓励的回信，并欢迎我毕业后报考复旦大学遗传学专业。"

但是按照当时国家的规定，中专毕业生必须工作3年后才能报考大学。还在读中专的曾溢滔为此愁闷不已。谈家桢知道后写信给仲恺农校领导，并和华南农学院蚕桑系主任唐维六教授共同推荐，使得他被破格允许毕业后直接报考高校。不料，1957年复旦大学限制在华东地区招生，谈家桢又找了当时上海高教局的领导，由上海高校招生办公室发函至广州，把曾溢滔的试卷封存送上海批阅。最终，曾溢滔以优异的成绩考入了谈家桢当系主任的复旦大学生物系。

大学阶段，曾溢滔从谈家桢身上所受教益良多。让他颇有感触的是，谈家桢对于基础教育的重视。"谈先生领导的生物系，基础课都由系里的名教授授课，而谈先生本人则负责生物系一年级第一学期新生的'生物学引论'，为的就是让学生打好扎实的生物学基础。我曾为自己的大学科研选题多次请教谈先生，他的回答总是'不要着急，先把基础打好'。"

1962年，曾溢滔大学毕业后听从谈家桢的建议，考取了复旦遗传所刘祖洞教授人类遗传学专业的研究生，选择了血红蛋白生化遗传作为自己的研究生课题。谈家桢仍一如既往地给予曾溢滔关心和支持。"暑假里的一天，我动手做实验需要的电泳仪，可缺少做电极用的铂金丝，没想到第二天，谈先生亲自把一根铂金丝送到我面前。我记得很清楚，那天天气格外闷热，谈先生是顶着烈日从家里走到复旦西北角的设备科，领了铂金丝再走5层楼送到实验室的。看到他满头大汗的样子，我感动不已。一根铂金丝，现在看来不足为奇，可我正是用它制作了第一台血红蛋白电泳仪，鉴定了国内第一例异常血红蛋白。"继而曾溢滔又攻克了血红蛋白的肽链解离、人－狗血红蛋白分子杂交技术和"指纹法"分析血红蛋白化学结构等技术。

在1964年复旦校庆学术报告会上，由谈家桢推荐，曾溢滔报告血红蛋白研究工作。上海市第六人民医院吴文彦主任听了曾溢滔的报告后，立刻把她在门诊中遇到的一例显性遗传的紫绀病人的血标本送来。曾溢滔和送标本来的黄淑帧在复旦遗传所很快就鉴定出这是一种血红蛋白M病，文章发表在《科学通报》上。这是国内所应用生化和分子杂交技术鉴定出的第一例异常血红蛋白。

鉴于复旦大学开展血红蛋白病研究缺乏病人标本，而血红蛋白病在我国南方发病率高，又多在儿童时发病，曾溢滔建议与广州市儿童医院建立一个科研合作点。这个想法得到了谈家桢和广州市儿童医院张梦石院长的支持。很快，就在广州市儿童医院筹建了一个血红蛋白病实验室。根据谈家桢的建议，曾溢滔总结的研究生论文《不稳定血红蛋白》，报道了国际上首次发现的α链异常的不稳定血红蛋白。随后，他又在《中国科学》上发表了长篇论文《异常血红蛋白生化遗传的研究》，于1978年获得了全国科学大会奖。

1978年夏，曾溢滔与夫人黄淑帧受上海市卫生局委托在上海市儿童医院筹建"医学遗传研究室"。在研究室成立第三天，他们就接待了一位患有严重贫血却一直查不出病因的女留学生。在设备简陋的实验室，靠几件破旧的仪器和一台自己动手制作的高压电泳仪，不分昼夜地实验，他终于成功地诊断出该女留学生患的是一种异常血红蛋白复合奇特的贫血病——δβ地中海贫血复合镰形细胞贫血病。这成了我国第一例血红蛋白化学结构分析病例。

有关论文发表后，引起了国际血红蛋白研究权威、美国的国际血红蛋白情报中心主任YHJ Huisman教授的注意。他主动写信给曾溢滔，要求来上海访问，并邀请曾溢滔以国际研究员身份到他的研究室合作研究。然而，苦于曾溢滔没有学位，此事受阻。谈家桢知道后，立刻写了一封信给Huisman教授，说明中国当时尚没有学位制度，而根据曾溢滔在复旦大学研究生时的研究成果已经达到了Ph.D.的水平。Huisman教授于返美的第二天就给曾溢滔寄来了邀请函，并为曾溢滔申请了签证。

在Huisman教授设备先进的实验室合作研究的8个月期间，曾溢滔发表了13篇血红蛋白研究论文，还应邀到美国前总统吉米·卡特的故乡访问并获得荣誉市民称号。回国后的曾溢滔带领科研团队，与全国70多家兄弟单位协作，完成了131个家系的异常血红蛋白化学结构分析工作，发现了8种以中国城市命名的国际新型血红蛋白变种，填补了中国在世界异常血红蛋白分析版图上的空白。

1982年，曾溢滔向美国国立卫生研究院（简称NIH）提交的有关中国人血红蛋白病研究的科学基金申请，以高分获得通过，从而成了第一位获得美国NIH科学基金的中国科学家。国外评审机构评论道："曾溢滔能获得此项基金，是与世界上最好的科学家竞争后得到的。"此后，曾溢滔又连续两次获得此项基金，经费连续翻番。

在短短的几年内，曾溢滔实验室关于血红蛋白的研究论文先后发表在Lancet、Blood和Am.J.Hum.Genet等国际权威杂志上。在上海市儿童医院医学遗传研究室成立10周年纪念会的主席台上，谈家桢院士手举研究室10周年论文集感慨："当初我帮助曾溢滔考进复旦大学是对的，后来我同意他调入上海市儿童医院也是正确的。"

曾溢滔则发自肺腑地说："我从心底里永远感激我的老师谈先生……我一生的科研工作离不开血红蛋白研究，我的血红蛋白研究离不开我的恩师谈家桢先生。"

■科学研究是一条充满荆棘之路，唯有创新才有出路

一次，曾溢滔在广州市儿童医院遇到了一个接受输血的脸色苍白的小孩。小孩的父母告诉曾溢滔："他们的第一个孩子死了，第二个孩子又患上了同样的血红蛋白病，为了给儿子看病与输血，已经折腾得快要倾家荡产了……"曾溢滔听了难过极了。

据介绍，这种病在我国南方比较多，而全世界有一亿多人带有血红蛋白病的基因。曾溢滔敏锐地意识到：在目前大多数遗传疾病尚无根治方法的情况下，对患有严重遗传疾病风险的胎儿进行产前基因诊断，以杜绝患病胎儿的出生，无疑是最有效的优生措施。

强烈的科学责任感驱使他将科研的重心转移到对常见的、危害严重的遗传性疾病的产前基因诊断上。为此，曾溢滔先后建立了DNA点杂交、限制酶酶谱分析、限制性酶切多态性连锁分析、寡核苷酸探针杂交和多聚酶链反应等基因诊断新技术，并率先在国内完成了地中海贫血、苯丙酮尿症、血友病B、进行性肌营养不良和亨廷顿舞蹈病等遗传疾病的产前基因诊断。当一个个健康活泼的孩子诞生时，感激不尽的父母给医学遗传研究室寄来孩子的照片，为孩子取名为"谢上海"、"向上海"……

在曾溢滔领衔的研究所对与性别有关的遗传病产前诊断获得成功的消息发布后，北京农学院胡明信、吴学清教授夫妇找到曾溢滔，希望合作研究奶牛胚胎性别鉴定和性别控制技术。想到能把医学分子生物学技术嫁接到农牧业，为我国畜牧业发展和菜篮子工程服务，曾溢滔自然十分乐意了。

曾溢滔想：人和牛都属哺乳动物，人能用Y－特异DNA探针早期鉴定胎儿性别，牛是否也可以呢？他带领研究所的同仁花了两年多时间，用了各种不同的方法，进行了上千次实验，均以失败告终。他们又试图用新诞生的聚合酶链反应（PCR）技术扩增牛Y染色体的特异DNA片段来鉴定牛的性别。花了两年，进行了近4000次实验，仍没有收获。

实验陷入困境，是退还是进？1990年下半年，曾溢滔赴美讲学，在飞机上翻阅最新出版的英国《自然》杂志时，一篇介绍英国科学家发现SRY基因的文章像磁石一样吸引了他：在哺乳动物的Y染色体中，有个主宰性别基因的区域——SRY，在Y染色体数千万个核苷酸中，只有这个由250个核苷酸组成的SRY基因核心序列才是使胚胎发育成雄性的决定因素，并已在老鼠胚胎上做了变性实验而得到证实。这促发了曾溢滔的创新灵感。在美国讲学还没有结束的他接二连三以电传方式遥控上海课题组的技术路线，并指示将这个最新成就应用于奶牛胚胎的性别鉴定。由于国际上还没有任何有关牛的SRY资料可借鉴，唯一出路在于走自己的创新道路。曾溢滔一赶回上海就开展了DNA直接测序技术，对牛的SRY基因进行序列测定。奶牛性别决定的DNA核心序列测出后，他们又根据SRY序列设计合成了特异性引物，再通过聚合酶链反应（PCR）专一性扩增牛胚胎的SRY序列以鉴定牛胚胎性别。前后整整花了6年，进行了上万次实验，技术路线一次次创新，研究终于获得成功。

■他的创新技术多次被两院院士选为"中国十大科技进展"

1984年，中国科学院院士施履吉提出了用哺乳动物乳蛋白基因的启动子控制外源基因来研发"转基因动物"的构想。他同时提出，若要通过"转基因动物"作为生物反应器来生产基因药物蛋白，动物乳腺是最理想的表达场所，因为乳腺属于外分泌器官，分泌的乳汁不进入体内循环，不会影响动物自身的新陈代谢。为此，只需要饲养大量的转基因羊或转基因牛等家畜，就可源源不断地从动物的乳汁中获取人类所需要的药物蛋白质。

这个创新的科学思路与曾溢滔的想法不谋而合。曾溢滔在科普演讲中兴奋地表示："转基因动物的乳腺好比是一个'生产车间'。生产1克药物蛋白，用传统工艺生产大约要4万元成本，而利用转基因动物大约只需4元……"

然而施履吉院士这一原创性的科学思维并没有引起有关部门的重视，由于得到的科研经费太少，他无法做转基因牛，只能考虑改做转基因羊，后来又不得不改做转基因兔。而在国外，1991年，第一头转基因牛问世；1992年第一头乳腺表达外源基因的转基因羊在英国出世，在这种转基因羊的每升羊奶中含有价值6000美元的蛋白酶。

一个诞生于中国的科学原创思想，最终却在国外开花并结果！感到痛心的曾溢滔决心制订一项长远的动物转基因研究规划。为此，他在有关部门的支持下，建起了动物试验场。接着他迅疾地组建科技攻关队伍，还特意把在美国从事一项国际合作项目的妻子黄淑帧教授调回研究所来负责转基因动物的技术攻关。

他们的第一个目标是研究转基因羊。但是，转基因羊研究难度极大，成功率极低。曾溢滔科研团队分析了经典的转基因动物技术路线上的缺陷，创建了"整合胚移植"转基因技术的全新路线：用体外受精卵作基因注射，寻找最佳"基因导入点"；对胚胎是否整合了外源基因作植入前的分子鉴定，以"去伪存真"；以非手术的胚胎移植技术来提高动物妊娠率……如今已有一头山羊整合了人凝血因子IX基因，并且其乳汁中含有活性的能治疗血友病的人凝血因子IX蛋白。这项研究的成功，迈出了构建"动物药厂"极为可喜的一步。这几项与众不同的创新技术被两院院士选为1998年"中国十大科技进展"之一。

考虑到牛的产乳量几乎是羊的20倍，曾溢滔科研团队又连续进行了转基因牛的研究。1999年2月19日，带有人血清白蛋白基因的转基因试管牛——"滔滔"在上海奉新牧场降生了。这项成果，再次被两院院士选为1999年"中国十大科技进展"。

为了转化科研成果，曾溢滔率领他的团队在上海市松江区建立了颇具规模的转基因动物研究中心。目前该中心已建成了配备先进仪器设备的科研大楼、胚胎实验楼、SPF级小动物实验房，以及大批现代化的牛舍和羊棚。

从胚胎性别鉴定、胚胎移植，到转基因动物研究，曾溢滔团队把基因工程和胚胎工程有机地结合。正是这种学科交叉，产生了一系列重要的科研成果。在此基础上，他们又把研究工作扩展到干细胞和发育生物学领域。他们通过宫内移植的方法，在国际上首次将人的成体干细胞成功植入胎羊体内，建立了人源性干细胞这种能在山羊体内长期存活的"人－山羊异种移植嵌合体"。由于课题组的研究均采用成体干细胞，而非胚胎干细胞，因而避免了伦理问题。曾溢滔团队综合应用了分子生物学、细胞生物学、免疫组织化学和基因芯片等技术，系统地分析了人源干细胞在嵌合体山羊多种脏器的存活、扩增和分化等生物学特征以及人源基因表达状况。

这一干细胞研究的成果为深入研究干细胞在活体内的生物学行为、疾病的产前治疗和异种器官移植等都提供了新的思路和新的技术途径。2006年，这项科研成果通过了专家的鉴定，于同年5月在《美国科学院院报》上发表论文，并被科技部评为2006年中国基础研究十大新闻之一。

（本版照片由曾溢滔本人提供）

女儿获双博士学位后曾溢滔一家人合影

与夫人黄淑帧一起进行学术讨论

获美国荣誉市民后携夫人和美国前总统吉米·卡特合影

■记者手记

采访曾溢滔院士，他那挑战自我的独特思维艺术实在是让记者折服。尤其是他那"假如我是他"的换位思维，宛如一道利器开辟他的不断进取之路。

有人笑曾溢滔有"思维多动症"。事实上，他每一次思维换位（角色转换）都让他多一份收益，每一次深入思考，也往往激发起他的创新灵感。因而，他常常能比别人想得远一些，非常能预见困难并尽早想法子予以避免或克服。作为导师，这种思维换位艺术也被他用在研究生培养上。曾溢滔从不强行要求研究生该做什么，怎么去做，而是培养他们科学的思维方法，教会他们在科学研究中不仅要解决"是什么"，更要解决"为什么"，鼓励学生们的科研自主性与创造性。

■对 话

记 者：曾老师，听说在处理女儿休学一事上，您采用的就是"假如我是他"的思维换位艺术？

曾溢滔：是的。女儿在美国攻读博士学位时，突发"奇想"：休学两年，回国内乐坛发展。面对这种情势，大多数父母或许会强行干涉，然而我却以"假如我是她"的思维方式来处理，尊重了她的选择。结果呢，我女儿依然获得了美国博士学位。

记 者：您是否把这种思维换位艺术也用在了自己的学习上？

曾溢滔：是啊。我读文章，尤其是学术论文，从不盲目跟着作者的思路走，不轻易接受作者的结论，而是边读边想：假如我是这位作者，我会怎样想，如何写，做出什么结论。对于医学学术论文，在其中的"讨论"部分，我往往不会去看，而是更深入地思考。

记 者：您对谈家桢先生感情笃深，在和他的交往中，哪件事给您留下深刻的印象？

曾溢滔：记得大学二年级时，我利用暑假留校时间搞科研。有一天，我走进生物楼二楼走廊时，就听到谈先生在厉声批评一位老师。原来是这位老师未征得谈先生的同意，就允许我在果蝇遗传实验室饲养家蚕。见到我，谈先生火气更大了，要我立即把家蚕搬走。我告诉他家蚕已饲养到四龄，还有几天就吐丝结茧了。但他还是没有半点商量的余地。我当时真埋怨他不近人情，只好把家蚕搬到宿舍。

后来当我把发表的有关家蚕研究论文送给谈先生时，我发现他已经把这件事忘记了，但我却从中体会到了谈先生对实验室的严格管理。我日后对实验室管理之严格也是出了名的，并被多次作为典型经验总结介绍。回想起来，正是谈先生给我树立的榜样。

■曾溢滔小传

1939年5月27日生，广东顺德人。中国工程院院士，上海交通大学医学院教授、博士生导师，上海交通大学医学遗传研究所所长，卫生部胚胎与生殖工程重点实验室主任。

长期从事人类遗传性疾病的防治以及分子胚胎学的基础和应用研究，是我国基因诊断、血红蛋白疾病研究和胚胎工程技术的主要开拓者之一。20世纪90年代，在国际上首次克隆了牛类性别决定基因SRY的核心序列，并成功地通过鉴定胚胎的SRY基因和胚胎移植来控制牛、羊等经济动物的性别。在转基因动物/生物反应器这一国家重大研究项目中，他与同事们成功地研制出我国第一头乳汁中表达人凝血因子IX蛋白的转基因山羊和整合了人血清白蛋白基因的转基因牛。

在国内外已发表学术论文400多篇，主编了《人类血红蛋白》、《遗传病的基因诊断和基因治疗》等6部专著，获得发明专利10多项，30多次荣获国家级、部委级和上海市的重大科技成果奖，并获得全国先进工作者、全国"五一"奖章、上海市科技功臣、何梁何利科技进步奖、上海市医学荣誉奖等荣誉称号。

"科学家庭"里的文艺情怀

曾溢滔院士和妻子黄淑帧教授是科学家，女儿曾凡一亦是科学界的后起之秀。这个"科学家庭"堪称经典：曾溢滔院士任上海医学遗传研究所所长，女儿曾凡一研究员任副所长，妻子黄淑帧教授则是该所的研究室主任。曾溢滔的一家被誉为"一门三杰"。

妻子黄淑帧教授是曾溢滔院士工作上强有力的搭档。拥有美国宾夕法尼亚大学医学院医学（M.D.）和理学（Ph.D.）双博士学位的曾凡一也是父亲事业上的得力干将。她的研究以哺乳动物生殖与发育中重编程的细胞和分子机制为核心，研究不同发育阶段基因表达和调控的分子机理，已建立了体内研究干细胞生物学特征的哺乳动物模型和同体克隆技术。她曾获得中国青年科技奖、教育部自然科学奖一等奖，研究成果曾被美国《时代》周刊评为2009年世界十大医学突破之一。2010年6月27日，在第三世界妇女科学组织第四届大会上，她获得了"首届第三世界妇女科学组织女青年科学家奖"殊荣。

然而，在科学界里名气响当当的这一家人，却不乏才情雅趣。

曾凡一气质温婉，颇具艺术天赋。在攻读宾夕法尼亚大学医学和理学双博士期间，她申请休学，回国录制了个人演唱专辑，拍摄了音乐电视（MTV），并于1995年和1996年，分别两次获得了中央电视台MTV大奖赛的特别荣誉奖等奖项。她还在上海和华盛顿举行过多场个人演唱会。

黄淑帧是个充满情趣的科学家，她最讨厌有人称呼她"女强人"。她说："一个'强'字，既冷又硬。"黄淑帧7岁就开始学习钢琴，在声乐和钢琴方面已接近专业水平，还颇具表演才能，高中时，就担任学校话剧团团长。

而曾溢滔院士自己则从小就多才多艺。他爱好文学，创作的小说《奇迹》，曾被编入《优秀短篇小说选》，并在上世纪70年代被改编拍摄成电影《无影灯下送银针》，轰动一时。他对交响乐也有着独到的见解。在他眼里，交响乐的旋律表达与基因分子模型竟也有几分相像。

他是我国基因诊断、血红蛋白疾病研究和胚胎工程技术的主要开拓者之一，在国内率先攻克了地中海贫血、苯丙酮尿症等主要遗传病的基因诊断和产前诊断。在血红蛋白疾病领域，他发现了8种世界新型血红蛋白变种，是获得美国NIH科学基金的第一位中国科学家。回首近半个世纪的医学科研人生，他对当初把自己引向这个神圣科学殿堂的老师、我国著名遗传学家谈家桢教授充满了敬意和感激。

曾溢滔：被慧眼识中的科研英才

2010年9月2日下午，在2009年度(第八届)上海医学科技奖颁奖大会上，曾溢滔院士领衔的“β地中海贫血基因治疗的实验研究”项目荣获一等奖。当人们以最热烈的掌声向他祝贺时，已七旬开外的曾院士眼眶湿润了……

“我的血红蛋白研究离不开我的恩师谈家桢先生”

1956年，17岁的曾溢滔是广东省仲恺农校蚕桑专业的二年级学生。然而，偶然中读到的一篇文章让他的命运陡然改变。他在翻阅《青岛遗传学座谈会纪要》时，对复旦大学谈家桢教授在会上关于遗传物质论述的发言十分感兴趣，便写信给谈家桢教授，谈了自己对遗传学的一些粗浅想法。“想不到很快就收到了谈先生热情鼓励的回信，并欢迎我毕业后报考复旦大学遗传学专业。”

但是按照当时国家的规定，中专毕业生必须工作3年后才能报考大学。还在读中专的曾溢滔为此愁闷不已。谈家桢知道后写信给仲恺农校领导，并和华南农学院蚕桑系主任唐维六教授共同推荐，使得他被破格允许毕业后直接报考高校。不料，1957年复旦大学限制在华东地区招生，谈家桢又找了当时上海高教局的领导，由上海高校招生办公室发函至广州，把曾溢滔的试卷封存送上海批阅。最终，曾溢滔以优异的成绩考入了谈家桢当系主任的复旦大学生物系。

大学阶段，曾溢滔从谈家桢身上所受教益良多。让他颇有感触的是，谈家桢对于基础教育的重视。“谈先生领导的生物系，基础课都由系里的名教授授课，而谈先生本人则负责生物系一年级第一学期新生的‘生物学引论’，为的就是让学生打好扎实的生物学基础。我曾为自己的大学科研选题多次请教谈先生，他的回答总是‘不要着急，先把基础打好’。”

1962年，曾溢滔大学毕业后听从谈家桢的建议，考取了复旦遗传所刘祖洞教授人类遗传学专业的研究生，选择了血红蛋白生化遗传作为自己的研究生课题。谈家桢仍一如既往地给予曾溢滔关心和支持。“暑假里的一天，我动手做实验室需要的电泳仪，可缺少做电极用的铂金丝，没想到第二天，谈先生笑容满面地把一根亮晶晶的铂金丝送到我面前。我记得很清楚，那天天气格外闷热，谈先生是顶着烈日从家里走到复旦西北角的设备科，领了铂金丝再走5层楼送到实验室的。看到他满头大汗的样子，我感动不已。一根铂金丝，现在看来不足为奇，可我正是用它制作了第一台血红蛋白电泳仪，鉴定了国内第一例异常血红蛋白。”继而曾溢滔又攻克了血红蛋白的肽链解离、人-狗血红蛋白分子杂交技术和“指纹法”分析血红蛋白化学结构等技术。

在1964年复旦校庆学术报告会上，由谈家桢推荐，曾溢滔报告血红蛋白研究工作。上海市第六人民医院吴文彦主任听了曾溢滔的报告后，立刻把她在门诊中遇到的一例显性遗传的紫绀病人的血标本送来。曾溢滔和送标本来的黄淑帧在复旦遗传所很快就鉴定出这是一种血红蛋白M病，文章发表在《科学通报》上。这是国内所应用生化和分子杂交技术鉴定出的第一例异常血红蛋白。

鉴于复旦大学开展血红蛋白病研究缺乏病人标本，而血红蛋白病在我国南方发病率高，又多在儿童时发病，曾溢滔建议与广州市儿童医院建立一个科研合作点。这个想法得到了谈家桢和广州市儿童医院张梦石院长的支持。很快，就在广州市儿童医院筹建了一个血红蛋白病实验室。根据谈家桢的建议，曾溢滔总结的研究生论文《不稳定血红蛋白》，报道了国际上首次发现的α链异常的不稳定血红蛋白。随后，他又在《中国科学》上发表了长篇论文《异常血红蛋白生化遗传的研究》，于1978年获得了全国科学大会奖。

1978年夏，曾溢滔与夫人黄淑帧受上海市卫生局委托在上海市儿童医院筹建“医学遗传研究室”。在研究室成立第三天，他们就接待了一位患有严重贫血却一直查不出病因的也门共和国的女留学生。在设备简陋的实验室，靠几台破旧的仪器和一台自己动手制作的高压电泳仪，不分昼夜地实验，他终于成功地诊断出该女留学生患的是一种异常血红蛋白复合奇特的贫血病——δβ 地中海贫血复合镰形细胞贫血病。这成了我国第一例血红蛋白化学结构分析病例。

有关论文发表后，引起了国际血红蛋白研究权威、美国的国际血红蛋白情报中心主任 YHJ Huisman 教授的注意。他立刻写信给曾溢滔，要求来上海访问，并邀请曾溢滔以国际研究员身份到他的研究室合作研究。然而，苦于曾溢滔没有学位，此事受阻。谈家桢知道后，立刻写了一封信给 Huisman 教授，说明中国当时尚没有学位制度，而根据曾溢滔在复旦大学研究生时的研究成果已经达到了 Ph.D.的水平。Huisman 教授于返美的第二天就给曾溢滔寄来了邀请函，并为曾溢滔申请了签证。

在 Huisman 教授设备先进的实验室合作研究的 8 个月期间，曾溢滔发表了 13 篇血红蛋白研究论文，还应邀到美国前总统吉米·卡特的故乡访问并获得荣誉市民称号。回国后的曾溢滔带领科研团队，与全国 70 多家兄弟单位协作，完成了 131 个家系的异常血红蛋白化学结构分析工作，发现了 8 种以中国城市命名的国际新型血红蛋白变种，填补了中国在世界异常血红蛋白分析版图上的空白。

1982 年，曾溢滔向美国国立卫生研究院（简称 NIH）提交的有关中国人血红蛋白病研究的科学基金申请，以高分获得通过，从而成了第一位获得美国 NIH 科学基金的中国科学家。国外评审机构评论道："曾溢滔能获得此项基金，是与世界上最好的科学家竞争后得到的。"此后，曾溢滔又连续两次获得此项基金，经费连续翻番。

在短短的几年内，曾溢滔实验室关于血红蛋白的研究论文先后发表在 Lancet、Blood 和 Am.J.Hum.Genet 等国际权威杂志上。在上海市儿童医院医学遗传研究室成立 10 周年纪念会的主席台上，谈家桢院士手举研究室 10 周年论文集感慨："当初我帮助曾溢滔考进复旦大学是对的，后来我同意他调入上海市儿童医院也是正确的。"

曾溢滔则发自肺腑地说："我从心底里永远感激我的老师谈先生……我一生的科研工作离不开血红蛋白研究，我的血红蛋白研究离不开我的恩师谈家桢先生。"

科学研究是一条充满荆棘之路，唯有创新才有出路

一次，曾溢滔在广州市儿童医院遇到了一个接受输血的脸色苍白的小

孩。小孩的父母告诉曾溢滔："他们的第一个孩子死了，第二个孩子又患上了同样的血红蛋白病，为了给儿子看病与输血，已经折腾得快要倾家荡产了……"曾溢滔听了难过极了。

据介绍，这种病在我国南方比较多，而全世界有一亿多人带有血红蛋白病的基因。曾溢滔敏锐地意识到：在目前大多数遗传疾病尚无根治方法的情况下，对患有严重遗传疾病风险的胎儿进行产前基因诊断，以杜绝患病胎儿的出生，无疑是最有效的优生措施。

强烈的科学责任感驱使他将科研的重心转移到对常见的、危害严重的遗传性疾病的产前基因诊断上。为此，曾溢滔先后建立了DNA点杂交、限制酶酶谱分析、限制性酶切多态性连锁分析、寡核苷酸探针杂交和多聚酶链反应等基因诊断新技术，并率先在国内完成了地中海贫血、苯丙酮尿症、血友病B、进行性肌营养不良和亨廷顿舞蹈病等遗传疾病的产前基因诊断。当一个个健康活泼的孩子诞生时，感激不尽的父母给医学遗传研究室寄来孩子的照片，为孩子取名为"谢上海""向上海"……

在曾溢滔领衔的研究所对与性别有关的遗传病产前诊断获得成功的消息发布后，北京农学院胡明信、吴学清教授夫妇找到曾溢滔，希望合作研究奶牛胚胎性别鉴定和性别控制技术。想到能把医学分子生物学技术嫁接到农牧业，为我国畜牧业发展和菜篮子工程服务，曾溢滔自然十分乐意了。

曾溢滔想：人和牛都属哺乳动物，人能用Y-特异DNA探针早期鉴定胎儿性别，牛是否也可以呢？他带领研究所的同仁花了两年多时间，用了各种不同的方法，进行了上千次实验，均以失败告终。他们又试图用新诞生的聚合酶链反应(PCR)技术扩增牛Y染色体的特异DNA片段来鉴定牛的性别。花了两年，进行了近4 000次实验，仍没有收获。

实验陷入困境，是退还是进？1990年下半年，曾溢滔赴美讲学，在飞机上翻阅最新出版的英国《自然》杂志时，一篇介绍英国科学家发现SRY基因的文章像磁石一样吸引了他：在哺乳动物的Y染色体中，有个主宰性别基因的区域——SRY，在Y染色体数千万个核苷酸中，只有这个由250个核苷酸组成的SRY基因核心序列才是使胚胎发育成雄性的决定因素，并已在老鼠胚胎上做了变性实验而得到证实。这促发了曾溢滔的创新灵感。在美国讲学还没有结束的他接二连三以电传方式遥控上海课题组的技术路线，并指示将这个最新成就应用于奶牛胚胎的性别鉴定。由于国际上还没有任何有关牛的SRY资料可借鉴，唯一出路在于走自己的创新道路。曾溢滔一赶回上海就开展了DNA直接测序技术，对牛的SRY基因进行序列测定。奶牛性别决定的DNA核心序列测出后，他们又根据SRY序列设计合成了特异性引物，再通过聚合酶链反应（PCR）专一性扩增牛胚胎的SRY序列以鉴定牛胚胎性别。前后整整花了6年，进行了上万次实验，技术路线一次次创新，研究终于获得成功。

他的创新技术多次被两院院士选为“中国十大科技进展”

1984年，中国科学院院士施履吉提出了用哺乳动物乳蛋白基因的启动子控制外源基因来研发“转基因动物”的构想。他同时提出，若要通过“转基因动物”作为生物反应器来生产基因药物蛋白，动物乳腺是最理想的表达场所，因为乳腺属于外分泌器官，分泌的乳汁不进入体内循环，不会影响动物自身的新陈代谢。为此，只需要饲养大量的转基因羊或转基因牛等家畜，就可源源不断地从动物的乳汁中获取人类所需要的药物蛋白质。

这个创新的科学思路与曾溢滔的想法不谋而合。曾溢滔在科普演讲中兴奋地表示：“转基因动物的乳腺好比是一个‘生产车间’。生产1克药物蛋白，用传统工艺生产大约要4万元成本，而利用转基因动物大约只需4元……”

然而施履吉院士这一原创性的科学思维并没有引起有关部门的重视，由于得到的科研经费太少，他无法做转基因牛，只能考虑改做转基因羊，后来又不得不改做转基因兔。而在国外，1991年，第一头转基因牛问世；1992年第一头乳腺表达外源基因的转基因羊在英国出世，在这种转基因羊的每升羊奶中含有价值6 000美元的蛋白酶。

一个诞生于中国的科学原创思想，最终却在国外开花并结果！感到痛心的曾溢滔决心制订一项长远的动物转基因研究规划。为此，他在有关部门的支持下，建起了动物试验场。接着他迅疾地组建科技攻关队伍，还特意把在美国从事一项国际合作项目的妻子黄淑帧教授调回研究所来负责转基因动物的技术攻关。

他们的第一个目标是研究转基因羊。但是，转基因羊研究难度极大，成功率极低。曾溢滔科研团队分析了经典的转基因动物技术路线上的缺陷，创建了“整合胚移植”转基因技术的全新路线：用体外受精卵作基因注射，寻找最佳"基因导入点"；对胚胎是否整合了外源基因作植入前的分子鉴定，以"去伪存真"；以非手术的胚胎移植技术来提高动物妊娠率……如今已有一些山羊整合了人凝血因子 IX 基因，并且其乳汁中含有活性的能治疗血友病的人凝血因子 IX 蛋白。这项研究的成功，迈出了构建"动物药厂"极为可喜的一步。这几项与众不同的创新技术被两院院士选为 1998 年"中国十大科技进展"之一。

考虑到牛的产乳量几乎是羊的 20 倍，曾溢滔科研团队又连续进行了转基因牛的研究。1999 年 2 月 19 日，带有人血清白蛋白基因的转基因试管牛——"滔滔"在上海奉新牧场降生了。这项成果，再次被两院院士选为 1999 年"中国十大科技进展"。

为了转化科研成果，曾溢滔率领他的团队在上海市松江区建立了颇具规模的转基因动物研究中心。目前该中心已建成了配备先进仪器设备的科研大楼、胚胎实验楼、SPF 级小动物实验房，以及大批现代化的牛舍和羊棚。

从胚胎性别鉴定、胚胎移植，到转基因动物研究，曾溢滔团队把基因工程和胚胎工程有机地结合。正是这种学科交叉，产生了一系列重要的科研成果。在此基础上，他们又把研究工作扩展到干细胞和发育生物学领域。他们通过宫内移植的方法，在国际上首次将人的成体干细胞成功植入胎羊体内，建立了人源性干细胞这种能在山羊体内长期存活的"人-山羊异种移植嵌合体"。由于课题组的研究均采用成体干细胞，而非胚胎干细胞，因而避免了伦理问题。曾溢滔团队综合应用了分子生物学、细胞生物学、免疫组织化学和基因芯片等技术，系统地分析了人源干细胞在嵌合体山羊多种脏器的存活、扩增和分化等生物学特征以及人源基因表达状况。

这一干细胞研究的成果为深入研究干细胞在活体内的生物学行为、疾病的产前治疗和异种器官移植等都提供了新的思路和新的技术途径。2006 年，这项科研成果通过了专家的鉴定，于同年 5 月在《美国科学院院报》上发表论文，并被科技部评为 2006 年中国基础研究十大新闻之一。

■ 记者手记

采访曾溢滔院士，他那挑战自我的独特思维艺术实在是让记者折服。尤其是他那"假如我是他"的换位思维，宛如一道利器开辟他的不断进取之路。

有人笑曾溢滔有“思维多动症”。事实上，他每一次思维换位（角色转换）都让他多一份收益；每一次深入思考，也往往激发起他的创新灵感。因而，他常常能比别人想得早一些，想得多一些，想得深一些，也想得远一些，并常能预见困难并尽早想法子予以避免或克服。作为导师，这种思维换位艺术也被他用在研究生培养上。曾溢滔从不强行要求研究生去做什么，怎么去做，而是培养他们科学的思维方法，教会他们在科学研究中不仅要解决“是什么”，更要解决“为什么”，鼓励学生们的科研自主性与创造性。

■ 对话

记　者： 曾老师，听说在处理女儿休学一事上，您采用的就是“假如我是他”的思维换位艺术？

曾溢滔： 是的。女儿在美国攻读博士学位时，突发“奇想”：休学两年，回国内乐坛发展。面对这种情势，大多数父母或许会强行干涉，然而我却以“假如我是她”的思维方式来处理，尊重了她的选择。结果呢，我女儿依然获得了美国博士学位。

记　者： 您是否把这种思维换位艺术也用在了自己的学习上？

曾溢滔： 是啊。我读文章，尤其是学术论文，从不盲目跟着作者的思路走，不轻易接受作者的结论，而是边读边想：假如我是这位作者，我会怎样想，如何写，做出什么结论。对于医学学术论文，在其中的“讨论”部分，我往往不会去看，而是更深入地思考。

记　者： 您对谈家桢先生感情笃深，在和他的交往中，哪件事给您留下深刻的印象？

曾溢滔： 记得大学二年级时，我利用暑假留校时间搞科研。有一天，我走进生物楼二楼走廊时，就听到谈先生在厉声批评一位老师。原来是这位老师未征得谈先生的同意，就允许我在果蝇遗传实验室饲养家蚕。见到我，谈先生火气更大了，要我立即把家蚕搬走。我告诉他家蚕已饲养到四龄，还有几天就吐丝结茧了。但他还是没有半点商量的余地。我当时真埋怨他不近人情，只好把家蚕搬到宿舍。

后来当我把发表的有关家蚕研究论文送给谈先生时，我发现他已经把这件事忘记了，但我却从中体会到了谈先生对实验室的严格管理。我日后对实验室管理之严格也是出了名的，并被多次作为典型经验总结介绍。回想起来，正是谈先生给我树立的榜样。

“科学家庭”里的文艺情怀

曾溢滔院士和妻子黄淑帧教授是科学家，女儿曾凡一亦是科学界的后起之秀。这个“科学家庭”堪称经典：曾溢滔院士任上海医学遗传研究所所长，女儿曾凡一研究员任副所长，妻子黄淑帧教授则是该所的研究室主任。曾溢滔的一家被誉为“一门三杰”。

妻子黄淑帧教授是曾溢滔院士工作上强有力的搭档。拥有美国宾夕法尼亚大学医学院医学（M.D.）和理学（Ph.D.）双博士学位的曾凡一也是父亲事业上的得力干将。她的研究以哺乳动物生殖与发育中重编程的细胞和分子机制为核心，研究不同发育阶段基因表达和调控的分子机理；已建立了体内研究干细胞生物学特征的哺乳动物模型和同体克隆技术。她曾获得中国青年科技奖、教育部自然科学奖一等奖，研究成果曾被美国《时代》周刊评为2009年世界十大医学突破之一。2010年6月27日，在第三世界妇女科学组织第四届大会上，她获得了“首届第三世界妇女科学组织女青年科学家奖”殊荣。

然而，在科学界里名气响当当的这一家人，却不乏才情雅趣。

曾凡一气质温婉，颇具艺术天赋。在攻读宾夕法尼亚大学医学和理学双博士期间，她申请休学，回国录制了个人演唱专辑，拍摄了音乐电视（MTV），并于1995年和1996年，分别两次获得了中央电视台MTV大奖赛的特别荣誉奖等奖项。她还在上海和华盛顿举行过多场个人演唱会。

黄淑帧是个充满情趣的科学家，她最讨厌有人称呼她“女强人”。她说：“一个‘强’字，既冷又硬。”黄淑帧7岁就开始学习钢琴，在声乐和钢琴方面已接近专业水平，还颇具表演才能，高中时，就担任学校话剧团团长。

而曾溢滔院士自己则从小就多才多艺。他爱好文学，创作的小说《奇迹》，曾被编入《优秀短篇小说选》，并在20世纪70年代被改编拍摄成电影《无影灯下送银针》，轰动一时。他对交响乐也有着独到的见解。在他眼里，交响乐的旋律表达与基因分子模型竟也有几分相像。

■ 曾溢滔小传

1939年5月27日生，广东顺德人。中国工程院院士，上海交通大学医学院教授、博士生导师，上海交通大学医学遗传研究所所长，卫生部胚胎与生殖工程重点实验室主任。

长期从事人类遗传性疾病的防治以及分子胚胎学的基础和应用研究，是我国基因诊断、血红蛋白疾病研究和胚胎工程技术的主要开拓者之一。20世纪90年代，在国际上首次克隆了牛类性别决定基因SRY的核心序列，并成功地通过鉴定胚胎的SRY基因和胚胎移植来控制牛、羊等经济动物的性别。在转基因动物/生物反应器这一国家重大研究项目中，他与同事们成功地研制出我国第一头乳汁中表达人凝血因子IX蛋白的转基因山羊和整合了人血清白蛋白基因的转基因牛。

在国内外已发表学术论文400多篇，主编了《人类血红蛋白》《遗传病的基因诊断和基因治疗》等6部专著，获得发明专利10多项，30多次荣获国家级、部委级和上海市的重大科技成果奖，并获得全国先进工作者、全国"五一"奖章、上海市科技功臣、何梁何利科技进步奖、上海市医学荣誉奖等荣誉称号。

（《健康报》2010年12月24日）

■ 采写/本报记者　胡德荣

■ 记者手记

采访91岁的"国医大师"颜德馨，是在他家富含中医韵味的书房里。

书房墙壁的一面挂着一块已有100多年历史、由颜老父亲开诊时所挂的"颜亦鲁内外方脉"匾额，另一面挂的是一幅著名书画家谢稚柳先生赠予颜老的行草对联；临窗的书桌上摆放着笔墨纸砚文房四宝，以及他还在撰写和整理的中医文稿；书桌前一排书柜里除了《黄帝内经》、《难经》等中医经典书籍外，就是颜老自己著书立说的《活血化瘀疗法临床实践》、《颜德馨诊治疑难病秘笈》等中医专著。

记者此前虽然在各种大小会议和学术论坛上见过颜老，也聆听过颜老动人的报告和精彩的讲话，但是零距离、面对面地采访他还是第一次。他那儒雅的大家风范和充沛的精气神，让记者不敢相信此刻依然神采奕奕的颜老早已步入了耄耋之年。

听他回眸72年"望、闻、问、切"的"纯"中医感人故事，映入记者脑海中的关键词是：执著、自信、有胆有识、承前启后。采访中，我们也谈人生，颜老特别提到墨子的名言"志不强者智不达"，让记者受益匪浅。

从采访到审稿，记者前后两次沉浸在颜老书房的氛围里，同时也两次感受到颜老的人格魅力和孜孜不倦的精神。

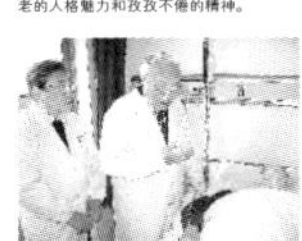

颜德馨在查房时，仔细询问病人病情

上世纪80年代，颜德馨（右二）主持病例讨论

■ 对话

"德技双馨，是我一生所追求的"

记者：颜老，您的名字"德馨"很好听，也有很好的寓意，是您父亲给您起的吧？

颜德馨：是的。按家谱，我是裕字辈，叫"裕怀"。16岁那年父亲送我去上海中国医学院学习，遂改名叫"德馨"。过去讲学医，不为良相，当为良医。父亲说："做医生首先要讲究一个'德'字。"德技双馨，是我一生所追求的。

记者：谢稚柳先生赠予您的行草对联："要知冰雪心肠好，踏遍江湖草木春"，您特别喜欢吧？

颜德馨：是啊！谢稚柳先生是我的病人。他的书法总有鹰击长空的舒展和龙腾沧海的气势，其行草最具有一种感人的韵律美。"要知冰雪心肠好，踏遍江湖草木春"是苏东坡的诗句。这是谢稚柳先生在激励我，中医医生要心肠好，为病家踏遍江湖，祛疾病迎来美好的春天。

记者：听说同济大学附属上海第十人民医院将以您的名字命名成立"颜德馨中医医院"的院中院，这是大好事呀！

颜德馨：是呀！我渴望办成"纯"中医的"颜德馨中医医院"。医生能用中医的方法来诊断和治疗疾病，写中医医案，开汤剂，带教实习，做实验研究，治疗危重病，开展"治未病"……总之，使整个医院洋溢中医的味道。

■ 颜德馨小传

1920年出生于江苏丹阳中医世家。上海同济大学中医研究所所长。主任医师，教授，博士生导师，著名中医药家，国家级非物质文化遗产传统医药项目代表性传承人。

从医70余年，根据疑难病症的缠绵难愈、证候复杂等特点，开创"衡法"治则，提出瘀血实邪为人体衰老之主因的新观点，荣获国家中医药管理局科技进步二等奖。此外"脑梗灵治疗脑梗塞的临床与实验研究"、"衡法新药调节血脂功能的研究"等多项科研成果均获得各级科技进步奖。

历年来发表论文200余篇，出版《活血化瘀疗法临床实践》、《医方囊秘》、《中国中医抗衰老秘诀》、《颜德馨医艺荟萃》、《颜德馨诊治疑难病秘笈》、《颜德馨临床经验集》等著作10余部。曾多次赴美国、法国、加拿大及港台等地讲学，为中医走向世界作出了贡献。

曾任上海中医药大学特聘教授、博士生导师。历任中国中医药学会理事、国家中医药管理局科技进步奖评审委员会委员、国家自然科学基金评委等职。荣获"上海市名中医"、"全国名老中医"、第三届"上海市医学荣誉奖"等多项荣誉称号。2003年，被中华中医药学会授予终身成就奖，并被聘为该会终身理事。2004年获得中国医师协会首届"中国医师奖"，2009年5月当选国家首届"国医大师"。

他出生于中医世家，在70余载悬壶生涯中，以深厚功底和过硬本领确立了自己的名医身份，成为我国首届"国医大师"；他在丰富的实践中领悟到中医"望、闻、问、切"的灵魂所在，为了让中医能够得到原汁原味的传承，他献策进言，付出了自己毕生的心血。

颜德馨

矢志不渝"纯"中医

在91岁高龄的"国医大师"颜德馨的书房里，一块字体遒劲的"颜亦鲁内外方脉"的匾额引人注目。颜老解说："那是父亲颜亦鲁开业行医时所挂的，所谓'内外方脉'，就是无论内科、外科，中医什么病都要看，不能轻易放弃任何一个病人。"子承父业的他，在70余载悬壶生涯中，领悟到"'望、闻、问、切'是中医的灵魂，中医的发展一定要姓'中'，而且要是'纯'中医的！"

■"父亲的言传身教影响了我整整一生"

颜德馨的祖先是孔子最得意的学生——颜回。一本《颜氏家训》不知影响了多少代颜姓内外的华夏子孙。

"我们家在作风上、医风上都受着家风的影响。"出生于中医世家的颜德馨说。他的父亲颜亦鲁是江南一代名医，师承孟河学派，擅长治疗肠胃病和妇科疾病。对颜德馨而言，父亲既是严父，更是良师。父亲常说："知医必先明道，传统文化的根基是学习中医的根本。"

颜德馨7岁发蒙，开始习儒学经典，练书法作文；12岁时，就能背诵《内经》、《伤寒》等典籍。尽管有些经书深奥难懂，但颜德馨父亲的理论是，读书要"猛火煮，慢火炖"。"猛火煮"，强调的是博览群书，把学习中医经典著作和历代名医著作作为学医入门的途径，打好理论根底；"慢火炖"，指的是不要死读书，而是要在学习时有一定独立思考能力，反复研习，决不能生吞活剥，食而不化。

颜德馨至今仍清晰地记得，当年跟着父亲四处行医时的情景。常常是星夜出诊，颜德馨手提着灯笼跟随父亲一家一家去看病，问诊、开方、煎药……忙起来时，一晚上要走上十几户人家，走进最后一户病人家中时，往往已是第二天清晨，而颜德馨手提的灯笼上还写着前一天的日期，灯火依然在跳动。颜德馨一面帮父亲抄方，一面聆听父亲的教诲：看病要有胆识，诊病的关键在于辨别分析疾病在发展过程中各阶段所表现出的不同症状，只有把握住疾病的本质，才能确定治法，并据治药方中每一味药可能起到的作用。他说："父亲的言传身教影响了我整整一生。"

1936年，在父亲的鼓励下，16岁的颜德馨报考了上海中国医学院，并被破格录取。其间，他广跟秦伯未、严苍山、许半龙、盛心如、郭柏良等中医名师习医。无论是在课堂上还是在临床上，都认真领会所抄医方并搜集整理医案。

1939年颜德馨从上海中国医学院毕业，而此时上海的西医队伍已迅速壮大。为了能继续从事中医，颜德馨在上海一家民间慈善机构——普缘堂做了10年善堂医，给底层民众解除疾病之苦。

1949年上海解放前夕，面对艰难的生活困境，颜德馨不得不举家返回故乡。直到上海解放后的第二年，他才重返上海，恢复应诊。

■"一定要干出名堂来让他们看看！"

1956年6月，奉上海卫生局一纸调令，颜德馨从与人合办的上海市黄浦区第一联合诊所来到综合性西医医院——上海市铁路中心医院（即现在的上海市第十人民医院），开始了他与西医"一争高低"的从医之路。

颜德馨回忆说："当时包括我在内，医院中医医生总共只有3个人。其他的西医医生都是从同济医学院毕业的，牛得很。"体会到"在耶稣（西医）那里当和尚（中医），确实不容易的"的他暗下决心，"一定要干出名堂来让他们看看！"

当时有人提出"中医只能看慢性病，对于急诊是没有办法"，而颜德馨认为传统中医对于治疗急性病，还是有很多办法的。

机会终于来了。颜德馨所在的病房里收治了3名肺脓疡病人，因肺纤维化，肺部已出现了空洞，持续高烧几天，这在当时是危急重病。"西医科室的大夫希望我们将病人转科。我相信中医是有办法的，所以坚持不转。我拟定了一张中药方子叫'肺炎方'，3天3夜，我们就在楼梯口搭起来的临时病床边陪着病人，自己熬药，整天观察病人的情况。没多久，药方起了作用，病人原先40℃的高烧退了下来，脓痰也化了。这让西医医生刮目相看。"颜德馨等几个中医大夫因此在西医医院里站稳了脚跟，同时还获得了组建中医科的机会。

此后，应对重症、急症颇有经验的颜德馨还经常被邀请到其他医院会诊。"当时，有一位患者情况很危急，治疗方案不明确，同时用着内服、外用的西药多达21种。我在看舌苔、把脉等细致诊断后，果断地提出将所有的西药全部停掉，改用中药桂枝汤进行治疗。结果3服药之后，患者奇迹般地出现了好转。"

在上世纪五十年代，颜德馨就开始涉足血液病的治疗，主攻白血病和血小板减少症。为了寻求可靠的中医疗法，他深入钻研了清代著名医家王清任的《医林改错》，将血液病与中医气血理论结合研究，并投入了大量时间在实验室研究，开创性地对白血病进行了分型：阴虚型、阳虚型、温热型、阴阳两虚型和瘀血型，并在国际上率先提出雄黄是抑制白血病的有效药物。他提出的中医对白血病诊断治疗的总体思路，至今仍为中医学院的教材所选用。那个时候，全国医院都请颜德馨给白血病会诊。

2003年非典肆虐时，已是84岁高龄的颜德馨勇挑重担，担任上海市中医防治专家组顾问、上海市中医治疗指导组组长，以及华东地区防治非典首席科学家，并不畏风险亲自深入到传染病医院进行诊疗。他总结出非典的病理要点为"热、湿、瘀、痰、虚"5字，并创制了"扶正祛邪方"，还有效解决了激素治疗引发的肺纤维化问题。

让颜德馨颇感骄傲的是，"上海有8个没有用西药的非典病人，我们都给看好了，其中有一个病人是用纯中药给治疗好的。"

"中医药治疗非典型肺炎的效果非常神奇。"世界卫生组织专家组成员马奎尔博士在《直面SARS：中医药防治非典策略》封页的引语上写下了这样一句话。

■创立了以调气活血为主的"衡法"治则

在中医界，颜德馨最为人称道的就是他创立的调气活血的"衡法"治则——不仅把传统的气血学说发展到了一个新的高度，还为治疗各科疑难杂症、老年病开拓了新的途径。

新中国成立后，颜德馨在研究血液病的同时，领悟到气血是人体生理活动的物质基础，"气血以流畅和平衡为贵，如果气血失去流畅就会产生瘀血，瘀血阻于体内，反过来又会进一步导致气血艰涩和失衡，引起脏腑病变，疾病丛生"。他最终在中医"汗、吐、下、和、温、清、补、消"八法之外，创立了以调气活血为主的"衡法"治则。

1980年，颜德馨率先在铁路中医系统中建立了第一个中医实验室，从事"瘀血与衰老"的科学研究。他发现，人体的血液在不同年龄段的变化很大，老年血液病患者的血黏度普遍黏稠，都有明显瘀血体征（如色素沉着，出现老年斑等），而且老年人常见的疾病如动脉硬化、高血压、冠心病、脑血管病、老年痴呆等也都是瘀血病例的体现。就此，颜德馨大胆地提出了"久病必有瘀"、"怪病必有瘀"的新观点。他认为瘀血形成的根本是阴阳失调、气血不平衡，通过平衡调整气血、稳定人体内环境，就能使冠心病、中风、红斑狼疮等疑难病得到治疗。而且，通过调整气血法还可延缓衰老。这与过去补肾、健脾等方法抗衰老的理论截然不同。

1989年，"瘀血与衰老的关系衡法Ⅱ号抗衰老的临床和实验研究"，荣获国家中医药管理局中医药科学技术进步奖。上海科教电影制片厂据此拍摄了科教片《抗衰老——气血与长寿》，在国内外学术界引起了广泛的重视和强烈的反响。

2001年，上海市卫生局组建上海市中医心脑血管病临床医学中心，颜德馨成为学术带头人。

■"只有自己相信了才会去热爱，只有热爱了，才能看好病"

年少时，午夜一灯，晓窗千字，《黄帝内经》、《伤寒杂病论》、《金匮要略浅注》、《本草备要》、《景岳全书》……这些当年熟读于心的医家经典，是颜德馨行医路上始终的积淀。

"这些经典著作构建起了中医特有的生理、病理、药理、诊断及治疗的理论体系，学好经典著作无疑是学习中医的关键。但如今学生们学经典、读经典的时间却少之又少。"颜德馨感慨道。

学校教育重"西"轻"中"，中医毕业生不会"望、闻、问、切"，不懂"八纲、八法"，不懂阴阳五行、辨证施治，有的甚至连"四君子汤"这样最基本的方子也写不出。颜德馨对此忧心不已。他认为原因在于：大多数中医院校在课程设置上是西医科目多于中医科目，学生学中医的时间可能连40%都不到。毕业的本科生就相当于半个中医中专加半个西医中专。

2010年，90岁高龄的颜德馨在"中医大师传承班"上讲课

"比课程设置失衡更严重的，是传统文化教育的缺失。"颜德馨忧心忡忡地说，"中医知识与传统文化血脉相连。如果没有一定的传统文化底蕴，学生怎么能理解中医、学好中医？更令人担忧的是，不少学生竟然连《内经》、《伤寒论》这样的中医经典也不能熟读。"为什么会是这样，颜德馨说："没有时间学是问题，没有心思认真学是更大的问题。学习古文是阅读经典的基础，更是学好中医的基本功。然而学生们对英语的重视程度却大大超过了古文，因为英语不合格不能毕业，读古文的时间不自觉地就被转移。"

中医教学中普遍的重"西"轻"中"模式也容易使学生陷入困惑。中医理论总是被简单带过，学生们对中医病因、诊断的理解往往是从西医角度出发。颜德馨不禁叹息，如果学生等到毕业，还不懂真正的中医，中医还谈什么继承和发展？

为此，颜德馨呼吁："中医教学应该适当增加学生学习中医知识的时间，重视中医经典著作的学习，并加强传统文化知识的熏陶。否则，这些掌握西医知识大大超过中医知识的学生踏入工作岗位后，中医传统知识又不断被遗忘，最终只能成为穿着中医的外衣，用西医方法看病的'盖浇饭'医生。"

让颜德馨更为伤心的是，"中医博士毕业不懂中医精髓、不懂中医方法的也大有人在。"在一次职称评审中，颜德馨发现一些中医博士竟然不懂"四诊八纲"，不懂辨证论治，只在实验室里度过了3年的"小白鼠"研究生涯。

"中医是一门经验医学，中医的成才必定离不开实践经验的累积。但现在的博士教育却重实验、轻实践，学生总是和小白鼠打交道，只会做实验，怎么会给人看病？"颜德馨分析原因说，"没有理想的实习基地，是眼下中医人才培养的又一个大问题。多数学生在学校里掌握的中医知识原本就不够扎实，进医院跟着带教老师看病后，也学不到真正的中医诊断方法，因为大部分中医医院或者综合性医院的中医科都已经西医化，连老师都习惯了西医的模式和方法，又怎么去传授真正的中医。"

颜德馨期望，未来的中医医院能够成为专属于传统中医的实习基地。在那里，医生们能够写中医医案、开汤剂、治重病，病房内充满了中医的味道。

■"做好原汁原味的继承，中医才不致消亡"

看到中医存在问题的本源后，颜德馨一刻也没有停歇，他写信给中央的领导，对中医教育方面提出一些自己的设想，得到中央领导的支持。他还利用自己在中医界的影响力，于2008年11月促成了"中医大师传承班"在全国著名的综合性大学——同济大学开班。这个项目目前是国家中医传承人才培养的试点项目。颜德馨在开班仪式上说："'中医西化'已成为中医学传承和发展的致命伤，只有改革现有人才培养模式，先做好原汁原味的继承，中医才不致消亡。"

颜德馨的这番话，浓缩了自己行医70余载所有的感慨。在他的眼里，当代中医犹如一只迷途的羔羊，整个中医体系出现了严重西化、内涵弱化、自信不在的危险局面。

"我有个孙女，中医硕士毕业后到一家综合性医院的中医科工作，结果在一年半的工作时间里，她没开过一张中药方。"颜德馨特意提到身边的这个例子，他说，"这种现象在综合性医院其实是见怪不怪了，即使在颇具特色的中医医院里，门诊也许是仅存的还有一点中医模样的地方，可一旦进入病房，就会让人震惊不已：中医师们开的是激素、抗生素、维生素加黄连素，一切都被严重西医化。"

他还说起前几年一件让他感到十分悲凉的事情：一位香港老板想建一所"纯"中医医院，于是派人遍访广东、上海和北京等各大中医医院，结果还是失望而归。该香港老板得到的汇报是："现在已经没有'纯'中医了！"

"目前这种'不中不西'的中医西化了的现象，让我蛮痛心的、蛮担心的。"颜德馨直言不讳地指出中医的问题所在，是源于他对中医事业从根子里头的热爱、重视。他就怕中医在当今垮掉了，因为中医在现代医学日趋发达的今天，其生存越来越不容易。

但不管外面的环境怎样，他希望中医人自己能保持对中医的热爱。"只有自己相信了才会去热爱，只有热爱了，才能看好病。中医如果自我放弃，把自己看作西医的辅助疗法，久而久之，病人也就会对中医丧失了信心。"

看到"十二五"规划中明确提出"坚持中西医并重，支持中医药事业发展"，颜德馨振奋不已，他激动地表示："中医药有发展了，中西医并重了！"

两年前，在香山科学会议上，颜德馨碰到了卫生部部长陈竺，他对部长说："中西医结合一定要下一个定义，要有一道门槛。"在他看来，中西医结合提倡多年，由于无人把关，其负面影响日益显现，客观上造成了中医的弱化，而且使得业内鱼龙混杂。"当年毛泽东提出要中西医结合，本意是将中医和西医融会贯通，形成一门中国独有的医学分支。可现在，好些医院是90%的西医加10%的中医，或者90%的中医加10%的西医，就称之为中西医结合了。这就像盖浇饭，往饭上加一点浇头即可。"

"中医不应该在中西医结合中被忽略被矮化。"在谈及中西医结合被曲解的过程中，颜德馨还提到了"治未病"的概念。他认为，"治未病"绝不是字面上理解的预防、保健，它其实是一门深厚的理论，贯穿于中医整个预防治疗过程之中。病前要防，病中、病后亦要"治未病"。"醇厚的中医内涵不要一再被曲解。因为，每一次曲解，伤害的都是中医界本身。"

"我们需要一大批献身中医的人啊！"为了培养中医人才，鼓励青年中医药人才脱颖而出，颜德馨在自己行医60周年之际，捐出多年积蓄的稿酬和学术成果奖金共20余万元，设立"颜德馨中医药人才奖励基金"。此后他又追加资金，在2005年扩展为"上海颜德馨中医药基金会"。而他促成的"中医大师传承班"在同济大学校长裴钢的关心下，还在继续办第二批、第三批……

从事中医72年，一直孜孜不倦地盯住中医中药事业发展的颜德馨坚信，"中医是中华文明的智慧结晶之一，拥有一套根植于传统文化的特殊理论，是一个可以走向世界的学科。我是看到了东方医学的前景，总归有一天中医要比现在昌明！"

（本版图片由颜德馨本人提供）

他出生于中医世家，在70余载悬壶生涯中，以深厚功底和过硬本领确立了自己的名医身份，成为我国首届“国医大师”；他在丰富的实践中领悟到中医“望、闻、问、切”的灵魂所在，为了让中医能够得到原汁原味的传承，他献策进言，付出了自己毕生的心血。

颜德馨：矢志不渝“纯”中医

在91岁高龄的“国医大师”颜德馨的书房里，一块字体遒劲的“颜亦鲁内外方脉”的匾额引人注目。颜老解释说：“那是父亲颜亦鲁开业行医时所挂的，所谓‘内外方脉’，就是无论内科、外科，中医什么病都要看，不能轻易放弃任何一个病人。”子承父业的他，在70余载悬壶生涯中，领悟到“‘望、闻、问、切’是中医的灵魂，中医的发展一定要姓‘中’，而且要是‘纯’中医的！”

“父亲的言传身教影响了我整整一生”

颜德馨的祖先是孔子最得意的学生——颜回。一本《颜氏家训》不知影响了多少代颜姓内外的华夏子孙。

“我们家在作风上、医风上都受着家风的影响。”出生于中医世家的颜德馨说。他的父亲颜亦鲁是江南一代名医，师承孟河学派，擅长治疗肠胃病和妇科疾病。对颜德馨而言，父亲既是严父，更是良师。父亲常说：“知医必先明道，传统文化的根基是学习中医的前提。”

颜德馨7岁发蒙，开始习儒学经典，练书法作文；12岁时，就能背诵《内经》《伤寒》等典籍。尽管有些经书深奥难懂，但颜德馨父亲的理论是，读书要“猛火煮，慢火炖”。“猛火煮”，强调的是博览群书，把学习中医经典著作和历代名医著作作为学医入门的途径，打好理论根底；“慢火炖”，指的是不要死读书，而是要在学习时有一定独立思考能力，反复研习，决不能生吞活剥，食而不化。

颜德馨至今仍清晰地记得，当年跟着父亲四处行医时的情景。常常是星夜当空，颜德馨手提着灯笼跟随父亲一家一家去看病，问诊、开方、煎药……忙起来时，一晚上要走上十几户人家，走进最后一户病人家中时，往往已是第二天清晨，而颜德馨手提的灯笼上还写着前一天的日期，火苗依然在跳动。颜德馨一面帮父亲抄方，一面聆听父亲的教诲：看病要有胆识，诊病的关键在于辨别分析疾病在发展过程中各阶段所表现出的不同症状。只有抓住疾病的本质，才能确定治法，并预估药方中每一味药可能起到的作用。他说："父亲的言传身教影响了我整整一生。"

1936 年，在父亲的鼓励下，16 岁的颜德馨报考了上海中国医学院，并被破格录取。其间，他跟秦伯未、严苍山、许半龙、盛心如、郭柏良等中医名师习医，无论是在课堂上还是在临床上，都认真领会所抄医方并搜集整理医案。

1939 年，颜德馨从上海中国医学院毕业，而此时上海的西医队伍已迅速壮大。为了能继续从事中医，颜德馨在上海一家民间慈善机构——普缘堂做了 10 年善堂医，给底层民众解除疾病之苦。

1949 年上海解放前夕，面对艰难的生活困境，颜德馨不得不举家返回故乡。直到上海解放后的第二年，他才重返上海，恢复应诊。

"一定要干出名堂来让他们看看！"

1956 年 6 月，奉上海卫生局一纸调令，颜德馨从与人合办的上海市黄浦区第一联合诊所来到综合性西医医院——上海市铁路中心医院（即现在的上海市第十人民医院），开始了他与西医"一争高低"的从医之路。

颜德馨回忆说："当时包括我在内，医院中医医生总共只有 3 个人。其他的西医医生都是从同济医学院毕业的，牛得很。"体会到"在耶稣（西医）那里当和尚（中医），确实不容易的"的他暗下决心，"一定要干出名堂来让他们看看！"

当时有人提出"中医只能看慢性病，对于急诊是没有办法"，而颜德馨认为传统中医对于治疗急性病，还是有很多办法的。

机会终于来了。颜德馨所在的病房里收治了 3 名肺脓疡病人，因肺纤维化，肺部已出现了空洞，持续高烧几天，这在当时是危急重病。"西医科室的大夫希望我们将病人转科。我相信中医是有办法的，所以坚持不转。我拟定了一张中药方子叫'肺炎方'，3 天 3 夜，我们就在楼梯口搭起来的临时病床边陪着病人，自己熬药，整天观察病人的情况。没多久，药方起了作用，病人原先 40℃的高烧退了下来，脓痰也化了。这让西医医生刮目相看。"颜德馨等几个中医大夫因此在西医医院里站稳了脚跟，同时还获得了组建中医科的机会。

此后，应对重症、急症颇有经验的颜德馨还经常被邀请到其他医院会诊。“当时，有一位患者情况很危急，治疗方案不明确，同时用着内服、外用的西药多达21种。我在看舌苔、把脉等细致诊断后，果断地提出将所有的西药全部停掉，改用中药桂枝汤进行治疗。结果3服药之后，患者奇迹般地出现了好转。”

在20世纪50年代，颜德馨就开始涉足血液病的治疗，主攻白血病和血小板减少症。为了寻求可靠的中医疗法，他深入钻研了清代著名医家王清任的《医林改错》，将血液病与中医气血理论结合研究，并投入了大量时间在实验室研究，开创性地对白血病进行了分型：阴虚型、阳虚型、温热型、阴阳两虚型和瘀血型，并在国际上率先提出雄黄是抑制白血病的有效药物。他提出的中医对白血病诊断治疗的总体思路，至今仍为中医学院的教材所选用。那个时候，全国医院都请颜德馨给白血病会诊。

2003年非典肆虐时，已是84岁高龄的颜德馨勇挑重担，担任上海市中医防治专家组顾问、上海市中医治疗指导组组长，以及华东地区防治非典首席科学家，并不畏风险亲自深入到传染病医院进行诊疗。他总结出非典的病理要点为“热、湿、瘀、痰、虚”5字，并创制了“扶正祛邪方”，还有效解决了激素治疗引发的肺纤维化问题。

让颜德馨颇感骄傲的是，“上海有8个没有用西药的非典病人，我们都给看好了，其中有一个病人是用纯中药给治疗好的。”

“中医药治疗非典型肺炎的效果非常神奇。”世界卫生组织专家组成员马奎尔博士在《直面SARS：中医药防治非典策略》封页的引语上写下了这样一句话。

创立了以调气活血为主的“衡法”治则

在中医界，颜德馨最为人称道的就是他创立的调气活血的“衡法”治则——不仅把传统的气血学说发展到了一个新的高度，还为治疗各科疑难杂症、老年病开拓了新的途径。

新中国成立后，颜德馨在研究血液病的同时，领悟到气血是人体生理活动的物质基础，“气血以流畅和平衡为贵，如果气血失去流畅就会产生瘀血，瘀血阻于体内，反过来又会进一步导致气血艰涩和失衡，引起脏腑病变，疾病丛生"。他最终在中医"汗、吐、下、和、温、清、补、消"八法之外，创立了以调气活血为主的"衡法"治则。

1980 年，颜德馨率先在铁路中医系统中建立了第一个中医实验室，从事"瘀血与衰老"的科学研究。他发现，人体的血液在不同年龄段的变化很大，老年血液病患者的血黏度普遍黏稠，都有明显瘀血体征（如色素沉着，出现老年斑等），而且老年人常见的疾病如动脉硬化、高血压、冠心病、脑血管病、老年痴呆等也都是瘀血病例的体现。就此，颜德馨大胆地提出了"久病必有瘀""怪病必有瘀"的新观点。他认为瘀血形成的根本是阴阳失调、气血不平衡，通过平衡调整气血、稳定人体内环境，就能使冠心病、中风、红斑狼疮等疑难病得到治疗。而且，通过调整气血法还可延缓衰老。这与过去补肾、健脾等方法抗衰老的理论截然不同。

1989 年，"瘀血与衰老的关系衡法Ⅱ号抗衰老的临床和实验研究"，荣获国家中医药管理局中医药科学技术进步奖。上海科教电影制片厂据此拍摄了科教片《抗衰老——气血与长寿》，在国内外学术界引起了广泛的重视和强烈的反响。

2001 年，上海市卫生局组建上海市中医心脑血管病临床医学中心，颜德馨成为学术带头人。

"只有自己相信了才会去热爱，只有热爱了，才能看好病"

年少时，午夜一灯，晓窗千字，《黄帝内经》《伤寒杂病论》《金匮要略》《本草备要》《景岳全书》……这些当年熟读于心的医家经典，是颜德馨行医路上始终的积淀。

"这些经典著作构建起了中医特有的生理、病理、药理、诊断及治疗的理论体系，学好经典著作无疑是学习中医的关键。但如今学生们学经典、读经典的时间却少之又少。"颜德馨感慨道。

学校教育重"西"轻"中"，中医毕业生不会"望、闻、问、切"，不懂"八纲、八法"，不懂阴阳五行、辨证施治，有的甚至连"四君子汤"这样最基本的方子也写不出。颜德馨对此忧心不已。他认为原因在于：大多数中医院校在课程设置上是西医科目多于中医科目，学生学中医的时间可能连 40％都不到。毕业的本科生就相当于半个中医中专加半个西医中专。

"比课程设置失衡更严重的，是传统文化教育的缺失。"颜德馨忧心忡忡地说，“中医知识与传统文化血脉相连。如果没有一定的传统文化底蕴，学生怎么能理解中医、学好中医？更令人担忧的是，不少学生竟然连《内经》《伤寒论》这样的中医经典也不能熟读。”为什么会是这样，颜德馨说：“没有时间学是问题，没有心思认真学是更大的问题。学习古文是阅读经典的基础，更是学好中医的基本功。然而学生们对英语的重视程度却大大超过了古文，因为英语不合格不能毕业，读古文的时间不自觉地就被转移。”

中医教学中普遍的重“西”轻“中”模式也容易使学生陷入困惑。中医理论总是被简单带过，学生们对中医病因、诊断的理解往往是从西医角度出发。颜德馨不禁叹息，如果学生等到毕业，还不懂真正的中医，中医还谈什么继承和发展？

为此，颜德馨呼吁：“中医教学应该适当增加学生学习中医知识的时间，重视中医经典著作的学习，并加强传统文化知识的熏陶。否则，这些掌握西医知识大大超过中医知识的学生踏入工作岗位后，中医传统知识又不断被遗忘，最终只能成为穿着中医的外衣，用西医方法看病的‘盖浇饭’医生。”

让颜德馨更为伤心的是，“中医博士毕业不懂中医精髓、不懂中医方法的也大有人在。”在一次职称评审中，颜德馨发现一些中医博士竟然不懂“四诊八纲”，不懂辨证论治，只在实验室里度过了3年的“小白鼠”研究生涯。

“中医是一门经验医学，中医的成才必定离不开实践经验的累积。但现在的博士教育却重实验、轻实践，学生总是和小白鼠打交道，只会做实验，怎么会给人看病?”颜德馨分析原因说，“没有理想的实习基地，是眼下中医人才培养的又一个大问题。多数学生在学校里掌握的中医知识原本就不够扎实，进医院跟着带教老师看病后，也学不到真正的中医诊断方法，因为大部分中医医院或者综合性医院的中医科都已经西医化，连老师都习惯了西医的模式和方法，又怎么去传授真正的中医。”

颜德馨期望，未来的中医医院能够成为专属于传统中医的实习基地。在那里，医生们能够写中医医案、开汤剂、治重病，病房内充满了中医的味道。

“做好原汁原味的继承，中医才不致消亡”

看到中医存在问题的本源后，颜德馨一刻也没有停歇，他写信给中央的领导，对中医教育方面提出一些自己的设想，得到中央领导的支持。他还利用自己在中医界的影响力，于2008年11月促成了"中医大师传承班"在全国著名的综合性大学——同济大学开班。这个项目目前是国家中医传承人才培养的试点项目。颜德馨在开班仪式上说："'中医西化'已成为中医学传承和发展的致命伤，只有改革现有人才培养模式，先做好原汁原味的继承，中医才不致消亡。"

颜德馨的这番话，浓缩了自己行医70余载所有的感慨。在他的眼里，当代中医犹如一只迷途的羔羊，整个中医体系出现了严重西化、内涵弱化、自信不在的危险局面。

"我有个孙女，中医硕士毕业后到一家综合性医院的中医科工作，结果在一年半的工作时间里，她没开过一张中药方。"颜德馨特意提到身边的这个例子，他说，"这种现象在综合性医院其实是见怪不怪了，即使在颇具特色的中医医院里，门诊也许是仅存的还有一点中医模样的地方，可一旦进入病房，就会让人震惊不已：中医师们开的是激素、抗生素、维生素加黄连素，一切都被严重西医化。"

他还说起前几年一件让他感到十分悲凉的事情：一位香港老板想建一所"纯"中医医院，于是派人遍访广东、上海和北京等各大中医医院，结果还是失望而归。该香港老板得到的汇报是："现在已经没有'纯'中医了！"

"目前这种'不中不西'的中医西化了的现象，让我蛮痛心的、蛮担心的。"颜德馨直言不讳地指出中医的问题所在，是源于他对中医事业从根子里头的热爱、重视。他就怕中医在当今垮掉了，因为中医在现代医学日趋发达的今天，其生存越来越不容易。

但不管外面的环境怎样，他希望中医人自己能保持对中医的热爱。"只有自己相信了才会去热爱，只有热爱了，才能看好病。中医如果自我放弃，把自己看作西医的辅助疗法，久而久之，病人也就会对中医丧失了信心。"

看到"十二五"规划中明确提出"坚持中西医并重，支持中医药事业发展"，颜德馨振奋不已，他激动地表示："中医药有发展了，中西医并重了！"

两年前，在香山科学会议上，颜德馨碰到了卫生部部长陈竺，他对部长说："中西医结合一定要下一个定义，要有一道门槛。"在他看来，中西医结合提倡多年，由于无人把关，其负面影响日益显现，客观上造成了中医的弱化，而且使得业内鱼龙混杂。"当年毛泽东提出要中西医结合，本意是将中医和西医融会贯通，形成一门中国独有的医学分支。可现在，好些医院是90%的西医加10%的中医，或者90%的中医加10%的西医，就称之为中西医结合了。这就像盖浇饭，往饭上加一点浇头即可。”

“中医不应该在中西医结合中被忽略被矮化。”在谈及中西医结合被曲解的过程中，颜德馨还提到了“治未病”的概念。他认为，“治未病”绝不是字面上理解的预防、保健，它其实是一门深厚的理论，贯穿于中医整个预防治疗过程之中。病前要防，病中、病后亦要“治未病”。“醇厚的中医内涵不要一再被曲解。因为，每一次曲解，伤害的都是中医界本身。”

“我们需要一大批献身中医的人啊！”为了培养中医人才，鼓励青年中医药人才脱颖而出，颜德馨在自己行医60周年之际，捐出多年积蓄的稿酬和学术成果奖金共20余万元，设立“颜德馨中医药人才奖励基金”。此后他又追加资金，在2005年扩展为“上海颜德馨中医药基金会”。而他促成的“中医大师传承班”在同济大学校长裴钢的关心下，还在继续办第二批、第三批……

从事中医72年，一直孜孜不倦地盯住中医中药事业发展的颜德馨坚信，“中医是中华文明的智慧结晶之一，拥有一套根植于传统文化的特殊理论，是一个可以走向世界的学科。我是看到了东方医学的前景，总归有一天中医要比现在昌明！”

■ 记者手记

采访91岁的“国医大师”颜德馨，是在他家富含中医韵味的书房里。

书房墙壁的一面挂着一块已有100多年历史、由颜老父亲开诊时所挂的“颜亦鲁内外方脉”匾额，另一面挂的是一幅著名书画家谢稚柳先生赠予颜老的行草对联；临窗的书桌上摆放着笔墨纸砚文房四宝，以及他还在撰写和整理的中医文稿；书桌前一排书柜里除了《黄帝内经》《难经》等中医经典书籍外，就是颜老自己著书立说的《活血化瘀疗法临床实践》《颜德馨诊治疑难病秘笈》等中医专著。

记者此前虽然在各种大小会议和学术论坛上见过颜老，也聆听过颜老动人的报告和精彩的讲话，但是零距离、面对面地采访他还是第一次。他那儒雅的大家风范和充沛的精气神，让记者不敢相信此刻依然神采奕奕的颜老早已步入了耄耋之年。

听他回眸72年“望、闻、问、切”的“纯”中医感人故事，映入记者脑海中的关键词是：执着、自信、有胆有识、承前启后。采访中，我们也谈人生，颜老特别提到墨子的名言“志不强者智不达”，让记者受益匪浅。

从采访到审稿，记者前后两次沉浸在颜老书房的氛围里，同时也两次感受到颜老的人格魅力和孜孜不倦的精神。

■ 对话

“德技双馨，是我一生所追求的”

记　者： 颜老，您的名字“德馨”很好听，也有很好的寓意，是您父亲给您起的吧！

颜德馨： 是的。按家谱，我是裕字辈，叫“裕怀”。16 岁那年父亲送我去念上海中国医学院学习，遂改名叫“德馨”。过去讲学医，不为良相，当为良医。父亲说：“做医生首先要讲究一个‘德’字。”德技双馨，是我一生所追求的。

记　者： 谢稚柳先生赠予您的行草对联：“要知冰雪心肠好，踏遍江湖草木春”，您特别喜欢吧？

颜德馨： 是啊！谢稚柳先生是我的病人，他的书法总有鹰击长空的舒展和龙腾沧海的气势，其行草最具有一种感人的韵律美。“要知冰雪心肠好，踏遍江湖草木春”是苏东坡的诗句。这是谢稚柳先生在激励我，中医医生要心肠好，为病家踏遍江湖，祛疾病迎来美好的春天。

记　者： 听说同济大学附属上海第十人民医院将以您的名字命名成立“颜德馨中医医院”的院中院，这是大好事呀！

颜德馨： 是呀！我渴望办成“纯”中医的“颜德馨中医医院”，医生能用中医的方法来诊断和治疗疾病，写中医医案、开汤剂、带教实习、做实验研究、治疗危重病、开展“治未病”……总之，使整个医院洋溢中医的味道。

■ 颜德馨小传

1920 年出生于江苏丹阳中医世家。上海同济大学中医研究所所长。主任医师，教授，博士生导师，著名中医药家。国家级非物质文化遗产传统医药项目代表性传承人。

从医 70 余年，根据疑难病症的缠绵难愈、证候复杂等特点，开创“衡法”

治则，提出瘀血实邪乃人体衰老之主因的新观点，荣获国家中医药管理局科技进步二等奖。此外“脑梗灵治疗脑梗死的临床与实验研究”“衡法新药调节血脂功能的研究”等多项科研成果均获得各级科技进步奖。

历年来发表论文200余篇，出版《活血化瘀疗法临床实践》《医方囊秘》《中国中医抗衰老秘诀》《颜德馨医艺荟萃》《颜德馨诊治疑难病秘笈》《颜德馨临床经验集》等著作10余部。曾多次赴美国、法国、加拿大及港台等地讲学，为中医走向世界作出了贡献。

曾任上海中医药大学特聘教授、博士生导师。历任中国中医药学会理事、国家中医药管理局科技进步奖评审委员会委员、国家自然科学基金评委等职。荣获“上海市名中医”“全国名老中医”、第三届“上海市医学荣誉奖”等多项荣誉称号。2003年，被中华中医药学会授予终身成就奖，并被聘为该会终身理事。2004年获得中国医师协会首届“中国医师奖”，2009年5月当选国家首届“国医大师”。

（《健康报》2011年5月27日）

■采写/本报记者 胡德荣

60多年的人生,以10年为一个时间节点,他的经历虽有波折,却始终保持着昂扬的进取之势:当了10年的插队知青,在而立之年才走进大学校门;不惑之年出国留学获得博士学位,毅然回国效力;知天命之年,从研究微生物学、生物化学改行拓展新领域——基因组学。每一个阶段,他都收获了硕果。随着人生轨迹的转变,他的身份也不时转换,从大队书记、公司经理到实验室主任,再到研究院所领导,每一个角色,他都演绎出了精彩。

赵国屏

不曾“设计”的精彩人生

赵国屏与西班牙病毒协会理事长 Luis Enjuanes(中)亲切交流

赵国屏在美国耶鲁大学作关于SARS冠状病毒分子进化的学术报告

今年64岁的中科院院士、国家人类基因组南方研究中心执行主任赵国屏教授经常获邀去各大医学院校、科研院所去做报告或演讲,每每他都会以孔子名言“吾十有五而志于学,三十而立,四十而不惑,五十而知天命,六十而耳顺,七十而从心所欲,不逾矩”作开场白。他说:“我们这代人,从来没想到过设计自己的人生。我们只是结合自身的能力和兴趣,不断地去适应国家需求,为社会发展服务,为人民服务。”

■有志于学生物,成长为改造农村的知青

赵国屏出生于上海的“技术官员”之家。父亲赵祖康本是一名公路工程和市政工程专家,抗战胜利后任上海公务局长。1949年5月,出任国民党政权的上海代理市长。上海解放后,赵祖康又历任上海市建设委员会副主任、规划建筑管理局局长、上海市副市长、市政协副主席和市人大常委会副主任等职。

赵祖康从不要求子承父业。赵国屏在孩提时代,就对生物产生了浓厚的兴趣。青少年时,他在《科学画报》杂志上读到一篇关于DNA双螺旋结构发现后分子和细胞生物学发展的文章,其中提到病毒是介于生命和无生命之间的“生命体”,这让小小年纪的赵国屏深为震撼、着迷,从那一刻起,他的心便只属于生物,并一心要报考北京大学生物系。然而,“文革”浩劫破灭了他的梦想。1969年,20岁的赵国屏作为知青,离开上海前往安徽淮北的蒙城县朱集大队朱集生产队插队,而且一待就是10年。

“我小时候学习米丘林、做嫁接和育种,也崇拜过电影《艳阳天》里肖长春带领农民发展农村集体经济,特别是经历过‘三年自然灾害’,我感到粮食太重要了。那时我真的是一门心思想着怎样改造农村。尤其是在担任生产大队党支部书记后,更憧憬着自己的大队生产水平要上去。”赵国屏认真地说。

为此,赵国屏在自己所在的大队里做规划、兴水利、开工厂、办学校,认真推行计划生育、开展爱国卫生运动。他还为从安徽农大毕业的公社农技员朱军“量身定做”开辟了几十亩试验地,并组织了由十多位精干青年组成的农科队,开展一系列杂交育种工作。为了学习农业科技方面的知识,赵国屏曾从被“文革”破坏的图书馆里收集农业科技书籍,也曾到县城的新华书店里,用自己微薄的收入买回《美国现代农业概述》等新书。他还在全大队亲自推广杂交玉米设计新型农艺方案。当然,他还全心全意地支持插队组组长俞自由的工作。这位日后当上了蒙城县委副书记和县革委会主任的女组长最终与赵国屏结成了比翼双飞的一对佳偶。

■而立之年跨进了大学门,当了“老”学生

1978年,赵国屏步入了而立之年。尽管1977年恢复的高考曾使他心头一热,但他还是放不下改造农村的心愿。这时,一位生产队长对他说:“虽然你现在做得很好,我们也需要你,但是你应该多学本领,做农民做不到的事情。”在这一番话的启发下,赵国屏参加了高考,被复旦大学生物系录取了,分配到微生物专业。“也威愚忠生悲歌,而立之年当学童”,30岁的他,又燃起青少年时的理想。虽然年龄大,学习的能力不如“十有五而志于学”的少年,但是,他终究经过农村10年的磨炼,更明白学习的目标,更坚定了奋斗的意志。

在校期间,担任过从班到系再到校的各级学生干部,负责过从学习到生活的各类学生工作,又以学生身份当选为复旦大学校党委委员。他的4年大学生活始终在努力学习、刻苦钻研中度过。有着良好英语基础的他几乎读遍了与生物学和生物化学相关的各种原版英语教科书。他还利用课余时间,在老师的指导下,撰写微生物学技术综述,开展经济生态学调查研究。所有这一切,都为他日后的发展,奠定了扎实的基础。

毕业的时候到了,赵国屏担任班长的微生物专业班被评为上海市三好班级,学校希望他留校,当一个兼做行政和教育科研工作的“双肩挑”干部。但是,赵国屏认为,如果真心做研究,就要踏踏实实走一条“科班之路”。于是,他放弃留校,考上了中科院上海植物生理研究所的硕士研究生,又被推荐参加“中美生物化学联合招生项目”(CUSBEA)的笔试和面试,由国家教委公派到美国普度大学(Purdue)留学,攻读生物化学系的博士学位。在美国,35岁的赵国屏与他的夫人俞自由一起,又历经了一次长达9年的留学生涯,各自获得了生物化学博士和农业经济学博士学位。

■不惑之年认准自己的路:回国效力

上世纪90年代初,正是“出国热”方兴未艾之时,但是年届不惑的赵国屏和夫人选择了回国。他们的理由其实很简单:“只是想到父亲的嘱咐‘学成之后,一定要回国服务’”;“只是想到做科学,回国是‘雪中送炭’,留在美国只是‘锦上添花’罢了。”

不过,当时国内的科研条件相当落后。赵国屏不得不“曲线救国”,先去上海普罗麦克公司(Promega)当生产经理。得益于插队时做大队书记和大学时代做学生会工作积累的管理经验,以及经济学博士夫人的支持,他不仅管新产品的研发、生产,而且管质量控制和成本核算。在他的精心经营下,公司两年内就实现了盈利。

不久,这些经验被用在了组建真正的实验室上。当赵国屏硕士研究生的导师需要他回去接班时,他依然放弃了公司的高薪,回到植生所,选择了他一直心仪的科学研究事业。靠着教育部资助公派留学生回国工作的5万元、上海市政府资助生命科学研究的5万元,以及所长基金5万元,赵国屏对实验室的硬件进行了改造。很快,他所在的实验室就成为所里重点支持的“微生物次生代谢调控研究开放实验室”。他又积极引进人才,开拓领域,努力承担并完成国家和企业的研究项目。经过此后13年的努力,实验室终于被批准成为中科院“合成生物学重点实验室”,并开始向国际生命科学和生物技术研究的前沿进军。

■“知天命”后改方向,投身于人类基因组研究

1998年,国家人类基因组南方研究中心成立,与北方中心和中科院遗传研究所的华大基因组中心共同承担中国人类基因组计划任务。时任上海生物工程研究中心主任的赵国屏和上海生化所的李载平院士、细胞所的裴钢院士一起,开始主持实施中科院关于人类基因组研究和开发的创新工程特支重大项目。1999年,赵国屏又被任命为上海生命科学研究院第一任主持科研的副院长,走上了实施创新工程改革的第一线。

赵国屏说:“对我来说,这是人生中的一次转型。那时我已50岁,我的专业基础是研究微生物代谢和蛋白质工程。这时‘改行’,显然十分困难,但是,人类基因组的工作太重要了,关乎中国生命科学在今后几十年中的国际地位;而国家特别是中科院,在这方面的学科与人才断层非常严重,我只能动用我的积

《中国流行期间的SARS冠状病毒分子进化》论文在《科学》杂志发表后,赵国屏夫妇到谈家桢病榻前告诉这一消息

累,边干边学。”

幸运的是,当祖国需要的时候,有一批不为名利、只希望奋斗成功的人集聚在了一起。这让赵国屏至今想起来都感慨不已。他特意提到一位青年科学家孔祥银的故事。“1997年,还在德国从事访问研究的他,在得知中国要开始人类基因组研究后,没得到任何承诺,放弃了继续工作学习的机会,带着妻子毅然回国。当时,他和我一起在一间别人出国后留下的实验室里,修好两台坏掉的离心机,建立基因组工程实验室,开展人类疾病基因克隆的研究工作。带领学生没日没夜工作的他,好几年春节都是在我家过的。”

就是在这样艰苦的条件下,孔祥银等人用两年的时间取得了突破性的成果。2001年,《自然·遗传》杂志在同期发表他们与人类基因组北方中心撰写的两篇有关II型乳光牙疾病基因的论文时评论说:这两篇论文的发表,意味着定位克隆已不再是西方科学家的专利。

之后,赵国屏和他的研究团队在疾病基因组和与人类健康相关的功能基因组方面取得了一系列成果。2001年,赵国屏负责组建了生物芯片上海国家工程研究中心,为中国的功能基因组研究搭建了又一个重要的技术平台。2002年,他从上海生科院的领导岗位上退下来,兼任国家人类基因组南方研究中心执行主任。在他的引领下,南方中心在病源微生物基因组方面的工作得以加强,钩端螺旋体基因组论文和日本血吸虫基因组论文都相继在《自然》发表。

10年后的今天,赵国屏欣慰地说:“在国际生命科学发展到这个关键的当口,我们这些人正好在岗位上,做了应该做的事,使得今天我们在基因组研究领域,与国际同行基本走在了同一条水平线上。”这是这一代生命科学家对于不曾辜负历史使命的自豪。

历史证明,参与国际人类基因组计划为我国积累了相关的技术、人才,以及科研经验。当基因测序日益成为生命科学一种重要研究手段时,中国拥有了提供这种技术服务的能力与平台。

■年过半百,主动请缨在SARS的阻击战中打了胜仗

2003年,SARS在全世界范围迅速扩散、蔓延。作为分子生物学专家,赵国屏感到有义务在这样的时刻作出自己的贡献。在及时安排好针对SARS的研究任务后,他于5月2日赶赴广州,与当地的疾控、医护和科研人员广泛接触,了解情况。在中科院广东分院的统筹下,赵国屏与同事们很快起草并提交了一份给中央SARS科技攻关领导小组的报告,得到时任攻关领导小组副组长、中科院副院长陈竺和组长、科技部部长徐冠华的大力支持。

几天后,以陈竺院士为首的中央SARS工作代表团抵达广东和香港,赵国屏以代表团成员的身份,全程参加了工作,并由此获得了更多第一手资料,逐步形成了开展SARS分子流行病学研究的构思。至今,赵国屏还清楚地记得,5月20日那天,他向广东疾控中心的领导们讲解了他在调研中构思的“研究战略图”,提出了打开早期流行病“黑匣子”的战略思想,以及在广东省积累的病毒样本和流行病信息基础上通过全基因组测序进行分子系统学分析的战术策略。同是在那天,他以南方中心“在科学上一流,在成果地位上第二”的服务政策,赢得了从广东省疾控中心领导到一线工作人员的信任,正式开始了攻坚“SARS分子流行病学”的大合作。

此后半年,协作组完成了从第一位尸检病人到SARS流行晚期香港病人分离病毒的29条基因组序列测定,结合流行病学信息进行综合分析,发现了SARS冠状病毒基因组在流行早、中、晚期序列特征的差异,为认识基因组进化与传染性差异的相关性提供了科学依据。2004年1月,第一篇论文《中国流行期间的SARS冠状病毒分子进化》以“中国SARS分子流行病学研究协作组”的名义在《科学》杂志发表,在国际上引起广泛关注。美国卡罗拉多大学著名的冠状病毒分子生物学家Kathryn Holmes评价这项工作“极为漂亮”。

2003年10月,科技部在北京召开专家研讨:“今冬明春,SARS是否还会卷土重来?”赵国屏在会上作了简要发言:冬春季节,SARS再来并不奇怪。但是,如果是来自自然(动物)的病毒,只要早发现、早隔离、早治疗,不会死人,也不会人传人,不会爆发疫情;若是实验室保存的来自疫病中晚期的病毒泄漏出去,由于其高度适应人类,因此会在人间传染,甚至可能死人。不久,他的这一观点得到了印证。2003年12月-2004年1月,广东又出现了4名SARS病人。这4名病人都与果子狸等动物有过接触,但是,病人症状轻,很快痊愈,没有人到人的感染。然而2004年春,北京发生的1名实验室感染的SARS病人,却先后传染了9人,而且还有1人死亡。

年过半百,赵国屏以他在人类基因组研究中所积累的科学思想和组织能力,在SARS肆虐期间,勇敢而冷静地涉足病毒学和流行病学领域,深入疫区,发起并组织了国内外包括大学、医院、疾控中心及科研机构在内的数十家单位的60多名科技人员共同奋斗,在短时间内作出了让国际同行赞叹的成绩,使国外那些认为中国科学家在非典领域研究失败的评论戛然而止,也为中国科学家和中国人民争得了尊严和荣耀!

■耳顺之年,以理解的心态,坚定推动科技体制改革事业发展

到了“六十而耳顺”的境地,赵国屏对科学、科学家、科学管理者及国家科技体制的历史背景等多了份理解,也因而坚定地推动科技体制机制改革,推动生物医药科研和转化事业的发展。

“上海,尤其是集聚了南方中心等‘组学’中心、中科院药物所和中医药大学等医药科研教育机构以及全世界各大医药企业的张江生物医药产业化基地,已经在生物医药的研发方向上奠定了很好的基础。我们从最基础的基因组研究,到生物医药转换研究,都走在全国的前列,经费使用效率也远高于全国平均水平。如此完整、有效的基地,在国内是唯一的,在国际上也不多见,值得我们珍惜。”对于上海生命科学和生物医药研究与开发的未来,赵国屏描绘了他的愿景:“我们已经布好了关键的点,却还需要将这些点串起来,并连成网络。”赵国屏认为,政府与社会共同组织的非盈利基金支持下的转化型研究联合体的模式也许是一种可行的网络——“也许未来几年,我会着手组建这样的联合体,开展系统生物学研究和转化医学研究,真正把我国的生物医药研究、开发和产业链建立起来。”

从微生物生化研究走到人类基因组研究,又将基因组学与微生物学结合,开展微生物系统生物学和合成生物学研究,赵国屏正向“七十而从心所欲、不逾矩”的人生最高境界迈进。

回顾自己的一生,赵国屏说:“我随中国改革开放的事业成长。从插队知青、大学生,到出国留学获得博士学位;从研究农业、微生物学、生物化学,到基因组学;从大队书记、大学教师、公司经理、实验室主任、研究院所领导,到国家研究中心主任——无论在何种情况下,我热爱生命科学,热爱中国人民之心不改;我也始终享受从事生命科学研究、服务中国人民的幸福。”

(本版图片由赵国屏本人提供)

■对 话

记 者:赵老师,您在为同学们的报告和演讲中,朗诵了多首您和妻子俞自由所做的诗。让大家分享了您作为一名科学家的勤奋和睿智,又领略到了您作为一位诗人的文采和情怀。

赵国屏:“诗人”实在不敢当,只是即兴抒发自己的一些感受罢了。我的绝大部分诗都是在困难和痛苦的时候写的,而且基本是在年轻时候写的。当然,也有比较高兴的诗。插队时,一天早起,推门见蓝天旭日下,在我们自己建起的“小水库”边上已有茁壮成长的大片玉米,于是写下了《天净沙·晨兴》:“蓝天黄土红霞,金桥绿水青纱,大道东风骏马,旭日东升,壮士乐在天涯。”这是我当时心境的写照。也是这段生涯改变了我幼时胆小的性格,使我觉得不管做什么,碰到了坎,一定要咬牙迈过去。现在,“识尽”了人生的“愁滋味”,才情也早已枯竭,什么好诗都做不出来了。

记 者:说到那场SARS,您主动请缨在短时间内把境内外数十家大学、医院、疾控中心、科研机构的近百名科技人员发动并组织起来,共同奋斗,做出了令国际同行们赞叹的成绩,但所得到的经费资助却不多。

赵国屏:是啊!科技部有位干部说:“赵老师没有拿钱,却把文章做出来了!”我回答说:“当时如果我很有钱,分钱都分不过来,哪有时间做研究?没有钱,来和我一起干的,都不是为钱而是想把事情做好的。就像解放前,参加共产党的,都是想革命的,而不是想当官的。”

记 者:听说一位外国专家把您的一篇论文读了25遍,是真的吗?

赵国屏:是真的。这是一位在冠状病毒领域很有造诣的欧洲科学家。在一次国际会议上,他对我说:“你知道吧,你的那篇Science文章我读了25遍,我这一辈子从来没把一篇文章读过这么多遍,因为它每句话后面都有很多意思,要去看补充材料,才能理解。”其实,这句话的意思,很大程度上是说《Science》中“报道”类型的论文(我们的论文,就属于这种类型)很短,要彻底看懂,必须查阅网上的补充材料。其实,我有时也喜欢写这样的文章。它短小精悍,用讲故事的方式说明一个道理,深入浅出,雅俗共享。当然,这样的文章也很难写,字斟句酌,是一种非常好的历练。

■记者手记

采访赵国屏院士是在他不太宽敞的办公室里,听他以每10年为一个时间节点,娓娓道来一生的经历。历史有时真的有很多巧合,而且往往还表现得天衣无缝。1978年,恰逢我国改革开放,赵国屏正好三十而立;2008年是改革开放30年,赵国屏进入了“耳顺之年”。每逢一个10年,他都在人生道路上迈出新的步伐,有新的业绩。赵国屏说:“机遇是重要的,在人生道路上也始终有大大小小的机遇。但是,要有敏锐的眼力和冷静而勇于牺牲的精神去抓住机遇。”赵国屏用他自己的生命,来丈量自己从没设计过的精彩人生,给我们特别是热衷于“设计人生”的年轻人以深思和启迪。

采访中,我喜欢刨根问底,询问研究的最终“大成果”,赵国屏却不以为然。他说,科学研究是一个不断加深对真理认识的过程,不仅允许有失败,而且实际上是经常地失败。问题是要汲取失败的教训,不断在失败基础上突破自我,最后才有系统性的积累,才有“大成果”,这才是科学家的真实生活。

■ 赵国屏小传

1948年出生,中国科学院院士,分子微生物学家。现任中国科学院上海生命科学研究院植物生理生态研究所研究员、国家人类基因组南方研究中心执行主任、生物芯片上海国家工程研究中心主任。

1982年毕业于复旦大学生物系微生物学专业。1983年作为CUSBEA研究生赴美国普度大学生物化学系学习,1990年获博士学位。长期从事微生物生理生化、代谢调控及酶作用机理的研究。领导建立基因组和功能基因组学研究平台。参与人类疾病基因鉴定和家蚕基因组工作。启动中国微生物基因组测序工作并主持若干模式微生物(病原生物)的基因组和功能基因组研究。近年来,开创微生物代谢酶乙酰化调控研究领域。同时,积极整合分子遗传学、代谢组、蛋白质组与结构生物学的技术与知识,拓展系统生物学和合成生物学研究。目前,主要从事放线菌分子生理和病理以及微生物泛基因组与元基因组的研究工作;同时,参与一些高等生物复杂性状(包括复杂疾病)遗传机制的研究。发表学术论文200余篇。先后获国家自然科学二等奖、国家科技进步二等奖、何梁何利科技进步奖,以及省部级奖多项。

兼任复旦大学生命学院微生物与微生物工程系主任、香港中文大学医学院微生物系讲座教授,以及中国微生物学会名誉理事长、中国生物工程学会理事、上海生物工程学会理事长等职。

60 多年的人生，以 10 年为一个时间节点，他的经历虽有波折，却始终保持着昂扬的进取之势：当了 10 年的插队知青，在而立之年才走进大学校门；不惑之年出国留学获得博士学位，毅然回国效力；知天命之年，从研究微生物学、生物化学改行拓展新领域——基因组学。每一个阶段，他都收获了硕果。随着人生轨迹的转变，他的身份也不时转换，从大队书记、公司经理到实验室主任，再到研究院所领导，每一个角色，他都演绎出了精彩。

赵国屏：不曾“设计”的精彩人生

今年 64 岁的中科院院士、国家人类基因组南方研究中心执行主任赵国屏教授经常获邀去各大医学院校、科研院所做报告或演讲，每每他都会以孔子名言“吾十有五而志于学，三十而立，四十而不惑，五十而知天命，六十而耳顺，七十而从心所欲，不逾矩”作开场白。他说：“我们这代人，从来没想到过设计自己的人生。我们只是结合自身的能力和兴趣，不断地去适应国家需求，为社会发展服务，为人民服务。”

有志于学生物，成长为改造农村的知青

赵国屏出生于上海的“技术官员”之家。父亲赵祖康本是一名公路工程和市政工程专家，抗战胜利后任上海公务局长。1949 年 5 月，出任国民党政权的上海代理市长。上海解放后，赵祖康又历任上海市建设委员会副主任、规划建筑管理局局长、上海市副市长、市政协副主席和市人大常委会副主任等职。

赵祖康从不要求子承父业。赵国屏在孩提时代，就对生物产生了浓厚的兴趣。青少年时，他在《科学画报》杂志上读到一篇关于 DNA 双螺旋结构发现后分子和细胞生物学发展的文章，其中提到病毒是介于生命和无生命之间的“生命体”，这让小小年纪的赵国屏深为震撼、着迷，从那一刻起，他的心便只属于生物，并一心要报考北京大学生物系。然而，“文革”浩劫破灭了他的梦想。1969 年，20 岁的赵国屏作为知青，离开上海前往安徽淮北的蒙城县朱集大队朱集生产队插队，而且一待就是 10 年。

“我小时候学习米丘林，做嫁接和育种，也崇拜过电影《艳阳天》里肖长春带领农民发展农村集体经济，特别是经历过‘三年自然灾害’，我感到粮食

太重要了。那时我真的是一门心思想着怎样改造农村。尤其是在担任生产大队党支部书记后，更憧憬着自己的大队生产水平要上去。"赵国屏认真地说。

为此，赵国屏在自己所在的大队里做规划、兴水利、开工厂、办学校，认真推行计划生育、开展爱国卫生运动。他还为从安徽农大毕业的公社农技员朱军"量身定做"开辟了几十亩试验地，并组织了由十多位精干青年组成的农科队，开展一系列杂交育种工作。为了学习农业科技方面的知识，赵国屏曾从被"文革"破坏的图书馆里收集农业科技书籍，也曾到县城的新华书店里，用自己微薄的收入买回《美国现代农业概述》等新书。他还在全大队亲自推广杂交玉米设计新型农艺方案。当然，他还全心全意地支持插队组组长俞自由的工作。这位日后当上了蒙城县委副书记和县革委会主任的女组长最终与赵国屏结成了比翼双飞的一对佳偶。

而立之年跨进了大学门，当了"老"学生

1978年，赵国屏步入了而立之年。尽管1977年恢复的高考曾使他心头一热，但他还是放不下改造农村的心愿。这时，一位生产队长对他说："虽然你现在做得很好，我们也需要你，但是你应该多学本领，做农民做不到的事情。"在这一番话的启发下，赵国屏参加了高考，被复旦大学生物系录取了，分配到微生物专业。"也或愚忠生悲歌，而立之年当学童"，30岁的他，又燃起青少年时的理想。虽然年龄大，学习的能力不如"十有五而志于学"的少年，但是，他终究经过农村10年的磨炼，更明白学习的目标，更坚定了奋斗的意志。

在校期间，担任过从班到系再到校的各级学生干部，负责过从学习到生活的各类学生工作，又以学生身份当选为复旦大学校党委委员。他的4年大学生活始终在努力学习、刻苦钻研中度过。有着良好英语基础的他几乎读遍了与生物学和生物化学相关的各种原版英语教科书。他还利用课余时间，在老师的指导下，撰写微生物学技术综述，开展经济生态学调查研究。所有这一切，都为他日后的发展，奠定了扎实的基础。

毕业的时候到了，赵国屏担任班长的微生物专业班被评为上海市三好班级，学校希望他留校，当一个兼做行政和教育科研工作的"双肩挑"干部。但是，赵国屏认为，如果真心做研究，就要踏踏实实走一条"科班之路"。于

是，他放弃留校，考上了中科院上海植物生理研究所的硕士研究生，又被推荐参加“中美生物化学联合招生项目”（CUSBEA）的笔试和面试，由国家教委公派到美国普度大学（Purdue）留学，攻读生物化学系的博士学位。在美国，35 岁的赵国屏与他的夫人俞自由一起，又历经了一次长达 9 年的留学生涯，各自获得了生物化学博士和农业经济学博士学位。

不惑之年认准自己的路：回国效力

20 世纪 90 年代初，正是“出国热”方兴未艾之时，但是年届不惑的赵国屏和夫人选择了回国。他们的理由其实很简单：“只是想到父亲的嘱咐‘学成之后，一定要回国服务’”；“只是想到做科学，回国是‘雪中送炭’，留在美国只是‘锦上添花’罢了。”

不过，当时国内的科研条件相当落后。赵国屏不得不“曲线救国”，先去上海普罗麦克公司（Promega）当生产经理。得益于插队时做大队书记和大学时代做学生会工作积累的管理经验，以及经济学博士夫人的支持，他不仅管新产品的研发、生产，而且管质量控制和成本核算。在他的精心经营下，公司两年内就实现了盈利。

不久，这些经验被用在了组建真正的实验室上。当赵国屏硕士研究生的导师需要他回去接班时，他依然放弃了公司的高薪，回到植生所，选择了他一直心仪的科学研究事业。靠着教育部资助公派留学生回国工作的 5 万元、上海市政府资助生命科学研究的 5 万元，以及所长基金 5 万元，赵国屏对实验室的硬件进行了改造。很快，他所在的实验室就成为所里重点支持的“微生物次生代谢调控研究开放实验室”。他又积极引进人才，开拓领域，努力承担并完成国家和企业的研究项目。经过此后 13 年的努力，实验室终于被批准成为中科院“合成生物学重点实验室”，并开始向国际生命科学和生物技术研究的前沿进军。

“知天命”后改方向，投身于人类基因组研究

1998 年，国家人类基因组南方研究中心成立，与北方中心和中科院遗传研究所的华大基因组中心共同承担中国人类基因组计划任务。时任上海生物工程研究中心主任的赵国屏和上海生化所的李载平院士、细胞所的裴钢院士一起，开始主持实施中科院关于人类基因组研究和开发的创新工程特

支重大项目。1999年，赵国屏又被任命为上海生命科学研究院第一任主持科研的副院长，走上了实施创新工程改革的第一线。

赵国屏说："对我来说，这是人生中的一次转型。那时我已50岁，我的专业基础是研究微生物代谢和蛋白质工程。这时'改行'，显然十分困难。但是，人类基因组的工作太重要了，关乎中国生命科学在今后几十年中的国际地位；而国家特别是中科院，在这方面的学科与人才断层非常严重，我只能动用我的积累，边干边学。"

幸运的是，当祖国需要的时候，有一批不为名利、只希望奋斗成功的人集聚在了一起。这让赵国屏至今想起来都感慨不已。他特意提到一位青年科学家孔祥银的故事。"1997年，还在德国从事访问研究的他，在得知中国要开始人类基因组研究后，没得到任何承诺，放弃了继续工作学习的机会，带着妻子毅然回国。当时，他和我一起在一间别人出国后留下的实验室里，修好两台坏掉的离心机，建立基因组工程实验室，开展人类疾病基因克隆的研究工作。带领学生没日没夜工作的他，好几年春节都是在我家过的。"

就是在这样艰苦的条件下，孔祥银等人用两年的时间取得了突破性的成果。2001年，《自然·遗传》杂志在同期发表他们与人类基因组北方中心撰写的两篇有关Ⅱ型乳光牙疾病基因的论文时评论说：这两篇论文的发表，意味着定位克隆已不再是西方科学家的专利。

之后，赵国屏和他的研究团队在疾病基因组和与人类健康相关的功能基因组方面取得了一系列成果。2001年，赵国屏负责组建了生物芯片上海国家工程研究中心，为中国的功能基因组研究搭建了又一个重要的技术平台。2002年，他从上海生科院的领导岗位上退下来，兼任国家人类基因组南方研究中心执行主任。在他的引领下，南方中心在病原微生物基因组方面的工作得以加强，钩端螺旋体基因组论文和日本血吸虫基因组论文都相继在《自然》发表。

10年后的今天，赵国屏欣慰地说："在国际生命科学发展到这个关键的当口，我们这些人正好在岗位上，做了应该做的事，使得今天我们在基因组研究领域，与国际同行基本走在了同一条水平线上。"这是这一代生命科学家对于不曾辜负历史使命的自豪。

历史证明，参与国际人类基因组计划为我国积累了相关的技术、人才，以及科研经验。当基因测序日益成为生命科学一种重要研究手段时，中国拥有了提供这种技术服务的能力与平台。

年过半百，主动请缨在SARS的阻击战中打了胜仗

2003年，SARS在全世界范围迅速扩散、蔓延。作为分子生物学专家，赵国屏感到有义务在这样的时刻作出自己的贡献。在及时安排好针对SARS的研究任务后，他于5月2日赶赴广州，与当地的疾控、医护和科研人员广泛接触，了解情况。在中科院广东分院的统筹下，赵国屏与同事们很快起草并提交了一份给中央SARS科技攻关领导小组的报告，得到时任攻关领导小组副组长、中科院副院长陈竺和组长、科技部部长徐冠华的大力支持。

几天后，以陈竺院士为首的中央SARS工作代表团抵达广东和香港，赵国屏以代表团成员的身份，全程参加了工作，并由此获得了更多第一手资料，逐步形成了开展SARS分子流行病学研究的构思。至今，赵国屏还清楚地记得，5月20日那天，他向广东疾控中心的领导们讲解了他在调研中构思的"研究战略图"，提出了打开早期流行病"黑匣子"的战略思想，以及在广东省积累的病毒样本和流行病信息基础上通过全基因组测序进行分子系统学分析的战术策略。同是在那天，他以南方中心"在科学上一流，在成果地位上第二"的服务政策，赢得了从广东省疾控中心领导到一线工作人员的信任，正式开始了攻坚"SARS分子流行病学"的大合作。此后半年，协作组完成了从第一位尸检病人到SARS流行晚期香港病人分离病毒的29条基因组序列测定，结合流行病学信息进行综合分析，发现了SARS冠状病毒基因组在流行早、中、晚期序列特征的差异，为认识基因组进化与传染性差异的相关性提供了科学依据。2004年1月，第一篇论文《中国流行期间的SARS冠状病毒分子进化》以"中国SARS分子流行病学研究协作组"的名义在《科学》杂志发表，在国际上引起广泛关注。美国卡罗拉多大学著名的冠状病毒分子生物学家Kathryn Holmes评价这项工作"极为漂亮"。

2003年10月，科技部在北京召开专家研讨："今冬明春，SARS是否还会卷土重来?"赵国屏在会上作了简要发言：冬春季节，SARS再来并不奇怪。但是，如果是来自自然（动物）的病毒，只要早发现、早隔离、早治疗，不会死人，也不会人传人，不会暴发疫情；若是实验室保存的来自疫病中晚期的病毒泄漏出去，由于其高度适应人类，因此会在人间传染，甚至可能死人。

不久，他的这一观点得到了印证。2003 年 12 月～2004 年 1 月，广东又出现了 4 名 SARS 病人。这 4 名病人都与果子狸等动物有过接触，但是，病人症状轻，很快痊愈，没有人到人的感染。然而 2004 年春，北京发生的 1 名实验室感染的 SARS 病人，却先后传染了 9 人，而且还有 1 人死亡。

年过半百，赵国屏以他在人类基因组研究中所积累的科学思想和组织能力，在 SARS 肆虐期间，勇敢而冷静地涉足病毒学和流行病学领域，深入疫区，发起并组织了国内外包括大学、医院、疾控中心及科研机构在内的数十家单位的 60 多名科技人员共同奋斗，在短时间内作出了让国际同行赞叹的成绩，使国外那些认为中国科学家在非典领域研究失败的评论戛然而止，也为中国科学家和中国人民争得了尊严和荣耀！

耳顺之年，以理解的心态，坚定推动科技体制改革事业发展

到了“六十而耳顺”的境地，赵国屏对科学、科学家、科学管理者及国家科技体制的历史背景等多了份理解，也因而坚定地推动科技体制机制改革，推动生物医药科研和转化事业的发展。

“上海，尤其是集聚了南方中心等‘组学’中心、中科院药物所和中医药大学等医药科研教育机构以及全世界各大医药企业的张江生物医药产业化基地，已经在生物医药的研发方向上奠定了很好的基础。我们从最基础的基因组研究，到生物医药转换研究，都走在全国的前列，经费使用效率也远高于全国平均水平。如此完整、有效的基地，在国内是唯一的，在国际上也不多见，值得我们珍惜。”对于上海生命科学和生物医药研究与开发的未来，赵国屏描绘了他的愿景：“我们已经布好了关键的点，却还需要将这些点串起来，并连成网络。”赵国屏认为，政府与社会共同组织的非营利基金支持下的转化型研究联合体的模式也许是一种可行的网络——“也许未来几年，我会着手组建这样的联合体，开展系统生物学研究和转化医学研究，真正把我国的生物医药研究、开发和产业链建立起来。”

从微生物生化研究走到人类基因组研究，又将基因组学与微生物学结合，开展微生物系统生物学和合成生物学研究，赵国屏正向“七十而从心所欲、不逾矩”的人生最高境界迈进。

回顾自己的一生，赵国屏说：“我随中国改革开放的事业成长。从插队

知青、大学生，到出国留学获得博士学位；从研究农业、微生物学、生物化学，到基因组学；从大队书记、大学教师、公司经理、实验室主任、研究院所领导，到国家研究中心主任——无论在何种情况下，我热爱生命科学，热爱中国人民之心不改；我也始终享受从事生命科学研究、服务中国人民的幸福。”

■ 对话

记　者：赵老师，您在为同学们的报告和演讲中，朗诵了多首您和妻子俞自由所做的诗。让大家分享了您作为一名科学家的勤奋和睿智，又领略到了您作为一位诗人的文采和情怀。

赵国屏："诗人"实在不敢当，只是即兴抒发自己的一些感受罢了。我的绝大部分诗都是在困难和痛苦的时候写的，而且基本是在年轻时候写的。当然，也有比较高兴的诗。插队时，一天早起，推门见蓝天旭日下，在我们自己建起的"小水库"边上已有茁壮成长的大片玉米，于是写下了《天净沙·晨兴》："蓝天黄土红霞，金桥绿水青纱，大道东风骏马，旭日东升，壮士乐在天涯。"这是我当时心境的写照。也是这段生涯改变了我幼时胆小的性格，使我觉得不管做什么，碰到了坎，一定要咬牙迈过去。现在，"识尽"了人生的"愁滋味"，才情也早已枯竭，什么好诗都做不出来了。

记　者：说到那场SARS，您主动请缨在短时间内把境内外数十家大学、医院、疾控中心、科研机构的近百名科技人员发动并组织起来，共同奋斗，做出了令国际同行们赞叹的成绩，但所得到的经费资助却不多。

赵国屏：是啊！科技部有位干部说："赵老师没有拿钱，却把文章做出来了！"我回答说："当时如果我很有钱，分钱都分不过来，哪有时间做研究？没有钱，来和我一起干的，都不是为钱而是想把事情做好的。就像解放前，参加共产党的，都是想革命的，而不是想当官的。"

记　者：听说一位外国专家把您的一篇论文读了25遍，是真的吗？

赵国屏：是真的。这是一位在冠状病毒领域很有造诣的欧洲科学家。在一次国际会议上，他对我说："你知道吧，你的那篇*Science*文章我读了25遍，我这一辈子从来没把一篇文章读过这么多遍，因为它每句话后面都有很多意思，要去看补充材料，才能理解。"其实，这句话的意思，很大程度上是说*Science*中"报道"类型的论文（我们的论文，就属于这种类型）很短，要彻底看懂，必须查阅网上的补充材料。其实，我有时也喜欢写这样的文章。它短小精悍，用讲故事的方式说明一个道理，深入浅出，雅俗共享。当然，这样的文章也很难写，字斟句酌，是一种非常好的历练。

■ 记者手记

采访赵国屏院士是在他不太宽敞的办公室里，听他以每10年为一个时间节点，娓娓道来一生的经历。历史有时真的有很多巧合，而且往往还表现得天衣无缝。1978年，恰逢我国改革开放，赵国屏正好三十而立；2008年是改革开放30年，赵国屏进入了“耳顺之年”。每逢一个10年，他都在人生道路上迈出新的步伐，有新的业绩。赵国屏说：“机遇是重要的，在人生道路上也始终有大大小小的机遇。但是，要有敏锐的眼力和冷静而勇于牺牲的精神去抓住机遇。”赵国屏用他自己的生命，来丈量自己从没设计过的精彩人生，给我们特别是热衷于“设计人生”的年轻人以深思和启迪。

采访中，我喜欢刨根问底，询问研究的最终“大成果”，赵国屏却不以为然。他说，科学研究是一个不断加深对真理认识的过程，不仅允许有失败，而且实际上是经常地失败。问题是要汲取失败的教训，不断在失败基础上突破自我，最后才有系统性的积累，才有“大成果”，这才是科学家的真实生活。

■ 赵国屏小传

1948年出生，中国科学院院士，分子微生物学家。现任中国科学院上海生命科学研究院植物生理生态研究所研究员、国家人类基因组南方研究中心执行主任、生物芯片上海国家工程研究中心主任。

1982年毕业于复旦大学生物系微生物学专业。1983年作为CUSBEA研究生赴美国普度大学生物化学系学习，1990年获博士学位。长期从事微生物生理生化、代谢调控及酶作用机理的研究。领导建立基因组和功能基因组学研究平台，参与人类疾病基因鉴定和家蚕基因组工作。启动中国微生物基因组测序工作并主持若干重要微生物（病原生物）的基因组和功能基因组研究。近年来，开创微生物代谢酶乙酰化调控研究领域。同时，积极整合分子遗传学、代谢组、蛋白质组与结构生物学的技术与知识，开展系统生物学和合成生物学研究。目前，主要从事放线菌分子生理和病理以及微生物泛基因组与元基因组的研究工作；同时，参与一些高等生物复杂性状（包括复杂疾病)遗传机制的研究。发表学术论文200余篇。先后获国家自然科学二等奖、国家科技进步二等奖、何梁何利科技进步奖,以及省部级奖多项。

兼任复旦大学生命学院微生物与微生物工程系主任、香港中文大学医学院微生物系讲座教授,以及中国微生物学会名誉理事长、中国生物工程学会理事、上海生物工程学会理事长等职。

(《健康报》2012年3月30日)

■采写／本报记者 胡德荣

一个偶然的"不顺"，使他把做医生治病救人当成了一生的职业选择；一次偶然的"观察"，让他发现了心肌桥的"半月现象"，这一被国际学术界称为"葛氏现象"的重大发现改变了某些类型心绞痛的治疗措施；一回不寻常的作陪，激起了他报效祖国的愿望。回国后的他，凭着高超技术和超凡胆识在心血管里"游弋"，创造了多个心脏病诊治上的"全国首例"和"上海第一"。

葛均波

"游弋"在心血管里

葛均波边看屏幕边进行心导管手术

■ 记者手记

"很多人能战胜失败，但很少人能战胜成功。不要自我膨胀，一定要珍惜院士荣誉。"这是葛均波于2011年12月9日下午在中国科学院举行的新当选院士座谈会上的一句肺腑之言。记者采访葛均波院士就是从这句看似普通却很深邃的话语开始的。

葛均波说："我在领取院士证书的同时，又现场签署承诺书。据说，对履行院士职责、严格自律作出公开、郑重的承诺，这在中科院历史上还是第一次。"

环顾葛院士的办公室，用"简陋"二字并不为过。葛院士告诉记者，自己在医院行政楼有一间办公室，那还是他当"长江学者"时给配备的，不过已好长时间不过去了。"这幢楼就住着心血管病人，离病人近呀，看病是一个医生的根本所在。"质朴的话语令记者肃然起敬。

■对 话

记 者：葛老师，我发觉您特别爱穿立领的衣服，这是否传递着您的某种价值观？

葛均波：是的，这种立领的服装其实是我们民族服装——中山装，它是中国的、民族的符号，所以我才对这种民族服装情有独钟，并借此灌注我的理念。

记 者：听说您很爱弹琴，是用这把琴吗？这叫什么琴？（我指着葛均波院士办公室墙上挂着的一把琴问）

葛均波：这叫秦琴，音色明亮、柔和，还是我早年上初中时学会的。弹秦琴是一种放松自我的方式，在今年医院春节联欢会上我弹奏了《唱支山歌给党听》、《地道战》等歌曲，还颇受大家的欢迎。不过现在越来越没时间弹奏了。

记 者：葛老师，听说您有个晨泳的习惯，您现在还继续保持吗？

葛均波：游泳是我的所爱。特别是因为我患腰椎间盘突出症，医生也建议我游泳。可是由于工作繁忙等原因，没能很好地坚持下来。不过条件允许的话，我还是会继续坚持。毕竟身体好，才能更好地工作。

葛均波和年轻医生讨论病例

■葛均波小传

1962年出生于山东省五莲县。教授，博士生导师，中国科学院院士。复旦大学（原上海医科大学）附属中山医院心内科主任，心导管室主任，上海市心血管病研究所所长，复旦大学干细胞组织工程研究中心主任。教育部长江学者奖励计划特聘教授。

1984年获得青岛医学院医学学士学位，1987年获得山东医科大学硕士学位，1988年起在上海医科大学心内科攻读博士学位。1990年被派往德国美因兹大学医学院，获得医学博士学位，1993年到埃森大学医学院从事博士后研究，并于1995年担任埃森大学医学院心内科血管内声室主任。1999年4月回国任复旦大学附属中山医院心内科主任，心导管室主任。

获得国家科技进步二等奖1项、国家技术发明二等奖1项、上海市科技进步一等奖2项、教育部科学技术进步一等奖1项、中华医学科技二等奖2项，以及中国介入心脏病学杰出贡献奖等多项奖励。在国际杂志上发表了300多篇论文，近1/3被SCI收录。主编有关著作2部，其中1部在国外出版。

担任全国政协委员、九三学社第十一届中央委员、上海市医学会心血管病专科委员会主任委员、中德医学会名誉会长、全球华人心脏保健网主席等职，被评为美国心脏病学院（FACC）院士、欧洲心脏病学会（FESC）院士。

2012年2月14日，中国科学院院士、复旦大学附属中山医院心内科主任葛均波领衔研制的"新型可降解涂层冠脉药物洗脱支架"研究项目荣获了2011年国家技术发明奖二等奖；2月24日，葛均波又获得了"谈家桢生命科学创新奖"。面对接踵而来的各种荣誉和奖项，葛均波动情地说："国家给了我那么多的科研经费，为我提供了这么好的工作环境，我只有加倍努力工作，踏踏实实地做一名好医生，才能对得起国家和人民的培养……"

■"做医生治病救人，最终成了我一生的职业选择"

说起自己的从医之路，葛均波提到了发生在儿时的一次偶然事件。

当时，11岁的葛均波一不小心摔断了左臂。他至今还清晰地记得，他被连夜送到县医院，接诊的两位年轻医生凭经验接上了断骨，绑上石膏，根本没在X线下看复位情况。一个月后取下石膏，两位医生傻了眼：这才发现我的左臂一动也不能动了。"学了医以后的葛均波才知道，当时自己是桡骨骨折加脱位，简单的夹板石膏是不行的。

葛均波的父母急了，带着他四处求医。"打听到山东省莒县有位老中医治骨伤很有名，父亲带着一袋自家种的花生找到老中医家门，老中医一把推开父亲送的花生，只是说'我什么也不要，如果把你治好了，你可以感谢我；如果治不好，你就另请高明吧。'接着仔细地询问了几句，抓着我的胳膊轻轻一推，左臂立即恢复了活动。我当时感动得眼泪就出来了。说实在的，那可不是因为疼，那是因为佩服。"葛均波说这话时，依然有些激动。

"当时我心想，如果我以后也学这么一招，不是也可以为天下人治病吗，而且还可以糊口呢。"从此，葛均波萌发了学医的念头。

"你看，一个偶尔的不顺，不仅在我身上留下了印记——导致我左臂至今还是有些伸不直，还影响了我的心灵。做医生治病救人，从此成了我的理想，最终成了我一生的职业选择。"葛均波说。

■"我将保留你的办公室，如果你今后遇到不如意的事，仍然可以回这儿"

葛均波6岁上小学，16岁就考上了青岛医学院。一路读到博士的他，1990年被派往德国美因兹大学医学院继续深造，并于1993年到埃森大学医学院从事博士后研究。

葛均波天资聪慧，在德国留学第一年即在《德国心脏病杂志》上发表了《腔内超声准确性及可行性研究》一文。从此，他在学术上便一发而不可收。尤其是他对心肌桥的新发现，被国际学术界称为"葛氏现象"，这一重大发现改变了目前对某些类型心绞痛的治疗措施。

那是一个周末的上午，葛均波像平时一样来到他所在的埃森大学医学院心内科实验室分析资料。忽然间，他"看见"了一名心肌桥患者血管内超声图像上的低回声或无回声的半月形暗区。出于对科学工作的严谨，他找出了以前所有的资料重新进行分析，结果发现每一名心肌桥患者的图像都存在相似的"半月现象"。

"半月现象"发现后，欧洲著名的心血管病专家Sanchez教授等发表评论说："葛均波等首次发现'半月现象'，对心肌桥诊断具有高度特异性……葛均波等是应用血管内超声检测心肌桥的先驱……"3年后，葛均波提出β受体阻滞剂可改善心肌桥患者的缺血症状，而硝酸甘油则加重缺血。这些都已被写入我国七年制的《内科学》教材。

在德国学习、工作10个月之后，葛均波深得导师艾伯尔教授的赏识，"他领我去劳工局帮我们申请从医执照，工作许可证件。"1995年，葛均波在德国工作不久，就被委任埃森大学医学院心内科血管内超声室主任。这时的他才30岁出头。

一个偶然的机会让葛均波放弃了在德国的发展，转而"打道回府"。

1995年，江泽民主席访问德国，当时的德国总统赫尔佐克宴请江泽民主席，由6位华人作陪，葛均波是其中之一。席间，江主席鼓励葛均波用自己所学为国服务。

关于回国，葛均波很是生动地讲了这样一个故事：

"当我向艾伯尔先生提出想回国的愿望时，艾伯尔先生听了，先是一愣，随后，脸涨得通红，他有点恼怒了：'简直不可思议，我为你办妥了一切，你的主任职位甚至连德国专家都想竞争的，可是你现在却要放弃……你好好考虑一下，明天再找你。'"

第二天，葛均波对找到他的导师表达了诚恳的谢意，同时，希望导师能理解他回国报效的愿望。艾伯尔先生答道："您在我家住了一年多，我太太也实在舍不得你走。不过，我终于想通了……我将保留你的办公室，如果你今后遇到不如意的事，仍然可以回这儿。"葛均波记得，自己前往辞行的那天，艾伯尔夫人在一旁不停地流泪，令人十分伤感。

1999年4月，葛均波怀着一颗赤诚之心，放弃国外优厚待遇，毅然举家回国。他受命担任中山医院心内科主任、心导管室主任、博士生导师、上海市心血管病研究所副所长等职务。

在葛均波的主持下，中山医院心导管室工作量直线上升，2001年全年完成心导管诊疗手术1600例，2011年更是增到了8400例，10年翻了5倍多。他还把从德国带回来的所有有关心脏移植手术的资料都复印出来，促成了医院第一例心脏移植手术的成功开展。如今，中山医院的心脏移植手术已完成了300多例。难怪王玉琦院长也感慨地说："如果没有当时的第一例，说不定我们还继续停留在做动物试验上呢！"

葛均波和自己培养的博士研究生合影

■"这次向美国直播的成功，让我兴奋得一夜难以入眠"

葛均波的强项是冠心病的介入治疗。直径不足2毫米的金属支架，平常人要想拿住都很困难，葛均波要做的是要把它放入人体的血管内，以支撑起闭塞的血管。葛均波曾多次在国外公开做手术演示，外国人把这归因于"中国人的手巧"。然而，葛均波在这份"巧"中融入了多少心血，只有他自己知道。

对一般性血管堵塞的冠心病患者，采用"球囊扩张＋支架植入术"打通血管，病人可获健康，而有些冠心病患者的冠状动脉已完全堵塞，就只有采用高频旋磨术了。与"球囊扩张＋支架植入术"用的头发丝一般粗的导丝相比，高频旋磨术用的导丝更细、更长，直径仅0.1毫米，因此，更难控制。导丝上还有一个1.25毫米～2.5毫米的金刚石橄榄形微小钻头，得以每分钟15转～19转的高速度将血管堵塞处打通，然后再行球囊扩张及安装支架。这需要十足的胆量和充分的自信，也需要眼睛、大脑和双手的完美配合。

2005年10月20日，对葛均波来说是一个有着特殊意义的日子。这一天，他在经导管心血管治疗(TCT)会议上，第一次通过卫星向远在美国华盛顿的主会场直播了中国上海中山医院心导管室的3个手术病例——室间隔缺损、冠脉支架内再狭窄和左主干"冠状动脉慢性完全闭塞"(CTO)手术，都获得了圆满成功。这也是首次中国的手术转播至美国TCT会议现场。

3个病例中尤以CTO病变最为引人注目。当葛均波介绍该患者的冠脉造影结果时，主会场的所有观众都对此极具挑战性的手术表示出极大的兴趣，其中也不乏怀疑的目光，因为CTO病变是目前冠脉介入治疗中的难点。

手术中，葛均波曾试图使用引导钢丝前向通过左主干闭塞段，但多次尝试均无法确定钢丝是否在血管真腔内，遂采用"对吻引导钢丝技术"：经右冠远端供应前降支的侧枝血管，把一根导引钢丝经侧枝血管置入间隔支，然后进行操作引导钢丝通过左主干闭塞段，该引导钢丝遂作一定向标记，经左指引导管顺行放入另一引导钢丝通过左主干闭塞处至前降支远端。

观看着这一个个高度精密细致的步骤和手法，当时主持会议的美国加州Scrips医院介入心脏科主任Teirstein教授连声感叹："中国人是怎么想的，怎么会想出这样的做法！"

葛均波说："这次向美国直播的成功，让我兴奋得一夜难以入眠。"

■"假如您是我的母亲，我一定不建议您做这个手术"

2010年5月，葛均波接诊了一名10岁的先天性心脏病患者小杰杰。小杰杰7岁时在其他医院接受了先心病的手术治疗，但仅仅过了3年，他又出现了胸闷、胸痛、气喘的症状，在学校只要一活动，就会晕倒。

经检查后，葛均波发现孩子的心脏已经出现衰竭，尤其是左侧的主冠脉非常狭窄，一旦堵塞，随时都有死亡的危险。经过再三研究，葛均波决定采用微创介入技术，打开小杰杰严重堵塞的左冠状动脉。

类似的介入手术葛均波已成功完成了上万例，但这一次，他却遇到了前所未有的挑战。当葛均波熟练地在小杰杰的左腿股动脉处打开了一个约2毫米的小孔，并准备从这里把细小的指引导管放置到小杰杰心脏左冠状动脉的开口处时，却发现由于小杰杰的身体发育情况差，其体内的血管并没有长到10岁孩子的正常水平，即使用最小的导管进入，尺寸还是太大。

手术采用的是局部麻醉，手术台上的小杰杰忍不住哭闹了起来。孩子的身体一动，导管随时可能刮破血管内膜。为了避免意外，葛均波决定请麻醉科医生为小杰杰进行全身麻醉。然而就在此时，意外发生了，小杰杰的心跳和呼吸刹那间全都停止了，他的身体抽搐起来。经过抢救，葛均波最终把小杰杰从死亡的边缘拉了回来，但手术宣告失败。"我们尝试了五六根导管，没有一根可以跟小杰杰的血管匹配。"走出手术室，葛均波向小杰杰父母解释道。"我孩子的苦是白受了吗？"看到孩子父母的眼泪，葛均波也流下了泪。

葛均波马上联系国内所有的导管生产厂家，却没有一家生产儿童适用的导管。葛均波又想到了日本的心脏病专家。一问之下，日本有特制的导管。有了特制的导管，小杰杰的第二次手术进行得非常成功。

而手术的费用却让这个来自农村的家庭无力负担。在葛均波的努力下，日本的导管公司、支架公司全都决定不收取任何费用，葛均波所在的心内科医生们也都纷纷为小杰杰捐款。

有一位80多岁的冠心病患者从外地慕名找到葛均波："葛医生，请你给我做介入手术吧。"葛均波详细了解老太太的病史后说："在您血管里放个支架，对我来说只是15分钟的事。但以您现在的情况，没必要做这个手术。"患者不解："我们当地的医生说我的病很严重，不放置支架不行。"

"您的心脏病属于稳定性病变，只要不干重体力活，不赶公交车，不会出问题。以您现在的年龄，这两种情况都不会出现。而放置支架后需要长期服用抗血小板凝结的药物，有脑出血的风险。所以，放支架的弊大于利。"葛均波耐心解释道。

"假如您是我的母亲，我一定不建议您做这个手术。"这句"假如"的话，终于说动了患者和家属。

■"我们研制的'可降解冠脉药物支架'售价仅一万多元"

2002年冠脉药物支架获得临床应用，并成为冠脉介入治疗里程碑式的技术革新。然而，我国有数十万冠心病患者需要放置支架，一个进口药物涂层支架的费用要将近4万元，有些患者还需要同时放几个支架。对此，葛均波万分感慨："这样下去，有几个病人用得起啊！"

令葛均波忧虑的，除了高昂的医药费，还有进口支架的"后遗症"——传统药物支架存在涂层材料无法在体内降解、对称涂层工艺等设计缺陷，由此导致的血管持续性炎症反应和内皮化延迟，具有诱发支架内再狭窄和晚期血栓形成的危险。支架上的药物全部释放后，金属支架有可能引发炎症，一旦引起支架血栓，患者的死亡率高达40%。

于是，从上世纪90年代末，葛均波正式开始了研制可降解冠脉药物支架。他与学生们几乎放弃所有休息时间，全部扑在找材料、搞药物涂层技术上，最终找到了性能良好的聚乳酸类材料，并开发了非对称性涂层技术，成就了现在临床普遍可见的"可降解冠脉药物支架"。

历经10多年不懈努力，"可降解冠脉药物支架"实现了技术改良和性能优化，"新型可降解涂层冠脉支架"的成功研制，降低了原来可能发生的支架血栓率，极大地提高了支架的安全性。由于优良的临床疗效和安全性，"可降解涂层新型冠脉支架"自2005年上市以来，在国内市场占有率已达25%，平均每年超过8万名冠心病患者获益。

"我们研制的'可降解冠脉药物支架'售价仅一万多元"葛均波自豪地说。价格成本明显降低的支架，不但有效解决了进口支架高价位问题，每年为患者节约医疗费用12亿元人民币，还迫使进口支架降价让利。据悉，该支架已出口俄罗斯、印度、新加坡等多国，近3年为国家创汇523万美元。葛均波因此荣膺2010年度上海市技术发明一等奖、2011年度国家技术发明奖二等奖。

■"我的名字叫'学波'，真的从葛老师身上学会了做人，学到了本领"

葛均波"游弋"在心血管里，创造了多个心脏病诊治上的"全国首例"和"上海第一"：完成了难度极高的国内首例冠状动脉"高频旋磨术"；成功地进行了国内第一例"带膜支架植入术"治疗斑块破裂；开展了上海第一例冠状动脉腔内照射治疗技术……

"做医生我每天都有幸福的事，成功完成一例高难度病例的治疗时是幸福的，被国内外同道认可的时候也是幸福的，在我们这个团队里工作也是幸福的。"葛均波把这些成绩的取得归功于他的团队。

比葛均波早5年来到医院心导管室工作的护士长冯琪说："葛主任遵循的人生哲理为：求实求是，人生不可无求；勤勉勤奋，学问源自于勤；戒骄戒躁，淡然得意之事；坦诚坦荡，坦然失意之时。这些年来，葛均波带领我们团队就是这么一路走来。"

冯琪提到这样一件事情：一位老年病人一定要葛均波给自己做手术，可恰好葛均波腰椎间盘突出发作，只能躺着，于是，他不顾大家劝阻叫人抬着到导管室，在屏幕下指导手术。"这样的事有过多次。我1982年进中山医院工作都30年了，从来没有见过葛均波这样的好医生！"

冯琪手里有一个"红包登记本"，里面记的是科室医务人员推不掉而上交医院的红包登记情况。这是葛均波来了以后形成的制度。对于这些实在推不掉的红包，葛均波干脆让科室把这些钱缴到病人的住院费用中。

最近复旦大学附属中山医院与每位科主任签订"岗位责任书"，并将培养人才列为头等大事。在传统强势学科心内科，葛均波既是学科带头人又是科主任，他在"岗位责任书"上明确写道："加强学科梯队建设和学科接班人的培养，为年轻业务骨干的成才创造条件。"

在名医葛均波手把手带教传授技术、大胆放手加强操练下，团队后备人才梯队相当齐整："大弟子"钱菊英等人早已独当一面、声名渐起，科室内资历最浅的博士也做得一手漂亮的心脏导管手术。

而且这个团队还不时向上海其他三级甲等医院心内科输送人才。已在同济大学附属上海市东方医院心内科担任主任的刘学波教授说："我是葛均波老师的学生，我的名字叫'学波'，真的从葛老师身上学会了做人，学到了本领，使我现在能独当一面地工作。"

"每年春节期间，我们有个惯例，心内科几十号人都会拥到葛均波家团聚吃饺子，山东大嫂葛均波的夫人亲自擀面，其乐融融。"冯琪说，这种氛围，成了大家每年的向往。

（本版照片由上海市心血管病研究所提供）

一个偶然的“不顺”，使他把做医生治病救人当成了一生的职业选择；一次偶然的“观察”，让他发现了心肌桥的“半月现象”，这一被国际学术界称为“葛氏现象”的重大发现改变了某些类型心绞痛的治疗措施；一回不寻常的作陪，激起了他报效祖国的愿望。回国后的他，凭着高超技术和超凡胆识在心血管里“游弋”，创造了多个心脏病诊治上的“全国首例”和“上海第一”。

葛均波：“游弋”在心血管里

2012年2月14日，中国科学院院士、复旦大学附属中山医院心内科主任葛均波领衔研制的“新型可降解涂层冠脉药物洗脱支架”研究项目荣获了2011年国家技术发明奖二等奖；2月24日，葛均波又获得了“谈家桢生命科学创新奖”。面对接踵而来的各种荣誉和奖项，葛均波动情地说：“国家给了我那么多的科研经费，为我提供了这么好的工作环境，我只有加倍努力工作，踏踏实实地做一名好医生，才能对得起国家和人民的培养……”

“做医生治病救人，最终成了我一生的职业选择”

说起自己的从医之路，葛均波提到了发生在儿时的一次偶然事件。

当时，11岁的葛均波一不小心摔断了左臂。他至今还清晰地记得，他被连夜送到县医院后，接诊的两位年轻医生凭经验接上了断骨，绑上石膏，根本没在X线下看复位情况。“一个月后取下石膏，两位医生傻了眼，这才发现我的左臂一动也不能动了。”学了医以后的葛均波才知道，当时自己是肱骨骨折加脱位，简单的夹板石膏是不行的。葛均波的父母急了，带着他四处求医。“打听到山东省莒县有位老中医治骨伤很有名，父亲带着一袋自家种的花生找到老中医家门。老中医一把推开父亲送的花生，只是说‘我什么也不要，如果把你治好了，你可以感谢我；如果治不好，你就另请高明吧。’接着仔细地询问了几句，抓着我的胳膊轻轻一推，谁知左臂立即恢复了活络。我当时感动得眼泪就出来了。说实在的，那可不是因为疼，那是因为佩服。”葛均波说这话时，依然有些激动。

“当时我心想，如果我以后也学这么一招，不是也可以为天下人治病吗，而且还可以糊口呢。”从此，葛均波萌发了学医的念头。

“你看，一个偶尔的不顺，不仅在我身上留下了印记——导致我左臂至今还是有些伸不直，还影响了我的心灵。做医生治病救人，从此成了我的理想，最终成了我一生的职业选择。"葛均波说。

"我将保留你的办公室，如果你今后遇到不如意的事，仍然可以回这儿"

葛均波6岁上小学，16岁就考上了青岛医学院。一路读到博士的他，1990年被派往德国美因兹大学医学院继续深造，并于1993年到埃森大学医学院从事博士后研究。

葛均波天资聪慧，在德国留学第一年即在《德国心脏病杂志》上发表了《腔内超声准确性及可行性研究》一文。从此，他在学术上便一发而不可收。尤其是他对心肌桥的新发现，被国际学术界称为"葛氏现象"，这一重大发现改变了目前对某些类型心绞痛的治疗措施。

那是一个周末的上午，葛均波像平时一样来到他所在的埃森大学医学院心内科实验室分析资料。忽然间，他"看见"了一名心肌桥患者血管内超声图像上的低回声或无回声的半月形暗区。出于对科学工作的严谨，他找出了以前所有的资料重新进行分析，结果发现每一名心肌桥患者的图像都存在相似的"半月现象"。

"半月现象"发现后，欧洲著名的心血管病专家Sanchez教授等发表评论说："葛均波等首次发现'半月现象'，对心肌桥诊断具有高度特异性……葛均波等是应用血管内超声检测心肌桥的先驱……"3年后，葛均波提出β受体阻滞剂可改善心肌桥患者的缺血症状，而硝酸甘油则加重缺血。这些都已被写入我国七年制的《内科学》教材。

在德国学习、工作10个月之后，葛均波深得导师艾倍尔教授的赏识。"他陪我去劳工局等部门申请从医执照、工作许可证件。"1995年，葛均波留在德国工作不久，就被委任埃森大学医学院心内科血管内超声室主任。这时的他才30岁出头。

一个偶然的机会让葛均波放弃了在德国的发展，转而"打道回府"。

1995年，江泽民访问德国，当时的德国总统赫尔佐克宴请江泽民，由6位华人作陪，葛均波是其中之一。席间，江泽民鼓励葛均波用自己所学为国服务。

关于回国，葛均波极其生动地讲了这样一个故事：

"当我向艾倍尔先生郑重提出想回国的愿望时，艾倍尔先生听了，先是一愣，随后，脸涨得通红。他有点恼怒了：'简直不可思议，我为你办妥了一切，你的主任职位甚至连德国专家都想竞争的，可是你现在却要放弃……你好好考虑一下，明天再找你。'"

第二天，葛均波找到他的导师表达了诚恳的谢意，同时，希望导师能理解他回国报效的愿望。艾倍尔先生答道："您在我家住了一年多，我太太也实在舍不得你走。不过，我终于想通了……我将保留你的办公室，如果你今后遇到不如意的事，仍然可以回这儿。"葛均波记得，自己前往辞行的那天，艾倍尔夫人在一旁不停地流泪，令人十分伤感。

1999 年 4 月，葛均波怀着一颗赤诚之心，放弃国外优厚待遇，毅然举家回国。他受命担任中山医院心内科主任、心导管室主任、博士生导师、上海市心血管病研究所副所长等职务。

在葛均波的主持下，中山医院心导管室工作量直线上升，2001 年全年完成心导管诊疗手术 1 600 例，2011 年更是增到了 8 400 例，10 年翻了 5 倍多。他还把从德国带回来的所有有关心脏移植手术的资料都复印出来，促成了医院第一例心脏移植手术的成功开展。如今，中山医院的心脏移植手术已完成了 300 多例。难怪王玉琦院长也感慨地说："如果没有当时的第一例，说不定我们还继续停留在做动物试验上呢！"

"这次向美国直播的成功，让我兴奋得一夜难以入眠"

葛均波的强项是冠心病的介入治疗。直径不足 2 毫米的金属支架，平常人要想拿住都很困难，葛均波要做的是要把它放入人体的血管内，以支撑起闭塞的血管。葛均波曾多次在国外公开做手术演示，外国人把这归因于"中国人的手巧"。然而，葛均波在这份"巧"中融入了多少心血，只有他自己知道。

对一般性血管堵塞的冠心病患者，采用"球囊扩张 + 支架植入术"打通血管，病人可获健康，而有些冠心病患者的冠状动脉已完全堵塞，就只有采用高频旋磨术了。与"球囊扩张 + 支架植入术"用的头发丝一般粗的导丝相比，高频旋磨术用的导丝更细、更长，直径仅 0.1 毫米，因此，更难控制。导丝上还有一个 1.25～2.5 毫米的金刚石橄榄形微小钻头，得以每分钟 15～19 转的高速度将血管堵塞处打通，然后再行球囊扩张及安装支架。这需要十足的胆量和充分的自信，也需要眼睛、大脑和双手的完美配合。

2005 年 10 月 20 日，对葛均波来说是一个有着特殊意义的日子。这一天，他在经导管心血管治疗（TCT）会议上，第一次通过卫星向远在美国华盛顿的主会场直播了中国上海中山医院心导管室的 3 个手术病例——室间隔缺损、冠脉支架内再狭窄和左主干“冠状动脉慢性完全闭塞”（CTO）手术，都获得了圆满成功。这也是首次中国的手术转播至美国 TCT 会议现场。

3 个病例中尤以 CTO 病变最为引人注目。当葛均波介绍该患者的冠脉造影结果时，主会场的所有观众都对此极具挑战性的手术表示出极大的兴趣，其中也不乏怀疑的目光，因为 CTO 病变是目前冠脉介入治疗中的难点。

手术中，葛均波曾试图使用引导钢丝前向通过左主干闭塞段，但多次尝试均无法确定钢丝是否在血管真腔内，遂采用“对吻引导钢丝技术”：经右冠远端供应前降支的侧枝血管，把一根导引钢丝经侧枝血管置入间隔支，然后逆行操作引导钢丝通过左主干闭塞段，该引导钢丝遂作一定向标记，经左指引导管顺行放入另一引导钢丝通过左主干闭塞处至前降支远端。

观看着这一个个高度精密细致的步骤和手法，当时主持会议的美国加州 Scrips 医院介入心脏科主任 Teirstein 教授连声感叹：“中国人是怎么想的，怎么会想出这样的做法！”

葛均波说：“这次向美国直播的成功，让我兴奋得一夜难以入眠。”

“假如您是我的母亲，我一定不建议您做这个手术”

2010 年 5 月，葛均波接诊了一名 10 岁的先天性心脏病患者小杰杰。小杰杰 7 岁时在其他医院接受了先心病的手术治疗，但仅仅过了 3 年，他又出现了胸闷、胸痛、气喘的症状，在学校只要一活动，就会晕倒。

经检查后，葛均波发现孩子的心脏已经出现衰竭，尤其是左侧的主冠脉非常狭窄，一旦堵塞，随时都有死亡的危险。经过再三研究，葛均波决定采用微创介入技术，打开小杰杰严重堵塞的左冠状动脉。

类似的介入手术葛均波已成功完成了上万例，但这一次，他却遇到了前所未有的挑战。当葛均波熟练地在小杰杰的左腿股动脉处打开了一个约 2 毫米的小孔，并准备从这里把细小的指引导管放置到小杰杰心脏左冠状动脉的开口处时，却发现由于小杰杰的身体发育情况差，其体内的血管并没有长到 10 岁孩子的正常水平，即使用最小的导管进入，尺寸还是太大。手术采用的是局部麻醉，手术台上的小杰杰忍不住哭闹了起来。孩子的身体一动，导管随时可能刮破血管内膜。为了避免意外，葛均波决定请麻醉科医生为小杰杰进行全身麻醉。然而就在此时，意外发生了，小杰杰的心跳和呼吸刹那间全都停止了，他的身体抽搐起来。经过抢救，葛均波最终把小杰杰从死亡的边缘拉了回来，但手术宣告失败。“我们尝试了五六根导管，没有一根可以跟小杰杰的血管匹配。”走出手术室，葛均波向小杰杰父母解释道。“我孩子的苦是白受了吗？”看到孩子父母的眼泪，葛均波也流下了泪。

葛均波马上联系国内所有的导管生产厂家，却没有一家生产儿童适用的导管。葛均波又想到了日本的心脏病专家。一问之下，日本有特制的导管。有了特制的导管，小杰杰的第二次手术进行得非常成功。

而手术的费用却让这个来自农村的家庭无力负担。在葛均波的努力下，日本的导管公司、支架公司全都决定不收取任何费用，葛均波所在的心内科医生们也都纷纷为小杰杰捐款。

有一位 80 多岁的冠心病患者从外地慕名找到葛均波：“葛医生，请你给我做介入手术吧。”葛均波详细了解老太太的病史后说：“在您血管里放个支架，对我来说只是 15 分钟的事。但以您现在的情况，没必要做这个手术。”患者不解：“我们当地的医生说我的病很严重，不放置支架不行。”

“您的心脏病属于稳定性病变，只要不干重体力活，不赶公交车，不会出问题。以您现在的年龄，这两种情况都不会出现。而放置支架后需要长期服用抗血小板凝结的药物，有脑出血的风险。所以，放支架的弊大于利。”葛均波耐心解释道。

“假如您是我的母亲，我一定不建议您做这个手术。”这句“假如”的话，终于说动了患者和家属。

“我们研制的‘可降解冠脉药物支架’售价仅一万多元”

2002 年冠脉药物支架获得临床应用，并成为冠脉介入治疗里程碑式的技术革新。然而，我国有数十万冠心病患者需要放置支架，一个进口药物涂层支架的费用要将近 4 万元，有些患者还需要同时放几个支架。对此，葛均波万分感慨：“这样下去，有几个病人用得起啊！”

令葛均波忧虑的，除了高昂的医药费，还有进口支架的“后遗症”——传统药物支架存在涂层材料无法在体内降解、对称涂层工艺等设计缺陷，由此导致的血管持续性炎症反应和内皮化延迟，具有诱发支架内再狭窄和晚期血栓形成的危险。支架上的药物全部释放后，金属支架有可能引发炎症，一旦引起支架血栓，患者的死亡率高达40%。

于是，从20世纪90年代末，葛均波正式开始了研制可降解冠脉药物支架。他与学生们几乎放弃所有休息时间，全部扑在找材料、搞药物涂层技术上，最终找到了性能良好的聚乳酸类材料，并开发了非对称性涂层技术，成就了现在临床普遍可见的"可降解冠脉药物支架"。

历经10多年不懈努力，"可降解冠脉药物支架"实现了技术改良和性能优化，"新型可降解涂层冠脉支架"的成功研制，降低了原来可能发生的支架血栓率，极大地提高了支架的安全性。由于优良的临床疗效和安全性，"可降解涂层新型冠脉支架"自2005年上市以来，在国内市场占有率已达25%，平均每年超过8万名冠心病患者获益。

"我们研制的'可降解冠脉药物支架'售价仅一万多元"葛均波自豪地说。价格成本明显降低的支架，不但有效解决了进口支架高价位问题，每年为患者节约医疗费用12亿元人民币，还迫使进口支架降价让利。据悉，该支架已出口俄罗斯、印度、新加坡等多国，近3年为国家创汇523万美元。葛均波因此荣膺2010年度上海市技术发明一等奖、2011年度国家技术发明奖二等奖。

"我的名字叫'学波'，真的从葛老师身上学会了做人，学到了本领"

葛均波"游弋"在心血管里，创造了多个心脏病诊治上的"全国首例"和"上海第一"：完成了难度极高的国内首例冠状动脉"高频旋磨术"；成功地进行了国内第一例"带膜支架植入术"治疗斑块破裂；开展了上海第一例冠状动脉腔内照射治疗技术……

"做医生我每天都有幸福的事，成功完成一例高难度病例的治疗时是幸福的，被国内外同道认可的时候也是幸福的，在我们这个团队里工作也是幸福的。"葛均波把这些成绩的取得归功于他的团队。

比葛均波早5年来到医院心导管室工作的护士长冯琪说："葛主任遵循的人生哲理为：求实求是，人生不可无求；勤勉勤奋，学问源自于勤；戒骄戒躁，淡然得意之事；坦诚坦荡，坦然失意之时。这些年来，葛均波带领我们团队就是这么一路走来。”

冯琪提到这样一件事情：一位老年病人一定要葛均波给自己做手术，可恰好葛均波腰椎间盘突出发作，只能躺着，于是，他不顾大家劝阻叫人抬着到导管室，在屏幕下指导手术。“这样的事有过多次。我 1982 年进中山医院工作都 30 年了，从来没有见过葛均波这样的好医生！”

冯琪手里有一个“红包登记本”，里面记的是科室医务人员推不掉而上交医院的红包登记情况。这是葛均波来了以后形成的制度。对于这些实在推不掉的红包，葛均波干脆让科室把这些钱缴到病人的住院费用中。

最近复旦大学附属中山医院与每位科主任签订“岗位责任书”，并将培养人才列为头等大事。在传统强势学科心内科，葛均波既是学科带头人又是科主任，他在“岗位责任书”上明确写道：“加强学科梯队建设和学科接班人的培养，为年轻业务骨干的成才创造条件。”

在名医葛均波手把手带教传授技术、大胆放手加强操练下，团队后备人才梯队相当齐整：“大弟子”钱菊英等人早已独当一面、声名渐起，科室内资历最浅的博士也做得一手漂亮的心脏导管手术。

而且这个团队还不时向上海其他三级甲等医院心内科输送人才。已在同济大学附属上海市东方医院心内科担任主任的刘学波教授说：“我是葛均波老师的学生，我的名字叫‘学波’，真的从葛老师身上学会了做人，学到了本领，使我现在能独当一面地工作。”

“每年春节期间，我们有个惯例，心内科几十号人都会拥到葛均波家团聚吃饺子，山东大嫂葛均波的夫人亲自擀面，其乐融融。”冯琪说，这种氛围，成了大家每年的向往。

■ 记者手记

“很多人能战胜失败，但很少人能战胜成功。不要自我膨胀，一定要珍惜院士荣誉。”这是葛均波于 2011 年 12 月 9 日下午在中国科学院举行的新当选院士座谈会上的一句肺腑之言。记者采访葛均波院士就是从这句看似普通却很深邃的话语延伸开来的。

葛均波说：“我在领取院士证书的同时，又现场签署承诺书。据说，对履行院士职责、严格自律作出公开、郑重的承诺，这在中科院历史上还是第一次。”

环顾葛院士的办公室，用“简陋”二字并不为过。葛院士告诉记者，自己在医院行政楼有一间办公室，那还是他当“长江学者”时给配备的，不过已好长时间不过去了。“这幢楼就住着心血管病人，离病人近呀，看病是一个医生的根本所在。”质朴的话语令记者肃然起敬。

■ 对话

记　者： 葛老师，我发觉您特别爱穿立领的衣服，这是否传递着您的某种价值观？

葛均波： 是的，这种立领的服装其实是我们民族服装——中山装，它是中国的、民族的符号，所以我才对这种民族服装情有独钟，并借此灌注我的理念。

记　者： 听说您很爱弹琴，是用这把琴吗？这叫什么琴？（我指着葛均波院士办公室墙上挂着的一把琴问）

葛均波： 这叫秦琴，音色明亮、柔和，还是我早年上初中时学会的。弹奏秦琴是一种放松自我的方式，在今年医院春节联欢会上我弹奏了《唱支山歌给党听》《地道战》等歌曲，还颇受大家的欢迎。不过现在越来越没时间弹奏了。

记　者： 葛老师，听说您有个晨泳的习惯，您现在还继续保持吗？

葛均波： 游泳是我的所爱。特别是因为我患腰椎间盘突出症，医生也建议我游泳。可是由于工作繁忙等原因，没能很好地坚持下来。不过条件允许的话，我还是会继续坚持。毕竟身体好，才能更好地工作。

■ 葛均波小传

1962 年出生于山东省五莲县。教授，博士生导师，中国科学院院士。复旦大学（原上海医科大学）附属中山医院心内科主任，心导管室主任，上海市心血管病研究所所长，复旦大学干细胞组织工程研究中心主任。教育部长江学者奖励计划特聘教授。

1984 年获得青岛医学院医学学士学位，1987 年获得山东医科大学硕士学位，1988 年起在上海医科大学心内科攻读博士学位。1990 年被派往德国美因兹大学医学院，获得医学博士学位；1993 年到埃森大学医学院从事博士后研究，并于 1995 年担任埃森大学医学院心内科血管内声室主任。1999 年

4月回国任复旦大学附属中山医院心内科主任，心导管室主任。

获得国家科技进步二等奖1项、国家技术发明二等奖1项、上海市科技进步一等奖2项、教育部科学技术进步一等奖1项、中华医学科技二等奖2项，以及中国介入心脏病学杰出贡献奖等多项奖励。在国际杂志上发表了300多篇论文，近1/3被SCI收录。主编有关著作2部，其中1部在国外出版。

担任全国政协委员、九三学社第十一届中央委员、上海市医学会心血管病专科委员会主任委员、中德医学会名誉会长、全球华人心脏保健网主席等职，被评为美国心脏病学院(FACC)院士、欧洲心脏病学会(FESC)院士。

(《健康报》2012年4月27日)

■ 采写/本报记者 胡德荣

因为不甘心只做革命机器的一颗螺丝钉，在当了8年的工人后，他在1978年考入大学，并开始走上了科学研究的道路；因为不情愿在异国他乡效力，在英国博士毕业并工作了5年后，他毅然归来，决意“发挥自己的科研专长，用中国人的遗传样本，解决中国人自己的疾病”。

在祖国找到事业归依的他，短短几年时间就在生命科学领域的研究中屡结硕果：组建了中国第一个大型分子遗传学实验室；建成了中国规模最大的精神疾病样品库；完整地解答了人类家族性短指这一遗传疾病的百年之谜……

当奖项和荣誉纷至沓来时，有“快乐帅才”之称的他，总不忘把成绩归功于他的团队，并津津乐道于他所推崇的“快乐科学”。

贺林：沉浸在“快乐科学”中

■ 采访手记

前后两次采访贺林院士，记者从中收获了两个关键词：一个是“快乐科学”，另一个是“做得最好”。

从事科学研究怎么能快乐得起来？贺林说：“我所有的突破与进展，都是在‘快乐科学’的理念上完成的。但科学表现出来的工作往往是枯燥无味的，不少人会被吓跑。然而，当跨越了从事科学的艰难和痛苦之后，你会发现，科学充满了遐想，自身有一种内在美的韵律；当全身心投入其中，个人的工作与科学的节拍实现同步时，那是一种非常美妙的感受。”

至于“做得最好”，贺林说：“我深深热爱着科学，并一直遵循着这样的原则：既然要做，为什么不做得最好？”他还说，自己的个性里有一种‘决不轻易相信已有的结论’的特点，长此以往，逐渐形成了他在思考科学问题时的严密与严谨，以及善于抓住新问题的思维方法。

是啊，有了“快乐科学”的理念和“做得最好”的精神，进行医学科学研究又怎能不出类拔萃呢？

贺林对学生们进行科研指导

■对话

科学研究需要竞争，更需要合作互补

记　者：有一些“海龟”们常说：“科学没有国籍，科学家有祖国。”您如何看待这句话？

贺　林：笼统地说，科学好像是属于全人类，仔细分析，实际上不全是这么回事。一个国家在决策课题时，常考虑到整个国家和民族的利益。发达国家从不会把自己先进的科学技术无偿或甚至有偿地转让给其他国家。这就是我为了科学事业坚持在自己国土上洒泪挥汗的原因。

记　者：在您递给我的名片上，除了Bio-X研究院院长外，还有复旦大学生物医学研究院院长等职务，身兼数职，对您的科研工作不会有影响吗？

贺　林：我始终认为，科研需要竞争，更需要合作互补。我的理念是只做加法和乘法，不做减法和除法。如果把上海交通大学Bio-X研究院和复旦大学生物医学研究院这两方面最优秀的人才集中起来，建立有效的合作机制，那完全有可能产出重大的科研成果。例如，美国的两所顶尖大学——麻省理工学院与哈佛大学合作成立了布罗德研究院，已成为世界上最重要的基因组研究中心，其成功经验很值得借鉴。

记　者：您能否说说上海交大Bio-X研究院聘请著名学术打假英雄方舟子做“顾问教授”的事？

贺　林：学术腐败在高校时有发生。我们对于论文产出，更注重质量，而不仅仅是数量。一方面我们加强做思想政治工作，另一方面我们也在机制上进行掌控和约束，每篇论文投出去以前，学生必须写一个保证书，就是说他要对这篇论文负责，没有抄袭。我们请方舟子来研究院做报告、与学生交流，并聘请他做“顾问教授”，旨在防止学术腐败。

■ 贺林小传

1953年7月出生于北京。上海交通大学教授、博士生导师，上海交通大学Bio-X研究院院长、生命技术学院副院长，复旦大学生物医学研究院院长。中国科学院院士，第三世界科学院院士。

长期从事人类遗传学和各类组学的研究，揭开了困扰人类几乎整整一个世纪的A-1型短指（趾）症的致病之谜；发现了以中国人姓氏“贺－赵缺陷”命名的新遗传病，并成功对其致病基因进行了定位；在中国人群中发现和证实了多个精神疾病易感基因。先后荣获国家杰出青年奖、谈家桢生命科学成就奖、上海科技精英奖、“何梁何利”奖等。还获得了教育部科学技术（自然科学）一等奖，国家自然科学奖二等奖等。共发表论文300多篇，主编和参编专著15部。

目前被聘为10多种国内外科学杂志的编委。还担任全国政协委员、“长江学者”特聘教授、国家973计划和863计划专家、国际转化医学会主席等职。培养硕士研究生、博士研究生几十名。

今年3月30日，在上海展览中心举行的2011年度上海市科学技术奖励大会上，贺林被授予“科技功臣奖”。时任上海市委书记俞正声把奖牌佩戴在他胸前时，他的眼睛湿润了。在随后的感言中，贺林说：“转瞬间我已为推动上海科研事业度过了16个春秋，尽管皱纹或把地增加，但性格特点则始终如一，我一直遵循着多年的工作理念‘努力做有特色和有力度的工作，积极参加国际竞争！’”

■ “时常想起8年当工人的日子，有点卑微，却很真实”

1970年，不满17周岁的贺林进入南京化纤厂，当上了一名工人。用贺林自己的话说：“那时候，工人阶级处在‘领导’的位置，社会提倡的是‘螺丝钉精神’。但在繁忙工作的间隙，我心里还是时不时地会冒出一些小想法，为革命机器做一颗螺丝钉固然好，如果能发挥螺丝钉以外的作用，岂不是更好吗？”

虽然看不清前景在哪里，但贺林还是挤出时间读书，并跟着电台学英语。由于他弟弟的物理基础比较好，于是兄弟俩合作设计了一套自动水位控制系统，大大地提高了工作效率。因为这个缘故，贺林还有幸代表工厂参加了南京市科学技术大会。

1977年，恢复高考的消息传来，让无数年轻人看到了一线希望。贺林曾因出身问题连“工厂大学”都没机会被推荐，但闻讯恢复高考，他还是心动不已。

“中学教育几乎一片空白的我，能行吗？”离高考只有短短3个月时间了，贺林还要应对工作上的三班倒，学习新知识谈何容易！更不要说面对“千军万马过独木桥”的激烈竞争了。所幸的是，贺林得到了“高人”的指点。当时，他的一位乒乓球友何世同，由于受“文革”的影响，大学没念完就被分配进了贺林所在的工厂。何世同具备非常好的中学数理化的功底。在他的帮助下，贺林开始跃跃欲试。

1977年，贺林顺利通过了高考的初考分数线，却还是落榜了。然而，在此次高考中，他看到了希望。经过之后半年时间的继续准备，1978年，差不多仅有小学文化程度的贺林终于成功地考入了大学。“我一直非常感激邓小平，是他老人家倡导的政策改变了我的命运。”贺林从心底里说。

从那之后，贺林走上了科学研究的道路，开始寻求到螺丝钉以外的适合作用。“不论在什么岗位上，不管取得了怎样的成绩，我都会时常想起8年当工人的日子。那里包含着我的青春时光，是我未来事业的起点，有点卑微，却很真实。”这么多年过去了，贺林还总是说，“8年当工人的底层经历带给我的是一种平民意识，对我的人生观、价值观的形成起到很大的作用，并深深地影响了我的一生”。

■ “父亲的影响促使我赶快回国，我下了最后的决心”

1991年，贺林从英国佩士莱大学毕业，获得理学博士学位，并留在了英国爱丁堡大学和英国MRC爱丁堡人类遗传研究所工作。在那里，他有很多机会参加国际学术会议，接触到遗传生物学领域的前沿研究。而和一群聪明、执著的科学家合作共事，展开交流，让贺林开阔了视野，自身的科研水平也大为提升。

“留在英国还是回到中国？”这期间，贺林经常在思考这个问题。他曾回国考察了两次，感觉还不错。1996年，就在他动心回国时，国内通货膨胀极为严重，面对国家尚难确定的未来走势，贺林一度又彷徨、顾虑起来。这时，是父亲的影响给了贺林一把有力的推动。

贺林的父亲是一位爱国的林产化学专家，1951年在周恩来总理亲笔致函的感召下，从澳大利亚回到祖国，参与新中国百废待兴的建设事业，1984年当选为中国大陆首位世界林业科学院院士。尽管后来在各种“运动”及“文革”中受到了冲击甚至批斗，但是他始终对回国的选择无怨无悔。上世纪90年代初，贺老先生赴英国看望儿子时，谈到了在异国他乡与回国工作的区别，并表达了希望儿子为国效力的殷切希望。

“父亲的影响促使我赶快回国，我下了最后的决心：要发挥自己的科研专长，用中国人的遗传样本，解决中国人自己的疾病。”贺林先是保留着在英国的绿卡和工作岗位，回国参加研究，等到在祖国有了得心应手的感觉，便完全放弃了在英国的工作，而且把妻子、女儿也带了回来。

回到祖国，贺林找到了事业的归依。他先来到了中国科学院上海生命科学研究中心工作，随后搬迁到中科院上海生理研究所工作，以后又移师中科院上海生命科学研究院营养科学研究所搞研究。2000年，又转战到上海交通大学，开辟了新的实验室。

短短的几年时间，贺林在生命科学领域的研究中屡结硕果。他组建了中国第一个大型分子遗传学实验室，研究领域涉及单基因遗传疾病、多基因遗传病、药物基因组学、蛋白质组学、中国遗传资源保护与开发等。他还建成了中国规模最大的精神疾病样品库，并利用这一样品库研究发现了在中国汉族人群中，5—羟色胺转运体基因第二内含子VNTR多态性基因型分布与精神分裂症及单相抑郁症有相关关系等；证实了在汉族人群中APOE-4是老年性痴呆的高危因子以及在血管性痴呆中也起重要的作用；发现了APOE-4是胎儿期因碘缺乏引起的智力缺陷的风险因子；得到了营养对胎儿的影响可直接导致精神分裂症发病率成倍增加的结论；结合国情特点提出“百家姓”与药物开发相关性的新思路等。这些研究成果也都发表在《美国医学会杂志》等刊物上。

潜心科学研究，贺林与年轻的科技人员乐在其中

另外，还初步形成了连接中国东北、西北、华南的全国性协作研究组，同时还积极与国际知名的医药公司合作，寻找精神分裂症的致病基因及相关药物的开发。贺林的杰出工作，使得国际脑研究领域最大的非政府组织——美国国家精神分裂症与抑郁症研究联盟（NARSAD）将“杰出研究者”奖项颁给了他。据悉，这是中国科学家首次荣获这一国际脑研究领域的权威奖项。

■ “做科研，只有耐得住寂寞、持之以恒，才能有不错的结局”

人类家族性A-1短指（趾）是1903年发现的第一例孟德尔遗传规律的常染色体显性遗传病，长期以来作为典型案例出现在世界各国遗传学和生物学教材中，但科学家们却始终为它的致病之谜所困扰，时间长达一个世纪之久。

“世界各国科学家都在根据自己掌握的疾病家系寻找其致病基因，然而这场竞赛的结果是我们胜出——最早揭开了人类家族性短指（趾）致病百年之谜，为此受到了同行们的高度评价。”贺林的自豪溢于言表。

2000年，贺林领衔的上海交通大学/中国科学院上海生命科学研究院“神经精神病和人类遗传学联合研究室”科研人员，把A-1型短指（趾）症致病基因定位于2号染色体长臂的特定区域。该成果的研究论文于当年就发表在《美国人类遗传学》杂志上。第二年，科研人员又准确地“抓住”了致病基因“印度刺猬（Ihh）”，揭示了该病的致病位点，其研究论文发表在了《自然遗传学》杂志上。

“随着研究的深入，紧接而来的任务是解决致病的功能问题。当时正处于人类基因组计划即将完成之际，内地还不太具备进行小鼠模型研究的能力，我作出了寻找合作者的决定。”于是，贺林便在世界范围内搜索研究骨骼功能的课题组。在考虑尽可能使知识产权中国化和交流便捷等因素之后，他把合作对象锁定在香港大学。

“达成意向之后，上海交通大学Bio-X研究院两位出色的研究生高波和胡建新前往香港，作为核心力量开展动物模型的‘体内’研究。与此同时，在上海交大组织另一支以马钢等组成的研究队伍，开展细胞和分子层次的‘体外’研究。两家科研单位精诚合作，一内一外、相互配合，发现了A-1型短指（趾）症致病基因IHH的点突变造成了骨骼组织中‘印度刺猬’基因信号能力和信号范围发生改变，最终导致中间指（趾）节的严重缩短甚至消失，成功地揭示了A-1型短指（趾）症致病原理，这一重大科研成果被《自然》杂志发表。”让贺林更为欣喜的是，他的这一团队还“发现‘印度刺猬’基因可能参与指骨的早期发育调控，开拓了‘印度刺猬’基因在骨骼生长发育中新的角色，为现代遗传发育生物学增添了新的内容，对肢体和骨骼发育生物学有着重要的意义。同时，这也为相关骨骼疾病的科学研究和临床诊断提供了有力的依据”。

整个研究经历了最初致病基因的定位、搜寻、鉴别、克隆，到最后致病机理的阐述，贺林和他的团队完整地解答了一个遗传疾病的百年之谜。这是一项国际领先的原创性的科研成果，为提高我国科研水平在世界上的地位，作出了重要的贡献。该研究成果获得2002年教育部自然科学一等奖和2003年国家自然科学二等奖。

回顾这一长达8年的“抗战”，贺林颇有感触地说：“做科研，只有耐得住寂寞、持之以恒，才能有不错的结局，才能达到对遗传生物学界产生广泛的影响。”

另外，贺林还发现了世界上第一例以中国人姓氏“贺—赵缺陷症”命名的恒齿缺失的孟德尔常染色体显性遗传病，并成功地定位了该致病基因，由此结束了中国作为遗传资源大国而又从来没有自己发现和命名遗传病的尴尬局面。

■ “我的点滴进步和整个成长都饱含他的心血”

说起科研成绩，贺林总会把他的团队带出来，并归功于此。

“科研成绩的取得是团队内外协同努力的结果，是国际大合作的结果。揭示A-1型短指（趾）症致病机理的科研成果体现了我们科研团队的整体实力，更展示了团队的优秀人才，特别是年轻研究者的优秀才华。他们已挑起了科研工作的大梁。”贺林对自己的团队颇为欣慰，他特别提到了在这项研究中承担中流砥柱任务的3位研究者——高波、胡建新和马钢，他们都是在读研究生期间完成了项目的主体工作。

作为这3人的导师，贺林也赢得了他们的由衷赞佩。当博士论文在《自然》杂志发表后，学生们都由衷地感到喜悦。高波说：“恩师贺林院士是我从事科研工作的启蒙者和引路人，我的点滴进步和整个成长都饱含着他的心血。”

33岁的胡建新是贺林的得意门生，他在自己的博士论文致谢中这样写道：“感谢我的导师，贺林院士在我攻读博士学位期间给了我信任、支持和关爱……贺老师严谨高效的工作作风和平易近人、无所不包容的人格魅力给了我最多的感触，让我有勇气面对任何的困难和挑战。我知道，贺老师清楚我的长处、宽容我的短处，给了我最大的发挥空间、最亲切的鼓励。”

他尤其讲到了与老师交往的两个瞬间：

“2000年底，我本科还未毕业，就找到贺林教授，说想读他的‘硕博连读’研究生。当时我就觉得贺教授特别特别和蔼、亲切，还送了我一本他刚出版的《解码生命》，临走时他还和我握了一下手。”

“2006年，我博士快毕业的时候，很想出国去‘镀金’，贺林院士则鼓励我留下来，参加他准备打造的研究团队。这以后，我破格晋升研究员、特别研究员、博士生导师，自己也开始招收研究生。仅2011年，我就在《自然》系列杂志发表了4篇论文。是贺老师给了我机遇和方向啊！”

博士后张爱萍说起儒雅、温和的贺林院士也很激动。她说：“当年想读博，想找为人好一点、毕业前景好一点的博导，就有3个人推荐我去读贺老师的博士研究生。贺老师能看到10年、20年后的研究方向，‘个性化治疗’、‘转化医学研究’他都走在了前面，而在发表论文的署名上，贺老师却不大关注。”

■ “创造良好的工作条件，让他们享受‘快乐科学’的过程”

Bio-X是科学词汇中的一个新名词，它是由美籍华裔物理学家、1998年诺贝尔物理学奖得主朱棣文发起，在斯坦福大学建立的一个新的研究中心，称为“生物爱克斯（Bio-X）中心”，即由生物学与其他学科相结合而形成的交叉学科。

上海交通大学Bio-X研究院被誉为斯坦福大学之外的第二个Bio-X研究院，它由坐落在上海交大徐汇校区的一栋外观朴素的二层小白楼和闵行校区的一栋大红楼组成。楼内，红、黑、白三色营造的装饰风格富有动感，一幅幅抽象绘画挂在墙壁上，让人宛如置身前卫的艺术工作坊。样本库、电泳室、小鼠模型分析室、公用仪器室、综合实验室等分布在两个楼里面，设备先进，环境整洁。在这里，哪怕是在节假日，也有老师和学生在查资料、做试验，一派科学研究的忙碌景象。

院里的中庭小花园里，还养育着两只猫、两只鸟和5只乌龟。为了让初学者体味“快乐科学”，贺林精心饲养着这些“科学宠物”。有时，他还和大家一起进行户外烧烤，将科学生活营造得很有情趣。

在上海交大Bio-X中心完成硕博连读的胡建新深有体会地说：“这里有着浓厚的学术氛围、踏实的科学态度和花园般的实验室，为我们提供了良好的成长环境。”

身为Bio-X研究院的院长，贺林说：“其实科学和艺术水乳交融、密不可分，研究院在环境布置上体现了浓郁的艺术氛围，优秀的艺术作品可以为研究人员带来精神上的陶冶和启迪。我非常希望为科研团队创造良好的工作条件，让他们享受‘快乐科学’的过程。”

在Bio-X研究院，来到这儿工作与学习的每一位老师和学生都能体味到“快乐科学”的浓浓氛围。这些富有情趣的团队成员还利用休息间隙在电子显微镜下，靠基因链搭建创造了DNA非对称性“折纸术”，折出了世界上最小的二维中国地图，设计出了三维的世博中国馆等。

正是这样一支看似在“玩科学”的年轻团队，迸发了异常的科学活力。他们在10年间共发表300多篇SCI论文，论文的平均影响因子大于5，单篇最高被引用率超过300次。

为了鼓励年轻人的科研兴趣，贺林用所获得的奖金成立了“Bio-X奖”。而为了使研究具备国际视野，Bio-X研究院已与英国、德国、美国、瑞士等许多国家的科研基地“攀亲”，实行全开放操作，不仅每年派遣多位研究生赴国外学习工作，同时敞开怀抱，接纳英国等发达国家的研究生来此实习，实现优势互补、资源共享。贺林此举，是想努力把Bio-X研究院打造成交大、上海、中国乃至世界的一颗明珠。

被誉为“快乐帅才”的贺林，潜心科研，并快乐着。不仅如此，他还力所能及地把自己的团队带进享受“快乐科学”的境界。因为在他看来，快乐和真诚的兴趣是从事科学研究的永恒动力。

（本版图片由贺林本人提供）

因为不甘心只做革命机器的一颗螺丝钉，在当了8年的工人后，他在1978年考入大学，并开始走上了科学研究的道路；因为不情愿在异国他乡效力，在英国博士毕业并工作了5年后，他毅然归来，决意“发挥自己的科研专长，用中国人的遗传样本，解决中国人自己的疾病”。

在祖国找到事业归依的他，短短几年时间就在生命科学领域的研究中屡结硕果：组建了中国第一个大型分子遗传学实验室；建成了中国规模最大的精神疾病样品库；完整地解答了人类家族性短指这一遗传疾病的百年之谜……

当奖项和荣誉纷至沓来时，有“快乐帅才”之称的他，总不忘把成绩归功于他的团队，并津津乐道于他所推崇的“快乐科学”。

贺林：沉浸在“快乐科学”中

今年3月30日，在上海展览中心举行的2011年度上海市科学技术奖励大会上，贺林被授予“科技功臣奖”。时任上海市委书记俞正声把奖牌佩戴在他胸前时，他的眼睛湿润了。在随后的感言中，贺林说：“转瞬间我已为推动上海科研事业度过了16个春秋，尽管皱纹成把地增加，但性格特点则始终如一，我一直遵循着多年的工作理念‘努力做有特色和有力度的工作，积极参加国际竞争’！”

“时常想起8年当工人的日子，有点卑微，却很真实”

1970年，不满17周岁的贺林进入南京化纤厂，当上了一名工人。用贺林自己的话说：“那时候，工人阶级处在‘领导’的位置，社会提倡的是‘螺丝钉精神’。但在繁忙工作的间隙，我心里还是时不时地会冒出一些小想法，为革命机器做一颗螺丝钉固然好，如果能发挥螺丝钉以外的作用，岂不是更好吗？”

虽然看不清前景在哪里，但贺林还是挤出时间读书，并跟着电台学英语。由于他弟弟的物理基础比较好，于是兄弟俩合作设计了一套自动水位控制系统，大大地提高了工作效率。因为这个缘故，贺林还有幸代表工厂参加了南京市科学技术大会。

1977年，恢复高考的消息传来，让无数年轻人看到了一线希望。贺林曾因出身问题连“工厂大学”都没机会被推荐，但闻讯恢复高考，他还是心动不已。

“中学教育几乎一片空白的我，能行吗?”离高考只有短短3个月时间了，贺林还要应对工作上的三班倒，学习新知识谈何容易！更不要说面对“千军万马过独木桥”的激烈竞争了。所幸的是，贺林得到了“高人”的指点。当时，他的一位乒乓球友何世同，由于受“文革”的影响，大学没念完就被分配进了贺林所在的工厂。何世同具备非常好的中学数理化的功底。在他的帮助下，贺林开始跃跃欲试。

1977年，贺林顺利通过了高考的初考分数线，却还是落榜了。然而，在此次高考中，他看到了希望。经过之后半年时间的继续准备，1978年，差不多仅有小学文化程度的贺林终于成功地考入了大学。“我一直非常感激邓小平，是他老人家倡导的政策改变了我的命运。”贺林从心底里说。

从那之后，贺林走上了科学研究的道路，开始寻求到螺丝钉以外的适合作用。“不论在什么岗位上，不管取得了怎样的成绩，我都会时常想起8年当工人的日子。那里包含着我的青春时光，是我未来事业的起点，有点卑微，却很真实。”这么多年过去了，贺林还总是说，“8年当工人的底层经历带给我的是一种平民意识，对我的人生观、价值观的形成起到很大的作用，并深深地影响了我的一生”。

“父亲的影响促使我赶快回国，我下了最后的决心”

1991年，贺林从英国佩士莱大学毕业，获得理学博士学位，并留在了英国爱丁堡大学和英国MRC爱丁堡人类遗传研究所工作。在那里，他有很多机会参加国际学术会议，接触到遗传生物学领域的前沿研究。而和一群聪明、执着的科学家合作共事，展开交流，让贺林开阔了视野，自身的科研水平也大为提升。

“留在英国还是回到中国?”这期间，贺林经常在思考这个问题。他曾回国考察了两次，感觉还不错。1996年，就在他动心回国时，国内通货膨胀极为严重，面对国家尚难确定的未来走势，贺林一度又彷徨、顾虑起来。这时，是父亲的影响给了贺林一把有力的推动。

贺林的父亲是一位爱国的林产化学专家，1951年在周恩来总理亲笔致函的感召下，从澳大利亚回到祖国，参与新中国百废待兴的建设事业，1984年当选为中国大陆首位世界林业科学院院士。尽管后来在各种“运动”及

“文革”中受到了冲击甚至批斗，但是他始终对回国的选择无怨无悔。20世纪90年代初，贺老先生赴英国看望儿子时，谈到了在异国他乡与回国工作的区别，并表达了希望儿子为国效力的殷切希望。

“父亲的影响促使我赶快回国，我下了最后的决心：要发挥自己的科研专长，用中国人的遗传样本，解决中国人自己的疾病。”贺林先是保留着在英国的绿卡和工作岗位，回国参加研究，等到在祖国有了得心应手的感觉，便完全放弃了在英国的工作，而且把妻子、女儿也带了回来。

回到祖国，贺林找到了事业的归依。他先来到了中国科学院上海生命科学研究中心工作，随后搬迁到中科院上海生理研究所工作，以后又移师中科院上海生命科学研究院营养科学研究所搞研究。2000年，又转战到上海交通大学，开辟了新的实验室。

短短的几年时间，贺林在生命科学领域的研究中屡结硕果。他组建了中国第一个大型分子遗传学实验室，研究领域涉及单基因遗传疾病、多基因遗传病、药物基因组学、蛋白质组学、中国遗传资源保护与开发等。他还建成了中国规模最大的精神疾病样品库，并利用这一样品库研究发现了在中国汉族人群中，5-羟色胺转运体基因第二内含子VNTR多态性基因型分布与精神分裂症及单相抑郁症有相关关系等；证实了在汉族人群中APOE-4是老年性痴呆的高危因子以及在血管性痴呆中也起重要的作用；发现了APOE-4是胎儿期因碘缺乏引起的智力缺陷的风险因子；得到了营养对胎儿的影响可直接导致精神分裂症发病率成倍增加的结论；结合国情特点提出“百家姓”与药物开发相关性的新思路等。这些研究成果也都发表在《美国医学会杂志》等刊物上。

另外，还初步形成了连接中国东北、西北、华南的全国性协作研究组，同时还积极与国际知名的医药公司合作，寻找精神分裂症的致病基因及相关药物的开发。贺林的杰出工作，使得国际脑研究领域最大的非政府组织——美国国家精神分裂症与抑郁症研究联盟（NARSAD）将“杰出研究者”奖项颁给了他。据悉，这是中国科学家首次荣获这一国际脑研究领域的权威奖项。

“做科研，只有耐得住寂寞、持之以恒，才能有不错的结局”

人类家族性A-1短指（趾）是1903年发现的第一例孟德尔遗传规律的

常染色体显性遗传病，长期以来作为典型案例出现在世界各国遗传学和生物学教材中，但科学家们却始终为它的致病之谜所困扰，时间长达一个世纪之久。

“世界各国科学家都在根据自己掌握的疾病家系寻找其致病基因，然而这场竞赛的结果是我们胜出——最早揭开了人类家族性短指（趾）致病百年之谜，为此受到了同行们的高度评价。”贺林的自豪溢于言表。

2000 年，贺林领衔的上海交通大学/中国科学院上海生命科学研究院“神经精神病和人类遗传学联合研究室”科研人员，把 A－1 型短指（趾）症致病基因定位于 2 号染色体长臂的特定区域。该成果的研究论文于当年就发表在《美国人类遗传学》杂志上。第二年，科研人员又准确地“抓住”了致病基因“印度刺猬（Ihh）”，揭示了该病的致病位点，其研究论文发表在了《自然遗传学》杂志上。

“随着研究的深入，紧接而来的任务是解决致病的功能问题，当时正处于人类基因组计划即将完成之际，内地还不太具备进行小鼠模型研究的能力，我作出了寻找合作者的决定。”于是，贺林便在世界范围内搜索研究骨骼功能的课题组。在考虑尽可能使知识产权中国化和交流便捷等因素之后，他把合作对象锁定在香港大学。

“达成意向之后，上海交通大学 Bio－X 研究院两位出色的研究生高波和胡建新前往香港，作为核心力量开展动物模型的‘体内’研究。与此同时，在上海交大组织另一支以马钢等组成的研究队伍，开展细胞和分子层次的‘体外’研究。两家科研单位精诚合作，一内一外、相互配合，发现了 A－1 型短指（趾）症致病基因 IHH 的点突变造成了骨骼组织中‘印度刺猬’基因信号能力和信号范围发生改变，最终导致中间指（趾）节的严重缩短甚至消失，成功地揭示了 A－1 型短指（趾）症致病原理，这一重大科研成果被《自然》杂志发表。”让贺林更为欣喜的是，他的这一团队还“发现‘印度刺猬’基因可能参与指骨的早期发育调控，开拓了‘印度刺猬’基因在骨骼生长发育中新的角色，为现代遗传发育生物学增添了新的内容，对肢体和骨骼发育生物学有着重要的意义。同时，这也为相关骨骼疾病的科学研究和临床诊断提供了有力的依据”。

整个研究经历了最初致病基因的定位、搜寻、鉴别、克隆，到最后致病机理的阐述，贺林和他的团队完整地解答了一个遗传疾病的百年之谜。这是一项国际领先的原创性的科研成果，为提高我国科研水平在世界上的地位，作出了重要的贡献。该研究成果获得2002年教育部自然科学一等奖和2003年国家自然科学二等奖。

回顾这一长达8年的“抗战”，贺林颇有感触地说：“做科研，只有耐得住寂寞、持之以恒，才能有不错的结局，才能达到对遗传生物学界产生广泛的影响。”

另外，贺林还发现了世界上第一例以中国人姓氏“贺—赵缺陷症”命名的恒齿缺失的孟德尔常染色体显性遗传病，并成功地定位了该致病基因，由此结束了中国作为遗传资源大国而又从来没有自己发现和命名遗传病的尴尬局面。

“我的点滴进步和整个成长都饱含他的心血”

说起科研成绩，贺林总会把他的团队带出来，并归功于此。

“科研成绩的取得是团队内外协同努力的结果，是国际大合作的结果。揭示A－1型短指(趾)症致病机理的科研成果体现了我们科研团队的整体实力，更展示了团队的优秀人才，特别是年轻研究者的优秀才华。他们已挑起了科研工作的大梁。”贺林对自己的团队颇为欣慰，他特别提到了在这项研究中承担中流砥柱任务的3位研究者——高波、胡建新和马钢，他们都是在读研究生期间完成了项目的主体工作。

作为这3人的导师，贺林也赢得了他们的由衷赞佩。当得知论文在《自然》杂志发表后，学生们都由衷地感到喜悦。高波说：“恩师贺林院士是我从事科研工作的启蒙者和引路人，我的点滴进步和整个成长都饱含他的心血。”

33岁的师咏勇是贺林的得意门生，他在自己的博士论文致谢中这样写道：“感谢我的导师，贺林院士在我攻读博士学位期间给了我信任、支持和关爱……贺老师严谨高效的工作作风和平易近人、无所不包容的人格魅力给了我最多的感触，让我有勇气面对任何的困难和挑战。我知道，贺老师清楚我的长处、宽容我的短处，给了我最大的发挥空间、最亲切的鼓励。”

他尤其讲到了与老师交往的两个瞬间：

“2000年年底，我本科还未毕业，就找到贺林教授，说想读他的‘硕博连读’研究生。当时我就觉得贺教授特别特别和蔼、亲切，还送了我一本他刚出版的《解码生命》,临走时他还和我握了一下手。"

"2006 年,我博士快毕业的时候,很想出国去'镀金',贺林院士则鼓励我留下来,参加他准备打造的研究团队。这以后,我破格晋升研究员、特聘研究员、博士生导师,自己也开始招收研究生。仅 2011 年,我就在《自然》系列杂志发表了 4 篇论文。是贺老师给了我机遇和方向啊!"

博士后张爱萍说起儒雅、温和的贺林院士也很激动。她说:"当年想读博,想找为人好一点、毕业前景好一点的博导,就有 3 个人推荐我去读贺老师的博士研究生。贺老师能看到 10 年、20 年后的研究方向,'个性化治疗''转化医学研究',他都走在了前面,而在发表论文的署名上,贺老师却不太关注。"

"创造良好的工作条件,让他们享受'快乐科学'的过程"

Bio-X 是科学词汇中的一个新名词,它是由美籍华裔物理学家、1998 年诺贝尔物理学奖得主朱棣文发起,在斯坦福大学建立的一个新的研究中心,称为"生物爱克斯(Bio-X)中心",即由生物学与其他学科相结合而形成的交叉学科。

上海交通大学 Bio-X 研究院被誉为斯坦福大学之外的第二个 Bio-X 研究院,它由坐落在上海交大徐汇校区的一栋外观朴素的二层小白楼和闵行校区的一栋大红楼组成。楼内,红、黑、白三色营造的装饰风格富有动感,一幅幅抽象绘画挂在墙壁上,让人宛如置身前卫的艺术工作坊。样本库、电泳室、小鼠模型分析室、公用仪器室、综合实验室等分布在两个楼里面,设备先进,环境整洁。在这里,哪怕是在节假日,也有老师和学生在查资料、做试验,一派科学研究的忙碌景象。

院里的中庭小花园里,还养育着两只猫、两只鸟和 5 只乌龟。为了让初学者体味"快乐科学",贺林精心饲养着这些"科学宠物"。有时,他还和大家一起进行户外烧烤,将科学生活营造得很有情趣。

在上海交大 Bio-X 中心完成硕博连读的胡建新深有体会地说:"这里有着浓厚的学术氛围、踏实的科学态度和花园般的实验室,为我们提供了良好的成长环境。"

身为 Bio-X 研究院的院长,贺林说:"其实科学和艺术水乳交融、密不可分,研究院在环境布置上体现了浓郁的艺术氛围,优秀的艺术作品可以为研究人员带来精神上的陶冶和启迪。我非常希望为科研团队创造良好的工作条件，让他们享受‘快乐科学’的过程。”

在Bio－X研究院，来到这儿工作与学习的每一位老师和学生都能体味到“快乐科学”的浓浓氛围。这些富有情趣的团队成员还利用休息间隙在电子显微镜下，靠基因链搭建创造了DNA非对称性“折纸术”，折出了世界上最小的二维中国地图，设计出了三维的世博中国馆等。

正是这样一支看似在“玩科学”的年轻团队，迸发了异常的科学活力。他们在10年间共发表300多篇SCI论文，论文的平均影响因子大于5，单篇最高被引用率超过300次。

为了鼓励年轻人的科研兴趣，贺林用所获得的奖金成立了“Bio－X奖”。而为了使研究具备国际视野，Bio－X研究院已与英国、德国、美国、瑞士等许多国家的科研基地“攀亲”，实行全开放操作，不仅每年派遣多位研究生赴国外学习工作，同时敞开怀抱，接纳英国等发达国家的研究生实习，实现优势互补、资源共享。贺林此举，是想努力把Bio－X研究院打造成交大、上海、中国乃至世界的一颗明珠。

被誉为“快乐帅才”的贺林，潜心科研，并快乐着。不仅如此，他还力所能及把自己的团队带进享受“快乐科学”的境界。因为在他看来，快乐和真诚的兴趣是从事科学研究的永恒动力。

■ 采访手记

前后两次采访贺林院士，记者从中收获了两个关键词：一个是“快乐科学”，另一个是“做得最好”。

从事科学研究怎么能快乐得起来？贺林说：“我所有的突破与进展，都是在‘快乐科学’的理念上完成的。但科学表现出来的工作往往是枯燥无味的，不少人会被吓跑。然而，当跨越了从事科学的艰难和痛苦之后，你会发现，科学充满了遐想，自身有一种内在美的韵律；当全身心投入其中，个人的工作与科学的节拍实现同步时，那是一种非常美妙的感受。”

至于“做得最好”，贺林说：“我深深热爱着科学，并一直遵循着这样的原则：既然要做，为什么不做得最好？”他还说，自己的个性里有一种“决不轻易相信已有的结论”的特点，长此以往，逐渐形成了他在思考科学问题时的严密与严谨，以及善于抓住新问题的思维方法。

是啊，有了“快乐科学”的理念和“做得最好”的精神，进行医学科学研究又怎能不出类拔萃呢？

■ 对话

科学研究需要竞争，更需要合作互补

记　者： 有一些“海龟”们常说：“科学没有国籍，科学家有祖国”。您如何看待这句话？

贺　林： 笼统地说，科学好像是属于全人类，仔细分析，实际上不全是这么回事。一个国家在决策课题时，常考虑到整个国家和民族的利益。发达国家从不会把自己先进的科学技术无偿或甚至有偿地转让给其他国家。这就是我为了科学事业坚持在自己国土上洒泪抛汗的原因。

记　者： 在您递给我的名片上，除了 Bio－X 研究院院长外，还有复旦大学生物医学研究院院长等职务，身兼数职，对您的科研工作不会有影响吗？

贺　林： 我始终认为，科研需要竞争，更需要合作互补。我的理念是只做加法和乘法，不做减法和除法。如果把上海交通大学 Bio－X 研究院和复旦大学生物医学研究院这两方面最优秀的人才集中起来，建立有效的合作机制，那完全有可能产出重大的科研成果。例如，美国的两所顶尖大学——麻省理工学院与哈佛大学合作成立了布罗德研究院，已成为世界上最重要的基因组研究中心，其成功经验很值得借鉴。

记　者： 您能否说说上海交大 Bio－X 研究院聘请著名学术打假英雄方舟子做“顾问教授”的事？

贺　林： 学术腐败在高校时有发生。我们对于论文产出，更注重质量，而不仅仅是数量。一方面我们加强做思想政治工作，另一方面我们也在机制上进行掌控和约束，每篇论文投出去以前，学生必须写一个保证书，就是说他要对这篇论文负责，没有抄袭。我们请方舟子来研究院做报告、与学生交流，并聘请他做“顾问教授”，旨在防止学术腐败。

■ 贺林小传

1953 年 7 月出生于北京。上海交通大学教授、博士生导师，上海交通大

学 Bio－X 研究院院长、生命技术学院副院长，复旦大学生物医学研究院院长。中国科学院院士，第三世界科学院院士。

长期从事人类遗传学和各类组学的研究，揭开了困扰人类几乎整整一个世纪的 A－1 型短指(趾)症的致病之谜；发现了以中国人姓氏“贺-赵缺陷”命名的新遗传病，并成功对其致病基因进行了定位；在中国人群中发现和证实了多个精神疾病易感基因。先后荣获国家杰出青年奖、谈家桢生命科学成就奖、上海科技精英奖、“何梁何利”奖等。还获得了教育部科学技术(自然科学)一等奖，国家自然科学奖二等奖等。共发表论文 300 多篇，主编和参编专著 15 部。

目前被聘为 10 多种国内外科学杂志的编委。还担任全国政协委员、“长江学者”特聘教授、国家 973 计划和 863 计划专家、国际转化医学学会主席等职。培养硕士研究生、博士研究生几十名。

(《健康报》2012 年 11 月 23 日)

■ 采写/本报记者 胡德荣

他是我国检验医学和临床血液学的著名专家，不仅在血栓与止血基础和临床研究方面颇有建树，在临床上，他还多次打破血友病手术治疗的禁忌，使250余名血友病患者的生命得以挽救。

他是我国医学检验教育的开创者之一，也是深受学生欢迎和爱戴的师长，在教学中惯于"因材施教"，在课堂上以"脱稿讲课"引人入胜。

尽管早已是古稀之年，他仍像"老牛"一样奋力前行，心系医疗、教学、科研工作。他说："我属牛，爱牛的温柔，爱牛的执著，更爱牛的奉献。"

王鸿利：甘心一辈子做事业的"牛"

2012年11月3日，王鸿利教授从医执教50周年庆典在名闻遐迩的上海锦江饭店小礼堂举行。75岁高龄的王鸿利教授谦逊致辞："我在50年的从医执教生涯中取得了一点点微不足道的成绩，完全归功于各级领导、我的恩师，以及团队中的各位老师和研究生们，特别是广大信任我的患者……"

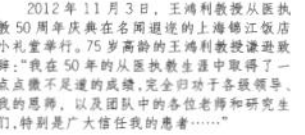

■"把在食堂窗口排队买饭菜的时间，也用在了学习上"

"为什么油菜是绿叶黄花而蚕豆是绿叶双色花？""为什么母猪一胎能生下8只幼崽，且有雄有雌？"在一次春游中，读高中的王鸿利好奇地向生物课老师提出了这些问题。

老师没有直接回答他，而是给了他一张入场券，让他去聆听复旦大学教授的"达尔文进化论"讲座。"我这才知道长颈鹿是由于伸长脖子去吃灌木丛顶端的嫩枝叶，需要细长的四肢支撑身体，千万年后变成现在的细腿、长颈的体形；人类是由猿猴经过千万年进化而来的。当时，我在想，现代的长颈鹿还在进化吗？现代的猿猴还会变成人吗？由此我对生物学产生了兴趣。"王鸿利回忆说。

生、老、病、死是人生不可违抗的规律，其中的奥妙是什么？人为什么会生长、发育？为什么会衰老、死亡？这一系列的"为什么"让年少的王鸿利对人类学、遗传学和医学也产生了浓厚的兴趣，也吸引着他去"努力解密"。

高中毕业后，带着对医学的憧憬，王鸿利于1958年考入了上海第二医学院（现为上海交通大学医学院）。

医学本科的5年中，王鸿利利用一切可以利用的时间抓紧学习。学校规定晚上9点30分熄灯睡觉，王鸿利不到11点钟是不会回寝室的。在有灯光的地方，无论是走廊，还是盥洗室，都有他复习功课的身影。上午第四节课上完后，同学们都奔食堂去，王鸿利却不着急，一个人在教室里看看书，整理整理笔记，把课堂上老师所讲的内容快速地再消化一遍，等到大伙儿都买好了饭菜、开始用餐了，他这才去。用王鸿利自己的话说："我把在食堂窗口排队买饭菜的时间，也用在了学习上。"

刻苦学习，成绩自然优秀。他回忆说，"大学期间所学的34门课程中，除2门课程为4分外，其余均为5分。"

1963年，王鸿利大学毕业后，凭着优异的成绩进入上海第二医学院附属广慈医院(现上海交通大学医学院附属瑞金医院)工作。

■"医生不能像修理机器一样去诊治病人"

"医生的工作对象是有思想、有情感、有社会背景和家庭关系的人，医生绝不是机械工程师，不能像修理机器一样去诊治病人，因此医生必须要体现对病人的人道、善良、关切和爱护，站在病人的立场上多为病人着想。"这是王鸿利对"医德"的理解。在他看来，这是作为医生至为重要的一方面。

对于做医生的另一方面——医术，王鸿利也有着独到的见解。"医学是一门实用性很强的科学，技能和经验是一种艺术和文化，是一种认识和处理事物的能力。而经验是从临床第一线的实践中获得的，因此医生必须要随时与病人面对面地交流，脱离了病人不可能成为好医生。"

早在瑞金医院内科当助理住院医生时，王鸿利就已经是这么做了。"当年，我分管10张床位，我把病人当亲人、当老师，仔细询问病史，详细进行体格检查，亲自动手做'三大常规'。需要做心电图、胸透、钡剂胃肠摄片和超声波的病人，我都亲自陪同前往，一方面是向检查医生汇报病人的临床病情，另一方面我也向检查医生学习，掌握第一手资料。"不仅如此，王鸿利还虚心向医院众多科室的会诊医生学习，"凡是能够亲自动手实践的都不放弃，从血常规到眼底病变的观察，从静脉插管到气管切开，都参与其中。我还向会诊的中医师学习，学会了简单的辨证论治。甚至向护士学习，学会了补液、输血……"王鸿利勤学肯干的精神受到了病人和上级医生的好评，他本人也因此提高了临床水平，积累了实践经验。

"凝血酶原复合物制品"对体内凝血因子Ⅱ、Ⅶ、Ⅳ、Ⅹ缺乏具有补充作用，"刺参黏多糖注射液"具有抗凝血、抗血栓药理作用，为了让病人早日享受到新药的好处，王鸿利曾不顾个人的安危，先后两次接受这两种药品的试用。

王鸿利教授在自己的研究生毕业典礼上与他们合影

王鸿利教授与王振义院士(左二)、学生王学锋(右二)等出席亚太血栓止血会议

有一次，王鸿利突发心肌梗死，在住进内科监护室的时候，他还念念不忘一位由他诊治的患者。这位患者因病情复杂辗转求医无果后，慕名求诊于王鸿利，可恰逢他生病住院了，患者和家属十分着急。躺在病床上的王鸿利得知后，主动查找出联系方法让家人打电话找到病人，并介绍另一位专家给患者治病。住院期间，王鸿利还是心系病人，常常躺在病床上和同事分析、探讨疑难病人的病情，了解病人最新的情况。

鲜为人知的是，我国第一部直接在显微镜下摄影编辑的《实用血液细胞学彩色图谱》中的正常人的血液细胞，则是来自王鸿利的骨髓液。为了深入了解健康人血浆凝血因子的水平和在常规保存条件下凝血因子的衰减演变过程，王鸿利又多次无条件地献出了自己数百毫升鲜血。

■"高尚的爱是沟通教师与学生之间的桥梁"

师从王鸿利28年、如今是上海交通大学医学院附属瑞金医院实验诊断中心主任的王学锋，说自己与王鸿利老师的交往始于31年前王老师的一次授课，"我们医学系一部两个大班约300多名同学一起聆听。没有PPT，也没有投影仪，更令人难忘的是王老师没有讲稿，从基础理论到临床实例，从实验诊断方法的原理到结果分析，漂亮的板书，清晰的条理，将枯燥的书本知识转化为生动的语言，听得同学们如痴如醉。下课铃声一响，讲课戛然而止，短暂的寂静后，是同学们雷鸣般的掌声。至今，同学们聚会时还说，听王老师讲课就像是享受，让人回味无穷、铭刻在心。"

中国医学科学院血液学研究所资深研究员包承鑫是我国著名的血栓与止血基础研究专家，让他记忆深刻的是，王鸿利讲课"除了具有演讲的天赋外，还有着深厚的学术功底，再加上临床与实验室知识紧密结合，才使得他博学多才，并如此受大家欢迎和爱戴"。

王鸿利"脱稿讲课"的诀窍就是"认真备课"。他常说，"连自己都记不住的东西，又怎能要求学生去记，去掌握"。

"教学是我的神圣职责。"王鸿利在一次教学座谈会上说，"教师必须要充分认识到自己所肩负的使命。首先，教师要言传身教，做学生的标杆和榜样。我的座右铭是'做人、做事、做学问，尽心、尽力、尽责任'。第二，教师要负责任地教会学生树立'设定梦想，瞄准目标，勤奋努力，追求卓越'的理念。第三，教师要启发学生的思维创新，唤起学生的浓厚兴趣，促使学生掌握知识，支持学生勇于实践和创新。高尚的爱是沟通教师与学生之间的桥梁或阶梯，是点燃学生心灵的火炬或灯塔。教师要成为学生创新意识和启迪智慧的引路人。"

■"哪怕只有一分希望，也要尽百分百的努力"

血友病是一种遗传性出血病，具有终生自发性或轻微外伤后出血难止的特点，在以前，手术治疗被认为是禁忌。但是，这一禁忌在王鸿利这里被打破了。

为了减轻病人的痛苦，挽救病人的生命，王鸿利等曾对250余名血友病患者实施各种外科手术治疗。其中，多位曾被认为绝对不能手术而求治无门的血友病患者，都因遇到了王鸿利而安全地经受了"眼球摘除骨板修复术"、"巨大腹腔假瘤切除术"、"高滴度因子Ⅷ抗体患者截肢术"和"一次性双关节置换术"等。

对于血友病所进行的成功手术治疗，王鸿利的体会是："领导的支持、医生的合作、周密的计划，敢于承担责任，以及反复与家属沟通，是取得手术成功的关键。对病人，哪怕只有一分希望，也要尽百分百的努力。"

一位来自天津的20岁血友病甲患者，右眼球的组织变黑，呈菜花状，且外突，只要轻轻挤压坏死组织，缝隙中就会流出阵阵恶臭、黏稠样暗黑色的液体。对这位眼睛早已完全失明的患者，王鸿利接诊后思想斗争颇为激烈。一方面，从病人的角度考虑，若不摘除坏死的眼球，就存在着病情复发和恶化的可能，而且还有颅底溃破、颅内感染和脓毒血症的高度危险，甚至会断送患者的生命。另一方面，血友病患者手术风险极大，医生绝不能有半点闪失。最后，在王鸿利的建议下，医院连续会诊了3次，达成摘除眼球、修复眼眶和植皮的共识。王鸿利所在的检验科、血液科负责围手术期的实验检测和凝血因子Ⅷ浓缩剂的应用，解决围手术期的出血问题；眼科、神经外科、口腔科和耳鼻喉科各司其职。4个多小时紧张而精细的操作，终于安全、成功地完成了手术。待创面愈合后，患者装上了义眼，高高兴兴地出院了。

男病人侯某17岁，来自宁波，自幼患血友病甲，左下肢已经坏死，只能做截肢手术才能保存生命。但患者的检验报告提示其体内产生因子Ⅷ抗体，且滴度高达32个单位。王鸿利紧急采取措施，尽快降低患者抗体的滴度，使手术顺利进行。为答谢救命之恩，病人在出院之前送"红包"给王鸿利，被谢绝，之后，他又送王鸿利一些宁波的水产品。王鸿利只好收下，但按高于市场的价格将钱付给了家属。

在大量循证检验医学工作积累的基础上，王鸿利曾代表中华医学会检验分会向卫生部提出对所有手术患者应联合进行血小板计数、凝血酶原时间、活化部分凝血活酶时间检测，以便及时发现止血缺陷患者，保障手术安全。卫生部对此给予高度重视，将王鸿利起草的意见发放至全国各级医疗单位执行。从而避免了因疏于术前实验检查而导致围手术期异常出血事件的发生，获得了良好的社会效益。

此外，王鸿利还带领课题组在国内率先发掘了相关凝血因子基因内外具有高诊断信息量的多态性位点，并用于血友病携带者及产前诊断。在对500多个家系血友病携带者和产前的基因诊断中，准确率几乎达100%。

■"实行因材施教，以充分发挥他们各自的专长和才能"

1983年，当时的上海第二医学院被国家教育部批准为我国首批创办医学检验专业(检验系)的高等医学院校之一。王鸿利任检验系主任后，他对教材建设精益求精。在担任卫生部全国医学检验专业教材编审委员会主任期间，他将原有6种统编/规划教材扩增到10本，增编了《实验指导》和《学习指导与习题集》各9本，还增编了各种教材的配套光盘，完成了医学检验专业教材全面、系统、配套的系列建设。

王鸿利被视为我国医学检验教学改革的先驱。中华医学会医学检验教育分会主任委员、重庆医科大学检验医学院院长尹一兵教授说："王鸿利教授从我国医学检验的实际情况出发，结合国外的先进经验，首先提出我国医学检验教育可分为两种类型：其一是培养四年制(理学士)的实用型实验技术人才；其二是培养八年制(博士)的检验医师型的临床人才。"如今，这种学制改革已从王鸿利所在的上海交大医学院首试成功后，得到了国家层面的认可。现在，教育部已将医学检验教育专业列为四年制招生系列。

在医学检验专业教学中，王鸿利重视"因材施教"。"来自检验专业的研究生，由于动手能力强，我给他们以'新方法的建立和应用'为主题的研究课题；来自医疗专业的研究生，由于临床基础扎实，我给他们以'基因诊断和功能研究'为主题的研究课题。实行因材施教，以充分发挥他们各自的专长和才能。"

在每两周举行一次的"课题汇报会"或"文献读书会"上，王鸿利要求每位研究生充分展现自己的智慧、亮出自己的观点，大家共同讨论、争辩，最后达成共识，而不是由导师一个人说了算。遇到研究中的"瓶颈"难题，王鸿利邀请名师、大家参与讨论，给予指点和解疑。在王鸿利的带领下，课题组形成了既紧张又轻松、既严肃又活泼的氛围，成员们既可以畅抒己见，又可以通过经验交流共同提高。

■"这匹'老牛'仍然马不停蹄，心系医疗、教学、科研工作"

作为上海交通大学医学院附属瑞金医院终身教授，王鸿利说："我这匹'老牛'仍然马不停蹄，心系医疗、教学、科研工作。"为此，他还是像往常一样，天天早上班、晚下班，没有双休日，没有节假日。

王鸿利说自己是"老牛新征途"。他仍在为病人服务，仍在参加学术活动，还继续参与编写著作，继续协助科研和研究生培养，继续参与学术刊物建设。今年，由他主编的《临床血栓病学》、《临床血液实验学》也都将出版。"忙忙碌碌地做我自己愿意做的事和对人民有益的事，虽然时感倦累，但我心情舒畅，生活充实，这也是一种莫大的享受和无比的快乐。"

在临床上，从今年起，他虽然已停止了自己的专家门诊，但并不是完全歇下。"原先我看专家门诊，瑞金医院检验科主任王学锋教授协助我，现在则改为由王学锋教授出专家门诊，我来协助他。"

"人的一生是历史长河中的一瞬间，一个人只是澎湃大海中的一滴水，要抓住这一瞬间，要利用这一滴水，为国、为民、为事业继续拼搏，要活到老、学到老、做到老。"王鸿利感慨，"我属牛，爱牛，爱牛的温柔，爱牛的执着，更爱牛的奉献——吃的是草，献出的是奶。我甘心做人民的'牛'，做事业的'牛'。"

（本版照片由王鸿利本人提供）

■王鸿利小传

1937年11月出生，山东莱阳人。主任医师、博士生导师，瑞金医院终身教授。

1963年毕业于上海第二医学院(现为上海交通大学医学院)，同年到附属广慈医院(现为瑞金医院)工作。曾担任过瑞金医院检验科主任、副院长，以及瑞金临床医学院医学检验系主任、副院长、上海血液学研究所副所长等职。培养博士生17名、硕士生17名。现任《中国实验诊断学》、《诊断学理论与实践》等杂志主编。

曾任上海市医学检验重点实验室主任、中华医学会医学检验教育分会主任委员、中华医学会检验分会血栓与止血专家委员会主任委员等。

获国家科技进步奖二等奖2次、三等奖1次，国家教学成果二等奖2次，上海市科技进步一等奖2次，教学成果奖一等奖2次。并获得全国优秀教师、上海市教学名师、上海交通大学教学名师奖等荣誉称号。

■对话

再苦再累 坚持做到"双肩挑"

记者：今年是毛主席发出"向雷锋同志学习"伟大号召50周年。听说您当年临床实习时，就被评为"上海市学习雷锋积极分子"。您觉得，现在的医生应该怎样学雷锋？

王鸿利：雷锋精神学无止境。在医患矛盾突出的当下，医生依然有学习雷锋精神的必要。我的体会还是一句老话："医生学雷锋精神，不仅要学会精湛的医术，更重要的是学会为病人服务的本领，对病人要有深情厚谊，把方便让给病人，把困难留给自己，做一名深受病人欢迎的好医生。"

记者：王老师，您1963年进上海瑞金医院内科，10年后调入检验科，再过10年被任命为副院长。您怎么看待自己工作岗位的转变？

王鸿利：在上海瑞金医院工作的50年间，我无论调到哪个岗位，始终坚持两个原则：一是坚持无条件服从领导安排，坚持做一行爱一行，认真、踏实、负责地做好本职工作；二是坚持不脱离临床，不放弃"医生"的职务，再苦再累坚持做到"双肩挑"，使管理工作和医疗工作两不误。

记者：听说，您当年报考医学院，在填写志愿书时还有一段鲜为人知的小故事，能否讲一讲？

王鸿利：高中时的一个同窗好友叫蔡起航，我们相约报考医科，于是我在志愿书上填写了部属高校"上海第一医学院"，而好友则填报地方高校"上海第二医学院"。为了能继续做同窗，他偷偷地用笔在我的志愿书上添了一横，将"一"改成了"二"，结果我俩都进了"上海第二医学院"，又继续做了5年的同窗好友。

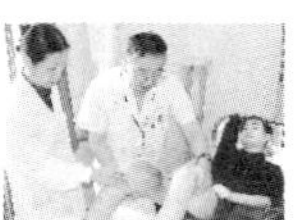

查房时，王鸿利教授对患者的关切之情，不仅表现在言语上，还表现在细致入微的检查上

■ 记者手记

走进王鸿利教授的办公室，首先映入眼帘的是办公桌上几叠摞得高高的书和书柜里塞得满满的书，这几乎全是他自己的学术著作。我不禁脱口而出："王老师，您是著作等身啊！"

埋首在书堆里的王鸿利教授只是淡淡地说："我把临床上、教学中、科研里碰到的一些问题，积累的一点经验，得出的一些成果，以论文或著作的形式进行总结、归纳、整理，或许能给年轻医生和医学生作些参考，让他们有所启迪、有所收获。"

据了解，截止到2012年底，王鸿利教授已主编46部著作和教材，主审13部著作和教材，参编88部著作和教材，另有15部著作和教材是由他担任副主编。此外，他还在国内外学术杂志发表了660余篇论文，迄今已被引用5000余次。

善于总结，善于归纳，善于整理，也许正是王鸿利教授50年从医执教生涯持续勃发的奥秘。

他是我国检验医学和临床血液学的著名专家，不仅在血栓与止血基础和临床研究方面颇有建树，在临床上，他还多次打破血友病手术治疗的禁忌，使250余名血友病患者的生命得以挽救。

他是我国医学检验教育的开创者之一，也是深受学生欢迎和爱戴的师长，在教学中惯于“因材施教”，在课堂上以“脱稿讲课”引人入胜。

尽管早已是古稀之年，他仍像“老牛”一样奋力前行，心系医疗、教学、科研工作。他说：“我属牛，爱牛的温柔，爱牛的执着，更爱牛的奉献。”

王鸿利：甘心一辈子做事业的“牛”

2012年11月3日，王鸿利教授从医执教50周年庆典在名闻遐迩的上海锦江饭店小礼堂举行。75岁高龄的王鸿利教授谦逊致辞：“我在50年的从医执教生涯中取得了一点点微不足道的成绩，完全归功于各级领导、我的恩师，以及团队中的各位老师和研究生们，特别是广大信任我的患者……”

“把在食堂窗口排队买饭菜的时间，也用在了学习上”

“为什么油菜是绿叶黄花而蚕豆是绿叶双色花？”“为什么母猪一胎能生下8只幼崽，且有雄有雌？”在一次春游中，读高中的王鸿利好奇地向生物课老师提出了这些问题。

老师没有直接回答他，而是给了他一张入场券，让他去聆听复旦大学教授的“达尔文进化论”讲座。“我这才知道长颈鹿是由于伸长脖子去吃灌木丛顶端的嫩枝叶，需要细长的四肢支撑身体，千万年后变成现在的细腿、长颈的体形；人类是由猿猴经过千万年进化而来的。当时，我在想，现代的长颈鹿还在进化吗？现代的猿猴还会变成人吗？由此我对生物学产生了兴趣。”王鸿利回忆说。

生、老、病、死是人生不可违抗的规律，其中的奥妙是什么？人为什么会生长、发育？为什么会衰老、死亡？这一系列的“为什么”让年少的王鸿利对人类学、遗传学和医学也产生了浓厚的兴趣，也吸引着他去“努力解密”。

高中毕业后，带着对医学的憧憬，王鸿利于1958年考入了上海第二医学院（现为上海交通大学医学院）。

医学本科的5年中，王鸿利利用一切可以利用的时间抓紧学习。学校规定晚上9点30分熄灯睡觉，王鸿利不到11点钟是不会回寝室的。在有灯光的地方，无论是走廊，还是盥洗室，都有他复习功课的身影。上午第四节课上完后，同学们都奔食堂去，王鸿利却不着急，一个人在教室里看看书，整理整理笔记，把课堂上老师所讲的内容快速地再消化一遍，等到大伙儿都买好了饭菜、开始用餐了，他这才去。用王鸿利自己的话说："我把在食堂窗口排队买饭菜的时间，也用在了学习上。"

刻苦学习，成绩自然优秀。他回忆说，"大学期间所学的34门课程中，除2门课程为4分外，其余均为5分。"

1963年，王鸿利大学毕业后，凭着优异的成绩进入上海第二医学院附属广慈医院（现上海交通大学医学院附属瑞金医院）工作。

"医生不能像修理机器一样去诊治病人"

"医生的工作对象是有思想、有情感、有社会背景和家庭关系的人，医生绝不是机械工程师，不能像修理机器一样去诊治病人，因此医生必须要体现对病人的人道、善良、关切和爱护，站在病人的立场上多为病人着想。"这是王鸿利对"医德"的理解。在他看来，这是作为医生至为重要的一方面。

对于做医生的另一方面——医术，王鸿利也有着独到的见解。"医学是一门实用性很强的科学，技能和经验是一种艺术和文化，是一种认识和处理事物的能力。而经验是从临床第一线的实践中获得的，因此医生必须要随时与病人面对面地交流，脱离了病人不可能成为好医生。"

早在瑞金医院内科当助理住院医生时，王鸿利就已经是这么做了。"当年，我分管10张床位，我把病人当亲人、当老师，仔细询问病史，详细进行体格检查，亲自动手做'三大常规'。需要做心电图、胸透、钡剂胃肠摄片和超声波的病人，我都亲自陪同前往，一方面是向检查医生汇报病人的临床病情，另一方面我也向检查医生学习，掌握第一手资料。"不仅如此，王鸿利还虚心向医院众多科室的会诊医生学习，"凡是能够亲自动手实践的都不放弃，从血常规到眼底病变的观察，从静脉插管到气管切开，都参与其中。我还向会诊的中医师学习，学会了简单的辨证论治。甚至向护士学习，学会了补液、输血……"王鸿利勤学肯干的精神受到了病人和上级医生的好评，他本人也因此提高了临床水平，积累了实践经验。

"凝血酶原复合物制品"对体内凝血因子Ⅱ、Ⅶ、Ⅸ、Ⅹ缺乏具有补充作用，“刺参黏多糖注射液”具有抗凝血、抗血栓药理作用，为了让病人早日享受到新药的好处，王鸿利曾不顾个人的安危，先后两次接受这两种药品的试用。

有一次，王鸿利突发心肌梗死，在住进内科监护室的时候，他还念念不忘一位由他诊治的患者。这位患者因病情复杂辗转求医无果后，慕名求诊于王鸿利，可恰逢他生病住院了，患者和家属十分着急。躺在病床上的王鸿利得知后，主动查找出联系方法让家人打电话找到病人，并介绍另一位专家给患者治病。住院期间，王鸿利还是心系病人，常常躺在病床上和同事分析、探讨疑难病人的病情，了解病人最新的情况。

鲜为人知的是，我国第一部直接在显微镜下摄影编辑的《实用血液细胞学彩色图谱》中的正常人的血液细胞，则是来自王鸿利的骨髓液。为了深入了解健康人血浆凝血因子的水平和在常规保存条件下凝血因子的衰减演变过程，王鸿利又多次无条件地献出了自己数百毫升鲜血。

“高尚的爱是沟通教师与学生之间的桥梁”

师从王鸿利 28 年、如今是上海交通大学医学院附属瑞金医院实验诊断中心主任的王学锋，说自己与王鸿利老师的交往始于 31 年前王老师的一次授课，“我们医学系一部两个大班约 300 多名同学一起聆听。没有 PPT，也没有投影仪，更令人难忘的是王老师没有讲稿，从基础理论到临床实例，从实验诊断方法的原理到结果分析，漂亮的板书，清晰的条理，将枯燥的书本知识转化为生动的语言，听得同学们如痴如醉。下课铃声一响，讲课戛然而止，短暂的寂静后，是同学们雷鸣般的掌声。至今，同学们聚会时还说，听王老师讲课就像是享受，让人回味无穷、铭刻在心。”

中国医学科学院血液学研究所资深研究员包承鑫是我国著名的血栓与止血基础研究专家，让他记忆深刻的是，王鸿利讲课“除了具有演讲的天赋外，还有着深厚的学术功底，再加上临床与实验室知识紧密结合，才使得他博学多才，并如此受大家欢迎和爱戴”。

王鸿利“脱稿讲课”的诀窍就是“认真备课”。他常说，“连自己都记不住的东西，又怎能要求学生去记，去掌握”。

“教学是我的神圣职责。”王鸿利在一次教学座谈会上说，“教师必须要充分认识到自己所肩负的使命。首先，教师要言传身教，做学生的标杆和榜样。我的座右铭是'做人、做事、做学问，尽心、尽力、尽责任'。第二，教师要负责任地教会学生树立'设定梦想，瞄准目标，勤奋努力，追求卓越'的理念。第三，教师要启发学生的思维创新，唤起学生的浓厚兴趣，促使学生掌握知识，支持学生勇于实践和创新。高尚的爱是沟通教师与学生之间的桥梁或阶梯，是点燃学生心灵的火炬或灯塔。教师要成为学生创新意识和启迪智慧的引路人。"

"哪怕只有一分希望，也要尽百分百的努力"

血友病是一种遗传性出血病，具有终生自发性或轻微外伤后出血难止的特点，在以前，手术治疗被认为是禁忌。但是，这一禁忌在王鸿利这里被打破了。

为了减轻病人的痛苦，挽救病人的生命，王鸿利等曾对 250 余名血友病患者实施各种外科手术治疗。其中，多位曾被认为绝对不能手术而求治无门的血友病患者，都因遇到了王鸿利而安全地经受了"眼球摘除骨板修复术""巨大腹腔假瘤切除术""高滴度因子 VIII 抗体患者截肢术"和"一次性双关节置换术"等。

对于血友病所进行的成功手术治疗，王鸿利的体会是："领导的支持、医生的合作、周密的计划，敢于承担责任，以及反复与家属沟通，是取得手术成功的关键。对病人，哪怕只有一分希望，也要尽百分百的努力。"

一位来自天津的 20 岁血友病甲患者，右眼球的组织变黑，呈菜花状，且外突，只要轻轻挤压坏死组织，缝隙中就会流出阵阵恶臭、黏稠样暗黑色的液体。对这位眼睛早已完全失明的患者，王鸿利接诊后思想斗争颇为激烈。一方面，从病人的角度考虑，若不摘除坏死的眼球，就存在着病情复发和恶化的可能，而且还有颅底溃破、颅内感染和脓毒血症的高度危险，甚至会断送患者的生命。另一方面，血友病患者手术风险极大，医生绝不能有半点闪失。最后，在王鸿利的建议下，医院连续会诊了 3 次，达成摘除眼球、修复眼眶和植皮的共识。王鸿利所在的检验科、血液科负责围手术期的实验检测和凝血因子Ⅷ浓缩剂的应用，解决围手术期的出血问题；眼科、神经外科、口腔科和耳鼻喉科各司其职。4 个多小时紧张而精细的操作，终于安全、成功地完成了手术。待创面愈合后，患者装上了义眼，高高兴兴地出院了。

男病人侯某 17 岁，来自宁波，自幼患血友病甲，左下肢已经坏死，只能做截肢手术才能保存生命。但患者的检验报告提示其体内产生因子Ⅷ抗体，且滴度高达32个单位。王鸿利紧急采取措施，尽快降低患者抗体的滴度，使手术顺利进行。为答谢救命之恩，病人在出院之前送“红包”给王鸿利，被谢绝，之后，他又送王鸿利一些宁波的水产品。王鸿利只好收下，但按高于市场的价格将钱付给了家属。

在大量循证检验医学工作积累的基础上，王鸿利曾代表中华医学会检验分会向卫生部提出对所有手术患者应联合进行血小板计数、凝血酶原时间、活化部分凝血活酶时间检测，以便及时发现止血缺陷患者，保障手术安全。卫生部对此给予高度重视，将王鸿利起草的意见发放至全国各级医疗单位执行。从而避免了因疏于术前实验检查而导致围手术期异常出血事件的发生，获得了良好的社会效益。

此外，王鸿利还带领课题组在国内率先发掘了相关凝血因子基因内外具有高诊断信息量的多态性位点，并用于血友病携带者及产前诊断。在对500多个家系血友病携带者和产前的基因诊断中，准确率几乎达100%。

“实行因材施教，以充分发挥他们各自的专长和才能”

1983年，当时的上海第二医学院被国家教育部批准为我国首批创办医学检验专业（检验系）的高等医学院校之一。王鸿利任检验系主任后，他对教材建设精益求精。在担任卫生部全国医学检验专业教材编审委员会主任期间，他将原有6种统编/规划教材扩增到10本，增编了《实验指导》和《学习指导与习题集》各9本，还增编了各种教材的配套光盘，完成了医学检验专业教材全面、系统、配套的系列建设。

王鸿利被视为我国医学检验教学改革的先驱。中华医学会医学检验教育分会主任委员、重庆医科大学检验医学院院长尹一兵教授说：“王鸿利教授从我国医学检验的实际情况出发，结合国外的先进经验，首先提出我国医学检验教育可分为两种类型：其一是培养四年制（理学士）的实用型实验技术人才；其二是培养八年制（博士）的检验医师型的临床人才。”如今，这种学制改革已从王鸿利所在的上海交大医学院首试成功后，得到了国家层面的认可。现在，教育部已将医学检验教育专业列为四年制招生系列。

在医学检验专业教学中，王鸿利重视“因材施教”。“来自检验专业的研究生，由于动手能力强，我给他们以‘新方法的建立和应用’为主题的研究课题;来自医疗专业的研究生,由于临床基础扎实,我给他们以'基因诊断和功能研究'为主题的研究课题。实行因材施教,以充分发挥他们各自的专长和才能。"

在每两周举行一次的"课题汇报会"或"文献读书会"上,王鸿利要求每位研究生充分展现自己的智慧、亮出自己的观点,大家共同讨论、争辩,最后达成共识,而不是由导师一个人说了算。遇到研究中的"瓶颈"难题,王鸿利邀请名师、大家参与讨论,给予指点和解疑。在王鸿利的带领下,课题组形成了既紧张又轻松、既严肃又活泼的氛围,成员们既可以畅抒己见,又可以通过经验交流共同提高。

"这匹'老牛'仍然马不停蹄,心系医疗、教学、科研工作"

作为上海交通大学医学院附属瑞金医院终身教授,王鸿利说:"我这匹'老牛'仍然马不停蹄,心系医疗、教学、科研工作。"为此,他还是像往常一样,天天早上班、晚下班,没有双休日,没有节假日。

王鸿利说自己是"老牛新征途"。他仍在为病人服务,仍在参加学术活动,还继续参与编写著作,继续协助科研和研究生培养,继续参与学术刊物建设。今年,由他主编的《临床血栓病学》《临床血液实验学》也都将出版。"忙忙碌碌地做我自己愿意做的事和对人民有益的事,虽然时感倦累,但我心情舒畅,生活充实,这也是一种莫大的享受和无比的快乐。"

在临床上,从今年起,他虽然已停止了自己的专家门诊,但并不是完全歇下。"原先我看专家门诊,瑞金医院检验科主任王学锋教授协助我,现在则改为由王学锋教授出专家门诊,我来协助他。"

"人的一生是历史长河中的一瞬间,一个人只是澎湃大海中的一滴水,要抓住这一瞬间,要利用这一滴水,为国、为民、为事业继续拼搏,要活到老、学到老、做到老。"王鸿利感慨,"我属牛,爱牛,爱牛的温柔,爱牛的执着,更爱牛的奉献——吃的是草,献出的是奶。我甘心做人民的'牛',做事业的'牛'。"

■ 对话

再苦再累坚持做到"双肩挑"

记　者: 今年是毛主席发出"向雷锋同志学习"伟大号召 50 周年。听说您当年临床实习时，就被评为“上海市学习雷锋积极分子”。您觉得，现在的医生应该怎样学雷锋？

王鸿利： 雷锋精神学无止境。在医患矛盾突出的当下，医生依然有学习雷锋精神的必要。我的体会还是一句老话：“医生学雷锋精神，不仅要学会精湛的医术，更重要的是学会为病人服务的本领，对病人要有深情厚谊，把方便让给病人，把困难留给自己，做一名深受病人欢迎的好医生。”

记　者： 王老师，您1963年进上海瑞金医院内科，10年后调入检验科，再过10年被任命为副院长。您怎么看待自己工作岗位的转变？

王鸿利： 在上海瑞金医院工作的50年间，我无论调到哪个岗位，始终坚持两个原则：一是坚持无条件服从领导安排，坚持做一行爱一行，认真、踏实、负责地做好本职工作；二是坚持不脱离临床，不放弃“医生”的职务，再苦再累坚持做到“双肩挑”，使管理工作和医疗工作两不误。

记　者： 听说，您当年报考医学院，在填写志愿书时还有一段鲜为人知的小故事，能否讲一讲？

王鸿利： 高中时的一个同窗好友叫蔡起航，我们相约报考医科，于是我在志愿书上填写了部属高校“上海第一医学院”，而好友则填报地方高校“上海第二医学院”。为了能继续做同窗，他偷偷地用笔在我的志愿书上添了一横，将“一”改成了“二”，结果我俩都进了“上海第二医学院”，又继续做了5年的同窗好友。

■ 记者手记

走进王鸿利教授的办公室，首先映入眼帘的是办公桌上几叠摞得高高的书和书柜里塞得满满的书，这几乎全是他自己的学术著作。我不禁脱口而出：“王老师，您是著作等身啊！”

埋首在书堆里的王鸿利教授只是淡淡地说：“我把临床上、教学中、科研里碰到的一些问题，积累的一点经验，得出的一些成果，以论文或著作的形式进行总结、归纳、整理，或许能给年轻医生和医学生作些参考，让他们有所启迪、有所收获。”

据了解，截止到2012年年底，王鸿利教授已主编46部著作和教材，主审13部著作和教材，参编88部著作和教材，另有15部著作和教材是由他担任副主编。此外，他还在国内外学术杂志发表了660余篇论文，迄今已被引用5 000余次。

善于总结，善于归纳，善于整理，也许正是王鸿利教授50年从医执教生涯持续勃发的奥秘。

■ 王鸿利小传

1937年11月出生，山东莱阳人。主任医师、博士生导师，瑞金医院终身教授。

1963年毕业于上海第二医学院（现为上海交通大学医学院），同年到附属广慈医院（现为瑞金医院）工作。曾担任过瑞金医院检验科主任、副院长，以及瑞金临床医学院医学检验系主任、副院长、上海血液学研究所副所长等职。培养博士生17名、硕士生17名。现任《中国实验诊断学》《诊断学理论与实践》等杂志主编。

曾任上海市医学检验重点实验室主任、中华医学会医学检验教育分会主任委员、中华医学会检验分会血栓与止血专家委员会主任委员等。

获国家科技进步奖二等奖2次、三等奖1次，国家教学成果二等奖2次，上海市科技进步一等奖2次、教学成果奖一等奖2次。并获得全国优秀教师、上海市教学名师、上海交通大学教学名师奖等荣誉称号。

（《健康报》2013年3月29日）

■采写/本报记者 胡德荣

他由一位在旧社会靠勤工俭学走进医学殿堂的学子，成长为新中国核医学领域的翘楚；他白手起家，带领核医学科创造了领域内的许多个"第一"，他与人合著的《实用临床核医学》整整影响了一代核医学临床医师……

87岁高龄的他仍老骥伏枥，活跃于医院的门诊。他说："只要医院还需要我，只要我还健康地活着，我就要继续为病人服务。"

马寄晓：我心中只有临床核医学

■记者手记

采访马寄晓教授共进行了两次。一次是在他家里，听他讲故事、谈人生；一次是在医院的诊室里，看他怎么看病，如何对待病人。

两次采访，让我感触最深的是：马老先生知识渊博，心地善良，为人谦和。在出门诊时，当听到一位温州病人说有医院给开具13260元一支的针剂，注射两支仍毫无疗效后，他连连摇头，嗤之以鼻。马老先生爱憎分明的性格由此可见。

22年里，倾注了马老无数心血的《实用临床核医学》出版了3版，他感慨万千地说："这是中国核医学专家集体智慧的结晶。"

获得中国核医学终身成就奖后，马老家里新添了一个小巧的立式玻璃橱，荣誉证书和"鼎盛千秋"琉璃鼎珍藏了进去。他说："这份荣誉虽说是奖给我的，但更是奖给上海市第六人民医院核医学科群体的。"

马寄晓（后排右二）早年与四川简阳全国高级核医学研讨班全体教师合影

■对 话

"我有两个'不知道'"

记 者：马老师，我采访过许多重量级的医学专家，但像您已87岁高龄了，还这样健健康康、潇潇洒洒地在看专家门诊的却为数不多。

马寄晓：我87岁了，人们都说我手脚利落，思路清晰，而且反应还快，主要是我的心态比较平和。我有两个"不知道"：不知道我的工作什么时候结束，不知道我的生命什么时候停止。只要医院还需要我，只要我还健康地活着，我还继续干核医学，继续为病人服务。

记 者：您的身体这么硬朗，平时您都有哪些业余爱好？

马寄晓：我酷爱打乒乓球，在医院里还小有名气呢。不过那是上世纪五六十年代的事了。后来由于工作忙，岁数的增长，渐渐地不摸乒乓球拍了。但是我很喜欢欣赏足球，不过中国足球正如宋丹丹在小品中调侃的"看了让人更揪心"。我爱看每四年一届的世界杯，明年将在巴西举行。世界杯的魅力，在于它的拼搏精神、团队精神。我学习它的精神，把它的精神、激情借鉴到我的核医学工作中。

记 者：您养生也应该有一套吧，比如说，一日三餐饮食有什么讲究呢？

马寄晓：我的早餐是一杯牛奶加30粒枸杞子和一调羹蜂蜜，已经吃了几十年。中餐、晚餐的菜肴以蔬菜为主，比较喜欢吃家乡的南京盐水鸭。

■马寄晓小传

1926年生，江苏省南京市人。上海交通大学附属第六人民医院核医学科教授、主任医师。2013年5月荣获中国核医学终身成就奖。现任卫生部核医学专家咨询委员会委员，《中华核医学杂志》编审专家，《上海医学影像》杂志编委会顾问，国际骨密度学会会员。

1958年从事核医学工作至今，对核医学具有丰富的临床经验和扎实的理论基础。擅长内分泌核医学和骨骼核医学，以及核素治疗甲亢、甲状腺癌转移、恶性嗜铬细胞瘤、骨质疏松症等诊疗。研究的肾上腺皮质显像剂——碘131-6碘胆固醇于1978年获上海市重大科技成果奖；肾上腺髓质显像剂获1985年上海市卫生局科技成果奖；1986年参加"六五"国家科技攻关——核心脏病学的研究，获国家科委等部委颁发的奖状。

发表论文120余篇，主编或主审专著14部，其中，主编的《实用临床核医学》已出版三版，曾获国家新闻出版署优秀科技图书二等奖、卫生部科技成果三等奖。

2013年5月31日在成都召开的第二届中国核医学医师年会上，马寄晓教授接过中国医师协会会长张雁灵颁发的"中国核医学终身成就奖"荣誉证书和精致的"鼎盛千秋"琉璃鼎纪念奖品，抑制不住内心的激动。"与其说我是在给病人看病，帮助病人康复，不如说是病人在给我'看病'。在看病的过程中，我遇到不懂的、不清楚的，去查书、去上网、去请教别人，这使我在核医学领域继续保持着进步……"马寄晓的获奖感言让与会者感受到了一位医学老前辈虚怀若谷的大家风范。

■"基础医学知识只有和临床实际操作相结合，才能学得深、用得活"

1937年12月，侵华日军在南京大屠杀，11岁的马寄晓耳闻目睹日本兵的滔天暴行，随父母住进南京的"难民区"。由于父亲是个穷裁缝，马寄晓只能断断续续地念完小学后，又在免费的华侨中学读完初中。初中毕业后，因为家境贫寒，他没法继续读书，只好随外公去了安徽乡下。

成年后觉得医生是份不错的职业，1943年马寄晓在父母的叮嘱下，考入了汪伪卫生署举办的卫生人员训练班，学习医学检验。1945年日本投降后，马寄晓经人介绍进入南京海军医院，开始做检验工作。不久，南京海军医院所有工作人员调往上海海军医院，马寄晓随之来到了上海工作。

20岁的马寄晓深感自己医学知识匮乏，但因经济拮据，遂在1946年考入了上海唯一一所允许工读的东南医学院医疗系，一边工作、一边学习。为了两头都不误，马寄晓起早贪黑，加上长期营养不良，在1948年年底，马寄晓突然患上了严重的肺结核，只得辍学。买不起治疗肺结核病的链霉素药物，马寄晓就采用花钱很少的空气针注入胸腔内压缩病肺，每周一次，历时好几年肺结核才慢慢痊愈。

回忆这段难忘的经历，马寄晓说："其实一边工作、一边读书蛮好的，用现在的话说，这是理论联系实际，基础医学知识只有和临床实际操作相结合，才能学得深、用得活。"

1950年，马寄晓看到上海市卫生局一则招聘广告，便立即报名，不久就被派到上海市第六人民医院检验科工作。从曾经的国民政府的医院换到新中国的一家大医院工作，马寄晓好不勤快，也特别爱钻研。

从此，马寄晓把自己的一生都绑定在了这所医院。

■"同在一条起跑线出发，我们创造了许多个'第一'"

1958年初的一天，注重医院学科建设的院长、院党总支书记朱瑞镛找已担任检验科主任的马寄晓谈话："国内第一届同位素临床应用学习班将在上海的中山医院举办，医院考虑让你参加学习，学完后医院准备创建同位素实验室。"马寄晓听后二话没说，揣着极大的热情就去学习了。那年，他已经32岁了。

半年多的学习结束后，马寄晓就开始了上海六院同位素实验室的创建、筹备工作，对于已在检验科工作驾轻就熟的马寄晓来说，一切都得从零开始，也就是从这个时候起，他开始了在核医学领域的摸爬滚打。

核医学是利用放射性核素有关物理特性与放射性药物的药代动力学原理对疾病进行诊断性显像、检测以及治疗的一门医学学科。1958年，国内只有少数几家大医院开展核医学诊断与治疗，马寄晓和他的团队涉足这一新兴的领域，自己标记部分放射性药物，自己研制显像仪器，在诊断核医学和治疗核医学的临床工作中边摸索，边积累，不断总结出经验，在专业杂志上陆续发表多篇学术论文：1962年，在国内首先进行邻碘马尿酸钠合成及用碘131标记成功，即进行邻碘131马尿酸肾图的儿科临床应用，第一篇对46人次患儿进行肾功能检查的论文发表在1964年第6期《中华儿科杂志》上；在甲状腺诊断中，应用碘131作甲状腺扫描，在1964年第5期《中华医学杂志》上发表了《甲状腺扫描的诊断价值》，这是国内第一篇关于甲状腺检查的论文；采用北京协和医院王世真教授用以研究动物脂肪代谢的胆固醇，研制成国内具有独立自主的可供人体的显像剂"碘131—6—碘化胆固醇"，其论文发表在《中华医学杂志（英文版）》上，1973年还获得了上海市重大科学技术成果奖……

各种奖项也接踵而至：联合多家科研单位进行心肌灌注显像剂研究，1990年7月"一种新的心肌灌注显像剂—β—甲氧基异丁基异腈研究"，作为第一完成单位获得上海市科技成果奖；1993年"针刺与针药结合治疗甲亢的临床疗效和免疫学机理研究"获国家教委重大贡献奖三等奖；连续10多年深入研究恶性嗜铬细胞瘤，1996年"碘131间位碘代苄胍治疗恶性嗜铬细胞瘤研究"获得了上海市科技成果奖。

随着科研成果的不断推出，马寄晓开始赢得了国际同行的关注和认可。他与中科院上海市有机化学研究所科研人员合作，研制了一种新型肾上腺髓质显像剂，并用碘131标记后于1982年开始为病人诊断嗜铬细胞瘤，接着又将碘131间位碘代苄胍用于恶性嗜铬细胞瘤病人的治疗，为此，马寄晓等应邀先后在澳大利亚、日本的核医学会上作介绍。

"我们与兄弟单位同在一条起跑线出发，但之后的拼搏中，我们克服困难，勇往直前，创造了核医学领域内许多个'第一'。"尽管有了这些"骄傲"的资本，但马寄晓依然保持着一颗感恩之心。多少年过去了，每当马寄晓在核医学领域取得进步，受到院内外同仁的肯定和祝贺时，他总是说："是老院长朱瑞镛高瞻远瞩地让我去学习核医学，我深深地感激他！"

■"想到能对我国核医学的发展起到一点促进作用，我再苦再累也无怨无悔"

从1958年到新建的上海六院核医学科工作，到2013年荣获"中国核医学终身成就奖"，整整55年，马寄晓说："我心无旁骛，心中只有'临床核医学'5个字。"

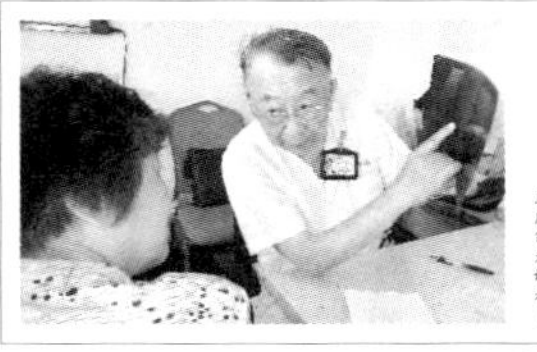

87岁的马寄晓仍每周出两次专家门诊。图为马寄晓在诊室为病人看片诊断（胡德荣摄）

也是因为这份"心无旁骛"，他在核医学领域不断有著作问世：主编了《核医学》、《实用临床核医学手册》、《医学影像学诊疗常规》、《临床心肺核医学》和《实用临床核医学》等7部核医学专著，主审了7部核医学专著，参与编写了17部医学专著。其中，他本人最为看重的是与中国医学科学院阜外心血管病医院刘秀杰教授共同主编的《实用临床核医学》，这部著作在1990年由中国原子能出版社出了第一版，1992年就获得国家新闻出版署颁发的优秀科技图书二等奖，1993年又获得卫生部颁发的科技成果三等奖。10年后的2000年，出了第二版，2012年，又出了第三版。

编书的艰辛，马寄晓深有体会。上世纪80年代末，已经60开外的马寄晓与刘秀杰教授合作，开始着手主编《实用临床核医学》，以便让核医学医师、技术人员、各科临床医师等对核医学有进一步的了解和掌握。编写中，马寄晓和刘秀杰往返京沪多次，反复商议专著的框架结构。他们不仅自己编写重要章节，还团结北京、上海和全国各地的核医学临床专家、核研究机构专家共同撰稿，最后进行一丝不苟的统稿，确保专著的质量。

2012年《实用临床核医学》第三版出版时，国际核医学权威人士亨利·瓦格勒教授在该书序中高度评价："中国核医学有了极大的进展。此书代表了世界核医学和科学的现代观点，我的中国朋友应为此感到骄傲。"我国核医学之父、中科院院士、北京协和医院王世真教授不仅担任该书的主审，还为书写了序。

"想到能对我国核医学的发展起到一点促进作用，能为核医学临床人员、特别是年轻人提供一点学习参考，我再苦再累也无怨无悔。"马寄晓如是说。

■"面对如此庞大的老年人口，尤其要关注他们代谢性骨病的诊断和治疗"

作为一名核医学专家，马寄晓近20多年来更注重代谢性骨病的临床治疗。他说，上海是我国第一个人口老龄化的城市，截至2012年年底，上海市60岁及以上老年人口367.32万人，占总人口的25.7%。而全国60岁及以上老年人口1.9亿多人，占到总人口的14.3%。"面对如此庞大的老年人口，尤为要关注他们的代谢性骨病——骨质疏松症的诊断和治疗。"

马寄晓解释说，老年人骨骼退行性疾病主要是骨质疏松症，其中，原发性骨质疏松症患者主要为40岁以上进入绝经期的妇女以及50岁以上包括男性的中老年人。骨质疏松症如果得不到及时治疗，会带来髋骨骨折、脊椎骨折等情况，尤以髋部骨折最为严重。据国际骨质疏松基金会的数据显示，有20%~24%的患者发生髋部骨折一年内死亡，一半的患者生活不能自理。"骨质疏松症及其并发症严重影响了老年人的生活质量，给家庭和社会带来沉重的负担。"正是基于这样的认识，马寄晓更加意识到骨质疏松症防治的重要性。

1987年，马寄晓作为访问学者在美国约翰霍普金医院里第一次见到骨密度仪，想到自己早期在放射性核素骨显像的检查中，常误将良性代谢性骨病诊断为恶性肿瘤，他深感有必要深入进行代谢性骨病的研究。回国后，在医院领导的支持下，他于1992年建立了骨质疏松科，现已发展为骨质疏松和骨病专科。当时，医院的资金有限，为了筹集资金，马寄晓在分管副院长的帮助下，向企业家贷款，花了150多万元购买了一台"双能X线骨密度吸收仪"用于临床，取得了很好的诊断效果。

为了向更多的同行分享经验，马寄晓撰写了5万多字的题为《骨质疏松与骨密度》的文章，还自己掏钱印成小册子，分发给前来医院进修的学员，让年轻医生在核医学治疗中，学习怎样进行骨密度检查，了解与骨代谢相关的激素、骨代谢的生化指标、治疗骨质疏松的药物，以及双能X线骨密度吸收仪身体成分测量的原理和国际上的最新进展。

在老年人代谢性骨病，以及在骨质疏松和骨病专科领域，马寄晓和他的团队走在了全国前列。在多次全国核医学学习班上，学员们都感叹，上海六院马寄晓的经验交流让他们受益匪浅。全国核医学界同仁称马寄晓是一位关注代谢性骨病诊断和治疗的资深专家。

现在，87岁高龄的马寄晓教授还每周2个半天活跃在上海六院骨质疏松和骨病专科的专家门诊和特需门诊中。每星期五上午，他雷打不动地在7时30分就来到专家门诊2号诊室，一上午要接待来自全国各地的40多位患者，往往到了中午12时他还在耐心解答病人的各种疑问。

■"他把风险留给自己、把荣誉让给别人的无畏无私精神深深教育了我"

担任过医院三届党委委员、三届工会主席的马寄晓，善于团结同志，关心职工冷暖。由他长期担任科主任的核医学科更是和谐融洽，不仅出人才、出成果，而且深受病人的信赖。

继马寄晓之后担任科主任、如今也已退休的朱瑞森教授说："马寄晓是我们核医学科的元老，他的敬业精神人人佩服。按理说他都到了耄耋之年了，早该享享清福，可是他仍精神抖擞地出专家门诊，还担任上海一家三级甲等医院核医学科的教学门诊顾问。"

朱瑞森回忆起自己终身难忘的一个有关老主任的故事。上世纪70年代，上海六院核医学科和上海市有机化学研究所一起进行113mIn-EDTMP和113mIn-DTPMP骨显像剂（用于诊断骨肿瘤）课题的研究。EDTMP和DTPMP药物合成后，经动物毒性试验证明安全。"马主任在这新药用于病人前，抢先在自己身上注射EDTMP 6毫居里（放射性剂量单位），我第二个注射。"让朱瑞森更为感动的是，"到了年底，我被医院评为先进工作者，其中一个事迹是以身试药的经历。马主任是第一个以身试药的，但他把科里唯一的先进名额让给了我。他这种把风险留给自己、把荣誉让给别人的无畏无私精神深深教育了我。"

已被输送到上海市第一人民医院分院当核医学科主任的侯永健回忆说，上世纪70年代后期，复旦大学遗传学研究所科研人员到大别山区考察克汀病。这是一种呆小症，其发病原因是小儿甲状腺功能低下所致。上海六院核医学科受邀协助考察工作。

"老主任（马寄晓）带领对甲状腺病熟悉的我和化验室徐竞芳老师前往。我们携带了百十斤重的甲状腺吸碘功能测定仪和发电机，翻山越岭到了患者的家里。发现这里的大多数克汀病患者生活不能自理，有的成年患者还使用着尿布。由于工作量大，老主任带领我们3次进山，与病人同吃同住，调查家族史，对每位患者进行了细致的检查。结果发现患者均有不同程度的甲状腺肿大，有的有明显的甲状腺结节，并判断患者严重缺碘，以致体内不能制造足够的甲状腺激素，而这是患者自幼即出现脑发育障碍，并导致其严重智力低下、体形矮小的原因。我们将这些第一手资料提供给了复旦遗传所和当地的防疫部门。老主任那种吃苦耐劳、关心病人的故事，至今仍然感动着我们。"

半个多世纪过去了，马寄晓所创办的核医学科取得了长足的发展：门诊一人一诊室，诊疗设备先进；核素治疗病房已由原先9张病床增加到20张，病房内具有完善的医疗设施、放射防护设施、监护设施、呼叫设施和病人休闲设施，接近先进国家的水平。科室的成绩让马寄晓颇感欣喜。

他把这些更多地归功于自己曾领导过的团队。"科室的进步，主要取决于一心一意为科室发展、为病人服务的一群人。徐家麒主任医师在建科不久，事无巨细，深入工作，科室改建、迁院等工作主要由他负责。朱瑞森主任医师身体虽然不好，但是许多大剂量的放射性工作常身先别人，为嗜铬细胞瘤病人的诊治作了重要贡献。朱继芳主任医师在科内踏实工作，不计名利，团结同志，哪里需要她就出现在哪里。正是他们，包括许多医技兄弟姐妹的辛勤耕耘，使我们的团队跻身于国内核医学科前列。"谈到团队的一些骨干力量时，马寄晓对几位已经离开人世的主任医师大为惋惜，"他们中的叶鹤华主任药师走了，她曾先后制备了放射性胶体磷酸铬，合成了邻碘马尿酸等药物，解决了当时急需，促进了发展；姚中一医师也去了，他是核医学科最不怕辐射的人，在治疗大量甲状腺癌的病人时，从给药开始以及到外地给病人送药、随访，尽心尽力，得到许多病人的信任。我十分怀念他们。"

马寄晓感谢所有支持过他的人，这其中，也包括比他小一岁的夫人王慧娣。正是有了贤内助的默默支持，他才得以几十年全身心地投入核医学工作，并最终荣获"中国核医学终身成就奖"。

（本版照片除署名外，均由马寄晓本人提供）

他由一位在旧社会靠勤工俭学走进医学殿堂的学子，成长为新中国核医学领域的翘楚；他白手起家，带领核医学科创造了领域内的许多个“第一”，他与人合著的《实用临床核医学》整整影响了一代核医学临床医师……

87岁高龄的他仍老骥伏枥，活跃于医院的门诊。他说：“只要医院还需要我，只要我还健康地活着，我就要继续为病人服务。”

马寄晓：我心中只有临床核医学

2013年5月31日在成都召开的第二届中国核医学医师年会上，马寄晓教授接过中国医师协会会长张雁灵颁发的“中国核医学终身成就奖”荣誉证书和精致的“鼎盛千秋”琉璃鼎纪念奖品，抑制不住内心的激动。“与其说我是在给病人看病，帮助病人康复，不如说是病人在给我‘看病’。在看病的过程中，我遇到不懂的、不清楚的，去查书，去上网，去请教别人，这使我在核医学领域继续保持着进步……”马寄晓的获奖感言让与会者感受到了一位医学老前辈虚怀若谷的大家风范。

“基础医学知识只有和临床实际操作相结合，才能学得深、用得活”

1937年12月，侵华日军在南京大屠杀，11岁的马寄晓耳闻目睹日本兵的滔天罪行，随父母住进南京的“难民区”。由于父亲是个穷裁缝，马寄晓只能断断续续地念完小学后，又在免费的华侨中学读完初中。初中毕业后，因为家境贫寒，他没法继续读书，只好随外公去了安徽乡下。

或许是觉得医生是份不错的职业，1943年马寄晓在父母的叮嘱下，考入了汪伪卫生署举办的卫生人员训练班，学习医学检验。1945年日本投降后，马寄晓经人介绍进入南京海军医院，开始做检验工作。不久，南京海军医院所有工作人员调往上海海军医院，马寄晓随之来到了上海工作。

20岁的马寄晓深感自己医学知识匮乏，但因经济拮据，遂在1946年考入了上海唯一一所允许工读的东南医学院医疗系，一边工作，一边学习。为了两头都不误，马寄晓起早贪黑，加上长期营养不良，在1948年年底，马寄晓突然患上了严重的肺结核，只得辍学。买不起治疗肺结核病的链霉素药物，马寄晓就采用花钱很少的空气针注入胸腔内压缩病肺，每周一次，历时好几年肺结核才慢慢痊愈。

回忆这段难忘的经历，马寄晓说："其实一边工作、一边读书蛮好的，用现在的话说，这是理论联系实际，基础医学知识只有和临床实际操作相结合，才能学得深、用得活。"

1950年，马寄晓看到上海市卫生局一则招聘广告，便立即报名，不久就被派到上海市第六人民院检验科工作。从曾经的国民政府的医院换到新中国的一家大医院工作，马寄晓格外勤快，也特别爱钻研。

从此，马寄晓把自己的一生都绑定在了这所医院。

"同在一条起跑线出发，我们创造了许多个'第一'"

1958年初的一天，注重医院学科建设的院长、院党总支书记朱瑞镛找已担任检验科主任的马寄晓谈话，"国内第一届同位素临床应用学习班将在上海的中山医院举办，医院考虑让你参加学习，学完后医院准备创建同位素实验室。"马寄晓听后二话没说，抱着极大的热情就去学习了。那年，他已经32岁了。

半年多的学习结束后，马寄晓就开始了上海六院同位素实验室的创建、筹备工作。对于已在检验科工作驾轻就熟的马寄晓来说，一切都得从零开始。也是从这个时候起，他开始了在核医学领域的摸爬滚打。

核医学是利用放射性核素有关物理特性与放射性药物的药代动力学原理对疾病进行诊断性显像、检测以及治疗的一门医学学科。1958年，国内只有少数几家大医院开展核医学诊断与治疗，马寄晓和他的团队涉足这一新兴的领域，自己标记部分放射性药物，自己研制显像仪器，在诊断核医学和治疗核医学的临床工作中边摸索、边积累，不断总结出经验，在专业杂志上陆续发表多篇学术论文：1962年，在国内首先进行邻碘马尿酸的合成及用碘131进行标记成功后，即进行邻碘131马尿酸肾图的儿科临床应用，第一篇对46人次患儿进行肾功能检查的论文发表在1964年第6期《中华儿科杂志》上；在甲状腺诊断中，应用碘131作甲状腺扫描，在1964年第5期《中华医学杂志》上发表了《甲状腺扫描的诊断价值》，这是国内第一篇关于甲状腺检查的论文；采用北京协和医院王世真教授用以研究动物脂肪代谢的胆固醇，研制成国内具有独立自主的可供人体的显像剂"碘131－6－碘化胆固醇"，其论文发表在《中华医学杂志（英文版）》上，1973年还获得了上海市重大科学技术成果奖……

各种奖项也接踵而至：联合多家科研单位进行心肌灌注显像剂研究，1990 年 7 月"一种新的心肌灌注显像剂-β-甲氧基异丁基异腈研究"，作为第一完成单位获得上海市科技成果奖；1993 年"针刺与针药结合治疗甲亢的临床疗效和免疫学机理研究"获国家教委重大贡献奖三等奖；连续 10 多年深入研究恶性嗜铬细胞瘤，1996 年"碘 131 间位碘代苄胍治疗恶性嗜铬细胞瘤研究"获得了上海市科技成果奖。

随着科研成果的不断推出，马寄晓开始赢得了国际同行的关注和认可。他与中科院上海有机化学研究所科研人员合作，研制了一种新型肾上腺髓质显像剂，并用碘 131 标记后于 1982 年开始为病人诊断嗜铬细胞瘤，接着又将碘 131 间位碘代苄胍用于恶性嗜铬细胞瘤病人的治疗。为此，马寄晓等应邀先后在澳大利亚、日本的核医学会上作介绍。

"我们与兄弟单位同在一条起跑线出发，但之后的拼搏中，我们克服困难，勇往直前，创造了核医学领域内许多个'第一'。"尽管有了这些"骄傲"的资本，但马寄晓依然保持着一颗感恩之心。多少年过去了，每当马寄晓在核医学领域取得进步，受到院内外同仁的肯定和祝贺时，他总是说："是老院长朱瑞镛高瞻远瞩地让我去学习核医学，我深深地感激他！"

"想到能对我国核医学的发展起到一点促进作用，我再苦再累也无怨无悔"

从 1958 年在新建的上海六院核医学科工作，到 2013 年荣获"中国核医学终身成就奖"，整整 55 年，马寄晓说："我心无旁骛，心中只有'临床核医学'5 个字。"

也是因为这份"心无旁骛"，他在核医学领域不断有著作问世：主编了《核医学》《实用临床核医学手册》《医学影像学诊疗常规》《临床心肺核医学》和《实用临床核医学》等 7 部核医学专著，主审了 7 部核医学专著，参与编写了 17 部医学专著。其中，他本人最为看重的是与中国医学科学院阜外心血管病医院刘秀杰教授共同主编的《实用临床核医学》，这部著作在 1990 年由中国原子能出版社出了第一版，1992 年就获得国家新闻出版署颁发的优秀科技图书二等奖，1993 年又获得卫生部颁发的科技成果三等奖。10 年后的 2000 年，出了第二版，2012 年，又出了第三版。

编书的艰辛，马寄晓深有体会。20世纪80年代末，已经60开外的马寄晓与刘秀杰教授合作，开始着手主编《实用临床核医学》，以便让核医学医师、技术人员、各科临床医师等对核医学有进一步的了解和掌握。编写中，马寄晓和刘秀杰往返京沪多次，反复商议专著的框架结构。他们不仅自己编写重要章节，还联合北京、上海和全国各地的核医学临床专家、核研究机构专家共同撰稿，最后进行一丝不苟的统稿，确保专著的质量。

2012年《实用临床核医学》第三版出版时，国际核医学权威人士亨利·瓦格勒教授在该书序中高度评价："中国核医学有了极大的进展。此书代表了世界核医学和科学的现代观点，我的中国朋友应为此感到骄傲。"我国核医学之父、中科院院士、北京协和医院王世真教授不仅担任该书的主审，还为书写了序。

"想到能对我国核医学的发展起到一点促进作用，能为核医学临床人员，特别是年轻人提供一点学习参考，我再苦再累也无怨无悔。"马寄晓如是说。

"面对如此庞大的老年人口，尤其要关注他们代谢性骨病的诊断和治疗"

作为一名核医学专家，马寄晓近20多年来更注重代谢性骨病的临床治疗。他说，上海是我国第一个人口老龄化的城市，截至2012年年底，上海市60岁及以上老年人口367.32万人，占总人口的25.7%。而全国60岁及以上老年人口1.9亿多人，占到总人口的14.3%。"面对如此庞大的老年人口，尤为要关注他们的代谢性骨病——骨质疏松症的诊断和治疗。"

马寄晓解释说，老年人骨骼退行性疾病主要是骨质疏松症，其中，原发性骨质疏松症患者主要为40岁以上进入绝经期的妇女以及50岁以上包括男性的中老年人。骨质疏松症如果得不到及时治疗，会带来髋骨骨折、脊椎骨折等情况，尤以髋部骨折最为严重。据国际骨质疏松基金会的数据显示，有20%～24%的患者发生髋部骨折一年内死亡，一半的患者生活不能自理。"骨质疏松症及其并发症严重影响了老年人的生活质量，给家庭和社会带来沉重的负担。"正是基于这样的认识，马寄晓更加意识到骨质疏松症防治的重要性。

1987年，马寄晓作为访问学者在美国约翰霍普金医院里第一次见到骨密度仪,想到自己早期在放射性核素骨显像的检查中,常误将良性代谢性骨病诊断为恶性肿瘤,他深感有必要深入进行代谢性骨病的研究。回国后,在医院领导的支持下,他于 1992 年建立了骨质疏松科,现已发展为骨质疏松和骨病专科。当时,医院的资金有限,为了筹集资金,马寄晓在分管副院长的帮助下,向企业家贷款,花了 150 多万元购买了一台"双能 X 线骨密度吸收仪"用于临床,取得了很好的诊断效果。

为了向更多的同行分享经验,马寄晓撰写了 5 万多字的题为《骨质疏松与骨密度》的文章,还自己掏钱印成小册子,分发给前来医院进修的学员,让年轻医生在核医学治疗中,学习怎样进行骨密度检查,了解与骨代谢相关的激素、骨代谢的生化指标、治疗骨质疏松的药物,以及双能 X 线骨密度吸收仪身体成分测量的原理和国际上的最新进展。

在老年人代谢性骨病,以及在骨质疏松和骨病专科领域,马寄晓和他的团队走在了全国前列。在多次全国核医学学习班上,学员们都感叹,上海六院马寄晓的经验交流让他们受益匪浅。全国核医学界同仁称马寄晓是一位关注代谢性骨病诊断和治疗的资深专家。

现在,87 岁高龄的马寄晓教授还每周 2 个半天活跃在上海六院骨质疏松和骨病专科的专家门诊和特需门诊中。每星期五上午,他雷打不动地在 7 时 30 分就来到专家门诊 2 号诊室,一上午要接待来自全国各地的 40 多位患者,往往到了中午 12 时他还在耐心解答病人的各种疑问。

"他把风险留给自己、把荣誉让给别人的无畏无私精神深深教育了我"

担任过医院三届党委委员、三届工会主席的马寄晓,善于团结同志,关心职工冷暖。由他长期担任科主任的核医学科更是和谐融洽,不仅出人才、出成果,而且深受病人的信赖。

继马寄晓之后担任科主任、如今也已退休的朱瑞森教授说:"马寄晓是我们核医学科的元老,他的敬业精神人人佩服。按理说他都到了耄耋之年了,早该享享清福,可是他仍精神抖擞地出专家门诊,还担任上海一家三级甲等医院核医学科的教学门诊顾问。"

朱瑞森回忆起自己终生难忘的一个有关老主任的故事。20 世纪 70 年代,上海六院核医学科和上海有机化学研究所一起进行 113mIn – EDTMP

和 113mIn－DTPMP 骨显像剂(用于诊断骨肿瘤)课题的研究。EDTMP 和 DTPMP 药物合成后，经动物毒性试验证明安全，“马主任在这新药用于病人前，抢先在自己身上注射 EDTMP 6 毫居里(放射性剂量单位)，我第二个注射。”让朱瑞森更为感动的是，“到了年底，我被医院评为先进工作者，其中一个事迹是以身试药的经历。马主任是第一个以身试药的，但他把科里唯一的先进名额让给了我。他这种把风险留给自己、把荣誉让给别人的无畏无私精神深深教育了我。”

已被输送到上海市第一人民医院分院当核医学科主任的侯永健回忆说，20 世纪 70 年代后期，复旦大学遗传学研究所科研人员到大别山区考察克汀病。这是一种呆小症，其发病原因是小儿甲状腺功能低下所致。上海六院核医学科受邀协助考察工作。

“老主任(马寄晓)带领对甲状腺病熟悉的我和化验室徐竞芳老师前往。我们携带了百十斤重的甲状腺吸碘功能测定仪和发电机，翻山越岭到了患者的家里。发现这里的大多数克汀病患者生活不能自理，有的成年患者还使用着尿布。由于工作量大，老主任带领我们 3 次进山，与病人同吃同住，调查家族史，对每位患者进行了细致的检查。结果发现患者均有不同程度的甲状腺肿大，有的有明显的甲状腺结节，并判断患者严重缺碘，以致体内不能制造足够的甲状腺激素，而这是患者自幼即出现脑发育障碍，并导致其严重智力低下、体形矮小的原因。我们将这些第一手资料提供给了复旦遗传所和当地的防疫部门。老主任那种吃苦耐劳、关心病人的故事，至今仍然感动着我们。”

半个多世纪过去了，马寄晓所创办的核医学科取得了长足的发展：门诊一人一诊室，诊疗设备先进；核素治疗病房已由原先 9 张病床增加到 20 张，病房内具有完善的医疗设施、放射防护设施、监护设施、呼叫设施和病人休闲设施，接近先进国家的水平。科室的成绩让马寄晓颇感欣喜。

他把这些更多地归功于自己曾领导过的团队。“科室的进步，主要取决于一心一意为科室发展、为病人服务的一群人。徐家麒主任医师在建科不久，事无巨细，深入工作，科室改建、迁院等工作主要由他负责。朱瑞森主任医师身体虽然不好，但是许多大剂量的放射性工作常身先别人，为嗜铬细胞瘤病人的诊治作了重要贡献。朱继芳主任医师在科内踏实工作，不计名利，团结同志，哪里需要她就出现在哪里。正是他们，包括许多医技兄弟姐妹的辛勤耕耘，使我们的团队跻身于国内核医学科前列。”谈到团队的一些骨干力量时，马寄晓对几位已经离开人世的主任医师大为惋惜，“他们中的叶德华主任药师走了，她曾先后制备了放射性胶体磷酸铬，合成了邻碘马尿酸等药物，解决了当时急需，促进了发展；姚中一医师也去了，他是核医学科最不怕辐射的人，在治疗大量甲状腺癌的病人时，从给药开始以及到外地给病人送药、随访，尽心尽力，得到许多病人的信任。我十分怀念他们。”

马寄晓感谢所有支持过他的人，这其中，也包括比他小一岁的夫人王慧珍。正是有了贤内助的默默支持，他才得以几十年全身心地投入核医学工作，并最终荣获“中国核医学终身成就奖”。

■ 记者手记

采访马寄晓教授共进行了两次。一次是在他家里，听他讲故事、谈人生；一次是在医院的诊室里，看他怎么看病，如何对待病人。

两次采访，让我感触最深的是：马老先生知识渊博、心地善良、为人谦和。在出门诊时，当听到一位温州病人说有医院给开具 13 260 元一支的针剂，注射两支仍毫无疗效后，他连连摇头，嗤之以鼻。马老先生爱憎分明的性格由此可见。

22 年里，倾注了马老无数心血的《实用临床核医学》出版了 3 版，他感慨万千地说：“这是中国核医学专家集体智慧的结晶。”

获得中国核医学终身成就奖后，马老家里新添了一个小巧的立式玻璃橱，荣誉证书和“鼎盛千秋”琉璃鼎珍藏了进去。他说：“这份荣誉虽说是奖给我的，但更是奖给上海市第六人民医院核医学科群体的。”

■ 对话

“我有两个‘不知道’”

记　者： 马老师，我采访过许多耄耋之年的医学专家，但像您已 87 岁高龄了，还这样健健康康、潇潇洒洒地在看专家门诊的却为数不多。

马寄晓： 我 87 岁了，人们都说我手脚利落，思路清晰，而且反应还快，主要是我的心态比较平和。我有两个“不知道”：不知道我的工作什么时候结束，不知道我的生命什么时候停止。只要医院还需要我，只要我还健康地活着，我还继续干核医学，继续为病人服务。

记　者： 您的身体还这么硬朗，平时您都有哪些业余爱好？

马寄晓： 我酷爱打乒乓球，在医院里还小有名气呢，不过那是20世纪五六十年代的事了。后来由于工作忙，岁数的增长，渐渐地不摸乒乓球拍了。但是我很喜欢欣赏足球，不过中国足球正如宋丹丹在小品中调侃的“看了让人更揪心”。我爱看每四年一届的世界杯，明年将在巴西举行。世界杯的魅力，在于它的拼搏精神，团队精神。我学习它的精神，把它的精神、激情借鉴到我的核医学工作中。

记　者： 您养生也应该有一套吧，比如说，一日三餐饮食有什么讲究呢？

马寄晓： 我的早餐是一杯牛奶加30粒枸杞子和一调羹蜂蜜，已经吃了几十年。中餐、晚餐的菜肴以蔬菜为主，比较喜欢吃家乡的南京盐水鸭。

■ 马寄晓小传

1926年生，江苏省南京市人。上海交通大学附属第六人民医院核医学科教授、主任医师。2013年5月荣获中国核医学终身成就奖。现任卫生部核医院专家咨询委员会委员，《中华核医学杂志》编审专家，《上海医学影像》杂志编委会顾问，国际骨密度学会会员。

1958年从事核医学工作至今，对核医学具有丰富的临床经验和扎实的理论基础。擅长内分泌核医学和骨骼核医学，以及核素治疗甲亢、甲状腺癌转移、恶性嗜铬细胞瘤、骨质疏松症等诊疗。研究的肾上腺皮质显像剂——碘131－6碘胆固醇于1978年获上海市重大科技成果奖；肾上腺髓质显像剂获1985年上海市卫生局科技成果奖；1986年参加“六五”国家科技攻关——核心脏病学的研究，获国家科委等部委颁发的奖状。

发表论文120余篇，主编或主审专著14部，其中，主编的《实用临床核医学》已出版三版，曾获国家新闻出版署优秀科技图书二等奖、卫生部科技成果三等奖。

（《健康报》2013年8月16日）

■采写/本报记者 胡德荣

他是一位勇于突破的中医临床大家，尤其在中医肿瘤治疗方面造诣深厚，一些曾被断言时日不多的癌症患者经他调治，又奇迹般地活了下来；

他是一位走近大众的医学教育家，在出书立说、从医带教之余，近10多年还做医学科普报告300多场，深受患者和公众欢迎；

他所宣扬的“癌症只是慢性病”理念，颠覆了人们对癌症的看法，也让很多患者的身心得到拯救，而他自己也因此得了个响亮的名号——“科学中医”。

何裕民：“科学中医”的情愫

■“在中医界，何裕民属‘科学中医’类型”

“都快7年了，他还活着？”提起中粮集团总经济师郑弘波，许多了解他的人都会这么惊讶地问道。因为他曾被诊断胰腺癌晚期，且被医学专家断言生命只有不到半年的时间。而帮他打破这一断言的人，就是上海中医药大学教授何裕民。

2007年5月，郑弘波被查出患有胰腺癌，他先后就诊于中国人民解放军总医院、北京协和医院，甚至去了全球肿瘤治疗权威机构——美国霍普金斯大学医学院咨询。“郑弘波的生命只有3~6个月的时间。”国内外的著名医学专家都这么预测。

他做手术的郑弘波，最终到一家肿瘤专科医院，选择了在接受放疗的同时配合口服化疗药物的治疗。“在治疗前，经过调养，我高尔夫可以轻松打完18洞，能行走10公里左右，但在治疗后第五天，我在病房里去洗手间都要扶着墙走。医生告诉我，现在只做了5次，这样的治疗总共需要21次，全部做完之后，肿瘤不会长大。我听了之后非常失望，心想如果这样消灭肿瘤的话，还有一个更简单的方法，就是把我杀了。”后来，郑弘波又坚持了两次，总共做了7次放疗就坚决出院了。

郑弘波放弃手术、放疗、化疗后，辗转于北京、上海、香港、澳门等地，拜访了数十位中医大夫，最后慕名找到了上海中医药大学教授何裕民。

“我们谈了将近两个小时，从哲学问题谈到治疗问题。那天，我印象很深，他体质特别虚弱，背曲着，无力直腰，是硬撑着和我聊下去的。”何裕民回忆说。

而郑弘波对这次交谈的体会是：“何教授对医学哲学很有研究。他认为，西医的‘过度治疗’和中医的‘以毒攻毒’的确是当前癌症治疗中存在的问题，他还介绍了‘带瘤生存’的理念等等。”

谈话结束后，郑弘波按何裕民教授的说法，接受了系统的中医治疗，还先后接受了3次伽马刀治疗。如今，郑弘波身上两次转移灶消失了，一次原发灶明显萎缩且已无活性。他现在能够每天打高尔夫球，还能够坚持处理很多公司事宜。

除了胰腺癌的治疗外，这些年，郑弘波还会请何裕民帮助治疗糖尿病、皮肤病、便秘等。“除了治病以外，我与何教授还聊过许多关于医学、医患关系、病理以及哲学方面的问题。我们已经成为无话不谈的朋友。”郑弘波说：“在中医界，何裕民属‘科学中医’类型，其特点是不排斥西医，又不依附于西医，而是在熟悉西医的基础上，中西医结合，并以中医为主。”

■“一例肺癌治疗是我致力中医肿瘤治疗的最初动因”

在中医领域造诣颇深的何裕民，当初学中医，却是情非得已。

1969年，何裕民作为一名知识青年，插队到浙江义乌农村接受贫下中农的再教育。下乡的7年中，他空闲下来手上只捧两类书籍，一类是旧书店里淘来的《代数辞典》、《几何辞典》，一类是经典的《自然辩证法》、《反杜林论》等哲学书。1975年的一天，公社党委书记认为这个小伙相当不错，再留在农村就被耽误掉了，于是推荐他到上海中医学院学习中医。

“到了学校，我对中医抵触很大。老师讲的阴阳五行、气血调理等，我一点概念都没有，对看不见、摸不着的经络也很反感。”困惑中的何裕民两次试图逃离中医专业。1977年恢复高考，“我向负责高考的工宣队提出要退学重考，结果被工宣队训斥了一顿”。何裕民不死心，1978年初恢复研究生考试，正处在毕业实习阶段的他报考了上海第二医学院的胃病专业，虽然考中，但还是被调剂到上海中医学院中医外科专业。他仍旧不死心，第二年即1979年继续考研，报了上海第一医学院，“结果连审核都没通过，原因是临床工作还不满两年”。

这种对中医的抵触情绪，直到经历了一次成功帮人看病后才有所改变。一天，何裕民原先农村插队的地方一位退休的老干部来到上海，希望何裕民能帮助他治肺癌。“我陪他走了好几家医院，一瞅清楚，因为他患晚期肺癌，又伴有较严重的冠心病。无奈之下，我帮他找了我们学校内科权威张伯臾老中医，先帮他调整冠心病；至于肺癌，我则在张老的方子上加了几味药。想不到这一改，当时已经是60多岁的老人竟然又活了10多年，大大超过了当时西医给他定的寿限——3个月到半年。”

何裕民说：“这个治疗晚期肺癌的成功案例，使我改变了对中医的看法，也促使我下决心于1980年主动报考中医硕士研究生，最终成为当时已名声显赫的中医大师裘沛然的硕士研究生，开始了以中医为主的医学研究与应用之路。这也是促使我临床上一直致力于中医肿瘤治疗的最初动因。”

■“这是一本真正意义上的纯学术著作”

1983年硕士毕业后，何裕民留校任中医基础理论教研室教师。这位勤奋的青年教师，在日后的工作中逐渐突显出非凡才华。

他积极参与中医教育改革，拟定全新的学科分化教改方案，还搞了一个改革试点班，对原有课程体系进行了调整，并成为《医学与哲学》杂志社最年轻的编委。1985年，当老师才两年的何裕民就获得上海市劳动模范称号。1987年他主编了全国第一本学科分化教材《中医学导论》，还在全国率先开设心身医学、医学方法论等新课程。1988年，36岁的何裕民破格晋升为副教授，3年后他又被破格晋升为教授。

近30年来，他在厘清传统医学脉络的基础上，大胆对现代中医的定位、改革路径和发展思路提出了自己的看法，重新诠释了传统医学的意义和价值。

他主编的《差异·困惑与选择》一书，对现代中医学存在的主要问题，直面相对，切陈要害，可以说，这是何裕民在中医学理性审视的开端。他的中医理论体系的解构与重建等核心观点，获得了学术界和谢好评。面对一些争议，他认真地进行反思，冷静地剖析寻源，在上世纪90年代中期撰写了系列中医哲学专著，包括《中国传统精神病理学》、《中医药揭秘》和《走出巫术丛林的中医》等。其中，《走出巫术丛林的中医》这本书，是何裕民整整伏案3年才写成的，书中探析了中医学神秘兮兮的“根源”，他自己也认为，“这是一本真正意义上的纯学术著作”。

紧接着，何裕民又作为《普通高等教育“十五”国家级规划教材》和《面向21世纪课程教材》的总主编，主编出版了《中医学导论》、《中医辨证学》、《中医古典理论精华》、《中医肺治学总论》、《中医学方法论》和《现代中医肿瘤学》等11本教材。其中，《中医学方法论》被誉为集教材和专著双重特点的著作，对中医学的现代发展产生很大的推动作用；90万字的《现代中医肿瘤学》则被称之为一部内容厚实而又颇多原创性的好教材，是对中医肿瘤临床体系的重建尝试。

值得一提的是，当年这套教材的大部分主编都是40岁上下。何裕民说自己当时是“冒着风险，顶着压力，让中青年一代担任如此重任”。让他感到欣慰的是，10多年过去了，如今这些主编大都已走上校级或院级领导岗位。主编《中医古典理论精华》、现为上海中医药大学基础医学院院长的陈晓说：“感谢何教授10多年前给予的这一重要机会，使我发现了自己的潜质，充满信心地踏入了学术领域，从而有今天的进步。”

而他最大的一本书要算过于2008年出版的《癌症只是慢性病》了。据这本书的出版商“上海世纪出版集团”披露，这是一本“销量好得令他们惊奇”的书。只看一下书的名字——癌症只是慢性病，一下子就使癌症“减毒”了、“缓释”了。对于癌症患者来说，这样的书名也有着莫大的心理安慰作用——既然癌症像高血压、糖尿病这类慢性病一样，又有什么可怕呢？以至于他们拿到这本书，得到“只是慢性病”的概念时，好像拿到了一张生命通道的“准入证”，大大地松了一口气。

何裕民在书中说：“癌细胞在多数情况下只不过是正常(干或母)细胞的分化异常和发育障碍。在有些情况下，特别是伴随着衰老，这种异常和障碍往往难以避免；多数情况下，进展缓慢的癌细胞并不一定对机体造成多大的伤害，只是在特定条件下，这些癌细胞‘疯长’，并侵袭重要组织器官，才表现出对生命的严重威胁。”他还援引上世纪80年代美国尸体解剖结论，以说明很多肿瘤并没有致患者于死地，而是始终和生命和平共处着。

何裕民把病人都集中到会议室，进行圆桌疗法，医生和病人围坐在一张大桌子旁，不仅能一次多看些病人，也比单独治疗效果好得多。

癌症只是慢性病，这一癌症防治新思维得到了癌症患者的共鸣。一位从事食品药品监督管理工作的癌症患友告诉何裕民教授：“我坚信这一观点的正确，故接受后便不再鲁莽地拼个鱼死网破，而是理性地、悠着点地对待原本自己所患的较难控制的癌症，现癌胚抗原指标已下降，肿块有缩小，生存质量大大提高。更重要的是我不再每日提心吊胆地生活在恐惧之中，而是学会了优哉乐哉地享受生活，享受当下。”还有一位患了肺癌的资深主任医师写信给何裕民，也表示，自己正是因为理解了“癌症只是慢性病”，所以这些天来“坦荡多了，不再魂不守舍、每日半夜惊恐而醒，能从容与同事们讨论自己的病情了，也增强了信心……”

■“中医对疾病的个性化干预和治疗应该是其发展的一个方向”

中医学术界有学者评价何裕民不仅是一位对中医学术问题善于沉思反省的“哲人”，更是一个勤于实践探索的“匠人”。在过去的30多年里，何裕民紧紧抓住两大临症环节：一是把临床体质和亚健康纳入心身医学范畴，二是把恶性肿瘤特别是肿瘤临床作为主攻方向。在数万例肿瘤治疗研究中，他始终在实践中探索，主张当今的肿瘤治疗应努力地实施“三驾马车”说，即西医治疗、中医治疗与非医学(如心理、饮食等)方法三大类手段并重，三者相互配合、相互弥补、相互促进。

1994年，何裕民和几位同仁一起创办了上海民生中医药研究所，后来研究所又与几家单位一起组建了上海民生健康服务中心。何裕民在肿瘤中医治疗与康复、亚健康状态调整等领域进行了许多探索，并在国际上最早提出了“零毒化疗、整体抑瘤”的肿瘤治疗观，他甚至还给自己研制成功的一种中药抗肿瘤产品命名为“埃克信”。他说，他要做既有科学精神、又有民族情感的中医药探索者。

何裕民对中医药“零毒化疗”的探索源于37年前当实习医生时亲眼目睹的一幕惨剧。何裕民回忆说，那是一年7月的一个下午，在一家县医院急诊科实习的他接待了一个从农村来的小伙子。在查看了白细胞检查单后，何裕民怀疑小伙子患的是白血病，并说：“你要住院治疗。”于是，这个骑自行车来看病的小伙子又骑车回到离县城15公里远的家里，拿了被褥和暖水瓶，再骑到医院，一天就来回共骑了45公里地。第二天小伙子就接受了大剂量化疗，第四天晚上小伙子就去世了。我当时心情特别难受，“从那时起，化疗能否无毒这个问题就一直萦绕在我心中”。

上世纪80年代末以来，何裕民率先提出零毒化疗的治疗思想，并利用现代科技改造中草药，研制成功了抗肿瘤新品“埃克信”，“它使得我们在临床上可以结合中医辨证施治，做到抑制肿瘤、改善症状、调整免疫三者的有机统一，这对于肿瘤治疗的意义相当大。我个人的观点认为，现代医学之所以到现在不能攻克肿瘤，原因就在于其针对病症的还原论的局部治疗思想，而肿瘤却是一种全身疾病。”何裕民解释说。

当今，危害人类健康的心脑血管病、慢性肝病、糖尿病等都是多因性疾病，疾病的发生发展都与生活方式、个性特征、精神心理密切相关，虽然其防范和诊治需要考虑这些各不相同的个性因素，而这又恰恰是中医药的特色和优势，“因此我一直主张中医对疾病的个性化干预和治疗应该是其发展的一个方向”。

作为中华医学会心身医学分会主任委员，何裕民主张癌症的临床治疗和后期康复是一个系统工程，是对身心的综合干预，其中涉及的方法包括改变患者认知态度和不良生活行为的认知行为疗法、优化患者饮食行为的饮食疗法、促使患者重新融入社会的社会支持、合理而健康的家庭呵护等。当然，“其核心是中药的调整，比如用汤药辨证论治，改善或优化患者的机体总体状态，增强其免疫功能以抑制残存肿瘤细胞。”

为了确保个性化康复的实施，何裕民组织一批博士生、硕士生成立“新世纪医学先锋队”，在肿瘤康复志愿者召集“爱心使者”，同时还与上海癌症康复俱乐部一起，举办了90天综合康复行动的“埃克信康复营”，报名参加的患者除上海地区外，还有来自美国、澳洲等十几个国家和地区的患者。通过对两期集中康复活动的统计表明：91%的患者对未来的希望增加，61%生活自理能力增强，75%以上的患者综合素质提高。

由于来找何裕民看病的人实在太多了，他就想了个办法把病人都集中到会议室，进行圆桌疗法。“我的学生和其他专家也参与其中，医生和病人围坐在一张大桌子旁，病人不仅可以和医生交谈，病人之间也可以相互交流抗癌心得，倾吐心中郁闷，这种安排起到了综合的心理治疗效果，其效果要比单独治疗好得多。”

■“学术领域内有争鸣是好事，有助于对问题的认识”

2006年3月开始，一场围绕中医的存废之争引起轩然大波，湖南长沙一个叫张功耀的教授力促废除中医，投了一篇檄文《告别中医中药》给《医学与哲学》编辑部。当时，很多人认为这篇文章不值得发表，但在副主编何裕民的坚持下最后还是不加删改地刊登了。何裕民认为，学术领域内有争鸣是好事，引发大家讨论会有助于对问题的认识。

在那之后的一年多时间里，何裕民力挺中医，著书立说，发表论文。不管是在业界主办的“中医问题深层次的思考”座谈会上，还是在接受中央人民广播电台“中国之声”栏目的专访中，他都旗帜鲜明地坚称，医学不仅是科学，还是一种人文文化；医学不仅是一门技术，更是一种艺术。何裕民说，中医的发展，关键是要有一个宽松的氛围。从政策角度，不仅要在基础研究方面舍得投入，对于重大科研项目给予全力支持。在实用技术方面，应该放开临床实践，鼓励中医医院深入探索、大胆创新。比如上海曙光医院“针麻手术”的成功，就是中医临床的开拓之举，既有科学意义，又有实用价值。同时，应该拓展中医药生存新空间。今后中医可能不仅局限于治病，还应该对亚健康等病前状态实施干预，对病后虚弱的身体进行调理，以维护健康、增进健康为目标。这几块结合在一起，才是中医的发展之道。

这期间，何裕民还积极参与由中国协和医科大学出版社策划出版的《中医新世纪大论战》的丛书编著，撰写了4册中的两册，分别是《爱上中医》和《发现中医》。

在何裕民游刃有余的笔锋间，透着对中医的深邃理解和深沉之爱。显然，当年那个曾经像张功耀一样对中医极为排斥的倔强青年，不仅已成了中医的忠实拥趸，还是民族医药的发扬光大者。

(本版图片由何裕民本人提供)

■记者手记

有幸在采访何教授的过程中，记者先后听了他两场针对不同对象的演讲：一场是在上海图书馆，他向市民作了“癌症防治新思维”的讲座，场面爆满，讲座后请何教授签名的队伍排得很长很长；另一场是在全国医药院校社科研究协作会工作会议上，他与医学同道切磋“除了治疗外，临床医生还能给病人什么”，令与会者眼前一亮。

“癌症只是慢性病”这个防治新思维，仿佛是一剂清醒良药，使不少癌症患者从恐惧、忧虑中缓过神来，开始理性地对待自身疾病。而对于临床医生，何裕民给出的忠告是，在治疗之外，还要学会接纳，给予患者理解和宽慰，同时也要学会技巧性地沟通。

聆听何裕民教授的演讲，既是一种健康教育的熏陶，也是一种身心放松的享受。在对何教授的采访过程中，记者不仅感受到了他的儒雅风度，也为他言谈举止间所显露的渊博学识和严谨作风所钦佩。

经何裕民治疗，胰腺癌患者郑弘波依然活得很好，两人还成为了好朋友

■对话

中医不仅仅是国宝

记　者：何老师，听说您曾和我国儿科事业的先驱者、儿科医学界的泰斗苏祖斐教授一起为孩子看过病？

何裕民：不敢这么说。出于对80多岁苏老的尊重与好奇，当年在上海市儿童医院实习时，一有空我就坐在她旁边，跟她一起出诊。她看的是小儿过敏性紫癜，用的是中西医结合方法。我看她用的都是凉血止血药，遂不知天高地厚地提出：我记得老师在课堂上讲，这种病大多是病于脾虚，脾不统血，当用补脾益气摄血法。想不到苏老竟十分谦虚，愿意照我说的试试看。于是，每周一个下午，我们就用新法治小儿过敏性紫癜，3个多月的时间里，我们系统观察了近40名少女，效果非常好，近半数患儿两周后血小板上升，80%一个月后血小板正常。苏老很高兴，因为比她那套效果明显要好。我当然也很高兴，与大专家在一起，抄抄弄弄，居然也有意外的收获。

记　者：在对待中医问题上，有些人主张用唯一的西方近代科学标准来评估，您怎么看待这个问题？

何裕民：给中医立标准、立法，都是重要的。但不能用西医的评判标准来评价中医。这种标准在解释化学、物理学等现象方面很成功，但在解释生物学现象方面会面临挑战。因为，生物科学与物理科学的规律不完全一样，标准也不能一元化。从生物多样性与文化多元性角度看，中医不仅仅是国宝，也是科学发展的非常重要的参照物。

记　者：您最大的爱好是什么？

何裕民：这么多年来忙于中医学的教学、科研、临床和管理等，空下来最大的爱好就是看书。医学、哲学、史学，包括管理学之类的书都看，反正看得很杂。看书能使我静下心来，放松心态，同时也能做点深入思考，想些问题。

何裕民(左一)出席“医学人文如何走进临床”研讨会，在促进医学人性化倡议展板上签名

■何裕民小传

1952年8月出生，浙江义乌人。上海中医药大学博士生导师、教授。

潜心肿瘤研究与临床治疗30多年，主要研究中医体质和肿瘤的临床治疗，积累了数万余例病例，尤其擅长于胰腺癌、肝癌的治疗。曾获全国杰出青年中医、上海市劳动模范等荣誉。出版中医专著40多部，发表科普文章300多篇。赴全国各地作科普演讲300多场。先后培养博士研究生23名、硕士研究生34名，带博士后3人、访问学者4人。

任中华医学会理事兼心身医学分会主任委员、《医学与哲学》杂志副主编、国家级规划大学教材《现代中医肿瘤学》主编，以及中国健康教育中心、国家科技部“十一五”重点支撑项目亚健康课题组第一负责人、国家卫生与计划生育委员会新闻宣传中心专家咨询委员会专家等职。

他是一位勇于突破的中医临床大家，尤其在中医肿瘤治疗方面造诣深厚，一些曾被断言时日不多的癌症患者经他调治，又奇迹般地活了下来；

他是一位走近大众的医学教育家，在出书立说、从医带教之余，近10多年还做医学科普报告300多场，深受患者和公众欢迎；

他所宣扬的“癌症只是慢性病”理念，颠覆了人们对癌症的看法，也让很多患者的身心得到拯救，而他自己也因此得了个响亮的名号——“科学中医”。

何裕民:“科学中医”的情愫

“在中医界，何裕民属‘科学中医’类型”

“都快7年了，他还活着?”提起中粮集团总经济师郑弘波，许多了解他的人都会这么惊讶地问道。因为他曾被诊断胰腺癌晚期，且被医学专家断言生命只有不到半年的时间。而帮他打破这一断言的人，就是上海中医药大学教授何裕民。

2007年5月，郑弘波被查出患有胰腺癌，他先后就诊于中国人民解放军总医院、北京协和医院，甚至去了全球肿瘤治疗权威机构——美国霍普金斯大学医学院咨询。“郑弘波的生命只有3～6个月的时间。”国内外的著名医学专家都这么预测。

拒绝手术的郑弘波，最终到一家肿瘤专科医院，选择了在接受放疗的同时配合口服化疗药物的治疗。“在治疗前，经过调养，我高尔夫可以轻松打完18洞，能行走10公里左右，但在治疗后第五天，我在病房里去洗手间都要扶着墙走。医生告诉我，现在只做了5次，这样的治疗总共需要21次，全部做完之后，肿瘤不会长大。我听了之后非常失望，心想如果这样消灭肿瘤的话，还有一个更简单的方法，就是把我杀了。”后来，郑弘波又坚持了两次，总共做了7次放疗就坚决出院了。

郑弘波放弃手术、放疗、化疗后，辗转于北京、上海、香港、澳门等地，拜访了数十位中医大夫，最后慕名找到了上海中医药大学教授何裕民。

“我们谈了将近两个小时，从哲学问题谈到治疗问题。那天，我印象很深，他体质特别虚弱，背曲着，无力直挺，是硬撑着和我聊下去的。”何裕民回忆说。

而郑弘波对这次交谈的体会是："何教授对医学哲学很有研究。他认为，西医的'过度治疗'和中医的'以毒攻毒'的确是当前癌症治疗中存在的问题，他还介绍了'带瘤生存'的理念等等。"

谈话结束后，郑弘波按何裕民教授的说法，接受了系统的中医治疗，还先后接受了3次伽马刀治疗。如今，郑弘波身上两次转移灶消失了，一次原发灶明显萎缩且已无活性。他现在能够每天打高尔夫球，还能够坚持处理很多公司事宜。

除了胰腺癌的治疗外，这些年，郑弘波还会请何裕民帮助治疗糖尿病、皮肤病、便秘等。"除了治病以外，我与何教授还聊过许多关于医学、医患关系、病理以及哲学方面的问题。我们已经成为无话不谈的朋友。"郑弘波说："在中医界，何裕民属'科学中医'类型，其特点是不排斥西医，又不依附于西医，而是在熟悉西医的基础上，中西医结合，并以中医为主。"

"一例肺癌治疗是我致力中医肿瘤治疗的最初动因"

在中医领域造诣颇深的何裕民，当初学中医，却是情非得已。

1969年，何裕民作为一名知识青年，插队到浙江义乌农村接受贫下中农的再教育。下乡的7年中，他空闲下来手上只捧两类书籍，一类是旧书店里淘来的《代数辞典》《几何辞典》，一类是经典的《自然辩证法》《反杜林论》等哲学书。1975年的一天，公社党委书记认为这个小伙相当不错，再留在农村就被耽误掉了，于是推荐他到上海中医学院学习中医。

"到了学校，我对中医抵触很大。老师讲的阴阳五行、气血调理等，我一点概念都没有，对看不见、摸不着的经络也很反感。"困惑中的何裕民两次试图逃离中医专业。1977年恢复高考，"我向负责高考的工宣队提出要退学重考，结果被工宣队训斥了一顿"。何裕民不死心，1978年初恢复研究生考试，正处在毕业实习阶段的他报考了上海第二医学院的肾病专业，虽然考中，但还是被调剂到上海中医学院中医外科专业。他仍旧向往着西医，第二年即1979年继续考研，报了上海第一医学院，"结果连审核都没通过，原因是临床工作还不满两年"。

这种对中医的抵触情绪，直到经历了一次成功帮人看病后才有所改变。一天，何裕民原先农村插队的地方一位退休的老干部来到上海，希望何裕民能帮助他治肺癌。“我陪他走了好几家医院，一概遭拒，因为他患晚期肺癌，又伴有较严重的冠心病。无奈之下，我帮他找了我们学校内科权威张伯臾老中医，先帮他调整冠心病；至于肺病，我则在张老的方子上加了几味药。想不到这一改，当时已经是60多岁的老人竟然又活了10多年，大大超过了当时西医给他定的寿限——3个月到半年。”

何裕民说：“这个治疗晚期肺癌的成功案例，使我改变了对中医的看法，也促使我下决心于1980年主动报考中医硕士研究生，最终成为当时已名声显赫的中医大师裘沛然的硕士研究生，开始了以中医为主的医学研究与应用之路。这也是驱使我临床上一直致力于中医肿瘤治疗的最初动因。”

“这是一本真正意义上的纯学术著作”

1983年硕士毕业后，何裕民留校任中医基础理论教研室教师。这位勤奋的青年教师，在日后的工作中逐渐突显出非凡才华。

他积极参与中医教育改革，拟定全新的学科分化教改方案，还搞了一个改革试点班，对原有课程体系进行了调整，并成为《医学与哲学》杂志社最年轻的编委。1985年，当老师才两年的何裕民就获得上海市劳动模范称号。1987年他主编了全国第一本书分化教材《中医学导论》，还在全国率先开设心身医学、医学方法论等新课程。1988年，36岁的何裕民破格晋升为副教授，3年后他又被破格晋升为教授。

近30年来，他在厘清传统医学脉络的基础上，大胆对现代中医的定位、改革路径和发展思路提出了自己的看法，重新诠释了传统医学的意义和价值。

他主编的《差异·困惑与选择》一书，对现代中医学存在的主要问题，直面相对，切陈要害。可以说，这是何裕民中医学理性审视的开端。他的中医理论体系的解构与重建等核心观点，获得了学术界如潮好评。面对一些争议，他认真地进行反思，冷静地刨根寻源，在20世纪90年代中期撰写了系列中医寻源著作，包括《中国传统精神病理学》《中医药揭秘》和《走出巫术丛林的中医》等。其中，《走出巫术丛林的中医》这本书，是何裕民整整伏案3年才写成的，书中探析了中医学种种差异的“根源”。他自己也认为，“这是一本真正意义上的纯学术著作”。

紧接着，何裕民又作为“普通高等教育‘十五’国家级规划教材”和“面向

21 世纪课程教材"的总主编，主编出版了《中医学导论》《中医辨证学》《中医古典理论精华》《中医防治学总论》《中医学方法论》和《现代中医肿瘤学》等 11 本教材。其中，《中医学方法论》被誉为兼有教材和专著双重特点的著作，对中医学的现代发展产生很大的推动作用；90 万字的《现代中医肿瘤学》则被称为一部内容厚实而又颇多原创性的好教材，是对中医肿瘤临床体系的重建尝试。

值得一提的是，当年这套教材的大部分主编都是 40 岁上下，何裕民说自己当时是"冒着风险，顶着压力，让中青年一代担任如此重任"。让他感到欣慰的是，10 多年过去了，如今这些主编大都已走上校级或院级领导岗位。主编《中医古典理论精华》、现为上海中医药大学基础医学院院长的陈晓说："感谢何教授 10 多年前给予的这一重要机会，使我发现了自己的潜质，充满信心地游弋于学术领域，从而有今天的进步。"

而他最火的一本书莫过于 2008 年出版的《癌症只是慢性病》了。据这本书的出版商"上海世纪出版集团"披露，这是一本"销量好得令他们惊奇"的书。只看一下书的名字——癌症只是慢性病，一下子就使癌症"减毒"了、"缓释"了。对于癌症患者来说，这样的书名也有着莫大的心理安慰作用——既然癌症像高血压、糖尿病这类慢性病一样，又有什么可怕呢？以至于他们拿到这本书，得到"只是慢性病"的概念时，好像拿到了一张生命通道的"准入证"，大大地松了一口气。

何裕民在书中说："癌细胞在多数情况下只不过是正常（干或母）细胞的分化异常和发育障碍。在有些情况下，特别是伴随着衰老，这种异常和障碍往往难以避免；多数情况下，进展缓慢的癌细胞并不一定对机体造成多大的伤害，只是在特定条件下，这些癌细胞'疯长'，并侵袭重要组织器官，才表现出对生命的严重威胁。"他还援引上世纪 80 年代美国尸体解剖结论，以说明很多肿瘤并没有致患者于死地，而是始终和生命和平共处着。

癌症只是慢性病，这一癌症防治新思维得到了癌症患者的共鸣。一位从事食品药品监督管理工作的癌症患友告诉何裕民教授："我坚信这一观点的正确，故接受后便不再鲁莽地拼个鱼死网破，而是理性地、悠着点地对待原本自己所患的较难控制的癌症，现癌胚抗原指标已下降，肿块有缩小，生存质量大大提高。更重要的是我不再每日提心吊胆地生活在恐惧之中，而是学会了优哉乐哉地享受生活，享受当下。"还有一位患了肺癌的资深主任医师写信给何裕民，也表示，自己正是因为理解了“癌症只是慢性病”，所以这些天来“坦荡多了，不再魂不守舍、每日半夜惊恐而醒，能从容与同事们讨论自己的病情了，也增强了信心……”

“中医对疾病的个性化干预和治疗应该是其发展的一个方向”

中医学术界有学者评价何裕民不仅是一位对中医学术问题善于沉思反省的“哲人”，更是一个勤于实践探索的“匠人”。在过去的30多年里，何裕民紧紧抓住两大临症环节：一是把临床体质和亚健康纳入心身医学范畴，二是把恶性肿瘤特别是肿瘤临床作为主攻方向。在数万例肿瘤治疗研究中，他始终在实践中探索，主张当今的肿瘤治疗应努力地实施“三驾马车”说，即西医治疗、中医治疗与非医学（如心理、饮食等）方法三大类手段并重，三者相互配合、相互弥补、相互促进。

1994年，何裕民和几位同仁一起创办了上海民生中医药研究所，后来研究所又与几家单位一起组建了上海民生健康服务中心。何裕民在肿瘤中医治疗与康复、亚健康状态调整等领域进行了许多探索，并在国际上最早提出了“零毒化疗、整体抑瘤”的肿瘤治疗观，他甚至还给自己研制成功的一种中药抗肿瘤产品命名为“埃克信”。他说，他要做既有科学精神、又有民族情感的中医药探索者。

何裕民对中医药“零毒化疗”的探索源于37年前当实习医生时亲眼目睹的一幕惨剧。何裕民回忆说，那是一年7月的一个下午，在一家县医院急诊科实习的他接待了一个从农村来的小伙子。在查看了白细胞检查单后，何裕民怀疑小伙子患的是白血病，并说：“你要住院治疗。”于是，这个骑自行车来看病的小伙子又骑车回到离县城15公里远的家里，拿了被褥和暖水瓶，再骑到医院，一天就来回共骑了45公里地。第二天小伙子就接受了大剂量化疗，第四天晚上小伙子就去世了。我当时心情特别难受，“从那时起，化疗能否无毒这个问题就一直萦绕在我心中”。

20世纪80年代末以来，何裕民率先提出零毒化疗的治疗思想，并利用现代科技改造中草药，研制成功了抗肿瘤新品“埃克信”，“它使得我们在临床上可以结合中医辨证施治，做到抑制肿瘤、改善症状、调整免疫三者的有机统一，这对于肿瘤治疗的意义相当大。我个人的观点认为，现代医学之所以到现在不能攻克肿瘤，原因就在于其针对病症的还原论的局部治疗思想，而肿瘤却是一种全身疾病。"何裕民解释说。

当今，危害人类健康的心脑血管病、慢性肝病、糖尿病等都是多因性疾病，疾病的发生发展都与生活方式、个性特征、精神心理密切相关，显然其防范和诊治需要考虑这些各不相同的个性因素，而这又恰恰是中医药的特色和优势，"因此我一直主张中医对疾病的个性化干预和治疗应该是其发展的一个方向"。

作为中华医学会心身医学分会主任委员，何裕民主张癌症的临床治疗和后期康复是一个系统工程，是对身心的综合干预，其中涉及的方法包括改变患者认知态度和不良生活行为的认知行为疗法、优化患者饮食行为的饮食疗法、促使患者重新融入社会的社会支持、合理而健康的家庭呵护等。当然，"其核心是中药的调整，比如用汤药辨证论治，改善或优化患者的机体总体状态，增强其免疫功能以抑制残存肿瘤细胞。"

为了确保个性化康复的实施，何裕民组织一批博士生、硕士生成立"新世纪医学先锋队"，在肿瘤康复志愿者召集"爱心使者"，同时还与上海癌症康复俱乐部一起，举办了 90 天综合康复行动的"埃克信康复营"，报名参加的患者除上海地区外，还有来自美国、澳洲等十几个国家和地区的患者。通过对两期集中康复活动的统计表明：91％的患者对未来的希望增加，61％生活自理能力增强，75％以上的患者综合素质提高。

由于来找何裕民看病的人实在太多了，他就想了个办法把病人都集中到会议室，进行圆桌疗法。"我的学生和其他专家也参与其中，医生和病人围坐在一张大桌子旁，病人不仅可以和医生交谈，病人之间也可以相互交流抗癌心得，倾吐心中郁闷，这种安排起到了综合的心理治疗效果，其效果要比单独治疗好得多。"

"学术领域内有争鸣是好事，有助于对问题的认识"

2006 年 3 月开始，一场围绕中医的存废之争引起轩然大波，湖南长沙一个叫张功耀的教授力促废除中医，投了一篇檄文《告别中医中药》给《医学与哲学》编辑部。当时，很多人认为这篇文章不值得发表，但在副主编何裕民的坚持下最后还是不加删改地刊登了。何裕民认为，学术领域内有争鸣是好事，引发大家讨论会有助于对问题的认识。

在那之后的一年多时间里，何裕民力挺中医，著书立说，发表论文。不管是在业界主办的“中医问题深层次的思考”座谈会上，还是在接受中央人民广播电台“中国之声”栏目的专访中，他都旗帜鲜明地坚称，医学不仅是科学，还是一种人文文化；医学不仅是一门技术，更是一种艺术。何裕民说，中医的发展，关键是要有一个宽松的氛围。从政策角度，不仅要在基础研究方面舍得投入，对于重大科研项目给予全力支持。在实用技术方面，应该放开临床实践，鼓励中医医院深入探索、大胆创新。比如上海曙光医院“针麻手术”的成功，就是中医临床的开拓之举，既有科学意义，又有实用价值。同时，应该拓展中医药生存新空间。今后中医可能不仅局限于治病，还应该对亚健康等病前状态实施干预，对病后虚弱的身体进行调理，以维护健康、增进健康为目标。这几块结合在一起，才是中医的发展之道。

这期间，何裕民还积极参与由中国协和医科大学出版社策划出版的“中医新世纪大论战”的丛书编著，撰写了 4 册中的两册，分别是《爱上中医》和《发现中医》。

在何裕民游刃有余的笔锋间，透着对中医的深邃理解和深沉之爱。显然，当年那个曾经像张功耀一样对中医极为排斥的倔强青年，不仅已成了中医的忠实拥趸，还是民族医药的发扬光大者。

■ 记者手记

有幸在采访何教授的过程中，记者先后听了他两场针对不同对象的演讲：一场是在上海图书馆，他向市民作了“癌症防治新思维”的讲座，场面爆满，讲座后请何教授签名的队伍排得很长很长；另一场是在全国医药院校社科研究协作会工作会议上，他与医学同道切磋“除了治疗外，临床医生还能给病人什么”，令与会者眼前一亮。

“癌症只是慢性病”这个防治新思维，仿佛是一剂清醒良药，使不少癌症患者从恐惧、忧虑中缓过神来，开始理性地对待自身疾病。而对于临床医生，何裕民给出的忠告是，在治疗之外，还要学会接纳，给予患者理解和宽慰，同时也要学会技巧性的沟通。

聆听何裕民教授的演讲，既是一种健康教育的熏陶，也是一种身心放松的享受。在对何教授的采访过程中，记者不仅感受到了他的儒雅风度，也为他言谈举止间所显露的渊博学识和严谨作风所钦佩。

■ 对话

中医不仅仅是国宝

记　者： 何老师，听说您曾和我国儿科事业的先驱者、儿科医学界的泰斗苏祖斐教授一起为孩子看过病？

何裕民： 不敢这么说。出于对80多岁苏老的尊重与好奇，当年在上海市儿童医院实习时，一有空我就坐在她旁边，跟她一起出诊。她看的是小儿过敏性紫癜，用的是中西医结合方法。我看她用的都是凉血止血药，遂不知天高地厚地提出：我记得老师在课堂上讲，这种病大多是病于脾虚，脾不统血，当用补脾益气摄血法。想不到苏老竟十分谦虚，愿意照我说的试试看。于是，每周一个下午，我们就用新法治小儿过敏性紫癜，3个多月的时间里，我们系统观察了近40名少女，效果非常好，近半数患儿两周后血小板上升，80%一个月后血小板正常。苏老很高兴，因为比她那套效果明显要好。我当然也很高兴，与大专家在一起，抄抄弄弄，居然也有意外的收获。

记　者： 在对待中医问题上，有些人主张用唯一的西方近代科学标准来评估，您怎么看待这个问题？

何裕民： 给中医立标准、立法，都是重要的。但不能用西医的评判标准来评价中医。这种标准在解释化学、物理学等现象方面很成功，但在解释生物学现象方面会面临挑战。因为，生物科学与物理科学的规律不完全一样，标准也不能一元化。从生物多样性与文化多元性角度看，中医不仅仅是国宝，也是科学发展的非常重要的参照物。

记　者： 您最大的爱好是什么？

何裕民： 这么多年来忙于中医学的教学、科研、临床和管理等，空下来最大的爱好就是看书。医学、哲学、史学，包括管理学之类的书都看，反正看得很杂。看书能使我静下心来，放松心态，同时也能做点深入思考，想些问题。

■ 何裕民小传

1952年8月出生，浙江义乌人。上海中医药大学博士生导师、教授。

潜心肿瘤研究与临床治疗30多年，主要研究中医体质和肿瘤的临床治疗，积累了数万余例病例，尤其擅长于胰腺癌、肝癌的治疗。曾获全国杰出青年中医、上海市劳动模范等荣誉。出版中医专著40多部，发表科普文章300多篇。赴全国各地作科普演讲300多场。先后培养博士研究生23名、硕士研究生34名，带博士后3人、访问学者4人。

任中华医学会理事兼心身医学分会主任委员、《医学与哲学》杂志副主编、国家级规划大学教材《现代中医肿瘤学》主编，以及中国健康教育中心、国家科技部"十一五"重点支撑项目亚健康课题组第一负责人、国家卫生与计划生育委员会新闻宣传中心专家咨询委员会专家等职。

（《健康报》2014年4月14日）

■采写/本报记者 胡德荣

无论是在患者眼里，还是在肿瘤专家眼里，她的医术都很“神”，能一眼“瞅”出疑难杂症，挽回患者的生命。

在中国肺癌研究领域，她被尊为执牛耳者：率先在国内进行大规模的女性肺癌的流行病研究和外周血干细胞支持下的肺癌高剂量化疗研究，在国际上率先开展小细胞肺癌的手术多学科综合治疗。

今年已八旬高龄的她，仍坚持出门诊，查房，参加会议……她倾其所有地传帮带教，图的是“学生们能青出于蓝而胜于蓝，把我未完成的事业延续下去，发展下去”。

廖美琳：

“永远把患者放在第一位”

■记者手记

“看病的诊疗环境就应该是静悄悄的”

采访廖美琳教授虽有过多次，但都是以前为了赶写一些学术高峰论坛的会议新闻，每次都是匆匆而来、急忙而去。这次深入采访，一次是在她供职的上海市胸科医院——廖美琳办公室，另一次是在她多点执业的上海国际医学中心——廖美琳VIP诊室。听温婉雅致的廖教授讲述自己从医57年来的一个个生动故事，记者如痴如醉。

廖美琳教授说“到我这儿来看病的，大多是疑难患者或初诊患者，而且大多数患者的片子都有十几张，我必须淡定心地看。”在她看来，上海国际医学中心所提供的舒适的诊疗环境和融洽的医患氛围，才是真正的医疗服务，因为在这里为患者看病，可以“用用心心、笃笃定定看病，享受着做医生的一种尊严，并且有足够的时间与患者深入交流、详细解释”。

廖教授回忆说，上世纪80年代，她赴加拿大麦克马斯特大学研修运动呼吸生理、临床流行病学和肺科临床时，看到那里的诊室就像上海国际医学中心的VIP诊室一样，静悄悄的，“其实，看病的诊疗环境就应该是静悄悄的”。

她在胸科医院每周有两个半天的特需门诊，有时预约号几乎都在网上被“黄牛”抢先霸占去了。看病的诊疗环境变得很嘈杂，前一个患者还未看完，后一个患者已经在催促了，“这能让我做医生的不烦躁、不焦虑吗？”

廖教授企盼所有医院都能创造一个让医生能安安静静地看病的诊疗环境。

悉心带教学生

医院为廖美琳举办从医50周年庆祝会

■廖美琳小传

1934年11月出生，云南籍。主任医师、教授。上海交通大学医学院附属上海市胸科医院临床中心首席专家、上海市胸部肿瘤研究所副所长。中国医师奖、中国肺癌研究终身成就奖获得者。

1957年毕业于上海第二医学院。长期从事各类肺部疾病的诊治，尤其在肺部肿瘤诊断、肺癌化疗和多学科治疗、非小细胞肺癌个体化方案的研究、肺癌的靶向治疗、外周血干细胞移植在胸部肿瘤的应用等方面颇有建树。在国内外发表论文130余篇。主编了《肺癌》、《肺癌诊治规范》、《恶性胸膜间皮瘤》、《肺部肿瘤学》等医学专著，参编专著10余部。

获全国文明建设先进工作者、全国卫生系统先进工作者、上海市“十佳医生”、上海市劳动模范、上海市医学荣誉奖、上海市三八红旗手、上海市卫生系统“我最佩服的共产党员”等荣誉称号。曾任中国抗癌协会肺癌专业委员会副主任委员、亚洲肿瘤学会委员、上海肿瘤学会副主任委员、上海市肺部肿瘤临床医学中心主任等职。

7月17日下午，上海市胸科医院临床中心首席专家廖美琳神采奕奕地登上2014年日本临床肿瘤年会讲坛，用英文PPT作了《非小细胞肺癌表皮生长因子受体抑制剂耐药的临床思考》的学术演讲，博得了与会世界各国肿瘤专家的如潮好评。今年，年届八旬的廖美琳在肺癌防治领域已整整探索了半个多世纪。

■“我以老师为榜样，把‘为患者服务’的精神贯穿于整个临床工作中”

廖美琳出生在苏州，成长在上海一个知识分子家庭。她的父亲早年曾留学日本早稻田大学和东京工业大学，回国后就职于上海交通大学。在家庭的熏陶下，从小就聪明伶俐的廖美琳高中毕业后，准备报考上海交通大学电机专业，却因父亲意外中风病逝，遂改填报上海第二医学院，决心成为一名医生，以图将来挽救更多患者的生命。1957年7月，廖美琳从医学院毕业后，被分配到新成立的上海市胸科医院从事胸内科工作。

“我踏入胸科医院不久就目睹了两件事，让我难以忘怀。”廖美琳回忆说，一天，她跟着吴善芳老师去查门诊，还未走进诊室，早已等候在门口的患者都争着与吴老师打招呼地站了起来，“这一站，把我吓了一跳。当时，就有患者对我说：‘吴医生是个好医生，我们真心佩服他，他说的话我们患者都爱听’”。

又有一次，一位因缺乏营养骨瘦如柴的肺结核患者意外地发现床头柜上多了一碗浓浓的罗宋汤，里面还有当时相当紧缺的牛肉。后来一打听才知道，这碗罗宋汤是吴善芳老师亲自为患者熬的。

廖美琳说：“我以老师为榜样，把‘为患者服务’的精神贯穿于整个临床工作中，不但激励着自己，也影响着我的学生。你要想让患者真心尊重你，首先自己要付出真心。”

上世纪60年代，还是主治医生的廖美琳目睹了粗大的引流管插入患者有积液的胸腔进行引流时患者痛苦不堪的神情，她为此常常自责。经过反复思考与研究，廖美琳大胆提出用细硅胶管取代旧式的粗引流管，实现持续引流，并辅以药物注入治疗的想法，临床实践证明患者的生命质量明显得到提高。接着，她根据临床实践撰写了一篇总结性论文《细硅管胸腔插管引流治疗癌性胸腔积液》，彻底推翻了此前一些医学权威认为“胸水不治”的观点。

瘦弱的廖美琳在患者危急时刻，有时会迸发出连她自己也想不到的力量。一次值班时，看到呼号灯亮起，廖美琳第一个赶到病床前，发现患者呼吸困难，就一把将患者侧搂起来，拍着他的背让他呕出了血块，解除了患者的窒息危机。要知道，这是一位男性患者，体重不轻。提起这件事，廖美琳说：“当时也不知道是从哪儿来的那么大的力气，大概是医生的本能和应激吧。”

“医生永远要把患者放在第一位！”廖美琳总是尽自己所能帮助患者解除痛苦。注意到肺癌的发病率在不断上升，廖美琳又在老师的引领下开始了对肺癌诊治的研究。她的第一篇关于肺癌的论文——《肺癌的倍增时间与预后的关系》被刊登在中华医学杂志上，更增强了廖美琳研究肺癌的信心。

■“在肺癌研究领域，她是我们前进路上的领跑者”

廖美琳先后荣获了中国医师奖、中国肺癌研究终身成就奖等荣誉称号。无论是在患者眼里，还是在肿瘤专家眼里，廖美琳的医术很“神”。

一位农村来的患者在县医院被诊断为肺癌晚期，慕名赶到上海找廖美琳救命。患者一进诊室，廖美琳就闻出他身上的“味道”不对劲。她告诉患者，你这味道是典型的细菌感染引起的。化验结果证实，果然是肺脓疡。于是患者住院进行抗菌药物的治疗，很快就康复出院了。

原中国抗癌协会临床肿瘤学协作中心执行委员会主任委员、黑龙江省哈尔滨血液病肿瘤研究所所长马军教授回忆说：“我曾一位中年患者肺部有一占位性病变，多家医院均诊断为肺癌，患者极度悲观绝望。廖教授在研究了患者的CT和PET-CT报告后，明确提出患者肺部的占位性病变不是肿瘤，可能是肺部霉菌感染。术后的病理报告结果证实了廖教授的诊断完全正确。廖教授如此精湛的医术让我佩服得五体投地。”

■对 话

“这个医生让患者放心，因为她会看书”

记　者：廖教授，听说您很喜欢看书，到现在都是如此？

廖美琳：在上世纪60年代“文革”的时候，医院的许多老师都被打成“反动学术权威”而靠边站了，很多患者就找我看病，我那时还很年轻，经验不足，遇到难题，就只能从书本里寻找答案帮助解决。那时候，有种说法是“知识越多越反动”，很少有人光顾图书馆，而我为了给患者看病，经常一摞摞地借书回去啃。就是从那时起，我养成了坚持看书的习惯。工作再怎么忙，我每星期总要看上十几个小时的书。为此，有人还称赞我：“这个医生让患者放心，因为她会看书。”

记　者：医院同仁都说您还喜欢看戏、喜欢唱戏，这是真的吗？

廖美琳：是真的，而且从年轻时就喜欢，因为父母都是票友。受二老的影响，自然而然也热爱上了京剧、昆剧和越剧，我甚至在医院里还穿戴“行头”登上节庆舞台表演过一番。假日时，我会一边翻看书籍，一边收听播放的戏剧碟片，也算是一番闲情逸致吧！

记　者：廖教授，您都80岁高龄了，每周还十分忙碌，您是如何保养身体的？

廖美琳：保养谈不上，只是吃东西不挑剔，生活有规律，该工作的时候工作，该玩的时候好好玩，尽量让自己开心，也许这就是我的经验之谈。比如，与我工作范围“一壁之隔”的沈镇宙教授，我搞“肺部肿瘤”是胸内，他在复旦大学附属肿瘤医院搞“乳腺癌”，是胸外的，我们不仅是同龄人，而且都是1957年毕业的，我们兴趣爱好相同，工作之余，两家人经常一起玩乐，可谓一种人生享受了。

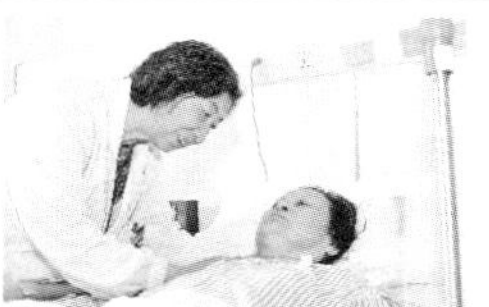

把“为患者服务”的精神贯穿于整个临床工作中的廖美琳，对待患者极其耐心和细致

一位中年肺癌患者曾经复发了好几次，仔细分析之后，廖美琳发现新长出来的病灶和以前的病灶是由不同基因导致的，是一种“异质性肺癌”，于是她建议患者手术切除两个新病灶，再用原先的药物继续控制老病灶。结果，这位老患者手术后又活了5年，到今年已经带瘤生存了14年。

上世纪70年代末，廖美琳重点研究小细胞肺癌，在国内首先提出小细胞肺癌化疗结合手术的多学科治疗理念，将小细胞肺癌患者的5年生存率从10%以下提高到36.3%，改变了以往认为小细胞肺癌不能手术的观点，处于国际领先水平。她在国内还率先开展了Ⅰ～Ⅲ期非小细胞肺癌手术多学科随机研究。1985年开始，她开展肺癌化疗的新药研究，在国内率先开展自体外周血干细胞支持下的高剂量化疗在小细胞肺癌中的研究，使这部分患者的中位生存期延长至22个月，进一步提高了癌症患者的生存率。

1995年，廖美琳开始负责上海市医学领先学科“肺部肿瘤学”的研究，2001年她又负责建设上海市肺部肿瘤临床医学中心。

中国抗癌协会肺癌专业委员会主任委员吴一龙教授说，自己知道廖美琳这个名字，是在上世纪80年代，“那时候我只是一个小小的住院医生，而廖医生已是我国肺癌领域的领军人物之一，敬仰之余总觉得她是那么遥远”。在1996年于上海举行的第6届全国肺癌大会上，吴一龙才第一次认识廖美琳，“记得那一年她所作的大会报告，是关于肺癌临床研究、设计和统计学分析的内容，这份报告给我留下了深刻的印象，也是指引我之后在循证医学道路上探索和寻求的启蒙之作”。

在吴一龙教授眼里，廖美琳教授是肺癌领域的全才。他说：“廖美琳教授在肺癌研究上的独到眼光和开拓性探索，令人钦佩：非小细胞肺癌的新辅助化疗研究、外周血干细胞支持下的肺癌高剂量化疗、肺癌的预后因子研究，还有她专注的女性肺癌问题等，可以说，在肺癌研究领域，廖美琳教授总是执牛耳，是我们前进路上的领跑者。”

■注重女性肺癌防治的宣教工作，把“戒烟”二字放在首位

作为女性，廖美琳对女性患者有着特殊的关爱，她最早开始关注“女性肺癌研究”，率先进行了大规模女性肺癌的流行病、病因学和分子生物学研究，得出的结果令人咋舌：“中国女性肺癌比例明显高于欧洲等西方国家”，“上海女性肺癌发病率属全球高发病率行列”，“上海中心城区女性肺癌发病增加幅度高于男性”，“肺癌确诊时女性晚期多于男性”。2006年，廖美琳的这篇题为《中国上海人群女性肺癌的发病和时间趋势及生存时间》的论文，获得了当年全国临床肿瘤学大会一等奖，结束了该奖项数年空缺的状况。

针对女性肺癌的流行病研究状况，这些年来，廖美琳更是注重女性肺癌防治的宣教工作，并把“戒烟”二字放在首位。她说：“过去对肺癌高危人群的界定是‘抽烟’、‘男性’，而现在女性不能再排除在高危人群之外了，在同样吸烟的条件下，女性患肺癌的危险性要比男性高出3倍。”

廖美琳解释说：“对于同样致肺癌的环境‘烟’，女性更脆弱。女性肺癌患者越来越多的原因，主要有两点，一是女性吸烟或被迫吸‘二手烟’导致肺癌的产生；二是常年吸取厨房油烟，导致肺部病变。成年女性体内有一种被称为CYP1P1的酶，这种酶能够使香烟中的致癌物质活化，从而种下危害健康的种子。”

为此，无论是在医院进行诊疗，还是到社区参加宣教，廖美琳总是大声呼吁“戒烟是第一位的”，劝告大家尽量减少“被动吸烟”。

廖美琳还指出，触摸“三手烟”将使孩子变笨。所谓“三手烟”就是吸烟以后有害气体颗粒会粘在衣服、被褥、家具上，被人触碰而受到污染。吸烟后笼罩的烟雾气体中含有大于4000种化学物质，包括焦油、一氧化碳和刺激性气体，其中致癌物质就有60多种。在烟雾环境下，青少年儿童的体格发育会迟缓，造成精神紧张、情绪不安、内分泌失调。在“二手烟”、“三手烟”环境中成长的孩子，进入成年后肿瘤的发病率也会增高，尤其是肺癌的发病率、死亡率更高。

廖美琳提醒人们：“由于肺癌早期没有特异性症状，或对呼吸道的一些症状不重视未能及时诊治，70%的肺癌患者发现时已是晚期，失去了手术机会。我们提倡定期健康体检。体检一般分为健康体检以及防癌查体，建议女士们到专科医院进行专业的防癌查体。出现咳嗽、咯血、间断胸痛等与肺癌常见症状相似的女士尤其要引起高度警惕，及时到医院求诊。”

■“一个人冒尖没有用，关键是看有无培养好接班人”

“我在上海市胸科医院遇到了两位好老师，一位是徐昌文教授，另一位是吴善芳教授。我从两位老师身上学到了精湛的医技，更学会了怎样做人、怎样热情对待患者。今天我感到尤为高兴的是，我的众多好学生纷纷成长起来，并且已经挑起了大梁，像陆舜、简红、陈智伟……”说起自己敬爱的老师和得意的学生，廖美琳一脸的幸福。

已经成为中国抗癌协会肺癌专业委员会候任主委、上海市肺部肿瘤临床医学中心主任的陆舜是1988年进入上海市胸科医院并师从廖美琳的。他说，“每每回忆起老师的教诲，如沐春风。老师一直谆谆教诲我要先做人、后做学问，要求我们要善待患者、善待同事，要尊重师长、尊重同道，她更是身体力行，是我们的学习榜样”。

在陆舜的印象中，廖老师对待患者极其耐心和细致。那些慕名而来找她看病的患者，有的光病史和影像学资料就有几斤重，“老师每次都要求我们根据时间顺序排好，每张仔细阅读。她很少在下午一点前结束上午的门诊时间，50多年来她几乎都是如此”。

作为学生，陆舜还亲身感受老师诚以治学和宽以待人的风范，“她要求我们对待学问要严谨。每次对于我的论文，老师都修改了不下五六次，每个数据、每张图表老师都认真核实。最初的文章老师几乎等于重新再写了一遍”。

让学生们感佩的还有她勤奋、无私的精神。如今，已是耄耋老人的廖美琳每星期的日程还总是排得满满的：两个半天的特需门诊，为全国各地来的肺部疾病患者细心诊治；每周一次的病房带教查房，以丰富的学识为年轻医师讲解具体的临床问题；坚持参与科室疑难病例的讨论会诊，为年轻医师剖析难点、开发思路。另外，她还应邀外出会诊、参加会议，还在坚持学习、看书、查资料……

作为医院首席专家，廖美琳还义不容辞地承担起人才培养的任务。为了使更多的青年人才脱颖而出，她因人施教，制订培养计划，在严格要求的同时，因势利导，毫无保留地传授帮教；她还积极创造条件，帮助青年人开展科研、开设课题，利用各种渠道，选送中青年医师出国进修深造；她还举贤荐才，甘当人梯，支持和培养青年骨干走上管理岗位。从医术到医德，从20多岁的实习医生到四五十岁的专家、主任，只要是她自己的学生，她都会真诚地提出自己的建议和教导。廖美琳常常告诉学生，做人要“谦和”，无论对同事、朋友或患者，都要谨记“三人行必有我师”的道理。

廖美琳在很多场合都说：“作为学科带头人，要有自己的接班人，形成一支老、中、青的梯队，才能让前辈医生们的所学所得经久不息地流传下去。一个人冒尖没有用，关键是看有无培养好接班人。只有把接班人培养好了，后继有人了，才算真正的成功。”

她还一直担任国家级继续教育学习班“肺癌诊断和多学科治疗”的负责人，从1996年至今已成功举办10多期，培养了全国各地近千名医务人员。对于培养学生，她总是倾其所有的知识和技能。“我希望自己的学生青出于蓝而胜于蓝，都超越我，把我所未完成的事业延续下去，发展下去。”廖美琳如是说。

如今，廖美琳可谓桃李满天下。对于这样一位德艺双馨的临床医学家、教育学家和科学家，学生们也总是心存敬意、饱以真情。陆舜、简红他们几个学生除了对老师嘘寒问暖外，还时常会把有关国际肺癌研究的前沿文献资料先下载，再放大字号，然后再打印出来，供老师深入研究，还与老师深入探讨肺癌的靶向治疗、免疫治疗、综合治疗等学术问题。

每每念及这些，廖美琳由衷地感叹：“学生知恩于心、感恩于行的‘反哺’情结，让我感动不已。”

（图片由上海市胸科医院宣传科提供）

无论是在患者眼里，还是在肿瘤专家眼里，她的医术都很“神”，能一眼“瞅”出疑难杂症，挽回患者的生命。

在中国肺癌研究领域，她被尊为执牛耳者：率先在国内进行大规模的女性肺癌的流行病研究和外周血干细胞支持下的肺癌高剂量化疗研究，在国际上率先开展小细胞肺癌的手术多学科综合治疗。

今年已八旬高龄的她，仍坚持出门诊，查房，参加会议……她倾其所有地传帮带教，图的是“学生们能青出于蓝而胜于蓝，把我未完成的事业延续下去，发展下去”。

廖美琳:“永远把患者放在第一位”

7月17日下午，上海市胸科医院临床中心首席专家廖美琳神采奕奕地登上2014年日本临床肿瘤年会讲坛，用英文PPT作了“非小细胞肺癌表皮生长因子受体拮抗剂耐药的临床思考”的学术演讲，博得了与会世界各国肿瘤专家的如潮好评。今年，年届八旬的廖美琳在肺癌防治领域已努力探索了半个多世纪。

“我以老师为榜样，把‘为患者服务’的精神贯穿于整个临床工作中”

廖美琳出生在苏州，成长在上海一个知识分子家庭。她的父亲早年曾留学日本早稻田大学和东京工业大学，回国后就职于上海交通大学。在家庭的熏陶下，从小就聪明伶俐的廖美琳高中毕业后，准备报考上海交通大学电机专业，却因父亲意外中风病逝，遂改填报上海第二医学院，决心成为一名医生，以图将来挽救更多患者的生命。1957年7月，廖美琳从医学院毕业后，被分配到新成立的上海市胸科医院从事肺内科工作。

“我踏入胸科医院不久就亲眼目睹两件事，让我难以忘怀。”廖美琳回忆说，一天，她跟着吴善芳老师去看门诊，还未走进诊室，早已等候在门口的患者都毕恭毕敬齐刷刷地站了起来，“这一站，把我吓了一跳。当时，就有患者对我说：‘吴医生是个好医生，我们真心佩服他，他说的话我们患者都爱听。’”

又有一次，一位因缺乏营养骨瘦如柴的肺结核患者意外地发现床头柜上多了一碗浓浓的罗宋汤,里面还有当时相当紧缺的牛肉。后来一打听才知道,这碗罗宋汤是吴善芳老师亲自为患者熬的。

廖美琳说:"我以老师为榜样,把'为患者服务'的精神贯穿于整个临床工作中,不但激励着自己,也影响着我的学生。你要想让患者真心尊重你,首先自己要付出真心。"

20世纪60年代,还是主治医生的廖美琳目睹了粗大的引流管插入患者有积液的胸腔进行引流时患者痛苦不堪的神情,她为此常常自责。经过反复思考与研究,廖美琳大胆提出用细硅胶管取代旧式的粗引流管,实现持续引流,并辅以药物注入治疗的想法,临床实践证明患者的生命质量明显得到提高。接着,她根据临床实践撰写了一篇总结性论文《细硅管胸腔插管引流治疗癌性胸腔积液》,彻底推翻了此前一些医学权威认为"胸水不治"的观点。

瘦弱的廖美琳在患者危急时刻,有时会迸发出连她自己也想不到的力量。一次值班时,看到呼号灯亮起,廖美琳第一个赶到病床前,发现患者呼吸困难,就一把将患者倒提起来,拍着他的背让他呕出了血块,解除了患者的窒息危机。要知道,这是一位男性患者,体重不轻。提起这件事,廖美琳说:"当时也不知道是从哪儿来的那么大的力气,大概是医生的本能和应激吧。"

"医生永远要把患者放在第一位!"廖美琳总是尽自己所能帮助患者解除痛苦。注意到肺癌的发病率在不断上升,廖美琳又在老师的引领下开始了对肺癌诊治的研究。她的第一篇关于肺癌的论文——《肺癌的倍增时间与预后的关系》被刊登在《中华医学杂志》上,更增强了廖美琳研究肺癌的信心。

"在肺癌研究领域,她是我们前进路上的领跑者"

廖美琳先后荣获了中国医师奖、中国肺癌研究终身成就奖等荣誉称号。无论是在患者眼里,还是在肿瘤专家眼里,廖美琳的医术很"神"。

一位农村来的患者在县医院被诊断为肺癌晚期,慕名赶到上海找廖美琳救命。患者一进诊室,廖美琳就闻出他身上的"味道"不对劲。她告诉患者,你这味道是典型的细菌感染引起的。化验结果证实,果然是肺脓疡。于是患者住院进行抗菌药物的治疗,很快就康复出院了。

原中国抗癌协会临床肿瘤学协作中心执行委员会主任委员、黑龙江省哈尔滨血液病肿瘤研究所所长马军教授回忆说:“我省一位中年患者肺部有一占位性病变,多家医院均诊断为肺癌,患者极度悲观绝望。廖教授在研究了患者的CT和PET-CT报告后,明确提出患者肺部的占位性病变不是肿瘤,可能是肺部霉菌感染。术后的病理报告结果证实了廖教授的诊断完全正确。廖教授如此精湛的医术让我佩服得五体投地。”

一位中年肺癌患者曾经复发了好几次,仔细分析之后,廖美琳发现新长出来的病灶和以前的病灶是由不同基因导致的,是一种“异质性肺癌”,于是她建议患者手术切除两个新病灶,再用原先的药物继续控制老病灶。结果,这位老患者手术后又活了5年,到今年已经带瘤生存了14年。

20世纪70年代末,廖美琳重点研究小细胞肺癌,在国内首先提出小细胞肺癌化疗结合手术的多学科治疗理念,将小细胞肺癌患者的5年生存率从10%以下提高到36.3%,改变了以往认为小细胞肺癌不能手术的观点,处于国际领先水平。她在国内还率先开展了Ⅰ～Ⅲ期非小细胞肺癌手术多学科随机研究。1985年开始,她开展肺癌化疗的新药研究,在国内率先开展自体外周血干细胞支持下的高剂量化疗在小细胞肺癌中的研究,使这部分患者的中位生存期延长至22个月,进一步提高了癌症患者的生存率。

1995年,廖美琳开始负责上海市医学领先学科“肺部肿瘤学”的研究,2001年她又负责建设上海市肺部肿瘤临床医学中心。

中国抗癌协会肺癌专业委员会主任委员吴一龙教授说,自己知道廖美琳这个名字,是在20世纪80年代,“那时候我只是一个小小的住院医生,而廖医生已是我国肺癌领域的领军人物之一,敬仰之余总觉得她是那么遥远”。在1996年于上海举行的第6届全国肺癌大会上,吴一龙才第一次认识廖美琳,“记得那一年她所作的大会报告,是关于肺癌临床研究、设计和统计学分析的内容,这份报告给我留下了深刻的印象,也是指引我之后在循证医学道路上探索和寻求的启蒙之作”。

在吴一龙教授眼里,廖美琳教授是肺癌领域的全才。他说:“廖美琳教授在肺癌研究上的独到眼光和开拓性探索,令人钦佩:非小细胞肺癌的新辅助化疗研究、外周血干细胞支持下的肺癌高剂量化疗、肺癌的预后因子研究,还有她专注的女性肺癌问题等,可以说,在肺癌研究领域,廖美琳教授总是执牛耳,是我们前进路上的领跑者。”

注重女性肺癌防治的宣教工作，把“戒烟”二字放在首位

作为女性，廖美琳对女性患者有着特殊的关爱，她最早开始关注“女性肺癌研究”，率先进行了大规模女性肺癌的流行病、病因学和分子生物学研究，得出的结果令人咋舌：“中国女性肺癌比例明显高于欧洲等西方国家”“上海女性肺癌发病率属全球高发病率行列”“上海中心城区女性肺癌发病增加幅度高于男性”“肺癌确诊时女性晚期多于男性”。2006 年，廖美琳的这篇题为《中国上海人群女性肺癌的发病和时间趋势及生存时间》的论文，获得了当年全国临床肿瘤学大会一等奖，结束了该奖项数年空缺的状况。

针对女性肺癌的流行病研究状况，这些年来，廖美琳更是注重女性肺癌防治的宣教工作，并把“戒烟”二字放在首位。她说：“过去对肺癌高危人群的界定是‘抽烟’‘男性’，而现在女性不能再排除在高危人群之外了，在同样吸烟的条件下，女性患肺癌的危险性要比男性高出 3 倍。”

廖美琳解释说：“对于同样致肺癌的环境‘烟’，女性更脆弱。女性肺癌患者越来越多的原因，主要有两点，一是女性吸烟或被迫吸‘二手烟’导致肺癌的产生；二是常年吸取厨房油烟，导致肺部病变。成年女性体内有一种被称为 CY1P1 的酶，这种酶能够使香烟中的致癌物质活化，从而种下危害健康的种子。”

为此，无论是在医院进行诊疗，还是到社区参加宣教，廖美琳总是大声呼吁“戒烟是第一位的”，劝告大家尽量减少“被动吸烟”。

廖美琳还指出，触摸“三手烟”将使孩子变笨。所谓“三手烟”就是吸烟以后有害气体颗粒会粘在衣服、被褥、家具上，被人触碰而受到污染。吸烟后笼罩的烟雾气体中含有大于 4 000 种化学物质，包括焦油、一氧化碳和刺激性气体，其中致癌物质就有 60 多种。在烟雾环境下，青少年儿童的体格发育会迟缓，造成精神紧张、情绪不安、内分泌失调。在“二手烟”“三手烟”环境中成长的孩子，进入成年后肿瘤的发病率也会增高，尤其是肺癌的发病率、死亡率更高。

廖美琳提醒人们：“由于肺癌早期没有特异性症状，或对呼吸道的一些症状不重视未能及时诊治，70%的肺癌患者发现时已是晚期，失去了手术机会。我们提倡定期健康体检。体检一般分为健康体检以及防癌查体，建议女士们到专科医院进行专业的防癌查体。出现咳嗽、咯血、间断胸痛等与肺

癌常见症状相似的女士尤其要引起高度警惕，及时到医院求诊。”

“一个人冒尖没有用，关键是看有无培养好接班人”

“我在上海市胸科医院遇到了两位好老师，一位是徐昌文教授，另一位是吴善芳教授。我从两位老师身上学到了精湛的医技，更学会了怎样做人、怎样热情对待患者。今天我感到尤为高兴的是，我的众多好学生纷纷成长起来，并且已经挑起了大梁，像陆舜、简红、陈智伟……”说起自己敬爱的老师和得意的学生，廖美琳一脸的幸福。

已经成为中国抗癌协会肺癌专业委员会候任主委、上海市肺部肿瘤临床医学中心主任的陆舜是1988年进入上海市胸科医院并师从廖美琳的。他说：“每每回忆起老师的教诲，如沐春风。老师一直谆谆教诲我要先做人、后做学问，要求我们善待患者、善待同事，要尊重师长、尊重同道，她更是身体力行，是我们的学习榜样。”

在陆舜的印象中，廖老师对待患者极其耐心和细致。那些慕名而来找她看病的患者，有的光病史和影像学资料就有几斤重，“老师每次都要求我们根据时间顺序排好，每张仔细阅读。她很少在下午1点前结束上午的门诊时间，50多年来她几乎都是如此”。

作为学生，陆舜还亲身感受老师诚以治学和宽以待人的风范，“她要求我们对待学问要严谨。每次对于我的论文，老师都修改了不下五六次，每个数据、每张图表老师都认真核实。最初的文章老师几乎等于重新再写了一遍”。

让学生们感佩的还有她勤奋、无私的精神。如今，已是耄耋老人的廖美琳每星期的日程还总是排得满满的：两个半天的特需门诊，为全国各地来的肺部疾病患者细心诊治；每周一次的病房带教查房，以丰富的学识为年轻医师讲解具体的临床问题；坚持参与科室疑难病例的讨论会诊，为年轻医师剖析难点、开发思路。另外，她还应邀外出会诊、参加会议，还在坚持学习、看书、查资料……

作为医院首席专家，廖美琳还义不容辞地承担起人才培养的任务。为了使更多的青年人才脱颖而出，她因人施教，制订培养计划，在严格要求的同时，因势利导，毫无保留地传授带教；她还积极创造条件，帮助青年人开展科研、开设课题，利用各种渠道，选送中青年医师出国进修深造；她还举贤荐才，甘当人梯，支持和培养青年骨干走上管理岗位。从医术到医德，从 20 多岁的实习医生到四五十岁的专家、主任，只要是她自己的学生，她都会真诚地提出自己的建议和教导。廖美琳常常告诉学生，做人要“谦和”，无论对同事、朋友或患者，都要谨记“三人行必有我师”的道理。

廖美琳在很多场合都说：“作为学科带头人，要有自己的接班人，形成一支老、中、青的梯队，才能让前辈医生们的所学所得经久不息地流传下去。一个人冒尖没有用，关键是看有无培养好接班人。只有把接班人培养好了，后继有人了，才算真正的成功。”

她还一直担任国家级继续教育学习班“肺癌诊断和多学科治疗”的负责人，从 1996 年至今已成功举办 10 多期，培养了全国各地近千名医务人员。对于培养学生，她总是倾其所有的知识和技能。“我希望自己的学生青出于蓝而胜于蓝，都超越我，把我所未完成的事业延续下去，发展下去。”廖美琳如是说。

如今，廖美琳可谓桃李满天下。对于这样一位德艺双馨的临床医学家、教育学家和科学家，学生们也总是心存敬意、馈以真情。陆舜、简红他们几个学生除了对老师嘘寒问暖外，还时常会把有关国际肺癌研究的前沿文献资料先下载，再放大字号，然后再打印出来，供老师深入研究，还与老师深入探讨肺癌的靶向治疗、免疫治疗、综合治疗等学术问题。

每每念及这些，廖美琳由衷地感叹：“学生知恩于心、感恩于行的‘反哺’情结，让我感动不已。”

■ 对话

“这个医生让患者放心，因为她会看书”

记　者： *廖教授，听说您很喜欢看书，到现在都是如此？*

廖美琳： 在 20 世纪 60 年代“文革”的时候，医院的许多老师都被打成“反动学术权威”而靠边站了，很多患者就找我看病，我那时还很年轻，经验不足，遇到难题，就只能从书本里寻找答案帮助解决。那时候，有种说法是“知识越多越反动”，很少有人光顾图书馆，而我为了给患者看病，经常一摞摞地借书回去啃。就是从那时起，我养成了坚持看书的习惯。工作再怎么忙，我每星期总要看上十几个小时的书。为此，有人还称赞我：“这个医生让患者放心，因为她会看书。”

记　者： 医院同仁都说您还喜欢看戏、喜欢唱戏，这是真的吗？

廖美琳： 是真的，而且从年轻时就喜欢，因为父母都是票友。受二老的影响，自然而然也热爱上了京剧、昆剧和越剧，我甚至在医院里还穿戴“行头”登上节庆舞台表演过一番。假日时，我会一边翻看书籍，一边收听播放的戏剧碟片，也算是一番闲情逸致吧！

记　者： 廖教授，您都80岁高龄了，每周还十分忙碌，您是如何保养身体的？

廖美琳： 保养谈不上，只是吃东西不挑剔，生活有规律，该工作的时候工作，该玩的时候好好玩，尽量让自己开心，也许这就是我的经验之谈。比如，与我工作范围“一壁之隔”的沈镇宙教授，我搞“肺部肿瘤”是胸内，他在复旦大学附属肿瘤医院搞“乳腺癌”，是胸外的，我们不仅是同龄人，而且都是1957年毕业的，我们兴趣爱好相同，工作之余，两家人经常一起玩乐，可谓一种人生享受了。

■ 记者手记

“看病的诊疗环境就应该是静悄悄的”

采访廖美琳教授虽有过多次，但都是以前为了赶写一些学术高峰论坛的会议新闻，每次都是匆匆而来、急忙而去。这次深入采访，一次是在她供职的上海市胸科医院——廖美琳办公室，另一次是在她多点执业的上海国际医学中心——廖美琳VIP诊室。听温婉雅致的廖教授讲述自己从医57年来的一个个生动故事，记者如痴如醉。

廖美琳教授说：“到我这儿来看病的，大多是疑难患者或初诊患者，而且大多数患者的片子都有十几张，我必须定定心心地看。”在她看来，上海国际医学中心所提供的舒适的诊疗环境和融洽的医患氛围，才是真正的医疗服务，因为在这里为患者看病，可以“用用心心、笃笃定定看病，享受着做医生的一种尊严，并且有足够的时间与患者深入交流、详细解释”。

廖教授回忆说，上世纪80年代，她赴加拿大麦克马斯特大学研修运动呼吸生理、临床流行病学和肺科临床时，看到那里的诊室就像上海国际医学中心的VIP诊室一样，静悄悄的，“其实，看病的诊疗环境就应该是静悄悄的”。

她在胸科医院每周有两个半天的特需门诊，有时预约号几乎都在网上被“黄牛”抢先霸占去了。看病的诊疗环境变得很嘈杂，前一个患者还未看完，后一个患者已经在催促了，“这能让我做医生的不烦操、不焦虑吗?”

廖教授企盼所有医院都能创造一个让医生能安安静静地看病的诊疗环境。

■ 廖美琳小传

1934 年 11 月出生，云南籍。主任医师、教授。上海交通大学医学院附属上海市胸科医院临床中心首席专家、上海市胸部肿瘤研究所副所长。中国医师奖、中国肺癌研究终身成就奖获得者。

1957 年毕业于上海第二医学院。长期从事各类肺部疾病的诊治，尤其在肺部肿瘤诊断、肺癌化疗和多学科治疗、非小细胞肺癌个体化方案的研究、肺癌的靶向治疗、外周血干细胞移植在胸部肿瘤的应用等方面颇有建树。在国内外发表论文 130 余篇。主编了《肺癌》《肺癌诊治规范》《恶性胸膜间皮瘤》《肺部肿瘤学》等医学专著，参编专著 10 余部。

获全国文明建设先进工作者、全国卫生系统先进工作者、上海市“十佳医生”、上海市劳动模范、上海市医学荣誉奖、上海市三八红旗手、上海市卫生系统“我最佩服的共产党员”等荣誉称号。曾任中国抗癌协会肺癌专业委员会副主任委员、亚洲肿瘤学会委员、上海肿瘤学会副主任委员、上海市肺部肿瘤临床医学中心主任等职。

（《健康报》2014 年 9 月 12 日）

■采写／本报记者 胡德荣

胡德荣摄

在我国乳腺癌疾病诊治领域，他被世人誉为"东方神手"，经他触诊、手术，不计其数的疑难杂症患者开始了崭新的人生。让学生们啧啧称叹的是，看他做手术，"简直就像完成了一件艺术品的雕琢"。

如今已八旬的他，依然忙碌在特需门诊室里、手术台上。58年的辛勤奉献、风风雨雨，铸就了他一代名医的风范。

沈镇宙：妙手仁心守护生命希望

今年1月16日下午，青年歌手姚贝娜因乳腺癌复发病逝。1月17日上午，记者连线采访正在参加乳腺癌学术专著审稿会的沈镇宙教授。他对姚贝娜的英年早逝感到悲痛和惋惜，说到近几年不少因患乳腺癌相继离去的歌手、演员，他连连叹息"太可惜了"。"一旦被确诊为乳腺癌，首次规范化的治疗直接关系到患者的生存质量和治疗效果。"电话那头，沈镇宙教授的语气认真且凝重。

■"我热爱外科事业，我舍不得放弃外科工作"

沈镇宙出生于一个商和家庭，父亲早年毕业于上海交通大学电机系，后来在哈佛大学取得了电机硕士学位。自小体弱的沈镇宙患有严重的支气管哮喘，病情经常发作，但他对学习从来没有放松过，高中毕业后，他选择了学医。1957年，从上海第一医学院毕业后的沈镇宙跨进了上海市肿瘤医院的大门。

1961年，沈镇宙以优异成绩考取了上海第一医学院肿瘤外科在职研究生，师从我国肿瘤外科学奠基人之一的李月云教授。读研期间，沈镇宙还主攻肿瘤的血道播散研究，通过试验证实实体肿瘤患者的外周血中存在肿瘤细胞。3年后他通过了题为《血液中癌细胞检查方法的研究》答辩论文，成了一名"副博士"。

1978年12月初，沈镇宙赴河南林县参加全国食管癌会议，回沪后即投入到几台等着做的手术当中。那年冬天天气特别冷，当时手术室的保暖很差，连续几天手术后，沈镇宙患了感冒。一个周六的晚上，沈镇宙突然感到胸部不适，心律不齐，并出现了早搏。在家休息了一天后，周一上班，他去医院保健科做了心电图，报告为频发室早、二联律，医生建议他去中山医院做诊疗。沈镇宙想到当日上午还有一个食管癌手术要做，于是又上了手术台。下午，他去了中山医院诊治，医生要他立即住院。想着早日回医院参加手术的沈镇宙，固执着要回家自己补液用药。一周过后，病情未见好转，在同事的劝说下，沈镇宙这才去住院治疗。这时，他被确诊为严重病毒性心肌炎，在中山医院共住院38天。

住院期间，医院的领导来探望，出于对他健康的考虑，建议他"离开外科工作岗位"。但这不是沈镇宙想要的。他说："我热爱外科事业，我舍不得放弃外科工作。"出院后，他一边用药，一边坚持锻炼，最终又回到了他热爱的手术台前。

在临床实践中，沈镇宙发现虽然自己做的每个手术都很成功，但是许多癌症患者最后还是被肿瘤夺去了生命。这使他深深体会到肿瘤的治疗单靠一种手段或一个模式还是不够的。针对这一问题，李月云教授建议沈镇宙对肿瘤医院1956年－1978年乳腺癌手术后患者的病史作整理。"当时没有电脑，得先把病例翻出来做成卡片，再按地址发随访信。如遇到病人已发生去世，有的家属不愿回信，就还得写信到当地派出所寻求帮助。"就这样，沈镇宙前后用了5个月把2000余份病例全部整理好，而且随访率达99%以上。

根据这些素材，沈镇宙撰写了《乳腺癌扩大根治术1091例分析》和《乳腺癌根治术与扩大根治术疗效比较》两篇论文，就乳腺癌的根治提出了独到新颖的见解，分别在《中华外科杂志》、《上海医学》卷首发表。

从此以后，在李月云教授的指导下，沈镇宙开始全面负责乳腺癌的临床及科研工作。1983年，沈镇宙申请到了一项卫生部研究课题，获得了1.5万元的经费。沈镇宙用获得的科研经费购买了一台苹果电脑，并动员科内医生、进修医生把以前手写的病例改成计算机的文字。他们共花了6年时间，把1956年以来所有乳腺癌的病例输入电脑，建立了我国第一个乳腺癌病人数据库，为提高临床疗效打下了基础。

■"最希望引进的却是沈教授的'一双妙手'"

长期临床实践，使沈镇宙教授赢得了"东方神手"的美誉。肿瘤是良性还是恶性，他双手触诊，就能判断个八九不离十。"检查一定要仔细，手下不能放松任何细微的体会，包括肿块的大小、形状、质地，以及有无向周围浸润等，这样日久天长手下自然就有了感觉。"慕名而来求诊的患者络绎不绝，好些是来自美国、法国、意大利、澳大利亚、日本等国家，以及我国台湾、香港地区的。接受过沈镇宙教授诊疗的患者都会说，不管病情轻重如何，只要看到沈医生，心里就会马上安定下来，充满生的希望。

就是在沈镇宙教授这双"神手"下，不计其数的疑难杂症患者从死亡边缘获得了新生。据统计，2014年上海市肿瘤医院乳腺外科共完成手术3940台，其中保乳手术占到20%。

王大妈5年前曾做过乳腺癌根治术，后来发现左锁骨下有一个很大的肿块，左上肘肿胀，痛苦难忍，生活不能自理。当地医生诊断认为只能进行化疗。沈镇宙检查发现，王大妈左锁骨下虽然肿块明显，但还没有其他部位转移，便给她实施了手术，把她左锁骨下的肿块连同上肢一并切除。手术后患者恢复得非常好。为纪念这次重获新生的手术，王大妈把自己的生日改成了手术这一天。

82岁的施老太乳房里长了个巨大的肿瘤，曾到过多家大医院求治，专家会诊都说像这样的特大肿瘤，手术的难度很大，加上老太太年事已高，手术成功的几率很小。施老太怀着最后一丝希望找到了沈镇宙。经过仔细检查，沈镇宙断定这是一例非常罕见的乳腺间质肉瘤，与乳腺癌的生物学行为不同，虽然进行手术有很大的难度，却是唯一可以治愈的途径。经过周密的准备，沈镇宙为这位老太太进行了手术，从乳房中取出一个直径约20厘米的大肉瘤。

"我们村里一共有5个人和我一样得了乳腺癌，几年过去了，只有我一个人还活着，因为只有我是沈教授看的病做的手术。如今，每年的复诊，哪怕是检查，我也一定要来上海肿瘤医院做。"这是沈镇宙做随访时一位农村妇女对他说的话，令一群乳腺肿瘤患者震惊并羡慕。

面对人们称他为"神手"，沈镇宙听后总是淡淡一笑："'神手'二字，真的不敢当，我只不过多了一些经验而已。当然，光靠用手摸也不可能查出所有的乳腺癌，只有把手上的功夫与其他仪器设备检查结合起来，才能作出最准确的判断。"

沈镇宙教授的学生、现任上海市肿瘤医院副院长吴炅教授至今还记得第一次观看老师手术时的情景："他手里的纱布还没逞透，一台乳腺癌根治手术就完成了。这么大一台手术，这么大的创面，病人的出血量少到只湿一块纱布，真是难以想象。这种独特而精准的手法，能大大降低肿瘤细胞在手术中播散的几率。再加上伤口缝合得很漂亮，整台手术简直就像完成了一件艺术品的雕琢。"

在医院传为美谈的是，有一位前来进修的医生，本来想看看有什么高新技术可以引进，却发现"最希望引进的还是沈教授的'一双妙手'"。

让吴炅敬佩的是，老师不但医术精湛，更是对每一个病人关怀备至。"每天早上6点45分，沈教授就会第一个来到病房，仔细查检术后患者的伤口，并对新病人的病情进行询问和手诊。尽管目前乳腺癌的影像学检查已经很发达，但沈教授从不放过任何一个病人的体检，对初诊患者的体检更是非常细致。"

■"能找到你来接班是我最大的幸运"

沈镇宙走向国际舞台是源于老师李月云教授的推荐。"1984年4月，美国专家Daniel Osman来我院访问，李月云教授要我给外宾介绍我院对乳腺癌治疗的情况。外宾听了很高兴，回国后不久来信邀请李月云教授参加1985年在美国迈阿密举办的国际乳腺癌会议。李教授对我说'沈医生，你去吧'。"30多年前的情形，沈镇宙仍记忆犹新。1985年3月，沈镇宙参加了这次国际乳腺癌会议，同时在大会上作了中国乳腺癌治疗《Ⅰ、Ⅱ期乳腺癌的治疗策略》报告。两年后该会议再次召开，沈镇宙又被盛情邀请。

李月云教授退休后和老伴林医生住在上海，子女都在国外，沈镇宙经常下班后去看看老师，给予一些必要的帮助。"有一次，李老师对我说了一句使我非常感动的话：'沈医生，我常和林医生说起，在我工作的后期能找到你来接班是我最大的幸运'。"沈镇宙听了很感动，他努力以老师为榜样，也好好培养自己的学生。

"科室要想有持续的发展，必须培养好年轻的医生，建立科室的梯队，医院的事业才能后继有人。"为此，沈镇宙特别注重对研究生的培养。从他这里出师的邵志敏、沈坤炜、吴炅、陆劲松、柳光宇等都已成长为医院骨干。其中，沈坤炜被输送到上海瑞金医院担任乳腺疾病诊治中心主任，陆劲松也被输送到上海仁济医院担任乳腺疾病诊治中心主任。

如今已担任上海市肿瘤医院大外科主任兼乳腺外科主任的邵志敏教授说："沈镇宙教授当年手把手地教我动手术、做实验，给我提供各种机会。做个像他那样的医生，是我的追求。"

陆劲松仍记得自己刚分配进上海市肿瘤医院胸外科工作见到沈镇宙教授时的样子，"那挺拔的身材，温婉的谈吐，和蔼的笑容外加鼻梁上的一副宽边眼镜，颇有几分科学家的气质"。成为沈镇宙的学生后，他更多的是感受到老师"以父亲般的慈爱呵护自己的学生，就像阳光沐浴植被一样给予温暖和力量"。

让陆劲松记忆深刻的还有，在他做住院医师的时候，有一次，沈镇宙教授给他布置了一个题目，要求写一篇综述。"当时还没有普及电脑，只能'爬格子'，尽管我对整体课题的内容有所了解，但真正动笔起来还是颇为费劲。专业术语的表述，词语的推敲，翻译的对应，这些都让我绞尽脑汁。熬了好几个通宵，终于写完。我将文稿交给沈教授审阅，他来来回回改了七到八稿，每一次文稿上都是满满的'一片红'，修改内容大到文章构思、编排、表述，小到标点符号使用，他都一一斟酌，仔细修改，令我非常感动。"

不仅如此，沈教授对其他后辈医生的提携和指导也都不遗余力。在新进科的住院医师进行手术时，他总是默默地站在身后，在手术关键时候进行指导，对术中的难点悉心指点，毫无保留地传授。

■"创办我国第一个乳腺癌患者俱乐部"

1997年，沈镇宙为一位香港女士做了乳腺癌根治手术治疗，手术非常顺利。手术后，患者得知沈镇宙要出国开会，一定要送他外汇等，都被他一一谢绝了。最后，这位女士表示要捐助医院100万元人民币。"当时，100万是一个很大的数字，我院还举办了一个盛大的捐赠仪式。"沈镇宙说。

100万元到账后如何应用？在征得医院领导意见后，沈镇宙把这笔钱分两块应用，其中40万元给学生邵志敏作科研应用，另外60万元，他则想用来为乳腺癌患者做些工作，"看到很多患者在治疗后，思想都很消极、迷茫，有些因形体的改变而苦闷，甚至听一些小道消息，搞一些迷信活动。我们就想是否把手术后的患者组织起来，向他们介绍一些防治的知识，患者之间也可互相鼓励帮助。我们把这个想法和捐赠者交流时，得到很大的支持。于是，在2003年我们创办了我国第一个乳腺癌患者俱乐部——'妍康沙龙'。"

具有互助意义的"妍康沙龙"定期举办一些讲座，出版介绍康复的书刊，开通咨询热线，同时也组织了合唱团、舞蹈团，以及探视小组、志愿者组织等，探视小组成员轮流到病房向新入院的患者和家属传授自己的康复经验。甚至，他们还与美国、澳洲和台湾等地区的乳腺癌患者康复团体联谊交流等。12年来，"妍康沙龙"已发展有2000多名会员。许多乳腺癌病人在沙龙这个特殊的大家庭里找到了内心的归属感。她们彼此分享治疗经验，倾诉内心痛苦，也在相互鼓励中重拾自信。

某著名化妆品公司每年10月会举行"红粉丝带"月活动，沈镇宙受邀参加了一些游船、亮灯等旨在让女性关爱自己乳房的活动。后来，他觉得这样做作用不大，且花钱多，"如果把这些钱给一些需要帮助的人，帮助他们解决治疗中的困难是否更有意义？"有了这个念头，沈镇宙就与该公司联系，得到了公司的大力支持——每年捐赠50万元资助需要帮助的患者。让沈镇宙感到欣慰的是，他们"还成立了一个基金会，资助那些在我院治疗的贫困患者，至今已有200余位患者得到帮助"。

最近，沈镇宙主编了一本有关乳腺癌的科普读物，书名即叫《关爱·自信》。"很多患者在得知自己患了乳腺癌后就非常紧张、怨天尤人，似乎面前一片黑暗，对一切都失去了信心。事实上，如果能很快地调整心态，面对现实，接受科学的治疗，增强自信，治疗就会收到很好的效果。所以说，乳腺癌患者应得到亲友、病友、医务人员及全社会的关爱，我们也要鼓励患者增强自信。"沈镇宙的这段话不仅解释了书名的本义，也是对他一生职业精神的自我诠释。

（本版图片除署名外由沈镇宙本人提供）

■对 话

乳腺癌患者规范化治疗很重要

记　者：2013年5月14日，美国好莱坞电影明星安吉丽娜·朱莉在《纽约时报》发表了《我的医疗选择》，声称为降低患乳腺癌的几率彻底切除了双侧乳腺。文章发表后掀起了轩然大波。作为乳腺癌防治专家，您怎么看待朱莉的选择？

沈镇宙：有乳腺癌家族史，且自身发生BRCA1、BRCA2两个基因突变的女性，罹患乳腺癌的几率约为70%，患卵巢癌的几率也会增加。在美国、加拿大等国家，医生会建议这些女性接受预防性乳腺切除术加后期整形治疗。欧美国家女性的BRCA1、BRCA2两个基因突变发生率约为10%，而中国女性为5%～7%，因此并非每个有家族遗传史的女性都需要接受乳腺切除手术。

对于这种预防性切除的必要性，国际上并没有公认的医学指南支持这一做法。中国乳腺癌的发病率远低于欧、美等发达国家，同时BRCA基因的突变也低于西方国家。有BRCA基因突变并不意味着一定会发生乳腺癌。但是，对于有乳腺癌或卵巢癌家族遗传史，家属中有多名成员年龄较小就发生乳腺癌，或同一名成员先后或同时发生乳腺癌和卵巢癌以及双侧乳腺癌患者，家属中有男性乳腺癌患者的女性，尤其应注意从25~30岁起定期检查乳腺，有利于乳腺癌的早期发现、早期诊断、早期治疗。

从新闻报道看，安吉丽娜·朱莉接受的手术并不是乳房的全部切除，而是保留了乳头、乳晕的皮下乳腺切除术，同时植入了假体，使术后乳房外形同样美丽。而在我国，预防性乳腺切除术目前还没有被写入乳腺癌治疗指南，因此知道这种方法的人并不多。

记　者：请您给我们介绍一下，我国乳腺癌筛查的手段有哪些？

沈镇宙：《中国抗癌协会乳腺癌诊治指南与规范（2011版）》建议对无症状妇女开展普查，以期早发现、早诊断、早治疗。虽然适龄妇女学会乳腺的自我检查方法是有必要的，但如果单独以此作为乳腺癌筛查的手段，并不能提高乳腺癌早期诊断率和降低死亡率。就是一个经验丰富的普外科医生，如果没有辅以乳腺X线和B超联合应用，也会漏掉大量的早期乳腺癌患者。

记　者：您曾提到"一旦被确诊为乳腺癌，首次规范化的治疗直接关系到患者的生存质量和治疗效果"，这是为什么？

沈镇宙：根据我的临床经验，许多患者由于病急乱投医，没有到正规医院去治疗，往往初次诊疗时治疗方案不合理，甚至诊断失误，再加上首次手术方式不恰当，这都将为日后的"复发"、"转移"埋下了隐患和祸根。其实，乳腺癌治疗包括局部治疗和全身治疗。对乳腺癌患者进行早期诊断并进行规范化治疗，原位癌5年生存率达98%，一期病人治愈率达94%，二期治愈率超过80%。

记　者：您能否介绍一下乳腺癌的"综合治疗"？

沈镇宙：在临床上，肿瘤的多学科综合治疗并不是指把所有的治疗方法叠加起来，就叫"综合治疗"。合理的"综合治疗"是根据患者的病情及各项检测的结果综合考虑"个性化"的治疗方案，比如手术治疗后对没有淋巴转移的患者，一般不需要放疗；早期的2厘米以下的、激素受体呈阳性的肿瘤患者，也不需要化疗，而用内分泌治疗；内分泌治疗一定要针对激素受体阳性的病人用，而HER2强阳性的病人术后可联合靶向治疗等。

沈镇宙在诊室给患者看病

■记者手记

鹤发童颜、精神矍铄，一米八的个头，腰挺得笔直，80岁高龄的沈镇宙教授依然风度翩翩。这可能得益于他良好的生活习惯和对于文体的爱好。他不抽烟，偶尔喝点葡萄酒。每天早晨5点半起床，晚上10点半睡觉，有时间的话午休半小时。年轻时就喜欢游泳的他，如今仍坚持每周3~4次的游泳锻炼。打桥牌是他中年以后形成的爱好。在他看来，打桥牌不仅可以陶冶性情、训练思维，还可以增强判断力、促进友谊。

采访沈教授分前后两次，第一次是在他供职的上海市肿瘤医院——沈镇宙办公室，第二次是在他被点诊的上海国际医学中心——沈镇宙VIP诊室。聆听他讲述自己从医58年来的一个个生动有趣的故事，目睹他与患者在和谐氛围中交流，记者真切领会到了一代名医的风范。

"医生面对的是有血有肉有感情的人，而不是冷冰冰的机器。道德或许可以弥补技术的缺陷，而技术却无法弥补道德的缺陷。医德则是医术的温度。"学识渊博、温和儒雅的沈镇宙教授，说话总是淡淡的，却富有哲理。

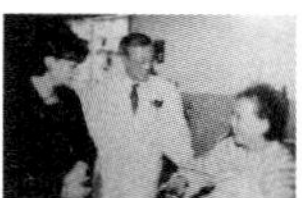
沈镇宙陪同英国首相布莱尔夫人视察病房

沈镇宙与导师李月云教授合影

■沈镇宙小传

1935年7月出生，上海市人。主任医师、博士生导师，复旦大学附属肿瘤医院外科名誉主任、终身教授，上海市乳腺癌临床医疗中心首席专家。

1957年毕业于上海第一医学院（现为复旦大学上海医学院），同年到上海市肿瘤医院从事肿瘤外科工作，曾任医院大外科主任、胸外科主任。主要的研究方向为乳腺癌的早期诊断、综合治疗、个体化治疗及相关的基础研究。培养博士生20名、硕士生5名。发表论文200余篇。主编《乳腺肿瘤学》、《乳腺疾病综合诊断学》、《中华手术彩色图解－肿瘤外科手术图解》、《肿瘤外科手术学》等专著。担任《中国癌症杂志》主编。

获国家科技进步奖二等奖、中国抗癌协会科技进步一等奖、卫生部科技进步奖一等奖、上海市科技进步奖一等奖等。并获得全国卫生系统先进工作者、上海市劳动模范、中国抗癌协会"有突出贡献专家奖"、"中国医师奖"等多项荣誉。

曾兼任中国抗癌协会副理事长、中华医学会肿瘤学会副主任委员、上海市抗癌协会理事长、中华医学会上海肿瘤学会主任委员等职。

在我国乳腺癌疾病诊治领域，他被世人誉为“东方神手”，经他触诊、手术，不计其数的疑难杂症患者开始了崭新的人生。让学生们啧啧称叹的是，看他做手术，“简直就像完成了一件艺术品的雕琢”。

如今年已八旬的他，依然忙碌在特需门诊室里、手术台上。58年的辛勤奉献、风风雨雨，铸就了他一代名医的风范。

沈镇宙：妙手仁心守护生命希望

今年1月16日下午，青年歌手姚贝娜因乳腺癌复发病逝。1月17日上午，记者连线采访正在参加乳腺癌学术专著审稿会的沈镇宙教授，他对姚贝娜的英年早逝感到悲痛和惋惜。说到近几年不少因患乳腺癌相继离去的歌手、演员，他连连叹息“太可惜了”。“一旦被确诊为乳腺癌，首次规范化的治疗直接关系到患者的生存质量和治疗效果。”电话那头，沈镇宙教授的语气认真且凝重。

“我热爱外科事业，我舍不得放弃外科工作”

沈镇宙出生于一个高知家庭，父亲早年毕业于上海交通大学电机系，后来在哈佛大学取得了电机硕士学位。自小体弱的沈镇宙患有严重的支气管哮喘，病情经常发作，但他对学习从来没有放松过。高中毕业后，他选择了学医。1957年，从上海第一医学院毕业后的沈镇宙跨进了上海市肿瘤医院的大门。

1961年，沈镇宙以优异成绩考取了上海第一医学院肿瘤外科在职研究生，师从我国肿瘤外科学奠基人之一的李月云教授。读研期间，沈镇宙还主攻肿瘤的血道播散研究，通过试验证实实体肿瘤患者的外周血中存在肿瘤细胞。3年后他通过了题为《血液中癌细胞检查方法的研究》答辩论文，成了一名“副博士”。

1978年12月初，沈镇宙赴河南林县参加全国食管癌会议，回沪后即投入到几台等着他做的手术当中。那年冬天天气特别冷，当时手术室的供暖很差，连续几天手术后，沈镇宙患了感冒。一个周六的晚上，沈镇宙突然感到胸部不适，心律不齐，并出现了早搏。在家休息了一天后，周一上班，他去医院保健科做了心电图，报告为频发室早、二联律，医生建议他去中山医院做诊疗。沈镇宙想到当日上午还有一个食管癌手术要做，于是又上了手术台。下午，他去了中山医院诊治，医生要他立即住院。想着早日回医院参加手术的沈镇宙，固执地要求回家自己补液用药。一周过后，病情未见好转，在同事的劝说下，沈镇宙这才去住院治疗。这时，他被确诊为严重病毒性心肌炎，在中山医院共住院 38 天。

住院期间，医院的领导来探望，出于对他健康的考虑，建议他“离开外科工作岗位”。但这不是沈镇宙想要的，他说：“我热爱外科事业，我舍不得放弃外科工作。”出院后，他一边用药，一边坚持锻炼，最终又回到了他熟悉的手术台前。

在临床实践中，沈镇宙发现虽然自己做的每个手术都很成功，但是许多癌症患者最后还是被肿瘤夺去了生命，这使他深深体会到肿瘤的治疗单靠一种手段或一个模式还是不够的。针对这一问题，李月云教授建议沈镇宙对肿瘤医院 1956 年～1978 年乳腺癌手术后患者的病史作整理。“当时没有电脑，得先把病例翻出来做成卡片，再按地址发随访信。如遇到病人已复发或去世，有的家属不愿回信，就还得写信到当地派出所寻求帮助。”就这样，沈镇宙前后用了 5 个月把 2 000 余份病例全部整理好，而且随访率达 99%以上。

根据这些素材，沈镇宙撰写了《乳腺癌扩大根治术 1 091 例分析》和《乳腺癌根治术与扩大根治术疗效比较》两篇论文，就乳腺癌的根治提出了独到新颖的见解，分别在《中华外科杂志》《上海医学》卷首发表。

从此以后，在李月云教授的指导下，沈镇宙开始全面负责乳腺癌的临床及科研工作。1983 年，沈镇宙申请到了一项卫生部研究课题，获得了 1.5 万元的经费。沈镇宙用获得的科研经费购买了一台苹果电脑，并动员科内医生、进修医生把以前手写的病例改成计算机的文字。他们共花了 6 年时间，把 1956 年以来所有乳腺癌的病例输入电脑，建立了我国第一个乳腺癌病人数据库，为提高临床疗效打下了基础。

“最希望引进的却是沈教授的‘一双妙手’”

长期临床实践，使沈镇宙教授赢得了“东方神手”的美誉。肿瘤是良性还是恶性，他双手触诊，就能判断个八九不离十。“检查一定要仔细，手下不能放松任何细微的体会，包括肿块的大小、形状、质地，以及有无向周围浸润等，这样日久天长手下自然就有了感觉。"慕名向他求诊的患者络绎不绝，好些是来自美国、法国、意大利、澳大利亚、日本等国家，以及我国台湾、香港地区的。接受过沈镇宙教授诊疗的患者都会说，不管病情轻重如何，只要看到沈医生，心里就会马上安定下来，充满生的希望。

就是在沈镇宙教授这双"神手"下，不计其数的疑难杂症患者从死亡边缘获得了新生。据统计，2014 年上海市肿瘤医院乳腺外科共完成手术 3 940 台，其中保乳手术占到 20%。

王大妈 5 年前曾做过乳腺癌根治术，后来发现左锁骨下有一个很大的肿块，左上肘肿胀，痛苦难忍，生活不能自理。当地医生诊断认为只能进行化疗。沈镇宙检查发现，王大妈左锁骨下虽然肿块明显，但还没有其他部位转移，便给她实施了手术，把她左锁骨下的肿块连同上肢一并切除。手术后患者恢复得非常好。为纪念这次重获新生的手术，王大妈把自己的生日改成了手术这一天。

82 岁的施老太乳房里长了个巨大的肿瘤，曾到过多家大医院求治，专家会诊都说像这样的特大肿瘤，手术的难度很大，加上老太太年事已高，手术成功的几率很小。施老太怀着最后一丝希望找到了沈镇宙。经过仔细检查，沈镇宙断定这是一例非常罕见的乳腺间质肉瘤，与乳腺癌的生物学行为不同，虽然进行手术有很大的难度，却是唯一可以治愈的途径。经过周密的准备，沈镇宙为这位老太太进行了手术，从乳房中取出一个直径约 20 厘米的大肉瘤。

"我们村里一共有 5 个人和我一样得了乳腺癌，几年过去了，只有我一个人还活着，因为只有我是沈教授看的病做的手术。如今，每年的复诊，哪怕是检查，我也一定要来上海肿瘤医院做。"这是沈镇宙做随访时一位农村妇女对他说的话，令一群乳腺肿瘤患者震惊并羡慕。

面对人们称他为"神手"，沈镇宙听后总是淡淡一笑："'神手'二字，真的不敢当，我只不过多了一些经验而已。当然，光靠用手摸也不可能查出所有的乳腺癌，只有把手上的功夫与其他仪器设备检查结合起来，才能作出最准确的判断。"

沈镇宙教授的学生、现任上海市肿瘤医院副院长吴炅教授至今还记得第一次观看老师手术时的情景："他手里的纱布还没湿透，一台乳腺癌根治手术就完成了。这么大一台手术、这么大的创面，病人的出血量少到只湿一块纱布，真是难以想象。这种独特而精准的手法，能大大降低肿瘤细胞在手术中播散的几率。再加上伤口缝合得很漂亮，整台手术简直就像完成了一件艺术品的雕琢。”

在医院传为美谈的是，有一位前来进修的医生，本来想看看有什么高新技术可以引进，却发现“最希望引进的还是沈教授的‘一双妙手’”。

让吴炅敬佩的是，老师不但医术精湛，更是对每一个病人关怀备至。“每天早上6点45分，沈教授就会第一个来到病房，仔细查检术后患者的伤口，并对新病人的病情进行询问和手诊。尽管目前乳腺癌的影像学检查已经很发达，但沈教授从不放过任何一个病人的体检，对初诊患者的体检更是非常细致。”

“能找到你来接班是我最大的幸运”

沈镇宙走向国际舞台是源于老师李月云教授的推荐。“1984年4月，美国专家Daniel Osman来我院访问，李月云教授要我给外宾介绍我院对乳腺癌治疗的情况。外宾听了很高兴，回国后不久来信邀请李月云教授参加1985年在美国迈阿密举办的国际乳腺癌会议。李教授对我说‘沈医生，你去吧’。”30多年前的情形，沈镇宙仍记忆犹新。1985年3月，沈镇宙参加了这次国际乳腺癌会议，同时在大会上作了中国乳腺癌治疗《I、II期乳腺癌的治疗策略》报告。两年后该会议再次召开，沈镇宙又被盛情邀请。

李月云教授退休后和老伴林医生住在上海，子女都在国外，沈镇宙经常下班后去看看老师，给予一些必要的帮助。“有一次，李老师对我说了一句使我非常感动的话：‘沈医生，我常和林医生说起，在我工作的后期能找到你来接班是我最大的幸运’。”沈镇宙听了很感动，他努力以老师为榜样，也好好培养自己的学生。

“科室要想有持续的发展，必须培养好年轻的医生，建立科室的梯队，医院的事业才能后继有人。”为此，沈镇宙特别注重对研究生的培养。从他这里出师的邵志敏、沈坤炜、吴炅、陆劲松、柳光宇等都已成长为医院骨干。其中，沈坤炜被输送到上海瑞金医院担任乳腺疾病诊治中心主任，陆劲松也被输送到上海仁济医院担任乳腺疾病诊治中心主任。

如今已担任上海市肿瘤医院大外科主任兼乳腺外科主任的邵志敏教授说：“沈镇宙教授当年手把手地教我动手术、做实验，给我提供各种机会。做个像他那样的医生，是我的追求。"

陆劲松仍记得自己刚分配进上海市肿瘤医院胸外科工作见到沈镇宙教授时的样子，"那挺拔的身材，温婉的谈吐，和蔼的笑容外加鼻梁上的一副宽边眼镜，颇有几分科学家的气质"。成为沈镇宙的学生后，他更多的是感受到老师"以父亲般的慈爱呵护自己的学生，就像阳光沐浴植被一样给予温暖和力量"。

让陆劲松记忆深刻的还有，在他做住院医师的时候，有一次，沈镇宙教授给他布置了一个题目，要求写一篇综述。"当时还没有普及电脑，只能'爬格子'，尽管我对整体课题的内容有所了解，但真正动笔起来还是颇为费劲。专业术语的表述，词语的推敲，翻译的对应，这些都让我绞尽脑汁。熬了好几个通宵，终于写完。我将文稿交给沈教授审阅，他来来回回改了七到八稿，每一次文稿上都是满满的'一片红'，修改内容大到文章构思、编排、表述，小到标点符号使用，他都一一斟酌，仔细修改，令我非常感动。"

不仅如此，沈教授对其他后辈医生的提携和指导也都不遗余力。在新进科的住院医师进行手术时，他总是默默地站在身后，在手术关键时候进行指导，对术中的难点悉心指点，毫无保留地传授。

"创办我国第一个乳腺癌患者俱乐部"

1997 年，沈镇宙为一位香港女士做了乳腺癌根治手术治疗，手术非常顺利。手术后，患者得知沈镇宙要出国开会，一定要送他外汇等，都被他一一谢绝了。最后，这位女士表示要捐助医院 100 万元人民币。"当时，100 万是一个很大的数字，我院还举办了一个盛大的捐赠仪式。"沈镇宙说。

100 万元到账后如何应用？在征得医院领导意见后，沈镇宙把这笔钱分两块应用，其中 40 万元给学生邵志敏作科研应用，另外 60 万元，他则想用来为乳腺癌患者做些工作，"看到很多患者在治疗后，思想都很消极、迷茫，有些因形体的改变而苦闷，甚至听一些小道消息，搞一些迷信活动。我们就想是否把手术后的患者组织起来，向他们介绍一些防治的知识，患者之间也可互相鼓励帮助。我们把这个想法和捐赠者交流时，得到很大的支持。于是，在 2003 年我们创办了我国第一个乳腺癌患者俱乐部——'妍康沙龙'。"

具有互助意义的"妍康沙龙"定期举办一些讲座，出版介绍康复的书刊，开通咨询热线，同时也组织了合唱团、舞蹈团，以及探视小组、志愿者组织等，探视小组成员轮流到病房向新入院的患者和家属传授自己的康复经验。甚至，他们还与美国、澳洲和台湾等地区的乳腺癌患者康复团体联谊交流等。12 年来，“妍康沙龙”已发展有 2 000 多名会员。许多乳腺癌病人在沙龙这个特殊的大家庭里找到了内心的归属感。她们彼此分享治疗经验，倾诉内心痛苦，也在相互鼓励中重拾自信。

某著名化妆品公司每年 10 月会举行“红粉丝带”月活动，沈镇宙受邀参加了一些游船、亮灯等旨在让女性关爱自己乳房的活动。后来，他觉得这样做作用不大，且花钱多，“如果把这些钱给一些需要帮助的人，帮助他们解决治疗中的困难是否更有意义?”有了这个念头，沈镇宙就与该公司联系，得到了公司的大力支持——每年捐赠 50 万元资助需要帮助的患者。让沈镇宙感到欣慰的是，他们“还成立了一个基金会，资助那些在我院治疗的贫困患者，至今已有 200 余位患者得到帮助”。

最近，沈镇宙主编了一本有关乳腺癌的科普读物，书名即叫《关爱·自信》。“很多患者在得知自己患了乳腺癌后就非常紧张、怨天尤人，似乎面前一片黑暗，对一切都失去了信心。事实上，如果能很快地调整心态，面对现实，接受科学的治疗，增强自信，治疗就会收到很好的效果。所以说，乳腺癌患者应得到亲友、病友、医务人员及全社会的关爱，我们也要鼓励患者增强自信。”沈镇宙的这段话不仅解释了书名的本义，也是对他一生职业精神的自我诠释。

■ 对话

乳腺癌患者规范化治疗很重要

记　者： 2013 年 5 月 14 日，美国好莱坞电影明星安吉丽娜·朱莉在《纽约时报》发表了《我的医疗选择》，声称为降低患乳腺癌的几率彻底切除了双侧乳腺，文章发表后掀起了轩然大波，作为乳腺癌防治专家，您怎么看待朱莉的选择?

沈镇宙： 有乳腺癌家族史，且自身发生 BRCA1、BRCA2 两个基因突变的女性，罹患乳腺癌的几率约为 70%，患卵巢癌的几率也会增加。在美国、加拿大等国家，医生会建议这些女性接受预防性乳腺切除术加后期整形治疗。欧美国家女性的 BRCA1、BRCA2 两个基因突变发生率约为 10%，而中国女性为5%～7%，因此并非每个有家族遗传史的女性都需要接受乳腺切除手术。

对于这种预防性切除的必要性，国际上并没有公认的医学指南支持这一做法。中国乳腺癌的发病率远低于欧、美等发达国家，同时BRCA基因的突变也低于西方国家。有BRCA基因突变并不意味着一定会发生乳腺癌。但是，对于有乳腺癌或卵巢癌家族遗传史，家属中有多名成员年龄较小就发生乳腺癌，或同一名成员先后或同时发生乳腺癌和卵巢癌以及双侧乳腺癌患者，家属中有男性乳腺癌患者的女性，尤其应注意从25～30岁起定期检查乳腺，有利于乳腺癌的早期发现、早期诊断、早期治疗。

从新闻报道看，安吉丽娜·朱莉接受的手术并不是乳房的全部切除，而是保留了乳头、乳晕的皮下乳腺切除术，同时植入了假体，使术后乳房外形同样美丽。而在我国，预防性乳腺切除术目前还没有被写入乳腺癌治疗指南，因此知道这种方法的人并不多。

记　者： 请您给我们介绍一下，我国乳腺癌筛查的手段有哪些？

沈镇宙： 《中国抗癌协会乳腺癌诊治指南与规范(2011版)》建议对无症状妇女开展普查，以期早发现、早诊断、早治疗。虽然适龄妇女学会乳腺的自我检查方法是有必要的，但如果单独以此作为乳腺癌筛查的手段，并不能提高乳腺癌早期诊断率和降低死亡率。就是一个经验丰富的普外科医生，如果没有辅以乳腺X线和B超联合应用，也会漏掉大量的早期乳腺癌患者。

记　者： 您曾提到“一旦被确诊为乳腺癌，首次规范化的治疗直接关系到患者的生存质量和治疗效果”，这是为什么？

沈镇宙： 根据我的临床经验，许多患者由于病急乱投医，没有到正规医院去治疗，往往初次诊疗时治疗方案不合理，甚至诊断失误，再加上首次手术方式不恰当，这都将为日后的“复发”“转移”埋下了隐患和祸根。其实，乳腺癌治疗包括局部治疗和全身治疗。对乳腺癌患者进行早期诊断并进行规范化治疗，原位癌5年生存率达98%，一期病人治愈率达94%，二期治愈率超过80%。

记　者： 您能否介绍一下乳腺癌的“综合治疗”？

沈镇宙： 在临床上，肿瘤的多学科综合治疗并不是指把所有的治疗方法叠加起来，就叫“综合治疗”。合理的“综合治疗”是根据患者的病情及各项检测的结果综合考虑"个性化"的治疗方案，比如手术治疗后对没有淋巴转移的患者，一般不需要放疗；早期的2厘米以下的、激素受体呈阳性的肿瘤患者，也不需要化疗，而用内分泌治疗；内分泌治疗一定要针对激素受体阳性的病人用；而HER2强阳性的病人术后可联合靶向治疗等。

■ 记者手记

鹤发童颜，精神矍铄，一米八的个头，腰挺得笔直，80岁高龄的沈镇宙教授依然风度翩翩。这可能得益于他良好的生活习惯和对于文体的爱好。他不抽烟，偶尔喝点葡萄酒。每天早晨5点半起床，晚上10点半睡觉，有时间的话午休半小时。年轻时就喜欢游泳的他，如今仍坚持每周3～4次的游泳锻炼。打桥牌是他中年以后形成的爱好。在他看来，打桥牌不仅可以陶冶性情、训练思维，还可以增强判断力、促进友谊。

采访沈教授分前后两次，第一次是在他供职的上海市肿瘤医院——沈镇宙办公室，第二次是在他被点诊的上海国际医学中心——沈镇宙VIP诊室。聆听他讲述自己从医58年来的一个个生动有趣的故事，目睹他与患者在和谐氛围中交流，记者真切领会到了一代名医的风范。

"医生面对的是有血有肉有感情的人，而不是冷冰冰的机器。道德或许可以弥补技术的缺陷，而技术却无法弥补道德的缺陷。医德则是医术的温度。"学识渊博、温和儒雅的沈镇宙教授，说话总是淡淡的，却富有哲理。

■ 沈镇宙小传

1935年7月出生，上海市人。主任医师、博士生导师，复旦大学附属肿瘤医院外科名誉主任、终身教授，上海市乳腺癌临床医疗中心首席专家。

1957年毕业于上海第一医学院（现为复旦大学上海医学院），同年到上海市肿瘤医院从事肿瘤外科工作，曾任医院大外科主任、胸外科主任。主要的研究方向为乳腺癌的早期诊断、综合治疗、个体化治疗及相关的基础研究。培养博士生20名、硕士生5名。发表论文200余篇。主编《乳腺肿瘤学》《乳腺疾病综合诊断学》《中华手术彩色图解·肿瘤外科手术图解》《肿瘤外科手术学》等专著。担任《中国癌症杂志》主编。

获国家科技进步奖二等奖、中国抗癌协会科技进步一等奖、卫生部科技进步奖一等奖、上海市科技进步奖一等奖等。并获得全国卫生系统先进工作者、上海市劳动模范、中国抗癌协会“有突出贡献专家奖”“中国医师奖”等多项荣誉。

曾兼任中国抗癌协会副理事长、中华医学会肿瘤学会副主任委员、上海市抗癌协会理事长、中华医学会上海肿瘤学会主任委员等职。

（《健康报》2015 年 2 月 27 日）

■ 采写/本报记者 胡德荣

他从不惧怕把自己"逼上梁山"，执著于科学梦想，5年内硬是将"一张白纸"的病理生理实验室建成研究和建设经费达1600万元的教育部重点实验室。

他从不讳言自己的"最爱"是学生，所做一切就为练就他们"上得了课堂，下得了病房；背得了考点，写得了标书；做得了实验，发得了论文"的"深厚功底。

他从不妄言自己的成绩，即便发表近120余篇学术论文，为奠定我国在白血病基础研究领域的国际学术地位作出了重要贡献。

作为新晋中科院院士，面对如潮的祝贺声，他感慨系之。他说，在"科学"这棵大树上，自己这根"枝叶"的心中，唯有"继承"、"创新"、"和谐"这六个字。这就是他的"枝叶情愫"。

我仍是一片继续成长的"枝叶"

■"我是'吮吸'几位院士的'营养'成长起来的"

多年前，陈国强曾做过这样的一个比喻：他把历经多载春秋的上海第二医科大学（现上海交通大学医学院）附属瑞金医院上海血液学研究所比作一棵参天大树，老所长、中国工程院院士王振义教授是当之无愧的"树根"，时任所长、中国科学院院士陈竺教授是挺拔伟岸的"树干"，而他自己则是一片嫩韵向上的"枝叶"。陈国强常说："'枝叶'是'树根'和'树干'所养育的，我是吮吸几位院士的营养成长起来的。"

21年前的春节，陈国强进入研究所实验室，就分到当时刚从法国学成归来的陈竺和陈赛娟研究员领导下的研究小组，开始从事白血病研究。导师给陈国强的任务是探讨低剂量全反式维甲酸治疗急性早幼粒细胞白血病（APL）的疗效和药物动力学研究。结果，仅仅数月时间，研究就得以完成，并由陈国强作为第一作者在《Leukemia》发表了相关论文。这也成了他在国外刊物上发表的"处女作"。这之后，陈国强又开始了氧化砷治疗APL的细胞分子机制的研究。在获得博士学位前夕，陈国强关于氧化砷的研究工作的第一篇论文被《Blood》接受，并且就了另外两篇论文。1996年8月1日，《Blood》发表该文的时候还将其部分结果刊于该杂志的封面。8月2日《Science》以"古药新用（Ancient Remedy Performs New Tricks）"为题发表了专题新闻。当时，陈竺导师敏锐地意识到，这项研究工作称之"一石激起千层浪"，因此必须"乘胜追击"，争取更多的研究成果。陈国强博士毕业后，留在上海血液学研究所，并被破格晋升为副研究员。半年的时间里，他补充实验，又就相关工作整理出了两篇论文，并于1997年5月1日同时在《Blood》发表。

如今，这3篇论著已被广泛采用，为相关科研发展，也为砷剂成为全球药物奠定了重要基础。

面对陈国强所取得的成绩，他的导师们也打心眼里为他高兴。1999年的一天，上海血液学研究所收到一份来自大洋彼岸《美国国立癌症研究所杂志》主编发给陈国强的传真，通知由陈国强负责完成的一篇论文将在下个月发表。陈竺闻后立即在该传真空白处疾书："老陈，衷心祝贺！这是你作为通讯作者发表的第一篇文章，作为你的同事和兄长，我的内心是多么的振奋啊！中国的科学需要一批像你这样的青年人的坚实努力！"

■"在硕士研究生之前的岁月里，其实我还是个有些自卑的年轻人"

虽然今天的陈国强已在科研领域做出了一系列斐然的成绩，但他坦言，"在硕士研究生之前的岁月里，其实我还是个有些自卑的年轻人。"

陈国强的家乡在湖南一个偏僻的小山村，1979年他参加高考落榜了。年龄大他20岁的大哥劝他复读，终于在第二年考取了湖南衡阳医学院。

"大概是因为在懵懂状态下进入了医学院，大学第一年，我的成绩不是很好。但是，到了第二年，我遇到了一个令我改变的老师——上海第二医学院的王振义教授，他受邀到衡阳医学院进行为期一周的学术讲座。"

陈国强说："王老师讲座的内容是关于止血与血栓的，对我来说就像听天书，但王老师坦率而严谨的态度，清晰又通俗的讲解风格深深地吸引了我。讲座一连开了7天，我就一连听了7天，感觉这一辈子都值了！原来医学还有这么多的问题没有解决，这7天的讲座，让我茅塞顿开，就好像在我心中点燃了一把火，于是我参加了当时病理生理学教研室组织的科研小组，并暗下决心，以后要成为王老师的研究生。"

随后的大学四年，陈国强的学习成绩年年都在全年级排名前8，年年都成了校级三好学生。1985年本科毕业后，陈国强报考了上海第二医学院的病理生理学专业硕士研究生。最终，以"委托培养"的形式师从王振义老师，从事β-血栓球蛋白与动脉粥样硬化的研究工作。

"那段埋首前行的路上，王振义老师已经担任了上海第二医科大学的校长，虽然忙碌，但依然坚持每个月两三次找我谈论科研工作的进展及方向，老师的科研态度和踏实作风也激励了我。3年的时光过得很快，我的硕士学位论文写了3个多月，王老师几乎每晚都在为我修改论文。"

"当时所有的稿子都是在500字方格的稿纸上手写的，最初我交给王老师的文稿大概有50多页，被修改得密密麻麻，甚至不放过一个标点符号。王老师白天行政工作很忙，所以常常是下班后找我，把我直接带到家里一起吃晚饭，放下碗筷，再一头'扎进'论文世界里。"

陈国强说："就这样，王老师一遍遍改，我根据修改的内容，重新整理、抄写。没有电脑，没有打印，我的硕士论文被王老师前前后后修改了10次之多，两万多字的论文我也抄了10余遍。修改论文的过程让我懂得了什么是科学精神，什么叫严师出高徒。"

结束了硕士学习，陈国强按照和母校"委托培养合同"的要求，回到衡阳医学院工作，成为一名高校教师，从事病理生理学的教学，也继续着动脉粥样硬化的研究。在工作过程中他慢慢发现，自己在没有课本、没有讲义的情况下，教学甚至能进行得更流畅，让学生们更喜欢。从那时起，他原本安静、内向的性格开始变得开朗，突然发现自己的骨子里还有种激情，人也要为了自己的梦想而活。于是，他在当时月薪只有200元的情况下举债近两万元，买断合同，重新回到了曾经让他跨入科学大门的上海第二医学院，回到了导师王振义老师的身边攻读博士学位。

回味着自己的青年时代，陈国强说："王振义、陈竺、陈赛娟院士等对医学科学研究'耐得住寂寞'、'板凳坐冷'的韧劲和一丝不苟的精神深深地感染着我，推动我自觉奋进。"

陈国强和学生们在实验室。

■对 话

做一个心怀感恩的人

记　者：陈院长，一位即将毕业的硕士研究生给您写邮件，提到每个同学都在认真对待毕业论文，但很多无暇顾及篇末致谢。您怎么看待这件事？

陈国强：毕业论文篇末的"致谢"，虽是论文撰写中的一个小细节，但却蕴含着为人处世的一个大道理——懂得感恩。

懂得感恩，是做人最起码的修养，也是医学毕业生日后从业、治学，乃至为人更须有的品质，更是应该力倡的社会氛围。走出校园意味着扬帆远航，在忙着适应外界环境的同时，内心当有所坚守。一定要守住做人的道德底线，守望人性本质的光辉。

记　者：走进您的办公室，映入眼帘的是您硬笔书法抄写《菜根谭》的一句语录："栖守道德者，寂寞一时；依阿权势者，凄凉万古。达人观物外之物，思身后之身，宁受一时之寂寞，毋取万古之凄凉"。您如何解读这句语录？

陈国强：《菜根谭》是明朝洪应明收集编著的一部论述修养、人生、处世、出世的语录世集，对于人的正心修身有着潜移默化的正能量。正如我在毕业典礼上所说："平心才能静气，静气才能生悟，生悟才能干事，干事才能成事，成事才能把好科研铸造成陈。"

记　者：陈院长，听说在一次访谈中，您纠正了主持人称呼您为"上海交大医学院'当代掌门人'"的说法。能否具体谈谈？

陈国强：在我心目中，我肯定不属于医学院的"掌门人"。上海交大医学院真正的"掌门人"是"全院师生医护员工"。

上海交大医学院已走过63个春秋，是一代又一代的师生医护员工共同努力，才推动医学院走到今天。我想，如果我们医学院22000多名医护员工，将近1万名不同层次的学生，都能够以自己的发展为傲，以推动医学院的发展为荣，各自扫好自己的"门前"——当然这个门不是封闭的，而是开放的，上海交大医学院一定会早日成为世界一流的医学院。

■"如果这个教研室没有发展，我拿自己的住房来做抵押"

2001年底，作为中国科学院"百人计划"入选者，陈国强成为刚成立的中国科学院上海生命科学研究院-上海第二医科大学健康科学研究所的重要一员。2002年，他又兼任了上海第二医科大学病理生理学教研室主任一职。此时，教研室仅有员工10人，科研固定资产和研究经费奇缺，更缺乏国际学术成果。

陈国强说："当年我找校长借了70万块钱装修和武装实验室，跟他承诺，如果这个教研室没有发展，我拿自己的住房来做抵押。5年内，病生室科研经费要达到500万元以上，科研设备价值500万元以上，有一批高质量论文发表在国际一流学术刊物，带出一批至少能承担国家级自然科学基金项目的科研队伍。如有一项达不到，我第一个卷铺盖走人。"

仅仅3年时间，陈国强领衔的病生室创建了细胞生物学、生物化学、分子生物学和蛋白质组学实验技术体系，并成为教育部重点实验室。从几乎没有科研课题，到承担了20多项国家和上海市的科研项目，总固定资产超过1500万元，总研究和建设经费达1600万元，在国际重要专业学术刊物上发表20多篇论著。用了5年的时间，就使病生室变成了国家重点学科。"我觉得做事一定要把自己逼上梁山，没有退路，就有一种冲劲。"陈国强这样坚定地回忆。

陈国强当时的学生顾志敏说："在我眼中，陈老师最大的特点就是领袖气质，我们实验室能够这样一步步发展到今天，离不开他的领导才能。我们这么一个团队，能让每个老师和学生，经营好各自的一亩三分地，已经非常不容易了，但是陈老师就像一支球队的主教练一样，能让每个球员，在各自位置上施展自己的才华。"在陈国强的教研室，当年有8位35岁以下的青年教师获得国家自然科学基金，10位获得上海市科委重点研究课题。在23位教职工中，60%拥有博士学位。在他这里，拿学位、评职称其实很"吃亏"，门槛远远比别的教研室要高。13年前，在他的教研室走廊里，就贴着《科研工作条例》，其中"研究生毕业的基本要求"规定，硕博连读研究生必须以第一作者发表影响因子大于或等于6以上的论文，这可能是在我国难以见到的高标准。然而，这个苛刻的标准，拦不住原创动力充沛的"陈家军"。几年来，几乎每个毕业生都超额完成任务。

顾志敏说："跟陈老师做事情真的是很辛苦的，他精益求精，稍有他觉得不够格的地方，就会狠狠批评你，但是他在工作之外对你又是那么亲切。"他会时常去宿舍"查铺"，还要关心学生恋爱、生孩子的状况，甚至还为了他们的孩子上幼儿园或小学跑去向小学校长作揖："我的学生很杰出，请解她的后顾之忧！"

■"我最最开心的是挥别了5届，共8500余位学子，学生是我的最爱"

2015年是陈国强担任医学院院长5周年。有老师和学生这样问他"您在这5年里最开心的是什么事？"陈国强不假思索地回答："我最最开心的是挥别了5届，共8500余位学子，学生是我的最爱。我被宣布任命院长的第二天，干的第一桩事，就是到瑞金临床医学院，和学生们一起听了一堂医学人文的课。"

为了这份"最爱"，陈国强推出了师资人才队伍建设的8个"不为"，即"不为个人利益所驱，不为自己喜好所使，不为以往成绩所累，不为习惯做法所缚，不为过去今天所惑，不为困难矛盾所惧，不为条条框框所限，不为地域思维所制"。

为了这份"最爱"，陈国强面对压力和公开批评，推出了"76后政策"，即1976年以后出生的青年教师和医生无海外连续工作一年经历的人员不能晋升高级职称，倒逼青年人才拓展国际视野；同时，在已经具备海外经历的青年教师中，试点推行优秀青年教师培养计划和助理研究组长培育计划等，支持青年教师参与科研、学习成长。

为了这份"最爱"，陈国强推出了在本科生教学中的"班导师"制，让学术带头人带班级当"班导师"，与学生分享科研方法、心得和科学精神，而陈国强自己作为"973计划"首席科学家则率先当上了"班导师"。

陈国强和老师王振义院士（左）共同在国家科学技术奖励大会上领奖。

陈国强说："所有这一切措施，为的是让学生坚守'学医这条路'，练就'上得了课堂，下得了病房；背得了考点，写得了标书；做得了实验，发得了论文'的深厚功底。"在每年的本科生、研究生开学典礼、特别是毕业典礼上，性情中人的陈国强总是认认真真地准备与学生挥别的心语。他说："我心目当中的大学，要有一批优秀的、具有创新潜力的学生，和一批卓越的、具有创新能力甚至能够不断超越自己的老师，紧密地在一起，不断激励，互相激励，互相超越。"

■"社会上浮躁的气氛迟早会过去，学术应该也必须回归科学本位"

陈国强经常告诫学生："不管你处在人生的高峰还是低谷，命运终究需要掌握在自己的手中。当你经过长途跋涉、身心疲惫时，只有坚持'再跑一圈'，才能跨越极限，迈向人生旅程的新起点；当你面临困难挑战、风险危机时，只有坚持独立思考、不随大流，才能做出正确选择赢得尊重；当你面对巨大压力或者诱惑时，只有坚守最基本的价值观，才能看淡得失、懂得放弃，获得内心的宁静，感受到生命的厚重。"

为了这种责任、担当和对科学的热爱，陈国强始终没有离开他喜爱的科学事业。近20年来，陈国强几乎没有假日、没有周末。深夜里，他还在灯火通亮的实验室里工作着。

陈国强说："我是白天做院长，晚上7点钟以后做科学家。"这5年里，他每年自己作为通讯作者的论文大约有两三篇，虽然数量不多，但都是经历数年工作的踏实积累。他利用"发现抗白血病活性化合物 探索相应药物靶标揭示白血病细胞命运决定的分子机制"等策略，第一次明确了Prx I/II作为治疗白血病药靶的重要性，并入选2012年度"中国科学十大进展"，德国马普研究所的专家们将其列为大海捞针般发现药靶的十大成功案例之一。他在提出并验证体内低氧微环境有利于砷剂诱导白血病细胞分化的假说的过程中，意外地发现与对实体瘤的效应不同，低氧本身能够诱导多类白血病细胞分化，并在随后的10余年时间里，深入揭示了低氧诱导因子1（HIF-1）和去磷脂层酶1在白血病细胞分化中的作用及其分子机制，并发现多个HIF-1的靶基因，揭示这些靶基因在肿瘤生长和转移中的作用……

当陈国强成功当选中国科学院院士时，他的学生和同事说："陈老师，你太不容易了，你的付出，只有我们知道。"是呀，他作为独立通讯作者的每一篇文章，从课题设计、实验方法选择、实验结果分析、论文撰写和修改，一直到杂志社提出反馈意见的回复，甚至网上投稿，他都亲力亲为。他的研究生沈少明说："最近在EMBO REPORT发表论文的过程中，陈老师对我的论文始终逐字逐句地进行修改，不仅纠正了学术上的疏漏之处，还不厌其烦地修改英文语法和拼写错误，两年多的投稿过程中，他修改了50多遍。"学生们说，"这几年看着陈老师的头发从乌黑变得那么花白，我们都心痛"。

但对此，陈国强却有自己的坚持："社会上浮躁与功利的气氛迟早会过去，再过10年、20年，学术应该也必须回归科学本位。到那时候，谁是有准备的人，谁就会脱颖而出。"

■记者手记

一个延续了18年的比喻

一个月前，陈国强当选为中国科学院院士并赴京参加新院士座谈会。当晚，他回到上海已是晚上9点，顾不及回家，他又一头扎进学校的实验室直至深夜，完成了原计划安排的工作。

早在18年前，记者就曾采访过陈国强，他的"大树、树根、树干和树叶"，也是早在当时就曾做过的比喻。而今18年后，记者再次采访"功成名就"的陈国强，他仍然把自己看成是科学殿堂这棵参天大树、医学高等教育这个崇高的事业中的一片继续成长的"枝叶"，并仍在竭尽全力催生新芽。

陈国强的"枝叶"情愫告诉我们：其实我们每个学生都是一片"枝叶"，都是从老师"树根"和"树干"吮吸营养、知识成长起来的。愿中国梦的绿色大厦，到处都铺满蓬勃的"枝叶"。

■陈国强小传

1963年出生于湖南攸县，医学病理生理学家。上海交通大学副校长、医学院院长、教授。1985年毕业于衡阳医学院临床医学专业，后分别获上海第二医科大学硕士和博士学位。长期从事肿瘤尤其是急性髓细胞性白血病（AML）细胞命运决定和肿瘤微环境调控机制研究。在低氧微环境方面，发现低氧通过低氧诱导因子-1（HIF-1）的非转录功能，诱导AML细胞分化，并揭示了Cbx4通过类泛素化修饰HIF-1控制肝癌新生血管生成与转移的机制。在应激微环境方面，发现了白血病干/祖细胞诱导骨髓间充质细胞分化形成新的骨髓微环境和该微环境保护白血病细胞的机制。在化学生物学方面，发现了多个抗肿瘤天然化合物，尤其是发现了腺花素通过靶向过氧化物还原酶家族成员，诱导AML细胞分化。在国际重要核心刊物如《Cancer Cell》、《Nature Chemical Biology》、《Nature Cell Biol》、《Nature Communication》、《Blood》、《JNCI》、《leukemia》等发表近120余篇学术论文，被引用共计5000多次。曾获国家自然科学二等奖、中华医学科技一等奖、上海市自然科学一等奖、何梁何利科学与技术进步奖。并获全国优秀博士学位论文指导教师、全国先进工作者、新世纪百千万人才工程首批国家级人选、中国青年科技奖等荣誉称号。

他从不惧怕把自己“逼上梁山”,执着于科学梦想,5 年内硬是将“一张白纸”的病理生理实验室建成研究和建设经费达 1 600 万元的教育部重点实验室。

他从不讳言自己的“最爱”是学生,所做一切就为练就他们“上得了课堂,下得了病房;背得了考点,写得了标书;做得了实验,发得了论文的”深厚功底。

他从不妄言自己的成绩,即便发表近 120 余篇学术论文,为奠定我国在白血病基础研究领域的国际学术地位作出了重要贡献。

作为新晋中科院院士,面对如潮的祝贺声,他感慨系之。他说,在“科学”这棵大树上,自己这片“枝叶”的心中,唯有“继承”“创新”“和谐”这六个字。这就是他的“枝叶情愫”。

陈国强:我仍是一片继续成长的“枝叶”

“我是‘吮吸’几位院士的‘营养’成长起来的”

多年前,陈国强曾做过这样的一个比喻:他把历经多载春秋的上海第二医科大学(现上海交通大学医学院)附属瑞金医院上海血液学研究所比作一棵参天大树,老所长、中国工程院院士王振义教授是当之无愧的“树根”,时任所长、中国科学院院士陈竺教授是挺拔伟岸的“树干”,而他自己则是一片蓬勃向上的“枝叶”。陈国强常说:“‘枝叶’是‘树根’和‘树干’所养育的,我是吮吸几位院士的营养成长起来的。”

21 年前的春节,陈国强进入研究所实验室,被分到当时刚从法国学成归来的陈竺和陈赛娟研究员领导下的研究小组,开始从事白血病研究。导师给陈国强的任务是探讨低剂量全反式维甲酸治疗急性早幼粒细胞白血病(APL)的疗效和药物动力学研究。结果,仅仅数月时间,研究就得以完成,并由陈国强作为第一作者在《Leukemia》发表了相关论文。这也成了他在国外刊物上发表的“处女作”。这之后,陈国强又开始了氧化砷治疗 APL 的细胞分子机制的研究。在获得博士学位前夕,陈国强关于氧化砷的研究工作的第一篇论文被《Blood》接受,并草就了另外两篇论文。1996 年 8 月 1 日,《Blood》发表该文的时候还将其部分结果刊于该杂志的封面。8 月 2 日

《Science》以“古药新用(Ancient Remedy Performs New Tricks)”为题发表了专题新闻。当时,陈竺等敏锐地意识到,这项研究工作势必“一石激起千层浪”,因此必须“乘胜追击”,争取更多的研究成果。陈国强博士毕业后,留在上海血液学研究所,并被破格晋升为副研究员。半年的时间里,他补充实验,又就相关工作整理出了两篇论文,并于 1997 年 5 月 1 日同时在《Blood》发表。

如今,这 3 篇论著已被广泛采用,为相关科研发展,也为砷剂成为全球药物奠定了重要基础。

而对陈国强所取得的成绩,他的导师们也打心眼里为他高兴。1999 年的一天,上海血液学研究所收到一份来自大洋彼岸《美国国立癌症研究所杂志》主编发给陈国强的传真,通知由陈国强负责完成的一篇论文将在下个月发表。陈竺阅后立即在该传真空白处疾书:“老陈,衷心祝贺!这是你作为通讯作者和最后一位作者,在‘影响因子’达 11.403 的杂志上发表的第一篇文章。作为你的同事和兄长,我的内心是多么的振奋啊!中国的科学需要一批像你这样的青年人的坚实努力!”

“在硕士研究生之前的岁月里,其实我还是个有些自卑的年轻人”

虽然今天的陈国强已在科研领域做出了一系列斐然的成绩,但他坦言,“在硕士研究生之前的岁月里,其实我还是个有些自卑的年轻人”。

陈国强的家乡在湖南一个偏僻的小山村,1979 年他参加高考落榜了。年龄大他 20 岁的大哥劝他复读,终于在第二年考取了湖南衡阳医学院。

“大概是因为在懵懂状态下进入了医学院,大学第一年,我的成绩不是很好。但是,到了第二年,我遇到了一个令我改变的老师——上海第二医学院的王振义教授,他受邀到衡阳医学院进行为期一周的学术讲座。”

陈国强说:“王老师讲座的内容是关于止血与血栓的,对我来说就像听天书,但王老师坦率而严谨的态度、清晰又通俗的讲解风格深深地吸引了我。讲座一连开了 7 天,我就一连听了 7 天,感觉这一辈子都值了!原来医学还有这么多的问题没有解决,这 7 天的讲座,让我茅塞顿开,就好像在我心中点燃了一把火,于是我参加了当时病理生理学教研室组织的科研小组,并暗下决心,以后要成为王老师的研究生。”

随后的大学 4 年,陈国强的学习成绩年年都在全年级排名前 8,年年都成了校级三好学生。1985 年本科毕业后，陈国强报考了上海第二医学院的病理生理学专业硕士研究生。最终，以“委托培养”的形式师从王振义老师，从事 β-血栓球蛋白与动脉粥样硬化的研究工作。

“那段埋首前行的路上，王振义老师已经担任了上海第二医科大学的校长，虽然忙碌，但依然坚持每个月两三次找我谈论科研工作的进展及方向，老师的科研态度和踏实作风也激励了我。3 年的时光过得很快，我的硕士学位论文写了 3 个多月，王老师几乎每晚都在为我修改论文。”

“当时所有的稿子都是在 500 字方格的稿纸上手写的，最初我交给王老师的文稿大概有 50 多页，被修改得密密麻麻，甚至不放过一个标点符号。王老师白天行政工作很忙，所以常常是下班后找我，把我直接带到家里一起吃晚饭，放下碗筷，再一头‘扎进’论文世界里。”

陈国强说：“就这样，王老师一遍遍改，我根据修改的内容，重新整理、抄写。没有电脑，没有打印，我的硕士论文被王老师前前后后修改了 10 次之多，两万多字的论文我也抄了 10 余遍。修改论文的过程让我懂得了什么是科学精神，什么叫严师出高徒。”

结束了硕士学习，陈国强按照和母校“委托培养合同”的要求，回到衡阳医学院工作，成为一名高校教师，从事病理生理学的教学，也继续着动脉粥样硬化的研究。在工作过程中他慢慢发现，自己在没有课本、没有讲义的情况下，教学甚至能进行得更流畅、让学生们更喜欢。从那时起，他原本安静、内向的性格开始变得开朗，突然发现自己的骨子里还有种激情，人也要为了自己的梦想而活。于是，他在当时月薪只有 200 元的情况下举债近两万元，买断合同，重新回到了曾经让他跨入科学大门的上海第二医学院，回到了导师王振义老师的身边攻读博士学位。

回味着自己的青年时代，陈国强说：“王振义、陈竺、陈赛娟院士等对医学科学研究‘耐得住寂寞’‘板凳坐冷’的韧劲和一丝不苟的精神深深地感染着我，推动我自觉奋进。”

“如果这个教研室没有发展，我拿自己的住房来做抵押”

2001 年年底，作为中国科学院“百人计划”入选者，陈国强成为刚成立的中国科学院上海生命科学研究院 · 上海第二医科大学健康科学研究所的重要一员。2002 年，他又兼任了上海第二医科大学病理生理学教研室主任一职。此时，教研室仅有员工10人，科研固定资产和研究经费奇缺，更缺乏国际学术成果。

陈国强说："当年我找校长借了70万块钱装修和武装实验室，跟他承诺，如果这个教研室没有发展，我拿自己的住房来做抵押。5年内，病生室科研经费要达到500万元以上，科研设备价值500万元以上，有一批高质量论文发表在国际一流学术刊物，带出一批至少能承担国家级自然科学基金项目的科研队伍。如有一项达不到，我第一个卷铺盖走人。"

仅仅3年时间，陈国强领衔的病生室创建了细胞生物学、生物化学、分子生物学和蛋白质组学实验技术体系，并成为教育部重点实验室。从几乎没有科研课题，到承担了20多项国家和上海市的科研项目，总固定资产超过1 500万元，总研究和建设经费达1 600万元，在国际重要专业学术刊物上发表20多篇论著。用了5年的时间，就使病生室变成了国家重点学科。"我觉得做事一定要把自己逼上梁山，没有退路，就有一种冲劲。"陈国强这样坚定地回忆。

陈国强当时的学生顾志敏说："在我眼中，陈老师最大的特点就是领袖气质，我们实验室能够这样一步步发展到今天，离不开他的领导才能，我们这么一个团队，能让每个老师和学生，经营好各自的一亩三分地，已经非常不容易了，但是陈老师就像一支球队的主教练一样，能让每个球员，在各自位置上施展自己的才华。"在陈国强的教研室，当年有8位35岁以下的青年教师获得国家自然科学基金，10位获得上海市科委重点研究课题。在23位教职工中，60%拥有博士学位。在他这里，拿学位、评职称其实很"吃亏"，门槛远远比别的教研室要高。13年前，在他的教研室走廊里，就贴着《科研工作条例》，其中"研究生毕业的基本要求"规定，硕博连读研究生必须以第一作者发表影响因子大于或等于6以上的论文，这可能是在我国难以见到的高标准。然而，这个苛刻的标准，拦不住原创动力充沛的"陈家军"。几年来，几乎每个毕业生都超额完成任务。

顾志敏说："跟陈老师做事情真的是很辛苦的，他精益求精，稍有他觉得不够格的地方，就会狠狠批评你，但是他在工作之外对你又是那么亲切。"他会时常去宿舍"查铺"，还要关心学生恋爱、生孩子的状况，甚至还为了他们的孩子上幼儿园或小学跑去向小学校长作揖："我的学生很杰出，请解她的后顾之忧！"

"我最最开心的是挥别了5届,
共8 500余位学子,学生是我的最爱"

2015年是陈国强担任医学院院长5周年。有老师和学生这样问他"您在这5年里最开心的是什么事?"陈国强不假思索地回答:"我最最开心的是挥别了5届,共8 500余位学子,学生是我的最爱。我被宣布任命院长的第二天,干的第一桩事,就是到瑞金临床医学院,和学生们一起听了一堂医学人文的课。"

为了这份"最爱",陈国强推出了师资人才队伍建设的8个"不为",即"不为个人利益所驱,不为自己喜好所使,不为以往成绩所累,不为习惯做法所缚,不为过去今天所惑,不为困难矛盾所惧,不为条条框框所限,不为地域思维所制"。

为了这份"最爱",陈国强面对压力和公开批评,推出了"76后政策",即1976年以后出生的青年教师和医生无海外连续工作一年经历的人员不能晋升高级职称,倒逼青年人才拓展国际视野;同时,在已经具备海外经历的青年教师中,试点推行优秀青年教师培养计划和助理研究组长培育计划等,支持青年教师参与科研、学习成长。

为了这份"最爱",陈国强推出了在本科生教学中的"班导师"制,让学术带头人带班级当"班导师",与学生分享科研方法、心得和科学精神,而陈国强自己作为"973计划"首席科学家则率先当上了"班导师"。

陈国强说:"所有这一切措施,为的是让学生坚守'学医这条路',练就'上得了课堂,下得了病房;背得了考点,写得了标书;做得了实验,发得了论文'的深厚功底。"在每年的本科生、研究生开学典礼,特别是毕业典礼上,性情中人的陈国强总是认认真真地准备与学生挥别的心语。他说:"我心目当中的大学,要有一批优秀的、具有创新潜力的学生,和一批卓越的、具有创新能力甚至能够不断超越自己的老师,紧密地在一起,不断激励,互相激励,互相超越。"

"社会上浮躁的气氛迟早会过去,
学术应该也必须回归科学本位"

陈国强经常告诫学生:"不管你处在人生的高峰还是低谷,命运终究需要掌握在自己的手中。当你经过长途跋涉、身心疲惫时，只有坚持‘再跑一圈’，才能跨越极限，迈向人生旅程的新起点；当你面临困难挑战、风险危机时，只有坚持独立思考、不随大流，才能做出正确选择赢得尊重；当你面对巨大压力或者诱惑时，只有坚守最基本的价值观，才能看淡得失、懂得放弃，获得内心的宁静，感受到生命的厚重。”

为了这种责任、担当和对科学的热爱，陈国强始终没有离开他喜爱的科学事业。近20年来，陈国强几乎没有假日、没有周末。深夜里，他还在灯火通亮的实验室里工作着。

陈国强说："我是白天做院长，晚上7点钟以后做科学家。"这5年里，他每年自己作为通讯作者的论文大约有两三篇，虽然数量不多，但都是经历数年工作的踏实积累。他利用"发现抗白血病活性化合物，探索相应药物靶标揭示白血病细胞命运决定的分子机制"等策略，第一次明确了Prx I/II作为治疗白血病药靶的重要性，并入选2012年度"中国科学十大进展"，德国马普研究所的专家们将其列为大海捞针般发现药靶的十大成功案例之一。他在提出并验证体内低氧微环境有利于砷剂诱导白血病细胞分化的假说的过程中，意外地发现与对实体瘤的效应不同，低氧本身能够诱导多类白血病细胞分化，并在随后的10余年时间里，深入揭示了低氧诱导因子1（HIF-1）和去磷脂层酶1在白血病细胞分化中的作用及其分子机制，并发现多个HIF-1的靶基因，揭示这些靶基因在肿瘤生长和转移中的作用……

当陈国强成功当选中国科学院院士时，他的学生和同事说："陈老师，你太不容易了。你的付出，只有我们知道。"是呀，他作为独立通讯作者的每一篇文章，从课题设计、实验方法选择、实验结果分析、论文撰写和修改，一直到杂志社提出反馈意见的回复，甚至网上投稿，他都亲力亲为。他的研究生沈少明说："最近在*EMBO REPORT*发表论文的过程中，陈老师对我的论文始终逐字逐句地进行修改，不仅纠正了学术上的疏漏之处，还不厌其烦地修改英文语法和拼写错误，两年多的投稿过程中，他修改了50多遍。"学生们说，"这几年看看陈老师的头发从乌黑变得那么花白，我们都心痛。"

但对此，陈国强却有自己的坚持："社会上浮躁与功利的气氛迟早会过去，再过10年、20年，学术应该也必须回归科学本位。到那时候，谁是有准备的人，谁就会脱颖而出。”

■ 对话

做一个心怀感恩的人

记　者： 陈院长，一位即将毕业的硕士研究生给您写邮件，提到每个同学都在认真对待毕业论文，但很多无暇顾及篇末致谢。您怎么看待这件事？

陈国强： 毕业论文篇末的“致谢”，虽是论文撰写中的一个小细节，但却蕴含着为人处世的一个大道理——懂得感恩。

懂得感恩，是做人最起码的修养，也是医学毕业生日后从业、治学，难能可贵的品质，更是应该力倡的社会氛围。走出校园意味着扬帆远航，在忙着适应外界环境的同时，内心当有所坚守。一定要守住做人的道德底线，守望人性本质的光辉。

记　者： 走进您的办公室，映入眼帘的是您硬笔书法抄写《菜根谭》的一句语录：“栖守道德者，寂寞一时；依阿权势者，凄凉万古。达人观物外之物，思身后之身，宁受一时之寂寞，毋取万古之凄凉。”您如何解读这句语录？

陈国强： 《菜根谭》是明朝洪应明收集编著的一部论述修养、人生、处世、出世的语录集，对于人的正心修身有着潜移默化的正能量。正如我在毕业典礼上所说：“平心才能静气，静气才能生悟，生悟才能干事，干事才能成事，成事才能把好料铸造成器。”

记　者： 陈院长，听说在一次访谈中，您纠正了主持人称呼您为“上海交大医学院‘当代掌门人’”的说法。能否具体谈谈？

陈国强： 在我心目中，我肯定不属于医学院的“掌门人”。上海交大医学院真正的“掌门人”是“全院师生医护员工”。

上海交大医学院已走过63个春秋，是一代又一代的师生医护员工共同努力，才推动医学院走到今天。我想，如果我们医学院22 000多名医护员工，将近1万名不同层次的学生，都能够以自己的发展为傲，以推动医学院的发展为荣，各自扫好自己的“门前”——当然这个门不是封闭的，而是开放的，上海交大医学院一定会早日成为世界一流的医学院。

■ 记者手记

一个延续了18年的比喻

一个月前,陈国强当选为中国科学院院士并赴京参加新院士座谈会。当晚,他回到上海已是晚上9点,顾不及回家,他又一头扎进学校的实验室直至深夜,完成了原计划安排的工作。

早在18年前,记者就曾采访过陈国强,他的"大树、树根、树干和树叶",也是早在当时就曾做过的比喻。而今18年后,记者再次采访"功成名就"的陈国强,他仍然把自己看成是科学殿堂这棵参天大树、医学高等教育这个崇高的事业中的一片继续成长的"枝叶",并仍在竭尽全力催生新芽。

陈国强的"枝叶"情愫告诉我们:其实我们每个学生都是一片"枝叶",都是从老师"树根"和"树干"吮吸营养、知识成长起来的。愿中国梦的绿色大厦,到处都铺满蓬勃的"枝叶"。

■ 陈国强小传

1963年出生于湖南攸县,医学病理生理学家。上海交通大学副校长,医学院院长、教授。1985年毕业于衡阳医学院临床医学专业,后分别获上海第二医科大学硕士和博士学位。长期从事肿瘤尤其是急性髓细胞性白血病(AML)细胞命运决定和肿瘤微环境调控机制研究。在低氧微环境方面,发现低氧通过低氧诱导因子-1(HIF-1)的非转录功能,诱导AML细胞分化,并揭示了Cbx4通过类泛素化修饰HIF-1控制肝癌新生血管生成与转移的机制。在应激微环境方面,发现了白血病干/祖细胞诱导骨髓间充质细胞分化形成新的骨髓微环境和该微环境保护白血病细胞的机制。在化学生物学方面,发现了多个抗肿瘤天然化合物,尤其是发现了腺花素通过靶向过氧化物还原酶家族成员,诱导AML细胞分化。在国际重要核心刊物如*Cancer Cell*, *Nature Chemical Biology*, *Nature Cell Biol*, *Nature Communication*, *Blood*, *JNCI*, *leukemia* 等发表近120余篇学术论文,被引用共计5 000多次。曾获国家自然科学二等奖、中华医学科技一等奖、上海市自然科学一等奖、何梁何利科学与技术进步奖等。并获全国优秀博士学位论文指导教师、全国先进工作者、新世纪百千万人才工程首批国家级人选、中国青年科技奖等荣誉称号。

(《健康报》2016年1月1日)

■采写/ 本报记者 胡德荣

从一名初中生、工农兵学员，他一路成长为院长、国家重点学科带头人，并于2015年当选为中国工程院院士。

在无影灯下的昼夜奋战中，他手中是毫厘不差的"飞刀"，心中是病人重获新生的梦想。

他带领我国口腔颌面外科学以独有的影响力走向世界。他首创的高位颈动脉重建术"对于全世界同行具有重要借鉴意义"。

即便头顶诸多光环，即便让恩师折服，被学生敬仰，他仍将其视为对前辈的继承和发扬。花甲之年，在他看来，仍是人生踏步前进的开端。

张志愿：潜心笃志 唯愿患者安康

■"医生眼中不但要有病人的病灶，更要理解病人的需求"

"你的肿瘤已经转移到口底和颈部淋巴结，手术风险太大，为安全起见已不做……"还未等张志愿把话说完，一名男子"噗通"一声跪在了张志愿的面前。

张志愿赶紧起身扶起这位病人。原来，他曾被诊断为口底癌，张志愿在门诊建议他"赶紧住院手术"，可是他怕手术后会影响自己的生活，随即便失联了。而这次，他却向张志愿倾诉了心里话："我是一位钢琴演奏者，当时放弃手术是希望能保留艺术生命，可是怎么也没有想到病情竟发展得如此迅猛。请求您为我动手术，即便我倒在手术台上了，我也不会责怪您和医院。"

面对病人强烈的求生欲望和殷切的信任，张志愿组成了6人手术团队，经反复讨论制订了周全的手术方案，最终历时23个小时完成了这场艰难的手术。张志愿回忆说："手术中，我和我的团队医生先将病人口底原发病灶及被肿瘤破坏已完全溃烂的舌头、下颌骨、咽喉和颈动脉成功切除，食道后壁仅保留了三分之一左右。接着又采用病人的胸大肌、背阔肌修复了患者的舌头、口底和食道，还取了病人小腿的腓骨做了下颌骨。就这样，再造了病人被破坏了的面部和口底结构。"

手术成功了，这位钢琴家在两年后又重新登台弹起了他心爱的钢琴。

张志愿说："钢琴家重获新生，梦想成真，我们当医生的就觉得先前艰难付出的23个小时的劳累都值了，满满的成就感充盈着内心。"一边说着，张志愿一边还找出了当时手术的珍贵照片。他告诉记者，团队骨干医生在法国召开的国际口腔颌面外科大会上报告了这一病例后，引起了全场轰动。不久，顶尖的《口腔颌面外科杂志》也发表了该病例的学术论文。

"这个临床成果值得好好总结，它给了我们许多启迪。"张志愿说："其中重要的一条是我们做医生的要理解病人，医生眼中不但要有病人的病灶，更要理解病人的需求。我们要感谢病人的信任，没有病人，哪里还能体现出我们做医生的水准和价值。"

■"飞刀"稍微偏一点，后果便不堪设想

在上海九院口腔颌面外科手术室里，几乎天天都在演绎一些高难度的手术。

一名40岁的中年男子因左耳后侧不断长大、出血的血管畸形，在当地医院接受了一次左下颌骨截切除术，术中为控制止血，医生为其结扎了左颈外动脉。其后，左耳后的斑块开始慢慢长大，呈瘤体，皮肤也时不时因破溃而发炎、出血。他来到上海九院口腔颌面外科，经检查诊断这个巨大蔓状型静脉为巨大的动静脉畸形，血供丰富，并伴有感染。会诊中，包括中国工程院院士邱蔚六教授在内的专家都认为，这是一例临床上十分罕见且极其棘手的巨大动静脉畸形，决定采用先堵后切的治疗方案。

这天手术，由张志愿领衔的口腔颌面外科手术团队医生，先为患者施行术前进行插管，用明胶海绵颗粒栓塞瘤体部分侧枝血供。然后，张志愿率两名医生联手上台，术中首先保护瘤体已经达7厘米，薄如纸的颈内静脉，避免两压增高，然后在保留患者左耳的前提下，完整地切除了巨大动静脉畸形。最后医生取下了患者约20厘米×14厘米的胸大肌，做修整后游离穿过领骨，成功地覆盖于患者左耳后侧组织缺失的部位。这台手术，团队医生花了12个小时才取得成功。

还有一次，张志愿正在手术，突然听到隔壁手术室传来紧急呼唤。张志愿应声赶到，原来是一位舌下腺手术的患者术后结扎的动脉重新开始出血，刚送进手术室就开始窒息，因抢救病人手不足，负责医生才大声求救。

张志愿看到脸色发紫、颈部肿胀、呼吸困难的病人时，接过主刀医生递来的手术刀当机立断地飞速进行立位下超常规手术——气管切开术。随着手术刀进入，病人呼吸困难顿时缓解了。回忆这一"飞刀"过程，张志愿自己也觉得这个动作真是太危险了。"要是这一刀用力过猛，就会造成气管食管瘘；要是稍微偏一点，旁边就是两侧的颈动脉，后果不堪设想。不过那时我一点杂念都没有，救人要紧，也容不得我考虑利弊。"

张志愿还说："做医生就该这样，病人是第一位的，挽救病人的生命是天大的事，否则还要我们医生干什么?!"

■"我的第一个课题便是'攻克'型研究"

张志愿本是个67届的初中生，由于受到"文化大革命"的影响，他只得在家乡江苏吴江华莺村做农民，还兼任着村团委书记、小队会计。1972年4月，作为工农兵大学生，他进入上海第二医学院口腔系学习。他深知自己文化基础知识薄弱，张志愿读书格外用功勤奋。

1975年7月大学毕业后，他以优异成绩留校进入附属上海市第九人民医院口腔颌面外科工作。从"住院医生"做起，他每天都是宿舍、手术室(病房)、食堂三点一线，跟着我国口腔颌面外科开拓者——邱蔚六教授做手术，还一个人分管负责病区的十多张床位。

"目睹邱蔚六教授的独具匠心，我一心想成为他的研究生。"张志愿终于在1986年9月放弃了医院党委副书记兼党办主任的职位，开始专心攻读邱蔚六教授的硕博连读研究生，成了班级里年纪最大的学生，那年他36岁。

"当时在口腔颌面外科领域，大面积口腔颌面动静脉畸形被视为手术禁区，直径超过10厘米的畸形瘤几乎无人问津。我清晰地记得，邱老师给我的第一个课题是攻克口腔颌面动静脉巨大畸形研究。记得他还特别叮嘱我，是'攻克'。"

"领了课题后，我全身心地投入了'攻克'中，白天开刀，晚上就一头扎进实验室。为了学习插管技术，还专门跑到上海中山医院相关科室求教专家，并先后在15条狗身上练习股动脉插管。"

就这样，在邱蔚六教授的指导下，张志愿在国内首创"三合一"方法治疗口腔颌面部动静脉畸形，即"栓塞+病灶切除+整形修复组织"，用一次手术就摘除病灶的成绩，圆满完成了邱蔚六教授布置给他的"攻克"难题。接着，他的一篇题为《颈动静脉结扎术和栓塞后的血循动力学变化》论文，在《中华口腔医学杂志》上发表了，还得到了该杂志主编的高度评价。

向来以高标准、严要求著称的邱蔚六教授被眼前这个硕博连读的研究生折服了。导师这样评价：张志愿"在硕士生期间即已聘任为主治医师，在博士生期间，由于医疗成绩优异，科研成绩也好，被破格提升为副主任医师。他在研究生期间，负责了一个大组(25张床位)的医疗工作，能胜任副主任医师职责，5年间施行联合根治术100余例，并在临床带教进修医师、住院医师和实习医师。他的课题与临床工作结合紧密，对经股动脉插管栓塞技术掌握熟练，在教学上已能独立进行大班讲课。在临床工作期间还结合课题进行动物实验研究，从理论及其机制上阐明了栓塞技术及颈外动脉结扎后的血循动力学变化，而此前这项成绩在国内外均未见报道"。导师对张志愿的临床能力、科研能力做了如此高的评价，更激励张志愿在口腔颌面外科勇往直前。

■"下一个目标是争取国家级的口腔肿瘤重点实验室"

这41年来，张志愿从住院医生做起，无论是做科主任、院长、教授，还是国家重点学科带头人、中国抗癌协会头颈肿瘤专业委员会主任委员……他始终坚持白天做手术、晚上做研究的师门传承，结合临床做基础研究，以提高临床疗效为己任，并以第一完成人获得"口腔颌面部血管瘤与脉管畸形的临床治疗研究"、"口腔颌面部肿瘤根治术后缺损的形态与功能重建"两项国家科技进步二等奖，还获得何梁何利科技进步奖。

他采用多个血管化游离组织瓣串联术、高位颈动脉重建术、个体化综合序列治疗的新策略，破解广泛侵及颌面颈部、颅底和颈动脉的晚期口腔癌的治疗难题，显著提高患者生存率和生存质量；他采用栓塞供养动脉后病灶切除并即刻整复术、双介入栓塞术、瘤腔栓塞后病灶切除并即刻整复术，突破头颈部难治性血管畸形的手术禁区，变不治之症为可治之症；他首创的高位颈动脉重建术，得到了美国头颈外科学会前任主席的高度评价，称"对于全世界同行具有重要借鉴意义"。

张志愿始终感恩自己的老师——邱蔚六院士(左)，也深知一名优秀临床医生的成长离不开前辈的提携与帮助。

由张志愿作为学科带头人领衔的上海九院口腔颌面外科2010年被IAOMS认证为国际专科医师培训基地，2014年被英国爱丁堡皇家外科学院授予中国首个口腔颌面头颈肿瘤培训中心。这一个培训基地和一个培训中心的命名，标志着我国口腔颌面外科学已走向世界，彰显了我国口腔颌面外科学在国际上的学术地位和影响力。

"争取国家级的口腔肿瘤重点实验室，同时在建立生物样本库的基础上，进一步探索肿瘤细胞对不同药物的敏感性，开展综合序列治疗研究，即探究化疗、放疗、靶向治疗等肿瘤治疗手段与手术如何结合……"张志愿的事业发展目标始终围绕如何让更多患者生存得更好而展开。

■"要像导师悉心爱护我一样，百般爱护自己的学生"

从1975年融入上海九院，参加口腔颌面外科医疗工作41年以来，张志愿已培养了41名博士、3名博士后和多名硕士。尽管满门桃李，他仍始终感恩自己的老师——邱蔚六院士，也深知一名优秀临床医生的成长离不开前辈的提携与帮助。"我要像导师悉心爱护我一样，百般爱护自己的学生。"为了学科的蓬勃发展，为了"邱家军"的代代传承，张志愿已把这句话深深地烙在了心坎上。

在上海九院采访时，碰到了张志愿院士的许多学生。现已成为博士生导师的蒋欣泉医生向记者叙述了导师以情留人、以情感人的往事。

"那年，我获得博士学位后面临职业选择，回了一趟无锡老家。谁知刚踏进家门，门铃就响了起来。开门一看，竟然是导师张志愿教授来了，他是为了我的留校问题，专门从上海赶来的。"蒋欣泉说："张老师不但重视人才培养，更加爱惜人才，他常说的一句话就是'人尽其才、才尽其用'。他深知留住人才是难题，所以以情留才、以心留人，只要是我们遇到困难了，他再忙也会放下手头的事来帮我们解决，哪怕是促膝长谈至深夜。'经师易遇，人师难求。'张老师在学术上引领我们攀登一个个高峰，在为人上教导我们要高调做事、低调做人。"

采访中，蒋欣泉还说："'古之学者必严其师，师严然后道尊'，这是对张老师做学问最真实的写照。他用严谨到近乎苛刻的治学态度要求自己，对学生也很严格，但言之有理、言之有法。他给予学生更多的是关爱、宽容，但不迁就。他经常跟学生讨论课题、拉家常、谈发展，叮嘱我们注意身体。在这个偌大的城市里，他像一位慈父，让我觉得有依靠有归属感。"

在蒋欣泉眼中，张院士还是个注重学生个性培养的老师。他说，适合的才是最好的。他针对每个学生的特点，个性化设计培养发展道路。可谓用心良苦。如今，张老师的硕士、博士和博士后学生已遍布全国各地，为口腔各专业的发展培养输送了大量的优秀人才。

张志愿亲自登门拜访蒋欣泉这件事，如今已过去15年了。如今的蒋欣泉不仅是国家杰出青年基金获得者，教育部"长江学者"特聘教授等，还曾先后荣获国际牙科研究会(IADR) Hatton大奖、上海市科技进步一等奖等等荣誉。张志愿说，自己为能有这样的一批优秀学生感到欣慰。

■"往往病情外的一句聊天背后，可能潜藏着疾病的蛛丝马迹"

"我们的临床医生应好好地在'沟通意识'和'病情外关注'等方面进行补课。"采访中，张志愿这样告诉记者。他介绍，上海九院口腔医学院张煦等5名学生最近完成了一项"医学生医患沟通能力评价"的调研，调查对象选取了400名左右的上海交通大学医学院附属第九人民医院的实习生与住院医生。调研结果发现，在医患沟通行为量表六个维度中，"沟通意识"和"病情外关注"得分最低。

张涤生院士生前生病期间，张志愿前去探望。

张志愿和学生蒋欣泉一起工作。

"在临床上，我要求学生不要急着看病人的检查报告，而要先耐心地倾听病人的讲述，特别是对病情外也要多加关注，往往细微的一句话背后，可能潜藏着疾病的蛛丝马迹。在耐心倾听后，再仔细给病人做体格检查，结合主诉和体格检查结果进行综合分析判断。这时候再去看B超、CT或磁共振的检查，才能真正提高诊疗效果。"

在张志愿看来，耐心地倾听病人的讲述，不仅能帮助医生作出更为准确的判断，还能增加病人对医生的信任感，而这一点恰恰是当下的医患关系中最为缺乏的。他一直告诉学生，要想获得病人的信任，不仅要有智商，更考验医生的情商。医生所必须具备的情商，绝不在于敷衍病人、打发病人的技巧，而是要真心和病人交流，取得他们的信任。有些医生可能会把理由归结于病人太多，没时间交流。确实，门诊时间是有限的，但在有限的时间里还是可以用浅显易懂的语言把病情为病人讲清楚，给病人信心，他就不会感到绝望，也就更能配合治疗了。

张志愿回忆了一次发生在身边的案例："一位病人在某大医院排了3小时队挂上专家号，又等了2小时看上了病，结果就诊只持续了3分钟。他最终投诉了，但投诉的不是'只看了3分钟'，而是专家在这3分钟里根本没有看他一眼。"

张志愿说，他很赞成上海交大医学院对临床医学八年制(法文班)和五年制(英文班)上《医患沟通》人文必修课。"正如该院的一项研究，接受过培训的学生与未接受过培训的学生在沟通能力上有较大差异，接受过培训的学生医患沟通能力会更强，进入临床后他们会更耐心地看着病人的眼睛、倾听病人的讲述"。

■对 话

如果连人都做不好，何谈做医生

记　者：目前有关"智商"和"情商"的讨论，在医学院学生中很热闹，对此您怎么看?

张志愿：医学院毕业的学生，智商都没有问题，但做临床医生则必须具备情商。医生是与病人打交道的职业，要倾听病人的讲述，要给病人做检查，这个交流过程很能体现出医生情商的高低。要想获得病人的信任，不仅要有智商，更考验医生的情商。

记　者：听说有一次，因一名学生不尊重保洁阿姨的劳动，您狠狠批评了这位学生，是真的吗?

张志愿：是真的。一次午餐后，科里许多学生未把一次性餐具扔进垃圾桶里，甚至有人说出了"有保洁阿姨在啊"的话语。我当时就严肃地指出："阿姨是你们的母辈，不要把阿姨当做你们的佣人。"在平时，我特别留意年轻人是否对保洁阿姨尊重。

记　者：您是上海交通大学医学院附属第九人民医院的第四位中国工程院院士，您觉得您和前辈张涤生院士、邱蔚六院士、戴尅戎院士的共同点是什么?

张志愿：我是三位前辈院士的学生，我是长期在他们的熏陶下成长起来的。要说共同点有很多，我们都当过医院的院长，都热爱自己的专业，都是好医生。但我认为最主要的共同点还是先做人、后做事，如果连做人都做不好，还谈什么做医生或做其他事。

■记者手记

书法和手术

采访张志愿院士是在他并不宽敞却充满人文书卷气的办公室里进行的。那天，首先映入记者眼帘的是两样物件：一是书柜前铺着毛毡，摆放笔墨纸砚文房四宝及镇纸的一张桌子；二是办公桌上镶嵌在镜框里的中国工程院院士张涤生教授赠予的手书"人生踏步前进年历简表"。

儒雅且质朴的张志愿说："自己毕竟是六十开外的人了，要保持手术台上的活力，锻炼手指的灵活性，练习书法是一条保持医术生命的路径。早晨或晚间，特别是夜深人静的时候，我喜欢铺开宣纸蘸墨挥毫，尤其是书写小楷，更能增强自己作为开刀医生的注意力、观察力和思维力。"

"这帧'人生踏步前进年历简表'是已故百岁院士张涤生在98岁高龄时书赠我的。'壹佰岁圆满收场'的张涤生在90岁时还上台手术，他是在激励我、给我树榜样呀！我又怎能辜负他呢！"张志愿捧起镜框，充满虔诚。

■张志愿小传

1951年5月生，江苏吴江人，主任医师、教授、博士生导师。1975年毕业于上海第二医学院口腔系，1991年获医学博士学位。曾任上海交通大学医学院附属第九人民医院院长，现任国家级重点学科－口腔颌面外科学科带头人，上海市口腔医学重点实验室主任、中华口腔医学会副会长；中国抗癌协会常务理事，中国抗癌协会头颈肿瘤专业委员会名誉主委；国际牙科研究会(IADR)中国分会主席；国际牙医学院、英国爱丁堡皇家外科学院和香港大学牙医学院fellowship。《上海口腔医学》主编，全国统编教材《口腔颌面外科学》、《口腔科学》主编。

擅长口腔颌面部与头颈部肿瘤的诊治，尤其是口腔颌面部晚期恶性肿瘤侵犯颅底的颅颌面联合切除术、侵犯颈动脉的颈动脉切除以及口腔颌面头颈部血管瘤、大型血管畸形的诊断和手术治疗。已发表学术论文313篇(SCI收录76篇)，主编专著11部，副主编5部和参编专著11部(英文2部)，第一负责人承担国家"863"、"十一五"支撑计划、国家自然科学基金重点2项，面上5项等部、委级课题共19项；以第一完成人获得国家科学技术进步二等奖2项、上海市科技进步一等奖2项、教育部提名国家科学技术奖自然科学奖二等奖、上海市医学科技进步一等奖、中华医学科技奖三等奖、《口腔科学》(第6版)全国统编优秀教材奖二等奖各1项。被卫生部评为"卫生部有突出贡献的中青年专家"。曾获何梁何利科学技术进步奖、全国优秀科技工作者、第四届中国医师奖、上海市领军人才、上海市十大科技精英、上海市高校教学名师奖、上海市"银蛇奖"特别荣誉奖等，是第十三、十四届上海市人大代表。

从一名初中生、工农兵学员，他一路成长为院长、国家重点学科带头人，并于2015年当选为中国工程院院士。

在无影灯下的昼夜奋战中，他手中是毫厘不差的“飞刀”，心中是病人重获新生的梦想。

他带领我国口腔颌面外科学以独有的影响力走向世界。他首创的高位颈动脉重建术“对于全世界同行具有重要借鉴意义”。

即便头顶诸多光环，即便让恩师折服，被学生敬仰，他仍将其视为对前辈的继承和发扬。花甲之年，在他看来，仍是人生踏步前进的开端。

张志愿：潜心笃志　唯愿患者安康

“医生眼中不但要有病人的病灶，更要理解病人的需求”

“你的肿瘤已经转移到口底和颈部淋巴结，手术风险太大，为安全起见已不能……”还未等张志愿把话说完，一名男子“扑通”一声跪在了张志愿的面前。

张志愿赶紧起身扶起这位病人。原来，他曾被诊断为口底癌，张志愿在门诊建议他“赶紧住院手术”，可是他怕手术后会影响自己的生活，随即便失联了。而这次，他却向张志愿倾诉了心里话：“我是一位钢琴演奏者，当时放弃手术是希望能保留艺术生命，可是怎么也没有想到病情竟发展得如此迅猛。请求您为我动手术，即便我倒在手术台上了，我也不会责怪您和医院。”

面对病人强烈的求生欲望和赤诚的信任，张志愿组成了6人手术团队，经反复讨论制订了周全的手术方案，最终历时23个小时完成了这场艰难的手术。张志愿回忆说：“手术中，我和我的团队医生先将病人口底原发病灶及被肿瘤破坏已完全溃烂的舌头、下颌骨、咽喉和颈动脉成功切除，食道后壁仅保留了三分之一左右。接着又采用病人的胸大肌、背阔肌修复了患者的舌头、口底和食道，还取了病人小腿的腓骨做了下颌骨。就这样，再造了病人被破坏了的面部和口底结构。”

手术成功了，这位钢琴家在两年后又重新登台弹起了他心爱的钢琴。

张志愿说：“钢琴家重获新生，梦想成真，我们当医生的就觉得先前艰难付出的23个小时的劳累都值了，满满的成就感充盈着内心。”一边说着，张志愿一边还找出了当时手术的珍贵照片。他告诉记者，团队骨干医生在法国召开的国际口腔颌面外科大会上报告了这一病例后，引起了全场轰动。不久，顶尖的《口腔颌面外科杂志》也发表了该病例的学术论文。

“这个临床成果值得好好总结，它给了我们许多启迪。”张志愿说：“其中重要的一条是我们做医生的要理解病人，医生眼中不但要有病人的病灶，更要理解病人的需求。我们要感谢病人的信任，没有病人，哪里还能体现出我们做医生的水准和价值。”

“飞刀”稍微偏一点，后果便不堪设想

在上海九院口腔颌面外科手术室里，几乎天天都在演绎一些高难度的手术。

一名 40 岁的中年男子因左耳后侧不断长大、出血的血管畸形，在当地医院接受了一次左下颌骨瘤切除术，术中为应急止血，医生为其结扎了左颈外动脉。其后，左耳后的斑块开始慢慢长大，呈瘤体，皮肤也时不时因破溃而发炎、出血。他来到上海九院口腔颌面外科，经检查诊断这个巨大隆起型肿物为巨大的动静脉畸形，血供丰富，并伴有感染。会诊中，包括中国工程院院士邱蔚六教授在内的专家都认为，这是一例临床上十分罕见且极其棘手的巨大动静脉畸形，决定采用先堵后切的治疗方案。

这天手术，由张志愿领衔的口腔颌面外科手术团队医生，先为患者施行术前逆行插管，用明胶海绵阻断瘤体部分侧枝血供。然后，张志愿率两名医生联手上台，术中首先保护瘤体已粗达 7 厘米、薄如纸的颈内静脉，避免颅压增高，然后在保留患者左耳的前提下，完整地切除了巨大动静脉畸形。最后医生取下了患者约 20 厘米×14 厘米的胸大肌，做修整后游离穿过锁骨，成功地覆盖于患者左耳后侧组织缺失的部位。这台手术，团队医生花了 12 个小时才取得成功。

还有一次，张志愿正在手术，突然听到隔壁手术室传来紧急呼唤。张志愿应声赶到，原来是一位舌下腺手术的患者术后结扎的动脉重新开始出血，刚送进手术室就开始窒息，因抢救人手不足，负责医生才大声求救。

张志愿在看到脸色发紫、颈部肿胀、呼吸困难的病人时，接过主刀医生递来的手术刀当机立断地飞速进行立位下超常规手术——气管切开术。随着手术刀进入，病人呼吸困难顿时缓解了。回忆这一“飞刀”过程，张志愿自

己也觉得这个动作真是太危险了。"要是这一刀用力过猛,就会造成气管食管瘘;要是稍微偏一点,旁边就是两侧的颈动脉,后果不堪设想。不过那时我一点杂念都没有,救人要紧,也容不得我考虑利弊。"

张志愿还说:"做医生就该这样,病人是第一位的,挽救病人的生命是天大的事,否则还要我们医生干什么?!"

"我的第一个课题便是'攻克'型研究"

张志愿本是个67届的初中生,由于受到"文化大革命"的影响,他只得在家乡江苏吴江华莺村做农民,还兼任着村团委书记、小队会计。1972年4月,作为工农兵大学生,他进入上海第二医学院口腔系学习。他深知自己文化基础知识薄弱,张志愿读书格外用功勤奋。

1975年7月大学毕业后,他以优异成绩留校进入附属上海市第九人民医院口腔颌面外科工作。从"住院医生"做起,他每天都是宿舍、手术室(病房)、食堂三点一线,跟着我国口腔颌面外科开拓者——邱蔚六教授做手术,还一个人分管负责病区的十多张床位。

"目睹邱蔚六教授的独具匠心,我一心想成为他的研究生。"张志愿终于在1986年9月放弃了医院党委副书记兼党办主任的职位,开始专心攻读邱蔚六教授的硕博连读研究生,成了班级里年纪最大的学生,那年他36岁。

"当时在口腔颌面外科领域,大面积口腔颌面动静脉畸形被视为手术禁区,直径超过10厘米的畸形瘤几乎无人问津。我清晰地记得,邱老师给我的第一个课题是攻克口腔颌面动静脉巨大畸形研究。记得他还特别叮嘱我,是'攻克'。"

"领了课题后,我全身心地投入了'攻克'中,白天开刀,晚上就一头扎进实验室。为了学习插管技术,还专门跑到上海中山医院相关科室求教专家,并先后在15条狗身上练习股动脉插管。"

就这样,在邱蔚六教授的指导下,张志愿在国内首创"三合一"方法治疗口腔颌面部动静脉畸形,即"栓塞+病灶切除+整形修复组织",用一次手术就摘除病灶的成绩,圆满完成了邱蔚六教授布置给他的"攻克"难题。接着,他的一篇题为《颈动静脉结扎术和栓塞后的血循动力学变化》论文,在《中华口腔医学杂志》上发表了,还得到了该杂志主编的高度评价。

向来以高标准、严要求著称的邱蔚六教授被眼前这个硕博连读的研究生折服了。导师这样评价：张志愿“在硕士生期间即已聘任为主治医师，在博士生期间，由于医疗成绩优异，科研成绩也好，被破格提升为副主任医师。他在研究生期间，负责了一个大组（25 张床位）的医疗工作，能胜任副主任医师职责，5 年间施行联合根治术 100 余例，并在临床带教进修医师、住院医师和实习医师。他的课题与临床工作结合紧密，对经股动脉插管栓塞技术掌握熟练，在教学上已能独立进行大班讲课。在临床工作期间还结合课题进行动物实验研究，从理论及其机制上阐明了栓塞技术及颈外动脉结扎后的血循动力学变化，而此前这项成绩在国内外均未见报道”。导师对张志愿的临床能力、科研能力做了如此高的评价，更激励张志愿在口腔颌面外科勇往直前。

“下一个目标是争取国家级的口腔肿瘤重点实验室”

这 41 年来，张志愿从住院医生做起，无论是做科主任、院长、教授，还是国家重点学科带头人、中国抗癌协会头颈肿瘤专业委员会主任委员……他始终坚持白天做手术、晚上做研究的师门传承，结合临床做基础研究，以提高临床疗效为己任，并以第一完成人获得“口腔颌面部血管瘤与脉管畸形的临床治疗研究”“口腔颌面部肿瘤根治术后缺损的形态与功能重建”两项国家科技进步二等奖，还获得何梁何利科技进步奖。

他采用多个血管化游离组织瓣串联术、高位颈动脉重建术、个体化综合序列治疗的新策略，破解广泛侵及颌面颈部、颅底和颈动脉的晚期口腔癌的治疗难题，显著提高患者生存率和生存质量；他采用栓塞供养动脉后病灶切除并即刻整复术、双介入栓塞术、瘤腔栓塞后病灶切除并即刻整复术，突破头颈部难治性血管畸形的手术禁区，变不治之症为可治之症；他首创的高位颈动脉重建术，得到了美国头颈外科学会前任主席的高度评价，称“对于全世界同行具有重要借鉴意义”。

由张志愿作为学科带头人领衔的上海九院口腔颌面外科 2010 年被 IAOMS 认证为国际专科医师培训基地，2014 年被英国爱丁堡皇家外科学院授予中国首个口腔颌面头颈肿瘤培训中心。这一个培训基地和一个培训中心的命名，标志着我国口腔颌面外科学已走向世界，彰显了我国口腔颌面外科学在国际上的学术地位和影响力。

“争取国家级的口腔肿瘤重点实验室，同时在建立生物样本库的基础上，进一步探索肿瘤细胞对不同药物的敏感性，开展综合序列治疗研究，即探究化疗、放疗、靶向治疗等肿瘤治疗手段与手术如何结合……”张志愿的事业发展目标始终围绕如何让更多患者生存得更好而展开。

“要像导师悉心爱护我一样，百般爱护自己的学生”

从1975年融入上海九院，参加口腔颌面外科医疗工作41年以来，张志愿已培养了41名博士、3名博士后和多名硕士。尽管满门桃李，他仍始终感恩自己的老师——邱蔚六院士，也深知一名优秀临床医生的成长离不开前辈的提携与帮助。“我要像导师悉心爱护我一样，百般爱护自己的学生。”为了学科的蓬勃发展，为了“邱家军”的代代传承，张志愿已把这句话深深地烙在了心坎上。

在上海九院采访时，碰到了张志愿院士的许多学生。现已成为博士生导师的蒋欣泉医生向记者叙述了导师以情留人、以情感人的往事。

“那年，我获得博士学位后面临职业选择，回了一趟无锡老家。谁知刚踏进家门，门铃就响了起来。开门一看，竟然是导师张志愿教授来了，他是为了我的留校问题，专门从上海赶来的。”蒋欣泉说：“张老师不但重视人才培养，更加爱惜人才，他常说的一句话就是‘人尽其才，才尽其用’。他深知留住人才是难题，所以以情留才、以心留人，只要是我们遇到困难了，他再忙也会放下手头的事来帮我们解决，哪怕是促膝长谈至深夜。‘经师易遇，人师难求。’张老师在学术上引领我们攀登一个个高峰，在为人上教导我们要高调做事、低调做人。”

采访中，蒋欣泉还说：“‘古之学者必严其师，师严然后道尊’，这是对张老师做学问最真实的写照。他用严谨到近乎苛刻的治学态度要求自己，对学生也很严格，但言之有理、言之有法。他给予学生更多的是关爱、宽容，但不迁就。他经常跟学生讨论课题、拉家常、谈发展，叮嘱我们注意身体。在这个偌大的城市里，他像一位慈父，让我觉得有依靠有归属感。”

在蒋欣泉眼中，张院士还是个注重学生个性培养的老师。他说，适合的才是最好的。他针对每个学生的特点，个性化设计培养发展道路。可谓用心良苦。如今，张老师的硕士、博士和博士后学生已遍布全国各地，为口腔各专业的发展培养输送了大量的优秀人才。

张志愿亲自登门拜访蒋欣泉这件事，如今已过去15年了。如今的蒋欣泉不仅是国家杰出青年基金获得者，教育部“长江学者”特聘教授等，还曾先后荣获国际牙科研究会（IADR）Hatton 大奖、上海市科技进步一等奖等等荣誉。张志愿说，自己为能有这样的一批优秀学生感到欣慰。

"往往病情外的一句聊天背后，可能潜藏着疾病的蛛丝马迹"

"我们的临床医生应好好地在'沟通意识'和'病情外关注'等方面进行补课。"采访中，张志愿这样告诉记者。他介绍，上海九院口腔医学院张煦等5名学生最近完成了一项"医学生医患沟通能力评价"的调研，调查对象选取了400名左右的上海交通大学医学院附属第九人民医院的实习生与住院医生。调研结果发现，在医患沟通行为量表六个维度中，"沟通意识"和"病情外关注"得分最低。

"在临床上，我要求学生不要急着看病人的检查报告，而要先耐心地倾听病人的讲述，特别是对病情外也要多加关注，往往细微的一句话背后，可能潜藏着疾病的蛛丝马迹。在耐心倾听后，再仔细给病人做体格检查，结合主诉和体格检查结果进行综合分析判断。这时候再去看 B 超、CT 或磁共振的检查，才能真正提高诊疗效果。"

在张志愿看来，耐心地倾听病人的讲述，不仅能帮助医生作出更为准确的判断，还能增加病人对医生的信任感，而这一点恰恰是当下的医患关系中最为缺乏的。他一直告诉学生，要想获得病人的信任，不仅要有智商，更考验医生的情商。医生所必须具备的情商，绝不在于敷衍病人、打发病人的技巧，而是要真心和病人交流，取得他们的信任。有些医生可能会把理由归结于病人太多，没时间交流。确实，门诊时间是有限的，但在有限的时间里还是可以用浅显易懂的语言把病情为病人讲清楚，给病人信心，他就不会感到绝望，也就更能配合治疗了。

张志愿回忆了一次发生在身边的案例："一位病人在某大医院排了3小时队挂上专家号，又等了2小时看上了病，结果就诊只持续了3分钟。他最终投诉了，但投诉的不是'只看了3分钟'，而是专家在这3分钟里根本没有看他一眼。"

张志愿说，他很赞成上海交大医学院为临床医学八年制（法文班）和五年制（英文班）上"医患沟通"人文必修课。"正如该院的一项研究，接受过培训的学生与未接受过培训的学生在沟通能力上有较大差异，接受过培训的学生医患沟通能力会更强，进入临床后他们会更耐心地看着病人的眼睛、倾听病人的讲述”。

■ 对话

如果连人都做不好，何谈做医生

记　者： 目前有关“智商”和“情商”的讨论，在医学院学生中很热闹，对此您怎么看？

张志愿： 医学院毕业的学生，智商都没有问题，但做临床医生则必须具备情商。医生是与病人打交道的职业，要倾听病人的讲述，要给病人做检查，这个交流过程很能体现出医生情商的高低。要想获得病人的信任，不仅要有智商，更考验医生的情商。

记　者： 听说有一次，因一名学生不尊重保洁阿姨的劳动，您狠狠批评了这位学生，是真的吗？

张志愿： 是真的。一次午餐后，科里许多学生未把一次性餐具扔进垃圾桶里，甚至有人说出了“有保洁阿姨在啊”的话语。我当时就严肃地指出：“阿姨是你们的母辈，不要把阿姨当做你们的佣人。”在平时，我特别留意年轻人是否对保洁阿姨尊重。

记　者： 您是上海交通大学医学院附属第九人民医院的第四位中国工程院院士，您觉得您和前辈张涤生院士、邱蔚六院士、戴尅戎院士的共同点是什么？

张志愿： 我是三位前辈院士的学生，我是长期在他们的熏陶下成长起来的。要说共同点有很多，我们都当过医院的院长，都热爱自己的专业，都是好医生。但我认为最主要的共同点还是先做人、后做事，如果连做人都做不好，还谈什么做医生或做其他事。

■ 记者手记

书法和手术

采访张志愿院士是在他并不宽敞却充满人文书卷气的办公室里进行的。那天，首先映入记者眼帘的是两样物件：一是书柜前铺着毛毡、摆放笔墨纸砚文房四宝及镇纸的一张桌子；二是办公桌上镶嵌在镜框里的中国工程院院士张涤生教授赠予的手书"人生踏步前进年历简表"。

儒雅且质朴的张志愿说:"自己毕竟是六十开外的人了,要保持手术台上的活力,锻炼手指的灵活性,练习书法是一条保持医术生命的路径。早晨或晚间,特别是夜深人静的时候,我喜欢铺开宣纸蘸墨挥毫,尤其是书写小楷,更能增强自己作为开刀医生的注意力、观察力和思维力。"

"这帧'人生踏步前进年历简表'是已故百岁院士张涤生在98岁高龄时书赠我的。'壹佰岁圆满收场'的张涤生在90岁时还上台手术,他是在激励我,给我树榜样呀!我又怎能辜负他呢!"张志愿捧起镜框,充满虔诚。

■ 张志愿小传

1951年5月生,江苏吴江人,主任医师、教授、博士生导师。1975年毕业于上海第二医学院口腔系,1991年获医学博士学位。曾任上海交通大学医学院附属第九人民医院院长,现任国家级重点学科口腔颌面外科学科带头人,上海市口腔医学重点实验室主任、中华口腔医学会副会长。中国抗癌协会常务理事,中国抗癌协会头颈肿瘤专业委员会名誉主委;国际牙科研究会(IADR)中国分会主席。国际牙医学院、英国爱丁堡皇家外科学院和香港大学牙医学院fellowship。《上海口腔医学》主编,全国统编教材《口腔颌面外科学》《口腔科学》主编。

擅长口腔颌面部与头颈部肿瘤的诊治,尤其是口腔颌面部晚期恶性肿瘤侵犯颅底的颅颌面联合切除术、侵犯颈动脉的颈动脉移植术以及口腔颌面头颈部血管瘤、大型血管畸形的诊断和手术治疗。已发表学术论文313篇(SCI收录76篇),主编专著11部、副主编5部和参编专著11部(英文2部),第一负责人承担国家"863""十一五"支撑计划,国家自然科学基金重点2项、面上5项等部、委级课题共19项;以第一完成人获得国家科学技术进步二等奖2项、上海市科技进步一等奖2项,教育部提名国家科学技术奖自然科学奖二等奖、上海市医学进步一等奖、中华医学科技奖三等奖、《口腔科学》(第6版)全国统编优秀教材奖二等奖各1项。被卫生部评为"卫生部有突出贡献的中青年专家"。曾获何梁何利科学技术进步奖、全国优秀科技工作者、第四届中国医师奖、上海市领军人才、上海市十大科技精英、上海市高校教学名师奖,上海市"银蛇奖"特别荣誉奖等,是第十三、十四届上海市人大代表。

(《健康报》2016年3月25日)

■采写／本报记者 胡德荣

他的人生经历了从教师、到校长、到世界卫生组织（WHO）官员等多个身份的转变。但无论是长达10年的医科大学校长的岗位，还是在担任6年世界卫生组织官员期间，他都从未离开过讲台。

他说："每当我登上讲台，就会精神抖擞，思维活跃，充满幸福感与成就感……'传道、授业、解惑'的教师岗位，让我终生依恋和难以舍弃。"

三尺讲台是我的终生岗位

"一所大学最宝贵、最重要的财富是学生"

"什么是一所大学最宝贵的财富？"已是满头银丝的王一飞说，"根据一般的评价标准，一所一流的大学应该包括以下主要标志：漂亮的校园，壮观的建筑，汗牛充栋的藏书，设备精良的仪器，誉声中外的大师，声名卓著的学科，举世瞩目的成果，高瞻远瞩的视野，新颖独特的理念，精神深邃的精神。但我认为贯穿以上标准的共同基石是学生。换句话说，一所大学最宝贵、最重要的财富是学生。"

说起学生王一飞总是兴致勃勃："学生在学校接受教育然后走向社会，永远在流动。相比之下老师就像是'麦田里的守望者'，看着每场上麦子种了一茬，长了一茬，熟了一茬，收割后再种一茬，周而复始。一所大学的名片是学生，学生质量的优劣代表了大学的教育水平。"

"学生是学校的主人，学生理应参与学校的管理，许多世界一流大学都有学生参与学校管理的完整机制和途径。诚然学生的眼界可能还不够宽广，但是参与管理是必须的。我很庆幸自己担任校长的10年期间，和校团委、学生会的沟通渠道很畅通。他们有任何事就来跟我说，我觉得有理就做，欠妥的就说'我认为不妥'，许多事在开诚布公的交流后就能取得共识。平等地待人，这样学校才能治理好。"

王一飞经常谈到他在英国爱丁堡留学时的"Friday lunch time"（周五午餐时间）活动。在周五中午，每个学生带着苹果、三明治，到一个教室，互相讲述这周自己做了什么实验或者学了什么课，有什么疑惑。"可能在一个人看来很难的问题，在另一个人看来非常简单，在讨论之中能出现许多'new idea'（新点子）。"

另一种形式，是院长每周五晚上请四五个同学到家里吃晚饭。王一飞说："其实晚饭十分简单，但吃完饭'围炉夜话'是最好的，有一句话说'学生头脑中的火花是教授烟斗里的烟所激发的'，我觉得这句话最生动地描述了师生互动的情景。"

王一飞认为这是每位老师应该做的，"从1962年毕业留校到现在，我已经整整55年站在三尺讲台上，让我终生依恋和难以舍弃的是'传道、授业、解惑'的教师岗位。每一个教师都是一个摆渡者，一个引路人，都应当舍得把自己的肩膀作为科学人梯上的一个台阶，让莘莘学子踏着这个台阶向着更高的山峰攀登"。

"跟大师交流让我受益良多，也为科学研究之路指明了方向"

1957年，王一飞从上海南洋模范中学毕业后，毅然选择了学医。

谈起学医的理由，王一飞说："我有一个姐姐、两个妹妹和一个弟弟，我的姐姐死于小儿麻痹症，我的弟弟由于吃了过期的美国军用奶粉，中毒死于婴儿期。两次历经手足至亲的离世，让我萌发了要成为一名医生的念头。我想，如果那时我是医生的话，或许就能挽救姐姐和弟弟的生命。另外，中学期间我看了很多名医的传记，我认识到救死扶伤、治病救人是一个崇高而神圣的职业，这更加坚定了我想做医生的信念。"

高考时，王一飞决定报考上海的医科院校。"那时的'二医'名医荟萃、闻名遐迩。1954年兰锡纯教授的中国第一例心脏二尖瓣分离术使'二医'名扬天下，我外婆告诉我，与她一同留法归国的内科医生邝翠娥以及邝安堃、傅培彬、黄铭新等一大批医学大家都在'二医'任教。'二医'的临床医疗水平是数一数二的，我既然想做临床医生，'上海二医'无疑是最好的选择。"

"大学三年级，我面临着突然转专业的变故。那时候国家需要生物物理专业，组织决定把我调过去。虽然我不情愿，但只能服从分配。转专业让我的医生梦彻底破灭，成为我的终生遗憾，但新专业的学习又让我开阔视野学到了更多的新知识。"王一飞回忆说。

"生物物理学专业毕业后，不能做临床医生，只能做教师。二十几个毕业生中我综合排名第一，最后去了所有人都不愿选的组织胚胎学教研室。我委屈得哭了整整一个晚上。"但当时组织胚胎学教研室主任谢文英对王一飞期望很高，并提出了两点要求，一是三年内要把国外组织胚胎学的几本重要教科书全部看一遍，把所有相关课程从头至尾听一遍；二是派了一位老教师带着王一飞把所有组织学与胚胎学的切片看一遍。

老教授范承杰同样对王一飞很眷顾，主动帮他修改英文命题作文及医学论文，"一个二级教授每周帮一个新助教修改作文，那是很特殊的待遇。"那时，王一飞没日没夜地研究组织胚胎学，在教学相长的过程中，三年的任务一年半就完成了。

上世纪60年代初，中国著名的组织胚胎学专家、北京医学院的李肇特教授招收硕士，王一飞以第一名的成绩入选。那时，李教授还担任着中国经络研究所所长，但他每周四上午会和王一飞相约，研讨交流一个小时。"跟大师交流让我受益良多，也为我的科学研究之路指明了方向。"李教授知道"上海二医"成功抢救严重烧伤病人邱财康的事迹，便提议王一飞做烧伤后的组织再生研究，这样便能做到组织胚胎基础理论与临床研究的前沿有机结合。1967年，王一飞硕士毕业。已经担任北京肿瘤研究所所长的李肇特教授，邀请王一飞留下来和他一起做肿瘤研究，但"文革"的爆发使得这一切又成为泡影。

1969年，需要进行男性避孕药的研究，上海第二医学院承担了这个艰巨的任务。"工宣队查履历后，觉得我学组织胚胎很合适。"王一飞服从安排，一头扎入研究。之后，由他领衔发现精子膜麦芽凝集素受体缺陷可引起男子不育，经精子洗涤法人工授精获得成功，该成果为国际首创。他领衔的"附睾中与精子成熟有关因子的研究"填补了国内空白，部分研究达到了国际水平，对男性计划生育和男子不育的诊治具有实用价值。

"你可以到我们那里去竞选议员"

1995年，王一飞接到世界卫生组织（WHO）人类生殖特别规划署的任职邀请，担任WHO生殖健康科学研究部的医学官员。他不仅要负责协调和管理整个亚洲及太平洋地区的46个国家，包括7个最不发达国家的研究能力及强化规划，而且还要负责管理60多家遍布全球的WHO合作中心网络。

回忆在WHO工作的日子，王一飞记得一件事："当时有一个项目，支持湄公河流域生殖健康研究和培训工作，大概需要100万美元。我出访澳大利亚去募集资金，当地同事建议我在澳大利亚议院的早餐会上推广和宣传此项目。我当时说：'我来到澳大利亚这么美丽的国家很感动，但是你们知道，在亚洲太平洋地区发生着全球50%的孕产妇死亡，全球40%的不安全人工流产，和60%的人居住在那里……'接着，王一飞话题一转开始介绍这个项目的宗旨和预期成果。

随后，议员们都举手赞成，拨款了100万美元。会议结束之后，管会务的一位老太太跟王一飞开玩笑说："你可以到我们那里去竞选议员！"

WHO生殖健康与科学研究部主任保尔·樊路克博士对王一飞在世卫组织6年的医学官员工作评价时，除了称赞他是一位具备远大理想及坚定信念的领导人、一位务实与高效的管理者、一个难能可贵的普通人，还特别提到王一飞是一位雄辩的演说家及能干的外交家。在这个"雄辩的演说家"字眼里，包含了王一飞教授站在讲台前所展示的口才、博学与睿智。

"面对世界医学教育日新月异的发展，中国的医学教育改革势在必行"

"作为一名教师，不能满足于'讲好每堂课，编好每本书'的传统模式，在WHO工作的6年，拓宽了我的视野，面对当前世界医学教育日新月异的发展，中国的医学教育改革势在必行。"王一飞对于医学教育有着自己清醒的认识。

早在1997年，他就以题为"面向21世纪，探索中国高等医学教育新模式"的全国政协提案，阐明自己的独到见解。

2001年，王一飞从WHO返回教学一线。他作为上海交通大学的顾问和医学院的顾问，创造性地提出了"宽基础、强能力、高素质、复合型"人才培养新模式。他认为医学院培养的应该是具有坚实科学基础的临床医学工作者，而不是一般的临床医生，也不是实验研究的科学家。

由王一飞在上海交大医学院率先施行的七年制改革试验田，被"试验"的29名学生在医学基础与临床相结合的学习中个个成绩突出。这种整体设计课程方案、基础临床有机整合、知识能力素质并重、学生主体教师主导的培养模式，成为了培养医学高级专门人才的新途径。

2004年2月10日，教育部公布了首批国家级精品课程，由王一飞领衔的"组织胚胎学"课程名列其中。王一飞说："'组织胚胎学'是门古老的基础学科，随着医学科学的发展，学生学起来普遍感到抽象、枯燥。但需要死记硬背的课程越发显示其重要性。进入21世纪代表医学前沿和制高点的干细胞研究、系统生物医学研究都离不开它的桥梁作用。"王一飞和团队从改变教学理念入手，紧紧抓住"发育"、"结构"和"功能"三个关键词编写教材，与其他学科整合；同时强调学生与教师的互动，充分利用彩色图谱和现代化教育手段开展教学。

一个人在自己的人生中一定要把自己的能量释放到最大

上海东方电视台的主持人曹可凡回忆说："给我们上《组织胚胎学》课的王一飞教授，留给我的印象非常深刻——表达能力一流，极具感染力。每次他来上课，一堂课讲完，板书刚好写满一块黑板，图文并茂、风生水起。"

1987年，曹可凡去电视台参加主持人评选，自己设计了一个《观察与思考——大学生分数与能力的关系》的访谈节目，采访对象定的就是王一飞教授。"我直接'冲'进他的办公室，自报家门，说明来意。'王老师您好，我叫曹可凡，是五年级的学生。这次学校推荐我去上海电视台参加一个主持人比赛，在决赛里我想做一个访谈节目，时间控制在8分钟以内，请您担任节目嘉宾，作为一个专家接受采访'。"

"面对我的邀请，王一飞老师一点架子也没有，毫不犹豫便答应了下来。其实现在想来，当初请王一飞老师来为我比赛助阵，真是不懂事。他是学校领导，主管着大量行政事务，又要给学生讲课，科研试验也不能落下，工作非常繁忙。然而面对我的这个不情之请，他却从没有表现出不耐烦，反而是耐心地陪着我一步一步走到了最后。最终我在20名选手中排名第一，获得冠军！"曹可凡说。

曹可凡曾是王一飞的硕士研究生。1991年毕业后，他留校4年担任讲师，一边给"本硕连读班"学生上基础课，一边兼职给电视台当主持。

有一天，曹可凡想改行做主持，去征求王一飞的意见。王一飞告诉他："如果你继续做教师，相信也能做得很好，但做主持人你的眼界会更宽，取得的成就或许会更大。一个人在自己的人生中一定要把自己的能量释放到最大，你才能实现一个非常完满和成功的人生。"曹可凡说，"他知道我心里顾忌9年的学医经历，于是又强调说，过去学到的一切都不会浪费，比如逻辑思维能力，判断能力，还有很强的记忆力等等，对将来做主持人都是很有利的"。

最终，曹可凡正式调入东方电视台，还获得了中国播音主持金话筒奖。

徐晨是王一飞的博士研究生，10多年前就担任了上海交大医学院组织胚胎学教研室主任，还先后入选国家百千万人才工程和上海市曙光计划。成为博导后，他常说："我也要像王教授待我一样，培养自己的博士研究生。"现在徐晨已经培养毕业博士后2名、博士16名、硕士5名，目前还在悉心指导3名博士研究生。

徐晨继承并发扬王一飞教授的创新性学科精神，于2009年1月主编了普通高等教育"十一五"国家级规划教材、全国高等学校医学规划教材《组织学与胚胎学》。王一飞欣喜地在《序》中称赞"这是百花绽放的医学教材园地中的一朵奇葩"。此书又在2011年9月由人民卫生出版社出版法语版，2015年12月由高等教育出版社再版。

看到学生的成就，是作为教师的王一飞最感开心的事情。

(图片由人物本人提供)

■对 话

懂得T细胞、B细胞、M细胞之后，也要懂得一点T(柴可夫斯基)、B(贝多芬)、M(莫扎特)

记者：您的口才在上海高等教育界乃至全国医学教育界都非常有名，您的这种能力是与生俱来的吗？

王一飞：我也听到过有人这样说，其实我每次授课、报告或演讲都有讲稿。只是在充分准备的前提下，讲稿已化成了我的腹稿。记得从小学开始，我就有演讲的经历，这或许是培养我在公开场合清晰和生动表达自己观点的能力起点。这种能力并非与生俱来，需要反复锤炼，才能做到侃侃而谈、引人入胜。

记者：听说您曾在校图书馆借阅了很少有人问津的英文版《红楼梦》，而您从中学到大学学的可全是俄文，您的英文是怎么学的呢？

王一飞：当年中学和大学外语全都是学习俄文。后来想到如果看不懂英文，运用文献的几率就非常少，于是便约上两位要好的同学组成了一个英文学习小组，由我担任组长，规定每天晚自修后再加一个小时学英文。

我们借了一本英文版的《普通细胞学》，从头到尾逐字逐句反复琢磨钻研，最后将整本书译成了中文。"文革"时期不能看英文的专业书，我就把英文、法文和德文版的《毛主席语录》《毛泽东选集》，对照中文版的一起看，直至把它们融会贯通。再后来，我为英文班讲课，当了校长后接待外宾多了，逐渐就提高了英文听说读写的能力。

记者：很多学生还聆听过您弹钢琴，您是何时学的？

王一飞：我自幼十分喜欢音乐，那时候家里买不起钢琴，只有一架风琴，是我母亲教幼儿园小朋友唱歌用的。我念的小学有一架钢琴，专供老师弹奏，但校长允许我一周有两个晚上可以弹奏这架钢琴。我的钢琴基本上是自学的，虽然偶尔有人指点，但从未系统地培训过。从初中、高中一直到大学，我都是学校合唱团的钢琴和手风琴伴奏。延续到现在的老教授合唱团，我也是钢琴伴奏。

我认为，我们医学生在懂得T细胞、B细胞、M细胞之后，也要懂得一点T(柴可夫斯基)、B(贝多芬)、M(莫扎特)，只有这样才能共享世界和中国博大精深的人文艺术。

■记者手记

登上讲台就该精神抖擞

究竟聆听过多少回王一飞教授的报告和演讲，我已经记不清楚了，但每回他登上讲台的精气神总会让我怦然心动。无论是校园里的"医学人生"、"博雅讲堂"、"大医时间"，还是学术界的"高峰论坛"、"圆桌会议"、"大会报告"，就像王一飞教授自己说的："每当我登上讲台，就会精神抖擞。"

12年前的2004年2月和9月，王一飞教授先是由他领衔的"组织胚胎学"课程获得教育部首批国家级精品课程，接着又获得全国优秀教师光荣称号。当我采访他时，他很爽快地说："42年的教师生涯使我悟出了一个道理：'三尺讲台虽小，但它传承历史，接轨未来，我以医学教育为己任。"这次采访他，王一飞教授依然神采奕奕，"医学教育讲台是我的终生岗位"。

这位已77岁高龄、但依然活跃在讲台上的王一飞教授，是我们每一个医学高等院校教师的榜样。

■王一飞小传

中国著名组织胚胎学专家、教授、博士生导师，上海交通大学医学院顾问，上海市计划生育与生殖健康学会理事长，国家973项目"人类生殖与相关疾病研究"专家组成员。

1939年11月生于上海。1962年毕业于上海第二医学院，1967年北京医学院硕士毕业，后回到上海第二医科大学任教。1980-1981年间，赴英国爱丁堡大学与德国汉堡大学进修，长期从事医学教育和医学研究以及行政管理工作。1984年担任上海第二医科大学基础医学部主任，1986年起担任上海第二医科大学副校长，1988-1997年任上海第二医科大学校长。1997年赴世界卫生组织人类生殖特别规划处任职，1996-2001年间任联合国世界卫生组织(WHO)医学官员。曾任国务院学位委员会学科评议专家组成员，科技部国家中长期科技发展规划咨询专家及中华医学会生殖医学分会主任委员，《中华医学百科全书——人体组织学与胚胎学分卷》、《亚洲男科学杂志》及《国际生殖健康与计划生育杂志》主编等职务。

领衔的人体组织学与胚胎学课程被评为国家级精品课程及双语教学优秀团队。曾获得全国优秀教师、上海市名师、国家有突出贡献的中青年专家、上海市劳动模范、中华医学会生殖医学突出贡献奖等荣誉和表彰。1996年被授予法兰西共和国荣誉军团骑士勋章。

2004年，王一飞与学生曹可凡合影于中美医学高峰论坛

他的人生经历了从教师、到校长、到世界卫生组织(WHO)官员等多个身份的转变。但无论是长达10年的医科大学校长的岗位,还是在担任6年世界卫生组织官员期间,他都从未离开过讲台。

他说:“每当我登上讲台,就会精神抖擞,思维活跃,充满幸福感与成就感……‘传道、授业、解惑’的教师岗位,让我终生依恋和难以舍弃。”

王一飞:三尺讲台是我的终生岗位

“一所大学最宝贵、最重要的财富是学生”

“什么是一所大学最宝贵的财富?”已是满头银丝的王一飞说,“根据一般的评价标准,一所一流的大学应该包括以下主要标志:绮丽的校园,壮观的建筑,汗牛充栋的藏书,设备精良的仪器,蜚声中外的大师,声名卓著的学科,举世瞩目的成果,高瞻远瞩的视野,新颖独特的理念,精辟深邃的精神。但我认为贯穿以上标准的共同基石是学生。换句话说,一所大学最宝贵、最重要的财富是学生。”

说起学生,王一飞总是兴致勃勃:“学生在学校接受教育然后走向社会,永远在流动。相比之下老师则像是‘麦田里的守望者’,看着谷场上麦子种了一茬,长了一茬,熟了一茬,收割后再种一茬,周而复始。一所大学的名片是学生,学生质量的优劣代表了大学的教育水平的高低。”

“学生是学校的主人,学生理应参与学校的管理,许多世界一流大学都有学生参与学校管理的完整机制和途径。诚然学生的眼界可能还不够宽广,但是参与管理是必须的。我很庆幸自己担任校长的10年期间,和校团委、学生会的沟通渠道很畅通。他们有任何事敢来跟我说,我觉得有理就做,欠妥的就说‘我认为不妥’,许多事在开诚布公地交流后就能取得共识。平等地待人,这样学校才能治理好。”

王一飞经常谈到他在英国爱丁堡留学时的“Friday lunch time”(周五午餐时间)活动。在周五中午,每个学生带着苹果、三明治,到一个教室,互相讲述这周自己做了什么实验或者学了什么课,有什么疑惑。“可能在一个人看来很难的问题,在另一个人看来非常简单,在讨论之中能出现许多‘new idea’(新点子)。”

另一种形式，是院长每周五晚上请四五个同学到家里吃晚饭。王一飞说："其实晚饭十分简单，但吃完饭'围炉夜话'是最好的，有一句话说'学生头脑中的火花是教授烟斗里的烟所激发的'，我觉得这句话最生动地描述了师生互动的情景。"

王一飞认为这是每位老师应该做的，"从1962年毕业留校到现在，我已经整整55年站在三尺讲台上，让我终生依恋和难以舍弃的是'传道、授业、解惑'的教师岗位。每一个教师都是一个摆渡者，一个引路人，都应当舍得把自己的肩膀作为科学人梯上的一个台阶，让莘莘学子踏着这个台阶向着更高的山峰攀登"。

"跟大师交流让我受益良多，也为科学研究之路指明了方向"

1957年，王一飞从上海南洋模范中学毕业后，毅然选择了学医。

谈起学医的理由，王一飞说："我有一个姐姐、两个妹妹和一个弟弟，我的姐姐死于小儿麻痹症，我的弟弟由于吃了过期的美国军用奶粉，中毒死于婴儿期。两次历经手足至亲的离世，让我萌发了要成为一名医生的念头。我想，如果那时我是医生的话，或许就能挽救姐姐和弟弟的生命。另外，中学期间我看了很多名医的传记，我认识到救死扶伤、治病救人是一个崇高而神圣的职业，这更加坚定了我想做医生的信念。"

高考时，王一飞决定报考上海的医科院校。"那时的'二医'名医荟萃、闻名遐迩。1954年兰锡纯教授的中国第一例心脏二尖瓣分离术使'二医'名扬天下，我外婆告诉我，与她一同留法归国的内科医生邝翠娥以及邝安堃、傅培彬、黄铭新等一大批医学大家都在'二医'任教。'二医'的临床医疗水平是数一数二的，我既然想做临床医生，'上海二医'无疑是最好的选择。"

"大学三年级，我面临着突然转专业的变故。那时候国家需要生物物理专业，组织决定把我调过去。虽然我不情愿，但只能服从分配。转专业让我的医生梦彻底破灭，成为我的终生遗憾，但新专业的学习又让我开阔视野学到了更多的新知识。"王一飞回忆说。

"生物物理学专业毕业后，不能做临床医生，只能做教师。二十几个毕业生中我综合排名第一，最后去了所有人都不愿选的组织胚胎学教研室。我委屈得哭了整整一个晚上。"但当时组织胚胎学教研室主任谢文英对王一飞期望很高，并提出了两点要求，一是3年内要把国外组织胚胎学的几本重要教科书全部看一遍，把所有相关课程从头至尾听一遍；二是派了一位老教师带着王一飞把所有组织学与胚胎学的切片看一遍。

老教授范承杰同样对王一飞很眷顾，主动帮他修改英文命题作文及医学论文，"一个二级教授每周帮一个新助教修改作文，那是很特殊的待遇。"那时，王一飞没日没夜地研究组织胚胎学，在教学相长的过程中，3年的任务一年半就完成了。

20世纪60年代初，中国著名的组织胚胎学专家、北京医学院的李肇特教授招收硕士，王一飞以第一名的成绩入选。那时，李教授还担任着中国经络研究所所长，但他每周四上午会和王一飞相约，研讨交流一个小时。"跟大师交流让我受益良多，也为我的科学研究之路指明了方向。"李教授知道"上海二医"成功抢救严重烧伤病人邱财康的事迹，便提议王一飞做烧伤后的组织再生研究，这样便能做到组织胚胎基础理论与临床研究的前沿有机结合。1967年，王一飞硕士毕业。已经担任北京肿瘤研究所所长的李肇特教授，邀请王一飞留下来和他一起做肿瘤研究，但"文革"的爆发使得这一切又成为泡影。

1969年，需要进行男性避孕药的研究，上海第二医学院承担了这个艰巨的任务。"工宣队查履历后，觉得我学组织胚胎很合适。"王一飞服从安排，一头扎入研究。之后，由他领衔发现精子膜麦芽凝集素受体缺陷可引起男子不育，经精子洗涤法人工授精获得成功，该成果为国际首创。他领衔的"附睾中与精子成熟有关因子的研究"填补了国内空白，部分研究达到了国际水平，对男性计划生育和男子不育的诊治具有实用价值。

"你可以到我们那里去竞选议员"

1995年，王一飞接到世界卫生组织（WHO）人类生殖特别规划署的任职邀请，担任WHO生殖健康科学研究部的医学官员。他不仅要负责协调和管理整个亚洲及太平洋地区的46个国家，包括7个最不发达国家的研究能力及强化规划，而且还要负责管理60多家遍布全球的WHO合作中心网络。

回忆在WHO工作的日子，王一飞记得一件事："当时有一个项目，支持湄公河流域生殖健康研究和培训工作，大概需要100万美元。我出访澳大利亚去募集资金，当地同事建议我在澳大利亚议院的早餐会上推广和宣传此项目。我当时说：‘我来到澳大利亚这么美丽的国家很感动，但是你们知道，在亚洲太平洋地区发生着全球50%的孕产妇死亡，全球40%的不安全人工流产，和60%的人居住在那里……”接着，王一飞话题一转开始介绍这个项目的宗旨和预期成果。

随后，议员们都举手赞成，拨款了100万美元。会议结束之后，管会务的一位老太太跟王一飞开玩笑说：“你可以到我们那里去竞选议员！”

WHO生殖健康与科学研究部主任保尔·樊路克博士对王一飞在世卫组织6年的医学官员工作评价时，除了称赞他是一位具备远大理想及坚定信念的领导人、一位务实与高效的管理者、一个难能可贵的普通人，还特别提到王一飞是一位雄辩的演说家及能干的外交家。在这个“雄辩的演说家”字眼里，包含了王一飞教授站在讲台前所展示的口才、博学与睿智。

“面对世界医学教育日新月异的发展，中国的医学教育改革势在必行”

“作为一名教师，不能满足于‘讲好每堂课，编好每本书’的传统模式，在WHO工作的6年，拓宽了我的视野，面对当前世界医学教育日新月异的发展，中国的医学教育改革势在必行。”王一飞对于医学教育有着自己清醒的认识。

早在1997年，他就以题为“面向21世纪，探索中国高等医学教育新模式”的全国政协提案，阐明自己的独到见解。

2001年，王一飞从WHO返回教学一线。他作为上海交通大学的顾问和医学院的顾问，创造性地提出了“宽基础、强能力、高素质、复合型”人才培养新模式。他认为医学院培养的应该是具有坚实科学基础的临床医学工作者，而不是一般的临床医生，也不是实验研究的科学家。

由王一飞在上海交大医学院率先施行的七年制改革试验田，被“试验”的29名学生在医学基础与临床相结合的学习中个个成绩突出。这种整体设计课程方案、基础临床有机整合、知识能力素质并重、学生主体教师主导的培养模式，成为培养医学高级专门人才的新途径。2004年2月10日，教育部公布了首批国家级精品课程，由王一飞领衔的“组织胚胎学”课程名列其中。王一飞说：“‘组织胚胎学’是门古老的基础学科，随着医学科学的发展，学生学起来普遍感到抽象、枯燥。但需要死记硬背的课程越发显示其重要性。进入21世纪代表医学前沿和制高点的干细胞研究、系统生物医学研究都离不开它的桥梁作用。"王一飞和团队从改变教学理念入手，紧紧抓住"发育""结构"和"功能"三个关键词编写教材，与其他学科整合；同时强调学生与教师的互动，充分利用彩色图谱和现代化教育手段开展教学。

一个人在自己的人生中一定要把自己的能量释放到最大

上海东方电视台的主持人曹可凡回忆说："给我们上'组织胚胎学'课的王一飞教授，留给我的印象非常深刻——表达能力一流，极具感染力。每次他来上课，一堂课讲完，板书刚好写满一块黑板，图文并茂，风生水起。"

1987年，曹可凡去电视台参加主持人评选，自己设计了一个"观察与思考——大学生分数与能力的关系"的访谈节目，采访对象定的就是王一飞教授。"我直接'冲'进他的办公室，自报家门，说明来意。'王老师您好，我叫曹可凡，是五年级的学生。这次学校推荐我去上海电视台参加一个主持人比赛，在决赛里我想做一个访谈节目，时间控制在8分钟以内，请您担任节目嘉宾，作为一个专家接受采访'。"

"面对我的邀请，王一飞老师一点架子也没有，毫不犹豫便答应了下来。其实现在想来，当初请王一飞老师来为我比赛助阵，真是不懂事。他是学校领导，主管着大量行政事务，又要给学生讲课，科研试验也不能落下，工作非常繁忙。然而面对我的这个不情之请，他却从没有表现出不耐烦，反而是耐心地陪着我一步一步走到了最后。最终我在20名选手中排名第一，获得冠军！"曹可凡说。

曹可凡曾是王一飞的硕士研究生。1991年毕业后，他留校4年担任讲师，一边给"本硕连读班"学生上基础课，一边兼职给电视台当主持。

有一天，曹可凡想改行做主持，去征求王一飞的意见。王一飞告诉他："如果你继续做教师，相信也能做得很好，但做主持人你的眼界会更宽，取得的成就或许会更大。一个人在自己的人生中一定要把自己的能量释放到最大，你才能实现一个非常完满和成功的人生。"曹可凡说："他知道我心里顾忌9年的学医经历，于是又强调说，过去学到的一切都不会浪费，比如逻辑思维能力，判断能力，还有很强的记忆力等等，对将来做主持人都是很有利的。"最终，曹可凡正式调入东方电视台，还获得了中国播音主持金话筒奖。

徐晨是王一飞的博士研究生，10 多年前就担任了上海交大医学院组织胚胎学教研室主任，还先后入选国家百千万人才工程和上海市曙光计划。成为博导后，他常说："我也要像王教授待我一样，培养自己的博士研究生。"现在徐晨已经培养毕业博士后 2 名、博士 16 名、硕士 5 名，目前还在悉心指导 3 名博士研究生。

徐晨继承并发扬王一飞教授的创新性学科精神，于 2009 年 1 月主编了普通高等教育"十一五"国家级规划教材、全国高等学校医学规划教材《组织学与胚胎学》。王一飞欣喜地在《序》中称赞"这是百花绽放的医学教材园地中的一朵奇葩"。此书又在 2011 年 9 月由人民卫生出版社出版法语版，2015 年 12 月由高等教育出版社再版。

看到学生的成就，是作为教师的王一飞最感开心的事情。

■ 对话

懂得 T 细胞、B 细胞、M 细胞之后，也要懂得一点 T(柴可夫斯基)、B(贝多芬)、M(莫扎特)

记　者： 您的口才在上海高等教育界乃至全国医学教育界都非常有名，您的这种能力是与生俱来的吗?

王一飞： 我也听到过有人这样说，其实我每次授课、报告或演讲都有讲稿。只是在充分准备的前提下，讲稿已化成了我的腹稿。记得从小学开始，我就有演讲的经历，这或许是培养我在公开场合清晰和生动表达自己观点的能力起点。这种能力并非与生俱来，需要反复锤炼，才能做到侃侃而谈、引人入胜。

记　者： 听说您曾在校图书馆借阅了很少有人问津的英文版《红楼梦》，而您从中学到大学学的可全是俄文，您的英文是怎么学的呢?

王一飞： 当年中学和大学外语全都是学习俄文。后来想到如果看不懂英文，运用文献的几率就非常少，于是便约上两位要好的同学组成了一个英文学习小组，由我担任组长，规定每天晚自修后再加一个小时学英文。

我们借了一本英文版的《普通细胞学》，从头到尾逐字逐句反复琢磨钻研，最后将整本书译成了中文。"文革"时期不能看英文的专业书，我就把英文、法文和德文版的《毛主席语录》《毛泽东选集》，对照中文版的一起看，直至把它们融会贯通。再后来，我为英文班讲课，当了校长后接待外宾多了，逐渐就提高了英文听说读写的能力。

记　者：很多学生还聆听过您弹钢琴，您是何时学的？

王一飞：我自幼十分喜欢音乐，那时候家里买不起钢琴，只有一架风琴，是我母亲教幼儿园小朋友唱歌用的。我念的小学有一架钢琴，专供老师弹奏，但校长允许我一周有两个晚上可以弹奏这架钢琴。我的钢琴基本上是自学的，虽然偶尔有人指点，但从未系统地培训过。从初中、高中一直到大学，我都是学校合唱团的钢琴和手风琴伴奏。延续到现在的老教授合唱团，我也是钢琴伴奏。

我认为，我们医学生在懂得T细胞、B细胞、M细胞之后，也要懂得一点T（柴可夫斯基）、B（贝多芬）、M（莫扎特），只有这样才能共享世界和中国博大精深的人文艺术。

■ 记者手记

登上讲台就该精神抖擞

究竟聆听过多少回王一飞教授的报告和演讲，我已经记不清楚了，但每回他登上讲台的精气神总会让我怦然心动。无论是校园里的“医学人生”“博雅讲堂”“大医时间”，还是学术界的“高峰论坛”“圆桌会议”“大会报告”，就像王一飞教授自己说的：“每当我登上讲台，就会精神抖擞。”

12年前的2004年2月和9月，王一飞教授先是由他领衔的“组织胚胎学”课程获得教育部首批国家级精品课程，接着又获得全国优秀教师光荣称号。当我采访他时，他很爽快地说：“42年的教师生涯使我悟出了一个道理：‘三尺讲台虽小，但它传承历史，接轨未来，我以医学教育为己任。”这次采访他，王一飞教授依然神采奕奕，“医学教育讲台是我的终生岗位”。

这位已77岁高龄但依然活跃在讲台上的王一飞教授，是我们每一个医学高等院校教师的榜样。

■ 王一飞小传

中国著名组织胚胎学专家。教授、博士生导师，上海交通大学医学院顾问、上海市计划生育与生殖健康学会理事长、国家973项目“人类生殖与相关疾病研究”专家组成员。

1939年11月生于上海。1962年毕业于上海第二医学院，1967年北京医学院硕士毕业，后回到上海第二医科大学任教。1980～1981年间，赴英国爱丁堡大学与德国汉堡大学进修，长期从事医学教育和医学研究以及行政管理工作。1984年担任上海第二医科大学基础医学部主任，1986年起担任上海第二医科大学副校长，1988～1997年任上海第二医科大学校长。1997年赴世界卫生组织人类生殖特别规划处任职，1995～2001年间任联合国世界卫生组织（WHO）医学官员。曾任国务院学位委员会学科评议专家组成员，科技部国家中长期科技发展规划咨询专家及中华医学会生殖医学分会主任委员。《中华医学百科全书——人体组织学与胚胎学分卷》《亚洲男科学杂志》及《国际生殖健康与计划生育杂志》主编等职务。

领衔的人体组织学与胚胎学课程被评为国家级精品课程及双语教学优秀团队。曾获得全国优秀教师、上海市名师、国家有突出贡献的中青年专家、上海市劳动模范、中华医学会生殖医学突出贡献奖等荣誉和表彰。1995年被授予法兰西共和国荣誉军团骑士勋章。

（《健康报》2016年12月30日）

他从事消化内镜和胰腺病研究37年；他成功研制出我国首台胶囊内镜和国际首台磁控胶囊胃镜机器人；他创建了急性胰腺炎救治和慢性胰腺炎微创治疗新体系……他经常教诲学生："作为一名医师，必须要敬业，而所谓敬业，正如繁体字的'業'，是把事业捧在头顶。"

李兆申：中国消化内镜领跑者

□本报记者 胡德荣

"这颗神奇的'胶囊'竟把胃肠道展现得一清二楚"

2017年11月18日，中国内镜医师大会在江苏省苏州市金鸡湖畔隆重召开，来自国内外6000余名专家学者云集一堂。期间，大会公布了我国自主研发的磁控胶囊内镜在400余家单位、30余万例体检人群中的应用效果，国内30多位专家共同发布《中国磁控胶囊胃镜专家共识》。

诺贝尔奖获得者、国际著名消化病学家马歇尔教授和英国胶囊内镜学会主席麦克阿林顿教授专程来我国观摩磁控胶囊胃镜操作。日本消化内镜学会在其官方杂志上重点推荐该发明，并评价"磁控胶囊胃镜与常规胃镜诊断率高度一致，安全舒适，可作为胃病筛查的重要工具"。

就在前不久，76岁的患者张奶奶，在长海医院消化内镜中心穿上了一件特制的腰带，吞服了一颗"胶囊"后躺上检查床。张奶奶说："我从手里的平板电脑上看到，这颗神奇的'胶囊'竟然把自己的胃肠道展现得一清二楚。"李兆申一边操纵遥控手柄，一边对她解释："您看，胃里有个良性的息肉，十二指肠没什么问题……"

其实，这是2003年李兆申和几位年轻骨干在一起讨论时，产生的奇思妙想。历时14年，先是升级第一代胶囊内镜，在2008年再次开始自主研发。磁场精确控制、自动巡航、实时定位、纳米涂膜高清成像，终于在2009年，磁控胶囊内镜系统研制成功。通过严格的多中心临床研究检验，这一系统于2013年获国家食品药品监督管理总局批准，成为全球首台用于临床的胶囊胃镜，真正实现了胃病的无创无痛检查。2017年，李兆申团队进一步引入远程阅片、人工智能技术，将"小胶囊"融入"大智慧"，几分钟内便可处理近10万张内镜图片，病变识别准确率高于95%，显著提高诊断率。

如今，"谈内镜色变"已成历史。磁控胶囊内镜入选"2016中国十大医学进展"和"砥砺奋进的五年"大型成就展。

李兆申说："十几年前，中国在消化内镜领域是跟在欧美、日韩后面追着跑；5年前，中国与国外比可以说是齐头并进；而今天，中国有些领域已经领先了：在胆胰的内镜诊疗、早期胃肠癌的诊断治疗方面，国际顶级学术期刊和学术会议经常可以听到'中国好声音'。"

"认准了目标就执着地追求"

李兆申出生在华北平原的一个村庄里，家里祖祖辈辈几乎都是农民。1974年，高中还未毕业的他选择入伍，成为一名卫生兵。两年多以后，由于在部队表现优异，他被推荐到第二军医大学（现海军军医大学）读书，成为我国最后一届工农兵大学生。

大学毕业后，李兆申被分配到第二军医大学附属长海医院。"填志愿时，我认为自己个子高、身体好，就想去外科抢救病人、值夜班，可是，医院却把我分到了消化内科。"

读硕士研究生期间，导师许国铭教授曾这样评价他："李兆申是块料，做事很有责任感，认准了目标就执着地追求。"

李兆申在国内首先开展了胃黏膜血流量检测与胃肠疾病关系的实验与临床研究。由于当时做胃黏膜的血流测定，既没有现成的仪器，也没有现成测定血流量的方法，只能靠手工测定，很难保证数据的准确性和科学性。

"后来，他通过多方打听，听说天津南开大学有光纤测定仪，第二天就背上军用书包，带了几个馒头，登上了开往天津的列车。为了赶时间，他到南开后顾不上休息，扛着仪器就往回赶。由于过度劳累，加上长时间用一种姿势扛仪器，回来后，他患了严重的气胸，住进了医院。可还没等完全康复，他又钻进了实验室。"许国铭教授心疼地说。

正是凭着这种坚忍不拔的毅力，李兆申成功研制出我国第一台内镜下检测胃黏膜血流量的激光多普勒血流仪。他的科研论文也获得第一届国际胃酸泵学术大会一等奖和优秀论文奖，并被中华医学会推荐参加了第十届世界胃肠病大会。

1991年，长海医院新胃镜室刚成立不久，在一次工作中，李兆申发现胃镜消毒存在很大缺陷，容易残留细菌发生交叉感染。为此，他向科室领导提出改进消毒设施的建议，得到了科室领导的大力支持。后来，李兆申和同事一起进行研究设计，很快在国内首创了三槽流水式胃镜洗消槽，彻底解决了原有缺陷。这一设计还被推广到全国，并申报了国家专利。

李兆申还先后准确测定出中国人食管内24小时pH值正常标准，被国内外同行广泛引用；他在国内首次用综合法制成萎缩性胃炎动物模型，为研制治疗萎缩性胃炎新药获得国家正式批号奠定了基础。1997年，李兆申在完成对我国胃食管反流病调查的基础上，在国际上首次建立了真实反映胃食管反流病反流类型的动物模型，揭示了该疾病发生、发展的分子生物学机制。

1999年，李兆申担任长海医院消化内科主任后，又积极巩固消化内镜诊断介入治疗优势，和同行们一道瞄准消化内镜治疗技术发展前沿大胆创新。在导师许国铭教授的带领下，他在国内首先创立了一门新兴学科——消化内镜治疗学。长海医院消化内科在他的带领下，从一个名不见经传的科室，一跃成为中国顶尖的消化科。

"做一名医师，兴趣第一，厚德为重，做人为先"

李兆申的学生廖专目前已成长为消化内科副主任，同时也是"全国百篇优秀博士论文"、"国家自然科学基金优秀青年科学基金"、上海卫生系统优秀青年医学人才"银蛇奖"的获得者。他回忆说："1998年我从湖南考入第二军医大学临床医学七年制专业，2003年正式进入硕士阶段学习。怀着对消化内科学的浓厚兴趣和对李兆申主任的崇敬，我战战兢兢地敲响了李主任办公室的门：'我是98七年制的学员廖专，我想选消化内科作为我的专业，能不能请您做我的导师？'尽管老师当时正在处理科室事务，而且还有很多等待汇报的人在排队，但他却面带微笑地对我说：'请坐，非常欢迎你！'那天，老师居然和我谈了整整一个下午。直到现在，我还记得他告诉我：'做一名医师，做一番事业，兴趣第一，厚德为重，做人为先。'从那天开始，老师的教诲也成为我的座右铭。"

"这些年来，老师对每一个学生都悉心栽培，关怀备至，始终用他的人格魅力和事业情怀去感染每一个学生。对留在科室和身边的学生，老师会分析其个性特长，安排最合适的专业和发展方向。"廖专说，"而最让我们感动的是，他还非常关心每一个到外单位工作的学生的家庭、生活和事业发展，尽一切可能帮助他们。每年我科举办大型学术会议，全国各地的学生都会克服种种困难前来参会。在长海医院内镜中心的一面墙上，有世界消化内镜学会的主席、香港中华医学会的会长曹世植先生送的一块匾额，其中一句话为'内镜之黄埔'，实至名归！"

廖专做住院医师期间，曾跟随李兆申出门诊3年。他发现，李兆申日常事务非常繁忙，可专家门诊却不限号，每次都要看到中午一点多。满心疑惑的他后来才慢慢明白，老师是心疼患者排队挂号不容易，能多看一个就多看一个。一些素未谋面的患者，请李兆申帮忙做胃镜，甚至要求他亲手做手术，李兆申都会尽可能地答应。他常把患者的经济负担放在心上，尽可能用最简单的药、最便宜的器械，并教导学生："你们如果想赚钱发财，就不要做医生，去公司可以赚很多钱。医生，古人称为'大夫'，是一种崇高的尊称，我们不可以恃己所长、经略财物。"最近20多年，他带领全国内镜同道，一直致力于国产医疗器械的研发，就是为了提高我国内镜的原始创新水平，打破国外医疗器械公司的垄断，让我国患者用上物美价廉的产品。"李老师还经常让我们从患者和家属的角度去思考问题和开展科研，针对我国消化道肿瘤高发且病死率高的现状，提倡舒适化内镜体检的概念，倡导消化道肿瘤早诊早治。"

"早发现一例癌，挽救一个生命，幸福一个家庭。"李兆申的这句话已经成为我国内镜医师的行为准则和座右铭。他经常教诲学生，作为一名医师，必须要敬业，而所谓敬业，正如繁体字的"業"，是把事业捧在头顶。即使在一些已经领先的领域，也要始终保持"敢为天下先"的精神，不断开拓进取。因为，学术是永无止境的！

"瞄准国家重大临床需求，开展医疗攻关和临床科研"

如今，长海医院消化内科已形成了3个梯队：40岁~50岁的优秀中年"中坚"梯队，35岁~40岁的优秀中青年"冲锋"梯队，30岁~35岁的优秀青年"夯基"梯队。每一个梯队都有3人~5人的储备，个个能独当一面。邹多武教授，是内镜和胃食管反流病学专家；金震东教授，是国内超声介入领域的著名专家；杜奕奇教授，在重症急性胰腺炎救治上独树一帜……

消化内科执行主任、中华医学会消化病学分会常委邹多武教授告诉记者："李院士担任全国消化内镜学会主委和内镜医师协会会长，常能以广阔的胸怀，包容不同学术思想和技术流派，团结全国的同道，齐心协力将我国消化内镜队伍和事业推向全世界。他从不打压排挤同道，有机会就为大家提供展示舞台。在他的领导下，学科发展迅猛，中国原创的技术和中国制造的内镜，已经在世界舞台崭露头角。"

谈到李兆申的学科建设之道，长海医院消化内科副主任、中国医师协会胰腺病学专委会常委杜奕奇教授说："李主任一直强调，长海消化作为国家重点学科、国家临床医学研究中心，必须要瞄准国家重大临床需求，开展医疗攻关和临床科研。"

1999年，李兆申针对我国重症胰腺炎发病率快速上升、治疗效果不佳的情况，在国内率先建立胰腺炎重症监护病房，开展了以内科治疗为主的综合治疗方法。当时由于医生护士少，工作量特别大，加上业务不熟悉，大家都很累，有的年轻医生还哭着跑去找他诉苦。李兆申几次召开会议，集思广益，寻找解决问题的办法。医生经验不足，他就带着他们走出去学习，并邀请外院专家前来查房讲课；护士不够，他就上下协调要来几个；医护人员重症监护业务不熟，他就带着去外科重症监护室轮流学习。经过近20年的努力，长海消化建立了"器官维护-肠内营养-微创介入"的重症胰腺炎治疗新模式，累计救治2000余例，成功率由80%提高至94%以上，费用由15万降至8万，成为国内知名的胰腺炎救治中心。

2015年11月12日，对于消化内科护士小漆来说，是黑色一天。经历了持续高热折磨近1个月，又在重症监护室治疗了1周，在症状刚得到控制，身体机能正在好转的时候，却被明确了非霍奇金淋巴瘤的诊断。不会吧！不可能吧！以后怎么办？……无数个问题出现在小漆的脑海里，令她痛苦不已。得到消息的李兆申带着科室支委们来到病房，用亲切坚定的语气告诉她："你要好好养病，不要多想，相信医生，配合治疗，一定会好起来的。消化科是你坚强的后盾！"当康复后的小漆返回医院上班时，心情又激动又忐忑，担心护理工作的辛劳会影响自己的身体。但见过李兆申后，这些顾虑都烟消云散了，只剩下满满的感动。因为李主任已经为她调整了一个新的工作岗位。

李兆申的妻子、长海医院干部病房科主任拓西平教授说："平时在家啥都不管的老李，对工作环境却布置得特别精心。科里重症监护室的窗帘比我们家的还漂亮，胃镜室装修得那么别致。他把科室看得比我们家还要重要啊！"

"作为军人，要招之即来，来之能战，战之必胜"

李兆申说："我是一名军医，平时在为上海人民、全国人民服务，一旦发生战争或突发事件，作为军人，要招之即来，来之能战，战之必胜。"

1998年夏天，湖南的洪水严重到"两层楼的房子都没顶了"。那时的李兆申已经办妥去奥地利参加世界胃肠病大会的手续，可是他放弃了这个机会，戴上医疗队队长的袖标，奔赴抗洪第一线。在灾区的20多个日日夜夜里，李兆申和战友们冒着高温酷暑，一个帐篷、一个帐篷地巡诊，走遍了1000多个帐篷，为灾民治病8525例次，卫生宣教近1万人次。

"当时我们最怕的是传染病。卫生条件不好，我们就每天背着30多公斤的医疗器具，消毒灭菌，告诉大家怎么注意卫生。"李兆申说，"也是从那时起，我们开始重视给普通民众做科普。"

几年来，李兆申的科普之路遍布中国，革命老区的基层卫生室、大漠边关的新兵训练场都留下了他的身影。经过不懈努力，他和团队完成了东南沿海战区野战内科学相关关键技术研究，获得了军队科技进步一等奖和国家科技进步二等奖。

两年前，李兆申又敏锐地将野战内科学工作重心，由东南向西北地区倾斜，分别在阿勒泰哨卡、喇拉昆仑哨卡和塔克拉玛干部队开展高寒、高原、沙漠野战内科学科研工作，重点解决这些极端恶劣环境驻军官兵内科常见疾病和特有疾病的防治难题。

李兆申还组织了10余名专家到某部与战士同吃同住一周，对战士训练情况、心理素质和常见胃肠病进行认真调查。回来后，他与学校护理系心理教研室制定了一套心理训练科目，为基层部队心理训练如何走科学化、规范化道路给出了科学指导。

最近，李兆申还带领科里年轻人推出了结肠镜检查相关的微信公众号。

（长海医院消化内镜中心供图）

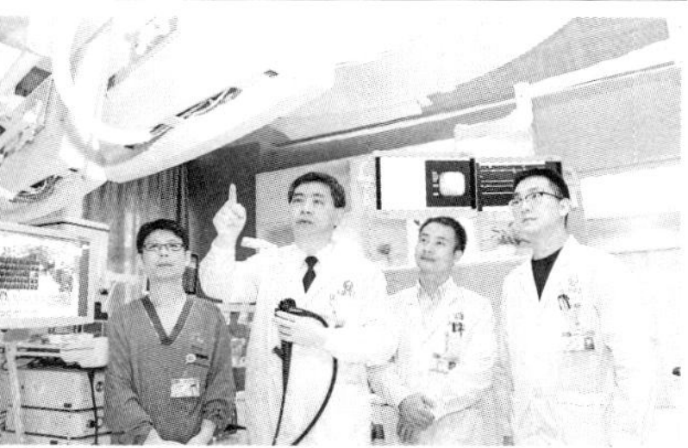

李兆申与学生们一起做内镜检查。

■对话

不会做科普的医生不是好医生

记者：李老师，您的座右铭是什么？

李兆申：我的座右铭7个字："做人、做事、做学问"。虽然看起来很简单，但是要做到，要做好却不容易。在探索医学科学的生涯中，我要求自己认真践行，也要求学生努力践行。如果做人都不会做，你还会做事吗？如果做事都做不了，你还能做学问吗？如果做人、做事都做不好，做学问一定很糟糕，做医学科学研究就更危险。

记者：您当选为中国工程院院士后，还有什么愿景？

李兆申：我喜欢医生这个行当，虽然辛苦，却很幸福。要当好医生，不仅要掌握好技术，也要重视科普。习总书记曾这样说："科技创新、科学普及是实现科技创新的两翼，要把科学普及放在与科技创新同等重要的位置。"从建设"健康中国"的要求来说，重心下移，深入基层向老百姓普及医学常识，能从根上减少疾病的发生。这是我未来希望更多去做的事。不会做科普的医生不是好医生。

记者：您为什么认为人类告别胃癌不仅是可能也是可行的？

李兆申：日本、韩国等国家通过宣传让民众在日常生活中多吃蔬菜和水果，并明确说明冰箱的使用程度，不吃剩菜，有效地预防了胃癌的发生。

除了预防，如果早期发现胃癌，也能很快治愈。早期胃癌治愈后生存期可达到平均寿命，甚至平均寿命以上，但是，晚期胃癌70%的患者生存期不到5年。这就是早发现、早诊断、早治疗的重要性。

■记者手记

医学是以心灵温暖心灵的科学

李兆申与学生们一起查房。

当《健康报》记者这么多年，我对上海消化界医学大咖李兆申教授不可谓不熟，只是每次"急就章"式的短暂采访都来去匆匆、蜻蜓点水。这次他当选中国工程院院士后的第三天，总算有了比较宽裕的两个多小时采访时间，聆听他讲故事、谈人生、话未来。

采访中，最令我感动的是这样两件事：

一是他在北京参加完中国工程院医药卫生学部新晋院士座谈会和颁证仪式后，下午就赶到北京展览馆观看了"砥砺奋进的五年"大型成就展。当他看到由自己团队发明的"胶囊胃镜机器人"展示其中，并博得参观者惊奇与好评时，他兴奋极了。

他告诉记者："十八大后的五年是祖国砥砺奋进的五年，也是我自己工作成绩最突出的五年、最难忘的五年。"

二是他参观完大型成就展，于晚上从北京飞回上海后，立即赶到医院病房看望了两位重患，令一位患慢性胰腺炎的外地患者和一位患腹部巨大囊肿的外地患者感动不已。

第二天是星期二。他上午又把原定星期一看的门诊病人全部看完。"不但没有一个患者埋怨，反而受到患者热烈的拥戴、问好，看完最后一位患者都快下午1点了。"

李兆申说："望着一位位患者都带着满足感离开诊室，我心里也是暖洋洋的。其实啊，医学就是一门以心灵温暖心灵的科学。"

李兆申告诉记者，他奉行"高调做事，低调做人"的慎言。有些事要不是记者刨根问底，他更愿意埋在心底。

■李兆申小传

1956年11月出生，河北宁晋人。现任海军军医大学（第二军医大学）附属长海医院消化内科主任、内科教研室主任，教授、主任医师、博士生导师。2017年11月27日当选为中国工程院院士。

从事医教研一线工作37年，聚焦胰腺病诊治难题，建立系列新技术和新模式，显著提升我国胰腺病诊治水平；开拓消化内镜转化和技术创新，建立质控和培训新体系，推动我国消化内镜学科跻身国际先进水平。以第一完成人获国家科技进步二等奖4项及何梁何利科技进步奖。

兼任国家消化病临床医学研究中心主任、全军消化内科研究所所长、上海市胰腺疾病研究所所长、中国医师协会内镜医师分会会长、胰腺病学专委会主委、中华医学会消化内镜学分会前任主委。

主持国家科技支撑计划、教育部创新团队等课题40项，获发明专利18项，主编专著47部。以第一或通讯作者发表SCI论文260余篇，被引近4000次，研究内容写入55部国际指南。

他从事消化内镜和胰腺病研究37年；他成功研制出我国首台胶囊内镜和国际首台磁控胶囊胃镜机器人；他创建了急性胰腺炎救治和慢性胰腺炎微创治疗新体系……他经常教诲学生："作为一名医师，必须要敬业，而所谓敬业，正如繁体字的'業'，是把事业捧在头顶。"

李兆申：中国消化内镜领跑者

"这颗神奇的'胶囊'竟把胃肠道展现得一清二楚"

2017年11月18日，中国内镜医师大会在江苏省苏州市金鸡湖畔隆重召开，来自国内外6 000余名专家学者云集一堂。期间，大会公布了我国自主研发的磁控胶囊内镜在400余家单位、30余万例体检人群中的应用效果，国内30多位专家共同发布《中国磁控胶囊胃镜专家共识》。

诺贝尔奖获得者、国际著名消化病学家马歇尔教授和英国胶囊内镜学会主席麦克阿林顿教授专程来我国观摩磁控胶囊胃镜操作。日本消化内镜学会在其官方杂志上重点推荐该发明，并评价"磁控胶囊胃镜与常规胃镜诊断率高度一致，安全舒适，可作为胃病筛查的重要工具"。

就在前不久，76岁的患者张奶奶，在长海医院消化内镜中心穿上了一件特制的腰带，吞服了一颗"胶囊"后躺上检查床。张奶奶说："我从手里的平板电脑上看到，这颗神奇的'胶囊'竟然把自己的胃肠道展现得一清二楚。"李兆申一边操纵遥控手柄，一边对她解释："您看，胃里有个良性的息肉，十二指肠没什么问题……"

其实，这是2003年李兆申和几位年轻骨干在一起讨论时，产生的奇思妙想。历时14年，先是升级第一代胶囊内镜，在2008年再次开始自主研发。磁场精确控制、自动巡航、实时定位、纳米涂膜高清成像，终于在2009年，磁控胶囊内镜系统研制成功。通过严格的多中心临床研究检验，这一系统于2013年获国家食品药品监督管理总局批准，成为全球首台用于临床的胶囊胃镜，真正实现了胃病的无创无痛检查。2017年，李兆申团队进一步引入远程阅片、人工智能技术，将"小胶囊"融入"大智慧"，几分钟内便可处理近10万张内镜图片，病变识别准确率高于95%，显著提高诊断率。

如今，"谈内镜色变"已成历史。磁控胶囊内镜入选"2016中国十大医学进展"和"砥砺奋进的五年"大型成就展。

李兆申说:"十几年前,中国在消化内镜领域是跟在欧美、日韩后面追着跑;5 年前,中国与国外比可以说是齐头并进;而今天,中国在有些领域已经领先了:在胆胰的内镜诊疗、早期胃肠癌的诊断治疗方面,国际顶级学术期刊和学术会议经常可以听到'中国好声音'。"

"认准了目标就执着地追求"

李兆申出生在华北平原的一个村庄里,家里祖祖辈辈几乎都是农民。1974 年,高中还未毕业的他选择入伍,成为一名卫生兵。两年多以后,由于在部队表现优异,他被推荐到第二军医大学(现海军军医大学)读书,成为我国最后一届工农兵大学生。

大学毕业后,李兆申被分配到第二军医大学附属长海医院。"填志愿时,我认为自己个子高、身体好,就想去外科抢救病人、值夜班,可是,医院却把我分到了消化内科。"

读硕士研究生期间,导师许国铭教授曾这样评价他:"李兆申是块料,做事很有责任感,认准了目标就执着地追求。"

李兆申在国内首先开展了胃黏膜血流量检测与胃肠疾病关系的实验与临床研究。由于当时做胃黏膜的血流测定,既没有现成的仪器,也没有现成测定血流量的方法,只能靠手工测定,很难保证数据的准确性和科学性。

"后来,他通过多方打听,听说天津南开大学有光纤测定仪,第二天就背上军用书包,带了几个馒头,登上了开往天津的列车。为了赶时间,他到南开后顾不上休息,扛着仪器就往回赶。由于过度劳累,加上长时间用一种姿势扛仪器,回来后,他患了严重的气胸,住进了医院。可还没等完全康复,他又钻进了实验室。"许国铭教授心疼地说。

正是凭着这种坚忍不拔的毅力,李兆申成功研制出我国第一台内镜下检测胃黏膜血流量的激光多普勒血流仪。他的科研论文也获得第一届国际胃酸泵学术大会一等奖和优秀论文奖,并被中华医学会推荐参加了第十届世界胃肠病大会。

1991 年,长海医院新胃镜室刚成立不久,在一次工作中,李兆申发现胃镜消毒存在很大缺陷,容易残留细菌发生交叉感染。为此,他向科室领导提出改进消毒设施的建议,得到了科室领导的大力支持。后来,李兆申和同事一起进行研究设计，很快在国内首创了三槽流水式胃镜流消槽，彻底解决了原有缺陷。这一设计还被推广到全国，并申报了国家专利。

李兆申还先后准确测定出中国人食管内 24 小时 pH 值正常标准，被国内外同行广泛引用；他在国内首次用综合法制成萎缩性胃炎动物模型，为研制治疗萎缩性胃炎新药获得国家正式批号奠定了基础。1997 年，李兆申在完成对我国胃食管反流病调查的基础上，在国际上首次建立了真实反映胃食管反流病反流类型的动物模型，揭示了该疾病发生、发展的分子生物学机制。

1999 年，李兆申担任长海医院消化内科主任后，又积极巩固消化内镜诊断介入治疗优势，和同行们一道瞄准消化内镜治疗技术发展前沿大胆创新。在导师许国铭教授的带领下，他在国内首先创立了一门新兴学科——消化内镜治疗学。长海医院消化内科在他的带领下，从一个名不见经传的科室，一跃成为中国顶尖的消化科。

"做一名医师，兴趣第一，厚德为重，做人为先"

李兆申的学生廖专目前已成长为消化内科副主任，同时也是"全国百篇优秀博士论文""国家自然科学基金优秀青年科学基金"、上海卫生系统优秀青年医学人才"银蛇奖"的获得者。他回忆说："1998 年我从湖南考入第二军医大学临床医学七年制专业，2003 年正式进入硕士阶段学习。怀着对消化内科学的浓厚兴趣和对李兆申主任的崇敬，我战战兢兢地敲响了李主任办公室的门：'我是 98 七年制的学员廖专，我想选消化内科作为我的专业，能不能请您做我的导师？'尽管老师当时正在处理科室事务，而且还有很多等待汇报的人在排队，但他却面带微笑地对我说：'请坐，非常欢迎你！'那天，老师居然和我谈了整整一个下午。直到现在，我还记得他告诉我：'做一名医师，做一番事业，兴趣第一，厚德为重，做人为先。'从那天开始，老师的教诲也成为我的座右铭。"

"这些年来，老师对每一个学生都悉心栽培，关怀备至，始终用他的人格魅力和事业情怀去感染每一个学生。对留在科室和身边的学生，老师会分析其个性特长，安排最合适的专业和发展方向。"廖专说，"而最让我们感动的是，他还非常关心每一个到外单位工作的学生的家庭、生活和事业发展，尽一切可能帮助他们。每年我科举办大型学术会议，全国各地的学生都会克服种种困难前来参会。在长海医院内镜中心的一面墙上，有世界消化内镜学会的主席、香港中华医学会的会长曹世植先生送的一块匾额，其中一句话为'内镜之黄埔'，实至名归!"

廖专做住院医师期间，曾跟随李兆申出门诊3年。他发现，李兆申日常事务非常繁忙，可专家门诊却不限号，每次都要看到中午1时多。满心疑惑的他后来才慢慢明白，老师是心疼患者排队挂号不容易，能多看一个就多看一个。一些素未谋面的患者，请李兆申帮忙做胃镜，甚至要求他亲手做手术，李兆申都会尽可能地答应。他常把患者的经济负担放在心上，尽可能用最简单的药、最便宜的器械，并教导学生："你们如果想赚钱发财，就不要做医生，去公司可以赚很多钱。医生，古人称为'大夫'，是一种崇高的尊称，我们不可以恃己所长、经略财物。"最近20多年，他带领全国内镜同道，一直致力于国产医疗器械的研发，就是为了提高我国内镜的原始创新水平，打破国外医疗器械公司的垄断，让我国患者用上物美价廉的产品。"李老师还经常让我们从患者和家属的角度去思考问题和开展科研，针对我国消化道肿瘤高发且病死率高的现状，提倡舒适化内镜体检的概念，倡导消化道肿瘤早诊早治。"

"早发现一例癌，挽救一个生命，幸福一个家庭。"李兆申的这句话已经成为我国内镜医师的行为准则和座右铭。他经常教诲学生，作为一名医师，必须要敬业，而所谓敬业，正如繁体字的"業"，是把事业捧在头顶。即使在一些已经领先的领域，也要始终保持"敢为天下先"的精神，不断开拓进取。因为，学术是永无止境的!

"瞄准国家重大临床需求，开展医疗攻关和临床科研"

如今，长海医院消化内科已形成了3个梯队：40岁～50岁的优秀中年"中坚"梯队，35岁～40岁的优秀中青年"冲锋"梯队，30岁～35岁的优秀青年"夯基"梯队。每一个梯队都有3人～5人的储备，个个能独当一面。邹多武教授，是内镜和胃食管反流病学专家；金震东教授，是国内超声介入领域的著名专家；杜奕奇教授，在重症急性胰腺炎救治上独树一帜……

消化内科执行主任、中华医学会消化病学分会常委邹多武教授告诉记者："李院士担任全国消化内镜学会主委和内镜医师协会会长，常能以广阔的胸怀，包容不同学术思想和技术流派，团结全国的同道，齐心协力将我国消化内镜队伍和事业推向全世界。他从不打压排挤同道，有机会就为大家提供展示舞台。在他的领导下，学科发展迅猛，中国原创的技术和中国制造的内镜，已经在世界舞台崭露头角。”

谈到李兆申的学科建设之道，长海医院消化内科副主任、中国医师协会胰腺病学专委会常委杜奕奇教授说：“李主任一直强调，长海消化作为国家重点学科、国家临床医学研究中心，必须要瞄准国家重大临床需求，开展医疗攻关和临床科研。”

1999 年，李兆申针对我国重症胰腺炎发病率快速上升、治疗效果不佳的情况，在国内率先建立胰腺炎重症监护病房，开展了以内科治疗为主的综合治疗方法。当时由于医生护士少，工作量特别大，加上业务不熟悉，大家都很累，有的年轻医生还哭着跑去找他诉苦。李兆申几次召开会议，集思广益，寻找解决问题的办法。医生经验不足，他就带着他们走出去学习，并邀请外院专家前来查房讲课；护士不够，他就上下协调要来几个；医护人员重症监护业务不熟，他就带着去外科重症监护室轮流学习。经过近 20 年的努力，长海消化建立了“器官维护——肠内营养——微创介入”的重症胰腺炎治疗新模式，累计救治 2 000 余例，成功率由 80%提高至 94%以上，费用由每例 15 万降至 8 万，成为国内知名的胰腺炎救治中心。

2015 年 11 月 12 日，对于消化内科护士小漆来说，是黑色一天。经历了持续高热折磨近 1 个月，又在重症监护室治疗了 1 周，在症状刚得到控制，身体机能正在好转的时候，却被明确了非霍奇金淋巴瘤的诊断。不会吧！不可能吧！以后怎么办？……无数个问题出现在小漆的脑海里，令她痛苦不已。得到消息的李兆申带着科室支委们来到病房，用亲切坚定的语气告诉她：“你要好好养病，不要多想，相信医生，配合治疗，一定会好起来的。消化科是你坚强的后盾！”当康复后的小漆返回医院上班时，心情又激动又忐忑，担心护理工作的辛劳会影响自己的身体。但见过李兆申后，这些顾虑都烟消云散了，只剩下满满的感动。因为李主任已经为她调整了一个新的工作岗位。

李兆申的妻子、长海医院干部病房科主任拓西平教授说：“平时在家啥都不管的老李，对工作环境却布置得特别精心。科里重症监护室的窗帘比我们家的还漂亮，胃镜室装修得那么别致。他把科室看得比我们家还要重要啊！”

"作为军人,要招之即来,来之能战,战之必胜"

李兆申说:"我是一名军医,平时在为上海人民、全国人民服务,一旦发生战争或突发事件,作为军人,要招之即来,来之能战,战之必胜。"

1998年夏天,湖南的洪水严重到"两层楼的房子都没顶了"。那时的李兆申已经办妥去奥地利参加世界胃肠病大会的手续,可是他放弃了这个机会,戴上医疗队队长的袖标,奔赴抗洪第一线。在灾区的20多个日日夜夜里,李兆申和战友们冒着高温酷暑,一个帐篷、一个帐篷地巡诊,走遍了1 000多个帐篷,为灾民治病8 525例次,卫生宣教近1万人次。

"当时我们最怕的是传染病。卫生条件不好,我们就每天背着30多公斤的医疗器具,消毒灭菌,告诉大家怎么注意卫生。"李兆申说,"也是从那时起,我们开始重视给普通民众做科普。"

几年来,李兆申的科普之路遍布中国,革命老区的基层卫生室、大漠边关的新兵训练场都留下了他的身影。经过不懈努力,他和团队完成了东南沿海战区野战内科学相关关键技术研究,获得了军队科技进步一等奖和国家科技进步二等奖。

两年前,李兆申又敏锐地将野战内科学工作重心,由东南向西北地区倾斜,分别在阿勒泰哨卡、喇拉昆仑哨卡和塔克拉玛干部队开展高寒、高原、沙漠野战内科学科研工作,重点解决这些极端恶劣环境驻军官兵内科常见疾病和特有疾病的防治难题。

李兆申还组织了10余名专家到某部与战士同吃同住一周,对战士训练情况、心理素质和常见胃肠病进行认真调查。回来后,他与学校护理系心理教研室制定了一套心理训练科目,为基层部队心理训练如何走科学化、规范化道路给出了科学指导。

最近,李兆申还带领科里年轻人推出了结肠镜检查相关的微信公众号。

■ 对话

不会做科普的医生不是好医生

记　者: 李老师,您的座右铭是什么?

李兆申: 我的座右铭7个字:"做人、做事、做学问。"虽然看起来很简单，但是要做到、做好却不容易。在探索医学科学的生涯中，我要求自己认真践行，也要求学生努力执行。如果做人都不会做，你还会做事吗？如果做事都做不了，你还能做学问吗？如果做人、做事都做不好，做学问一定很糟糕，做医学科学研究就更危险。

记　者： 您当选为中国工程院院士后，还有什么愿景？

李兆申： 我喜欢医生这个行当，虽然辛苦，却很幸福。要当好医生，不仅要掌握好技术，也要重视科普。习总书记曾这样说："科技创新、科学普及是实现科技创新的两翼，要把科学普及放在与科技创新同等重要的位置。"从建设"健康中国"的要求来说，重心下移、深入基层向老百姓普及医学常识，能从根源上减少疾病的发生。这是我未来希望更多去做的事。不会做科普的医生不是好医生。

记　者： 您为什么认为人类告别胃癌不仅是可能也是可行的？

李兆申： 日本、韩国等国家通过宣传让民众在日常生活中多吃蔬菜和水果，并明确说明冰箱的使用程度，不吃剩菜，有效地预防了胃癌的发生。

除了预防，如果早期发现胃癌，也能很快治愈。早期胃癌治愈后生存期可达到平均寿命，甚至平均寿命以上。但是，晚期胃癌70%的患者生存期不到5年。这就是早发现、早诊断、早治疗的重要性。

■ 记者手记

医学是以心灵温暖心灵的科学

当《健康报》记者这么多年，我对上海消化界医学大咖李兆申教授不可谓不熟，只是每次"急就章"式的短暂采访都来去匆匆、蜻蜓点水。这次他当选中国工程院院士后的第三天，总算有了比较宽裕的两个多小时采访时间，聆听他讲故事、谈人生、话未来。

采访中，最令我感动的是这样两件事：

一是他在北京参加完中国工程院医药卫生学部新晋院士座谈会和颁证仪式后，下午就赶到北京展览馆观看了"砥砺奋进的五年"大型成就展。当他看到由自己团队发明的"胶囊胃镜机器人"展示其中，并博得参观者惊奇与好评时，他兴奋极了。

他告诉记者："十八大后的五年是祖国砥砺奋进的五年，也是我自己工作成绩最突出的五年、最难忘的五年。”

二是他参观完大型成就展，晚上从北京飞回上海后，立即赶到医院病房看望了两位重患，令一位患慢性胰腺炎的外地患者和一位患腹部巨大囊肿的外地患者感动不已。

第二天是星期二。他上午又把原定星期一看的门诊病人全部看完。“不但没有一个患者埋怨，反而受到患者热烈的拥戴、问好，看完最后一位患者都快下午1点了。”

李兆申说：“望着一位位患者都带着满足感离开诊室，我心里也是暖洋洋的。其实啊，医学就是一门以心灵温暖心灵的科学。”

李兆申告诉记者，他奉行“高调做事，低调做人”的慎言。有些事要不是记者刨根问底，他更愿意埋在心底。

■ 李兆申小传

1956年11月出生，河北宁晋人。现任海军军医大学(第二军医大学)附属长海医院消化内科主任、内科教研室主任，教授、主任医师、博士生导师。2017年11月27日当选为中国工程院院士。

从事医教研一线工作37年，聚焦胰腺病诊治难题，建立系列新技术和新模式，显著提升我国胰腺病诊治水平；开拓消化内镜转化和技术创新，建立质控和培训新体系，推动我国消化内镜学科跻身国际先进水平。以第一完成人获国家科技进步二等奖4项及何梁何利科技进步奖。

兼任国家消化病临床医学研究中心主任、全军消化内科研究所所长、上海市胰腺疾病研究所所长、中国医师协会内镜医师分会会长、胰腺病学专委会主委、中华医学会消化内镜学分会前任主委。

主持国家科技支撑计划、教育部创新团队等课题40项，获发明专利18项，主编专著47部。以第一或通讯作者发表SCI论文260余篇，被引近4 000次，研究内容写入55部国际指南。

（《健康报》2018年3月30日）

她带领团队帮助10万余家庭生育了健康孩子，完成了15000多名胎儿遗传学诊断和1139个遗传病家系的胚胎遗传学诊断，避免了超过2000个遗传病患儿出生。作为一名生殖医学和遗传病防控领域的院士科学家，她的科研梦想是带领团队不断攻克关乎人口质量提升的诸多问题，不仅要让每个女性都拥有做母亲的权利，还要让每个家庭都拥有健康的新生儿。

黄荷凤：阻断致病基因的“科学家妈妈”

□本报记者 胡德荣

“作为医生和研究者，我们的路一直充满荆棘，且没有终点”

从最开始站在迎接新生命诞生的产科岗位，到心系女性身心健康的妇科岗位，再到妇产科前沿的生殖医学岗位，不觉间，上海交通大学医学院附属国际和平妇幼保健院院长黄荷凤从医已逾30载。

“我用30多年的脚步，亲历和见证了妇产科学的发展和推进，尤其是生殖医学的兴起和快速发展，中国和国际几乎同步前行。”黄荷凤说，“近年来，随着基因测序和分析技术的日益进步，利用二三代测序及其相关衍生技术，为有遗传病家族史的家庭剔除具有家族史的致病基因，真正阻断致病基因的传递，成为我重点关注和从事的一项工作。”采访中，黄荷凤分享了她亲历的一个故事：

在两年前的一次门诊中，一对慕名而来的重庆农村夫妇希望通过植入前遗传学诊断（PGD）生育一个健康且基因配型与2岁男孩小宝匹配的二胎，获取其干细胞，用以挽救小宝的生命。“这是一对被孩子病情折磨得疲惫万分的夫妇。他们的眼神中充满了对小宝活下来的渴望，我至今无法忘怀。‘医生，请救救我们的孩子！’这是小宝妈妈说得最多的一句话。”黄荷凤说。

小宝是一个WAS综合征患者。WAS综合征也称为湿疹血小板减少伴免疫缺陷综合征，是一种X染色体连锁隐性遗传免疫缺陷病。发病时，患者会出现血小板减少、免疫缺陷的症状，很容易导致出血感染，患者会在不断地出血和感染中结束生命，发病率大约为10万分之一。PGD是对胚胎或卵子行卵裂球/极体活检，作染色体和/或基因学检测，根据胚胎携带的遗传情况，进行精准疾病分类和精准诊断，并将未携带染色体和基因异常的胚胎植入子宫使其生出健康婴儿的方法。

“我和我的团队反复讨论，决定采用胚胎基因筛查加HLA配型治疗方案……经过一系列复杂的家系基因验证、单细胞体系建立等前期工作，获得了6个胚胎，其中找到了3个健康胚胎，但遗憾的是没有和患儿配型成功的胚胎。”黄荷凤回忆说，“在告知这对夫妻结果的时候，他们俩异口同声地说：‘我们要再试一次，我们一定要救小宝！’考虑到他们经济并不富裕，我尝试着问：‘下一次也不一定能找到两者都满足的胚胎，要不要先尝试移植，至少能够保证先生育一个健康的孩子？’”

夫妻俩互相看了一眼，妻子的眼圈红了，丈夫拍了拍妻子的手，坚定地说：“医生，我知道你是为我们好，但我们还是想要再试试找两个都能满足的胚胎。我们的确需要一个健康的二胎，但我们更不想放弃前面那个可怜的孩子！只要有一点机会，我们都想去尝试。你不知道，大娃太苦了，他特别懂事，我们太爱他了。医生，别担心钱。我们年轻，办法总会有，就是卖掉房子也要救他……”

那一刻，黄荷凤被这对质朴的夫妇深深感动。科技的高速发展，利用最新的基因技术已经可以帮助这样的患者，阻断疾病的遗传！但生命和疾病的概率就是如此，面对我们无法掌控不能预期的结局时，除了遗憾，没有言语能够传递这种深切的无奈。“作为医生和研究者，我们的路一直充满荆棘，且没有终点。”

可喜的是，在黄荷凤的努力帮助下，小宝家在进行了三次助孕和PGD后，终于等到了一个符合要求的健康胚胎，未来宝宝的脐带血可以用来治疗哥哥的疾病。

“感谢小宝全家和我们一起坚持和坚守，感谢我们和小宝家一起赶上了一个遗传技术飞速发展的好时代！未来传奇还等待我们续写！”黄荷凤如是说。

■记者手记

“为病家服务，我永远不会忘记”

黄荷凤教授当选院士后，我在国际和平妇幼保健院专访了她一次，她虔诚地说起自己敬爱的导师王蔓教授。

她特别提到已经九旬高龄的王蔓教授依旧坚持每天出诊，还拉着黄荷凤在书写着“为人民服务”五个大字的背景墙前合影。那情景别有一番寓意，令人深深触动。

黄荷凤说，她评上院士后立即回了一趟杭州，去见王蔓教授。师生见面后，导师的第一句话就是：“这下你可以多做一些你想做的事情了。”

导师的话说到她的心里去了。她想做的事也是她的一种“责任”。她的最大愿望就是培养更多的医生，不断攻克关乎人口质量提升的诸多问题。

“人类的生殖是一门医学艺术，探索一条守护新生命健康的道路，我永远在路上。为人民服务，为病家服务，我永远不会忘记。”黄荷凤坚定地说。

▲2017年，黄荷凤抱着国内首例用PGD阻断嗜血细胞综合征出生的健康婴儿。

◀黄荷凤在实验室工作。

“学习过程中一定有机会，抓住不要放”

1977年冬天，黄荷凤走进了曾被关闭了十多年的高考考场。1978年3月，她从插队落户2年的浙江省常山县来到了杭州，进入了浙江医科大学，成为临床医学系的一名学生。

当被问及毕业后，为什么去了当时很多同学都不太愿意去的辛苦的妇产科时，黄荷凤说：“其实当时我什么也不知道，只是热爱读书。在实习的时候，非常偶然地，有一个胎盘早剥的危重孕妇送到医院，老师带着我一起抢救。当时胎儿胎心率只有每分钟60次了。我们在急诊室里局麻下迅速手术娩出婴儿，然后一边处理患者子宫大出血，一边不停地关注新生儿的动态。大概过了1分钟左右，孩子‘哇’地一下哭了出来！最后，产妇的子宫也保住了。从听到孩子啼哭那一刻开始，我就立志做一名妇产科医生。所以你在学习过程中一定有机会，抓住这个机会不要放。”

采访中，黄荷凤回忆起一件令她印象深刻的往事：

1988年8月8日，由于台风灾害，浙江大学医学院附属妇产科医院的整栋楼陷入黑暗之中，断水断电。打破寂静的，是产科病房中此起彼伏的痛呼声。当时还是一名小医生的黄荷凤，和另一位值夜班的同事一起，通过打手电、点蜡烛来照明，又指挥男家属们抬担架、拎水桶，做辅助工作，克服了种种困难，为即将临盆的产妇们接生。这其中又有一位瘢痕子宫的产妇需要剖宫产。由于没有电源，情况紧急，黄荷凤和同伴甚至不得不通过口吸羊水以确保孩子的平安诞生。当时的她不慎呛到羊水都顾不上了，全身心投入汗水、羊水甚至是鲜血混杂的产房里。正是在所有人的共同努力下，那个夜晚，医院迎来了30多个可爱的宝宝，而瘢痕子宫的那位产妇，也得以平安顺利地产下一个健康的孩子。

回忆起这段辛苦的往事，黄荷凤的脸上却绽放出幸福与微笑。她说：“一个妇产科医生，仅仅满怀爱心、热情是不够的，还需要思维敏捷以及反应干脆、出手果断。因为妇产科特别是产科，危险和化解危险，几乎都是转瞬间的事。”

1991年，34岁的黄荷凤从香港进修回来。随她一起回到浙江大学医学院附属妇产科医院的是“试管婴儿”这个新概念。她着手组建生殖医学团队，加入了国内“试管婴儿”技术研究的行列。听一位护士介绍，那时候黄荷凤时常骑自行车去买实验用的瓶子，自己泡酸清洗实验器皿，配置试剂，还自己扛着B超机上楼，为病人做检测。

1995年，浙江省第一例“试管婴儿”在浙江大学医学院附属妇产科医院诞生。这以后，黄荷凤并未将自己的脚步停留在简单的助孕技术上，而是聚焦人类生殖健康日益受损、出生缺陷居高不下的现状，带领她的科研团队，开始了“提高出生人口质量的生殖技术创建、体系优化与临床推广应用”项目的研究，并以第一完成人身份获得了国家科技进步二等奖。

“导师与学生是双向学习，互相促进”

黄荷凤的学生、博士研究生导师张丹1994年入学浙江医科大学临床医学七年制，第一次认识和见到黄荷凤老师的情景，她至今记忆犹新。

“眼前的老师短发，白衬衫外罩着一件带金色扣子的蓝西装，笑容阳光美丽。讲课条分缕析、旁征博引，又不乏幽默，把原本枯燥的女性生殖、妊娠生理与疾病课程讲述得引人入胜。讲到精妙处她眼中闪烁出熠熠的光芒。我想那便是她对妇产科学与生殖医学的热爱，对治病救人的不懈追求。这让我不由得产生一种向往：让这么有魅力的老师如此热爱的学科，一定是个有意义、有意思、充满挑战的从医方向。那一堂课，就这样在我心中埋下了种子。”

之后多年跟随黄荷凤学习和工作，让张丹更加深切地体会到老师是如何发自内心地热爱这个职业，矢志做一名好医生、好的医学教育者。每次通过最新技术的探索和深究，帮助一个遗传病家系剔除致病基因，让他们家族生出健康宝宝；每次指导学生完成一个富有临床价值和创新意义，设计严谨结果可靠的课题；每次研究生答辩看到学生们一个个充满自信的展示，她眼中的光芒一如初见那般纯粹。“就像老师所说，能为患者除病痛谋福祉是她最大的价值，看到学生成长进步是她最大的快乐。”

张丹仍记得，2000年在黄老师鼓励下第一次投稿国际学术会议便获选大会发言。黄老师用课题经费支持她们几个研究生去香港参会。为了节约开支，就让她们和她挤一个房间，一点不觉得学生会影响她休息。每天和老师同吃同住，讨论课题，打着地铺，练着演讲，至今都是快乐的回忆。

“2001年在黄老师的办公室里客串小秘书，耳濡目染老师对同事和患者的热忱。有一次遇到一个患者想求她为其主刀手术，一定要赠予礼物，无论如何推脱不了，场面尴尬，黄老师斟酌片刻后答应暂留礼物并为她主刀，待术后亲自带我去看望病人恢复情况，归还礼物。病人千恩万谢，黄老师却只简单地说了句：‘这样你不会在术前有思想顾虑，然后又不违背我们做医生的原则。’对于一个初入医学殿堂的年轻医生，这样的身教胜过一万句说教。”张丹说。

现在已是副主任医师的罗琼博士说：“2001年，当时还是本科生的我，有幸投到黄老师门下。虽然黄老师很慈爱，但是涉及学术严谨性的时候她会非常严厉。她总是强调科学研究绝不能弄虚作假，任何一个科学结论的得出都需要经得起推敲。她对于学术弄假的人也最是不齿。她总是说，做人要心安理得，宁可不要这些荣誉，也不能拿得心中有愧。”

黄荷凤经常说：“其实，受益的不仅是学生，还有我。事实上，我能取得现在这样的成绩，与学生们是分不开的。导师与学生绝对不是单向的传道解惑，而是双向学习，互相促进。年轻的学生尽管在经验和知识容量上有所不足，但其活跃的思维、乍现的灵光，往往会给导师带来不同寻常的灵感，甚至是启迪导师。”

“申报队伍中95%为‘70后’、‘80后’”

黄荷凤来到上海，全职加盟上海交通大学医学院附属国际和平妇幼保健院是在2014年1月。2015年，该院荣登当年度中国医院科技影响力妇产科专科排行榜第9名；2016年，该院又上新台阶——由第9名上升到第8名。黄荷凤说：“人工智能时代来临，医务人员应同时具备创新能力、学科能力和教学能力；医院应该是创新型、研究型的医院。”

“排行榜公布的那两个夜晚，我们和医院的许多同仁一样，感到非常骄傲、自豪。排行榜上明示的不仅仅只是一个数字，这背后更是保健院同仁们挥洒的汗水和心血。如今想来，不能不由衷钦佩黄院长的自信和决心！”作为黄荷凤的学生、黄荷凤团队的科研管理者刘欣梅副研究员谈及这两年医院科研影响力的提升兴奋不已。

刘欣梅说，近两年，上海国妇幼获得多个重大国际国内科研项目资助，包括黄荷凤牵头的国家自然科学基金重大国际合作研究计划“中加健康生命轨迹计划：预防儿童肥胖的社区-家庭-母婴综合干预队列研究”、刘志伟承担的国家重点研发计划子课题“辅助生殖技术子代胎源性疾病队列研究”。自己还有幸亲历了由黄荷凤院长牵头的2017年“生殖健康及重大出生缺陷防控研究”国家重点专项申报之路。

“生殖健康及重大出生缺陷防控研究”重点专项意在聚焦我国生殖健康领域的突出问题，重点监控生殖健康相关的疾病、出生缺陷和辅助生殖技术，开展以揭示影响人类生殖、生命早期发育、妊娠结局主要因素为目的的科学研究。

刘欣梅说：“我们这支团队平均年龄40岁，队伍中95%为‘70后’、‘80后’，其中一个课题负责人还是‘85后’。申报队伍除负责人黄荷凤院长外，其他人大部分为近两年归国人员。从传统申报课题的经验而言，这样一支队伍，是否能够得到层层评审的认同和肯定，的确有着极大的风险。黄院长曾笑称，这种申报像一个老人带着一群孩子在长跑。试想，这样一种角逐和竞赛，单凭自信和决心肯定是不够的。更重要的是，牵头单位、申报负责人及其合作团队必须具备足够的实力，真正拥有跨部门、跨行业、跨区域研发布局和协同创新能力，去匹配国家所提供的支撑和引领。”

自黄荷凤做出申报决定之始，就需要面对接踵而至的大小问题。一事不顺，诸事皆难；申报过程，艰辛自知，历历在目。“单说为了最后一击——视频答辩的完美呈现，黄荷凤带领团队没日没夜修改PPT的场景，看了就让人不由心生敬佩。”刘欣梅说。

“让每个家庭都拥有健康的新生儿”

今年4月，黄荷凤在“中国大陆辅助生殖技术成功应用30周年健康生殖学术研讨会”上的演讲，让人们了解到出生缺陷是世界各国公认的最为严重的公共卫生问题。

黄荷凤说，我国属于出生缺陷高发国家，出生缺陷率高达5.6%。由于人口基数巨大，因此出生缺陷病例总数庞大，每年新增出生缺陷人口近100万，已严重影响我国人口素质、经济建设和社会发展。在出生缺陷患儿中，遗传性出生缺陷占1/3，至今无有效的治疗方法。我国目前实行出生缺陷的三级预防措施，分别为在孕前、孕期和出生后采取措施以防止出生缺陷儿的发生，但由于传统一级预防措施基本只局限在体检和保健层面，无法从源头上控制遗传病患者的致病基因传递，造成了大量医源性的流产和遗传性出生缺陷儿的出生，给患儿、家庭和社会都造成了沉重的经济和精神负担。

黄荷凤说，针对单基因遗传病，诊治要点为利用遗传家系图谱，根据遗传方式分析可能的致病位点并行基因检测，一旦明确致病位点即可通过胚胎着床前遗传学诊断技术（PGD）进行精准筛查。PGD技术可以从根源上解决生育遗传病问题，其通过只移植健康胚胎，可以一级预防遗传性出生缺陷子代的出生，避免产前诊断有创性操作引发的出血、感染、流产的并发症风险，避免孕妇怀遗传病胎儿时经受的身心损害，并且彻底阻断了致病基因遗传，真正实现了优生优育，是目前临床精准医学应用的典范。

在黄荷凤看来，越来越多年轻夫妇不孕不育，与生存环境的变化不无关联。人类与自然环境和谐相处，才能从根本上有利于人类健康发展。黄荷凤带领团队不断攻克关乎人口质量提升的诸多问题，不仅要让每个女性都拥有做母亲的权利，还要让每个家庭都拥有健康的新生儿。

（上海交通大学医学院附属国际和平妇幼保健院供图）

■对话

干一行 爱一行

记者：很多成功人士都有自己的格言、座右铭等，您有吗？

黄荷凤：我没有自己的格言，也没有自己的座右铭，但我喜欢“做大”、“做强”这两个关键词。这是对自己说的，也是对学生说的。

记者：您当选中国科学院院士后，很多媒体称呼您“科学家妈妈”，您喜欢这个称呼吗？

黄荷凤：我觉得我最重要的角色确实是妈妈。我给自己的孩子带来了生命，也给很多家庭带来了生命，而且还在创造生命，所以“科学家妈妈”这个词，我还是很喜欢的。

记者：当前，不少人认为“干一行，爱一行”这句话不时兴了，您怎么看待？

黄荷凤：平心而论，我更喜欢产科。但考研时发现产科没有特别心仪的导师，最好的导师在妇科。我为了跟随这位导师就选了妇科专业。

工作后，我当上了妇科的大主任，但突然间院领导就把我调到了计划生育科做“试管婴儿”。我还是去了，将新科室建为生殖医学科。随着科室发展，我觉得我还需要一个科，就又组建了生殖遗传科。在这个基础上，我们变成了生殖医学中心。

虽然我并不是喜欢什么就做了什么，但我觉得我特别幸运，也要感谢院长能让我在一个新的学科开始工作。兴趣不能够决定我们的所有，“干一行”的时候也可以“爱一行”，只要你用心去做。

一个人一定要有正能量。打个比方说，就算把我嫁到很穷的农民家里，这个家庭也一定会富起来。因为我拔猪草也要拔得比别人多。

■黄荷凤小传

1957年9月出生于浙江省嵊州市，生殖医学专家。1982年毕业于浙江医科大学。现为上海交通大学和浙江大学特聘教授，上海交通大学医学院胚胎源性疾病研究所所长，附属国际和平妇幼保健院院长。教育部生殖遗传重点实验室（浙江大学）主任。2017年11月当选为中国科学院院士。

在国际上首次提出“配子源性疾病”理论学说，对精/卵源性疾病的代间及跨代遗传/表观遗传机制进行了开创性研究。针对辅助生殖技术（ART）出生子代近远期健康的关键科学问题，通过ART出生队列和基础研究、优化助孕流程、创建生殖新技术，提高了试管婴儿安全性，并从源头阻断遗传性出生缺陷。以第一和第二完成人获两项国家科技进步二等奖。先后承担“863”、“973”、“十二五”科技支撑和国家重点研发计划等。

以通讯/共同通讯作者在PNAS、Nat Med等杂志发表SCI论文120余篇，他引1600多次。培养了百余名博士、硕士研究生。主编中国第一部ART工具书《现代辅助生殖技术》、第一部《人类ART临床诊疗指南》。担任Endocrinology等6家SCI杂志编委，英国皇家妇产科学院荣誉院士。

她带领团队帮助10万余家庭生育了健康孩子，完成了15 000多名胎儿遗传学诊断和1 139个遗传病家系的胚胎遗传学诊断，避免了超过2 000个遗传病患儿出生。作为一名生殖医学和遗传病防控领域的院士科学家，她的科研梦想是带领团队不断攻克关乎人口质量提升的诸多问题，不仅要让每个女性都拥有做母亲的权利，还要让每个家庭都拥有健康的新生儿。

黄荷凤：阻断致病基因的“科学家妈妈”

“作为医生和研究者，我们的路一直充满荆棘，且没有终点”

从最开始站在迎接新生命诞生的产科岗位，到心系女性身心健康的妇科岗位，再到妇产科前沿的生殖医学岗位，不觉间，上海交通大学医学院附属国际和平妇幼保健院院长黄荷凤从医已逾30载。

“我用30多年的脚步，亲历和见证了妇产科学的发展和推进，尤其是生殖医学的兴起和快速发展，中国和国际几乎同步前行。”黄荷凤说，“近年来，随着基因测序和分析技术的日益进步，利用二三代测序及其相关衍生技术，为有遗传病家族史的家庭剔除具有家族史的致病基因，真正阻断致病基因的传递，成为我重点关注和从事的一项工作。”采访中，黄荷凤分享了她亲历的一个故事：

在两年前的一次门诊中，一对慕名而来的重庆农村夫妇希望通过植入前遗传学诊断（PGD）生育一个健康且基因配型与2岁男孩小宝匹配的二胎，获取其干细胞，用以挽救小宝的生命。“这是一对被孩子病情折磨得疲惫万分的夫妇。他们的眼神中充满了对小宝活下来的渴望，我至今无法忘怀。‘医生，请救救我们的孩子！’这是小宝妈妈说得最多的一句话。”黄荷凤说。

小宝是一个WAS综合征患者。WAS综合征也称为湿疹血小板减少伴免疫缺陷综合征，是一种X染色体连锁隐性遗传免疫缺陷病。发病时，患者会出现血小板减少，免疫缺陷的症状，很容易导致出血感染，患者会在不断地出血和感染中最终走向生命终点，发病率大约为10万分之一。PGD是对胚胎或卵子行卵裂球/滋养层细胞或极体活检，作染色体和/或基因学检测，根据胚胎携带的遗传变异，进行精准疾病分类和精准诊断，并将未携带染色体和基因异常的胚胎植入子宫使其生出健康婴儿的方法。

“我和我的团队反复讨论，决定采用胚胎基因筛查加 HLA 配型治疗方案……经过一系列复杂的家系基因验证、单细胞体系建立等前期工作，获得了 6 个胚胎，其中找到了 3 个健康胚胎，但遗憾的是没有和患儿配型成功的胚胎。”黄荷凤回忆说，“在告知这对夫妻结果的时候，他们俩异口同声地说：‘我们要再试一次，我们一定要救小宝！’考虑到他们经济并不富裕，我尝试着问：‘下一次也不一定能找到两者都满足的胚胎，要不要先尝试移植，至少能够保证先生育一个健康的孩子？’”

夫妻俩互相看了一眼，妻子的眼圈红了，丈夫拍了拍妻子的手，坚定地说：“医生，我知道你是为我们好，但我们还是想要再试试找两个都能满足的胚胎。我们的确需要一个健康的二胎，但我们更不想放弃前面那个可怜的孩子！只要有一点机会，我们都想去尝试。你不知道，大娃太苦了，他特别懂事，我们太爱他了。医生，别担心钱。我们年轻，办法总会有，就是卖掉房子也要救他……”

那一刻，黄荷凤被这对质朴的夫妇深深感动。科技的高速发展，利用最新的基因技术已经可以帮助这样的患者，阻断疾病的遗传！但生命和疾病的概率就是如此，面对我们无法掌控不能预期的结局时，除了遗憾，没有言语能够传递这种深切的无奈。“作为医生和研究者，我们的路一直充满荆棘，且没有终点。”

可喜的是，在黄荷凤的努力帮助下，小宝家在进行了三次助孕和 PGD 后，终于等到了一个符合要求的健康胚胎，未来宝宝的脐带血可以用来治疗哥哥的疾病。

“感谢小宝全家和我们一起坚持和坚守，感谢我们和小宝家一起赶上了一个遗传技术飞速发展的好时代！未来传奇还等待我们续写！”黄荷凤如是说。

“学习过程中一定有机会，抓住不要放”

1977 年冬天，黄荷凤走进了曾被关闭了十多年的高考考场。1978 年 3 月，她从插队落户 2 年的浙江省常山县来到了杭州，进入了浙江医科大学，成为临床医学系的一名学生。

当被问及毕业后，为什么去了当时很多同学都不太愿意去的辛苦的妇产科时，黄荷凤说：“其实当时我什么也不知道，只是热爱读书。在实习的时候，非常偶然地，有一个胎盘早剥的危重孕妇送到医院，老师带着我一起抢救。当时胎儿胎心率只有每分钟60次了。我们在急诊室里局麻下迅速手术娩出婴儿，然后一边处理患者子宫大出血，一边不停地关注新生儿的动态。大概过了1分钟左右，孩子‘哇’地一下哭了出来！最后，产妇的子宫也保住了。从听到孩子啼哭那一刻开始，我就立志做一名妇产科医生。所以你在学习过程中一定有机会，抓住这个机会不要放。”

采访中，黄荷凤回忆起一件令她印象深刻的往事：

1988年8月8日，由于台风灾害，浙江大学医学院附属妇产科医院的整栋楼陷入黑暗之中，断水断电。打破寂静的，是产科病房中此起彼伏的痛呼声。当时还是一名小医生的黄荷凤，和另一位值夜班的同事一起，通过打手电、点蜡烛来照明，又指挥男家属们抬担架、拎水桶，做辅助工作，克服了种种困难，为即将临盆的产妇们接生。这其中又有一位疤痕子宫的产妇需要剖宫产。由于没有电源，情况紧急，黄荷凤和同伴甚至不得不通过口吸羊水以确保孩子的平安诞生。当时的她不慎呛到羊水都顾不上了，全身心投入汗水、羊水甚至是鲜血混杂的产房里。正是在所有人的共同努力下，那个夜晚，医院迎来了30多个可爱的宝宝，而疤痕子宫的那位产妇，也得以平安顺利地产下一个健康的孩子。

回忆起这段辛苦的往事，黄荷凤的脸上却绽放出幸福与微笑。她说：“一个妇产科医生，仅仅满怀爱心、热情是不够的，还需要思维敏捷以及反应干脆、出手果断。因为妇产科特别是产科，危险和化解危险，几乎都是转瞬间的事。”

1991年，34岁的黄荷凤从香港进修回来。随她一起回到浙江大学医学院附属妇产科医院的是“试管婴儿”这个新概念。她着手组建生殖医学团队，加入了国内“试管婴儿”技术研究的行列。听一位护士介绍，那时候黄荷凤时常骑自行车去买实验用的瓶子，自己泡酸清洗实验器皿，配置试剂，还自己扛着B超机上楼，为病人做检测。

1995年，浙江省第一例“试管婴儿”在浙江大学医学院附属妇产科医院诞生。这以后，黄荷凤并未将自己的脚步停留在简单的助孕技术上，而是聚焦人类生殖健康日益受损、出生缺陷居高不下的现状，带领她的科研团队，开始了“提高出生人口质量的生殖技术创建、体系优化与临床推广应用”项目的研究，并以第一完成人身份获得了国家科技进步二等奖。

“导师与学生是双向学习，互相促进”

黄荷凤的学生、博士研究生导师张丹1994年入学浙江医科大学临床医学七年制，第一次认识和见到黄荷凤老师的情景，她至今记忆犹新。

“眼前的老师短发，白衬衫外罩着一件带金色扣子的蓝西装，笑容阳光美丽。讲课条分缕析、旁征博引，又不乏幽默，把原本枯燥的女性生殖、妊娠生理与疾病课程讲述得引人入胜。讲到精妙处她眼中闪烁出熠熠的光芒。我想那便是她对妇产科学与生殖医学的热爱，对治病救人的不懈追求。这让我不由得产生一种向往：让这么有魅力的老师如此热爱的学科，一定是个有意义、有意思、充满挑战的从医方向。那一堂课，就这样在我心中埋下了种子。”

之后多年跟随黄荷凤学习和工作，让张丹更加深切地体会到老师是如何发自内心地热爱这个职业，矢志做一名好医生、好的医学教育者。每次通过最新技术的探索和深究，帮助一个遗传病家系剔除致病基因，让他们家族生出健康宝宝；每次指导学生完成一个富有临床价值和创新意义，设计严谨结果可靠的课题；每次研究生答辩看到学生们一个个充满自信的展示，她眼中的光芒一如初见那般纯粹。“就像老师所说，能为患者除病痛谋福祉是她最大的价值，看到学生成长进步是她最大的快乐。”

张丹仍记得，2000年在黄老师鼓励下第一次投稿国际学术会议便获选大会发言。黄老师用课题经费支持她们几个研究生去香港参会。为了节约开支，就让她们和她挤一个房间，一点不觉得学生会影响她休息。每天和老师同吃同住，讨论课题，打着地铺，练着演讲，至今都是快乐的回忆。

“2001年在黄老师的办公室里客串小秘书，耳濡目染老师对同事和患者的热忱。有一次遇到一个患者想求她为其主刀手术，一定要赠予礼物，无论如何推脱不了，场面尴尬，黄老师斟酌片刻后答应暂留礼物并为她主刀，待术后亲自带我去看望病人恢复情况，归还礼物。病人千恩万谢，黄老师却只简单地说了句：‘这样你不会在术前有思想顾虑，然后又不违背我们做医生的原则。’对于一个初入医学殿堂的年轻医生，这样的身教胜过一万句说教。”张丹说。

现在已是副主任医师的罗琼博士说：“2001年，当时还是本科生的我，有幸投到黄老师门下。虽然黄老师很慈爱，但是涉及学术严谨性的时候她会非常严厉。她总是强调科学研究绝不能弄虚作假，任何一个科学结论的得出都需要经得起推敲。她对于学术弄假的人也最是不齿。她总是说，做人要心安理得，宁可不要这些荣誉，也不能拿得心中有愧。”

黄荷凤经常说：“其实，受益的不仅是学生，还有我。事实上，我能取得现在这样的成绩，与学生们是分不开的。导师与学生绝对不是单向的传道解惑，而是双向学习，互相促进。年轻的学生尽管在经验和知识容量上有所不足，但其活跃的思维、乍现的灵光，往往会给导师带来不同寻常的灵感，甚至是启迪导师。”

“申报队伍中95%为‘70后’‘80后’”

黄荷凤来到上海，全职加盟上海交通大学医学院附属国际和平妇幼保健院是在2014年1月。2015年，该院荣登当年度中国医院科技影响力妇产科专科排行榜第9名；2016年，该院又上新台阶——由第9名上升到第8名。黄荷凤说：“人工智能时代来临，医务人员应同时具备创新能力、学科能力和教学能力；医院应该是创新型、研究型的医院。”

“排行榜公布的那两个夜晚，我们和医院的许多同仁一样，感到非常骄傲、自豪。排行榜上明示的不仅仅只是一个数字，这背后更是保健院同仁们挥洒的汗水和心血。如今想来，不能不由衷钦佩黄院长的自信和决心！”作为黄荷凤的学生、黄荷凤团队的科研管理者刘欣梅副研究员谈及这两年医院科研影响力的提升兴奋不已。

刘欣梅说，近两年，上海国妇幼获得多个重大国际国内科研项目资助，包括黄荷凤牵头的国家自然科学基金重大国际合作研究计划“中加健康生命轨迹计划：预防儿童肥胖的社区-家庭-母婴综合干预队列研究”、刘志伟承担的国家重点研发计划子课题“辅助生殖技术子代胎源性疾病队列研究”。自己还有幸亲历了由黄荷凤院长牵头的2017年“生殖健康及重大出生缺陷防控研究”国家重点专项申报之路。

“生殖健康及重大出生缺陷防控研究”重点专项意在聚焦我国生殖健康领域的突出问题，重点监控生殖健康相关的疾病、出生缺陷和辅助生殖技术，开展以揭示影响人类生殖、生命早期发育、妊娠结局主要因素为目的的科学研究。

刘欣梅说："我们这支团队平均年龄40岁，队伍中95%为'70后''80后'，其中一个课题负责人还是'85后'。申报队伍除负责人黄荷凤院长外，其他人大部分为近两年归国人员。从传统申报课题的经验而言，这样一支队伍，是否能够得到层层评审的认同和肯定，的确有着极大的风险。黄院长曾笑称，这种申报像一个老人带着一群孩子在长跑。试想，这样一种角逐和竞赛，单凭自信和决心肯定是不够的。更重要的是，牵头单位、申报负责人及其合作团队必须具备足够的实力，真正拥有跨部门、跨行业、跨区域研发布局和协同创新能力，去匹配国家所提供的支撑和引领。"

自黄荷凤做出申报决定之始，就需要面对接踵而至的大小问题。一事不顺，诸事皆难；申报过程，艰辛自知，历历在目。"单说为了最后一击——视频答辩的完美呈现，黄荷凤带领团队没日没夜修改PPT的场景，看了就让人不由心生敬佩。"刘欣梅说。

"让每个家庭都拥有健康的新生儿"

今年4月，黄荷凤在"中国大陆辅助生殖技术成功应用30周年健康生殖学术研讨会"上的演讲，让人们了解到出生缺陷是世界各国公认的最为严重的公共卫生问题。

黄荷凤说，我国属于出生缺陷高发国家，出生缺陷率高达5.6%。由于人口基数巨大，因此出生缺陷病例总数庞大，每年新增出生缺陷人口近100万，已严重影响我国人口素质、经济建设和社会发展。在出生缺陷患儿中，遗传性出生缺陷占1/3，至今无有效的治疗方法。我国目前实行出生缺陷的三级预防措施，分别为在孕前、孕期和出生后采取措施以防止出生缺陷儿的发生，但由于传统一级预防措施基本只局限在体检和保健层面，无法从源头上控制遗传病患者的致病基因传递，造成了大量医源性的流产和遗传性出生缺陷儿的出生，给患儿、家庭和社会都造成了沉重的经济和精神负担。

黄荷凤说，针对单基因遗传病，诊治要点为利用遗传家系图谱，根据遗传方式分析可能的致病位点并行基因检测，一旦明确致病位点即可通过胚胎着床前遗传学诊断技术(PGD)进行精准筛查。PGD技术可以从根源上解决生育遗传病问题，其通过只移植健康胚胎，可以一级预防遗传性出生缺陷子代的出生，避免产前诊断有创性操作引发的出血、感染、流产的并发症风险，避免孕妇怀遗传病胎儿时经受的身心损害，并且彻底阻断了致病基因遗传，真正实现了优生优育，是目前临床精准医学应用的典范。

在黄荷凤看来，越来越多年轻夫妇不孕不育，与生存环境的变化不无关联。人类与自然环境和谐相处，才能从根本上有利于人类健康发展。黄荷凤带领团队不断攻克关乎人口质量提升的诸多问题，不仅要让每个女性都拥有做母亲的权利，还要让每个家庭都拥有健康的新生儿。

■ 记者手记

“为病家服务，我永远不会忘记”

黄荷凤教授当选院士后，我在国际和平妇幼保健院专访了她一次，她虔诚地说起自己敬爱的导师王曼教授。

她特别提到已经九旬高龄的王曼教授依旧坚持每天出诊，还拉着黄荷凤在书写着“为人民服务”五个大字的背景墙前合影。那情景别有一番寓意，令人深受触动。

黄荷凤说，她评上院士后立即回了一趟杭州，去见王曼教授。师生见面后，导师的第一句话就是：“这下你可以多做一些你想做的事情了。”

导师的话说到她的心里去了。她想做的事也是她的一种“责任”。她的最大愿望就是培养更多的医生，不断攻克关乎人口质量提升的诸多问题。

“人类的生殖是一门医学艺术，探索一条守护新生命健康的道路，我永远在路上。为人民服务，为病家服务，我永远不会忘记。”黄荷凤坚定地说。

■ 对话

干一行　爱一行

记　者： 很多成功人士都有自己的格言、座右铭等，您有吗？

黄荷凤： 我没有自己的格言，也没有自己的座右铭，但我喜欢“做大”“做强”这两个关键词。这是对自己说的，也是对学生说的。

记　者： 您当选中国科学院院士后，很多媒体称呼您“科学家妈妈”，您喜欢这个称呼吗？

黄荷凤： 我觉得我最重要的角色确实是妈妈。我给自己的孩子带来了生命，也给很多家庭带来了生命，而且还在创造生命，所以“科学家妈妈”这个词,我还是很喜欢的。

记　者: 当前,不少人认为"干一行,爱一行"这句话不时兴了,您怎么看待?

黄荷凤: 平心而论,我更喜欢产科。但考研时发现产科没有特别心仪的导师,最好的导师在妇科。我为了跟随这位导师就选了妇科专业。

工作后,我当上了妇科的大主任,但突然间院领导就把我调到了计划生育科做"试管婴儿"。我还是去了,将新科室建为生殖医学科。随着科室发展,我觉得我还需要一个科,就又组建了生殖遗传科。在这个基础上,我们变成了生殖医学中心。

虽然我并不是喜欢什么就做了什么,但我觉得我特别幸运,也要感谢院长能让我在一个新的学科开始工作。兴趣不能够决定我们的所有,"干一行"的时候也可以"爱一行",只要你用心去做。

一个人一定要有正能量。打个比方说,就算把我嫁到很穷的农民家里,这个家庭也一定会富起来。因为我拔猪草也要拔得比别人多。

■ 黄荷凤小传

1957 年 9 月出生于浙江省嵊州市,生殖医学专家。1982 年毕业于浙江医科大学。现为上海交通大学和浙江大学特聘教授,上海交通大学医学院胚胎源性疾病研究所所长,附属国际和平妇幼保健院院长。教育部生殖遗传重点实验室(浙江大学)主任。2017 年 11 月当选为中国科学院院士。

在国际上首次提出"配子源性疾病"理论学说,对精/卵源性疾病的代间及跨代遗传/表观遗传机制进行了开创性研究。针对辅助生殖技术(ART)出生子代近远期健康的关键科学问题,通过 ART 出生队列和基础研究、优化助孕流程、创建生殖新技术,提高了试管婴儿安全性,并从源头阻断遗传性出生缺陷。以第一和第二完成人获两项国家科技进步二等奖。先后承担"863""973""十二五"科技支撑和国家重点研发计划等。

以通讯/共同通讯作者在 PNAS、Nat Med 等杂志发表 SCI 论文 120 余篇,他引 1 600 多次。培养了百余名博士、硕士研究生。主编中国第一部 ART 工具书《现代辅助生殖技术》、第一部《人类 ART 临床诊疗指南》。担任 Endocrinology 等 6 家 SCI 杂志编委,英国皇家妇产科学院荣誉院士。

(《健康报》2018 年 5 月 18 日)

他系统发展了药物靶标发现和药物设计等理论计算新方法，为新药研究提供强有力工具，获得国际广泛应用；他设计高效探针分子，深入阐明和确证候选靶标的作用机制和药理功能；他设计的多个候选新药进入临床和临床前研究，为药物创新奠定基础。

他就是中国科学院上海药物研究所所长蒋华良研究员，"药物科学"这个新兴交叉学科领域的第一位院士。

蒋华良：做老百姓吃得起的好药

□本报记者 胡德荣

"新药研究是一个系统工程化的科技创新活动"

2017年5月，由上海药物所设计研发的抗阿尔茨海默症1类新药氟诺哌齐获得国家食品药品监督管理总局颁发的临床试验批件。其中，蒋华良团队精确计算并测定相关药物作用机制，提出与乙酰胆碱酯酶"快结合、慢解离"的抑制剂可能会有较好的治疗效果。氟诺哌齐正是基于这一新作用机制而设计的新一代乙酰胆碱酯酶抑制剂。此药上市后将会极大满足现在临床抗阿尔茨海默症药物短缺的紧迫需求。

在蒋华良看来，"新药研究是一个系统工程化的科技创新活动，需要化学、生物学、数理科学、计算机科学的交叉融合，也是学科新生长点的摇篮"。他清楚地意识到，在当今科学迅速发展的时代，必须整合优势队伍，打破学科界限。他领导的研究群体由计算化学、计算生物学、合成化学、分子生物学和结构生物学研究人员组成，建立了适应现代科技发展新趋势的新药研究模式。他还与所内十余个课题组在合作中组成创新团队，开展有关研究。

B型G蛋白偶联受体(GPCR)是人体内最大的膜受体蛋白家族，在细胞信号转导中发挥重要作用。它与人类疾病关系密切，是最大的药物靶标蛋白家族，目前40%以上的上市药物以GPCR为靶点。其中，胰高血糖素受体(GCGR)参与调节体内血糖稳态，是治疗2型糖尿病的重要靶点。由于其结构信息的缺失，不仅限制人们对GCGR与其天然配体和小分子拮抗剂或激动剂相互作用机制的理解，也影响了靶向该受体的药物研发。

2015年，蒋华良和同事王明伟课题组合作，采用计算机模拟、冷冻电镜、定点突变、氢氘交换质谱、二硫键交联以及生物质谱等多种技术，对全长GCGR处于不同功能状态下的三维构象开展系统研究，迈出了阐明B型GPCR全长分子结构和动态构象的关键一步。

2017年，蒋华良和民盟盟员吴蓓丽及同事王明伟3个课题组紧密合作，首次测定GCGR全长蛋白的三维结构，并揭示了该受体不同结构域对其活化的调控机制。这项成果有助于为2型糖尿病治疗新药的研发提供新的思路。相关研究论文在《自然》杂志上发表。

能够站在药物科学研究的前沿，蒋华良的拼命和勤奋有口皆碑。特别是在上海药物研究所师从嵇汝运院士和陈凯先院士进行药物分子设计研究后，蒋华良更是被同事称为"拼命三郎"。

1993年，药物所实验室的计算机设备安装后，为了延长工作时间，蒋华良索性晚上就睡在实验室，这样的状态一直持续到1997年年底，长达5年时间。在药物所攻读博士期间，节假日对他来说形同虚设，通宵达旦地工作已是常态。取得博士学位时，蒋华良已发表了10多篇论文，博士毕业论文被评为中国科学院优秀论文。

2003年抗击SARS期间，蒋华良领导实验室的科研人员全面投入到寻找抗SARS药物的研究中。为了获得抗SARS药物研究的蛋白质样品，蒋华良和他的团队连续工作三昼夜，率先在国际上成功表达了SARS重要蛋白，获得了一条可能的SARS感染途径，发现了一批有效的抗SARS病毒化合物。

在2007年度国家科学技术奖励大会上，蒋华良和他的研究小组以"重要药理作用的靶标动力学行为与功能关系研究及其药物设计"获得国家自然科学奖二等奖。

蒋华良在一次汇报工作中说："上海药物所的团队协作是以具体疾病研究为中心，打破课题组界限，实行首席科学家领衔、多学科协同创新的机制，因此取得的效果比较明显，2015年有5个新药进入临床，2016年有7个，2017年则达到了9个。"

■对话

"我几乎没有不爱读的书"

记者：蒋老师，很多人都说您是一位手不释卷的读书人。那么，对您的职业生涯影响最大的一本书是什么？

蒋华良：对我目前科学生涯影响最大的不是书，而是作家徐迟最早发表在《人民文学》杂志上的报告文学《哥德巴赫猜想》。那是1978年，我还在读初中的时候。这篇报告文学激发了我学习自然科学的兴趣。如果硬要说一本书，那就是我高中时读的《居里夫人》。居里夫人刻苦、坚韧的性格及其精神，直到现在仍然影响着我。

记者：作为一位药物科学家，您闲暇时最喜欢读哪种类型的书？最不喜欢读哪种类型的书？

蒋华良：我最喜欢读数学和理论物理方面的书。我的兴趣比较广泛，几乎没有自己不爱读的书，数学、物理、化学、天文、地理、生物、历史、文学甚至食谱，我都喜欢读。

记者：对于想了解您的专业领域的外行读者，您会推荐哪本科普书？

蒋华良：科学出版社2010年出版的《药物发现：从病床到华尔街》，由中国科学院上海药物研究所王明伟研究员根据美国药物学家Tamas Bartfai和神经生物学家Graham V. Lees所著《Drug Discovery: from Beside to Wall Street》翻译的，是一本很好的了解药物研发领域的科普读物。

▲蒋华良在实验室。

▶蒋华良与团队科研人员在一起研讨课题。在蒋华良看来，在当今科学迅速发展的时代，必须整合优势队伍，打破学科界限，建立适应现代科技发展新趋势的新药研究模式。

"我喜欢跨界做科研的感觉"

作为该校1983届校友，蒋华良在当选中科院院士后，第一时间向当年的班主任兼物理老师沈烈毅发微信："万分感谢母校的培养与厚爱，请代我向所有任课教师问好！"

翌日上午，江苏省武进高级中学以座谈会的形式回顾当年蒋华良院士在母校学习的情景。沈烈毅老师回忆说："蒋华良从小家里比较清贫，母亲是农民，父亲是普通工人。在学校一个月伙食费（指午餐）只有4.5元。每天只能吃点蔬菜，一个星期只能吃一次肉。我记得为了给他改善伙食，他的初中语文老师蒋霖就经常做饭菜送给他吃。"

"蒋华良学习态度非常端正和积极，敢于暴露自己在学习上的不足。开始他对化学兴趣不大，但是在老师的鼓励下，虚心接受老师的建议，从听课效率开始，步步走来，如今成了这一领域的科学家。"化学课老师丁耀良说。

尽管已经过去三十多年了，但蒋华良的高中语文老师毛健林还清晰地记得这样一堂语文课："一次班级对外公开课，听课老师超过了200位。我因为紧张竟然在讲读文言文时漏讲了两句话，课堂临近结束时，蒋华良举手提醒课文中还有两句没有讲解。"

在蒋华良的中学时代，对于填报大学志愿，老师有很大的话语权。1983年，原本填报了数学、理论物理学专业的蒋华良，居然收到了南京大学化学系的录取通知书。原来，他的数学老师周亚渝认为"读化学，将来可以去化工厂，工资待遇好"。出于对这个德优生的偏爱，他帮蒋华良更改了志愿。

对化学没兴趣，又不能转系，蒋华良只好自学数学和物理学课程。不过，没多久，他就喜欢上了理论化学、物理化学方向，靠自学还考了个第一。

多年后，蒋华良感慨地说："这反而成就了我更宽广的知识基础，毕业后先去了华东师范大学攻读量子化学硕士，再到上海药物所从事药物设计，我喜欢跨界做科研的感觉。"

"没有一个成功的科学家没受到好科普的影响"

虽然日常工作繁忙，但蒋华良仍时常挤出时间和精力用于科普宣传，在自己的微博平台上发表了几十篇科普文章。其中，《红烧肉中的著名化学反应——美拉德反应》介绍了不用酱油烧红烧肉和焦糖的制作方法，发布之初即有十多万人点击。此篇文章曾被上海市科委制作成微视频，在地铁和公交车上播放，该微视频还获得了2016年度中国科学院和全国科普微视频奖。

蒋华良说："科普是科学普及的简称，亦称大众科学或者普及科学。我理解的科普至少可以分为两个层次：一是对非科技工作者普及科学知识，这也称之为大众科普。二是对专业科技人员的科普。一般的科普往往注重前者，而忽略对科技人员的科普。"

为什么专业化的科技人员还需要科普？蒋华良认为，当今科技日趋综合性和交叉性，掌握单一学科的知识与技能往往不能适应现代科学研究和技术研发的需求。另一方面，当今科技发展十分迅速，一个人要在短时期内掌握新近发展的科技知识和技能非常困难。

"如果及时有相关领域和新发展学科的科普作品发表或推送，将会极大地促进科技本身的发展以及社会和经济的发展，不但有利于提高普通百姓的科学素养，也有利于提高科技人员的科学素养。因此，科普的力量是无法估量的，可以这么说，没有一个成功的科学家或有建树的工程师没有受到好的科普的影响。"蒋华良说。

除撰写科普文章外，蒋华良的随笔也好评如潮。

蒋华良在一篇《咸肉蒸饭》中写道："酥香与饭粒的油光激烈地碰撞，一股浓郁的猪油、肉和米饭的混合香味，通过鼻腔直冲脑腔。味道是不言而喻的，肥瘦相间，咬一口，肥酥瘦韧。一青梗，一春嚼，肉香喷鼻，味道鲜美，从舌头到胃的食道一路，就像久旱的土地遇到甘露，着实爽快。"读这样的句子，虽未吃上一口，但已感觉舌尖上的味道。

"对科学的研究和探索需要代代相继"

在追求卓越的路上，蒋华良要求自己"清清白白做人，认认真真做事，踏踏实实做学问"，并希望以此影响更多的同行者。

2004年10月，华东理工大学成立药学院，蒋华良应邀担任院长。他没有选择做简单的"挂名"院长，而是搭上自己的休息时间，尽心尽力为学院发展出谋划策。只用了10年时间，药学院便拥有了一级学科博士点、上海市重点学科、上海高校一流学科以及两个博士后科研流动站，年均发表SCI收录论文100余篇，取得国家科技进步二等奖、上海市自然科学一等奖等多项成果。按规定，学校每年给他6万元的特殊岗位津贴。蒋华良说："我不要拿津贴，既然答应当这个院长，我一定会尽最大努力将学院办好。"随后，他用全部岗位津贴设立奖学金，近300名学生因此受益。

其实，蒋华良自掏腰包奖励学生的事已不是第一次。10多年前，他就用万元奖金在上海药物所设立优秀论文奖，每年奖励两名发表重要论文的学生。蒋华良希冀学生"为所崇尚的科学而努力"，因为"对科学的研究和探索是需要代代相继的"。

也是10年前，上海药物所在研究抗糖尿病药物时，需要大量用到根皮苷。根皮苷最早从苹果皮中被分离，但含量只有万分之一，而其在甜茶中含量则达5%以上。科研人员从装甜茶的蛇皮袋里发现了一张名片，蒋华良便认识了这位湖南芷江的茶农胡应祥。

胡应祥经营当地一种名叫甜茶的野山茶，学名木姜叶柯，具有抗病毒和抗糖尿病等功效。蒋华良先是请药物所同事与老胡合作，进行有效成分分离和抗糖尿病活性成分筛选研究。甜茶要想在全国销售，必须向国家卫生计生委申请"新食品原料"。胡应祥从2011年3月开始申报，但他没有钱做安全性毒理评价，蒋华良和朋友就借给他20万元。他只有小学文化，上海药物所科研与新药推进处为他做智囊团，运筹同他一起答辩。经过6年艰苦努力，终于在去年5月30日获得了批复。

63岁的胡应祥闻讯后，趴在办公桌上大哭了一场。他第一个想要分享喜悦的人就是蒋华良。然而蒋华良总是说："其实，我从湖南芷江的一名茶农身上学到了很多。"如今，芷江县规划用四五年的时间把甜茶基地由3100余亩土地扩大到5万亩。

在此过程中，蒋华良还留意到当地的教育问题。他发动身边的朋友共同筹集50万元，由芷江县委、县政府联合社会各界共同耗资200万元，于2012年6月在大树坳中学竣工建成"同心·民盟烛光教学楼"。教学楼总建筑面积2000平方米，共4层，有22间教室，7个多媒体功能室，是一栋现代化的教学楼。据悉，该校的升学率已进入全县前5名。

"没有科学诚信，做出的是假药，会贻害百姓，最终自己身败名裂"

从2014年至今，作为中科院上海药物所所长的蒋华良已经连续5年选取一个字作为毕业典礼致辞的主题，分别为"爱""情""缘""志""信"。用蒋华良的话来说就是"谈情说爱话缘言志讲信"。5年5次，他总是娓娓道来，充满着对毕业生们的无限关爱和美好祝福。特别是今年6月30日，他以"信"为主题，让2018届研究生们为之动容。

蒋华良说："诚信对做科学研究非常重要，现在还有一个专门的词汇叫'科学诚信'。科学诚信的内涵就是'提倡科学道德，维护科学精神，发扬优良学风'。最容易犯的科学诚信问题是数据造假、论文剽窃和重复发表。一旦犯了这样的错误，你的科研生涯就此结束。我们做导师的，最不希望学生犯这样的错误。"

蒋华良在致辞中，举了一个他亲身经历的例子："2001年，我的一位研究生写了一篇论文，投稿《J. Mol. Biol.》。由于我当时把关不严，没有发现他在论文的引言部分抄了一小段德国马普生物物理研究所一位教授发表在《Science》上的论文的内容。虽然所有的数据均是我的研究生做的，其他地方均是自己写的，但剽窃行为已经发生。果然，审稿意见返回时，我看到主编的意见是：'该论文存在剽窃现象，因而不能在我们的刊物上发表'。我仔细检查了论文，发现了抄袭的内容，当即分别给主编和德国的教授写了真诚的道歉信。德国教授立即给我回信，表示他是这篇论文的审稿人之一，除了抄袭的内容以外，论文的结果和整体写作均非常好，并建议我们修改后投稿《Biophysical J.》，最终这篇论文在《Biophysical J.》发表。我与这位德国教授还建立了良好的合作关系，共同培养研究生，合作发表了2篇论文。"

"这件事情对我的那位研究生教育意义也很大，他把这篇论文第一次投稿的原稿贴在他办公桌边，引以为戒。他工作做得很出色，提前一年获得博士学位，到美国耶鲁大学又重新攻读生物统计博士学位，并顺利完成博士后研究，在《Nature》等杂志发表论文，现在美国一所大学做教授。这件事情也说明，犯了错误如能及时改正，也是一种诚信。"蒋华良说。

"我们制药人尤其要遵循'科学诚信'，没有科学诚信，临床前和临床数据不真实，做出的是假药，会贻害百姓，最终自己身败名裂。今年毕业的所有研究生，均没有犯科学诚信的错误。你们是好样的，我为你们感到骄傲和自豪。希望你们牢记'诚信'两字，在今后的学习或工作岗位上保持道德底线，继续做诚信之人。"蒋华良告诫学生说。

"与诚信密切相关的是'信誉'。作为科技工作者，你们将用一生的时间来建立自己优良的信誉。在这方面，我们所老一辈科学家为我们树立了光辉的榜样。86年来，上海药物所的科研成果和声望享誉国内外。这是几代人的艰苦努力和团结奋斗的结果，希望同学们带着上海药物所的信誉奔向你们的前程，用自己的信誉做药物所声誉的维护者和继承者。"蒋华良最后如是说。

■记者手记

蒋华良印象

爽朗、幽默、博学、多才是我采访蒋华良院士后得到的8字印象，而他则用"正直、善良、包容、坚持"8个字总结了自己。

一个星期天的下午，蒋华良为我沏了一杯湖南芷江的甜茶，我们就这样在他的所长会议室里开始了畅谈。

蒋华良说："'帮人帮自己，害人就害自己'，'清清白白做人，认认真真做事，踏踏实实做学问'是我的博士生导师嵇汝运院士、陈凯先院士以身作则并一直教导我的。今年是嵇先生诞辰100周年，他的身上许多高尚品德和精神，我将用一生的时间去学习和体会。"

畅谈中，我还注意到蒋华良说的两个关键词：一是"平衡点"；二是"猴性"。他说："我想学习数学或理论物理，但最后读了化学。一开始我对化学并没有什么兴趣，就去寻找自己兴趣爱好与所学学科之间的平衡点。化学中有理论化学、计算化学，这就找到了平衡点。在自学了很多物理与化学知识后，再与化学结合起来；后来进入药学领域，再和药物结合起来。就这么交叉起来，成了交叉学科——药物科学。而'猴性'就是要像猴一样自己去觅食、主动出击。"

令我始料未及的是，作为一名科学家，蒋华良还是个颇有生活情趣的人。他常写博文，试着用英语唱沪剧、越剧和锡剧，爱自己下厨研究美食，还经常练练书法。会议室一角就摆着他的文房四宝。

"我们制药人的使命是：'做中国老百姓吃得起的好药'，既要'吃得起'，又要'好'。"结束采访时，蒋华良说。

■蒋华良小传

1965年1月生于江苏省常州市，籍贯江苏武进。药物科学学家，中国科学院上海药物研究所研究员、博士生导师。曾任第十一、第十二届全国政协委员，民盟中央常委，民盟上海市委副主委。1987年毕业于南京大学化学系，1992年于华东师范大学获硕士学位，1995年于中国科学院上海药物研究所获博士学位。2017年11月当选为中国科学院院士。

主要从事药物科学基础研究和新药发现。系统发展了药物作用靶标发现和药物设计理论计算新方法，为新药研究提供工具，获得国际同行和工业界广泛应用。设计高效探针分子，深入阐明和确证了一系列新靶标的作用机制和药理功能。研究成果在《Nature》《NatureChemistry》《CancerCell》《CellResearch》《PNAS》《JACS》等国际杂志上发表论文190余篇，参加《计算机辅助药物设计-原理/方法及应用》等24部专著的编写，引起国内外同行广泛引用和关注。针对肺动脉高压、精神分裂症和阿尔茨海默症等国内目前尚无自主知识产权新药的重大疾病，与他人合作进行新药开发研究，数个候选新药进入临床研究或获得临床批件，并实现技术转化。

曾获得国家自然科学奖二等奖、何梁何利科技创新奖、上海市科技进步一等奖等奖项，还曾获国家杰出青年基金、第五届中国青年科学家奖、上海市第八届十大科技精英、首批上海市领军人才、"第八届中科院杰出青年奖"。

他系统发展了药物靶标发现和药物设计等理论计算新方法，为新药研究提供强有力工具，获得国际广泛应用；他设计高效探针分子，深入阐明和确证候选靶标的作用机制和药理功能；他设计的多个候选新药进入临床和临床前研究，为药物创新奠定基础。

他就是中国科学院上海药物研究所所长蒋华良研究员，“药物科学”这个新兴交叉学科领域的第一位院士。

蒋华良：做老百姓吃得起的好药

“新药研究是一个系统工程化的科技创新活动”

2017 年 5 月，由上海药物所设计研发的抗阿尔茨海默症 1 类新药氟诺哌齐获得国家食品药品监督管理总局颁发的临床试验批件。其中，蒋华良团队精确计算并测定相关药物作用机制，提出与乙酰胆碱酯酶“快结合、慢解离”的抑制剂可能会有较好的治疗效果。氟诺哌齐正是基于这一新作用机制而设计的新一代乙酰胆酯酶抑制剂。此药上市后将会极大满足现在临床抗阿尔茨海默症药物短缺的紧迫需求。

在蒋华良看来，“新药研究是一个系统工程化的科技创新活动，需要化学、生物学、数理科学、计算机科学的交叉融合，也是学科新生长点的源泉”。他清楚地意识到，在当今科学迅速发展的时代，必须整合优势队伍，打破学科界限。他领导的研究群体由计算化学、计算生物学、合成化学、分子生物学和结构生物学研究人员组成，建立了适应现代科技发展新趋势的新药研究模式。他还与所内十余个课题组在合作中组成创新团队，开展有关研究。

B 型 G 蛋白偶联受体（GPCR）是人体内最大的膜受体蛋白家族，在细胞信号转导中发挥重要作用。它与人类疾病关系密切，是最大的药物靶标蛋白家族，目前 40％以上的上市药物以 GPCR 为靶点。其中，胰高血糖素受体（GCGR）参与调节体内血糖稳态，是治疗 2 型糖尿病的重要靶点。由于其结构信息的缺失，不仅限制人们对 GCGR 与其天然配体和小分子拮抗剂或激动剂相互作用机制的理解，也影响了靶向该受体的药物研发。

2015 年，蒋华良和同事王明伟课题组合作，采用计算机模拟、冷冻电镜、定点突变、氢氘交换质谱、二硫键交联以及生物质谱等多种技术，对全长

GCGR 处于不同功能状态下的三维构象开展系统研究，迈出了阐明 B 型 GPCR 全长分子结构和动态构象的关键一步。

2017 年，蒋华良和民盟盟员吴蓓丽及同事王明伟 3 个课题组紧密合作，首次测定 GCGR 全长蛋白的三维结构，并揭示了该受体不同结构域对其活化的调控机制。这项成果有助于为 2 型糖尿病治疗新药的研发提供新的思路。相关研究论文在《自然》杂志上发表。

能够站在药物科学研究的前沿，蒋华良的拼命和勤奋有口皆碑。特别是在上海药物研究所师从嵇汝运院士和陈凯先院士进行药物分子设计研究后，蒋华良更是被同事称为"拼命三郎"。

1993 年，药物所实验室的计算机设备安装后，为了延长工作时间，蒋华良索性晚上就睡在实验室，这样的状态一直持续到 1997 年年底，长达 5 年时间。在药物所攻读博士期间，节假日对他来说形同虚设，通宵达旦地工作已是常态。取得博士学位时，蒋华良已发表了 10 多篇论文，博士毕业论文被评为中国科学院优秀论文。

2003 年抗击 SARS 期间，蒋华良领导实验室的科研人员全面投入到寻找抗 SARS 药物的研究中。为了获得抗 SARS 药物研究的蛋白质样品，蒋华良和他的团队连续工作三昼夜，率先在国际上成功表达了 SARS 重要蛋白，获得了一条可能的 SARS 感染途径，发现了一批有效的抗 SARS 病毒化合物。

在 2007 年度国家科学技术奖励大会上，蒋华良和他的研究小组以"重要药理作用的靶标动力学行为与功能关系研究及其药物设计"获得国家自然科学奖二等奖。

蒋华良在一次汇报工作中说："上海药物所的团队协作是以具体疾病研究为中心，打破课题组界限，实行首席科学家领衔、多学科协同创新的机制，因此取得的效果比较明显，2015 年有 5 个新药进入临床，2016 年有 7 个，2017 年则达到了 9 个。"

"我喜欢跨界做科研的感觉"

作为江苏省武进高级中学 1983 届校友，蒋华良在当选中科院院士后，第一时间向当年的班主任兼物理老师沈烈毅发微信："万分感谢母校的培养与厚爱，请代我向所有任课教师问好！"

翌日上午，该校以座谈会的形式回顾当年蒋华良院士在母校学习的情景。沈烈毅老师回忆说："蒋华良从小家里比较清贫，母亲是农民，父亲是普通工人。在学校一个月伙食费(指午餐)只有4.5元。每天只能吃点蔬菜，一个星期只能吃一次肉。我记得为了给他改善伙食，他的初中语文老师蒋霞就经常做饭菜送给他吃。"

"蒋华良学习态度非常端正和积极，敢于暴露自己在学习上的不足。开始他对化学兴趣不大，但是在老师的鼓励下，虚心接受老师的建议，从听课效率开始，步步走来，如今成了这一领域的科学家。"化学课老师丁耀良说。

尽管已经过去三十多年了，但蒋华良的高中语文老师毛健林还清晰地记得这样一堂语文课："一次班级对外公开课，听课老师超过了200位。我因为紧张竟然在讲读文言文时漏讲了两句话，课堂临近结束时，蒋华良举手提醒课文中还有两句没有讲解。"

在蒋华良的中学时代，对于填报大学志愿，老师有很大的话语权。1983年，原本填报了数学、理论物理学专业的蒋华良，居然收到了南京大学化学系的录取通知书。原来，他的数学老师周亚瑜认为"读化学，将来可以去化工厂，工资待遇好"。出于对这个绩优生的偏爱，他帮蒋华良更改了志愿。

对化学没兴趣，又不能转系，蒋华良只好自学数学和物理学课程。不过，没多久，他就喜欢上了理论化学、物理化学方向，靠自学还考了个第一。多年后，蒋华良感慨地说："这反而成就了我更宽广的知识基础，毕业后先去了华东师范大学攻读量子化学硕士，再到上海药物所从事药物设计，我喜欢跨界做科研的感觉。"

"没有一个成功的科学家没受到好科普的影响"

虽然日常工作繁忙，但蒋华良仍时常挤出时间和精力用于科普宣传，在自己的微博平台上发表了几十篇科普文章。其中，《红烧肉中的著名化学反应——美拉德反应》介绍了不用酱油烧红烧肉和焦糖的制作方法，发布之初即有十多万人点击。此篇文章曾被上海市科委制作成微视频，在地铁和公交车上播放，该微视频还获得了2016年度中国科学院和全国科普微视频奖。

蒋华良说："科普是科学普及的简称，亦称大众科学或者普及科学。我理解的科普至少可以分为两个层次：一是对非科技工作者普及科学知识，这也称之为大众科普。二是对专业科技人员的科普。一般的科普往往注重前者，而忽略对科技人员的科普。"

为什么专业化的科技人员还需要科普？蒋华良认为，当今科技日趋综合性和交叉性，掌握单一学科的知识与技能往往不能适应现代科学研究和技术研发的需求。另一方面，当今科技发展十分迅速，一个人要在短时期内掌握新近发展的科技知识和技能非常困难。

"如果及时有相关领域和新发展学科的科普作品发表或推送，将会极大地促进科技本身的发展以及社会和经济的发展，不但有利于提高普通百姓的科学素养，也有利于提高科技人员的科学素养。因此，科普的力量是无法估量的，可以这么说，没有一个成功的科学家或有建树的工程师没有受到好的科普的影响。"蒋华良说。

除撰写科普文章外，蒋华良的随笔也好评如潮。蒋华良在一篇《咸肉蒸饭》中写道："眼光与饭粒的油光激烈地碰撞，一股浓郁的猪油、肉和米饭的混合香味，通过鼻腔直冲脑腔。味道是不言而喻的，腌肉已经蒸得呈半透明状，肥瘦相间，咬一口，肥酥瘦韧。一嘴抿，一吞咽，肉香喷鼻，味道鲜美，从舌头到胃的食道一路，就像久旱的土地遇到甘露，着实爽快。"读这样的句子，虽未吃上一口，但已感觉舌尖上的味道。

"对科学的研究和探索需要代代相继"

在追求卓越的路上，蒋华良要求自己"清清白白做人，认认真真做事，踏踏实实做学问"，并希望以此影响更多的同行者。

2004 年 10 月，华东理工大学成立药学院，蒋华良应邀担任院长。他没有选择做简单的"挂名"院长，而是搭上自己的休息时间，尽心尽力为学院发展出谋划策。只用了 10 年时间，药学院便拥有了一级学科博士点、上海市重点学科、上海高校一流学科以及两个博士后科研流动站，年均发表 SCI 收录论文 100 余篇，取得国家科技进步二等奖、上海市自然科学一等奖等多项成果。按规定，学校每年给他 6 万元的特殊岗位津贴。蒋华良说："我不要拿津贴，既然答应当这个院长，我一定会尽最大努力将学院办好。"随后，他用全部岗位津贴设立奖学金，近 300 名学生因此受益。

其实，蒋华良自掏腰包奖励学生的事已不是第一次。10 多年前，他就用万元奖金在上海药物所设立优秀论文奖，每年奖励两名发表重要论文的学生。蒋华良希冀学生“为所崇尚的科学而努力”，因为“对科学的研究和探索是需要代代相继的”。

也是10年前，上海药物所在研究抗糖尿病药物时，需要大量用到根皮苷。根皮苷最早从苹果皮中被分离，但含量只有万分之一，而其在甜茶中含量则达5%以上。科研人员从装甜茶的蛇皮袋里发现了一张名片，蒋华良便认识了这位湖南芷江的茶农胡应祥。

胡应祥经营当地一种名叫甜茶的野山茶，学名木姜叶柯，具有抗病毒和抗糖尿病等功效。蒋华良先是请药物所同事与老胡合作，进行有效成分分离和抗糖尿病活性成分筛选研究。甜茶要想在全国销售，必须向国家卫生计生委申请“新食品原料”。胡应祥从2011年3月开始申报，但他没有钱做安全性毒理评价，蒋华良和朋友就借给他20万元。他只有小学文化，上海药物所科研与新药推进处为他做智囊团，还陪同他一起答辩。经过6年艰苦努力，终于在去年5月30日获得了批复。

63岁的胡应祥闻讯后，趴在办公桌上大哭了一场。他第一个想要分享喜悦的人就是蒋华良。然而蒋华良总是说：“其实，我从湖南芷江的一名茶农身上学到了很多。”如今，芷江县规划用四五年的时间把甜茶基地由3 100余亩土地扩大到5万亩。

在此过程中，蒋华良还留意到当地的教育问题。他发动身边的朋友共同筹集50万元，由芷江县委、县政府联合社会各界共同耗资200万元，于2012年6月在大树坳中学竣工建成“同心·民盟烛光教学楼”。教学楼总建筑面积2 000平方米，共4层，有22间教室，7个多媒体功能室，是一栋现代化的教学楼。据悉，该校的升学率已进入全县前5名。

“没有科学诚信，做出的是假药，会贻害百姓，最终自己身败名裂”

从2014年至今，作为中科院上海药物所所长的蒋华良已经连续5年选取一个字作为毕业典礼致辞的主题，分别为“爱”“情”“缘”“志”“信”。用蒋华良的话来说就是“谈情说爱话缘言志讲信”。5年5次，他总是娓娓道来，充满着对毕业生们的无限关爱和美好祝福。特别是今年6月30日，他以“信”为主题，让2018届研究生们为之动容。

蒋华良说：“诚信对做科学研究非常重要，现在还有一个专门的词汇叫‘科学诚信’。科学诚信的内涵就是‘提倡科学道德，维护科学精神，发扬优良学风’。最容易犯的科学诚信问题是数据造假、论文剽窃和重复发表。一旦犯了这样的错误，你的科研生涯就此结束。我们做导师的，最不希望学生犯这样的错误。”

蒋华良在致辞中，举了一个他亲身经历的例子：“2001 年，我的一位研究生写了一篇论文，投稿 *J. Mol. Biol.*。由于我当时把关不严，没有发现他在论文的引言部分抄了一小段德国马普生物物理研究所一位教授发表在 *Science* 上的论文的内容。虽然所有的数据均是我的研究生做的，其他地方均是自己写的，但剽窃行为已经发生。果然，审稿意见返回时，我看到主编的意见是：‘该论文存在剽窃现象，因而不能在我们的刊物上发表’。我仔细检查了论文，发现了抄袭的内容，当即分别给主编和德国的教授写了真诚的道歉信。德国教授立即给我回信，表示他是这篇论文的审稿人之一，除了抄袭的内容以外，论文的结果和整体写作均非常好，并建议我们修改后投稿 *Biophysical J.*，最终这篇论文在 *Biophysical J.*发表。我与这位德国教授还建立了良好的合作关系，共同培养研究生，合作发表了 2 篇论文。”

“这件事情对我的那位研究生教育意义也很大，他把这篇论文第一次投稿的原稿贴在他办公桌边，引以为戒。他工作做得很出色，提前一年获得博士学位，到美国耶鲁大学又重新攻读生物统计博士学位，并顺利完成博士后研究，在 *Nature* 等杂志发表论文，现在美国一所大学做教授。这件事情也说明，犯了错误如能及时改正，也是一种诚信。”蒋华良说。

“我们制药人尤其要遵循‘科学诚信’，没有科学诚信，临床前和临床数据不真实，做出的是假药，会贻害百姓，最终自己身败名裂。今年毕业的所有研究生，均没有犯科学诚信的错误。你们是好样的，我为你们感到骄傲和自豪。希望你们牢记‘诚信’两字，在今后的学习或工作岗位上保持道德底线，继续做诚信之人。”蒋华良告诫学生说。

“与诚信密切相关的是‘信誉’。作为科技工作者，你们将用一生的时间来建立自己优良的信誉。在这方面，我们所老一辈科学家为我们树立了光辉的榜样。86 年来，上海药物所的科研成果和声望享誉国内外。这是几代人的艰苦努力和团结奋斗的结果，希望同学们带着上海药物所的信誉奔向你们的前程，用自己的信誉做药物所声誉的维护者和继承者。”蒋华良最后如是说。

■ 对话

“我儿乎没有不爱读的书”

记 者：蒋老师，很多人都说您是一位手不释卷的读书人。那么，对您的职业生涯影响最大的一本书是什么？

蒋华良：对我目前科学生涯影响最大的不是书，而是作家徐迟最早发表在《人民文学》杂志上的报告文学《哥德巴赫猜想》。那是1978年，我还在读初中的时候。这篇报告文学激发了我学习自然科学的兴趣。如果硬要说一本书，那就是我高中时读的《居里夫人》。居里夫人刻苦、坚韧的性格及其精神，直到现在仍然影响着我。

记 者：作为一位药物科学家，您闲暇时最喜欢读哪种类型的书？最不喜欢读哪种类型的书？

蒋华良：我最喜欢读数学和理论物理方面的书。我的兴趣比较广泛，几乎没有自己不爱读的书，数学、物理、化学、天文、地理、生物、历史、文学甚至食谱，我都喜欢读。

记 者：对于想了解您的专业领域的外行读者，您会推荐哪本科普书？

蒋华良：科学出版社2010年出版的《药物发现：从病床到华尔街》，由中国科学院上海药物研究所王明伟研究员根据美国药物学家Tamas Bartfai和神经生物学家Graham V. Lees所著*Drug Discovery*：*from Beside to Wall Street*翻译的，是一本很好的了解药物研发领域的科普读物。

■ 记者手记

蒋华良印象

爽朗、幽默、博学、多才是我采访蒋华良院士后得到的八字印象，而他则用“正直、善良、包容、坚持”八字总结了自己。

一个星期天的下午，蒋华良为我沏了一杯湖南芷江的甜茶，我们就这样在他的所长会议室里开始了畅谈。

蒋华良说：“‘帮人帮自己，害人就害自己。’‘清清白白做人，认认真真做事，踏踏实实做学问。'是我的博士生导师嵇汝运院士、陈凯先院士以身作则并一直教导我的。今年是嵇先生诞辰100周年，他的身上许多高尚品德和精神，我将用一生的时间去学习和体会。"

畅谈中，我还注意到蒋华良说的两个关键词：一是"平衡点"；二是"狼性"。他说："我想学习数学或理论物理，但最后读了化学。一开始我对化学并没有什么兴趣，就去寻找自己兴趣爱好与所学学科之间的平衡点。化学中有理论化学、计算化学，这就找到了平衡点。在自学了很多物理与化学知识后，再与化学结合起来；后来进入药学领域，再和药物结合起来。就这么交叉起来，成了交叉学科——药物科学。而'狼性'就是要像狼一样自己去觅食、主动出击。"

令我始料未及的是，作为一名科学家，蒋华良还是个颇有生活情趣的人。他常写博文，试着用英语唱沪剧、越剧和锡剧，爱自己下厨研究美食，还经常练练书法。会议室一角就摆着他的文房四宝。

"我们制药人的使命是：'做中国老百姓吃得起的好药'，既要'吃得起'，又要'好'。"结束采访时，蒋华良说。

■ 蒋华良小传

1965年1月生于江苏省常州市，籍贯江苏武进。药物科学学家，中国科学院上海药物研究所研究员、博士生导师。曾任第十一、第十二届全国政协委员，民盟中央常委，民盟上海市委副主委。1987年毕业于南京大学化学系，1992年于华东师范大学获硕士学位，1995年于中国科学院上海药物研究所获博士学位。2017年11月当选为中国科学院院士。

主要从事药物科学基础研究和新药发现。系统发展了药物作用靶标发现和药物设计理论计算新方法，为新药研究提供工具，获得国际同行和工业界广泛应用。设计高效探针分子，深入阐明和确证了一系列新靶标的作用机制和药理功能。研究成果在 *Nature*，*Nature Chemistry*，*Cancer Cell*，*Cell Research*，*PNAS*，*JACS* 等国际杂志上发表论文190余篇，参加《计算机辅助药物设计-原理/方法及应用》等24部专著的编写，引起国内外同行广泛引用和关注。针对肺动脉高压、精神分裂症和阿尔茨海默症等国内目前尚无自主知识产权新药的重大疾病，与他人合作进行新药开发研究，数个候选新药进入临床研究或获得临床批件，并实现技术转化。

曾获得国家自然科学奖二等奖、何梁何利科技创新奖、上海市科技进步一等奖等奖项。还曾获国家杰出青年基金、第五届中国青年科学家奖、上海市第八届十大科技精英、首批上海市领军人才、“第八届中科院杰出青年奖”。

（《健康报》2018 年 7 月 13 日）

世界儿科和先天性心脏病外科协会“终身成就奖”、上海医学发展“终身成就奖”获得者丁文祥教授，是我国小儿心胸外科创始人、上海交通大学医学院附属上海儿童医学中心终身教授。他不但完成先心病手术20000余例，主刀5000余例，还自行设计了一整套小儿外科的手术器械，研制成功小儿体外循环机等一系列国产设备。其“工匠精神”背后蕴含的是敬业、专注、精益和创新。

丁文祥：永远和患儿一起就很温暖

□本报记者 胡德荣

今年5月30日，上海交通大学医学院附属上海儿童医学中心在门诊广场举行了一场简朴而又隆重的升旗仪式，以此纪念建院20周年。站在队伍中的首任院长丁文祥教授虽已90岁高龄，满头银丝，但是慈眉善目的脸庞却显得格外精神。他感叹上海儿童医学中心如今已朝着国家儿童医学中心建设，更感叹他和他的团队在2017年完成了3800多例心脏手术，手术量已成为世界儿童医院之最，其中有超过60%的患儿都在1岁以下，复杂手术占到半数以上……

“做医生不仅是为糊口，还要在医学领域里有所突破”

丁文祥出生在安徽一个不知名的小县城。从事种子研究的父亲虽清贫一生，却十分重视孩子的教育。他渴望儿子学医，将来能在县城里谋得体面的职业，过上舒坦的日子。一开始并不热衷于医学的丁文祥最后受到发小的影响，在18岁时遵从父愿，放弃喜欢的理工科，从安徽宿县考入上海震旦大学学习医科。

“我每天早晨很早就来到教室门口，等待管理教务的神父来开门。神父见我如此刻苦用功，还为我申请了奖学金，帮助我顺利地完成学业。”学医后的丁文祥感到，“做医生不仅是为了回家乡以替人看病糊口，还要在医学领域里有所发现和突破。”

由于学习成绩优异，1954年，丁文祥从震旦大学医学院毕业，留校在广慈医院(上海瑞金医院前身)跟随造诣深厚的外科学家傅培彬教授工作。

“你想要干番事业吗？”“当然想！”“那你答应我两件事。”丁文祥至今仍然清晰地记得傅老师当年语重心长的叮嘱：“一要晚结婚，二要晚生孩子，把精力投到工作中去。”

一诺千金。丁文祥直到29岁才结婚，34岁才生育了唯一的女儿。

1958年，丁文祥借鉴国外的先进技术，在治疗一种名叫肠套叠的婴幼儿常见病上取得突破，发明了一种空气灌肠器的疗法，让90%的患儿避免了开腹手术。

这以后，丁文祥又将目光投向了小儿外科难度最大的分支——小儿心胸外科。在1963年3月从瑞金医院转至新华医院任职后，他把自己全部的研究精力都集中在了小儿心胸外科的发展上。

“不管处在什么位置，不管是什么劳动，我都能做到最好”

1966年5月，一心想赶上国际小儿心脏外科医学潮流的丁文祥遭遇了“文革”。“那时丁老师头顶‘白专’的帽子，一度被迫离开了医生的岗位，做起了病房工勤人员，失去了先心病研究的阵地。”丁文祥的学生、现在从事小儿先天性心脏病外科治疗的史珍英主任医师说。

她在一篇文章中写道：“对丁文祥老师来说，这简直就是羞辱。然而他呢，一大早就将病区打扫得窗明几净，连厕所便器沟槽内数年的积垢，都被他想办法清洗得泛着白光。这让前来检查卫生的人连连称赞，竟被作为病区工勤人员的工作质量标准！有人问他：‘明明是医生，却干着保洁工人的工作，你不觉得憋屈吗？’他却风趣、自豪地说：‘不管处在什么位置，不管是什么劳动，我都能做到最好，这才是真正的尽职！’”

史珍英说：“在任何情况下，丁老师都能泰然处之，做好自己。‘不以事小而不为’，这是丁老师给我最大的财富，多年来一直铭记心中。”

“文革”后期的1972年，迫于先心病治疗的紧迫形势，医院重新召回了被下放到安徽巡回医疗的丁文祥。

医院领导为他配了一位得力的助手——苏肇伉医生。“苏医生性格内向，做事情考虑得比较细致，我这个人粗犷，胆子比较大，但我们都不想搞名利。几十年在一起工作，没有争吵。我们俩是同事、是兄弟、是战友。”丁文祥说。

人们在上海儿童医学中心看到，于1975、1976年毕业的工农兵大学生刘锦纷、徐志伟、史珍英、朱德明等经过丁文祥、苏肇伉教授按照各自特长的精心培养，分别在小儿法乐氏四联症根治、大血管错位手术、围手术期监护治疗研究、小儿体外循环灌注学方面蜚声国内外。

在上海儿童医学中心还有一个在上海乃至全国医卫界都少有的，由丁文祥、苏肇伉、刘锦纷、徐志伟4位劳模组成的“丁文祥劳模创新工作室”。工作室在2016年荣获了“上海市劳模创新工作室”称号。

“我们不能等，必须自主研发”

上海市小儿先心病研究所所长刘锦纷教授说：“我办公室桌上放了一张已经发黄的黑白照片，那是1975年我同丁老师到上海电表厂在自主研制的人工心肺机前的合影。每每看到这张照片，总能勾起我一段抹不去的回忆。”

“老师丁文祥教授不仅精通医术，手术做得十分漂亮，还是个自学成材的‘能工巧匠’。”记得1975年夏天我和史珍英医生刚到科室报到，老师热情接待我们。给我们介绍了小儿外科的发展和现状，那时新华医院小儿心胸外科还处于萌芽阶段。丁老师对我们说，下午跟他一起到隔壁‘上海电表厂’看看正在研制的小儿人工心肺机。那时我们就觉得这个医生很特别，不待在医院跑工厂。”

下午，刘锦纷跟着丁文祥等一起来到上海电表厂，一进车间好几个工人就跑过来同丁文祥打招呼，一看就是十分熟悉的老朋友了。师傅们向丁文祥汇报了研制过程中碰到的问题和解决方案，丁文祥边听边提问还不时提出自己的意见。“我站在一边，什么‘转子泵’‘转碟氧合器’‘变温器’等，听得云里雾里，只感觉这位医生不简单，懂得真不少！”

在回医院的路上，丁文祥向刘锦纷讲了要开展婴幼儿先心病手术的宏伟蓝图。那时国家正处于“文革”非常时期，同外面没有任何交往，不要说进口设备了，就连查国外资料都很困难。“所以我们不能等，必须自主研发。”丁老师非常坚定地说。

这以后，刘锦纷经常和丁老师去工厂。丁文祥不仅自主研发了小儿人工心肺机，还研制了各种氧合器，包括鼓泡式氧合器和膜式氧合器。他设计并监制的小儿心脏手术专用器械等不仅填补了国内空白，为我国开展婴幼儿心脏手术提供了基本的条件，还被国外同行广泛应用和称赞，并把它称作“丁氏”器械。

“转眼40多年过去了，我从一名小医生也成了‘老专家’。我常想，如果没有丁老师等老一代的勤奋创业，我们心胸外科不可能走到今天这一步：手术成功率达97.5%，无论手术数量和难度均为国内领先，达世界先进水平，”刘锦纷动情地说。

“今天的医生不仅应该闷头看病，更应该放眼看世界”

苏肇伉教授说：“我跟随了丁文祥教授于1974年创建了我国第一个婴幼儿先天性心脏病外科专业。记得那是1974年5月23日，丁文祥教授用自行设计、和工厂合作研制的小儿人工心肺机为一个30个月室间隔缺损的患儿成功完成了心内直视手术。从而开创了我国婴幼儿先心病外科的先河。此后，又研制了国际上刚开始临床应用的国产膜式氧合器，多次升级换代了小儿人工心肺机。此后，他马不停蹄地又克服了深低温停循环的关键，为新生儿、婴幼儿复杂先心病的外科治疗铺平了道路。”

1983年，美国世界健康基金会总裁约翰·华尔许到浙江医科大学参观之前，顺道来上海新华医院参观。丁文祥骄傲地向客人展示自己设计的手术器械和设备，给华尔许留下了深刻印象。他当即表示晚上要请丁文祥到瑞金宾馆吃饭。他的翻译告诉丁文祥：“他请吃饭，就表示要合作，投项目了。”

果然，华尔许在晚饭中提出，要与丁文祥签3年合同，帮助上海新华医院开展小儿先天性心脏病的外科治疗项目，为医院装备心脏手术室、重症监护室，并由美国波士顿儿童医院负责技术支援及医护人员的培训等。

第一轮三年计划合作得非常成功，随后又开展了第二轮合作。1986年的一天，在丁文祥开车送约翰·华尔许去虹桥机场的路上，中美双方投资6.7亿人民币，建成了全国首家中外合作医院——上海儿童医学中心。

谈起这段“创业史”，丁文祥说：“机遇是转瞬即逝的，如果无法抓紧眼前的机遇，我们会错失许多发展的可能。今天的医生不仅应该闷头看病，更应该抬头看天，放眼看世界，为中国创造更好的医疗环境赢得机遇。”

苏肇伉感慨道：“我和丁文祥教授共事40余年，他既是我的良师又是我的益友。他对社会和事业有强烈的责任感，遇事有与众不同的见解，遇到困难具有坚忍不拔、永不放弃、永不言败的实干精神。他的精神鼓舞和支撑了我去迎接一个个难题，克服了一个个困难，让我受益终身。”

“患儿的安危直接影响着全家人的心情”

“我出生在上世纪60年代，是父母唯一的孩子。一直以来，父亲是个事业心很强的人，所以他们决定只生一个孩子。”丁文祥的女儿丁瑜说，“我的小学时代正赶上毛主席‘将医疗卫生工作的重点放到农村去’，医生都要到边远的农村巡回医疗。我母亲也是一名医生，所以她去了遥远的黑龙江。那时爸爸刚从‘文革’的批判中解放出来，他很珍惜得来不易的机会，开始了事业的攻关。经常做完手术之后，为了观察患儿的情况整晚不回家，有时甚至做完动物实验，为了观察狗的术后情况变化也不回家。”

丁瑜记得有一次自己感冒发烧，正赶上爸爸做了一例手术，患儿遇到了危险。“他整日整夜在医院忙，全然顾不到我。几天之后，患儿终于度过了危险，才见他万分疲惫地回来，唇边都起泡了。在我们家的饭桌上，术后的患儿经常是讨论的话题。患儿的安危直接影响着全家人的心情，患儿如果几经危险转危为安，我和妈妈也都如释重负一般。久而久之，连我这个从未学过医的人，对小儿先天性心脏病的病种、病症都耳熟能详了。”丁瑜说。

病人在丁文祥心中始终是第一位的。无论是周末假期，还是夜深人静，往往是医院一个电话，他二话不说立即就往医院赶。无论寒暑，他总是骑着车子从位于上海西部的长宁区新华路家中往位于上海东北角的杨浦区新华医院赶。每攻克一种病症，又挑战更复杂的病症。就这样一步一个脚印地迈进。

丁瑜回忆说：“爸爸不但手术做得好，而且还有一颗慈爱的父母心。记得他经常念叨手术的患儿如是个女孩子，手术时要尽可能让胸前的刀口低些、平整些。这样女孩长大了，领口翻开时，就不会露出疤痕了。”

在家里，丁文祥也是个能工巧匠。生活用品、小电器甚至手表坏了，他都能自己修或改装。“在我的记忆里，很少有修不好的。因为他一旦做起事来总是那么专注，而且不达目的不罢休，专研劲头十足。”丁瑜说，“父亲常常告诉我，要修好一件东西，首先要了解它的机理，然后才能对症下药。我想这正是他的工作态度。‘岂能尽如我意，但求无愧我心’。这是父亲的座右铭。我想，他努力了，他做到了。”

“‘有德’的医生才具备创新的前提和基础”

在上海儿童医学中心心脏中心大楼的顶楼，每星期有一个雷打不动的晨会，丁文祥团队的四代“徒子徒孙”们会自觉齐聚到这儿，听丁老爷子讲医术、说医德。

丁文祥说：“只有一个‘有德’的医生才具备创新的前提和基础。这种‘德’指的不仅是职业道德，更多的是为人的德行。”

有一次，丁文祥听一位外地医生说，他的一个学生嫌弃当地医院的设备。丁文祥就直接在晨会上说：“医生应该在任何条件下都能行医。这不仅是基本素养，更直接体现着他的医德：‘如果你们用不惯国产的工具，我就去开给你们看！’”

如今，丁文祥已步入90岁高龄，精气神十足，思路也很清晰，每天仍会出现在病房里。他说：“看看患儿，听听哭声。我爱这所医院，更爱这些患先心病的孩子。患儿父母把孩子交给了你，你就是他们的爹妈！我们医生如能这样想，能不爱这些可爱的孩子吗？当孩子最终健康出院，我比他们父母还要高兴呢！”

当有个别医生面对极为复杂的疑难杂症想要放弃的时候，富有经验的医生或护士长总会提醒道：“请丁老来看看，说不定还有一线生机。”

就是这一“看”，丁文祥先后为出生仅100天、患有心脏二尖瓣膜畸形的女婴更换了心脏瓣膜；又分别为出生54天的婴儿、3岁的孩子切除了靠近心脏旁与心脏一般大小的肿瘤。

“我就是这样，专门捡重病人来看。他们要放弃的，就让我再研究研究。我把自己的新研究命名为‘个性化治疗方案’。”丁文祥说，“中医辨证论治的理论很有道理。每个感冒病人的处方都不一定相同，更何况是心脏病呢。”

（本版未署名图片由上海儿童医学中心提供）

■记者手记

丁文祥的“工匠精神”

面对九旬高龄而又十分熟悉的丁文祥教授，与其说是采访他，不如说是在听他授课更为贴切。在两个多小时的“学习”中，我的眼前和脑海中先涌现一个“匠”字，继而延伸出“匠心独运”“能工巧匠”“别具匠心”等词，最后又就统化成了光彩夺目的“工匠精神”4个大字。

丁文祥教授的“工匠精神”在医务界颇具名声。作为我国小儿心胸外科的创始人和开拓者，他在医工结合上投入全部身心，研制了小儿人工心肺机、婴幼儿手术专用器械，以及国产膜肺、先心病修复材料等，其中蕴含着他的敬业、精益、专注和创新。

另外，我也感到丁文祥教授的“工匠精神”还包括着深湛的人文内涵和底蕴。他说：“只有一个‘有德’的医生才具备创新的前提和基础，这种‘德’指的不仅是职业道德，更多的是为人的德行。”

在临床上，我们虽然看到的只是丁文祥教授在精雕细琢、精工修补患儿小小的心脏，其实患儿心内心外浸透的却是丁文祥教授的一颗仁爱之心。为此，他荣膺世界儿科和先天性心脏病外科协会授予的“终身成就奖”，并成为首次获得这一奖项的中国人。这是他当之无愧的荣耀。

▲丁文祥和苏肇伉(右)、学生徐志伟(左)一起查房。 戴荣摄

►丁文祥向先心病手术后康复的孩子赠送礼物。

■对话

老骥伏枥 志在千里

▲丁文祥团队合影。

记者：丁老师，据您女儿披露，您有意味隽永的“岂能尽如我意，但求无愧我心”这句座右铭，是不是还有其他人生格言？

丁文祥：我1958年毕业，到今年正好行医60年。要说我的人生格言，那就是——对病人如亲人，对同事如家人，对事业有雄心，对国家有爱心。这里的“病人”、“同事”很重要，就该如同“亲人”、“家人”。“雄心”刚毅，“爱心”温柔，这两心弥足珍贵。

记者：有一段话是这么说的：“丁文祥教授为首的先驱者不仅为专业研究与发展奠定了坚实的基础，同时还为后生树立了吃苦耐劳、精诚合作这样的价值标杆。其次，合理的梯队建设、前辈的倾囊相授与言传身教、新生代的创新与进取，都令整个团队在严谨中不失活力，传承中亦有突破。”您认为这句话能否概括您的医学生涯？

丁文祥：这句话总结得蛮好的。要想事业有发展，团队建设很重要，而领头人更应该起示范表率作用。

记者：丁老师，听说有人想给您搞一个活动，就是类似医生到一定年龄的“封刀”仪式。您如何认为？

丁文祥：有句话说，“柳叶刀光虽寒，匣筑人心则暖”。我不忘初心，老骥伏枥，永远和先心病患儿在一起就很温暖。

■丁文祥小传

1929年6月出生，安徽宿县人。小儿心血管外科专家、主任医师、教授、博士生导师。1954年毕业于上海第二医学院，历任上海第二医科大学儿科系主任、上海儿科医学研究所所长、上海二医大(现上海交通大学医学院)附属新华医院院长、上海儿童医学中心院长、上海市小儿先心病研究所所长，上海小儿心血管诊治中心主任。曾任中华医学会胸心血管外科学会副主任委员、中华医学会上海分会胸心外科学会副主任委员、上海市生物医学工程学会体外循环专业委员会主任委员、国际外科学会会员等职。

从事小儿外科临床、科研和教学工作60年，是我国婴幼儿先天性心脏病外科的奠基人和开拓者。在医学与工程结合方面做了大量工作，研制国产小儿人工心肺机、婴幼儿手术专用器械、国产膜肺、先心病修复材料等。曾获得国家科技进步二、三等奖，上海市科技进步一、二等奖等。主编我国第一部《小儿心脏外科学》等多部专著，发表论文160余篇，培养指导20多名博士、硕士研究生。

先后获得上海市十杰医师、上海市劳动模范、上海市第三届医学荣誉奖、上海医学发展“终身成就奖”、世界儿科和先天性心脏病外科协会“终身成就奖”等殊荣。

世界儿科和先天性心脏病外科协会“终身成就奖”、上海医学发展“终身成就奖”获得者丁文祥教授，是我国小儿心胸外科创始人、上海交通大学医学院附属上海儿童医学中心终身教授。他不但完成先心病手术20 000余例，主刀5 000余例，还自行设计了一整套小儿外科的手术器械，研制成功小儿体外循环机等一系列国产设备。其“工匠精神”背后蕴含的是敬业、专注、精益和创新。

丁文祥：永远和患儿一起就很温暖

今年5月30日，上海交通大学医学院附属上海儿童医学中心在门诊广场举行了一场简朴而又隆重的升旗仪式，以此纪念建院20周年。站在队伍中的首任院长丁文祥教授虽已90岁高龄，满头银丝，但是慈眉善目的脸庞却显得格外精神。他感叹上海儿童医学中心如今已朝着国家儿童医学中心方向建设，更感叹他和他的团队在2017年完成了3 800多例心脏手术，手术量已成为世界儿童医院之最，其中有超过60%的患儿都在1岁以下，复杂手术占到半数以上……

“做医生不仅是为糊口，还要在医学领域里有所突破”

丁文祥出生在安徽一个不知名的小县城。从事种子研究的父亲虽清贫一生，却十分重视孩子的教育。他渴望儿子学医，将来能在县城里谋得体面的职业，过上舒坦的日子。一开始并不热衷于医学的丁文祥最后受到发小的影响，在18岁时遵从父愿、放弃喜欢的理工科，从安徽宿县考入上海震旦大学学习医科。

“我每天早晨很早就来到教室门口，等待管理教务的神父来开门。神父见我如此刻苦用功，还为我申请了奖学金，帮助我顺利地完成学业。”学医后的丁文祥感到，“做医生不仅是为了回家乡以替人看病糊口，还要在医学领域里有所发现和突破。”

由于学习成绩优异，1954年，丁文祥从震旦大学医学院毕业，留校在广慈医院（上海瑞金医院前身）跟随造诣深厚的外科学家傅培彬教授工作。

“你想要干番事业吗？”“当然想！”“那你答应我两件事。”丁文祥至今仍然清晰地记得傅老师当年语重心长的叮嘱：“一要晚结婚，二要晚生孩子，把精力投到工作中去。"

一诺千金。丁文祥直到29岁才结婚，34岁才生育了唯一的女儿。

1958年，丁文祥借鉴国外的先进技术，在治疗一种名叫肠套叠的婴幼儿常见病上取得突破，发明了一种空气灌肠器的疗法，让90%的患儿避免了开腹手术。

这以后，丁文祥又将目光投向了小儿外科难度最大的分支——小儿心胸外科。在1963年3月从瑞金医院转至新华医院任职后，他把自己全部的研究精力都集中在了小儿心胸外科的发展上。

"不管处在什么位置，不管是什么劳动，我都能做到最好"

1966年5月，一心想赶上国际小儿心脏外科医学潮流的丁文祥遭遇了"文革"。"那时丁老师头顶'白专'的帽子，一度被迫离开了医生的岗位，做起了病房工勤人员，失去了先心病研究的阵地。"丁文祥的学生、现在从事小儿先天性心脏病外科治疗的史珍英主任医师说。

她在一篇文章中写道："对丁文祥老师来说，这简直就是羞辱。然而他呢，一大早就将病区打扫得窗明几净，连厕所便器沟槽内数年的积垢，都被他想办法清洗得泛着白光。这让前来检查卫生的人连连称赞，竟被作为病区工勤人员的工作质量标准！有人问他：'明明是医生，却干着保洁工人的工作，你不觉得憋屈吗？'他却风趣、自豪地说：'不管处在什么位置，不管是什么劳动，我都能做到最好。这才是真正的尽职！'"

史珍英说："在任何情况下，丁老师都能泰然处之，做好自己。'不以事小而不为'。这是丁老师给我最大的财富，多年来一直铭记心中。"

"文革"后期的1972年，迫于先心病治疗的紧迫形势，医院重新召回了被下放到安徽巡回医疗的丁文祥。

医院领导为他配了一位得力的助手——苏肇伉医生。"苏医生性格内向，做事情考虑得比较细致，我这个人粗犷、胆子比较大，但我们都不想搞名利。几十年在一起工作，没有争吵。我们俩是同事、是兄弟、是战友。"丁文祥说。

人们在上海儿童医学中心看到，于1975、1976年毕业的工农兵大学生刘锦纷、徐志伟、史珍英、朱德明等经过丁文祥、苏肇伉教授按照各自特长的精心培养，分别在小儿法乐氏四联症根治、大血管错位手术、围手术期监护治疗研究、小儿体外循环灌注学方面蜚声国内外。

在上海儿童医学中心还有一个在上海乃至在全国医卫界都少有的，由丁文祥、苏肇伉、刘锦纷、徐志伟4位劳模组成的“丁文祥劳模创新工作室”。工作室在2016年荣获了“上海市劳模创新工作室”称号。

“我们不能等，必须自主研发”

上海市小儿先心病研究所所长刘锦纷教授说：“我办公室桌上放了一张已经发黄的黑白照片，那是1975年我同丁老师到上海电表厂在自主研制的人工心肺机前的合影。每每看到这张照片，总能勾起我一段抹不去的回忆。”

“老师丁文祥教授不仅精通医术，手术做得十分漂亮，还是个自学成材的‘能工巧匠’。记得1975年夏天，我和史珍英医生刚到科室报到，老师热情接待我们。给我们介绍了小儿外科的发展和现状，那时新华医院小儿心胸外科还处于筹建阶段。丁老师对我们说，下午跟他一起到隔壁‘上海电表厂’看看正在研制的小儿人工心肺机。那时我们就觉得这个医生很特别，不待在医院跑工厂。”

下午，刘锦纷跟着丁文祥等一起来到上海电表厂，一进车间好几个工人就跑过来同丁文祥打招呼，一看就是十分熟悉的老朋友了。师傅们向丁文祥汇报了研制过程中碰到的问题和解决方案，丁文祥边听边提问还不时提出自己的意见。“我站在一边，什么‘转子泵’‘转碟氧合器’‘变温器’等，听得云里雾里，只感觉这位医生不简单，懂得真不少！”

在回医院的路上，丁文祥向刘锦纷讲了要开展婴幼儿先心病手术的宏伟蓝图。那时国家正处于“文革”非常时期，同外面没有任何交往，不要说进口设备了，就连查国外资料都很困难。“所以我们不能等，必须自主研发。”丁老师非常坚定地说。

这以后，刘锦纷经常和丁老师去工厂。丁文祥不仅自主研发了小儿人工心肺机，还研制了各种氧合器，包括鼓泡式氧合器和膜式氧合器。他设计并监制的小儿心脏手术专用器械等不仅填补了国内空白，为我国开展婴幼儿心脏手术提供了基本的条件，还被国外同行广泛应用和称赞，并把它称作“丁氏”器械。

“转眼40多年过去了，我从一名小医生也成了‘老专家’。我常想，如果没有丁老师等老一代的勤奋创业，我们心胸外科不可能走到今天这一步：手术成功率达97.5%，无论手术数量和难度均为国内领先，达世界先进水平。"刘锦纷动情地说。

"我考取丁文祥教授的研究生，跟随丁文祥教授与苏肇伉教授，研究建立婴幼儿深低温有限体外循环停循环技术，为开展我国新生儿、婴幼儿重症复杂先心病创造了重要条件。当时条件艰苦，研究小组一共才6个人，白手起家，事事亲力亲为：为了做动物实验，白天捉狗，晚上甚至睡在狗棚里，身上被跳蚤咬得此起彼伏。每天做手术，都要自己清早起来装好设备，手术后再自己清洗消毒。"现为上海儿童医学中心心脏中心主任的徐志伟回忆了这段难忘的经历。

"今天的医生不仅应该闷头看病，更应该放眼看世界"

苏肇伉教授说："我跟随丁文祥教授于1974年创建了我国第一个婴幼儿先天性心脏病外科专业。记得那是1974年5月23日，丁文祥教授用自行设计和工厂合作研制的小儿人工心肺机为一个30个月室间隔缺损的患儿成功完成了心内直视手术。从而开创了我国婴幼儿先心病外科的先河。此后，又研制了国际上刚开始临床应用的国产膜式氧合器，多次升级换代了小儿人工心肺机。此后，他马不停蹄地又克服了深低温停循环的关键，为新生儿、婴幼儿复杂先心病的外科治疗铺平了道路。"

1983年，美国世界健康基金会总裁约翰·华尔许到浙江医科大学参观之前，顺道来上海新华医院参观。丁文祥骄傲地向客人展示自己设计的手术器械和设备，给华尔许留下了深刻印象。他当即表示晚上要请丁文祥到瑞金宾馆吃饭。他的翻译告诉丁文祥："他请吃饭，就表示要合作、投项目了。"

果然，华尔许在晚饭中提出，要与丁文祥签3年合同，帮助上海新华医院开展小儿先天性心脏病的外科治疗项目，为医院装备心脏手术室、重症监护室，并由美国波士顿儿童医院负责技术支援及医护人员的培训等。

第一轮三年计划合作得非常成功，随后又开展了第二轮合作。1986年的一天，在丁文祥开车送约翰·华尔许去虹桥机场的路上，他们敲定了更进一步的合作计划——合办一家儿童医院。就这样，中美双方投资6.7亿人民币，建成了全国首家中外合作医院——上海儿童医学中心。

谈起这段“创业史”，丁文祥说：“机遇是转瞬即逝的，如果无法抓紧眼前的机遇，我们会错失许多发展的可能。今天的医生不仅应该闷头看病，更应该抬头看天，放眼看世界，为中国创造更好的医疗环境赢得机遇。”

苏肇伉感慨道：“我和丁文祥教授共事40余年，他既是我的良师又是我的益友。他对社会和事业有强烈的责任感，遇事有与众不同的见解，遇到困难具有坚忍不拔、永不放弃、永不言败的实干精神。他的精神鼓舞和支撑了我去迎接一个个难题，克服了一个个困惑，让我受益终身。”

“患儿的安危直接影响着全家人的心情”

“我出生在20世纪60年代，是父母唯一的孩子。一直以来，父亲是个事业心很强的人，所以他们决定只生一个孩子。”丁文祥的女儿丁瑜说，“我的小学时代正赶上毛主席‘将医疗卫生工作的重点放到农村去’，医生都要到边远的农村巡回医疗。我母亲也是一名医生，所以她去了遥远的黑龙江。那时爸爸刚从‘文革’的批判中解放出来，他很珍惜得来不易的机会，开始了事业的攻关。经常做完手术之后，为了观察患儿的情况整晚不回家，有时甚至做完动物实验，为了观察狗的术后变化情况也不回家。”

丁瑜记得有一次自己感冒发烧，正赶上爸爸做了一例手术，患儿遇到了危险。“他整日整夜在医院忙，全然顾不到我。几天之后，患儿终于度过了危险，才见他万分疲惫地回来，唇边都起泡了。在我们家的饭桌上，术后的患儿经常是讨论的话题。患儿的安危直接影响着全家人的心情，患儿如果儿经危险转危为安，我和妈妈也都如释重负一般。久而久之，连我这个从未学过医的人，对小儿先天性心脏病的病种、病症都耳熟能详了。”丁瑜说。

病人在丁文祥心中始终是第一位的。无论是周末假期，还是夜深人静，往往是医院一个电话，他二话不说立即就往医院赶。无论寒暑，他总是骑着车子从位于上海西部的长宁区新华路家中往位于上海东北角的杨浦区新华医院赶。每攻克一种病症，又挑战更复杂的病症。就这样一步一个脚印地迈进。

丁瑜回忆说：“爸爸不但手术做得好，而且还有一颗慈爱的父母心。记得他经常念叨手术的患儿如是个女孩子，手术时要尽可能让胸前的刀口低些、平整些。这样女孩长大了，领口翻开时，就不会露出疤痕了。”

在家里，丁文祥也是个能工巧匠。生活用品、小电器甚至手表坏了，他都能自己修或改装。“在我的记忆里，很少有修不好的。因为他一旦做起事来总是那么专注，而且不达目的不罢休，专研劲头十足。”丁瑜说，“父亲常常告诉我，要修好一件东西，首先要了解它的机理，然后才能对症下药。我想这正是他的工作态度。‘岂能尽如我意，但求无愧我心’。这是父亲的座右铭。我想，他努力了，他做到了。”

“‘有德’的医生才具备创新的前提和基础”

在上海儿童医学中心心脏中心大楼的顶楼，每星期有一个雷打不动的晨会，丁文祥团队的四代“徒子徒孙”们会自觉齐聚到这儿，听丁老爷子讲医术、说医德。

丁文祥说：“只有一个‘有德’的医生才具备创新的前提和基础。这种‘德’指的不仅是职业道德，更多的是为人的德行。”

有一次，丁文祥听一位外地医生说，他的一个学生嫌弃当地医院的设备。丁文祥就直接在晨会上说：“医生应该在任何条件下都能行医。这不仅是基本素养，更直接体现着他的医德：‘如果你们用不惯国产的工具，我就去开给你们看！’”

如今，丁文祥已步入 90 岁高龄，精气神十足，思路也很清晰，每天仍会出现在病房里。他说：“看看患儿，听听哭声。我爱这所医院，更爱这些患先心病的孩子。患儿父母把孩子交给了你，你就是他们的爹妈！我们医生如能这样想，能不爱这些可爱的孩子吗？当孩子最终健康出院，我比他们父母还要高兴呢！”

当有个别医生面对极为复杂的疑难杂症想要放弃的时候，富有经验的医生或护士长总会提醒道：“请丁老来看看，说不定还有一线生机。”

就是这一“看”，丁文祥先后为出生仅 100 天、患有心脏二尖瓣膜畸形的女婴更换了心脏瓣膜；又分别为出生 54 天的婴儿、3 岁的孩子切除了靠近心脏旁与心脏一般大小的肿瘤。

“我就是这样，专门捡重病人来看。他们要放弃的，就让我再研究研究。我把自己的新研究命名为‘个性化治疗方案’。”丁文祥说，“中医辨证论治的理论很有道理。每个感冒病人的处方都不一定相同，更何况是心脏病呢。”

■ 记者手记

丁文祥的“工匠精神”

面对九旬高龄而又十分熟悉的丁文祥教授，与其说是采访他，不如说是在听他授课更为贴切。在两个多小时的“学习”中，我的眼前和脑海中先涌现一个“匠”字，继而延伸出“匠心独运”“能工巧匠”“别具匠心”等词，最后又统统化成了光彩夺目的“工匠精神”4个大字。

丁文祥教授的“工匠精神”在医务界颇具名声。作为我国小儿心胸外科的创始人和开拓者，他在医工结合上投入全部身心，研制了小儿人工心肺机、婴幼儿手术专用器械，以及国产膜肺、先心病修复材料等，其中蕴含着他的敬业、精益、专注和创新。

另外，我也感到丁文祥教授的“工匠精神”还包括深邃的人文内涵和底蕴。他说：“只有一个‘有德’的医生才具备创新的前提和基础，这种‘德’指的不仅是职业道德，更多的是为人的德行。”

在临床上，我们虽然看到的只是丁文祥教授在精雕细琢、精工修补患儿小小的心脏，其实患儿心内心外浸透的却是丁文祥教授的一颗仁爱之心。为此，他荣膺世界儿科和先天性心脏病外科协会授予的“终身成就奖”，并成为首次获得这一奖项的中国人。这是他当之无愧的荣耀。

■ 对话

老骥伏枥　志在千里

记　者： 丁老师，据您女儿披露，您有意味隽永的“岂能尽如我意，但求无愧我心”这句座右铭，是不是还有其他人生格言？

丁文祥： 我1958年毕业，到今年正好行医60年。要说我的人生格言，那就是——对病人如亲人，对同事如家人，对事业有雄心，对国家有爱心。这里的“病人”“同事”很重要，就该如同“亲人”“家人”。“雄心”刚毅，“爱心”温柔，这两“心”弥足珍贵。

记　者： 有一段话是这么说的：“丁文祥教授为首的先驱者不仅为专业研究与发展奠定了坚实的基础，同时还为后生树立了吃苦耐劳、精诚合作这样的价值标杆。其次，合理的梯队建设、前辈的倾囊相授与言传身教、新生代的创新与进取，都令整个团队在严谨中不失活力，传承中亦有突破。”您认为这句话能否概括您的医学生涯？

丁文祥： 这句话总结得蛮好的。要想事业有发展，团队建设很重要，而领头人更应该起示范表率作用。

记　者： 丁老师，听说有人想给您搞一个活动，就是类似医生到一定年龄的“封刀”仪式。您如何认为？

丁文祥： 有句话说，“柳叶刀光虽寒，重筑人心则暖”。我不忘初心，老骥伏枥，永远和先心病患儿在一起就很温暖。

■ 丁文祥小传

1929 年 6 月出生，安徽宿县人。小儿心血管外科专家、主任医师、教授、博士生导师。1954 年毕业于上海第二医学院，历任上海第二医科大学儿科系主任、上海儿科医学研究所所长、上海二医大（现上海交通大学医学院）附属新华医院院长、上海儿童医学中心院长、上海市小儿先心病研究所所长，上海小儿心血管诊治中心主任。曾任中华医学会胸心血管外科学会副主任委员、中华医学会上海分会胸心外科学会副主任委员、上海市生物医学工程学会体外循环专业委员会主任委员、国际外科学会会员等职。

从事小儿外科临床、科研和教学工作 60 年，是我国婴幼儿先天性心脏病外科的奠基人和开拓者。在医学与工程结合方面做了大量工作，研制国产小儿人工心肺机、婴幼儿手术专用器械、国产膜肺、先心病修复材料等。曾获得国家科技进步二、三等奖，上海市科技进步一、二等奖等。主编我国第一部《小儿心脏外科学》等多部专著，发表论文 160 余篇，培养指导 20 多名博士、硕士研究生。

先后获得上海市十杰医师、上海市劳动模范、上海市第三届医学荣誉奖、上海医学发展“终身成就奖”、世界儿科和先天性心脏病外科协会“终身成就奖”等殊荣。

（《健康报》2018 年 9 月 28 日）

他带领团队致力于心脏病的机制和干预研究，并于2003年成功捕获了人类第一个房颤致病基因，相关论文发表在美国《科学》杂志上。

他的一系列重要发现引起了国际学界的重视，研究成果被写进了数十本国外医学教科书和专著，并被引入国际诊疗指南，为中国在国际心脏病研究领域赢得了一席之地。

他就是中国科学院院士、同济大学副校长、同济大学附属东方医院心脏内科主任陈义汉教授。

陈义汉：科学研究最需要解放思想

□本报记者 胡德荣

“能为这片土地尽微薄之力，是我人生的基本要义，也是自我价值的实现”

“射阳是生我、养我、鞠我、抚我的土地，故里和港湾，能够为这片土地尽微薄之力是我人生的基本要义，也是我价值的实现。今天家乡为我建立工作站，我感到无上光荣，我将全力为家乡服务，尽最大的努力让家乡人民享受到优质的医疗服务。”这是陈义汉近日在家乡“江苏省射阳县人民医院陈义汉院士工作站”成立仪式上一段满怀深情的感慨。

未来，他将通过他的医疗团队、科研团队和教育培训团队，与射阳县人民医院携手共进，打造2个~3个苏北大地上的一流科室，努力把家乡医院建设成中国县级医院中的明珠。

陈义汉反哺故乡的深厚情结，很快促成了射阳县人民医院派年轻医生赴上海进修和学习。也正是在他的感召下，一大批在外的射阳籍名医回归家乡，造福桑梓。目前，射阳县人民医院已经建立了1个院士工作站和8个名医工作室，极大地推动了当地医疗服务水平的提升。

陈义汉出生在射阳农村，1982年考入了南通大学医学院。当被问及学医的缘起，陈义汉说：“我父亲是医生，姑母、姑父是医生，哥哥、嫂子也是医生。当年我曾想报考同济大学学习建筑，憧憬着将来做一个建筑设计师。最后还是因为哥哥的一句‘还是报考医学专业吧’，于是就走进了南通大学医学院。”

陈义汉至今难忘医生生涯中的一段经历：他曾遇到一位处于休克昏迷的患者，生死只在一线之间。通过询问病史、体格检查和阅读有限的临床化验单，进而凭借缜密的逻辑推理，他迅速做出诊断——主动脉夹层动脉瘤破裂、急性心包填塞、休克。及时而准确的诊断为挽救患者生命赢得了宝贵的时间。之后经过床旁X光检查最终也证明了这个诊断的正确性。

“黄金时间窗口之内救人一命，是医生最大的喜悦和成就。”后来为了能救治更多的患者，他立志做医学科学研究，去攻克医学面临的重大难题和困境。陈义汉说：“如果没有创新，医学就永远停留在过去的地平线。”

“我们曾连续8个昼夜没有住一次旅社，背着心电图机、干冰，步行进入交通工具无法进出的黄河古道边农户家里”

心律失常是临床上最常见的疾病。心律失常多种多样，累计数十种之多。临床上严重侵慢性的心律失常、室性心动过速、心室扑动和心室颤动等都是致命性心律失常。没有致命性心律失常就没有人类个体的最终死亡。因此，心律失常属于重大疾病。近100年以来，不同领域的学者对心律失常进行了不懈的探索，心律失常的发生机制始终是心脏病学和相关生命科学研究领域的焦点，也是医学科学的重大难题。

陈义汉告诉记者：“房颤即心房颤动。房颤发生时，患者的心肌无法正常有规律地收缩，心房各部分呈现一种持续快速而紊乱的颤动。这是一种常见而重要的心律失常，我们国家有近1000万房颤患者。它可促发心力衰竭，导致卒中。”在门诊、病房，陈义汉常常感受着房颤患者的痛苦，患者常常主诉“心慌、气短、胸闷、呼吸困难……”职业的敏感性使陈义汉认识到：如能破解房颤发生之谜，无疑是广大患者的福音。

早在17世纪，英国解剖学家William Harvey就首次发现了动物体内右心房异常颤动的现象，上世纪初，荷兰生理学家Willem Einthoven则首次记录到了房颤心电图。但百余年来，房颤的发生机制依旧是医学界的科学之谜。1998年3月，英国《自然》杂志上刊登了一篇论文，研究者通过对家族性室颤的遗传分析，发现了一个室颤的遗传机制。这篇论文引起陈义汉的浓厚兴趣，启迪了他对房颤的遗传起源的研究。

陈义汉回忆说：“在临床实践中，我产生了一个疑问，房颤是否可以起源于遗传缺陷？带着这个问题，我们开始了探索的历程。在那几年里，我们团队常常奔波于偏僻的乡村甚至山区和岛屿，以获取房颤家系的临床资料和血液标本。”

“为取得一个关键患者的临床资料，我们曾在风雪夜晚驱车到数百里以外实地走访；为冷藏在外地采集的珍稀血液标本，我们调着零下30多度的低温在冰面上撬取冰块；为打消患者对验血、插胃管的顾虑，我们多次伸出自己的胳膊献出血液样本，甚至把胃管插入自己的身体。”

“我们还曾连续8个昼夜没有住一次旅社，背着心电图机、干冰，步行进入交通工具无法进出的黄河古道边农户家里；我们也曾遭遇表现型和基因型的矛盾、临床电生理和细胞电生理的矛盾，还经历过意外的突变漏检等问题……然而，我们最终克服了这些困难。”

为了能够在最短的时间里收集到更多的房颤家系，陈义汉及其课题组成员费尽心血，克服重重困难，足迹遍布大江南北，为了找寻到典型的研究样本，陈义汉不放过一丝一毫的线索。听说一个70多人的家族，有17人患有房颤，他如获至宝，连夜坐火车硬座赶赴采样。他们共采集到9个珍贵的房颤家系，逐调查了数百例原因不明的房颤病例……

“通过定位—探索筛选一功能研究，在陈竺院士的悉心指导和全程关怀下，在国家人类基因组南方研究中心的倾力合作下，我们团队终于发现了世界上第一个人类房颤致病基因kcnq1。”陈义汉说该论文最终发表在2003年1月10日的美国《科学》杂志上。

截止2006年底，陈义汉团队发现了3个人类房颤致病基因。夜以继日，风雨兼程，他们终于部分揭开了房颤的部分遗传学机制。如今，他们的科学发现已经被写进数十本国外教科书和专著；世界心脏病学权威教科书《Braunwald's Heart Disease: A Textbook of Cardiovascular Medicine》和国际心脏电生理学名著《Cardiac Electrophysiology: From Cell to Bedside》等多处采用他及团队的研究成果；多种遗传性心律失常还依据他的发现而分类；国际诊疗指南也多次引用他们的工作。

陈义汉告诉记者，他们现在的探索重点是：心脏机性特征和自发活动的分子本质和稳态失衡的防治策略。据悉，陈义汉团队未来若干年的一个重点追求目标是：打造更贴近人类心血管疾病的药物筛选的新技术平台；建立心血管疾病药物干预的新的概念和新的策略。

陈义汉认为：“科学研究最需要解放思想。特别是将把自我禁锢在前人的发现、既有的学说以及流行的范式里。”每一天，他都在用卓越的科学创造精神践行着这一理念的真谛。

“人生需要不忘自我修炼和自我完善的人生理想，也需要深怀救世和改造世界的社会理想”

实地采访陈义汉领导的同济大学附属东方医院心脏内科，记者惊叹于这个坐落在上海浦东新区的现代化科室一流设施的同时，更惊异于该科室的文化氛围。陈义汉说，一个大学附属医院的临床科室必须至少承载三重功能：临床诊疗、医学研究和教育培训。

我们看到的这个心脏内科，既是一个优秀的临床科室，同时也是一个文化长廊。在这里有陈义汉亲手撰写的寄语，墙上的每一段话都寄托着他对科室医护工作者直抒胸臆的叮咛和期待：“我们每一位都会遇到困难。做医生，做教授，做学者都不容易。但是，在生命中，没有什么过不去的山。也没有越不了的坎。问题是，在艰难险阻面前，你是被吓倒还是振奋精神迎接挑战。世界上没有生命不能承受之重！征服自己，就会征服一切。”“教师是人类精神家园的工程师，她传授知识、传播思想、传播文明；教师是夜空的北斗，她照耀漫漫长夜、指引迷茫的心灵；教师启迪智慧、雕塑人类、改变社会、影响历史。师德重于泰山。”

陈义汉告诫他的同事们不忘初心，砥砺奋进。他说：“人生需要不忘自我修炼和自我完善的人生理想，也需要深怀救世和改造世界的社会理想。在艰难的岁月里，对人生理想的坚持和守护，比黄金更珍贵，比钻石更灿烂。”“伟大和卓越的背后，难免经历凤凰般的涅槃。烈火洗礼、苦难磨砺、吐故纳新，方能换来新生的喜悦。”这样的文化氛围催生了一个心脏病学科的迅猛发展。今天，他们的学科已是国家卫生健康委冠心病介入培训基地、心律失常介入培训基地和结构性心脏病介入培训基地，也是教育部创新团队和国家创新群体。

置身并深刻体验陈义汉独特的科室文化之余，记者的心灵再一次震撼于他的学科发展思想。从这个充满人文气息的心脏内科的医生办公室、护士工作站、图书室、会议室、病房、监护室、门诊，导管室等所有可触及的空间里，无处不体现着这个科室的理念、使命、愿景和蓝图。陈义汉领导的科室的发展理念是：基础与临床结合，多学科综合交叉，一切以病人为中心，以提升临床能级为目标。科室的使命是：以非凡的医疗、教育和研发成就，成长和发展为卓越的临床诊治中心、医学教育中心、医学创新中心和医学人才中心。

■记者手记

知识分子要做时代的眼睛

曾几次听过陈义汉院士的学术讲座，总的感觉是没有说教，实打实讲的全是结合临床的科技前沿知识。这次面对面和他交谈，与其说是采访，不如说是亲耳聆听上了一堂生动的人文课。

温文尔雅的陈义汉，给人的感觉是低调、冷静，而又不失温馨。在采访他的时候，他话以我掌着采访本记录不方便，抽出他办公桌笔记本电脑下的写字板供我摆放采访本。

陈义汉现在是同济大学副校长，分管同济大学医科和生命学科的工作。他说：“创造精神是大学的根本生命力。培养具备创造力的人才应该是大学的重要目标。大学之道，在明德，在亲民，在止于至善。格物、致知、诚意、正心、修身、齐家、治国、平天下。学者和知识分子必须具有国家责任感和社会责任感，不但要去践和传承学术薪火，还要传承文明的精华，传承历史与良知。胸有丘壑，方成大器。”

人们常说知识分子清高，而陈义汉则说：“人格清高不是骄傲自满，清高是一种不因功名利禄而心动不已的道德品质。学者和知识分子要做时代的眼睛。我们要彼此及时眼睛明亮起来，照耀着大家前行。这是时代赋予的责任和使命。学者和知识分子还必须是他所在的社会的负面现象的反对者和负面价值的批判者。他们是推动社会进步的中流砥柱，代表着文化前沿。”“学者和知识分子一定要响应党和国家的召唤，用自己所有的光和热，报效祖国和人民的养育之恩。”

陈义汉是这样想的，也是这样做的。他为中国心脏病学领域缺乏中国制造的新概念、新理论、新标准，新指南和新技术而遗憾懊恼，也正致力于创造新的甚至是革命性和颠覆性的研究成果，努力建立中国疾病防治新模式，为健康中国的伟大目标奉献光和热。

▲陈义汉院士在2018届毕业典礼后和自己的研究生合影。

◀陈义汉院士在实验室指导研究生。

“一个谦逊真诚的学者，一个温暖可亲的医生”

“我认为科学本身就具有伟大的美。一位从事研究工作的科学家，不仅是一个技术人员，而且他还是一个小孩，在大自然的景色中，好像迷醉于神话故事一般。这种魅力，就是使我终身能够在实验室里埋头工作的主要因素了。”提及陈义汉，作为他研究团队一员的梁丹丹脑海里首先闪出的是居里夫人的《我的信念》。这段话曾经被陈义汉贴在实验室，鼓励着一届又一届的学子和与他同甘共苦的同事们。在梁丹丹看来，这也是陈义汉对待事业的真实写照。

“一个谦逊真诚的学者，一个温暖可亲的医生——这或许是很多人对陈老师的印象。”梁丹丹说，“但对我们来说，陈老师还代表着高度的自律，极致的认真和对专业的执着”。她说，尽管陈老师身兼数职，事务繁杂，但是在科学上从未放松过，每一个课题从立项到实施，他都会与我们讨论，启发和提升我们的思维。在这个过程中，我们感受到的不仅仅是研究思路的启迪，还有老师对科学的热情和痴迷。正是这种热情和痴迷，让我们在实验陷入困顿时，能百折不挠，积极面对，决不放弃。

“与顶尖的专业技术和国际地位形成鲜明对比的，是老师坚守的一些传统的价值观。”她说，“创新和传统在老师身上形成了奇妙的融合。我们从事的是最讲创新的行业，然而老师给我们讲的最多的是中国传统文化中的价值观。是我们应该对这个国家、这个社会尽到的责任。”她说，在这个焦虑到有些灼热的社会氛围中，这是最难能可贵的东西。陈老师的风范就像一股清泉，涤荡了我们这些研究人员内心的尘土，抚平了脑海的喧嚣，让我们能够安静、纯粹地沉浸在自己的专业和研究中。

黄建是陈义汉2013级硕士研究生。他说，有一次，他忙活了一天的实验，很累，加之实验结果又不好，很是烦躁。记得当时已是晚上10点，正打算放弃这项实验。这时，走廊上传来熟悉的脚步声，“是陈老师，他叫住我，见我垂头丧气，关怀地问我怎么了。我把今天实验进展不顺的情况告诉了他，他笑了笑，说：‘小伙子，实验结果不就是有好有坏吗，重要的是分析查找原因，千万不要气馁，要百折不挠，坚韧不拔。’我深深地记得陈老师说的话，在以后每一次的实验中，我都满怀信心，绝不放弃，哪怕先前已经历了无数次的失败尝试，又何妨”。

解端阳是陈义汉的2012级博士研究生，现在正在做博士后研究。他说，“记得我刚来实验室那会儿，作为实验室小白，我对师兄师姐做的每一项实验都感到新奇。有一次，我帮师姐做了一次蛋白免疫印记实验，恰巧这次实验的结果在小组讨论会上进行了展示。以我粗浅的想法，这次实验还算成功，目标条带清晰，实验组与对照组变化趋势明显，就算有一些瑕疵应该也无关紧要。陈老师看到结果后，详细询问了我们的实验目的，实验组、对照组的设置，样本的具体处理等情况。随后，我没有料到的是，陈老师对该结果进行了负面点评，他提出我们的对照设置不合理，不能回答目标科学问题，此外曝光强度不足，图片像素点低等小问题也被一一列举。

“我当时很是震惊，这些在我看来是小问题的问题在科学上是非常值得重视的大问题，我也由此明白科学研究是如此关注细节的一门学问。后来我有篇论文送陈老师修改，待返回时，我再次震惊于陈老师严谨的态度和缜密的思维。他对于每一个单词的考究，每一张图的布局，甚至是标尺，都进行了仔细修改。我想，这就是作为一个科学巨匠应该具有的工匠精神。”

■对话

“工匠精神”是份追求卓越的用心

记　者：陈院士，您写了不少“格言”，这句“真正的科学是天籁之声，纯美的心灵才能感受到她的美妙。伟大的科学发现，是世界屋脊上的布达拉宫，朝圣者需要一步一跪一叩首和一丝不苟的虔诚”是您最喜欢的吗？

陈义汉：这些所谓的“格言”，应该是我的体会和感悟。上面这句话权当自我激励，也可以勉励我的学生们。

记　者：现在国家正在大力倡导“工匠精神”，也有人把医生誉为“工匠”。您对“工匠精神”怎么理解？

陈义汉：“工匠精神”是一份精雕细琢、追求卓越的用心。“工匠精神”并不止于对“物”的打磨，更重要的是对人生信条和道德修养的锤炼。

记　者：作为全国政协委员，您在2018年两会上曾呼吁老年人强化疾病预防意识，您为什么特别强调这一点？

陈义汉：我国老年人已超过2.3亿，80%以上至少患有一种慢性病，常常抱病终身，备受折磨。然而遗憾的是，老年人往往只关注疾病的治疗和康复，却忽视了预防。作为心脏病医生，我呼吁老年人强化疾病预防意识：一是合理膳食。建议食不过量，三餐分配要均衡、合理。二是适量运动。静坐是健康的大敌。运动能增强体能，保持身材，轻松面对生活。三是戒烟限酒。四是心理平衡。老年人不仅要有健康的躯体，还要有健康的心理。多出去走一走，利于老人保持心情舒畅。这样，哪怕到了八九十岁，仍然会精气神十足。

■陈义汉小传

1964年10月出生，江苏射阳人。心脏病学家，主任医师、教授、博士生导师。1987年毕业于南通医学院医疗系，1992年获南通医学院内科学专业硕士学位，1996年获上海第二医科大学内科学专业博士学位。国家杰出青年科学基金获得者，教育部长江学者特聘教授，国家973计划项目首席科学家和国家创新研究群体负责人。2015年12月当选为中国科学院院士。现任同济大学副校长、医学与生命科学部主任、附属东方医院副院长和心脏内科主任等职务。

长期从事心血管疾病临床工作和基础研究，临床特长为心律失常和心力衰竭的诊断和治疗，研究方向为心律失常和心力衰竭的发生机制和干预。在心律失常和心力衰竭研究领域取得了一些重要的科学发现。代表性论文发表在《Science》等刊物上。他的科学发现曾经被评为国际心脏电生理学领域年度突破性进展，中国高等学校十大科技进展，国家自然科学奖二等奖、教育部自然科学奖一等奖和上海市自然科学奖一等奖等。

他曾获中国医师奖、卫生部有突出贡献中青年专家，上海市优秀学科带头人，上海市领军人才、上海市科技精英、上海市自然科学牡丹奖、中国青年科技奖、上海市劳动模范、全国五一劳动奖章等荣誉称号。

他带领团队致力于心脏病的机制和干预研究，并于2003年成功捕获了人类第一个房颤致病基因，相关论文发表在美国《科学》杂志上。

他的一系列重要发现引起了国际学界的重视，研究成果被写进了数十本国外医学教科书和专著，并被引入国际诊疗指南，为中国在国际心脏病研究领域赢得了一席之地。

他就是中国科学院院士、同济大学副校长、同济大学附属东方医院心脏内科主任陈义汉教授。

陈义汉：科学研究最需要解放思想

“能为这片土地尽微薄之力，是我人生的基本要义，也是自我价值的实现”

“射阳是生我、养我、鞠我、抚我的土地、故里和港湾，能够为这片土地尽微薄之力是我人生的基本要义，也是我价值的实现。今天家乡为我建立工作站，我感到无上光荣，我将全力为家乡服务，尽最大的努力让家乡人民享受到优质的医疗服务。”这是陈义汉近日在家乡“江苏省射阳县人民医院陈义汉院士工作站”成立仪式上一段满怀深情的感慨。

未来，他将通过他的医疗团队、科研团队和教育培训团队，与射阳县人民医院携手共进，打造2～3个苏北大地上的一流科室，努力把家乡医院建设成中国县级医院中的明珠。

陈义汉反哺故乡的深厚情结，很快促成了射阳县人民医院派年轻医生赴上海进修和学习。也正是在他的感召下，一大批在外的射阳籍名医回归家乡、造福桑梓。目前，射阳县人民医院已经建立了1个院士工作站和8个名医工作室，极大地推动了当地医疗服务水平的提升。

陈义汉出生在射阳农村，1982年考入了南通大学医学院。当被问及学医的缘起，陈义汉说：“我父亲是医生，姑母、姑父是医生，哥哥、嫂子也是医生。当年我曾想报考同济大学学习建筑，憧憬着将来做一个建筑设计师。最后还是因为哥哥的一句‘还是报考医学专业吧’，于是就走进了南通大学医学院。”

陈义汉至今难忘医生生涯中的一段经历：他曾遇到一位处于休克昏迷

的患者，生死只在一线之间。通过询问病史、体格检查和阅读有限的临床化验单，进而凭借缜密的逻辑推理，他迅速做出诊断——主动脉夹层动脉瘤破裂、急性心包填塞、休克。及时而准确的诊断为挽救患者生命赢得了宝贵的时间。之后经过床旁 X 光检查最终也证明了这个诊断的正确性。

“黄金时间窗口之内救人一命，是医生最大的喜悦和成就。”后来为了能救治更多的患者，他立志做医学科学研究，去攻克医学面临的重大难题和困境。陈义汉说：“如果没有创新，医学就永远停留在过去的地平线。”

“我们曾连续 8 个昼夜没有住一次旅社，背着心电图机、干冰，步行进入交通工具无法进出的黄河古道边农户家里”

心律失常是临床上最常见的疾病。心律失常多种多样，累计数十种之多。临床上严重缓慢性的心律失常、室性心动过速、心室扑动和心室颤动等都是致命性心律失常。没有致命性心律失常就没有人类个体的最终死亡。因此，心律失常属于重大疾病。近 100 年以来，不同领域的学者对心律失常进行了不懈的探索，心律失常的发生机制始终是心脏病学和相关生命科学研究领域的焦点，也是医学科学的重大难题。

陈义汉告诉记者：“房颤即心房颤动。房颤发生时，患者的心肌无法正常有规律地收缩，心房各部分呈现一种持续快速而紊乱的颤动。这是一种常见而重要的心律失常，我们国家有近 1 000 万房颤患者。它可促发心力衰竭，导致卒中。”在门诊、病房，陈义汉常常感受着房颤患者的痛苦，患者常常主诉“心慌、气短、胸闷、呼吸困难……”职业的敏感性使陈义汉认识到：如能破解房颤发生之谜，无疑是广大患者的福音。

早在 17 世纪，英国解剖学家 William Harvey 就首次发现了动物体内右心房异常颤动的现象，上世纪初，荷兰生理学家 Willem Einthoven 则首次记录到了房颤心电图。但百余年来，房颤的发生机制依旧是医学界的科学之谜。1998 年 3 月，英国《自然》杂志上刊登了一篇论文，研究者通过对家族性室颤的遗传分析，发现了一个室颤的遗传机制。这篇论文引起陈义汉的浓厚兴趣，启迪了他对房颤的遗传起源的研究。

陈义汉回忆说：“在临床实践中，我产生了一个疑问：房颤是否可以起源于遗传缺陷？带着这个问题，我们开始了探索的历程。在那几年里，我们团队常常奔波于偏僻的乡村甚至山区和岛屿，以获取房颤家系的临床资料和血液标本。"

"为取得一个关键患者的临床资料,我们曾在风雪夜晚驱车到数百里以外实地走访;为冷藏在外地采集的珍稀血液标本,我们顶着零下 30 多度的低温在冰面上撬取冰块;为打消患者对验血、插胃管的顾虑,我们多次伸出自己的胳膊献出血液样本,甚至把胃管插入自己的身体。"

"我们还曾连续 8 个昼夜没有住一次旅社,背着心电图机、干冰,步行进入交通工具无法进出的黄河古道边农户家里;我们也曾遭遇表现型和基因型的矛盾、临床电生理和细胞电生理的矛盾,还经历过意外的突变漏检等问题……然而,我们最终克服了这些困难。"

为了能够在最短的时间里收集到更多的房颤家系,陈义汉及其课题组成员费尽心血,克服重重困难,足迹遍布大江南北,为了找寻到典型的研究样本,陈义汉不放过一丝一毫的线索。听说一个 70 多人的家族,有 17 人患有房颤,他如获至宝,连夜坐火车硬座赶赴采样。他们共采集到 9 个珍贵的房颤家系,还调查了数百例原因不明的房颤病例……

"通过定位—突变筛选—功能研究,在陈竺院士的悉心指导和全程关怀下,在国家人类基因组南方研究中心的倾力合作下,我们团队终于发现了世界上第一个人类房颤致病基因 kcnq1。"陈义汉说该论文最终发表在 2003 年 1 月 10 日的美国《科学》杂志上。

截至 2006 年年底,陈义汉团队发现了 3 个人类房颤致病基因。夜以继日,风雨兼程,他们终于部分揭开了房颤的部分遗传学机制。如今,他们的科学发现已经被写进数十本国外教科书和专著;世界心脏病学权威教科书《Braunwald's Heart Disease: A Textbook of Cardiovascular Medicine》和国际心脏电生理学名著《Cardiac Electrophysiology: From Cell to Bedside》等多处采用他及团队的研究成果;多种遗传性心律失常还依据他的发现而分类;国际诊疗指南也多次引用他们的工作。

陈义汉告诉记者,他们现在的探索重点是:心脏肌性特征和自发活动的分子本质和稳态失衡的防治策略。据悉,陈义汉团队未来若干年的一个重点追求目标是:打造更贴近人类心血管疾病的药物筛选的新技术平台;建立心血管疾病药物干预的新的概念和新的策略。

陈义汉认为:"科学研究最需要解放思想。特别忌讳把自我禁锢在前人的发现、既有的学说以及流行的范式里。"每一天,他都在用卓越的科学创造精神践行着这一理念的真谛。

“人生需要不忘自我修炼和自我完善的人生理想，也需要深怀救世和改造世界的社会理想”

实地采访陈义汉领导的同济大学附属东方医院心脏内科，记者惊叹于这个坐落在上海浦东新区的现代化科室一流设施的同时，更惊异于该科室的文化氛围。陈义汉说，一个大学附属医院的临床科室必须至少承载三重功能：临床诊疗、医学研究和教育培训。

我们看到的这个心脏内科，既是一个优秀的临床科室，同时也是一个文化长廊。在这里有陈义汉亲手撰写的寄语，墙上的每一段话都寄托着他对科室医护工作者直捣灵魂的叮咛和期待：“我们每一位都会遇到困难。做医生、做教授、做学者都不容易。但是，在生命中，没有什么过不去的山，也没有越不了的坎。问题是，在艰难险阻面前，你是被吓倒还是振奋精神迎接挑战。世界上没有生命不能承受之重！征服自己，就会征服一切。”“教师是人类精神家园的工程师，她传授知识、传播思想、传输文明；教师是夜空的北斗，她照耀漫漫长夜、指引迷茫的心灵；教师启迪智慧、雕塑人类、改变社会、影响历史。师德重于泰山。”

陈义汉告诫他的同事们不忘初心，砥砺奋进。他说：“人生需要不忘自我修炼和自我完善的人生理想，也需要深怀救世和改造世界的社会理想。在艰难的岁月里，对人生理想的坚持和守护，比黄金更珍贵，比钻石更灿烂。”“伟大和卓越的背后，难免经历凤凰般的涅槃。烈火洗礼、苦难磨砺、吐故纳新，方能换来新生的喜悦。”这样的文化氛围催生了一个心脏病学科的迅猛发展。今天，他们的学科已是国家卫生健康委冠心病介入培训基地、心律失常介入培训基地和结构性心脏病介入培训基地，也是教育部创新团队和国家创新群体。

置身并深刻体验陈义汉独特的科室文化之余，记者的心灵再一次震撼于他的学科发展思想。从这个充满人文气息的心脏内科的医生办公室、护士工作站、图书室、会议室、病房、监护室、门诊、导管室等所有可触及的空间里，无处不体现着这个科室的理念、使命、愿景和蓝图。陈义汉领导的科室的发展理念是：基础与临床结合，多学科综合交叉，一切以病人为中心，以提升临床能级为目标。科室的使命是：以非凡的医疗、教育和研发成就，成长和发展为卓越的临床诊治中心、医学教育中心、医学创新中心和医学人才中心。

“一个谦逊真诚的学者，一个温暖可亲的医生”

“我认为科学本身就具有伟大的美。一位从事研究工作的科学家，不仅是一个技术人员，而且他还是一个小孩，在大自然的景色中，好像迷醉于神话故事一般。这种魅力，就是使我终身能够在实验室里埋头工作的主要因素了。”提及陈义汉，作为他研究团队一员的梁丹丹脑海里首先闪出的是居里夫人的《我的信念》。这段话曾经被陈义汉贴在实验室，鼓励着一届又一届的学子和与他同甘共苦的同事们。在梁丹丹看来，这也是陈义汉对待事业的真实写照。

“一个谦逊真诚的学者，一个温暖可亲的医生——这或许是很多人对陈老师的印象。”梁丹丹说，“但对我们来说，陈老师还代表着高度的自律，极致的认真和对专业的执着”。她说，尽管陈老师身兼数职，事务繁杂，但是在科学上从未放松过，每一个课题从立项到实施，他都会与我们讨论，启发和提升我们的思维。在这个过程中，我们感受到的不仅仅是研究思路的启迪，还有老师对科学的热情和痴迷。正是这种热情和痴迷，让我们在实验陷入困顿时，能百折不挠，积极面对，决不放弃。

“与顶尖的专业技术和国际地位形成鲜明对比的，是老师坚守的一些传统的价值观。”她说，“创新和传统在老师身上形成了奇妙的融合。我们从事的是最讲创新的行业，然而老师给我们讲的最多的是中国传统文化中的价值观。是我们应该对这个国家、这个社会尽到的责任。”她说，在这个焦虑到有些灼热的社会氛围中，这是最难能可贵的东西。陈老师的风范就像一股清泉，涤荡了我们这些研究人员内心的尘土，抚平了脑海的喧嚣，让我们能够安静、纯粹地沉浸在自己的专业和研究中。

黄建是陈义汉 2013 级硕士研究生。他说，有一次，他忙活了一天的实验，很累，加之实验结果又不好，很是烦躁。记得当时已是晚上 10 点，正打算放弃这项实验。这时，走廊上传来熟悉的脚步声，“是陈老师，他叫住我，见我垂头丧气，关怀地问我怎么了。我把今天实验进展不顺的情况告诉了他，他笑了笑，说：‘小伙子，实验结果不就是有好有坏吗，重要的是分析查找原因，千万不要气馁，要百折不挠，坚韧不拔。’我深深地记得陈老师说的话，在以后每一次的实验中，我都满怀信心，绝不放弃，哪怕先前已经历了无数次的失败尝试，又何妨”。

解端阳是陈义汉的2012级博士研究生，现在正在做博士后研究。他说，“记得我刚来实验室那会儿，作为实验室小白，我对师兄师姐做的每一项实验都感到新奇。有一次，我帮师姐做了一次蛋白免疫印记实验，恰巧这次实验的结果在小组讨论会上进行了展示。以我粗浅的想法，这次实验还算成功，目标条带清晰，实验组与对照组变化趋势明显，就算有一些瑕疵应该也无关紧要。陈老师看到结果后，详细询问了我们的实验目的，实验组、对照组的设置，样本的具体处理等情况。随后，我没有料到的是，陈老师对该结果进行了负面点评，他提出我们的对照设置不合理，不能回答目标科学问题，此外曝光强度不足，图片像素点低等小问题也被一一列举。

“我当时很是震惊，这些在我看来是小问题的问题在科学上是非常值得重视的大问题，我也由此明白科学研究是如此关注细节的一门学问。后来我有篇论文送陈老师修改，待返回时，我再次震惊于陈老师严谨的态度和缜密的思维。他对于每一个单词的考究，每一张图的布局，甚至是标尺，都进行了仔细修改。我想，这就是作为一个科学巨匠应该具有的工匠精神。”

■ 记者手记

知识分子要做时代的眼睛

曾几次听过陈义汉院士的学术讲座，总的感觉是没有说教，实打实讲的全是结合临床的科技前沿知识。这次面对面和他交谈，与其说是采访，不如说是听他上了一堂生动的人文课。

温文尔雅的陈义汉，给人的感觉是低调、冷静，而又不失温馨。在采访他的时候，他担心我拿着采访本记录不方便，抽出他办公桌笔记本电脑下的写字板供我摆放采访本。

陈义汉现在是同济大学副校长，分管同济大学医科和生命学科的工作。他说：“创造精神是大学的根本生命力。培养具备创造力的人才应该是大学的重要目标。大学之道，在明德，在亲民，在止于至善。格物、致知、诚意、正心、修身、齐家、治国、平天下。学者和知识分子必须具有国家责任感和社会责任感，不但要点燃和传承学术薪火，还要传承文明的精华，传承历史与良知。胸有丘壑，方成大器。”

人们常说知识分子清高，而陈义汉则说：“人格清高不是骄傲自满，清高是一种不因功名利禄而心动不已的道德品质。学者和知识分子要做时代的眼睛。我们要使这双眼睛明亮起来，照耀着大家前行。这是时代赋予的责任和使命。学者和知识分子还必须是他所在的社会的负面现象的反对者和负面价值的批判者。他们是推动社会进步的中流砥柱，代表着文化前沿。”“学者和知识分子一定要响应党和国家的召唤，用自己所有的光和热，报效祖国和人民的养育之恩。”

陈义汉是这样想的，也是这样做的。他为中国心脏病学领域缺乏中国制造的新概念、新理论、新标准、新指南和新技术而遗憾惋惜，也正致力于创造新的甚至是革命性和颠覆性的研究成果，努力建立中国疾病防治新模式，为健康中国的伟大目标奉献光和热。

■ 对话

“工匠精神”是份追求卓越的用心

记　者： 陈院士，您写了不少“格言”，这句“真正的科学是天籁之声，纯美的心灵才能感受到她的美妙。伟大的科学发现，是世界屋脊上的布达拉宫，朝圣者需要一步一跪一叩首和一丝不苟的虔诚”是您最喜欢的吗？

陈义汉： 这些所谓的“格言”，应该是我的体会和感悟。上面这句话权当自我激励，也可以勉励我的学生们。

记　者： 现在国家正在大力倡导“工匠精神”，也有人把医生誉为“工匠”。您对“工匠精神”怎么理解？

陈义汉： “工匠精神”是一份精雕细琢、追求卓越的用心。“工匠精神”并不止于对“物”的打磨，更重要的是对人生信条和道德修养的锤炼。

记　者： 作为全国政协委员，您在2018年两会上曾呼吁老年人强化疾病预防意识，您为什么特别强调这一点？

陈义汉： 我国老年人已超过2.3亿，80%以上至少患有一种慢性病，常常抱病终身，备受折磨。然而遗憾的是，老年人往往只关注疾病的治疗和康复，却忽视了预防。作为心脏病医生，我呼吁老年人强化疾病预防意识：一是合理膳食。建议食不过量，三餐分配要均衡、合理。二是适量运动。静坐是健康的大敌。运动能增强体能，保持身材，轻松面对生活。三是戒烟限酒。四是心理平衡。老年人不仅要有健康的躯体，还要有健康的心理。多出去走一走，利于老人保持心情舒畅。这样，哪怕到了八九十岁，仍然会精气神十足。

■ 陈义汉小传

1964 年 10 月出生，江苏射阳人。心脏病学家，主任医师、教授、博士生导师。1987 年毕业于南通医学院医疗系，1992 年获南通医学院内科学专业硕士学位，1996 年获上海第二医科大学内科学专业博士学位。国家杰出青年科学基金获得者、教育部长江学者特聘教授、国家 973 计划项目首席科学家和国家创新研究群体负责人。2015 年 12 月当选为中国科学院院士。现任同济大学副校长、医学与生命科学部主任、附属东方医院副院长和心脏内科主任等职务。

长期从事心血管疾病临床工作和基础研究，临床特长为心律失常和心力衰竭的诊断和治疗，研究方向为心律失常和心力衰竭的发生机制和干预。在心律失常和心力衰竭研究领域取得了一些重要的科学发现。代表性论文发表在《Science》等刊物上。他的科学发现曾经被评为国际心脏电生理学领域年度突破性进展、中国高等学校十大科技进展、国家自然科学奖二等奖、教育部自然科学奖一等奖和上海市自然科学奖一等奖等。

他曾获中国医师奖、卫生部有突出贡献中青年专家、上海市优秀学科带头人、上海市领军人才、上海市科技精英、上海市自然科学牡丹奖、中国青年科技奖、上海市劳动模范、全国五一劳动奖章等荣誉称号。

（《健康报》2019 年 1 月 18 日）

医学科技新闻“探索编”

探索是对新闻理论的一种态度，追求的是不断进取，是理念。医学科技新闻的探索，永无止境，即使没有高见，尝试把践行中的点滴感悟写出来也可。

新闻要从内涵上下功夫

——采写《双下肢再植记》的体会

刊登于1993年8月15日《健康报》一版头条的《双下肢再植记》，获得《健康报》全国驻地记者好稿一等奖，这是报社领导对驻地记者的厚爱；特别是白筠总编辑在《1993年报社工作总结与1994年工作设想》中，在谈到提高《健康报》宣传报道质量，发挥专业报优势，强化医学科技新闻的"支柱作用"时，再次提到"世界首例双下肢再植术在一版头条图文并茂地予以刊登"，更是对驻地记者的鼓励。

事过境迁，"图文并茂"的照片登载了，文章也发表了，作为驻地记者显然不能停留在好大喜功上，只有把敏锐的新闻目光瞄准和盯在"下一个"时，才能不辜负报社领导的厚爱与鼓励。我想，为鞭策自己，不断进取，才写出以下几段文字，求教于同仁。

1993年5月24日创造世界首例双下肢再植术的上海市第六人民医院，是上海第二医科大学的临床教学医院，素以"断肢再植"著称于世。而今再度辉煌的消息最早是被上海《文汇报》于5月29日抢发，由于病人再植术才几天，虽然"双下肢皮温正常，肤色红润"，但是还不能下床，因此该消息没有引起波澜。我作为驻地记者正注视着、追踪着，并准备选择时宜的时机报道，然而在病人刚"可下地作双脚支撑锻炼"时，这条"活鱼"又被我国最大、最具权威性的新闻传媒——新华社捕住了。由于传播覆盖面广，这则由新华社上海分社记者采写的消息，很快产生了轰动效应，全国大小传媒纷纷转发，《健康报》也在7月25日报眼位置转载。

面对新闻界如此激烈的竞争，对于这一重大医学成果，驻地记者还能不能另辟蹊径作深入的报道？根据我从事高校校报记者、编辑十年的经验教训，回答显然是肯定的。

如果说消息是新闻的外延，追求的是"快"，那么通讯则是新闻的内涵，追求的是"深"。于是在采访和写作中，我力求在"内涵"上下功夫，不仅通过摄影手段真实地留住了两位主刀青年医师和已能借助拐杖稳健地双脚着地并开始练习行走的病人生动画面的瞬间，而且借助通讯的一种形式——人物专访，由主要当事人叙述这一奇迹的经过。这些富有"内涵"的"深"的动作，都是"外延"求"快"所不能达到的。

而要在“内涵”上真正体现“深”，作者必须使出浑身的解数和看家本领，也就是说要“下功夫”。先说这幅照片，我有意请两位主刀青年医师一左一右地在练习走路的病人两旁。病人能借助拐杖稳健地行走，自然喜形于色，而两位主刀医生这时也自然是高兴的。画面上，两位主刀医师没有搀扶病人的动作，可见病人虽借助着拐杖，但确实已能着地并开始走路，它向世人宣布，双下肢再植术成功了！这是《文汇报》、新华社发的消息所不能表现的。对于这则专访，我在详细占有大量素材之后，着重采访主刀之一的当事人，请他回忆病人当时的情景、叙述抢救的过程、介绍手术的关键和成功的重要保障。然后对于获得的一大堆材料进行加工整理，成为现在的千字专访文章。在语言文字上，我尽量使用当事人自己的生动语言，并适当进行提炼。例如：“哪想到那么多，当时和同事们只晓得全神贯注地投入抢救。”“对于我们上海市第六人民医院骨科医生来说，目睹断肢是司空见惯的事；但像眼前这位病人被截断了双下肢，我是第一次看见，真有点震惊。”这篇《双下肢再植记》再现了当时抢救的情景，现场感强，可读性也强。这些都是消息稿所达不到的。

我在采访后，先将照片寄给报社，然后又寄上专访稿，没想到最后见报时“图文并茂”地发了，这同时也凝聚着报社科教部、总编室为人做嫁衣的幕后英雄的功绩。在这里我要感激这些编辑同仁，为驻地记者的新闻作品修改、润色并让出显著和突出的版面。

作为一名专业新闻工作者，要抢新闻，以新闻的外延——消息，及时、快速地报道；在没抢到、落后了，当以新闻的内涵——通讯，从“深度”上去弥补，并且要下苦功夫。这就是我采写《双下肢再植记》的体会。

（《健康报记者通讯》1994 年第 3 期）

写好读者需求的新闻“高级欲望”通讯

——三篇通讯采写体会

新闻心理学把读者获取新闻的欲望分成初级欲望和高级欲望。称使用简明扼要的文字、概括叙述的方法，迅速及时地传递信息与报道客观事实的消息，是满足读者的初级欲望；称和谐地运用多种表现手法，再现新闻事实，较细致地表现新闻事实的发生、变化、结果、影响，比消息详细而生动地报道客观事实的通讯，是满足读者的高级欲望。

对于读者需求的新闻"高级欲望"——通讯，我曾在《健康报记者通讯》1994 年第 3 期《新闻要从内涵上下工夫》一文中这样论述："如果说消息是新闻的外延，追求的是'快'，那么通讯则是新闻的内涵，追求的是'深'。富有内涵的'深'是外延求'快'所不能达到的。"

1994 年，我在《健康报》上发表的多篇通讯体裁的报道，6 篇被评为重点稿件，得到了报社领导和同仁们的肯定。现就其中《癌肿诱导分化第一人》《我记住了两位总理的嘱咐》和《研究室的灯亮起来》3 篇，即一篇人物通讯、一篇专访、一篇侧记，谈谈我是如何从新闻的内涵上追求"深"，以满足读者的高级欲望的。

写人物通讯重要的是选准人

人物通讯《癌肿诱导分化第一人——记荣获凯特林金奖的上海二医大教授王振义》，刊于 1994 年 8 月 30 日第一版，占据了整版四分之一强的版面。文章发表当天，正值我校为王振义教授举行隆重的庆功大会，上海市副市长和卫生部等有关领导、专家数百人出席了庆功会。会上，百余份《健康报》在会场上散发，更给大会增添了气氛。有关王振义教授荣获凯特林医学奖的新闻报道入选了 1994 年医药科技十大新闻。

写人物通讯，我感到最重要的是要选准人。人物通讯所要报道的人物，不应是一般意义上的好人好事，而应是最能表现时代特征、反映时代精神的新人新事。王振义教授之所以被誉为"人类癌肿治疗史上应用诱导分化疗法获得成功的第一人"，用参与凯特林医学奖评选的 30 名来自世界各地的国际知名癌症专家的结论性意见来表达，主要在三个方面是史无前例的：第一，他使用中国自己生产的全反式维甲酸药物是自然物质，而不是有毒的化学物质；第二，他和他的同事已经初步摸清了全反式维甲酸在急性甲幼粒细胞白血病患者体内是如何起作用的机制，而不是在试管里或动物身上取得效果；第三，他采用的诱导分化疗法与化疗、放疗杀灭癌细胞不同，是把癌细胞改造成为正常细胞。对于王振义教授这样一位有杰出医学成就的科技新闻人物，就应该运用人物通讯这一新闻体裁，重彩浓墨地去讴歌、赞颂。

王振义教授是一位著名的血液病学专家。对于他在白血病临床和科研上取得的成绩，以及1990年、1992年、1993年先后获得法国突出贡献医生奖、法国外籍院士称号、法国荣誉军团骑士勋章等殊荣，我都曾以消息予以报道，并想以人物通讯加以宣传，但似乎觉得还缺少些什么。于是，我一面通过多次采访，积累了翔实的第一手资料，一面耐心等待新的重大的新闻由头。1994年6月15日，这一有着重大意义的一天终于等到了，王振义教授在华盛顿的美国国会图书馆获得了据说是除了诺贝尔医学奖之外的最高奖——凯特林医学奖。这时，我感到除了用消息迅速及时地报道外，采用人物通讯的报道新闻体裁的时机已经到了。从新闻学的报道原则来讲，用人物通讯的新闻体裁来报道王教授的新闻时效性，即新闻的时间性、新闻的时新性和新闻的时宜性都已成熟。

成功的专访来自成功的采访

专访《我记住了两位总理的嘱咐——访"求是"奖得主、杰出医学科学家陈中伟教授》9月13日在第一版见报后，没几天就收到《健康报》社副总编辑周方正寄来的当日报纸，并在边款题了"德荣此文将一位医学家写得活灵活现，背景材料也剪贴得当"的评语。

与其说周方正副总编辑的评语是对这篇专访的肯定，倒不如说是报社领导对驻地记者的莫大鼓励。我体会到这篇专访之所以获得好评，主要在于采访的顺利和成功。新闻界有这样的行话："七分采访，三分写作。""在当今新闻事业中，最成功的报道都来自成功的采访。"可见在新闻传播的整个过程中，采访是第一个环节，是首要的、重要的环节。

据报社科教部副主任张荔子说，8月22日下午李鹏总理出席并授奖的香港求是科技基金会在北京钓鱼台国宾馆隆重举行的颁奖仪式，《健康报》记者没有受到邀请前往采访。当报社获悉陈中伟教授作为10位杰出科学家中唯一的医学专家获得"求是"奖，欲去采访时，陈中伟教授已于翌日上午离京回沪了。张荔子副主任电话告急，要我尽快采访陈中伟，写篇专访，我当即欣然答应了。对于这一特殊任务，我表现得很乐观，是出于这样两点理由：一是陈中伟教授是我校54届校友，相对比较熟悉，并掌握了他许多材料；二是过去周恩来总理曾接见过他，这次李鹏总理又亲自授奖，肯定有文章可做。

一个星期六的下午，采访陈中伟教授在他的办公室里进行。我根据预先准备好的采访提纲一一提问，很善言辞的陈中伟教授生动地再现了几天前在北京的授奖活动，甚至回忆起当时鲜为人知的一些细节。例如10位获奖者中，由于理论物理学家邓稼先已经病故，由其夫人代为出席领奖。只见她双手擎着邓稼先的遗像，遮在自己的面庞前面，更令与会的领导和专家注目，人们无不向邓稼先遗像投以敬重的目光。当陈中伟教授谈到，李鹏总理在向他授奖时握住他的手，和蔼亲切地嘱咐：“要用医学科学技术，更好地为人民服务。”回到座位他情不自禁想到31年前周恩来总理接见他时的勉励：“继续努力，争取在又红又专的道路上取得更大成就。”我的听觉促使我眼睛一下子亮了起来。

醒目的专访标题已经在我的脑海里形成，专访文章似乎已完成了一半。

采访陈中伟教授十分成功，在写作时我在对事实的叙述、背景材料的交代和现场的描写上下了功夫，并更着重于专访的“访谈”上。应该说，这篇专访是有别于中央各大报所发消息之外的一篇医学界共同感兴趣的“独家新闻”。

侧记的着眼点要小

《研究室的灯亮起来——陈敏章考察上海瑞金医院侧记》发表在去年11月8日《健康报》三版头条，这篇侧记原先标题是《科研就是要多拿金牌》，见报时编辑改成现在这个标题，我觉得也十分妥帖。

陈敏章部长是我校55届校友，在上海参加上海医科大学“211工程”部门预审，抽暇回母校，定要看看当年自己实习过的上海第二医科大学附属瑞金医院。“从母校毕业都39年了，有几回虽来过瑞金医院，但都是来去匆匆，这回要好好看看。”陈部长在瑞金医院看了许多地方，也发表了许多讲话，其中不少话是带有指导性的。我在撰写这篇侧记中，把跟随采访中所获得的材料经过筛选、取舍，并忍痛割爱许多也有一定宣传价值的内容，最后侧重陈部长在血液学研究所的所见所闻，突出一群年轻人在搞科研的情况。文中有这样一段话，所长秘书小傅对陈部长说：“陈竺老师每天都要忙到深更半夜才回家，现在实验室即使到了晚上，仍是灯火通明。”陈部长说：“过去我们都是这么干的，可是后来有一段时间灯熄灭了，现在灯又亮起来了，这很好。”字里行间表现了卫生部长重视科研工作。特别是陈部长最后对一群送行的科研人员说：“我们12亿人都要有奥运拿金牌的精神，科研就是要多拿金牌。"很发人深省。

侧记一类的通讯不容易写好,其关键是着眼点要小,要对一大堆材料进行有机的选择,确定好一个主题。

总之,通讯是消息的补充,是消息的深化。一个新闻工作者应该运用好通讯——这个新闻报道体裁的主要品种,以满足读者的"高级欲望"。

(《健康报记者通讯》1994 年增刊)

增强精品意识　争上重点稿件

(一)

"精品"一词是个亮丽、时髦的新名词,最具权威的大型综合性辞书《辞海》(1989 年版)没有收入该条目;以记录普通话语汇为主的中型词典《现代汉语词典》,直至 1996 年 7 月修订第 3 版,才将"精品"一词收入,释义为:"精良的物品;上乘的作品。"

那么"精品"一词又是如何走进新闻圈的呢? 恕笔者孤陋寡闻,也没有去考证过。不过,笔者记忆犹新的是:《人民日报》总编辑范敬宜曾在《1996:〈人民日报〉精品年》(刊于《中国记者》1996 年第 1 期)一文中有过论述。"什么叫精品,也即精品的标准",范敬宜提出了这样四条,"一是导向正确;二是意义重大;三是精心编写;四是效果突出。这四条,就是权威性、指导性和吸引力、感染力的统一。"可见,这是范敬宜对"新闻精品"科学而权威的诠释。

笔者认为,《健康报》社从 1994 年 4 月 1 日起实行重点稿件审评制度,所审评出的"重点稿件"无疑都是《健康报》的"新闻精品"。其理由有两条:

一是这些重点稿件都是社内记者、驻地记者和通讯员贯彻落实报社"立足卫生界,面向全社会"办报方针;坚持"两个结合",即指导性和群众性的结合,思想性和可读性的结合;遵循"四个贴近",即贴近卫生工作的实际、贴近广大医药卫生人员、贴近社会生活、贴近人民群众而撰写出来的上乘新闻作品,也完全符合范敬宜总编辑提出的精品四条标准。

二是这些重点稿件审评产生的比例恰当,没有那种过多过滥、为评而评的感觉,报社重点稿件审评小组是认真审评、从严掌握的。我们从表(一)(略)可以看出，1994 年平均每期刊登 1.66 篇，1995 年平均每期刊登 2.72 篇，1996 年平均每期刊登 2.15 篇。统计 1994 年 4 月 1 日至 1996 年 12 月 31 日出版的 856 期报纸，总共审评出重点稿件 1 901 篇，平均每期刊登 2.22 篇，也即平均每期报纸有 2 篇多一点的精品。这个比例应该说是正常的、让人可信的。我们再从表(二)(略)可以看出，1995 年 129 名驻地记者共刊用稿件 2 827 篇，其中被审评为重点稿件 256 篇，占全年刊用率 9.06%；1996 年 138 名驻地记者共刊用稿件 2 298 篇，其中被评为重点稿件 182 篇，占全年刊用率 7.92%。如果从 1995 年和 1996 年两年情况来看，两年平均刊用率为 8.55%。这个掌握在十分之一以内的比率是有分寸的。

(二)

如果说驻地记者这支由全国各地一百多人组成的队伍具有相当的实力和独特的优势，然而我们从表(二)分析却大为逊色。从 1994 年到 1996 年 3 年驻地记者所获重点稿件占报社重点稿件率来看，1994 年为 33.9%、1995 年为 30.4%、1996 年为 27.4%，很显然每年以 3 个百分点在递减。而驻地记者人均重点稿件也呈下降趋势，1995 年为 1.98 篇，而 1996 年仅为 1.32 篇。分析驻地记者重点稿件递减和下降的原因，笔者认为，驻地记者"精品意识"不强、"内功修炼"未到家，恐怕是两个最主要的因素。

一个称职的好的新闻工作者必须具有强烈的精品意识，必须经常不断地修练内功。应该说，报社领导这几年多次在提醒驻地记者。白筠总编辑在 1994 年全国记者会议上以《把报道质量提高到一个新水平》为题，真诚地说："在这报刊如林的竞争形势下，《健康报》作为卫生部的机关报，如何依靠自己内在质量取胜而不是靠'大牌子'去'唬人'；如何办成一张符合我们身份和地位的报纸，以自己的质量在众多的卫生报刊中'领衔'，这就向我们提出了新的挑战。"在 1995 年全国记者会议上，白总编又说："今年我们不再扩版、扩期，着重在'内涵'上下功夫。我们不提什么新的口号，而是扎扎实实练'内功'。"在 1996 年全国记者会议上，白总编更是"希望我们一起努力，能向'读者喜闻乐见'的目标前进一步"。可见，报社领导对驻地记者的谆谆嘱咐，是在强调记者的"精品意识"和"内功修炼"。如果一张报纸的重点稿件多了，内在质量提高了，读者自然喜闻乐见了。

（三）

自从报社实行重点稿件审评制度以来，笔者每年都获得6篇以上重点稿件，1996年7篇，并列驻地记者第三名。现就这7篇重点稿件谈些体会，同时也求教于驻地记者同仁。

这7篇重点稿件分为三类，其中消息4篇：《中国人类基因组研究获重大进展》《我学者在血液研究领域获突破》《我国白血病临床研究再获成果》《“穴居”亦可高枕无忧》；人物专访2篇：《“我做了正确选择”》《夕阳情未了　朝露花又开》；通讯1篇：《髂骨覆盖心脏记》。

——《中国人类基因组研究获重大进展》（1月21日一版头条）这则消息之所以发表在一版头条位置上，首先是新闻反映的事实重大。我们都知道，中国人类基因组研究是国家自然科学基金委员会生命科学部迄今为止最大的研究项目，由两位中科院院士——中国医学科学院基础医学研究所强伯勤教授和上海第二医科大学血液学研究所陈竺教授领衔。这个项目从1994年1月进入实质性研究工作，到1996年1月，2年时间的研究有何进展？消息以取得的系列成果，回答了人们所关心和想要了解的情况。这则消息能被评审评为重点稿件，除新闻价值因素外，还在于其新闻导语的写作是成功的。导语第一句以自豪、报喜的语调：“国际人类基因数据库中终于有了第一批中国人的数据。”一下子吸引住了读者，接着叙述：“这是日前由国家自然科学基金委员会组织，在上海第二医科大学召开的《中华民族基因组中若干位点基因结构的研究》中期汇报检查会传出的信息。”整个导语，包括标点不满100字，开门见山地告诉了读者这一重大信息。另一点体会是，记者曾在一版头条发过《中国人类基因组研究启动》的消息，此次再度报道是紧追不舍的跟踪报道。

——《我学者在血液研究领域获突破》（7月14日一版报眼）和《我国白血病临床研究再获成果》（10月25日一版）两篇消息，都是反映在白血病研究领域取得科技成果的报道。前者主要报道一名博士研究生完成了《氧化砷治疗急性早幼粒白血病的细胞分子机制研究》学位论文，其论文不仅被国际著名的《血液》杂志所接受定于近期发表，而且还将在杂志封面刊登论文的附图；后者主要报道经过7年的研究，一项“人类白血病诱导分化和凋亡的细胞及分子机制研究”课题通过鉴定，成果达到国际领先水平、部分研究为国际首创。

记者报道的成功之处，在于用通俗易懂的语言把既深奥、学术性又很强的研究成果介绍给读者，这大概是两篇消息都能入选重点稿件的一条理由。

——《“穴居”亦可高枕无忧》（11 月 20 日周末版一版）说的是半地下空间居住环境与高层建筑地面底层住房相当，对居民身心健康无影响。这则消息虽说也是一项科研成果，但记者跳出了成果文字材料，通过再采访当事人，将“重大意义”展示在读者面前。这一段文字是：“为此，曹钟兴教授说，上海有 2 400 多幢高层建筑，花少量投资即可改建成六级人防标准的半地下居室数十万平方米。开发城市半地下空间，将有助于缓和城市居住矛盾。”此消息发在周末版，看来“可读性”和“贴近社会生活”被记者紧紧抓住了，自然也就成了重点稿件。

——《“我做了正确选择”》（1 月 12 日三版头条）是就“爱国主义”请年轻中科院院士陈竺阐述的一篇专访。陈竺联系自己实际，对“爱国主义”的独到、精辟的认识很发人深省，很有教育意义。这篇专访是报社为了宣传爱国主义的一篇约稿，其关键是如何设计采访计划、引导专访对象朝记者所要求的问题回答，然后整理采访记录，具体布局谋篇。例如，记者设计了“如果请你用两节课时向年轻科技人员和在校大学生谈谈‘爱国主义’，你会怎么说”的提问。直录式地记述“陈竺略加思索，深沉地说：‘我大概会从法国巴黎罗浮宫里陈列的，当年由八国联军从中华大地上掠夺去的文物讲起’”的回答。提问亲切自然，回答娓娓道来，丝毫没有矫揉造作、煞有介事之感，这篇专访稿被审评为重点稿件也是意料之中的事。

——《夕阳情未了 朝露花又开》（9 月 6 日一版）是记者对中国工程院院士王振义教授从北京获得求是基金“杰出科学家奖”回沪后的一篇专访。专访围绕老教授“情未了”的感慨，把他获得 100 万元奖金后的心愿都倾注于笔端。“改革开放、科教兴国的大好时光，犹如春天的朝露，给花卉草木以润泽。这 10 多年来，一个个荣誉和称号接踵而来，这都是祖国、党和人民对一个老知识分子、一个老医务工作者的关怀啊！”“我将这笔奖金的 40％捐献给上海二医大，用以奖励在医教研各方面作出突出成绩的教师和研究生；40％将捐献给我目前所在的瑞金医院；10％留在上海血液学研究所。至于有人建议我用奖金建立‘王振义基金会’，我还是坚持 2 年前获得凯特林医学奖后的做法，不要叫什么‘王振义基金会’，应把癌种研究的事业进一步光大，以我绵薄的力量，培养更多医学事业的接班人，为血液病人和癌肿病人造福。”这些朴实的言语以情动人、跃然纸上，使读者看到了一位老科学家的胸怀。这篇专访稿成为重点稿件，也是顺理成章的。

——《髂骨覆盖心脏记》(4 月 4 日一版)是篇现场感很强的通讯，报道了国内首例患先天性胸骨缺损畸形并伴上腹壁疝的 9 岁小女孩于 4 月 2 日在上海二医大附属第九人民医院接受整形外科手术的过程。由于上海一家大报错误地以“湖北九龄童心脏长腹部”为题渲染，于是手术那天，上海各传媒云集该院，不少报纸记者竟然通过闭路电视也在写“修复术见闻”“现场专递”，更有甚者却以“体外心脏放进胸膛”“为心脏造一间房”作标题的失实报道。《健康报》驻地记者是唯一进手术室目睹手术全过程的文字记者。通过现场采访，在请教了小儿心脏外科专家后，记者最后以科学、准确的《髂骨覆盖心脏记》为通讯标题，再现了手术过程。短小精悍的千字文，由于 4 月 3 日是星期三，《健康报》出版《社会周刊》而未抢在第一时间见报甚为憾事，但能评为重点稿件还是很愉快的。

分析 7 篇重点稿件，笔者有这样三条体会：一是采写消息特别是医学科技成果消息必须强调贴近人民群众，要让人民群众看得懂、接受得了，要学会把深奥的、学术性很强的医学科技知识“翻译”成通俗易懂的文字。而对于有些时间跨度长的重大研究项目，要进行跟踪报道。在写作上，一定要花精力把新闻导语写好，以吸引编辑处理好你的稿件，吸引读者去阅读你的作品。二是由于人物专访的采写有很强的新闻性和现实针对性，因此首要的是选准采访对象。在采访前要尽可能了解并研究同采访对象有关的情况，一定要拟一个周全的采访计划或提纲；采访中要引导并认真作好记录；写作时特别要注重体现采访对象有个性的讲话内容。三是对采写目击一类现场感很强的通讯，记者一定要到现场采访、细心观察，存有疑问当面请教解决，详细占有第一手材料，然后客观真实地报道出来。文字不宜过长，掌握在千字左右，另外要有一个准确而又吸引人阅读的好标题。

以上是自说自话对自己 1996 年 7 篇重点稿件进行一孔之见的“美誉”，其实这 7 篇重点稿件如有时间再“磨”一番，可能会好一些，但新闻的“急就章”属性只能就此作罢。

(四)

因此，话还得说回来，要使自己的新闻作品成为重点稿件、成为精品，记者首要的是要有精品意识，而且是强烈的精品意识；其次是练好内功，必须是经常不断地修炼，包括思想觉悟、学识水平，业务能力等各方面的基本素质。

在《健康报》越办越好的态势下，驻地记者绝不能自满于一年之内被动地被审评上几篇重点稿件，而是要在增强精品意识的前提下，意在笔先，有的放矢，像抢新闻一样去争重点稿件的桂冠。当然，要求记者稿子篇篇都是重点稿件，件件都是新闻精品，这不现实，也不可能；但对于重大题材或选准的重要题材，要求记者下大力气去深入采写、精细加工，力求出重点稿、精品稿，持这个态度还是端正的。

最后愿与驻地记者同仁们一起努力，为使《健康报》重点稿件、新闻精品好戏连台、层出不穷而笔耕不辍。

（《健康报记者通讯》1997 年增刊）

魅力寓于“可读性”之中

——采写《曹谊林复制“人耳”成功》的体会

酝酿好撰写此文的标题，又欣闻曹谊林获得了 1998 年度詹姆斯培雷特勃朗大奖。曹谊林将于今年 5 月 18 日出席在加拿大魁北克市举行的全美整形外科医师协会第 77 届年会，除在开幕式上领奖外，还将作 10 分钟的大会学术报告。据悉，曹谊林是荣膺该奖的第一位亚洲人。于是，笔者立即采写消息《复制“人耳”成果轰动国际整形外科学界（引题）/曹谊林获美国詹氏大奖（主题）》，已刊于 4 月 11 日《健康报》一版报眼。

曹谊林运用组织工程学复制“人耳”成功，获得最具权威的美国詹氏大奖，成为荣膺该奖的亚洲第一人，说明曹谊林的研究项目不仅意义重大，而且成果已得到了世界上的公认。从新闻学的角度来说，复制“人耳”成功是个重大事件，重大事件容易产生重大新闻，这就看作为一名医学科技新闻记者，是否捕捉到了这条“活鱼”，是否花工夫去重彩浓墨地报道。发表于 1997 年 4 月 6 日《健康报》一版报眼的《组织工程学催开奇苑（引题）/曹谊林复制“人耳”成功（主题）》，之所以能获得报社重点稿和好新闻二等奖榜首，第一是沾了这一重大事件的光，第二才是在采写上取得了一定的成功。要谈体会，联系多年来从事医学科技新闻的报道实践，笔者认为“医学科技新闻的魅力在于‘可读性’”，这是每一个医学科技新闻记者应该和必须遵循的一条准则。

可读性，英文叫 Readability，其中文意思是易读、清楚，有趣味。说得透彻些，它实质上是属于写作的技巧问题，是新闻记者特别是医学科技新闻记者的整体水平在新闻报道的选材、表达、结构等诸多方面的综合能力的反映。一篇医学科技新闻的可读性越强，它才越具有吸引读者的魅力，同时也越具有广为传播的魅力。

下面笔者就可读性来分析《曹谊林复制“人耳”成功》一文。

请看这篇消息的导语是这样写的：

本报讯 “复制人耳如从实验进入临床，将给整形外科乃至整个外科带来革命性突破。”这是日前在上海出席华裔骨科学会第二届学术会议的专家，在听取上海第二医科大学组织工程研究中心主任、第九人民医院整形外科副教授曹谊林所作《组织工程学复制人耳实验研究》学术报告后发出的共同感叹。

这是一则引用直接“引语”的导语，它通过引用出席华裔骨科学会第二届学术会议专家的感叹，抓住了具有新闻价值的主要问题，即消息的核心和重点，使读者一读到这篇消息就感觉到客观、真实、可信，并使这篇纯基础性研究的医学科技报道一下子生动、活泼起来，增添了色彩，增加了可读性。

这篇消息的主体部分共有 4 个自然段，担负着解释和深化导语及补充导语所没有涉及的新闻事实。下面是主体部分的第一自然段：

曹谊林副教授是中国工程院院士、著名整形外科专家张涤生教授的博士研究生，1992 年又师从世界组织工程学鼻祖、美国哈佛大学医学院组织工程实验室主任瓦康堤教授做博士后研究工作。他在波士顿儿童医院的一个实验室看到经体外培养的细胞可以形成软骨，遂决定探讨其在整形外科的应用前景。他在这个实验室经过两年时间、几十次的失败，最终在世界上首次将牛的软骨细胞吸附在预先已塑成人耳模样的特殊生物材料上，然后再把这一细胞生物的复合体植入一只没有免疫反应的裸鼠背部皮下，结果使裸鼠背上长出了“人耳”。

这段消息的主体部分交代了新闻背景材料，即叙述新闻产生的条件、原因、历史和环境，以及补充了导语所没有涉及的新闻事实，达到了深化导语的目的。读者从这一段文字中，了解了曹谊林的简况，并点出了复制“人耳”究竟是怎么回事。由于叙述简洁流畅，逐步把读者引向深入，可读性在起着作用。

从主体部分的第二自然段到第四自然段，虽说还是消息的背景材料，但一个显著的特点是运用直接、间接的“引语”来向读者进一步介绍有关情况，请看这三段文字：

曹谊林把这一奇迹归功于方兴未艾的组织工程学。他说，组织工程学是一门医学细胞生物学与工程学相结合的边缘学科，主要研究并开发生物替代物，以修复、重建因外伤或病变了的组织和器官。由于这一“组织工程”首先是取自正常组织细胞，在体外培养扩增后吸附于一种特殊的生物材料上，再植入自身损伤的组织部位，让细胞生长形成新的相应组织器官，因此不存在排异问题。其中的关键是，这一特殊的生物材料不但要允许细胞吮吸营养，进行新陈代谢，按照预制模型生长，而且在植入损伤组织后要能逐渐被自身所吸收。

曹谊林说，从整形外科角度来讲，耳朵外形形态是较复杂的人体器官之一，而人体其他器官如肝脏等就更为复杂了。要从实验研究进入临床运用，除寻求与人体相安无事的更为理想的特殊生物材料外，克服体外培养细胞的衰老等也都是难题。

曹谊林说：“组织工程学前景看好，最终进入临床是完全可能的。”他呼吁国家有关部门能支持这一学科，调集国内力量组织攻关，让已经领先的研究继续站在世界前沿。

上述三段文字的第一段，用一句“曹谊林把这一奇迹归功于方兴未艾的组织工程学”，引出了对“组织工程学”这一新兴学科的介绍。由于采访深入，掌握了大量第一手材料，然后经过消化，把比较深奥的科学名词用通俗易懂的文字并间接通过曹谊林之口展现出来，使读者一目了然地理解什么叫"组织工程学"、为什么"不存在排异",以及"其中的关键"又是什么。这是一段注释新闻事实很强的背景材料,它起着传播知识、引起读者阅读兴趣的作用。这里尤其要指出的是把艰涩的基础研究的东西通俗化地"翻译"过来,从而使专业人员和普通百姓都能接受。这便是可读性的魅力所在。

第二段继续用间接引语,说明要从实验研究进入临床运用有难度,并讲出难度的关键是"理想的特殊生物材料"和"体外培养细胞的衰老"。第三段文字,即整篇消息的最后一段文字用直接引语和间接引语,肯定"组织工程学前景看好,最终进入临床是完全可能的",同时"呼吁国家有关部门能支持这一学科"。这让读者阅读了这两段文字后,看到了曹谊林复制"人耳"成功后的前景,想象组织工程学将造福于人类,将"给整形外科乃至整个外科带来革命性突破"。读者阅读至此,不觉得消息冗长,是可读性强烈地吸引住了读者。

读者阅读了整个 700 多字的消息,从导语到主体最后一段,恐怕感觉最深的是消息采取了直接引语与间接引语同时运用、并行不悖的方法。它的好处是互相衬托,互为补充,使直接引语更突出,好像画龙点睛,更鲜明、更简洁地表达关键性的内容;使间接引语更可信,为实际上是记者叙述的文字增加可信度。因此说,一般的消息,尤其是基础性研究的医学科技新闻报道,采用直接引语、间接引语和记者叙述的结构方式,经过精心安排,是完全可以化严肃为活泼,化呆板为生动的,这无疑增强了可读性。

在这里笔者强调"医学科技新闻的魅力在于'可读性'",不是不要医学科技新闻的生命——科学性、真实性、客观性和准确性,只是在科学性、真实性、客观性和准确性的必要前提下,别忘了其魅力却是它的可读性。

(《健康报记者通讯》1998 年第 2 期)

医学科技记者应是学者专家型

21 世纪正朝着我们走来,而且其脚步声已越来越清晰。面对医学新世纪的到来,作为跨世纪的医学科技记者,应该以怎样的姿态去继续维护《健康报》医学科技新闻的权威性?应该以如何的素质去继续采写《健康报》医学科技新闻的精品?已是摆在每一个医学科技记者面前的一项紧迫任务。

笔者认为，跨世纪的医学科技记者应该是学者专家型的记者。唯有学者专家型的记者，才能更好地维护《健康报》医学科技新闻的权威性，才能更多地采写《健康报》医学科技新闻的精品。

学者专家型的医学科技记者是时代发展的需要。医学科技记者是“记者”，更应成为“学者”；医学科技记者是“杂家”，更应成为“专家”。在中国现代新闻史上，身兼“记者”与“学者”之长，“杂家”与“专家”之优，并在这两个方面者作出突出成就的不乏其人，这应成为我们升学科技记者学习的楷模。

医学是一门学科，新闻也是一门学科，医学科技记者是融这两门学科于一身的行当，应该拥有自己的学者。这种学者是记者的一种升华，是把医学科技新闻当作一门学问来研究的文人。新闻记者又向来被视为杂家，除了熟悉本行的专业外，文史哲理、数理化、天地生都有广泛的涉猎，这是杂。而作为专门采访报道医学领域、特别是该领域中一个重要的医学科技分支，医学科技记者则必须掌握或精通这方面的专业知识，熟悉这方面的学术情况、发展方向及其学者队伍。在当“记者”的同时，又做“学者”；在当“杂家”的同时，又当“专家”，并以“记者”和“学者”“杂家”和“专家”的双重修养，采写好每一篇医学科技新闻报道，这样的医学科技新闻报道才是高水平的。在这里必须强调的是，医学科技记者是“学者”“专家”与医学科技记者是“记者”“杂家”的提法并不矛盾，两者有着密不可分的关系。跨世纪的医学科技记者应该立志成为学者专家型的医学科技记者。

而要成为学者专家型的医学科技记者，其关键是学习医学知识，即使是医学本科毕业后从事于医学科技新闻报道的记者也同样有个再学习医学知识的任务。谈起医学科技记者再学习的问题，无论是我们的新闻官员，还是第一线的记者，其第一反应绝大多数是党的方针政策理论再学习、新闻业务再学习、外语再学习，而从不或极少有人会提出医学知识再学习。应该说，随着医学的突飞猛进，医学科技记者再学习医学科学知识已是一个刻不容缓、摆到重要议事日程上来的问题了。如果说前几年有人撰文呼吁，我们的临床、科研工作者应该领一张分子生物学的入场券，那么今天的医学科技记者应该在分子生物学这个“剧场”内，懂得并会欣赏“克隆”“转基因”“人类基因组研究”“组织工程学”“生物信息学”等一个个世界前沿水平的剧目。可见，医学科技记者或已持有医本科文凭的医学科技记者都需要再学习、再充电，只有谙熟和掌握、了解世界前沿水平的医学科学知识，才可能成为学者专家型的医学科技记者。

笔者是半路出家的医学高等院校的校报记者，虽说从事医学科技新闻报道已有十多年的历史，但是要想努力成为一名学者专家型的医学科技记者，还需不断学习各方面的知识，尤其是日新月异不断在发展的医学知识。从笔者的体会来说，和科技研究人员交朋友、虚心向他们请教，然后是苦读并钻研高水平的医学动态、论著、学术刊物，是逐步向学者专家型医学科技记者道路逼近的一条捷径。就拿我国“人类基因组研究”来说，作长期跟踪报道，笔者有一个得天独厚的条件，那就是作为该研究的领衔人之一的中科院院士陈竺教授就在我们学校的血液学研究所。他 1989 年春夏之交从法国获得博士学位回国后，我们就交上了朋友，在以后的一系列有关报道，特别是“人类基因组研究”方面的跟踪报道，有这么一位专家在身边不断“上课”“调适”，使笔者这个门外汉也能做到“在外行面前不说内行话，在内行面前不说外行话”。同样，采访报道笔者所在学校，上海二医大附属第九人民医院整形外科曹谊林教授应用组织工程学在国际上首次复制“人耳”成功，最早在他于国内首先成功施行全头皮撕脱再植术时，我们就交上了朋友。由于我们的医学科学家和医学科技记者成了知己、医学科技记者通过再学习和深入采访，致使类似“人类基因组研究”“组织工程学研究”等项目的医学科技报道都获得了成功。试想，这些在现行医学教科书上都没有反映和涉及的新医学名词和崭新内容，医学科技记者不通过再学习，能获得报道成功吗？再如，随着 80 年代末人类基因组计划启动而兴起的一门新的交叉学科——生物信息学，即用数理和信息科学的观点、理论和方法去研究生命现象，组织和分析呈指数增长的生物数据的一门学科。如不搞懂搞通，医学科技记者的新闻报道将一筹莫展。因此说，医学科技记者只有通过再学习，所报道的医学科技新闻比以前撰写的新闻作品才更有深度和力度；成为跨世纪的学者专家型的医学科技记者，他们具有了丰厚的学养，才有可能与我们的医学科学家们就许多话题进行平等的交流与思想的碰撞。

白筠总编辑在今年年初《以办报为中心实施“精品战略”》的讲话中，在谈到 1998 年继续加强卫生工作重点的报道时说：“突出医学科技报道在本报新闻版的重要支点作用，强化医学科技宣传的权威性，医学科技报道一直是本报的特色，无论是在新闻版、专版，还是特刊都有医学科技报道，有的版还以专栏的形式固定下来，保证了科技报道在版面上所占的份额，在宣传上形成一种强势。据统计，科技报道已占版面份额的16.9%，不少重大的科研成果、科技焦点、科技人物的报道上了头版头条。”白筠总编辑的一番话语无疑再次肯定，医学科技报道是《健康报》的一大特色并具有权威性，这方面的报道在今后必须加强和保持。

从一个跨世纪的学者专家型的医学科技记者的高度来认识，笔者认为除前面已着重提到的医学科技记者必须再学习医学知识外，还必须从以下三个方面加强力度。

一是进一步加强对“科学技术是第一生产力”的再认识，用马列主义、毛泽东思想、邓小平理论来指导我们的医学科技报道。当前特别要学习新华出版社今年1月出版的《邓小平论新闻宣传》一书，这是马克思主义原理同我国新闻工作实际与时代特征紧密结合的一本经典文献，揭示了有关新闻工作一系列基本问题的本质，够我们跨世纪的医学科技记者享用相当长的一段时期。

二是学者专家型医学科技记者必须熟练驾驭各种新闻报道体裁。医学科技报道是科技新闻报道的一部分，它不同于一般医学科技情报，它受新闻规律的支配，但又不同于一般的新闻，具有医学科技报道的专业性。医学科技记者报道的消息要科学，要有根有据，要尊重科学家的劳动；医学科技记者报道的人物通讯，要强调科学精神，写真实的、使人感到亲切的人，而不是脱离现实的圣人。

三是学者专家型医学科技记者必须极具科普意识、通俗意识。医学科技新闻报道唯其通俗、科普化才会拥有读者。应该承认，将艰涩难懂的医学科技术语变为老百姓大众所能接受的语言，是一种高水平的表达。如果医学科技记者缺乏科普、通俗意识，一味地照抄科研论文和鉴定结论，让外行看不懂的医学科技新闻报道是不会有吸引力的，也产生不了医学科技新闻独特的魅力。

当然，学者专家型医学科技记者还应具备包括能得心应手地操作计算机及现代通信工具，以及在外语方面做到说、读、听、写四会的能力。

这样，有一批努力成为跨世纪的学者专家型医学科技记者，将在1998年《健康报》实施精品战略的第一年，就会有一个好的开端，《健康报》医学科技新闻的特色和权威性将会永远保持下去。

（《健康报记者通讯》1998年增刊）

新闻作品入选中国医药科技十大新闻的思考

由卫生部、总后卫生部、科技部、国家药品监督管理局、国家中医药管理局、中国科协、中华医学会、《健康报》社联合主办评选的中国医药科技十大新闻，已越来越引起广大读者的关注并越发显示出评选的权威性。中国医药科技十大新闻自1992年开始评选至1998年，已连续进行了7次。有幸的是在7次评选中，本文作者曾有4篇新闻作品入选。它们分别是：《中国人类基因组研究正式启动》《王振义获美国凯特林医学奖》《曹谊林复制“人耳”成功》和《亚洲基因库主要源于非洲》。

特别值得本文作者高兴的是，据《中国医学科学院院报》最近一期报道，入选1998年中国医药科技十大新闻的《亚洲基因库主要源于非洲》的当事人（研究者）——中国医学科学院医学生物研究所所长、中国人类基因组计划中国不同民族基因组保存课题组负责人褚嘉祐教授，因其研究论文《中国各人群的遗传关系》发表在1998年9月29日出版的《美国科学院学报》，并入选1998年中国医药科技十大新闻，而获得了中国医学科学院（中国协和医科大学）颁发的1 000美元重奖。由此从一个侧面可以看出，中国医药科技十大新闻的评选已得到高等院校和医药科研单位的重视与肯定。

回顾所采写的新闻作品之所以能入选中国医药科技十大新闻，本文作者作如下思考。

思考之一：医药科技新闻的灵魂是科学表达

在科技新闻中，医药科技新闻拥有最多的受众，其中一个重要原因是人们对自身的健康最为关注。这些年来，《健康报》的医药科技新闻已形成报纸的一大特色并具有权威性，也正是在医药科技新闻报道的内容和形式上，做到了名副其实的“科学表达”，因为这是医药科技新闻的灵魂。唯其做到了“科学表达”，才给受众以正确的导向，让受众青睐、信赖于报纸，同时也维护了《健康报》刊载医药科技新闻报道的权威性。

一个医药科技新闻工作者要做到报道的科学表达，其首要条件是讲政治，这也是所有新闻工作者应具有的政治素养。不能想象一个不讲政治、没有大局意识的记者，能采写出具有“科学表达”的新闻作品来。其次也就是本文作者一再呼吁并首先身体力行的，“跨世纪的医学科技记者应该是学者专家型的记者”。如本文作者不搞懂弄通“诱导分化”“细胞凋亡”“克隆”“转基因”“人类基因组研究”“组织工程学”“生物信息学”等属世界科技前沿、而医学教科书又严重滞后的医学科学知识，就不可能采写好诸如《中国人类基因组研究获重大进展(主题)/首批中国人数据已列入国际人类基因数据库(副题)》(刊《健康报》1996 年 1 月 21 日一版头条)、《组织工程学催开奇葩(引题)/曹谊林复制“人耳”成功(主题)》(刊《健康报》1997 年 4 月 6 日一版报眼)等新闻作品。医学科技记者对所报道的对象或内容似懂非懂、一知半解，以其昏昏，又何以能使受众深入浅出、一目了然而昭昭呢？因此说，即将迈入新世纪的医学科技记者走学者专家型道路，努力使自己成为报道医学科技新闻的行家里手不应是苛刻要求，更不是一种奢望。

而要具体做到“科学表达”，医学科技记者又必须遵循“医药科技新闻的魅力在于‘可读性”这一规律。所谓“可读性"，说得透彻些，实质上是属于写作的技巧问题，是医药科技记者的整体水平在新闻报道的选材、表达、结构等诸方面的综合能力的反映。新闻传播学的大量事实已经证明，一篇医药科技新闻的可读性越强，它才越具有吸引读者的魅力，同时也越具有广为传播的魅力。而魅力的核心是新闻作品的科学性、真实性、客观性、准确性、时效性、通俗性。对于受众来说，医药科技记者尤其要在通俗性上下功夫，力求将艰涩难懂的医药科技术语变为受众所能接受的语言，只有这样才能让受众爱读医药科技新闻、读懂医药科技新闻。

思考之二：医药科技新闻的创新是重在发现

医药科技记者的能力，从一定意义上来说是一种“发现”的能力。一篇医药科技新闻报道能否以极强的魅力抓住和感染受众，让受众从中获得最新信息或最新知识，这往往在于医药科技记者在这篇报道中有何新的“发现”。可以毫无顾忌地说，医药科技新闻的创新基于“发现”、重在“发现”。

新闻界最近有人对已沿用了半个多世纪的陆定一提出的“新闻是新近发生的事实的报道”的定义提出异议并作修正，将“发生”改成“发现”，即把定义改为“新闻是新近发现的事实的报道”。本文作者对此观点虽无深入研究且不敢完全苟同，但还是认为有一定的道理。医药科技记者如果对新近已经发生的事实没有发现，就根本谈不上去加以报道。可见，把新闻说成是“发现”的艺术，是不为过的，也是能让新闻工作者所接受的。由本文作者采写并已入选1998年中国医药科技十大新闻的《褚嘉祐教授等研究指出(引题)/亚洲基因库主要源于非洲(主题)》就是“发现”的一个较有说服力的佐证。

前面已经介绍过，褚嘉祐教授是中国医学科学院医学生物学研究所所长，是中国医学科学院基础医学研究所强伯勤院士、上海第二医科大学上海血液学研究所陈竺院士共同领衔的“八五”期间第一个国家自然科学基金委员会重大项目《中华民族基因组中若干位点基因结合的研究》中的一个子课题——中国不同民族基因组保存课题组负责人。该重大项目已于1997年9月9日通过专家组验收，其成果达到国际水平，而褚嘉祐教授的《中国各人群的遗传关系》学术论文也于1998年9月29日出版的《美国科学院学报》发表，1998年10月15出版的英国《自然》杂志也发表新闻述评，评价褚嘉祐教授的研究结论:“当今亚洲的基因库主要源于非洲起源的现代人。”“这将证明在东亚从直立人到解剖学意义上的现代人类是持续不断进化的假说的错误性。”这一震惊世界的成果在1998年11月22日于上海第二医科大学召开的“国家自然科学基金委员会重大项目《中华民族基因组的结构和功能研究》论证会”之前，没有被任何一家新闻传媒发现并报道。是日，本文作者参加这一论证会，当褚嘉祐教授在报告中披露这一最新信息时，立即让本文作者眼前突然一亮，新闻职业敏感性告诉自己，这一“发现”是一条“鲜活的大鱼”，等褚教授报道完立刻进行独家采访，消息稿于第二天11月23日便首先刊登在上海《文汇报》第一版(注：采写是星期日，1998年《健康报》星期一无报)，随即轰动全国新闻传媒，纷纷转摘转播，一时洛阳纸贵。《健康报》也在1998年11月26日刊于第一版报眼。

这一则医药科技新闻实例说明，“发生”了的新闻事实并不等于“发现”，只有医药科技记者具有即时性的灵敏反应、高屋建瓴式的洞察，善于思索，勤于学习，才能在会议中有所“发现”。反之，不动脑子，满足于低层次一般会议报道，赴会拿了人家的“统发稿”和“资料袋”便扬长而去的医药科技记者是不会有什么建树和作为的。

另外还想说一点的是，对于重要的和大型的学术会议，只要医药科技记者有一种耐得寂寞、坐冷板凳的精神，即使暂时捕不到大鱼，也一定会有所收获的。

思考之三：医药科技记者采写要靠积累与追踪

医药科技记者的采访对象是医药科技临床工作者和科研工作者，偶尔的一次采访一般不会捕获一条有宣传价值的"大鱼"或拣到一块有新闻价值的"馅饼"，医药科技临床和科研工作者也不可能一夜之间创造出一个奇迹，等着让医药科技记者前去采访。本文作者认为，医药科技工作者的临床与科研有一个工作的过程、有一个从小课题到大课题的研究过程；对于医药科技记者来说，则有一个认识医药科技工作者、与医药科技工作者交朋友的过程，以及采写积累与追踪采访的过程。本文作者采写并被入选中国医药科技十大新闻的报道几乎都是靠采写积累与追踪采访获得成功的。

被誉为"癌肿诱导分化第一人"的中国工程院院士、上海第二医科大学上海血液学研究所名誉所长王振义教授在 1991 年之前并不出名。他于 1986 年采用国产的、原先用于治疗皮肤疾病的全反式维甲酸诱导分化治疗急性早幼粒细胞白血病的临床研究成果，也只获得了卫生部科技进步三等奖，学术界对他开辟的一条治疗恶性血液病的新思路，即不通过传统的化疗方法来"杀死"和"消灭"白血病细胞，而以诱导分化的方法使之转变为正常细胞的疗效，一时并不理解和认识。1991 年 2 月，王振义与法国学者共同进行该项研究，而获得法国"突出贡献医生"奖时，本文作者立即前去采访，竟然碰了一鼻子灰。记得当时王振义站在狭窄的实验室里，指着简陋的仪器设备说："我现在要的不是精神方面的东西。"最后无奈只得通过他的学生陈竺、陈赛娟夫妇做其思想工作总算接受采访。报道王振义获法国"突出贡献医生"奖的消息经上海传媒刊登和新华社播发后，上海当时的高教局科研处和市科委立即将课题申请标书送到王振义手中，据悉最终一下子获得了 80 万元人民币课题研究资助，王振义尝到了精神变物质的甜头。从此以后，王振义与本文作者交上了朋友，凡有重大成果和获奖信息都首先提供独家新闻。例如王振义获法国外籍院士、法国荣誉军团骑士勋章，以及后来荣获世界癌症研究最高奖——美国凯特林医学奖、瑞士布鲁巴赫癌肿研究奖、法国世界(国际)祺诺台尔杜加奖等，都首先由本文作者采写独家新闻。

同样，追踪采写上海第二医科大学组织工程研究中心主任、上海市第九人民医院整形外科曹谊林教授的研究成果也是如此。本文作者早在 1991 年就与当时在国内首先成功施行全头皮撕脱再植术的曹谊林交上了朋友，以后他在国际组织工程学领域第一个将“人耳”复制到裸鼠背上，以及后来他获得全美整形外科医师协会1998年度詹姆斯培雷特勃朗大奖，成为荣膺该奖的第一个亚洲人，都作了跟踪新闻报道。

因此说，医学科技记者有意识地、有针对性地对有苗头、有贡献或成绩突出的医药科技工作者进行采写积累和追踪采访，也是能出重大新闻报道的。

思考之四：医药科技新闻精品的标准到底是什么

《健康报》实施“精品战略”始于1997年5月于广州召开的全国记者会议，当时白筠社长兼总编辑在会上就说：“今年我们记者会的主题是讨论如何提高报道质量、多出精品的问题。”应该承认，报社探讨新闻精品、抓新闻精品只两年多来，确实涌现了不少新闻精品，这从1997年下半年以后的重点稿件数量就可看出。1997年下半年，驻地记者刊用稿件被评为报社重点稿件的数量达到129篇，是上半年驻地记者重点稿件数量83篇的1.5倍。1997年驻地记者获报社审评的重点稿212篇，占报社评审重点稿总数676篇的31.4％。1998年驻地记者获报社审评的重点稿208篇，占报社审评重点稿总数541篇的38.4％。由此可见，1998年比1997年驻地记者获报社审评的重点稿虽下降4篇，但占报社审评重点稿总数却上升了7个百分点。

两年多来，围绕实施“精品战略”，讨论什么是新闻精品，一般都认可《人民日报》总编辑范敬宜对于新闻精品的诠释，即精品的四条标准：一是导向正确；二是意义重大；三是精心编写；四是效果突出。这四条，就是权威性、指导性和吸引力、感染力的统一。由此，本文作者认为这四条标准是衡量新闻作品是否是精品、佳作的准绳、尺码，也是审评《健康报》获奖稿、重点稿的准则、依据。

那么医药科技新闻精品的标准是否也是这四条呢？回答显然应该是肯定的。说得实在和透彻些，从新闻价值讨论，还要看医药科技新闻为群众认可的实践价值；医药科技新闻为专家认可的专业价值；医药科技新闻为历史认可的史实价值。

那么入选中国医药科技十大新闻的新闻作品是否就是新闻精品呢？回答应该是，但不应该都是。因为入选中国医药科技十大新闻主要是指新闻事件和人，其报道的新闻作品只是提供这样的新闻事件和人。当然，一般说来其报道的新闻作品应该说是上乘作品或佳作，但严格意义上的精品，不只是新闻传媒上昙花一现式的点缀，它应该从报道内容、报道形式以及对医药科技记者的要求都不同于一般的新闻稿。这样的医药科技新闻精品能昭示医药科技新闻报道应追求的方向，能昭示医药科技记者应具备的素质，从而它将推动医药科技新闻的发展。

（《健康报记者通讯》1999 年第 4 期）

新闻是"发现"已经发生事实的艺术

——采写《亚洲基因库主要源于非洲》的体会

发表在《健康报》1998 年 11 月 26 日报眼的消息《褚嘉祐教授等研究指出(引题)/亚洲基因库主要源于非洲(主题)》，不仅被报社评为重点稿和好新闻，而且还入选 1998 年中国医药科技十大新闻：中国医科院医学生物研究所研究人员在《美国科学院学报》发表论文指出："当今亚洲的基因库主要源于非洲起源的现代人"，这一观点震惊了世界。这将证明在东亚从直立人到解剖学意义上的现代人类是持续不断进化的假设的错误性。

回顾这一重大新闻的报道成功，笔者的体会有两条：新闻是"发现"已经发生事实的艺术；会议是记者十分丰富的"发现"源。

(一)

医药科技记者的能力，从一定意义上来说是一种"发现"的能力。那么什么叫"发现"呢?《辞海》(1989 年版)这样诠释：本有的事物或规律，经过探索、研究，才开始知道，叫做"发现"。可见"发现"是需要记者去动脑子，并经过一番探索和研究的。一篇医药科技新闻报道能否以较强的魅力抓住和感染受众，让受众从中获得最新信息或最新知识，往往在于医药科技记者在这篇报道中有何新的"发现"。因此，可以毫无顾忌地说，医药科技新闻的创新基于"发现"，重在"发现"。

笔者采访褚嘉祐教授是在 1998 年 11 月 22 日于上海第二医科大学召开的"国家自然科学基金委员会重大项目'中华民族基因组的结构和功能研究'论证会"上。他作为中国医学科学院生物学研究所所长、"八五"期间第一个国家自然科学基金委员会重大项目‘中华民族基因组中若干位点基因结构的研究’中的一个子课题——中国不同民族基因组保存课题组负责人，在论证会上向专家、领导汇报已完成的研究成果中，提到了他们的研究结果以《中国各人群的遗传关系》学术论文发表在1998年9月29日出版的《美国科学院学报》，接着10月15日英国出版的国际权威刊物《自然》杂志又发表国际著名遗传学家的新闻述评，评价了他们的研究结论。

褚嘉祐教授平静而谦和的汇报，没有在与会者中引起高潮，却使笔者眼睛一亮，在心中涌起波澜。记者的职业敏感性告诉笔者，这可能就是"一条鲜活的大鱼"。虽然说褚嘉祐教授完成的子课题研究连同整个课题早已于1997年9月9日就通过了专家组验收，而学术论文及评价此研究的新闻述评也在一二个月前的9月、10月份发表，但是这已经发生的事实却还没有被任何一家新闻传媒所"发现"。于是笔者立即从会场中请出褚嘉祐教授进行独家采访，得到了国际著名遗传学家对褚嘉枯教授研究结论的振聋发聩评价："有助于驳斥多地区起源假说的支持者所持观点——东亚地区存在着从直立人到现代人类的连续进化过程。""这将证明在东亚从直立人到解剖学意义上的现代人类是持续不断进化的假设的错误性。"

这无疑是一个重大的"发现"。消息稿很快于1998年11月26日刊在《健康报》第一版报眼位置。这则已经发生的事实，要不是被笔者"发现"，很可能埋没或更迟"发现"。

（二）

前面已经提到《亚洲基因库主要源于非洲》这则重大消息，是记者在"国家自然科学基金委员会重大项目‘中华民族基因组的结构和功能研究’论证会"上"发现"的。由于会议是精神最集中、议论最集中、信息最集中的地方，因此会议是记者十分丰富的"发现"源之一。

在人们眼里，一般都认为会议新闻呆板、枯燥，写不出什么惊天动地的重大新闻。我们常见的一些会议新闻，也是就事论事的多，甚至会议刚开幕，消息就立即见诸新闻传媒了，不痛不痒，千篇一律，一读即忘，或者只有当事人才关心、才感兴趣，这是属于低层次的、面面俱到地介绍本次会议内容的会议报道。更有甚者，拿了人家的"统发稿"、领了人家的"资料袋"便扬长而去的，也是不会写出高质量的新闻报道。有记者会说，哪有那么多的时间去陪会呢。笔者认为，如果有一种板凳坐冷、留心捕捉的精神，那么几乎每个重要会议都是可以写出好的新闻作品来的。

采写会议报道，其关键是记者以什么样的姿态去参加会议，是被动地去听会，还是主动地去捕捉新闻？笔者参加“中华民族基因组的结构和功能研究”论证会，可以说是“沉”在会议中，竖起耳朵听，用脑、用心地去研究，“发现”记者认为真正属于新闻的东西并将它作为新闻的主体。

（《健康报记者通讯》1999 年第 4 期“全国记者论文集”）

新世纪医学科技新闻记者的新闻理念

“一千年来，人类文明取得的一切成就，都是在推陈出新的社会变革和科技进步中实现的。”江泽民于 1999 年 12 月 31 日在首都各界迎接新世纪和新千年庆祝活动上的这段讲话，无疑肯定了“社会变革”“科技进步”在推动人类文明史上的极其重要的作用。而在“科技进步”中，作为研究人类生命过程以及防治疾病的科学体系——医学科技的贡献则占了相当的比重。

在过去的 20 世纪，人类在医学生命科学领域已经取得了非凡的成就，从讲究对症下药的临床医学，发展到可以制成疫苗、防患于未然的预防医学。21 世纪则是倡导从人体的基因组结构出发，估计生病的可能性，从而采取措施的预测医学。

面对生命科学革命带给人类翻天覆地的变化，医学科技记者需要以全新的新闻理念，报道医学科技领域新近发生的事实。

新世纪医学科技记者必须具备四种意识

意识是人的头脑对于客观物质世界的反映，是感觉、思维等各种心理过程的总和，其中的思维是人类特有的反映现实的高级形式。那么新世纪医学科技记者必须具备哪些意识呢？笔者认为，必须具备四种意识。

——创新意识。新闻创新不仅仅是写作形式上的创新，同形式美珠联璧合的新闻内容的选择，才是新闻创新的根本。而要做到新闻创新，医学科技记者的首要条件则是必须具有创新思维和开拓精神。

中科院院长路甬祥最近说:“科学就是要争世界第一,天下为先的精神和创新意识。”医学科技记者也应该以“创新意识”去报道好医学科技成果。

——头条意识。报纸一版头条通常刊载的是具有重大新闻价值和宣传价值的新闻报道。医学科技记者要使自己的新闻作品发表在报纸头条位置,就要努力地去捕捉重大而有价值的新闻素材,然后在结构、布局、语言、词汇上花功夫。

《健康报》在一版头条位置发表了不少医学科技重大新闻,如《中国人类基因组研究正式启动》《中国人类基因组研究获重大进展》等。特别是已经形成特色的是,《健康报》充分运用了一版报眼的优势,甚至打破报眼局部版面的界限,与下面的版面连成一体,用以安排重要的医学科技报道。如笔者1999年就在报眼显著位置先后发表了《人类掌纹存在单基因遗传》《六天龄婴儿获手术矫治》《基因芯片在沪研制成功》《血友病手术禁区被突破》《陈赛娟等发现“锌指蛋白基因”》《让秀发重新登“顶”》和《我国第一个人类基因数据库建成》等消息,而且都被评为“重点稿”。

医学科技记者要具有“头条意识”,要有占领头条位置的信心。如果医学科技记者都具有了“头条意识”,那么《健康报》医学科技新闻的权威性将越发显现,医学科技新闻精品将不断涌现。

——通俗意识。如果说科学性是医学科技新闻安身立命之本,那么通俗性就是医学科技新闻繁荣昌盛之道。人们往往将医学科技新闻同枯燥乏味画等号。一些医学科技专业名词和术语,如不通俗易懂地加以解释,广大受众将难以接受。据中国科协和国家科委先后两次“中国公众科学技术素养”的抽样调查结果显示,分别有55.8%和51.5%的人称其有关科技的消息主要来源于报刊,可见报刊面对广大受众,其通俗性是何等重要。

随着医学科学的发展,人类社会的进步,通俗易懂地报道医学科技新闻,始终是医学科技记者责无旁贷的义务。但是多少年来,这个问题似乎一直没有很好地得到解决,“通俗意识”应贯穿医学科技记者的整个生涯,增强、增强再增强。

——专家意识。医学科技报道要给受众展示一种深邃思想和独到见解,应该张扬医学专家的业务专长,同时让受众对医学专家权威的信赖转向对医学专家权威提供的信息而演绎成的医学科技新闻的可信度。医学科技记者应该是博学多才、精通新闻业务的行家里手,但又不是全才,不可能样样都行。在医学科技报道过程中请教医学专家，或让医学专家直接在新闻报道中说话，这是医学科技报道成功的一个重要途径。总之，医学科技记者增强了“专家意识”，就能贴近受众，从而增强报纸的引导性服务功能，增强医学科技新闻的可读性。

新世纪医学科技记者必须是学者专家型记者

学者专家型的医学科技记者是时代发展的需要，是医学科学发展的需要，也是新闻事业发展的需要。医学科技记者也应该成为“学者”和“专家”。中国现代新闻史上，身兼“记者”与“学者”“专家”之长的记者却是太少了。医学科技是一门学问，新闻也是一门学问，医学科技记者是融这两门学问于一身者，在这一行当里自然应该拥有自己的学者、自己的专家。这种学者和专家是记者高层次的追求，是把医学科技新闻当做专业来研究的求学者。我们要求新闻记者博学多才，除精通本行的专业外，对文史哲、数理化、天地生都有广泛的涉猎。而作为专门采访报道医学领域特别是该领域中一个重要的医学科技分支，医学科技记者则必须掌握或尽量通晓这方面的专业知识、学术进展情况，这样的医学科技记者才能比一般医学科技记者写出高人一筹的医学科技新闻作品来。

要成为学者专家型的医学科技记者，关键是学习医学知识，即使是医学本科毕业后从事医学科技新闻报道的记者也同样有再学习的任务。在新的世纪，医学生命科学领域将出现一场革命，医学科技记者如不陆续学习医学知识，将有可能落伍甚至被淘汰。大约10年前，有人曾经撰文呼吁，我们的临床、科研工作者应该领取一张分子生物学的入场券，那么在新世纪，我们的临床、科研工作者，同样也包括医学科技记者，则应该再取得一张人类基因组的通行证。这样的医学科技记者，谙熟和掌握生命科学前沿的诸如“转基因”“治疗性克隆”等医学科学知识，才可能成为学者专家型。

新世纪医学科技记者必须“以人为本”对待受众

《健康报》在新世纪由机关报转为行业报，受众面不应是越来越狭窄，而应是越来越宽。在《健康报》占有重要地位且具权威性的医学科技新闻，应该面向全国600万业内医务人员、科研人员和广大普通百姓。作为新世纪的医学科技记者面对如此庞大的受众面，必须体现“以民为本、以人为本”的思想。“以民为本”符合报社总编辑白筠一再强调的“立足卫生界、面向全社会”的办报宗旨，贴近社会，贴近生活，贴近群众；“以人为本”符合受众的现代口味，注重新世纪医务、科研人员和普通百姓的新闻需求与新闻知晓权。

上海市调查发现，综合性大报所办的“健康园地”之类的专栏阅读对象中有37%为卫生业内人士。从这个数字可以看出，科普类的健康专栏其受众不仅仅是普通百姓，而且占1/3强的是各级卫生专业人员。这给新世纪医学科技记者的启示是，医学科技新闻要“以人为本”，“专家”“百姓”两头兼顾，所采写的医学科技报道要让专业人员看后不觉得浅，普通百姓看后又不觉得深。现代医学分工越来越细，人称“隔行如隔山”，即使是同一个医学专业内的，往往也不甚了解其他分支的详细内容，这些专业人员也渴望触类旁通，获得其他专业或本专业内的医学科技信息和医学科技新知识。而对于大众来说，特别是病家及其家庭更是十分关切解除患者病痛的医学科技信息和医学科技新知识。这里有一个例子，一则刊于《健康报》(1999年11月26日)第一版左下角豆腐干式消息《尿促性素+绒毛膜促性腺激素治不孕(引题)/一产妇分娩四胞胎(主题)》，引起读者的广泛关注。由于记者在消息里做到了“以民为本”“以人为本”，并在有限的文字里特别写入“一婚后3年未孕、患多囊卵巢综合征”的患者，是“采用‘尿促性素+绒毛膜促性腺激素’治疗后受孕”的，因此特别受到患上述综合征不孕妇女的青睐，而对大众和非专业人员来说，又获得了两种药物治疗促受孕的知识。因此说，“以人为本”的医学科技新闻是能使受众喜闻乐见的。

另外，新世纪医学科技记者在所报道的医学科技新闻里，还必须做到见物又见人，这同样要体现“以人为本”的思想。在《健康报》上时常见到这样一些科技消息，有科技成果内容，即有“物”，而没有科技成果的研究者，即无“人”。笔者认为，医学科技报道的特性决定了“人”在“物”中的作用，而且还必须突出“领衔人”“负责人”“主持人”个人。医学科技报道不突出个人，就意味着不实事求是，当然在报道中也不能忽略群体的作用。

(《健康报记者通讯》2000年第2期；《第七个辉煌的十年——健康报全国驻地记者论文选》上海科学技术文献出版社2001年12月第1版)

精写精编出精品的理性思考

"这几年的《健康报》越来越好看了,也越来越耐看了。"这是越来越多的卫生管理人员、医疗科研人员和普通百姓对《健康报》的整体评价。应该认为,《健康报》自从1997年实施"精品战略"的3年多以来,已越发显示出卫生工作和卫生改革经验性报道的权威性,越发显示出医学科技报道的权威性,加上日益受青睐的社会大卫生报道,这三方面的报道已形成相得益彰的"三驾马车",驰骋得缤纷灿烂,成为"好看""耐看"的一道亮丽的风景线。

在这些"好看""耐看"的新闻作品里,不乏报社审评产生的"重点稿",成了"《健康报》人"的"新闻精品"。纵观全报社每年五六百篇重点稿的问世,每一篇都凝聚着记者、编辑共同的心血和汗水,因此说只有记者精写、编辑精编,一篇篇新闻稿件才有可能成为既有新闻价值又有宣传价值的新闻作品,才有可能成为融权威性、指导性和吸引力、感染力于一炉的新闻精品。

面对即将到来的新世纪对新闻传媒的崭新要求,面对行业报激烈竞争的报业市场和新闻受众日益增高的知晓权需求,作为记者和编辑都必须清楚地认识各自是在从事个体创造,而且又必须在守土有责的前提下联合起来,发挥团队精神,从而使《健康报》拥有越来越多的新闻精品,成为一张广大新闻受众不可或缺而又喜闻乐见的权威的卫生行业报。

今年1～6月份,笔者在《健康报》发表的新闻作品中有8篇被报社评为重点稿,其中有卫生工作和卫生改革经验性报道《让"名医"变成"名医院"》,有医学科技报道《"治疗性克隆研究"获新进展》《我国学者定位家族性短指基因》,有社会大卫生报道《定制器官不是梦》《危险的"窗口"》,也有科技人物通讯《"枝叶"的情愫》。现就这些"重点稿"和笔者其他一些新闻作品,谈谈记者应如何精写、编辑该怎样精编、记者与编辑又是怎么合作出精品的,并作一些理性思考。

记者精写是出新闻精品的关键

现代新闻传播包含新闻采访、新闻写作和新闻编辑这三个重要环节,其中记者就承担了第一第二个重要环节,即新闻采访着眼于新闻和宣传价值的发现与挖掘,新闻写作着眼于新闻和宣传价值的揭示与表达。如果说记者精写是出新闻精品的关键,那么记者采访则是出新闻精品关键的关键,这里所说的记者精写自然包括了记者的采访，不然“巧妇难为无米之炊”，无从下笔，更何谈精写。

所谓精写，就是记者通过采访，梳理素材，运用一定的新闻体裁，把握、挖掘、揭示新闻事实的固有价值，并尽可能地提高写作技巧和报道艺术性。笔者认为精写必须做到三点：一是采访时是否捕捉到重大“活鱼”；二是写作时是否经反复推敲已制作好了一个自感十分满意的新闻标题；三是整篇稿件特别是新闻导语是否花了功夫去写。如果做到了这三点，记者笔下的精写稿件极有可能就是重点稿，就是新闻精品。

——消息《让“名医”变成“名医院”》，说的是上海市中西医结合医院奚九一教授治疗脉管病蜚声国内外，病人看他的门诊要通宵排队才能挂上号，面对病人的需求，该院决定发挥名医无形资产效应，以奚九一教授名字命名，成立“奚九一脉管医院”。在医院深化改革中，记者获取以名医姓名来命名医院名称的新闻素材，这显然是一条有价值的新闻大“活鱼”，应该花精力，努力地去写好这篇消息。

——消息《我国学者定位家族性短指基因》讲的是中科院上海生理研究所人类分子遗传研究室主任贺林教授率领科研人员，通过在我国贵州和湖南两个边远山区的苗族、布依族采集到两个 A－1 型短指大家系，发现其基因位点在 2 号染色体长臂 35～36 带区域，首先在世界上揭开了人类短指之谜。为了报道好这则消息，笔者不仅跟踪采访至该研究论文在《美国人类遗传学杂志》发表，而且翻阅《医学遗传学》教科书，了解到 1903 年美国法拉比在其哈佛大学哲学博士论文中，报道了短指(趾)畸形家系，这是人类首例用简单孟德尔显性遗传理论来解释的遗传现象。从而在消息中写下了“近 100 年来，医学遗传学家针对这一遗传现象进行了努力探寻”的句子，来强调“中国科学家首先揭开了人类短指之谜”。

多年来，笔者坚持写新闻首先制作标题，遇上重大题材精写时，则愿意花相当的时间用在拟标题上，而且认为消息标题制作好了，新闻导语也完成了，整篇消息仿佛已完成了一半。这种意在笔先的做法，不仅是给第一读者——编辑看的，以打动编辑看完整篇稿件，而且确实对于记者精写是一种锻炼。例如消息《“治疗性克隆研究”获新进展》编辑不但没有再加工，甚至从新闻导语到新闻主体部分都没有什么删改。为此，笔者常引以自豪，并以此来激励自己继续制作好每一篇消息的标题，写好每一篇消息的导语。

一分耕耘，一分收获，记者只有花力气去精写了，其新闻稿件才有可能被报社评为重点稿，成为新闻精品。否则，一条新闻大“活鱼”，即使被记者逮住了，如不去精写，也注定成不了精品。

编辑精编是出新闻精品的保证

新闻编辑是现代新闻传播三个重要环节中的最后一个环节，即新闻编辑着眼于新闻和宣传价值的最终实现。因此，编辑精编毫无疑问是出新闻精品的保证。

所谓精编，就是编辑对记者的稿件进行去粗取精、去伪存真调整充实、润色修饰，把“毛坯加工成符合新闻标准的新闻作品。这里需要编辑从稿件的组织、选择、修改、配置直到标题的制作、版面的设计等，精益求精地去对待。如果说记者精写是一种创新和创造性劳动，那么编辑精编同样也是一种创新和创造性劳动。

笔者认为精编也必须做到三点：一是独具慧眼识别记者稿件的分量；二是制作“画龙点睛”的新闻标题；三是在修改稿件中着力新闻导语的修改。

仍以消息《让“名医”变成“名医院”》为例，笔者原来稿件的标题是《上海第一家以名医命名的医院（引题）/奚九一脉管医院昨日（5 月 25 日）下午开诊（主题）》（笔者在主题里点明开诊时间，旨在强调此消息是昨日新闻，以引起编辑注意）。而发表时，编辑将标题改成《让“名医”变成“名医院”（主题）/奚九一医院在上海开诊（副题）》，真是个好标题，一下子提升了此消息的新闻价值和宣传价值。再看此消息的新闻导语，笔者原稿件的导语是：“上海医院改革又迈出新步子，第一家以名医命名的医院——‘奚九一脉管医院’昨日（5 月 25 日）下午开诊。上海市副市长左焕琛参加了开诊揭牌仪式。”发表时，编辑则改成：“上海第一家以名医命名的医院——‘奚九一脉管医院’5 月 25 日开诊。”连标点符号在内，寥寥 31 个字，明白透彻。从此消息的标题和新闻导语可以看出，编辑是在精编，而且编辑是站在整个新闻传播宏观的高度来审视记者的稿件，编辑确实比记者棋高一着。

又如消息《年年摆擂台　岁岁推新人（引题）/上海二医大破格选才经常化（主题）》报道了上海第二医科大学每年一次、连续第 12 次举行中青年破格晋升自荐答辩。笔者制作的标题一般化，而见报时的标题（见上）特别是引题“年年摆擂台　岁岁推新人”着实让笔者欣喜不已。要知道，编辑确实是在精编啊!

再如“寻医问药”特刊“寻医台”栏目曾刊登笔者《上海第九医院输卵管复通术越做越精——二千失子家庭又有笑声》一文,版面主持郑莉丽编辑几乎一字不漏地全文刊登笔者稿件,但在文章开头,她加了这么一段文字:“绝育术后又痛失爱子,这种悲伤是常人难以想象的。为了让这些父母重温天伦之乐,到目前为止,上海第九人民医院妇科已为2 000余名绝育后妇女实施了输卵管再通,让幸福的笑又回到父母的脸上。”这一段话很细腻、很煽情,深深打动读者,非把这千余字的文章读完不可。编辑是在精编,是在为记者做嫁衣。

编辑的工作不仅带有成品检验性质,而且带有“后整理”和“精加工”的性质,编辑精编是在把稿件潜在的新闻价值最大限度地发挥出来、体现出来。

记者与编辑联合精写精编是出新闻精品的熔炉

记者精写,编辑精编,如果这样的记者和编辑强强联合精写精编,则做到了采、写、编合一,会产生新闻“拳头”产品,其作品往往是重点稿、新闻精品。虽然说记者、编辑的劳动都属于一种个体创造,但却具有整体完成的特殊性;虽然说新闻稿件通常是个人独立完成的,但新闻作品却是群体劳动的结晶。

在这方面,《健康报》的记者与编辑联合精写、精编的例子屡见不鲜,笔者与江苏记者站杨丽加也有幸和“社会周刊”编辑萧景丹愉快地合作了一回。

《危险的窗口》这篇社会大卫生报道,其实是萧景丹编辑早在今年1月份于报社召开“《健康报》面向新世纪新闻研讨会”上分别向笔者和杨丽加记者约的稿。在版面上则由《揭开“窗纱”》《医生您了解“窗口期”吗》《救了命染了病来了官司》和《“窗口期”感染算谁的错》四小篇组成,而且以强势处理,在《健康报》配合4月7日以“血液安全从我做起”为主题的世界卫生日众多宣传报道中独树一帜,引起广大读者的极大关注。由于约稿较早,记者采访写作时间相对比较充裕,因此记者致力于精写。完稿后立即电传,仅萧景丹与笔者就多次通了电话,而且她还几易其稿并作多次补充采访和送审卫生部有关领导。在版面上,萧景丹不仅作了“特别提示”,而且在标题《危险的“窗口”》前，用了这样段引语：“输给病人的血，要经过如下步骤检控：献血员体检，体检合作者献的血通过血站两次检测，用血前医院再作检测。但是，即使用目前最好的试剂，操作一丝不苟，仍不能完全避免因输血传播疾病。只因为还有一扇——”。可见，萧景丹编辑是花了多少心血在这篇社会大卫生的报道上。

再如笔者撰写的另一篇社会大卫生报道《定制器官不是梦》，萧景丹编辑接到稿件后又及时与笔者联系，重新拟了现在的标题，并请王家琪配了两幅幽默感极强的漫画，使科技前沿的研究，通俗易懂地展现在普通百姓面前，同样获得了很大的宣传效应，并被评为“重点稿”。

无数新闻事实证明，记者与编辑联合精写、精编是出新闻精品的熔炉，记者与编辑通过联合既锻炼了记者，也锤炼了编辑。

在处理记者与编辑的关系上，笔者认为记者应尊重编辑，没有好的编辑就不会有好的记者，即使是记者有最理想、自感最满意的稿件，在未被编辑技术处理发表前，永远只是一篇“稿件”而已，成不了一篇有新闻价值和宣传价值的新闻“作品”。

精写精编的记者编辑应理性思考

记者、编辑在报社有明确分工，具有较强的独立性，但毕竟是报社整体的有机组成部分，又具有高度的合一性。没有记者的精写，何谈编辑的精编；没有编辑的精编，又何谈记者精写的作品。因此，就一个报社来说，记者、编辑唇齿相依，相互合作是出新闻精品的关键。

要出重点稿，要出新闻精品，记者要思考：

——是否为获取新闻线索，作了近期和远期的采访打算？其新闻嗅觉和新闻敏感性是否已在新闻实践中得到了加强？

——是否能灵活运用各类新闻报道体裁，对于最常见的消息是否能制作出彩的新闻标题和撰写出彩的新闻导语？

——是否能正确地处理好与编辑的关系，并树立强烈的供需意识、点面意识和版面意识？

要出重点稿，要出新闻精品，编辑要思考：

——能否发现记者原稿中未被发现，但却具有重要的普遍新闻价值的内容？

——能否在记者制作出新闻标题基础上，制作更出色的标题，并为冗长的新闻导语“减肥”？

——能否根据稿件内容适时适宜地选择发表时间，让新闻报道产生更大的社会效益？

——能否想新闻受众之所想，联合记者进行一些深度报道？

（《健康报记者通讯》2000 年第 4 期）

让“报眼”更明亮
——兼谈医学科技消息的标题与导语

《健康报》是卫生行业中最具权威性的报纸。白筠社长兼总编辑于今年 1 月 13 日在“《健康报》面向新世纪新闻研讨会”闭幕式的讲话中说：“《健康报》的权威性在哪里？大家的意见比较一致，认为主要体现在两个方面：一是在卫生方针政策宣传方面的权威；二是在医学科技报道的权威。”

面对口味日益变化的读者群体和竞争日趋激烈的传媒同行，白总编还特别强调指出：“我们这两个权威性不仅不能放弃，而且要进一步突出和强化。”

作为权威性之一的医学科技报道，《健康报》除了时常在第一头条登载重大医学科技新闻外，还坚持在第一版右上角“报眼”的显著位置刊登重要的医学科技新闻，并已形成了报纸的一大特色。可见报社领导是通过有形的版面，在倾吐维护《健康报》医学科技报道权威性的无声语言。

在《健康报》“报眼”发表的医学科技新闻中，报社自从 1994 年 4 月 1 日起实行重点稿件审评制度以来，每年都有相当数量的医学科技消息被评为重点稿件，统计今年 1 月至 9 月，仅驻地记者撰写的就有 22 篇之多。这 22 篇医学科技消息重点稿，有研究总体水平已达到国际领先水平，反映运用组织工程学研究技术成功复制人体所需要的软骨、颅骨和肌腱的成果；有高质量学术论文已被国际权威杂志刊载，反映我国功能基因研究已与重大医学问题相结合，两项基因研究成为功能基因组学在医学研究中的应用范例；也有处在世界科学前沿，反映克隆技术和干细胞培养诱导技术来解决器官移植中免疫排斥和供体来源不足的“治疗性克隆研究”最新进展等。这些消息在"报眼"发表,无疑是在突出和强化《健康报》医学科技报道权威性。

为了让"报眼"在突出医学科技新闻权威性中更明亮,现就这22篇发表在"报眼"的重点稿标题和导语作些分析与探索,企盼能得到资深医学科技记者、编辑的认同,也期望能对于年轻医学科技记者、编辑有所帮助。

"报眼"的消息标题是眼睛的"眼睛",理应更吸引人;制作标题已不仅仅是新闻编辑的事,记者在撰稿的同时就应拟好标题

纵观22篇医学科技消息的标题,除1篇消息只有主标题外,其余21篇消息全为主题+引题的"引、主"结构标题、主题+副题的"主、副"结构标题,其中"引、主"标题为10篇、"主、副"标题为11篇。由此可见,医学科技消息的标题也同样适宜于制作成"引、主"或"主、副"结构的消息最常见的标题。

辐射损伤有新说(引题)/吴李君发现氡气致变机理(主题);率先揭开人类短指之谜(引题)/我国学者定位家族性短指基因(主题),这里的引题与主题属因果关系,起到了说明、起因、缘故等作用。肺癌为何对放疗不敏感(主题)/上医大发现是肺癌抑癌基因作怪(副题);妇科肿瘤疾病谱变化(主题)/宫颈癌、子宫内膜癌、卵巢癌居前三位(副题),这里的副题对主题进行了注释,起到了补充和证实的作用。

而22篇中唯一的只有主标题的消息:我国发现首例医源性CJD病,因缺乏引题或副题,没有善于运用和发挥引题和副题的作用,而导致该消息标题在"报眼"位置势单力薄,不够饱满而缺乏精神。

关于消息(包括其他新闻体裁)的标题,笔者始终认为,记者在动手撰写时应先自拟一个自己认为十分满意的新闻标题,而不要把制作标题推向编辑,排除在记者新闻写作之外。长期以来,记者撰稿无标题,或马马虎虎写一个不像标题的题目已司空见惯。追根溯源,恐怕还是一些新闻教科书和工具书使然。例如就有专门讲"消息"的教科书对标题制作只字不提,好像标题与消息撰稿人毫无关系;《辞海》(1979年版)和(1989年版)都说:"制作标题是新闻编辑的主要工作程序之一。"然而《辞海》(1999年版)对"标题"却是这样解释的:"报刊上新闻报道和文章的题目。通常特指新闻报道的题目。标题以文章内容为命题依据,有提示报道内容、吸引并引导读者阅读理解、美化版面等作用。新闻标题有主标题(又称主题、正题)、引题(又称眉题、肩题)、副题等。"十分明显,20年后的《辞海》新版本删掉了"制作标题是

新闻编辑的主要工作程序之一”，因此我们的记者应该发挥自己的主观能动性，在撰写消息的同时也制作个标题，讲得俗气些，是为了打动第一读者——编辑，让他首先对你的消息感兴趣。如果编辑对记者的标题稍作改动，或原封不动照搬照用，那么记者所拟的标题算是成功了。

医学科技消息的新闻标题制作应该和写消息一样，要做到准确鲜明、生动、简洁和新颖，集中概括消息的主题和所要陈述的新闻事实。如：两岁男婴不再长“青春痘”（主题）/天坛医院摘除世界上最小的下丘脑错构瘤（副题）；“毒药”挑战“癌中王”（引题）/砒霜可使肝癌细胞“自杀”（主题）等标题，其主题不但生动、形象，而且短小、通俗，具有很强的可读性。但有个别标题，如：我国发现首例医源性 CJD 病；我首创 HIV 感染基因治疗新法（主题）/引起国际学术界广泛关注（副题），叫老百姓全然不知、即使是专业医务人员也感到陌生的英文缩写名词 CJD、HIV 用进新闻标题里就欠妥当，不能吸引读者，也不能让读者一目了然。笔者认为，不给读者设置阅读障碍，不用技术名词、术语、行话作标题，这应是医学科技记者起码遵循的原则。

总之，新闻标题素有新闻“眼睛”之称，那些刊登在报眼的消息标题则是眼睛的“眼睛”，应该更亮堂。记者（编辑）需花功夫去精心制作，应格外让报眼的消息标题起到“画龙点睛”的作用。

医学科技新闻的导语不能呈公式化而落入俗套；要真正以生动简明的文字突出最新鲜、最重要或最吸引人的内容

一篇成功的医学科技消息除了需要有一个主题鲜明，十分吸引读者的靓丽标题外，还需要有一个能吸引读者非把整篇消息读完不可的精彩导语。那么什么是导语呢？《辞海》（1999 年版）的解释是：“消息的开头部分。通常以生动简明的文字突出消息中最新鲜、最重要或最吸引人的内容。”

22 篇“报眼”消息重点稿的导语平均字数在 130 个字左右。最短的导语是出现《我国首片应用型基因芯片问世》这篇消息，一句话加一个句号共 45 个字：“由我国科技工作者采用独创技术自行研制的中国第一片应用型基因芯片日前在第一军医大学实验室诞生。”最长的导语包括标点符号在内 200 个字左右。这 200 个字的导语，显然是长了些。

应该说，这 22 篇“报眼”消息重点稿的导语写得还是比较规范的。遵循导语“反映新闻的要点，确定新闻的基调，唤起受众的注意”三项使命，前两

项履行得比较好，最后一项就欠缺些。按照导语“要有最重要和最新鲜的事实；要开门见山，直截了当；要简明扼要，生动具体；要通俗易懂，语言朴实”四条要求，前两条完成得比较好，后两条就完成得相对差一些。

当然，写得比较好的导语也是有的，如《直肠癌误诊率惊人》的导语：“山西省肺癌医院自1995年1月至1998年1月共做直肠癌手术486例，其中340例在外院误诊为其他良性疾病，误诊率高达70%。这一惊人的数字为肛肠科医生敲响了警钟。”这段导语以确凿的数据“唤起受众的注意”。再如《成功复制软骨颅骨和肌腱》的导语：“曾在世界上第一个于裸鼠背上复制了一只惟妙惟肖‘人耳’的上海第二医科大学附属第九医院组织工程研究中心主任曹谊林教授，新近又率领课题组研究人员在猪、羊、鸡身上成功复制人体软骨、颅骨和肌腱……”这段导语也比较“生动具体”“通俗易懂”。

然而大多数的消息，尽管都被评为重点稿，恐怕很大程度上是因为科技水平的含金量，而不是新闻写作的成就。消息导语（包括主体部分）已呈公式化、落入了俗套。借用陕西记者站王坤先生在“《健康报》面向新世纪新闻研讨会”上的话说：“现在我们《健康报》的许多医学科技报道已经钻进了具体的专业技术之中，形成了一种模式……这种论文型、程序化模式的科技报道，忽视了科技报道的通俗性、知识性、趣味性。这方面存在的问题：一是对疗法、技术写得太多；二是行话、术语过多；三是数字、符号一大堆。科技报道存在沉闷、枯燥、呆板、缺乏生气和吸引力的问题，原因是多方面的，但记者、编辑跳不出科技小圈子，沉溺于一般的、深奥的科技工作、科学研究的材料之中，不能不说是一个重要原因。”擅长写医学科技报道的王坤先生看问题很透彻，分析也击中要害。

笔者认为《健康报》记者、特别是医学科技记者，面对即将到来的21世纪与以前不能同日而语的科学技术发展的深度、广度、速度，就应该遵照国家科技部部长朱丽兰不久前对科技新闻工作者的要求：“一方面要注重深入科技工作的实际，深入到科学家当中，了解科学事实和科学本质；另一方面也要有创新意识，善于用群众喜闻乐见的方式、方法揭示和表现科学的内涵。”

从22篇“报眼”消息重点稿导语的要素看，发现只有1篇导语中要素之一的“时间”是“昨日”（见《我国两项基因研究达国际先进》），其余21篇不是“日前”“近日”，就是“最近”“近期”，这样的新闻时效性与已是“日报”的《健康报》是极不相称的。在此，笔者再次呼吁：为维护《健康报》医学科技新闻的权威性，特别是“报眼”这块黄金宝地的医学科技新闻的权威性，报纸能不能多刊登些昨日新闻？记者能否都在第一时间抢重大医学科技新闻后尽快传达报社？编辑能否尽快编辑、尽快上版？上述那篇“昨日”消息稿能及时刊出，多亏了总编室主任开设的“绿色通道”。

至于医学科技消息该写多长、多少字？统计 19 篇“报眼”消息重点稿，最短的为 500 字左右，最长的也不过 700 字。这个幅度应该说是比较科学的，也符合通常新闻消息写作的字数要求。

新闻界有“新闻（消息）要五分之四是 500 字左右”“不能超过 800 字”的说法，笔者以为医学科技消息一般以 500 字左右为宜，有些消息可以稍长一点，但即使是重大医学科技消息也一定要控制在 800 字以内。唯有这样，才能做到言简意赅、短小精悍，千万不能认为文字短就一定没分量、没水平，文字长就一定有分量、有水平。其关键还是要看记者能否用最少的文字和话语，把最深奥、最尖端、最前沿的医学科技新闻事实说清楚，这才是记者的高水平。

（《健康报记者通讯》2000 年增刊）

从十年追踪报道　看陈竺院士崛起

《健康报》从创刊 60 年到 70 年，也就是从 1990 年到 2001 年这 10 年间，“陈竺”的名字经常出现在《健康报》上，他是由一个普通的医学科技人员，成长为一名充满人格魅力的医学顶尖人才。这期间，我作为一名驻地记者始终对他进行着追踪报道，从 1991 年 5 月 9 日发表的通讯《向血液分子生物学领域冲击/陈竺，挑起了大梁》，到 2000 年 11 月 16 日刊登的消息《陈竺出任中科院副院长》，再到 2001 年 2 月 6 日报道的消息“用‘长江学者成就奖’100 万元奖金作为基金而设立的”《瑞金医院首届“红烛奖”颁发》，数十篇不同体裁的新闻作品，让读者从一个侧面看到了陈竺院士成长的轨迹，展现出他在我国生命科学研究最前沿崛起的丰姿；同时记者通过采访、撰写这些报道，学习陈竺院士对待科学事业一丝不苟、十分严谨的态度与精神，从而进一步搞好新闻宣传报道工作。

2001年6月14日下午，中科院院长路甬祥视察上海第二医科大学时，曾当着陪同视察的陈竺，赞赏上海二医大培养并输送陈竺这样一位杰出科技人才担任中科院副院长的职务。

对于陈竺，在报道他的第一篇通讯《陈竺，挑起了大梁》里，记者这样介绍："他原先只是69届的初中毕业生，严格地说只有小学文化程度。他在江西插队5年，硬是在劳动之余自学英语、法语，啃完了初中、高中课本，又自修了医学大专院校的全部课程。插队第5年，他背起药箱干了一年'赤脚医生'，从此爱上并立志于献身祖国的医学科学事业。1978年5月，他在600名考生中，以总成绩第2名成为我国著名的血液学专家、上二医教授王振义的硕士研究生。1984年9月，他带着母校的重托，前往法国巴黎进修。在攻读博士学位的第一年，他的学习总成绩名列全班第一。""1989年1月，他以优秀的成绩通过博士论文答辩。参加答辩会的导师在他论文的评语中这样写道：'陈竺整个工作显示了高质量的科学精神，以及在实验进程中非常高度的逻辑性。所有论文均发表在高水平的国际性杂志上，而陈竺则是大部分论文的第一作者。'"

记者还写道："他回国仅一年多时间，就和同事们一起申请了国家、卫生部、霍英东教育基金会和上海市科委等资助的10项科研基金课题，已完成的6项成果均属填补国内空白、达到国际先进水平。""经过与全室科技人员的共同努力，他已在全反式维甲酸诱导分化治疗急性早幼粒细胞白血病的分子机制中获重大突破，发现该白血病中维甲酸受体的基因由于染色体易位的结果，产生一种异乎寻常的融合基因。这一国际水平的开拓性重大成果，将对我国的白血病研究领域产生无可估量的影响。""1990年10月，学校为优秀中青年提供破格晋升的机会，他成了学校第一个获得研究系列正高级职称的科研人员。他的导师王振义教授高兴地说：'陈竺的科研学术水平已赶上甚至超过我们这些老头了。'陈竺只有38岁，他已挑起了上海二医大附属瑞金医院、上海血液学研究所血液分子生物学研究的大梁。"

在《"报科技成果奖了吗？"——陈敏章参观母校科技成果展侧记》(刊于1992年12月5日)一文中，记者这样描写："在部长面前，还未到不惑之年的陈竺显得有点腼腆。陈部长得知运用维甲酸诱导分化治疗白血病是我国首创并已得到法国、日本等多国学者研究证实后，急切地问道：'诱导分化治疗的缓解率是多少？'陈竺回答说：'目前已达到85%～90%。'陈部长满意地点了点头。”

《我国实现人类新基因克隆“零”的突破》(刊于1993年4月15日),该消息报道陈竺和他的妻子陈赛娟“在国际上首先发现一例急性早幼粒细胞白血病人具有11、17号染色体的易位,而15号染色体却是正常的。经过一年多时间深入细致的研究,最后克隆到了11号染色体上的新基因,并将此基因命名为早幼粒细胞白血病锌指基因。他们的工作在1992年的美国癌症协会大会、国际分化诱导治疗癌肿大会,以及全美血液学大会上都作了学术报告,引起了世界各国肿瘤、血液专家的极大兴趣和关注”。

消息《为了保证人类的数量质量/中国人类基因组研究启动》(刊于1993年10月8日)报告了一个振奋人心的信息,由上海二医大附属瑞金医院、上海血液学研究所陈竺教授作为两位领衔人之一的“中华民族基因组中若干位点基因结构的研究”重大项目,1993年9月27日在上海通过了由国家自然科学基金委员会生命科学部组织的以著名遗传学家谈家桢教授为组长的专家组论证。

《研究室的灯亮起来——陈敏章考察上海瑞金医院侧记》(刊于1994年4月8日)中,记者记录了一段很精彩的对话:“所长秘书小傅对陈部长说:‘陈竺老师每天都要忙到深更半夜才回家,现在实验室即使到了晚上,仍是灯火通明。’陈敏章说:‘过去我们都是这么干的,可是后来有一段时间灯熄灭了,现在灯又亮起来了,这很好。’”

《中国人类基因组研究获重大进展/首批中国人数据已列入国际人类基因数据库》(刊于1996年1月21日)消息报道了“中华民族基因组中若干位点基因结构的研究”从1994年1月进入实质性研究2年后,“4个新发现的基因连同新定位的61个特异性表达顺序,均已被国际人类基因数据库接受,从而使国际人类基因数据库有了第一批中国人的数据”。

《我学者在血液研究领域获突破/氧化砷可诱导急性早幼粒白血病细胞凋亡》(刊于1996年7月14日)消息报道了在陈竺院士的指导下,他的博士研究生陈国强取得了突破性研究成果。

此后,记者又相继报道了上海人类基因组研究中心成立、国家人类基因组南方研究中心挂牌,陈竺院士担任中心主任等。《人类基因组研究是“九五”重点》(刊于1998年4月24日)和《解读基因透视疾病》(刊于2000年4月7日)等则披露了陈竺院士作为“973”首席科学家,领衔我国人类基因组研究和疾病基因组的重大研究项目……

从以上报道中可以看出,陈竺院士确实是一位不可多得的杰出科技人才。

(《健康报记者通讯》2001 年第 4 期"《健康报》创刊七十周年专辑")

"原创"新闻魅力无穷

2001 年《健康报》驻地记者好新闻评选于今年 6 月 5 日揭晓,笔者采写的消息《科技成果真是值钱(引题)/两条基因抵得一千万元(主题)》(刊于 2001 年 6 月 13 日第一版头条)有幸列为一等奖榜首。这样,连同新近出版的《历史的印迹——〈健康报〉优秀新闻作品选》所收入的专访《双下肢再植记——访上海市第六人民医院骨科青年医师宗金海》(刊于 1993 年 8 月 15 日第一版头条)和深度报道《定制器官不是梦》(刊于 2000 年 2 月 14 日第一版头条),笔者共有三篇新闻作品荣膺了驻地记者好新闻一等奖。回顾这三篇获得一等奖的好新闻,笔者感受最深的一点是:"原创性意识是记者采写新闻稿件的灵魂。"

笔者认为,所谓原创性新闻可分为两类,一类是在第一时间采写并率先发表的独家新闻;另一类是已经报道了的新闻,经过记者深挖内涵、另辟蹊径而采写的新闻,这类新闻也是独家新闻,有时还比前一类独家新闻更具有新闻价值和宣传价值。意识是人的头脑对于客观物质世界的反映,是感受、思维等各种心理过程的总和。要采写原创性新闻,首要条件是记者必须具备原创性意识。

具备原创性意识的记者决不会满足于新闻"统稿"

消息《两条基因抵得一千万元》反映的是上海联合基因科技集团为筹集开发经费,以两条基因抵押,从上海银行获得 1 000 万元贷款的新闻事实。召开新闻发布会的那天,各报记者都得到了一份由联合基因集团提供的新闻"统稿"。如何面对新闻"统稿"? 笔者发现,其中不少记者似乎是"赶场子",拿了"统稿"便扬长而去。他们是怎么撰写这则颇具新闻价值的消息? 笔者照录在此他们写的几则消息导语:

刊登在上海市委机关报的导语是：以两条基因为质押，联合基因集团日前从上海银行金桥支行获得了1 000万元的短期贷款！据悉，这种以待开发的高科技成果作贷款质押的方式，在国内金融界是一大创举。

刊登在上海一家以知识分子为主要读者对象的大报导语是：国内著名的民营科技企业联合基因集团，以两条人类基因质押，从上海银行金桥支行获得1 000万元人民币大额贷款，这在沪上金融界中尚属首创。

而国内权威的新闻通讯社的导语是：国内著名的民营企业联合基因集团以两条人类基因为质押，日前从上海银行金桥支行获得1 000万元人民币的巨额贷款。

上述三则导语如出一辙，可以明显地看出是新闻"统稿"留下的痕迹。

而笔者则不然，在详细阅读新闻"统稿"后，从《健康报》读者的需求出发，通过深入再采访，并就有关问题咨询了该联合基因集团的副总裁，笔者的导语是这样写的：

上海联合基因科技集团日前以两条基因(人锌指蛋白46基因，人Ras结合蛋白66基因)作为抵押，从申城上海银行金桥支行获得了1 000万元人民币的贷款。这种以待开发的高科技成果作贷款质押的方式，不仅在国内金融界是一个创举，而且也开了医学生物科技界之先河。联合基因科技集团副总裁秦义龙在接受记者采访时说："这说明医学科技成果的价值真正得到了承认。"

这则消息导语，虽然说比前几则导语长了些，但是相比之下却显得丰满，贴近医学科技新闻的写法，不仅挑明是哪两条基因，而且使用了副总裁的直接引语，使报道更显得客观、真实、可信，更加生动、活泼，增加了报道的权威性，突出了消息的中心思想。试想，如果不作深入采访，仅凭"统稿"文字，在消息导语中是唤不起受众，特别是《健康报》读者的注意的。

除导语外，笔者又在此消息的主体部分，对导语中所涉及的内容，进一步提供必要的细节和背景材料，从而达到解释和深化导语，使受众对消息的主题和事情的来龙去脉有比较深刻的理解，吸引读者读完全文。

因此说，一个记者即使有了新闻"统稿"，还是需要在常备的原创性意识头脑下进行再"创作"，写出你的原创性新闻，不然你是不会写出比别人棋高一着的新闻作品来的。时下,不重视消息的采访和写作,似乎已成为一种"流弊",这与原创性新闻格格不入,当以引起记者的反省。

具备原创性意识的记者要学会善于"后发制人"

专访《双下肢再植记》通过采访一位当事人,记叙了以"断肢再植"著称于世的上海市第六人民医院骨科 6 位平均年龄不到 30 岁的青年医生完成世界首例双下肢再植术的过程。笔者对于这条"活鱼"虽注视着、追踪着,并准备选择适宜的时机予以报道,但还是先后被《文汇报》和新华社以消息新闻形式"抢发"了,而且《健康报》在第一版报眼位置也转载了新华社的稿子。

面对新闻界如此激烈的竞争,对于这一重大医学成果,具备原创性意识的记者是否还能有所作为,回答显然是肯定的。新闻学告诉我们,消息是新闻的外延,追求的是"快";通讯是新闻的内涵,追求的是"深"。于是,笔者在采访和写作中,力求在"内涵"上下功夫,不仅通过摄影手段真实地留住了两位主刀青年医师和已经能借助拐杖稳健地双脚着地,并开始练习行走的病人生动画面的瞬间,而且借助通讯的一种形式——人物专访,由主要当事人叙述这一奇迹的经过。这些富有"内涵"的"深"的动作,都是"外延"求"快"所不能达到的。专访以图文并茂形式"一见报,首先就在编辑部引起震动,大家齐夸这是一篇好专访"。《健康报》副总编辑周方正在评析这一年驻地记者的来稿时还着重指出:"《双下肢再植记》报道的这例手术,是全世界第一例,这上面就值得做文章。我报先采用了新华社消息,不久胡德荣又发表了专访,他们都写得好,但胡德荣的更精彩。"

周方正在《文传情图传神——读〈双下肢再植记〉有感》一文中还评价道:"写人物,一般作品总爱用不少词句作人物外貌描绘和内心世界的刻画,但本篇用语却十分精练,而又能收到笔下传神的效果:'宗金海医生英俊潇洒,浓眉下一双大眼睛给人以温柔、成熟的感觉。'就只有这一句人物外形描写,但读来使人对这位青年医生产生出一种爱心。紧接着的那句答话也朴实无华。医生们当时哪顾得想这是否属世界首例,'只晓得全神贯注地投入抢救'。这很令人可信,也道出了医生们纯真的心境。""本篇的现场感很强,伤员被抬进医院的情形以及他的伤势都做了活灵活现的描绘。如:'我还未来得及询问病情,病人家属就从蛇皮袋里倒出一双用衣服包扎的血肉模糊、满是污泥的脚。'这情景真使人触目惊心;而能把这种伤员救活,其医技的高超就不言自明了；同时也会令人产生联想，医务人员付出的辛劳和创造的价值又岂是金钱所能衡量！这一点，正好与文前所述有关宗金海受到夸赞的热烈场面完全吻合了。‘情景交融神韵在，不须修饰自风流。’借诗家之言来评价本篇，是不为过的。”

《双下肢再植记》被收入《历史的印迹》一书后，有关专家还这样“点评”：“‘作为记’，通讯详细记述了双下肢再植的过程。这个过程是不能不写的。医生的医术、医德、医风，都在过程——具体的医疗活动中展现出来了。记者在这个环节上下了很多功夫，是本文成功的关键。只有抓住事物的特点才能写出新意。本文突出了年龄这个特点：‘6 位青年医生平均年龄不到 30 岁！’这句话使读者领悟到了其中蕴含的丰富的信息。通讯用寥寥几笔勾画了宗金海英俊潇洒的形象，不但满足了读者的好奇心，也使文章活了起来。”

由此可见，记者只有具备原创性意识，即使在没有抢到“先发制人”的时机，只要肯下功夫，也能“后发制人”地写出掷地有声的、富有内涵的、深层次的新闻作品来。

具备原创性意识的记者不妨写点有力度的深度报道

深度报道《定制器官不是梦》介绍的是医学科学前沿研究“治疗性克隆”这样一个重要的事实。笔者将该报道分为三部分：第一部分“‘治疗性克隆’——‘鼠背人耳’与‘多利羊’技术的结合”；第二部分“‘治疗性克隆’需要解决的难题”；第三部分“‘人体配件商店’将会出现”。在熟悉并了解医学科技前沿的知识后，又经过科学、准确的谋篇布局，淋漓尽致地将事实、背景和意义表达了出来。

《定制器官不是梦》被收入《历史的印迹》一书后，有关专家在“点评”中这样写道：“本文可以说是一篇‘多功能’通讯。它是新闻，也是科普读物；是解释性报道，也是预测性通讯。因其功能多样，读者便可从中获得各方面的收获。以新带旧，使它首先成为新闻。通讯从‘治疗性克隆’已申请 3 项国家专利切入，选择了时间上的‘最近点’，使旧事变新闻，可调动读者兴趣。通讯中大量的解释和预测，向读者通俗地说明了‘治疗性克隆’为何物；同时，作为预测，它也说明‘人体配件商店’将会出现。读物既有新闻性又有知识性和趣味性的文章是读者需要的一道美味，愿它多多问世。”

从“点评”可以看出，这篇深度报道之所以能得到受众的青睐，是将当今世界医学科学前沿的研究通俗易懂地呈现在受众面前。例如笔者曾这样写道:"'治疗性克隆'研究及其相关研究的最终目的是解决人体组织或器官移植的来源,这是目前全球高科技竞争最激烈的领域之一,世界上大量新开办的公司正准备推出商业化产品。一些实验室培养的骨头、软骨、血管、皮肤以及胚胎神经组织都正在人体上试验,心脏、肝脏、肾脏、膀胱、胰腺、耳朵和手指等也都正在实验室中成形。有识之士认为,再过十年、二十年,标有'人体配件商店'名称的专卖店将会在一定规模的医疗机构里出现,到时医生会介绍病人及其家属到这种'人体配件商店'定制经病人自体细胞培养而成的组织或器官,然后经医生手术替换下损伤或病变了的组织或器官。"这些文字,受众是非常愿意读的。特别是"这些临床医学上的革命性变革并不是梦想,人类在新的千年将能驾驭与保护自己"的句子,更让受众感到振奋,对医学科学前沿成果仿佛已经看见并摸得到。

为此,笔者呼吁,具备原创性意识的记者在着力采写消息和通讯的同时,不妨有机会也写点有力度的深度报道或特稿、专稿。

总之,从上述三篇好新闻一等奖作品来看,原创意识是笔者采写这些稿件的灵魂。笔者以为,一名称职的《健康报》记者和编辑,都必须具备原创性意识,因为记者只有具备了原创性意识,才能采写出无愧于我们这个新世纪的卫生改革、医学科技和大卫生的原创性新闻;编辑只有具备了原创性意识,才能将"原创性"作为衡量和取舍稿件的重要标准。当记者和编辑都具备了原创性意识之后,我们《健康报》就一定会更受业内卫生管理人员、医务人员、科技人员和广大普通百姓的欢迎与青睐。

(《健康报记者通讯》2002 年第 4 期)

医学科技新闻要"三贴近"

医学科技新闻沉闷、呆板、枯燥、乏味,已是老生常谈的问题。尽管报社老总们一再强调,《健康报》在突出医学科技新闻权威性的同时要增强可读性,但是真正好的可称之为上乘的医学科技新闻却依然不多。原因可能是多方面的,最主要的恐怕还是采写医学科技新闻的记者不同程度地存在脱离实际、脱离生活、脱离群众的问题。

最近，胡锦涛同志在对前一阶段的宣传思想工作给于充分肯定的同时，要求我们“总结经验，深化改革，在‘三贴近’(贴近实际、贴近生活、贴近群众)上取得新进展”。李长春同志则在一篇题为《从“三贴近”入手改进和加强宣传思想工作》的讲话中说：“新闻宣传工作‘三贴近’，就是要始终坚持正确的导向，要把体现党的意志同反映人民群众的心声统一起来，把思想性、指导性和可读性结合起来，多用群众的语言、多联系群众身边的事例，多采用群众喜闻乐见的形式，多报道有实在内容、有新闻价值的事情。”可见，新闻报道只有坚持“三贴近”，才能使新闻作品更具新闻价值和宣传价值。同样，医学科技新闻也只有“三贴近”，才能打破沉闷、枯燥的气氛，呆板、乏味的格局。因此，我们医学科技新闻记者在新形势下应结合医学科技新闻自身的特点，对“三贴近”的丰富内涵、重大意义作一番认真的理性思考。

要“贴近实际”，切忌一知半解、急躁浮夸

贴近实际，就要坚持医学科技新闻一切从实际出发，就要说实话，实事求是，客观地反映事实。

2003 年春天，突如其来的非典型肺炎在我国肆虐。患难之际，人们依赖媒体、相信媒体，而我们的媒体偏偏在这个时候爆出了非典疫苗在两三个月就能研制成功的新闻。内地一家报纸刊登此消息后，香港传媒纷纷转载，以后又被一些网站转引，最后不得不请全国防治非典科技攻关组负责人出来澄清。这位负责人指出，非典疫苗用于预防非典，它在安全性上的要求远比治疗非典的药物高，必须对人体完全没有副作用，因此不可能一蹴而就，社会各界不可对非典疫苗短期内上市抱过高期望。

非典疫苗什么时候能用于临床，在科研上受诸多因素影响。从基础研究到制备疫苗，再到小量试制、中间试验，最后进入临床试验，要有好几个阶段，因而非典疫苗是无法在短期内研制出来的。这是个常识问题，我们的专家、科技人员熟知，我们的记者特别是医学科技记者更应该懂得并了解。可是专家就这么不负责任地捅了出来，媒体也就不负责任地登载出来。国家科技部部长徐冠华指出，在防治非典的科学研究中，浮躁情绪和急功近利思想依然存在，在一些机构、一些科技人员中表现还十分突出。徐冠华的这番话是针对科研而言，那么对媒体而言，又何尝不应警惕其中的炒作呢?

新闻报道要贴近实际，要有科学的、实事求是的态度，在非典时期参与

公共卫生报道的记者尤其应该强调这一点。我们的新闻记者除了原先掌握的新闻专业知识外,还必须加强相关学科的专业知识学习。中国疾病预防控制中心流行病学首席科学家曾光教授曾说:"我接受了许多媒体记者的采访,也回答过许多提问。我感觉,我们的媒体在公共卫生领域很缺乏高水平的专业记者。"他还说,这种不专业体现在报道中,就是容易满足于一知半解,使传递的信息不准确,有时候还会造成不太好的影响。另外,专业素质不高使记者的鉴别能力差,也没办法形成自己的观点。

从事公共卫生报道的记者到底应当具备哪些素质?中国疾病预防控制中心研究员曾光回答:"应当有开阔的视野,要能从战略的高度思考问题。即使不具备专业学科的背景,对公共卫生领域的东西也要兼通,最起码要明白最基本的学术名词和术语,了解所涉及问题中的关键用词。还要敏感,能够注意发现新的变化和趋势。另外,切忌哗众取宠、急功近利。"

用活生生的事例来反思已经度过的这场非典的非常时期,更显得"贴近实际"对于医学科技新闻是多么重要。医学科技新闻是容不得一知半解、急躁浮夸的。

要"贴近生活",就必须生动活泼、喜闻乐见

贴近生活,就是要把医学科技新闻更好地融入生活、服务生活、引导生活,忠实地反映和表现生活,解决群众的生活难题。在这方面,我们《健康报》的"社会周刊"和"寻医问药"专版就做得比较好,并已逐渐形成了自己的风格与特色。由于贴近生活,自然就受到了群众的欢迎。

医学科技新闻《带蒂大网膜移植颅内——八成弱智患者开了窍》《"送子教授"林其德》《上海第九医院输卵管复通术越做越精——二千失子家庭又有笑声》等作品之所以能得到受众的青睐,主要是作者贴近生活,挖掘并跟踪医学科技新闻线索,然后将群众迫切需要解决的生活难题通过生动活泼的文字加以介绍,引导受众寻医问药。

作者在《八成弱智患者开了窍》一文中,以设问句开头:"弱智者终身病变,已成为家庭和社会的巨大负担。那么在医学上就毫无办法了马?回答:否。20 年前,上海第二医科大学附属新华医院神经外科吴伟烈教授就率先在国内采用弱智患者自身的带蒂大网膜移植其颅内,已使八成接受该手术的弱智患者开了窍,不仅提高了他们生活自理能力,而且一些患者还走上了

工作岗位。”这种“贴近生活”的新闻标题和文章开头，能吸引受众的眼球，给受众以信赖。

而在《“送子教授”林其德》一文中，作者一开头便动情地说：“习惯性流产不仅给孕妇带来一次次躯体之痛，更带来巨大的精神创伤——每当怀孕，那忐忑不安中的希望很快就会被失望无情取代。然而，在上海第二医科大学附属仁济医院，有一位叫林其德的教授，却使600余位患习惯性流产的病人抱上了自己的宝宝。林其德采用的方法是‘免疫疗法’。”在这里，作者将自己融入受众的感受中去了，作心贴心的交流。

同样《二千失子家庭又有笑声》一文，也是想病家之所想，急病家之所急。“绝育术后又痛失爱子，这种悲伤是常人难以想象的。为了让这些父母重温天伦之乐，到目前为止，上海第二医科大学附属第九人民医院妇科已为2 000余名绝育后妇女实施了输卵管再通，让幸福的笑又回到父母的脸上。”

这段文字无疑是贴近生活，让读者又听到了失子家庭欢畅的笑声。

要“贴近群众”，就必须以人为本、通俗易懂

贴近群众，就是充分体现群众的意愿，满足群众的需求，用群众的语言，讲群众能懂的话，为群众提供想看、爱看的医学科技新闻。

新闻传播学的大量事实已经证明，一篇医学科技新闻的可读性越强，它就越具有吸引读者的魅力，同时也越具有广为传播的魅力。而魅力的核心是这篇医学科技新闻作品的科学性、真实性、客观性、准确性、时效性、通俗性。从贴近群众的角度来说，医学科技新闻记者尤其要在通俗性上下功夫，力求将艰涩难懂的医学科技术语“翻译”成群众所能接受的语言，只有这样才能贴近群众，让群众读懂医学科技新闻。

医学科技新闻《“人体配件商店”并非天方夜谭》，聚焦的是我国“973计划”——由上海第二医科大学曹谊林教授担任首席科学家的“组织工程的基本科学问题”这一国家重点基础研究发展项目。由于这篇新闻写得通俗易懂、可读性强，并取了一个醒目的标题，多次受到报社领导赞扬，还被评为重点稿。

在这篇新闻作品中，作者是这样描述组织工程学复制“人耳”中“种子细胞”和“生物材料”的重要性及其演绎过程的：

先取一种生物相容性良好并可被人体降解和吸收的特殊生物材料，精心制作成人耳模型，然后将牛的软骨细胞在体外培养成活后，“种”到模型上去，使之很好地吸附并引导细胞生长。由于该特殊生物材料为细胞提供了一个生存的三维空间，既能使细胞获得足够的营养物质，又能进行气体交换，排除废物，从而使细胞按照预先设计的三维形状的人耳模型支架生长。通过仪器观察，可看到细胞已分泌基质，证明细胞与特殊生物材料塑成的模型相处得很好，并已开始形成新的复合体。这样大约经过一周时间，便可将这一复合体植入到没有免疫反应的裸鼠背部皮下。再经过六周时间的培养；复合体中的特殊生物材料逐渐被裸鼠身体降解吸收，而细胞则依附于模型形成了新的软骨。这时“人耳”便复制成功。

作者用朴实无华的文字，把世界顶尖水平复制“人耳”的过程向受众交代得清清楚楚、明明白白。这种医学科技新闻“贴近群众”的做法，受众自然爱看，并且能看得懂世界医学前沿的研究成果。

总之，医学科技新闻只有做到“三贴近”，才会更加受到受众的欢迎。对医学科技新闻记者来说，就要继续转变新闻观念，增强受众观念、服务观念，尽心尽力为受众服务。而且关键是只有深入，才能贴近。

医学科技新闻记者要深入实际，到生活中去，到群众中去，培养与群众的真情实感，与群众心贴心，做群众的贴心记者，而不是作风飘浮、蜻蜓点水、浮光掠影。

（《健康报记者通讯》2004 年第 1 期）

医学科技新闻包括四方面内容：一是党和国家关于医学科技发展的政策和总体规划；二是医学新成果、新发明和新发现的应用和发展医学科技事业过程中遇到的新问题；三是医学科技攻关中涌现出的典型人物；四是人们广泛关注的医学新知识、新技术。医学科技新闻工作者要瞄准一个目标——

做一个专家型的记者

我们通常这样定义医学科技成果：指为解决一种医学科技问题经研究试验、试制或调查、考察综合分析而得出的并通过技术客定和评审具有一定新颖性、先进性和实用价值的结果或重大项目的阶段性成果。其产生方式主要有四种形式：政府管理部门评奖、医学期刊发表论文、作为专利公布、医疗科研成果。

既要“真实”又要“通俗”

采写医学科技新闻必须遵循真实性原则。今年 4 月 7 日，新华社在一篇题为《去年 76 起记者违法违规案受处理》中说：“2009 年，新闻出版总署共办理新闻报刊领域群众举报案件 556 件。”“全国有十几家报纸因刊发虚假失实报道受到公开通报批评、警告或停刊整顿等处罚，近百名媒体从业人员因存在敲诈勒索等违法行为被新闻出版行政部门列入新闻从业不良记录，其中有 20 多名新闻记者被判刑。”

重温《中国新闻工作者职业道德准则》中的规定：坚持新闻真实性原则，要把真实作为新闻的生命，做到真实、准确、全面、客观。

采写医学科技新闻在注重真实性原则的同时，还必须讲究通俗性原则。

从贴近群众的角度来说，医学科技新闻记者尤其要在通俗性上下功夫，力求将艰涩难懂的医学科技术语“翻译”成群众所能接受的语言，只有这样才能贴近群众，让群众读懂医学科技新闻。

医学科技新闻的通俗性原则，实际上也就是“三贴近”(贴近实际、贴近生活、贴近群众)原则。“贴近实际”，就要坚持医学科技新闻一切从实际出发，实事求是客观地反映事实。“贴近生活”，就是要把医学科技新闻更好地融入生活、服务生活、引导生活，忠实地反映和表现生活，并解决群众的生活难题。“贴近群众”，就是充分体现群众的意愿，满足群众的需求，用群众的语言讲群众能懂的话，为群众提供想看、爱看的医学科技新闻。

基于“发现”　重在“发现”

“新闻是‘发现’已经发生的中实的艺术。”新闻“发现”作为新的活动各个环节中的第一步，很大程度上决定了新闻作品能否获得成功，也就是说新闻“发现”即是一种创作，而且是原创性的创作。医学科技新闻的创新基于“发现”，重在“发现”。

那么医学科技新闻从哪里发现、捕捉与挖掘呢？我根据多年来的采写经验和实践，认为可以从以下十个方面去发现。

1. 从学术活动中去发现

12年前，现任卫生部部长陈竺还是上海第二医科大学附属瑞金医院上海血液学研究所所长时，领衔了我国重大项目“中华民族基因组中若干位点基因结构的研究”。其中的子课题“中国不同民族基因组保存”研究负责人——中国医学科学院医学生物研究所长褚嘉祐教授在完成研究后，其论文《中国各人群的遗传关系》已经于1998年9月29日发表在国际权威的学术刊物《美国科学院学报》上。

在1998年11月22日于上海第二医科大学召开的一次学术论证会上，当褚嘉祐教授向国家自然科学基金委等领导汇报研究结果说道“当今亚洲的基因库主要源于非洲起源的现代人”时，与会采访的我顿时眼睛一亮，记者职业的敏感性告诉我，这可能就是“一条鲜活的大鱼”，于是立即进行了深入采访。

其实，褚嘉祐教授的学术论文早在此次论证会的前2个月就已经发表了，没有引起包括新华社在内的我国所有媒体记者的“发现”。而已经“发现”的中国医学科学院、协和医科大学校报编辑部记者江沪沪欲想采访，却被褚嘉推脱祐说没时间，要等他从上海开完会回北京后才接受采访。结果，这则独家新闻被我抢先“发现”了，消息《褚嘉祐教授等研究指出　亚洲基因库主要源于非洲》发表在1998年11月26日《健康报》报眼。

当年，这则消息还被卫生部等八家单位评为年度“中国十大医药科技新闻”之一。

2. 从科研成果中去发现

上海第二医科大学组织工程研究中心主任、第九人民医院整形外科副教授曹谊林于1992年师从世界组织工程学鼻祖、美国哈佛大学医学院组织工程实验室主任瓦康堤教授做博士后研究工作，他看到经体外培养的细胞可以形成软骨，遂决定探讨其在整形外科的应用前景。

曹谊林经过两年时间、几十次失败，最终在世界上首次将牛的软骨细胞吸附在预先已塑成人耳模样的特殊生物材料上，然后再把这一细胞生物的复合体植入一只没有免疫反应的裸鼠背部皮下，结果使裸鼠背上长出了“人耳”。

曹谊林把这一奇迹归功于方兴未艾的组织工程学。由于这一“组织工程”首先是取自自身正常组织细胞，在体外培养扩增后吸附于一种特殊的生物材料上，再植入自身损伤的组织部位，让细胞生长形成新的相应组织器官，因此不存在排异问题。其中的关键是，这一特殊的生物材料不但要允许细胞吮吸营养，进行新陈代谢，按照预制模型生长，而且在植入损伤组织后要能逐渐被自身所吸收。

专家认为："复制人耳如从实验进入临床，将给整形外科乃至整个外科带来革命性突破。"消息《组织工程学催开奇葩／曹谊林复制"人耳"成功》是从科研成果中发现采写的，于 1997 年 4 月 6 日也发表在《健康报》报眼。

3. 从新技术、新项目中去发现

上海第二医科大学附属瑞金医院于 2002 年 5 月 19 日成功完成了我国首例"劈离式肝移植"术。所谓"劈离式肝移植"，是指一个完整的同种异体供肝按解剖结构修整分离出两套各自独立的动脉、静脉及胆道系统，分别移植到两位病人身上。

同时接受肝移植手术的两位病人为 49 岁和 22 岁的女性。中年女病人因肝硬化、门静脉高压症而反复上消化道出血 20 余次，就在手术前的一周还呕血 1 500 毫升。年轻病人 8 年前罹患肝豆状核变性，由于不断恶化的铜代谢障碍，死神已渐渐向她逼近。考虑到两位病人严重的病情及供肝缺乏，瑞金医院决定采用"劈离式肝移植"方法，使一个供肝，让两位病人受益。瑞金医院肝移植手术小组先把一死者自愿捐出的总重量为 1 080 克的供肝按解剖结构分成 850 克重和 230 克重的左右两半，在修整出两套各自独立的动脉、静脉和胆道系统后，立即在两台手术台上为两位病人施行迅速对接。49 岁病人的病变肝被切除后，850 克的供肝右半肝担当其肝脏的全部功能；22 岁病人由于需解决的是部分肝代谢问题，手术医生仅切除了她的左半肝，再用 230 克的供肝左半肝移植上去。据悉，此次手术从劈离、修整供肝，直到分别移植到两位病人身上，共用了 13 个小时。

在两位病人接受肝移植的第 6 天，已安全度过了术后急性排异期，并已开始进食、下床活动后，记者在这一临床新技术、新项目中采写了《一肝救两人——"瑞金"成功完成"劈离式肝移植"》。

4. 从疾病谱及流行规律中去发现

上海中医药大学附属曙光医院中风专科魏江磊教授对我国华北和华东 3 个省市 6 000 个病例进行跟踪研究，根据 20 种高危症状描绘的中风先兆性别、年龄特征图谱显示：55 岁～65 岁中风高发期，男性中风先兆头号因素是连续两周以上便秘，而女性则是连续两周以上烦躁易怒、情绪紧张。研究还发现，大部分患者中风前会出现眩晕、单手指麻木、短暂性言语謇涩等先兆，少部分人会有头胀痛、手指麻、健忘、神情呆滞、倦怠嗜卧、步履不正的情况。

从这一中风先兆的疾病谱及流行规律中去发现，消息《55 岁至 65 岁为中风高发期》便采写成功。

5. 从罕见病例中去发现

您听说过一个病人同时移植 7 个脏器吗？2004 年 12 月 15 日，一名 38 岁的妇女在上海第二医科大学附属瑞金医院同时接受了肝脏、胰腺、脾脏、胃、十二指肠、全小肠（空肠、回肠）和结肠（盲肠、升结肠、横结肠）等 7 个脏器的整块移植。该院院长、普外科主任李宏为教授于 12 月 20 日下午宣布：移植手术取得成功，病人各项生命体征正常。有关专家认为，这是中国器官移植史上的奇迹，创造了亚洲第一。

这是一例罕见的病例，《瑞金医院创造中国器官移植纪录　腹腔七脏器整体大“搬家”》刊登在 2004 年 12 月 21 日《健康报》第一版。

6. 从突发事件中去发现

“急性肠胃炎，先心病伴重度肺动脉高压，血小板化验结果一度为‘0’，已怀孕 31 周的孕妇身患多种疾病却为省钱两次离院出走。”这种情况意味着这位孕妇只要出血就会止不住，孕妇和胎儿的生命随时都处在危险中，这在临床上也是非常罕见的。

在这一突发事件中，上海医务人员不抛弃、不放弃，苦苦找寻，上演了一出——《高危贫困孕妇连环追踪记》。这篇医学科技通讯报道刊登在 2010 年 3 月 26 日《健康报》第一版头条。

7. 从医疗信息中去发现

“上海市疾病预防控制中心慢病部一项‘上海市区乳腺癌流行现状及趋势分析’显示，1999 年上海市区女性乳腺癌发病率已达到 52.98/10 万，比 1972 年上升 180.30%，在女性各种肿瘤中已居首位。”

这一医疗信息令人惊讶，于是消息《乳癌发病升幅惊人/上海发病率 27 年间升了 180.30%》很快登载在《健康报》上。

8. 从科普活动中去发现

每年 8 月 13 日是西方的“左撇子”日，上海交通大学医学院附属瑞金医院功能神经外科中心主任孙伯民教授在一次科普活动中说，大多数中国的父母都认为，左撇子不是一件好事，这使得他们在孩子幼年时就拼命去纠正。据悉，国外的父母们很少刻意改正孩子们用左手的习惯，这也是国外存在很多左撇子的原因。美国哈佛医学院所作的一项试验表明，强迫孩子改用右手的成功率仅有5%，这样也导致美国至少95%的孩子的左手“战胜”了父母，最终他们不仅能用左手，也可以使用右手。

孙伯民说，正是由于后天锻炼，让先天左力者的大脑左右半球都得到了很好的开发。由于右半脑控制左侧肢体运动，左半脑控制右侧肢体，而一些双侧肢体都能自由活动的人的双边脑半球都得了很好的锻炼，这就有可能产生一种情况：本来应该位于一侧优势脑半球控制语言、理解力等功能的区域同时分布在两个脑半球上。

为此，孙伯民界定的左力者更倾向于大多数可以“左右开弓”的左力者。这部分人即使受到外伤，其一侧脑半球受到损伤，另一侧也可以迅速代偿，加速恢复。而对于纯粹意义上不使用右手的左撇子，并没有足够的证据可以证明其更聪明。

于是，从科普活动中去发现，《没有证据表明“左撇子”更聪明》的消息也就采写成功。

9. 从普遍关心的问题中去发现

上海交通大学医学院附属仁济医院、上海市消化疾病研究所房静远教授等，在国际上首次将叶酸用于胃癌防治、治疗慢性萎缩性胃炎的研究，荣获2007年中华医学科技奖一等奖后，房静远和科研人员接到大量的来电和来信，不少患者表示已经自行高剂量服用叶酸。房静远提醒说：“不科学地使用叶酸，非但不能防治胃癌，还有可能起到相反的作用。患者不可自行服用叶酸。”

这样，针对人们普遍关心的问题，消息《患者不可自行服用叶酸防治胃癌》自然会引起受众的广泛注意。

10. 从读书看报听广播看电视中发现

从报纸上和广播里获悉我多年跟踪的一位肤纹学专家又有新成果，虽然没有在第一时间获得第一手资料，但是一经联系上更进一步作深入采访，还是采写出令当事人十分满意的消息《我国56个民族肤纹学研究完成/肤纹“密码”透露民族源流“天机”》。而且在我们《健康报》刊出后，又在全国掀起了第二波新闻报道高潮，《人民日报》、新华社等也相继作了深度报道。

从读书、看报、听广播、看电视中也能发现新闻线索。

要做“杂家” 也当“专家”

医学科技记者是“记者”，更应成为“学者”；医学科技记者是“杂家”，更应成为“专家”。

医学是一门学科，新闻也是一门学科，医学科技记者是融这两门学科于一身的行当，应该成为学者。这种学者是记者的一种升华，是把医学科技新闻当作一门学问来研究的人文学者。

新闻记者又向来被视为杂家，除了熟悉本行的新闻学、医学专业知识外，文史哲、数理化、天地生都应有广泛的涉猎，这是杂。而作为专门采访报道医学领域特别是该领域中一个重要的医学科技分支，医学科技记者则必须掌握或精通这方面的专业知识，熟悉这方面的学术情况、发展方向及其学者队伍，在当记者的同时，又做学者；在当杂家的同时，又当专家，并以记者和学者、杂家和专家的双重修养，采写好每篇医学科技新闻报道，这样的医学科技新闻报道才是高水平的。

在平时的阅读和浏览中，我发现这样两句话很发人深省：一句话是《华盛顿邮报》外事编辑（相当于国际部主任）戴维·霍夫曼说的：“我们有很好的记者队伍，在全国有很好的作者队伍。我们采访卫生系统的记者，都是有营业执照的专业医生。”另一句话是一位非医学科班出身的医学科技新闻记者说的：“尽快熟悉‘专业’，要下点功夫。买一套五年制临床医学本科教材是必要的，采访哪方面的内容，事先读一读相关章节。比起网上，专业教科书更准确，更让人放心。把教科书当字典用，当闲书看。”

（《健康传播观察》2010 年第 2 期）

可遇而不可求

——采写《“健康掌握在自己手中”》的体会

世界卫生组织总干事陈冯富珍冒着酷暑考察上海社区卫生服务中心和市民健康自我管理小组，吸引了沪上众多媒体卫生记者争相采访这位重量级人物的新闻事件。

作为《健康报》驻上海记者，自然也逮住了这条极富价值、“可遇而不可求”的新闻“活鱼”，不过我不是采用常规的“消息”进行报道，而是采用记事性通讯——“侧记”的形式，再现了陈冯富珍的考察情景。一篇 1 200 字的《“健康掌握在自己手中”——世界卫生组织总干事陈冯富珍考察上海侧记》，刊登在 2010 年 8 月 2 日《健康报》第三版头条位置。

采用“侧记”的形式，此前我曾有过多篇成功的报道。我认为“侧记”是比“消息”更为生动、细致、灵活的报道形式，它是“记事”却不等同于“纪实”，它之所以叫“侧记”就侧在选择了特定的角度、从一个侧面对重要事件进行记述。

为了写好这篇“侧记”，我在这次采访中格外注重并强化了惯用的 9 字方针：即“认真看”“专心听”“用心记”。

“认真看”：看到了——

一位已经 60 开外的陈冯富珍温婉、儒雅，衣着合宜，“身穿短袖蓝底小花旗袍”。

当她听到上海向全市 800 万户市民家庭以及部分外来务工人员、部队官兵，免费发放包括一本健康自我管理知识手册和一把健康腰围尺的“世博健康大礼包”时，立即取出大礼包中的“健康腰围尺”，在自己腰间量了起来。

来到新泾镇淞虹苑居民小区，她对小区里的“科学健身路”特别感兴趣，立即快步行走起来。

在新泾镇社区文化中心，陈冯富珍和正在进行活动的市民健康自我管理小组的老人们座谈，交流健康心得。

“认真看”必须全神贯注，留意观察采访对象的衣着打扮、行为举止及其细微动作。因为一不留神、稍纵即逝，便不能将采访对象的动静尽收眼底。

我在侧记里的第一句话就这样写的：“身穿短袖蓝底小花旗袍的世界卫生组织总干事陈冯富珍显得格外精神。”一下子把主人翁的风貌凸显在了读者眼前，吸引读者看全文。

“专心听”：听到了——

陈冯富珍用“健康腰围尺”量了自己的腰围后，对陪同的上海市健康促进委员会副主任李忠阳女士说：“我们都没有超过女性警戒腰围。”她还对身边的世界卫生组织驻华代表蓝睿明先生开玩笑地说:“你肯定超过男性警戒腰围了。”顿时引来了大家的一阵笑声。

陈冯富珍还将“腰围尺”交给随行人员,并说要带回世界卫生组织让同事们也量一量。

在一户居民家里,女主人陶阿姨介绍:每天两次围着“科学健身路”快步走上五六圈,除了健身走,还积极参与上海市政府大力倡导的控盐、控油、控烟、控体重和日行万步的“四控一动”健康生活方式行动,近两年高血压等几个检查指标箭头都往下掉。陈冯富珍听后高兴极了,指着自己身上穿的旗袍说:“这是十多年前做的,如今还能穿上身。我自己做榜样呀,就是坚持锻炼、科学饮食的结果。”

当听到社区医生每周都要来小组给老年朋友上健康课时,陈冯富珍大为赞赏。看到一位烟龄长达 42 年的老年朋友在接受健康自我管理教育后终于戒了烟,陈冯富珍向他表示祝贺,并说“健康就掌握在你自己手中”。

“专心听”必须聚精会神,及时捕捉采访对象的精辟话语,特别是个性化言语,把它引用到“侧记”里,既形象又生动。当听到陈冯富珍说“健康就掌握在你自己手中”,我顿时眼睛一亮、心中窃喜:这篇侧记的标题已经现成的了。

“用心记”:心到手到——

在平时的采访中,我也使用现代先进的采访工具,像录音笔、手机视频等,但用得最多、认为最为保险的还是用笔在采访本上快速记录,而且是把自己看到、听到、感觉到的重要、精彩的场景和话语尽可能地或一字不差地完整记录下来。我还随身带了个小型数码相机,作为文字的补充,也“记”下难忘的瞬间。

“用心记”必须眼到手到、耳到手到、心到手到,记录下原始的、鲜活的甚至是独家的第一手素材。

这样,通过采访中的“认真看”“专心听”“用心记”后,再经过去粗取精、谋篇布局的认真构思,最后我只用了个把小时,便一气呵成地完成了“侧记”初稿。令我高兴的是稿件最终被刊出,报社编辑从标题到正文几乎都没怎么改动。

“可遇而不可求。”像采访世界卫生组织总干事陈冯富珍等一些重要人物的活动，不是每位卫生记者都能经常碰到的，问题是如果一旦被你遇上了，就看你能不能胜任采访并撰写出一篇质量较高的让读者叫好的新闻作品来。

我认为，好的重大的新闻采访机会“可遇而不可求”，须默默地耐心地去等待，不可强求。尽管机遇对于每一位新闻记者来说都是均等的，但往往总是留给那些有准备的新闻记者。因此说，为了能随时可遇见，又为了遇见之后能求到，每一位新闻记者都需下苦功夫、练好基本功，好的新闻采访机会定会惠顾有准备的优秀记者。

（《健康传播观察》2011 年第 2 期）

医学科技记者的信仰是终身学习

——采写《“中国式换脸”让毁容者重绽笑容》的体会

我常喜欢用“可遇而不可求”来比喻获得有重大新闻价值的采访机会。就“换脸”而言，2012 年 9 月 19 日下午 3 时，我有幸参加上海交通大学医学院附属第九人民医院整复外科举行的“全脸面的预构与重建”成果发布会，“可遇而不可求”地获得了一条有重大报道价值的“中国式换脸”新闻“活鱼”。

消息《全脸面预构与重建为 6 名病人造新面孔（眉题）/“中国式换脸”让毁容者重绽笑容（主题）》不但于第二天 9 月 20 日刊登在《健康报》第一版右下角的倒头条位置，而且还被报社评为当月“重点稿”。令我没有想到的是这篇医学科技新闻在 2012 年度驻地记者好新闻评选中获得了消息类二等奖。

回顾采写这篇 730 字的消息，我觉得有三条心得体会可以和我们《健康报》驻地年轻记者，以及广大通讯员分享。

获得重大新闻线索要及时与报社沟通
采访前最好能收集相关资料了然于胸

世界首例换脸手术于 2005 年 11 月 27 日由法国著名外科专家吉恩-迈克尔·杜伯纳德为一名 38 岁的法国妇女伊莎贝尔·迪努瓦尔实施；世界第

二例、国内首例换脸手术于2006年4月13日由第四军医大学西京医院整形外科主任郭树忠教授为一名30岁的云南患者李国兴实施。

这两例换脸均为脑死亡者捐赠的部分脸面，包括面颊、鼻子、嘴唇等。其移植的异体颜面皮肤往往挛缩、僵硬、色暗、难看且呈现免疫排斥。采访前我从网上收集这些资料，能帮助记者理解异体换脸的状况。

在成果发布会上，记者获得的信息是：上海九院整复外科李青峰项目组在国际上首次建立、定型了利用自体组织构建全脸面的技术，并成功完成了一组严重毁容病例的治疗；而且该技术克服了传统技术的不足，回避了异体脸面移植的诸多问题，创新性地研究、建立了代表未来发展方向的脸面重建技术；不依赖从他人身体上获得组织、器官，而是应用传统外科技术，结合再生医学、干细胞、数字三维技术等新知识新方法，发展出来的新的治疗方法。

特别是听到中国工程院院士、我国整复外科创始人、上海九院整复外科研究所名誉所长张涤生教授称这一里程碑式的"中国式换脸"时，记者为之一震，立即退出场外，拨通了手机，及时与报社新闻中心主任萧景丹沟通，要求预留明天报纸的版面，以便与其他媒体同步报道。当问及写多少字时，我说七八百字。

成果发布会一结束，我便在该院宣传科电脑前迅速敲打，在短时间内完成了一篇800字的新闻稿，随即发往报社。然后又给报社通电话，直到新闻中心收到稿件，我才放心离去。

翌日消息刊出后，我从新闻中心主任萧景丹嘴里得知，她上网搜索后发现，《健康报》发表的消息是同类报道中写得较好的一篇。与其说这是对驻地记者采写稿件的肯定，倒不如说是报社编辑默默无闻、为驻地记者作嫁衣裳的辛劳果实。我在这儿向萧景丹主任和报社所有编辑表示感谢。

要做一名学者专家型的医学科技记者
就定要有终身学习新知识的思想准备

对于这一重大临床科技成果，我认真深入地采访，力求用通俗易懂的文字，在消息有限的篇幅里，把"中国式换脸"的技术尽可能地交待清楚。之所以我能在电脑前较快地完成新闻稿，主要还得归功于对此项构建全脸面的新技术有着较长时间的跟踪报道、资料积累，以致谙熟得比较透彻。

早在2006年11月14日我就在《健康报》第一版发表了《"预构脸面"成

功覆盖烧伤面部》的消息，报道了李青峰教授在世界上首创了一种新术式——“预构脸面”，就是在患者腋下、胸外侧先移植一套自体带血供的筋膜瓣到皮下，然后采用皮肤扩张技术，经过3个多月的注水，使皮肤扩张成超薄皮瓣的球体样，当球体表面皮肤面积达到“预构脸面”所需面积大小时即可进行移植，覆盖到面部严重烧伤的患者脸上，使其摆脱了原先面部僵硬、眼睑外翻、开口困难、毫无表情的丑陋颜面。再如，2011年4月1日我又在《健康报》第一版报眼发表了《巧“种”干细胞，产出“活皮肤”》的消息，介绍了李青峰教授为脸面预建而完成的一项基础性研究。

记得我在1998年《健康报》全国记者会上提出了“医学科技记者要成为学者专家型记者”的理念，主张以学者和专家的双重修养，采写好每一篇医学科技新闻报道。十多年来，我努力给自己加压，觉得要做一名学者专家型的医学科技记者，就要树立终身学习的信仰，做好接受新知识的长期思想准备。

如果说世纪之交的医学科技记者懂得了诱导分化、细胞凋亡、转基因、人类基因组、组织工程学、治疗性克隆等技术的话，那么今天的医学科技记者还必须懂得组织学、系统生物学、纳米医学、干细胞与再生医学、医学工程等引领医学发展的前沿技术。因为只有储备了医学新知识的医学科技记者，才能采写出具有广为传播魅力的医学科技新闻，才能真正维护《健康报》在医学科技新闻报道领域中的特色和权威性。

新媒体时代倒逼新闻传播教育的转型
年轻记者和通讯员必须提升业务水准

医学科技新闻素材怎么去发现？发现了又怎么去撰写？近年来仅在《健康报》举办的记者通讯员新闻业务培训班上我就授课了3次。年轻驻地记者和通讯员渴求写好医学科技新闻的热情很高涨，他们经常打来电话向我询问，或在QQ中彼此探讨；有的干脆把已写好的新闻稿和素材，发到我的邮箱，要求帮助修改。我被他们这种锲而不舍的工作热情而深深感动。

我觉得，在当前新媒体时代倒逼新闻传播教育的转型时期，年轻记者和通讯员要有信心迅速提升新闻业务水准。在我们《健康报》驻地年轻记者和通讯员中，非新闻科班出身的占绝大多数，但他们都有自己所学的专业。正因为他们各自有自己的专业，又有爱好新闻的激情和为《健康报》积极撰稿的热情，这些年轻记者和通讯员定能成为采写医学科技新闻的行家里手，持续发挥好《健康报》驻地记者半壁江山的作用。

新媒体时代的新闻教育可能不仅是改革的问题，而是需要换一种思路来重新建构新闻学。被誉为培养记者摇篮的复旦大学新闻学院从去年即2012级起，本科生专业教育采取了"2+2"的模式，以适应媒介变化对复合型新闻人才的需求。所谓"2+2"培养模式，指本科第一、第二学年，学生可在经济学方向、社会学方向、汉语言文学方向、电子信息科学与技术方向中任选其一，并按上述4个方向的教学计划进行学习；第三、第四学年，按照新闻传播学各专业的培养方案学习。在4年中，通过紧凑的学习安排，系统掌握两门学科本科专业知识。

我提请大家注意的是：从这里不难看出，一个复旦大学新闻学院本科生真正学新闻的时间只有2年，还不及以往培养一名"大专生"需要3年时间。我所要强调的是：我们《健康报》非新闻科班出身的年轻记者和通讯员本身就有自己的专业，为什么就不能耐得住寂寞，不为浮躁，通过2年或稍长一些的业余时间也达到新闻"科班"的水平呢？我认为完全可能，我为大家鼓劲。

（《健康传播观察》2013年好新闻专刊）

巧借"名人效应"为新闻造势

2013年，好莱坞影星安吉丽娜·朱莉预防性切除乳腺，引发公众对癌症早诊早治知识的关注。为此，我在《健康报》发表了一篇题为《针对影星朱莉切除双侧乳腺，专家提醒——并非有家族史的女性都需切除乳腺》的消息。这篇消息被报社评为当月"重点稿"，还被评为年度驻地记者好新闻消息类二等奖。回顾这篇仅600字消息的采写过程，我认为有两点可以与大家分享。

紧紧抓住"名人效应"

2013年5月14日，美国好莱坞电影明星安吉丽娜·朱莉在《纽约时报》发表《我的医疗选择》后，立即掀起轩然大波。她在文中称，自己从当年2月至4月接受了多阶段复杂手术，彻底切除了双侧乳腺，使自己患乳腺癌的几率从87%下降到5%。

其实，早在2013年4月中旬，上海交通大学医学院附属瑞金医院乳腺疾病诊治中心也为上海一位40岁的女教师做过与朱莉同样的双侧乳腺切除术，即一次性的预防性双侧保留乳头乳晕的乳腺皮下腺体切除＋假体植入术。由于这位女教师的直系家族中，已有外婆、母亲、姨妈、姐姐4人先后罹患乳腺癌，她本人在发现有腺体导管扩张的情况后，坚决要求做预防性切除手术，其家人也理解和支持。上海瑞金医院专门为其组织了术前多学科会诊，保证了手术的成功。但与安吉丽娜·朱莉不同，这位老师并没有接受乳腺癌的基因检测。

女教师低调出院后，医院没有做任何宣传，直到朱莉的新闻轰动全球后，上海瑞金医院有关专家才在接受媒体记者采访时顺带作了披露。这例手术一直未做过宣传报道，其中一个重要原因就是一个女教师的影响力远远抵不上一位大明星的轰动效应。

国家新闻出版广电总局出版的《新闻记者培训教材》(2013)第二章中，有这样一段阐述："越是著名人物，其身上发生的事实，越具有新闻价值；越是著名地点，那里发生的事实，也容易引起受众的关注。这是由于明星崇拜心理，或对著名地点知悉而产生的关注意识的缘故。'名人新闻''名人效应'在新闻中有着明显的体现，政界领袖、影视歌星、体育明星常常是新闻的中心。而在一些著名地点发生的事情，可能会无形中提升其新闻价值。"在我的新闻意识里，美国好莱坞电影明星安吉丽娜·朱莉切除双侧乳腺的事件具有"名人效应"，有新闻价值。这就是我精心采写这篇消息的初衷。

紧紧抓住"权威人士"

"名人效应"有了，接下来，新闻传播的关键点就是通过哪位"权威人士"向国人做宣教？在上海，精通乳腺疾病治疗的"权威人士"非沈镇宙教授莫属。

儒雅温文的复旦大学附属肿瘤医院终身教授沈镇宙已有80岁高龄，他同时还是上海市乳腺癌临床医学中心和复旦大学乳腺癌研究所首席专家。请这样的"权威人士"发表对朱莉切除双侧乳腺的看法，再贴切不过。

5月14日朱莉的文章发表后，5月15日沈镇宙教授就接受了记者的采访。他明确表示,欧美国家女性的 BRCA1、BRCA2 两个基因突变发生率约为 10%,而中国女性为 5%~7%,因此并非每个有家族遗传史的女性都需要接受乳腺切除手术。

至于乳腺切除手术本身,用专家的口吻:"简直就不值得一说。"该手术分三步:第一步,沿一侧乳晕向两侧各切开 2 厘米小口子;第二步,分离开皮下脂肪与腺体的"间隙",并取出大约 350 毫克的乳房腺体;第三步,将分量相当的硅胶假体置于胸大肌后,再予以缝合。如此再做对侧,一次完成。前后不过两个多小时。术后一周,患者即可康复出院。

问题是,在国内尚未推广 BRCA1 和 BRCA2 基因突变检测的情况下,高危人群是否可以选择"预防性乳腺切除术"?

经过对沈镇宙教授的采访,我将所获得的素材进行去粗取精的整理和筛选,形成了用在稿件中的这样两段科学且缜密的话语:"沈镇宙说,有乳腺癌家族史,且自身发生 BRCA1、BRCA2 两个基因突变的女性,罹患乳腺癌的几率约为 70%,患卵巢癌的几率也会增加。在美国、加拿大等国家,医生会建议这些女性接受预防性乳腺切除术加后期整形治疗,从新闻报道看,安吉丽娜·朱莉接受的应该就是这种治疗。而在我国,预防性乳腺切除术目前还没有被写入乳腺癌治疗指南,因此知道这种方法的人并不多。"

"沈镇宙说,《中国抗癌协会乳腺癌诊治指南与规范(2011 版)》建议对无症状妇女开展普查,以期早发现、早诊断、早治疗。虽然适龄妇女学会乳腺的自我检查方法是有必要的,但如果单独以此作为乳腺癌筛查的手段,并不能提高乳腺癌早期诊断率和降低死亡率,就是一个经验丰富的普外科医生,如果没有辅以乳腺 X 线和 B 超联合应用,也会漏掉大量的早期乳腺癌患者。"

两段话语不仅介绍了美国、加拿大等国家医生对有乳腺癌家族史,且自身发生 BRCA1、BRCA2 两个基因突变的女性的建议,而且也提醒无症状妇女进行乳腺 X 线和 B 超联合检查,以期早发现、早诊断、早治疗。既作科学介绍,又做科普宣传,从而得出"并非每个有家族遗传史的女性都需要接受乳腺切除手术"的结论并写入导语。

在消息的最后再添上这么一段:"仅 BRCA1、BRCA2 两个基因筛查费用在美国要超过 3 000 美元,上海市目前约需 4 000 美元~5 000 美元。沈镇宙透露,复旦大学附属肿瘤医院目前计划开展高危人群基因筛查,在高危人群中选择自愿接受筛查者，对其进行基因检测。接受双侧乳腺切除手术的女性，经修复整形后完全可以做到外观不受影响。”回答了受众最想知道和了解的许多与疾病相关的问题。

尊重生命，崇尚健康。医学卫生新闻记者紧紧抓住和牢牢铭记新闻价值中的“名人效应”这一构成要素，可采写出更多可圈可点的医学卫生新闻。

（《健康传播观察》2015 年第 2 期）

“人生乐在相知心”

——采写《重症患儿和“二师兄”漫画》的体会

发表在《健康报》2014 年 8 月 11 日第三版头条的“鲁甸地震救援”《重症患儿和“二师兄”漫画》格外夺人眼球：763 个字的消息 + 1 张三栏宽、37 行高的破天荒大幅照片 + 3 幅抚慰重伤孩子的漫画，把复旦大学附属中山医院肝移植监护室何义舟博士在云南昭通市第一人民医院重症监护病房救援伤痛孩子的情景刻画反映得栩栩如生。

这篇报道不仅在当月入选为重点稿，而且还被评为 2014 年度好新闻评选消息一等奖。回眸这篇消息采写和 1 张照片、3 幅漫画作品获得的体会，我深深感到这是记者得益于交了一位医生漫画家朋友的收获。

孟子曰：“人之相识，贵在相知；人之相知，贵在知心。”记者在采访中需交朋友，作为一名医学卫生新闻记者更需要多交一些医生朋友。

“人之相识，贵在相知”

截止到 2014 年 6 月，擅长画“二师兄”漫画的何义舟其漫画作品已在《健康报》“文化 · 视窗”版连载了近 10 个月的时间。“二师兄”憨态可掬的形象以及他与师兄弟们不那么“高大上”的故事，让大家在忍俊不禁的同时也获得了一些启迪。很多人好奇，“二师兄”到底是谁？“文化 · 视窗”版编辑魏婉笛老师打电话来，约请我采写何义舟，准备作为“医人雅趣”介绍给广大读者。

欣然受命，让我有机会与何义舟相识。“今年 38 岁的何义舟相貌堂堂，浓眉下一双眼睛特别有神，总是闪烁着思索的光芒。”记得采访那天是 6 月

13 日星期五晚上，我们一直聊到深夜，听他讲故事、说导师、谈漫画、话人生。

1999 年毕业于河南医科大学临床医学系的何义舟，于 2001 年考取了广东医学院肝胆外科专业，师从导师刘维藩教授，攻读硕士学位。感动于刘维藩教授东北人豪爽的性格和爱护学生的温情，何义舟总想着为导师做点什么。"那时，不知从哪儿来了灵感，从没学过画画的我，突然拿起笔来在纸上画起小漫画。"画完之后，自己送给刘老师，或装在信封里托师兄送给他。刘老师每次看到漫画，都会会心一笑。"寒来暑往，3 年硕士期间，我的肝胆外科专业水平提高了，漫画也进步得特别快。"回味这段难忘的经历，何义舟一脸的幸福，"听师母说，导师保留了我一箱子的漫画稿件。"

2004 年，何义舟又考取了复旦大学附属中山医院肝外科专业，成为著名肝外科专家樊嘉教授的博士研究生。虽然导师严格，学业繁忙，但是何义舟还是没有丢掉漫画的兴趣爱好。他酷爱中国文人抒情漫画的开创者——丰子恺的画风，几乎把丰子恺先生所有的漫画作品都临摹了好几遍，然后在此基础上再逐渐形成了自己的风格。

何义舟在院长樊嘉教授和科主任周俭教授的支持下，他利用自己的一技之长，创作了不少科普漫画，有的就张贴在了科室里。进行肝移植后能下床活动的病人，来到宣传栏前，看看这些生动的漫画，既长知识又添乐趣。而对于还躺在病床上的患者，何义舟会在监护的同时，在自己的手机屏幕上或写上一段文字，或画上一幅漫画，让躺在病床上的患者心情放松地度过最艰难的术后几天。"医生理所应当要有点儿人文气息，这样才能更好体味与生命打交道的职业，画漫画或许就是一种医患之间很好的人文沟通。"何义舟说。

事实上，何义舟的漫画不仅能为临床病人和同行们带来裨益和欢乐，更为面向社会的医学科普锦上添花。何义舟为导师樊嘉教授等主编的《实用肝移植 300 问》一书绘制了包括适应证、移植技术、肝移植受者自我护理和术后康复等一系列漫画，让读者一目了然。另外，在《话说肝癌》《研究生是怎样炼成的》等书籍中，何义舟也以漫画形式作了插图。

有了这些扎实的配画、插图基础，2014 年 1 月何义舟又以《漫画肝癌》为题，申请到了一项国家自然科学基金科普项目。

这一次采访，我和何义舟从相识到相知，聊得很欢畅。采访后一篇题为《一位医生漫画家的"三十六变"》通讯很快在《健康报》6 月 20 日的"文化·

视窗”版发表，而且还配有何义舟的5幅漫画，包括其导师、上海中山医院院长樊嘉教授的漫画。

从此，我和何义舟成了朋友，经常电话或短信、微信交流，互问彼此。

“人之相知，贵在知心”

2014年8月4日早餐，我收到何义舟发来的微信，得知他将赴鲁甸参加地震救援。我回微信叮嘱他在参加救援的同时，也要注意自身的安全。

那时，我心里在思忖，此次他肯定会发挥自己的特长，带上纸和笔，在救援间隙会用漫画抚慰地震伤病员的心理问题。

一连几天，我的手机都没接通何义舟，可能是线路问题，也可能是他救援实在太忙，无暇接电话。8月10日星期天上午我高兴之至，终于打通了他的手机，并进行了电话采访。他还分别通过微信和邮件发来了多幅抚慰伤病员的“二师兄”漫画，让我感到十分意外的是，他竟然发来了一张他正拿着漫画展示自己抚慰、鼓励患儿战胜伤痛的照片。从“相识”“相知”到“知心”，心有灵犀，何义舟深知记者需要的是什么。

获得这些基本素材后，我立即开始用功地撰写消息，700多字一气呵成。

我在导语里是这样写的：“8月10日连线正在灾区参与重症伤员救治的复旦大学附属中山医院肝移植监护室何义舟博士时获悉，在云南昭通市第一人民医院重症监护病房，何义舟发挥漫画特长，以‘二师兄’漫画形式为4位重伤孩子抚平伤痛，鼓励他们乐观、勇敢地配合医生治疗。”

在消息主体部分，还有这样三段精彩文字：

“被誉为医生漫画家的何义舟8月4日晚上赶到昭通市第一人民医院。‘我被安排到重症监护室抢救重症伤员。由于地震伤员多有心理问题，需要尽早心理干预，我就抽空画漫画鼓励、疏导他们。’”

“何义舟说，8月5日吃过午饭的间隙，他拿出随身带的纸和笔，寥寥数笔，就完成了第一幅漫画。漫画中，小益躺在病床上输液，图下是一段文字：‘ICU有一个14岁的女孩，骨盆骨折、左股骨干骨折。大家知道骨折很痛，但她没有哭也没有喊痛，很坚强。’落款是‘上海中山医院小大夫’。”

“何义舟拿着漫画来到病床前，小益的目光很快就被眼前的漫画吸引，她伸手指了指漫画中的女孩：‘是我？’这是小益入院后第一次主动开口和医生说话，虽然只有两个字，却给何义舟很大鼓舞。以后的几天里，何义舟每天都要为小益画几幅漫画。”

这三段文字有情节、有故事，也很有细节性，再现了何义舟用漫画鼓励伤痛孩子的场景，同时也表现了何义舟作为医生的仁爱之心。

消息稿完成后，我精心挑选了几幅漫画连同一张照片，迅速发往报社新闻中心，并拨通了电话向新闻中心主任报告。让我没想到的是，报社编辑格外重视，及时抓住了应景、应情的鲁甸地震救援图文并茂的稿件，在版面上作了视觉冲击力很强的处理，另外还在报纸第一版做了很吸引读者的附有1幅漫画的“导读”。

如果说记者与何义舟已经是“人之相知，贵在知心”的朋友，那么在这一条很成功的鲁甸地震救援新闻个案中，报社编辑默契地与记者配合、为记者做嫁衣，其实更是一种“贵在知心”的举动。

大文豪王安石曾经说过：“人生乐在相知心。”从消息《重症患儿和“二师兄”漫画》的采访、写作到刊播，新闻透视出的正是难能可贵的医生、记者、编辑三者“相知心”的人文情怀。

（《健康传播观察》2015年第1期）

十年“优秀” 十种“感受”

2007年我以稿件总分名列全国驻地记者第二名的好成绩，又被《健康报》评为2007年度优秀记者。

屈指一算，从1998年第一次获得《健康报》优秀记者称号以来，已连续第十个年头荣膺此项称号。回眸这一路走来充满激情、笔耕不辍的十年，虽有采访的劳累、写作的艰辛，但更多的却是体会到《健康报》给予驻地记者这个平台所带来的喜悦与快乐。

总结十年“优秀”的取得，我归纳了十种“感受”。如果能对年轻记者有一丁点儿启示，那就是我的奢望了。

当作一份“事业”来认真对待

驻地记者都是兼职在为《健康报》采写稿件，我也不例外，长期在上海第二医科大学（现已改名为上海交通大学医学院）校报编辑部做记者编辑工作。记得有一次在与学生记者进行新闻对话时，我曾这么说："我是把校报新闻工作和《健康报》驻地记者工作当作一份'事业'来对待，而不仅仅是一份'职业'；我对新闻写作始终充满着一种'激情'，而不仅仅是一种'感情'。"

我投身于校报工作并为《健康报》写稿 20 多年(1993 年后正式成为驻地记者，至今已 15 年)，这 20 多年是我们上海二医大、上海卫生事业飞速发展的岁月，也是我学习新闻写作、施展新闻才华的年代。我时常告诫自己："如果说我在新闻报道中取得一点点成绩的话，那是上海二医大和上海医学科技卫生人员的功劳，是他们每天都在创造着丰功伟绩、产生着大量有价值的新闻，否则无米之炊再巧的巧妇也很难为的。"

正是在这种"事业心"和"激情"之下，我已把采写医学校园新闻、上海医学科技卫生新闻视为我生命中的重要组成部分，并且认为对新闻写作痴迷之日，也是频传新闻成果之时。前后 20 多年的校报及驻地记者新闻生涯，我采写了许许多多的消息和通讯，其中不乏颇有影响的新闻作品，《双下肢再植记》(1993 年 8 月 15 日第一版头条)、《定制器官不是梦》(2000 年 2 月 14 日第一版头条)都已收入了报社编辑出版的《历史的印迹——〈健康报〉优秀新闻作品选》一书。

我始终认为，上海是一个取之不尽用之不竭的医学科技卫生新闻源，就看驻地记者有没有把驻地记者当作一份"事业"来认真对待，就看驻地记者有没有满怀"激情"地用一双慧眼去发现和识别有价值的新闻。

善于"发现"已发生了的新闻

"新闻是新近发生的事实的报道"，这是最具权威的新闻定义。而我却要说："新闻则是发现已经发生的事实的艺术。"

10 年前，现任卫生部部长陈竺还是上海第二医科大学附属瑞金医院上海血液学研究所所长时，领衔了重大项目《中华民族基因组中若干位点基因结构的研究》。其中的子课题"中国不同民族基因组的保存"研究负责人——中国医学科学院医学生物研究所所长褚嘉祐教授在完成研究后，其论文《中国各人群的遗传关系》已经于 1998 年 9 月 29 日发表在国际权威的学术刊物《美国科学院学报》上。

在 1998 年 11 月 22 日于上海第二医科大学召开的一次论证会上，当褚嘉祐教授向国家自然科学基金委等领导汇报研究结果时说"当今亚洲的基因库主要源于非洲起源的现代人",与会采访的我顿时眼睛一亮,记者职业的敏感性告诉我,这可能就是"一条鲜活的大鱼",于是立即进行了深入的采访。

其实,褚嘉祐教授的学术论文早在此次论证会的前2个月就已经发表了,没有引起包括新华社在内的我国所有媒体记者的"发现"。而已经"发现"的中国医学科学院、协和医科大学校报编辑部记者江沪沪欲想采访,却被褚嘉祐说没时间,要等他从上海开完会回北京后才接受采访。结果,这则独家新闻却被我抢先"发现"了,消息《褚嘉祐教授等研究指出 / 亚洲基因库主要源于非洲》发表在《健康报》(1998年11月26日)报眼位置。

当年,这则消息还被卫生部等八家单位评为"中国十大医药科技新闻"。后来听江沪沪说,褚嘉祐教授为此还获得了中国医科院、协和医大的重大奖励。

新闻"发现"作为新闻活动各个环节中的第一步,很大程度上决定了新闻作品能否获得成功,也就是说新闻"发现"即是一种创作、原创性的创作。医学临床和基础研究的新闻创新基于"发现",重在"发现"。

坚持自己制作每一则新闻标题

新闻标题素有新闻"眼睛"之称。我始终认为,记者在动手撰写新闻报道时应首先自拟一个自己认为十分满意的新闻标题,而不要把制作标题的事推给编辑,排除在记者自己的新闻写作之外。

长期以来,记者撰稿无标题,或马马虎虎写一个不像标题的题目已司空见惯。追根溯源,恐怕还是一些新闻教科书和工具书使然。例如就有专门讲"消息"的教科书对标题制作只字不提,好像标题与消息撰稿人毫无关系。《辞海》(1979年版)和(1989年版)都说:"制作标题是新闻编辑的主要工作程序之一。"

然而,《辞海》(1999年版)对"标题"却是这样解释的:"报刊上新闻报道和文章的题目。通常特指新闻报道的题目。标题以文章内容为命题依据,有提示报道内容、吸引并引导读者阅读理解、美化版面等作用。新闻标题有主标题(又称主题、正题)、引题(又称眉题、肩题)、副题等。"十分明显,1999年出版的《辞海》新版本删掉了"制作标题是新闻编辑的主要工作程序之一",因此我们记者应该发挥自己的主观能动性,在撰写消息的同时也制作一个标题，讲得实在些，是为了打动第一读者——编辑，让他首先对你的消息感兴趣，并引导编辑深刻地理解稿件新闻价值。根据我的经验，如果编辑对记者的标题稍作改动、或原封不动招搬照用，那么记者自拟的标题算是获得成功了。

医学科技卫生新闻的消息标题制作应该和写消息一样，要做到准确、鲜明、生动、简洁和新颖，集中概括消息的主题和所要陈述的新闻事实，并且是花功夫去精心制作。医学人物通讯的新闻标题制作亦然，要有一个诗意的标题。

消息的标题：《为心脏“减肥”/ 一扩张性心肌病患者在上海获救》《“治疗性克隆研究”获新进展 / 将根本解决器官移植免疫排斥和供体不足问题》《大量“植物人”其实是长期昏迷 / 专家说长期昏迷病人苏醒并不是医学奇迹》。

通讯的标题：《让贤接班情悠悠——上海二医大血液学研究所所长交班记》《“枝叶”的情愫——记上海血液学研究所陈国强研究员》《讲台作证——记上海交大医学院药理学家金正均教授》。

谋划吸引受众读完消息的导语

一篇成功的医学卫生科技消息除了需要有一个主题鲜明、十分吸引读者的靓丽标题外，还需要有一个能吸引受众非把整篇消息读完不可的精彩导语。

导语是消息的开头部分，通常以生动简明的文字突出消息中最新鲜、最重要或最吸引人的内容。消息导语是新闻的精华所在，其主要作用是以最简洁的笔墨反映出新闻的要点，使受众一目了然地知晓此篇新闻所含的信息，并吸引受众。同时，导语的精确、精彩和精炼为整篇消息确定了基调，影响着所写消息其余部分的写作方向和写作空间。导语写作的优劣，对一篇消息的新闻价值体现至关重要，甚至影响到编辑部对这篇消息的重大修改和取舍。充分认识消息导语的意义和作用，是写好整篇消息的关键所在，也是消息写作的基本功之一。

我的体会是运用消息“倒金字塔结构”，遵循消息“要有最重要和最新鲜的事实；要开门见山，直截了当；要简明扼要，生动具体；要通俗易懂，语言朴实”的四条要求，把消息导语写得短些、精彩些。

写人物通讯重要的是"选准人"

一个新闻工作者，首先必须娴熟地掌握写消息的基本功，同时还必须学会写通讯。如果说消息是新闻的外延，追求的是"快"，是满足受众的初级欲望，那么通讯则是新闻的内涵追求的是"深"，是满足受众的高级欲望。写通讯，这里主要指的是写人物通讯，其中重要的一条是"选准人"。

人物通讯所要报道的人物，不应是一般意义上的好人好事，而应是最能表现时代特征、反映时代精神的新人新事。当年采写如今已成为卫生部部长陈竺时，他回国仅一年多时间还在上海瑞金医院血液学研究所分子生物学实验室默默地工作。我的人物通讯标题是《向血液分子生物学领域冲击 / 陈竺，挑起了大梁》(1991 年 5 月 9 日)。

通讯以陈竺说的四句话为小标题："一个人要有学习动力，要有成才意识""我们要向血液分子生物学领域冲击""一个科学家同时应该是一个爱国主义者""在国内同样可以出成果，照样可以攀高峰"，四大段共 2 500 余字把陈竺向血液分子生物学领域冲击的精神和气概，刻画得栩栩如生。

如今的陈竺早已挑起了大梁。这是《健康报》第一篇发表关于陈竺的人物通讯报道，取得了很好的宣传效果。因此说，写人物通讯"选准人"很重要。

"选准人"，我选准写"大人物"，像采写荣获凯特林金奖不久便成为中国工程院院士的王振义教授《癌肿诱导分化第一人》；也选准写"小人物"，像采写志愿工作者、在医科大学遗体捐献登记接受站工作的陈鸿玑《工作在没有欢声笑语的地方》。这篇人物通讯全文只有 700 多字，却烘托了一个有着菩萨心肠，每天守着一张办公桌和一部电话机的 62 岁志愿者。

用功在"重点稿件"评选之前

《健康报》是从 1994 年 4 月起实行"重点稿件"审评制度的，所审评出的"重点稿件"无疑都应该是《健康报》的"新闻精品"。

"重点稿件"审评以来，我每年获得"重点稿件"的数量都名列前茅，其中不少"重点稿件"还入选了由卫生部、总后卫生部、科技部、国家药品监督管理局、国家中医药管理局、中国科协、中华医学会、《健康报》等八家单位联合主办评选的"中国医药科技十大新闻"。例如前面提到的《亚洲基因库主要源于非洲》，以及《中国人类基因组研究正式启动》《曹谊林复制“人耳”成功》《“治疗性克隆研究”获新进展》《定制器官不是梦》等新闻作品。

记得《健康报》是从 1997 年 5 月实施“精品战略”的。十多年来，我每每发现重大线索，意在笔先，着力采访，用心精写，特别是花相当的时间用在消息自拟标题和导语上，而且认为消息标题制作好了，消息导语写好了，整篇消息仿佛也已完成了。努力并力争使自己的稿件成为“新闻精品”，刻苦用功在“重点稿件”的评选之前，是我养成的矢志不渝的做法。

否则的话，“一条鲜活的大鱼”即使被记者逮住了，如不花精力去写，也注定成不了“新闻精品”或“重点稿件”的。

前面提到的《双下肢再植记》，报社在将这篇通讯收入到《历史的印迹——〈健康报〉优秀新闻作品选》时，曾请了中国人民大学新闻学院的郑超然教授作点评。点评中说：“作为‘记’，通讯详细记述了双下肢再植的过程，这个过程是不能不写的。医生的医术、医德、医风，都在过程——具体的医疗活动中展现出来了。记者在这个环节上下了很多功夫，是本文成功的关键。”可见，功夫花在新闻作品评选之前是最浅显的道理。

做学者专家型的医学科技记者

学者专家型的医学科技记者是时代发展的需要，是医学科学发展的需要，也是新闻事业发展的需要。医学科技记者是“记者”，更应成为“学者”；医学科技记者是“杂家”，更应成为“专家”。在中国现代新闻史上，身兼“记者”与“学者”之长，“杂家”与“专家”之优，并在这两个方面都做出突出成就的不乏其人，这应该成为我们医学科技记者学习的榜样与楷模。

医学是一门学科，新闻也是一门学科，医学科技记者是融这两门学科于一身的行当，应该成为学者。这种学者是记者的一种升华，是把医学科技新闻当作一门学问来研究的人文学者。新闻记者又向来被视为杂家，除了熟悉本行的新闻学、医学专业知识外，文史哲、数理化、天地生都应有广泛的涉猎，这是杂。而作为专门采访报道医学领域特别是该领域中一个重要的医学科技分支，医学科技记者则必须掌握或精通这方面的专业知识，熟悉这方面的学术情况、发展方向及其学者队伍，在当记者的同时，又做学者；在当杂家的同时，又当专家，并以记者和学者、杂家和专家的双重修养，采写好每一篇医学科技新闻报道，这样的医学科技新闻报道才是高水平的。

医学科技新闻要注重"三贴近"

医学科技新闻沉闷、呆板、枯燥、乏味，已是老生常谈的问题，其原因可能是多方面的，但最主要的恐怕还是采写医学科技新闻的记者不同程度地存在脱离实际、脱离生活、脱离群众的问题。

中央提出新闻宣传工作"三贴近"(贴近实际、贴近生活、贴近群众)，只有坚持"三贴近"，才能使新闻作品更具新闻价值和宣传价值。同样，医学科技新闻也只有坚持"三贴近"，才能打破沉闷、枯燥的气氛，呆板、乏味的格局。

我认为，要"贴近实际"，切忌一知半解、急躁浮夸。贴近实际就要坚持医学科技新闻一切从实际出发，就要说实话，实事求是，客观地反映事实。要"贴近生活"，就必须生动活泼、喜闻乐见。贴近生活就是要把医学科技新闻更好地融入生活、服务生活、引导生活，忠实地反映和表现生活，解决群众的生活难题。要"贴近群众"，就必须以人为本、通俗易懂。贴近群众就是充分体现群众的意愿，满足群众的需求，用群众的语言，讲群众能懂的话，为群众提供想看爱看的医学科技新闻。

新闻传播学的大量事实已经证明，一篇医学科技新闻的可读性越强，它就越具吸引读者的魅力，同时也越具有广为传播的魅力。而魅力的核心是这篇医学科技新闻作品的科学性、真实性、客观性、准确性、时效性、通俗性。从贴近群众的角度来说，医学科技新闻记者尤其要在通俗性上下功夫，力求将艰涩难懂的医学科技术语"翻译"成群众所能接受的语言，只有这样才能贴近群众，让群众读懂医学科技新闻。

总之，医学科技新闻只有做到"三贴近"，才会更加受到受众的欢迎。对医学科技新闻记者来说，就要继续转变新闻观念，增强受众观念、服务观念，尽心尽力为受众服务。而且关键是只有深入，才能贴近，而不是作风飘浮、蜻蜓点水、浮光掠影。

带着研究的眼光看待传媒新闻

近日在报上读到这样一段话：1976 年莫言离开家乡到部队参军，拥有了让他觉得有"犯罪感"的星期天后，才拿起笔开始写作。一开始，完全是模仿，屡投屡退。等到终于有作品不断地变成铅字以后，又不断地被别人指出小说模写的蓝本：哪部小说是受《一个陌生女人的来信》影响，哪部像《伤心咖啡馆之歌》。莫言说，一个人写作的初级阶段就是要大胆模仿。“当你翻来覆去看一部你喜欢的小说，你拿起笔无形中就会把这个小说语言的味道转移到你的作品里来。但是，如果总是在模仿鲁迅，模仿得再像也是鲁迅的味道。假如模仿很多人，在模仿过几十个作家后会慢慢获得自己语言的感觉，形成自己的味道。”

（《解放日报》2008 年 8 月 15 日）

其实，学写小说是这样，学写新闻又何尝不是如此呢？作为驻地记者应该格外地带着研究的眼光留意自己阅读范围内的传媒所刊播的好新闻，特别是主流媒体卫生新闻和医学科技新闻，学学高手消息制作了怎样精妙的标题，导语如何写得更吸引读者；通讯又是怎么来谋篇布局的。

你完全可以把你读到的认为优秀的医学新闻报道作品剪下来，当作范文，时常研读，日积月累，潜移默化，熟能生巧，改日也能写出上乘的新闻作品来。

帮助指导“医院报”刻不容缓

“医院报”的诞生如雨后春笋，方兴未艾。在上海日前由上海市卫生系统思想政治工作研究会、上海医院文化建设研究会、上海市卫生系统文明办联合举行评选“第二届上海卫生系统医院（卫生）文化建设先进单位”的活动中，在评选条件第一项“必须有浓厚的文化氛围”里，已经将有无“院报”、办得如何列入其中。可见，创办并办好“医院报”已越来越受到重视，而且提升到了医院新一轮文化建设的议事日程上来。

在我的指导帮助下，上海《瑞金医院报》于 1996 年 6 月 20 日创刊，成为上海地方医院最早拥有自己院报的医院，截止到今年 9 月 15 日，该院报已编辑出版了 336 期。另外，我还作为志愿者协助了《仁济医院报》《同济医院报》《市六医院报》和《曙光医院报》等十多家医院报的创办。我指导帮助的宗旨是既办报又树人，院报办好了，一批记者、编辑也培养出来了。在这批院报记者、编辑中，通过几年锻炼，在上海都成了主流媒体的骨干通讯员，有的还成为《健康报》的驻地记者和通讯员。

作为《健康报》驻地记者，我认为我们有义务、有责任在业务上去指导、培训“医院报”的记者和编辑，让这支生力军快快成长，成为现有《健康报》驻地记者的后备军。这样，长江后浪推前浪，《健康报》驻地记者也就“后继有人”了。

其实，为“医院报”记者、编辑培训授课的过程，也是我们驻地记者在业务上不断总结提高的过程。这几年我就以“医院报”记者、编辑迫切需要的《网络新闻与传统新闻的消息写作》《如何写好受众的高级欲望——人物通讯》《医院报版面的视觉设计》等为题，进行了培训授课，自己虽辛苦了点，但却从中深深体会到了新闻知识传授的无穷乐趣，何乐而不为呢？

（《健康报采编通讯》2009 年第 1 期）

“感受”是自己的体会和心得，是自己的理解和认知，更是自己的醒悟和修行。30 年的记者生涯，在十种“感受”之后，又再续了十种“感受”，希冀的是与《健康报》年轻记者和通讯员一起分享——

再续十种“感受”

2008 年 9 月 25 日在深圳召开的《健康报》2008 年全国记者会议上，我交流了一篇题为《十年“优秀”十种“感受”》的体会文章（刊《健康报采编通讯》2009 年第 1 期）。

《健康报》2015 年全国记者培训会议于 7 月 19 日在哈尔滨召开的前些日子，报社安排我发言，思考再三我仍以自己累积的“感受”为内容，取《再续十种“感受”》为题在会上作了交流。

采访要有一点不怕碰壁的精神

都说记者是“无冕之王”，采访都是顺风顺水，其实不然。一名记者在常年的采访中，总有磕磕碰碰、不顺利的时候，自然“碰壁”也就在所难免。问题是遭到对方“不方便接受采访”“没什么好讲的”“不值得宣传”之类的言语推诿或拒绝时，你该如何积极去应对“碰壁”。

在我的记者生涯中，清晰地记得有过两次采访“碰壁”，但是我不气馁、不失望，而是想方设法说服采访对象乐意配合。我采用的应急措施，其实是一种“情感沟通法”，用自己负责任的态度、满腔热情地去感化采访对象。就是在记者这种“晓之以理、动之以情”的感召下，采访对象往往被“精诚所至、金石为开”了。

一次“碰壁”是采访中科院上海药物研究所所长丁健院士。报社“医学论坛”版编辑要求采访新近刚获得国家自然科学奖二等奖的丁健院士，做一期“学术会客厅”，我欣然答应了。可是我却怎么也拨不通他的手机号。打到所长办公室，遭到的似乎是很有理由的推诿。无奈之下，我向所长手机发了多条短信，内容是介绍我们《健康报》作为行业大报的权威性，同时记者也自我介绍了一把。终于丁健院士回短信了：“好吧，那就明天上午九点，我在办公室等你。”

一星期后，一篇题为《把抗肿瘤药物研究做到顶尖》在《健康报》刊出了，中科院官网当天就作了转载。事后，听说丁健院士曾当着上海主流媒体几位记者的面说：“你们上次采写我的报道都不及后来《健康报》上那篇写得好。”《健康报》的报道被丁健院士表扬了，我听得心里暖暖的。

另一次“碰壁”是早年采访上海血液学研究所所长王振义教授。我在《健康报》“人物版”《王振义：识途“老马”甘为人梯》一文的“记者手记”里这样回忆：为了写那篇《与法国专家合作研究白血病成就巨大（引题）/王振义获法国“突出贡献医生”奖（主题）》的消息，我曾与他约采访。一开始他并不接受，甚至说出了这样的话：“我现在不需要‘精神’的东西。你看看我的小实验室，连转个身都感困难。”

最终，一篇500多字的消息稿见报后，引起了当时上海市高教局的关注，由此研究所获得了首笔80万元人民币的科研资助款项。这成了我记者生涯中一篇报道由“精神”变“物质”的成功案例。

记者绝对不能满足于新闻通稿

记者外出采访或参加新闻发布会，经常会得到一份现成的新闻通稿。在和一些智深记者交流中，他们也常常感叹新闻通稿会造成记者的惰性和媒体本身权威性和可信度的受损，从而导致千报一面、没有差异化和个性化，这往往使浮躁的记者或偷懒的记者直接拿了新闻通稿署上记者自己的名字。

而称职的富有敬业精神的新闻记者，则不受新闻通稿的束缚和限制，他们既尊重新闻通稿的辅助价值，又善用新闻通稿提供的线索，在深入挖掘下，从新闻通稿中发现容易被忽略的新闻眼，然后再独具慧眼地再采访，写出同源信息下结合自身媒体受众需求的与众不同的独家新闻。我正是这么努力践行的，特别是对于富含重大新闻价值的新闻通稿更应该如此认真对待。

让我难以忘怀的是 2001 年 6 月 13 日发表在《健康报》头版头条的题为《科技成果真是值钱(引题)/两条基因抵得一千万元(主题)》消息，导语贴近医学科技新闻的写法，不仅挑明了是哪两条基因，而且使用了副总裁的直接引语，使报道更显得客观、真实。这篇消息在当年还被报社评为好新闻一等奖。

我的新闻导语是这样写的：本报讯　上海联合基因科技集团日前以两条基因(人锌指蛋白 46 基因、人 Ras 结合蛋白 66 基因)作为抵押，从申城上海银行金桥支行获得了 1 000 万元人民币的贷款。这种以待开发的高科技成果作贷款质押的方式，不仅在国内金融界是一个创举，而且也开了医学生物科技界之先河。联合基因科技集团副总裁秦义龙在接受记者采访时说："这说明医学科技成果的价值真正得到了承认。"

事后，我将这则新闻导语与同时赴新闻发布会的其他主流媒体记者写的导语相比较，明显是棋高一着了，也更适合关心医学科技新闻受众的阅读。

记者绝对不能满足于新闻通稿，要知道只依赖新闻通稿的记者是永远写不出获得好新闻奖项的作品。

后发制人的稿件同样精彩纷呈

漏稿了、滞后了，绝不能懈怠，更不能搁下，应当想方设法再开发、再挖掘，将这条遗漏或过时的旧闻当作一条新的新闻线索，去认真对待，然后尽可能"后发制人"。

2011 年 11 月 11 日，上海交通大学医学院附属仁济医院和浙江大学医学院附属第一人民医院实施了两地首次肝移植供肝共享手术。这则新闻，由于我赴海南参加《健康报》2011 年全国记者会而未能在《健康报》及时报道。

新闻，贵在一个"新"字，今天发生的事情，你没报道，或者同一条新闻，其他媒体已经报道过了，你再报道，那就成了旧闻。对于沪、杭两家医院实施肝移植供肝共享这条新闻，我没在第一时间抢着，但一直在思忖，在等待时机，看看有没有可能来个“马后炮”以后发制人。

2012 年春节长假过后，我终于等来了好消息，供肝共享的两人分别回原医院复查，结果显示，两位病人术后恢复很好，各项检查指标均属正常。于是我立即进行了采访，一篇 700 多字、题为《沪杭首次实现肝移植供肝共享（主题）/ 1 岁半女婴和 58 岁男患者共享同一肝源（副题）》刊登在 2012 年 2 月 3 日的《健康报》上，受到了全国医学卫生界的关注。

同样，“后发制人”的新闻报道除了运用消息体裁外，还可以运用读者高级欲望的通讯体裁。由我采写的发表在《健康报》1993 年 8 月 15 日头版头条的通讯《双下肢再植记——访上海市第六人民医院骨科青年医师宗金海》，就是一个很好的案例。

双小腿被小型收割机钢板刀截断的 60 岁浙江平湖良种场农民钟二观，在上海六院被再植成功后，还未能下地走路，就被上海《文汇报》以消息抢先报道了，接着新华社上海分社的记者也报道了，偏偏《健康报》还在报眼转载了新华社的稿子。那么《健康报》驻地记者是否还能“后发制人”吗？回答应该是肯定的。

我在等到病人已能借助拐杖稳健地双脚着地并开始练习行走时，赶紧采访了主刀青年医师宗金海。这篇千字文的专访再现了世界首例双下肢再植的全过程，不仅在当年被评为好新闻一等奖，而且在 2002 年被载入《历史的印迹——〈健康报〉优秀新闻作品选》一书，还得到了中国人民大学新闻学院郑超然教授的点评。可见“后发制人”这种“马后炮”运用得当也是很厉害的一招，同样能够精彩纷呈。

具有前瞻性的人物要跟踪报道

我把“前瞻性人物”定义为具有独创性、富于理性、出类拔萃、未雨绸缪、把握机会的理念，且追求崇高价值、采取主动、不畏艰险、勇往直前精神的帅才。这样的“前瞻性人物”在各医科大学、附属医院、医学科研院所都有，就看记者是否抓住、是否进行了锲而不舍的连续和跟踪报道。

《健康报》在 2012 年 12 月 28 日“人物 · 视界”版发表了我采写的《沈晓明：“我半辈子只做了三件事”》的人物通讯。报道说 49 岁的沈晓明教授，头发已经开始花白。在接受记者采访时，他谦逊地说："我半辈子只做了三件事：儿童铅中毒防治研究、新生儿听力筛查研究和儿童睡眠研究。"然而，就是这三项研究成果均获得了国家科技进步二等奖，而且全部转化成预防策略和卫生政策。

对于这样一位"前瞻性人物"，记者跟踪报道了近20年，从沈晓明领衔儿童铅中毒防治研究，推动了全国范围内停止使用含铅汽油，有效地干预了影响我国儿童智力发展的危险因素；到领衔新生儿听力筛查研究，统一、规范了全国范围内的新生儿听力筛查技术、诊断标准和干预方法，而且把首次制定的我国《新生儿听力筛查的技术规范》列入了我国《母婴保健法》中的法定筛查项目；再到领衔儿童睡眠研究，促使上海市政府出台了关于推迟上海市中小学生到校时间以保证睡眠时间的政策，并将上海的实施方案向全国推广，"让孩子每天多睡一小时"。记者紧紧跟踪，采写了一系列新闻报道。

在我的"前瞻性人物"报道中，最经典的要数跟踪并采写从上海瑞金医院起步的陈竺院士。《健康报记者通讯》2001年第4期刊载了我撰写的《从十年追踪报道　看陈竺院士崛起》，较为详细地介绍了记者从1991年5月9日在《健康报》发表第一篇通讯《向血液分子生物学领域冲击 / 陈竺，挑起了大梁》开始，10年追踪报道不止，几十篇报道让读者从一个侧面看到了陈竺成长的轨迹，展现出他在我国生命科学研究前沿崛起的风姿。他是一位不可多得的杰出科技人才，直至现在20多年过去了，记者还在继续跟踪报道他。

学会用名人效应提升新闻价值

2013年5月14日，美国好莱坞电影明星安吉丽娜·朱莉在《纽约时报》发表《我的医疗选择》。文中称，她从2月份开始，直至4月27日，接受了多阶段复杂手术，彻底切除了双侧乳腺，使自己患乳腺癌的几率从87%下降到5%。著名电影明星朱莉这么做了，在她后面国内外肯定会有一大群人趋之若鹜，那么我们新闻记者就应该依据国情，迅疾地向国人做有益的舆论宣传引导。

在我的新闻意识里，抓住了美国好莱坞电影明星安吉丽娜·朱莉切除双侧乳腺事实的"名人效应"，就有新闻可做。于是，5月15日我立即采访了80岁高龄的复旦大学附属肿瘤医院的终身教授、上海市乳腺癌临床医学中心和复旦大学乳腺癌研究所首席专家沈镇宙教授，并于5月16日，最早在《健康报》第一版发表了一篇题为《针对影星朱莉切除双侧乳腺，专家提醒——并非有家族史的女性都需切除乳腺》的消息，借用专家之口明确指出：欧美国家女性的BRCA1、BRCA2两个基因突变发生率约为10%，而中国女性为5%～7%，因此并非每个有家族遗传史的女性都需要接受乳腺切除手术。

由于巧借了"名人效应"为新闻造势，这篇仅600字的消息，不仅在当月被报社评为"重点稿"，也为该事件最终入选"十大健康事件"贡献了一份绵薄之力，而且还被评为"2013年度驻地记者好新闻"消息类二等奖。

在这次新记者证换发之前，我们记者都进行了培训。《新闻记者培训教材》(2013)第二章"马克思主义新闻观"中，有"十个方面对新闻价值的构成要素进行概括"的论述，其中第六方面是这样阐述的："越是著名人物，其身上发生的事实，越具有新闻价值；越是著名地点，那里发生的事实，也容易引起受众的关注。这是由于明星崇拜心理，或对著名地点知悉而产生的关注意识的缘故。'名人新闻''名人效应'在新闻中有着明显的体现，政界领袖、影视歌星、体育明星常常是新闻的中心。而在一些著名的地点发生的事情，可能会无形中提升其新闻价值。"

读罢这段阐述，我感到格外亲切。尊重生命，崇尚健康。医学卫生新闻记者都该紧紧抓住和牢牢铭记新闻价值中"名人效应"这一构成要素，采写出更好更多、可圈可点的医学卫生新闻。

医学科技记者要备一套教科书

现任上海市委常委、浦东新区区委书记的沈晓明曾担任过上海交通大学副校长、医学院院长。一次，他在一个场合这样夸奖过我："他没有读过医，但写出来的医学科技新闻，比读过医得还厉害。"

听闻此言，我回顾了"厉害"的原因，除了身旁有医学大咖，随时可以请教；身边有医学图书馆随时可以充电外，最主要的原因应该是"非医学科班出身的医学科技新闻记者，应该备有一套五年制的临床医学本科教科书"。

我的体会是：闲暇假日、采访之余，完全可以把医学教科书当闲书看、当字典用。每当采访哪一方面的内容，事先可以翻一翻、读一读相关教科书的有关章节。这比起上网检索，备有的专业教科书会让你更方便、更准确、更放心。

当下，综合性媒体跑医学卫生条线的记者是医学科班毕业的凤毛麟角、少之又少，而医学卫生类媒体的记者是医学科班毕业的比例也还是太小。有几次集体采访，个别年轻记者向专家提问，一听就知道是非医学科班出身的，而且事先也不做“功课”，浅显的问题也让专家好生尴尬。所以我现在是每逢集体采访，往往最早提问，在得到专家满意的回答后迅速离开会场，以免“陪会”、浪费了自己的宝贵时间。

我曾看到过一篇文章，引用了每天平时发行量达 70 万份的《华盛顿邮报》外事编辑（相当于国际部主任）戴维·霍夫曼说过的一句话：“我们有很好的记者队伍，采访卫生系统的记者，都是有营业执照的专业医生。”这太厉害了，看来我们的非医学科班出身的《健康报》记者是没有理由不备一套医学专业的教科书了。

记得《健康报》原科教部的资深记者张荔子说过的一句话很发人深省。她说：“要想吃医学科技新闻记者这碗饭，就要有终身接受再教育的思想准备。”可见，医学科技新闻记者要善于学习、终身学习。

抓住机会到手术室去体验一把

手术室是医院里最“神秘”的地方。从事新闻工作以来，我下过无数次手术室，简单地说几乎从头到脚的大小手术都观摩过。

就拿早年上海第二医科大学附属新华医院神经外科吴伟烈教授率先在国内采用弱智患者自身的带蒂大网膜移植其颅内，使八成弱智患儿开窍的手术来说，记者如不深入手术室现场，是写不出“手术时医生分两组同时进行，一组负责打开患者头颅骨，另一组负责从患者腹腔提出大网膜，并对之进行剪裁，目的是延长大网膜的长度。然后，像过隧道一样，使大网膜穿过患者胸壁、颈部、耳后皮下，最后平铺于已打开颅骨的蛛网膜表面”的句子。

再如，我于 1996 年 4 月 2 日、2006 年 6 月 22 日前后相隔 10 年分别走进上海第九人民医院整形外科手术室和上海儿科医院手术室，观看同一种病情——“先天性胸骨缺损畸型”、不同的手术治疗方法——取髂骨覆盖和游离肋骨覆盖的手术过程。

上海第九人民医院整形外科手术治疗的是来自湖北省仙桃市的 9 岁小女孩吴青，最后医生是取其右臀部的髂骨，分成薄薄的两片，覆盖在心脏两边的肋软骨上，并用细细的钢丝固定牢，这道“屏障”确保了心脏的安全。而上海儿科医院手术治疗的是来自山东省枣庄市的8岁男孩陈家坤，最后医生是取其截断游离的三对肋骨用张力缝线吻合，最后合拢胸廓重建，构筑了一道保护整个心脏的“屏障”。

我所采写的都以时间为节点，现场感极强的《髂骨覆盖心脏记》《四小时构筑心脏“屏障”》通讯，均发表在《健康报》的显著版位，让受众犹如跟随记者在现场同样观摩，起到了很好的宣传作用。

我认为，当前新闻改革要求记者“走转改”(走基层、转作风、改文风)中，记者如能“走基层”下到手术室去体验真情实感，则是一件很接地气的采访活动，能采写出很多独家新闻。而作为医学卫生科技记者如果从未进过手术室采访那将是一件憾事。

文字记者也该带个照相机抓拍

报社有专职的摄影记者，那么文字记者是否也该带个照相机抓拍呢？我认为我们《健康报》驻地记者在以文字为主要供稿形式之下，也该带个便携性照相机、那怕是傻瓜机，在采访过程中以补文字表现的不足，或者干脆让拍摄的照片说话，以图片来夺人眼球。现在好了，便捷的手机也派上了大用处。驻地记者应该成为“图文并重”的两栖传媒人。

我外出采访，随身总喜欢带着一个只有名片般大小的数码相机，经常摆弄，也就掌握了它的性能，拍摄出一些比较好的新闻照片，发表在了《健康报》上。

在四川省都江堰市灌口镇平义社区医院举行的“上海市援建都江堰市乡镇医疗机构竣工移交运行仪式”上，当14家社区卫生服务中心和乡镇卫生院的负责人接过象征14家医疗机构的14把“金钥匙”并高高举起时，我迅疾按动了相机快门，摄下了这难忘的瞬间。消息和图片刊登在《健康报》第一版，起到了很好的上海援建都江堰的宣传效果。

上海世博会开园前，8家世博会医疗保障定点医院的120名医疗队员在世博园区开展大型联合演练。医疗队员按急救要求和伤员的伤势，熟练地进行止血、通气、包扎、固定、搬运，并将伤员进行分类，在救护车到达后，迅速将伤员就近转往离世博园区最近的医院。虽然文字能较好地再现演练现场，但是图片以具有鲜明特色的大红中国馆为背景，并有演练评判员评估，演练场景则更能栩栩如生地反映出来。这张照片也发表在《健康报》第一版。

天下着淅淅的冬雨，仿佛老天爷也在哭泣。被誉为“轮椅天使”的好医生陈海新的塑像，被安放在她生前工作过的上海市浦东新区周家渡社区卫生中心绿地上。在一群记者长枪短炮的夹缝中，我按下了快门。照片中，陈海新的父母冒雨抚摸着女儿塑像，周围是一群撑着雨伞爱戴陈海新医生的居民，此景此情让人动容。照片同样登载在《健康报》第一版。

我认为，作为驻地记者谙熟摄影技术，并配备昂贵的相机固然是好，但是摄影这东西正如荷兰摄影师哈杰·杨·坎普斯（Haje Jan Kamps）所说的“我们要记住最重要的一点——毕竟是人在拍照，而不是相机”。

因此，只要对摄影有兴趣，哪怕只有数码卡片机，甚至手机，都可以拿来练习构图、用光、色彩等摄影技术。愿我们驻地记者中的“草根摄手”“手机拍客”都能在外出采访时拍出够格的能在《健康报》发表的上乘医学卫生好照片。

乐意帮助整理先进事迹与材料

在我的新闻生涯中，究竟为他人撰写、整理了多少篇汇报讲话、多少篇新闻通稿、多少篇事迹材料，没有统计过。但每一次我都会乐意接受、认真撰写、愉快付出。

在我那么多的帮助整理先进事迹与材料中，最令我难忘的是2006年整理上海交通大学医学院药理学家金正均教授的先进事迹，拿出一篇比较像样的三四千字的“人物通讯”稿来，作为“新闻通稿”提供给媒体，方便记者再深入采访和宣传报道。

那是一个星期六的晚上，医学院党委书记直接将电话打到我家里来了，“学校准备在深入学习胡锦涛同志给孟二冬女儿回信的活动中，宣传好56年默默耕耘在讲台上，如今已病倒住院治疗的78岁高龄的金正均教授，你要写好金老师的事迹。”说实话，当时我还真有点受宠若惊，心想领导如此重视又如此信任我，我暗暗下了决心：“力争不辱使命。”

于是，我从第二天起就抓紧时间深入病房采访病榻上的金正均教授，获取当事人亲口说出的第一手材料；接着又通过教师座谈会、学生座谈会，以及个别采访和电话采访，使新闻通讯稿更凸显金正均教授为人师表的优秀品德，以及富有个性的人格魅力。最后经过反复推敲，以大气磅礴的“讲台作证”为标题定稿。

这篇“新闻通稿”得到了媒体的认同，《中国教育报》上海记者站记者通过再采访在头版头条刊发，上海主流媒体也在显著版面登载。我们《健康报》在2006年10月13日第一版发表了题为《讲台作证——记上海交通大学医学院药理学家金正均教授》，当月还被评为“重点稿”。

至此，金正均教授的事迹在传统纸质媒体上的宣传报道取得了成功。我感觉到，要对先进人物宣传报道形成规模效应，预先撰写一篇比较好的人物通讯新闻通稿提供给媒体，是奠定报道取得成功的基础。

有人说“《讲台作证》人物通讯写得真好”，我说那是金正均教授的事迹感人；又有人说“《讲台作证》从标题制作到谋篇布局可圈可点”，我说那是上海交通大学医学院党委给了我一次展示新闻通讯写作的极好机会，帮助整理先进事迹与材料很能锻炼人。

为通讯员上课能锻炼记者自己

我曾为上海交通大学医学院的大学生上过医学人文沟通选修课，介绍记者是怎样与采访对象沟通的；我也曾为复旦大学上海医学院及各附属医院的中层干部进行过演讲，介绍在高频率突发医疗事件的当下，要提高同媒体打交道的能力，如何善待记者、善用媒体。

而我更多的则是为上海和外省市的通讯员新闻培训授课，记得印象最深刻的一次，是受《健康报》驻地记者杨力勇邀请，在河南长垣为河南省250家医院报记者讲授《医院报版面的视觉设计和“10+1”的新闻发现》，其场面恢宏、氛围浓郁，讲课中院报同仁用手机或照相机拍摄课件不断，讲完后院报同仁拿着U盘蜂拥而来拷我的PPT，那种热烈程度至今难忘。

我感谢通讯员的聆听，说实话为通讯员上课也确实锻炼了记者自己，同时真正体会到“教学相长”的深刻含义。随着记者年事的增长，我为医疗卫生机构通讯员上课的机会也越来越多。每次上课，我都结合自己的采写体会、感受，尤其是对自己获奖作品的感悟，认真备课、认真制作授课PPT。通过不断的授课，让我总结了医学新闻发现的“10+1”方法（即“从学术活动中、从科研成果中、从新技术新项目中、从疾病谱及流行规律中、从罕见病例中、从突发事件中、从医疗信息中、从科普活动中、从普遍关心的问题中、从传媒中”，以及“从典型人物中”去发现、挖掘新闻线索），也使我通过理论联系实际，采写出更多的“重点稿”和获奖好新闻。

回眸讲座、授课的篇名，有“网络新闻与传统新闻的消息写作”“医学科技新闻的发现与采写”“如何写好受众的高级欲望——人物通讯”，也有“医务人员也应凸显科普意识与新闻意识”“新媒体时代的通讯员素质”“突发事件处理中怎样善用媒体”，以及“医院报版面的视觉设计”等。作为一名驰骋在医学卫生新闻岗位上的资深记者，我为通讯员讲消息的采写、通讯的谋篇、上稿的“秘诀”，也与通讯员分享了自己从业新闻30年跌打滚爬的正能量。

（《健康传播观察》2015年第4期、2016年第1期）

“感受”是自己的体会和心得，是自己的理解和认知，更是自己的醒悟和修行。30多年的记者生涯，连同这次前后共总结了三十种“感受”，之所以“一而再，再而三”地倾吐自己心中的“感受”，为的是自我激励，同时也分享给《健康报》年轻记者和通讯员——

第三个“十种感受”

“一而再，再而三”是个成语，我是这样演绎的：“一”，2008年9月25日在深圳召开的《健康报》2008年全国记者会议上，交流了一篇题为《十年“优秀” 十种“感受”》的体会文章（刊于《健康报采编通讯》2009年第1期）。“再”，2015年7月19日在哈尔滨召开的《健康报》2015年全国记者培训会议上，交流了一篇题为《再续十种“感受”》的体会文章（刊于《健康传播观察》2015年第4期、2016年第1期）。“三”，近年来，又有了十种“感受”，于是就把拙文定名为《第三个“十种感受”》。

自觉学习弄懂习近平新闻思想

作为《健康报》资深记者，我有很多机会为基层医疗卫生单位的通讯员传授医学科技新闻写作方法和技巧。在授课时，我总喜欢在课件的最前面把国家领导人近期对新闻工作者的最新指示，以及自己的学习心得与通讯员交流。

例如，在我的授课 PPT 里，就有“习近平总书记于 2016 年 2 月 19 日在党的新闻舆论工作座谈会上指出，在新的时代条件下，党的新闻舆论工作的职责和使命是：高举旗帜、引领导向，围绕中心、服务大局，团结人民、鼓舞士气，成风化人、凝心聚力，澄清谬误、明辨是非，联接中外、沟通世界。这六个方面、‘48 个’字，对新闻舆论工作职责使命作出了最集中最鲜明的概括。”

就有“习近平于 2015 年 12 月 25 日在视察《解放军报》社时强调：要建设一支听党指挥、业务精湛、作风过硬的人才队伍。要自觉践行‘三严三实’，加强党性修养，提高专业素质，弘扬战地记者优良传统，努力成为名记者、名编辑、名评论员。”

驻地记者，学习新闻理论、新闻思想可谓是“前不巴村，后不着店”。这个“村”是指《健康报》本部，驻地记者不可能都参加报社组织的学习；这个“店”是指驻地记者所在的基层单位，一般不可能进行专门的新闻学习。因此，我认为除记者站要很好地组织学习，最重要的还是驻地记者自己要迫于使命感，自觉自愿地进行深入学习。

作为一名中共党员记者，近日我花了几个晚上，着重认真学习了今年 6 月 14 日出版发行的《习近平新闻思想讲义（2018 年版）》一书，以及 6 月 15 日习近平为《人民日报》创刊 70 周年发来的贺信，并且把主要精神又充实到自己授课的 PPT 里。

习近平在贺信中，要求《人民日报》“深入学习贯彻新时代中国特色社会主义思想和党的十九大精神，忠实履行党的新闻舆论工作职责使命，坚持正确政治方向，弘扬优良传统，深化改革创新，加强队伍建设，改进宣传报道，讲好中国故事，构建全媒体传播格局，不断提升传播力、引导力、影响力、公信力，为实现‘两个一百年’奋斗目标、实现中华民族伟大复兴的中国梦作出新的更大贡献！”

《讲义》一书，对习近平新闻思想进行全面深入阐释，具有很强的政治性、权威性、针对性、实用性，是新闻战线深入学习领会习近平新闻思想的重要辅导读物。这一思想，是习近平新时代中国特色社会主义思想的重要组成部分。习近平新闻思想与我们党长期形成的新闻思想一脉相承又与时俱进，丰富和发展了马克思主义新闻理论，是做好新时代党的新闻舆论工作的科学指南、根本遵循。

《讲义》共分六讲。在第六讲"关注新闻舆论工作队伍"中,讲到"截至2017年12月31日,全国共有231 564名记者持有有效的新闻记者证。在这支队伍中,大量人才脱颖而出,为新闻事业长期健康发展提供了有力保证"。我想当前和今后相当一段历史时期,驻地记者应该更自觉地学习弄懂习近平新闻思想。

上海站宣传健康报有自己模式

每次为通讯员授课,我不忘自己是《健康报》记者的身份,总是义不容辞地先把《健康报》宣传一番。正如《健康报》社社长、党委书记邓海华在一次由《健康报》社和"今日头条"联合主办的"算数健康数据发布会"上所说的:"2015年12月7日,《健康报》出版了1946年佳木斯复刊以来的第10000期报纸。作为我党、我军创办的最早的专业报,《健康报》已成为当今中国最具影响力的医药行业龙头媒体。"

"宣传《健康报》,让《健康报》走进社区、走进医院。"我把这个想法传递给《健康报》上海记者站站长王彤,立即得到了共鸣,而且已经组织实施。命名为"《健康报》通讯员系列培训进医院",由我担任主讲嘉宾,先后在复旦大学附属中山医院和上海市长宁区开设了2个专场,从《健康报》诞生讲起,直到目前《健康报》所辟的栏目,让广大市民和通讯员更通透地了解这份1931年就创刊的、由周恩来总理题写报名的《健康报》。这也从一个侧面扩大了《健康报》在民众中的影响,成为《健康报》上海记者站宣传《健康报》的一种模式。

我们都知道,成立记者站的目的是要记者长期深入第一线提供和采写更多更好的新闻稿件,又能为报社节约新闻稿件的采写成本。较长一段时间以来,中央宣传部和国家新闻出版总署要求报社的各驻地记者站在新闻采编之外,不得从事报纸发行、广告经营活动的有关专项管理规定出台后,给驻地记者站工作带来新的压力和尴尬。

我在采写新闻过程中的做法是:边深入采访边着力宣传《健康报》,采访对象的稿件见报后,又及时向采访对象寄送《健康报》。这些年来,我还竭力推送、介绍通讯员参加报社举办的各类培训班。同时也趁授课机会,告诉每一位通讯员:"《健康报》能使你从爱不释手到展示才华。"

每一位医务人员都能在《健康报》上读到你自己喜欢的作品；每一位通讯员都能在《健康报》上占领一角，展示你的才华；医务人员如不读《健康报》，对自己来说是一种浪费和损失。同时，我也顺带把自己介绍一番，而今的踔厉风发完全靠的是《健康报》的雨露滋润。

医学科技新闻要努力争上报眼

“报眼”是传统纸媒第一版的右上角部分。对于这一小块版面，有专家说是报纸“二条”位置，也有学者称是报纸“不三不四”位置。但不管怎样说，《健康报》则经常使用这块显著位置，重磅刊登医学科技新闻的“本报讯”。

从业这么多年来，我在这块宝地究竟发表了多少篇医学科技新闻，没有统计过，但肯定是发表最多者之一，而且有多篇消息获得了好新闻奖。最近3年(2015年至2017年)我在报眼共发表了36篇医学科技新闻，做到了平均每个月发表一篇，其中2016年3月22日刊登在报眼的消息《习惯哄睡致婴儿频繁夜醒》，还获得了2016年报社好新闻一等奖。

在报眼发表的医学科技消息几乎都源自科研人员刊载于《自然》《科学》《细胞》等一些国际著名学术刊物上。

例如，2016年7月5日，我获悉同济大学生命科学与技术学院、上海市东方医院肿瘤转移研究所高华教授研究组新近发现一个促进乳腺癌向多个器官转移的基因TM4SF1，相关研究论文发表在《细胞》杂志上，当天下午我就冒着上海第一个高温日前去深入采访高华教授。

令我没想到的是，高华教授竟然拿出了我2004年5月11日《健康报》报眼发表的《情绪紧张为何爱生病(主题)/科学家发现细胞信号“对话”机制(副题)》消息的复印件。高华说：“当年您采写这篇消息，我还是裴钢院士的一名博士研究生，研究论文发表在《分子细胞》杂志上，今天我作为导师带学生一起研究的论文发表在《细胞》杂志上。《健康报》在报眼记载了我们的成果与成长，很感激。”

第二天即2016年7月6日，一篇题为《促乳腺癌转移“核心基因”发现(主题)/可以预测转移时间，或成为治疗首要靶点(副题)》的消息，又在《健康报》报眼发表了。高华教授闻讯后很是高兴。

医学科技新闻要努力争上《健康报》报眼，我认为要素有二：一是及早地发现研究者的论文，特别是发表在影响因子高的学术杂志上的相关临床研究论文,二是及时地深入浅出采访当事人,尤其是用通俗易懂的语言告诉受众。

扼杀不伦不类的消息中小标题

这些年翻阅医学院校和医院寄来的校报、院报,时常发现“本报讯”的消息里存在“小标题”。从视觉效果看,在这灰灰的千字以内的消息中,穿插二三个黑体字的小标题,固然显得又美观、又活泼,但是这显然属不伦不类,混淆了消息和通讯的文体。

问及部分医学院校和医院的校报、院报的编辑,有的说:“我们当地的一些日报、晚报也是如此。”更有的说:“你们《健康报》也是这样啊,有的头版头条消息中照样出现‘小标题’,我们是在学习《健康报》的做法。”

听罢这样的话语,作为《健康报》记者还真有点振聋发聩。虽说我自己平时较为留意《健康报》版面,也早发现《健康报》存在消息加“小标题”的状况,但没想到的是校报、院报编辑竟如此“引经据典”。

我曾稍加仔细地查阅了2017年《健康报》全年第一版,发现有8篇消息里有小标题,其中5篇是头版头条。2018年1月份,就有2篇第一版消息存在小标题,其中1篇是头版头条。例如,2017年3月13日头版头条消息《深化医改要做好“立柱架梁”》,就有3个小标题,这则消息正如副题所说,是一篇“国家卫生计生委负责人答两会记者问”,写法疑似通讯,在版面上只要将“本报讯”3字删去,作通讯处理即可。同样,2018年1月25日头版头条消息《全面提高全科医生职业吸引力》,只要删去“本报讯”即可。然而,记者和编辑偏偏在这里粗心大意了,犯下了不伦不类的低级错误。

“小标题”是通讯的特色,只能在通讯中出现。消息中添加“小标题”,就是不伦不类,在新闻学中从来都没有哪一本教科书提到过消息中有“小标题”这样的要素,因此必须“扼杀”。我常说医学院校的校报,尤其是医院院报是小《健康报》,向来以《健康报》为学习榜样,可见《健康报》稍有差错,影响可谓大矣。

消灭消息副题前出现的破折号

时下,在医学院校和医院的校报、院报上,除了时常出现“本报讯”的消息里存在“小标题”外,还经常在消息的副题前呈现不该出现的“破折号”。

在新闻标题中，只有通讯的副题前才能添加“破折号”。而我发现这种在消息副题前添加“破折号”的态势也颇为流行。

我也想“引经据典”，看看我们《健康报》是否也存在这种尴尬的状况。不查不知道，一查果然也有。例如，2018 年 5 月 22 日第一版消息《聚焦三大需求　服务全生命周期》，在副题“第 19 届全国医院建设大会在武汉召开”前就加上了破折号。不能以偏概全、笼统地说，目前医学院校校报、医院院报颇为盛行的消息副题前加上破折号的状况，也是受《健康报》的影响，但是我们《健康报》自己按办报规律，把版面做规范则是最起码的要求。

消息副题前加上破折号，虽说在报纸上是个小错误，但白纸黑字明摆着，其低级错误的影响也不小啊，是到了坚决消灭消息副题前出现破折号的时候了。

评报是提高报纸质量的有力措施

我所在的上海第二医科大学校报《上海二医报》，从 1986 年 10 月就开始实行版面责任编辑制，并学习一些大报老总和编辑部主任利用编前会时间对当天报纸评头论足的做法，开展了评报。在每一期报纸出版发行后的第二天，编辑部利用半小时到一个小时的时间认真进行评报，这已成为《上海二医报》一项持之以恒的常规制度。

那么开展评报，到底评什么？通过这么多年来的实践与探索，我总结了十个方面：① 评方针政策，看是否作了准确、及时、全面的宣传。② 评报道内容，看是否捕捉到针对性的问题。③ 评事实情节，看是否真实可靠。④ 评写作方法，看是否符合新闻文体的规范。⑤ 评版面头条，看是否在整个版面中真正立得起来。⑥ 评版面言论，看是否以正确的舆论引导人。⑦ 评标题制作，看是否高度概括、准确鲜明、生动引人。⑧ 评摄影照片，看是否反映事物本质的瞬间。⑨ 评语言文字，看是否通畅、流利、规范、准确。⑩ 评版面设计，看是否庄重大方、主次分明、图文并茂、清晰易读。

我们最初评报时，人人有份，并挨个畅所欲言、各抒己见。在这种评报形式实行了一段时间后，我们把评报又向前推进了一步，实行每一期报纸由一人主评，其他人作补充发言，最后则由主编在发表自己的独到见解后，作整体上的归纳，明确指出应保持和发扬那些，注意和克服什么。我们认为，这种由一人主评的评报方式很能锻炼人，它迫使主评人不得敷衍了事、马马虎虎，而必须以报纸研究者的姿态，在细心阅读、分析一则则消息、一篇篇通讯、一条条标题、一幅幅照片、一个个版面之后，根据自己的学识和业务水平，准备尽可能确切、精到的评语。

长期的评报实践活动告诉我们，评报实际上是集倡导、褒扬、激励、扶掖、提醒、批评于一体的一项综合性新闻业务活动。凡参加过评报的记者、编辑，无论是吃了几十年新闻饭的，还是刚涉足新闻圈的，他们都会这样说："评报的过程实际上也就是一个深入学习新闻的过程"。

坚持评报是提高校报、院报质量的有力措施之一。我们的评报方式，值得医学院校校报和医院院报记者、编辑仿效。

医院院报要注重版面视觉设计

“亟待重视医院院报版面的视觉设计。”我说这句话并非耸人听闻。从目前全国医院院报的现状来看，其版面用“很少有设计痕迹”来评价，恐怕是不为过的。即使是中国卫生思想工作促进会医院报刊专业委员会官网（http：//hospital.cnepaper.com）中，已经被授予“优秀医院报刊”称号而展示出来的89家院报版面，不符合办报规律、存在不规范等大大小小的问题俯拾皆是。究其原因，院报几乎都是免费赠送，远离市场化竞争；整个社会浮躁也影响院报编辑安下心来认真划版；院报编辑缺乏版面视觉设计的培训。

版面基本元素有报头、报眼、报眉、标题、正文、图片、线条、留白等。版面视觉设计就是充分利用现代排版技术和艺术设计手段，对编辑提供的图文素材进行合理加工，使图文信息得到更科学有效地传达，从而实现报纸对受众的人性化服务。

对于医院院报来说，其版面的视觉设计要与院报自身性质、新闻本身相得益彰。医院的医护人员被誉为“白衣天使”，那么作为医院脸面的院报版面，就应该体现白衣天使端庄、高雅、大方、简洁、眉清、目秀的形象。在编排规范、层次清晰、布局讲究、错落有致、纵横兼顾的前提下：力求做到大胆调遣、抢眼强势、相得益彰、匠心独具、精彩纷呈、过目难忘、恰如其分、疏密有致、搭配精巧、浓淡相宜。

通常，版面设计在报头、报眉、字形确定后，更强调标题、图片的摆放，线条、色彩的运用。标题被称为“新闻的眼睛”，它高度概括新闻的基本内容，用以吸引受众、影响受众和方便受众对新闻进行阅读和理解。图片包括照片、绘画、刊头、题花、题饰等，它在版面上不仅可以起到活跃和美化作用，吸引读者、形成强势，而且还往往能成为版面的视觉中心。线条是辅助性的表意符号，在版面上有区分、结合、强势、美化等作用。色彩是传达到受众视觉最快的信号。总之，编辑的水平就看是否准确调动了版面视觉设计的基本元素，水平越高，其视觉设计从标题制作到图片的选择，直至线条、色彩的运用和留白的把握就越得心应手，让受众青睐的好版面是编辑精心视觉设计出来的。

从版面视觉设计的角度看，全国医院院报在报头、标题、图片、用线、正文走向等版面基本元素用法方面，我曾总结存在大大小小的 20 个问题，竭力呼吁医院院报版面视觉设计不妨从学习《健康报》做起。《健康报》自从 2007 年 12 月 1 日改版后，10 多年来版面扮靓，成为一份具有卫生方针政策权威性、医学科技报道权威性、健康大卫生宣传权威性的报纸。

我们医院院报的编辑，应学习、借鉴《健康报》版面视觉设计的创新模式，遵循中国新闻奖版面评选原则，在有较强的政治性、新闻性，标题与内容安排得当，图片与文字做到并茂的要求下，一定能够结合自己医院的特色，把立意、创意和策划落实在版样纸上，然后真正在版面上凸显医学卫生新闻性与艺术性的完美统一。

新媒体要学传统媒体记者专业

新媒体时代下的医学院校校报、医院院报，与院校和医院官网、官微相比，其时效性、互动性、感官的丰富性和阅读的便捷性，都无法比肩。在院校校报、医院院报、官网、官微，不少是同一拨人做的，犹如左右手互搏；还有就是专门有一拨人在从事。以我的一孔之见，这些在做新媒体的人员如以前没有接触过传统媒体，其新闻业务则远没有做过传统媒体的专业。

互联网时代，纸媒的腰杆往往不够硬挺，新闻最重要的要素“新”，常被新媒体占得先机，即时发布，让纸媒望“新”感叹。然而“尺有所短、寸有所长”，时效之“新”，作为纸媒可能不如新媒体，但是视角之新、编排之新、独家之新，却是纸媒不遑相让的。毕竟传统媒体的纸媒已经存在数百年，广播电视也有上百年的历史，而互联网的应用历史不过才二三十年。要知道，最初的网络新闻媒体是借鉴传统新闻媒体消息写法，或者说就是传统新闻媒体纸媒的电子版。

最早叫嚣“纸质报纸将于 2040 年消失。在美国，它们将于 2017 年消失”(见 2011 年 10 月 5 日《新华每日电讯》)的联合国世界知识产权组织总干事弗朗西斯·加利预见失灵了吧。

今年 4 月 17 日，在网络上调侃得很厉害的曹林在“时政观察”中说：“报纸不会死，传统媒体不会死，存在了数百年的它们，还将存在数百年。那些只有数年寿命的所谓新媒体，它们的寿命可能也就只有数年吧。活着的报纸，会记录每一个死去新媒体的名字。活下来的传统早就不是传统，而是有现实生命力的新东西。缺乏时间检验的新玩意儿，再新，也很快就成为死的、供人凭吊的传统。”

因此，我认为医学院校的校报、医院的院报不会死，而会更蓬勃地发展。具有 87 年历史的我党我军创办最早的专业报——《健康报》则会更加繁荣昌盛。

驻地记者要多写新闻采编体会

“驻地记者要多写新闻采编体会”，这句话我大概说了已有 20 多年了。那还是我当年向《健康报》通联部主任苗中兴提的一条建议：《健康报》全国记者会应该向中国高等医药院校校报研究会学习，与会记者都应该向会议递交论文，哪怕只是心得体会也好。结果，这条建议被采纳了。

那些年，《健康报》每年召开的全国记者会，苗中兴主任都要求记者携带论文并打印 100 份赴会。记得我总被点名，上台交流发言。1998 年《健康报》全国记者会，我带了一篇题为《医学科技记者应是学者专家型》的文章赴会，苗主任没来得及看完全文，就肯定了文章立意的新颖，并被指定为大会报告文章，后来被收入了《健康报记者通讯》1998 年增刊。

千禧年到来之际的一次《健康报》全国记者会，我又撰写一篇《新世纪医学科技新闻记者的新闻理念》带到会上，也得到了苗主任的赞许。这篇文章后来不仅刊载于《健康报记者通讯》2000 年第 2 期，还被收入了 2001 年 12 月出版的纪念《健康报》创刊 70 周年《第七个辉煌的十年——〈健康报〉全国驻地记者论文选》。

多年来，我除了写一些获奖好新闻体会文章外，也有感而发地撰写一些《医学科技新闻“三贴近”的理性思考》《“咱们可都是健康报栽培的”——读

〈牵手：纪念健康报创刊 85 周年驻地记者文集〉有感》等文章。我认为，现在是《健康报》社建设得最好的历史时期，除办有三报两刊外，通联部的刊物也已从最早时期的 32 开大小的《健康报记者通讯》脱胎换骨为 16 开本的《健康报采编通讯》，近年来刊物与时俱进"研究健康新闻，创新传播理念"，又更名为颇为新颖、大气的《健康传播观察》。对于这么好的一本杂志，驻地记者难道还不赶快行动起来，向它踊跃投稿，留下您的成长足迹。

《健康传播观察》辟有"本期看点""业务探讨""传播实践""记者感悟""传播课堂""院报之窗"等栏目，我们驻地记者都应该在这片田园里耕耘、播种、收获。

医学科技记者一定要终身学习

我常喜欢用"可遇而不可求"来比喻获得有重大新闻价值的采访机会。就"换脸"而言，2012 年 9 月 19 日下午 3 时，我有幸参加上海交通大学医学院附属第九人民医院整复外科举行的"全脸面的预构与重建"成果发布会，"可遇而不可求"地获得了一条有重大报道价值的"中国式换脸"新闻"活鱼"。

消息《全脸面预构与重建为 6 名病人造新面孔（眉题）/"中国式换脸"让毁容者重绽笑容（主题）》不但于第二天 9 月 20 日刊登在《健康报》第一版右下角的倒头条位置，而且还被报社评为当月"重点稿"。令我没有想到的是这篇医学科技新闻在 2012 年度驻地记者好新闻评选中获得了消息类二等奖。

回顾采写这篇 730 字的消息，我觉得最大的心得体会是要做一名学者专家型的医学科技记者，就一定要有终身学习新知识的思想准备。

对于这一重大临床科技成果，我认真深入地采访，力求用通俗易懂的文字，在消息有限的篇幅里，把"中国式换脸"的技术尽可能地交待清楚。之所以我能在电脑前较快地完成新闻稿，主要还得归功于对此项构建全脸面的新技术有着较长时间的跟踪报道、资料积累，以致谙熟得比较透彻。

早在 2006 年 11 月 14 日我就在《健康报》第一版发表了《"预构脸面"成功覆盖烧伤面部》的消息，报道了李青峰教授在世界上首创了一种新术式——"预构脸面"，就是在患者腋下、胸外侧先移植一套自体带血供的筋膜瓣到皮下，然后采用皮肤扩张技术，经过 3 个多月的注水，使皮肤扩张成超薄皮瓣的球体样，当球体表面皮肤面积达到“预构脸面”所需面积大小时即可进行移植，覆盖到面部严重烧伤的患者脸上，使其摆脱了原先面部僵硬、眼睑外翻、开口困难、毫无表情的丑陋颜面。再如，2011 年 4 月 1 日我又在《健康报》第一版报眼发表了《巧“种”干细胞，产出“活皮肤”》的消息，介绍了李青峰教授为脸面预建而完成的一项基础性研究。

记得我在 1998 年《健康报》全国记者会上提出了“医学科技记者要成为学者专家型记者”的理念，主张以学者和专家的双重修养，采写好每一篇医学科技新闻报道。近 20 年来，我努力给自己加压，觉得要做一名学者专家型的医学科技记者，就要树立终身学习的信仰，做好接受新知识的长期思想准备。

如果说世纪之交的医学科技记者懂得了诱导分化、细胞凋亡、转基因、人类基因组、组织工程学、治疗性克隆等技术的话，那么今天的医学科技记者还必须懂得组学、系统生物学、纳米医学、干细胞与再生医学、医学工程等引领医学发展的前沿技术。因为只有储备了医学新知识的医学科技记者，才能采写出具有广为传播魅力的医学科技新闻，才能真正维护《健康报》在医学科技新闻报道领域中的特色和权威性。

（《健康传播观察》2018 年第 3 期）

驰骋在《健康报》这个“大平台”

今年国庆长假期间，我在书房里随意翻阅着自己发表在《健康报》上的文章“剪报集”。不经意间，一篇人物通讯——《向血液分子生物学领域冲击/陈竺，挑起了大梁》映入我的眼帘。再看发表日期，是 1991 年 5 月 9 日，文章刊载在《健康报》的第 3 版头条。凝神望着那早已泛黄的剪报，我的思绪回到了 20 多年前与《健康报》结缘的时候。

我长期工作在上海交通大学医学院校报编辑部，一向认为《健康报》是个“大传媒”“大平台”，而医学院校的校报是份“小《健康报》”“小平台”，因而校报的主编或骨干记者理应成为《健康报》的驻地记者或骨干通讯员。记得那是 20 世纪八九十年代，中国高等医药院校校报研究会年会与《健康报》的全国记者会同在一座城市召开，我把这个想法向当时的《健康报》通联部主任和盘托出，当即得到了赞许。我还提议，《健康报》全国记者会应该向医药院校校报研究会年会学习，要求与会记者向会议递交论文，哪怕是心得体会也好。结果，这个建议被采纳了。

我正式署名为“驻地记者”发表在《健康报》的第一篇通讯是1993年8月15日头版头条的《双下肢再植记》。这篇千字文不仅在当年被评为好新闻一等奖，而且在2002年被载入《历史的印迹——〈健康报〉优秀新闻作品选》一书，还得到了中国人民大学新闻学院郑超然教授的点评。

为给自己加压，也为所有记者呼吁，我于1998年在《健康报》全国记者会上提出了“医学科技记者要成为学者专家型记者”的理念，主张以学者和专家的双重修养，采写好每一篇医学科技新闻报道，从而真正维护《健康报》在医学科技新闻报道领域的特色及权威性。

这些年来，我注重医学科技新闻的“发现”，讲究医学科技新闻报道的科学性、真实性、客观性、准确性、时效性和通俗性，采写了诸如《褚嘉祐教授等研究指出亚洲基因库主要源于非洲》《组织工程学催开奇葩/曹谊林复制“人耳”成功》《科技成果真是值钱/两条基因抵得一千万元》等消息。这些稿件不仅被报社评为“重点稿件”“好新闻”，有的还入选由卫生部、总后卫生部、科技部、国家药品监督管理局、国家中医药管理局、中国科协、中华医学会、《健康报》等8家单位联合主办评选的“中国医药科技十大新闻”。令我兴奋不已的是，报社领导肯定了我在医药科技新闻报道领域的成绩，还为我提供了对年轻记者和通讯员授课的机会，从2009年到2011年连续3年让我在培训班上讲解“医学科技新闻采写”一课。

记得《健康报》社社长兼总编辑王硕在深圳召开的2008年全国记者会上赞扬我是“医学科技记者的常青树”。其实20多年来，我是把校报新闻工作和《健康报》驻地记者工作当做一份事业来对待的，而不仅仅是一份职业；我对新闻写作始终充满着一种激情，而不仅仅是一种感情。正是在这种事业心和激情之下，我已把采写医学科技卫生新闻视为我生命中的重要组成部分。

在《健康报》创刊80周年之际，我要告诫自己千万不能自满。如果说我在新闻报道中取得了一点点成绩的话，那也是学校和上海医学科技卫生人员的功劳，是他们每天都在谱写着大量有价值的新闻，否则无米之炊巧妇也难为；那也是《健康报》提供了一个比校报大得多的平台，让我有机会在这个

“大平台”上慢慢学步并逐渐驰骋起来。

（《健康报》2011 年 10 月 21 日）

踔厉风发靠的是《健康报》的雨露滋润

北京钓鱼台国宾馆气势恢宏，芳菲苑华贵典雅。2011 年 10 月 19 日作为《健康报》上海记者站代表，我参加了在这里隆重举行的《健康报》创刊 80 周年庆典。转眼间，我们在 2015 年 12 月 7 日迎来了《健康报》出版第 10000 期报纸，又在 2016 年秋天迎来《健康报》85 周年的喜庆日子。

回眸我为《健康报》采写稿件，即便是从 1991 年 1 月 8 日（第 3333 期）第一版头条刊登的一篇人物通讯《毕生的奉献——记著名外科学家傅培彬教授》算起，也有 25 年之久，交往了近 7000 期的报纸出版，特别是蝉联了《健康报》优秀记者称号近 20 年。每当记忆犹新地想起《健康报》那些“亲”、那些“事”，时常还让我怦然心动。

在《健康报》85 周年华诞之际，我还活跃在采访第一线，最想倾吐的一句心里话是：“而今的踔厉风发，完全靠的是《健康报》的雨露滋润”。

“心中那团为医学科技新闻而燃起的火焰开始烧得炽热起来”

1993 年 8 月 15 日《健康报》在第一版头条图文并茂地刊发了我采写的《双下肢再植记——访上海市第六人民医院骨科青年医师宗金海》专访，以及拍摄病人双下肢再植成功后稳稳的下地练习行走的照片，再现了上海六院 6 位平均年龄不到 30 岁的青年骨科医生创造世界首例双下肢再植术的过程。这篇专访在当年被评为报社好新闻通讯一等奖。

“《双下肢再植记》一见报，首先就在编辑部引起震动，大家齐夸这是一篇好专访。我以为，该文的最大成功之处，在于见人见事见精神。”时任《健康报》社副总编辑周方正在《健康报记者通讯》1994 年第 3 期撰写的题为《文传情　图传神——读〈双下肢再植记〉有感》一文中这样高度评价。

周方正还说：“本篇的现场感很强。伤员被抬进医院的情形以及他的伤势都做了活灵活现的描绘。如：‘我还未来得及询问病情，病人家属就从蛇皮袋里倒出一双用衣服包扎的血肉模糊、满是污泥的脚。'这情景真使人触目惊心；而能把这种伤员救活，其医技的高超就不言自明了；同时也会令人产生联想，医务人员付出的辛劳和创造的价值又岂是金钱所能衡量！这一点，正好与文前所述有关宗金海受到夸赞的热烈场面完全吻合了。'情景交融神韵在，不须修饰自风流。'借诗家之言来评价本篇，是不为过的。"

周方正在文末还夸奖说："文因图传，图以文显，两美俱备，算是驻地记者来稿中不可多得的上乘之作了。"

收到《健康报记者通讯》，看到报社副总编辑周方正热情洋溢的评价，我当时就有种受宠若惊的感觉，暗暗下定决心，继续努力采写医学科技好新闻。后来，《双下肢再植记》还被收入了2002年出版的《历史的印迹——〈健康报〉优秀新闻作品选》一书。

1994年9月中旬，我收到报社寄来的9月13日的《健康报》。打开一看，又是副总编辑周方正在我采写的《"我记住了两位总理的嘱咐"——访"求是"奖得主、杰出医学科学家陈中伟教授》通讯的第一版报纸右边款，用红墨水写下了"德荣此文将一位医学家写得活灵活现，背景材料也剪贴得当"的评语。

周方正副总编辑两次鼓励，"使渐入佳境的我，心中那团为医学科技新闻而燃起的火焰开始烧得炽热起来。"

"他是我们驻地记者中采写医学科技新闻的一棵'常青树'"

《双下肢再植记》发表以后，时任《健康报》社长兼总编辑白筠在《1993年报社工作总结与1994年工作设想》中，在谈到提高《健康报》宣传报道质量，发挥专业报优势，强化医学科技新闻的"支柱作用"时，再次提到"世界首例双下肢再植术在一版头条图文并茂地予以刊登"，又一次激励了我。

白筠总编辑还在《以办报为中心　实施"精品战略"》的讲话中指出："突出医学科技报道在本报新闻版的重要支点作用，强化医学科技宣传的权威性，医学科技报道一直是本报的特色，无论是在新闻版、专版，还是特刊都有医学科技报道，有的版还以专栏的形式固定下来，保证了科技报道在版面上所占的份额，在宣传上形成一种强势。据统计，科技报道已占版面份额的16.9%，不少重大的科研成果、科技焦点、科技人物的报道上了头版头条。"白总的一番话无疑再次肯定，医学科技报道是《健康报》的一大特色并具有权威性，这方面的报道在今后必须加强和保持。

这期间，我采写一系列有特色、有分量的医学科技新闻报道，刊登在一版头条或报眼上。如《中国人类基因组研究正式启动》《中国人类基因组研究获重大进展》《人类掌纹存在单基因遗传》《六天龄婴儿获手术矫治》等。对于我采写医学科技报道的逐渐成熟，白筠总编辑还鼓励并建议我拓宽报道视角，不能仅局限在医科大学里，完全可以走向社会，采写整个上海医学卫生科技新闻。其中，我采写上海联合基因科技集团的《科技成果真值钱（引题）两条基因低得一千万元（主题）》消息，就是一个典型的例子，最终还获得了《健康报》好新闻消息类一等奖。

王硕担任《健康报》社长兼总编辑后，同样十分关心驻地记者并重视医学科技新闻的报道。记得 2007 年我以稿件总分名列全国驻地记者第二名的好成绩，又被评为 2007 年度优秀记者后，特意撰写了一篇题为《十年“优秀”十种“感受”》的文章，总结自己十年蝉联优秀记者称号，获得的十种感受体会。当时的通联部主任李建伟从邮箱里收到我这篇文章的电子版后，立即打印出来向王硕总编辑汇报。据李建伟说，王总当即表示赞赏，说这篇体会文章对年轻记者有启示、有帮助。

2008 年 9 月 25 日在深圳召开的《健康报》2008 年全国记者会上，报社安排我将这篇文章作 10 分钟的大会交流。会前，王硕总编辑亲切地对我说“待会儿，你慢慢说，超过 10 分钟也不要紧”，鼓励我把十种感受讲透。王总还在此次记者会总结时说：“驻地记者胡德荣的十种感受值得年轻记者好好学习，他是我们驻地记者中采写医学科技新闻的一棵‘常青树’。”

报社领导的再三鼓励，肯定了我在医学科技新闻报道领域取得的成绩，更是我继续努力的动力。令我兴奋不已的是，报社分管通联工作的常务副总编辑黄泽民在得知我经常在上海向医院通讯员传授新闻业务课之后，也把我列入了报社培训通讯员的师资库名单。从 2009 年到 2011 年连续 3 年，让我先后在山西太原、河南郑州、河北承德召开的《健康报》通讯员培训班上专门讲授“医学科技新闻采写”一课。

其实，我结合自己的采写体会、感受，尤其是对自己获奖作品的感悟、分析，认真备课、认真制作授课 PPT，为通讯员上好每一堂课，也锻炼了记者自己。这个过程更是教学相长，也是记者自己业务不断提高的过程。

“上海是医学科技新闻报道的富矿，你要继续采写、保持优势”

20世纪八九十年代到本世纪初，我与《健康报》社打交道最多的要数通联部主任苗中兴了。记得有一年我们中国高等医药院校校报研究会年会与《健康报》全国记者会同在一座城市召开，我向被驻地记者亲切地称为“老苗”的他，提了一条建议：《健康报》全国记者会应该向中国高等医药院校校报研究会学习，与会记者都应该向会议递交论文，哪怕只是心得体会也好。结果，这条建议被老苗采纳了。

以后《健康报》每年的全国记者会，老苗都要求记者携带论文并打印100份赴会。那些年，我也总有机会被老苗点名，上台交流发言。1998年《健康报》全国记者会，我带了一篇题为《医学科技记者应是学者专家型》的文章赴会，老苗没来得及看完全文，就肯定了文章立意的新颖，并被指定为大会报告文章，后来被收入了《健康报记者通讯》1998年增刊。

我在文章中说：“学者专家型的医学科技记者是时代发展的需要，是医学科学发展的需要，也是新闻事业发展的需要。医学科技记者是‘记者’，更应成为‘学者’；医学科技记者是‘杂家’，更应成为‘专家’。在中国现代新闻史上，身兼‘记者’与‘学者’之长，‘杂家’与‘专家’之优，并在这两个方面都做出突出成就的不乏其人，这应该成为我们医学科技记者学习的榜样与楷模。”

我还认为：“医学是一门学科，新闻也是一门学科，医学科技记者是融这两门学科于一身的行当，应该成为学者。这种学者是记者的一种升华，是把医学科技新闻当作一门学问来研究的人文学者。新闻记者又向来被视为杂家，除了熟悉本行的新闻学、医学专业知识外，文史哲理、数理化、天地生都应有广泛的涉猎，这是杂。而作为专门采访报道医学领域特别是该领域中一个重要的医学科技分支，医学科技记者则必须掌握或精通这方面的专业知识，熟悉这方面的学术情况、发展方向及其学者队伍，在当记者的同时，又做学者；在当杂家的同时，又当专家，并以记者和学者、杂家和专家的双重修养，采写好每一篇医学科技新闻报道，这样的医学科技新闻报道才是高水平的。”

千禧年到来之际的一次《健康报》全国记者会，我又撰写一篇《新世纪医学科技新闻记者的新闻理念》带到会上，也得到了苗中兴主任的赞许。这篇文章后来不仅刊载于《健康报记者通讯》2000年第2期，还收入了2001年12月出版的纪念《健康报》创刊70周年《第七个辉煌的十年——〈健康报〉全国驻地记者论文选》。

说句心里话，每年的《健康报》全国记者会，我最爱聆听“老苗”一年的通联部工作总结。别看他平日里嗜好酒、爱抽烟，给人大大咧咧，有时还骂上几句的感觉，但上台做起总结报告，俨然像换了一个人，不仅思路清晰、条理分明，而且分析周全、展望前瞻。他担任主任的那些年，《健康报》通联工作是最好的历史时期之一。

如今他已走了好多年，每当想起他，我心里还是疼疼的。他退了以后，有一年冬天我到北京出差，还专门约上我京城的挚友、《健康报》驻京记者匡远深一起到“老苗”府上看望他。分别时，他说的一句“上海是医学科技新闻报道的富矿，你要继续采写、保持优势”，我牢牢记在心里了。

“此文不仅是一篇中规中矩的科技新闻，更巧妙运用了流行语”

长期与《健康报》打交道，深深地感觉到《健康报》有一支极高素养的记者编辑队伍。在我的印象里，报社原总编室主任、现新闻研究室主任何志良儒雅博学，原新闻中心副主任、现新闻管理中心主任陈会扬精致灵动，都可称得上是《健康报》的“男神”。而“女神”让我感觉的有：爽朗的邢远翔、恬静的杨秋兰，她们都已任职《健康报》副总编辑；还有极其率真的萧景丹，她现在已是总编室主任了。

难忘邢远翔两次“三八节”的精心策划，让我采写的《院士妻子亦争雄——记上海市“三八”红旗手标兵陈赛娟研究员》刊登在1997年3月8日《健康报》第一版；陈赛娟以中国唯一入围2000年世界杰出女科学家奖提名后，又让我采写了《女科学家陈赛娟》发表在2000年3月8日《健康报》第一版。

难忘杨秋兰对临床治疗成果稿的精心编辑，由我采写的消息和通讯《连体姐妹静萱静妮成功“分身”》一组报道，消息《腹腔七脏器大“搬家”》均在《健康报》第一版刊登。

难忘萧景丹在早些年编辑《健康报》“社会周刊”时，精心修改我采写的通讯《定制器官不是梦》《医院走近 ISO9000》等有分量的稿件。

特别是 2012 年 9 月 19 日下午，上海交通大学医学院附属第九人民医院向媒体宣布该院整复外科李青峰项目组经过 10 年的探索，在国际上首次采用“全脸面的预构与重建”技术成功治疗了 6 名病人，我立即先打电话向萧景丹主任预告、沟通，接着迅速发稿，第二天即 9 月 20 日，《健康报》在第一版刊出了消息《全脸面预构与重建为 6 名病人造新面孔(引题)/“中国式换脸”让毁容者重绽笑容(主题)》。萧主任说，当天她浏览了包括上海在内的多家媒体，认为《健康报》是刊发这一消息的最佳媒体。

消息采写并发表了，我认为还有话想说，于是又跟踪采写一篇通讯。萧主任接到稿件后，花了不少精力，不仅修改，还与当事人、上海九院整复外科主任李青峰教授作电话深入交流、补充采访，9 月 21 日，在《健康报》第二版头条位置刊出了通讯《“中国式换脸”胜在不盲从》，凸显了换脸手术中引入的再生医学技术和计算机三维技术，使得这一组“中国式换脸”报道格外显得立体、全面。

最终，《“中国式换脸”让毁容者重绽笑容》消息在 2012 年《健康报》好新闻评选中获得了消息类二等奖。《健康报》社的《中国卫生》杂志编辑部副主任魏萍在《“中国式”用作褒扬　提振的不仅是医疗技术》的点评中说：本文以“‘中国式换脸’让毁容者重绽笑容”为标题，不但写出了此项技术在国际上的优势，更对“中国式”这一说法作了正面诠释。此文不仅是一篇中规中矩的科技新闻，更巧妙运用了流行用语，在吸引读者注意力的同时，更在修辞上肯定了本土文化，传递了正面信息，提振了“中国式”这个用法的气场。

“文中随处可见作者的用心，读后让人印象深刻”

“《健康报》‘人物’版是目前我国各类平面媒体中唯一一个以整版篇幅连续、集中报道医疗卫生健康领域里有突出贡献的专家、学者的版面。”对于这块高大上的“人物”版，我也在思忖、盼望着哪一天有自己采写的人物稿能登上这个大雅之堂。

2009 年 8 月的一天，可能是我过去曾经采写并在《健康报》第一版发表过《癌肿诱导分化第一人——记荣获凯特林金奖的上海二医大教授王振义》等稿件，报社人文编辑中心主任孟小捷让编辑余运西给我打电话，让我为“人物”版采写血液学专家王振义院士。听闻此言，我高兴极了，立即于 8 月

24 日采访了王振义教授。让我没想到的是，稿件很快在 9 月 4 日第 5 版以《王振义：识途"老马"甘为人梯》为题整版刊出了；让我更没想到的是，孟小捷于 2011 年在为《足迹：健康报创刊 80 周年版面集》一书而写的《生命因你而精彩——〈人物〉版的 10 年之旅》一文，还选用了这块整版，也再次宣传了王振义院士。

这以后我还认真地学习了孟小捷主任在《健康传播观察》杂志上发表的《谁能成为媒体上的"人物"》等文章，以及她为通讯员培训授课的《学会写人物——人物采写编体会略谈》PPT，努力朝着她"尽可能凸显人物的个性，力求用真实、感人的现场、故事、细节说话，使人物报道可亲、可感、可爱、可敬"的要求采写人物稿件。

这些年，在"人物"版编辑余运西、李阳和、魏婉笛等老师的帮助下，我已采写了 15 篇之多，例如采写健康教育专家的《胡锦华：倾心健教半世纪不改其乐》，中医专家的《何裕民："科学中医"的情愫》，肺癌专家的《廖美琳："永远把患者放在第一位"》，乳腺癌专家的《沈镇宙：妙手仁心守护生命希望》，口腔颌面外科专家的《张志愿：潜心笃志　唯愿患者安康》等等人物专访。

另外，在我采写的《"健康掌握在自己手中"——世界卫生组织总干事陈冯富珍考察上海侧记》获得人物通讯新闻奖后，还得到了孟小捷主任在《健康传播观察》2011 年第 2 期上专门作了《抓住细节　凸显理念》的点评："这篇通讯反映的是世界卫生组织总干事陈冯富珍考察上海健康城市工作开展的情景。作者避开以往类似题材容易陷入的报道套路（如列举工作成就加领导总结评价等），通过悉心观察现场，抓住陈冯富珍主动测腰围、走科学健身路、向戒烟市民祝贺等几个细节，生动地展现出'健康掌握在自己手中'这一健康理念。而上海推进健康城市的措施以及取得的成就也就自然地通过陈冯富珍的所见所闻所感得以呈现。"

孟小捷在点评中还特别指出："文中随处可见作者的用心。比如，导语就很吸引人——'身穿短袖蓝底小花旗袍的世界卫生组织总干事陈冯富珍显得格外精神'，这不仅仅是对主人公形象、气质的描摹，更为下文'量腰围'以及对居民进行'坚持锻炼、科学饮食'的现身说法埋下伏笔。此外，'量腰围'一段，作者运用直接引语以及'取出''量了起来''交给'等几个动词不仅视觉化地勾勒出作为世卫总干事的陈冯富珍亲切、随和的形象，顺带也'科普’了一把，将男女性警戒的腰围数值借总干事的玩笑话巧妙地告诉读者，读后让人印象深刻。”

结束语：

2000年6月10日我在《健康报》第一版发表了一篇题为《“枝叶”的情愫——记上海血液学研究所陈国强研究员》通讯。16年以后，陈国强研究员当选了中科院院士，我又采访了他，依然围绕“枝叶”做标题的通讯《陈国强：我仍是一片继续成长的“枝叶”》刊登在2016年1月1日《健康报》“人物”版上。陈国强当年把他的两位老师王振义院士比作“树根”、陈竺院士比作“树干”，而把自己比作一片“枝叶”；功成名就后的今天，陈国强仍然把自己比作一片继续成长的“枝叶”，这是何等的思想境界啊。

我在想，我是一名《健康报》驻地记者，何尝不是祖国新闻参天大树上的一片“枝叶”呢！我这片“枝叶”的成长，完全靠的是《健康报》的雨露滋润。

2016年8月

（《牵手——纪念健康报创刊85周年驻地记者文集》中国发展出版社2017年3月第一版）

“咱们可都是《健康报》栽培的”
——读《牵手：纪念健康报创刊85周年驻地记者文集》有感

手捧封面装帧得洁白、大气的《牵手：纪念健康报创刊85周年驻地记者文集》，首先映入眼帘的是三朵粉红色的牵牛花绿蔓缠绕着书名“牵手”两个大字。栩栩如生的点缀，让人情不自禁地吟诵起宋朝诗人陈宗远的《牵牛花》：“绿蔓如藤不用栽，淡青花绕竹篱开。披衣向晓还堪爱，忽见蜻蜓带露来。”

牵牛花不仅开得美丽，而且那纤细的藤蔓总是奋力向上攀登、极具顽强的生命力，把它比喻为《健康报》的驻地记者是再贴切不过了。正如《健康报》社社长、党委书记邓海华在“序言”中所说：“在《健康报》85周年的历史中，驻地记者始终是一支不可或缺的有生力量。”

"为中国卫生与健康事业发展接力传递正能量的'自觉'"

邓海华在"序言"中还说:"《健康报》作为医药卫生行业第一大报,其既是宣传卫生计生大政方针的舆论阵地,也是各地方、各单位展示卫生计生工作成就的平台,并在长期的积淀中形成了独特的报社文化。秉持'向善、求真、理性、科学'的核心价值观,坚持'主流视角、权威声音、科学态度、人文情怀'的报道理念,越来越多的驻地记者和特约记者在《健康报》上展示自己的才华。"

翻开《牵手》,尽显才华的36位驻地记者的37篇纪念《健康报》创刊85周年的文章和百余幅图片,被精心编排在"峥嵘岁月""情谊绵长"和"职路拾遗"三大部分中。

今年已81岁高龄的《健康报》山东记者站原驻地记者张忠田抑制不住激动的心情,他在文章中说:"在庆祝《健康报》创刊85周年之际,我作为33年的《健康报》驻地记者,心潮澎湃,浮想联翩,是报社培育我在新闻领域健康成长,结下了深厚友谊,我也收获了采写稿件的心得体会,谨将这一切作为节日礼物敬献给敬爱的报社!并祝愿她为实现伟大的中国梦再作新贡献!"

"《健康报》是我就读深造30年的'新闻学院',是我实习进修30年的'写作基地'。在这30年里,我驾驭文字、报道新闻、总结归纳、撰写公文的能力不断长进,着实让我受用匪浅、获益良多。"《健康报》江苏记者站原驻地记者郝如一还说:"在培养新闻敏感、判断新闻价值的长期积累中,我的特别感受是:锻炼提高了自己从事卫生和红十字工作的敏锐性、观察力和业绩成效。比如,我在全国红十字系统率先提出了'用新闻宣传的眼光策划工作,以事业发展的实绩进行宣传'的辩证思维。在全国红十字系统,我是有点名气的'笔杆子'。"

《健康报》浙江记者站驻地记者李水根在文章中说:"转眼之间,自1984年成为《健康报》驻地记者那一刻起,至今已30多年了。在这期间,作为一名驻地记者,我不仅依照报社和地方卫生行政部门的要求完成了许多重大主题的采访,更从身处基层一线的角度挖掘了大量有价值、有影响力的新闻线索。而且,在区域通讯员网络建设和区域医院院报培育等方面做出了应有的努力。在这30多年的'担当'中不仅收获了报社给予的许多新闻奖励,还连续多年获驻地记者综合考核第一的殊荣。对自己努力去践行的这份‘担当’,我感到非常自豪。”

“从 1984 年第一次在《健康报》发表作品,到今天已经有 32 年了,期间有超过 5 000 篇新闻作品在《健康报》发表。”《健康报》安徽记者站原驻地记者冯立中说:“这几十年里,《健康报》给了我很多很多。从 20 多年前的版面,到日后用版面支撑起的讲台,《健康报》给我搭建了舞台,还给我提供了武器,更为我的生活和生命填充了绚烂的色彩。”“在十多年中,我大约讲了不下 150 堂新闻讲座,除了少量的‘五要素’‘倒金字塔结构’等基本知识外,全部是我自己在新闻实践中的感悟和体会。”

……

“在一篇篇感人的文章中,驻地记者们呈现给读者的是发自内心的感谢,感谢《健康报》这个传播平台,感谢记者站这个温暖团队,感谢编辑记者们的帮助,感谢通联部的服务。其实,更应该收获感谢的是你们,感谢你们对《健康报》的卓越贡献和辛苦付出!感谢你们对《健康报》的由衷热爱和深情厚谊!”《健康报》社副总编辑闫丽新在“后记”中动情地说。

闫丽新还说:“在《健康报》这个行业人热爱的新闻传播平台上,我们看到了一代代驻地记者留给后人的关键词:从青涩期的豆腐块变为成熟期的鸿篇巨制的‘成长’,在灾难现场、在重大事件中不逊于职业记者的‘担当’,为中国卫生与健康事业发展接力传递正能量的‘自觉’,青春白发笔耕不辍的‘陶醉’。”

“永远保持做一名记者的理想、热情、专注和努力”

《牵手》收录了我撰写的《踔厉风发　雨露滋润》一文。出于对《健康报》的那份真挚情感,我洋洋洒洒地写了 6 200 多字。

我在文章开头就说:“回眸我为《健康报》采写稿件,即便是从 1991 年 1 月 8 日(第 3333 期)第一版头条刊登的一篇人物通讯《毕生的奉献——记著名外科学家傅培彬教授》算起,也有 25 年之久,交往了近 7000 期的报纸出版,特别是蝉联了《健康报》优秀记者称号近 20 年。每当记忆犹新地想起《健康报》那些‘亲’、那些‘事’,时常还让我怦然心动。”

“在《健康报》85 周年华诞之际,我还活跃在采访第一线,最想倾吐的一句心里话是:‘而今的踔厉风发,完全靠的是《健康报》的雨露滋润。’”

《踔厉风发　雨露滋润》写了五个部分：

第一部分“心中那团为医学科技新闻而燃起的火焰开始烧得炽热起来”，主要回顾了1993年8月15日《健康报》在第一版头条图文并茂地刊发了我采写的《双下肢再植记——访上海市第六人民医院骨科青年医师宗金海》专访，被评为报社好新闻通讯一等奖。时任《健康报》社副总编辑周方正在《健康报记者通讯》1994年第3期撰写的题为《文传情　图传神——读〈双下肢再植记〉有感》一文，作了高度评价。

第二部分“他是我们驻地记者中采写医学科技新闻的一棵‘常青树’”，主要介绍了2007年我以稿件总分名列全国驻地记者第二名的好成绩，又被评为2007年度优秀记者后，特意撰写了一篇题为《十年“优秀”　十种“感受”》的文章，于2008年9月25日在深圳召开的《健康报》2008年全国记者会上进行交流。得到了王硕总编辑这样的好评：“驻地记者胡德荣的十种感受值得年轻记者好好学习，他是我们驻地记者中采写医学科技新闻的一棵‘常青树’。”

第三部分“上海是医学科技新闻报道的富矿，你要继续采写、保持优势”，主要回忆了“平日里嗜好酒、爱抽烟，给人大大咧咧，有时还骂上几句”的报社通联部原主任苗中兴的为人处事，且一次到他府上看望，分别时他对我的叮咛。

第四部分“此文不仅是一篇中规中矩的科技新闻，更巧妙运用了流行语”，主要记述了在萧景丹主任的帮助下、由我采写的消息《全脸面预构与重建为6名病人造新面孔（引题）/“中国式换脸”让毁容者重绽笑容（主题）》获得报社好新闻评选消息类二等奖，并得到《健康报》社《中国卫生》杂志编辑部副主任魏萍的点评。

第五部分“文中随处可见作者的用心，读后让人印象深刻”，主要反映了在《健康报》“人物”版我已采写了15篇之多。另外一篇《“健康掌握在自己手中”——世界卫生组织总干事陈冯富珍考察上海侧记》获得人物通讯新闻奖后，还得到了孟小捷主任在《健康传播观察》2011年第2期上专门作了《抓住细节　凸显理念》的点评。

这篇《踔厉风发　雨露滋润》被《牵手》收录后，我在第一时间向我的引路人、《健康报》上海记者站老站长张建中汇报。张建中在微信里这样回复我：“德荣好！看到了你的文章，很感动。你的后半生专心致志地做了一件大事，投入感情，投入精力，不断精进，以臻善美。遥想当年你进《健康报》驻地记者门槛时的种种状况，感慨人生抓住机会的重要，拼搏奋斗之可贵，持之以恒的不易。祝你老当益壮、更上层楼！”读罢老站长的微信，我激动得潸然泪下。接到报社通联部寄来的两本《牵手》，我将其中一本转赠给了老站长惠存。

我的挚友、《健康报》江苏记者站原驻地记者郝如一看了我的文章后，在微信里说：“拜读！您的大作可能是书中最长的，回忆得很详细，你的长处强项都跃然纸上了，选用举例的代表作篇篇漂亮。敬佩！”让我也感激之至。

由于我在文中列举了多位提携、关照我的《健康报》记者和编辑，在《牵手》出版前后，我都发出文章微信版，并向他们表示诚挚的谢意。由总编办公室主任升职为报社副社长的萧景丹说：“您都和我们共同工作了二十多年了。那些成绩主要还是您努力的结果，不愧为常青树。咱们可都是《健康报》栽培的，所以都应该归功于平台。”

萧景丹副社长的话说到我的心里去了。“咱们可都是《健康报》栽培的，所以都应该归功于平台。”是啊，对于一名驻地记者来说“栽培”和“平台”太重要了。《健康报》创刊 80 周年之际，我就在《健康报》2011 年 10 月 21 日撰写了《驰骋在〈健康报〉这个“大平台”》；《健康报》创刊 85 周年之际，我又撰写了《踔厉风发靠的是〈健康报〉的雨露滋润》。

报社人文编辑中心主任孟小捷在微信里说：“胡老师，认真拜读了，收藏了，写得真好。平时我常常拿您教育部门的年轻同事，要向胡老师学习，不管外在环境如何改变，永远保持做一名记者的理想、热情、专注和努力。”

我长期工作在高校校报的工作岗位上，30 多年来我是把校报新闻工作和《健康报》驻地记者工作当做一份事业来对待的，而不仅仅是一份职业；我对新闻写作始终充满着一种激情，而不仅仅是一种感情。正是在这种事业心和激情之下，我已把采写医学科技新闻视为我生命中的重要组成部分。

今天，孟小捷主任的“不管外在环境如何改变，永远保持做一名记者的理想、热情、专注和努力”的话语，应该成为我们每一名记者的座右铭。

“第一要务是营造‘多写稿、写好稿’，以多出精品为荣的竞争氛围”

《健康报》社总编辑周冰在《牵手》“前言”中，着重介绍了《〈健康报〉驻地记者制度的特点》。

周冰说：“作为全国医疗卫生系统最大的行业报，《健康报》驻地记者的发展组织模式、管理方式等，都有别于综合性报媒。近年来，为适应形势发展变化的需要，《健康报》开始从传统的承担机关报职能的医药卫生传媒，向具有较高权威和社会影响力的健康传媒转变。在这一过程中，报社积极探索记者站管理的路径，强化地方触角的报道功能，逐步形成有自身特色的驻地记者管理模式。”

周冰指出：“作为《健康报》的重要生力军，驻地记者了解各个层级的卫生与健康工作方针政策，熟悉地方基层情况，能够捕捉到鲜活的新闻线索和素材。因此，新闻报道是驻地记者肩负的首要任务。通过强化严格的任务目标管理，充分调动大家积极性，鼓励驻地记者及时向报社提供线索，多提供优质稿件，是记者站建设的重中之重。”

周冰认为：“报社明确要求各记者站把采写报道作为第一要务，注重在队伍中营造‘多写稿、写好稿’，以多出精品为荣的竞争氛围。”“不断地吐故纳新是一支队伍保持活力的必备条件。在驻地记者人员更替的过程中，坚持积极慎重，优中选优的原则，通过招聘、选聘、推荐、自荐等多种形式，不拘一格选拔人才。”

《牵手》出版后，我与《健康报》上海记者站原站长、曾荣获《健康报》优秀记者站站长的张建中围绕驻地记者选拔有过两次对话。无论在为《健康报》采写新闻稿件，还是在管理《健康报》上海记者站都具有很深造诣的张建中说：“不拘一格地选拔《健康报》驻地记者人才，还是在医学院校校报、卫生类小报记者或卫生管理部门中挑选有点指望。”张建中还特别强调：“关键是要热爱甚而痴迷，功底也是要的。”

我认为：“上海记者站老站长张建中的见解既高屋建瓴，又清澈见底。说得客观、中肯，而又实在、实惠。”

张建中最早担任上海市卫生局局长办公室主任，后来又担任了上海市第一人民医院党委书记、上海中医药大学党委书记，因此在驻地记者的人才选拔上颇有见地。

而我则是从上海第二医科大学校报记者编辑岗位走上《健康报》兼职驻地记者岗位的，不仅担任了上海第二医科大学宣传报道中心主任、《上海二医报》主编，还担任了上海高校校报研究会秘书长。因此，对高等医学院校校报同仁担任《健康报》驻地记者十分认同。当年，我也曾对《健康报》通联部原主任苗中兴说过："医学院校校报编辑部的主编或骨干记者都应该成为《健康报》的驻地记者"。

那些年，在我们中国高等医药院校校报研究会的许多成员都是《健康报》的驻地记者。每年《健康报》开全国记者会，有人风趣地把来自医药院校的驻地记者称之为"学院派"记者。

回忆已故中国高等医药院校校报研究会首届理事长、《北京医科大学校报》编辑部主任孙敬尧，他是《健康报》驻地记者的佼佼者。孙老爷子于1988年3月19日发表在《健康报》上的消息《首例配子输卵管内移植男婴在京诞生》，还获得了中国好新闻评选一等奖。

可是这些年来，随着院校合并、退休离职、工作调动，来自医药院校的驻地记者逐渐在萎缩、减少，甚至后继乏人。因此建立健全医药院校《健康报》驻地记者队伍，已是迫在眉睫、该放到重要的议事日程中来。因为医学科技新闻的权威性是《健康报》的一大特色，而医药院校、科研院所、附属医院则是医学科技新闻的重要源头。《健康报》理应在源头培养好"痴迷""功底"与日俱增的驻地记者。

结尾：

"峥嵘岁月，沧桑巨变。虽不能尽展全貌，但撷取其中的一些片段，也会掂出沉甸甸的分量。"

合上《牵手》，封面"牵手"书名下的这几行字虽小，却可见《健康报》编著者的匠心意味深长，而三朵缠绕着书名的粉红色牵牛花开得正艳。

（《健康传播观察》2017年第2期、第3期）

医院院报亟待重视版面的视觉设计

新媒体时代下的医院院报，与医院官网、官微相比，其时效性、互动性、感官的丰富性和阅读的便捷性，都无法比肩。但是医院院报只要找准内容定位、形式定位和受众定位，在深度报道上下功夫，就可略胜官网、官微一事一报浅阅读一筹。这样，医院院报、官网、官微无须再左右手互搏，进一步把院报版面扮靓就是了。这是上海部分医院院报同仁新近在《瑞金医院报》出版500期、《肿瘤医院报》创刊10周年座谈会上形成的共识。

把医院院报版面扮靓，说到底是亟待重视医院院报版面的视觉设计。诚然，就目前全国医院院报的现状来看，其版面用“很少有设计痕迹”来评价，恐怕是不为过的。即使是中国卫生思想工作促进会医院报刊专业委员会官网（http：//hospital.cnepaper.com）中，已经被授予“优秀医院报刊”称号而展示出来的89家院报版面，不符合办报规律、存在不规范等大大小小的问题俯拾皆是。究其原因院报几乎都是免费赠送，远离市场化竞争；整个社会浮躁也影响院报编辑安下心来认真划版；院报编辑缺乏版面视觉设计的培训。

准确调动版面视觉设计的基本元素

版面基本元素有报头、报眼、报眉、标题、正文、图片、线条、留白等。改革开放后，运用这些基本元素装点版面演绎得比较早、比较好的要算“京派”报纸，尤为表现得疏朗大气，而“海派”报纸则相对偏晚些，向来以精细隽永见长。进入新世纪后，上海的《新民晚报》在2004年5月18日改版，开始在每个版面的报眉上增添了“视觉设计”人员的姓名。同样，翻阅《北京晚报》也能在版面报眉上看到“设计”人员的姓名。可见，纸媒是在注重版面的视觉设计了。

那么什么是版面的视觉设计呢？简言之，版面视觉设计就是充分利用现代排版技术和艺术设计手段，对编辑提供的图文素材进行合理加工，使图文信息得到更科学有效地传达，从而实现报纸对受众的人性化服务。

实现报纸对受众的人性化服务，对于医院院报来说，其版面的视觉设计要与院报自身性质、新闻本身相得益彰。医院的医护人员被誉为“白衣天使”，那么作为医院脸面的院报版面，就应该体现白衣天使端庄、高雅、大方、简洁、眉清、目秀的形象。在编排规范、层次清晰、布局讲究、错落有致、纵横兼顾的前提下：力求做到大胆调遣、抢眼强势、相得益彰、匠心独具、精彩纷呈、过目难忘、恰如其分、疏密有致、搭配精巧、浓淡相宜。

通常，版面设计在报头、报眉、字形确定后，更强调标题、图片的摆放，线条、色彩的运用，不允许各版自以为是、任意发挥，而让一张报纸出现几副“面孔”的状况。

以我们医护人员和院报编辑十分关注并喜欢阅读的《健康报》为例，看看《健康报》这份行业大报又是如何运作标题、图片、线条、色彩的。

标题被称为"新闻的眼睛"，它高度概括新闻的基本内容，用以吸引受众、影响受众和方便受众对新闻进行阅读和理解。《健康报》2015 年 9 月 4 日第一版头条刊发的"九三胜利日大阅兵"重大消息，制作了《健康报》近几年来少有的三行题"眉题 + 主题 + 副题"的标题。

这则标题是：纪念中国人民抗日战争暨世界反法西斯战争胜利 70 周年大会举行(眉题)/ 维护和平共同发展是人间正道(主题)/ 白求恩医疗方队在阅兵中展现飒爽英姿(副题)。

特别是标题的主题字体采用了超粗黑体字，在版面头条位置格外醒目、夺人眼球。

图片包括照片、绘画、刊头、题花、题饰等，它在版面上不仅可以起到活跃和美化作用，吸引读者、形成强势，而且还往往能成为版面的视觉中心。现代报纸版面的发展趋势是报纸图片化，图片彩色化。随着生活节奏的加快，使受众越来越喜欢在大幅的彩色图片中获得直观的信息。

同样以《健康报》2015 年 9 月 4 日第一版头条刊发的"重大消息"为例，在标题下配发一张 3 栏宽的彩色照片，展现了一道白求恩医疗女兵乘车方队飒爽英姿的靓丽风景线，在版面上形成视觉中心，具有很强的视觉冲击力。

线条是辅助性的表意符号，有正线、反线、双线、波纹线等，在版面上有区分、结合、强势、美化等作用。《健康报》在 2016 年 1 月 1 日第二版新开辟"今日议题"评论栏目，在五栏版面以四栏宽的头条位置，用细黑线把《儿科医生荒会不会更严重》《"雾霾经济"背后的悲哀》两篇评论围成一组，同时用浅灰底纹配发"编者按"，突显了报社新闻中心对评论栏目开篇的重视，也形成了"今日议题"评论栏目在版面中的抢眼强势。

色彩是传达到受众视觉最快的信号。目前《健康报》第一、第四版为彩色印刷，作为要闻版的第一版，报头"健康报"三个字是套红的。今年 1 月 1 日第一版头条，用温柔、宁静的蓝色线条围框刊发了国家卫生计生委主任、党组书记李斌题为《凝心聚力　继往开来　奋力推进健康中国建设》的"新年致辞"，还登载了一张视觉冲击力很强的"万人长跑迎新年"的彩色新闻照片，整个版面显得既端庄、高雅，而又简洁、大方。

总之，编辑的水平就看是否准确调动了版面视觉设计的基本元素，水平越高其视觉设计从标题制作到图片的选择，直至线条、色彩的运用和留白的把握就越得心应手，让受众青睐的好版面是编辑精心视觉设计出来的。

目前医院院报版面存在的主要问题

从版面视觉设计的角度看，全国医院院报在报头、标题、图片、用线、正文走向等版面基本元素用法方面还存在大大小小的20个问题。

1. 报头不见“报”字

或许有院报编辑会说，地方新闻出版部门有规定，不让医院院报在报头添加“报”字。上海《瑞金医院报》创刊于1996年6月20日，是沪上最早的一家医院院报，创刊近20年来从未有新闻出版部门对“报”字说不。《华山医院通讯》在创刊几年后，更名为《华山医院报》，出版至今也安然无恙。由于院报办报经费由医院自己支付，发行又是免费赠送给员工和患者阅读，即便有什么地方规定也该改一改了。

2. 标注“第×期”，又标注“总第×期”

有一家2015年12月23日出版的院报，标注“第12期(总第193期)”，看得出该院报是“月报”，每月出版一期，到了12月份自然就是“第12期”了。其实没必要，已经有出版具体日期了，就直接标注“第×期”或“总第×期”就可以了。曾经有家院报也是每月出版1期，“第×期”及时更改，可是一连好几期“总第×期”忘记更改了，闹出了笑话。

请看正规、主流大报的标注：2015年12月7日出版的《健康报》，标注“第10000期”，同日出版的《新华每日电讯》标注“总第08377期”、《人民日报》标注“第24621期”。

3. 写消息漏了“本报讯”三个字

在报纸版面上，凡是消息，导语前一定要加上“本报讯”，就院报来说这表示下面的消息文字是贵院第一次报道的独家新闻，而且“本报讯”三字采用黑体字，也区别于消息主体部分，能唤起受众的注意。而没有“本报讯”三字，通常被称为“无讯头(电头)”，归入通讯体裁的表现形式。

4. 第一版头条消息只有主标题太单薄

既然一篇重大消息安排在第一版头条位置，其标题一定要压得住整个版面，标题起码是“主题＋引题”或“主题＋副题”。如消息内容特别重大，其标题必然是“主题＋引题＋副题”。

我们还发现，有不少院报的第一版，包括头条在内的所有消息标题都只有主标题，看来院报编辑是到了该好好花精力、花时间去认真探索、制作新闻标题了。

5. 把标题的引题作主题处理了

《科技点燃梦想　创新成就未来（主题）/ 我院首届科技文化节拉开帷幕（副题）》《加强廉政建设　塑造行业形象（主题）/我院开展党风行风廉政建设责任书签约（副题）》。这两条标题分别是两家院报头条新闻的标题。这里“6 个字 + 6 个字”的所谓“主题”，其实是制作得很好的“引题”。把这类“6 个字 + 6 个字”，或者“4 个字 + 4 个字”“8 个字 + 8 个字”的文字做“主题”处理的现象，在院报上大有越演越烈的趋势，应该引起所有院报编辑的高度重视。

在标题中，主题是点明最主要的事实观点，引题只是起到引导、说明、烘托、渲染的作用。请看这条“引题” + “主题”发表在《健康报》第一版头条的标题：《对居民健康问题实行首诊　为居民转诊提供绿色通道（引题）/上海家庭医生今年将全面走进家庭（主题）》。健康报编辑这则标题制作得多么好啊。

6. 竖题时的引题竟然居中

做竖标题时，如有引题，这时引题应该高出主题半个到一个字，而不应该居中。在版面上，竖题的主题在消息文字左边时，其引题应该放在主题的左边；而主题在消息文字右边时，则引题应该放在主题的右边。当竖题的主题、引题两边都有消息的文字时，又要看两边文字是横排还是竖排，这时的引题摆放又有变化了。如我们的院报编辑时常拿不准，那么索性在院报版面上“消灭”竖标题。

《健康报》在改版变成瘦报后，版面上全是横标题，再也找不到竖标题。

7. 消息副题前不该添加“破折号”

在新闻标题中，只有通讯的副题前才能添加“破折号”。现在有很多院报所刊登的消息副题，经常看到有“破折号”，而且朝流行的趋势在发展。有时问我们的院报编辑是怎么回事，他们也直摇头说“不知道”。这里完全有可能是电脑房拼版操作人员凭感觉随意加上去的，可惜我们的编辑在校对时没有及时删去。

8. 不伦不类的消息“小标题”

“1 000 字以内的消息，在版面上算蛮大的一块，在这灰灰的文字中如穿插二三个黑体字的小标题，就显得美观、活泼，也适合读题时代。”这是部分院报编辑给出的所谓理由。

“小标题”是通讯的特色，只能在通讯中出现。消息中冒出“小标题”，显然混淆了消息和通讯的文体，必须扼杀。据悉，中国新闻奖评选就毫不客气地淘汰这类不伦不类的消息。

9. 标题还是五颜六色

我国正式出版的第一张彩色报纸是 1974 年 1 月 1 日出版的《人民日报》，一版和四版完全是彩色。彩报是指报头可以套红，版面图片、线条可以彩色，标题及正文一般不套色，为黑色。

医院院报标题五颜六色，色彩变化过多，容易喧宾夺主，分散读者视线。当下，除图片彩色外，版面标题以黑色为好，一定要着色不要超过 3 种颜色。

10. 采用椭圆等图形底纹装饰标题显得老土了

采用椭圆、三角等图形作底纹，来装饰标题，这是报纸排版工艺从铅字排版改为计算机排版时兴时的做法，增强了标题的视觉冲击强度，提高了标题的艺术表现力。有些编辑甚至恨不得把一切装饰手段全用在版面上。如今时过境迁，还在用这些低级的装饰，给读者的感觉是陈旧，早已不时髦了。

11. 标题中“我院”用得太多

有一家院报第一版刊发 10 条消息，“我院”二字竟然在标题的主题或引题中共出现了 10 次。院报就是你自己医院的传媒，所报道的人和事，也是你自家的新闻，没有必要喋喋不休地“我院”“我院”，唯恐受众不知。

12. 标题远离消息的导语或通讯的引言

尽可能地提供人性化服务、方便受众阅读，是版面视觉设计的目的。在版面上，标题一定要紧贴消息的导语或通讯的引言，千万不要让受众去寻找消息和通讯的开头部分。

13. 各版标题字号大小随意用

版面视觉设计是对院报的整体设计，最重要的是规范，标题字号大小要有统一的尺度，不允许各个版面任意发挥。在院报上，就发现第二、三、四版上的标题比第一版头条标题字号还大。我们不妨可以明确规定，统一各个版的头条标题字号大小。

14. 导语的时间要素“年、月、日”齐全

时间要素“年、月、日”在消息导语中齐全，是一个不是问题的问题，在惜字如金的导语里,至少可以省掉好几个字。只写"×月×日"是惯例的做法。

15. 新闻版依然是非模块结构

现代版面文章编排时兴模块结构,特别是要闻版更讲究模块结构的编排。但是仍有少数医院院报编辑不进行改版,还是按传统的"手枪式""九曲桥式"的非模块结构编排,要不是版面标题有几个"互联网+""医联体"等关键词,受众还以为是多年以前的陈旧报纸。

对于院报的副刊版面,可以允许保持传统的非模块结构。上海《新民晚报》"夜光杯"副刊版面至今还是传统的非模块结构,有时副刊长文章的行文从版面左上角第一栏开始,直甩到版面第七栏的右下角结束。期间穿插的小文章也同样编排得精彩纷呈。

16. 版面正文字号大小不统一

报纸版面常规正文字号是"小5号",一般为宋体字。医院院报各个版面的正文字号应该统一,"小5号"是使用最多的。

17. 照片不该放置过多

毫不夸张地说,曾在一家4开4版的医院院报上发现大大小小的照片共40张,其第一版也有10张之多。照片放那么多,起到什么作用呢?你完全可以放到无限容量的院网上,而不要挤在有限的院报版面上。新闻版上放置1、2张照片为宜,最多不要超过3张。

18. 版面用线围框过多

线条具有区分、结合等的作用,就看院报编辑如何巧妙地灵活运用。版面新闻线条围框处理最好不要超过两个,过多围框反而形成不了强势。如确需超过两个,那么这第三个不妨采取打底纹的方法,以替代线条围框。

19. 版面拦腰分割成三段或以上

版面拦腰分割成三段甚至四段,简直没有艺术性可言,更谈不上版面的视觉设计。从美学角度欣赏,版面如仅分割成上下二段或两部分,只要文章编排得错落有致,还是比较好看的。

20. 报纸呈现杂志化

报纸是报纸,杂志是杂志。既然是医院院报,就得按报纸要求的新闻规律办。在院报上,版面副刊可以办得新潮些、活泼些,但版式不能走杂志化道路,更不能办成黑板报。

上述这20个问题也一定程度上反映在我们高等医学院校编辑出版的

校报上。

院报版面视觉设计不妨从学习《健康报》做起

我长期工作在上海交通大学医学院校报编辑部，也兼任《健康报》记者，在采编之余帮助指导《瑞金医院报》等上海十多家医院院报创刊。一向认为《健康报》是个“大传媒”“大平台”，而医学院校的校报、附属医院的院报是份“小健康报”“小平台”，在版面视觉设计上要学习、要提升，就应该向权威的行业大报《健康报》学习。

正如《健康报》社社长、党委书记邓海华在最近一次由《健康报》社和“今日头条”联合主办的“算数健康数据发布会”上所说的：“2015 年 12 月 7 日，《健康报》出版了 1946 年佳木斯复刊以来的第 10000 期报纸。作为我党、我军创办的最早的专业报，‘健康’二字已伴随我们走过 84 个年头，《健康报》也已成为当今中国最具影响力的医药行业龙头媒体。”

邓海华还在 2015 年《健康报》全国记者培训工作会议上指出，《健康报》经历了 84 年的历史，发展到今天，总发行量超百万份，2013 年获得全国“百强报刊”称号，2014 年和 2015 年连续进入“全国报纸发行 50 强”。

这么一份多么响当当的《健康报》，完全够资格让全国医院院报编辑“取法乎上”地好好学习。

现任《健康报》总编辑周冰在 2011 年 10 月原《健康报》社社长兼总编辑王硕主编的《足迹——〈健康报〉创刊 80 周年版面集粹》中撰写过一篇“瘦身扮靓”的文章，详细介绍了《健康报》从 2007 年 12 月 1 日起改版，以新的“身材”、新的“装扮”与读者见面。

——“身材”宽幅由原来的对开 781 毫米变为 720 毫米，在观感上更加“苗条”“挺拔”，富有灵性。报纸虽然变“瘦”了，但是经过对版心的精心调整，增加了高度，在宽度上收窄了中缝和边框，经过仔细的调整，瘦报的字数和信息容量甚至超过了以前。新“身材”的《健康报》在版式风格和内容编排上也作出了调整。版面的基本栏从 8 栏改为 5 栏，版面语言更为简洁、流畅。同时报头、报眉等要件都重新进行了设计。

——照片整体变大变突出，所有版面不做“破栏”，标题字统一使用各种分量的黑体（依次为超粗黑体、大黑体、普黑体加粗、普黑体、细黑体），报纸的“经纬线”清晰，从第 1 版到第 8 版整体感明显提升。

——将原来的老宋体字库更新为新型印刷字体“博雅宋”，该字体的最大特点是“保护读者视力健康”。该字体在阅读视线的横向移动时有较好的流畅性；笔画加粗，适当减少了“白”对眼睛的刺激，也提高了小号字体的易认度；间架外放，字面宽大，在相同字号的情况下，它的字面视觉效果比老字体显大、显清晰，其架外展的结构布局也可使阅读者感到平稳和安静。“博雅宋”的这些特点恰恰暗合了《健康报》所追求的某些特质。

作为《健康报》记者，我见证了《健康报》8 年来“瘦身扮靓”的成功实践，那一份份具有卫生方针政策权威性、医学科技报道权威性、健康大卫生宣传权威性的报纸，在全国医学卫生类报纸中是最具影响力的，也是广大受众最喜爱阅读的。

我们医院院报的编辑在学习、借鉴《健康报》版面视觉设计的创新模式之后，遵循中国新闻奖版面评选原则，在有较强的政治性、新闻性，标题与内容安排得当，图片与文字做到并茂的要求下，一定能够结合自己医院的特色，把立意、创意和策划落实在版样纸上，然后真正在版面上凸显医学卫生新闻性与艺术性的完美统一。

（《健康传播观察》2015 年第 3 期）

长期的评报实践活动告诉我们，评报实际上是集倡导、褒扬、激励、扶掖、提醒、批评于一体的一项综合性新闻业务活动。凡参加过评报的记者、编辑，无论是吃了几十年新闻饭的，还是刚涉足新闻圈的，他们都会这样说：“评报的过程实际上也就是一个深入学习新闻的过程”。

评报不是“马后炮”　而是“清醒剂”

在全国，有不少高等医学院校的校报和附属医院院报以医、教、研内容丰富，信息量大，版面朴素、雅致、规范、清新，讲究视觉设计，而屹立于校报、院报之林；其作品在历年好新闻、好版面评选中屡屡获奖或拔得头筹。报人们总结其成功的办报经验，其中最重要的一条是：雷打不动地坚持评报活动。可以这么说，评报是提高校报、院报质量的有力措施之一。

到底评什么

上海第二医科大学的《上海二医报》从1986年10月就开始实行版面责任编辑制，并学习一些大报老总和编辑部主任利用编前会时间对当天报纸评头论足的做法，开展了评报。在每一期报纸出版发行后的第二天，编辑部利用半小时到一个小时的时间认真进行评报，这已成为《上海二医报》一项持之以恒的常规制度。编辑部的每位记者、整个编辑都视这一评报活动是交流切磋技艺、总结经验教训、相互促进、共同提高的一项有益的业务活动。而在上海颇有影响的《肿瘤医院报》，从创刊伊始就开始了评报活动。

那么，开展评报，到底评什么？通过这么多年来的实践与探索，我总结成这十个方面：① 评方针政策，看是否作了准确、及时、全面的宣传。② 评报道内容，看是否捕捉到针对性的问题。③ 评事实情节，看是否真实可靠。④ 评写作方法，看是否符合新闻文体的规范。⑤ 评版面头条，看是否在整个版面中真正立得起来。⑥ 评版面言论，看是否以正确的舆论引导人。⑦ 评标题制作，看是否高度概括、准确鲜明、生动引人。⑧ 评摄影照片，看是否反映事物本质的瞬间。⑨ 评语言文字，看是否通畅、流利、规范、准确。⑩ 评版面设计，看是否庄重大方、主次分明、图文并茂、清晰易读。

上述十个方面，我认为前四个方面是最重要的也是最基本的。医学院校校报、附属医院院报作为学校和医院党委、行政的一张纸媒，要强调宣传党的方针政策的准确性、及时性和全面性，所报道的内容要有针对性，而且作为新闻的最起码的条件——新闻事实则必须真实，只有在这个前提下，记者才能运用新闻中生动活泼的报道形式，去反映去再现有新闻价值的新闻事实。而后六个方面则是具体的、操作性很强的，从版面头条、言论、标题、照片、文字，直至和盘托出的版面。如果办报的记者和编辑都能按照这十个方面的要求去身体力行、规范操作，那么出于他们手下的那份纸媒，应该说是上乘的、高水平的。

怎么评报

要评报，参加评报的记者、编辑首先就要对所评的整张报纸内容浏览过目、了然于心。因此，当经过自己辛勤劳动、带着油墨清香的报纸一出版，编辑部的每一位记者、编辑，都会认认真真地先阅读一遍，然后从宣传的指导性到稿件的可读性，从标题、导语到写作方法、语言文字，从图片、头花到版面视觉设计、印刷质量……即文前所讲到的十个方面，把看到的、想到的、好的、不够的、欠妥的在报纸字里行间做上记号，然后在报纸边款写出评语，第二天在开展的评报会上自由地、洋洋洒洒地品头论足一番。

我们《上海二医报》最初开始评报时，人人有份，并挨个畅所欲言、各抒己见。在这种评报形式实行了一段时间，大家都比较适应和喜欢评报之后，我们把评报又推进了一步，实行每一期报纸由一人主评，其他人作补充发言，最后则由主编在发表自己的独到见解后，作整体上的归纳，明确指出应保持和发扬那些，注意和克服什么。我认为，这种由一人主评的评报方式很能锻炼人，它迫使主评人不得敷衍了事、马马虎虎，而必须以报纸研究者的姿态，在细心阅读、分析一则则消息、一篇篇通讯、一条条标题、一幅幅照片、一个个版面之后，根据自己的学识和业务水平，准备尽可能确切、精到的评语。

《上海二医报》在编辑部人员进行了调整、输送了"新鲜血液"后，为加强和加快对新闻工作陌生的年轻人培训，我们又把评报进行得像新闻讲座与新闻业务课，每次评报往往由一位从事报纸工作时间较长并且富有一定采编经验的智深记者、编辑，就某一个方面讲评，如怎样写好新闻导语、如何制作新闻标题等。

我认为，既然是评报，在时间允许的情况下，就应该让参评的所有记者、编辑充分发表意见，讲深讲透，是褒也好、是贬也好；是真知灼见也罢、是一孔之见也罢，只有认真对待了，才能最后形成对每一件新闻作品的共识，找到整张报纸的优点，不足、疵点和差错。

评报也是一种业务进修

长期的评报实践活动告诉我们，评报实际上是集倡导、褒扬、激励、扶掖、提醒、批评于一体的一项综合性新闻业务活动。凡参加过评报的记者、编辑，无论是吃了几十年新闻饭的，还是刚涉足新闻圈的，他们都会这样说："评报的过程实际上也就是一个深入学习新闻的过程"。

记者采写了一篇又一篇新闻，编辑拼出了一块又一块的版面，当记者、编辑陶醉在一种"艺术家无不以为自己的作品是最美的"氛围中的时候，有人在对您的作品评头论足、指手画脚，真心地肯定您这个成功、那个独到，特别是善意地指出您这个不足、那个欠缺的时候，您一定要意识到这不是靠“买卖”所能得到的，这其实是一种“金不换”啊。

通过评报，即使是对于老记者、老编辑来说，有时一句中肯的话语，往往会使他们受到启悟，甚至于茅塞顿开。对于原先工作较一般的记者、编辑来说，在评报中受到鼓励之后，又能起到增强信心、调动潜能作用，然后又会在原来的基础上突破自我、超越自我、不断创新。而对于新记者、新编辑来说，评报更是兼顾自己成才的一种好方法，新记者、新编辑都把评报看做是在进行新闻业务进修。

例如，有两位新同志加入《上海二医报》编辑部工作后，由于没有机会送他们外出培训或进修，参与采编一年，其新闻业务的提高主要是通过日常进行的新闻采访、编辑，特别是每期报纸出版发行后的评报活动。其中一位从本科毕业留校的女青年，过去从未接触过新闻报道，经过手把手的指导、帮助，她从评报活动中逐步懂得了新闻ABC，在采编工作中，编辑部首先让她挑起编辑报纸中缝“简讯”的担子，她像模像样地干开了。以后，她通过自己捕捉、采写的第一篇消息稿《学校夜排挡受欢迎》，在评报会上就得到了大家的一致好评。另外一位原先在附属医院工作，较长时间担任《上海二医报》通讯员的男同志，过去在各种报纸上虽然发表了不少新闻稿，但是让他担任记者、编辑工作，不仅自己要采写稿子，而且还要修改来稿和编排版面，却是第一次，他主要也是在每一次的评报活动中提高了自己的新闻业务水平，特别是编辑能力。

总之，评报活动只需要订立个制度、规矩，花费一点精力和时间，但对编辑部所有记者、编辑来说，收获却是很大的。我们《上海二医报》的记者、编辑同仁都认为，评报是调动采编人员积极性的一种有效方法，更是自我提高、从中受益的一个重要途径，通过认真评报真正尝到了甜头。

以什么姿态对待评报

开展评报是提高报纸质量的有效措施之一。据我们调查，这么好的一种评报活动，在全国高等医学院校校报编辑部、附属医院院报编辑部开展得很不普遍，能坚持每出版一期报纸就评报一次的可以说是凤毛麟角，至多是编辑部主任从工作层面一言堂讲几句也就罢了，甚至在社会上有些公开出版发行的报纸也不开展这种评报活动。他们普遍认为，不评不要紧，报纸照样编辑出版发行；一评不得了，意见一大堆，矛盾滚滚来，谁也不愿意来收拾这种涉及人与人的“说不清，理还乱”的场面。

我们《上海二医报》的经验是：每个记者、编辑在评报中必须以报纸主人翁的姿态出现，按照新闻规律实事求是评报，坚持做到以文评讲、据事说理、坦诚相见、中肯善意、言辞平和、虚怀若谷。

不可否认，在评报活动中会出现由于张三对李四有意见，王五对赵六有矛盾，故意借评报挑剔、发泄；也会出现由于每个人的学历、学识深浅不同，涵养、素质水平高低，对同一新闻作品、版面有不同的评价。我们认为那种“故意”的行为是不可取的，则应从报纸全局的共同利益出发，加强沟通，搞好团结，至于“不同评价”那完全是智者见智、仁者见仁的事了，评报无完全定论，也不一定完全正确，说句谦虚的话都是“一孔之见”，但我们相信，随着每个评报记者、编辑自身业务、修养的提高，对于白纸黑字的既成事实、生米已煮成熟饭的报纸全部内容评价，会取得一个客观的、公正的说法的。

这里我们强调参与评报的记者、编辑要有肚量，要沉得住气，要有让人家把话说完的气度，要有“有则改之，无则加勉”的精神。在评报中，如果有了这点精神，碰到什么样的问题都会迎刃而解。

针对“新闻稿件和版面蛮过得去，评报是在硬‘捉板头’”“报纸早印出来了，还要评报，早做啥，完全是‘马后炮’”的说法，我认为：“捉板头”说到底是一种不健康的心理、不高尚的思想境界，有这种想法的人，一旦在尝到评报甜头后，会改变这种说法。至于“马后炮”，评报确实是一种“后发制人”的评议活动，完全不是不起作用的“马后炮”行为，经验已经证明，抓评报不是“马后炮”，而是“清醒剂”，有利于减少差错，有利于提高报纸整体质量。

（《健康传播观察》2018 年第 1 期）

编　　后

一本书主义。

我这本《枝叶情愫：胡德荣医学科技新闻作品选》，曾祈望在拥有新闻学院的复旦大学出版社出版，曾渴望在专门出版医学卫生类图书的人民卫生出版社出版，也曾盼望由科技见长的上海科学技术出版社出版，但作为上海交通大学医学院的"交大人"，最终还是坚定地选择了在上海交通大学出版社出版，感觉更为妥当、贴心。

其实，我想出版自己的个人作品选并定书名为《枝叶情愫》，是在千禧年的2000年6月10日在《健康报》发表人物通讯《"枝叶"的情愫——记上海血液学研究所陈国强研究员》就酝酿的。这么多年来，我对自己已发表在《健康报》上的作品收了删、删了收，不断地补充、筛选，最终才定下这365篇作品。

欣喜地望着60多万字的《枝叶情愫》书稿付梓，我最想说的一句话是："铭感五内，恩同山岳。由衷地感谢上海交通大学医学院！由衷地感谢《健康报》社！谢谢中科院院士、上海交大医学院院长陈国强和《健康报》社总编辑周冰为本书写序。"

应该说上海交通大学医学院及其附属医院是我采写医学科技新闻的主要新闻源，感谢医学院、附属医院宣传条线上的同仁们长期以来的支持，没有你们的帮助，我不可能采写这么多的医学科技新闻；感谢《健康报》社领导、各部主任及众多编辑老师，没有你们的支持，我不可能在《健康报》发表这么多的医学科技新闻。

在这里，我也要感谢《上海交大医学院报》（原《上海二医报》）主编邱云德、王维希、康明琴，以及编辑同仁范抗、胡兆明、乐志良、张联征、张旦昕、徐志英、杨静、李杏。

我尤为要感激的是我原先所在的上海长风化工厂李其彦老师、《上海交大医学院报》主编康明琴老师、《健康报》上海记者站老站长张建中老师，他们仨是我的"贵人"，对我政治上、工作上、学习上都给予了很大的帮助，使我终生难忘。

最后，我还要特别感激我的夫人任美丽，相濡以沫几十年，鼎力支持我当好校报记者和《健康报》记者。让我兴奋不已的是我可爱的孙子胡元博，自从上幼儿园就开始嚷着“长大了我也要当记者”。

今年1月25日上午，已上小学三年级的胡元博跟随我一起参加了在上海城市规划馆举行的2019年上海市卫生健康系统与新闻媒体迎新座谈会，目睹我采写的一篇人物通讯《黄荷凤：阻断致病基因的“科学家妈妈”》荣获2018年度“上海医药卫生优秀新闻作品奖”一等奖，更坚定了要当记者的决心。他还说：“我一定要当《健康报》记者。”我祝愿他将来能够实现自己的中国梦！

总之，谢意满满！开心满满！

胡德荣

2019年1月27日